COLLECTION FOLIO

Eleanor Catton

# Les Luminaires

*Traduit de l'anglais (Nouvelle-Zélande)*
*par Erika Abrams*

Gallimard

Cet ouvrage a été traduit avec le soutien de
creative New Zealand.

ARTS COUNCIL
NEW ZEALAND TOI AOTEAROA
creative nz

*Titre original :*
THE LUMINARIES

Eleanor Catton est née en 1985 au Canada et a grandi à Canterbury, en Nouvelle-Zélande. Elle n'a pas vingt-trois ans quand elle écrit *La répétition*. Ce premier roman est acclamé par le public et la critique. Il a remporté le prix Betty Trask, a été nommé Meilleur Premier Roman à l'occasion des Montana New Zealand Book Awards 2009 et a reçu le First Novel Award du site Amazon en 2011. Eleanor Catton s'est vu décerner en 2013 le Man Booker Prize pour *Les Luminaires*, faisant d'elle la plus jeune lauréate de ce prix à ce jour.

*pour papa, qui voit les étoiles*
*et Jude, qui en entend la musique*

# AVIS AU LECTEUR

Les positions stellaires et planétaires dont il est fait état dans le présent ouvrage ont été déterminées astronomiquement. C'est dire que nous reconnaissons le phénomène céleste connu sous le nom de *précession*, mouvement par lequel le point vernal, l'équivalent astrologique du méridien de Greenwich, vient à se déplacer. Ainsi l'équinoxe du printemps (d'automne, dans les latitudes australes) se produisait autrefois quand le Soleil était dans la constellation du Bélier, le premier signe du Zodiaque. Il a lieu maintenant lorsque l'astre se trouve dans le douzième signe, la constellation des Poissons. Il s'ensuit, comme nos lecteurs s'en apercevront, que chaque signe « arrive » un mois environ après ce que suggèrent les indications vulgaires. Nous apportons cette correction avec tout le respect dû auxdites indications, en nous permettant toutefois de noter que les tenants de l'erreur y persévèrent au mépris du firmament matériel qui est de fait le nôtre en ce dix-neuvième siècle ; nous osons même conjecturer qu'une pareille persuasion peut être dite d'essence piscéenne… emblématique des personnes nées dans *l'âge des Poissons*, âge de miroirs, de ténacité, d'instinct, de gémellité et de choses cachées. Cette notion nous satisfait tout en renforçant notre foi en la vaste et sage influence

du ciel infini.

# CARTE DES PERSONNAGES

| STELLAIRES : | MAISON ASSOCIÉE : |
| --- | --- |
| Te Rau Tauwhare, *chasseur de pierre verte* | La cabane de Wells (vallée de l'Arahura) |
| Charlie Frost, *employé de banque* | La Banque de réserve (Revell-street) |
| Benjamin Löwenthal, *journaliste* | Le bureau du *West Coast Times* (Weld-street) |
| Edgar Clinch, *hôtelier* | L'hôtel du *Gril* (Revell-street) |
| Dick Mannering, *magnat* | La mine d'or *Aurore* (Kaniere) |
| Quee Long, *fondeur d'or* | La forge de China-Town (Kaniere) |
| Harald Nilssen, *courtier* | Nilssen & Cie (Gibson's-quay) |
| Joseph Pritchard, *apothicaire* | La fumerie d'opium (Kaniere) |
| Thomas Balfour, *agent maritime* | L'*Adieu-vat* (trois-mâts ; port d'attache : Port-Chalmers) |

| | |
|---|---|
| Aubert Gascoigne, *clerc de magistrat* | Le palais de Justice de Hokitika (tribunal du juge de paix) |
| Sook Yong-cheng, *digger solitaire* | *À la Fortune du Voyageur* (Revell-street) |
| Cowell Devlin, *aumônier* | La prison de Hokitika (Seaview) |

| PLANÉTAIRES : | INFLUENCE ASSOCIÉE : |
|---|---|
| Walter Moody | La raison |
| Lydia (Wells) Carver, *née* Greenway | Le désir |
| Francis Carver | La force |
| Alistair Lauderback | L'autorité |
| George Shepard | La restriction |
| Anna Wetherell | L'extrême dehors (ci-devant dedans) |
| Emery Staines | L'extrême dedans (ci-devant dehors) |

| TERRE FERME : | |
|---|---|
| Crosbie Wells | *(décédé)* |

# Première partie

## Une sphère dans une sphère

27 janvier 1866
(Soleil en Capricorne)

42° 43' 0" S / 170° 58' 0" E

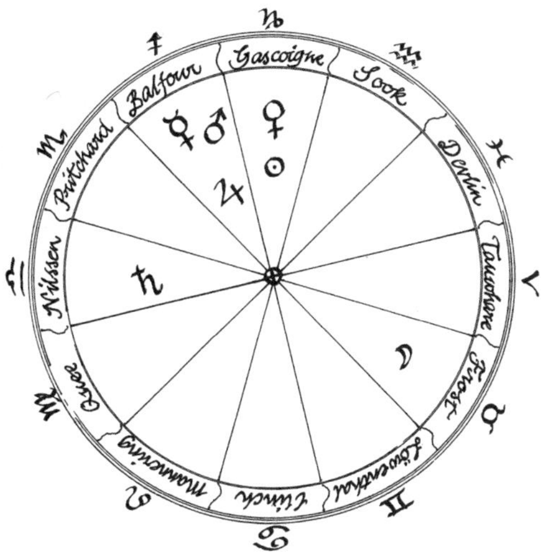

## MERCURE EN SAGITTAIRE

*Où un étranger débarque à Hokitika ; la réunion d'un conseil secret est troublée ; Walter Moody refoule dans son cœur son souvenir le plus récent ; et Thomas Balfour commence à conter une histoire.*

Les douze hommes assemblés au fumoir de l'hôtel de la *Couronne* donnaient l'impression d'un groupe réuni par le hasard. Avec leur grande variété d'allure et de costume… redingotes, queues de pie, vestons de chasse à boutons de corne, moleskine jaune, batiste et flanelle… ils auraient pu être une douzaine d'étrangers se côtoyant dans la promiscuité d'une voiture de chemin de fer, chacun en route vers un quartier différent de cette ville pourvue de brumes et de marées en suffisance pour les séparer tous ; d'ailleurs, l'isolement délibéré de chacun, qui abîmé dans la lecture de son journal, qui se penchant pour secouer dans l'âtre la cendre de sa pipe ou de son cigare, qui la paume à plat sur le tapis du billard, s'apprêtant à jouer son coup, concourait à donner corps au type même de silence que l'on rencontre, tard le soir, dans les transports publics… soumis ici à la sourdine, non des entrechocs zézayants des wagons, mais du tambourinement gras de la pluie.

Telle était l'impression de M. Walter Moody, qui se tenait, pour sa part, dans l'embrasure de la porte ouverte, une main sur le chambranle. Il n'avait pas à se reprocher d'avoir troublé un conciliabule privé, car toute parole s'était tue dès le bruit de ses pas dans le couloir ; il n'avait point encore mis la main sur le bouton, que chacun de ces douze avait repris son occupation (les joueurs de billard non sans de certains flottements, ayant oublié leurs places respectives) et affichait une attention si bien étudiée, que pas un seul ne leva le regard lorsqu'il pénétra dans la salle.

L'absolue unanimité de cette affectation de ne pas remarquer sa présence aurait pu piquer la curiosité du nouveau venu, si celui-ci eût été, de corps et d'âme, dans son assiette normale. M. Moody était toutefois lui-même agité et mal à son aise. Conscient dès l'abord de la possible issue fatale de la traversée vers le district ouest du Cantorbéry, prêt à affronter le tunnel liquide de cette interminable houle tourmentée qui venait se fracasser sur la barre de Hokitika et son cimetière d'épaves, il n'était pourtant pas préparé aux affres qu'elle lui avait réservées particulièrement, et demeurait incapable d'en parler, fût-ce dans son for intérieur. De nature, Moody était sans indulgence pour ses propres faiblesses… la crainte, comme l'infirmité, le poussait vers l'introspection… aussi, contrairement à sa coutume et à son caractère, ne fut-il pas d'abord sensible à l'humeur du lieu où il venait de mettre le pied.

Walter Moody était un homme dont la physionomie dénotait en temps ordinaire la bienveillance et l'intérêt pour ce qui l'entourait. Il avait de grands yeux gris imperturbables, des lèvres souples, presque d'un enfant encore, toujours prêtes à prendre le pli d'une sollicitude courtoise. Ses cheveux frisaient en boucles serrées que, plus jeune, il avait laissées retomber sur ses épaules, mais qu'il portait à présent coupées court, séparées par une raie sur le côté, lissées à l'aide d'une pommade à l'odeur douceâtre qui en fonçait la teinte, tirant leur or vers un châtain gras. Son front était, de même que ses joues, carré, son nez droit, sa peau lisse. À près de vingt-huit ans, il demeurait prompt et précis dans ses mouvements, animé par cette sève de vivacité pure qui sait être espiègle sans malice comme sans naïveté. Se présentant à la manière d'un majordome discret et alerte, il s'attirait ainsi, souvent, les confidences des moins loquaces, ou se voyait invité à servir de truchement entre des personnes que lui-même ne connaissait que de fraîche date. En somme, il avait un aspect qui inspirait d'emblée confiance tout en ne révélant que peu de chose de son propre fonds.

Moody n'ignorait point l'avantage que lui prêtait le charme impénétrable de sa personne. Comme la plupart des gens excessivement beaux, il avait étudié avec minutie son propre reflet dans la glace et, dans un certain sens, se connaissait mieux du dehors qu'intérieurement ; dans quelque recoin de son esprit, il portait toujours sur lui-même un regard extérieur. Il avait passé bien des heures dans l'alcôve de son cabinet de toilette, dont le miroir lui renvoyait une triple image, de face, de profil et de trois quarts : le Charles de van Dyck, en bien plus saisissant toutefois. C'était un rite privé, qu'il aurait sans doute désavoué… que de voix, en effet, chez les prophètes moraux de notre temps, et que de mots, jamais assez éloquents, pour condamner la considération de soi-même ! Comme si le soi était sans rapport à soi et que le seul motif qu'on pût avoir pour consulter un miroir fût d'y voir son arrogance confirmée ; comme si l'acte de se regarder n'était pas aussi subtil, aussi chargé et continûment changeant que tout lien entre âmes sœurs. Dans sa fascination, Moody pensait moins à louer qu'à dompter sa beauté. Certes, chaque fois que son propre reflet lui tirait l'œil, dans une baie ou un carreau de vitre nocturne, il en tressaillait de satisfaction… mais ni plus ni moins que l'ingénieur qui, mis par le hasard en présence d'un mécanisme de son invention, le trouverait magnifique, rutilant, bien huilé et fonctionnant exactement comme prévu.

C'est ainsi qu'il se voyait lui-même maintenant, à l'instant de franchir le seuil du fumoir, ainsi qu'il avait conscience de faire bonne figure. Il tremblait presque d'épuisement ; la peur au ventre, comme une masse de plomb ; il se sentait poursuivi, talonné ; l'épouvante ne le lâchait plus, mais il savait présenter l'apparence d'un parfait sang-froid, et le regard qu'il promena sur la salle n'exprimait qu'une politesse respectueuse et détachée. La salle était comme un lieu reconstitué de mémoire après un très long intervalle, alors que bien des choses ont été oubliées (les chenets, les rideaux, un manteau de cheminée digne de ce nom), mais que de menus détails subsistent : ainsi, un portrait de feu le Prince-Consort, découpé dans un magazine et fixé avec des clous de cordonnier au mur faisant face à la cour ; la couture courant par le milieu du billard qu'on avait dû scier dans les docks de Sydney pour qu'il eût une chance de survivre à la traversée ; la pile de vieilles gazettes sur le secrétaire, aux pages usées et brouillées à force de passer de mains en mains. Les deux petites fenêtres de part et d'autre de l'âtre s'ouvraient sur l'arrière-cour de l'hôtel, terrain marécageux, jonché de vieux cageots et de bidons rouillés, que seuls des fourrés de broussailles et de fougères basses séparaient des parcelles voisines, avec aussi, au nord, une rangée de cabanes à poules, aux portes cadenassées contre les voleurs. Au delà de cette vague périphérie, on voyait des fils à linge à moitié affaissés, tendus et retendus derrière les maisons de la première rue latérale à l'est, des piles hérissées de bois de charpente brut, des parcs à cochons, des tas de ferraille et de tôles, des rockers et des sluices hors d'usage… le tout à l'abandon, dans un état de délabrement plus ou moins avancé. La pendule avait sonné cette ultime heure du crépuscule où toutes les couleurs semblent soudain se vider de leur substance, et il pleuvait à verse ; à travers le verre gondolé, la cour se dérobait dans la grisaille. À l'intérieur, les lampes à alcool n'avaient pas encore pris la relève de la lumière couleur de mer du jour mourant et semblaient par leur pâleur accentuer la désolation générale du décor.

Pour un homme accoutumé à son club d'Édimbourg, où tout reluisait dans les tons rouge et or, et les divans capitonnés pouvaient se vanter d'un rembourrage à la mesure du tour de taille des messieurs qui s'y prélassaient ; où l'on se voyait offrir dès l'entrée un veston moelleux fleurant bon l'anis ou la menthe, et le moindre déplacement du doigt vers le cordon de la sonnette suffisait à faire apparaître une bouteille de bordeaux sur un plateau d'argent, la perspective était fruste. Moody cependant n'était pas homme à s'offusquer d'un simple défaut de confort : sa réaction à la rudesse des lieux se borna à un mouvement de recul tout intérieur, comme chez l'homme riche qui fera un pas de côté, le visage fermé, en croisant un mendiant dans la rue. L'expression amène de ses traits ne se démentit pas tandis qu'il portait le regard de part et d'autre, mais chaque nouveau détail… ici le monticule de cire sale au bas d'une chandelle, là la poussière givrant un verre… l'amenait à se retirer un peu plus loin au fond de lui-même et à se roidir d'autant plus implacablement contre ce qui s'offrait à sa vue.

Ce mouvement de recul, quoique involontaire, tenait moins aux préjugés communs de la fortune… Moody ne jouissait en fait que d'une aisance modérée, et il lui arrivait souvent de donner la pièce aux pauvres, fût-ce (force nous est de le reconnaître) en tirant toujours une pointe de plaisir de sa propre largesse… moins donc aux œillères collectives que, bien plutôt, au déséquilibre intime contre lequel il se débattait à présent, sans rien en laisser paraître. Il se trouvait là, après tout, dans une ville de chercheurs d'or, nouvellement éclose entre la jungle et la grève, à l'extrême limite méridionale du monde civilisé, et il ne s'attendait pas à y trouver du luxe.

La vérité était que moins de six heures auparavant, à bord du vaisseau qui l'amenait depuis Port-

Chalmers jusqu'à cette côte écharpée et sauvage, Moody avait été témoin d'un événement tellement extraordinaire et poignant, qu'il révoquait en doute toute réalité autre. La scène demeurait présente en lui... tel le mince ruban de clarté ternie qu'une porte à peine entrebâillée eût laissé filtrer dans un coin de son esprit où plus aucune puissance de volonté ne ressusciterait dès lors les ténèbres antérieures. Il lui en coûtait un grand effort sur lui-même pour empêcher l'ouverture de s'agrandir. Dans cet état fragilisé, tout manquement à la norme, tout désagrément prenait les allures d'un affront personnel. Comme si le tableau lugubre qui se déployait sous ses yeux lui renvoyait un écho cumulatif des vicissitudes si récemment traversées, il reculait afin de défendre à ses pensées de suivre ce fil et de remonter dans le passé. Le dédain pouvait servir. Il y puisait un sens sûr des proportions, une légitimité à laquelle il pourrait en appeler et se sentir en sécurité.

Il jugea la salle un lieu malencontreux, pauvre, morne... et, ayant ainsi armé son âme contre le cadre, s'appliqua aux douze occupants. Un panthéon à l'envers, se dit-il, rassuré encore un peu plus d'avoir trouvé en lui de quoi faire de l'esprit.

Les hommes avaient, à l'instar de tous les pionniers, le teint bruni par les éléments, les lèvres gercées à en paraître blanches, le port même du corps façonné par les pertes et les privations. Deux des douze étaient des Chinois, vêtus à l'identique, de chaussures de toile et de tuniques de cotonnade grise. Derrière eux se dressait un naturel maori, au visage tatoué de spirales bleu-vert. Quant aux autres, Moody fut fort en peine de deviner leurs origines. Il avait encore à comprendre comment les mines d'or parviennent à vieillir en quelques mois ceux qu'elles attirent. Promenant ses regards autour de la salle, il se crut le plus jeune de l'assemblée, quoique plusieurs fussent du même âge que lui, ou ses cadets. Chez eux, la vie n'avait rien laissé subsister de l'éclat de la jeunesse. Ils resteraient à jamais rechignés, inquiets, avides, la chair grise, crachant de la poussière dans leurs mains marquées de lignes brunies. Les trouvant grossiers, pittoresques même, Moody les jugea hommes de peu de conséquence ; leur silence ne lui donna point à penser. Il voulait un verre d'eau-de-vie et un siège où fermer les yeux et se laisser aller.

Le seuil franchi, il resta un instant encadré dans la porte, dans l'attente d'un accueil, mais voyant que personne n'esquissait à son égard de geste de bienvenue, non plus que de rejet, il fit encore un pas plus avant et referma doucement le battant derrière lui. S'inclinant vaguement d'abord du côté de la cheminée, puis de celui de la croisée qui y faisait face, en manière de présentation à l'assemblée en bloc, il s'approcha du dressoir sur lequel on avait disposé des carafes, et se versa à boire. Il prit aussi un cigare et en coupa la tête ; le havane entre les dents, il se retourna vers la salle et, derechef, parcourut rapidement les visages. Nul ne paraissait le moins du monde s'intéresser à lui. C'était tout ce qu'il demandait. Il s'arrogea l'unique fauteuil libre, alluma son cigare et se carra contre le dossier en poussant à part lui le soupir de celui qui croit, pour une fois, avoir plus que mérité ses petites aises quotidiennes.

Sa satisfaction fut de courte durée. Il eut à peine allongé les jambes en les croisant aux chevilles (le sel avait séché sur son pantalon en y dessinant en blanc des lignes de marée des plus contrariantes), que son voisin de droite se pencha en avant sur son siège et l'interpella en ferraillant dans le vide avec un bout de cigare :

— Dites donc… Vous avez affaire ici, à la *Couronne* ?

Le tour de phrase était un peu brusque, mais si Moody s'y arrêta, sa physionomie n'en laissa rien paraître. Il inclina courtoisement la tête et expliqua qu'en effet il avait pris une chambre à l'étage, étant arrivé en ville le soir même.

— Tout frais débarqué du bateau, c'est ça ?

Moody salua de nouveau, confirma que tel était bien le sens de ses propos et ajouta, pour ne pas paraître trop sec, qu'il arrivait de Port-Chalmers, dans le dessein de tenter sa chance sur les placers.

— C'est bien, approuva l'autre. Très bien. On a trouvé de nouveaux gisements sur la côte… un peu plus loin, les plages en regorgent. Les sables noirs : voilà le nouveau cri de ralliement ; les sables noirs, du côté de Charles-Town ; au nord d'ici, vous savez… Charles-Town. Mais il y a encore de quoi faire dans les gorges. Vous êtes avec un associé ou vous jouez solo ?

— Je suis tout seul.

— Pas d'accointances ?

— Eh bien ! répondit Moody, à nouveau surpris de ce langage, disons que je veux être l'artisan de ma propre fortune. Cela me suffit.

— Pas d'accointances donc. Et pas d'affaires. C'est bien ça, vous n'avez rien à faire ici, à la *Couronne* ?

Poser une seconde fois la même question, c'était de l'impertinence. Pourtant, l'homme paraissait bien disposé, jovial, même distrait, tambourinant des doigts sur le revers de son gilet. Peut-être Moody n'avait-il pas été assez clair. Il reprit donc :

— La seule affaire que j'aie dans cet établissement, c'est de me reposer. Dans les jours qui viennent, je compte m'informer de la situation sur le terrain… quelles sont les rivières qui rapportent, les vallées à sec… et m'initier, pour ainsi dire, à la vie du chercheur d'or. Je resterai huit jours à la *Couronne* avant de me lancer dans l'arrière-pays.

— Ce sera donc votre première expérience sur les diggings ?

— Oui, monsieur.

— Vous n'avez jamais vu la couleur ?

— Seulement chez les bijoutiers… dans une montre ou une boucle. Jamais d'or pur, à l'état natif.

— Mais vous l'avez rêvé pur ! Vous l'avez rêvé… à genoux dans l'eau, le métal qui brille au milieu des graviers tamisés !

— Peut-être bien… ou plutôt non, pas vraiment, avoua Moody.

Le discours expansif de son voisin le frappait comme plutôt insolite : malgré ses airs distraits, l'homme parlait avec passion, et même avec une fougue presque importune. Moody promena ses yeux sur l'assemblée, espérant échanger avec l'un ou l'autre un regard de sympathie. Sans succès. Ils semblaient ne pas le voir. Il se racla la gorge et s'expliqua :

— Je dirais que j'ai rêvé plutôt de ce qui vient après… ce à quoi l'or pourrait mener, voyez-vous, ce qu'il pourrait devenir.

— L'alchimie à l'envers, approuva son interlocuteur, manifestement ravi de la réponse. Voilà comment je l'appelle, moi. La prospection, entendons-nous… toute l'affaire. C'est de l'alchimie à l'envers. Il s'agit toujours d'une transmutation… non plus pour *faire de l'or* avec autre chose, mais pour faire autre chose *de son or*…

— Vous avez bien de l'esprit, monsieur, repartit Moody, sans penser d'abord à rapprocher le trait de sa propre idée d'un panthéon inversé.

— Et ces informations que vous comptez recueillir, poursuivit l'autre en hochant vigoureusement la tête. Vous allez donc faire votre petite enquête… sur les pelles et les berceaux… et les cartes et cætera.

— Oui, c'est ça. Je veux faire les choses comme il faut.

Son interlocuteur se laissa aller dans son fauteuil et le regarda d'un air amusé.

— Une semaine de pension à la *Couronne*… pour poser des questions ! Puis quinze jours dans la boue pour rentrer dans vos frais ! résuma-t-il avec un petit rire explosif.

Moody décroisa et recroisa ses chevilles, l'une sur l'autre. Son état d'âme ne lui permettait guère de se mettre au diapason de pareille exubérance, mais il était trop bien élevé, et ses principes trop rigides, pour manquer à la politesse. Réduit à quia, il aurait pu s'excuser en s'avouant en proie à un malaise… l'homme semblait plutôt sympathique, avec ses doigts tambourineurs et le rire qui bouillonnait dans sa gorge… mais Moody n'était pas accoutumé à se dévoiler devant des inconnus, moins encore à confesser une faiblesse. Il se secoua intérieurement et reprit d'un ton plus chaleureux :

— Et vous, monsieur ? Vous avez ici une position solide, si je ne me trompe ?

— En effet. L'Agence maritime Balfour, vous aurez vu l'établissement, juste après le parc à bestiaux, un excellent emplacement... Wharf-street, rien de moins. Balfour, c'est moi. Thomas de mon prénom. Un prénom, il vous en faudra un sur les diggings : dans les mines il n'y a pas de « monsieur » qui tienne.

— Il faudra donc m'entraîner à me servir du mien, dit Moody. C'est Walter. Walter Moody.

— Oui, et on vous donnera de tout plutôt que ça, enchaîna Balfour en se frappant la cuisse. « Walt l'Écossais », peut-être. « Walt Plein-les-Mains », peut-être bien. « Wally la Pépite ». Ha !

— C'est là un nom que je vais devoir mériter.

— Le mérite n'y est pour rien, rétorqua Balfour hilare. Grosses comme un pistolet de dame, quelques-unes de celles que j'ai eues sous les yeux. Comme la chose d'une de ces dames... mais, c'est moi qui vous le dis, pas moitié aussi difficiles à mettre la main dessus.

À cinquante ans passés, Thomas Balfour avait un corps trapu et robuste. Ses cheveux, entièrement gris, étaient coiffés en arrière, dégageant le front pour retomber autour des oreilles. Il arborait une barbe taillée en pointe qu'il caressait du creux de la main, de haut en bas, quand il était amusé... geste auquel il se livra à présent, réjoui par sa propre plaisanterie. Il portait bien sa prospérité, pensa Moody, reconnaissant chez son vis-à-vis l'assurance facile de celui dont l'optimisme invétéré a reçu le sceau du succès. Il était en manches de chemise ; sa cravate, en soie et d'une facture élégante, était pourtant tachée de sauce et mal nouée. Moody le prit pour un libertaire... d'esprit rebelle, mais sans malice, dont les épanchements étaient marqués au coin de la bonne humeur.

— Je suis votre débiteur, monsieur, dit-il. Ce n'est, j'en suis sûr, que la première de bon nombre de coutumes dont je devrai constater ma complète ignorance. J'aurais certainement commis l'impair de me présenter dans les gorges sous un nom de famille.

L'idée qu'il se faisait des fouilles néo-zélandaises était, de fait, des plus vagues, formée surtout par des images des placers de la Californie... des cabanes en rondins, des vallées à fond plat, des roulottes dans la poussière des chemins... et par un vague sentiment (venu il ne savait d'où) que la colonie était en quelque sorte l'ombre portée des îles Britanniques, le contre-pied sauvage et informe du cœur et siège de l'Empire. En doublant l'extrémité de la péninsule d'Otago quinze jours auparavant, il avait été surpris de découvrir des manoirs sur les hauteurs, des quais, des rues et des jardins tracés... comme il s'étonnait à présent de voir un gentleman bien mis passer ses allumettes à un Chinois, puis se pencher sans façon par-dessus ce voisin pour récupérer son verre.

Né à Édimbourg de parents jouissant d'une fortune modeste, dans une maison servie par trois domestiques, Moody avait fait ses études à Cambridge. Les milieux qu'il avait fréquentés au collège de la Trinité et, plus récemment, dans les auberges du Temple, n'avaient pas la rigidité de la noblesse titrée, dont les fils partagent tous une même histoire et un même cadre d'existence, sans autre différence que du plus au moins ; ce nonobstant, son éducation avait circonscrit son horizon en lui enseignant que le moyen de bien comprendre une société, quelle qu'elle soit, serait de la regarder toujours de haut. Avec ses condisciples (la cape sur l'épaule, la tête prise de vin du Rhin), il avait plaidé le principe de la fusion des classes avec toute la verve et le feu oratoire de la jeunesse, mais il se laissait déconcerter chaque fois qu'il s'y heurtait dans la pratique. Il ne connaissait pas encore les mines d'or : règne de la boue et du hasard, où chacun était un étranger pour son voisin, étranger aussi au sol qu'il foulait ; où le berceau d'un épicier pouvait crouler sous le métal et celui d'un homme de loi rester stérile ; où la vie ne reposait pas sur une division hiérarchique. De vingt ans le cadet de Balfour, Moody lui parlait avec déférence, mais en même temps il demeurait conscient que Balfour était d'un rang social inférieur au sien, conscient aussi de l'étrange bigarrure de cette assemblée d'hommes dont rien ne décelait la naissance ou l'état. Sa courtoisie avait donc une certaine roideur, de même que celui qui n'a que rarement affaire aux enfants et ne sait à quelle aune mesurer le langage à tenir aura tendance à rester à distance et à s'enfermer dans l'austérité, malgré la meilleure volonté du monde de se montrer gentil.

Thomas Balfour sentait bien cette condescendance, et s'en délectait. Nourrissant un dégoût taquin pour ceux qu'il appelait les « trop beaux parleurs », il prenait plaisir à les provoquer… non à la colère (chose assommante), mais à la vulgarité. Il regardait la roideur de Moody comme un col élégant, taillé selon une mode aristocratique, qui imposait un carcan insupportable à celui qui le portait (il considérait du même œil les bienséances du beau monde en général, les tenant pour autant d'enjolivures inutiles), et le spectacle du malaise que son interlocuteur devait à son propre raffinement avait de quoi le réjouir.

Balfour était en effet, comme Moody l'avait deviné, un homme d'humble origine. Fils d'un sellier du Kent, il aurait sans doute marché sur les pas de son père, si celui-ci n'avait disparu dans un incendie, avec l'écurie où il était employé, lorsque le petit Thomas avait onze ans... mais, enfant remuant, aux manches incorrigiblement râpées, il était habité d'une impatience qui faisait mentir son habituel air rêveur, à moitié perdu dans le vague, et une besogne aussi fastidieuse n'aurait pu lui convenir. En tout cas, le cheval ne pouvait lutter de vitesse avec le chemin de fer, comme il aimait à dire, et le métier n'avait pas résisté à l'allure effrénée de l'époque nouvelle. Balfour se flattait de se trouver à l'avant-garde de son temps. Il parlait du passé comme si chaque décennie antérieure à l'année en cours n'était rien de plus qu'une mauvaise chandelle, désormais consumée et brûlée. Il n'avait pas de nostalgie pour le décor de son enfance... la liqueur sombre des cuves à tanner, les peaux suspendues, la pochette de cuir où son père gardait ses aiguilles et son alène... et il était rare qu'il s'en souvînt, sinon pour établir une comparaison avec des industries plus modernes. La métallurgie, voilà où il y avait de l'argent à ramasser. Les houillères, les aciéries et l'or.

Il avait débuté dans le verre. Après quelques années d'apprentissage, il avait fondé sa propre verrerie, fabrique modeste qu'il avait ensuite cédée contre une participation dans une mine de charbon qui, étendue à tout un réseau de puits et vendue en temps voulu à des spéculateurs londoniens, avait rapporté gros. Il ne s'était pas marié. Le jour de ses trente ans, sans se soucier du retour, il était monté à bord d'un clipper en partance pour Veracruz... première étape d'un voyage de neuf mois qui allait le conduire par voie de terre jusqu'aux champs aurifères de la Californie. Si la vie de chercheur d'or ne tarda pas à perdre de son prestige à ses yeux, il n'en fut pas de même de la fièvre et de l'inextinguible espoir des placers. Ses premières paillettes avaient servi à acheter des actions dans une banque, il avait bâti alors trois hôtels en l'espace de quatre ans, et ses affaires avaient prospéré. Les gisements une fois épuisés en Californie, il avait réalisé son avoir et fait voile pour la colonie de Victoria... nouveau filon, nouvelle terre à mettre sur les cartes... puis, de là, entendant une fois de plus l'appel porté sur les ondes comme les notes d'une flûte enchantée sur une brise exquise, pour la Nouvelle Zélande.

Depuis seize ans qu'il vivait la vie des mines dans sa crudité, Thomas Balfour avait croisé une foule d'hommes semblables à Walter Moody ; qu'il eût conservé, pendant tout ce temps, une sympathie profonde et une estime intacte pour la virginité de ces novices encore inexpérimentés, c'était tout à l'honneur de son tempérament. Balfour voyait l'ambition d'un bon œil et, parti lui-même de rien, faisait preuve d'une largeur d'esprit peu orthodoxe. L'initiative était une qualité qu'il appréciait ; le désir, non moins. Il aurait été prêt à prendre Moody en amitié simplement parce que l'autre s'était lancé dans une entreprise dont il espérait tant et à la fois savait manifestement si peu.

Ce soir cependant, Balfour n'était pas maître de son temps. L'apparition de Moody avait pris au dépourvu la douzaine d'hommes réunis là, qui pourtant n'avaient pas lésiné sur les précautions pour ne pas être dérangés. Le grand salon de la *Couronne* était fermé au public pour toute la soirée, loué pour une réception privée, et ils avaient mis un gamin en faction sous le porche pour détourner les passants qui se seraient mis en tête de se payer un verre au fumoir… éventualité peu probable, le local n'étant réputé ni pour la compagnie qu'on y rencontrait ni pour le charme de son décor, au point de rester souvent désert même en fin de semaine, lorsque les diggers dévalaient en foule des collines pour échanger leur poudre d'or contre de l'alcool dans les débits de la ville. Le gamin en sentinelle appartenait à Dick Mannering et avait été muni d'un beau paquet de places au paradis à distribuer gratis. Le spectacle… *Sensations d'Orient !…* était tout nouveau tout beau, fait pour plaire à chacun, et des caisses de champagne attendaient déjà au foyer du théâtre, offertes par Mannering en personne, pour fêter la première. Retranché derrière ces manœuvres de diversion, croyant de surcroît qu'aucun navire ne s'aviserait d'accoster entre chien et loup par un temps aussi inclément (les arrivées annoncées dans les nouvelles du port du *West Coast Times* étaient, à cette heure, toutes à quai), le groupe n'avait pas cru nécessaire de se prémunir contre l'inconnu à qui le hasard pouvait avoir fait prendre une chambre à l'hôtel une petite demi-heure avant le crépuscule… qui était donc déjà dans la place lorsque le gamin de Mannering avait été posté sous le porche ruisselant de pluie, face à la rue.

Walter Moody, malgré ses airs rassurants et son expression de détachement poli, était néanmoins un intrus. Les autres ne savaient comment l'amener à les laisser entre eux, sans lui faire comprendre l'importunité de sa présence et trahir par là la conspiration qui les réunissait. Thomas Balfour avait pris sur lui de le sonder en vertu du hasard qui les avait placés côte à côte devant le feu… conjonction heureuse, car Balfour, avec toute sa faconde et sa bravacherie, était persévérant, et habile à faire tourner une rencontre à son profit.

— Eh mais ! on apprend les coutumes assez vite, répondit-il à présent, et tout le monde commence forcément où vous en êtes aujourd'hui… dans la peau de l'apprenti qui ne sait rien de rien. Mais qu'est-ce qui a semé le bon grain, si je puis me permettre ? Cela m'intéresse, à titre privé… Qu'est-ce qui pousse les gens à prendre leurs cliques et leurs claques et à partir au bout du monde ? D'où vient l'étincelle ?

Moody aspira une bouffée de son cigare avant de répondre :

— Mon objectif était complexe. Une question de famille, une querelle plutôt, pénible à raconter, qui explique que j'aie fait la traversée seul.

— Oh ! là vous n'êtes justement *pas* seul, lança Balfour gaîment. Tous les gars que vous rencontrerez par ici ont voulu échapper à quelqu'un ou quelque chose… pas de doute là-dessus !

— Ah ?

Moody semblait s'alarmer de cette perspective.

— Chacun vient d'ailleurs, reprit Balfour. Eh oui, voilà le fond de l'affaire. Il n'y en a pas deux qui soient du même endroit. Mais pour ce qui est de la famille : vous trouverez dans les gorges des frères et des pères, en veux-tu, en voilà.

— Je vous remercie de ce réconfort. Vous êtes bien aimable.

Le sourire de Balfour s'élargit. Agitant son cigare avec une fougue qui fit tomber une pluie de cendres sur son gilet, il repartit :

— *Voilà* un beau mot. Dans votre « réconfort », j'entends « confort » ! Si vous pouvez trouver là du confort, c'est que vous êtes un vrai puritain, jeune homme.

À court pour produire une réplique dans le même esprit, Moody s'inclina derechef… puis, comme pour récuser tout soupçon de puritanisme, souleva son verre et but à longs traits. Au dehors, une rafale vint interrompre le rhythme cinglant de la pluie, projetant une trombe d'eau contre les vitres au couchant. Balfour examina le bout de son cigare sans cesser de rire dans sa barbe ; Moody inséra le sien entre ses lèvres et se détourna en aspirant doucement.

Au même instant, l'un des onze qui n'avaient encore rien dit se leva, plia en quatre le journal qu'il lisait et traversa la salle jusqu'au secrétaire pour échanger la feuille contre une autre. Il portait une redingote noire sans col et une cravate blanche… le costume d'un pasteur, Moody s'en rendit compte soudain, non sans surprise. Voilà qui était étrange. Pourquoi un ecclésiastique choisirait-il, pour se tenir au courant de l'actualité, le fumoir d'un hôtel vulgaire, à une heure aussi avancée, un samedi soir ? Et pourquoi garderait-il, ce faisant, un tel silence envers les autres hôtes de la salle ? Moody observa le pasteur, qui passa en revue la pile de gazettes, rejetant plusieurs numéros du *Colonist* en faveur d'un *Grey River Argus* qu'il dégagea du tas avec un murmure de contentement et tint à bout de bras en l'exposant à la lumière d'un air approbateur. Ou peut-être n'y avait-il là rien de si insolite, pensa-t-il en se raisonnant : la nuit était extrêmement humide, et les tavernes et autres salles publiques, sans doute, bondées. Peut-être le pasteur avait-il été obligé de s'abriter provisoirement de la pluie en ces lieux, pour une raison à lui inconnue.

L'instant d'après, Balfour le relançait, comme s'il lui avait promis un récit alléchant, dont il eût ensuite oublié de conter le premier mot :

— Vous vous êtes donc disputé.

— J'ai été impliqué dans une dispute, précisa Moody. Comprenez-moi bien : le désaccord n'était pas de mon fait.

— Un désaccord avec votre père, je présume.

— Il m'est pénible d'en parler, monsieur.

Moody se retourna vers son interlocuteur, pensant d'un regard sévère lui imposer silence, mais Balfour réagit en se penchant plus près encore, la gravité même de la physionomie de Moody le poussant à croire son histoire d'autant plus digne d'être entendue.

— Allons donc ! Cela vous pèse. Soulagez-vous.

— Ce n'est pas un poids qui peut se partager, monsieur Balfour.

— Ne dites pas cela, mon ami, c'est impossible.

— Je vous demande pardon, mais parlons d'autre chose…

— Pas de ça ! Vous m'avez appâté ! Vous avez appâté mon attention ! protesta Balfour avec un grand sourire.

— Souffrez que je me récuse, dit Moody tout bas, soucieux de dérober leur échange aux autres personnes présentes. Que je ne trahisse pas mon intimité. Je n'ai d'autre motif que le désir que vous ne preniez point de moi une piètre idée.

— Pourtant, c'est vous qui avez subi l'injustice, si je vous ai bien compris… la dispute n'était pas de votre fait.

— En effet.

— Eh bien, alors ! Ce n'est pas *là* quelque chose qui exige le secret ! se récria bruyamment Balfour. N'est-ce pas que je dis vrai ? Il n'y a pas de raison de faire un mystère du mal commis par un autre ! Vous n'avez tout de même pas à rougir pour lui, des… péchés d'autrui !

— Admettons, s'agissant d'une honte personnelle, concéda Moody dans un murmure. Je pense, moi, au déshonneur qui rejaillit sur toute une famille. Je ne veux pas traîner le nom de mon père dans la boue ; il est aussi le mien.

— Votre père ! Mais je vous dis que vous trouverez autant de pères que vous voudrez sur les diggings ! Ce n'est pas là une simple façon de parler… c'est l'usage par ici, qu'on le veuille ou non… ainsi va notre petit monde ! Laissez-moi vous dire ce qui passe pour une honte sur le terrain. Faire courir de faux bruits, crier au filon dans une fouille blanche…

*pour ça oui*, parlons-en. Disputer les bornes d'une concession… *pour ça oui*, parlons-en. Voler, arnaquer, tuer un homme… *pour ça oui*, parlons-en. Mais une tache sur le blason familial ! Mettez ça dans la hotte des crieurs publics, qu'ils le clament de haut en bas de la grand'rue… ils y verront une nouvelle ! Qu'est-ce qu'une tache sur le blason familial, là où il n'y a pas de famille ?

Balfour conclut son exhortation en abattant vivement le fond de son verre vide sur l'accoudoir du fauteuil. Le visage épanoui, il leva la main, la paume en dehors, comme pour indiquer que, s'il allait de soi qu'il n'y avait rien ni à ajouter ni à retrancher à son discours, il n'en apprécierait pas moins une marque d'approbation. La tête de Moody esquissa de nouveau, comme d'elle-même, un bref hochement, et il répondit d'un ton qui, pour la première fois, laissait percer son épuisement nerveux :

— Vous êtes un orateur persuasif, monsieur.

Balfour refusa la flatterie tout en gardant le sourire ; il avait l'air de s'amuser comme un roi :

— La persuasion, c'est de la tricherie, c'est de l'astuce. Moi, je parle sans détour.

— Je vous en remercie.

— Oui, oui. Mais maintenant, monsieur Moody, il faut me raconter votre querelle de famille. Que je puisse juger si, au bout du compte, votre nom est, oui ou non, déshonoré.

— Dispensez-m'en, je vous en prie.

Moody, qui persistait à ne pas hausser la voix au-dessus d'un murmure, regarda rapidement autour de lui, notant que le pasteur avait regagné son siège et paraissait de nouveau absorbé dans sa lecture. Son voisin, un individu aux cheveux roux et au teint fleuri, arborant une moustache à l'impériale, avait l'air de dormir. Thomas Balfour, loin de se laisser décourager, s'exclama en reprenant ses gesticulations :

— La liberté et la sécurité ! Tout se ramène à cela, n'est-ce pas ? Je la connais déjà, voyez-vous, votre dispute ! Les grandes lignes, les voilà ! La liberté qui prime la sécurité et vice versâ… une pension assurée par le père, c'est la liberté pour le fils. Évidemment, il y a des pères qui tiennent la bride trop serrée, comme il y a des fils gaspilleurs, prodigues… mais le fond est toujours le même. Les bisbilles des amoureux aussi, ajouta-t-il face au silence de Moody… Taillées toutes sur le même patron. Au fond des fonds, c'est chaque fois la même dispute.

Moody n'écoutait pas. Un instant, il avait oublié la cendre de son cigare qui menaçait de se détacher, l'eau-de-vie chaude au fond du verre qu'il ne remuait plus. Il avait oublié le lieu où il se trouvait, ce fumoir d'hôtel, dans une ville qui ne comptait même pas cinq ans d'existence, au bout du monde. Son esprit était absent, revenu encore là : à la cravate ensanglantée, à la crispation de cette main d'argent, au nom, répété encore et encore, dans un souffle entrecoupé au sein des ténèbres, « Magdalena, Magdalena, Magdalena ». La scène lui était revenue d'elle-même, en un éclair, telle l'ombre qui nous glace en passant sur la face du soleil.

Moody avait quitté Port-Chalmers à bord du trois-mâts barque *Adieu-vat*, petit bâtiment solide dont la proue élégamment inclinée s'ornait d'une figure en bois de chêne peint : un aigle, emblème de saint Jean. Sur la carte, la traversée dessinait la forme d'une épingle à cheveux : le navire mettait d'abord le cap au nord, enfilait le détroit exigu reliant deux mers, puis virait au sud pour gagner les gisements. Le prix du passage donnait droit à un petit recoin sous le pont, mais l'air y était tellement fétide et irrespirable, que Moody préféra faire presque tout le voyage en haut, tapi à l'abri des plats-bords, serrant le cuir humide de sa mallette sur sa poitrine, le col relevé contre les embruns. Ramassé ainsi, le dos à la vue, il n'eut qu'un aperçu tronqué de la côte : les plaines jaunes de l'Est, s'élevant doucement vers des hauteurs plus verdoyantes, dominées à leur tour par les lointains bleuâtres des sommets ; plus au nord, les fjords glauques, où l'eau dormante imposait silence ; enfin, dans l'Ouest, les torrents aux multiples bras anastomosés qui perdaient de leur éclat en débouchant sur les plages pour tailler des failles dans le sable.

Lorsque l'*Adieu-vat* doubla la pointe nord et changea de cap, le baromètre se mit à baisser rapidement. S'il avait été moins sujet au mal de mer, moins malheureux en général, peut-être Moody aurait-il eu alors assez peur pour se remettre à Dieu : à ce que racontaient les gars sur le port, la noyade était le mal endémique de la côte Ouest, et la question de savoir s'il pourrait ou non se regarder comme un favori de la fortune serait tranchée bien avant qu'il eût atteint les champs d'or et mis genou en terre pour prélever un premier échantillon de graviers dans sa batée. Il y avait autant d'hommes perdus en mer que de débarqués. De son poste sur le gaillard arrière, le maître du navire... le capitaine Carver, tel était son nom... avait vu tant d'empotés emportés à leur mort qu'il pouvait qualifier son vaisseau de tombeau flottant... ces derniers mots prononcés avec une sourdine solennelle dans la voix, et en ouvrant grand les yeux.

La tempête était portée sur des vents verdâtres. Elle débuta par un goût cuivré au fond de la bouche, comme d'une sourde douleur métallique qui alla ensuite s'intensifiant, à mesure que les nuées s'avançaient en s'assombrissant, et lorsqu'elle frappa, ce fut une gifle d'une fureur insensée. Le pont ballotté par une houle démontée, fouaillé par l'étrange clair-obscur des voiles qui ployaient et craquaient au-dessus, la peur matérielle des matelots qui luttaient pour garder le cap... c'était l'étoffe même dont est fait le cauchemar, et Moody avait le sentiment cauchemardesque que c'était le navire qui, en approchant des gisements, de plus en plus près, appelait sur lui cette tourmente infernale.

S'il s'amusait volontiers des superstitions d'autrui, Walter Moody n'était pas pour sa part superstitieux, ni aisément dupe des impressions reçues, quoiqu'il ne perdît jamais de vue l'impression que lui-même désirait produire. Cette attitude était cependant moins le fruit de son intelligence que de son expérience... et l'expérience de Moody, avant son départ pour la Nouvelle Zélande, manquait à la fois d'envergure et de variété. Sa vie jusque-là ne lui avait fait connaître le doute que sous ses espèces calculées et sécurisantes. Il était familier de la suspicion, du cynisme, du probabilisme... non de l'horrifique à-vau-l'eau qui vous entraîne lorsque vous cessez de croire en votre propre faculté de croire en quoi que ce soit ; non de la panique redoutable qui suit ; non du vide blafard qui vient en dernier. Jusqu'à tout récemment, il avait eu le bonheur d'ignorer ces sortes d'incertitude. Il n'avait pas une imagination portée au vagabondage et aux envolées fantasques, et il s'aventurait rarement sur le terrain de la théorie, sinon dans un but pratique. Sa propre mortalité n'était pour lui qu'un objet de spéculation intellectuelle, au lustre aride ; et, étant sans religion, il ne croyait pas aux revenants.

Le récit détaillé de ce qui arriva lors de cette dernière étape du voyage n'appartient qu'à Moody et doit être laissé à son bon vouloir. Qu'il nous suffise pour l'instant de dire qu'il y avait huit passagers à bord de l'*Adieu-vat* lorsque le navire appareilla de Dunedin, mais qu'en accostant sur la côte Ouest, il en comptait neuf. Le neuvième n'était pas un enfant né au cours de la traversée ; il n'était pas un clandestin ; pas davantage un naufragé que le matelot de vigie eût aperçu, accroché à un débris d'épave à la dérive dans les vagues, et fait repêcher en le signalant par un cri à ses camarades. Mais même ces quelques mots priveraient Walter Moody de l'histoire qui est la sienne… d'autant plus injustement qu'il était pour l'instant incapable de se souvenir pleinement de l'apparition, à plus forte raison d'en tirer un récit fait pour plaire à un tiers.

À Hokitika, les pluies n'avaient pas cessé depuis quinze jours. Moody entrevit pour la première fois la ville nouvelle sous la forme d'une traînée fuyante qui avançait et reculait au gré du va-et-vient du vent et des brumes. Il n'y avait qu'un mince couloir de plaine entre la côte et les montagnes abruptes, une terre battue par le ressac sans fin qui s'évanouissait en fumée sur la grève ; terre qui paraissait d'autant plus plate et close sur soi du fait du nuage qui coupait les montagnes très bas sur la pente et formait un plafond gris au-dessus de la grappe compacte des toits de l'agglomération. Le port se trouvait au sud, niché dans la bouche tordue d'une rivière, riche en or, qui moussait en rencontrant le bord salé de l'océan. Là, sur la côte, elle coulait morne et boueuse, mais en amont les eaux étaient fraîches et claires, étincelantes même, à ce qu'on racontait. L'embouchure proprement dite était calme, un petit lac hérissé de mâts et des grosses cheminées des vapeurs dans l'attente du beau temps ; ils en savaient trop pour risquer la barre cachée sous la surface de l'eau et qui se déplaçait à chaque marée. Les débris de l'armada de vaisseaux échoués sur ces sables mouvants étaient là, épars, triste mémento du péril en bas. On comptait une bonne trentaine d'épaves en tout, dont certaines très récentes. Les carcasses fracassées formaient comme une digue, dont la masse désolée semblait étrangement défendre la ville contre la haute mer.

Le capitaine du trois-mâts, n'osant entrer au port par si mauvais temps, fit venir une allége pour porter les passagers à travers les brisants jusqu'à la plage. Les six rameurs… Charons funèbres, tous tant qu'ils étaient… dévisagèrent en silence les voyageurs descendus sur des chaises le long du flanc secoué de l'*Adieu-vat*. Il était confondant de se tapir au fond de cette coquille de noix en levant le regard à travers le gréement impossible… le bâtiment projetait une ombre noire en roulant sur la houle, et lorsque l'allége largua les amarres et s'en éloigna, Moody sentit la clarté comme un attouchement sur sa peau. Les autres passagers étaient pleins d'entrain. Ils s'exclamaient devant le climat, célébraient la traversée réussie en temps de tempête, se perdaient en conjectures au spectacle de chaque épave, cherchaient à en déchiffrer le nom, puis passaient aux mines d'or et péroraient sur l'Eldorado que chacun était certain d'y trouver. Leur bonne humeur était odieuse. Une femme enfonça un flacon de sels dans les côtes de Moody et l'exhorta à en profiter… « discrètement, pour ne pas faire de jaloux »… mais il repoussa la main tendue. Elle n'avait pas vu la même chose que lui.

La pluie semblait tomber de plus en plus dru à mesure que l'allége approchait du rivage. L'écume des brisants faisait embarquer de tels paquets de mer, que Moody dut aider à écoper. Sans mot dire, un homme qui avait perdu toutes ses dents, sauf les molaires du fond, lui mit entre les mains un seau de cuir, et il se laissa faire sans broncher. Enfin, une déferlante à la crinière blanche porta l'embarcation par-dessus la barre, dans les eaux tranquilles de la rivière. Moody ne ferma pas les yeux. Lorsque l'allége vint s'amarrer au wharf, il fut le premier à débarquer, trempé jusqu'à l'os et si bien pris de vertige, qu'il trébucha sur l'échelle et le bateau fit une grosse embardée. Tel un homme traqué, il tituba, boitant presque, le long de l'appontement, jusqu'à la terre ferme.

Lorsqu'il regarda en arrière, il distingua à peine l'allége fragile se cabrant contre ses amarres au bout de la plate-forme. Le trois-mâts avait disparu depuis un bon moment déjà dans les brumes qui, semblables à des plaques de verre trouble, dérobaient les épaves, les paquebots dans la rade et la haute mer au delà. Moody chancelait sur ses jambes. Il avait vaguement conscience des rameurs déchargeant sacs et valises, des autres passagers courant de-ci de-là, des porteurs et débardeurs lançant leurs cris sous la pluie. La scène était comme voilée, les figures gazées… comme si la traversée, avec tout ce qui y tenait de près ou de loin, eût déjà été avalée par le brouillard gris de son esprit défaillant ; comme si sa mémoire, rentrant en elle-même dans un mouvement de recul, s'y fût heurtée à son contre-pied, la faculté d'oubli, faisant tomber par enchantement ces brumes et cette pluie battante, comme elle eût tiré un rideau, spectral, pour le protéger des ombres de son passé récent.

Moody ne s'attarda pas, mais tourna le dos et remonta rapidement la plage, passant devant les abattoirs, les latrines publiques, la rangée de cabanes brise-vent au bord de la grève, les tentes grises alourdies par quinze jours de pluie. Il marchait tête basse, sa mallette serrée étroitement contre son corps, sans rien voir de tout cela : ni les parcs à bestiaux, ni les hauts pignons des entrepôts, ni les fenêtres des bureaux donnant sur Wharf-street avec les vagues formes humaines qui évoluaient dans les locaux éclairés derrière les petits carreaux. Moody avançait toujours, péniblement, s'enfonçant jusqu'aux jarrets dans la boue, et lorsqu'il vit se dresser la fausse façade de l'hôtel de la *Couronne*, il s'y précipita et jeta sa mallette à terre pour tirer des deux mains la porte à lui.

La *Couronne* était un établissement simple et spartiate, qui n'avait en sa faveur que son peu de distance du débarcadère. Si cet emplacement n'était pas sans commodité, il pouvait toutefois difficilement passer pour un mérite : là, si près des parcs à bestiaux, le fumet sanglant de l'abattage s'associait à l'âcre odeur saline de l'océan dans un mélange obsédant qui faisait penser à un garde-manger mal entretenu, où on aurait oublié une pièce de viande avariée. Pour cette raison, Walter Moody aurait pu dédaigner d'emblée l'endroit et choisir plutôt de s'aventurer plus au nord, dans Revell-street, où les façades des hôtels s'élargissaient, affichaient des couleurs plus claires, s'ornaient de porches à colonnes et paraissaient, avec leurs hautes fenêtres et leurs boiseries finement chantournées, offrir les garanties de richesse et de confort auxquelles il était accoutumé en tant qu'homme à son aise… mais Moody avait laissé toutes ses facultés de discernement dans le ventre tanguant du trois-mâts *Adieu-vat*. Il ne cherchait qu'un abri et la solitude.

Le calme du hall désert agit d'abord sur son physique, dès qu'il eut refermé la porte derrière lui, imposant une sourdine au battement de la pluie. Nous avons dit que Moody était d'une physionomie avantageuse, dont il savait se prévaloir habilement : il ne pouvait être question pour lui de se présenter dans une ville inconnue sous l'aspect d'un halluciné. Il secoua l'eau de son chapeau, passa une main dans ses cheveux, tapa du pied pour faire cesser le tremblement de ses genoux et fit jouer énergiquement les muscles de sa bouche, comme pour en éprouver l'élasticité. Tous ces mouvements furent exécutés avec un sans-gêne expéditif. Lorsque la femme de chambre se montra enfin, son visage avait repris son expression accoutumée, et il contemplait avec une indifférence bienveillante l'assemblage en queue d'aronde du comptoir de la réception.

La femme de chambre était une fille à l'air peu dégourdi, aux cheveux incolores et aux dents aussi jaunes que son teint. Elle récita le tableau des prix pour le gîte et le couvert, soulagea le client de dix shillings qu'elle fit tomber avec un bruit morne dans un tiroir (aménagé sous le comptoir et muni d'une serrure à clef) et, d'un pas las, le conduisit à l'étage. Moody, pour se faire pardonner la traînée d'eau qui marquait son passage et la grosse mare qu'il savait avoir laissée sur le carreau du hall, lui mit alors un six-pence dans la main ; elle l'accepta de mauvaise grâce et parut sur le point de repartir, mais se ravisa soudain, comme regrettant de ne s'être pas montrée plus aimable. Elle rougit, laissa passer un instant puis, relevant les babines dans un sourire jaune, proposa de lui faire monter à souper de la cuisine, « pour sécher aussi le dedans ».

L'hôtel de la *Couronne*, de construction récente, présentait le teint de miel poussiéreux auquel on reconnaît le bois fraîchement raboté, avec des cloisons où la sève perlait toujours, goutte à goutte, le long de chaque rainure, et des cheminées vierges encore de cendres et de suie. La chambre de Moody était meublée d'une façon très sommaire, comme dans les spectacles de pantomime, où une chaise unique suffit à évoquer une riche et ample demeure. Le traversin était chichement rembourré de ce qui semblait être, au toucher, de vieux chiffons entortillés et roulés ; les couvertures trop grandes, dont les bords traînaient sur le carreau, donnaient au lit, tapi sous la pente du toit, un air étriqué. Ce dénûment avait quelque chose d'inachevé et de fantomatique, qui aurait pu être inquiétant, si la perspective qui s'offrait de l'autre côté de la vitre gondolée avait été celle d'une autre rue et d'une autre époque. Sur l'âme de Moody cependant, le vide agissait comme un baume. Il déposa sa mallette trempée sur la petite étagère au chevet du lit, essora et sécha ses vêtements du mieux qu'il le put, absorba le contenu d'une théière et quatre tartines de pain bis au jambon et, après avoir passé un moment à la fenêtre, à sonder en vain les ruisselants remous de la chaussée, résolut de remettre au lendemain les affaires qui l'appelaient en ville.

La femme de chambre avait posé la théière sur le journal de la veille… une feuille de grand format, au prix de six pence, mais d'une maigreur étique ! Moody sourit en l'ouvrant. Il avait un faible pour la presse populaire et se réjouit de noter que la « DANSEUSE LA PLUS PIQUANTE » des environs proposait également ses services en qualité d'« *ACCOUCHEUSE**[1] LA PLUS DISCRÈTE ». Une colonne entière était consacrée aux avis de recherche de prospecteurs disparus (« dans l'éventualité où ceci tomberait sous les yeux d'EMERY STAINES ou de quiconque connaîtrait son lieu de séjour actuel… ») et une page entière aux « SERVEUSES DE BAR DEMANDÉES ». Moody parcourut tout le journal deux fois, y compris les nouvelles du port, les réclames et annonces de chambres

1. Les mots et phrases en italique suivis d'un astérisque (*) sont en français dans le texte. *(N.d.T.)*

garnies et de tables d'hôte, et quelques discours électoraux, particulièrement ennuyeux, reproduits intégralement. Il en fut déçu : le *West Coast Times* se lisait comme une feuille de chou de sous-préfecture. Mais que s'imaginait-il donc ? Que les mines d'or seraient une fantasmagorie exotique, faite de clinquant et de grandes espérances ? Que les prospecteurs seraient tous de rusés coquins… du premier au dernier homme, un ramassis de voleurs et d'assassins ?

Moody replia lentement les pages. Le cours de ses pensées le ramenait à l'*Adieu-vat* et à la caisse sanglante dans sa cale, et il sentait de nouveau son cœur s'emballer. Il tenta de se raisonner :

— Suffit.

En vain. Confus de parler ainsi tout haut, il se releva aussitôt et rejeta le journal. De toute manière, le soir tombait, et il n'aimait pas lire dans le demi-jour.

Quittant sa chambre, il redescendit au rez-de-chaussée et trouva la femme de service enfermée dans la niche sous l'escalier, occupée à cirer une paire de bottes de cavalier. Il lui demanda s'il n'y avait pas dans l'établissement un salon où il pourrait passer la soirée. La traversée avait été des plus éprouvantes pour ses nerfs, et il avait grand besoin d'un verre d'eau-de-vie et d'un lieu tranquille où reposer ses regards.

La fille était à présent plus obligeante… elle ne devait pas toucher souvent des six-pence, se dit Moody en se promettant de s'en souvenir, s'il se trouvait avoir à l'avenir besoin de ses offices. Elle expliqua que le salon de la *Couronne* avait été réservé pour toute la soirée par un groupe privé, « l'Amicale catholique »… elle prononça le nom avec un nouveau sourire, proposant toutefois, s'il le voulait bien, de lui montrer plutôt le chemin du fumoir.

Rappelé brutalement à l'instant présent, Moody vit que Thomas Balfour le regardait toujours, les traits empreints d'une attente intriguée.

— Je vous demande pardon, s'excusa-t-il, confus. Je crois que je me suis perdu dans mes pensées… Un instant de distraction…

— À quoi pensiez-vous ? demanda Balfour.

À quoi, en effet ? À rien, sinon à cette cravate, à cette main d'argent, à ce nom, souffle étranglé dans le noir. La scène était comme un petit monde, pensa Moody, doté de ses propres dimensions. Lorsque son esprit l'y ramenait, il demeurait insensible au passage du temps ordinaire. Il y avait le grand monde, fait d'un temps qui roulait vers l'avant et de lieux qui se succédaient, et ce petit monde, figé dans l'horreur et l'intranquillité ; l'un se casait au sein de l'autre, une sphère dans une sphère. Comme c'était étrange, que Balfour l'eût observé ; que le temps réel eût continué à couler… à graviter autour de lui pendant ce même temps…

— À rien de particulier, dit-il finalement en réponse à la question. La traversée a été difficile, c'est tout, et je suis bien las.

Dans son dos, l'un des amateurs de billard joua un coup : il y eut un double heurt, une chute feutrée, un murmure admiratif de la part de ses adversaires. L'ecclésiastique secoua bruyamment son journal ; un autre toussa ; un autre encore s'épousseta la manche et remua sur son siège.

— J'avais posé la question de votre dispute, reprit Balfour.

— La dispute…

Moody resta de nouveau silencieux. Il se sentait soudain trop épuisé même pour parler.

— La querelle, répéta Balfour pour l'aider. Entre vous et votre père.

— Je suis désolé. Les détails sont scabreux.

— Une affaire d'argent ! J'y suis ?

— Non. Excusez-moi, se défendit Moody en se passant la main sur le visage.

— Il ne s'agit pas d'argent ! Bon, alors… une affaire d'amour ! Vous êtes amoureux… mais votre père n'approuve pas l'élue de votre cœur…

— Non, monsieur. Je ne suis pas amoureux.

— Dommage, dommage. Allons ! J'en tire la conclusion : vous êtes déjà en puissance d'épouse !

— Je n'ai pas d'épouse.

— Vous êtes peut-être un jeune veuf !

— Je n'ai jamais été marié, monsieur.

Balfour éclata de rire et leva les deux mains au ciel, façon de dire qu'il trouvait la réserve de Moody gentiment exaspérante et tout à fait absurde.

Pendant qu'il riait, Moody se souleva à la force des poignets et fit pivoter son corps pour regarder, par-dessus le haut dossier de son fauteuil, la partie du local à laquelle il tournait le dos. Il voulait faire en sorte d'engager d'autres dans la conversation et ainsi, peut-être, détourner Balfour de son idée. Mais aucun de ces hommes ne leva le regard pour rencontrer le sien ; ils paraissaient même faire exprès de l'éviter. C'était étrange. En attendant, sa posture était incommode, et toute son attitude discourtoise. À contrecœur, il se carra de nouveau sur son siège et croisa les jambes.

— Je ne voudrais pas vous décevoir, dit-il lorsque l'hilarité de Balfour se fut calmée.

— Me décevoir… mais non ! se récria l'autre. Il s'agit bien de cela ! Vous avez vos secrets !

— Je ne me fais pas bien comprendre. Je n'ai rien à cacher. Le sujet m'est personnellement pénible. C'est aussi simple que cela.

— Ah ! mais il en va toujours ainsi, monsieur Moody, quand on est jeune… chez tout le monde, croyez-moi… chacun souffre de sa propre histoire et la trouve pénible… chacun aurait envie de l'enfermer à double tour… et de ne jamais la partager… en société masculine, s'entend.

— La remarque est judicieuse.

— Judicieuse ! Rien de plus ?

— Je ne vous entends pas, monsieur Balfour.

— Vous êtes déterminé à contrarier ma curiosité !

— J'avoue que j'en suis surpris.

— Allons, monsieur, nous sommes ici dans une ville de chercheurs d'or ! s'exclama Balfour. Il faut pouvoir compter sur ses camarades… il faut de la confiance… dame, oui !

C'était plus étrange encore. Pour la première fois… grâce peut-être à la contrariété croissante qui avait pour effet de fixer plus franchement son attention sur ce qui l'entourait… Moody éprouva un frisson d'intérêt. Le silence insolite régnant au fumoir ne témoignait guère de la sorte de fraternité où l'on partage tout, et où tout devient facile… D'ailleurs, pour quelqu'un qui aurait voulu inspirer lui-même la confiance qu'il prêchait, Balfour avait très peu dit de sa propre personne et de sa situation en ville ! Le regard de Moody glissa sur le côté, vers le fauteuil le plus près du feu et son occupant obèse, dont les paupières closes tremblaient sous l'effort de feindre le sommeil, puis derrière lui, vers cet autre, aux cheveux blonds, qui faisait passer sa queue de billard d'une main dans l'autre, mais ne semblait plus se soucier de la partie.

Quelque chose se préparait : tout à coup, il en était certain. Balfour parlait pour les autres : pour leur donner l'occasion de le jauger, lui, Moody. Mais pourquoi ? Il y avait un système derrière ce feu roulant de questions, un dessein, habilement brouillé par cela même qui, chez Balfour, pouvait paraître excessif, par le charme et la sympathie formidable que dégageait sa personnalité. Malgré la nonchalance apparente qu'ils mettaient tous à feuilleter leur journal ou à simuler un petit somme, les onze autres étaient aux écoutes. En s'en rendant compte, Moody vit soudain plus clair dans l'assemblée, comme lorsqu'un semis fortuit d'étoiles se rassemble pour dessiner à nos yeux une constellation. Balfour ne paraissait plus joyeux et expansif, comme il l'avait cru d'abord ; au contraire, il avait la mine d'un homme tendu, à bout ; on aurait pu dire même aux abois. Moody se demanda si, pour avancer ses propres affaires, il n'avait pas plutôt intérêt à le contenter.

Walter Moody était très expérimenté dans l'art des confidences. Il savait que faire une confession à quelqu'un, c'est implicitement se mettre en droit de recevoir la sienne. Secret pour secret, histoire pour histoire ; l'attente discrète de la pareille rendue était une sorte de pression qu'il s'entendait fort bien à exercer. Il en apprendrait plus en paraissant s'ouvrir à Balfour qu'en lui opposant une attitude ombrageuse, simplement parce que, s'il se confiait à lui, librement et sans réserve, l'autre se sentirait tenu de répondre de même. Hormis le désagrément de se remémorer l'histoire de sa famille, il n'avait aucune raison de ne pas la conter pour se ménager la confiance de son interlocuteur. Certes, il ne comptait rien divulguer des événements survenus à bord de l'*Adieu-vat* ; mais, pour cela, il n'avait nul besoin de dissimulation, car ce n'était point là ce que Thomas Balfour désirait entendre.

Ces réflexions faites, Moody changea de tactique.

— Je vois qu'il me reste à gagner votre confiance, dit-il. Je n'ai rien à cacher, monsieur. Je vous conterai mon histoire.

— Va pour l'histoire ! s'exclama Balfour, la mine épanouie, en se mettant à l'aise dans son fauteuil. Mais si elle est bien de ces histoires qui se content, je m'étonne qu'il n'y soit question ni d'amour ni d'argent !

— Seulement de l'absence de l'un et de l'autre, hélas.

— L'absence… ah ! je vois.

Souriant toujours, Balfour invita d'un geste Moody à continuer. L'autre obtempéra :

— Je dois d'abord remonter un peu dans mon passé.

Mais, ces mots prononcés, il retomba dans le silence, les yeux plissés, les lèvres pincées.

Le fauteuil qu'il occupait faisait face à l'âtre, si bien que près de la moitié des hôtes de la salle se trouvaient derrière lui, assis ou debout, requis par leurs divers simulacres d'occupations. Durant les quelques secondes de répit qu'il s'assura en affichant l'air de celui qui rassemble ses pensées, Moody laissa errer ses regards à droite et à gauche pour bien noter les témoins les plus proches, dans le cercle autour de la cheminée.

La place la plus près du feu était donc dévolue à l'homme obèse qui faisait semblant de dormir. Il avait de loin la mise la plus voyante de toutes les personnes présentes : la chaîne de montre qui lui barrait la poitrine, entre le gousset d'un gilet de velours et le plastron d'une chemise de batiste, était en or massif, épaisse comme son propre doigt boudiné et ornée, en guise de breloques, de pépites d'or grosses comme les os des jointures. L'homme assis à son côté, de l'autre côté de Balfour, était en partie caché par l'appuie-tête de son fauteuil, si bien que Moody ne voyait qu'un reflet de son front et le bout luisant de son nez. Son habit était taillé dans un tweed épais à chevrons, beaucoup trop chaud pour la proximité du feu, et sa transpiration démentait l'attitude de repos dans laquelle il paraissait se prélasser. Il n'avait pas de cigare, mais tournait et retournait entre ses mains un étui à cigarettes en argent. À la gauche de Moody se trouvait encore une bergère à oreilles, si près de son propre siège qu'il pouvait entendre le sifflement nasillard de la respiration de son voisin. L'homme était brun, d'une stature nerveuse et svelte, si grand, qu'il semblait plié en deux, assis là, les genoux joints, les semelles collées au sol. Il lisait un journal et, dans l'ensemble, présentait une façade d'indifférence bien plus convaincante que les autres, mais son regard était un peu vague, comme s'il ne déchiffrait pas les caractères imprimés, et il y avait un moment qu'il n'avait plus tourné la page.

Enfin, Moody se lança :

— Je suis le cadet de deux fils. Mon frère, Frederick, est de cinq ans mon aîné. Notre mère est morte alors que je touchais à la fin de mes années d'études… je suis retourné à la maison très brièvement, pour l'enterrer… et mon père s'est remarié peu après. Je ne connaissais pas alors sa seconde épouse. Elle était… ou plutôt elle est une femme douce et raffinée, facilement effrayée et souvent souffrante. Par sa délicatesse, elle est l'antipode de mon père, homme grossier et très porté sur la boisson.

« Le couple était mal assorti ; je crois bien que les deux parties regrettaient le mariage et y voyaient le fruit d'une erreur, et je suis désolé de dire que mon père traita très mal sa nouvelle épouse. Il y a trois ans, il disparut en l'abandonnant à Édimbourg sans aucun moyen de subsistance. Elle aurait pu finir à l'hospice, ou dans un lieu pire encore, si profond était le dénûment dans lequel elle se voyait plongée, du jour au lendemain. Elle fit appel à moi… par courrier ; j'étais alors à l'étranger… je rentrai aussitôt au pays. Je la pris sous mon aile, dans la mesure modeste de mes moyens. Je trouvai pour elle un arrangement qu'elle accepta, avec une certaine amertume, il est vrai ; sa fortune était bien changée…

Gêné, Moody ponctua son récit d'une toux sèche et reprit :

— Comprenez-moi. Je lui fis obtenir une place qui lui assurait de quoi vivre. Cela fait, je me rendis à Londres pour chercher mon père. J'essayai par tous les moyens de me procurer des renseignements, j'y dépensai des sommes considérables… En vain. Finalement, je pensai plutôt à mettre à profit le capital de mon instruction, car je savais ne plus pouvoir emprunter sur mes espérances, et mon crédit dans la Cité avait beaucoup souffert.

« Mon frère aîné ne savait rien de l'abandon de notre belle-mère : il était parti chercher fortune dans les mines d'or d'Otago quelques semaines avant la disparition de notre père. Son expatriation était un de ces coups de tête dont il avait l'habitude… c'était un esprit aventureux, si l'on veut, encore que j'avoue mal le connaître ; nous n'avions jamais été proches, une fois sortis de l'enfance. Les mois succédaient aux mois, les années aux années ; il ne revenait pas, et je n'en avais aucune nouvelle. Les lettres que je lui écrivais restaient sans réponse. À dire vrai, j'ignore à ce jour s'il les a même reçues. Enfin, je pris moi aussi mon passage pour la Nouvelle Zélande, dans l'idée d'informer mon frère de la situation changée de notre famille et… si je le trouvais encore en vie… de le rejoindre peut-être, pour un temps, dans les mines. Il ne me restait rien de ma propre fortune, j'avais mangé mon capital depuis belle lurette, et j'étais criblé de dettes. Durant mes années à Londres, j'avais étudié le droit au Temple intérieur. Sans doute, j'aurais pu y rester en attendant d'être appelé au barreau… mais je n'ai pas vraiment d'amour pour la profession d'avocat. La perspective m'était insupportable. Je préférai partir pour la Nouvelle Zélande.

« En débarquant à Dunedin, il n'y a même pas quinze jours, j'appris que l'or d'Otago avait été pour ainsi dire éclipsé par de nouveaux gisements ici, sur la côte. J'hésitais, ne sachant où tenter d'abord ma chance, lorsque je fus récompensé de ma procrastination de la manière la plus inattendue : je retrouvai mon père.

Balfour émit un murmure, mais n'interrompit pas le conteur. Le regard braqué sur le feu de la cheminée, les lèvres pincées d'un air sagace autour de son cigare, il caressait d'une main molle le pied de son verre. Les onze autres aussi se tenaient cois. La partie de billard semblait avoir été abandonnée, car Moody n'entendait plus derrière lui le cliquetis des billes. Il sentait pourtant le silence tendu comme un ressort, comme si ses auditeurs guettaient… ou redoutaient… une révélation très particulière.

— Nos retrouvailles ne furent pas heureuses, reprit-il d'une voix assez forte pour dominer le tambourinement de la pluie (assez pour être entendu de chacun dans la salle, mais sans donner à croire qu'il se savait écouté). Il était ivre, et très fâché d'avoir été dépisté. Devenu extraordinairement riche, à ce qu'il m'a dit, et de nouveau marié, à une femme qui ignorait vraisemblablement tout de sa vie passée et du fait qu'il était déjà uni par le sacrement à une autre épouse. J'avoue à regret que je n'étais pas étonné. Je n'ai jamais eu beaucoup d'affection pour mon père, et ce n'était pas la première fois que je le surprenais dans une situation compromettante… encore que, je m'empresse de le reconnaître, jamais aussi ouvertement criminelle que celle-là.

« L'étonnement me saisit ensuite, lorsque, m'enquérant de mon frère, j'appris qu'il avait été dès le départ l'agent et le complice de mon père : ils avaient tramé ensemble l'abandon de ma belle-mère et pris de concert la route de l'hémisphère Sud. Sans attendre d'avoir parlé aussi à Frederick… je n'aurais pas supporté de les voir tous deux ensemble… je fis mine de quitter mon père. Lui, se montrant agressif, tenta de me retenir de force. Je m'échappai et résolus de gagner sur-le-champ les gisements de la côte Ouest. J'avais de quoi payer directement mon retour à Londres, si je l'avais voulu, mais mon chagrin était tel, que…

Moody marqua une pause et esquissa de la main un geste d'impuissance avant de conclure :

— Je ne sais pas. J'ai pensé que le dur travail des placers me ferait peut-être du bien, pour un temps. Et je ne veux pas finir avocat.

Suivit encore un silence général. Moody secoua la tête, s'avança jusqu'au bord de son siège et parla d'un ton plus énergique :

— C'est une triste histoire. J'ai honte de mon sang, monsieur Balfour, mais je ne veux pas remâcher le passé. Je compte refaire ma vie.

— Bien triste, en effet ! s'exclama Balfour, ôtant enfin le cigare de sa bouche pour de nouveau ferrailler dans le vide. Je suis navré pour vous, monsieur Moody, mais en même temps j'applaudis à votre choix. Qu'est-ce après tout que la vie du mineur sur les gisements d'or ? Une réinvention ! Je dirais même une révolution ! Pour celui qui veut refaire sa vie… *se* refaire de fond en comble… pour de vrai… c'est ici ou jamais !

— Voilà qui est encourageant, dit Moody.

— Votre père… s'appelle lui aussi Moody, je présume.

— En effet. Adrian, de son nom de baptême. Auriez-vous entendu parler de lui ?

— Non, se récusa Balfour, ajoutant aussitôt, en réponse à la déception qu'il devinait chez son interlocuteur : Ce qui, bien sûr, n'a rien de concluant. Je suis agent maritime, comme j'ai eu l'honneur de vous en informer ; ces derniers temps, je ne côtoie plus guère les gars sur le terrain. J'ai vécu à Dunedin. J'y suis resté dans les trois ans. Mais si votre paternel a fait fortune sur les diggings, il se trouvait sûrement à l'intérieur. Dans le haut pays. Il a pu être n'importe où… du côté de Tuapeka, de Clyde… vraiment, n'importe où. Mais, dites-moi… pour ce qui est de l'ici et maintenant… vous ne craignez pas qu'il vous suive ?

— Non, dit à son tour Moody. J'ai pris mes mesures pour faire croire que j'étais reparti sur-le-champ en Angleterre, le jour même où je l'ai quitté. J'ai trouvé sur le port un homme qui cherchait passage pour Liverpool. Je lui ai exposé ma situation, et après un marchandage expéditif, nous avons échangé nos papiers. Il a donné mon nom en embarquant, et moi le sien. Si mon père se renseigne à la douane, les préposés pourront lui fournir la preuve que j'ai déjà quitté ces îles pour rentrer au pays.

— Il se pourrait cependant que votre père… et votre frère… se laissent attirer sur la côte par les derniers gîtes signalés.

— Je ne saurais prédire l'avenir, reconnut Moody. Mais, d'après ce que j'ai cru comprendre de leur situation actuelle, ils ont trouvé tout l'or qu'ils voulaient à Otago.

— *Tout* l'or qu'ils voulaient !

Balfour semblait sur le point de se mettre à rire de nouveau. Moody haussa les épaules et reprit d'un ton froid :

— Eh bien, je me préparerai évidemment à l'éventualité de leur venue. Mais je l'estime peu probable.

— Eh !... oui, bien sûr. Bien sûr. Mais passons à des sujets plus riants, proposa Balfour en lui tapotant la manche de sa grosse patte. Dites-moi, que comptez-vous faire de votre magot, une fois que vous aurez ramassé une jolie somme ? Retournerez-vous en Écosse pour dépenser votre fortune là-bas ?

— Je l'espère. À ce que j'ai entendu dire, on peut amasser de quoi, et de quoi vivre à l'aise jusqu'à la fin de ses jours, en quatre mois ou moins. Je pourrais donc quitter ces contrées avant les pires mois d'hiver. Serait-ce là une perspective vraisemblable, à votre avis ?

— Tout à fait, répondit Balfour, le sourire aux lèvres, le regard de nouveau plongé dans les braises. Des plus vraisemblables, en effet... oui, vous pouvez avoir bon espoir. Vous n'avez donc pas d'amis en ville ? Personne pour venir vous accueillir au débarcadère, tenter sa chance avec vous ? Pas de vieilles connaissances ? Des gars du pays ?

— Personne, répéta Moody pour la troisième fois déjà. C'est seul que j'ai fait le voyage jusqu'ici et, comme je vous l'ai dit, je compte être moi-même le seul auteur de ma fortune, sans l'aide de quiconque.

— Eh oui ! Enfin, auteur ou chercheur... de nos jours, c'est chacun comme il l'entend. Mais l'associé du chercheur d'or est comme son ombre... ça aussi, c'est une chose à savoir... son ombre, ou sa femme...

La boutade fit courir un murmure amusé dans la salle ; non un rire franc, mais un simple souffle discret, émanant de plusieurs côtés à la fois. Moody regarda autour de lui. Il avait perçu un relâchement de l'atmosphère, comme un soulagement collectif à la conclusion de son récit. Ces hommes craignaient quelque chose, pensa-t-il, et son discours leur avait donné lieu d'ajourner leurs craintes. Pour la première fois, il se demanda si leurs appréhensions pouvaient avoir un rapport avec l'horreur dont il avait été témoin à bord de l'*Adieu-vat*. L'idée était étrangement déplaisante. Il ne voulait pas croire que son souvenir privé pût avoir un sens pour d'autres, moins encore qu'un autre pût le partager. (La souffrance, se dirait-il plus tard, a le pouvoir de nous dépouiller de notre faculté d'empathie, de faire de nous des égoïstes en nous dressant contre tous les autres souffrants. Le fait, une fois compris, fut pour lui une surprise.)

Balfour souriait de toutes ses dents. Regardant Moody avec un hochement de tête approbateur, comme pour lui prêter le mot, il répéta :

— Oui-da… son ombre ou sa femme.

Il se caressa plusieurs fois la barbe, du creux de la main, en riant tout bas. Il était réellement soulagé. Un héritage perdu, une infidélité conjugale, une femme bien née contrainte de *se placer* chez des étrangers… c'étaient là les méfaits d'un tout autre monde : monde de salons et de cartes de visite et de toilettes à la mode. Balfour trouvait charmant que de tels revers de fortune pussent passer pour des tragédies… que ce jeune homme pût *s'en confesser* avec le quant-à-soi et l'embarras farouche de quelqu'un qui, dès le berceau, avait appris à regarder son rang comme inviolable. Parler de ces choses-là, ici… dans ce poste avancé de la civilisation ! Hokitika poussait comme un champignon, plus vite encore que San Francisco, à en croire les journaux, et littéralement à partir de rien… à partir de la vie ancestrale de la jungle en décomposition… à partir des vasières et des ravins mouvants et des brumes… à partir des eaux sournoises, chargées de minerai. Ici, les hommes n'étaient pas les fils de leurs œuvres ; cela viendrait, mais pour l'instant, accroupis afin de laver la terre sous leurs pieds, ils en étaient encore à *accoucher* d'eux-mêmes. Balfour leva de nouveau les doigts au revers de son gilet. Pathétique, l'histoire de Moody lui inspirait une indulgence quasi paternelle… en effet, Balfour prenait plaisir à tout ce qui lui rappelait ses propres qualités d'homme moderne (entreprenant, libre de toute attache), à l'opposé de ceux qui restaient empêtrés dans l'apparat d'une époque révolue.

Un tel jugement était, bien sûr, plus révélateur de celui qui le portait que de celui qui en faisait l'objet. Balfour avait trop de volonté pour admettre une autre philosophie que l'empirisme le plus terre à terre, et trop de largeur de vues pour comprendre un désespoir qu'il voyait sous les espèces d'un puits sans fond : profondeur sans ampleur, confinement étouffant, un espace dans lequel on ne pouvait s'orienter qu'au toucher, dans une totale incuriosité. Il ignorait la fascination qu'exercent les choses spirituelles, y trouvait, au mieux, matière aux mystères… autrement grands, autrement entraînants… de l'humour et de l'aventure ; sur les nuits et les ténèbres de l'âme, il était sans opinion. Il disait souvent que le seul abîme intérieur à mériter peu ou prou son attention était celui que creusait l'appétit ; il en riait lui-même, comme d'une bonne blague, mais il était de fait qu'il témoignait rarement de la sympathie dans les situations où l'on s'y serait attendu. Il voyait d'un bon œil les espaces ouverts de l'avenir de ses semblables, mais ne supportait pas les huis-clos de leur passé.

— En tout cas, poursuivit-il, écoutez bien ce que je m'en vais vous dire, monsieur Moody, c'est le second conseil que je vous donne : trouvez-vous un associé. Il y a pas mal de partis dans le coin qui ne demanderaient pas mieux que d'avoir une paire de bras de plus. C'est comme ça que ça marche, voyez-vous… on se trouve un ami et on s'associe. Je n'ai jamais vu personne réussir seul. Vous êtes déjà équipé ? Vous avez votre tenue de digger ? Votre paquetage ?

— Sous ce rapport, je dépends malheureusement des caprices de votre climat, répondit Moody. Ma malle est restée à bord du navire ; il faisait trop mauvais pour hasarder ce soir le passage de la barre, mais on m'a dit que je pourrais récupérer mes bagages à la douane demain après-midi. Moi, c'est une allége qui m'a mené à terre… un petit équipage a eu le courage de sortir à la rame pour débarquer les passagers.

— Eh oui, fit Balfour d'un ton plus grave. Rien que le mois dernier, nous avons eu trois bâtiments de perdus au passage de la barre. C'est horrible ! Bien sûr, cela peut rapporter gros. On ne se soucie guère des arrivants, mais les partants sont une autre histoire… les navires qui repartent d'ici sont lestés d'or.

— Je me suis laissé dire que les approches du port de Hokitika sont connues pour être particulièrement périlleuses.

— Tristement connues, oui. Et il n'y a rien à faire, si le bateau mesure plus de cent pieds. Il aura beau pousser les feux, mettre la vapeur, il ne forcera pas le passage. Ça jette feu et flammes… un beau spectacle, ma foi ! Mais, enfin, il ne s'agit pas que des vapeurs. Et pas que des gros. C'est une vraie loterie, Walter, que la barre de Hokitika. Ce sable-là peut être fatal à une goélette, si la marée s'y met.

— Je vous crois, dit Moody. Notre navire était un trois-mâts barque… un fin voilier, pas trop grand, assez robuste pour résister à la pire tempête… et pourtant, le capitaine n'a pas voulu tenter le passage. Il a préféré jeter l'ancre dans la rade et attendre le matin.

— Le *Waterloo*, c'est ça ? On le voit régulièrement sur la ligne entre Chalmers et ici.

— Celui-ci n'est pas un bateau de ligne. Il s'appelle l'*Adieu-vat*.

Comme s'il avait brandi un pistolet, telle fut la stupéfaction occasionnée par l'énoncé de ce nom. Moody (la physionomie toujours bénigne) promena son regard alentour et constata que l'attention de la salle était désormais fixée sur lui sans feinte. Plus d'un lecteur avait posé son journal ; les dormeurs ouvraient les yeux ; l'un des joueurs de billard fit même un pas pour se rapprocher, entrant en plein dans le cercle de la lampe.

Balfour avait lui aussi tressailli au nom du trois-mâts, mais ses yeux gris rencontrèrent ceux de Moody sans émotion.

— Je vous avouerai, monsieur Moody, dit-il d'un ton très loin de la faconde suffisante qu'il avait déployée jusque-là, que le nom de ce vaisseau ne m'est pas inconnu… en effet, il ne m'est pas inconnu… mais j'aimerais m'assurer aussi du nom du capitaine, si vous le voulez bien.

Pendant qu'il parlait, Moody scruta ses traits, cherchant à y démêler une certaine nuance d'expression… une qualité que, mis en demeure, il eût pourtant été en peine de nommer tout haut. Balfour n'avait-il pas l'air d'un homme hanté ? Si quelque chose lui avait remis en esprit la sorte d'horreur surnaturelle à laquelle il s'était pour sa part heurté à bord de l'*Adieu-vat*, l'effet ne serait que trop visible, il en était certain. Balfour cependant paraissait simplement sur ses gardes, tel l'homme qui apprend le retour d'un créancier et s'applique à rassembler des excuses et à chercher des échappatoires… son aspect n'était ni tourmenté ni effrayé. Et pourtant, il n'était plus le même… il y avait dans son regard une rouerie, une acuité jusque-là absente. Moody se sentit enhardi par ce changement. Son cœur se mit soudain à battre plus fort. Il comprenait qu'il avait sous-estimé cet homme.

— Je crois que le capitaine se nomme Carver, dit-il lentement. Francis Carver, si ma mémoire ne me trompe ; un grand gaillard d'une force considérable, à la mine sombre et renfrognée, à la joue balafrée… est-ce là le signalement de celui que vous connaissez ?

— Oui, répondit Balfour, interrogeant à son tour le visage de Moody avant d'ajouter : Je serais très curieux de savoir comment vous avez fait la connaissance de M. Carver. Si vous voulez bien excuser mon indiscrétion.

— Je vous demande pardon, mais je ne le connais pas, dit Moody. Je suis certain qu'il ne me reconnaîtrait pas s'il me revoyait.

Il était résolu à répondre aux questions de Balfour courtoisement et sans réserve, stratégie qui l'autoriserait à en poser ensuite quelques-unes de son côté. Moody était d'instinct un fin diplomate. Enfant déjà, il avait compris qu'il valait toujours mieux offrir aux autres une vérité partielle avec quelque apparence de bonne volonté, plutôt que de dire toute la vérité en paraissant se défier. Une attitude obligeante valait son pesant d'or, ne fût-ce que par l'obligation de réciprocité qu'elle entraînait, la bonne foi appelant la bonne foi. Il ne tourna plus la tête, mais garda sans ciller une figure ouverte, ne s'adressant qu'au seul Balfour, comme si les onze témoins périphériques qui le regardaient de tous leurs yeux ne le troublaient aucunement.

— Dans ce cas, dit Balfour, je parierais que vous avez payé votre passage au second.

— De la main à la main, monsieur.

— C'était un arrangement entre vous deux ?

— Tout l'équipage était partie prenante, avec l'accord tacite du patron. Une façon assez facile pour chacun de toucher quelques sous en sus de sa solde, j'imagine. Il n'y avait pas de couchettes… on nous assignait une place dans l'entre-pont avec pour consigne d'ouvrir l'œil et de ne pas gêner. La situation était loin d'être idéale, bien sûr, mais, comme vous le savez déjà, les circonstances m'obligeaient à quitter Dunedin sur-le-champ, et l'*Adieu-vat* était le seul bâtiment en partance ce jour-là. Je ne connaissais pas le second avant de faire affaire avec lui, ni aucun des autres passagers, ni aucun des hommes d'équipage.

— Les passagers étaient combien à faire la traversée selon les mêmes conditions ?

— Huit, dit Moody.

Il rencontra posément le regard de Balfour et porta son cigare à ses lèvres. Balfour prit la balle au bond.

— C'est-à-dire vous et sept autres ? Huit en tout ?

Moody ne répondit pas directement.

— La liste des passagers sera publiée lundi dans le journal. Vous aurez toute liberté de la consulter, dit-il en affectant un petit air dubitatif, comme pour donner à entendre qu'il jugeait cette insistance non seulement inutile, mais incongrue. Bien sûr, mon vrai nom n'y figurera pas. J'ai fait la traversée en tant que Philip de Lacy, telle étant l'identité de l'homme dont j'ai acheté les papiers à Dunedin. Walter Moody se trouve maintenant, aux yeux de l'administration, quelque part dans le Pacifique Sud… en route pour le cap Horn.

— Permettez-moi de vous poser encore une question, reprit Balfour sans se départir de son calme. J'aimerais que vous me disiez… une petite chose… si vous vous êtes fait une opinion, bonne ou mauvaise. Sur M. Carver, s'entend.

— Je ne suis pas certain de savoir vraiment vous répondre. Je ne peux faire état que de soupçons et de ouï-dire. Je crois que l'intéressé avait une raison impérative, et indépendante de sa volonté, pour quitter Dunedin, car il était pressé d'appareiller en dépit de la tempête qui s'annonçait, mais j'ignore tout des motifs de sa hâte. Je ne lui ai pas été présenté, et je ne l'ai vu que de loin au cours de la traversée, fort rarement, car il est resté la plupart du temps confiné dans sa cabine. Vous voyez donc que mon opinion n'a pas grande valeur. Et pourtant…

Moody se tut.

— Et pourtant…, relança Balfour, dans l'attente.

— Pour être franc avec vous, monsieur, dit enfin Moody en faisant pivoter son buste de manière à le regarder en face, j'ai découvert certains faits, une fois à bord, relativement à la cargaison, qui m'amènent à douter que la mission du navire puisse être qualifiée d'honnête. S'il y a une chose dont je sois bien certain, c'est que je souhaite ne jamais me faire un ennemi de M. Carver… autant qu'il sera en mon pouvoir de l'éviter.

À ces paroles, l'homme très brun à la gauche de Moody parut se roidir et, se penchant en avant, demanda de but en blanc :

— Vous avez trouvé quelque chose dans la cargaison, dites-vous ?

Nous y voilà ! pensa Moody. C'était le moment de pousser son avantage. Il se retourna pour s'adresser au nouvel intervenant.

— Pardonnez-moi, je vous en prie, de ne pas entrer dans les détails. Je ne veux pas vous manquer de respect, monsieur, mais nous ne nous connaissons pas ; ou, plutôt, *je* ne *vous* connais pas, car quant à la réciproque, mon échange avec M. Balfour a atteint ce soir d'autres oreilles que celles auxquelles il était destiné. Je suis donc en position de faiblesse, non certes vis-à-vis de moi-même, car je me suis présenté selon la vérité, mais vis-à-vis de vous, qui avez fait ma connaissance sans m'être présenté et entendu mon récit sans y être invité ni faire de réponse. Je n'ai rien à dissimuler, en ce qui concerne ou le voyage qui m'a amené ici ou un autre, mais j'avoue – (s'adressant de nouveau à Balfour) – que je suis ulcéré de subir un interrogatoire aussi implacable de la part de quelqu'un qui ne daigne pas révéler ses desseins.

Les tournures étaient plus énergiques que le langage habituel de Moody, mais il avait parlé calmement et avec dignité, et il se savait dans son droit. Il fixa Balfour sans ciller, d'un air ouvert, débonnaire même, attendant sa réponse. Balfour darda un coup d'œil du côté de l'homme brun qui s'était immiscé dans la conversation, puis revint à Moody et poussa un soupir. Il se leva enfin, jeta son bout de cigare dans le feu, avança la main et dit doucement :

— Vous n'avez rien à boire, monsieur Moody. Permettez-moi de vous resservir.

Il s'approcha de la desserte sans rien ajouter, suivi du grand brun qui, une fois déplié et dressé de toute sa hauteur, frôlait presque le plafond bas de la salle. Il se pencha à l'oreille de Balfour et se mit à murmurer des mots pressants. Balfour hocha affirmativement la tête et répondit sur le même ton… transmettant apparemment une consigne, car l'homme alla alors du côté du billard, fit signe au joueur aux cheveux blonds que Moody avait déjà remarqué, et lui communiqua le message. Le blondin approuva de la tête, avec vigueur, dès le premier mot. En observant ces chuchotements, Moody retrouvait sa vivacité habituelle. L'eau-de-vie l'avait réveillé ; il était réchauffé et bien au sec ; rien ne pouvait mieux lui remonter le moral que la promesse d'un beau récit.

Il arrive souvent, lorsqu'une âme tourmentée se voit requise par un problème autre, qui ne la concerne pas directement, que cette préoccupation abstraite lui procure un soulagement et un répit. Moody en fit alors l'expérience. Pour la première fois depuis qu'il avait mis pied à terre, il se trouvait capable de réfléchir clairement à sa mésaventure récente. Comme si le cadre de ce nouveau mystère dégageait son souvenir personnel. Il pouvait repenser à la scène qui le hantait… le mort qui se relevait, sa gorge sanglante, son cri… en la regardant comme quelque chose de l'ordre de la fable ou du fait divers ; horrifiante toujours, mais d'une horreur en quelque sorte plus explicable. Son histoire avait acquis une valeur : il pourrait en tirer profit, l'offrir en troc.

Il vit le message murmuré passer de l'un à l'autre. Il ne distinguait aucun nom… le méli-mélo d'accents inconnus s'y opposait… mais il était clair que le sujet concernait chacun dans la salle. Il s'appliqua à analyser la situation, à l'évaluer rationnellement. L'inattention l'avait déjà une fois induit en erreur ce soir-là ; il n'entendait pas se tromper de nouveau. Ces hommes préparaient un coup, ou il ne s'y connaissait pas… À moins que leur réunion n'eût pour but de sceller une alliance contre un autre. Contre M. Carver, peut-être. Ils étaient douze, chiffre qui aurait fait penser à un jury si la chose n'avait été inconciliable avec la présence des Chinois et du Maori. Était-il tombé au milieu d'un conseil secret ? Mais quelle sorte d'assemblée regrouperait une telle variété de races, de revenus et de rangs ?

Inutile de dire que la figure de Walter Moody ne laissait rien paraître de ces pensées. Il s'était composé une physionomie de circonstance, entre celui qui se confondrait en excuses et celui qui donnerait sa langue au chat, comme pour indiquer qu'il était au regret de semer le trouble dans leur réunion, mais que, ne comprenant lui-même rien à la réaction qu'il provoquait, il voulait bien se laisser guider par n'importe qui, plutôt que de suivre son propre jugement.

Au dehors, le vent changea de direction, envoyant de haut en bas de la cheminée une rafale humide, qui souffla sur les braises une poussée rougeoyante et, un instant, porta aux narines de Moody l'odeur saline de la mer. Le mouvement dans l'âtre parut réveiller l'homme obèse près du feu. Il s'extirpa de son fauteuil en grognant sous l'effort et alla d'un pas traînant rejoindre les autres devant le dressoir. Lui parti, Moody se retrouva seul avec l'homme en costume de tweed qui, se penchant en avant, ouvrit enfin, d'un coup sec, son étui d'argent, y choisit une cigarette et parla.

— Permettez-moi de me présenter. J'espère que vous n'avez rien à objecter ? dit-il d'un ton courtois en mangeant ses mots (il avait un accent français immédiatement reconnaissable). Je m'appelle Aubert Gascoigne. Votre nom, je le connais déjà, et je vous en demande bien pardon.

— Eh ! mais il se trouve que je connais aussi le vôtre, répondit Moody avec un petit mouvement de surprise. Si je ne me trompe.

— Notre rencontre se présente donc sous d'heureux auspices. Mais vous m'intriguez. D'où me connaissez-vous, monsieur Moody ?

Gascoigne, qui cherchait ses allumettes, s'immobilisa ce disant, la main dans sa poche de poitrine, tel l'officier qui se campe dans une pose crâne pour se faire croquer par un artiste.

— J'ai lu ce soir votre discours, dans le *West Coast Times* de vendredi… C'est bien cela ? Si j'ai bonne mémoire, vous avez rédigé un jugement pour le tribunal de police.

— Ah ! je vois. Le journal d'hier vaut bien les neiges d'antan. Au temps pour moi.

Gascoigne sourit et, les allumettes retrouvées, en choisit une, leva une jambe et frotta l'extrémité soufrée sur la semelle de sa botte.

— Je vous demande pardon, s'empressa Moody, craignant de l'avoir offensé.

L'autre cependant secoua négativement la tête. Il attendit d'avoir allumé sa cigarette avant de répondre :

— Il n'y a pas de quoi. Voyons… Vous débarquez, étranger dans une ville inconnue, et que faites-vous ? Vous n'avez rien de plus pressé que de vous procurer le journal de la veille pour prendre connaissance de la chronique judiciaire. Vous apprenez ainsi les noms de ceux qui enfreignent la loi en même temps que de ceux qui ont à charge de la faire respecter. Toute une stratégie.

— Mais non, j'ai agi sans méthode, protesta Moody.

Le nom de Gascoigne figurait en page trois du journal, sous le texte d'une brève allocution, guère plus d'un paragraphe, sur l'iniquité du crime. Le discours était précédé de la liste des arrestations opérées depuis le début du mois. (Moody ne se rappelait aucun nom et, à vrai dire, n'avait retenu celui de Gascoigne que parce qu'il avait eu autrefois un professeur de latin qui s'appelait Gascoyen… la ressemblance avait frappé son regard.)

— Admettons, concéda Gascoigne. Toujours est-il que cela vous a amené au cœur même du problème qui nous occupe : une affaire qui a été sur toutes les lèvres depuis quinze jours.

— Une histoire de petits délinquants ? demanda Moody en fronçant le front.

— D'une personne en particulier.

Comme l'autre s'en tint là, Moody lança d'un ton léger :

— Voulez-vous que je devine ?

— Peu importe, fit Gascoigne avec un haussement d'épaules. Je parlais de la putain.

Moody sourcilla. Il s'efforça de se rappeler la liste des personnes arrêtées… oui, peut-être bien y avait-il là un nom de femme. Il se demanda pourquoi le Tout-Hokitika ferait des gorges chaudes de l'arrestation d'une fille publique. Il mit un moment à chercher ses mots et, avant de réussir à formuler une réponse, fut surpris d'entendre Gascoigne éclater de rire.

— Je vous taquine. Il ne faut pas me laisser faire. La nature du délit n'était pas précisée, mais avec un peu d'imagination cela peut se lire entre les lignes. Quant au nom, elle se fait appeler Anna Wetherell.

— Je ne suis pas certain de savoir lire avec imagination.

— Vous êtes pourtant homme de loi, n'est-ce pas ?

Gascoigne rit derechef, expulsant un souffle explosif et chargé de fumée. La réponse de Moody fut quelque peu guindée :

— Seulement de formation. Je n'ai pas été appelé au barreau.

— Je vous aiderai donc. Il y a toujours des nuances implicites dans le texte des jugements, expliqua Gascoigne. « Gentlemen du Westland »... voilà un premier indice pour vous. « Délits honteux et dégradants »... et de deux.

— Je vois.

Mais il ne voyait pas du tout. Il laissa errer son regard par-dessus l'épaule de Gascoigne : l'homme obèse avait abordé les deux Chinois et leur mettait sous les yeux la page de garde de son calepin, où il venait de griffonner quelque chose.

— La femme aurait-elle été accusée à tort ? reprit Moody. Serait-ce cela qui a attiré l'attention sur son affaire ?

— Mais elle n'a pas été emprisonnée en tant que putain, dit Gascoigne. Pour ce qui est de *cela*, notre bonne police s'en moque comme de Colin-Tampon ! Il suffit d'être discret, les agents sont tout disposés à fermer l'œil.

Moody attendit. Les propos de Gascoigne étaient troublants dans leur mélange de révélations et de retenue. L'homme lui-même n'inspirait pas confiance. Il pouvait avoir trente-cinq ans environ. Ses cheveux pâles commençaient à s'argenter sur les tempes, et il arborait une paire de moustaches, également pâles, séparées sous le nez. Son habit à chevrons était d'une coupe ajustée.

— Au fait, reprit-il, l'agent même qui l'a ramassée a voulu se la payer, tout de suite après l'écrou !

— L'écrou ?

Répétant après l'autre, Moody se sentait ridicule. Pourquoi Gascoigne ne pouvait-il parler de façon moins sibylline, en développant davantage ? Il paraissait cultivé (Thomas Balfour, en comparaison, était un ballot mal dégrossi), ou plutôt non, il paraissait porter le deuil d'une culture défunte. Il parlait en homme qui a connu des déceptions, pour qui la perfection ne se conjugue qu'au passé… souvenir d'une chose pleurée, car perdue.

— Elle a été traduite devant la justice de ce monde pour avoir voulu comparaître devant celle de l'autre. Il y a là une sorte de symétrie, ne trouvez-vous pas ? Justice pour justice.

Moody ne pouvait convenablement approuver. De toute manière, c'était une ligne de pensée qu'il ne tenait pas à poursuivre. Afin de détourner la conversation, il demanda plutôt :

— Et le capitaine de mon vaisseau, M. Carver ? Je présume qu'il y a quelque chose entre lui et cette femme ?

— « Quelque chose », oui, on peut le dire. Il a tué son propre enfant.

Gascoigne contemplait la cigarette entre ses doigts. Comme pris d'un dégoût subit, il la jeta au feu, tandis que Moody reculait d'horreur en se récriant :

— Pardon ?

— On ne peut pas le prouver, évidemment, reprit Gascoigne d'un ton sinistre. Mais l'individu est une brute. Vous avez raison de vouloir l'éviter.

De nouveau en peine de répondre, Moody le regarda fixement. Gascoigne laissa passer un moment avant de poursuivre :

— Tout homme a son prix. Pour les uns, c'est l'or ; pour d'autres, les femmes. Avec Anna Wetherell, voyez-vous, on avait les deux.

Sur ces entrefaites, l'homme obèse revint s'asseoir avec un verre plein. Son regard alla de Gascoigne à Moody puis, comme s'il s'y sentait tenu par une obscure bienséance mondaine, il se pencha en avant, tendit la main et se présenta :

— Je m'appelle Dick Mannering.

— Enchanté, répondit machinalement Moody.

Il était dérouté. Il regrettait que Gascoigne eût été interrompu juste à ce moment. Il aurait voulu le presser davantage au sujet de la putain. À présent, il ne pouvait sans indiscrétion remettre la question sur le tapis. De toute manière, Gascoigne s'était rencogné au fond de son fauteuil et présentait un visage fermé. Il se remit à tourner et à retourner l'étui à cigarettes entre ses doigts.

— L'*Opéra-Théâtre du prince de Galles*, c'est moi, ajouta Mannering en prenant ses aises.

— Épatant, dit Moody.

— Le seul spectacle en ville.

Ces mots proférés, Mannering frappa le bras de son fauteuil du revers des doigts, cherchant où aller de là. Moody coula un regard du côté de Gascoigne, mais celui-ci, l'air revêche, ne leva pas les yeux de ses genoux. Il était sérieusement contrarié par le retour de l'homme obèse, la chose était claire ; clair aussi qu'il ne voyait aucune raison de cacher son profond agacement à celui qui en était cause… et dont le visage, Moody le nota non sans gêne, se couvrait d'une rougeur violacée.

— J'ai admiré tout à l'heure votre chaîne de montre, lui dit-il finalement. On ne peut pas ne pas la remarquer. Est-ce de l'or de Hokitika ?

Mannering répondit sans baisser le regard sur sa poitrine ni lever les doigts pour toucher l'objet encensé, mais en assenant encore un coup sur les accoudoirs du fauteuil :

— Jolie petite chose, hein ? En fait, les pépites viennent de la Clutha. Kawarau, Dunstan, la Clutha, j'ai été partout.

— J'avoue que ces noms n'évoquent rien pour moi. Je présume qu'il s'agit de gisements d'Otago ?

Mannering marqua son assentiment et se mit à pérorer au sujet des compagnies minières et de l'intérêt des machines à draguer. Moody attendit qu'il en eût fini et demanda en traçant du bout des doigts un petit cercle en l'air de façon à englober toute la compagnie :

— Vous êtes tous laveurs d'or ?

— Pas un seul… sauf les Chinois, bien sûr, répondit Mannering. Nous autres, c'est le train de l'armée. L'intendance, les suiveurs, comme on dit, même si la plupart d'entre nous ont commencé sur les diggings. Mais où trouve-t-on le plus de métal ? Dans les hôtels. Dans les débits de boisson. Dès que les gars dénichent un peu de poudre, ils la dépensent. Si vous voulez un conseil, vous feriez mieux de vous lancer dans les affaires plutôt que dans les collines. Achetez-vous une licence, vendez de l'alcool.

— Le conseil est certainement judicieux, puisque vous l'avez vous-même suivi, repartit Moody.

Mannering, apparemment ravi du compliment, se carra plus confortablement sur son siège. C'était exact : il avait quitté les mines et avait maintenant des hommes à ses gages pour exploiter ses concessions contre une petite part du produit ; il était né dans le Sussex ; Hokitika était un bon patelin, mais il n'y avait pas assez de filles, vu l'importance de la population masculine ; lui, Mannering, était un amateur de l'harmonie, en tout et partout ; il avait fait bâtir son théâtre sur le modèle de l'*Adelphi* dans le West-End ; à son avis, rien ne valait la vieille formule du café-concert ; il ne supportait pas les pubs, et la petite bière le rendait malade ; les inondations à Dunstan avaient été épouvantables… il n'y avait pas d'autre mot ; à Hokitika, la pluie était bien pénible ; rien de plus beau pourtant que l'harmonie à quatre voix, il en revenait toujours là… les quatre parties comme les fils dans un coupon de soie.

— Splendide, murmura Moody.

Gascoigne n'avait pas bougé pendant cette tirade, hormis le rhythme compulsif de ses longues mains pâles, tournant et retournant la boîte d'argent sur ses genoux. Mannering, pour sa part, n'avait aucunement tenu compte de la présence du clerc du tribunal, adressant son discours à un point à un mètre environ au-dessus de la tête de Moody, comme si même celui-ci ne l'intéressait guère.

À la longue, le conciliabule qui se déroulait en marge de leur groupe parut approcher d'une résolution dramatique, et le bavardage de l'homme obèse tarit. Le grand brun vint reprendre sa place à la gauche de Moody ; Balfour le suivit, apportant deux généreuses rasades d'eau-de-vie. Il passa l'un des verres à Moody, écarta ses remercîments d'un revers de la main et s'assit.

— Je vous dois une explication, monsieur Moody, dit-il, pour l'impertinence de mes questions tout à l'heure… ne protestez pas, c'est la vérité vraie. La vérité, c'est… La vérité… Hé bien, la vérité, monsieur, mérite d'être contée. Voilà ce qu'il en est, en deux mots.

— Si vous voulez bien consentir à recevoir nos confidences, compléta Gascoigne de l'autre côté de Balfour avec une affectation de politesse démentie par le ton ouvertement hostile.

— L'un des présents désire-t-il faire des réserves ? demanda soudain le grand brun en s'avançant au bord de son siège.

Moody regarda autour de lui en clignant des yeux, mais personne ne parla.

Balfour hocha la tête. Il attendit un instant encore, comme pour s'associer à ce respect des formes, puis reprit à l'adresse de Moody :

— Laissez-moi vous dire d'emblée qu'un homme a été assassiné. Votre fripouille de Carver… je ne lui donnerai pas le titre de capitaine… est le meurtrier, mais que Dieu me damne si je comprends comment il a fait ou pourquoi. Simplement je le sais, j'en suis aussi certain que du fait que je vois le verre dans votre main. Alors, si vous me faites l'honneur d'écouter une partie de l'histoire de ce scélérat, peut-être serez-vous… Allez, peut-être serez-vous disposé à nous aider, dans la position où vous vous trouvez.

— Je vous demande pardon, monsieur, mais quelle est ma position ? demanda Moody, dont le cœur s'était mis à battre au mot de meurtre (peut-être y avait-il là malgré tout un rapport avec le fantôme à bord de l'*Adieu-vat*).

— Il s'agit de votre malle, non encore débarquée, intervint le grand brun. Et de votre rendez-vous à la douane, demain après-midi.

Balfour agita la main sans cacher son agacement.

— Nous parlerons de cela le moment venu, dit-il. Je vous supplie d'écouter d'abord mon histoire.

— Oui assurément, je vous écouterai, répondit Moody en accentuant légèrement le verbe, comme pour déconseiller à l'autre d'en attendre ou d'en exiger davantage.

Il vit un petit sourire narquois passer sur les traits pâles de Gascoigne, dont la physionomie reprit cependant aussitôt son masque revêche.

— Bien sûr… bien sûr, acquiesça Balfour.

Lui aussi avait compris. Il posa son verre, entrelaça ses doigts et les fit craquer avant de se lancer enfin :

— Eh bien, j'essaierai donc, monsieur Moody, de vous exposer l'objet de notre assemblée.

## JUPITER EN SAGITTAIRE

*Où l'on discute des mérites des établissements de refuge ; il est question d'un patronyme ; Alistair Lauderback est mis à quia ; et l'agent maritime commet un mensonge.*

Le récit de Balfour, embrouillé par les interruptions et alourdi par le style passionné du conteur, devint de plus en plus confus à mesure que celui-ci y avançait, et plusieurs heures s'écoulèrent avant que Moody ne vît clair dans la succession des événements qui avaient abouti au conseil secret dans le fumoir de l'hôtel.

Les interruptions furent trop fastidieuses, et l'approche de Balfour trop foisonnante, pour que le tout mérite d'être rapporté fidèlement selon les mots mêmes de chacun. Nous en retrancherons ici les imperfections tout en imposant, à la chronique impatiente de l'agent maritime et à son esprit divagateur, un ordre régimentaire ; appliquant aux fissures et aux défauts du souvenir concret un mortier de notre façon, nous relèverons comme neuf l'édifice qui, dans les mémoires prises à part, ne subsiste qu'à l'état de ruine.

Nous commençons, avec Balfour, par une rencontre qui s'était produite à Hokitika le matin même.

Φ

Avant l'aube de la ruée sur la côte Ouest, alors que Hokitika n'était encore qu'une bouche terreuse ouverte sur l'océan et que l'or de ses plages brillait à l'abri des passions et des regards, Thomas Balfour vivait dans la province d'Otago et dirigeait ses affaires à partir d'une bicoque au toit de bardeaux sur le front de mer de Dunedin, sous un calicot portant l'inscription *Balfour & Harnett, Agents maritimes.* (M. Harnett s'était ensuite retiré de l'entreprise, dont il n'avait été propriétaire que pour un tiers : il jouissait à présent d'une retraite coloniale à Auckland, loin des gelées de l'Otago et du brouillard blanc qui y noyait les vallées aux heures frileuses du petit matin.) L'emplacement avantageux de l'établissement… dans la droite ligne du débarcadère central, avec une vue sur les promontoires à l'entrée de la baie au loin… lui amenait une pratique distinguée, et il avait compté parmi ses nombreux clients le surintendant en titre de la province de Cantorbéry, un géant aux mains comme des battoirs, réputé homme de conviction, de verve et de zèle.

Alistair Lauderback, tel était le nom du politicien, parcourait sa carrière avec le sentiment grisant d'un mouvement toujours accéléré. Né à Londres, il s'était préparé au barreau avant de s'embarquer pour la Nouvelle Zélande, en l'an de grâce 1851, dans un double but : pour y faire sa fortune puis, fortune faite, pour la multiplier par deux. Son ambition était précisément de la sorte qui convient à la vie politique, en particulier à celle d'un pays jeune. Lauderback fit son chemin, et il le fit rapidement. De la race de ceux qui n'ont de cesse qu'ils n'aient mené à bien les tâches qu'ils se sont eux-mêmes fixées, il avait su se faire apprécier dans les milieux juridiques, ce qui lui avait valu un siège au Conseil provincial du Cantorbéry et la candidature à la surintendance, poste auquel il fut élu à une majorité écrasante. Cinq ans après son arrivée dans la colonie, il était bien introduit auprès du gouvernement Stafford, et jusque dans l'entourage du Premier ministre lui-même. Lorsqu'il frappa pour la première fois à la porte de Thomas Balfour, arborant une fleur de *kowhai* fraîchement coupée à la boutonnière et un faux col dont les pointes évasées avaient été amidonnées (Balfour en prit bonne note) par une main féminine, il ne pouvait plus être qualifié de pionnier. Il avait une aura de permanence : de cette sorte d'influence qui dure.

De visage et d'allure, Lauderback était moins beau qu'imposant. Sa barbe, large et carrée comme celle de Balfour lui-même, saillait presque à l'horizontale à partir du menton, donnant à sa figure un aspect majestueux que ne démentaient pas les yeux sombres, étincelant sous une arcade sourcilière prononcée. Haut de stature, large d'épaules, mais à la taille fine, il paraissait plus grand encore qu'il ne l'était. C'était un homme qui parlait haut, proclamant ses ambitions et ses opinions avec une franchise qui pouvait passer ou pour de la morgue (auprès des sceptiques) ou pour de l'intrépidité (là où il prêchait des convaincus). Un peu dur d'oreille, il avait tendance à incliner la tête et à se voûter légèrement en écoutant… donnant à ses interlocuteurs l'impression, si utile en politique, de jouir toujours d'une attention aussi profonde que providentielle.

Balfour, lui, fut fortement impressionné, lors de leur première entrevue, par la vigueur et l'assurance inébranlable de son discours. Ses passions, qu'il fit connaître d'entrée de jeu, ne se bornaient pas à la seule sphère politique. Il était également propriétaire de plusieurs navires, ayant été depuis l'enfance un grand amoureux de la mer. Il possédait quatre vaisseaux en tout : deux clippers, une goélette et un trois-mâts barque. Il cherchait un maître pour deux des quatre. Jusque-là, il les avait loués à des affréteurs, mais la formule lui laissait une grosse part de risque, et il aurait préféré avoir affaire à une compagnie de navigation ayant pignon sur rue, qui pourrait se permettre de souscrire une assurance correcte. Il récita les noms des quatre selon un ordre manifestement immuable, comme un autre aurait fait des noms de ses enfants : les clippers la *Vertu* et *Corona australis* ; la goélette *Reine du bal* ; et le trois-mâts *Adieu-vat*.

Le hasard voulut que la firme Balfour & Harnett eût alors grand besoin d'un clipper précisément des dimensions et du jaugeage détaillés par Lauderback. Balfour n'avait pas l'emploi de l'autre navire proposé, le trois-mâts barque *Adieu-vat*, trop petit pour les opérations qui l'intéressaient… mais la *Vertu*, sous réserve d'une inspection et d'un voyage d'essai, pourrait fort bien faire tous les mois la navette entre Port-Chalmers et Port-Phillip. Oui, dit-il donc à Lauderback, il pourrait trouver un capitaine pour la *Vertu.* Il prendrait une police d'assurance à un taux raisonnable et louerait le navire à l'année.

Lauderback et Balfour étaient du même âge, mais dès cette première rencontre, celui-ci témoigna à celui-là une déférence quasi filiale… trahissant sans doute ainsi un brin de vanité, car les aspects de la personnalité de Lauderback que Balfour appréciait le plus étaient précisément ceux qu'il s'appliquait à cultiver en lui-même. Il se noua entre eux une sorte d'amitié (un rapport trop admiratif de la part de Balfour pour jamais devenir intime), et pendant les deux ans qui suivirent, la *Vertu* fit sans encombre la navette entre Dunedin et Melbourne. Il n'y eut jamais cause d'invoquer de nouveau la clause d'assurance, rédigée avec tant de soin.

En janvier 1865, Robert Harnett fit connaître sa volonté de se retirer des affaires. Il céda sa part de l'entreprise à son associé et transporta ses pénates sous les cieux plus cléments de l'île du Nord. Balfour, qui n'avait rien d'un sentimental, abandonna aussitôt le terrain sur le port. L'Otago était sur le retour, et il le savait. Les vallées étaient éventrées, les rivières presque à sec. Il s'embarqua pour la côte Ouest, acheta une parcelle près de l'embouchure de la rivière Hokitika, planta sa tente et commença à construire un entrepôt. Balfour & Harnett devint l'Agence maritime Balfour, dont le patron se pourvut d'un gilet brodé et d'un chapeau melon, tandis que la ville de Hokitika poussait comme un champignon autour de lui.

Lorsque le trois-mâts barque *Adieu-vat* jeta

l'ancre dans la rade de Hokitika quelques mois plus tard, Balfour se souvint du nom et reconnut le bateau comme étant la propriété d'Alistair Lauderback. Par courtoisie, il se présenta au capitaine, Francis Carver, et entretint dès lors avec lui des relations cordiales, fondées sur le lien symbolique de leur connaissance commune… allant contre sa propre conviction intime, car il trouvait à M. Carver des manières de voyou et, à part lui, le rangeait dans la catégorie des escrocs. Il le jugeait ainsi sans aigreur. Balfour ne vouait pas un culte à la force de volonté… sinon à la variété charismatique qui, chez Lauderback, l'avait mis sous le charme… et il ne pouvait avoir d'amitié pour un scélérat. Les rumeurs qui collaient à la peau de M. Carver ne l'intimidaient pas, sans non plus le frapper d'une admiration enfantine. Carver lui était somme toute indifférent, et il ne lui coûta guère de le bannir de sa pensée.

Au milieu de l'hiver de la même année, Balfour apprit par son journal qu'Alistair Lauderback allait briguer le siège de député dans le Westland, et quelques semaines plus tard, il reçut une lettre de l'intéressé, sollicitant une fois de plus son concours. Lauderback y parlait de son désir de se présenter comme un homme du terroir. Il priait Balfour de retenir et de meubler pour lui un logement au centre de Hokitika, et en même temps de faciliter le transport d'une malle contenant des effets personnels… livres de droit et papiers divers… qui lui seraient d'une importance essentielle au cours de sa campagne. Chaque point était exposé au long, dans la belle écriture ample et ornée que Balfour associait à l'idée d'un homme assez riche pour gaspiller son encre en fioritures. (Homme dont l'idée le faisait sourire : il prenait plaisir à pardonner à Lauderback ses maintes extravagances.) Lauderback lui-même ne voyagerait pas par mer. Il avait opté plutôt pour la voie terrestre et comptait traverser les montagnes à cheval pour arriver en triomphe au bas de la vallée de l'Arahura. Il effectuerait son entrée, non en personnalité publique habituée aux privilèges et au confort d'une cabine de première classe, mais en homme du peuple, meurtri par la selle, couvert de boue, puant la sueur de son propre front.

Balfour prépara tout selon les instructions reçues. Il loua au nom de Lauderback un appartement avec vue sur le front de mer de Hokitika et le fit inscrire à tous les clubs comptant parmi leurs agréments une table de jeu et des boules américaines. Il passa à l'épicerie une commande de poires, de fromages affinés et de gingembre confit de la Jamaïque, retint les services d'un barbier, loua une loge privée au *Prince de Galles* pour les mois de février et de mars. Il informa le rédacteur en chef du *West Coast Times* que Lauderback comptait faire le voyage depuis Cantorbéry par le col des Alpes, donnant à entendre qu'une mention sympathique de ce projet intrépide permettrait à la feuille de se recommander favorablement au politicien et à ses futures largesses, le jour où, ce qui était plus que probable, il aurait gagné l'élection. Enfin, Balfour envoya un message à Port-Chalmers, enjoignant au capitaine de la *Vertu* d'avoir à prendre livraison de la malle de Lauderback, expédiée depuis Lyttelton, et à la décharger à Hokitika lors de la prochaine tournée du clipper le long de la côte Ouest. Tout cela réglé, il s'offrit un pot de stout à l'hôtel du *Gril*, posa ses pieds sur la table et but à longs traits en se disant que la politique aurait peut-être été pour lui plaire... avec ses prouesses oratoires et ses campagnes, eh oui, il aurait trouvé tout cela fameux.

Au bout du compte cependant, l'arrivée d'Alistair Lauderback à Hokitika n'eut pas la publicité tonitruante que l'homme politique espérait en faisant part à Balfour de ses projets. Si sa traversée des Alpes attira bien l'attention des diggers tout le long de la côte, si son nom figura en bonne place dans tous les journaux et les gazettes de la ville... ce ne fut pas, loin de là, pour les raisons souhaitées.

Selon le compte rendu du brigadier de service, publié le lendemain matin dans le *West Coast Times*, l'événement se serait déroulé de la manière suivante. À deux heures à cheval de leur destination, Lauderback et ses compagnons étaient passés par hasard devant une maison solitaire. Ils n'avaient pris ni repos ni rafraîchissement depuis des heures, et la nuit tombait ; ils firent halte, pensant demander de l'eau pour remplir leurs gourdes et (si le maître du logis voulait bien leur rendre ce service) un repas chaud. Ils frappèrent à l'huis sans recevoir de réponse, mais la lumière d'une lampe et la fumée sortant de la cheminée ne laissaient aucun doute sur la présence de quelqu'un à l'intérieur. La porte n'était pas verrouillée ; Lauderback entra. Il découvrit l'occupant affalé à sa table de cuisine, mort... mort depuis si peu de temps qu'il y avait, comme il le dit ensuite au brigadier, encore de l'eau qui bouillait sur le fourneau. Si on pouvait se fier aux apparences, l'homme qui vivait là en reclus avait succombé à l'ivrognerie. Une main caressait toujours le cul d'une bouteille d'eau-de-vie posée, presque vide, sur la table devant lui, et tout le local empestait l'alcool. Lauderback avoua qu'avant de poursuivre leur chemin, lui et ses deux compagnons burent du thé et mangèrent de la galette de pain qu'ils trouvèrent chez le mort. Compte tenu de la présence du corps... dont la tête reposait pourtant, Dieu merci, sur les bras, les yeux fermés... ils n'y restèrent pas plus d'une demi-heure.

Aux abords de Hokitika, ils furent de nouveau retardés. Alors qu'ils allaient franchir les limites de la commune, ils découvrirent le corps d'une femme gisant au beau milieu de la chaussée, sans connaissance et trempé par la pluie. Elle n'était pas morte, mais sa vie ne tenait qu'à un fil. Lauderback, qui la supposa sous l'influence d'un narcotique, ne put rien en tirer hormis un gémissement. Il prit le corps inanimé dans ses bras pour l'extirper de la boue, envoya ses assistants à la recherche d'un gardien de la paix et, en attendant leur retour, se dit que sa campagne électorale débutait sous de bien funèbres auspices. Les premiers hommes à qui il allait se présenter en ville seraient le juge de paix, le coroner et le rédacteur des faits divers au *West Coast Times*.

Au cours des quinze jours qui suivirent cette arrivée infortunée, Hokitika ne s'occupa guère de l'élection imminente : la mort d'un vieux misanthrope et le sort d'une putain (telle était en effet, comme Lauderback ne tarda pas à l'apprendre, la profession de la femme sur la route) étaient apparemment des sujets avec lesquels une candidature à la Chambre des députés ne pouvait espérer rivaliser. La traversée des Alpes par Lauderback n'eut droit qu'à un petit entre-filets dans le *West Coast Times*, qui remplit en revanche deux colonnes entières de son récit de l'aspect qu'avait présenté le mort, Crosbie Wells. Lauderback ne se laissa pas troubler. Il attendait l'élection avec le même aplomb tranquille qui le portait au-devant de tous les actes de la Providence et de toutes les récompenses. Il avait résolu de gagner, donc il gagnerait.

Le matin de l'arrivée de Walter Moody à Hokitika… le matin où nous reprenons le récit de Balfour… l'agent maritime était attablé avec sa vieille connaissance au restaurant de l'hôtel du *Palais* dans Revell-street, en train de parler gréements. Lauderback portait un habit de laine d'un fauve très clair, teinte qui supportait mal l'humidité. La pluie, qui n'avait pas encore séché sur ses épaules, semblait y dessiner des épaulettes, et les revers du veston étaient tachés de sombre et peluchés. Pourtant, Lauderback n'était pas de ces hommes dont la prestance peut souffrir d'une infraction au code des élégances vestimentaires… bien au contraire : l'habit mouillé ne faisait que mieux ressortir la fière allure de celui qui le portait. Ses mains avaient été lavées le matin même avec du vrai savon ; ses cheveux étaient huilés ; le cuir de ses guêtres brillait comme du cuivre poli ; il arborait à la boutonnière un échantillon de la flore locale, une grappe de petites fleurs pâles dont Balfour ignorait le nom. Ses joues gardaient encore du passage des Alpes du Sud un coloris sain et frais. Bref, il portait beau.

Balfour contemplait son ami de l'autre côté de la table, ne prêtant qu'une oreille distraite à ses propos…

défense passionnée du bâtiment de ligne que le politicien illustrait en dressant les deux paumes à la verticale pour figurer le grand mât et l'artimon, avec la salière en guise de misaine. C'était une discussion que Balfour aurait normalement trouvée captivante, mais pour l'instant ses traits exprimaient plutôt un désintérêt inquiet. Il tapait son verre sur la table, gigotait sur son siège, levait régulièrement la main pour se tirer le nez. Il savait, en effet, qu'en parlant ainsi bateaux, ils en arriveraient tôt ou tard à la *Vertu* et à l'objet qu'elle devait livrer sur la côte Ouest.

La caisse contenant la malle d'Alistair Lauderback était arrivée à Hokitika dans la matinée du 12 janvier, deux jours avant son propriétaire. Balfour s'occupa de la faire dédouaner et donna des ordres pour son acheminement du quai dans le magasin de l'agence. Autant qu'il pût le savoir, ses instructions avaient été suivies. Mais, par un hasard malencontreux (d'autant plus fâcheux que Balfour estimait Lauderback si haut), la caisse avait alors disparu sans laisser de traces.

Balfour fut frappé d'horreur en apprenant la nouvelle. Il entreprit de retrouver la caisse égarée… arpenta le quai dans tous les sens, s'enquit à toutes les portes, embrigada dans ses recherches chaque débardeur, chaque porte-faix, chaque matelot, chaque douanier qu'il rencontrait… mais tous ses efforts demeurèrent vains. La caisse était bien perdue.

Lauderback n'avait pas encore dormi deux nuits de suite dans son appartement à l'étage du *Palais*. La quinzaine écoulée depuis son arrivée lui avait servi à se faire connaître dans les villages et les campements tout le long de la côte… première figure imposée dont il avait fini de s'acquitter le matin même. Jusque-là, tout à sa tournée et croyant la *Vertu* encore en mer, il ne s'était pas enquis de sa malle… mais Balfour savait que cela ne saurait tarder et, une fois la question posée, il faudrait bien dire ce qu'il en était. Il avala une gorgée de vin.

La table entre eux portait toujours les reliefs de la collation à laquelle Lauderback accolait un invariable « de onze heures », qu'il s'agît de n'importe quel en-cas ou même repas entier consommé à une heure peu canonique, de jour ou de nuit. Il avait mangé tout son soûl, en pressant Balfour de faire de même, mais l'agent maritime avait chaque fois décliné l'invitation… il n'avait aucun appétit, en particulier pour les oignons au vinaigre et la fressure d'agneau, deux plats dont l'odeur lui soulevait l'estomac. En manière de compromis, pour ne pas offenser son hôte, qui payait leurs agapes, il avait bu un pichet entier de vin et une chope de bière par-dessus le marché… mais s'il avait pensé puiser du courage dans la bouteille, l'alcool, impuissant à calmer ses appréhensions, n'avait servi qu'à le rendre réellement malade.

— Allez, prenez donc encore une petite tranche de foie, insista Lauderback.

— C'est excellent, marmonna Balfour. De première qualité… Mais j'ai mon content… Ma constitution, voyez-vous… Tout à fait mon content, je vous remercie.

— C'est de l'agneau de Cantorbéry.

— De Cantorbéry, en effet, de la vraie qualité.

— Le caviar de nos montagnes, Tom.

— Merci, mais j'ai mon content. Vraiment.

Lauderback resta un instant silencieux, les yeux sur le foie, puis passa du coq à l'âne :

— J'aurais pu conduire moi-même un troupeau. Par le col, à la montée et à la descente. Cinq livres la tête, dix livres la tête… j'aurais gagné une fortune en revendant les bêtes. Vous auriez pu me dire que toute la viande en ville est ou salée ou fumée. J'aurais amené un mois de dîners. Avec une paire de chiens, cela aurait été facile.

— Facile, mon œil, dit Balfour.

— Un beau coup à faire.

— Sans tous les moutons qui se seraient cassé le cou dans les rapides. Et ceux qui se seraient égarés, et ceux qui auraient refusé de se laisser conduire. Et toutes les mortelles heures qu'il aurait fallu passer à les compter… à les rassembler… à les pousser dans la descente. Pas ma tasse de thé.

— Qui ne risque rien ne rafle rien, rétorqua le politicien. Et la traversée était assez mortelle déjà sans cela ; j'aurais pu au moins en tirer un peu d'argent, tant qu'à faire. Dieu sait que j'aurais été autrement bien accueilli.

— Des vaches, peut-être, dit Balfour. Avec un troupeau de vaches, on fait ce qu'on veut.

Lauderback poussa vers lui le plat de foie.

— Toujours pas amateur ?

— Impossible. Vous m'en demandez trop.

— Tenez, Jacquot, mon vieux ! Nettoyez-nous ça, dit Lauderback à l'adresse de son assistant (comme les deux membres de sa suite s'appelaient l'un et l'autre Smith, il leur donnait leurs prénoms… Jock, dit aussi Jacquot, et Augustus… dont l'asymétrie avait le don de le mettre en gaîté). Bouchez-vous la bouche avec un oignon et cessez de nous rebattre les oreilles de vos satanés bricks… hein, Tom ? Voilà de quoi lui fermer la bouche !

Sur ce, il se tourna à nouveau, le sourire aux lèvres, vers Balfour, qui se remit à se tripoter le nez. C'était bien de Lauderback, cette façon de solliciter votre assentiment sur les points les plus futiles, de rechercher un consensus là où le consensus n'avait rien à faire… et on se ralliait à sa bannière et se retrouvait militant sans même savoir comment.

— Oui, un oignon, acquiesça-t-il, ajoutant, pour détourner la conversation des choses maritimes : Le *Times* d'hier a parlé de votre fille ramassée sur la chaussée.

— Ne dites pas *ma* fille ! protesta Lauderback. Et pour parler, c'étaient à peine deux mots.

— L'auteur a un fameux culot. Comme si toute la ville méritait un blâme à cause de la fille… comme si c'était la faute des hommes en bloc.

— Qui se soucie de son opinion ? Un petit gratte-papier du tribunal de simple police qui exhale sa mauvaise humeur !

(Lauderback eut un geste de dédain. Le clerc qu'il rabaissait ainsi était, bien sûr, Aubert Gascoigne, dont l'admonestation dans les pages du *West Coast Times* allait attirer aussi l'attention de Walter Moody quelque dix heures plus tard.)

— Présenter cela comme *notre* erreur collective, reprit Balfour en secouant la tête. Comme si *tout le monde* aurait dû avoir plus de jugeote.

— Un petit gratte-papier de rien du tout, répéta Lauderback. Ça passe son temps à rédiger des chèques au nom d'un autre. Des opinions à revendre et personne pour les entendre.

— Tout de même…

— Passons. C'était une misère, deux mots mal ficelés. Tout de même ! Pas de quoi y penser plus que ça.

Lauderback frappa la table du revers des doigts, tel le juge qui abat son marteau pour signifier que sa patience est à bout. Balfour, qui voulait à tout prix l'empêcher de revenir au sujet initial, reprit sans lui en laisser le temps :

— Mais l'avez-vous vue ?

— Qui ? demanda Lauderback d'un air mécontent. La fille ramassée sur la route ? La putain ? Non, pas depuis ce soir-là. Mais je me suis laissé dire qu'elle s'en est sortie. Vous croyez que j'aurais dû lui faire une visite. Sans cela, vous ne poseriez pas la question.

— Mais non, mais non.

— Un homme de mon rang ne peut pas se permettre…

— Non, en effet. Vous ne pouvez pas vous permettre… Bien sûr…

— Ce qui nous ramène donc, d'une certaine façon, au journal, enchaîna Lauderback d'un ton nouveau, plus réfléchi. C'est précisément ce que disait le petit gratte-papier. Tant qu'on n'aura pas pris certaines mesures… fondé des asiles et ainsi de suite, des couvents… qui est responsable dans une telle situation ? Qui répond d'une fille de ce genre… une créature abandonnée de tous les siens… dans un lieu comme celui-ci ?

La question ne demandait pas de réponse. Balfour

cependant rétorqua, pour ne pas laisser tomber la conversation :

— Personne n'a de comptes à rendre.

— Personne ! s'exclama Lauderback d'un air surpris. Où est votre charité chrétienne ?

— Anna a attenté à ses jours... elle a voulu se tuer, je ne vous l'apprends pas ! Pour cela, elle seule a des comptes à rendre, personne d'autre.

— Vous l'appelez Anna ! Vous êtes à tu et à toi avec cette fille ; je dirais qu'il est aussi de votre devoir de prendre soin d'elle.

— Ce n'est ni mon tu ni mon toi qui a allumé sa pipe.

— Vous lui fermeriez votre porte... parce qu'elle est opiomane ?

— Je ne ferme aucune porte. Si je l'avais trouvée sur la voie publique, j'aurais fait comme vous. À la lettre.

— Vous lui auriez sauvé la vie ?

— Je l'aurais remise à la police !

— Mais après ? insista Lauderback, revenant à ses moutons. Une nuit au violon, bon... Et quand elle sort ? Qui sera là pour la protéger, le jour où elle rallumera sa pipe ?

— Il n'y a pas moyen de protéger une personne contre elle-même, voyons... de lui retenir la main !

Balfour était contrarié. Il n'aimait pas cette sorte de discussion. En l'occurrence, cela ne valait guère mieux que les mérites respectifs du gréement complet et du carré. (Mais Lauderback n'avait pas brillé dans la conversation pendant ces derniers quinze jours : tyrannique, il se montrait tour à tour évasif et exigeant. Balfour avait mis cela sur le compte de ses nerfs.)

— Il s'agit de réconfort spirituel… de protéger son âme immortelle, intervint Jock Smith, croyant rendre service à son patron, qui pourtant lui imposa silence du plat de la main.

— Laissons là le suicide… c'est une question à part, et une question bien morbide. Qui va lui donner une chance, Thomas ? Voilà ce que je vous demande. Qui va donner à cette pauvre fille, une bonne fois, la possibilité d'essayer sérieusement de changer de vie ?

— Elle a joué de malchance, ça arrive, dit Balfour avec un haussement d'épaules. Les gens ne peuvent pourtant pas compter sur la conscience du prochain pour vivre comme ils veulent. Il faut lutter contre la mauvaise fortune, se débrouiller avec ce qu'on a.

Remarque où l'agent maritime trahissait le peu de charité de son cœur, la volonté têtue qui se faisait entendre en contrepoint pesant sous la vivacité et le laisser-aller du premier abord… car, comme la plupart des esprits entreprenants, il gardait chèrement ses libertés et souhaitait voir chacun agir de même.

Lauderback se recula sur son siège et le toisa de haut en bas.

— C'est une putain, résuma-t-il. Voilà ce que vous voulez dire, n'est-ce pas ? Rien qu'une putain.

— Ne me comprenez pas mal. Je n'ai rien contre les filles publiques, protesta Balfour. Mais je n'aime pas les hospices, et je n'aime pas les couvents. Ce sont des endroits par trop ennuyeux.

— Vous voulez donc me provoquer ! L'assistance publique est l'illustration la plus probante de la civilisation... son illustration je dirais même la plus éclatante ! Si nous voulons civiliser ce pays... si nous voulons y construire des routes et des ponts... si nous voulons poser des bases pour l'avenir de ces îles...

— Alors autant donner à nos constructeurs de routes quelque chose pour chauffer leur lit la nuit, compléta Balfour. C'est un dur travail que celui de terrassier.

Jock et Augustus s'esclaffèrent, mais Lauderback ne sourit même pas.

— La prostitution est une plaie, Thomas. Il faut appeler un chat un chat. Quand on se trouve aux frontières du monde civilisé, il faut maintenir un certain étalon moral, dit-il (citant mot à mot son dernier discours de campagne). La prostitution est une plaie. Il n'y a rien de plus à en dire. Une mauvaise saignée qui draine du bon argent.

— Et votre remède, rétorqua Balfour, en serait une bonne, mais une saignée toujours, et l'argent reste de l'argent. Laissez tomber les hospices. Ne faisons pas de nos petites femmes des religieuses. Ce serait b.....ment dommage, alors qu'elles sont déjà tellement en minorité.

— Face à plus forts qu'elles à plus d'un égard, à ce que je vois, grogna Lauderback.

— Rendre des comptes aux putains, non mais ! Un peu plus et on leur offrira un siège à la Chambre.

Balfour secoua la tête en signe de refus, tandis qu'Augustus Smith lâchait une plaisanterie salée qui fit rire toute la tablée. Lauderback attendit que la gaîté se fût calmée avant de relancer.

— En voilà assez là-dessus. Nous avons dit tout

ce qu'il y a à dire de ce jour-là, en long et en large et sous toutes les coutures… j'en suis las, conclut-il avec un geste circulaire pour ramener la conversation à son point de départ. À propos du gréement complet. Ce que je dis, moi, c'est simplement que la façon dont on en conçoit les avantages dépend du point de vue. Jacquot regarde la chose en ancien matelot qu'il est, moi en gentilhomme armateur. Moi, je vois en esprit un plan de voilure ; Jacquot, lui, a la tête pleine de goudron et d'étoupe et de vent.

Jock Smith répondit à la moquerie comme on pouvait s'y attendre, sans se fâcher, et la discussion reprit.

Thomas Balfour, lui, reprit aussitôt sa mauvaise humeur. Il trouvait qu'il avait bien parlé des établissements de refuge… Lauderback avait loué sa repartie !… et il aurait voulu pousser le sujet plus loin, espérant avoir l'occasion de briller derechef. Il n'avait rien de spirituel à dire sur le gréement complet et ses avantages… pas plus, pensa-t-il en boudant, que Jock et Augustus ou Lauderback lui-même. Lauderback avait pourtant l'habitude d'entamer et d'enterrer les sujets à sa fantaisie, de changer de conversation simplement parce qu'il s'était lassé de telle ou telle question ou qu'il avait été contraint d'y reconnaître la supériorité d'un autre. Trois fois déjà au cours de la matinée, le politicien s'était braqué contre l'introduction d'un nouveau thème, persistant mordicus dans son bavardage sur les voiliers. Chaque fois que Balfour mettait sur le tapis l'actualité locale, il disait en avoir par-dessus la tête de ruminer inutilement sur le reclus et la putain…

alors qu'en fait, pensait Balfour en se mangeant les sangs, bien loin d'en avoir parlé en long et en large et sous toutes les coutures, ils n'avaient presque *rien* dit de l'un ni de l'autre.

L'intériorisation de son dépit était une constante de sa relation avec Lauderback, encore qu'il eût sans doute refusé de le reconnaître. L'admiration qu'il vouait au politicien était tellement transcendante, qu'il préférait se dénigrer lui-même plutôt que de critiquer celui-ci, fût-ce en tête-à-tête, lorsqu'il n'était pas de son avis. Or, le dénigrement appelle toujours une dénégation ou, en l'absence de démenti, vire au dépit. Pendant ces quinze jours, Balfour s'était retenu d'aborder la rencontre de Lauderback avec feu Crosbie Wells, malgré l'ardente curiosité qui le dévorait quant aux circonstances de la mort du reclus ; il n'avait rien dit d'Anna Wetherell, la putain ramassée sur la route. Il s'était conformé aux désirs de Lauderback en s'attendant que celui-ci, en retour, tiendrait compte aussi des siens… événement qui n'avait pu survenir, exigeant plus de sollicitude que Lauderback n'en avait en lui. Balfour cependant, aveugle à ce défaut chez l'homme qu'il portait aux nues, attendait toujours, s'impatientait à part lui et finissait par bouder.

(Ajoutons, en guise d'ouverture conciliatoire, que sa bouderie était de la sorte la plus superficielle : une seule bonne parole de la part de Lauderback suffirait à lui rendre sa belle humeur.)

Dans un puéril étalage d'ennui, Balfour repoussa sa chaise et laissa errer ses regards autour de lui.

La salle du restaurant était presque vide, étant donné l'heure inhabituelle de leur repas, et Balfour voyait à travers l'ouverture du passe-plat le cuisinier, qui avait enlevé son tablier et, assis les deux coudes sur sa table, faisait une réussite. Devant l'âtre, un adolescent aux grandes oreilles suçait un bâtonnet de viande séchée. Il avait manifestement été posté là pour surveiller les fers à repasser qui chauffaient dans un râtelier au-dessus des braises, car toutes les trente secondes environ il se mouillait le doigt et l'approchait des chenets pour voir où ils en étaient. La table voisine était occupée par un homme d'Église… un individu à la face tachée de son, assez laid avec son nez retroussé et sa lippe tombante d'enfant attardé. Il avait pris son petit déjeuner seul ; à présent il sirotait un café en lisant une brochure… occupé sans doute à repasser en esprit son sermon de dimanche, pensa Balfour, car l'homme hochait lentement la tête en lisant, comme au rhythme d'un discours silencieux.

L'adolescent aux grandes oreilles mouilla encore son doigt et l'approcha des fers ; l'homme d'Église tourna une page ; le cuisinier aligna une carte au bord de sa planche à hacher. Balfour tripotait sa fourchette. Enfin, Lauderback suspendit sa diatribe le temps d'avaler une gorgée de vin, et Balfour saisit l'occasion d'intervenir.

— À propos de trois-mâts barques, lança-t-il (il avait été question de bricks et de brigantins), j'ai vu votre *Adieu-vat* franchir la barre plus d'une fois cette année. Il est bien à vous, n'est-ce pas ? L'*Adieu-vat* ?

Il fut étonné de ne pas recevoir de réponse. Lauderback se borna à baisser la tête, comme si Balfour lui avait posé une question philosophique de première importance, qu'il eût voulu méditer seul à seul avec sa pensée.

— C'est un sacré beau rafiot, reprit Balfour. Une merveille.

Les deux assistants échangèrent un regard.

— Voilà bien la preuve de ce qu'on disait, vous et moi, patron, dit finalement Augustus Smith, rompant le charme. Même un trois-mâts barque est plus facile à manœuvrer qu'un brick ; on le fait marcher avec moitié moins d'hommes et moitié moins d'histoires. Il ne peut pas nier ça.

— En effet, approuva Lauderback en relevant la tête pour se tourner vers Jock. Vous ne pouvez pas nier cela.

— Si, je nie, persista l'autre en souriant malgré sa bouche pleine. Pour moi, moitié moins de poids de voilure ça vaudra toujours mieux que moitié moins d'hommes… voilà pour vos histoires. Entre la vitesse et la manœuvre, il n'y a pas à choisir.

— Et si on faisait un compromis ? proposa Augustus. Un trois-mâts goélette.

— Nenni. J'ai dit : trois mâts, c'est un de trop.

— Ça marche quand même plus vite qu'un trois-mâts barque, insista Augustus en touchant le coude de Lauderback. Et votre *Vol de la fantaisie* ? Le grand mât avait un gréement aurique, non ?

Balfour, n'ayant pas compris que les deux assistants s'évertuaient à détourner la conversation du sujet qu'il venait d'aborder, crut que le politicien ne l'avait pas bien entendu. Il essaya de nouveau en élevant la voix :

— Et votre *Adieu-vat*, comme je disais. Il est devenu un habitué de nos parages. Un sacré beau rafiot ! Je l'ai vu franchir la barre bien des fois. À mon avis, il a tout pour lui, *et* la vitesse *et* la facilité de manœuvre. Ma foi, ce bateau-là est un bijou.

Alistair Lauderback soupira. Il rejeta la tête en arrière, plissa les yeux et fixa le regard sur les poutres du plafond, un sourire bête frémissant sur ses lèvres… le sourire d'un homme qui n'a pas l'habitude de se sentir mal à l'aise. (Balfour, qui jamais, avant ce matin-là, n'avait entendu Lauderback avouer l'ombre de l'ombre d'une faiblesse, allait mettre un moment à comprendre qu'il était effectivement dans ses petits souliers.)

— Ce trois-mâts-là ne m'appartient plus, déclara-t-il finalement, sans baisser le regard, d'une voix tendue à laquelle le sourire semblait communiquer une qualité grêle.

— Ah bon ! s'exclama Balfour, surpris. Vous l'avez donc échangé contre un bâtiment plus grand ?

— Non. Je l'ai vendu. Comptant.

— Pour de l'or ?

Lauderback marqua une hésitation avant de répondre par l'affirmative.

— Ah ! Vous m'en direz tant ! Comme ça… Vous l'avez vendu. Qui est l'heureux acheteur ?

— Le capitaine.

— Ouh ! s'exclama allégrement Balfour. Je ne vous envie pas d'avoir fait affaire avec lui. Il y a des bruits qui courent sur cet homme-là.

Lauderback ne répondit pas. Sans cesser de sourire, il étudiait les poutres à découvert, les fissures entre les lattes du plancher de l'étage.

— Eh oui, répéta Balfour en se calant sur son siège, les deux pouces sous les revers de son gilet. Il y a des bruits qui courent. Francis Carver ! Je n'aimerais pas me trouver en travers de son chemin, c'est sûr.

— Carver ? demanda Lauderback d'un ton surpris, baissant enfin le regard et fronçant les sourcils. Vous voulez dire Wells.

— Le capitaine de l'*Adieu-vat* ?

— Oui… à moins qu'il ne l'ait revendu.

— Un grand gaillard râblé… brun, les sourcils noirs, le nez cassé ?

— C'est ça, dit Lauderback. Francis Wells.

— Eh bien, je ne veux pas vous donner le démenti, mais cet homme-là s'appelle Carver. Vous le confondez peut-être avec le vieux qui…

— Non, dit Lauderback.

— Le reclus…

— Non.

— Celui qui est mort… l'homme que vous avez trouvé il y a quinze jours, insista Balfour. Le mort. Il s'appelait Wells, vous savez. Crosbie Wells.

— *Non*, fit Lauderback pour la troisième fois en élevant un peu la voix. Je ne me trompe pas sur le nom. Wells est le nom qui figurait sur ses papiers quand j'ai cédé mon trois-mâts. Wells. Il n'en a jamais eu d'autre.

Ils se dévisagèrent.

— Je ne comprends pas, dit enfin Balfour. J'espère seulement que vous ne vous êtes pas fait avoir. C'est une drôle de coïncidence, n'est-ce pas ? Frank Wells, Crosbie Wells…

Lauderback hésita. Puis, d'un ton prudent :

— Pas vraiment une coïncidence. Ils étaient frères, si j'ai bien compris.

— Crosbie Wells et Frank Carver, frères ? se

récria Balfour dans un grand éclat de rire. Et moi je suis le pape ! Non, inimaginable… ou tout au plus par mariage !

Le même sourire que tantôt reparut sur les lèvres de Lauderback, qui se mit à écraser une miette du doigt. Comme il ne répondait pas, Balfour reprit :

— Enfin, qui vous a raconté cela ?

— Je ne sais plus, répondit Lauderback.

— Serait-ce Carver qui en a parlé, au moment de la transaction ?

— Peut-être.

— Hé bien ! Si c'est vous qui le dites… Mais à les voir tous les deux, je ne l'aurais jamais cru. L'un tellement grand et imposant, l'autre un galapiat… un avorton !…

Lauderback tressaillit ; sa main sur la table esquissa un mouvement involontaire, comme pour empoigner le vide.

— Crosbie Wells était un galapiat ? demanda-t-il.

— Allez, vous l'avez vu mort.

— Seulement mort… jamais vivant. C'est drôle ; on ne peut pas savoir à quoi un homme ressemble vraiment, vous savez, sans le souffle de vie. Sans l'âme.

— Oh !

Balfour se prit à considérer l'idée, tandis que Lauderback poursuivait :

— Un mort donne l'impression d'une chose créée. Comme une statue. On s'émerveille de l'œuvre de conception ; bon gré mal gré, on pense au créateur. La peau est lisse. Pure. Comme de la cire, comme du marbre… mais en même temps différente des deux : elle n'absorbe pas la lumière, comme une figure de cire, mais elle ne la renvoie pas non plus, comme la pierre. Elle est mate, comme dirait un peintre. Sans éclat.

Lauderback marqua une pause, l'air soudain très gêné, et termina en demandant de but en blanc :

— Et *vous*, vous avez déjà vu un mort tout frais ?

Balfour essaya de s'en tirer par une pirouette (« Question dangereuse à poser, sur les placers… »), mais l'autre attendait une réponse, et il dut avouer à la fin que cela ne lui était jamais arrivé.

— Voir n'est pas le mot juste, d'ailleurs, ajouta Lauderback en se parlant à lui-même. Il s'agit plutôt d'être pris à témoin.

— Jock a mis la main sur le cou du gars. Hein, Jacquot ? intervint Augustus Smith.

— Ouais, confirma Jock.

— Tout de suite en entrant, dit Augustus.

— Je voulais le réveiller, raconta Jock. Je ne savais pas qu'il était déjà parti. Il aurait pu être endormi. Mais ce que je veux dire, c'est que son col était humide. De sueur, vous voyez ? Sa sueur n'était pas encore sèche sur sa peau. C'est pourquoi on s'est dit qu'il ne pouvait pas être mort depuis plus d'une demi-heure.

Il en aurait dit davantage, mais Lauderback, d'un geste brusque du menton, lui imposa silence.

— Je n'y comprends rien, reprit Balfour. Il a donc signé du nom de Wells !

— Nous ne parlons sûrement pas du même homme, protesta Lauderback.

— Carver a une balafre sur la joue, juste là. Une cicatrice blanche. En forme de… disons de faucille.

Lauderback pinça les lèvres, puis hocha négativement la tête.

— Je n'ai pas souvenir d'une balafre.

— Mais c'était bien un brun ? Râblé ? L'air d'une brute, si l'on veut ?

— En effet.

— Ça me dépasse, répéta Balfour. Pourquoi changerait-il son nom ? Et *frères* ! Frank Carver, le frère de Crosbie Wells !

La bouche de Lauderback se contractait sous sa moustache, comme s'il se mordillait la lèvre. D'une voix changée, il demanda :

— Vous l'avez connu ?

— Crosbie Wells ? Pas plus que ça, fit Balfour en prenant ses aises, content d'avoir à répondre à une question directe. Il construisait une scierie sur l'Arahura, au diable vert… allez, vous avez vu sa cabane, vous êtes passés par là. Il avait fait appel à mes services pour le transport… le matériel et tout ce qu'il fallait faire venir par mer… je le connaissais donc de vue. Dieu ait son âme ! Il avait pris un Maori comme associé. Ils étaient partenaires pour la scierie.

— Est-ce qu'il vous a frappé… comme type d'homme ?

— Comment ça ? Quel type ?

— À vous de le dire.

Le même tic agita derechef la main de Lauderback. Il rougit et reformula la question.

— Ce que je vous demande, c'est : quel effet vous faisait-il ?

— Je n'ai pas eu à m'en plaindre. Il se tenait à l'écart, ce n'était pas un gêneur. À l'accent, j'aurais dit un Londonien de naissance. Bien sûr – (Balfour se pencha en avant d'un air de conspirateur) – maintenant qu'il n'est plus là, on en raconte de toutes les couleurs.

Une fois de plus, Lauderback resta muet. Il ne se ressemblait plus à lui-même, pensa Balfour : ces silences, ces rougissements. Comme s'il voulait recevoir la réponse à une question bien précise et, en même temps, ne rien entendre. Ses deux assistants paraissaient s'être désintéressés de la conversation… Jock piquait avec sa fourchette une tranche de foie, sans se décider à l'avaler, et Augustus s'était détourné, perdu dans la contemplation de la pluie qui fouettait les vitres.

Balfour les observait du coin de l'œil. Les deux hommes étaient comme les satellites de Lauderback. Ils dormaient par terre dans sa chambre, sur des coussins, l'accompagnaient partout où il allait et semblaient parler et agir toujours au pluriel, comme s'ils partageaient non seulement le même nom mais une même identité à eux deux. Jusqu'à ce matin, Balfour les avait regardés comme des garçons aimables, de bonne compagnie, non dépourvus d'esprit ; il avait su apprécier leur dévouement envers Lauderback, alors même que leur présence continuelle avait eu le don de lui porter sur les nerfs. Mais maintenant ? Il promena son regard de l'un à l'autre et se rendit compte qu'il commençait à douter.

Lauderback n'avait presque rien dit à Balfour de la dernière étape de sa traversée des Alpes, achevée quinze jours auparavant. Le gros de ce que l'agent maritime savait de la nuit de l'arrivée de son ami, il le tenait du *West Coast Times*, qui avait imprimé une version abrégée du compte rendu rédigé par Lauderback pour la police. Le politicien était exempt de tout soupçon de complicité dans les deux morts, l'accomplie comme l'inaccomplie : l'enquête du coroner avait prouvé sans l'ombre d'un doute que la cause du décès de Crosbie Wells était purement naturelle, et le médecin avait pu établir que l'opium auquel Anna Wetherell avait failli succomber provenait de sa propre provision. Pourtant, Balfour en venait maintenant à se demander si ce qu'il avait lu dans le journal était bien conforme à la vérité.

Il regardait Jock Smith promener la tranche de foie dans son assiette. Que Lauderback parût soudain aussi vivement curieux de connaître la personnalité de Crosbie Wells vivant, c'était plus qu'étrange ; plus étrange encore, l'idée que Crosbie Wells, cet homme anodin, ordinaire, pût être uni par un lien de sang… par un lien *quelconque*… au tristement célèbre Francis Carver. Balfour ne pouvait y croire. Et puis il y avait l'histoire de la putain sur la route. Était-ce une simple coïncidence ou y avait-il un rapport entre cet incident et la mort intempestive de Crosbie Wells ? Pourquoi Lauderback était-il… ou avait-il été jusqu'à présent… tellement réticent à parler de ces deux rencontres ?

En partie pour relancer la conversation, en partie pour mettre des bornes à sa fantaisie et ne pas se laisser emporter à accuser à tort un ami, il résuma :

— Vous avez donc vendu votre trois-mâts à Carver… en croyant qu'il s'appelait Wells… et il vous a confié en passant qu'il avait un frère, Crosbie, qu'il gardait sous le coude pour les mauvais jours.

— Je ne me souviens plus, dit Lauderback. Cela va faire un an bientôt. C'est le passé.

— Mais alors voilà que vous tombez sur le frère en question… alors qu'il vient juste de rendre l'âme… un an après ! reprit Balfour. De l'autre côté des Alpes, rien de moins… Dans un patelin où vous mettiez le pied pour la première fois ! C'est contre toute probabilité, vous ne trouvez pas ?

— Seul un esprit faible croit aux coïncidences, rétorqua Lauderback d'un ton plutôt hautain.

La condescendance était de fait son refuge ordinaire, lorsqu'il se sentait sous pression, mais Balfour ne fit aucune attention à ses paroles péremptoires. Il réfléchissait tout haut, sans quitter le politicien des yeux :

— Carver, dit « Wells » ? Ou Wells, dit « Carver » ?

— Prenons-nous encore un pichet, patron ? intervint Augustus Smith.

— Oui, approuva Lauderback en tapant sur la table. Très bien. Tirez-nous-en un autre.

— L'*Adieu-vat* a levé l'ancre il y a quinze jours environ, dit Balfour. Elle fait la navette avec Canton, n'est-ce pas ? Le commerce du thé ? Je présume donc que nous ne reverrons pas de si tôt Carver dans les parages.

— Parlons d'autre chose, insista Lauderback. Je me suis trompé sur les noms. Je dois bien avoir fait erreur. Cela ne porte pas à conséquence.

— Attendez ! s'exclama Balfour, frappé par une idée nouvelle.

— Qu'est-ce qu'il y a ?

— Cela *pourrait* porter à conséquence. Attendu que la vente des biens du défunt a été contestée devant le tribunal. Cela pourrait tirer à conséquence pour la veuve, si Crosbie Wells a un frère caché derrière les fagots.

— La veuve ? demanda Lauderback, qui avait retrouvé un sourire incertain.

— Oui, confirma sombrement Balfour.

Il allait poursuivre, mais Lauderback le prit de vitesse, les mots se bousculant sur ses lèvres :

— Il n'y avait pourtant pas trace d'une femme dans sa cabane… vraiment, pas la moindre. Tout indiquait qu'il vivait seul.

— En effet, acquiesça Balfour qui une fois de plus s'apprêta à développer et, une fois de plus, se vit couper la parole.

— Vous avez dit que cela pourrait porter à conséquence… la nouvelle de l'existence d'un frère. Mais l'argent d'un mort va toujours à sa femme, s'il n'y a pas un testament qui en dispose autrement. C'est la loi ! Je ne vois pas en quoi un frère pourrait y changer quelque chose. Non, je ne vois pas.

Il pencha la tête vers son invité.

— Il n'y a pas de testament, dit Balfour. C'est bien le problème. Crosbie Wells n'en a pas fait. Personne ne savait rien de sa famille, s'il en avait. On ne savait même pas où écrire quand il a été emporté… on n'avait que son nom, voyez-vous, pas d'adresse au pays, pas même d'extrait de baptême, rien. Son terrain et sa cabane sont donc dévolus au fisc… et, le fisc étant évidemment en droit de mettre le tout en vente, le lot a été mis sur le marché, et il a trouvé acquéreur dès le lendemain. Rien ne reste longtemps sur le marché par ici, c'est moi qui vous le dis. Mais *alors*, avant que l'encre de l'acte de vente soit sèche, voilà une épouse qui tombe du ciel ! Une épouse dont jusque-là personne ne savait rien de rien… mais elle détenait l'acte de mariage… et elle signe du nom de Lydia Wells.

Lauderback ouvrit des yeux ronds. Thomas Balfour avait enfin réussi à capter son attention. Il répéta le nom, d'une voix à peine plus forte qu'un souffle :

— *Lydia Wells ?*

Augustus Smith échangea un regard avec Jock, puis se détourna.

— Cela s'est passé jeudi, confirma Balfour en hochant la tête. Les papiers qu'elle a présentés au tribunal étaient apparemment en règle… bien sûr, on a écrit à Dunedin pour vérifier. Mais il y a quelque chose qui ne tourne pas rond. Qu'elle débarque comme ça, si vite, sans crier gare, pour faire main basse sur l'héritage… alors que Crosbie n'en avait jamais parlé. Et il n'y a pas que ça de louche : la dame en question, elle a une sacrée classe. Comment Crosbie Wells a fait pour convoler avec une femme comme celle-là… ah bien ! ouiche !… voilà une énigme dont je donnerais cher pour savoir le mot.

— Vous l'avez vue… Lydia… ici ? Elle est à Hokitika ?

Le nom, à la façon dont il le prononçait, lui était manifestement familier : il connaissait donc celle qui le portait, conclut Balfour. Et il avait bien dû connaître aussi le mort.

— Oui, dit-il tout haut, prenant garde de ne pas trahir ses soupçons. Je l'ai vue de mes yeux débarquer de la malle-vapeur, jeudi. Mise sur son grand tralala, mais elle a dévalé l'échelle de coupée comme un vieux loup de mer. Sa robe nouée par-dessus son épaule, ses pantalons troussés. Montrant toute son armature de boucles et de baleines. Je veux bien être pendu si je sais comment Crosbie Wells a fait pour décrocher un morceau pareil… Mazette, oui ! pendu !

— Lydia Wells, épouse de *Crosbie* Wells…

— Eh oui, c'est elle qui le dit.

Lauderback ne revenait pas de sa surprise. Balfour scruta ses traits, posa tout à coup son verre, se pencha en avant et reprit en plaçant la main ouverte sur la table entre eux :

— Écoutez, monsieur Lauderback. On dirait qu'il y a quelque chose que vous gardez pour vous, quelque chose qui vous empêche de parler franchement. Vous ne voulez pas vous déboutonner ?

La proposition, faite si simplement, ouvrit une vanne dans le cœur d'Alistair Lauderback. Comme tant d'hommes de pouvoir, accoutumés à être servis au doigt et à l'œil, et qui ont rarement l'occasion de se retrouver seuls, Lauderback inclinait à porter sur son entourage un regard utilitaire. Balfour était, certes, un bon garçon… habile en affaires, ayant le vin gai et toujours le mot pour rire… mais sa valeur humaine était strictement égale à celle de la fonction qu'il remplissait : dans l'idée de Lauderback, il était remplaçable. Le politicien n'avait jamais pris la peine de se demander quel homme c'était, au delà des qualités visibles de prime abord.

L'instant où celui qui exerce le pouvoir appréhende pour la première fois celui qui le subit en tant qu'être humain… être qui n'est sans doute pas son égal, mais qui n'en est pas moins un individu irréductible, avec ses faiblesses, ses passions, son passé concret et les incertitudes de son avenir… c'est un instant qui le renvoie au plus intime de lui-même. Alistair Lauderback perçut à présent la nudité de son âme et rougit intérieurement. Il comprit que Balfour lui avait offert son amitié et qu'il n'en avait accepté qu'un soutien ; que Balfour avait voulu donner de la tendresse, et qu'il n'avait pris que de l'employabilité. Il se tourna vers ses deux assistants.

— Mes amis, je voudrais parler à Balfour entre quatre yeux. Allez, laissez-nous seuls un moment.

Augustus et Jock se levèrent de table et quittèrent la salle sans mot dire. (Balfour, avec un sentiment, rare chez lui, de rivalité triomphante, nota que tous deux avaient l'air fort marris.) Lauderback salua leur sortie d'un long soupir. Il se servit encore du vin mais, au lieu de boire, cala son verre entre les talons de ses mains et y plongea le regard.

— Est-ce que l'Angleterre vous manque, Tom ? demanda-t-il enfin.

— L'Angleterre ? répéta Balfour en haussant les sourcils. La dernière fois que j'ai mis le pied sous le soleil anglais, c'était… allez, je ne sais même plus. Bien avant mes premiers cheveux blancs !

— Bien sûr. Vous êtes passé par la Californie. J'oubliais.

Les mots furent prononcés sur un ton d'excuse, suivis d'un silence mortifié.

— Dans le coin, tout le monde parle du vieux pays. Tout le temps, dit Balfour. À force, je finis par croire que c'est l'absence qui fait tout le plaisir.

— Il y a de cela, approuva Lauderback tout bas. C'est exact.

— Voyons, poursuivit Balfour, encouragé par cet assentiment. Pour la plupart, les gars ont toujours un pied sur le bateau. Après fortune faite, ils rentrent tout de suite au pays. Et là-bas ? Ils s'achètent une rente, se trouvent une amoureuse, fondent un foyer… mais de quoi rêvent-ils ? Où s'envolent leurs désirs ? De retour sur les diggings ! Au bon vieux temps où ils ramassaient l'or à pleines mains ! Où ils n'avaient à la bouche que le vieux pays, leur mère, les puddings du Yorkshire, le lard anglais et tout le tremblement.

Il frappa de son verre sur la table avant de conclure :

— L'Angleterre… c'est le vieux pays. Le vieux pays vous manque. Ça va de soi. Mais vous n'y retournez pas pour autant.

En attendant la réponse du politicien, il regarda autour de lui. Il était dix heures passées, et le peuple de déjeuneurs n'avait pas encore commencé à envahir le local, mais les premiers ne sauraient tarder, car c'était samedi, et un samedi qui venait clore toute une semaine de pluies. Le gamin devant l'âtre avait disparu, emportant le râtelier de fers à repasser ; le cuisinier avait remplacé son jeu de cartes par un couperet et s'attaquait à un os ; les plongeurs avaient émergé de leurs cantonnements et empilaient des assiettes à grand bruit. À la table voisine, l'homme d'Église prolongeait le tête-à-tête avec son café, refroidi depuis longtemps. Ses yeux étaient fixés sur le texte de la brochure qu'il tenait à la main, ses lèvres pincées par l'effort de concentration. Il était clair qu'il ne faisait aucunement attention à ce qui l'entourait... néanmoins, Balfour rapprocha sa chaise, pour éviter à Lauderback d'avoir à élever la voix.

— Lydia Wells, commença le politicien, est la patronne d'un établissement à Dunedin dont je ne voudrais pas répéter le nom plus d'une fois, si vous le voulez bien. Cela s'appelle la *Maison de maints désirs*. Nom stupide, en vérité. Je présume que vous en avez entendu parler.

Balfour acquiesça de la tête, mais d'un geste à peine esquissé, traduisant un rapport qui n'était ni de familiarité ni d'ignorance complète. L'établissement dont Lauderback parlait était un tripot du plus bas étage, connu pour ses entraîneuses et parce qu'on y jouait gros jeu.

— Lydia était pour moi... une tendre amie dans la maison, poursuivit Lauderback. Il n'a jamais été question d'argent entre nous. Pas un sou n'a changé de mains... il faut comprendre cela. Dites que vous comprenez. C'est la vérité vraie.

Il voulut conclure sur un regard olympien, mais Balfour avait baissé les yeux. Il garda donc un instant le silence avant d'ajouter :

— Enfin... Je lui rendais visite chaque fois que je me trouvais à Dunedin.

Il attendit encore, défiant son interlocuteur de réagir, mais Balfour resta muet. Au bout d'un moment, Lauderback reprit :

— Hé bien, vous vous souviendrez, Thomas, que quand je suis entré pour la première fois dans vos bureaux, l'*Adieu-vat* était sans maître. Vous n'en vouliez pas, et au cours des mois suivants j'ai eu du mal à trouver un homme digne de confiance pour l'affréter. Le bâtiment mouillait alors à Dunedin. La *Reine* avait besoin d'être calfatée, et j'avais été de ma poche, vous ne l'avez peut-être pas oublié, pour la remise en état de la *Vertu*. Toutes sortes de factures à régler. Au bout du compte, j'ai loué l'*Adieu-vat* sur un coup de tête, de gré à gré, à un gars du nom de Raxworthy, qui voulait faire le service entre l'Australie et les champs aurifères d'Otago. C'était un gars de la marine. À la retraite, évidemment. Il avait fait la guerre de Crimée comme commandant d'une corvette… tout là-haut dans la Baltique… et il y avait récolté une croix de Victoria. Il avait roulé sa bosse partout. Il aimait dire que s'il avait traîné une corde derrière lui, il aurait pu faire un nœud autour de la Terre. Il avait été réformé de la marine pour cause de goutte… assez grave pour lui obtenir le congé indéfini auquel il aurait eu droit de toute façon, mais pas tout à fait assez pour lui faire prendre racine sur le plancher des vaches. L'*Adieu-vat* était juste ce qu'il lui fallait… c'est un gars de la vieille école, voyez-vous, et le bateau aussi, comme on n'en fait plus.

« Je suis rentré ensuite à Akaroa, et je n'ai plus eu de nouvelles de Raxworthy pendant un moment. Mais je me déplaçais assez souvent dans l'île, et dès que je suis repassé par Dunedin, les embêtements ont commencé. Il y avait un mari. Lydia était en puissance de mari. Il était revenu pendant mon absence.

— Crosbie Wells ? demanda Balfour en plissant les yeux.

— Non. Ce n'était pas lui. C'était la brute que vous connaissez sous le nom de Carver. Pour moi, l'homme s'appelait Wells. Francis Wells.

— Mais maintenant la même femme prétend qu'elle est l'épouse de *Crosbie* Wells. Quelqu'un ment, conclut Balfour en hochant posément la tête.

— Quoi qu'il en soit…

— Le mariage ou le nom, l'un ou l'autre est faux.

— Quoi qu'il en soit, répéta Lauderback d'un ton contrarié, c'est sans importance… pour l'instant. Que je vous conte l'histoire dans l'ordre. En ce temps-là, je ne savais même pas que Lydia était mariée. Au tripot, voyez-vous, elle utilisait son nom de jeune fille… c'était Lydia Greenway ; je ne l'ai jamais connue comme Lydia Wells. Évidemment, une fois que le mari a refait surface, j'ai bien compris que j'étais dans mon tort. J'ai essayé de retirer mes billes. De régler l'affaire en tout bien tout honneur. Mais j'étais acculé. Je venais d'assumer l'office de surintendant, j'étais membre du Conseil, mon propre mariage était encore tout récent. Il fallait penser à ma réputation.

— Il a donc joué les cocus, compléta Balfour avec encore un hochement. Façon d'empocher quelques livres, ni vu ni connu.

— Ce n'était pas si simple.

Lauderback fit la grimace, et Balfour sympathisa :

— Allez, ce tour-là est un classique. Évidemment, il touche au vif des peurs que nous nourrissons tous… alors le chantage arrive comme un soulagement. Casquez et vous n'entendrez plus jamais parler de moi, tout le baratin. Le plus souvent, la femme est complice. Je présume qu'il vous a dit qu'elle était dans une position intéressante.

— Non, dit Lauderback, le regard à nouveau rivé sur le verre entre ses mains. Il était plus malin. Il ne m'a pas demandé d'argent… rien. Du moins, pas tout de go. Il m'a dit qu'il était un assassin.

La pendulette sur la cheminée sonna le quart. L'ecclésiastique à la table voisine leva les yeux, se tapota la cuisse et pêcha sa montre dans la poche de son pantalon pour régler les aiguilles. Il remonta le mécanisme, donna une pichenette au cadran, essuya la face de la montre avec sa serviette et la rempocha. Il revint alors à sa brochure, posa ses mains en visière sur ses yeux pour mieux s'isoler et reprit sa lecture.

— Il m'a dit cela avec un flegme parfait, reprit Lauderback. Le ton était même poli. Il a raconté qu'il était traqué par un associé de sa victime. Il ne m'a pas dit qui il avait tué, ni pourquoi… simplement qu'il avait un homme à ses trousses à cause d'un meurtre.

— Vous a-t-il donné des noms ?

— Non. Aucun.

— Mais alors qu'avez-vous à faire là-dedans ? À mon sens, c'est la querelle… ou l'esbroufe… d'un autre. En tout cas, cela ne vous regarde pas.

Balfour fronçait les sourcils. Lauderback se rapprocha à son tour et expliqua :

— Voici le hic. Il m'a dit que j'étais marqué comme son ami. Son associé. Quand le vengeur l'aurait retrouvé et viendrait réclamer *sa* vie… eh bien, je serais sa prochaine cible.

— Vous étiez marqué ? Marqué comment ?

— Je ne sais pas au juste, répondit Lauderback avec un haussement d'épaules en se laissant aller contre le dossier de son siège. Évidemment, j'avais pas mal fréquenté le tripot… et je m'étais montré en compagnie de Lydia, dans plus d'un endroit. Sans doute ai-je été espionné.

— Espionné, je veux bien. Mais comment a-t-on pu vous marquer sans que vous le sachiez ? Marquer... comme par un tatouage... sans votre connaissance ! Allons bon ! vous ne me racontez que la moitié de l'histoire, monsieur Lauderback ! Qu'est-ce qu'il y a là-dessous ?

— Eh bien, commença Lauderback d'un air à nouveau gêné. Le mot clignot vous dit-il quelque chose ?

— Comment ?

— Un clignot. Un morceau de verre... cela peut être aussi une pierre précieuse ou un éclat de miroir... piqué dans le bout coupé d'un cigare. La fumée passe toujours, et quand on met le cigare en bouche, cela ne se voit pas du tout. Les joueurs professionnels s'en servent. Le joueur fume pendant la partie ; il retire le cigare de sa bouche, comme ça, et le tient à la main de façon à voir dans le miroir les cartes de son adversaire. Ou bien il s'en sert pour montrer les siennes à son partenaire. C'est le troisième œil du tricheur.

Balfour étendit le bras par-dessus la table en écartant les doigts comme s'il tenait un cigare imaginaire.

— Allons donc ! dit-il. Pour tricher, je dirais que ça doit être fichtrement inefficace. Il y a tant de situations où cela ne servirait à rien ! Si l'autre ne laisse pas voir dans son jeu, que faites-vous ? Ou s'il ne soulève pas ses cartes ? Voyez vous-même : si j'avance le bras, comme ça... vous ramènerez vos cartes vers vous, n'est-ce pas ? Vous aurez un mouvement de recul instinctif, ne dites pas le contraire !

— C'est un détail. Sans importance. Le fait est…

— Sans parler du risque insensé, poursuivit Balfour. Comment expliquer un petit miroir au bout de votre cigare ?

— Le fait… Les détails n'ont pas d'importance. Le fait est que Wells… ou plutôt Carver… m'a dit alors qu'il avait un clignot sur moi.

Balfour continuait à fléchir le poignet et à plier le coude en louchant vers un cigare invisible. À ces derniers mots, il cessa ses exercices et ferma le poing :

— En d'autres termes, il a un moyen de lire dans votre jeu.

— Mais je ne sais pas comment. Je ne le sais toujours pas. Cela me rend fou, dit Lauderback.

Sa main chercha le pichet.

Balfour ne cachait pas son scepticisme. Y avait-il bien un moyen d'extorsion dans tout ce fatras ? Une vague mention d'une vague vengeance, pas de noms, pas de contexte, et des inepties sur une tricherie aux cartes ? Pas de quoi justifier un chantage. Manifestement, Lauderback lui cachait toujours quelque chose. D'un signe de tête, il indiqua que lui aussi reprendrait du vin.

Lauderback posa le pichet et reprit son récit :

— Avant de me quitter, il m'a demandé une chose, une seule. Raxworthy cherchait un homme pour compléter l'équipage de l'*Adieu-vat*… il avait passé une annonce dans le journal, et Wells en avait eu vent.

— Carver.

— Oui : Carver en avait eu vent. Il m'a demandé de dire un mot en sa faveur. Il allait se présenter sur le port le lendemain matin. Il m'a prié de lui rendre ce service, d'homme à homme.

— L'avez-vous fait ?

— Oui, avoua Lauderback à regret.

— Ce qui vous remet peut-être une marque.

— Que voulez-vous dire ?

— Encore un lien entre vous et lui, par le bateau.

Lauderback y réfléchit un instant, l'air très abattu.

— Oui, reconnut-il enfin. Mais avais-je le choix ? Il m'avait mis au pied du mur.

Pris d'un subit accès de sympathie pour cet homme, Balfour regretta d'avoir montré de l'humeur. Il se radoucit :

— Au pied du mur, en effet.

— Après cela, poursuivit Lauderback, il ne s'est rien passé. Rien du tout. Je suis retourné dans le Cantorbéry. J'ai attendu. Ce fichu clignot, je l'ai roulé dans ma tête à n'en pouvoir plus. Je ne vous le cache pas, je souhaitais la mort de Carver… si le tueur lui faisait son affaire, je saurais au moins son identité avant qu'il ne s'en prenne à moi. Je lisais tous les jours l'*Otago Witness*, guettant… Dieu me pardonne… le nom de ce scélérat dans la colonne nécrologique. Mais non. Rien.

« Au bout d'un an environ… l'an passé, vers février ou mars… je reçois une lettre par la poste. C'est un relevé de compte annuel, en mon nom, établi par l'agence Danforth Fret.

— Danforth ? Jem Danforth ?

— Lui-même. Je n'ai jamais fait appel à Danforth pour mes expéditions personnelles mais, bien sûr, je le connais ; il loue une partie de l'*Adieu-vat* au tonneau.

— De la *Vertu* aussi, à l'occasion.

— Oui, aussi. À l'occasion, de la *Vertu*. Bien. J'épluche donc le relevé et je découvre, sur le trajet régulier de l'*Adieu-vat* entre la Nouvelle Zélande et l'Australie, un envoi répété au nom de Lauderback. Mon nom. Régulièrement, à chaque traversée de la mer Australienne d'est en ouest… à chaque voyage, la même entrée, affréteur Danforth, transporteur *Adieu-vat*, maître James Raxworthy, l'envoi d'une malle de dimensions ordinaires, contenant des effets à usage personnel, aux frais d'Alistair Lauderback. Moi. Croyez-moi, j'en ai eu la chair de poule. Mon nom, inscrit bien proprement, en regard d'une colonne de chiffres qui tenait toute la feuille, de haut en bas.

« Le compte était à jour. Rien à régler. Chaque mois, la facture avait été payée comptant. Quelqu'un avait monté toute l'affaire sous mon nom, en allant jusqu'à payer de sa poche. J'ai vérifié mes propres comptes : il n'y avait pas de trou, surtout pas un débours de l'ordre de quatre-vingts, quatre-vingt-dix livres en frais de transport. Une fuite de ce genre, je l'aurais remarquée, d'où qu'elle pût provenir. Mais non. Il y avait anguille sous roche.

« Dès que je l'ai pu, je me suis rendu à Dunedin pour faire ma propre enquête. C'était… au mois d'avril, je crois. Peut-être mai. Au début de l'automne. En arrivant à Dunedin, à peine débarqué, j'ai cherché directement l'*Adieu-vat*. Il était bien là, à l'ancre, amarré le long du quai, la passerelle baissée. Je suis monté à bord, sans rencontrer personne.

Je voulais parler à Raxworthy, bien sûr… mais il était introuvable. Dans le gaillard d'avant, je suis tombé sur Wells.

— Carver.

— Oui, Carver. En effet. Seul. Un sifflet de police dans une main, un pistolet dans l'autre. Il me dit qu'il peut siffler n'importe quand. Avec les bureaux du capitaine du port à cinquante mètres et l'écoutille grande ouverte, je reste coi. Il me raconte qu'il y a dans la cale de l'*Adieu-vat* une caisse étiquetée à mon nom et une piste de papier qui me lie, de même, au même envoi fait chaque mois de l'année écoulée. Le tout parfaitement légal, inscrit au journal de bord. Aux yeux de la loi, j'ai payé depuis un an le transport de cette caisse jusqu'à Melbourne et retour, dans les deux sens, encore et encore, c'est un fait que rien de ce que je m'aviserai de dire ne pourra réfuter. Bon. Je lui demande alors ce qu'il y a dans la caisse. Des toilettes de femme, il me dit. Des robes. Des chiffons.

« Pourquoi des robes ? je lui demande. Il me fait un sourire… horrible… et répond : Allons bon, monsieur Lauderback, chaque mois depuis un an vous faites venir de Melbourne les dernières modes ! Vous l'entretenez bien, votre belle maîtresse, Lydia Wells, vous la voulez élégante, et tout est inscrit dans les livres. Chaque fois que cette malle-là arrive à Melbourne, on la porte chez une couturière de Bourke-street… la crème de la crème, vous comprenez… une couturière donc, qui la fait chaque fois repartir remplie des plus belles nippes qu'on peut avoir pour de l'argent de ce côté-ci du globe. Vous êtes un homme très généreux, monsieur Lauderback.

La voix de Lauderback avait pris un ton aigri.

— Je lui demande comment il se fait que l'envoi a été enregistré à mon nom, et cela le fait bien rire. Il me dit que tous les rats de la ville connaissent Lydia Wells et savent ce qu'elle fait pour gagner sa vie. Elle n'a eu qu'à raconter au vieux Jem Danforth que je m'étais chargé de l'entretenir en pompons et en falbalas, mais que son nom à elle ne devait pas paraître, par respect pour ma pauvre épouse ! Il l'a crue sur parole. Il a pris la malle à mon nom. Elle a payé comptant, en disant que c'était mon argent… et personne ne m'a rien dit. Par discrétion, voyez-vous, chacun croyant me rendre un fichu service en ne pas faisant éclater son jugement chrétien.

« Mais ce n'est rien encore. Les modes féminines, ce n'est rien. *Cette* fois, qu'il me dit, il y a autre chose dans la malle, en plus des robes. Je lui demande quoi. Une fortune, dit-il. Un magot en or pur, et le tout volé. Volé à qui ? je demande. À votre serviteur, fait-il, et par ma propre femme, Lydia Wells… et il éclate de rire, parce que évidemment cela fait partie de la machination : ils sont de mèche tous les deux. Mais *lui* alors, où a-t-il trouvé un magot en or pur ? Je lui pose la question, et il me dit qu'il a une concession du côté de Dunstan. Je lui demande si l'or est déclaré, et il me dit que non. Ce qui veut dire qu'il n'a pas payé de droits et que l'envoi se fait en fraude… ou plutôt se fera en fraude, si l'*Adieu-vat* lève l'ancre comme prévu, à la marée du matin.

« Bon, nous voilà donc dans le gaillard d'avant. Carver me laisse réfléchir, et je me demande quelle impression tout cela peut faire sur un témoin extérieur. L'impression qu'on aura, c'est que je le trompe depuis belle lurette en faisant la cour à sa femme, ma maîtresse. Cela, Carver peut le prouver. L'impression qu'on aura, c'est que je lui ai volé une fortune en or que j'essaie maintenant de faire sortir du pays. C'est que j'ai monté toute l'affaire pour le ruiner et l'acculer à la faillite. Je suis donc coupable d'adultère, de vol et même d'association de malfaiteurs, pour commencer. Mais le bouquet, c'est que l'or n'a pas été déclaré. Je risque donc d'être accusé de fraude, contrebande, trafic illicite, et que sais-je encore. De quoi croupir toute une vie en prison… et il ne me reste pas toute une vie, Thomas. Nenni. Je lui demande donc ce qu'il veut, et alors, enfin, il abat son jeu. Il veut le bateau.

— Il est assez bon marin pour le commander ?

— Oui. Il navigue sous les ordres de Raxworthy, et il veut se débarrasser de Raxworthy. Il a tout combiné : je dois renvoyer Raxworthy le soir même, résilier les engagements de l'équipage et lui céder le bateau en pleine propriété. C'est un outrage, je n'ai pas besoin de vous le dire. Je lui ris au nez. Je refuse. Mais il a ce fichu sifflet et il fait mine de vouloir appeler le capitaine du port.

— Avez-vous demandé à voir l'or dans la malle ? demanda Balfour. Comment savez-vous que ce n'était pas du bluff ?

— Bien sûr que j'ai demandé à le voir, répondit Lauderback. Nous avons fait tout cela. Oh ! il avait bien préparé son coup… il faut le lui reconnaître. Dans la malle, il y avait cinq robes. Toutes à la mode de l'an passé, pour confirmer ses dires… prêtes à être transformées par la couturière de Melbourne. Mais ce n'est pas tout ! L'or ne traînait pas simplement en vrac sous ces toilettes. Il avait été cousu dans les plis et les doublures. Vraisemblablement par Lydia elle-même : elle sait bien manier l'aiguille, quand elle veut. On ne se doutait de rien, tant qu'on ne soupesait pas, et un douanier n'en aurait sans doute pas pris la peine… à moins d'avoir été prévenu et de savoir où chercher. Quand on ouvrait la malle, même en y fouillant, on ne voyait que des vêtements de femme, rien de plus. Eh oui, c'était un plan très astucieux.

— Minute ! Que je vous comprenne bien… Si le bateau avait appareillé comme prévu…

— Carver aurait découvert la malle dans la cale et fait semblant de ne l'avoir jamais vue jusque-là. Il l'aurait ouverte en présence de Raxworthy, en jouant l'indignation, la détresse, vous voyez ça d'ici. Après tout, c'étaient les robes de sa femme… et tous les papiers étaient à mon nom. Il aurait exigé de me faire traîner devant les tribunaux, pour vol, adultère, contrebande, tout le paquet. L'*Adieu-vat* n'aurait jamais quitté le port ; on lui aurait fait faire demi-tour dans la grand'rade. Alors la police serait venue me cueillir… et me mettre aux fers.

— Allons bon… Si les choses en étaient arrivées là, si on avait fait agir la justice… vous n'auriez eu qu'à tout mettre sur le dos de Lydia Wells, objecta Balfour. C'est pourtant *elle* qui serait allée en prison…

— Oui, elle y serait allée, sans doute, coupa Lauderback. Mais je n'allais pas risquer ma propre liberté simplement pour avoir la satisfaction de la voir punie, *elle*, selon ses mérites ! Elle aurait certainement pris le parti de son mari, contre moi, si cette diable d'affaire était venue devant le tribunal, et la volte-face lui aurait valu une immense sympathie… pour avoir compris ses erreurs, n'est-ce pas ? Pour s'être repentie, avoir soutenu son mari légitime et autres balivernes.

— *Si* c'était bien lui, son mari légitime, fit remarquer Balfour. Maintenant on dirait que c'était *Crosbie* Wells…

— Eh oui, eh oui, éclata Lauderback. Mais je ne le savais pas alors, hein ? Ne me dites pas ce que j'aurais dû faire et comment j'aurais dû m'y prendre. Je ne le supporterai pas. Ce qui est fait est fait.

— Hé bien ! Par exemple !

— Il m'a eu à l'usure, dit Lauderback, écartant les mains dans un geste de capitulation. Je lui ai cédé le bateau.

— Et Raxworthy ? demanda Balfour après un instant de réflexion. Où était-il ce soir-là ?

— Au fichu tripot. En train de s'offrir la soirée de sa vie, sans doute, avec Lydia Wells aux petits soins pour lui, à lui souffler sur les dés !

— Il était dans le coup ?

— Je ne crois pas. Il s'était accordé une permission à terre… pour une réunion d'anciens de la marine, quelque chose d'officiel. Rien de louche. Et il n'y a rien eu depuis pour me mettre la puce à l'oreille.

— Que fait-il maintenant ?

— Raxworthy ? Il tient la barre de l'*Esprit de la Tamise*, crénom ! Et il s'ennuie comme le tigre qui prend le train. Il ne supporte pas la vapeur, cet homme-là. Il m'en veut à mort.

— Mais sait-il ce qui s'est passé ?

Lauderback le foudroya du regard :

— Je suis un homme public. Si n'importe qui savait ce qui s'est passé, vous seriez au courant. Je serais cuit. S'il sait ce qui s'est passé ? Non, bien sûr qu'il ne sait pas !

Manifestement, il en avait assez de sa propre histoire. Le récit des événements avait ravivé sa honte d'avoir été joué. Balfour attendit un instant avant de le relancer :

— La vente du navire est pourtant de notoriété publique, annoncée dans le journal.

Lauderback lâcha un juron.

— Eh oui. À en croire le journal, j'ai vendu le fichu rafiot un très bon prix, réglé en or pur. Évidemment, je n'en ai jamais vu la couleur. L'or est resté dans cette fichue malle, et lorsque l'*Adieu-vat*, qui a appareillé au lendemain de toute l'histoire, est arrivé ensuite à Melbourne, quelqu'un est venu en prendre livraison… comme chaque mois depuis un an. Et alors elle a disparu, comme de bien entendu. Je ne pouvais strictement rien faire, sans provoquer un scandale de tous les diables, dont j'aurais été la première victime. Dieu sait où l'or se trouve maintenant. Et l'homme garde aussi le bateau pardessus le marché, conclut-il en déversant sa colère sur l'huilier.

— Quelle était la vraie valeur de l'or dans la malle… à vue de nez ?

— Je ne suis pas prospecteur, mais au poids des robes, je l'estimerais à quelques milliers de livres, au bas mot.

— Et l'or, vous ne l'avez plus revu.

— Non.

— Vous n'en avez pas entendu parler.

— Non.

— Et la donzelle, Lydia Wells… Vous l'avez revue ?

— Lydia Wells n'est pas une *donzelle*, répondit Lauderback avec un rire discordant. Je ne sais pas bien ce qu'elle est, mais *donzelle* n'est pas le mot, Thomas. Pas ça.

Il laissa pourtant la question sans réponse. Balfour revint à la charge :

— Vous savez qu'elle se trouve ici… à Hokitika.

— Vous me l'avez dit, reconnut Lauderback d'un ton sombre, refusant de rien ajouter.

Quelle étrange bête indomptée que l'adulation ! Capable, sans crier gare, de relever la tête et de rompre la bride fabriquée de sa propre main ! Le culte voué par Balfour à son compagnon, le même sentiment qui s'était coulé d'abord dans le moule de la mauvaise humeur, fit monter à présent un flot de mépris. Avoir tant perdu… à cause d'une *maîtresse* ! Pour la femme d'un autre !

Or, le mépris, si sévère que soit la censure qu'il prétend exercer, n'est pas incompatible avec une certaine clairvoyance. Tandis que Lauderback vidait son verre et commandait d'un claquement de doigts une nouvelle tournée, Thomas Balfour l'observa avec dédain… dédain qui fit bientôt place à une défiance qui, enfin, lui ouvrit les yeux. Il restait, dans l'histoire de Lauderback, des incohérences. Que dire, par exemple, de la mort opportune de Crosbie Wells ? *Voilà* une coïncidence dont le politicien n'avait encore rien dit… comme il lui restait aussi à expliquer ce qui avait pu lui faire imaginer que Carver et Wells seraient frères ! Que dire de Lydia Wells, qui avait fait une entrée si remarquée à Hokitika pour réclamer son héritage légitime, arrivant si tôt après la mort de son prétendu époux que le capitaine du port n'avait plaisanté qu'à moitié en lui demandant si la poste de Hokitika avait donc fait installer le télégraphe ? Balfour comprit, sans l'ombre d'un doute, que son interlocuteur ne lui avait pas dit toute la vérité ; il ignorait, en revanche, la cause de cette duplicité. Qui Lauderback entendait-il protéger ? Lui seul ? Ou plutôt un autre ?

Voilà qu'il se penchait en avant, frappait la table de l'index (comme il aurait porté un coup de poignard) et disait, avec un regard qui avait retrouvé sa vivacité :

— Mais il me vient une idée. Au sujet de Carver. Si Carver *est* bel et bien son nom, la vente du bateau est nulle. On ne peut pas signer un acte du nom d'un autre.

Balfour ne réagit pas. Il était troublé par le jugement nouveau qu'il venait de porter sur cet homme, par la distance critique qui s'ouvrait soudain, tel un abîme de doute, entre eux.

— Et même s'il s'appelle tout de bon Wells, reprit Lauderback en s'animant de plus en plus… En admettant même que ce soit vrai, Lydia ne peut pas être mariée à deux hommes à la fois, n'est-ce pas ? C'est comme vous disiez tout à l'heure : le mariage ou le nom, l'un ou l'autre est faux !

Un gamin apporta un pichet de vin fraîchement tiré. Balfour se chargea du service et parla tout en remplissant les verres :

— Mais justement, ce n'est peut-être *pas* à la fois.

Elle a pu faire dissoudre son mariage avec l'un pour épouser ensuite son frère.

Le mot « frère » était placé clairement entre les guillemets d'une réserve mentale, mais Lauderback, stimulé par cette possibilité nouvelle, n'y fit pas attention.

— Quand même, dit-il, si Carver s'appelle bel et bien Carver, sa signature est un faux et la vente du navire est nulle. Croyez-moi, Thomas : on le tient, dans tous les cas de figure. Dans tous les cas. Carver est pris à son propre mensonge.

Son soulagement était tel, qu'il en oubliait complètement la prudence. Balfour le relança :

— Vous voulez donc sa peau maintenant ?

— Je vais le démasquer, clama Lauderback, les yeux étincelants. Je vais démasquer Francis Carver et reprendre l'*Adieu-vat*.

— Et le vengeur mystérieux ?

— Qui ça ?

— Celui que Carver croit avoir à ses trousses. L'homme au clignot.

— Pas de nouvelles. Je présume que son histoire était inventée de toutes pièces.

— C'est-à-dire qu'il n'a tué personne ? demanda encore Balfour d'un ton dégagé. Qu'il n'est pas un assassin ?

— Une fripouille, voilà ce qu'il est, répondit Lauderback en abattant son poing sur la table. Une fripouille et un menteur ! Et encore un voleur ! Mais je l'aurai. Je lui ferai payer.

— Et l'élection ? Et Caroline ?

Le prénom était celui de l'épouse de Lauderback, qui rétorqua cependant avec dédain :

— Il n'y a pas de danger, ni pour l'une ni pour l'autre. L'affaire peut se régler entre quatre yeux. Je n'ai qu'à le coincer sur le contrat de vente. Le faire chanter… comme il l'a fait avec moi. Lui rendre la monnaie de sa pièce.

— Allons donc !

Balfour l'observait en se caressant la barbe.

— Carver aura sans doute détruit son propre exemplaire, si sa signature est bien frauduleuse… Il faudra donc faire certifier le mien, pour plus de sûreté.

— Allons ! répéta Balfour. Ne nous pressons pas !

— Pourquoi ? Je peux commencer de suite ! Je sais exactement où trouver le contrat. En faisant mes bagages, je l'ai mis dans la malle que vous vous êtes chargé d'expédier pour moi.

Lauderback se laissait gagner par la fièvre. Balfour sentit son estomac se serrer. Le sang lui monta brusquement au visage. Il ouvrit la bouche pour répondre… mais n'en eut pas le courage et se tut.

— La *Vertu* est-elle déjà arrivée et repartie ? demanda Lauderback. Vous l'attendiez la semaine passée, si je ne me trompe.

Balfour l'entendait à peine. Les oreilles lui cornaient. Il aurait dû lâcher le morceau dès qu'ils s'étaient retrouvés tête à tête. Il était bête. Bête ! criait-il dans son for intérieur. Mais ne pourrait-il pas dire simplement la vérité à Lauderback ? La disparition de la caisse n'était la faute de personne, c'était un accident, probablement une erreur d'écritures, et elle allait refaire surface tôt ou tard, là où on s'y attendait le moins… un peu cabossée peut-être, mais intacte. Lauderback comprendrait sûrement ! S'il faisait l'aveu en toute franchise, en gardant son calme… s'il se reconnaissait fautif…

Soudain, son sang ne fit qu'un tour. Il y avait forcément un rapport entre la malle qui figurait dans l'histoire de Lauderback… la caisse pleine de robes de femme qui avait fait l'aller et le retour sur la mer Australienne chaque mois pendant un an… et la malle contenant ses effets personnels, dont l'acte frauduleux, qui venait de disparaître sur le quai de Hokitika. *Forcément*, puisque Balfour n'avait jamais rien égaré ; jamais on ne lui avait rien volé depuis qu'il était dans le métier, et ce n'était pas d'hier ! Son cœur se mit à battre. Francis Carver avait déjà fait chanter le politicien ; peut-être allait-il refaire le même coup ! Peut-être était-ce *Carver* qui avait dérobé la caisse ! Après tout, il était un habitué du port de Hokitika…

Lauderback promenait ses regards sur la table, à la recherche d'une bouchée à se mettre sous la dent ; il n'avait pas vu Balfour changer de face en ruminant cette nouvelle hypothèse. Ce fut donc sans impatience qu'il répéta sa question :

— Elle est déjà passée, la *Vertu* ?

— Non, dit Balfour.

La salle lui parut se resserrer autour de son mensonge.

— Pas encore arrivée ? demanda Lauderback, cueillant enfin un pâle oignon orphelin dans l'assiette de Jock Smith. J'ai donc battu de vitesse mon propre clipper, et à cheval ! Je ne l'aurais pas cru ! Rien n'a capoté en mer, j'espère ?

Il avait retrouvé sa belle humeur. Il en était même

grisé, indépendamment du vin. Rien ne remonte l'esprit comme une promesse de revanche !

— Non, répondit de nouveau Balfour.

— Elle est bien en route, n'est-ce pas ?

— Oui, approuva Balfour après un bref silence. Toujours en route. C'est ça.

— Elle arrive de Dunedin par la route de l'ouest ? Ou en remontant d'abord au nord pour emprunter le détroit ?

Balfour transpirait. Les yeux sur la mâchoire de Lauderback, suivant les mouvements de mastication, il opta finalement pour le chemin le plus long.

— En remontant.

Lauderback avala et lâcha un soupir :

— Hé bien, rien à faire. Ce sont les aléas du transport maritime, je suppose. Mais vous me le ferez savoir, n'est-ce pas, dès qu'elle entrera au port ?

— Oui, bien sûr… Oui. Vous en serez averti.

— Je suis impatient, dit Lauderback, marquant une pause avant d'ajouter : Dites donc, Tom… Une petite chose encore. Vous comprenez certainement que ce que je vous ai confié ce matin…

— Sous le sceau du secret, intervint Balfour. Personne n'en saura rien.

— Avec ma campagne sur le point de…

— C'est inutile. Ça va de soi. Motus et bouche cousue.

— Bien.

Lauderback repoussa sa chaise, se frappa les genoux et reprit :

— Et maintenant, pensons à Jacquot et Augustus, les pauvres ! J'ai été inqualifiable.

— Oui, ce pauvre Jock, ce pauvre Augustus. En effet, murmura Balfour.

D'un signe de main, il invita Lauderback à ne pas se gêner pour lui, mais l'autre rendossait déjà son manteau en fredonnant entre ses dents.

Le cœur de Thomas Balfour battait à se rompre. Il n'avait aucune expérience de la pression terrible qu'un mensonge entraîne à sa suite, lorsque le menteur commence à entrevoir la chaîne qui le lie désormais à son mensonge et le forcera à continuer à mentir, à aggraver la fraude initiale en multipliant les mensonges de détail, cloîtré dans la contemplation solitaire de son erreur. Balfour traînerait son mensonge comme un boulet aussi longtemps qu'il n'aurait pas récupéré la caisse perdue. Il faudrait faire vite… sans le secours de Lauderback et à son insu.

— Allez donc jouer un peu les politiciens, monsieur Lauderback, suggéra-t-il. Cela vous fera du bien, je crois, de serrer quelques mains. Offrez-vous une petite partie de dés. Une partie de boules. Une soirée au théâtre. Ne pensez plus à toute cette histoire.

— Et vous ?

— Je vais faire un tour sur le port, poser quelques questions et essayer d'avoir des nouvelles de Carver. Ce qu'il devient, où il se trouve.

Une ombre de crainte passa sur les traits de Lauderback.

— Vous disiez pourtant qu'il était en route pour Canton. N'est-ce pas ? Pour le commerce du thé ?

— Mieux vaut nous en assurer. Il s'agit de parer à toutes les éventualités.

Tout en parlant, Balfour pensait à la caisse disparue et à la possibilité d'un vol, conçu ou commis par Francis Carver. Mais quel intérêt Carver pouvait-il avoir à tirer une *double* vengeance d'Alistair Lauderback… après un premier chantage pleinement réussi ?

— Soyez discret, dit Lauderback. Si vous interrogez les gens… La discrétion avant tout.

— Ça ira tout seul. Les gars me connaissent du côté de Gibson's-quay, et j'ai souvent expédié des marchandises à bord de l'*Adieu-vat*, je vous l'ai déjà dit. En tout cas, mieux vaut que ce soit moi qui pose les questions.

— Oui, c'est préférable. En effet. Allez, faites.

Il approuva d'un hochement de tête. C'était là précisément la sorte de service que sa fortune avait accoutumé Alistair Lauderback à accepter comme son dû. Il ne trouvait rien d'étrange à ce que Balfour sacrifiât son samedi pour mettre de l'ordre dans des affaires qui n'étaient aucunement les siennes, ne se demanda pas un instant s'il ne risquait pas sa réputation en se mêlant à une histoire de cocuage, de chantage, de meurtre et de vengeance, ne pensa même pas à l'en remercier. Il était soulagé, cela lui suffisait. L'ordre invisible avait été rétabli : le même qui l'assurait d'avoir chaque matin un œuf mollet dans son assiette et la table débarrassée après le repas. Il rectifia le nœud de sa cravate et se leva, ragaillardi.

Balfour lança encore d'un ton léger :

— Je vous conseillerais aussi d'éviter les parages de Lydia Wells. Attendu que…

— Bien sûr, bien sûr, bien sûr, fit Lauderback,

ramassant ses gants de la main gauche tout en tendant la droite à Balfour. Nous attraperons bien le coquin, n'est-ce pas ?

Balfour comprit soudain que Lauderback savait exactement la nature du « clignot » par lequel Frank Carver le tenait. Il n'aurait pas su expliquer comment il était arrivé à cette certitude… mais voilà, il n'y avait plus à douter.

— Oui, dit-il en serrant très fermement la main offerte. Nous attraperons le coquin, ce ne sera pas long.

# MARS EN SAGITTAIRE

*Où Cowell Devlin fait d'abord mauvaise impression ;*
*Te Rau Tauwhare monnaie ses renseignements ;*
*Charlie Frost a des soupçons ; et nous apprenons*
*le crime qui, bien des années auparavant,*
*valut sa condamnation à Francis Carver.*

L'esprit remuant qui se voit chargé, sous influence, de résoudre une énigme pour le compte d'autrui, y appliquera ses énergies, dans un premier temps, loyalement et de bon cœur. Les énergies de Thomas Balfour avaient toutefois tendance à faiblir rapidement, si la tâche qui le réclamait n'en était pas une de sa propre conception. Son imagination cédait vite à l'impatience, son optimisme à la débâcle d'un laisser-aller chaotique. Il s'emparait d'une idée pour l'écarter l'instant d'après, dès que se ternissait l'éclat de la nouveauté ; il voulait courir tous les lièvres à la fois. Non qu'il fût de tempérament volage. C'était bien plutôt la marque d'un caractère accoutumé aux enthousiasmes de l'espèce la plus véritable et la plus insatiable, qui ne s'accommode d'aucune contrefaçon… C'était néanmoins, à plus d'un égard, un obstacle à ses progrès.

Balfour s'apprêtait à son tour à se lever de table et à quitter l'hôtel du *Palais* lorsqu'il se dit soudain que ce serait grand dommage de laisser un pichet de bon vin à moitié plein. Il se resservit donc et portait le breuvage à ses lèvres, lorsqu'il remarqua, par-dessus le bord de son verre, que l'ecclésiastique à la table voisine avait posé sa brochure et croisé les mains. L'homme le regardait fixement.

Tel un gamin surpris en flagrant délit de vol, Balfour posa son verre.

— Mon révérend, dit-il (à la réflexion, l'heure était trop matinale pour s'enivrer).

— Bonjour, repartit l'homme d'Église.

À son accent, Balfour reconnut aussitôt l'Irlandais. Il reprit sa contenance assurée et se permit même d'être discourtois, levant derechef son verre pour avaler une grande gorgée.

— Votre ami est un homme fortuné, me semble-t-il, fit remarquer l'homme.

Pour sa part, il avait une physionomie bien infortunée… comme prisonnière d'une enfance perpétuelle, avec sa bouche chiffonnée, sa lippe boudeuse, ses petits chicots mal plantés. On se l'imaginait en culotte courte avec des guêtres, mâchonnant une tartine de graisse, chargé d'un paquet de livres noués dans une vieille ceinture de son père dont il se frappait le mollet tout en mangeant. Pourtant, il avait bien trente ans, sinon quarante.

— Je n'ai pas souvenir d'avoir parlé pour vos oreilles, déclara Balfour en plissant les yeux.

L'autre baissa la tête, comme pour concéder le fait :

— Non, en effet. Pour celles de personne, j'espère.

— Comment dois-je comprendre cela ?

— En ce sens simplement que personne ne devrait profiter de la mauvaise nouvelle qu'il surprend sans le vouloir. Un membre du clergé moins que tout autre.

— La mauvaise nouvelle, dites-vous ? Pourtant, vous parliez de chance.

— Votre ami en a, de vous avoir.

Balfour rougit et le rabroua :

— Vous savez, il ne s'agit pas d'une confession, simplement parce que cela a des airs de secret et que vous avez écouté en cachette.

— Vous avez parfaitement raison de faire la distinction, dit l'ecclésiastique sans se départir de son ton aimable. Mais ce n'est pas à dessein que j'ai surpris vos propos.

— Pas à dessein, c'est vous qui le dites… Comment savoir ?

— Vous avez parlé très haut.

— Je parlais de vos desseins. Comment savoir ce que vous avez derrière la tête ?

— Je regrette, mais pour ce qui est de cela, il faudra me croire sur parole… ou vous fier à mon habit, si ma parole ne vous suffit pas.

— Croire sur la foi de votre parole ou de votre habit ? Et quoi donc ?

— Que je n'ai pas eu dessein de surprendre votre conversation, répéta patiemment l'ecclésiastique. Que je suis capable de garder un secret, si on me le demande.

— Eh bien, on vous le demande. C'est même moi qui vous le demande, enchaîna Balfour. Et je vous conseille de ne plus parler de bonne fortune ou de mauvaises nouvelles. C'est votre opinion… pas ce que vous avez entendu.

— Vous êtes dans le vrai. Je vous présente mes excuses.

— Je ne vous en ai pas demandé. Je n'en veux pas.

— Je m'excuse tout de même. Et je garderai le silence.

— Parce que je vous le demande, insista Balfour, le doigt en l'air. Non pour respecter le secret de la confession. Ce n'était pas une confession.

— Non, en vérité. Nous sommes d'accord là-dessus. En tout état de cause, reprit l'homme d'un ton changé, la confession est une cérémonie catholique.

— Vous êtes bien catholique pourtant, protesta Balfour, qui se sentait soudain très ivre.

— Méthodiste libre, corrigea l'autre sans rancune, ajoutant toutefois avec un reproche discret : L'accent ne dit pas grand'chose de l'homme que vous avez en face de vous, vous savez.

— C'est un accent irlandais, dit Balfour, buté.

— Mon père est originaire du comté de Tyrone. Moi, avant de venir ici, j'ai vécu à Dunedin. Et avant cela, à New York.

— New York, en voilà un endroit !

— On peut en dire autant partout, fit le pasteur en secouant la tête.

Balfour resta court. Après cette remontrance, il sentait que New York était un chapitre clos… mais, hormis le sujet qu'il avait déjà intimé à l'autre de ne plus aborder, il ne savait de quoi parler. Il se tut un instant, sans cacher sa mauvaise humeur. Enfin, il demanda :

— Vous logez là ?

— Dans cet hôtel ?

— Oui.

— Non. En fait, ma tente est inondée, et je prends mon petit déjeuner ici pour échapper à la pluie, dit le pasteur en désignant d'un geste large les reliefs d'un repas qui avait eu plus que le temps de refroidir. Comme vous voyez, je l'ai fait durer, pour mieux profiter de l'abri.

— Vous n'avez pas une église pour vous accueillir ?

La question n'était guère courtoise, et Balfour en connaissait déjà la réponse, car il n'y avait alors que trois églises à Hokitika. Il se sentait pourtant joué par cet homme, d'une manière qu'il ne parvenait pas à bien définir, et il voulait reprendre le dessus… sans lui faire proprement honte, mais en le remettant à sa place.

L'ecclésiastique ne fit qu'en sourire, montrant ses quenottes ridicules :

— Pas encore.

— Je n'ai jamais entendu parler du méthodisme libre. Je présume que c'est une de vos nouveautés.

— Un rite nouveau, oui, une communauté nouvelle, répondit l'autre, toujours avec le sourire. La doctrine, elle, est ancienne.

Balfour le trouvait bien content de sa petite personne.

— Je suppose que vous êtes là en mission, reprit-il. Venu convertir les païens.

— Je vois que vous êtes un grand amateur de suppositions. Vous ne m'avez pas encore posé de question sans prendre vous-même la liberté d'y répondre.

C'était le genre de remarque qui avait le don d'irriter Thomas Balfour : il ne souffrait pas qu'un autre lui enseignât à penser. Il repoussa sa chaise, signifiant clairement son intention de prendre congé.

— Pour vous répondre, dit encore l'ecclésiastique tandis que Balfour cherchait son pardessus, je suis l'aumônier désigné de la nouvelle prison de Seaview. Mais en attendant qu'on la construise, je demeure un simple étudiant en théologie.

Il reprit sa brochure et en frappa la paume de l'autre main comme pour illustrer son propos.

— La théologie ! s'exclama Balfour en passant les bras dans les manches du manteau qu'il ne ferma pas. Il vous faudrait des lectures un peu plus fortes, vous savez. Vous allez avoir de sacrés paroissiens.

— Dieu est le Dieu de tout le monde.

Balfour acquiesça vaguement de la tête et fut pour partir, lorsqu'il lui vint soudain une autre idée.

— Vous avez parlé d'une mauvaise nouvelle. Je parie que cela faisait un bon moment que vous nous écoutiez.

— Oui, avoua humblement l'autre. C'est exact. Un nom a éveillé mon attention.

— Carver ?

— Non. Wells, Crosbie Wells.

— Qu'avez-vous de commun avec Crosbie Wells ? demanda Balfour en plissant les yeux.

L'aumônier hésita. La réponse, à la vérité, était qu'il ne connaissait aucunement Crosbie Wells… et pourtant, pendant la quinzaine écoulée depuis sa mort, il n'avait guère fait autre chose que de penser à lui en méditant les circonstances de son trépas. Après un bref silence, il reconnut qu'il avait eu l'insigne honneur de creuser la tombe de Wells et d'accomplir les derniers rites sur son cercueil, lors de la mise en terre, explication dont Thomas Balfour demeura insatisfait. L'agent maritime regardait toujours sa nouvelle connaissance avec une méfiance non dissimulée ; ses yeux se plissèrent un peu plus encore, lorsque l'homme (qui d'ordinaire soutenait bien les regards scrutateurs et malveillants) tressaillit soudain et baissa la tête.

L'aumônier, comme Walter Moody allait l'apprendre neuf heures plus tard, s'appelait Cowell Devlin. Il était arrivé à Hokitika à bord du clipper la *Vertu*, loué et exploité par l'agence Balfour, qui avait transporté également… outre quelques passagers, du bois de construction, du fer, des agrafes, de nombreux pots de peinture, un assortiment d'articles de mercerie, plusieurs caissons de bétail sur pied et du calicot en quantité… la caisse désormais disparue contenant la malle d'Alistair Lauderback et, à l'intérieur de la malle, l'un des deux exemplaires de l'acte relatif à la vente du trois-mâts barque *Adieu-vat*. La *Vertu* avait atteint Hokitika deux jours avant Alistair Lauderback lui-même ; le pasteur Cowell Devlin avait ainsi mis d'abord le pied à Hokitika deux jours avant la mort de Crosbie Wells.

Dès son débarquement, il s'était présenté au camp de police, où le gouverneur de la prison, George Shepard, ne perdit pas de temps pour le mettre au travail. Officiellement, son entrée en fonctions devrait attendre l'achèvement de la nouvelle prison de Hokitika, sur les hauteurs de Seaview ; dans l'intervalle cependant, le futur aumônier pourrait se rendre utile au camp de police et contribuer à la gestion quotidienne de la maison d'arrêt provisoire, qui accueillait alors deux femmes et dix-neuf hommes. Ce serait à lui d'enseigner à ces malheureux à craindre leur Créateur, d'inculquer au cœur rétif de chacun le respect dû à l'inflexible rigueur de la loi… selon les termes du geôlier en chef. (Devlin n'allait pas tarder à mesurer combien ses propres sentiments sur l'instruction ressemblaient peu aux idées de Shepard.) Ayant visité rapidement le camp de police et loué l'administration, il demanda s'il lui serait permis de loger la nuit dans la maison d'arrêt, afin de dormir parmi les malfaiteurs et de partager leur pain. Le geôlier en chef ne cacha pas la répugnance que lui inspirait cette proposition. Il ne refusa pas ouvertement, mais se tut un instant, promena sur ses lèvres une langue pâle et sèche, et suggéra enfin que Devlin serait mieux avisé d'élire domicile dans l'un des nombreux hôtels de la ville. Il saisit alors l'occasion d'avertir son futur aumônier des dangers de l'accent irlandais, qui risquait d'éveiller l'esprit de parti chez les Anglais tout en encourageant ses propres compatriotes à lui prêter des sympathies papistes ; il lui conseilla enfin de faire preuve de discernement dans le choix de sa compagnie et, plus encore, dans celui de ses paroles… Sur ce, il lui souhaita la bienvenue à Hokitika et le congédia.

Cowell Devlin n'avait pas la bourse assez bien

garnie pour louer au mois une chambre d'hôtel, et il n'était pas non plus homme à céder au pessimisme d'autrui quant à l'esprit partisan et à ses débordements. Il ne suivit pas le conseil de Shepard, ne tint aucun compte de ses avertissements. Il fit l'acquisition d'une tente de mineur du modèle le plus simple et la dressa à cinquante mètres de la grève de Hokitika en lestant la toile avec des galets. Cela fait, il regagna Revell-street, commanda une chope de petite bière au comptoir de l'hôtel qui lui parut le plus achalandé et entreprit de se présenter à tout le monde, Anglais et Irlandais au même titre.

Il était, moralement parlant, un *self-made man*... mais comme c'est là un qualificatif qu'on voit rarement accolé au nom d'un membre du clergé, il nous incombe de préciser le sens que nous lui prêtons ici. Notre ecclésiastique passait l'instant présent dans une visualisation permanente, évoquant en esprit la sérénité parfaite de la personne qu'il était résolu à devenir un jour. Sa théologie aussi était taillée sur le même patron : sa foi était riche en espérance, et il entretenait ses nombreux disciples d'un avenir utopique, d'un monde qui ne connaîtrait plus le besoin. Dans ses discours, il passait librement de l'oracle au rêve : il ne voyait point de conflit entre la réalité telle qu'il souhaitait la percevoir et la réalité perçue par ailleurs. Chez un autre, autrement disposé, pareil penchant eût pu passer pour de l'ambition, mais il y avait, à l'idée que Devlin se faisait de sa personne, une inviolabilité quasi mythique, et il avait très tôt décidé qu'il n'était pas un ambitieux. Il était en revanche, on ne s'en étonnera pas, sujet à des accès d'ignorance délibérée, et avait tendance à passer sur les dures vérités de la nature humaine, à leur préférer celles qui se laissaient romantiser par le caprice et la fantaisie, en fait desquels il était passé maître. Excellent conteur, il était aussi, et pour cette raison même, un prédicateur efficace. Sa foi, à l'image de son moi, était sans faille, équanime et presque clairvoyante dans son expression… qualités qui le faisaient paraître à l'occasion, comme Balfour l'avait déjà remarqué, passablement imbu de lui-même.

À onze heures du soir, le 14 janvier… le soir de l'arrivée d'Alistair Lauderback à Hokitika… Cowell Devlin était assis, jambes croisées, à même le sol de la maison d'arrêt de la ville, en train d'entretenir les détenus ses ouailles de saint Paul. Il avait commencé à pleuvoir au coucher du soleil, et l'aumônier avait décidé de s'attarder, dans l'espoir que l'averse durerait peu… nouvellement débarqué, il avait encore à mesurer la persistance obstinée des intempéries sur la côte Ouest. Le gouverneur travaillait dans son cabinet privé, son épouse était au lit. Les détenus, pour la plupart, veillaient encore. Ils avaient écouté le sermon de Devlin d'abord par courtoisie, puis avec un réel intérêt ; à présent, encouragés par l'aumônier, ils offraient des témoignages et des moralités tirées de leur propre vie.

Devlin se demandait s'il ne ferait pas bien d'affronter la pluie et de se retirer pour la nuit, lorsqu'il entendit un cri dans la cour et un coup sourd contre la porte. Le bruit alerta le geôlier en chef, qui émergea de son cabinet, coiffé d'un bonnet de lin et armé d'une carabine, objets dont la juxtaposition aurait dû être burlesque, mais qui ne firent rire personne. Devlin aussi se leva et suivit Shepard, qui alla ouvrir.

Sondant du regard l'obscurité ruisselante, ils aperçurent, à la limite du cercle de lumière projeté par la lanterne du geôlier, le brigadier de service, Ellis Drake. Il tenait une femme dans ses bras.

Shepard ouvrit plus largement la porte et invita le brigadier à entrer. Drake était un individu à l'esprit borné, obséquieux et nasillard ; en l'entendant nommer, on pensait, non pas au célèbre navigateur, mais au nom commun désignant en anglais le canard de basse-cour, espèce avec laquelle il présentait une ressemblance certaine. Il amena sa prisonnière dans la maison d'arrêt en la chargeant sur son épaule comme un ballot et la déposa à terre avec aussi peu de cérémonie. Il déclara alors, en nasillant, que la putain avait commis un crime ou contre la société ou contre Dieu ; elle avait été trouvée dans un état tellement abject d'inconscience de l'âme qu'il était difficile de faire le départ entre l'intoxication profonde et l'attentat délibéré, mais il espérait (et de porter la main à son couvre-chef) que quelques heures au violon aideraient à faire la lumière là-dessus. Il poussa le corps inanimé du bout de son brodequin, comme pour illustrer son propos, et ajouta que l'instrument du crime était apparemment l'opium. La putain était esclave de la drogue et avait souvent été vue en public sous son influence.

Le gouverneur Shepard regarda de haut en bas Anna Wetherell, dont les mains se tordaient et s'enroulaient autour du vide. Devlin, ne voulant pas s'immiscer mal à propos, attendit la décision du geôlier en chef, mais tout le portait à tomber à genoux pour toucher la femme, examiner son corps et chercher à reconnaître des traces de violence : il était atterré par l'idée du suicide, qu'il regardait comme un attentat contre l'âme, le plus atroce qui se pût commettre. Pendant un moment, les trois hommes contemplèrent ainsi la putain à terre sans qu'aucun prît la parole. Enfin, Drake avoua que, s'il devait former une accusation dans les règles, il était d'avis qu'elle avait voulu commettre le plus exécrable des deux crimes ; il vaudrait pourtant mieux que le geôlier en chef attendît son réveil, afin de l'interroger lui-même.

Shepard prit donc possession du corps de Mlle Wetherell, la cala contre le mur et la mit aux fers. Il s'assura qu'elle pouvait respirer et qu'elle s'acquittait passablement de cette fonction. Cela fait, il prit sa montre dans son gousset, la consulta et s'exclama sur l'heure tardive. Comprenant que la remarque lui était destinée, Devlin endossa docilement son manteau et mit son chapeau, mais il ne put s'empêcher, en quittant la maison d'arrêt, de jeter par-dessus son épaule un regard plein de tendresse. Il aurait voulu installer la jeune femme plus confortablement. Le geôlier en chef lui souhaitait cependant la bonne nuit, et l'instant d'après la porte était refermée et verrouillée derrière lui.

Lorsque Devlin regagna le camp de police le lendemain matin, Anna Wetherell n'avait toujours pas repris ses esprits ; sa tête était tombée sur son épaule, la bouche légèrement béante. Une ecchymose bleu-violet se dessinait sur sa tempe, et sa pommette présentait une enflure douloureuse : avait-elle fait une chute ou l'avait-on frappée ? Devlin n'eut toutefois pas le temps d'enquêter, ni d'insister auprès du geôlier pour obtenir de plus amples explications sur les circonstances de l'arrestation de la jeune femme : un homme, semblait-il, était mort pendant la nuit, et l'aumônier fut requis d'accompagner le médecin jusqu'à la vallée de l'Arahura pour aider à recueillir la dépouille… et, peut-être aussi, dire une prière ou deux pour le défunt. Celui-ci, lui dit Shepard, s'appelait Crosbie Wells. Toujours aux dires du geôlier, il aurait trépassé paisiblement, de vieillesse, d'infirmité et d'ivrognerie ; il n'y avait rien, à ce stade de l'enquête, pouvant faire soupçonner un homicide. De son vivant, poursuivit Shepard, Wells avait été un solitaire. On ne se souviendrait de lui ni en bien ni en mal, car il n'avait guère eu d'amis et ne laissait pas de famille.

L'aumônier et le médecin prirent une charrette et suivirent la côte vers le nord, bifurquant vers l'intérieur des terres lorsqu'ils atteignirent l'embouchure de l'Arahura. La cabane de Crosbie Wells, bâtie à trois ou quatre milles en amont, était rudimentaire… une boîte aux murs en rondins, surmontée d'un toit de tôle pentu… et pourtant le maître des lieux s'était offert le luxe enviable d'une fenêtre vitrée, pratiquée dans la façade nord. Dominant la berge de la rivière à une hauteur de vingt pieds, au milieu d'un terrain défriché, elle était bien visible de la route de Christchurch.

À l'intérieur, la demeure présentait le spectacle d'une déréliction désolante… plus encore, lorsque le corps eut été enveloppé dans une couverture et emporté. Tout ce qu'on y touchait était poisseux, revêtu d'une épaisse poussière pelucheuse. Le traversin, jauni ; l'oreiller, piqué d'un semis de moisissures. Un quartier de lard fumé, suspendu à une poutre, se montrait sec et craquelé sous sa couenne. Des bonbonnes à alcool, vides, s'alignaient tout le long des quatre murs. La bouteille sur la table du mort était vide elle aussi, indiquant que le dernier acte de l'homme en ce monde avait été de vider sa coupe, avant de poser sa tête sur ses mains pour dormir. Il flottait dans la pièce une senteur fauve... le relent de la solitude, pensa Devlin avec émotion. Il s'agenouilla devant le fourneau, retira le cendrier... pensant faire du feu dans le foyer, chasser peut-être, grâce à la chaleur, l'odeur de mort... et découvrit une feuille de papier, coincée entre la grille et le fond du récipient.

Quelqu'un (Wells, suivant toute probabilité) semblait avoir tenté de brûler le document, puis refermé trop vite la porte du fourneau, avant que le papier n'eût bien pris ; les flammes n'avaient léché qu'un côté de la feuille qui, tombée à travers la grille dans le cendrier en bas, était à peine noircie. Devlin la retira des cendres et la nettoya sommairement. L'écriture était encore lisible.

*Ce onzième jour du mois d'octobre, l'an mil huit cent soixante-cinq, une somme de deux mille livres sera remise en donation à* MLLE ANNA WETHERELL, *ci-devant de la Nouvelle Galles du Sud, par* M. EMERY STAINES, *ci-devant de la Nouvelle Galles du Sud, acte attesté par* M. CROSBIE WELLS, *lequel a présidé à sa rédaction.*

Une main tremblante avait tracé une signature à côté du nom de Wells, mais le nom de l'autre homme était suivi d'un blanc. L'acte était donc nul, car le témoin avait signé avant celui qui y était partie principale, et celui-ci n'avait pas signé du tout.

Quant à Anna Wetherell, ce n'était pas un nom nouveau. Devlin le reconnut pour celui de la prostituée emprisonnée la veille au milieu de la nuit, souffrant d'un empoisonnement opiacé. Il hésita un instant, fronçant le sourcil, puis plia la feuille et la glissa sous sa chemise, entre deux boutons, à même la peau, avant de s'appliquer de nouveau à la tâche de faire du feu. L'instant d'après, le médecin (sorti donner leur picotin aux chevaux) le rejoignit, et les deux hommes s'attablèrent ensemble devant une tasse de thé, vis-à-vis la fenêtre qui avait vue sur la rivière et plus loin, jusqu'aux montagnes voilées de nuages. Au dehors, les chevaux trépignaient en mâchonnant, le nez dans leurs musettes ; sur le plateau de la charrette, la pluie avait orné d'une pellicule de perles d'argent la couverture qui cachait le cadavre de Wells.

Cowell Devlin ne s'expliquait pas bien ce qui l'avait poussé à cacher l'acte de donation au médecin, le Dr Gillies. Peut-être avait-il été inspiré par l'atmosphère de silence régnant dans la demeure du défunt. Peut-être la suppression de la pièce était-elle à interpréter comme un geste de respect. Peut-être sa curiosité avait-elle été piquée par le nom d'Anna Wetherell… la suicidée malchanceuse, ramassée sans connaissance sur la route de Christchurch ; il aurait donc dissimulé le document par un vague désir de la protéger. L'aumônier méditait ces différentes possibilités en sirotant son thé. Il ne parla pas au médecin, qui lui aussi se taisait. Lorsqu'ils eurent fini de boire, ils lavèrent leurs tasses, couvrirent le feu, fermèrent la porte et regrimpèrent sur le siège de la charrette pour ramener leur triste fardeau à Hokitika, au camp de police, où les restes du défunt seraient autopsiés.

Il était dans le caractère de Cowell Devlin de ne pas associer de motif précis à un acte dont l'honnêteté pouvait être mise en doute, de laisser plutôt toutes ses intentions dans une indétermination plus proche du rêve que de la réalité. Caractéristique aussi qu'il ne se sentît pas tenu d'avouer ce qu'il avait fait… ni sur le moment ni par la suite, car il allait laisser s'écouler une quinzaine de jours avant de produire le document dérobé, dans la soirée du 27 janvier. Devlin se croyait un homme vertueux, envers et contre tout. Lorsqu'il lui arrivait de se conduire mal, ou d'une façon qui l'exposait à la critique, il le bannissait de son esprit et s'occupait d'autre chose. Pendant tout le chemin de retour à Hokitika, il garda la main dans son sein, au contact du document, et ne parla que pour admirer la force des brisants, blancs d'écume, qui déferlaient sur la grève. Le médecin, lui, n'ouvrit pas la bouche. Après avoir regagné le camp de police et mis le corps de Crosbie Wells à l'abri, Devlin envisagea bien, sans enthousiasme, de communiquer sa trouvaille au gouverneur, mais laissa finalement passer l'occasion, distrait par un nouvel émoi. Anna Wetherell commençait à revenir à elle.

Ses yeux papillotaient sous les paupières fermées, et la langue dans sa bouche paraissait inquiète ; elle faisait entendre un vague murmure. La crise de la fièvre était sans doute passée, car une fine sueur perlait sur son front et son nez, et la soie orange de sa robe avait viré au brun sale à la nuque et sous les bras. Devlin s'agenouilla auprès d'elle, lui prit les deux mains... molles, froides au toucher... et cria à l'épouse du geôlier d'apporter de l'eau.

Lorsque enfin la jeune femme se réveilla, ce fut comme si elle ressuscitait des morts. Sa tête se redressa brusquement, la nuque cabrée, les yeux roulant vers l'avant, son murmure faisant place à un halètement râpeux. Elle parut se rendre compte du lieu où elle se trouvait, mais dévastée par l'opium, n'avait manifestement pas assez de force pour exprimer sa surprise. L'aumônier battit en retraite lorsqu'elle retira faiblement ses mains d'entre les siennes. Elles allèrent se poser sur son corsage dans une sorte d'étreinte... comme si on lui avait percé le ventre et qu'elle voulût étancher le sang. Il lui adressa la parole, mais elle ne répondit pas, et l'instant d'après elle abaissait de nouveau les paupières et se laissait gagner par le sommeil. Une altercation éclata dans un autre secteur de la prison, on fit appel à Devlin pour arbitrer la querelle ; cette tâche et d'autres relevant de sa charge réclamèrent son attention durant tout le reste de l'après-midi.

En fin de journée, le clerc du tribunal vint encaisser l'argent des délinquants ayant les moyens de fournir caution. Au son de la voix de ce nouveau venu, Mlle Wetherell releva sa tête brune, encore moite de fièvre, et lui fit signe d'approcher. (Le clerc aussi était, comme Devlin, fraîchement arrivé à Hokitika... un homme svelte, très coquet dans sa mise, du nom de Gascoigne.) La putain tira quelques pièces d'entre les tristes baleines de son corsage et les pressa l'une après l'autre dans la main ouverte du gratte-papier. Elle était secouée de frissons et arborait un air de profonde humiliation. Le paiement de la caution ayant été dûment consigné, le gouverneur Shepard était tenu de la remettre en liberté, et il s'exécuta sur-le-champ. Devlin n'assista pas le lendemain à sa comparution devant le tribunal, ayant été chargé de creuser la tombe destinée au reclus, Crosbie Wells. Il entendit dire par la suite qu'elle avait refusé de se défendre et s'était acquittée sans rechigner de l'amende requise contre elle.

Le lendemain de l'enterrement, on découvrit dans la cabane de Crosbie Wells une fortune de quatre mille livres… tout juste le double de la somme mentionnée dans l'acte de donation, roussi par le feu, que Devlin gardait désormais entre les pages de sa Bible, séparant la fin de l'Ancien Testament du début du Nouveau. Devlin n'avoua toujours pas, persista à ne montrer le document à personne. Il se disait que quand la santé d'Anna Wetherell serait remise, lorsqu'elle aurait laissé derrière elle, une fois pour toutes, la mésaventure qui l'avait amenée à frôler le suicide, il lui ferait lire ce papier ; pour l'instant cependant, il jugeait plus prudent de garder le secret.

À présent, dans la salle du restaurant du *Palais*, Devlin avança le bras et posa la main sur la reliure usée de sa Bible, unie à l'exception d'une petite croix de Cantorbéry gravée en or sur le cuir du plat. C'était un geste protecteur : certes, il ne savait pas encore que l'acte apocryphe serré entre Malachie et Matthieu serait d'une grande importance pour Thomas Balfour, comme pour bien d'autres hommes, mais il sentait le besoin de le conserver par-devers lui. Il se doutait fort que ce document… reçu d'un don jamais transmis, codicille à un testament jamais rédigé… était précieux, et il répugnait à s'en séparer tant qu'il n'en saurait pas davantage.

— Le métier de fossoyeur, commenta Balfour, prenant son melon sur la patère et faisant courir les doigts sur le rebord, *voilà* un sujet que vous allez devoir piocher.

— Je ne connais aucune brochure qui en traite, répondit Devlin.

— Pour votre nouvelle paroisse, reprit Balfour comme s'il n'avait rien dit. On y prévoit aussi une potence.

Il se coiffa, donna au chapeau une chiquenaude, de manière à se dégager le front, et se dirigea vers la sortie. Sur le seuil, il traîna un instant et dit :

— Au fait, je ne connais pas votre nom, pasteur.

— Ni moi le vôtre, repartit Devlin.

Suivit un silence… et Balfour, réjoui, éclata de rire, porta la main à son chapeau et quitta la salle d'un pas vigoureux.

Φ

Le samedi à Hokitika était un jour d'affairement et de rendez-vous. Les chercheurs d'or affluaient en foule, gonflant la population de la ville jusqu'à quelque quatre mille et remplissant à grand tapage, au delà de leur capacité, les garnis et les hôtels le long de Revell-street. Les clercs du tribunal étaient assaillis de petits litiges et de licences de mineur à enregistrer, les prêteurs croulaient sous les gages, les commerçants sous les commandes des riches et les quémanderies des pauvres à court de crédit. Gibson's-quay était une véritable ruche ; il ne se passait pour ainsi dire pas d'heure qui ne vît un nouveau châssis de bois cloué en place et une nouvelle porte suspendue à ses gonds, s'ouvrant sur un magasin flambant neuf dont la bannière déployée se mettait aussitôt à ondoyer et à claquer au vent de la mer Australienne. On discernait le samedi tous les rayons de la grande roue de la chance : les fortunes montantes ou déjà au faîte du succès, les fortunes déclinantes, tombées, les fortunes en suspens… et le soir tout un peuple de diggers arrosait sa joie ou noyait son chagrin.

Or, ce samedi-là, les fortes pluies avaient chassé des rues tous ceux qui n'avaient pas une affaire des plus urgentes à traiter, et Hokitika ne grouillait pas de sa foule habituelle. Les quelques individus trempés que Balfour croisa étaient réfugiés sous les marquises des hôtels, la tête dans les épaules, les mains réunies autour de la faible flamme de leur cigarette. Même les chevaux avaient un air de sombre résignation. Bâillonnés par les cônes mouillés de leurs musettes, ils stationnaient sans bouger dans la boue labourée de la chaussée, le regard ballant sous des paupières mi-closes, qui ne cillaient même pas à son passage.

En tournant le coin de Revell-street, Balfour se vit cinglé d'une telle bourrasque de pluie, qu'il dut lever la main pour arrimer son chapeau. Selon le Moniteur météorologique de Saxby, l'oracle peu fiable publié quotidiennement dans le *West Coast Times*, le déluge allait diminuer dans un jour ou trois… Saxby voyait large dans ses pronostics et n'avançait jamais rien sans laisser une généreuse marge d'erreur au delà comme en deçà. En vérité, les détails de sa rubrique ne variaient guère : les pluies torrentielles étaient une constante du climat de Hokitika, au même titre que le gel et les coups de soleil à Otago ou la poussière rouge dans les collines du Victoria. Balfour hâta le pas, employant sa main libre à serrer son manteau plus étroitement autour de ses épaules.

Il y avait une dizaine d'hommes sous la véranda de la Banque de réserve, dispersés en grappes de trois ou quatre. Les fenêtres derrière eux étaient embuées d'un voile gris perle. Balfour promena son regard sur les visages, plissant les yeux pour mieux percer le rideau de pluie, mais ne vit personne de connaissance. Un panache de fumée effiloché attira son regard vers le bas, où il discerna une figure solitaire, assise : un Maori, accroupi sous l'avant-toit, adossé à un pilier. Il fumait un cigare.

Son visage portait un tatouage qui faisait penser aux lignes d'une carte des vents. Deux amples volutes donnaient du volume à ses joues, et des faisceaux de traits rayonnaient des sourcils pour rejoindre la naissance des cheveux. Une paire de profondes arabesques de part et d'autre des narines prêtait à son nez une coupe presque orgueilleuse. Ses lèvres étaient teintes en bleu. Il portait un pantalon de serge grossière et une chemise en coutil ouverte au col, déboutonnée jusqu'au sternum ; un énorme pendentif vert en forme d'herminette reposait contre la peau brune de sa poitrine. Il avait presque fini son cigare, et tandis que Balfour approchait, il jeta le mégot sur la chaussée bombée où il roula pour s'immobiliser enfin, non encore éteint, contre la bordure d'herbe mouillée.

— C'est toi le gars maori, dit Balfour. L'ami de Crosbie Wells.

Les yeux de l'homme coulissèrent pour rencontrer son regard, mais il resta muet.

— Rappelle-moi donc ton nom. Ton nom ?

— *Ko Te Rau Tauwhare toku ingoa*[1].

— Sapristi ! Donne-moi seulement le nom, reprit Balfour, rapprochant les deux mains pour signifier une petite quantité. La partie nom, sans le reste.

— Te Rau Tauwhare.

Balfour secoua la tête :

— Toujours aussi impossible à prononcer. Eh ben… Tes amis, comment t'appellent-ils ? Tes amis blancs ? Crosbie, par exemple, il t'appelait comment ?

— Te Rau.

— Pas vraiment plus simple, hein ? Je serais fou d'essayer. Et si je t'appelle Ted ? Qu'est-ce que tu en dis ? Voilà un bon nom bien anglais. Un petit nom pour Theodore ou Edward… à toi de choisir. C'est beau, Edward.

Tauwhare ne réagit pas. Balfour se présenta, la main sur le cœur, et se pencha pour le tapoter sur le sommet du crâne :

— Moi, je suis Thomas. Et toi, c'est Ted.

Tauwhare tressaillit. Surpris, Balfour se dégagea et fit vivement un pas en arrière puis, se sentant ridicule, adopta une pose bravache, une jambe en avant, les deux mains dans les poches de son gilet.

1. Le lecteur trouvera en fin de volume un glossaire succinct des mots et des phrases en maori, en cantonais ou en mandarin dans le texte. *(N.d.T.)*

— Tamati, dit Tauwhare.

— Plaît-il ?

— Votre nom, dans ma langue, est Tamati.

— Ah bon !

Soulagé, Balfour abandonna la pose et tapa des mains avant de constater en se croisant les bras :

— Tu connais quelques mots d'anglais. C'est bien !

— Je connais bon nombre de mots anglais, rectifia Tauwhare. On me dit que je parle très bien votre langue.

— C'est Crosbie qui t'a appris un peu d'anglais, Ted ?

— C'est *moi* qui lui donnais des leçons. *Moi* qui lui apprenais à *korero maori*. Vous dites Thomas… moi, Tamati. Vous dites Crosbie… moi, *korero mai* !

Il montra les dents, très blanches, très carrées, dans un grand sourire. Manifestement, il venait de faire un jeu de mots ou une plaisanterie. Balfour lui rendit son sourire sans comprendre.

— Je n'ai jamais été doué pour les langues, avoua-t-il en resserrant encore son manteau. Si ce n'est pas de l'anglais, c'est de l'espagnol, comme disait mon vieux père. Enfin… Écoute, Ted. Je suis désolé pour ton copain. Crosbie Wells. Désolé.

Tauwhare reprit aussitôt son sérieux.

— *Hei maumaharatanga*, dit-il.

— Ben oui, acquiesça Balfour en l'envoyant au diable avec son baragouin. C'est b.....ment dommage, c'est le cas de le dire. Et maintenant tout ce tintouin… ces histoires, à propos du trésor qu'on a trouvé et tout… et sa femme encore.

Impatient, il dévisagea Tauwhare à travers la pluie qui tombait.

— *He pounamu kakano rua.*

Ce disant, Te Rau Tauwhare toucha de l'index et du majeur le pendentif qu'il portait autour du cou. Peut-être était-ce une sorte de talisman, pensa Balfour : tous ces Maoris avaient leurs grigris. Celui de Tauwhare était presque aussi grand que sa main et d'un poli étincelant ; taillé dans un jade vert foncé, veiné de traînées nuageuses d'un ton plus clair, il était attaché à un lacet tressé, placé de telle manière que le petit bout de l'herminette se trouvait haut perché dans le creux au-dessus de la clavicule.

— Dis donc, reprit Balfour. Tu étais où, Ted, quand c'est arrivé ? Quand Crosbie est mort ? Où étais-tu ?

(Autant tenter le coup. Peut-être le Maori pourrait-il le mettre sur la piste ; peut-être savait-il quelque chose. Mieux vaudrait évidemment ne pas trop poser de questions en ville, pour ne pas éveiller les soupçons, mais avec un naturel il y avait moins à se gêner : en toute probabilité, l'homme ne fréquentait pas grand monde.)

Te Rau Tauwhare leva sur Balfour le regard scrutateur de ses yeux sombres.

— Tu comprends la question ? demanda Balfour.

— Je comprends la question.

Il comprenait que Balfour voulait l'interroger sur la mort de Crosbie Wells, alors qu'il n'avait pas assisté à ses funérailles… à cette honteuse parodie de funérailles, pensa-t-il dans une subite poussée de colère et de dégoût. Il comprenait que Balfour ne lui offrait que des condoléances de pure forme, sans même avoir la décence de se découvrir. Il ne savait comment, mais il comprenait que Balfour cherchait à l'exploiter, car sa figure avait l'expression avide de ceux qui croient pouvoir recevoir sans rien donner en échange. Oui, pensa Tauwhare : il comprenait bien la question.

Te Rau Tauwhare n'avait pas encore trente ans accomplis. Son physique était à la fois musclé et élégant, son maintien assuré, empreint de l'énergie tendue et élastique de la jeunesse ; sans faire étalage d'orgueil, il ne laissait jamais voir qu'il pût être impressionné ou intimidé par autrui. La morgue dont il était possédé était profondément intérieure, une inébranlable certitude de soi qui n'avait besoin ni de preuve ni d'apologie… il était, certes, un guerrier réputé, d'un rang honorable dans sa tribu, mais son idée de lui-même n'était point le fruit de ses exploits. Il savait simplement que sa beauté et sa force étaient sans comparaison ; il avait conscience de valoir mieux que la grande majorité des hommes.

Cette conviction n'était pas, à la vérité, sans inquiéter Tauwhare, qui y voyait l'indice d'une indigence spirituelle. Il sentait ce qu'il y avait de superficiel dans pareille certitude immédiate de soi, savait que le prix qu'il s'attribuait n'était en rien un reflet de sa véritable valeur… et pourtant, son assurance demeurait inébranlable. Cela le tracassait. Craignant de n'être qu'un beau semblant, une forme sans fond, une coquille vide, redoutant que son estime de soi ne fût que vanité, il entreprit l'apprentissage de la vie de l'esprit, se mit en quête de la sagesse de ses ancêtres, afin d'apprendre à douter de lui-même. De même que le moine cherche à surmonter les fonctions inférieures de son corps, ainsi Te Rau Tauwhare s'efforçait de dépasser cette faculté inférieure de sa volonté… mais on ne peut dompter la volonté sans donner la parole à cette même volonté. Entre céder à ses impulsions et les combattre, Tauwhare ne parvenait pas à trouver le juste milieu.

L'*iwi* dont il faisait partie était celui des Poutini Ngai Tahu, peuple qui avait commandé naguère à toute la côte Ouest de l'île méridionale, depuis les fjords escarpés de son cap sud jusqu'aux palmiers et aux plages de galets du nord. Six ans auparavant, la couronne avait fait l'acquisition de ce vaste territoire pour la somme de trois cents livres… ne laissant aux Poutini Ngai Tahu que la rivière Arahura, quelques tronçons de ses rives et une petite parcelle à Mawhera, autour de l'embouchure de la rivière Grey. Sur le moment, les Poutini Ngai Tahu avaient trouvé les pourparlers injustes ; à présent, six ans plus tard, ils savaient qu'ils avaient été spoliés. Les chercheurs d'or qui, depuis, avaient afflué sur la côte par mille et par cents avaient tous acheté une patente de mineur à une livre pièce et des terres à dix shillings l'arpent. Cela déjà représentait un profit considérable… sans tenir compte du prix du métal qu'ils venaient extraire des rivières et des sables, ce métal jaune dont la valeur totale était tellement colossale que personne encore n'osait citer de chiffre. Chaque fois qu'il pensait aux richesses qui auraient dû revenir à son peuple, Tauwhare sentait la colère lui gonfler la poitrine… une colère tellement amère et tourmentée, qu'il la subissait comme une douleur.

C'était ainsi à la couronne, et non aux Poutini Ngai Tahu, que Crosbie Wells avait versé ses cinquante livres pour devenir propriétaire de cent arpents vallonnés à l'extrémité orientale de la vallée de l'Arahura, domaine où les *totara*... arbres dont le bois à grain fin était facile à travailler et résistait au sel et au mauvais temps... poussaient drus et serrés. Wells était content de son acquisition. Ses deux grands amours, c'étaient le travail et sa récompense : le whisky, quand il pouvait en trouver ou, faute de mieux, le gin. Il se bâtit une petite maison à une seule pièce avec vue sur la rivière, défricha un bout de terrain pour planter un potager et se mit à construire une scierie.

Te Rau Tauwhare remontait assez souvent la vallée de l'Arahura, car il était chasseur de *pounamu*, trésor dont la rivière regorgeait : des galets lisses, d'un gris laiteux qui, fendus, dévoilaient un cœur vert, luisant comme le verre et plus dur que l'acier. Il était habile, certains disaient même expert, dans l'art de sculpter ces pierres vertes, mais le talent où il excellait en vérité sans rival, c'était pour les découvrir dans le lit de la rivière. Le *pounamu* est aussi terne et quelconque à l'extérieur que lumineux et irisé au dedans ; Tauwhare, grâce à son œil exercé, n'avait pas besoin de fendre ou d'entamer les pierres sur la rive ; il les emportait intactes à Mawhera, afin de les faire bénir et ouvrir selon les rites.

Les terres achetées par Crosbie Wells jouxtaient celles des Poutini Ngai Tahu... ou disons plutôt la fraction de leurs terres dans laquelle les Poutini Ngai Tahu avaient récemment été relégués. Toujours est-il que Te Rau Tauwhare ne tarda pas à faire la connaissance de Crosbie Wells… attiré par le bruit de sa cognée résonnant à travers la vallée alors que Crosbie coupait du petit bois pour son feu. Leurs relations se nouèrent dans la cordialité et prirent rapidement un rhythme de plus en plus rapproché ; avant peu, Tauwhare se mit à s'arrêter chez Crosbie Wells chaque fois qu'il passait à proximité. Wells se révéla un élève passionné de la langue et des légendes maories… et les visites de Tauwhare devinrent ainsi une institution.

Te Rau Tauwhare saisissait avec plaisir chaque occasion d'ouvrir les yeux des autres sur les qualités qui le définissaient le mieux, en particulier lorsque ceux qui l'écoutaient discourir flattaient les aspects de sa personne au sujet desquels il nourrissait, au plus intime de lui-même, des doutes : à savoir son *mauri*, son esprit, sa religion et sa profondeur. Au cours des mois qui suivirent, Crosbie Wells interrogea Tauwhare avec acharnement sur ses croyances d'homme, d'homme maori, et de Maori membre de la tribu des Ngai Tahu. Il avoua que Tauwhare était le premier non-Européen avec qui il s'entretenait ; sa curiosité, ainsi exprimée, avait toutes les propriétés caractéristiques de la soif. Il faut dire que Tauwhare, pour sa part, n'apprit pendant le même temps que peu de chose sur Crosbie Wells ; celui-ci évoquait rarement son passé, et Tauwhare n'avait pas l'habitude de poser des questions. Il n'en regardait pas moins Crosbie Wells comme une âme sœur, et il le lui dit plus d'une fois… car, comme tous les hommes foncièrement sûrs d'eux, Tauwhare aimait à comparer les autres à lui-même, et toutes ses comparaisons se voulaient les compliments les plus sincères.

Tauwhare arriva chez Crosbie Wells dans la matinée qui suivit sa mort, apportant, selon l'habitude qu'ils avaient prise, un don de nourriture... il fournissait les viandes, Crosbie l'alcool, et tous deux se trouvaient bien de cet accord. Dans la clairière devant la maison, il croisa une charrette sur le départ. Le médecin de Hokitika, le Dr Gillies, tenait les guides avec, à son côté sur le siège, l'aumônier de la prison, Cowell Devlin. Tauwhare ne les connaissait ni l'un ni l'autre, mais lorsque son regard se reporta sur la charge, il aperçut une paire de bottes familières et, sous une couverture pliée, une forme qui ne l'était pas moins. Il poussa un cri et laissa échapper son offrande, l'âme transie. L'aumônier, le prenant en pitié, lui proposa alors de retourner à Hokitika avec le corps de son ami, dont on allait faire la toilette avant de le confier à la terre. Il n'y avait plus de place devant, mais il pourrait se caser sur la flèche arrière, s'il voulait, à condition de prendre garde à ses pieds.

Les commerçants et hôteliers de Revell-street sortirent sur le pas de leur porte lorsque la charrette bringuebalante fit son entrée dans Hokitika et tourna dans la grand'rue. Quelques-uns s'avancèrent pour mieux voir, fixant des regards intrigués sur Te Rau Tauwhare, qui les dévisagea à son tour... les traits sans expression, le corps sans ressort. Il tenait, d'une main molle, l'une des chevilles de Wells, dont le corps roulait et trépidait à chaque embardée. Quand la charrette atteignit le camp de police, Tauwhare ne bougea pas. Il attendit, sans lâcher la cheville du mort, tandis que les autres tenaient conseil.

Le tonnelier de Hokitika avait accepté de fabriquer à la hâte pour l'enterrement, avec quelques méchantes planches de sapin, un cercueil et une stèle, arrondie au sommet, où il peindrait le nom de Crosbie Wells et les deux dates qui marquaient les bornes de son existence. (Personne n'était vraiment sûr de son année de naissance, mais on avait trouvé, inscrit à l'encre sur l'une des pages de garde de sa Bible, le millésime 1809. Date aussi plausible qu'une autre, car Crosbie Wells aurait eu ainsi cinquante-sept ans, c'était celle que le tonnelier allait mettre sur la stèle.) En attendant toutefois que l'artisan eût terminé son travail et que la fosse fût creusée, le gouverneur de la prison avait donné l'ordre d'exposer le défunt sur le plancher de son cabinet privé au camp de police, isolé du sol par un simple drap de lit en toile fine.

Lorsque le corps fut arrangé, les mains jointes sur la poitrine, le geôlier chassa tout le monde de la pièce et ferma la porte, faisant courir un frisson jusqu'au bout du couloir. Les cloisons intérieures de la maison étaient de simples pans de calicot imprimé, tendus et cloués à la charpente, si bien que les murs frémissaient et se ridaient comme la surface d'une mare chaque fois que les montants grinçaient dans le vent ou répercutaient l'écho d'un pas lourd ou d'une porte claquée… en les regardant trembler, on ne pouvait s'empêcher de penser aux deux pouces de vide entre les épaisseurs de tissu, à ces espaces sans vie de part et d'autre de la charpente, où s'accumulait la poussière et se dessinaient les ombres mouvantes des corps qui peuplaient la pièce voisine.

Tauwhare protesta. Quelqu'un devait demeurer avec le mort. Wells ne pouvait rester seul, par terre, sans même une chandelle allumée dans la pièce, sans personne pour le veiller, le toucher, prier sur lui, pour lui, chanter. Tauwhare tenta d'expliquer les principes du *tangi*… mais ce n'étaient pas des principes, c'étaient des rites, trop sacrés pour être expliqués, trop sacrés pour qu'il pût même être question de les justifier : c'était simplement ainsi qu'on faisait, ainsi qu'il fallait faire. L'esprit, dit-il, ne partait pas tout à fait tant que le corps n'avait pas été inhumé. Il y avait des chants, des prières… Le geôlier en chef le rabroua en le traitant de païen. Tauwhare se fâcha. Quelqu'un devait veiller le mort jusqu'à l'inhumation. Il le veillerait, lui. Crosbie Wells était son ami et son frère. Crosbie Wells, rétorqua le geôlier, était un Blanc, ils ne pouvaient donc pas être frères, s'il n'avait pas, lui, la berlue. L'enterrement serait pour le mardi matin. Si Tauwhare voulait se rendre utile, il pourrait toujours donner un coup de main aux fossoyeurs.

Tauwhare ne s'en alla pas. Il tint sa veillée sur la véranda, puis au jardin, puis dans la ruelle entre la maison du geôlier et le camp… et chaque fois on vint le chasser. Finalement, le geôlier en chef sortit de sa prison en brandissant un pistolet à crosse de carabine. S'il voyait encore Tauwhare à moins de cinquante mètres du camp de police avant l'instant où le corps de Crosbie Wells serait descendu dans la fosse, il lui mettrait une balle dans le corps, il en prenait Dieu à témoin. Tauwhare se retira donc à cinquante pas, en comptant chaque enjambée, et s'assit contre la façade de bois de la banque Grey

& Buller. Il veilla ainsi la dépouille de son vieil ami en lui disant, à distance, des paroles aimées, cette dernière nuit avant que son esprit ne prît son envol.

— Quand Crosbie est mort, dit Tauwhare, j'étais dans l'Arahura.

— Dans la vallée ? demanda Balfour. Tu étais là-bas quand il est mort ?

— Je tendais un piège à *kereru*. Vous connaissez le *kereru* ?

— C'est une sorte d'oiseau, non ?

— Oui. À chair savoureuse. Très bon en ragoût.

— Je veux bien.

Le chapeau de Balfour dégouttait de pluie. Il l'ôta enfin et le tapa contre sa cuisse. Le drap gris de son habit virait déjà à un noir imbibé. Sa chemise était devenue translucide, laissant deviner le rose de sa peau.

— J'ai tendu le piège avant la nuit, pour prendre les oiseaux au matin, reprit Tauwhare. Du haut de l'escarpement, on a une vue plongeante sur la maison de Crosbie. Ce soir-là, quatre hommes y sont entrés.

— Quatre ? fit Balfour en remettant son melon. Tu ne veux pas dire trois ? Un très grand, chevauchant un étalon noir, et deux plus petits, montés l'un et l'autre sur des juments baies. Ce serait Alistair Lauderback, avec Jock et Augustus. Les hommes qui ont trouvé le corps, tu sais. Ceux qui ont donné l'alerte à la police.

— J'ai vu trois cavaliers, oui, répondit Tauwhare en hochant lentement la tête. Mais encore avant, j'ai vu un homme à pied. Seul.

— Un homme seul… tiens ! On peut compter sur toi, hein, Ted ? s'exclama Balfour, soudain tout excité. Mais oui, crénom ! tu es un bon b..... !

— Je ne m'en suis pas alarmé, poursuivit Tauwhare. Je ne savais pas que Crosbie Wells était mort pendant la nuit. Je ne l'ai su qu'au matin.

Balfour se mit à faire les cent pas.

— Un homme… entré seul dans la maison ! répéta-t-il. Et *avant* Lauderback ! *Avant* l'arrivée de Lauderback !

— Voulez-vous savoir son nom ?

Il pivota sur son talon et hurla presque :

— Tu sais qui c'était ? Oui, bon sang ! Dis-le-moi !

— Nous allons marchander, riposta Tauwhare. Je fixe mon prix, et vous faites une offre. Une livre.

— Marchander ?

— Une livre.

— Tout doux, l'ami ! Tu as donc vu un homme entrer chez Wells le soir de sa mort… le soir même de sa mort, il y a quinze jours ? Tu as vraiment vu entrer quelqu'un ? Et tu sais, sans l'ombre d'un doute, qui c'était ?

— Je sais son nom. Je connais l'homme. Je ne triche pas.

— Non, il n'y a pas de triche ici, approuva Balfour. Mais avant de payer… je veux être sûr que tu le connais pour de bon, vois-tu. Je veux être sûr que tu ne me montes pas un bateau. C'était un grand, hein ? Très brun ?

Tauwhare se croisa les bras :

— Il faut jouer franc jeu. Sans tricher.

— Franc jeu, mais oui. Ça va de soi.

— Nous allons faire affaire ensemble. J'ai dit mon prix. Une livre. À vous maintenant.

— Un gros ? Il était gros ? Râblé ? Je demande simplement pour être sûr, vois-tu. Pour être sûr que tu es franc du collier. Ensuite on pourra faire affaire. C'est peut-être *toi* qui veux finasser.

— Une livre, insista Tauwhare, têtu.

— C'était Francis Carver, hein, Ted ? Je n'ai pas raison ? C'était Francis Carver… le capitaine de navire ? Le capitaine Carver ?

Balfour parlait au hasard… mais il avait deviné juste. Un nuage passa sur les traits de Tauwhare, qui soupira d'un ton de reproche :

— J'ai dit sans tricher.

— Je n'ai pas triché, Ted, protesta Balfour. Simplement je savais déjà, vois-tu. J'avais oublié, c'est tout. Bien sûr que Carver a fait un tour chez Crosbie Wells ce jour-là. C'était lui, n'est-ce pas… le capitaine Carver, l'homme que tu as vu ? Tu peux me le dire… ce n'est pas un secret, puisque je sais déjà.

Il scruta les traits de l'autre, cherchant une confirmation.

Tauwhare serrait les mâchoires. Il marmonna tout bas :

— *Ki te tuohu koe, me maunga teitei.*

— Allez, Ted, tu m'as rendu un sacré service, et je ne l'oublierai pas, dit Balfour, trempé jusqu'aux os. Et tu sais… si jamais j'ai besoin de quelqu'un pour des petits travaux, je penserai à toi. Hein ? Tu finiras par la toucher, ta pièce, d'une façon ou d'une autre.

— Vous avez besoin du maori, affirma Tauwhare en avançant le menton. Vous reviendrez me trouver. Je ne fais pas vos petits travaux. Mais vous avez besoin du maori, vous avez besoin de la langue, et je vous apprendrai bien des choses.

Il ne dit rien de son habileté comme tailleur de jade. Il n'avait jamais vendu de *pounamu*. Il n'en vendrait pas. Un trésor n'a pas de prix, de même qu'on ne peut acheter le *mana* ou marchander avec un dieu. L'or n'était pas un trésor… cela, Tauwhare le savait. L'or était comme tout capital, sans mémoire : son mouvement le portait toujours en avant, à fuir le passé.

— Entendu… Mais tu me donneras quand même un shake-hand, hein ? dit Balfour, saisissant la main sèche de Tauwhare pour la secouer vigoureusement dans sa pogne mouillée. Allez, tu es un brave gars, Ted… Un brave gars.

Tauwhare cependant montrait toujours une mine sérieusement mécontente, et il retira sa main de l'étau de celle de Balfour dès qu'il le put. Balfour éprouva un petit mouvement de regret. Il serait malvenu de se faire un ennemi du naturel… ce n'était pas le moment, alors que l'affaire demeurait inexpliquée par tant de côtés. Peut-être aurait-il encore besoin de faire appel au témoignage de Tauwhare ; peut-être l'homme savait-il quelque chose des rapports énigmatiques qui liaient Crosbie Wells à Francis Carver… ou aussi, il y pensait à l'instant, qui les liaient tous deux à Alistair Lauderback. Oui, il avait intérêt à l'amadouer. Il mit la main à sa poche. Il devait bien avoir un peu de monnaie, un petit quelque chose de symbolique. Les naturels aimaient les symboles. Ses doigts trouvèrent un shilling et une pièce de six pence. Il sortit celle-ci.

— Tiens, dit-il. Je te donnerai ceci si tu m'expliques un peu de maori. Comme tu l'apprenais à Crosbie Wells. Hein, Ted ? Alors nous aurons fait affaire ensemble, comme tu voulais. Ça te va ? Alors nous serons amis. Tu ne pourras pas te plaindre.

Il déposa la piécette d'argent sur la paume de Tauwhare. Celui-ci la regarda.

— Allez, dis-moi, poursuivit Balfour en se frottant les mains. Que signifie... Que signifie Hokitika ? Hokitika. Rien que ce petit mot-là, c'est tout ce que je te demande. Et je t'en offre un bon prix, on peut le dire... six pence, pour un seul mot ! J'appelle ça une affaire du tonnerre !

Te Rau Tauwhare soupira. Hokitika. Il en connaissait le sens, mais il ne pouvait pas le traduire. C'était si souvent le cas entre les deux idiomes, l'anglais et le maori ; les mots d'une langue ne trouvaient jamais d'équivalent exact dans l'autre, de même que les Blancs n'avaient pas de plante potagère qu'on pouvait mettre à la place du *puha*, pas de pain qui rappelât en tout le *rewena paraoa* ; le goût était parfois approchant, certes, mais ce n'était, au mieux, qu'un à-peu-près, avec toujours ses lacunes et sa part d'illusion. Crosbie Wells comprenait cela. Te Rau Tauwhare lui avait appris à *korero maori* sans passer par l'anglais : ils utilisaient leurs doigts pour montrer et les traits de leur visage pour mimer, et si Te Rau disait des choses qu'il ne comprenait pas, Crosbie se laissait baigner par les sons comme par des prières, jusqu'à tant que le sens s'éclaircît et que le mot devînt transparent.

— Hokitika, répéta Balfour en essuyant son visage ruisselant de pluie. Allez, l'ami.

Finalement, Tauwhare leva l'index et traça un

cercle en l'air. Lorsque le bout de son doigt eut rejoint son point de départ, il le porta vivement en avant pour marquer le lieu de retour. Mais on ne peut pas marquer un point sur un cercle, pensa-t-il : marquer un point sur un cercle, c'est le rompre, ce n'est plus un cercle.

— Comprenez-le comme ceci, dit-il, regrettant d'être obligé d'employer des mots anglais et de n'avoir pour le nom qu'un à-peu-près : Tout autour. Et de retour, au début.

Φ

Le samedi, à midi, il y avait toujours foule à la Banque de réserve. Les diggers y faisaient le pied de grue, les mains pleines d'or ; les plateaux de la grande balance ne cessaient de monter et de descendre, accompagnant de leur grincement la pesée et l'enregistrement du minerai ; les employés subalternes couraient aux archives et en revenaient, vérifiant les actes de concession, notant les taxes dues, encaissant les redevances. Le mur du fond abritait quatre guichets grillagés derrière lesquels se tenaient les banquiers ; au-dessus, une ardoise dans un cadre doré affichait la production d'or de la semaine, avec un total partiel pour chaque district et le total général de toute la région de Hokitika. Chaque fois qu'un poids d'or brut était confié à la banque ou acheté, les chiffres marqués à la craie étaient effacés et les totaux mis à jour… appelant régulièrement un murmure approbateur de la part des hommes présents dans la salle, et même des applaudissements pour les chiffres particulièrement impressionnants.

Lorsque Balfour fit son entrée, l'attention de la foule se portait, non sur l'ardoise, mais sur la longue table qui y faisait face, où les acheteurs d'or, reconnaissables aux gibernes plaquées de cuivre qu'ils portaient à la ceinture, examinaient le minerai proposé à la vente. Le travail de l'acheteur était lent. Il soupesait chaque pépite dans la main, grattait le métal et le scrutait à la loupe, le soumettait à diverses opérations pour déterminer son plus ou moins de pureté. Si l'or natif avait déjà été tamisé, il le repassait à des cribles d'osier pour vérifier que les paillettes étaient sans mélange de sable ou de gravier, et parfois il secouait des poignées scintillantes au-dessus d'une soucoupe de mercure pour s'assurer que les deux métaux s'unissaient correctement. Une fois qu'il avait déclaré la marchandise pure et propre à être évaluée, le mineur s'avançait et était sommé de dire son nom. La grande balance était alors réglée de façon à laisser les deux bras du fléau parallèles au plateau de la table... l'acheteur versait la pile d'or dans le plateau de gauche, et le plateau de droite était lesté de poids marqués, ajoutés l'un après l'autre, jusqu'à ce que la balance se mît à vaciller et que le plateau portant le produit du travail du gratteur se dégageât enfin avec une brusque secousse.

Ce matin-là, il n'y avait qu'un seul acheteur présent : un magnat aux cheveux pommadés, en veston de chasse vert d'eau et cravate jaune... combinaison voyante et qui aurait sans doute trop clairement affiché sa qualité d'homme aisé, s'il avait fait ses affaires seul et sans protection. Mais les escorteurs de Hokitika étaient sur place... petite armée ou, en l'occurrence, corps d'infanterie de dix hommes en uniforme qui présidaient à chaque transaction, vente ou achat de la couleur. Plus tard, ils surveilleraient le transfert de l'or en barre dans un fourgon blindé et le convoieraient en sécurité jusqu'à bord du navire qui l'emporterait. On les voyait debout derrière l'acheteur et de part et d'autre de la table à laquelle il était assis... chaque agent armé d'une carabine Snider-Enfield de calibre 577, énorme, rutilante, du tout dernier modèle. Les cartouches étaient longues comme l'index d'un homme adulte, capables de réduire en charpie la tête de celui qui aurait le malheur de se trouver sur leur chemin. Balfour avait admiré la Snider-Enfield en en découvrant les premiers échantillons importés, mais il ne put se défendre d'un certain malaise en se trouvant, entre quatre murs, sous la menace de dix hommes ainsi armés. Il y avait tant de monde dans la salle qu'il doutait que l'un quelconque des agents eût assez de liberté de mouvement pour manœuvrer son fusil, sans parler de tirer.

Il se fraya un chemin à coups d'épaule à travers la foule des diggers, vers les guichets. La plupart des présents étaient là en simples spectateurs et s'écartaient volontiers pour le laisser passer. Il arriva ainsi, en un rien de temps, devant l'un des guichets, face à un jeune homme, porteur d'un gilet rayé et d'une cravate élégante, piquée d'une épingle, qui lui souhaita le bonjour.

Balfour se découvrit, lissa ses cheveux mouillés en arrière (geste plutôt inefficace, sa main n'étant pas moins humide) et dit :

— J'aimerais savoir si un homme du nom de

Francis Carver a jamais acheté une licence de mineur en Nouvelle Zélande.

— Francis Carver… Le capitaine Carver ?

— Lui-même, confirma Balfour.

— Je suis obligé de vous demander qui vous êtes et pourquoi vous sollicitez ce renseignement.

L'employé parlait sans émotion, sur un ton bénin.

Balfour remit son chapeau. Il avait une réponse toute prête :

— L'homme est propriétaire d'un navire, et je suis agent maritime. Je m'appelle Tom Balfour. Je songe à diversifier mon affaire… me lancer dans le commerce du thé avec Canton. Pour l'instant, j'en suis encore à faire ma petite enquête. Je voudrais en savoir un peu plus sur Carver avant de lui faire une proposition. Savoir quelle sorte de placement il apprécie. S'il a jamais été mis en faillite. Ce genre de chose.

— Vous pourriez certainement poser vous-même la question à M. Carver, repartit l'autre.

Offerte de bonne grâce, la remarque n'avait rien d'une rebuffade. Tout au plus pouvait-on la trouver un peu désinvolte. Bien intentionnée avec cela, comme si, passant dans la rue devant une voiture avariée, le jeune homme faisait observer qu'il y aurait un moyen très simple de réparer l'essieu.

Balfour expliqua que, Carver étant en mer, il lui était impossible de se mettre directement en rapport avec lui.

L'homme derrière le guichet ne parut pas satisfait de cette réponse. Appuyant un doigt sur sa lèvre inférieure, il dévisagea Balfour, mais ne parvint apparemment pas à inventer une nouvelle objection qui l'aurait autorisé à ne point faire droit à la requête. Il finit par hocher la tête et, tirant à lui son grand-livre, y inscrivit quelques mots d'une écriture fine et précise. Il passa alors le buvard sur l'encre fraîche (sans véritable nécessité, pensa Balfour, car le registre resta ouvert) et essuya sa plume à un chiffon de peau chamoisée. Enfin, lançant un « veuillez bien attendre », il disparut par une porte basse, dans ce qui semblait être une sorte d'antichambre, et ne tarda pas à reparaître avec, sous le bras, un dossier volumineux relié en cuir et estampillé de la lettre *C*.

Tandis que le banquier défaisait la sangle et ouvrait le dossier, Balfour tambourinait des doigts en scrutant les traits de son vis-à-vis à travers les barreaux du grillage.

Quel contraste entre ce jeune homme et le Maori dans la rue ! Ils avaient le même âge, ou à peu près, mais là où Tauwhare était musclé, nerveux et fier, celui-ci affichait une langueur presque féline : il se déplaçait avec une sorte de volupté insouciante, comme s'il ne voyait ni besoin de se dépenser à être plus rapide, ni raison de se conserver. Il était svelte de corps, avec de longs cheveux bruns, bouclés au bout, qu'il portait noués en catogan à la nuque, à la façon des chasseurs de baleines. Son visage était large et ses yeux bien écartés, ses lèvres pleines, ses dents très irrégulières et son nez un peu grand. Tous ces traits réunis offraient une physionomie à la fois honnête et nonchalante… et la nonchalance est une forme d'élégance, là où elle demande beaucoup et se refuse à révéler sa source. Balfour trouvait ce jeune homme-là *très* élégant.

— Tenez… vous voyez bien, dit enfin l'employé en montrant du doigt. On passe de Carswell à Cassidy. Votre homme n'y est pas.

— Cela signifie donc que Francis Carver n'est pas titulaire d'une licence de mineur.

— Pas dans la province du Cantorbéry, en tout cas, confirma l'autre en laissant les pages se refermer lourdement.

— Et s'il a pris sa patente à Otago ?

— Je suis désolé, mais pour cela il faudra vous rendre à Dunedin.

Il n'était pas plus avancé. Selon le récit de Lauderback, l'or dans la caisse provenait (ou plutôt était censé provenir) de Dunstan, un gisement d'Otago.

— Vous n'avez pas de registres pour les mineurs d'Otago ? insista Balfour, déçu.

— Non.

— Et s'il est arrivé ici avec une licence d'Otago ? Au début, la première fois ? En aurait-on gardé trace à la douane ?

— À la douane, non, répondit l'employé. Mais s'il a trouvé ne serait-ce qu'un peu de poudre, il aurait été tenu de la faire estimer et peser avant de repartir. Il n'a pas le droit d'envoyer de l'or dans une autre province ou hors de la colonie sans l'avoir d'abord déclaré. Il se serait donc présenté ici. Nous aurions demandé à voir sa patente de mineur, et nous aurions alors pris note au registre qu'il travaillait une concession de Hokitika avec une patente d'Otago. Il n'y a rien au dossier ; nous pouvons donc présumer, comme je viens de vous le dire, sans risque de nous tromper, qu'il n'a jamais prospecté dans la région. Quant à une éventuelle prospection du côté d'Otago, je n'ai aucun moyen de savoir ce qu'il en est.

Le banquier parlait avec l'inquiétude contenue du bureaucrate requis d'expliquer un aspect de la routine dont il est lui-même un rouage : se contenant, car un employé trouve toujours rassurante la démonstration de sa propre compétence, mais inquiet néanmoins, car la nécessité même de fournir une explication semblait obscurément saper le système qui l'avait investi de cette aptitude.

— Bien, dit Balfour. Une chose encore, si je peux me permettre. J'aurais besoin de savoir si Carver a été actionnaire d'une mine ou d'une compagnie minière.

L'ombre d'un doute assombrit fugitivement le front bénin de l'employé. Une fraction de seconde, il resta muet, comme cherchant quelque chose à alléguer pour opposer à Balfour une fin de non-recevoir, pour déclarer sa demande irrecevable ou le mettre en demeure de dire ses raisons. Il le fixait d'un air affable, sans doute, mais d'un regard si perçant que Balfour, que semblable inquisition mettait toujours mal à l'aise, réagit par une grimace noire. Comme tout à l'heure cependant, l'autre obtempéra. Il inscrivit quelques mots encore dans son grand-livre, sécha la page et s'excusa poliment pour satisfaire la nouvelle demande.

Lorsqu'il revint, apportant le registre des actions, il ne cacha pas son trouble.

— Francis Carver a en effet spéculé dans la région, dit-il. Il ne possède pas à proprement parler un portefeuille ; il ne s'agit que d'une seule concession. C'est apparemment un accord privé. Carver encaisse chaque trimestre cinquante pour cent du bénéfice net de la mine.

— Cinquante pour cent ! s'exclama Balfour. Et sur une seule concession… pour de la confiance, c'est de la confiance ! Quand a-t-il acheté ?

— D'après notre registre, cela remonterait à juillet 1865.

— Si loin ! – (Six mois ! pensa Balfour. Mais ce serait *après* la vente de l'*Adieu-vat*, n'est-ce pas ?) – De quelle concession s'agit-il ? Qui est le propriétaire en titre ?

— La mine se nomme l'*Aurore*, répondit le banquier en articulant bien les syllabes. Le titulaire et exploitant est…

— Emery Staines, compléta Balfour avec un hochement de tête. Oui, je connais l'endroit… du côté de Kaniere. Mais c'est formidable, une excellente nouvelle. Staines est un bon ami. Je lui en parlerai directement. Merci infiniment, monsieur… ?

— Frost.

— Merci infiniment, monsieur Frost. Vous avez été très obligeant.

Son interlocuteur le regardait pourtant d'un air étrange.

— Peut-être n'êtes-vous pas au courant, monsieur Balfour, dit-il.

— Au courant de quoi ? À propos de Staines ?

— Oui.

Balfour se roidit.

— Il est mort ?

— Non, répondit Frost. Il a disparu.

— Comment ? Quand donc ?

— Il y a une quinzaine de jours.

Balfour ouvrit des yeux ronds.

— Je suis désolé d'être celui qui vous apprend la nouvelle… *si* vous êtes bien un ami.

Balfour n'entendit pas l'aiguillon du doute dans l'intonation.

— Disparu, il y a quinze jours ! s'exclama-t-il. Et personne n'en parle ? Pourquoi ne suis-je pas au courant ?

— Je vous assure que cela a fait pas mal de bruit, repartit Frost. Depuis le début de la semaine, il y a une annonce qui passe tous les jours sous la rubrique des personnes disparues.

— Je ne lis jamais les petites annonces, dit Balfour.

(Mais bien sûr : il avait passé la quinzaine avec Lauderback, à le seconder dans sa tournée de présentations le long de la côte ; il n'avait pas fréquenté le *Corinthien*, comme d'habitude, pour vider le soir une pinte de bière en échangeant les nouvelles avec les autres entrepreneurs locaux.)

— Peut-être qu'il a trouvé une veine, reprit-il. Ce serait une explication. Peut-être Staines est-il tombé sur une veine payante, quelque part en pleine brousse, et il fait le mort… en attendant d'avoir marqué le terrain.

— Peut-être, concéda poliment l'employé de banque.

Il s'en tint là. Balfour se mordilla la lèvre et reprit :

— Disparu ! Je ne comprends pas !

— La nouvelle intéressera sans doute votre associé, dit Frost en passant la main sur la page ouverte de son grand-livre.

— Mon associé ? Qui ça ? demanda Balfour,

alarmé, croyant que le banquier faisait allusion à Alistair Lauderback, dont il s'était bien gardé de citer le nom.

— Mais M. Carver, voyons, répondit Frost d'un air ingénu. L'homme que vous songez à faire entrer dans votre entreprise… comme vous venez de me le confier. M. Carver est de moitié dans une affaire avec M. Staines. Donc si M. Staines est décédé…

Il haussa les épaules, laissant la phrase en suspens.

Balfour plissa les yeux. Le banquier, tout en restant dans le vague, semblait impliquer que Carver serait en quelque sorte responsable de la disparition d'Emery Staines… insinuation qu'il eût été sans doute bien en peine de prouver. Sa position était tout à fait claire, et pourtant il n'avait pas vraiment exprimé d'opinion qu'on pourrait lui reprocher. Le ton de sa voix laissait deviner qu'il n'était pas un ami de Frank Carver, alors même que ses paroles exprimaient de la sympathie pour l'homme face à la perte qu'il venait peut-être de faire. Sensible à la lâcheté de cette équivoque, Balfour faillit se fâcher… avant de se rappeler que lui-même jouait la comédie. Il n'allait pas devenir l'associé de Frank Carver et il n'avait pas à prendre sa défense.

Mais alors le jeune Frost réprima un sourire, et Balfour comprit soudain, dans une bouffée d'indignation, que le blanc-bec se moquait de lui. Frost n'avait pas un instant été dupe de l'histoire qu'il lui avait racontée ! Il savait que Balfour ne pensait pas à s'associer à Carver, il savait que ce mensonge avait été inventé pour dissimuler autre chose… et il redoublait l'affront de l'avoir percé à jour en le rabaissant ainsi à un objet de risée ! Balfour ne digérait pas d'avoir trouvé plus malin que lui, moins encore d'être tourné en ridicule, et par un homme qui passait ses journées dans une cage de trois pieds de côté, à signer des chèques au nom d'un autre. (Sans s'en rendre compte, il repêchait dans sa mémoire et reprenait à son compte les mots prononcés par Lauderback plus tôt dans la matinée.) Pris d'une colère subite, il se pencha en avant et empoigna les barreaux du guichet.

— Bien, dit-il à voix basse. Écoutez-moi maintenant. Je ne vais pas faire entrer Carver dans mon affaire, pas plus que vous. Je pense que c'est un voyou et un escroc et tout ce que vous voudrez. J'ai maille à partir avec lui, nom de Dieu. J'ai besoin d'un clignot, quelque chose dont je pourrai me servir.

— Un clignot ? Qu'est-ce que c'est ? demanda l'employé.

— Une bêtise… Cela n'a pas d'importance, coupa Balfour. Bref, je veux le pincer. Le livrer à la justice. Je pense qu'il a détourné une petite fortune sur une concession dont il ne détient pas les droits. Des mille et des cents. Mais ce n'est qu'un soupçon, et il me faut des preuves. Du concret, comme point de départ. Vu ? Cette histoire d'association que je viens de vous débiter, c'était du chiqué. Un tas de foutaises.

Il lança un regard furieux à l'autre à travers les barreaux du guichet, attendit un instant et le relança :

— Alors ? Qu'en dites-vous ?

— Rien du tout, répondit Frost avec un sourire pincé, sibyllin, en rangeant les papiers sur son bureau. Vos affaires ne regardent que vous. Je vous souhaite bonne chance, monsieur Balfour.

Φ

Balfour était sérieusement ébranlé par la nouvelle de la disparition d'Emery Staines. Les malles égarées et le chantage étaient une chose, pensa-t-il, un homme qui ne donnait plus signe de vie en était une autre. Cela ne sentait pas bon. Emery Staines était un prospecteur qui savait ce qu'il faisait, et beaucoup trop jeune pour mourir.

Balfour s'attarda un moment devant le palais de justice, respirant profondément. Les hommes attroupés sur le perron de la banque s'étaient dispersés, chacun en quête de son déjeuner ; même le Maori était parti. La pluie n'était plus qu'un crachin persistant. Balfour regarda en haut et en bas de la rue, ne sachant pas bien où aller de là. Il se sentait excessivement abattu. *Disparu*, pensa-t-il. Mais un homme ne disparaissait pas simplement comme ça ! Le garçon avait forcément été tué. Il n'y avait pas d'autre explication, pas si personne ne l'avait vu depuis quinze jours.

Emery Staines était sans conteste l'homme le plus riche au sud des sables noirs. Il était propriétaire de plus d'une dizaine de concessions, dont plusieurs avec des puits descendant à une trentaine de pieds et plus. Balfour, qui vouait à Staines une admiration sans bornes, estimait son âge à vingt-trois ou vingt-quatre ans… ni jeune au point de ne pas mériter sa bonne fortune, ni assez mûr pour être soupçonné d'avoir réussi autrement que par des moyens honnêtes. Mais jamais pareille suspicion n'avait effleuré l'esprit de Balfour. Staines était doté d'une beauté charismatique, grave et pleine d'espoir sans avoir besoin de s'afficher telle, qui ne faisait pour ainsi dire qu'un avec son bon naturel ; de tempérament, il était affable, optimiste et d'une vivacité délicieuse. L'idée même qu'il pût être mort était odieuse. Pire encore, que quelqu'un eût pu le tuer.

À cet instant, la cloche de la chapelle wesleyenne sonna la demie de midi, lâchant une rafale d'oiseaux qui sortirent en trombe du clocher provisoire et s'égaillèrent, se détachant en noir contre le ciel. En se tournant vers le bruit, Balfour prit conscience d'une douleur sourde à la tempe. Ses sens n'étaient plus émoussés, mais aiguisés par l'effet de l'alcool consommé dans la matinée, et il mesurait mieux les responsabilités que sa situation faisait peser sur lui. Il n'avait plus envie de poser des questions pour le compte de Lauderback.

Il s'enveloppa dans son manteau, tourna le dos à la ville et se dirigea vers la pointe de Hokitika, lieu dont il s'était fait un refuge habituel. Il prenait plaisir à se planter là, sur le sable, par mauvais temps, bien emmitouflé, et à porter le regard par delà les mâts hérissés des vaisseaux à l'ancre qui se balançaient *en masse**, tiraillés par les mouvements contradictoires du courant fluvial, de la houle et du vent… ce vent hurlant de la mer Australienne, qui arrachait l'écorce des arbres en bordure de plage et ployait les arbustes à des formes infirmes. Balfour jouissait de l'indifférence féroce de la tempête. Il affectionnait les lieux solitaires, car il n'avait jamais l'impression d'être véritablement seul.

Le vent tomba tout à coup, tandis qu'il descendait la berge boueuse et glissante pour reprendre pied sur le quai. Balfour sourit et plongea le regard dans le brouillard. La pluie avait laissé la large embouchure de la rivière privée de tout pouvoir réfléchissant, l'eau aussi grise et opaque qu'un plat d'étain. En l'absence du vent, les mâts ballottés modéraient leur danse ; Balfour, apaisé par le lourd roulis qui les berçait de-ci de-là, de-ci de-là, s'arrêta à les contempler. Il attendit qu'ils eussent atteint une quasi-immobilité avant de s'aventurer plus loin.

Le quai épousait la courbe de l'embouchure de la rivière pour rejoindre la pointe, mince langue de sable battue d'un côté par les vagues du large, léchée de l'autre par les remous troubles de la Hokitika, aux eaux désormais mêlées de sel et vidées de leur or. Là, du côté abrité, une petite jetée s'avançait dans l'eau. Balfour y descendit, atterrissant les pieds à plat, si lourdement que toute la construction en répercuta la secousse. Deux débardeurs, aussi trempés que lui, assis sur la chaussée de planches à vingt pieds de là, se retournèrent dans un sursaut.

— Ça va, les gars, lança Balfour.

— Ça va, Tom.

L'un des deux était muni d'une gaffe à embout de laiton dont il s'amusait à viser les mouettes qui plongeaient en quête de leur dîner dans les pierres en bas, passe-temps oiseux que l'apparition de Balfour avait interrompu mais qu'il reprit une fois les salutations échangées. Son compagnon comptait les touches.

Balfour vint les rejoindre, d'un pas nonchalant, et pendant un moment tous trois se turent, regardant les vaisseaux amarrés rouler avec la houle, plissant les yeux pour mieux percer le rideau de pluie.

— Vous savez ce qui ne va pas ? demanda enfin Balfour. Dans nos hémisphères, n'importe qui peut refaire sa vie. Devenir un autre homme. Qu'est-ce qu'un faux nom, après tout ? Qu'y a-t-il dans un nom ? Si on le soupèse, comme une pépite. Que l'un s'appelle Wells… l'autre *Carver*…

— Vous en avez contre Francis Carver ? demanda l'un des débardeurs en tournant la tête.

— Non, pas du tout.

— Vous en avez alors contre un dénommé Wells ?

— Non, soupira Balfour, je n'ai de querelle avec personne. Simplement, il y a quelques petites choses que j'aimerais savoir. Mais en douce… sans faire de bruit.

Une mouette revint à la charge ; le débardeur lança sa gaffe une fois de plus, sans l'atteindre.

— Ferrée par l'aile, presque, dit l'autre. C'en fait cinq.

Balfour vit qu'ils avaient jeté un morceau de biscuit sur les galets en bas.

L'homme qui avait parlé le premier lui adressa un hochement de tête et demanda :

— Vous voulez lui tirer les vers du nez, à Carver ? Ou plutôt à l'autre ?

— Ni à l'un ni à l'autre, répondit Balfour. N'importe. Mettons que je n'ai rien dit… Je n'ai pas de querelle avec Francis Carver… ne l'oubliez pas.

— Pas de danger… Mais dites donc. Si vous voulez savoir les ragots, sans faire de bruit… vous devriez dire un mot au geôlier.

— Au geôlier en chef ? Shepard ? Pourquoi ? demanda Balfour, observant les manœuvres d'approche de la mouette.

— Pourquoi ? Mais parce que Carver a fait son temps avec Shepard comme surveillant, répondit l'autre. À Cockatoo-Island, dix longues années. Carver a creusé le bassin de radoub là-bas… on y a fait trimer les forçats… sous les yeux de Shepard. Si vous voulez savoir ce qu'il y a à raconter sur Carver, je parierais que le vieux Shepard est votre homme.

— À Cockatoo ? fit Balfour, soudain intéressé. Je ne savais pas que Shepard avait servi dans la police à Cockatoo.

— Eh oui. Puis, la même année où Carver sort, Shepard se fait muter à la Nouvelle Zélande… et ils débarquent l'un sur les talons de l'autre ! Pas mal comme guigne, hein ?

— Il n'y a pas pire, approuva son compagnon.

— Comment savez-vous tout cela ? demanda Balfour.

Mais le premier débardeur poursuivait son idée :

— Voilà une tronche que je ne voudrais jamais revoir… mon garde-chiourme, jour après jour, pendant dix ans… puis, dès que je me retrouve dehors…

— Comment savez-vous tout cela ? répéta Balfour.

— J'ai fait mon apprentissage aux docks là-bas, répondit l'interrogé. Hé là !… dans le mille !

Il venait de frapper la mouette en plein dans le dos.

— Vous ne sauriez pas par hasard pourquoi Carver est tombé, hein, l'ami ?

— Pour contrebande, répondit aussitôt le débardeur.

— Contrebande de quoi ?

— D'opium.

— Comment ? Il en importait en Chine ? Ou il l'en faisait sortir ?

— Je ne pourrais pas vous le dire.

— Mais qui est-ce qui l'a fait tomber ? Tout de même pas le fisc.

L'homme réfléchit un instant, puis haussant les épaules :

— Je ne sais pas au juste. Je croyais que c'était une affaire d'opium. Mais c'est peut-être un faux bruit.

Peu après, Balfour prit congé des deux hommes et regagna la terre ferme pour poursuivre sa promenade. Dès qu'il se retrouva bien seul, il écarta les jambes, fourra ses mains dans ses poches et laissa son regard se perdre dans le rugissement écumant de l'océan… par delà les vérins de calage et les rouleaux graissés, par delà le phare de bois au bout de la pointe, par delà les sombres épaves des navires échoués sur la barre.

— Voyons ! marmonna-t-il. Je tiens un bon bout… mais oui, c'est du concret ! Carver est bien son vrai nom, forcément ! Il ne peut pas utiliser un nom de guerre… pas à Hokitika, sous le nez du geôlier… alors qu'il a purgé une peine au bagne où cet homme-là était surveillant !

Il se lissa la moustache entre le pouce et l'index et reprit :

— Mais voilà le hic. Qu'est-ce qui a bien pu le pousser à prendre le nom de Francis Wells… en présentant un document à l'appui ?

## SATURNE EN BALANCE

*Où Joseph Pritchard esquisse sa théorie du complot ;*
*George Shepard fait une proposition calculée ;*
*et Harald Nilssen accepte, sur un ton de remontrance,*
*de rendre visite à Ah Quee.*

C'est à ce point que Balfour fut supplanté par un autre dans le rôle de narrateur… transition que l'agent maritime marqua en allumant un nouveau cigare, en se reversant à boire et en lançant allégrement :

— Allez, les gars, corrigez-moi si j'ai fait erreur !

L'exhortation semblait s'adresser à deux personnes : Joseph Pritchard, le grand brun à la gauche de Moody, dont le silence s'était signalé par une intensité contenue, égalée, comme Moody n'allait pas tarder à le constater, par l'intensité contenue de son débit posé, et un autre homme dont nous n'avons pas encore eu l'occasion de noter la présence physique. Celui-ci jouait au billard lorsque Moody était entré dans la salle ; Balfour le présenta maintenant, en pointant son cigare d'un air admiratif, comme Harald Nilssen, né à Christiania, ci-devant de Bath, sans rival à une table de bouillotte, et un sacré bon tireur… éloge auquel Nilssen lui-même s'empressa d'ajouter qu'il possédait un Enfield naval se chargeant par le canon, le meilleur fusil de l'Empire britannique et la seule arme à feu à laquelle il eût jamais daigné toucher. Les deux ne demandaient qu'à prendre à la lettre l'invitation de Balfour… Nilssen pour des raisons de vanité, car il ne supportait pas de jouer le premier rôle dans un récit à sensation sans en être également le conteur vedette ; Pritchard, par souci de précision.

Nous laisserons donc Thomas Balfour au bout de la pointe, les mains dans ses poches, les yeux plissés, à regarder tomber la pluie. Notre regard se tournera pendant ce temps au nord, à deux cents mètres de là, pour s'arrêter sur la salle des ventes de Gibson's-quay… où, derrière la tribune du commissaire-priseur, une porte de bois brut donnant dans un bureau privé affiche la raison sociale *Nilssen & C^ie^, commissionnaires*.

Par déférence pour l'harmonie des sphères tournantes du temps, nous reprenons notre récit à l'instant même où Balfour l'a laissé : à Hokitika, le samedi 27 janvier, à une heure moins cinq de l'après-midi.

Φ

Les samedis midi, on trouvait d'ordinaire Harald Nilssen à son bureau, devant une pile de contrats, de testaments et de connaissements, portant toutes les dix minutes la main à son gousset, glissant un œil vers la montre d'argent qui le libérerait pour aller déjeuner… comme il le faisait tous les jours, avec la même régularité qu'il aurait mise à prendre une médecine, au *Nonpareil.* Nilssen recommandait cette routine à quiconque voulait l'entendre ; il croyait dur comme fer aux vertus curatives de la sauce brune, de la viande en croûte et de la bière, et était du reste prodigue en toute sorte de conseils, ayant tendance à proposer ses propres habitudes en exemple à ses prochains, moins visionnaires. Il se plaisait à en débattre le pour et le contre, affectionnait les arguties les plus captieuses et les plus extravagantes, adorait échafauder, à partir du cercle restreint de ses goûts, professés avec ferveur, des théories plus absurdes et plus absconses les unes que les autres. Affectueusement encouragée par les amis qui appréciaient sa verve et sa drôlerie, cette idiosyncrasie était honnie de ceux qui le jugeaient affecté et égotiste… mais ces voix critiques ne parvenaient aux oreilles de Nilssen qu'en sourdine, à peine audibles, et il ne se donnait aucun mal pour mieux les démêler.

Harald Nilssen était fameux à Hokitika par le grand style de ses habits. Ce jour-là, il portait une redingote anthracite à revers doublés de soie, un gilet rouge foncé, une cravate grise nouée en papillon et un pantalon de cachemire rayé. Son haut-de-forme, accroché à un porte-chapeau à pied derrière le bureau, était de la même nuance anthracite que la redingote ; sous le chapeau, une canne à poignée recourbée et à bout d'argent s'appuyait contre le meuble. Pour compléter ce costume (Nilssen concevait en effet son habillement quotidien comme une tenue de scène qui pouvait être utilement complétée par divers accessoires), il fumait une grosse pipe calebasse ; le bec portait la trace de ses dents, mais son goût pour l'instrument tenait moins au plaisir de l'habitude qu'aux poses que la pipe lui permettait de prendre. Il la gardait souvent entre les dents sans l'allumer, parlant du coin de la bouche comme le comédien qui lance une réplique en aparté… comparaison qui lui convenait parfaitement, car s'il tirait vanité des impressions qu'il produisait, c'est qu'il avait conscience de bien faire tout ce qu'il fallait pour les produire. Ce jour-là cependant, le fourneau acajou était chaud, et Nilssen suçait le tuyau avec une agitation considérable. L'heure de son déjeuner était déjà passée, mais il ne pensait ni à son estomac ni aux joues vermeilles de la serveuse au *Nonpareil* qui l'appelait Harry et gardait toujours pour lui la part la plus croustillante de la tourte. Il fixait d'un air morose une feuille jaune sur son buvard, et il n'était pas seul.

Finalement, il retira la pipe d'entre ses dents et leva les yeux pour rencontrer ceux de l'homme assis vis-à-vis de lui.

— Je n'ai rien fait de mal, dit-il sans élever la voix. Rien qui tombe sous le coup de la loi.

Son accent norvégien était à peine perceptible : les trente années passées à Bath avaient fait de lui un Britannique par les intonations, ou peu s'en fallait.

— La question est de savoir à qui la chose profite, repartit Joseph Pritchard. C'est ce à quoi le magistrat va s'intéresser. La mort de cet homme-là a l'air de vous avoir rapporté un joli profit.

— Par la vente légale de sa succession ! Dont je me suis chargé alors qu'il était déjà dans la tombe !

— Dans la tombe, peut-être… mais pas encore refroidi, il me semble.

— Crosbie Wells est mort d'avoir trop bu, protesta Nilssen. Il n'y avait pas de raison de procéder à une enquête, rien de suspect. C'était un ivrogne et un solitaire, et quand on m'a transmis ces papiers, je croyais que la succession serait minime. Je ne me doutais pas de l'existence du retour gagnant[1].

— D'après vous donc, c'est simplement une affaire qui a bien tourné.

— D'après moi, je n'ai rien fait qui tombe sous le coup de la loi.

— Mais *quelqu'un* a fait quelque chose, affirma Pritchard. Il y a bien *quelqu'un* derrière tout cela. Qui était au courant du retour ? Qui a attendu de voir Crosbie Wells sous terre pour vendre son terrain à la va-vite, discrètement, sans enchères… en mettant la banque devant le fait accompli ? Et qui a planté mon laudanum sous son lit ?

— *Planté*, dites-vous…

— Il y a été planté, insista Pritchard. Je vous le jure. Je n'en ai jamais vendu une goutte à cet homme-là. J'ai la mémoire des visages, Harald. Je

1. *Homeward bounder*. En anglais, le terme désignait à l'origine, dans la marine marchande, le navire *qui prenait le chemin du retour*, chargé des trésors de l'Orient ou des colonies. Pendant la ruée vers l'or en Nouvelle-Zélande, on en est venu à l'appliquer aussi, familièrement, au prospecteur qui, ayant « gagné le gros lot au jeu du lavoir », pouvait s'offrir le luxe de *rentrer chez lui* cousu d'or ou, par extension (comme ici), à l'or même (le cas échéant, au filon, à la mine) qui lui offrait cette possibilité. *(N.d.T.)*

n'ai pas vendu une goutte de laudanum à Crosbie Wells.

— Vous voyez bien ! Vous pouvez le prouver ! Montrez vos livres, vos reçus…

— Il faut voir le plan d'ensemble, au delà de notre propre cas ! murmura Pritchard, qui n'élevait pas la voix lorsqu'il voulait être véhément, mais parlait au contraire en sourdine. Nous *trempons là-dedans*, l'un et l'autre. Remontez suffisamment en amont, et vous trouverez un concepteur. Tout se tient.

— Voulez-vous insinuer que tout cela était combiné… d'avance ?

— Ça m'a tout l'air d'un meurtre, répondit Pritchard en haussant les épaules.

— Dites plutôt un complot de meurtre.

— Où est la différence ?

— Dans le chef d'accusation. Ce serait complot de meurtre… nous serions condamnés pour l'intention, non pour l'acte comme tel. Crosbie n'est pas mort de la main d'un autre.

— C'est la version officielle, rétorqua Pritchard. Faites-vous confiance au coroner, monsieur Nilssen ? Ou allez-vous prendre vous-même la pelle pour désenterrer le corps ?

— Ne soyez pas morbide.

— C'est moi qui vous le dis : vous trouveriez plus d'un corps dans la fosse.

— Arrêtez, voyons !

— Emery Staines, poursuivit Pritchard sans se laisser fléchir. Que diable est-il devenu, s'il n'a pas été tué ? Vous croyez qu'il s'est évanoui en fumée ?

— Non, bien sûr.

— Wells meurt, Staines disparaît. Le tout en

l'espace de quelques heures. Wells est enterré deux jours après… et où peut-on mieux cacher un cadavre que dans la tombe d'un autre ?

Joseph Pritchard cherchait toujours le mobile caché, la vérité occulte ; il était fasciné par tout ce qui fleurait la conspiration. Il contractait des convictions comme d'autres des manies… une croyance était pour lui comme un appétit à nourrir… et il alimentait les siennes avec la ferveur érotique de ceux qui voient en tout de l'eau apportée à leur moulin. Cette idée fixe commandait jusqu'à sa vision de soi. Chaque fois que quelque chose venait troubler les eaux souterraines de son esprit, il plongeait dans son intériorité et s'escrimait à pénétrer plus avant, à coups de jarret puissants et résolus… comme s'il voulait toucher le fond minéral de ses plus sombres imaginations ; comme s'il voulait se noyer.

— Ce sont des spéculations qui ne mènent à rien, dit Nilssen.

— Enterrés ensemble, insista Pritchard en se calant sur son siège. J'en donnerais ma tête à couper.

— Qu'importent vos conjectures et vos paris ? éclata Nilssen. Ce n'est pas *vous* qui l'avez tué. Vous n'avez tué personne. Si tout cela retombe sur la tête de quelqu'un, ce ne sera pas la vôtre.

— Mais quelqu'un veut faire croire que c'est moi. Et vous, c'est un fait que quelqu'un vous a joué. Vous avez l'air d'un fichu imbécile.

— Ce ne sont là que des apparences.

— Les jurys s'intéressent aux apparences.

— Allons donc, protesta mollement Nilssen. Vous ne croyez tout de même pas qu'un *jury*…

— … soit nécessaire ? Ne faites pas la bête. À Hokitika, Emery Staines c'est la famille royale. C'est drôle à dire, mais c'est ainsi. Des gens qui ne reconnaîtraient pas le commissaire de la couronne au milieu d'une fournée d'ivrognes ramassés dans la rue connaissent le nom de Staines. Il y aura une enquête, c'est sûr et certain. Au criminel. On en ferait une s'il s'était cassé le cou en tombant dans un escalier devant dix témoins. Il suffira de la moindre petite chose qui laisse soupçonner un lien avec l'affaire Crosbie Wells… son corps, vraisemblablement, le jour où on finira par le trouver… et voilà ! vous êtes mouillé. Complice du complot. Vous passez en jugement. Que direz-vous alors pour votre défense ?

— Que je ne suis pas… Que nous n'avons pas… Qu'il n'y a pas de *complot*…

Accablé par l'inutilité de ses protestations, il resta muet.

Pritchard ne rompit pas le silence mais attendit, fixant son hôte d'un regard entendu. Lorsque Nilssen parla enfin, il dut prendre sur lui pour garder un ton calme et objectif :

— Il ne faut rien dissimuler. Il faut aller nous-mêmes chez le magistrat…

— Au risque de payer ensuite les pots cassés ? objecta Pritchard en baissant encore la voix. Nous ne connaissons pas la moitié des parties en jeu, enfin ! Si Staines a été tué… et tenez, même si vous ne croyez pas un mot du reste, vous m'accorderez que c'est une sacrée coïncidence qu'il ait choisi juste ce moment-là pour disparaître. Donc, s'il a été tué… et supposons que c'est le cas… il y a forcément quelqu'un à Hokitika qui sait à quoi s'en tenir.

Nilssen fit mine de le prendre de haut :

— Moi en tout cas, je ne vais pas attendre comme ça, la corde au cou…

— Ce n'est pas non plus ce que je propose.

— Quoi, alors ?

Le commissionnaire fléchissait déjà. Pritchard sourit :

— Une corde, c'est un fil à suivre. Remontons…

— À l'homme de la banque ?

— Charlie Frost ? Peut-être.

— Charlie n'est pas un traître, objecta Nilssen d'un air sceptique. Il a été aussi étonné que tout le monde quand il a eu vent du retour.

— L'étonnement est facile à simuler. Et celui qui a acheté le terrain ? Clinch… du *Gril*. Quelqu'un a bien dû lui donner le mot.

— Je ne peux pas le croire.

— Vous auriez peut-être intérêt à essayer.

Nilssen secoua la tête et dit en se rembrunissant :

— De toute façon, Clinch ne peut plus espérer encaisser un liard, maintenant que la veuve fait valoir ses droits. C'est *elle* qui devrait vous inquiéter.

Pritchard n'avait pas d'opinion sur la veuve.

— Clinch ne peut plus espérer encaisser un liard… de la succession de Crosbie Wells, peut-être, concéda-t-il. Mais ce n'est pas tout ça. Staines est bien le propriétaire du *Gril*, n'est-ce pas ? Clinch n'est que locataire.

— Où voulez-vous en venir ?

— Je me dis simplement qu'on ne regrette jamais la mort d'un créancier.

— Clinch n'est pas homme à commettre un meurtre, se récria Nilssen, le sang aux joues. Aucun d'eux n'irait jusque-là. Charlie Frost ? Plus souvent ! C'est un timide, Jo.

— On ne peut pas voir, à la figure d'un homme, de quoi il est capable. Et certainement pas ce qu'il a déjà commis.

— Ce genre de spéculation…

Mais la phrase resta en suspens, et Nilssen se tut derechef, ne sachant quelle forme donner à son indignation. Il connaissait à peine le prospecteur disparu, Emery Staines… même si, interrogé, il eût sans doute affirmé le contraire, car il ne se gênait aucunement pour se prétendre l'intime de tous ceux dont l'amitié pouvait le flatter, et Staines était précisément le genre d'homme qu'il aurait souhaité connaître de plus près. Nilssen adorait être ébloui, et il ne l'était jamais davantage que par la personnalité d'un homme qu'il admirait beaucoup. Emery Staines, jeune comme il l'était, et ne connaissant pas le doute, était naturellement un type enviable. En repensant maintenant à lui, Nilssen ne pouvait que donner raison à Pritchard : il était excessivement improbable que Staines eût quitté Hokitika en cachette, de son plein gré, au milieu de la nuit. Ses concessions exigeaient une surveillance et un entretien réguliers, et il avait plus de cinquante hommes à ses gages… son absence lui coûtait sûrement une jolie somme, et de plus en plus, plus elle se prolongeait. Oui, Pritchard ne se trompait pas. Ou bien Staines avait été enlevé, ou bien… ce qui était plus probable… on l'avait tué en dissimulant très habilement le corps.

Selon les informations prises, Emery Staines avait été vu pour la dernière fois le soir du 14 janvier, au coucher du soleil, alors qu'il descendait Revell-street du nord au sud, se dirigeant vers son domicile. Personne ne savait ce qui s'était passé ensuite. Son barbier s'était présenté le lendemain matin à huit heures et avait trouvé la porte ouverte ; il racontait que le lit était défait, comme si on venait d'y dormir, mais que l'âtre était froid. Aucun objet de valeur ne manquait à l'appel.

Emery Staines n'avait pas d'ennemis... Nilssen du moins ne lui en connaissait aucun. Il avait une personnalité radieuse, exceptionnellement ouverte, avec le don rare de se montrer, dans ses actes comme dans ses manières, généreux et humble tout à la fois. Il était très riche, mais il y avait à Hokitika de nombreux hommes riches qui étaient, en général, autrement déplaisants... et, pour la plupart, nettement plus avancés en âge. Au fait, la jeunesse de Staines avait pu lui attirer l'envie d'un homme mûr, ayant moins bien réussi... mais l'envie était un mobile bien faible pour un meurtre, pensait Nilssen, *si* le jeune homme avait effectivement été tué.

— Pourquoi quelqu'un irait-il chercher querelle à Staines ? demanda-t-il tout haut. Ce garçon-là respire la chance... tout ce qu'il touche se transforme en or.

— La chance n'est pas une vertu.

— On l'aurait donc tué pour son argent ?

— Laissons un instant Staines de côté. Vous-même, insinua Pritchard en se penchant en avant, vous avez touché une part du trésor de Crosbie Wells.

Nilssen baissa de nouveau son regard sur la feuille jaune devant lui : le contrat de vente.

— Oui, dix pour cent… je ne m'en cache pas, dit-il. Le montant de ma commission sur la vente de ses effets. Mais maintenant que le testament a été contesté, le paiement est nul. Je vais devoir tout rembourser. Les biens n'auraient pas dû être mis en vente.

Il toucha du doigt le bord de la feuille. Il avait signé l'acte, fait en deux exemplaires, à ce même bureau, quinze jours auparavant… et c'était alors avec un serrement de cœur qu'il y avait apposé son paraphe. À Hokitika, la vente des effets d'un défunt n'était jamais une affaire lucrative, mais son entreprise périclitait, il était aux abois. Quelle honte (avait-il pensé) que d'avoir parcouru la moitié de la circonférence du globe pour connaître une telle débâcle… en être réduit à ramasser les miettes sous la table d'hommes plus fortunés, plus chanceux. Le nom couché sur le contrat, Crosbie Wells, ne lui disait rien. D'après ce qu'il en savait, Wells était une loque humaine, un vieux misanthrope qui, soir après soir, buvait jusqu'à tomber ivre mort et ne faisait plus de rêves. Nilssen avait signé le contrat avec amertume et fatigue. Il allait devoir louer un cheval, sacrifier sa journée, s'en aller… où donc ?… au fin fond de l'Arahura, fouiller dans les hardes du mort comme un vagabond ratisse le caniveau, cherchant quelque chose à se mettre sous la dent.

Et puis voilà… serré dans la boîte à farine, la corne à poudre, le garde-manger, le soufflet de la cheminée, la cuvette fêlée d'une vieille chaise percée, le tout éclatant, et lourd, et tendre à la fois. Sa commission lui avait rapporté quatre cents livres et des poussières ; pour la première fois de sa vie, il était en fonds. Il aurait pu faire ses bagages et partir pour Sydney ; il aurait pu rentrer au pays ; il aurait pu recommencer sur nouveaux frais ; il aurait pu se marier. Mais il n'avait pas eu le temps d'en jouir. Le jour où la commission avait enfin été versée était le jour même de l'arrivée de Mme Wells ; il n'avait fallu à la veuve que quelques heures pour contester la succession, demander la rescision de la vente et faire mettre l'or sous séquestre. Si elle avait gain de cause… et elle ne pouvait être déboutée… Nilssen serait obligé de rembourser l'argent, jusqu'au dernier penny. Quatre cents livres ! C'était plus qu'il ne gagnait en une année. Faisant courir le doigt sur le bord du contrat, il se laissa envahir par un sentiment d'outrage solitaire et lancinant. Il aurait voulu avoir quelqu'un sur qui rejeter la faute ; c'était un souhait qu'il avait formulé plus d'une fois au cours de la semaine écoulée.

Pritchard cependant secouait la tête. Il ne se souciait pas du testament ou de l'absence de testament du défunt, non plus que des suites légales de sa contestation.

— Ne pensez plus à tout cela, dit-il. Essayez un instant de vous souvenir de la cahute. Vous avez vu le trésor de vos yeux ?

— C'est moi qui l'ai découvert, répondit Nilssen non sans fierté. Oh ! si vous aviez vu ça… En feuille, cela aurait suffi à dorer toute une table de billard, pieds y compris. C'était lourd comme tout. Et ça *brillait* ! Quand j'y pense…

Le souvenir amena un peu de détente, mais Pritchard ne sourit pas.

— Vous disiez que ce n'était ni en poudre ni en pépites, intervint-il. C'est bien cela ?

— Oui, soupira Nilssen. C'est ça. Tout était en petites briques.

— Amalgamé, approuva Pritchard. Ce qui demande des outils, et un savoir-faire. Qui donc était le fondeur ? Pas Wells lui-même.

Nilssen garda un instant le silence. Il ne s'était pas posé la question. La manière dont Pritchard exposait sa théorie… avec une assurance frisant l'arrogance… ne lui plaisait pas, mais force lui était de reconnaître que l'apothicaire avait déjà mis le doigt sur des rapports que lui-même n'avait pas su saisir. Il se remit à téter sa pipe.

Nilssen ne savait pas grand'chose du fonctionnement concret des mines d'or. Il ne s'était essayé à la prospection qu'une seule fois et n'avait pas goûté ce travail de forçat : tirer des seaux d'eau de la rivière pour laver les graviers, avec les mouches de sable qui se fourraient dans ses manches et dont les piqûres le faisaient gigoter comme un possédé. Il avait souffert ensuite du dos pendant des jours, avec les doigts écorchés et les pieds enflés comme des éponges. La pincée de poudre qu'il avait rapportée de l'expédition, nouée dans un coin de son mouchoir, avait été taxée et retaxée pour lui rapporter au bout du compte… son poids une fois établi jusqu'à la dernière fraction d'once… la misère de cinq shillings, une déception impossible, à peine de quoi payer le cheval qu'il avait loué pour se rendre dans les gorges et en revenir. Il n'avait pas tenté sa chance une seconde fois. Nilssen était, autant de nature que par dandysme, un homme de la Renaissance, accoutumé à se découvrir un don pour tout ce à quoi il mettait la main ; s'il ne maîtrisait pas d'emblée les ficelles, il laissait tomber. (Lui-même portait sur sa conduite un regard non dénué d'humour ; il racontait souvent sa carrière avortée sur les diggings de Hokitika en exagérant les désagréments éprouvés pour mieux se moquer de la lamentable faiblesse de sa constitution… mais c'étaient là des lazzis que lui seul pouvait s'autoriser, et il ne cachait pas son embarras lorsqu'un autre adoptait le même point de vue ou se permettait d'abonder dans son sens.)

Le raisonnement de Joseph Pritchard était logique, jusqu'à un certain point. Quelqu'un… peut-être plus d'une personne… était forcément au courant du trésor caché chez Crosbie Wells. Le trésor était trop important, et la vente des biens du défunt avait été trop discrète et trop hâtive, pour nier la probabilité d'une telle hypothèse. Par ailleurs, la fiole de laudanum découverte auprès du cadavre donnait à croire que quelqu'un… peut-être la ou les mêmes personnes… s'était trouvé sur place, dans une intention peu avouable, immédiatement avant ou après la mort du reclus. La fiole provenait de chez Pritchard, elle avait été achetée dans son officine et portait une étiquette signée de sa main ; celui qui l'avait déposée là ne pouvait donc être que quelqu'un de Hokitika faisant route vers le nord, et non un étranger descendant au sud. Par conséquent, le politicien et sa suite, qui avaient découvert le corps de Crosbie et apporté en ville la nouvelle de sa mort, étaient hors de cause.

Dans son for intérieur, Nilssen donnait raison à Pritchard et à ses soupçons à l'endroit de l'acheteur du terrain, Edgar Clinch… comme aussi de l'employé de banque, Frost. Ou plutôt, il ne soupçonnait pas les deux hommes d'avoir trempé dans le meurtre d'Emery Staines, ce qui était manifestement l'idée de Pritchard, mais il lui semblait que Clinch avait bien dû bénéficier de quelques informations confidentielles pour se porter si promptement acquéreur de la maison et du terrain de Crosbie Wells… et quelle qu'ait pu être la source de ces renseignements, Charlie Frost était forcément au courant. Nilssen concevait aussi sans peine que le rôle qu'il avait lui-même joué dans l'affaire, en toute innocence, devait paraître plus qu'un peu louche, envisagé d'un point de vue extérieur et impartial. Après tout, c'était lui qui avait découvert le trésor ; il avait inscrit le flacon de laudanum dans son registre avec tout le reste (il était là pour dresser l'inventaire des effets qui seraient vendus à l'encan) ; et la transaction allait lui rapporter quatre cents livres.

En dehors de ces points, dont il reconnaissait la pertinence (mais qui n'étaient, après tout, que de simples supputations), Nilssen demeurait cependant sceptique. Pritchard affirmait que la disparition d'Emery Staines ne pouvait pas être un hasard, mais c'était là une pure supposition ; il en inférait que l'homme avait été assassiné, mais c'était raisonner par conjecture ; il insinuait que son corps aurait été enterré dans la tombe de Wells, toujours sans un commencement de preuve ; et il présentait l'imbroglio juridique autour de la succession de Wells comme un écran de fumée, une manœuvre de diversion préméditée… ce qui, de l'avis de Nilssen, était une pure insanité. Pritchard était incapable d'expliquer la présence de la fiole de laudanum ; il ne proposait aucun mobile, aucun suspect plausible ; sa rhétorique était horripilante… et pourtant Nilssen ne pouvait refuser toute créance à sa théorie.

Le commissionnaire ne partageait pas l'ivresse capiteuse que le pharmacien goûtait à plonger dans les eaux profondes de l'âme : la quête de la vérité n'était pas pour lui, comme pour son visiteur, une obsession. Pritchard devenait très bizarre en parlant de ses passions, des élixirs qu'il distillait et dégustait sous le plafond bas de son laboratoire, des résines et des poudres dont il faisait le commerce discret, dans des bocaux de verre opaque. L'homme avait quelque chose de froid et de dur, se dit Nilssen… traduisant, comme souvent, l'antipathie personnelle qu'il ressentait dans les termes généralisateurs d'un déplaisir esthétique.

Finalement, avec l'air vexé qu'il ne réussissait jamais à dissimuler lorsque le raisonnement d'un autre l'obligeait à reconnaître les défauts de sa propre pensée, Nilssen ôta sa pipe de sa bouche et dit :

— Eh bien, peut-être Wells connaissait-il quelqu'un à la banque. Killarney… Ou bien un employé de la Compagnie…

— Non.

Pritchard frappa le bureau du bout de ses doigts écartés. Il avait guetté la réponse, certain que Nilssen se lancerait sur une fausse piste, prêt à contrer :

— C'est l'œuvre d'un Chinois. Je vous parie ce que vous voulez. Leur foyer à Kawarau était toujours plein de gars sans licence… ils se cotisaient pour payer la redevance. Ils se ressemblent tous, de toute manière, tous avec des noms à coucher dehors. Et tous prêts, là-bas à China-Town, à faire des petits travaux au noir. Si la Compagnie y était pour quelque chose, l'affaire aurait l'air…

— Plus nette ? proposa Nilssen d'un ton optimiste.

— Au contraire. Quand un bonhomme a besoin de couvrir ses traces… quand il lui faut emprunter l'entrée de service plutôt que la grande porte, selon son habitude… c'est là qu'il commence à biaiser, à louvoyer. Vous voyez ce que je veux dire ? Celui qui est dans la place sera aux prises avec les pions… avec toutes les pièces du système. Un étranger peut traiter directement avec Satan en personne.

C'était précisément un exemple des façons de parler que Nilssen avait en horreur. Il reporta les yeux sur le contrat de vente.

— La Forge de China-Town, dit encore Pritchard. C'est une conjecture, je vous l'accorde, mais vous pouvez m'en croire. Il y a là un gars qui se charge de tout ce qui demande un fourneau. Il s'appelle Quee.

— Vous lui parlerez ? demanda Nilssen en relevant la tête.

— En fait, j'espérais que vous vous en chargeriez. Je ne suis pas au mieux avec les Célestes en ce moment.

— Puis-je savoir pourquoi ?

— Oh ! il s'agit d'affaires qui ont mal tourné. De secrets commerciaux. D'opium, dit Pritchard en retournant la main avant de la laisser tomber sur ses genoux.

— Vous faites venir votre opium de *Chine* ? demanda Nilssen, perplexe.

— Mon Dieu, non ! Du Bengale.

Pritchard se tut, hésita un instant, puis lâcha :

— C'est plutôt une querelle personnelle. À cause de la putain qui a failli mourir.

— Anna, compléta Nilssen. Anna Wetherell.

L'apothicaire se renfrogna. Il aurait préféré la laisser sans nom. Il détourna la tête, regardant les gouttes de pluie grossir et ruisseler au bas du dormant de la fenêtre à guillotine.

Pendant l'intervalle de silence qui suivit, jusqu'à la reprise de la conversation, Nilssen se surprit à se demander si l'autre n'était pas amoureux : amoureux d'Anna Wetherell, la putain. Il s'amusa à en peser les probabilités. D'un aspect singulièrement frappant… avec, dans tous ses mouvements, une langueur lasse, assassine, de cygne désaffectionné… la fille était pourtant de tempérament versatile, au delà de ce que Nilssen voulait bien tolérer chez une femme, et sa beauté (mais il ne l'aurait pas qualifiée de belle ; il réservait ce mot-là aux seules vierges et aux formes angéliques) était trop savante à son goût. Elle était par ailleurs mangeuse d'opium, habitude qui grevait ses traits d'un flou jamais dissipé et ses gestes d'un infini épuisement… pareille servitude était en soi malséante, et voilà de surcroît qu'elle venait d'attenter à ses propres jours. Oui, pensa Nilssen : elle était précisément la sorte de fille dont Pritchard serait capable de s'amouracher. Ils se retrouveraient au sein des ténèbres ; leurs conjonctions seraient enfiévrées et sans avenir.

Là, le commissionnaire était loin du compte. Les spéculations de Nilssen étaient toujours de la sorte qui renferme elle-même sa propre confirmation : il montrait une prédilection pour les preuves allant le plus dans le sens des principes auxquels il se flattait d'être fidèle, mais aussi pour les principes qui se prêtaient le mieux à recevoir des preuves. Parlant souvent de la vertu, il passait pour être d'un caractère optimiste et encourageant, mais sa foi en la vertu était engagée à un maître moins malléable que l'optimisme. Le bénéfice du doute, comme on dit, est un don accordé au petit bonheur, et Nilssen était trop fier de son intellect pour renoncer à sa liberté de conjecture. Dans son esprit, les formes cristallines de la haute abstraction étaient revêtues d'un vernis protecteur : il aimait à les contempler et à s'émerveiller devant leur éclat, mais il n'avait jamais eu l'idée de les prendre, pour ainsi dire, sur le manteau de la cheminée, de les descendre de ce piédestal en chêne sculpté pour les sentir répondre en souplesse à la pression de ses doigts. Il avait conclu que Pritchard était amoureux simplement parce qu'il trouvait plaisant d'agiter la question, d'analyser le cas de figure, pour en revenir finalement aux convictions qu'il nourrissait depuis le début : que Pritchard était un drôle d'oiseau ; qu'il n'y avait plus de salut pour Anna ; et qu'on était toujours malavisé de donner son amour à une fille.

— Eh oui, disait Pritchard, ils sont tous furieux contre moi. Le Jaune qui tient la fumerie à Kaniere… Ah Sook, pour ne pas le nommer… est allé trouver Tom Balfour quand la putain a failli y passer… dans tous ses états, évidemment. Il a dit à Tom qu'il voulait consulter mon compte, contrôler le dernier envoi qu'il avait réceptionné à mon nom.

— Pourquoi ne s'est-il pas adressé directement à vous ?

Pritchard haussa les épaules.

— Apparemment, il me soupçonnait de quelque chose de pas très catholique.

— Vous voulez dire d'un empoisonnement... prémédité ?

— C'est ça.

Pritchard se détourna de nouveau. Nilssen tenta de le relancer :

— Et Tom, alors ? Qu'a-t-il fait ?

— Il a montré ses livres à Ah Sook. La preuve que je n'ai rien à me reprocher.

— Il n'y a rien de suspect dans les livres ?

— Rien, répéta sèchement Pritchard.

Avec une pointe de malin plaisir, Nilssen se rendit compte que son visiteur avait mal pris la question. Il commençait à lui en vouloir de sous-entendre qu'ils seraient impliqués comme complices, tous deux au même titre, si (ou quand) le meurtre présumé d'Emery Staines venait à être découvert ; il lui semblait que Pritchard était bien plus compromis que lui dans cette horrible affaire. Nilssen n'avait et ne voulait rien avoir à faire avec l'opium. La drogue était un poison, un fléau, qui faisait de tous son jouet.

— Écoutez, dit Pritchard en appuyant un doigt sur le bureau. Il faut faire parler Quee. Je m'en chargerais si je le pouvais... j'ai essayé à la fumerie, mais Sook me bat froid. Quee, c'est autre chose. Il est honnête. Demandez-lui ce qu'il en est du magot... si c'est de l'or à lui et, si oui, ce qu'il faisait chez Wells. Vous pourrez y aller cet après-midi.

Nilssen cependant s'impatientait ; il n'avait pas d'ordres à recevoir de cet homme.

— Je ne vois pas pourquoi vous ne pouvez pas

parler à Quee vous-même, si c'est avec l'autre que vous êtes en bisbille.

— Ils en ont tous contre moi. Disons que je me garde à carreau.

Nilssen aurait employé d'autres mots, mais il demanda finalement, repoussant la feuille jaune et se réfugiant dans la mauvaise humeur :

— Que diable ! Pourquoi un Chinetoque irait-il me faire des confidences ?

— Au moins vous êtes neutre, répondit Pritchard. Vous ne leur avez donné lieu de vous juger ni en bien ni en mal. N'est-ce pas ?

— Aux Célestes ? demanda Nilssen en suçant sa pipe, où la feuille de tabac n'était plus que cendre. Non.

— Quand vous lui parlerez, mettez un *Ah* devant… Ah Quee. C'est leur façon de dire monsieur.

Pritchard marqua une pause, les yeux fixés sur son interlocuteur, et ajouta :

— Dites-vous que, si quelqu'un est en train de monter un coup contre *nous*, lui aussi en est peut-être victime.

Pendant qu'il parlait, on frappa à la porte. C'était le commis, qui fit savoir à Nilssen que George Shepard se trouvait dans l'antichambre et demandait à le voir.

— George Shepard… le geôlier en chef ? demanda Nilssen non sans appréhension, lançant un regard rapide à Pritchard. A-t-il dit à quel sujet ?

— Une question de profit, semble-t-il. D'avantage mutuel, répondit le commis. Dois-je le faire entrer ?

— Je m'en vais, déclara Pritchard, qui se leva

sans plus attendre. Vous irez donc le trouver, n'est-ce pas ? Le bonhomme Quee ? Dites que oui.

— Aller jusqu'à Kaniere ? fit Nilssen, repensant à son déjeuner et à la serveuse du *Nonpareil*.

— Ce n'est qu'une heure à pied, insista Pritchard. Mais faites attention de ne pas vous tromper de bonhomme ; celui que vous cherchez est plutôt petit, très maigre, sans barbe ; vous reconnaîtrez sa cahute à la cheminée de la forge. J'attendrai de vos nouvelles…

Et il s'en fut.

Φ

Le bureau de Nilssen semblait trop petit pour contenir le salut cérémonieux, roide et massif, avec lequel George Shepard fit son entrée. Le commissionnaire se sentit reculer sur son siège et, pour compenser ce mouvement instinctif, se leva d'un bond, avança vivement la main et s'exclama :

— Monsieur Shepard… oui, oui, je vous en prie. Je n'ai pas encore eu le plaisir de vous compter parmi mes clients, monsieur… Mais j'espère pouvoir vous rendre service… dans un très proche avenir… si vous le voulez bien. Asseyez-vous, je vous en prie.

— Pour ma part, je vous connais, bien sûr, repartit Shepard.

Il s'installa sur la chaise offerte et, voyant que Nilssen fumait, prit sa propre pipe dans sa poche. Nilssen, de l'autre côté du bureau, lui tendit sa blague à tabac et ses allumettes allemandes, et il y eut un bref silence, pendant que Shepard bourrait, tassait et frottait une allumette. Sa pipe était peu profonde, en bruyère, avec une élégante bague d'ambre entre le bec et le tuyau. Il tira plusieurs bouffées et, enfin certain que le tabac brûlait, se cala contre le dossier du siège en jetant un regard calculateur à gauche et à droite, comme s'il voulait se cadrer dans la géométrie de la pièce.

— De réputation, compléta-t-il (il était de ces hommes qui ne laissent jamais une phrase en suspens, une fois leur esprit mis en train), avant de lâcher encore une bouchée de fumée et une question : L'homme qui vient de nous quitter… Rappelez-moi son nom ?

— Jo Pritchard, monsieur… Jo pour Joseph. C'est lui qui tient la pharmacie-droguerie de Collingwood-street.

— Bien sûr.

Shepard se tut, occupé à formuler en esprit l'affaire qui l'amenait. La blême clarté dont les rayons obliques tombaient sur le bureau de Nilssen figeait les remous de fumée qui flottaient autour de sa tête… gravant dans l'air les lignes de chaque volute, de même que la roche de quartz préserve et donne à voir une tortueuse veine d'or. Nilssen attendit. Il se disait : Voilà l'homme qui sera mon geôlier, si je suis condamné…

La désignation de George Shepard au poste de gouverneur de la prison de Hokitika n'avait guère rencontré d'opposition parmi ceux qui vivaient et prospectaient dans les limites de sa juridiction. Shepard était un personnage froid et imposant, aux mouvements lents qui semblaient mettre toujours en avant la largeur de ses épaules et le poids de ses bras ; marchait-il, c'était à pas longs et résolus ; parlait-il (ce qui n'arrivait pas souvent), c'était en scandant ses propos d'une voix de basse vibrante et majestueuse. Il n'avait aucun sens de l'humour, rien qui pût inspirer de la sympathie, mais l'austérité passait pour une vertu dans un homme de son état, et les électeurs s'accordaient pour lui tenir compte du fait (tout à son honneur) qu'il n'eût jamais été accusé de partialité ou de favoritisme.

Les quelques commérages qui couraient à son sujet faisaient plus de place à la fantaisie qu'aux faits, brodant notamment sur ses rapports avec son épouse dans l'intimité. Le couple Shepard vivait, selon toute apparence, dans un silence perpétuel… silence oppressant et inflexible de la part du mari, fait, chez la femme, de crainte et d'inhibition. Elle s'appelait elle-même madame George, sans jamais élever la voix au-dessus d'un chuchotement ; son aspect, ahuri, paniqué, rappelait celui de l'animal torturé qui voit une cage, là où il n'y en a pas, et se recroqueville devant la moindre brusquerie. Mme George ne franchissait guère le seuil de la prison, sinon pour faire acte de présence à de rares solennités municipales, trottinant, rouge de confusion, le long de Revell-street dans le sillage de son gouverneur de mari. Elle se trouvait à Hokitika depuis quatre mois lorsqu'on découvrit enfin qu'elle possédait malgré tout un nom à elle… Margaret… mais prononcer ce nom en sa présence, c'était une agression dont la brutalité la mettait aussitôt en fuite.

— Je viens vous voir pour affaires, monsieur Nilssen, commença Shepard, qui parlait en couvant la tête de sa pipe au creux de sa main, contre sa poitrine. Notre actuelle maison d'arrêt est à peine autre chose qu'un parc à bestiaux. Un bouge, sans air ni lumière. Pour aérer, nous entr'ouvrons la porte en mettant la chaîne, et je monte la garde sur le seuil, mon fusil sur les genoux. La situation est intenable plus longtemps. Nous n'avons pas les moyens de prendre en charge les malfaiteurs plus… expérimentés. Les crimes plus raffinés. Un meurtre, par exemple.

— Non… ou plutôt oui, bredouilla Nilssen. Bien sûr, je comprends.

Shepard marqua une pause avant de poursuivre :

— Si vous voulez bien me pardonner mon pessimisme, je pense que Hokitika est à la veille d'une ère difficile. Notre ville se trouve à un moment décisif de son histoire. La loi des placers est toujours en vigueur dans l'arrière-pays, tandis qu'ici… si nous ne sommes pour l'instant qu'un trou perdu, nous serons bientôt le plus beau fleuron du Cantorbéry. Le Westland acquerra ensuite son autonomie et Hokitika prospérera ; mais tout en s'élevant, elle devra se réconcilier.

— Réconcilier… ?

— Le sauvage et le policé, dit Shepard.

— Vous faites allusion aux naturels ? Aux tribus maories ?

La question était posée avec un accent enthousiaste. Nilssen nourrissait une passion romantique pour ce qu'il appelait « la vie tribale ». Le spectacle des pirogues maories traversant, puissantes et splendides, les gorges de la rivière Buller… il les avait vues de loin… l'avait laissé comme foudroyé. Les guerriers lui paraissaient redoutables, leurs femmes inconnaissables, leurs mœurs primitives et effrayantes. Il y avait, dans son ravissement, plus d'effroi que de respect, mais c'était un effroi qu'il aspirait à revivre. Au fait, Nilssen avait été incité d'abord à s'embarquer pour la Nouvelle Zélande par une rencontre fortuite, dans une taverne sur la grand'route non loin de Southampton, avec un matelot qui se vantait (en des termes qui allaient se révéler plutôt saugrenus) de ses propres rencontres avec les peuplades primitives des mers du Sud. Le matelot était un Hollandais, et il portait une vareuse courte, à ras les fesses. Il avait troqué des clous contre des noix de cocotier ; il avait permis aux femmes des îles de poser leurs mains sur la peau blanche de sa poitrine ; une fois, il avait fait cadeau d'un nœud à un jeune naturel. (« Quelle sorte de nœud ? » avait voulu savoir Nilssen ; c'était un bonnet turc ; comme Nilssen ne le connaissait pas, le matelot en avait tressé en l'air les boucles florales.)

Shepard cependant accueillit l'interruption d'un hochement négatif.

— Je n'utilise pas le mot « sauvage » au sens d'indigène, dit-il. Je parle du pays même. La prospection est un sale métier : celui qui s'y livre finit par penser comme un voleur. Et la vie que les diggers mènent ici est assez dégradante pour les jeter dans un désespoir pire encore.

— Mais les gisements peuvent être policés.

— Peut-être… le jour où les cours d'eau seront à sec. Lorsque les prospecteurs auront été remplacés par des barrages et des dragues, et que les mines seront exploitées par des compagnies d'actionnaires… lorsque les forêts auront été rasées… alors oui, peut-être.

— Vous ne croyez donc pas au pouvoir de la loi ? protesta Nilssen. Le Westland disposera bientôt d'un siège au Parlement, vous savez.

— Je vois que je ne me fais pas comprendre. Me permettez-vous de recommencer ?

— Je vous en prie.

Le geôlier en chef se lança aussitôt, sans modifier ni sa posture ni son ton :

— Lorsqu'une société connaît simultanément deux codes de justice, les hommes invoqueront toujours l'autorité de l'un contre l'autre. Prenez l'exemple de celui qui pense bien agir en faisant citer devant le tribunal de police la putain avec qui il a eu commerce… s'attendant tout ensemble à voir la loi appliquée et à y faire lui-même exception. Il sera débouté, peut-être même mis en accusation pour sa fréquentation de la fille ; alors, il s'en prendra en même temps à la loi et à la fille. La loi ne peut pas satisfaire son sens immédiat de ce qui est juste, alors il se fera justice à lui-même et la fille finira étranglée. Autrefois, il aurait vidé sa querelle à coups de poing, à chaud… c'était la loi des placers. La putain en serait peut-être morte, ou peut-être pas, en tout cas l'acte de l'homme ne regardait que lui. Tandis que maintenant… Maintenant il lui semble que son droit même d'exiger justice a été remis en cause, et c'est *cela* qui le fait agir. Il est doublement en colère, et sa rage trouve un double exutoire. J'en vois des exemples tous les jours.

Shepard se carra contre le dossier de son siège et remit sa pipe dans sa bouche. Son attitude était calme, mais ses yeux pâles observaient le propriétaire des lieux avec une attention marquée.

Nilssen ne laissait jamais passer l'occasion de pousser une hypothèse :

— Oui, mais si je suis votre raisonnement... Vous ne voulez pourtant pas suggérer qu'il faudrait donner la préférence à la loi des placers ?

— La loi des placers est philistine et vile, répondit posément le gouverneur de la prison. Nous ne sommes pas des sauvages. Nous sommes des hommes policés. Je n'accuse pas un défaut de la loi ; je voudrais seulement appeler votre attention sur ce qui arrive lorsque le sauvage et le policé se rencontrent. Il y a quatre mois, les prisonniers confiés à ma garde étaient des ivrognes et de petits voleurs. Aujourd'hui, j'ai affaire à des ivrognes et à de petits voleurs qui s'indignent et se croient des droits et font la morale, comme s'ils avaient été condamnés à tort. Et ils sont en colère.

— Mais... j'y reviens... si on va jusqu'au bout, insista Nilssen. Une fois la putain étranglée et la fureur du prospecteur apaisée, le monde policé reprend ses droits et la loi condamne le coupable. L'homme est justement puni, n'est-ce pas... au bout du compte ?

— Pas si ses pareils se rallient à lui pour défendre la loi des placers, répondit Shepard. On n'est jamais si fortement attaché à une loi que lorsqu'elle est bafouée, monsieur Nilssen, et rien n'égale la cruauté d'une meute d'hommes en colère. Voilà seize ans que je suis geôlier.

— Oui, concéda Nilssen en se mettant plus à son aise. Je vois ce que vous voulez dire. C'est l'indéfini qui est dangereux, la zone crépusculaire entre le vieux monde et le nouveau.

— Il faut éradiquer l'ancien. Je n'aurai aucune indulgence pour les prostituées, ni pour ceux qui les fréquentent.

L'autobiographie de Shepard (récit qui, si quelque jour il venait à l'écrire, serait rigide, récriminateur et austère) ne comportait pas le chapitre obligatoire dans lequel le jeune héros jette sa gourme et s'écarte du droit chemin ; depuis son mariage, son imagination n'avait pas une seule fois évoqué de vision plus affriolante que les formes carrées de Mme George, dont la personne était si familière, et si régulière, qu'il aurait pu régler sa montre sur le rhythme de ses journées. Il avait toujours été d'une conduite irréprochable, et sa faculté de compassion était limitée en conséquence, à l'excès. Le métier d'Anna Wetherell n'était paré d'aucun prestige à ses yeux, il n'était pas de ceux que des souvenirs d'embarras ou d'élans juvéniles rendent sensibles aux subtilités de ce commerce ; en regardant la jeune femme, il ne voyait qu'un long catalogue de dévergondages, une intelligence versatile et une absence cruelle de tout motif d'espoir. Qu'une putain pût attenter à ses jours, le fait n'avait à son avis rien de remarquable, ni de regrettable ; en l'occurrence, la mort eût pu être qualifiée même de miséricordieuse. Mlle Wetherell vivait, après tout, par la grâce du chandoo, drogue qui jouait les chambellans auprès d'un roi idiot dont elle garderait à jamais le trône d'un regard jaloux.

Il est juste de dire que, parmi les sept vertus, les préférences de George Shepard allaient aux quatre cardinales. Il était bien instruit de la doctrine chrétienne du pardon, mais uniquement en tant qu'article de foi envers lequel il se reconnaissait un devoir d'étude et d'obéissance. Ce ne sera pas manquer à l'estime due à sa foi que de faire remarquer que le pardon est quelque chose qu'on ne sait offrir à autrui que si l'on s'est d'abord trouvé dans la nécessité de le demander pour soi, et le gouverneur de la prison n'avait jamais de sa vie connu pareil impératif. Il avait prié pour l'âme de Mlle Wetherell, comme pour toutes les personnes confiées à sa garde, mais ses prières étaient l'expression du devoir plutôt que d'une quelconque espérance. Il croyait le corps la demeure de l'âme et, partant, la profanation du corps une violence faite à cette étincelle divine : jugée selon une telle théologie positive, une vulgaire putain faisait piètre figure, et Anna Wetherell, mal nourrie et maltraitée, n'avait rien à envier à ce qu'il avait vu de pire. Il ne lui souhaitait pas de rôtir en enfer, mais il croyait, à titre privé, son salut à jamais compromis.

Au reste, le sort spirituel de Mlle Wetherell et le moyen dont elle en avait décidé dans les siècles des siècles ne l'intéressaient pas ; ses mérites corporels aussi le laissaient froid. En cela, Shepard se distinguait de la plupart des représentants du sexe fort à Hokitika, lesquels (comme Gascoigne allait le faire remarquer à Moody quelque sept heures plus tard) n'avaient guère parlé d'autre chose au cours de la quinzaine écoulée. Le sujet de l'âme une fois épuisé, ils passaient au corps, et les conversations allaient bon train.

La pipe de Nilssen était éteinte. Il en frappa légèrement le fourneau sur son bureau pour en faire sortir la cendre et se mit en devoir de le bourrer de nouveau, parlant tout en dénouant de sa main libre les cordons de sa blague :

— Je crois bien qu'Alistair Lauderback compte faire des réformes. S'il est élu, cela va de soi.

— Suivez-vous la campagne ?

Shepard avait mis un moment à répondre. Nilssen, tout à ses manipulations, ne nota pas le flottement. En voyant le geôlier en chef pénétrer chez lui, son premier mouvement avait été de se défier, voire de se tenir sur ses gardes, mais il n'avait pas pour habitude de rester longtemps dans l'embarras. Les théories de Shepard sur la justice avaient stimulé agréablement son intelligence, et il se sentait de nouveau maître de lui-même. Les rites absorbants qui accompagnaient le bourrage de sa pipe… l'usure familière des cordons de cuir, la senteur épicée du tabac… tout cela l'aida à reprendre le libre usage de ses sens. Il répondit à la question sans lever les yeux :

— Mais oui. Je lis les discours tous les jours, et avec un vif intérêt. Lauderback séjourne en ce moment ici même… à Hokitika… n'est-ce pas ?

— En effet, confirma Shepard.

— Je crois qu'il remportera le siège, poursuivit Nilssen en broyant une pincée de tabac entre ses doigts. Le *Lyttelton Times* le soutient.

— Vous appréciez l'homme ?

— Les chemins de fer et les tunnels, voilà son cheval de bataille, n'est-ce pas ? Le progrès, la civilisation et ainsi de suite. Ce que vous dites de votre façon de voir me semble bien dans l'esprit de la campagne de Lauderback.

Nilssen frotta une allumette. Shepard, sur le point de répondre, hésita.

— Je n'ai pas l'habitude de parler politique chez les autres, à moins d'y être invité, dit-il enfin.

— Mais je vous en prie.

Nilssen secoua l'allumette, et l'autre reprit en hochant affirmativement sa grosse tête blême :

— Avec votre permission, donc… Je vous dirai que je pense également qu'il sera élu… il entrera à la Chambre tout en restant surintendant. La force de sa personnalité pèsera en sa faveur, et sa position au barreau et au conseil de la province rend bien sûr un excellent témoignage sur son caractère et ses capacités.

— Et, en l'occurrence, il est déjà dans la place, coupa Nilssen qui pour sa part n'avait aucun scrupule à pontifier, chez lui ou ailleurs, et oublia un instant qu'il avait invité son visiteur à exposer son propre point de vue. On le connaît.

— On le connaît, certes… dans sa coterie. Pour lui, le Cantorbéry passe avant tout. Ses chemins de fer et ses tunnels, comme vous dites, c'est la ligne projetée de Christchurch à Dunedin et le tunnel de Lyttelton. En tant que surintendant, il y fera réaffecter tous les fonds qui ne sont pas déjà engagés dans ces chantiers… il ne pourra pas faire autrement, s'il veut honorer ses promesses de campagne.

— Pour le surintendant, vous avez peut-être raison, concéda Nilssen. Mais en tant que député ? Il va *représenter* le Westland…

— Lauderback n'est un homme du Westland que par son électorat. Je ne lui en fais pas reproche… il aura ma voix, monsieur Nilssen… mais il ne connaît pas la vie des prospecteurs.

Nilssen parut vouloir l'interrompre derechef. Shepard s'empressa donc de poursuivre en élevant un peu la voix :

— J'arrive maintenant à l'affaire qui m'a poussé à solliciter cet entretien. J'ai l'accord du commissaire de la couronne pour mettre en chantier une nouvelle prison, non plus dans le périmètre du camp de police, mais sur les hauteurs au nord de la ville. Vous vous souviendrez que c'est en y faisant travailler des condamnés qu'on a ouvert la route de Hokitika ? J'ai l'intention de faire de même dans le cas qui nous intéresse : je mettrai mes pensionnaires au travail pour construire la prison de Seaview.

Nilssen sourit. Le projet allait dans le sens de ses propres idées sur la justice punitive.

— Pourtant, reprit Shepard, comme vous l'avez déjà fait remarquer, Alistair Lauderback s'intéresse surtout aux transports : dans son discours devant le Conseil, il a parlé de réquisitionner les condamnés pour entretenir et améliorer la route de Christchurch. La chaussée qui traverse les Alpes est toujours traîtresse… impraticable pour les chevaux, à plus forte raison pour les diligences.

— Est-ce bien le surintendant qui a le dernier mot en la matière ? demanda Nilssen. Vos prisonniers ne sont-ils pas à vous ? N'êtes-vous pas libre de les employer à votre guise ?

— Hélas, seulement de les surveiller.

Le commis entra, apportant du café sur un plateau de bois. Il ne cachait pas son excitation. Il était rare que Nilssen eût des visiteurs, et il ne lui en avait jamais connu à l'aura aussi mystérieuse que Pritchard (célèbre par son opium) et Shepard (célèbre par sa femme). Le commis avait disposé la cafetière et les tasses sur le plateau avec un soin tout particulier, et il le portait très haut, les bras en avant, les coudes en équerre, le dos droit comme un cierge. Nilssen hocha la tête d'un air approbateur : en règle générale, le commis de la maison ne jouait pas les domestiques pour son employeur, mais celui-ci se félicitait de l'impression que cela produirait sur le visiteur. Le garçon posa le plateau sur une console et se mit en devoir de servir. Espérant que les deux hommes reprendraient leur conversation sans attendre qu'il eût quitté la pièce, il s'évertuait à verser lentement, marri de voir flotter à la surface les graines de chicorée qu'il avait ajoutées pour économiser le café et qui, enveloppées de résidus peu ragoûtants, semblaient à présent le réprimander de sa prétention.

Il entendit derrière lui la voix de Shepard :

— À propos, monsieur Nilssen : que savez-vous d'Emery Staines ?

— Je sais qu'il a disparu, répondit Nilssen après un bref silence.

— Il a disparu, oui. Voilà près de quinze jours que personne ne l'a vu. C'est bien étrange.

— Je le connais à peine, dit Nilssen.

— Ah bon ?

— Superficiellement… Ce n'est pas un ami.

— Tiens ! tiens !

Nilssen semblait s'apprêter à tousser, mais ce fut finalement un éclat :

— N'en as-tu toujours pas fini, Albert ?

Le commis posa la cafetière.

— Dois-je laisser le plateau, monsieur ?

— Mais oui, oui… Et va-t'en, pour l'amour de Dieu !

Il avança la main vers une tasse en même temps que le garçon se disposait à la lui présenter, soulevant une vague de café qui inonda la soucoupe, aussitôt déposée sur le bureau avec un cliquetis sonore. Albert porta la seconde tasse à Shepard, qui ne daigna pas y toucher, mais se borna, sans un mot, à montrer du doigt le meuble devant lui.

— Je ne tournerai pas autour du pot, dit-il, lorsque le saute-ruisseau déçu les eut quittés en refermant la porte. J'ai l'intention d'ouvrir le chantier tout de suite, avant les élections, afin que les travaux soient déjà bien avancés lorsque Lauderback assumera ses fonctions. Certains en déduiront sans doute, je m'en rends compte, que je désire faire échouer ses visées. Je m'adresse à vous pour solliciter non seulement votre concours professionnel mais encore votre discrétion.

— Que vous faut-il ? s'enquit Nilssen, prudent.

— Des matériaux de construction et peut-être dix ou vingt paires de bras pour commencer à creuser les fondations. Je peux vous proposer une commission à votre taux habituel. Le terrain a d'ores et déjà été acquis, l'emplacement approuvé. Voici le dessin de l'architecte.

Shepard tira les plans de sous son habit. Nilssen cueillit les papiers sur la paume massive du geôlier et demanda encore en les dépliant :

— L'original ? Ou une copie ?

— L'original. Il n'y a pas de copie. Je garde ces documents toujours sur moi, bien entendu.

— Bien entendu, approuva Nilssen, chaussant ses besicles.

— La raison pour laquelle j'ai pensé à vous,

reprit Shepard, plutôt qu'à Cochran ou à Morrison ou à un autre de vos concurrents dont les affaires marchent en ce moment mieux que les vôtres… je vous demande pardon… cette raison, dis-je, ne tient que pour une part à votre réputation d'habile homme.

Nilssen l'interrogea du regard.

— Souffrez que je vous parle en toute franchise, dit Shepard. La question est épineuse, je sais ; j'aurai à tâche d'user de tous les ménagements possibles. Il a été porté à ma connaissance que vous avez touché une commission de plusieurs centaines de livres pour la liquidation de la succession de feu M. Crosbie Wells.

Nilssen tressaillit. Shepard leva la main pour lui imposer silence.

— Ne vous compromettez pas ! Ne parlez pas avant de m'avoir entendu. Je vous dirai fidèlement ce que je sais. Le corps du défunt a été amené au camp de police avant l'inhumation ; attendu qu'il n'avait ni parents ni amis dignes de ce nom, c'est au camp même que nous l'avons veillé. J'ai eu l'honneur d'inspecter le corps et d'être présent lorsque le praticien a recherché des signes de lésions des organes vitaux. Le Dr Gillies a conclu que le décès était dû à l'alcool ; n'ayant moi-même que de faibles connaissances en la matière, je ne pouvais que lui donner raison. Le Dr Gillies a pourtant procédé à une analyse minutieuse du contenu de l'estomac et des intestins du défunt, et il a trouvé dans ces organes non seulement des débris d'aliments et de l'eau-de-vie, mais encore des traces de laudanum… pas assez, il est vrai, pour fonder des soupçons. Je ne crois pas que Crosbie Wells soit mort empoisonné, si ce n'est par l'alcool.

« Or, la veillée funèbre n'était point finie que le terrain de Wells et sa scierie avaient déjà été vendus. Le terrain, revenu à la banque publique, a été acheté presque aussitôt… je ne vous apprends rien… par un M. Edgar Clinch ; la transaction était parfaitement légale, mais il n'en est pas moins vrai que la précipitation avec laquelle la propriété a changé de mains a de quoi surprendre. Si j'ai bien compris, c'est alors qu'on a fait appel à vous, pour vider la maison et revendre les effets du défunt, votre rémunération devant consister en un pourcentage du montant encaissé ; ayant accepté cette charge, vous avez d'emblée découvert un véritable trésor en or natif (où était-il caché ? dans la boîte à farine ?) d'une valeur totale de quatre mille livres. Un « retour gagnant », comme on dit dans l'argot local. Eh bien, monsieur Nilssen, vous auriez dû pouvoir empocher alors votre commission… une jolie somme ; mais toute l'affaire a chaviré lorsque la veuve de M. Wells a débarqué sur la grève et s'est fait connaître. Elle arrivait huit jours trop tard pour assister aux funérailles, mais largement à temps pour contester la vente des biens ainsi que toute transaction à laquelle ladite vente avait pu donner lieu.

« Je vous l'ai déjà dit, je ne crois pas que Crosbie Wells soit mort empoisonné. Mais je pense aussi que le trésor caché ne lui appartenait pas et ne peut donc revenir de droit à sa veuve. L'apparition de la veuve Wells est une bizarrerie dans une histoire déjà un peu trop bizarre à mon goût, conclut Shepard, marquant une pause avant d'ajouter : Y a-t-il, dans ce que j'ai dit jusque-là, quelque chose que vous savez, ou que vous soupçonnez être contraire à la vérité ? Vous pouvez refuser de répondre, si vous le désirez.

— C'est du chantage ? bafouilla Nilssen.

— Pas du tout. Mais vous devez bien reconnaître que tout cela sent le complot.

— Je le reconnais.

— Je ne suis pas un limier, reprit Shepard, et je ne prétends avoir aucun goût pour ce métier-là. Je n'ai pas envie de vous tirer les vers du nez. Mais je veux avoir ma prison neuve, et je vois là une occasion à laquelle nous pourrons gagner tous les deux.

— Dites, monsieur.

— La veuve Wells a demandé la rescision de la vente des biens de feu son mari. La procédure en appel demandera des mois, selon la marche ordinaire des affaires judiciaires, et pendant ce temps l'argent restera bloqué à la banque. Au bout du compte, je suppose que la vente sera déclarée nulle et, sauf nouvelles complications, la veuve revendiquera la propriété du trésor. Soit dit en passant, j'ai eu le plaisir de m'entretenir plusieurs fois avec Crosbie Wells au cours de ces derniers mois, et il est de fait qu'il n'a jamais mentionné son mariage… ni à moi ni à personne d'autre à qui j'aie parlé.

Nilssen eut une vision d'un chat en train de jouer avec un petit rongeur, ses griffes cachées sous une patte de velours. Il n'était pas coupable… il n'avait rien fait de mal… et pourtant il se *sentait* coupable ; il avait l'impression d'être compromis, comme s'il avait commis un terrible méfait pendant son sommeil et qu'il se fût réveillé pour trouver son chevet maculé de sang. Il était certain que le geôlier en chef allait le dénoncer d'un instant à l'autre… pour quel crime, il l'ignorait encore. Quel mot Pritchard avait-il donc employé ? *Nous trempons là-dedans.* Oui… c'était bien là le sentiment auquel il ne pouvait échapper.

Enfant, Nilssen avait dérobé un bouton de prix dans la boîte aux trésors de son cousin. C'était le bouton de poignet d'une veste d'uniforme, couleur de cuivre, gravé du corps souple d'un renard courant, la gueule entr'ouverte, les oreilles couchées en arrière. Le bouton était bombé et plus gris d'un côté que de l'autre, comme si celui qui avait porté l'uniforme eût eu l'habitude d'en caresser le bord du doigt, jusqu'à le ternir à la longue. Le cousin Magnus était rachitique et marchait les jambes arquées. Il allait bientôt mourir, on ne l'obligeait donc pas à partager ses jouets. Mais le jeune Nilssen avait eu tellement envie de posséder le bouton qu'une nuit, alors que Magnus dormait, il s'était glissé dans sa chambre, il avait ouvert la boîte et dérobé l'objet ; il s'était promené un moment dans la nursery obscure en tâtant son butin, le soupesant dans sa main, faisant courir un doigt sur le corps du renard, sentant le cuivre s'imprégner de la chaleur de sa chair… jusqu'à se sentir accablé, non pas de remords à proprement parler, mais d'une lassitude, d'un sentiment de vide croissant, et il avait remis le bouton là où il l'avait pris. Son cousin Magnus n'avait jamais rien su. Personne ne savait. Mais pendant les mois et les années et les décennies même qui suivirent, bien après la mort de son cousin, le vol était resté comme une écharde dans son cœur. Il voyait la nursery au clair de lune chaque fois qu'il prononçait le nom de Magnus ; il rougissait sans raison ; il lui arrivait de se pincer ou de jurer tout haut en y repensant. En effet, si chacun est jugé d'après ses actes, d'après ce qu'il a dit ou fait, nous nous jugeons nous-mêmes d'après nos dispositions, d'après ce que nous aurions pu dire ou pu faire… jugement qui est nécessairement influencé, non seulement par la portée et les limites de notre imagination, mais par la mesure toujours changeante de notre confiance ou défiance de nous-mêmes.

— J'estime que la vente ne pourra guère être définitivement révoquée avant le mois d'avril, disait Shepard sans se départir de sa gravité imperturbable. En attendant… ou plutôt, sans attendre… je vous propose de placer le montant de votre commission dans la construction de ma prison.

Surpris, Nilssen leva les sourcils et protesta, pour la seconde fois ce jour-là :

— Mais l'argent ne m'appartient pas. La transaction a déjà été révoquée de droit, sinon de fait. Quand la procédure en appel aura abouti et que la vente des biens aura été déclarée nulle, je devrai rembourser la totalité de la commission.

— Le Conseil pourra cautionner le prêt que vous nous ferez, avec intérêt, dit Shepard. Après tout, la prison sera financée sur les deniers publics de la province. Avant qu'on ne vous réclame le remboursement, j'aurai pu obtenir de l'argent du Trésor et restituer la somme. Nous ferons rédiger un contrat ; à vous de fixer vos conditions. Votre placement sera sans risque.

— Si vous bénéficiez d'un financement public,

à quoi rime votre proposition ? Qu'avez-vous besoin de mes quatre cents livres ?

— Votre argent est disponible, et il sera placé à titre privé. Les fonds que j'ai obtenus du Conseil ont été votés, mais non encore versés ; attendre que les crédits alloués arrivent sur le compte de la prison, cela veut dire patienter pendant qu'à la banque une trentaine de gratte-papier dans une trentaine de bureaux se renvoient mon contrat. Cela nous mènera jusqu'en mars ou avril, et les élections seront passées.

— Et Lauderback aura eu ses condamnés, conclut Nilssen.

— Oui, et il se sera servi à pleines mains dans le budget du district.

— Bien, dit Nilssen. Supposons que j'accepte. Vous obtenez votre prison. Vous disiez que nous y serions *tous les deux* gagnants.

— Mais oui, repartit Shepard d'un air ingénu. Vous aurez du travail, monsieur Nilssen. Vous toucherez votre commission ordinaire pour la fourniture de la main-d'œuvre et du fer et du bois de construction et des clous et ainsi de suite. Un profit légal… voilà ce que vous avez à y gagner.

Nilssen ne pouvait rien redire à cela (il y avait bien des semaines qu'il n'avait passé de contrat aussi important et aussi prometteur), mais la manière dont la proposition avait été amenée le mettait très mal à l'aise. Le geôlier en chef avait parlé de « meurtre », qualifiant même ce crime de « raffiné » ; il avait attendu qu'il y eût un témoin, en la personne d'Albert, avant de poser sa question sur Emery Staines ; et dans sa récapitulation de l'affaire Wells, il avait très démonstrativement empêché Nilssen d'intervenir, faisant semblant de craindre que celui-ci ne se compromît en parlant trop librement ou sans réfléchir… tenant donc pour acquis qu'il *pouvait* se compromettre. Shepard le traitait en coupable.

— Et si je refuse votre proposition ? demanda Nilssen. Alors ?

Shepard retroussa les lèvres dans un sourire, rare chez lui, d'un effet des plus macabres.

— Vous tenez absolument à y voir un chantage, dit-il. Je n'imagine pas pourquoi.

Nilssen ne put soutenir longtemps son regard.

— J'accorderai l'emprunt que vous me demandez. Et j'accepte d'agir comme commissionnaire pour votre compte, murmura-t-il finalement, tirant à lui les plans de l'architecte : Veuillez patienter un instant, pendant que je prends note des matériaux dont vous aurez besoin.

Shepard inclina la tête et, alors seulement, prit la tasse de café qui refroidissait devant lui. Il souleva la soucoupe avec une prudence extrême ; dans sa grosse main, la porcelaine paraissait d'une fragilité irréelle, en danger d'être réduite en poussière dès qu'il lui prendrait fantaisie de fermer le poing. Il vida la tasse et la reposa sur le bureau de Nilssen, exactement au même endroit où il l'avait prise. Cela fait, il porta de nouveau sa pipe à sa bouche, joignit les mains et attendit. On n'entendait plus d'autre bruit qu'un grattement de plume, discontinu.

— Je tirerai un chèque pour vous lundi matin, dit enfin Nilssen en inscrivant les derniers chiffres. Nous pourrons faire un appel d'offres dans le journal de lundi… j'enverrai directement un mot à Löwenthal.

Je proposerai que les terrassiers se retrouvent ici, à dix heures précises, pour l'embauche… les hommes auront ainsi le temps de lire le journal et de faire passer le mot. Lundi midi, si le temps le permet, ils pourront donner les premiers coups de pioche.

— Vous avez dit Löwenthal ? demanda Shepard en plissant les yeux. Ben Löwenthal… le juif ?

Nilssen le regarda d'un air ingénu :

— Oui. Si nous voulons faire paraître une annonce, il faut passer par sa feuille. Certes, il y aurait aussi les affiches et le journal officiel, si vous préférez… mais tout le monde lit le *Times*.

— J'espère qu'il est bien entendu que l'emploi du montant de votre commission restera strictement entre nous.

— Mais oui, monsieur.

Il y eut un bref silence et Nilssen enchaîna (s'en repentant aussitôt) :

— Je vous le jure.

— Peut-être devrions-nous ajouter une clause dans ce sens à notre contrat, dit Shepard d'un ton nonchalant. Par acquit de conscience.

— Vous pouvez compter sur ma discrétion, protesta Nilssen en rougissant de nouveau.

— Je l'espère.

Sur ces paroles, Shepard se leva et tendit la main. Nilssen aussi quitta son siège et ils échangèrent un shake-hand.

— Monsieur Shepard, reprit soudain Nilssen, tandis que le geôlier s'apprêtait à le quitter. Ce que vous disiez tout à l'heure… À propos du sauvage et du policé, du vieux monde et du nouveau…

— Oui, fit Shepard, impassible.

— Je serais curieux de savoir comment ces considérations s'appliquent à ce qui nous intéresse… la succession, le retour gagnant, la veuve Wells.

Shepard mit un bon moment à répondre. Lorsqu'il parla enfin, ce fut pour dire :

— Un retour gagnant est une chance de faire peau neuve, monsieur Nilssen, de devenir un tout autre homme. Qu'on trouve ici une pépite et on peut s'acheter une existence. Ce sont là des possibilités que le monde policé ne fournit pas.

Φ

Nilssen resta seul, assis à son bureau, à ruminer la proposition du geôlier en chef, longtemps après que celui-ci fut reparti. Il sentait une semence de doute germer dans son cœur. Comme s'il y avait là une connexion qui lui échappait… comme s'il avait trouvé un mouchoir avec un nœud, fourré en pelote dans le gousset d'un vieux gilet, et qu'il ne pût pour rien au monde se souvenir de ce que le nœud était censé lui rappeler, course à faire ou engagement contracté ; il ne savait même plus où il se trouvait le jour où il avait noué les coins et serré le carré de tissu sur son cœur. Il tambourina des doigts, tripota le revers de sa redingote. La pluie battait contre la vitre. Les ombres grises se déplaçaient dans la pièce à mesure que le soleil descendait lentement dans le ciel, derrière les nuages.

Tout à coup il se leva, alla entrebâiller la porte et lança à travers la fente :

— Albert !

— Oui, monsieur, répondit Albert de sa place dans la pièce d'entrée.

— Crosbie Wells… L'homme qui est mort…

— Oui.

— Qui est-ce qui a trouvé le corps ? Rappelle-le-moi.

— Ils étaient plusieurs, monsieur.

— Tu te souviens de l'histoire ?

— C'était dans le journal… je peux vous le retrouver, si vous voulez.

— Dis-moi simplement ce dont tu te souviens.

— Ces personnes ont fait halte chez lui pour se restaurer, et elles ont découvert M. Wells qui venait juste de trépasser… si j'ai bien compris. Assis à la table de sa cuisine, à en croire les journaux.

— Rappelle-moi les noms ?

Mais il savait déjà. Il appuya sa tête au chambranle, le cœur dans la gorge.

— C'est l'homme qui brigue le siège du Westland, monsieur. L'homme du Cantorbéry. Vous lui avez été présenté la semaine dernière à l'*Étoile*. Il s'appelle Alistair Lauderback.

Φ

Dix minutes plus tard, Nilssen passa la porte entre les deux pièces, ouvrant son chapeau-claque avec un bruit formidable, qui fit bondir le commis de sa chaise. Il tenait sa canne sans élégance, serrée par le milieu, comme il aurait manié une massue. Ses traits étaient très pâles.

— Vous serez au *Nonpareil*, si on vous demande ? lança Albert en voyant son patron se diriger vers la sortie.

— Non… Si on me demande, qu'on attende. Ou plutôt qu'on revienne lundi. Qu'on me laisse tranquille, aboya Nilssen sans se retourner.

Il franchit la porte cochère et s'éloigna d'un pas résolu le long du quai, mais passa devant le salon du pâtissier-traiteur dont il était un habitué sans y entrer. Serrant plus étroitement sa redingote autour de lui, tournant le dos à la mer, il prit le chemin de Kaniere et des placers.

# MINUIT SE LÈVE EN SCORPION

*Où l'apothicaire part en quête d'opium ;*
*nous rencontrons enfin Anna Wetherell ;*
*Pritchard perd patience ; et deux coups de feu sont tirés.*

En quittant les bureaux de Nilssen, Joseph Pritchard n'était pas retourné directement à son officine de Collingwood-street. Il avait dirigé ses pas plutôt vers le *Gril*, l'un des soixante ou soixante-dix hôtels qui bordaient Revell-street dans sa partie la plus animée et la plus bondée. Cet établissement (qui, avec ses moulures et ses faux volets d'un jaune canari, montrait une façade gaie même sous la pluie) était la résidence habituelle de Mlle Anna Wetherell, et si celle-ci n'avait pas coutume de recevoir des visites à cette heure de la journée, Pritchard, lui, ne connaissait d'autre heure que la sienne, lorsqu'il s'agissait de ses affaires. Il gravit les marches du perron en tapant du pied, ouvrit la porte sans adresser même un signe de tête aux diggers assis en rang sur la véranda, les pieds sur la balustrade, occupés à tailler du bois et à se curer les ongles avec leur canif en lançant de longs jets de jus de tabac dans la boue de la chaussée. Ils le suivirent d'un œil amusé, lorsqu'il pénétra dans le hall, sombre comme l'orage, et se dirent, au bruit sourd de la porte refermée sur lui, que *voilà* un homme bien décidé à avoir le cœur net.

Pritchard n'avait plus croisé Anna depuis des semaines. Il n'avait su que de troisième main la nouvelle de sa tentative de suicide… par Dick Mannering qui, pour sa part, répétait ce qu'il avait appris du Chinois Ah Sook, tenancier de la fumerie d'opium de Kaniere. Anna exerçait souvent son métier au China-Town de Kaniere… de là, le sobriquet d'« Anne-Jaune, fille à Chinois », qui la desservait sans doute dans certains milieux, mais contribuait ailleurs à relever notablement ses attraits. Pritchard était sans opinion sur ce point… il ne se souciait guère de la vie intime de ses semblables et ne fut donc ni titillé ni rebuté, lorsque Mannering l'informa que la putain était la chérie à Ah Sook, lequel Ah Sook aurait été pris quasi d'une crise d'hystérie quand elle avait frôlé la mort. (Mannering ne parlait pas le cantonais, mais il connaissait une poignée de caractères écrits, dont les mots *métal*, *vouloir* et *mourir*… assez pour mener une conversation idéogrammatique avec l'aide de son calepin, objet qui avait tant servi et était désormais tellement corné et piqué, que son propriétaire pouvait jouer des nuances les plus subtiles de la rhétorique simplement en feuilletant en arrière pour montrer du doigt telle vieille querelle, tel vieil accommodement, telle vieille vente.)

Pritchard était vexé qu'Anna n'eût pas pris l'initiative de venir le trouver. Il était pharmacien, après tout, et seul fournisseur d'opium à toutes les fumeries de la côte Ouest au sud de la rivière Grey : dans une affaire d'empoisonnement ou de dose excessive, il pouvait passer pour un expert. Elle aurait dû venir, lui demander ses lumières. Pritchard ne croyait pas au suicide d'Anna : il ne pouvait pas y croire. Il était certain que le narcotique lui avait été administré contre son gré ; ou bien cela, ou bien la marchandise avait été frelatée avec intention de nuire. Il avait tenté de récupérer à la fumerie ce qui restait de l'opium suspect pour procéder à des analyses et y chercher des traces de poison, mais Ah Sook était trop en colère pour accorder semblable requête, ayant au contraire signifié (là encore, par le truchement de Mannering) sa détermination absolue de ne plus jamais faire affaire avec l'apothicaire. Pritchard n'avait cure de la menace… la clientèle ne manquait pas à Hokitika, et la vente d'opium ne représentait qu'une fraction minime de ses recettes… mais la curiosité professionnelle que l'incident lui avait inspirée demandait à être satisfaite. Il lui fallait interroger lui-même la jeune femme.

Le patron de l'hôtel était absent lorsqu'il pénétra dans le hall, espace qui produisait sur l'arrivant une première impression de ballottement et de vide. Ses yeux se faisant à l'obscurité, Pritchard y aperçut enfin le valet de Clinch. Accoudé au comptoir, plongé dans la lecture d'un vieux numéro du *Leader*, le jeune homme remuait silencieusement les lèvres tout en traçant en même temps du bout du doigt les mots de chaque ligne imprimée. Le comptoir portait une large tache grasse, où le va-et-vient de son index avait donné au bois un poli parfait. Le liseur leva les yeux au passage du pharmacien et le salua d'un signe de tête. Pritchard lui lança d'une chiquenaude une pièce d'un shilling, que l'autre attrapa proprement et rabattit sur le dos de sa main en criant *pile !* Pritchard, qui commençait à monter l'escalier, répondit par un éclat de rire ronchon. Il pouvait se montrer brutal dans ses moments d'humeur, et il se sentait brutal en cet instant. Le palier était silencieux, mais il colla une oreille à la porte d'Anna Wetherell et écouta brièvement avant d'y frapper.

Harald Nilssen devinait juste en s'imaginant les rapports de Pritchard avec Anna Wetherell plus tourmentés que ses propres sentiments, mais il avait tort de croire pour autant le pharmacien amoureux de la fille. Pritchard avait de fait, en matière de femmes, des goûts éminemment orthodoxes, et même ingénus. Il aurait été capable de s'amouracher de la fille de ferme la plus commune, plutôt que de la courtisane la plus éblouissante. Il appréciait la pureté et la simplicité, les toilettes sobres, un organe doux, une volonté malléable et des ambitions modestes… en un mot, le contraste. Pour lui, la femme idéale eût été son propre contraire : limpide là où il était pour sa part ténébreux, posée là où lui ne l'était pas. Elle serait une ancre d'en haut, le reliant au monde en dehors de lui ; elle serait un rayon de soleil, un réconfort, une bénédiction. Anna Wetherell, avec son intoxication et ses maints excès, lui ressemblait trop. Il ne la haïssait pas pour autant, à proprement parler… mais il la trouvait pitoyable.

En général, Pritchard n'était guère loquace au sujet des personnes du sexe. Il ne prenait aucun plaisir à parler femmes avec d'autres hommes, l'exercice relevant toujours, à son sens, d'un cabotinage braillard. Il se taisait, et ses pairs le croyaient, par conséquent, un séducteur accompli, tandis que les femmes, lorsqu'elles daignaient le regarder, le jugeaient énigmatique et profond. Il n'était pas sans beauté, et il avait un bon métier : il aurait pu passer pour une excellente partie, s'il avait travaillé un peu moins et fréquenté un peu plus les salons. Pritchard avait cependant en horreur les réunions nombreuses de représentants des deux sexes, où chaque homme était tenu de se comporter en ambassadeur du sien, de se mettre en valeur en badinant, sous le regard scrutateur de la compagnie. Les foules l'oppressaient et lui portaient sur les nerfs. Il préférait les réunions en petit comité, et avait peu d'amis… envers qui il était farouchement loyal, comme il se montrait, à sa manière, loyal aussi vis-à-vis d'Anna. L'intimité qu'il goûtait auprès d'elle était due en grande partie au fait qu'un homme n'est jamais tenu de parler de ses putains avec ses pairs : une putain est une affaire privée, un repas à consommer seul. C'était cet esseulement qu'il recherchait chez Anna. Elle était pour lui une solitude ; et lorsqu'il était avec elle, il la tenait à distance.

Pritchard n'avait été véritablement amoureux qu'une fois dans sa vie… mais il y avait déjà seize ans que Mary Menzies était devenue Mary Firkin et qu'elle était partie s'installer en Géorgie pour y mener une vie de coton et de terre rouge, dans une mollesse luxuriante, faite (du moins dans l'idée de Pritchard) d'abondance et de ciels sans nuages. Il ignorait si elle avait péri… si M. Firkin aussi était encore de ce monde… si elle avait eu des enfants, vivants ou morts… si elle avait bien ou mal vieilli… Dans son esprit, elle demeurait Mary Menzies. Lorsqu'il l'avait vue pour la dernière fois, elle était âgée de vingt ans, vêtue simplement d'une robe de mousseline à ramages, coiffée en chignon avec des frisettes aux tempes, sans bagues ni bracelets ; ils faisaient leurs adieux dans l'embrasure d'une fenêtre.

« Joseph, avait-elle dit (il avait ensuite inscrit les paroles dans son calepin, pour s'en souvenir jusqu'à la fin des temps), je ne crois pas, Joseph, que vous ayez jamais été en paix avec le bien. Vous ne m'avez pas courtisée, et c'est tant mieux. Comme ça, vous garderez de moi un souvenir affectueux. Cela n'aurait pas été le cas, sinon. »

Il entendit des pas précipités de l'autre côté de la porte.

— Ah, c'est vous, fut tout ce qu'Anna trouva à dire pour l'accueillir.

Elle était déçue ; apparemment, elle en attendait un autre. Pritchard entra en silence et referma la porte derrière lui. Anna alla se placer dans le carré de clarté qui se découpait par terre, sous la croisée.

Elle était vêtue de deuil, mais la coupe désuète (la jupe cloche, le corsage en pointe) et la teinte passée du tissu donnaient à penser que ce n'était pas une robe neuve, faite pour elle : sans doute une défroque offerte par charité ou, plutôt encore, récupérée dans un naufrage. Il remarqua que la jupe avait été allongée : une bande de deux pouces de large, d'un noir plus profond, dessinait comme une grande rayure horizontale en bas. C'était étrange de voir une putain en deuil… un peu comme de voir un ecclésiastique dandifié ou un enfant affublé d'une moustache ; c'était troublant, pensa Pritchard.

Il se rendit compte soudain qu'il avait toujours vu Anna à la lumière artificielle ou au clair de lune. Son teint était diaphane, bleu même, tirant sur le violet foncé sous les yeux… comme si elle était une aquarelle, peinte sur un papier trop fin pour être absorbant, et dont les couleurs bavaient. Sa figure était tout en angles, comme aurait pu dire la mère de Pritchard. Elle avait le front très droit et le menton pointu. Le nez mince, aux formes quasi géométriques : un sculpteur aurait pu le rendre en quatre coups de ciseau, une coupe nette de chaque côté, une troisième dans le plan de l'arête, et un pli en bas. Ses lèvres étaient effilées, et si la nature lui avait donné de grands yeux, elle en tirait rarement avantage pour séduire, ayant tendance à regarder le monde avec méfiance. Elle avait les joues creuses, et on lui voyait l'os de la mâchoire, de même qu'on voit pointer le bord d'un fût de tambour, roide sous la membrane tendue.

L'année précédente, elle avait été grosse d'un enfant, dont l'attente avait chauffé la cire de ses joues et garni d'une chair potelée ses pauvres bras osseux… et elle avait plu à Pritchard : le ventre rond, les seins gonflés, cachés sous des mètres de linon et de tulle qui l'adoucissaient et lui donnaient du ressort. Mais passé l'équinoxe du printemps, à ce moment où les soirées s'allongeaient, et les jours devenaient plus clairs, et un soleil écarlate restait des heures en suspens, à ras la mer Australienne, avant de sombrer enfin dans le lavis rouge des flots, l'enfant était mort. Le petit corps avait été enveloppé dans un linceul en calicot et couché dans une fosse peu profonde sur les hauteurs de Seaview. Pritchard n'avait pas parlé à Anna de la perte de son bébé. Il n'était pas chez elle un visiteur régulier, et ne lui posait pas de questions quand il y venait. Mais il avait pleuré intérieurement en apprenant la nouvelle. Il y avait si peu d'enfants à Hokitika... trois ou quatre, au plus. Ils faisaient plaisir à voir, on s'en réjouissait à l'avance, comme d'entendre un accent familier ou d'apercevoir à l'horizon un navire aimé, évocateur de la patrie absente.

Il attendit qu'elle parlât la première.

— Vous ne pouvez pas rester, dit-elle. J'ai rendez-vous.

— Je ne serai pas long. Je voulais vous demander des nouvelles de votre santé.

— Ah ! s'écria-t-elle. J'en ai assez de cette question ! Elle me rend malade... malade !

Étonné de la violence de sa réaction, Pritchard reprit :

— Il y a assez longtemps que je ne suis venu.

— En effet.

— Mais je vous ai aperçue dans la rue... après le jour de l'An.

— La ville est petite.

— Vous sentez la mer, dit-il en s'approchant.

— Mais non. Je n'ai pas pris de bain de mer depuis des semaines.

— Un parfum d'orage, alors. Comme lorsqu'on sort sous la neige et qu'on ramène le froid en rentrant.

— Qu'avez-vous ?

— Ce que j'ai ?

— À me tenir ce langage… poëtique ?

— Poëtique ?

(Pritchard avait la mauvaise habitude, dans ses conversations avec les femmes, de répondre aux questions par d'autres questions. Mary Menzies s'en était plainte, autrefois.)

— Sentimental. Fantasque. Je ne sais pas, moi. Enfin, peu importe.

Anna tira sur ses manchettes et revint à la première question :

— Ma santé est rétablie, merci. Et vous pouvez faire l'économie de la question suivante. Je ne me voulais aucun mal, rien de contre nature. Je voulais fumer une pipe, comme d'habitude, et puis je me suis endormie, et je ne me souviens plus de rien jusqu'au moment où je me suis réveillée en prison.

— Et depuis lors, poursuivit Pritchard en posant son chapeau sur le haut de l'armoire, on s'acharne contre vous.

— On me tue.

— Pauvre petite !

— La sympathie est pire.

— Très bien. Je ne vous en offrirai pas. Au contraire, je serai cruel.

— Cela m'est égal.

Pritchard croyait entendre dans ses paroles de l'apitoiement et une apathie qui l'agaçait. Il pensa un instant laisser éclater sa colère, puis se souvint qu'il n'était pas là pour son plaisir. Il demanda au moins, d'un ton railleur :

— C'est qui, le miché ?

— Comment ?

Elle regardait par la fenêtre, mais se retourna à demi, interdite, en posant la question.

— Vous disiez que vous aviez rendez-vous. Avec qui ?

— Il n'y a pas de miché. J'accompagne une dame chez sa modiste.

— Les putains aussi ont leur honneur, je sais. Allez, ce n'est pas la peine de mentir.

Elle l'observait comme de très loin… comme s'il n'était pour elle qu'un point à l'horizon, une poussière qui allait s'évanouissant dans le lointain. Enfin, elle dit en articulant lentement, comme elle se serait adressée à un enfant :

— Bien sûr… vous ne saviez pas. J'ai fini de faire la putain, pour un bout de temps.

Il haussa les sourcils puis, pour masquer sa surprise, lui rit au nez :

— Vous voilà donc honnête femme maintenant ? Vous allez mener une vie de chapeaux et de *shopping* ? Mettre des gants pour sortir ?

— Pendant mon deuil, c'est tout.

La réponse… proférée à voix basse, en toute simplicité… lui faisait honte de sa moquerie. En proie à un dépit impuissant, il demanda :

— Et Dick, qu'est-ce qu'il en dit ?

« Dick », c'était Mannering, l'employeur d'Anna. Elle se détourna avant de répondre :

— Il n'est pas content.

— Je m'imagine !

— Je ne veux pas parler de cela avec vous, Jo.

— C'est-à-dire ? fit-il en se hérissant.

— Rien. Rien de particulier. Simplement, j'en ai assez de penser à lui.

— Il s'est conduit comme une brute ?

— Non. Pas vraiment.

Pritchard connaissait les putains. Les mignardes, qui faisaient semblant d'être choquées et parlaient d'une voix de tête en prenant des airs évaporés ; les bonnes grosses dondons, qui portaient en toute saison des manches drapées jusqu'aux coudes et appelaient leurs clients « mon lapin » ; les ivrognesses, avides et geigneuses, avec leurs doigts gercés et leurs yeux larmoyants… Enfin, il y avait la catégorie à laquelle appartenait Anna, les inconnaissables, tour à tour limpides et tapageuses, dont le port traduisait une misère exquise, une détresse si parfaite et tellement absolue, qu'elle s'exprimait sous les dehors de la dignité et du calme. Anna Wetherell n'était pas tant une belle ténébreuse que la ténèbre même, en son ténébrant manteau. Elle était un oracle muet, pensa Pritchard, initié, non à la sagesse, mais au mal… car, quelles que pussent être les infamies qu'on avait dites ou faites, ou dont on avait été témoin, on pouvait être certain qu'elle avait vu pire.

— Pourquoi n'êtes-vous pas venue à moi ? demanda-t-il enfin, éprouvant le besoin de l'accuser de quelque chose.

— Quand ?

— Quand vous êtes tombée malade.

— J'étais en prison.

— Mais après.

— À quoi bon ?

— Cela aurait pu vous épargner pas mal d'ennuis, répondit-il d'un ton cassant. J'aurais pu prouver que l'opium était empoisonné, si vous m'aviez fait citer comme témoin.

— Vous saviez qu'il était empoisonné ?

— Je fais une conjecture. Comment l'expliquer autrement, Anna ? À moins que…

Anna s'éloigna derechef, alla se poster à la tête du lit et enroula les doigts autour d'une des boules de fer vissées aux montants. Le mouvement porta de nouveau son parfum aux narines de Pritchard… cette odeur de mer. L'intensité de la sensation avait de quoi surprendre. Il dut se retenir pour ne pas aller à elle, la suivre, afin de mieux la humer. Il sentait le sel, et la ferraille, et la saveur lourde, métallique, du mauvais temps… un ciel bouché, pensa-t-il, et de la pluie. Et ce n'était pas seulement la mer : c'était un *navire*. Ces relents de cordages goudronnés, cette moiteur poussiéreuse du teck blanchi, avec la toile huilée, la cire de bougie. Il en avait l'eau à la bouche.

— Empoisonné, répéta Anna en le dévisageant. Et par qui ?

(Peut-être était-ce un souvenir sensoriel… un simple écho fortuit, de ces vagues qui vous submergent soudain, corps et âme, pour se retirer tout aussi promptement. Il n'y pensa plus.)

— Vous avez bien dû vous poser la question, dit-il tout haut en fronçant les sourcils.

— Peut-être. Je ne me souviens de rien.

— Rien du tout ?

— Seulement de m'être installée avec ma pipe. D'avoir chauffé l'aiguille. Après, plus rien.

— Je n'ai jamais cru au suicide… que vous ayez eu l'intention de vous faire du mal. Je ne l'ai pas cru.

— Eh ! il est vrai qu'on y pense, parfois.

— Bien sûr… parfois.

Pritchard avait acquiescé trop vite. Se sentant battu à son propre jeu, il esquissa un pas en arrière.

— Je ne sais rien sur les poisons, déclara Anna.

— Si je pouvais analyser ce qui reste du morceau, je vous dirais si, oui ou non, la drogue était falsifiée avec une autre substance. C'est la raison de ma visite. Je voudrais vous en racheter une petite quantité pour examen. Ah Sook refuse de me parler.

— Vous voulez l'analyser… ou l'escamoter ?

— Que voulez-vous dire par là ?

— Vous cherchez peut-être à brouiller les pistes.

— Quelles pistes ? éclata Pritchard, rouge d'indignation.

Anna ne répondit pas. Il répéta donc, au bout d'un instant :

— Quelles pistes ?

— Ah Sook croit que c'est *vous* qui l'avez empoisonné, dit-elle enfin en le fixant de nouveau.

— Ah bon ? Ce serait une manière sacrément contournée de m'y prendre, si je visais votre mort.

— Mais si c'est *sa* mort que vous visez, sa mort à lui ?

— Et la perte de sa clientèle ? rétorqua Pritchard, baissant la voix pour ajouter : Écoutez-moi. Je ne prétends rien avoir qui ressemble à un sentiment fraternel pour les Orientaux, mais je n'ai rien non plus contre eux. Vous comprenez ? Je n'ai aucune raison de vouloir du mal à l'un quelconque d'entre eux. Aucune.

— La tente sur sa concession a encore été lacérée. Le mois dernier. Il y a perdu tous ses remèdes.

— Comment ? Vous croyez que c'était moi ?

— Non, je ne le crois pas.

— Mais alors ? De quoi s'agit-il ? Allez, ma petite, lâchez le morceau.

— Il pense que c'est une combine. Que c'est vous qui tirez les ficelles.

— Pour empoisonner les Chinetoques ?

— Oui, dit Anna. Ce n'est pas si bête, vous savez.

— Tiens ! tiens ! Il vous a convertie, hein ?

— Je n'ai pas dit cela. Ce n'est pas *moi* qui crois…

— *Vous*, vous croyez simplement que je suis un vieux grognon, coupa Pritchard. Je sais. Je suis un vieux grognon, Anna. Mais je ne suis pas un tueur.

La putain laissa tomber l'idée aussi subitement qu'elle l'avait embrassée. Elle se déroba de nouveau, fit un pas de côté, se rapprochant de la fenêtre, en même temps que sa main se portait à son col de dentelle en frivolité. Elle se mit à en triturer les bouclettes. Pritchard se sentit apaisé. Il reconnaissait le geste : non comme particulier à Anna, mais comme un geste de jeune femme, de n'importe quelle jeune femme.

— Enfin, bon ! Bon, fit-il d'un ton d'excuse.

— Vous n'êtes pas si vieux que ça, dit-elle.

Il aurait voulu la toucher. Il reprit :

— Et puis il y a cette histoire de laudanum… l'imbroglio Crosbie Wells. Ça ne me sort pas de la tête.

— Quelle histoire de laudanum ?

— On a trouvé une fiole de laudanum sous le lit du mort. Du laudanum de chez moi.

— La fiole était débouchée ?

— Non. Mais elle était à moitié vide.

— De chez vous, répéta-t-elle d'un air intrigué. C'est-à-dire que la fiole vous appartenait personnellement ? Ou simplement qu'elle avait été achetée chez vous ?

— Achetée. Mais pas par Crosbie. Je n'ai jamais vendu une goutte de laudanum à cet homme-là.

— C'est étrange.

Anna porta sa main à sa joue, réfléchissant.

— Ce vieux Crosbie Wells ! s'exclama Pritchard avec une jovialité de commande. Personne n'a jamais eu une pensée pour lui, quand il était en vie… et maintenant !

— Crosbie…, commença Anna.

Tout d'un coup, elle fondit en larmes.

Pritchard ne fit pas un geste pour aller à elle, ouvrir les bras, réconforter. Il la regarda tirer un mouchoir de sa manche et attendit, les mains jointes derrière le dos. Elle ne pleurait pas Crosbie Wells. Elle ne l'avait même pas connu. Elle pleurait sur elle-même.

Hé ! sans doute, pensa l'apothicaire. Cela n'avait pas été pour elle une partie de plaisir que d'être citée devant le tribunal pour tentative de suicide, harcelée par une meute d'hommes et discutée comme une curiosité dans les pages du *Times*, que de nourrir la conversation au petit déjeuner et entre les coups au billard, comme si son âme était propriété publique, une cause célèbre ou un fait divers. Il la regarda se moucher, puis tâtonner avec ses doigts décharnés pour ranger son mouchoir. Ce qu'il voyait là n'était pas seulement de la prostration : c'était un chagrin d'un tout autre ordre. Elle paraissait moins accablée que coupée en deux, réduite à la moitié d'elle-même.

— Ce n'est rien, dit finalement Anna en se ressaisissant. Ne faites pas attention à moi.

— Si je pouvais seulement en voir un peu, reprit Pritchard.

— Un peu de quoi ?

— La drogue. Je vous la rachèterai. Ce n'est pas pour la confisquer… vous pouvez m'en donner juste un peu, vous savez ; je ne demande pas tout.

Elle fit non de la tête, geste dont la vivacité fit enfin comprendre au pharmacien le changement qui s'était accompli chez elle. Il s'avança résolument, franchit en trois enjambées la distance qui les séparait, et l'attrapa par la manche.

— Où est-ce ? demanda-t-il. Où est la confiture ?

— Je l'ai mangée, déclara-t-elle en se dégageant. J'ai avalé hier soir tout ce qui restait, si vous voulez absolument le savoir.

— Mais non… c'est impossible !

Pritchard la suivit, la prit par les épaules et la fit pivoter, l'obligeant à le regarder en face. Il appuya le pouce sur son menton et lui inclina la tête en arrière, pour mieux voir ses yeux.

— Vous mentez, dit-il. Vous êtes à jeun.

— Je l'ai mangée, répéta Anna.

— Vous l'avez rendue à Sook ? Il l'a reprise ?

— Je l'ai mangée. Comme d'habitude.

— Des nèfles ! Ne racontez pas d'histoires, ma fille.

— Ce ne sont pas des histoires.

— Vous avez mangé un gros morceau de chandoo empoisonné, et vous avez les yeux clairs comme le jour ?

— Qui peut dire si c'était empoisonné ? fit-elle en fermant à demi les paupières.

— Mettons que non…

— Vous *savez* que c'était empoisonné ? Vous en êtes *certain* ?

— Je ne sais f.....ment rien de cette affaire, et le ton que vous prenez ne me plaît pas, trancha Pritchard. Nom de Dieu, je veux seulement en récupérer un peu, pour voir ce qu'il en est !

— Mais qui l'a empoisonné, Jo ? Qui a essayé de me tuer ? Qu'en pensez-vous ?

Il y avait de la colère dans ses questions. Pritchard les écarta d'un revers de main en lançant :

— Ah Sook, peut-être.

— Accuser celui qui vous accuse ? C'est le manège d'un coupable ! s'esclaffa-t-elle.

— J'essaie de vous aider ! protesta Pritchard, de plus en plus furieux. Je veux *aider* !

— Il n'y a pas à aider ! rétorqua Anna. Personne ici n'a besoin d'aide ! Je vous le dis pour la dernière fois : il n'y a pas eu de suicide, Joseph, ni de… nom de Dieu de… *poison* !

— Alors expliquez-moi pourquoi on vous a trouvée à moitié morte au milieu de la route de Christchurch !

— *Je ne peux pas l'expliquer !*

Pour la première fois ce jour-là, Pritchard vit une vraie émotion se peindre sur les traits de la jeune femme : de la peur et de la rage.

— Vous avez fumé une pipe ce soir-là… comme d'habitude ?

— Comme tous les jours depuis que je suis sortie de prison.

— Aujourd'hui ?

— Non. J'ai mangé hier soir tout ce qui restait. Je vous l'ai déjà dit.

— Hier soir à quelle heure ?

— Tard. Il pouvait être minuit.

Pritchard fut tenté de cracher par terre :

— Ne vous moquez pas de moi ! Je vous ai vue quand vous avez votre charge, et je vous ai vue entre deux. Là, en ce moment, vous êtes aussi peu ivre qu'une nonne.

— Si vous ne me croyez pas, allez-vous-en, dit-elle, le visage décomposé.

— Non. Je ne m'en irai pas.

— Allez au diable, Jo Pritchard !

— Au diable vous-même !

De nouveau elle fondit en larmes. Pritchard se détourna. Où cacherait-elle la drogue ? Il alla à l'armoire, l'ouvrit et commença à fouiller. Ses corps de robes vides, suspendus à la tringle. Ses jupons. Ses pantalons, pour la plupart déchirés et tachés. Des mouchoirs, des châles, des corsets, des bas ; ses bottines à boutons. Il n'y avait rien là. Il passa à la commode, où une lampe à esprit-de-vin… sûrement sa lampe à opium… était posée sur une assiette fêlée, au voisinage d'une paire de gants roulés en boule, d'un peigne, d'une pelote à épingles, d'un paquet de savon ouvert, de divers pots de pommades et de poudres. Il prit en main, puis rejeta sans façon chacun de ces objets ; s'il le fallait, il mettrait toute la pièce sens dessus dessous.

— Que faites-vous ? demanda Anna.

— Vous le cachez… Et vous ne voulez pas me dire pourquoi !

— Ces affaires sont à moi.

— Des souvenirs, hein ? Des reliques précieuses ? Des antiquités ?

Riant, il arracha un tiroir et le vida par terre. Il en tomba une cascade de babioles. Des pièces de monnaie, des bobines de fil, des rubans, des boutons couverts en tissu, une paire de ciseaux de couturière. Trois bouchons de vin de Champagne, qui s'en allèrent roulant sur le sol. Un blaireau, dérobé apparemment à l'un de ces messieurs. Des allumettes, des baleines de corset. Un reçu du prix de son passage à la Nouvelle Zélande. Des tampons d'étoffe. Une glace à main dans un cadre d'argent. Pritchard ratissa le tas. Enfin, voilà la pipe… et il devrait y avoir par là encore une petite boîte, ou peut-être une pochette assortie, où il trouverait sa drogue enroulée dans un carré de papier paraffiné, comme les caramels qu'on achète chez l'épicier. Pritchard lâcha un juron.

— Vous êtes une brute, dit Anna. Vous êtes odieux.

Sans faire aucunement attention à elle, il s'empara de la pipe.

Elle était de facture chinoise, en bambou, de la longueur environ de l'avant-bras de Pritchard. Le fourneau se trouvait à trois bons pouces du bout, saillant comme une poignée de porte, fixé au bois par un collier métallique. Le pharmacien soupesa l'objet dans ses mains, le tenant comme un flûtiste son instrument. Il le renifla. Il y avait, autour des bords du fourneau, un dépôt noirâtre… comme si la pipe avait servi, tout récemment.

— Content ? demanda-t-elle.

— Pas d'insolence, s'il vous plaît ! Où est l'aiguille ?

— Là.

Elle désigna du doigt, au milieu des piteux débris qui jonchaient le sol, un linge piqué d'une longue épingle à chapeau, noircie au bout. Pritchard la porta à son nez, puis inséra la pointe dans l'ouverture du fourneau et racla.

— Vous allez la casser.

— Ce serait vous rendre un fier service.

(Pritchard déplorait le goût d'Anna pour la drogue… mais pourquoi ? Lui-même avait plus d'une fois tâté de l'opium. Il avait fumé à Kaniere, chez Ah Sook, dans la minuscule cabane que le Chinois avait tendue de tissus orientaux pour amortir et intercepter les vents coulis qui auraient pu faire vaciller la flamme de ses précieuses lampes.)

Pritchard finit par rejeter la pipe… si négligemment, que le fourneau résonna en heurtant le plancher.

— Brute ! répéta Anna.

— Je suis donc une brute, moi ?

Il passa à l'attaque, sans vouloir lui faire de mal, pensant simplement la saisir aux épaules et la secouer, ne plus la lâcher tant qu'elle ne lui aurait pas dit la vérité. Mais il était maladroit, elle s'arracha à son emprise, et pour la troisième fois cet après-midi, les narines de Pritchard s'emplirent de l'odeur saline, généreuse de la mer… et, chose impossible, de la saveur métallique du *froid*… comme s'il venait d'être giflé par le vent, comme si une voile claquait au-dessus de sa tête, comme s'il y avait de l'orage dans l'air. Il chancela.

— Laissez-moi ! intima-t-elle, les deux mains devant son visage, les poings à demi fermés. Je ne plaisante pas, Joseph. Je n'entends pas être traitée de menteuse. Laissez-moi et allez-vous-en !

— Je vous traiterai de menteuse, crénom ! si vous me racontez des mensonges.

— Laissez-moi !

— Dites où vous l'avez caché.

— *Laissez-moi !*

— Pas tant que vous n'aurez pas dit où c'est ! hurla-t-il. Allez, dis-le, f...ue garce !

Au désespoir, il se jeta de nouveau sur elle ; il vit un éclair passer dans ses yeux, et l'instant d'après elle plongeait la main dans son sein et en tirait un pistolet de manchon à un coup. C'était un joujou, à peine plus long que l'index de Pritchard, mais à deux pas la balle pourrait lui fracasser la poitrine. Instinctivement, il leva les deux mains. L'arme était mal orientée, le canon vers le haut, visant le menton d'Anna, qui aurait dû la retourner pour la prendre bien en main… mais elle était éperdue, et il se passa alors trois choses en même temps. Pritchard recula et trébucha sur le bord du tapis de rotin ; derrière lui, la porte de la chambre s'ouvrit d'un coup et quelqu'un poussa un cri ; et Anna pirouetta à demi à ce bruit, fit un brusque mouvement en avant et se tira une balle dans la poitrine.

La détonation de l'arme miniature fut discrète, un bruit creux qui aurait pu passer inaperçu… comme celui du hunier claquant haut au-dessus du pont. Un bruit qui semblait n'être qu'un écho de lui-même, comme si le vrai coup avait été tiré ailleurs, quelque part au loin, et que le son émis là ne fût qu'une réplique. Bêtement, Pritchard pivota sur ses talons, tournant le dos à Anna pour faire face au nouvel arrivant. Son esprit nageait en plein brouillard. Il reconnut comme à distance l'homme qui venait de faire son entrée : c'était Aubert Gascoigne, le nouveau clerc du tribunal du juge de paix. Pritchard et Gascoigne se connaissaient à peine. Trois semaines auparavant, le clerc s'était présenté à l'officine du pharmacien avec une ordonnance pour des coliques intestinales... circonstance dont Pritchard retrouva le souvenir, absurdement, en cet instant, se demandant si la teinture qu'il avait alors préparée avait été de quelque secours.

Une fraction de seconde, personne ne bougea... ou peut-être l'intervalle fut-il plus bref encore, le temps égal à zéro. Alors, Gascoigne s'élança en hurlant un juron, se jeta sur le corps de la putain et lui tira la tête en arrière. Le pistolet roula sur le côté... mais elle respirait... et il n'y avait pas de sang... la blancheur de sa gorge était intacte. Elle y leva vivement les deux mains.

— Vous êtes folle ! Folle ! lui cria Gascoigne, un sanglot dans la voix, en déchirant le haut de sa robe. C'était une cartouche à blanc, c'est ça ? Une balle de cire ? Vous vous êtes mis en tête de faire encore peur à tout le monde ? À quoi diable jouez-vous ?

La main d'Anna se promenait sur son sein, ses doigts palpant et tâtonnant désordonnément. Ses yeux s'ouvraient tout grands.

— À blanc ? demanda Pritchard.

Il se baissa, ramassa le pistolet. Le canon était chaud, et une odeur de poudre flottait dans l'air. Mais il ne voyait nulle part de douille éjectée, nulle trace d'un impact. Le plâtre du mur derrière Anna était lisse, comme tout à l'heure. Les deux hommes regardèrent de tous les côtés... les murs, le sol, Anna qui, elle, gardait les yeux baissés sur son sein. Pritchard tendit le pistolet en le laissant pendre, grotesquement, à son index, et Gascoigne s'en saisit. Il fit basculer la culasse d'un geste adroit, regarda dedans et s'en prit à Anna :

— Qui est-ce qui a chargé cette arme ?

— C'est moi, répondit Anna, ahurie. Je peux vous montrer les autres cartouches.

— Oui. Montrez-les-moi.

Elle se releva laborieusement, alla à la petite étagère placée au chevet du lit et revint au bout d'un moment, apportant une cassette en fer-blanc avec sept cartouches en vrac sur un chiffon de gros papier bis. Gascoigne les toucha du doigt, puis tendit le pistolet à la putain.

— Faites. Exactement comme la dernière fois.

Anna acquiesça en silence. Elle fit pivoter le canon et introduisit une cartouche dans la culasse, remit alors, d'un coup sec, le canon correctement en place, arma le chien et rendit le pistolet chargé. Elle paraissait terrifiée, pensa Pritchard ; plongée dans une stupeur dont elle ne sortait plus, avec des gestes mécaniques de poupée. Gascoigne reprit l'arme, recula de quelques pas, la braqua sur la tête du lit et tira. Le bruit fut le même que tout à l'heure… mais Pritchard entendit cette fois un murmure alarmé au rez-de-chaussée, suivi de pas précipités… et tous trois regardèrent l'endroit visé. Un trou parfait, aux bords légèrement roussis, se découpait au milieu de l'oreiller ; l'impact avait libéré un petit nuage de poussière et de duvet, qui retombait, tel un voile de gaze légère. Gascoigne s'avança, rejeta l'oreiller et se mit à explorer le mur derrière, de même qu'Anna s'était tâté la gorge, à la recherche d'une blessure inexistante. Au bout d'un moment, il émit un grognement satisfait.

— Elle y est ? demanda Pritchard.

— À peine enfoncée, répondit l'autre en sondant le trou du bout du doigt. Ces pistolets de manchon ne valent pas cher.

— Mais où… ?

Pritchard ne savait que dire. Il sentait sa langue comme empâtée dans sa bouche.

— Où est passée la première ? compléta Gascoigne en écho.

Tous trois fixèrent la seconde cartouche, bien visible, déformée, dans sa main. Gascoigne alors regarda Anna, Anna regarda Gascoigne… et Pritchard crut voir un signe d'intelligence s'échanger entre eux.

Quelle misère que de voir une femme qu'il s'était payée faire de l'œil à un autre ! Pritchard aurait eu envie de la mépriser, mais il n'y parvenait pas : il se sentait engourdi, la tête à l'envers. Les oreilles lui tintaient. Anna lui parlait :

— Voulez-vous bien descendre ? Dites à Edgar que je nettoyais le pistolet, ou que je jouais avec, que le coup est parti tout seul.

— Il n'est pas derrière son comptoir, objecta Pritchard.

— Alors dites-le au garçon. À n'importe qui, pourvu que cela se sache. Je ne veux pas qu'on monte ici ; je ne veux pas d'histoires. Allez, s'il vous plaît.

— Bien, j'y vais. Mais ensuite…

— Ensuite il faudra vous en aller, insista Anna.

— Je veux ce que je suis venu chercher, murmura

Pritchard en lorgnant du côté de Gascoigne (mais celui-ci avait discrètement baissé le regard).

— Je ne peux pas vous aider, Joseph. Je n'ai pas ce que vous me demandez. Allez-vous-en, s'il vous plaît.

De nouveau, il la regarda dans les yeux. Ils étaient verts, avec un gros cercle noir cernant l'iris, et une moucheture grise, dont les grains rayonnaient autour des pupilles. Il n'avait plus vu depuis des mois la couleur des yeux d'Anna, sa pupille rétrécie en point, plutôt qu'en lac noir, voilé d'un sommeil s'épanchant par-dessus ses rives. Elle était à jeun… il ne pouvait en douter. Elle avait donc menti, et peut-être volé ; elle le trompait. Et son rendez-vous, le sieur Gascoigne. Encore une cachotterie. Une menterie de plus. Accompagner une dame chez sa modiste !…

Mais Pritchard fut incapable de ranimer sa colère. Il se sentait honteux. Comme si c'était lui, l'intrus, venu troubler une scène d'intimité dans la chambre de la fille, entre Anna et Gascoigne. C'était une honte vulgaire et puérile : comme une poussée d'amertume qu'il sentait monter du fond de sa gorge.

Finalement, il tourna les talons et se dirigea vers la porte. Parvenu sur le seuil, il chercha à l'aveuglette la poignée pour refermer derrière lui… faisant durer le geste le plus longtemps possible pour observer à travers la fente de plus en plus étroite de l'entrebâillement le couple qu'il laissait là.

Gascoigne sortit de son immobilité à l'instant où la porte allait se refermer pour de bon. Il se tourna brusquement vers Anna, lui ouvrit les bras, et elle y tomba, calant la pâleur de sa joue au creux d'une épaule. Gascoigne lui enlaça vigoureusement la taille, et Anna se laissa aller contre lui ; il la souleva presque de terre (seule la pointe de ses orteils touchait encore le sol), la serra sur son cœur, baissa la tête et plongea le visage dans sa chevelure. Il avait la mâchoire serrée, les yeux ouverts ; il respirait violemment, par le nez. Pritchard, l'œil collé à la porte, se sentit accablé de solitude. Il avait l'impression de n'avoir jamais aimé, de n'avoir jamais été aimé d'âme qui vive. Il referma la porte aussi doucement que possible et descendit l'escalier à pas feutrés.

Φ

— Me permettez-vous une question ?

— Je vous en prie.

— Pourriez-vous me montrer exactement comment Mlle Wetherell tenait le pistolet ?

— Bien sûr. Comme ceci… avec le talon de la main juste là. J'étais de biais par rapport à elle, un peu comme M. Mannering maintenant, par rapport à moi, et elle avait le corps à demi tourné.

— Et si le coup de feu était parti normalement, quelle sorte de blessure Mlle Wetherell aurait-elle pu subir ?

— Avec de la chance, une blessure superficielle à l'épaule. Avec moins de chance… eh bien, mettons un peu plus bas. Dans la région du cœur, peut-être. Du côté gauche… Le plus étrange de l'affaire, c'est que même si elle a tiré à blanc, elle aurait dû être percutée par la cartouche, ou brûlée par la poudre, au moins légèrement. C'était à n'y rien comprendre.

— Merci. Je vous demande pardon de l'interruption.

— Auriez-vous quelque chose à porter à notre connaissance, monsieur Moody ?

— Oui, tout à l'heure… quand j'aurai entendu la suite de l'histoire.

— Je dois dire, monsieur, que vous faites une drôle de mine.

— Je vais très bien. Continuez, s'il vous plaît.

Φ

L'après-midi commençait à peine lorsque Pritchard regagna son officine de Collingwood-street, mais il sentait que l'heure aurait dû être bien plus avancée… le soir tombant, à tout le moins, pour justifier une fatigue aussi excessive. Il entra par la boutique et passa un moment sottement, à remettre les cuirs à rasoir d'aplomb sur les étagères et à aligner les fioles comme des soldats à l'appel sur le devant de l'armoire vitrée… mais tout à coup il n'y tint plus. Il colla une carte à la devanture, priant les chalands de repasser lundi, poussa le verrou et se retira dans son laboratoire.

Plusieurs commandes de préparations à réaliser l'attendaient sur son bureau, mais son regard parcourut les ordonnances sans voir. Il ôta sa veste et la suspendit à la patère près du fourneau, noua par habitude un tablier autour de sa taille, puis resta immobile, les yeux dans le vague.

Les paroles de Mary Menzies l'avaient marqué pour toujours… elles étaient sa prophétie, sa malédiction. « Vous n'avez jamais été en paix avec le bien »… il s'en souvenait encore ; il les avait couchées par écrit ; et en agissant ainsi, il avait fait en sorte de réaliser ces paroles. S'il était devenu l'homme qu'elle avait rejeté, c'était *parce qu'*il avait été rejeté par elle, *parce qu'*elle était partie. Et maintenant il avait trente-huit ans et il n'avait jamais aimé, alors que d'autres avaient des maîtresses, d'autres avaient des épouses. Pritchard effleura de son long doigt le col d'une fiole sur le bureau devant lui. Anna avait vingt ans à peine. Pour lui, elle était Mary Menzies.

Une phrase de son père lui revint à l'esprit : donne un mauvais nom à un chien, et il sera mauvais toute sa vie. (« Ne l'oublie pas, Joseph », avait-il dit encore, une main sur l'épaule du jeune Pritchard, serrant de l'autre un chiot nouveau-né contre sa poitrine ; le lendemain, Pritchard avait baptisé la petite bête Cromwell, et son père avait approuvé d'un signe de tête.) Le souvenir amena une question : « Est-ce là mon sort, ce que j'ai fait de moi-même ? Suis-je le chien mal nommé de la maxime de mon père ? » La question n'en était pas une.

Il s'assit et posa les mains à plat sur la paillasse du laboratoire. Ses pensées, flottant à la dérive, revinrent à Anna. À l'entendre, elle n'avait jamais eu l'intention d'attenter à ses jours… et Pritchard la croyait de bonne foi. La vie d'Anna était misérable, certes, mais non sans plaisirs, et elle n'était pas de nature violente. Pritchard se flattait de bien la connaître. Pour lui, elle n'était pas femme à se suicider. Et pourtant… qu'avait-elle dit ? Il est vrai qu'on y pense, parfois. Oui, pensa amèrement Pritchard. Parfois, c'était bien vrai.

Anna était une mangeuse d'opium aguerrie. Elle se droguait presque tous les jours, les effets du narcotique sur son corps et son esprit lui étaient familiers. Autant que Pritchard s'en souvînt, elle n'était jamais tombée dans un état comateux, certainement pas dans un coma assez profond pour rester plus de douze heures sans connaissance. Il doutait qu'une telle réaction pût être accidentelle. Or, si elle n'avait *pas* eu l'intention de se donner la mort, comme elle le maintenait, il n'y avait que deux possibilités : ou bien elle avait été droguée par un tiers, utilisée il ne savait à quelle fin peu catholique, puis abandonnée au milieu de la route de Christchurch, ou bien (Pritchard hocha posément la tête) elle bluffait. Oui. Elle avait menti sur sa provision d'opium ; elle pouvait bien mentir, de même, au sujet de la dose excessive qu'elle en avait prise. Mais dans quel but ? Qui protégeait-elle ? Et pourquoi ?

Le médecin de Hokitika avait confirmé qu'Anna avait réellement ingéré une forte dose d'opium dans la nuit du 14 janvier ; son témoignage à cet effet avait été publié dans le *West Coast Times*, au lendemain du procès. Anna pouvait-elle avoir réussi à berner le praticien ? Pouvait-elle lui avoir persuadé, il ne savait comment, de porter un faux diagnostic ? Pritchard y réfléchit. Elle était restée plus de douze heures en prison, et pendant ce temps elle était certainement passée entre les mains de toutes sortes d'hommes, qui avaient tenté vainement de la ranimer, sous les yeux de dizaines de témoins. Elle pouvait difficilement les avoir tous bernés. Un coma véritable était pourtant impossible à simuler. Même une putain n'était pas si bonne comédienne.

Cela admis, peut-être, après tout, l'opium avait-il été empoisonné. Pritchard retourna ses mains, paumes en l'air, et étudia les volutes épidermiques empreintes sur la pulpe des doigts, chaque main l'image inversée de l'autre. S'il joignait le bout des doigts, ils se renvoyaient un reflet parfait, dédoublé, comme lorsqu'on appuie le front contre un miroir. Il se pencha pour mieux contempler les dessins. Il était certain qu'il n'avait pas lui-même falsifié la drogue, et à vrai dire il ne soupçonnait pas non plus le Chinois, Sook. Sook avait de la tendresse pour Anna. Non, il était impossible que cet homme-là eût voulu lui faire du mal. Eh bien, cela voulait dire que l'opium avait dû être empoisonné ou bien *avant* que Pritchard ne l'eût acheté en gros ou bien *après* qu'Anna avait racheté à Ah Sook un petit morceau pour sa consommation privée.

Pritchard n'avait qu'un seul fournisseur pour tout son opium : un certain Francis Carver. Il réfléchit donc à Carver. Ancien forçat, l'homme n'avait pas bonne réputation ; envers Pritchard cependant, il avait toujours été courtois et correct, et le pharmacien n'avait aucune raison de croire que Carver pût avoir l'intention de nuire, à lui personnellement ou à son commerce. Quant à savoir si Carver avait quelque chose contre les Chinois, Pritchard l'ignorait… mais il ne vendait pas directement aux Chinois. Il vendait à Pritchard, et à lui seul.

Pritchard avait rencontré Carver pour la première fois dans un tripot de Revell-street, sept mois auparavant. Joueur passionné, il se rafraîchissait entre deux parties de dés, faisant en esprit le compte de ses pertes, lorsqu'un balafré s'était assis à son côté. Pritchard lui avait demandé en plaisantant s'il aimait les cartes et ce qui l'amenait à Hokitika, et la conversation s'était engagée. Lorsque, de fil en aiguille, Pritchard avait mentionné son propre métier, le regard de Carver s'était affûté. Posant son verre, il avait expliqué qu'il était en relation de longue date avec un ancien de la Compagnie des Indes orientales qui avait la haute main sur une plantation de pavots dans le Bengale. Si Pritchard avait besoin d'opium, Carver pouvait l'approvisionner sans limite de quantité en un produit qu'il garantissait d'une qualité sans égale. Pritchard n'avait alors aucune provision d'opium, hormis une faible teinture de laudanum achetée à un rebouteux ; sans hésiter, il avait donc topé à la proposition de Carver, et ils étaient convenus de se retrouver le lendemain matin pour fixer les termes du marché.

Depuis lors, Carver lui avait fourni au total trois livres d'opium. Il refusait de lui vendre plus d'une livre à la fois, car (comme il s'en expliqua en toute franchise) il tenait à garder le contrôle du marché qu'il approvisionnait… que Pritchard ne s'avisât pas de traiter en gros avec des revendeurs en prélevant une marge comme intermédiaire. (Bien sûr, c'était cela même que le pharmacien faisait en vendant de l'opium à Ah Sook… mais Carver ne savait rien de ce petit à-côté, Pritchard n'ayant pas jugé utile de s'en confesser.) La drogue lui était livrée enveloppée de papier, dans une cassette de fer-blanc qui ressemblait assez à une boîte à thé.

Pritchard prit un chiffon sur la paillasse et se mit à se curer les ongles… remarquant, en passant, qu'ils devenaient bien longs.

Carver aurait-il réellement osé empoisonner la drogue avant de la vendre en gros à une apothicairerie ? Pritchard aurait pu réduire l'opium brut en poudre et le transformer en laudanum ; il aurait pu le débiter à quantité de clients ; il aurait pu en consommer lui-même. Certes, Carver avait eu une méchante histoire avec Anna ; il lui avait une fois déjà fait un mal considérable. Mais même s'il souhaitait sa mort, et s'il lui destinait précisément cette mort-là, il n'avait aucune garantie qu'une part de l'opium empoisonné finirait par arriver jusqu'à elle. Pritchard roula une boulette de crasse entre ses doigts. Non, personne n'aurait pu tramer un complot à tant d'inconnues, c'était absurde. Or, si Carver était peut-être une brute, il n'était pas un imbécile.

Ayant rejeté cette première hypothèse, le pharmacien considéra l'autre possibilité : que l'opium eût été empoisonné *après* qu'Anna Wetherell en avait reçu d'Ah Sook un morceau à emporter chez elle. Peut-être quelqu'un s'était-il introduit à son insu dans sa chambre au *Gril* pour y mêler une substance toxique. Mais encore une fois… pourquoi ? Pourquoi se donner la peine d'empoisonner la drogue ? S'il s'agissait de tuer la putain, pourquoi ne pas choisir une méthode plus classique… l'étrangler ou l'étouffer ou la rouer de coups ?

S'avouant vaincu, Pritchard passa plutôt en revue les faits qu'un sentiment intime lui disait être vrais. Il *savait* qu'Anna Wetherell n'avait pas tout dit sur les événements du 14 janvier. Il *savait* que quelqu'un s'était servi très récemment de la pipe à opium qu'elle cachait dans sa chambre. Il *savait* qu'elle-même ne se droguait plus ; son regard et ses gestes le lui disaient sans l'ombre d'un doute : elle était on ne peut plus à jeun. Aux yeux de Pritchard, toutes ces certitudes amenaient une même conclusion.

— Sapristi ! elle ment… et pour l'amour d'un homme.

L'après-midi traînait en longueur.

À la longue, le pharmacien revint aux ordonnances en souffrance et, à défaut d'autre divertissement, se mit au travail. Il ne sentit plus les heures passer, jusqu'à ce qu'un coup discret frappé à la porte vînt le rappeler au présent. Il se retourna… remarquant au passage, avec une vague surprise, que le jour faiblissait, la nuit n'était pas loin… et aperçut Albert, le petit commis de Nilssen, qui se balançait d'un pied sur l'autre dans l'embrasure de la porte, l'air penaud, osant à peine respirer. Il était porteur d'un pli.

— Ah ! de la part de Nilssen, dit Pritchard en s'avançant.

Il avait complètement oublié sa conversation avec Nilssen plus tôt dans l'après-midi et la prière qu'il lui avait faite d'aller trouver le fondeur d'or Quee pour l'interroger au sujet du métal amalgamé découvert chez feu Crosbie Wells. Il avait complètement oublié Crosbie Wells… avec son trésor, et sa veuve, et M. Staines dont on était sans nouvelles. La Terre tourne sans bruit pour qui, dans la solitude, broie du noir.

Pritchard chercha dans les poches de son tablier une pièce de six pence… Albert cependant, rougissant jusqu'aux oreilles, bafouilla un refus et joignit même le geste au langage… les deux mains levées, les paumes en avant : l'honneur d'avoir remis le message était pour lui une récompense suffisante.

Le fait est que jamais de sa vie Albert n'avait connu un après-midi aussi palpitant d'émotions.

Son patron, en rentrant tantôt du China-Town de Kaniere, avait failli arracher la porte à ses gonds, tellement il était hors de lui. Il avait griffonné le message dont Albert était à présent porteur avec toute la passion d'un compositeur symphonique en tête-à-tête avec sa muse. Il l'avait alors mal cacheté, faisant couler de la cire sur sa personne et jurant comme un charretier, pour enfin fourrer le pli bosselé dans les mains du commis avec un murmure rauque : « Pritchard… chez Pritchard… le plus vite que tu pourras. » Se retrouvant seul dans la pièce de réception de la pharmacie, avant de se montrer à la porte du laboratoire, Albert avait pincé les bords du pli de façon à le transformer en une sorte de tube où il plongea le regard, réussissant à déchiffrer quelques mots qui, à son avis, puaient à plein nez la piraterie la plus éhontée. Son patron mijotait un mauvais coup, et il en était ravi.

— Bien, bon, très bien… Merci, dit Pritchard en prenant le papier. Attend-il une réponse ?

— Non, monsieur, mais il m'a dit de rester pour vous voir brûler le message, une fois que vous en auriez pris connaissance, annonça le gamin.

La réponse de Pritchard fut un éclat de rire méprisant. C'était tout Nilssen : il commençait par bouder, puis se plaignait du gâchis, puis tergiversait et déclinait toute responsabilité… mais dès qu'il mettait la main à la pâte, dès qu'il se sentait important, et imposant, tout devenait du théâtre de boulevard, une intrigue de cape et d'épée ; il s'en donnait à cœur joie.

Pritchard s'éloigna de quelques pas (le gamin ne cacha pas son désappointement), brisa le cachet et étendit la feuille sur son bureau. La lettre était conçue ainsi :

*Jo,*

*Suis allé voir Quee, suivant votre demande. Vous aviez raison pour l'or… son travail… mais il jure qu'il ne conçoit pas comment cela a atterri chez Wells. La putain est mêlée à toute l'affaire… vous étiez peut-être déjà au courant… mais impossible de pénétrer jusqu'au fin fond… à celui que vous appelez le concepteur. Tout le monde a l'air d'y être impliqué comme nous… en marge. Il y aurait trop à dire. Impossible de tout noter. Je propose de nous réunir en conseil. Y compris les Orientaux. Rendez-vous pris dans l'arrière-salon de la* COURONNE, *au* COUCHER DU SOLEIL. *Ferai en sorte que nous ne soyons pas dérangés. N'en parlez à personne… même à ceux qui ont votre confiance & qui trempent là-dedans eux aussi & qui pourraient un jour se retrouver avec nous au banc des Accusés. Veuillez brûler ces lignes…*

*H. N.*

# LUNE CROISSANTE EN TAUREAU

*Où Charlie Frost a une petite idée ;*
*Dick Mannering passe ses pistolets à sa ceinture ;*
*et nous remontons la rivière jusqu'aux concessions de Kaniere.*

Les questions posées par Thomas Balfour ce matin-là à la Banque de réserve avaient piqué la curiosité de son interlocuteur à plus d'un égard. Dès que le questionneur eut quitté la place, M. Frost résolut de reprendre l'enquête pour son compte. Il tenait toujours à la main l'état des participations au capital de la mine d'or *Aurore*, dont le propriétaire exploitant était le prospecteur disparu, Emery Staines. L'*Aurore*, pensa Frost en tapotant le document d'un doigt maigre. L'*Aurore*. Il savait qu'il avait vu ce nom-là quelque part, il n'y avait pas longtemps… mais où ? Au bout d'un moment, il mit le document de côté, descendit de son haut tabouret et alla à l'armoire à livres vis-à-vis de son guichet, où une série de volumes reliés en cuir portaient au dos l'étiquette « Rapports trimestriels ». Il choisit les deux derniers trimestres de l'année écoulée et regagna son bureau pour étudier le dossier de la mine.

Charlie Frost était un homme sans grand renom, la renommée étant chose qui se revendique et Frost une âme placide, à la tenue modeste et aux traits doux, peu encline à sortir des rangs, fût-ce en réponse à une provocation. Sa parole était lente et soignée. On l'entendait rarement rire tout haut, et malgré la langueur tranquille de ses manières habituelles, il paraissait toujours alerte, comme s'il gardait perpétuellement présente à l'esprit une règle d'étiquette, oubliée de tous sauf lui. Il n'aimait pas affirmer ses préférences ou discourir ; il était réticent, dans la conversation, à imposer un programme. Non qu'il fût sans programme, ou sans goûts prononcés ; loin de là, ses ambitions étaient des plus précises, et les maints rituels de sa vie privée, réglés comme du papier à musique. Simplement, il avait compris l'intérêt qu'il y a à avancer à couvert, sous des dehors sans prétention. Il connaissait la puissance latente de l'ombre (puissante, car elle éveille la curiosité), et il savait la manier en habile stratège… tout en ayant toujours soin de dissimuler ce talent. Aux étrangers, il donnait invariablement, de prime abord, l'impression d'un homme de réaction, plutôt que d'action, qui se laissait diriger en affaires et séduire en amour, indéfectiblement docile dans tous ses plaisirs.

Frost n'avait que vingt-quatre ans, et il était né à la Nouvelle Zélande. Son père, haut fonctionnaire de la ci-devant Compagnie de la Nouvelle Zélande, ayant découvert, en débarquant à l'embouchure de la rivière Hutt, une vaste étendue de plaines à découper et à mettre en vente, avait aussitôt fait quérir une épouse dans la mère patrie. Frost ne tirait aucune gloire de sa naissance autochtone, car c'était une qualité rare chez les Blancs… partant, à son sens, un sujet de honte. Il ne racontait jamais d'histoires de son enfance, passée dans les basses terres marécageuses de la vallée de la Hutt, à lire et relire l'exemplaire écorné du *Paradis perdu* qui était, avec la Bible, le seul livre que possédât sa famille. (À huit ans déjà, Frost pouvait réciter par cœur chaque tirade de Dieu, du Fils de Dieu et d'Adam… mais il n'apprit jamais les discours de Satan, qu'il trouvait mauvais coucheur, ni d'Ève, qui lui paraissait un être faible et ennuyeux.) Ce n'était pas une enfance malheureuse, mais Frost se sentait malheureux en y repensant. En revanche, quand il parlait de l'Angleterre, on eût cru qu'il en gardait une profonde nostalgie et qu'il était impatient d'y retourner.

La dissolution de la Compagnie de la Nouvelle Zélande avait jeté le discrédit sur M. Frost père en l'acculant presque à la faillite. Il avait alors sollicité l'aide de son fils unique. Charlie Frost avait obtenu d'abord un travail de copiste dans un bureau de Wellington. Bientôt, il s'était vu proposer une situation dans une banque du quartier de Lambton, poste dont les appointements suffisaient pour entretenir ses parents en bonne santé et dans une aisance relative. Quand on avait découvert de l'or à Otago, Frost avait demandé son transfert dans une banque de Lawrence, promettant d'envoyer chaque mois le plus gros de son salaire à ses parents, par un courrier privé… promesse à laquelle il n'avait jamais manqué depuis. Mais il n'était pas une seule fois retourné dans la vallée de la Hutt, et il n'en avait pas l'intention. Charlie Frost avait tendance à concevoir tous ses rapports avec les autres dans l'optique de la rentabilité et du profit, et il n'avait pas une pensée à perdre sur ceux à qui il était persuadé d'avoir rendu leur dû. À présent, à Hokitika (en effet, il avait suivi la ruée de Lawrence sur la côte), il ne pensait plus du tout à ses parents, si ce n'est en leur écrivant sa lettre mensuelle. Ce n'était pas un exercice facile, car les missives de son père étaient cassantes et mortifiées, celles de sa mère, lourdes d'un silence atterré… sentiments qui peinaient Charlie Frost, mais jamais pour longtemps. Une fois ses réponses expédiées (au double sens du terme), il découpait les lettres de père et mère dans le sens de la longueur, de façon à en oblitérer totalement la teneur, et en fabriquait des tortillons qu'il faisait flamber avec un flegme parfait pour allumer ses cigares.

Frost feuilleta le dossier des recettes jusqu'à trouver la section concernant Kaniere et les gorges de Hokitika. Les mines y figuraient selon l'ordre alphabétique, l'*Aurore* étant la deuxième, après une concession baptisée *All Seasons*, soit, dénomination bien optimiste pour la côte Ouest, les *Quatre-Saisons*. Frost se pencha sur la page pour mieux démêler les chiffres et, l'instant d'après, émit un petit bruit de surprise.

Le premier mois qui avait suivi l'achat de la concession, l'*Aurore* avait enregistré des résultats brillants, frôlant les cent livres sterling ; depuis le mois d'août cependant, le rendement accusait une baisse dramatique, au point... Frost haussa les sourcils... de se réduire à presque rien. Au cours du dernier trimestre, l'*Aurore* n'avait rapporté que douze livres de bénéfice net. Une livre par semaine ! C'était incompréhensible, pour une mine aussi profonde et aussi prometteuse. Une livre par semaine... voyons, pensa Frost, c'était à peine de quoi couvrir les frais d'exploitation. Il regarda de plus près. Le registre montrait qu'un seul homme travaillait sur la concession. Le nom était chinois, l'homme ne serait pas payé cher... mais tout de même, le titulaire de la concession devait bien lui verser des gages quotidiens.

Charlie Frost était perplexe. D'après le registre des actions, Emery Staines aurait pris l'*Aurore* à son compte l'an passé, à la fin de l'automne. Quelques semaines après en avoir fait l'acquisition, il avait cédé une participation de cinquante pour cent à Francis Carver, homme dont la réputation laissait fort à désirer. Or, au lendemain de cette transaction, les rapports trimestriels étaient parfaitement clairs, la concession avait soudain tari. Ou bien l'*Aurore* était soudain devenue une fouille blanche, d'une valeur presque nulle, ou bien quelqu'un faisait tout ce qu'il fallait pour produire cette impression. Frost referma le dossier, se leva et resta un instant plongé dans ses pensées. Son regard errait sur la foule : les prospecteurs coiffés de leurs chapeaux à larges bords, les capitalistes, les agents d'escorte avec leurs épaulettes galonnées. Tout à coup, il se rappela où il avait déjà vu le nom du placer.

Il mit en place l'écriteau indiquant que son guichet était fermé.

— Finie, la journée ? demanda un collègue.

— Tiens, c'est une idée, répondit Frost d'un air ingénu. Je n'y avais pas pensé ; j'avais l'intention de revenir après le déjeuner.

— Le comptoir fermera avant deux heures. Une fois que ceux-ci en auront fini, il n'y aura plus d'achats aujourd'hui, dit l'autre en s'étirant avant de se taper le ventre des deux mains. Allez, Charlie, à lundi !

— Eh ! murmura Frost, contemplant le fond de son chapeau, comme étonné soudain de le tenir à la main. Vous êtes bien aimable. Merci.

Φ

Dick Mannering se trouvait seul dans son cabinet de travail lorsque Frost frappa à la porte. Le bruit fit surgir le colley de Mannering de dessous le bureau dans une explosion de joie bondissante. La bête… c'était une chienne… sauta sur Frost, sa gueule rouge ouverte, sa queue cognant contre le sol. Mannering repoussa son siège et s'exclama :

— Charlie Frost ! *Voilà* une visite inattendue. Entrez donc, entrez… et fermez la porte. Je ne sais pas ce que vous avez à me dire, mais quelque chose me dit déjà que ce n'est pas pour toutes les oreilles.

— Couchée, petite !

Frost empoigna le museau de la chienne, la regarda dans les yeux et lui chiffonna les oreilles tout en lui parlant. Satisfaite, elle retomba à terre et s'en fut coucher aux pieds de son maître, le nez sur les pattes de devant, regardant Frost en dessous, d'un air chagrin. Frost ferma la porte, comme il en avait été prié, et reprit :

— Comment cela va-t-il, Dick ?

— Comment ça va ? fit Mannering en étalant les mains. Ça m'intrigue, Charlie. Savez-vous cela ? Je suis un homme très intrigué, ces temps-ci. Curieux de tout un tas de choses. Vous savez que Staines n'a pas refait surface… nulle part. Nous avons même lâché Holly dans les gorges. Elle n'a rien d'un limier, mais quand même. On lui a fait renifler un mouchoir, et elle s'est élancée… pas sur la piste, pensez-vous, elle ne l'a pas trouvée. Voilà comment ça va, oui, je suis très curieux. J'espère que vous m'apportez quelques nouvelles à me mettre sous la dent… ou, à défaut, au moins des ragots. Ma parole, quelle quinzaine ! Débarrassez-vous donc de votre manteau, allez !… il dégouline, peu importe ! Ce n'est que de l'eau… Dieu sait que nous devrions y être habitués depuis le temps.

Malgré ces encouragements, Frost fit attention, en accrochant son pardessus, de ne pas frôler celui de Mannering et de ne pas laisser tomber une goutte sur les caoutchoucs placés sous le portemanteau, munis chacun d'un embauchoir et exhibant un beau poli noir. Ce n'est qu'en ôtant précautionneusement son chapeau qu'il déclara :

— Il fait un temps de cochon.

— Asseyez-vous, asseyez-vous, insista Mannering. Vous prendrez bien un petit cognac ?

— Volontiers, si vous m'accompagnez.

Telle était la politique de Frost dans tout ce qui touchait au manger et au boire. Il s'assit, les mains sur les genoux, et regarda autour de lui.

Le bureau de Mannering, aménagé au-dessus du foyer de l'*Opéra-Théâtre du prince de Galles*, pouvait se vanter d'une vue magnifique, portant, par-dessus l'auvent à rayures de l'établissement, sur Revell-street et la haute mer au delà, visible entre les façades d'en face, tel un ruban gris-bleu, parfois vert, aujourd'hui, à travers le rideau de pluie, d'un jaune blanchâtre… l'eau reproduisant la couleur du ciel.

À l'intérieur, tout y avait été conçu pour afficher l'opulence du maître des lieux ; outre ce que lui rapportait le théâtre, Mannering touchait des revenus comme proxénète, joueur et tricheur professionnel, capitaliste et magnat de l'or. Dans tous ces métiers, il possédait un don hors du commun pour faire tourner à son profit les peccadilles de son prochain, talent abondamment illustré par l'ameublement de la pièce. Les murs étaient tapissés de papier peint et les meubles cirés ; un épais tapis de Turquie couvrait le sol ; un buste de céramique grimaçant, à la manière romaine, faisait office de serre-livres ; sous la fenêtre, une boîte à papillons exhibait trois spécimens noirs, chacun de la taille d'une main d'enfant. Derrière son bureau, Mannering avait accroché une aquarelle dans un cadre doré : un paysage de style sublime, montrant une haute falaise, des rayons de soleil obliques contre lesquels se découpait un feuillage pourpré avec, dans les lointains brumeux, le lavis pâle d'un arc-en-ciel dont la courbe prenait naissance dans un nuage. Charlie Frost la jugeait une très belle œuvre d'art, tout à l'honneur du goût de son propriétaire. Il était toujours content de trouver un prétexte pour rendre visite à celui-ci, afin de prendre place sur le siège qu'il occupait en ce moment même et de contempler le tableau en s'imaginant transporté dans un ailleurs aussi lointain que grandiose.

— Eh oui, quelle quinzaine ! disait Mannering. Et maintenant ma meilleure gagneuse s'est mis en tête de prendre le deuil ! Comme enquiquinement, ça se pose là, c'est moi qui vous le dis. À me demander si elle n'a pas perdu la boule. C'est un coup dur. Ma meilleure gagneuse. Un vrai coup dur. Vous savez qu'elle était avec Emery, le soir où il a disparu.

— Mlle Wetherell… avec M. Staines ?

Frost avait enroulé ses mains autour des volutes sculptées des bras du fauteuil et en caressait les sillons du bout des doigts.

La beauté, pour Charlie Frost, était autant dire synonyme du raffinement. La femme idéale, dans son idée, était celle qui se dévouait au projet de sa propre mise en valeur, passée maîtresse dans les arts féminins de la broderie, du piano, des fleurs pressées et ainsi de suite ; qui chantait suavement, faisait la lecture d'une voix douce et avait scrupule à exprimer la plus petite opinion ; qui était une pièce de collection charmante et sans prix ; qui aimait pardessus tout à se faire aimer. Anna Wetherell n'avait aucune de ces qualités, mais reconnaître qu'Anna ne ressemblait en rien à l'idéal fantastique de Frost, ce n'est pas dire qu'elle ne plaisait pas au banquier ou qu'il ne prenait pas son plaisir comme les autres. Imaginant à présent Anna et Staines ensemble, il ressentit un pincement au cœur… un malaise frisant le dégoût.

— Eh oui, poursuivit Mannering, retirant le bouchon de cristal et faisant tournoyer le liquide dans la carafe. Il l'a achetée pour toute la nuit, et m.... pour le sergent de ville ou quiconque pourrait venir toquer à la porte ! Chez lui, qui plus est ! Les hôtels de passe, très peu pour lui ! Il était exigeant : il la lui fallait, *elle*, disait-il, ni Kate ni Lizzie ; il tenait à Anna. Et puis, le lendemain matin, elle se fait ramasser à moitié morte, et lui… envolé. J'ai la tête en compote, Charlie. Elle, bien sûr, elle n'est d'aucun secours. Elle dit qu'elle ne se rappelle f..... ment rien avant le moment où elle s'est réveillée derrière les barreaux… avec un petit air bête comme la lune qui fait qu'on ne peut pas ne pas la croire. C'est ma meilleure gagneuse, Charlie… Mais le diable soit de sa drogue… Le diable la prenne ! Vous prendrez bien un cigare ?

Frost en choisit un dans la boîte offerte, et Mannering se pencha pour allumer un tortillon de papier au contact de la braise… mais, trop court, il flamba trop vite, et Mannering s'y brûla les doigts. Il laissa tomber le papier dans l'âtre avec un juron. Il fallut alors fabriquer un nouveau tortillon avec une bande de papier buvard et répéter toute l'opération, et il se passa un bon moment avant que leurs deux cigares ne fussent allumés.

— Tout cela pour ne rien dire de *vos* ennuis, ajouta Mannering en se rasseyant.

— Mes ennuis, ou ce que vous appelez ainsi, sont bien en main, repartit Frost d'un air peiné.

— À d'autres ! Avec la veuve qui a débarqué jeudi… et maintenant toute la ville qui en fait des gorges chaudes ! Je vous dirai de quoi ça a l'air, de mon point de vue. Vous *saviez*… vraiment, cela en a tout l'air… que l'or était là, caché dans la cabane du vieil ours… Lui mort, vous vous êtes arrangé pour enregistrer la vente f.....ment vite fait.

— Cela ne s'est pas passé comme ça.

— Comme si vous étiez de mèche tous les deux, Charlie, dit encore Mannering. Clinch et vous : deux culs dans une chemise. Voilà de quoi ça a l'air. L'affaire viendra devant le tribunal, vous savez. On nous enverra un magistrat de la haute cour. Il ne s'agit pas de laisser passer l'orage. Tout le monde aura à répondre… où on était le soir du 14 janvier, et tout le reste. Nous devrions nous mettre d'accord sur ce que nous allons dire, avant d'en arriver là. Je ne vous accuse pas. Je décris la situation, c'est tout. De mon point de vue.

La parole de Mannering tenait souvent de la proclamation souveraine, car le regard qu'il portait sur lui-même était inflexible, autoritaire, absolu. Il ne pouvait concevoir le monde autrement que dans la perspective d'y commander, et il adorait tenir le crachoir. Sous ce rapport, il était tout l'opposé de son visiteur… différence qui, chez Mannering, n'allait pas sans une certaine irritation, car s'il fréquentait de préférence les personnes qui lui marquaient tout le respect qu'il croyait mériter, celles qu'il jugeait indignes de son attention avaient le don de l'agacer. Il se montrait très généreux envers Charlie Frost, le régalait d'alcool et de cigares à chacune de ses visites et lui offrait des places au balcon pour ses nouveaux spectacles, mais il y avait des moments où la réserve discrète de Frost lui tapait sur les nerfs. Mannering avait tendance à assigner des rôles à ses admirateurs et à leur coller des étiquettes, comme il arrive qu'on définisse un homme par sa profession, l'un devenant « le docteur », l'autre « le caporal » ; conçues à son propre usage, jamais prononcées tout haut, ces appellations saisissaient les autres purement en fonction de leur rapport à lui... et c'était bien ainsi qu'il voyait tous ceux qui croisaient son chemin : comme autant de faire-valoir ou de bâtons dans ses roues, rehaussant ou rabaissant sa propre personne.

Mannering, nous avons déjà eu l'occasion d'en faire la remarque, était un homme d'une excessive corpulence. À vingt ans, il avait commencé à prendre de l'embonpoint ; à trente, il exhibait déjà un ventre imposant ; passé quarante ans, son torse prit la forme d'une sphère presque parfaite, et il était, à son grand dépit (inavoué), contraint de se faire aider pour monter à cheval comme pour en descendre. Plutôt que de reconnaître que son tour de taille avait fini par atteindre une ampleur qui le gênait dans les actes de la vie quotidienne, Mannering mettait tout sur le compte de la goutte, maladie dont il n'avait jamais souffert, mais dont le nom rendait à son oreille un son solidement aristocratique. Il adorait être pris pour un aristocrate, et les gens lui faisaient le plaisir de s'y tromper régulièrement, car il avait le teint clair, des favoris en côtelettes, et il affectait une mise luxueuse. Ce jour-là, il arborait une épingle à cravate en or massif et un gilet à revers crantés (dont les boutons menaçaient de sauter).

— De mèche, et comment ? répondit Frost. Sincèrement, je ne sais pas de quoi vous parlez.

— Vous êtes dans le pétrin, c'est clair, Charlie, reprit Mannering en secouant tête. Je le vois bien ! Clinch et vous, tous les deux. Si l'affaire passe en justice... et ce n'est pas du tout impossible, vous savez... il faudra expliquer pourquoi la vente de la cabane a été conclue aussi vite. Ce sera le point crucial… le point sur lequel vous aurez intérêt à accorder vos violons. Je ne vous conseille pas de mentir sous serment. Je dis simplement que ce serait le cas de vous mettre d'accord. Alors, qu'est-ce qui vous amène ? Vous voulez un coup de main ? Un alibi ?

— Un alibi ? Pour quoi faire ?

— Allons, fit Mannering en le menaçant d'un doigt paternel. Ne me dites pas que vous n'aviez pas votre petite idée de derrière la tête. Rendez-vous compte, la vente a été conclue en un temps record !

— Nous ne devrions pas en parler comme ça, à la légère, protesta Frost en sirotant son cognac. D'autres aussi sont concernés.

(C'était là encore un article de son code de conduite : il fallait toujours paraître réticent à faire des révélations.)

— Au diable les autres ! trancha Mannering. Au diable ce qui devrait ou ne devrait pas se faire ! C'est quoi, le fin mot de l'histoire ? Allez, lâchez le morceau !

— Je vous le dirai, mais il n'y a rien de criminel là-dedans, dit Frost… non sans plaisir, car il en prenait chaque fois qu'il pouvait se déclarer sans reproche. La transaction était parfaitement légale, et inattaquable.

— Quelle est donc votre explication ?

— Mon explication de quoi ?

— Toute l'histoire ! *Comment* cela a pu se faire !

— Cela s'explique parfaitement, répondit Frost avec flegme. Quand Crosbie Wells est mort, Ben Löwenthal a eu tout de suite la nouvelle, puisqu'il est allé interviewer le politicien à sa descente de cheval… pour sortir le lendemain matin une édition spéciale. Et le politicien… il s'appelle Lauderback, Alistair Lauderback… eh bien, il arrivait tout droit de la cabane de Wells, c'est lui qui a découvert le corps. Il a raconté l'histoire à Löwenthal, ça va de soi.

— Malin, le juif, approuva Mannering, affriolé. Ils sont toujours au bon endroit au bon moment, ceux-là, hein ?

— Cela se peut, marmonna Frost, préférant ne pas se prononcer. Mais comme je disais : Löwenthal a appris la mort de Wells avant tout le monde. Avant même que le coroner se soit rendu sur les lieux.

— Pourtant, il n'était pas acheteur, objecta Mannering. Du terrain, s'entend.

— Non, mais il savait que Clinch voulait faire un placement, alors, pour lui rendre service, il l'a mis au courant… il lui a dit que les biens de Wells ne tarderaient pas à arriver sur le marché. Clinch est venu me voir le lendemain matin avec son acompte, prêt à acheter. C'est aussi simple que cela.

— Oh ! que nenni !

— Je vous assure que si.

— Je sais lire entre les lignes, Charlie. « Pour lui rendre service », hein ? Par simple bonté de cœur, c'est ça ? Parce qu'il a un cœur charitable ? Pas celui-là, allez… pas Löwenthal ! Cela s'appelle un tuyau, et un tuyau pour toucher le fichu gros lot. Ils sont de mèche… Löwenthal et Clinch. J'en donnerais ma tête à couper.

— Si c'est le cas, je ne suis pas au courant, dit Frost avec un haussement d'épaules. Tout ce que j'essaie de vous faire comprendre, c'est que la vente de la cabane était parfaitement légale.

— Légale, et c'est le banquier qui me le dit ! Mais vous n'avez toujours pas répondu à ma question. Que diable ! pourquoi *si vite* ?

— Simplement parce qu'il n'y avait pas de paperasserie pour faire traîner. Crosbie Wells n'avait rien : pas de dettes, pas de contrat d'assurance, rien à débrouiller. Même pas de papiers d'identité.

— Pas de papiers ?

— Pas chez lui. Pas d'extrait de baptême, pas de reçu de passage, pas de patente de mineur. Rien.

— Pas de papiers, rumina Mannering en roulant son cigare entre ses doigts. Qu'est-ce que cela veut dire ? Qu'en pensez-vous ?

— Je ne sais pas. Peut-être qu'il les a perdus.

— Comment fait-on pour perdre tous ses papiers ?

— Je ne sais pas, répéta Frost, qui n'aimait pas être poussé dans ses retranchements.

— Quelqu'un les a peut-être brûlés. Détruits.

— Qui donc ? demanda Frost, les sourcils froncés.

— Le politicien, Lauderback. Il est arrivé le premier sur les lieux. Peut-être que lui aussi est mêlé à l'affaire. Il a peut-être renseigné Löwenthal sur le magot caché dans la cabane. Il a vu l'or… il en a parlé à Löwenthal… et Löwenthal l'a redit à Clinch ! Mais ça ne tient pas debout, dit Mannering, réfutant sa propre hypothèse. Il n'aurait rien à y gagner, n'est-ce pas ? Et le juif non plus. À moins que tout le monde n'ait prélevé une part du gâteau, je ne sais quand…

— Personne n'a rien prélevé, coupa Frost. L'or

est à la banque, sur un compte bloqué. Personne ne peut y toucher. Du moins, pas tant qu'on n'aura pas réglé la question de la veuve.

— Ah ! oui, *la veuve* ! s'exclama Mannering, émoustillé. Le beau coup de théâtre ! Et *elle*, qu'en pensez-vous ? C'est une vieille connaissance à moi, vous savez… Oui, je l'ai connue. Greenway, voilà son nom de fille. De mon temps, il n'y avait pas de Mme Wells… je l'ai toujours connue sous le nom de Greenway. Elle vous plaît, Charlie ?

— Elle a les papiers de son côté, dit Frost avec un haussement d'épaules. Si l'acte de mariage est valable, la vente sera déclarée nulle et l'or lui reviendra. Ce n'est qu'une affaire de procédure maintenant.

— Mais elle, est-ce qu'elle vous plaît ? Voilà ce que je vous demande.

Frost prit un air contrarié et répondit en insérant son cigare dans le coin de sa bouche et en serrant les mâchoires avec une ombre de grimace douloureuse :

— Elle a fière allure. Je la trouve très bien de sa personne.

— Bien de sa personne, on peut le dire, approuva Mannering, réjoui. Une maîtresse femme, voilà ce qu'elle est ! Elle joue d'un homme comme de son pianoforte, et quel répertoire… Eh oui ! Je suppose que c'est ce qui est arrivé à ce pauvre vieux Crosbie Wells : il a été joué comme tous les autres.

— Je ne comprends rien à leur mariage, reconnut Frost. Un vieux b..... comme Crosbie Wells, que pouvait-il avoir à offrir… même, disons le mot, à une femme laide, sans parler d'une beauté ? Je ne comprends pas ce qu'elle a pu voir en lui ; même si, bien sûr, je conçois sans peine ce qu'il voyait, lui.

— Vous oubliez l'or, dit Mannering, brandissant de nouveau le doigt. Il n'y a pas plus puissant aphrodisiaque ! Elle a sûrement épousé le vieux Crosbie pour sa fortune. Mais alors il est devenu avare, et elle, force lui a été d'attendre qu'il casse sa pipe. Comment expliquer cela autrement ? Qu'elle tombe du ciel si tôt après sa mort... comme si elle avait tout prévu, vous comprenez. Oh ! Lydia Wells est une fine matoise ! Pour elle, un sou est un sou et vingt sous font une livre. Elle ne signerait pas son nom gratis.

Frost ne répondit pas tout de suite, car les dernières remarques de Mannering lui rappelaient le motif de sa visite, et il voulait se recueillir avant de parler ; au bout d'un moment cependant, Mannering éclata d'un rire glapissant, frappa du poing sur son bureau et s'exclama, manifestement réjoui :

— Et nous y voilà ! Je le savais ! Je savais bien que vous étiez dans le pétrin, d'une façon ou de l'autre... et je savais que j'allais vous débusquer. Allez, de quoi s'agit-il ? Quel crime avez-vous commis ? Où est-ce que le bât vous blesse ? Vous vous êtes trahi, Charlie ; ça crève les yeux. Cela a à voir avec le trésor, n'est-ce pas ? Avec Crosbie Wells.

Frost huma quelques gouttes de cognac. Il n'avait pas commis de crime, à proprement parler... mais il y avait bien un endroit où le bât le blessait, et cela avait effectivement à voir avec le trésor et avec Crosbie Wells. Son regard glissa par-dessus l'épaule de Mannering, vers la fenêtre et la vue, qu'il contempla un instant en silence, cherchant ses mots.

Après que le trésor découvert dans la cabane de Wells avait été évalué par la banque, Edgar Clinch avait offert à Frost un très beau cadeau : une traite pour la somme de trente livres. Ce billet eut sur le jeune homme, qui sacrifiait le plus gros de son salaire à l'entretien d'un père et d'une mère qu'il ne voyait jamais, et pour qui il n'avait aucun amour, un effet aussi subit que grisant. Emporté par une ivresse telle qu'il n'en avait jamais connu depuis qu'il s'était lancé dans le monde, Frost avait résolu de jeter l'argent par les fenêtres, et cela sur-le-champ. Il ne dirait rien à ses parents de cette aubaine, il dépenserait jusqu'au dernier liard pour se faire plaisir. Il s'était donc fait compter les trente livres en belles pièces d'or sonnantes et rutilantes, qu'il avait alors échangées contre un gilet de soie, une caisse de whisky, une collection de mémoires historiques reliés en cuir, une petite épingle de rubis, une boîte de bonbons fins venus d'Europe et une douzaine de mouchoirs brodés d'une rose et de son chiffre.

Lydia Wells avait débarqué à Hokitika quelques jours après cet accès de prodigalité. Dès son arrivée, elle s'était rendue à la Banque de réserve, annonçant son intention de faire annuler la vente des biens meubles et immeubles de feu son mari. Si la rescision lui était accordée, Frost aussi serait, il le savait, tenu de rembourser les trente livres. Il ne pouvait pas revendre le gilet, sinon à un fripier ; les livres et l'épinglette pourraient être mis en gage, mais il ne percevrait qu'une fraction de leur valeur ; il avait déjà entamé la caisse de whisky, mangé les bonbons ; et quel insensé voudrait acheter des mouchoirs marqués au nom d'un autre ? Tout compte fait, il aurait de la chance de récupérer même la moitié de la somme dépensée. Il serait contraint de demander un emprunt à l'un des nombreux usuriers de Hokitika ; il ploierait sous le fardeau de sa dette pendant des mois, peut-être même des années ; et, pis encore, il faudrait se confesser à ses parents. La perspective le rendait malade.

Mais il n'était pas venu pour faire de Mannering le confident de ses humiliations. Il lui répondit donc sèchement, en le regardant de nouveau en face :

— Je ne suis pas dans le pétrin, mais quelqu'un pourrait y être, ou je me trompe fort. Voyez-vous, je crois que le trésor trouvé chez Crosbie Wells ne lui appartenait pas. L'or était volé, j'en suis persuadé.

Se penchant pour secouer la cendre, il s'aperçut que son cigare était éteint.

— Tiens ! tiens ! Volé à qui ? demanda Mannering.

— C'est précisément ce dont j'aimerais vous parler, dit le jeune employé de banque.

Il avait une boîte d'allumettes chimiques dans la poche de son gilet ; il prit le cigare dans sa main droite pour les chercher tout en poursuivant :

— J'ai eu une idée tantôt, cet après-midi, et je serais curieux de savoir ce que vous en pensez. Il s'agit d'Emery Staines.

— Mais oui, celui-là doit bien être impliqué là-dedans.

Tandis que Frost s'appliquait à rallumer son cigare, Mannering se mit à l'aise pour pérorer :

— Disparu le même jour ! Il est mêlé à l'affaire, c'est sûr et certain. Je n'ai pas grand espoir pour notre ami Emery, c'est moi qui vous le dis. Nous avons un dicton sur les diggings : c'est une malchance que d'avoir trop de chance. Vous connaissez ? Eh bien, je ne rencontrerai sans doute jamais d'homme aussi chanceux qu'Emery Staines. Ce garçon-là est passé de la misère à la richesse, d'un coup, sans personne pour lui mettre le pied à l'étrier. Je parie qu'il a été assassiné, Charlie. Assassiné dans la rivière… ou sur la plage… et son corps emporté au large. Personne n'aime voir un jeunot faire fortune. Pas avant trente ans. Surtout quand c'est de l'argent honnête. Je parie que celui qui l'a tué avait vingt ans de plus. Au bas mot. Au moins vingt ans. Vous êtes preneur ?

— Ne m'en voulez pas, dit Frost, déclinant d'un signe de tête à peine perceptible.

— Ah ! oui, fit Mannering, déçu. Vous n'aimez pas les gageures, n'est-ce pas ? Vous êtes un homme raisonnable. Si vous jouez à pile ou face, c'est pour empocher la pièce.

Frost ne répondit pas, la remarque ayant ravivé le souvenir gênant des trente livres qu'il venait de dissiper. Mannering non plus n'était pas tranquille… ses derniers mots avaient été plus offensants qu'il n'aurait voulu. Après un bref silence, il s'écria :

— Ne me faites pas languir ! Allez, videz votre sac ! C'est quoi, votre idée ?

Charlie Frost conta ce qu'il avait découvert dans la matinée : que Frank Carver avait une part de cinquante pour cent dans la mine d'or *Aurore*, qu'Emery Staines et lui étaient donc associés.

— Oui… En fait, j'en sais quelque chose, dit Mannering, restant dans le vague. Mais c'est une longue histoire, et ça ne regarde que Staines. Pourquoi en parlez-vous ?

— Parce que l'*Aurore* est mêlée à l'imbroglio de la succession de Crosbie Wells.

— Comment ?
— Je m'en vais vous le dire.
— Allez-y.

Mannering fronçait les sourcils. Frost tira quelques bouffées de son cigare avant de se lancer :

— L'or trouvé chez Wells est passé par la banque. Je l'ai eu entre les mains.

— Ah bon ?

Dick Mannering ne supportait pas de laisser longtemps la vedette à un autre et avait tendance à interrompre souvent son interlocuteur, en général pour encourager celui-ci à arriver, au plus vite et avec le moins de mots possible, aux conclusions que, pour sa part, il avait déjà tirées. Frost cependant ne se laissa pas bousculer.

— Eh bien, reprit-il, voilà l'étrange de l'affaire. L'or avait déjà été fondu, et ce n'est pas quelqu'un de la Compagnie qui a fait le travail. C'était le fait d'un amateur, ou je ne m'y connais pas.

— Fondu… déjà ! C'est la première fois que j'en entends parler, fit Mannering.

— Il n'y a pas de raison pour qu'on en ait parlé. Tout l'or qui entre dans nos coffres est affiné, même si le processus a déjà eu lieu. Nous faisons cela pour ne pas laisser passer de lingots fourrés et pour assurer une qualité uniforme. Killarney a donc recommencé à zéro. Il a fondu l'or de Wells avant l'évaluation ; avant que personne ne le voie, il était déjà coulé en lingots et marqué du poinçon de la Réserve. Personne en dehors de la banque ne pouvait savoir qu'il avait déjà été amalgamé une première fois… sauf celui qui l'a planqué au départ. Et puis aussi le commissionnaire qui l'a trouvé dans la cabane et apporté à la banque.

— Qui était-ce ? Cochran ?

— Harald Nilssen. De la firme Nilssen & C^ie^.

— Pourquoi pas Cochran ?

Mannering fronçait de nouveau le sourcil, et Frost fit une pause pour tirer encore une bouffée avant de répondre :

— Je ne sais pas.

— Mais qu'est-ce qui lui a pris, à Clinch, de mêler un tiers à l'affaire ? Il pouvait très bien vider la maison lui-même. Qu'est-ce qui lui a pris d'entraîner Harald Nilssen dans la combine ?

— Je vous dis pourtant que Clinch n'a jamais pensé qu'il y aurait quelque chose de valeur dans la cabane, protesta Frost. Il est resté abasourdi quand on a découvert le magot.

— Abasourdi ? Ah bon ?

— Oui.

— Le mot est de vous ou de lui ?

— De lui.

— *Abasourdi*, répéta encore Mannering.

— En tout cas, reprit Frost, Nilssen n'a pas eu à s'en plaindre. Il était parti pour encaisser dix pour cent de la valeur des hardes qu'il trouverait sur place. Il était dans son jour de chance. Il est rentré plus riche de quatre cents livres !

— Allez, la suite ! coupa Mannering, toujours d'un air sceptique. La fonte. Vous disiez tout à l'heure que l'or avait été fondu.

— Je l'ai donc examiné. Nous rédigeons toujours une description succincte du minerai, indiquant s'il s'agit de paillettes ou d'autre chose, avant de le remettre à notre fondeur. La routine ne change pas, même si l'or a déjà été fondu : nous sommes toujours tenus d'inscrire sur nos registres l'aspect sous lequel nous en avons pris livraison. Pour raisons de… – (sur le point de dire « sécurité », mot plutôt contestable en l'occurrence, Frost marqua une pause et conclut sans conviction) – … disons de prudence. En tout cas, j'ai eu les briques sous les yeux avant que Killarney les mette dans son creuset, et j'ai vu que le fondeur anonyme avait inscrit un mot sous chaque petit carré.

Il se tut derechef.

— Allez, allez ! Quel mot ? fit Mannering.

— *Aurore*, répondit Frost.

— Aurore.

— C'est ça.

— Mais ensuite…, enchaîna Mannering, mis soudain en éveil. Les briques… toutes les briques… ont subi un second affinage. Elles ont été coulées en lingots par votre homme à la banque.

— Et les lingots mis sous clef dans nos coffres le jour même, approuva Frost, dès que le commissionnaire a reçu son dû et que les droits de succession ont été réglés.

— Il n'y a donc aucune preuve. Ai-je bien compris ? Le nom ne figure plus nulle part. Le nom a disparu dans le creuset de l'affineur.

— Pour disparaître, oui, reconnut Frost, il a disparu. Mais bien sûr, j'en avais pris note. Il a été officiellement enregistré… inscrit dans mes livres, comme je viens de vous l'expliquer.

Mannering posa son verre.

— D'accord, Charlie. Combien est-ce que cela coûterait pour faire disparaître la page en question… ou tout votre grand-livre, tant qu'à faire ?

Combien, un peu de négligence de votre part ? Un petit coup d'eau ? Une pointe de feu ?

— Je ne comprends pas, protesta Frost, sincèrement surpris.

— Répondez simplement à la question. Pourriez-vous faire disparaître la page en question ?

— Je pourrais, mais il n'y a pas que moi qui aie remarqué l'estampille, vous savez. Killarney l'a vue. Mayhew aussi. Et puis un acheteur… Jack Harmon, je crois bien. Il est reparti maintenant du côté de Greymouth. Tous, ils ont pu en parler autour d'eux. C'était quelque chose qui se faisait remarquer, ce poinçon-là. Pas facile à oublier.

— F..... ! s'exclama Mannering en donnant un grand coup de poing sur son bureau. F..... ! f..... ! f..... !

— Mais je ne comprends pas, répéta Frost. Qu'est-ce qu'il y a ?

— Et vous-même, Charlie, qu'est-ce qui ne va pas ? Que diable !… Il vous a fallu *quinze jours* pour vous mettre du cœur au ventre et venir m'en parler ! Vous faisiez quoi pendant ce temps-là ? Tourner les pouces ?! Hein ?

Frost eut un mouvement de recul et répondit d'un ton digne :

— Je suis venu vous voir aujourd'hui, parce que j'ai cru que mes informations pourraient aider à retrouver M. Staines. Vu que c'est clairement *à lui* que le trésor appartient, et non pas à Crosbie Wells !

— Balivernes ! Vous auriez pu venir il y a quinze jours. Ou n'importe quand dans l'intervalle.

— Mais c'est seulement ce matin que j'ai compris le rapport avec Staines ! Comment aurais-je pu savoir ce qu'il en était de l'*Aurore* ? Je n'ai pas les capitaux et les concessions de tout le monde en tête. Je n'avais aucune raison…

Mannering l'interrompit, braquant un index accusateur :

— Vous avez touché une part. Votre part du gâteau.

— Cela n'a rien à voir ici, protesta Frost en rougissant.

— Avez-vous, oui ou non, mis la main dans le bas de laine de Crosbie Wells ?

— Eh bien… officieusement…

— Et depuis, votre mot d'ordre était : bouche cousue et fesses serrées. Hein ?

Mannering se carra au fond de son fauteuil, lâcha un juron, lança, d'une chiquenaude dégoûtée, son bout de cigare dans le feu et reprit :

— Jusqu'au moment où la veuve a débarqué et vous vous êtes retrouvé le dos au mur. Et *maintenant* vous montrez vos cartes… comme par pure charité ! Ça, c'est fort, Charlie ! Mais je veux être pendu si vous me faites marcher.

— Non, se récria Frost d'un air blessé. Ce n'est pas pour cela. C'est seulement ce matin que j'ai fait le rapport. Je ne mens pas. Tom Balfour est passé à la banque avec une histoire à dormir debout à propos de Francis Carver, il a voulu savoir s'il détenait des actions, et j'ai découvert…

— Quoi donc ?

— … que Carver avait pris une participation dans l'*Aurore*, peu après l'acquisition de la mine par M. Staines. Je ne m'en doutais pas avant ce matin.

— Qu'est-ce que Tom Balfour vient faire là-dedans ?

— Et quand M. Balfour est reparti, j'ai consulté aussi les chiffres du rendement de l'*Aurore*, et j'ai vu que les bénéfices avaient commencé à chuter juste au moment où Carver a pris sa participation, et c'est *alors* que je me suis rappelé l'estampille et que j'ai fait le rapport. Je vous dis la vérité.

— Mais qu'est-ce que Tom Balfour lui veut, à Francis Carver ? insista Mannering en haussant la voix.

— Il veut le faire passer en justice.

— Pourquoi ?

— Il a dit que Carver avait volé une petite fortune sur la concession d'un autre, quelque chose comme ça. Mais il n'était pas net, et il a commencé par un mensonge.

— Hum, fit le magnat.

— Je suis venu vous en parler toutes affaires cessantes, poursuivit Frost, espérant toujours s'attirer des compliments. J'ai quitté la banque avant l'heure, je suis venu directement ici. Dès que j'ai eu toutes les pièces en main.

— Toutes les pièces, mon œil ! Vous n'avez pas toutes les pièces, Charlie ! La moitié, vous ne savez même pas à quoi elles ressemblent.

— Que voulez-vous dire ? demanda Frost, offusqué.

Mannering ne répondit pas. Il se leva, si brusquement que son siège tomba et alla cogner dans le mur ; la chienne bondit, ravie, la langue pendante. L'homme parla :

— Johnny Quee. Johnny J...-F..... Quee.

— Qui ? fit Charlie Frost, avant de se rappeler que Quee était le prospecteur qui travaillait sur l'*Aurore* (il avait vu son nom inscrit dans le registre à la banque).

— Mon problème chinois… et maintenant le vôtre aussi, j'en ai bien peur, dit Mannering d'un ton sinistre. Allez, Charlie, êtes-vous avec moi ou contre moi ?

— Avec vous, bien sûr. Je ne comprends pas ce qui vous prend de me poser une question pareille.

Frost, en répondant, avait baissé le front et regardait son cigare. Mannering, pendant ce temps, alla dans le fond de la pièce et ouvrit une petite armoire contenant deux carabines, un assortiment de pistolets et un énorme ceinturon muni d'une frange de cuir et de deux étuis en peau de daim. Se disposant à attacher cet accessoire passablement absurde autour de sa taille généreuse, il dit :

— Vous devriez porter une arme… Mais vous en avez peut-être une sur vous ?

Frost rougit légèrement. Il se pencha en avant et éteignit son cigare… prenant tout son temps, écrasant le gros bout d'abord trois fois violemment contre l'assiette, puis le broyant en détail, jusqu'à réduire la cendre en une fine poussière noire.

— Hé, je vous parle ! cria Mannering en tapant du pied. Vous portez une arme, oui ou non ?

Frost laissa enfin tomber le mégot :

— Non, je n'en porte pas. Pour être tout à fait franc, Dick, je n'ai jamais de ma vie tiré un coup de feu.

— C'est facile. Vraiment, simple comme bonjour.

Mannering se tourna de nouveau vers l'armoire et prit sur le râtelier deux élégants revolvers à percussion. Frost, qui le regardait faire, dit finalement, se contenant pour garder une voix calme :

— Je serai mauvais second si j'ignore le sujet de votre querelle, et je n'ai pas les moyens de la faire cesser.

— Ça ne fait rien… Ça ne fait rien, dit Mannering en vérifiant ses revolvers. J'allais vous proposer un Colt, mais maintenant que j'y pense… La diable de chose prend une éternité à charger, et vous n'allez pas vous embêter avec la poudre et les balles. Pas sous cette pluie. Pas si c'est la première fois. Ça ira bien comme ça. On fera aller.

Frost regardait le ceinturon de Mannering, qui inséra les armes dans les étuis, traversa la pièce jusqu'au portemanteau, prit son pardessus sur un cintre en bois et commenta, sans sourire :

— Ça passe les bornes, hein ? Ne vous en faites pas ; quand j'aurai mis mon surtout, boutonné jusqu'au cou, on n'y verra que du feu. Je vous le dis, Charlie, je bous de rage. Ce fumier de Chinetoque ! Je bous de rage.

— Je ne sais vraiment pas pourquoi.

— Lui, il le sait.

— Attendez un peu. Laissez-moi seulement… Dites-moi seulement une chose. Qu'avez-vous l'intention de faire, au juste ?

— Nous allons ficher la frousse à un Chinois, dit le magnat en fourrant les bras dans les manches du manteau.

— La frousse, et comment ? demanda Frost, qui avait noté le pronom pluriel avec une certaine appréhension. À quel sujet ?

— Le Chinois, c'est celui qui travaille sur l'*Au-*

*rore*. C'est lui qui a fait le coup, Charlie… la fonte dont vous venez de parler.

— Mais que lui reprochez-vous ?

— Ce n'est pas vraiment un reproche. Plutôt une vieille rancune.

— Ah ! Ce n'est donc pas *lui* qui aurait tué M. Staines ?

Mannering fit entendre un bruit d'impatience, mi-grognement mi-gémissement. Il cueillit le vêtement de Frost sur le portemanteau et le lui lança ; l'autre l'attrapa au vol, mais ne parut pas prêt à l'endosser.

— Allons-y, dit Mannering. Nous perdons du temps.

— Au nom du ciel, éclata Frost, vous pourriez avoir la courtoisie de vous expliquer clairement. Il faut savoir où on va avant de faire une descente chez les satanés Chinois !

(Il regretta aussitôt ses paroles… à parler franc, il ne voulait faire de descente chez les Chinois à aucune condition, qu'il sût ou non où il mettait les pieds.)

— Pas le temps, fit Mannering. Je vous dirai tout chemin faisant. Allez, mettez votre manteau.

— Non, déclara Charlie Frost, étonné de trouver en lui-même une fermeté discrète qui lui permettait de tenir tête. Vous n'êtes pas pressé, vous êtes simplement énervé. Expliquez-vous tout de suite.

Mannering tergiversa, son chapeau à la main. Finalement, il dit :

— Ce Chinois-là a travaillé pour moi. Il était déjà sur l'*Aurore* avant que je ne revende la concession à Staines.

Frost marqua de la surprise :

— L'*Aurore* était donc à vous ?

— Et quand Staines l'a rachetée, le Chinetoque y est resté travailler. Il est sous contrat, voyez-vous. Il s'appelle Johnny Quee.

— Je ne savais pas que l'*Aurore* vous avait appartenu.

— La moitié des terres d'ici jusqu'à la Grey m'ont appartenu à un moment ou un autre, clama Mannering en se rengorgeant un peu. Mais bon. Avant que Staines n'entre en jeu, je me suis disputé avec Quee. Ou plutôt non, ce n'était pas vraiment une dispute. Simplement, j'ai mes façons de faire, et les Chinetoques ont les leurs. Voilà ce qui s'est passé. Chaque semaine, je prenais tout le produit de Quee… une fois pesé et compté… et je le ressemais sur la concession.

— Comment ?

— Je le ressemais sur la concession.

— Vous avez salé votre mine ! s'exclama Frost, choqué.

Charlie Frost n'était pas un fin observateur de la nature humaine, et il lui arrivait, par conséquent, de se sentir souvent trahi par les autres. L'air de stratégie cryptique avec lequel il avait accoutumé de parler n'était pas une pose étudiée (quoiqu'il ne perdît jamais de vue l'effet produit), mais procédait plutôt d'une cécité essentielle à toute expérience étrangère. Frost ne savait pas se mettre au point de vue d'un autre pour s'écouter parler ; il ne savait pas regarder le monde avec les yeux d'un autre ; il ne savait pas contempler la nature d'autrui, sinon pour la comparer à la sienne, avec envie ou avec dédain. Il était à la fois égotiste et hédoniste, éternellement enfermé dans le cocon de ses propres sens, attentif avant tout aux choses qu'il possédait déjà ou à celles qu'il lui restait à acquérir ; sa subjectivité était englobante et accomplie. Il n'allait jamais droit au but, ne déclarait pas au grand jour ses motifs privés, ce qui le faisait passer en général pour un penseur hautement objectif, doté d'un esprit pondéré et impartial. Pourtant, il n'en était rien. L'émotion qu'il exprimait à présent n'était pas un étalage d'indignation, et ne reflétait à vrai dire aucune réprobation réelle : il était simplement perplexe, n'ayant jamais considéré Mannering autrement que comme un homme aux revenus enviables et à la santé lamentable, dont les cigares étaient toujours de première qualité et la cave, apparemment, inépuisable. Mannering qui, à présent, haussait les épaules :

— Je ne suis pas le premier à vouloir faire un profit, et je ne serai pas le dernier.

— Vous n'avez pas honte ! dit Frost.

Mais la honte, pour Mannering, était un sentiment qui allait de pair avec l'échec ; rien ni personne ne l'amènerait à éprouver de la contrition là où il ne croyait pas avoir échoué. Il poursuivit :

— D'accord… libre à vous de penser comme bon vous semble. Mais voilà comment les choses se sont passées. La concession ne valait rien. À peine si elle rapportait plus que ce qui se glane dans les déblais. Après l'avoir achetée, j'ai enterré pour vingt livres de minerai pur dans le gravier en le semant un peu partout, puis j'ai mis Quee au travail. Quee a tout trouvé. À la fin de la semaine, il l'apporte à la pesée au quartier-général du campement comme tous les autres diggers. Cela se passait au temps où il n'y avait pas encore de service d'escorte. Au temps où les banquiers avaient leurs postes avancés le long de la rivière et les acheteurs travaillaient seuls. Alors, quand c'est au tour de ma concession et que mon or est pesé, les banquiers me demandent si je veux le déposer de suite. Je dis que non, pas encore, que je préfère le garder tel quel. Je raconte que je le mets de côté pour un acheteur privé qui va se charger de le convoyer quand j'aurai réuni une somme plus importante. Une histoire de ce genre. Je ne me souviens plus. Eh bien, une fois l'or pesé et la valeur enregistrée, je reprends le tout, j'attends la nuit, je retourne sur la concession en catimini et je le ressème dans les graviers.

— Je ne vous crois pas, dit Frost.

— Croyez-moi ou non, à votre guise. Mais à tout seigneur, tout honneur : cela s'est répété quatre ou cinq fois, et chaque semaine le Chinois a ramené exactement le même paquet, à peu de chose près. Malgré tout le mal que je me donnais pour remuer le gravier, malgré le mauvais temps, malgré tout, il trouvait chaque fois, même la poudre qui allait au fond. Il travaillait comme un forçat. Les Chinois ont au moins ça de bon : là où il ne s'agit que de trimer à l'ancienne mode, ils sont irréprochables.

— Mais vous ne lui avez jamais dit ce que vous faisiez.

— Bien sûr que non, fit Mannering, choqué à son tour. Confesser mes péchés ? Non, ça va de soi ! Enfin. Selon toute apparence, l'*Aurore* rapportait vingt livres par semaine. Personne ne savait que les vingt livres étaient toujours les mêmes, semaine après semaine ! Elle avait l'air d'un bon trou, avec un rendement régulier.

Mannering avait commencé son récit dans un état voisin de l'exaspération, mais c'était un homme dont la verve de conteur ne se laissait pas longtemps contenir, et il prenait plaisir à narrer une preuve de sa propre ingéniosité. Il se détendait donc en parlant, tapant le bord de son tuyau de poêle contre sa cuisse.

— Mais alors Quee a commencé à entraver. Il a dû surveiller la concession, ou peut-être qu'il m'a simplement percé à jour. Alors, qu'est-ce qu'il fait ? Le fin renard ! Il commence à affiner lui-même la poudre chaque semaine, dans un petit creuset à lui. Et il l'apporte au quartier-général du campement déjà fondu et coulé en briques d'une livre, grandes à peu près comme ceci. Ça, ce n'est pas quelque chose qu'on peut ressemer dans la caillasse !

« Je me suis dit tant pis. J'avais tout un tas d'autres concessions à vendre, et dans le tas quelques-unes de payantes. Je pouvais jongler avec. J'ai commencé à mettre les briques de Quee à la banque comme le produit du *Rêve d'Angleterre*, et chaque semaine je salais l'*Aurore* comme avant, seulement j'y mettais de la poudre du *Rêve d'Angleterre*… vous voyez l'idée ? Jusque-là, l'*Aurore* avait rapporté dans les vingt livres par semaine ; il fallait que le rendement se maintienne, qu'elle n'ait pas l'air de devenir moins profitable… ce qui m'aurait empêché de faire le mien, de profit, en vendant.

« Mais Quee a encore compris le manège, dit Mannering, haussant la voix dans une cadence finale, et le petit b..... s'est mis à graver le nom de la concession, *Aurore*, dans ses briques. Je ne pouvais pas déposer ça à la banque, sur le compte du *Rêve d'Angleterre*, sans mettre la puce à quelques oreilles, hein ? Le croiriez-vous ? Ce culot !

— Justement, je n'en crois rien, déclara Frost, qui se sentait toujours grandement trahi.

— Eh bien, cela s'est passé comme ça. Et c'est alors qu'Emery s'amène.

— Et ?

— Et quoi ?

— Enfin… Qu'est-ce qui s'est passé ?

— Vous le savez déjà, ce qui s'est passé. Je lui ai vendu l'*Aurore*.

— Mais vous disiez que la concession ne valait rien !

— En effet.

— Vous lui avez vendu une fouille blanche !

— Oui.

— Mais c'est un ami, protesta Charlie Frost.

Les mots à peine lâchés, il les regretta. Comme c'était pathétique… vouloir faire la leçon sur *l'amitié* à un homme comme Mannering ! Mannering était à l'auguste et resplendissant midi de sa vie. Il était prospère, et bien mis, propriétaire du bâtiment le plus grand et le plus beau de toute Revell-street. Il portait des pépites d'or à sa chaîne de montre. Il mangeait de la viande à tous les repas. Il avait connu cent femmes… peut-être mille… peut-être plus. Qu'avait-il à faire d'*amis* ? Frost se rendit compte qu'il rougissait. Mannering l'observa un instant, puis dit :

— Le fond du problème, Charlie, le voilà. Un

magot de quatre mille livres… en or déjà affiné, coulé en briques estampillées toutes du mot *Aurore*… a été découvert au domicile d'un mort. Nous ne savons pas le pourquoi de la chose, ni le comment, mais nous savons bien qui y est mêlé, et ce « qui »-là, c'est mon vieil ami Quee, de Kaniere. Vous me suivez ? C'est pourquoi nous allons faire un tour à China-Town. Pour lui poser quelques questions.

— Mais le trésor même, comment l'expliquez-vous ? objecta Frost, qui avait l'impression que Mannering lui cachait toujours quelque chose. Si l'*Aurore* est bien une fouille blanche, d'où vient tout cet or ? Et si l'*Aurore* n'est pas stérile, qui est-ce qui trafique les comptes pour donner l'impression qu'elle ne vaut rien ?

Le magnat coiffa son chapeau et répondit en faisant courir l'index et le pouce autour du rebord :

— Tout ce que je sais, moi, c'est que j'ai un compte à régler. Personne ne se moque plus d'une fois de Dick Mannering, et comme je vois les choses, c'est tout juste ce qu'il a voulu faire, ce Chinetoque-là. Allez, venez. Ne me dites pas que vous avez les foies ?

Aucun homme n'aime être traité de lâche… moins que tout autre, celui qui se sent justement d'humeur poltronne. Frost se rebiffa, affectant un ton froid :

— Je n'ai absolument pas ce que vous appelez les foies.

— Bien, approuva Mannering. Sans rancune, alors. Venez.

— J'espère seulement qu'on n'en viendra pas aux mains, dit Frost en passant son manteau.

— On verra, on verra, repartit Mannering. Allez,

viens, Holly… Viens, ma fille ! Bouge-toi ! On a affaire dans les gorges !

Φ

En même temps que Frost et Mannering sortaient du *Prince de Galles* en rabattant leurs chapeaux pour se protéger de la pluie, Thomas Balfour tournait le coin de Weld-street, à trois rues de là, au sud. Balfour venait de passer une heure et demie au *Deutsches Gasthaus* de Camp-street, où une bonne assiettée de choucroute aux saucisses, arrosée de sauce brune, un siège devant le feu de la cheminée et un temps de méditation ininterrompue l'avaient aidé à ramener son esprit sur les affaires d'Alistair Lauderback. Il quitta le *Gasthaus* rafraîchi et prit aussitôt le chemin du bureau du *West Coast Times*.

Les volets intérieurs de la fenêtre en saillie étaient fermés, de même que la porte de la rue. Balfour essaya la poignée et la trouva verrouillée. Curieux, sans chercher à amortir ses pas, il fit le tour jusqu'au petit appartement que Löwenthal occupait sur l'arrière du bâtiment. Il écouta un moment à la porte puis, comme il n'entendait rien, mit précautionneusement la main sur le bouton.

Le battant s'ouvrit sans effort, et il se retrouva face à face avec Löwenthal en personne, assis à table, les mains dans son giron… comme attendant que Balfour justement vînt le tirer d'un état de transe. Il se leva à la hâte et dit :

— Tom ! Qu'est-ce qu'il y a ? Quelque chose ne va pas ? Pourquoi n'avez-vous pas frappé ?

La table à laquelle Balfour l'avait surpris était en réalité une paillasse de laboratoire, à la surface usée, grêlée et tachée d'encre répandue et de produits chimiques. En ce moment, elle était cependant débarrassée de tout débris du travail de Löwenthal et recouverte d'une nappe brodée. Au centre, une grosse chandelle brûlait dans une soucoupe.

— Ah ! s'exclama Balfour. Je m'excuse, Ben. Bonsoir, d'ailleurs. Désolé. Je suis désolé. Je ne voulais pas déranger votre… vous déranger, je veux dire.

— Je vous en prie ! fit Löwenthal, comprenant que Balfour n'était pas porteur de mauvaises nouvelles, mais venait simplement pour causer. Allez, entrez, mettez-vous à l'abri de la pluie !

— Je ne voulais pas rompre votre…

— Il n'y a rien de rompu. Allez, entrez, entrez… et fermez la porte !

— Je ne viens pas exactement pour *affaires*, annonça Balfour d'un ton d'excuse, sachant que le sabbat de Löwenthal était un jour consacré au repos. Ce n'est pas à vrai dire du *travail*. Une petite chose dont je voulais vous parler, c'est tout.

— Une conversation avec vous n'est jamais du travail, répondit gracieusement Löwenthal avant d'insister pour la quatrième fois : Mais entrez donc, vous ne pouvez pas rester dehors.

Balfour finit par obtempérer en fermant la porte derrière lui. Löwenthal se rassit, joignit les mains et reprit :

— Ça fait un bon moment que je me dis que, pour un juif, les journaux sont le métier idéal. Il n'y a pas d'édition le dimanche, voyez-vous… notre sabbat tombe juste au bon moment. Je plains mes concurrents chrétiens, obligés de passer leur dimanche à composer et à encrer, pour sortir le lundi ; ils ne peuvent jamais se reposer, eux. C'est à quoi je méditais tout à l'heure, en entendant vos pas dans la ruelle. Oui, débarrassez-vous de votre manteau et asseyez-vous, je vous en prie.

— Je suis anglican, personnellement, dit Balfour.

Tout signe extérieur de la foi le mettait mal à l'aise, comme beaucoup de ses coreligionnaires. Il observait la chandelle de Löwenthal du même regard méfiant qu'il aurait eu si son hôte avait exhibé une haire ou un cilice de fer.

— Qu'est-ce qui vous préoccupe, Tom ?

Benjamin Löwenthal n'était aucunement mécontent d'avoir été interrompu dans sa célébration hebdomadaire. Sa religion était, en effet, de la variété confiante, et il n'était pas dans sa nature de douter de lui-même. Sensible à la différence entre l'obéissance commandée par la crainte et celle qui découle de l'amour, il violait souvent les ordonnances relatives au sabbat, dans de petites choses, sans se blâmer pour autant ; il avait foi en sa propre perspicacité, et il sentait que chaque fois qu'il transgressait la loi, c'était pour de justes raisons. Il avait par ailleurs (le fait ne pouvait se nier) du mal à tenir en place après deux heures d'une prière sans trêve… étant un esprit énergique, incapable de rester longtemps sans stimulant extérieur.

— Écoutez, dit Balfour en posant le bout des doigts sur la table entre eux. Je viens d'avoir la nouvelle, pour Emery Staines.

— Ah ! s'exclama Löwenthal, surpris. Maintenant seulement ? Vous aviez donc caché votre tête dans le sable ?

— J'ai été très pris.

Tout en parlant, Balfour coula de nouveau un regard du côté de la chandelle. Depuis son enfance, il n'avait jamais pu regarder une bougie sans avoir envie de la toucher, de passer l'index dans la flamme, jusqu'à ce qu'il reste noir de suie, de modeler la cire molle des bords et plonger le bout du doigt dans la mare de chaleur liquide pour ensuite le retirer prestement et sentir le suif former sur sa peau un bonnet jaune, qui blanchissait et se resserrait en séchant.

— Trop pris pour suivre les nouvelles ? demanda Löwenthal, taquin.

— J'ai une visite dont je m'occupe. Un politicien.

— Ah ! oui, l'honorable Lauderback ! Eh bien, j'espère que *lui* lit bien mon journal, même si vous n'en faites rien. Je l'ai assez fait figurer là-dedans.

— Fait figurer, c'est le mot. Mais écoutez, Ben. Je voulais vous poser une question. Je suis passé à la banque ce matin, et j'ai entendu dire que quelqu'un avait mis des annonces dans le journal. Au sujet de M. Staines… lui demandant de refaire surface. Pourrais-je savoir qui c'est ?

— Certainement. Une petite annonce est publique… et de toute manière, elle y a indiqué un numéro de boîte postale, comme vous l'avez peut-être remarqué ; vous n'auriez qu'à aller à la poste regarder les boîtes, et vous y verriez son nom.

— Elle ?

— Oui, voilà qui va vous surprendre, dit Löwenthal. C'était une de nos belles de nuit ! Voulez-vous deviner laquelle ?

— Lizzie ? Lizzie l'Irlandaise ?

— Anna Wetherell.

— Anna ? fit Balfour.

— Oui ! confirma Löwenthal avec un grand sourire (son tempérament le portait à être de tous les secrets, et il n'aimait rien tant que de pouvoir jouer le rôle d'initié). Vous ne l'auriez jamais deviné, n'est-ce pas ? Elle est venue me voir moins de deux jours après que M. Staines s'est éclipsé. J'ai essayé de modérer son zèle… il me semblait que c'était gaspiller son argent que de publier un avis de recherche pour un homme qui n'était parti que depuis deux jours. Je lui ai dit qu'il avait pu simplement aller faire un tour dans les gorges… ou bien le long de la côte, jusqu'à l'embouchure de la Grey. Il allait peut-être reparaître avant vingt-quatre heures ! J'ai eu beau parler. Elle ne voulait rien entendre. Elle m'a dit qu'il n'était pas parti, que c'était une disparition. Elle a été très claire là-dessus. C'est le mot qu'elle a employé.

— Une disparition…

— La pauvre fille avait comparu le matin même devant le tribunal. Elle a eu une sacrée déveine pendant toute l'année passée. C'est une bonne fille, Tom… une fille adorable.

Balfour se renfrogna. Il n'aimait pas entendre parler d'Anna Wetherell comme d'une fille adorable.

— Je ne peux pas me l'imaginer, dit-il tout haut en secouant la tête. Non, impossible… Ces deux-là… c'est la carpe et le lapin.

— La carpe et le lapin, répéta Löwenthal, qui affectionnait les locutions étrangères. Et le lapin serait Staines, bien sûr… un prospecteur aussi creuse la terre !

— Anna vous a-t-elle indiqué *pourquoi* elle voulait retrouver Staines ? demanda Balfour, comme si l'autre n'avait rien dit. C'est-à-dire… pourquoi…

— Elle voulait communiquer avec lui. Cela s'entend. Mais ce n'est sans doute pas le sens de votre question.

— Je voulais dire simplement…

Balfour resta court. Löwenthal souriait.

— Ce n'est pas étonnant, Tom ! Si cet homme-là lui a montré même un brin de tendresse… *Eh bien !*

— Quoi ?

— Eh bien, il faut le reconnaître, gloussa le journaliste. À côté de M. Staines, nous sommes bien gris, vous et moi.

Balfour fit la grimace. Gris, et alors ? Les cheveux gris étaient un signe de dignité. Il changea plutôt de sujet :

— J'ai encore une autre question : que savez-vous d'un homme du nom de Francis Carver ?

— Pas grand'chose, répondit Löwenthal en haussant les sourcils. J'ai entendu des rumeurs, évidemment. Il y a toujours des rumeurs qui courent sur les hommes de cet acabit.

— Oui, opina Balfour.

— Ce que je sais de Carver…, reprit Löwenthal d'un ton songeur, retournant la question dans sa tête. Eh bien, je sais qu'il vient de Hong Kong. Son père était capitaliste, je ne sais pas dans quelle branche… quelque chose à voir avec la marine marchande. Mais, apparemment, leurs chemins se sont séparés… le fils n'est plus associé à une maison mère. C'est un solitaire, non ? Un négociant. Peut-être qu'il a rompu avec son père après sa condamnation.

— Mais que pensez-vous de lui ?

— Disons qu'il ne me fait pas franchement bonne impression. C'est un fils de riche, d'abord, et un forçat ensuite, mais dans l'autre sens cela ne vaudrait pas mieux : je crois qu'il incarne le pire des deux mondes. C'est un voyou, mais un voyou intrigant. Ou pour le dire autrement, il mène sa vie à grandes guides, mais c'est une vie de caniveau.

(Ce portrait était un parfait exemple de la pensée de Benjamin Löwenthal, qui avait tendance à se poser toujours en tiers élucidateur entre deux forces antagoniques. En jugeant ses semblables, Löwenthal commençait par discerner chez eux une disparité essentielle, puis démontrait que les deux pôles de cette opposition ne pouvaient être réconciliés dans une synthèse que dans l'abstrait, et cela par lui seul. Il était écrit là-haut qu'il percerait à jour la dualité inhérente à toutes choses… sans excepter sa propre appréciation de la dualité de toutes choses, et il avait été contraint, par conséquent, d'adopter un code personnel très strict d'impératifs catégoriques en guise de protection contre ce qu'il percevait comme un monde d'antinomies dans un état de flux perpétuel. Ce code personnel était flegmatique, réfléchi et d'une haute moralité ; c'était l'unique point fixe à partir duquel Löwenthal pouvait observer la dualité infinie, et il en était entièrement tributaire. Il inclinait à être nonchalant dans son emploi du temps, pince-sans-rire dans sa religion et souple en affaires… mais sur le chapitre de ses impératifs, il ne pouvait se tromper, et il était intransigeant.)

— Carver m'a joué un tour pendable ces temps-ci, reprit-il. Il y a quinze jours environ, il a appareillé sans prévenir… et au milieu de la nuit. C'était un dimanche, les informations sur les mouvements des navires au port avaient déjà été publiées, dans l'édition du samedi. Mais comme l'*Adieu-vat* n'était pas censé partir, et comme il a mis à la voile bien après le coucher du soleil, son départ n'a laissé aucune trace dans le registre des douanes. Moi, en tout cas, personne ne m'en a rien dit, donc il n'y a rien eu dans le journal non plus. Tout à fait comme si le navire n'avait jamais levé l'ancre ! Le capitaine du port était dans tous ses états.

— Dimanche dernier ? demanda Balfour. C'est le jour où Lauderback est arrivé.

— Oui, je crois bien. Le 14.

— Mais Carver était dans la vallée de l'Arahura ce soir-là.

— Qui vous l'a dit ? demanda Löwenthal, levant brusquement les yeux.

— Un Maori. Un gars qui s'appelle Tay quelque chose. Assez jeune, avec un grand pendentif vert. Je lui ai parlé dans la rue ce matin.

— Qu'en sait-il ?

Balfour expliqua que Te Rau Tauwhare et Crosbie Wells avaient été très amis, et que Tauwhare avait vu Francis Carver pénétrer dans la cabane le soir même où le vieil ivrogne était mort. Quant à savoir si Carver s'était trouvé sur place avant ou après la mort de Wells, Balfour ne pouvait le dire, mais Tauwhare lui avait assuré qu'il était arrivé *avant* Lauderback… et Lauderback, de son propre aveu, était parvenu à la cabane très peu après le décès de son occupant, car en entrant il avait trouvé de l'eau bouillant sur le fourneau. Tout portait à croire que Francis Carver avait donc été présent dans la cabane *avant* la mort de Crosbie Wells, et même (Balfour n'y avait pas pensé jusque-là, et l'idée lui fit courir un frisson dans le dos) qu'il l'avait peut-être vu mourir.

— C'est très intéressant, commenta Löwenthal en caressant sa moustache. L'*Adieu-vat* a mis à la voile ce même soir, mais tard, à la nuit noire. En quittant la vallée de l'Arahura, Carver a dû rentrer directement à Hokitika pour regagner son bord dare, dare, et lever l'ancre, le tout avant le jour. Voilà qui peut s'appeler un départ précipité.

— Je l'appellerais louche, dit Balfour, pensant à la caisse dont il était sans nouvelles.

— Et si on ajoute à cela le fait que Staines a disparu pratiquement en même temps…

— Et Anna, coupa Balfour. C'est ce soir-là qu'elle a eu son malaise… rappelez-vous, c'est Lauderback qui l'a ramassée sur la route.

— Ah ! encore une coïncidence, conclut Löwenthal.

— Vous me direz peut-être que seul un esprit faible croit aux coïncidences. Mais moi… Si vous voulez mon avis, une suite de coïncidences n'a rien d'une coïncidence. Toute une série !

— En effet, acquiesça Löwenthal d'un ton distrait.

— Pour le jeune Staines, c'est évidemment dommage, relança Balfour au bout d'un moment. Autant regarder les choses en face, Ben… il a été tué, c'est sûr. Un homme comme ça ne disparaît pas sans laisser de traces. Un pauvre, peut-être. Mais pas un homme qui a de quoi.

— Hum, fit Löwenthal, dont Staines était pour l'heure le cadet des soucis. Je me demande ce que Carver faisait chez Wells, du côté de l'Arahura. Et ce qu'il était si pressé de fuir. Ou de rattraper…

Il réfléchit un instant encore, puis s'exclama :

— Dites donc, et Lauderback… n'aurait-il pas maille à partir avec Carver ?

— Voilà bien la question, soupira Balfour. Mais je ne peux pas vous répondre sans trahir la confiance de Lauderback et manquer à ma parole.

Il voulait se faire prier. Il fixa de nouveau la mèche de la chandelle, espérant que son ami le pousserait à poursuivre.

Malheureusement pour lui, le code moral de Löwenthal n'admettait pas la sorte d'entorse à laquelle il désirait l'entraîner. Le journaliste observa un instant son tentateur sans émotion, puis se mit à l'aise sur son siège et prit un ton plus dégagé :

— Vous n'êtes pas le premier, vous savez, à venir me tirer les vers du nez au sujet de cette petite annonce… pour Emery Staines.

— Tiens ! fit Balfour, levant les yeux d'un air dépité et surpris à la fois. Et qui d'autre ?

— Un homme est passé vers le milieu de la semaine. Mercredi. Ou peut-être mardi. Un Irlandais, homme d'Église… mais pas catholique. Non, c'était un méthodiste, si je me souviens bien. Le futur aumônier de notre nouvelle prison.

— Méthodiste libre. Je l'ai rencontré ce matin. Il a une drôle de tête. Des dents malheureuses. Pourquoi s'y intéressait-il ?

— Je ne retrouve pas son nom, marmonna Löwenthal en se tapotant la lippe.

— Pourquoi s'intéressait-il à Staines ? répéta Balfour, qui ne pouvait l'aider, n'ayant jamais su le nom de l'aumônier.

— Eh bien, c'était un peu bizarre. Apparemment,

il a accompagné le coroner chez Crosbie Wells pour ramener la dépouille.

— Oui, il l'a même enterré. C'est lui qui a creusé la fosse.

Löwenthal, qui avait de nouveau croisé les mains devant lui, abattit la paume ouverte sur la nappe et s'écria :

— Devlin ! Voilà son nom : Devlin. Mais le prénom m'échappe. Laissez-moi encore une minute.

— Peu importe… Ma question, c'était son rapport avec Staines… Où est le lien ?

— Je ne sais pas au juste. D'après les quelques mots que nous avons échangés, j'ai cru comprendre qu'il avait un besoin urgent de parler à M. Staines… au sujet de Crosbie Wells ou de quelque chose ayant trait à sa mort. Je ne peux pas vous en dire plus. Je ne l'ai pas interrogé.

— Dommage. Il y avait là une piste à suivre.

— Voyons, Tom ! Vous parlez comme un détective !

Löwenthal retrouva soudain le sourire. Balfour protesta en rougissant :

— Non, pas du tout. J'essaie simplement d'y voir clair.

— Voir clair, oui… Pour le compte de votre copain Lauderback qui vous a fait jurer le silence !

Balfour se souvint que le pasteur avait aussi surpris la confession de Lauderback, plus tôt dans la journée, souvenir qui fit courir dans ses veines un frisson d'alarme : à se demander qui était sur la piste de qui. Vraiment, Lauderback aurait dû faire plus attention en parlant en public d'affaires aussi intimes ! Il se hérissa :

— Enfin, n'est-ce pas bizarre ? Ce bonhomme… Devlin…

— Cowell Devlin, coupa Löwenthal. Voilà comment il s'appelle ! Je savais que cela me reviendrait. Cowell Devlin. Des dents malheureuses, en effet.

— Peu importe son nom. Je l'ai vu aujourd'hui pour la première fois, moi. Qu'est-ce qu'il a à venir poser des questions sur Emery Staines… comme ça, un quidam tombé de la lune ? Vous ne trouvez pas cela bizarre ?

— Si, très bizarre, répondit Löwenthal sans perdre le sourire. Vraiment, très. Mais vous vous échauffez, Tom.

— C'est Lauderback…

Balfour, devenu en effet très rouge, fut interrompu par Löwenthal :

— Non, je ne veux pas vous faire trahir la confiance qui vous a été accordée. Je vous taquinais, c'est tout. Parlons d'autre chose. Je ne vous poserai plus de questions.

Mais Thomas Balfour ne désirait rien davantage que d'être interrogé. Il était tout disposé à trahir la confiance d'Alistair Lauderback, et il avait espéré qu'en faisant semblant de ne vouloir à aucun prix révéler le secret de l'homme politique, il pourrait piquer la curiosité de Löwenthal et l'amener justement à le supplier de parler. À l'évidence, Löwenthal ne jouait pas ce jeu-là. (Soit qu'il ne le souhaitât pas, soit qu'il en ignorât la possibilité.) Balfour suffoquait. Il regrettait de ne pas avoir raconté tout de go l'histoire du chantage dont Lauderback était l'objet et de la vengeance qu'il se proposait d'en tirer, en toute franchise et sans rien omettre. Les choses étant ce qu'elles étaient, il allait devoir repartir sans avoir, à vrai dire, rien appris… car il ne pouvait guère proposer de conter l'histoire maintenant que le journaliste avait protesté ne pas vouloir l'entendre !

Nous interviendrons ici pour noter que la censure qu'il s'imposait était regrettable : en effet, si Balfour avait narré intégralement les vicissitudes de Lauderback, les événements du 27 janvier auraient pu prendre une tournure différente pour lui… et pour quelques autres. Certains détails du récit de Lauderback auraient stimulé la mémoire de Löwenthal en lui rappelant un événement auquel il n'avait pas eu lieu de repenser depuis de nombreux mois : souvenir retrouvé qui eût été d'un grand secours dans l'enquête menée par Balfour sur Carver, contribuant à élucider, du moins partiellement, les raisons mystérieuses qui avaient fait prendre à celui-ci le nom de Wells.

Or, le sort voulut que Balfour ne contât pas l'histoire de Lauderback et que la mémoire de Löwenthal ne fût pas rafraîchie. Lorsque Balfour se leva de la table maculée, il n'eut d'autre choix que de remercier son ami et de prendre congé sur l'impression, partagée par Löwenthal, que leur échange avait été plutôt décevant, n'ayant fait concevoir des espérances que pour aussitôt les frustrer. Löwenthal revint à la méditation paisible de sa foi et Balfour à la boue liquide de Revell-street, où la cloche de la chapelle sonnait la demie de trois heures ; la journée se poursuivit.

Comme suit aussi son cours la grande sphère du présent, embrassant dans son illimitation le passé captif de ses limites ! Tout ce récit, procédant pour beaucoup par allusions, non sans emphase et redites, est conté à Walter Moody… et Benjamin Löwenthal, présent lui aussi dans le fumoir de la *Couronne*, en entend certaines parties pour la toute première fois. Soudain, ce qui est dit lui remet en esprit un événement survenu quelque huit mois auparavant. Lorsque Thomas Balfour marque… en ce moment même… une pause pour se rafraîchir, Löwenthal s'avance, contourne le billard et lève la main pour demander la parole. Balfour la lui accorde et Löwenthal commence à conter le souvenir qui vient de ressurgir, parlant à mi-voix, avec la gravité feutrée de celui qui fait part d'une nouvelle très importante.

Voici son récit :

Un matin du mois de juin 1865, un homme brun à la joue balafrée avait pénétré dans le petit bureau de Löwenthal dans Weld-street en déclarant vouloir faire insérer une annonce dans le *West Coast Times*. Löwenthal signifia son accord, prit sa plume et s'enquit du sujet que le visiteur désirait porter à l'attention du public. L'homme répondit qu'il avait perdu une caisse expédiée par voie maritime, dont le contenu était, pour lui personnellement, d'une grande valeur. Il offrait une récompense de vingt livres à celui ou ceux qui la lui rendraient… somme qu'il porterait à cinquante livres, si la caisse lui était restituée sans avoir été ouverte. Il ne dit rien du contenu, hormis le prix considérable que, pour des raisons personnelles, il y attachait ; son ton était bourru et son langage grossier. Quand Löwenthal lui demanda son nom, il ne répondit pas, mais prit dans sa poche un extrait baptistaire qu'il posa sur le comptoir. Löwenthal inscrivit le nom qui s'y trouvait, Crosbie Francis Wells, et demanda enfin où M. Wells souhaitait faire adresser les réponses, dans l'éventualité où la caisse perdue serait retrouvée. L'autre donna une adresse sur Gibson's-quay. Löwenthal en prit note, rédigea un reçu, encaissa le prix de l'insertion et reconduisit son visiteur.

La question se posait (Moody la posa en effet) de savoir comment Löwenthal pouvait être aussi certain des détails exacts de l'incident, attendu qu'il venait seulement de s'en souvenir, près de huit mois après les faits, et qu'il n'avait eu l'occasion de rien vérifier. Comment pouvait-il jurer, premièrement, que l'homme qui avait fait insérer l'annonce était bien marqué d'une balafre à la joue, deuxièmement, qu'il s'était présenté en juin de l'année précédente et, troisièmement, que le nom figurant dans son extrait de baptême était, sans l'ombre d'un doute, Crosbie Francis Wells ?

La réponse de Löwenthal fut courtoise, mais assez verbeuse. Il expliqua à Moody que le *West Coast Times* avait été fondé en mai 1865, un mois environ après que lui-même avait pour la première fois débarqué sur le sol néo-zélandais. Le premier numéro du journal avait été tiré à vingt exemplaires, un pour chacune des dix-huit hôtelleries qui avaient alors pignon sur rue à Hokitika, un pour le juge de paix fraîchement nommé, et un pour ses propres archives. (En l'espace d'un mois, et grâce à l'acquisition d'une presse à cylindre, le tirage allait atteindre deux cents ; à présent, en janvier 1866, chaque livraison était tirée à près de mille exemplaires, et Löwenthal avait engagé deux auxiliaires.) Pour la réclame, afin de ne laisser ignorer à aucun abonné potentiel que le *Times* avait été le premier quotidien à paraître à Hokitika, Löwenthal avait fait encadrer sous verre le numéro initial, et chacun pouvait le voir au mur de son bureau. Il se souvenait donc de la date exacte de la création du journal (le 29 mai 1865), parce qu'il avait tous les matins ce numéro encadré sous les yeux. Et il pouvait affirmer que le prétendu M. Wells était venu dans le courant du mois de juin, car sa presse à cylindre avait été livrée le 1er juillet, et il se souvenait nettement d'avoir imprimé l'annonce du balafré sur sa vieille machine manuelle.

Comment son souvenir sur ce point pouvait-il être aussi précis ? Eh bien, en composant le texte, Löwenthal s'était aperçu que le carré de deux pouces de côté correspondant aux dimensions ordinaires d'une annonce sur une colonne, et au prix payé par le balafré, était insuffisant à le contenir : l'annonce avait un mot de trop pour se caser dans l'espace disponible dans la colonne. À moins de jongler avec les annonces déjà composées et de repenser sa mise en pages, Löwenthal serait contraint de laisser ce que les typographes appellent une « veuve », c'est-à-dire que le dernier mot de l'alinéa (en l'occurrence, « Wells ») se trouverait renvoyé à la ligne, en haut de la troisième colonne, produisant un effet gênant à la lecture et susceptible même de prêter à confusion. Lorsque Löwenthal s'aperçut du problème, il y avait déjà un bon moment que le balafré avait quitté son bureau, et il n'avait pas envie de courir les rues à sa recherche. Il chercha plutôt un mot qui pourrait être enlevé, et son choix tomba finalement sur le second prénom : Francis. L'omission chasserait la veuve et préserverait la disposition de la colonne.

Le *West Coast Times* sortit de presse tôt le lendemain matin, et le balafré se présenta de nouveau à la rédaction bien avant midi. Sans en indiquer la raison, il insista sur l'importance capitale qu'il attachait à la parution de ses deux prénoms. Il ne pouvait admettre que Löwenthal eût modifié le texte de l'annonce à son insu, et il lui exprima son mécontentement avec la même verdeur et la même rudesse que lorsqu'il avait d'abord sollicité ses secours. Löwenthal se confondit en excuses et corrigea l'annonce… qui, outre cette réimpression, parut cinq fois encore, car le client avait réglé le prix d'une semaine et le journaliste jugea opportun, les choses étant ce qu'elles étaient, de lui offrir une septième publication gratis.

Löwenthal était donc, comme il l'expliqua à Moody, tout à fait certain à la fois de la date et du nom complet de l'homme à qui il avait eu affaire : Crosbie Francis Wells. L'incident s'était gravé dans sa mémoire ; l'entrepreneur qui repense à ses débuts se souvient toujours de son premier faux pas, et le mécontentement d'un client ne s'oublie pas facilement quand on prend ses affaires à cœur.

Ne restait que la question de l'aspect physique de l'homme : comment Löwenthal pouvait-il jurer que celui à qui il avait eu affaire avait bien une balafre à la joue, stigmate que l'ancien forçat connu sous le nom de Francis Carver portait notoirement, à la différence (également notoire) du vieux Crosbie Wells ? Le journaliste convint qu'il ne pouvait être tout à fait sûr de ce dernier point. Peut-être l'image d'un autre balafré était-elle venue se superposer à son ressouvenir de l'incident. Il tenait toutefois à ajouter qu'il était généralement connu pour avoir excellente mémoire, et qu'il revoyait très nettement cet homme-là en esprit : tenant à la main un haut-de-forme qu'il serrait, en parlant, entre ses deux paumes, comme s'il avait voulu le comprimer et réduire en une simple feuille de feutre. Assurément, ce détail-là ne pouvait être faux ! Löwenthal se déclara prêt à parier une somme rondelette que l'homme dont il se souvenait avait réellement une grande cicatrice, en forme de faucille, en travers de la joue… et qu'il était en possession d'un extrait baptistaire au nom de Crosbie Francis Wells. Il avoua pourtant n'avoir jamais connu le dénommé Crosbie Wells de son vivant, et être dans l'impossibilité d'imaginer sa physionomie, le défunt n'ayant laissé aucun portrait, même rudimentaire.

Ces nouvelles donnèrent lieu… le lecteur se le figurera sans peine… à une véritable cacophonie d'interjections et de suppositions dans le fumoir de la *Couronne*, et il s'écoula un bon moment avant que le fil du récit n'y fût renoué. Nous laisserons donc ces messieurs au présent pour reprendre notre avance au passé.

Φ

L'embarcation qui reliait Kaniere à l'embouchure de la Hokitika n'avait pas cessé ses départs en raison du mauvais temps, même si les clients s'étaient faits rares ; les bateliers, sans personne à convoyer, ni autres tâches en suspens à terre, s'étaient installés dans l'entrepôt jouxtant le quai où, la porte ouverte, ils fumaient des cigarettes et jouaient au whist. L'idée d'abandonner la partie pour s'exposer à la pluie ne fut pas pour leur plaire, et ils demandèrent un prix à la mesure de leur dépit. Mannering cependant accepta sans barguigner, et les whisteurs furent contraints de ranger leurs cartes, d'écraser leurs cigarettes et de mettre la barque à l'eau.

Kaniere était située à quatre milles seulement à l'intérieur des terres, et le trajet se ferait en un rien de temps au retour, lorsque les rameurs n'auraient plus à combattre le courant ; en revanche, le voyage en amont pouvait demander jusqu'à une heure, selon le débit de la rivière, le vent et les marées. Les diggers qui allaient et venaient entre Kaniere et Hokitika prenaient plus souvent la diligence ou faisaient le chemin à pied, mais la voiture était déjà arrivée et repartie, et le temps n'était pas à la promenade.

Mannering paya le prix demandé et s'installa avec Frost à l'arrière d'un petit canot peint (une ancienne chaloupe de sauvetage, récupérée dans les débris d'un naufrage), avec la chienne Holly entre eux. Les rameurs de bâbord poussèrent au large du plat de leurs avirons et se mirent à souquer ferme ; bientôt l'embarcation remontait le courant.

Assis face aux rameurs, le dos à la poupe, Frost et Mannering se trouvaient dans la position d'un couple de barreurs, trop gros et trop bien mis ; l'intervalle qui les séparait de leurs vis-à-vis se réduisait à presque rien chaque fois que ceux-ci se penchaient sur leurs avirons. Ils s'abstinrent de parler de l'affaire qui les appelait en amont, car ils n'auraient pu ce faire sans mettre l'équipage dans la confidence.

Mannering, qui avait la conversation facile, parla plutôt, sans discontinuer, de la pluie et du beau temps, des Amériques, de la qualité des sols, de l'industrie du verre, du petit déjeuner, des sluices, des essences de bois indigènes, des opérations navales dans la Baltique et de la vie sur les placers. Frost, sujet au mal de mer, ne bougea pas du tout, sinon pour lever la main, de temps à autre, et faire tomber les gouttes qui perlaient sous le rebord de son chapeau. Il ne répondait au bavardage de Mannering que par des bruits d'assentiment qui peinaient à passer ses mâchoires serrées.

En vérité, Frost avait très peur… de plus en plus, avec chaque coup de rame qui rapprochait l'embarcation des gisements. Au nom du ciel, qu'est-ce qui lui avait pris de dire qu'il n'avait pas les foies… alors qu'il n'était pas humainement possible d'être plus poltron ? Il aurait facilement pu prétexter qu'on l'attendait à la banque ! À présent, il était ballotté dans un fond d'eau brune, frissonnant, désarmé et dérouté… le témoin mal choisi du cartel d'un autre… et pourquoi ? Quelle était *sa* querelle avec le Chinois Quee ? Quelle était *sa* rancune contre cet homme ? Il ne l'avait jamais vu de sa vie ! Frost leva la main pour essuyer le bord de son chapeau.

La rivière Hokitika se faufilait par-dessus des bancs de gravier et des pierres roulantes, uniformément usées et arrondies. Les rives étaient bordées de broussailles, dont le sombre feuillage paraissait encore noirci par la pluie ; les hauteurs au delà, abandonnées en pâture aux nuages mouvants. Plissait-on les yeux pour les contempler, on avait l'impression que l'éloignement se mesurait en étapes : les gigantesques pins *kahikatea*, dominant la brousse, étaient silhouettés en vert au premier plan, en bleu à mi-distance et, au faîte des collines, en un gris qui se fondait dans la couleur du brouillard. Les Alpes étaient voilées, mais par beau temps (comme Mannering le fit remarquer à la cantonade), leur ligne blanche aurait été bien visible, tranchant contre le ciel.

La barque poursuivit son chemin. Ils croisèrent une pirogue solitaire, emportée rapidement en aval avec, à bord, un géomètre-arpenteur barbu et deux guides maoris… qui les saluèrent gaillardement d'un coup de chapeau, rendu de même par Mannering. (Frost n'osait pas risquer le geste.) Ensuite, plus rien ; rien que les rives qui défilaient en tressautant ; rien que la pluie fouettant l'eau. Les mouettes qui les avaient suivis depuis l'embouchure se lassèrent enfin et restèrent en arrière. Il se passa une vingtaine de minutes, la barque s'engagea dans un virage… et, de même qu'une lampe éclaire soudain une salle bondée, ils furent pris dans un tourbillon de bruit et de mouvement.

La cité de tentes de Kaniere se trouvait à mi-chemin de Hokitika et des concessions de l'arrière-pays. Le terrain aux alentours du campement était relativement plat, sillonné par un véritable entrelacs de ravins et de ruisseaux qui tous roulaient des pierres et des graviers des Alpes vers la mer ; les bruits d'eau y étaient omniprésents, ici grondement lointain, là cliquettement, jaillissement, crépitement. Comme l'avait dit l'un des premiers arpenteurs-géomètres : sur la côte, partout où il y avait de l'eau, il y avait de l'or… et de l'eau, il y en avait partout, de l'eau s'égouttant des fougères, de l'eau perlant sur les branches, de l'eau gavant les mousses qui pendaient aux arbres, de l'eau noyant les traces de vos pas, sourdant de terre.

Aux yeux de Frost, le campement de Kaniere offrait un spectacle lugubre. Les tentes identiques des prospecteurs se bousculaient en rangées inégales, courbées bien bas sous le poids des pluies sans fin ; quelques-unes s'étaient même effondrées. Des cordes couraient entre les rangées, chargées de drapeaux et de linge trempé. Quelques abris dont les parois de toile avaient été doublées d'un revêtement improvisé en schiste et en terre glaise étaient mieux en point ; il y avait même un esprit inventif qui avait eu l'idée de tendre une seconde toile en hauteur, dans les branches des arbres, pour doubler la toiture. Des écriteaux peints, cloués aux troncs, vantaient toute une variété de spectacles et de boissons. (On n'avait besoin, pour ouvrir un débit d'eau-de-vie sur les placers, que d'une bouteille et d'une toile de coutil tendue entre deux piquets, mais on risquait une amende, et même un tour en prison, si on s'y faisait pincer ; la plupart de l'alcool vendu ainsi était distillé dans le campement même. Charlie Frost avait essayé une fois le rogomme de Kaniere… pour le recracher aussitôt, écœuré. C'était un tord-boyaux gras, acide au goût et plein de filaments d'une matière qu'il n'avait pas pu identifier ; l'odeur faisait penser à une émulsion photographique.)

Frost s'étonnait que la pluie n'eût pas retenu les chercheurs d'or dans leurs abris ; les intempéries ne semblaient, de fait, aucunement refroidir les esprits.

Les hommes étaient agglutinés au bord de l'eau, les uns pataugeant jusqu'aux genoux dans le courant pour laver les sables à la batée, d'autres balançant leurs berceaux, d'autres encore faisant la vaisselle, se baignant, savonnant leur linge sale, tressant des cordes ou raccommodant leurs hardes sur la berge. Tous portaient la livrée traditionnelle du digger, en moleskine, serge et coutil. Quelques-uns s'étaient noué autour de la taille une écharpe d'un rouge écarlate, selon la mode de cette période entichée des forbans, et la plupart étaient coiffés de chapeaux mous dont ils rabattaient les larges bords. Ils conversaient tout en travaillant, à grand renfort de cris, comme insensibles à la pluie. Dans l'intervalle des vociférations, on pouvait entendre le brouhaha ordinaire d'un peuple industrieux… la réverbération d'un coup de hache, des rires, des sifflements. Une fumée bleuâtre stagnait dans l'air, allant se dissiper par bouffées paresseuses au-dessus de la rivière. Les notes d'un accordéon émergeaient du fond des arbres, et plus loin encore éclatait une salve d'applaudissements.

— Tranquille, hein ? dit Mannering. Avec ça qu'on est samedi.

Frost n'y voyait rien de tranquille.

— Il n'y a presque pas un chat dans la rue, reprit Mannering.

Si par « chat », il fallait entendre « homme », Frost en voyait des dizaines… sans doute des centaines.

Le panorama qui se déployait devant eux était, pour Charlie Frost, sa toute première impression de Kaniere… et sa première impression des alentours de Hokitika en général, car au cours des sept mois écoulés depuis qu'il avait franchi la barre, il ne s'était pas une seule fois aventuré dans l'arrière-pays, pas une fois il n'avait suivi la côte au delà des hauteurs de Seaview. S'il lui arrivait souvent de déplorer la vie étriquée qu'il menait, il savait bien, au fond de son cœur, qu'il n'avait pas la trempe d'un aventurier. À présent, regardant un homme traîner une grosse branche jusqu'à un feu chétif au bord de l'eau, puis prendre le bois à bras-le-corps pour le déposer sur le petit tas de cendres noires, en tirant un grand souffle de fumée qui l'enveloppa dans son nuage fuligineux et le fit partir d'une terrible quinte convulsive de la toux de ceux qui n'en ont plus pour longtemps, Frost se sentait pleinement justifié dans son conservatisme. Kaniere, se dit-il dans son for intérieur, était un trou de misère, un lieu maudit.

Le bateau approcha de la rive, jusqu'à ce qu'on entendît la quille crisser contre le gravier du fond. Les rameurs de proue descendirent alors d'un bond et tirèrent l'embarcation hors de l'eau pour permettre à Mannering et à Frost de débarquer sans se mouiller les pieds… précaution inutile, car ils avaient déjà les chaussures complètement trempées. La chienne plongea par-dessus le plat-bord, ventre en avant, avec un plouf ! bruyant.

— Ma parole ! s'exclama Mannering en se redressant après s'être hissé sur la caillasse. J'aurais dû changer de pantalon. Il ne fait pas un temps pour fringuer… hein, Charlie ? Ça vous change un dandy en dindon de la farce. Ma parole !

S'apercevant que Frost n'était pas dans son assiette, il s'efforçait de montrer de la gaîté et de l'entrain. En effet, s'il était persuadé que Frost ne pourrait que gagner à faire un tour à la foire d'empoigne de la vraie vie (il sentait, dans le calme du jeune employé de banque, une pruderie qui l'agaçait excessivement), il tenait néanmoins à être bien vu de lui. L'existence de Mannering était une compétition permanente, et parmi les nombreux trophées virtuels qu'il visait quotidiennement à remporter, il y en avait un gravé des noms de tous ceux à qui il avait affaire. Sommé de choisir ou d'améliorer son prochain, ou de le plier à sa volonté, il aurait opté pour cette dernière possibilité, sans regarder au prix. Il n'allait pas transiger avec ses principes pour l'amour de Frost, qui déjà en manquait ; il ferait ce qu'il faudrait pour tenir ce garçon à sa place ; mais il n'était pas trop fier pour tendre une main secourable… à plus forte raison à quelqu'un qui quémandait si clairement ses secours.

Frost cependant se taisait. Il n'en revenait pas, de voir une petite tente de coutil, triangulaire, à peine suffisante pour coucher trois personnes en rang de sardines, arborer une enseigne peinte à la main : *Hôtel*. De voir un prospecteur se déboutonner et se soulager *coram populo*, sur les pierres de la rive, il en revenait moins encore. Il eut un mouvement de recul… et prit peur en entendant rire. Un couple de prospecteurs avait observé l'approche du canot à l'abri d'un auvent de charpente, à moins de dix mètres du débarcadère. À l'évidence, l'horreur de Frost les mettait en gaîté ; l'un des deux porta la main à son chapeau, tandis que l'autre singeait un salut militaire.

— M'sieu est venu se rincer l'œil, hein ?

— Mais non, Bob… c'est pour laver son linge

dans la rivière. Sauf qu'il a oublié de commencer par le salir !

Les deux hommes s'esclaffèrent de nouveau… et Frost se détourna, le sang aux joues. Il avait mené une vie circonscrite entre les limites parallèles du devoir et de l'habitude, c'était vrai ; vrai aussi qu'il n'avait pas voyagé et qu'il se refusait à spéculer ; vrai que son habit avait été brossé le matin même et qu'il portait un gilet propre. Il n'y avait là aucun sujet de honte. Mais Frost avait grandi dans une ville sans enfants, et il ne comprenait pas les taquineries, ne savait jamais comment réagir quand d'autres s'amusaient à ses dépens. Son visage s'enflammait, sa gorge se serrait, et il restait muet.

Les rameurs avaient sorti le canot de l'eau. Ils convinrent de ramener leurs passagers à Hokitika dans deux heures (*deux heures*, pensa Frost, la mort dans l'âme), puis tirèrent au sort celui qui resterait avec le bateau. Le malchanceux s'installa sur place, déçu ; les autres s'éloignèrent entre les arbres en faisant tinter la monnaie dans leurs poches.

La paire en face s'ébaudissait toujours.

— Demande-lui une prise de tabac, disait l'un des badauds à son camarade.

— Demande-lui s'il écrit souvent à sa famille… à Mayfair.

— Demande-lui s'il sait se retrousser les manches au-dessus des coudes.

— Demande-lui des nouvelles de la fortune de son papa. Ça lui fera plaisir.

C'était d'une injustice cruelle, pensa Frost… lui, qui n'avait jamais mis les pieds à Mayfair… lui, dont le père était pauvre… lui, qui était un authentique

Néo-Zélandais, à la différence de ceux-ci ! (Mais l'appellation était absurde ; on ne disait pourtant pas « Méga-Britannique ».) Ses propres revenus étaient dérisoires, une fois déduite la part énorme de son traitement qui allait tous les mois dans la poche de son père. Quant au costume qu'il portait là… il l'avait acheté avec l'argent de son travail, et c'était lui-même qui avait brossé son habit avant de sortir ! Quant à se retrousser les manches, cela lui arrivait souvent. Les chemises qu'il portait étaient taillées sur le même patron que celles de ses persifleurs, achetées, comme les leurs, dans l'unique magasin de confection de Hokitika. Frost voulait dire tout cela… au lieu de quoi, il mit un genou en terre et présenta les deux mains, la paume en l'air, à la chienne, qui les lécha.

— Pouvons-nous y aller ? demanda-t-il à Mannering à mi-voix.

— Tout à l'heure.

Mannering avait confié son porte-monnaie à sa poche intérieure et tripotait à présent les boutons de son pardessus… il n'arrivait pas à se décider s'il ferait mieux de n'attacher que le premier bouton, ce qui offrait une meilleure facilité d'accès à ses pistolets, ou plutôt le dernier, s'il tenait surtout à ne pas laisser voir qu'il était armé.

Frost promena encore un regard nerveux autour de lui, évitant de croiser les yeux de la paire d'amis sous l'auvent. À partir du débarcadère, la piste bifurquait entre les arbres, l'un des deux bras s'en allant à l'est, vers le lac Kaniere, l'autre au sud-est, où se trouvaient les gorges de la Hokitika. Sur la rive sud s'étendait une riche marqueterie de mines et de lavages d'or, dont l'*Aurore*. Frost ne savait rien de tout cela ; au fait, il eût été bien en peine de montrer le nord, si on le lui avait demandé. Son regard cherchait un panneau indiquant le chemin de la ville chinoise, mais il n'y en avait pas. Il ne voyait aucun visage oriental dans la foule.

— Par là, dit Mannering en inclinant la tête vers l'est, comme si Frost avait pensé tout haut. C'est en amont. Pas bien loin.

Frost avait emprisonné la chienne entre ses genoux ; il se mit à passer la main dans le poil mouillé de l'animal, plutôt pour se rassurer lui-même que pour autre chose.

— Ne ferions-nous pas bien de nous entendre sur… je ne sais pas, moi… un plan d'action ? demanda-t-il en lorgnant du côté de son compagnon.

— Pas la peine.

— Comment ? Pas la peine d'avoir un plan ?

— Quee n'a pas de pistolet. J'en ai deux. Ça me suffit comme plan.

Mannering remonta son ceinturon. Frost n'était pas tranquillisé pour autant. Il libéra Holly, qui s'éloigna aussitôt d'un bond, et demanda en se relevant :

— Vous n'allez pas tirer sur un homme désarmé, au moins ?

Mannering avait opté pour le dernier bouton. Il lissa son manteau sur son corps en se félicitant :

— Voilà qui sera le mieux.

— Vous ne m'avez pas entendu ?

— Si. Arrêtez de vous ronger les sangs, Charlie. Vous allez vous faire remarquer.

— Vous pourriez me répondre, au moins, si vous

ne voulez pas que je me ronge, protesta Frost d'une voix presque stridente.

— Écoutez, prononça Mannering en se retournant enfin pour lui faire face. Depuis cinq ans, je paie des Chinois pour travailler mes concessions, et si je sais bien une chose, c'est qu'ils courent après la fumée bleue comme un digger solitaire après une putain… tous sans exception. Un samedi, à cette heure, tous les Jaunes de ce côté-ci des Alpes seront couchés roides, ivres de leur fée brune. Vous pourriez vous amener à China-Town et les ramasser tous d'une seule main. Vu ? Il n'y aura pas de violence. Pas de coups tirés. Les armes, c'est pour la frime. Tout joue en notre faveur, Charlie. L'homme qui a fait son plein d'opium a la chair et les os qui se changent en eau. Mettez-vous cela dans la tête. Il n'est bon à rien. C'est un petit enfant.

## SOLEIL EN CAPRICORNE

*Où Gascoigne se souvient de sa première rencontre avec la putain ; un couteau sert à défaire plusieurs coutures ; les effets de l'épuisement se font sentir ; et Anna Wetherell formule une prière.*

En apercevant Anna et Gascoigne à travers l'entrebâillement de la porte, Pritchard n'avait vu que ce à quoi lui-même aspirait par-dessus tout... l'amour et une franche sympathie. Pritchard se sentait seul, en souffrait et, comme la plupart des âmes esseulées, voyait partout des couples heureux. En cet instant... lorsque le corps d'Anna se laissa aller contre la poitrine de Gascoigne, qui l'étreignit, la souleva et enfouit la joue dans sa chevelure... Pritchard, dont la main reposait, inerte, sur la froide poignée de la porte, n'aurait pas été consolé de savoir qu'Aubert Gascoigne et Anna Wetherell étaient simplement amis, et rien de plus. La solitude ne trouve pas de réconfort dans un plus ou un moins. L'amitié aussi aurait été pour l'apothicaire comme un festin vu de derrière une vitre ; la moindre charité lui aurait mis l'eau à la bouche sans satisfaire sa faim.

Les suppositions de Pritchard concernant Gascoigne se fondaient sur une connaissance des plus sommaires… à dire vrai, sur un unique échange de propos. Jugeant d'après son attitude hautaine et sa mise impeccable, Pritchard avait cru Gascoigne un personnage influent et haut placé au tribunal local, où il n'avait en réalité, en tant que clerc, que fort peu de responsabilités. Sa tâche principale consistait à encaisser quotidiennement le montant des cautions à la maison d'arrêt du camp de police. Cela mis à part, il passait son temps à percevoir les redevances, à contrôler les récépissés de patente des mineurs, à recevoir les plaintes et, à l'occasion, à faire des courses pour le commissaire. C'était un poste subalterne, mais Gascoigne était nouveau venu en ville ; il était content d'avoir une place et, confiant en lui-même, il ne craignait pas de rester longtemps au bas de l'échelle, avec des gages de laquais.

Gascoigne n'était pas depuis un mois à Hokitika lorsqu'il avait rencontré pour la première fois Anna Wetherell, aux fers dans la maison d'arrêt de George Shepard. Elle était assise, le dos au mur, ses mains dans son giron. Ses yeux étaient ouverts et brillaient d'un éclat fiévreux ; ses cheveux moites, échappés aux épingles du chignon, lui collaient aux joues. Gascoigne s'agenouilla devant elle et, d'instinct, tendit la main. Elle s'en saisit, l'attira plus près d'elle, de façon à n'être pas vue du geôlier (assis à la porte, sa carabine sur ses genoux), et chuchota :

— Je peux payer ma caution… je peux payer…

mais il faudra me faire confiance. Et ne pas lui dire comment.

— Qui ça, lui ? demanda Gascoigne en baissant lui aussi la voix.

Elle indiqua Shepard d'un signe de tête, sans quitter des yeux les yeux de Gascoigne, puis lui étreignit la main et la guida vers son sein. Surpris, il faillit reculer… avant de comprendre en sentant, sous ses doigts, qu'il y avait quelque chose là, contre les côtes de la prisonnière, caché par l'étoffe. Comme une cotte de mailles, pensa-t-il… quoiqu'il n'eût jamais touché de cotte de mailles.

— De l'or, murmura-t-elle, tandis que son regard noir scrutait, suppliant, les traits de son interlocuteur. C'est de l'or. Tout le long des baleines du corsage, et dans la doublure. De l'or, partout. Je ne sais pas comment il est venu là. Il y était quand je me suis réveillée… cousu dans la doublure.

— Vous voulez payer votre caution en or, dit Gascoigne en fronçant les sourcils, essayant de comprendre.

— Je ne peux pas le sortir. Pas ici. Pas sans un couteau. Il est cousu dedans.

Leurs visages se touchaient presque ; il percevait l'arrière-goût douceâtre de l'opium, une saveur de prunelle, comme une ombre sur son haleine. Il demanda tout bas :

— Il est à vous ?

— Qu'importe ? repartit-elle d'un air soudain désespéré. C'est de l'argent, n'est-ce pas ?

La voix de Shepard retentit, venant du coin :

— La putain vous importune-t-elle, monsieur Gascoigne ?

— Pas du tout, fit Gascoigne.

Elle lui lâcha la main. Il se redressa et recula d'un pas, tira sa bourse de sa poche et la soupesa dans sa paume avec la feinte nonchalance d'un homme à son affaire.

— Vous pourriez rappeler à Mlle Wetherell que nous n'accordons pas la caution à crédit, intervint Shepard. Ou bien elle verse tout de suite la totalité de la somme, ou bien elle reste là jusqu'à ce que quelqu'un paie pour elle.

Gascoigne observait Anna. Il n'avait aucune raison d'accéder à sa prière ou de croire que la doublure rigide qu'il avait palpée dans son corsage fût, comme elle l'affirmait, de l'or. Il savait qu'il aurait dû la dénoncer aussitôt au geôlier pour tentative de subornation. Il aurait dû lacérer son corsage avec le couteau de chasse qu'il portait dans sa bottine… en effet, si elle cachait de l'or natif sur sa personne, il était pratiquement certain qu'il ne lui appartenait pas. Elle était une putain. Elle avait été arrêtée pour ivresse publique. Sa robe était crasseuse. Elle puait l'opium, et elle avait les yeux cernés de violet.

Gascoigne cependant la regardait avec compassion. Sa conduite obéissait à une morale instinctive qui rejoignait le code de la chevalerie ; il éprouvait une profonde sympathie pour les personnes en détresse, et la prière de cette femme, avec l'angoisse qui arrondissait ses yeux, avait éveillé sa pitié et sa curiosité tout ensemble. Gascoigne croyait que la justice et la clémence devaient être, non les termes d'un dilemme entre lesquels il eût fallu choisir, mais synonymes l'une de l'autre. Il croyait les actes de clémence affaire d'instinct plutôt que de jurisprudence. Dans un subit accès de pitié donc, émotion dont il se laissait toujours surprendre comme par une crue des eaux, il se sentit poussé à satisfaire la demande de la jeune femme, et à la protéger.

— Mademoiselle Wetherell, dit-il (car l'intervention du geôlier lui avait révélé son nom), votre caution est fixée à une livre et un shilling.

Il tenait sa bourse dans la main gauche et son registre dans la droite ; il fit mine à présent de transférer le registre d'une main dans l'autre et, utilisant l'objet pour cacher la manœuvre, sortit deux pièces de la bourse et les serra au creux de sa paume. Il prit alors et le registre et la bourse dans sa main droite et avança la gauche, la paume en haut, le pouce replié en travers.

— Pouvez-vous payer la somme avec l'argent que vous m'avez montré dans votre corsage ?

La question était posée à voix haute et claire, comme s'il parlait à un imbécile ou à un enfant.

Elle ne comprit pas d'abord, mais il ne lui fallut qu'un instant pour acquiescer de la tête et glisser deux doigts entre les baleines de son corsage pour y pêcher des pièces imaginaires. Elle pressa ensuite ses doigts, réunis en pince, contre la main de Gascoigne ; celui-ci releva le pouce, hocha la tête, comme satisfait de la somme qu'il avait lui-même fait apparaître, et inscrivit le montant de la caution dans son registre. Faisant sonner la monnaie dans sa bourse, il passa au prisonnier suivant.

Cet acte de bonté, si éminemment hérétique dans la geôle de George Shepard, n'avait rien d'exceptionnel pour Gascoigne, qui se plaisait à nouer des amitiés dans les classes serviles, avec les enfants, les mendiants, les animaux, les femmes sans beauté et les hommes oubliés. Ses urbanités avaient toujours pour objet ceux qui s'y attendaient le moins : il ne manquait jamais de courtoisie envers les personnes d'une condition inférieure à la sienne. Vis-à-vis des classes supérieures, en revanche, il restait sur la réserve et, sans être désobligeant, affichait l'attitude blasée, et même incurieuse, d'un homme revenu de tout… procédé qui, s'il n'avait au sens propre rien d'une stratégie, lui attirait néanmoins une estime considérable et tendait à le faire admettre parmi les héritiers de domaines et de fortunes, comme s'il avait visé d'emblée à y parvenir.

Fils naturel d'une gouvernante anglaise, élevé sous les combles des immeubles de rapport parisiens, vêtu toujours de la défroque d'autrui, relégué auprès du seau à charbon, tour à tour grondé et méprisé, Aubert Gascoigne s'était ainsi élevé avec le temps jusqu'à devenir maître d'une fortune modeste, mais respectable. Il s'était soustrait à son passé… et pourtant il ne pouvait être qualifié ni d'ambitieux ni d'enfant chéri du destin.

La personnalité de Gascoigne reflétait un amalgame insolite des hautes et basses classes. Il avait cultivé son esprit avec la même discipline austère qu'il appliquait désormais à soigner sa mise… selon une méthode subtile, mais quelque peu surannée. Il avait la passion des livres et de l'étude que connaissent ceux-là seuls qui sont les artisans de leur propre culture… c'était toutefois une passion qui, née dans l'intimité et de motifs vertueux, inclinait à la dévotion et au dédain. D'un tempérament profondément nostalgique, il était hanté du regret, non de son propre passé, mais des siècles révolus : cynique envers le présent, craintif face à l'avenir, et sincèrement navré du déclin du monde qui l'entourait. Somme toute, il faisait penser à un vieux monsieur bien conservé (en réalité, il n'avait que trente-quatre ans), dans une période de décadence confortable, mais qui ne s'en faisait pas moins sentir… décadence dont il se rendait compte, et qui pouvait ou l'amuser ou l'attrister, selon son humeur du moment.

Gascoigne était, en effet, excessivement lunatique. La lame de compassion qui l'avait porté à mentir pour Anna reflua dès qu'il vit la putain remise en liberté, virant à un désespoir noir qui le fit douter de l'opportunité du secours fourni et se demander si sa charité n'était pas, après tout, déplacée, injuste ou, pis encore, intéressée. Gascoigne ne redoutait rien tant que l'égoïsme. Il avait en horreur toute marque d'autolâtrie qu'il surprenait en lui-même, autant que l'ambitieux déteste toute trace de faiblesse susceptible de l'entraver dans la poursuite de son but égoïste. En même temps, c'était là un trait dont il tirait grande vanité, un sujet sur lequel il adorait moraliser ; lorsqu'il lui devenait impossible de fermer les yeux sur l'irrationalité de sa propre conduite, il tombait dans une véritable bouderie d'égocentrique.

Anna avait quitté la maison d'arrêt sur ses talons. Une fois dans la rue, il lui proposa, d'un ton presque rude, de l'accompagner chez lui pour s'expliquer. Elle acquiesça docilement et ils cheminèrent ensemble sous la pluie. Gascoigne n'éprouvait plus pour elle la moindre compassion. Feu de paille, l'émotion avait fait place au souci et au doute… après tout, cette femme avait tenté de se suicider ; et comme le geôlier l'avait averti en signant sa décharge, elle était probablement folle.

Maintenant, quinze jours après, dans cette chambre d'hôtel… ses deux bras autour du corps d'Anna, une main plaquée au creux de ses reins, sentant dans le cou la moiteur de son haleine et, contre la poitrine, la pression de ses avant-bras… Gascoigne repensa à cette possibilité. Avait-elle une fois de plus voulu se donner la mort ? Mais où était la balle qui aurait dû se loger dans son sternum ? Savait-elle que l'arme allait rater de si étrange façon, lorsqu'elle avait dirigé le canon contre sa propre gorge en abaissant le chien ? Mais comment aurait-elle pu le savoir ?

« Les hommes veulent tous que leurs putains soient malheureuses »… c'était Anna elle-même qui avait dit cela, le soir où, libérée de prison, elle le suivit jusqu'à son logis et, sur sa table de cuisine, défit avec lui la robe qu'elle portait, tandis que la pluie battait contre le toit et les vitres et que la lampe à pétrole adoucissait les angles de la pièce. « Les hommes veulent tous que leurs putains soient malheureuses »… et comment avait-il répondu ? Laconiquement, sans doute, de façon cassante. Et maintenant elle s'était tiré, ou avait tenté de se tirer une balle dans le corps. Gascoigne la tint longtemps enlacée après que Pritchard eut refermé la porte, la serrant étroitement contre lui, respirant l'odeur saline de ses cheveux. L'odeur était un réconfort : il avait passé de longues années en mer.

Et il avait été marié. Agathe Gascoigne… Agathe

Prideaux, quand il avait fait d'abord sa connaissance. Comme une petite lutine, fine, espiègle, et phthisique... circonstance qu'il n'ignorait point en la demandant en mariage, mais qui, en ce temps-là, lui avait paru pour ainsi dire accessoire, quelque chose qu'ils pourraient surmonter ; plutôt une preuve de la délicatesse de sa future épouse qu'une promesse de malheurs à venir. Pourtant, ses poumons ne guérissaient pas. Ils avaient pris le chemin du sud, rêvant d'une cure par le climat, et elle était morte en pleine mer, quelque part au large de la côte de l'Inde... c'était atroce, de ne pas savoir exactement où. Atroce, la façon dont son corps avait fléchi en frappant la surface de l'eau... avec ce bruit, on aurait dit d'une gifle. Elle lui avait fait promettre de ne pas commander de cercueil, même improvisé, si elle devait mourir avant l'escale. Si les choses en venaient là, disait-elle, cela se ferait à la façon des marins : son corps cousu dans un hamac avec une couture rabattue. Et comme le hamac était celui où elle avait dormi, il s'était agenouillé pour déposer, macabre ou non, un dernier baiser sur la fleur écarlate qui avait viré au marron en séchant. Après cela, Gascoigne était resté en mer. Il n'avait remis pied à terre qu'en trouvant un beau jour sa bourse à sec.

Anna était plus lourde qu'Agathe... plus anguleuse, plus matérielle ; à moins (se dit-il) que les vivants ne paraissent toujours plus matériels à ceux dont les pensées s'attardent auprès des défunts. Il déplaça la main dans son dos, retraçant avec les doigts la forme de son corsage, la double rangée d'œillets où passait un cordon.

En quittant la maison d'arrêt, ils avaient fait un

détour par le palais de justice, où Gascoigne voulait mettre le montant des cautionnements dans le coffre et joindre les pièces aux dossiers, afin d'éviter tout retard à la séance du matin. Anna le regarda accomplir ces tâches sans témoigner ni impatience ni curiosité : elle semblait reconnaître que Gascoigne lui avait rendu un grand service, et elle était toute disposée, en retour, à lui obéir et à se taire. Par habitude, elle ne marcha pas à son côté dans la rue, mais le suivit à un intervalle de quelques mètres… afin que Gascoigne pût la renier, s'ils croisaient un agent de l'autorité.

Lorsqu'ils arrivèrent à sa maison (Gascoigne avait en effet une petite maison à lui seul, une simple cabane de planches à une seule pièce, à un jet de pierre de la plage), il laissa Anna attendre sous l'appentis pendant qu'il fendait une bûche dans la cour pour faire du petit bois. Il en vint à bout en un rien de temps, un peu gêné de savoir ses efforts suivis par les yeux noirs de la jeune femme. Avant que le bois de cœur ne prît la pluie, il ramassa une pleine brassée d'éclats et courut à la porte, où elle s'écarta pour le laisser passer.

— Ce n'est pas un château, dit-il bêtement (même si, jugée à l'aune de Hokitika, la cabane en était bien un).

Anna ne fit aucun commentaire en passant sous le linteau pour pénétrer dans la pièce obscure et mal aérée. Gascoigne laissa tomber le petit bois devant la cheminée et allongea le bras pour fermer la porte derrière eux. Il alluma la lampe à pétrole, la posa sur la table et se baissa pour faire du feu… tout en demeurant vivement conscient de la jeune femme et du jugement que, toujours sans rien dire, elle portait sur sa demeure. Les meubles y étaient rares. Sa seule belle pièce était une bergère à oreilles, tapissée d'une épaisse étoffe à raies alternativement roses et jaunes : c'était un cadeau qu'il s'était offert en emménageant dans les lieux, et le fauteuil y occupait la place d'honneur, au beau milieu de la pièce. Gascoigne se demandait quelles idées sa visiteuse était en train de se faire, quelle image se dégageait de la maigre constellation de sa vie. Le matelas étroit, avec sa couverture pliée en trois. La miniature d'Agathe, accrochée à un clou à la tête du lit. Les coquillages, alignés sur le rebord de la fenêtre. La bouilloire en fer-blanc sur le fourneau ; sa Bible aux pages non coupées, sauf les Psaumes et les épîtres ; la boîte à biscuits au motif écossais dans laquelle il gardait ses papiers, ses plumes et les lettres de sa mère. À son chevet, le carton de bougies brisées, les morceaux de cire encore reliés par le cordon d'une mèche.

— C'est bien propre chez vous.

Elle n'en dit pas plus.

— J'habite seul, repartit-il puis, désignant d'un bout de bois la malle au pied du lit : Ouvrez.

Elle défit les boucles des courroies et souleva avec effort le couvercle. Il lui indiqua encore un coupon de toile sombre, et lorsqu'elle y mit la main, la robe d'Agathe s'en échappa… la noire, au col en frivolité, qu'il avait tellement détestée.

(« On me prendra pour une ascète, avait-elle dit gaîment, mais le noir est une couleur sobre ; toute femme devrait avoir une toilette sobre. » C'était pour cacher les taches de sang, la pluie de fines gouttelettes qui s'abattaient sur ses poignets ; il le savait, mais il n'en parla pas. Il lui donna raison, convint tout haut qu'une toilette sobre était toujours utile.)

— Mettez-la, fit Gascoigne en regardant Anna lisser le tissu sur ses genoux.

Agathe avait été plus petite ; il faudrait allonger la jupe. Même ainsi, la putain montrerait trois pouces de cheville et peut-être même le dernier cerceau de sa crinoline. Ce serait horrible… mais ne choisit pas qui emprunte, pensa Gascoigne, et Anna était bien ce soir-là en position d'emprunteuse. Il se tourna de nouveau vers la cheminée pour en nettoyer la cendre.

C'était la seule robe d'Agathe qu'il possédât encore. Les autres, rangées dans leur malle de cèdre au parfum camphré, avaient été perdues lorsque le vapeur s'était échoué… les cabines d'abord livrées au pillage, puis inondées, quand le vaisseau avait fini par se coucher sur le flanc et que le ressac en avait pris possession. Pour Gascoigne, la perte était une bénédiction. Il lui restait toujours le portrait d'Agathe : c'était tout ce qu'il tenait à garder. Il honorerait pleinement sa mémoire, mais il était jeune encore, il avait le sang ardent, et il comptait bien refaire sa vie.

Lorsque Anna eut fini de se changer, un feu brûlait dans l'âtre. Gascoigne regarda la robe du coin de l'œil. Elle allait aussi mal à Anna qu'autrefois à la défunte. Anna surprit le coup d'œil.

— Maintenant je pourrai prendre le deuil, dit-elle. Jusque-là, je n'avais pas de robe noire.

Gascoigne ne lui demanda pas de qui elle voulait porter le deuil, à quand remontait sa perte. Il remplit la bouilloire et la mit sur le feu.

Plutôt que de se plier aux thèmes et au rhythme choisis par d'autres, Aubert Gascoigne préférait être celui qui lançait la conversation ; il n'était nullement gêné de se taire en compagnie, en attendant d'avoir quelque chose à dire. Anna Wetherell, intuitive comme le sont les courtisanes, semblait deviner cette facette de son caractère. Elle n'insista pas pour le faire causer, ne l'épia pas, ne s'attacha point à ses pas, tandis qu'il vaquait à ses occupations de tous les soirs : allumant des bougies, remplissant son étui à cigarettes, échangeant ses bottines crottées contre des chaussures d'intérieur. Elle ramassa par terre la robe doublée d'or et la porta à la table pour l'y étaler. Le vêtement pesait lourd. L'or avait ajouté peut-être cinq livres au poids du tissu, autant qu'Anna pouvait en juger. Elle tenta d'en chiffrer la valeur. Le Trésor payait l'or environ trois souverains l'once… seize onces faisaient une livre… et il s'agissait là de cinq livres pesant, au bas mot. À combien cela pouvait-il monter, en tout ? Elle essaya de faire le calcul mental, mais la tête lui tournait, et les colonnes de chiffres ne voulaient pas tenir en place.

Tandis que Gascoigne tassait les braises pour faire durer le feu et versait quelques feuilles dans le passe-thé, Anna examinait sa robe. La personne qui y avait caché l'or était manifestement habile à manier l'aiguille : ou bien une femme, pensa-t-elle, ou bien un marin. L'ouvrage, en tout cas, avait été exécuté avec soin. L'or était logé le long des baleines du corsage et dans la doublure des volants, réparti uniformément tout autour de l'ourlet… un poids supplémentaire dont Anna ne s'était pas d'abord aperçue, ayant elle-même l'habitude d'attacher de petits plombs au bas de ses jupons pour les empêcher de s'envoler dans le vent.

Gascoigne s'approcha derrière elle et sortit son couteau de chasse pour dégager le corsage… Il s'y prenait cependant en vrai boucher, et elle ne put retenir un petit cri douloureux :

— Je vous en prie ! Vous ne savez pas faire… Je vous en prie, laissez-moi…

Il hésita, mais finalement confia la lame à Anna et se recula pour regarder. Désireuse de préserver l'armature et la forme de la robe, elle travailla lentement, défit d'abord l'ourlet, puis procéda de bas en haut, suivant les contours de chaque volant, tranchant les fils de la pointe du couteau et secouant pour faire tomber l'or des coutures. Arrivée au corsage, elle pratiqua une petite fente sous chaque baleine et y glissa les doigts pour libérer l'or qui remplissait les espaces entre deux. Ces paquets d'inégale épaisseur étaient ce qui avait fait penser Gascoigne à une cotte de mailles, lorsque Anna les lui avait fait tâter dans sa prison.

Dégagé des plis de l'étoffe, l'or brillait, éclatant. Anna l'amassait, au fur et à mesure, au milieu de la table, prenant garde aux courants d'air qui auraient pu disperser la poudre. Chaque fois qu'elle ajoutait à la pile encore une pépite ou une poignée de paillettes, elle laissait planer un instant ses mains au-dessus, comme pour se chauffer à l'éclat. Gascoigne suivait ses gestes d'un regard sombre.

Enfin elle en eut fini. La robe était vidée.

Elle prit alors dans le tas une pépite à peu près de la grosseur de la dernière phalange du pouce de l'homme et la poussa vers lui, d'un côté à l'autre de la table :

— Voilà. Une livre et un shilling. Je n'ai pas oublié.

— Je ne toucherai pas à cet or, se rebiffa Gascoigne.

— Pour payer aussi la robe de deuil, ajouta Anna en rougissant. Je n'ai que faire de votre charité.

— Peut-être que si.

Gascoigne s'assit sur le bord du lit et prit son porte-cigarettes dans sa poche de poitrine. Il ouvrit l'étui d'argent d'une pichenette, choisit une cigarette et l'alluma soigneusement. Enfin, après avoir avalé plusieurs bouffées de fumée, il se tourna de nouveau vers la jeune femme et demanda :

— Pour qui travaillez-vous, mademoiselle Wetherell ?

— Vous voulez dire… qui c'est qui gère les filles ? C'est Mannering.

— Je ne le connais pas.

— Vous le reconnaîtriez si vous le voyiez. Il est très gros. C'est le propriétaire du *Prince de Galles*.

— J'ai bien vu un gros, dit Gascoigne en suçant la fumée. Est-il un employeur équitable ?

— Il a la tête près du bonnet, mais dans l'ensemble ses conditions sont honnêtes.

— Vous donne-t-il de l'opium ?

— Non.

— Sait-il que vous en prenez ?

— Oui.

— Qui est-ce qui vous le vend ?

— Ah Sook.

— Qui est-ce ?

— Personne. Un Chinetoque. Travailleur du chapeau. C'est lui qui tient la fumerie à Kaniere.

— Un Chinois qui fait des chapeaux ?

— Non, c'est le jargon d'ici. Quand un prospecteur fait bande à part, on dit qu'il travaille du chapeau.

Gascoigne suspendit un instant l'interrogatoire pour donner toute son attention à sa cigarette.

— Ce travailleur du chapeau donc…, reprit-il enfin. Il tient une fumerie d'opium… à Kaniere.

— Oui.

— Et vous allez chez lui.

— Oui, répéta-t-elle en fermant à demi les yeux.

— Seule, dit-il d'un ton accusateur.

— Le plus souvent. Parfois j'en achète aussi pour fumer chez moi.

— Et lui, d'où le tient-il ? De Chine, sans doute.

La réponse d'Anna fut un geste négatif :

— C'est Jo Pritchard qui le lui vend. Le pharmacien. Il a une droguerie dans Collingwood-street.

— Je connais M. Pritchard, fit Gascoigne. Mais vous m'intriguez : pourquoi vous donner la peine de passer par des Chinois, alors que vous pourriez acheter votre drogue directement à M. Pritchard ?

Anna leva un peu le menton… ou peut-être n'était-ce qu'un frisson. Gascoigne n'aurait pas su le dire, et elle ne répondit que pour se dérober :

— Je ne sais pas.

— Vous ne savez pas, répéta-t-il.

— Non.

— Il y a pourtant une bonne trotte d'ici à Kaniere, rien que pour une bouchée de fumée.

— Peut-être.

— Et l'officine de M. Pritchard est à combien ?... Dix minutes, même pas, de votre hôtel. Moins encore en marchant vite.

Anna haussa les épaules.

— Pourquoi allez-vous au China-Town de Kaniere, mademoiselle Wetherell ?

La question était posée sur un ton mordant. Gascoigne croyait connaître la réponse, mais il tenait à la lui entendre dire tout haut, et la jeune femme s'exécuta, sans sourciller :

— Peut-être bien que ça me plaît là-bas.

— Ah ! Cela vous plaît peut-être.

(Pour l'amour de Dieu ! Que lui prenait-il ? Que lui importait que la putain exerçât ou non son métier avec des Chinois ? Que lui importait, qu'elle allât à Kaniere seule ou en compagnie ? C'était une fille publique ! Il ne la connaissait que de ce soir ! Il se sentit gagné par un désarroi subit, puis aussitôt déchiré par la colère. Il se réfugia dans la fumée du tabac.)

— Mannering, fit-il en soufflant. Le gros. Pourriez-vous le quitter ?

— Si je m'acquitte d'abord de ma dette.

— Combien lui devez-vous ?

— Une centaine de livres. Peut-être un peu plus.

La robe vide gisait entre eux, semblable à un cadavre écorché. Gascoigne regarda le tas d'or, chatoyant. Anna suivit son regard, se laissa fasciner elle aussi.

— Vous allez passer en jugement, bien sûr, reprit Gascoigne, les yeux sur l'or.

— J'ai été arrêtée pour ivresse, protesta Anna. Je serai mise à l'amende, c'est tout.

— Vous serez jugée, répéta Gascoigne. Pour tentative de suicide. Le geôlier me l'a confirmé.

— Tentative de *suicide* ? fit-elle, ébahie.

— N'avez-vous donc pas essayé de vous donner la mort ?

— Non ! s'écria-t-elle en se levant d'un bond. Qui dit cela ?

— L'agent de police qui vous a ramassée hier soir.

— C'est absurde.

— Malheureusement, cela figure au procès-verbal. Vrai ou faux, vous allez devoir répondre à l'accusation.

Anna garda un instant le silence avant d'éclater enfin :

— Les hommes veulent tous que leurs putains soient malheureuses… Tous !

— La plupart des putains le sont bien, malheureuses, repartit Gascoigne en lâchant encore un mince filet de fumée. Ne le prenez pas en mauvaise part : je ne fais que constater le fait.

— Comment a-t-on pu m'accuser de tentative de suicide sans d'abord me demander si je… ? Comment ? Où est la… ?

— La preuve ?

Gascoigne la contempla d'un œil apitoyé. On voyait, à ses traits comme à son corps, qu'elle venait de frôler la mort. Elle avait le teint cireux, les cheveux mous, lourds de graisse. Ses doigts trituraient compulsivement les manches de sa robe ; sous le regard scrutateur du clerc, un frisson lui parcourut tout le corps, comme une vague.

— Le gouverneur de la prison pense que vous êtes sans doute folle, dit-il.

— Je n'ai jamais échangé un mot avec M. Shepard depuis que je suis à Hokitika. Jamais, pendant tous ces mois. Nous sommes de parfaits inconnus l'un pour l'autre.

— Il a parlé aussi d'un enfant que vous auriez perdu récemment.

— *Perdu !* s'exclama Anna, révoltée. *Perdu !* C'est vite dit.

— Vous auriez dit autrement ?

— Oui.

— On vous a pris votre enfant ?

— À coups de pied, alors que je le portais en mon sein, lança Anna, le visage soudain durci. Et l'homme qui a fait cela… c'est celui qui en était le père ! Mais M. Shepard ne vous a pas parlé de cela, je pense.

Gascoigne resta muet. Il n'avait pas encore terminé sa cigarette, mais il la laissa tomber à terre, écrasa la braise sous son talon et en alluma une autre. Anna se rassit. Elle posa les mains sur l'étoffe de la robe étalée en travers de la table et se mit à la caresser. Gascoigne regardait les poutres du plafond, Anna, l'or.

Les sorties de ce genre étaient très peu dans son caractère. Anna était réceptive de nature, plutôt vigilante que vitupérative, et elle parlait rarement d'elle-même. Si paradoxal que cela pût paraître, son métier lui imposait la plus stricte modestie. Elle était tenue d'être aimable, de témoigner de la sympathie, alors même que la sympathie n'était pas de mise ni l'amabilité méritée. Les hommes à qui elle se vendait étaient rarement curieux de la connaître. S'ils lui parlaient, c'était pour évoquer d'autres femmes…

les bien-aimées qu'ils avaient perdues, les épouses qu'ils avaient abandonnées, leurs mères, leurs sœurs, leurs filles, leurs pupilles. Ils cherchaient ces femmes-là en regardant Anna, mais en partie seulement, car chacun se cherchait aussi lui-même : elle était une ténèbre réfléchie, en même temps et au même titre qu'une clarté d'emprunt. Son malheur était très rassurant, et elle le savait.

Elle avança un doigt pour caresser l'une des pépites de la pile. Elle savait qu'elle devrait remercier Gascoigne, à sa manière ordinaire, pour avoir payé sa caution : il avait couru un risque en mentant au geôlier, en gardant son secret et en l'invitant à l'accompagner chez lui. Elle sentait qu'il s'attendait à quelque chose. Il donnait des signes d'une nervosité étrange. Ses questions étaient abruptes, grossières même… indice certain qu'il était distrait par l'espoir d'une récompense… et il la foudroyait du regard chaque fois qu'elle parlait, puis se détournait très vite, comme terriblement fâché de ses réponses. Anna prit la pépite et la roula sur sa paume. La surface était boursouflée, avec des trous semblables à ceux que laissent les nœuds dans le bois, comme si le métal avait été partiellement fondu dans une forge.

— Il me semble, dit Gascoigne au bout d'un moment, que quelqu'un hier soir guettait le moment où vous alliez allumer votre pipe. Il a attendu que vous eussiez perdu connaissance pour coudre ensuite cet or dans votre robe.

— Pourquoi ? demanda-t-elle avec un regard peu avenant à l'adresse, non de l'homme, mais du métal dans sa propre main.

— Je n'en ai pas la moindre idée. Avec qui avez-vous passé la soirée d'hier, mademoiselle Wetherell ? Et combien vous payait-il ?

— Mais enfin, voyons, objecta-t-elle sans relever la question. Vous êtes en train de me dire que quelqu'un m'a ôté cette robe, qu'il s'est donné la peine d'y cacher toute cette poudre, qu'il m'a ensuite relacée et rhabillée… farcie d'or… le tout pour m'abandonner au milieu de la route ?

— Cela paraît en effet peu probable, concéda Gascoigne, changeant aussitôt son fusil d'épaule. Eh bien, alors, une autre question. Dites-moi : depuis combien de temps cette robe est-elle en votre possession ?

— Depuis le printemps dernier. Je l'ai achetée dans Tancred-street, à un revendeur d'épaves.

— Combien en possédez-vous ?

— Cinq… Ou plutôt non. Quatre, répondit Anna. Mais les autres ne sont pas pour travailler. C'est celle-ci que je mets pour faire la putain… à cause de la couleur, voyez-vous. J'en avais encore une pour mes couches, mais elle a été abîmée, quand… le bébé est mort.

Les dernières paroles jetèrent un froid.

— Est-ce que l'or a été caché là-dedans d'un seul coup ? demanda finalement Gascoigne. Ou plutôt sur une période plus longue ? Sans doute qu'il n'y a pas moyen de savoir.

Anna ne répondit pas. Au bout d'un moment, Gascoigne leva les yeux et rencontra son regard.

— Avec qui étiez-vous hier soir, mademoiselle Wetherell ? demanda-t-il derechef… de façon qu'Anna ne pût faire semblant de n'avoir pas entendu.

— J'étais avec un homme du nom de Staines, dit-elle tout bas.

— Je ne le connais pas, constata Gascoigne. Il était avec vous à la fumerie ?

— Non ! se récria Anna, choquée. Je n'étais pas à la fumerie. J'étais chez lui, dans sa maison. Dans son… lit. Je suis partie au milieu de la nuit pour fumer une pipe. C'est la dernière chose dont je me souvienne.

— Vous avez quitté sa maison ?

— Oui… je suis rentrée au *Gril*, où je loge. C'était une nuit étrange, et je me sentais toute chose. J'avais envie d'une pipe. Je me souviens de l'avoir allumée. Puis plus rien, jusqu'au moment où je me suis réveillée en prison, en plein jour.

Elle frissonna soudain et s'étreignit. Elle parlait, à ce qu'il semblait à Gascoigne, avec cette lassitude exaltée qui suit les premières lueurs matinales de l'amour, lorsque le moi a perdu ses amarres et, à moitié noyé, s'abandonne à une crue redoutable. Pourtant, ce n'était pas possible ; l'intoxication n'est pas de l'amour. Gascoigne ne voyait rien de romantique dans les cernes violets sous les yeux de la jeune femme, dans sa maigreur étique, dans le décousu onirique de ses discours ; tout de même, pensa-t-il, il était troublant que les ravages de l'opium pussent présenter une image aussi fidèle des ravissements de l'amour.

— Je vois, dit-il tout haut. Vous avez donc laissé l'homme endormi ?

— Oui, répondit Anna. Il dormait quand je l'ai quitté… Oui.

— Et vous portiez la robe que voici, reprit-il

en désignant les guenilles orange qui s'étalaient entre eux.

— C'est ma tenue de travail. Je porte toujours cette robe-là.

— Toujours ?

— Quand je travaille.

Gascoigne ne répondit pas, mais plissa légèrement les paupières et serra les lèvres, donnant à entendre qu'il y avait dans son esprit une question que la bienséance lui interdisait de poser. Anna soupira. Elle décida de ne pas exprimer sa reconnaissance de la manière ordinaire ; elle lui rembourserait le montant de sa caution comptant, le lendemain matin.

— Écoutez, fit-elle, les choses se sont passées comme je viens de vous le dire. Nous nous sommes endormis, je me suis réveillée, j'ai eu envie de fumer, j'ai quitté la maison, je suis rentrée chez moi, j'ai allumé ma pipe, et après je ne me souviens plus de rien.

— Avez-vous remarqué quelque chose d'insolite dans votre logis, en rentrant ? Quelque chose indiquant, par exemple, qu'un étranger y serait venu pendant votre absence ?

— Non. La porte était bien fermée, comme toujours. J'ai ouvert avec ma clef, je suis entrée, j'ai refermé la porte, je me suis assise, j'ai allumé ma pipe, et après je ne me souviens plus de rien.

Elle trouvait lassant de se répéter… et elle se lasserait plus encore par la suite, lorsque se répandrait la nouvelle de la disparition d'Emery Staines, cette même nuit, et que les jours se succéderaient sans que personne le revît. Sur ce point, Anna Wetherell aurait à subir interrogatoires et contre-interrogatoires, mépris et incrédulité ; elle répéterait son récit jusqu'à ne plus s'y retrouver, jusqu'à douter enfin d'elle-même.

Gascoigne, nouveau venu à Hokitika, ne connaissait pas Staines. En observant à présent Anna, il se sentit pourtant pris soudain d'une vive curiosité pour cet homme.

— M. Staines aurait-il pu vous vouloir du mal ? demanda-t-il.

— Non ! répondit-elle sans hésiter.

— Avez-vous confiance en lui ?

— Oui, autant qu'en…

Elle avait parlé tout bas, et elle laissa la comparaison en suspens.

— C'est un amant de cœur ? reprit Gascoigne après un bref silence.

— C'est l'homme le plus riche de Hokitika, dit Anna en rougissant. Si vous n'avez pas encore entendu parler de lui, cela ne saurait tarder. Emery Staines. Il est propriétaire d'à peu près tout ici en ville.

Une fois de plus, le regard de Gascoigne s'égara du côté de la pile d'or brillant sur la table… avec une insistance qui en disait long : pour l'homme le plus riche de Hokitika, un petit tas comme celui-là ne signifierait pas grand'chose.

— C'est un amant ? répéta-t-il. Ou un client ?

Anna hésita.

— Un client, dit-elle enfin, d'une petite voix.

Gascoigne inclina la tête respectueusement, comme si elle venait de l'informer que l'homme était décédé. Elle s'empressa d'ajouter :

— C'est un prospecteur. C'est comme ça qu'il a fait sa fortune. Mais il est originaire de la Nouvelle

Galles du Sud, comme moi. En fait, nous avons fait la traversée depuis l'Australie sur le même navire : le *Vent fortuné*.

— Je vois, fit Gascoigne. Eh bien. S'il est riche, peut-être l'or est-il à lui.

— Non, protesta Anna, alarmée. Il n'aurait pas.

— N'aurait pas quoi ? Il ne vous aurait pas menti ?

— Il n'aurait pas…

— Il n'aurait pas fait de vous une bête de somme, pour passer l'or en contrebande à votre insu ?

— Passer où ? Je ne pars pas. Je ne vais nulle part.

Gascoigne se tut de nouveau pour fumer, puis reprit :

— Vous avez quitté son lit au milieu de la nuit… n'est-ce pas ?

— J'avais l'intention de revenir, dit Anna. Et de cuver mon ivresse en dormant.

— Vous êtes partie en cachette, si j'ai bien compris.

— Mais j'avais l'intention de revenir.

— Et malgré le fait qu'il vous avait engagée… je présume… pour rester jusqu'au matin.

— Je vous dis que je ne pensais pas m'absenter longtemps.

— Mais alors vous avez perdu connaissance.

— Peut-être que je me suis évanouie.

— Vous n'y croyez pas vous-même.

Anna se mordilla la lèvre.

— Ah ! ça n'a pas de sens ! s'exclama-t-elle au bout d'un moment. L'or n'a pas de sens ; l'opium n'a pas de sens. Pourquoi aurais-je échoué *là-bas* ? Sans connaissance, toute seule, à mi-chemin de l'Arahura.

— Sous l'influence de l'opium, il doit pourtant vous arriver toutes sortes de choses qui n'ont pas de sens.

— Oui, reconnut-elle. Oui, c'est vrai.

— Enfin, je ne demande qu'à m'en remettre à vous sur ce point, ajouta Gascoigne. N'ayant jamais touché à la drogue, personnellement.

La bouilloire se mit à siffler. Gascoigne cala sa cigarette au coin de sa bouche, s'enveloppa la main dans un chiffon de laine et retira le récipient de sur le feu. Tout en versant l'eau sur le thé, il demanda :

— Et votre Chinetoque ? Lui, il a bien touché à l'opium, n'est-ce pas ?

— Je n'ai pas vu Ah Sook hier soir, insista-t-elle en se frottant le visage avec la maladresse d'un enfant fatigué. Je vous l'ai dit, j'ai fumé ma pipe chez moi.

— Une pipe bourrée de *son* opium ! compléta Gascoigne en rangeant la bouilloire sur une planchette au-dessus du fourneau.

— Oui, sans doute… Mais vous pourriez aussi bien dire que c'était l'opium de Joseph Pritchard.

— M. Staines se demande sans doute ce que vous êtes devenue, lança Gascoigne en se rasseyant. Puisque vous avez quitté sa couche sans crier gare au milieu de la nuit et qu'il ne vous a pas vue revenir. Même si force m'est de constater qu'il n'est pas venu payer votre caution aujourd'hui… ni lui ni votre employeur.

Il élevait la voix, dans l'espoir de secouer Anna de sa torpeur. De même, en disposant les soucoupes, il laissa tomber celle de la jeune femme avec un bruit de vaisselle malmenée et la poussa vers elle en la faisant crisser contre la table.

— Cela me regarde, dit Anna. J'irai présenter mes excuses, dès que…

— Dès que nous aurons décidé quoi faire de ce magot. Oui, vous devriez.

Gascoigne avait eu une nouvelle saute d'humeur : tout à coup il était très vexé. Il n'avait encore trouvé aucune explication cohérente au fait que la robe d'Anna avait été truffée d'or, ni à sa syncope, pour ne rien dire d'une connexion possible entre ces deux événements. Il était vexé de ne pas réussir à comprendre… aussi, pour apaiser sa propre mauvaise humeur, eut-il recours au mépris ; c'était une manière de se donner au moins l'air de maîtriser la situation.

— Combien cela peut-il valoir ? demanda Anna en s'approchant pour toucher de nouveau la pile. En gros, je veux dire. Je n'ai pas le coup d'œil pour ce genre de chose.

Gascoigne écrasa son mégot dans sa soucoupe.

— Je pense, ma chère, que la question que vous devriez être en train de vous poser n'est pas *combien*, mais plutôt *qui* et *pourquoi*. À qui est cet or ? À qui appartient la mine dont il a été extrait ? Et à qui était-il destiné ?

Φ

Ils convinrent, ce premier soir, de cacher l'or. Ils convinrent que, si on demandait à Anna pourquoi elle avait troqué sa tenue habituelle contre cette nouvelle toilette, plus sombre, elle répondrait en toute bonne foi que, fût-ce tardivement, elle voulait porter le deuil de son enfant, mort avant d'être né, et qu'elle s'était procuré la robe dans une malle rejetée par la mer sur la pointe de Hokitika. Tout cela était vrai. Si on demandait à voir sa vieille robe ou qu'on posât des questions sur le lieu où elle la gardait, Anna devait en informer aussitôt Gascoigne… l'auteur de pareilles questions étant vraisemblablement au courant de l'or recelé dans ses volants, assez pour ne pas en ignorer l'origine ni, peut-être, la destination ou le destinataire voulu.

Cette stratégie une fois élaborée, Gascoigne vida sa boîte à biscuits au décor écossais et, ensemble, ils y déposèrent l'or, emballèrent la boîte dans une couverture et enfouirent le tout dans un sac à farine que Gascoigne ferma avec un bout de ficelle. Il demanda à garder le sac chez lui, sous son lit, en attendant d'en savoir davantage. Anna se montra d'abord réticente, mais il réussit à lui persuader que la somme ne serait nulle part plus en sécurité que sous son toit : il ne recevait jamais de visites, sa cabane était fermée à clef pendant la journée, et personne ne le soupçonnerait de cacher un magot… lui, un nouveau venu en ville, sans amis ni ennemis.

La quinzaine qui suivit s'écoula comme dans un brouillard. Anna retourna chez Staines et s'entendit dire qu'il avait disparu sans laisser de trace ; quelques jours plus tard, elle apprit la mort de Crosbie Wells, événement survenu, là encore, pendant sa syncope. Peu après, la rumeur publique se mit à parler d'une énorme fortune, de provenance mystérieuse, découverte chez Crosbie Wells, dont la maison et les terres avaient entre-temps été achetées par l'hôtelier Edgar Clinch… patron-gérant du *Gril*, propriété d'Emery Staines et résidence actuelle d'Anna elle-même.

Gascoigne n'avait discuté avec Anna, en toute

franchise, d'aucun de ces événements car, concernant Emery Staines, elle se retranchait dans le silence, et elle n'avait rien à dire de Crosbie Wells, sinon qu'elle ne l'avait jamais connu. Gascoigne la sentait peinée de la disparition de Staines, mais il ne parvenait pas à deviner si elle le croyait mort ou vif. Par respect pour ses sentiments, il cessa d'aborder le sujet ; lorsqu'ils se parlaient, c'était d'autre chose. De sa fenêtre haut perchée, à l'étage de l'hôtel du *Gril*, Anna regardait les chercheurs d'or monter et descendre Revell-street en luttant contre la pluie. Elle gardait la chambre et portait tous les jours la robe noire d'Agathe Gascoigne. Personne, aucun homme de sa connaissance, ne lui fit de questions sur ce changement de toilette ; personne ne donna à entendre, le moins du monde, qu'il fût au courant de l'or qu'elle avait découvert dans son corsage, et qui se trouvait désormais sous le lit de Gascoigne. Quelles que fussent ses raisons, le responsable ne semblait pas vouloir se découvrir et montrer son jeu.

Le lendemain de l'enterrement de Crosbie Wells, Anna comparut devant le juge de paix, comme Gascoigne l'avait prédit, sous l'accusation d'avoir tenté de se donner la mort. Elle refusa de plaider et fut, au bout du compte, condamnée à une amende de cinq livres pour tentative criminelle… et grondée d'importance pour avoir fait perdre son temps au tribunal.

Φ

Tout cela repassait à présent par l'esprit de Gascoigne, dans cette chambre de l'hôtel du *Gril* où il serrait Anna Wetherell contre lui en faisant courir les doigts dans son dos, de bas en haut, le long des œillets de son corsage. Il avait tenu Agathe enlacée de la même façon exactement… dans cette même étreinte, ainsi et non autrement, une main plaquée sous son omoplate, l'autre épousant la saillie de l'épaule ; Agathe aussi avait pressé ainsi les coudes contre sa poitrine… Agathe qui se faisait toujours un bouclier de ses bras en sentant l'étreinte sur le point de se refermer sur elle. Comme c'était étrange, de retrouver son souvenir en cet instant. On pouvait connaître mille femmes, pensa Gascoigne ; on pouvait en changer tous les soirs, pendant des années et des années… à la longue, les nouvelles amantes n'apportaient guère qu'un souvenir des anciennes, et on était condamné à errer, égaré dans ce dédale réflexif de parallèles sans fin, toujours à nouveau déçu, toujours et encore à rebrousser chemin.

Anna était encore tremblante du choc du coup raté. Gascoigne attendit que sa respiration redevînt régulière… trois ou quatre minutes après que les pas de Pritchard, sur le départ, eurent atteint le bas des marches… puis, sentant enfin le corps dans ses bras reprendre un peu de forces, il murmura :

— Pour l'amour de Dieu, quelle mouche vous a piquée ?

Mais la jeune femme ne fit que secouer la tête en se blottissant plus étroitement contre lui.

— Était-ce une cartouche à blanc ? Une fausse cartouche ?

Une fois de plus, elle fit non de la tête.

— Ou c'était peut-être un coup monté… entre l'apothicaire et vous ?

Cela enfin la réveilla ; elle le repoussa du plat des mains et protesta d'une voix vibrante de dégoût :

— *Pritchard* et moi ?

— Eh bien, que voulait-il alors ? demanda Gascoigne, content de la voir s'animer, même pour se fâcher.

Anna faillit lui dire la vérité... mais une honte subite l'arrêta. Gascoigne avait été si bon pour elle pendant la quinzaine écoulée, elle n'aurait pas supporté de lui avouer ce qu'elle avait fait de l'opium. La veille encore, il lui avait dit combien il était heureux qu'elle ne fût plus l'esclave de la pipe : il s'était étonné de sa force d'âme, il avait loué la limpidité de son regard, il avait été en admiration devant elle. Elle n'avait pas eu alors le cœur de le détromper, et à présent non plus elle ne put s'y résoudre.

— Le vieux Jo Pritchard, dit-elle en se détournant. Il se sentait seul, c'est tout.

Prenant son étui à cigarettes dans sa poche, Gascoigne se rendit compte qu'il tremblait, lui aussi.

— Vous reste-t-il du cognac ? demanda-t-il. J'aimerais m'asseoir un instant, si cela ne vous ennuie pas. Je sens le besoin de me ressaisir.

Il posa prudemment le pistolet déchargé sur l'étagère au chevet du lit d'Anna.

— Il vous arrive toujours des choses, dit-il. Des choses que vous ne pouvez pas expliquer. Que personne ne paraît capable d'expliquer. Je me demande...

Mais il laissa la phrase en suspens. Anna alla chercher l'alcool dans l'armoire, et Gascoigne s'assit sur le lit pour allumer sa cigarette... Un bref instant, la vie les figea dans un tableau de genre comme on en voit peints sur les assiettes et vendus dans les foires : lui, les poignets sur les genoux, la tête baissée, la cigarette pendant mollement entre ses doigts… elle, la main sur la hanche, tout son poids sur une jambe, occupée à lui verser à boire. Mais ils n'étaient pas amants, et la chambre n'était pas la leur.

Gascoigne tira une longue bouffée de sa cigarette et ferma les yeux.

Pensant le dérider, Anna dit :

— J'ai hâte de voir la surprise que vous me réservez, monsieur Gascoigne.

Elle n'avait pas menti à Joseph Pritchard en affirmant avoir rendez-vous pour accompagner une dame chez sa modiste. Gascoigne avait organisé une consultation privée avec une élégante ; il prenait apparemment tous les frais à son compte, mais il avait insisté pour garder secrets à la fois l'identité de la dame et le détail des dispositions prises. Jusque-là, Anna n'avait jamais connu personne qui eût voulu lui faire le plaisir d'une surprise, et la perspective, exaltante, n'avait pas été sans l'effrayer ; elle avait remercié cependant le Français de façon charmante pour les égards qu'il lui témoignait.

Comme Gascoigne ne réagissait pas, Anna tenta de revenir à la charge :

— La dame est-elle là ? Attend-elle en bas ?

— Non, soupira enfin l'interpellé, sortant de sa rêverie. Je suis venu vous chercher pour vous conduire auprès d'elle. Elle se trouve dans le salon privé de l'hôtel du *Voyageur*… mais elle pourra bien attendre dix minutes ; elle attend déjà depuis plus de dix minutes.

Il passa sa main sur son visage et conclut :

— La modiste aussi pourra attendre.

— Qu'est-ce que vous vous demandez ?

— Comment ?

— Vous avez dit tout à l'heure « je me demande », mais vous n'avez pas terminé la phrase.

Ils avaient pris l'un avec l'autre, pendant ces quinze jours, un ton dégagé, comme cela arrive souvent après une épreuve partagée… même si Anna continuait à donner à Gascoigne du *monsieur*, et ne l'appelait jamais par son nom de baptême. Elle n'avait pas été encouragée à plus de familiarité. Gascoigne était assez à cheval sur les convenances, et la sonorité de son nom de famille lui flattait l'oreille.

— Je me demande ce qu'il faut en penser, répondit-il à la longue, prenant le verre qu'elle lui tendait, mais sans boire, assailli soudain d'une immense tristesse.

Aubert Gascoigne était plus sensible que d'autres à la pression de l'angoisse. Jeté dans un état anxieux… ainsi, en ce moment, par la manière inexplicable dont le pistolet d'Anna avait fait long feu… il avait tendance à se laisser emporter par des émotions violentes, horreur, désespoir, colère ou chagrin, dont les transports, en amenant son malaise à s'extérioriser, servaient, en un sens, à régler la pression qu'il ressentait intérieurement. Il s'était fait, dans les situations et les moments critiques, une réputation de force et de pondération que ce dernier événement n'avait point démentie, mais il avait tendance à perdre ses moyens, une fois la crise passée ou, du moins, écartée. Il tremblait encore, tout le corps secoué par un spasme nerveux qui ne l'avait pris qu'à l'instant où il libérait la putain de son étreinte.

— Il y a une chose dont il faut que je vous parle, dit alors Anna.

— Oui.

Tandis que le Français faisait tournoyer le cognac au fond de son verre, Anna retourna à l'armoire et se servit aussi.

— J'ai des termes en retard. Je dois trois mois de loyer. Edgar m'a donné congé ce matin.

Elle se tut brusquement, se retourna, fixa sur l'homme un regard inquisiteur. Gascoigne, qui humait à pleins poumons la fumée de sa cigarette, se figea, la poitrine dilatée, et fit un geste des deux mains comme pour demander *combien*.

— C'est dix shillings par semaine la pension complète, avec un bain tous les dimanches, dit Anna. (Gascoigne souffla la fumée.) Pour trois mois… cela ferait… je ne sais pas… Six livres.

— Trois mois, répéta Gascoigne.

— L'amende a été un coup dur. Cinq livres, dans la poche du juge. Ce sont mes gains de tout un mois. Cela m'a mise à sec.

Elle attendit.

— Votre proxénète doit bien payer le loyer pourtant, objecta Gascoigne.

— Non. Il ne paie rien. Je relève directement d'Edgar.

— Votre logeur.

— Oui. Edgar Clinch.

— Clinch ? fit Gascoigne en levant les yeux. C'est lui qui a acheté la propriété de Crosbie Wells.

— La cabane, corrigea Anna.

— Mais il vient d'hériter d'une fortune colossale ! Qu'a-t-il besoin de six livres ?

— Il m'a dit simplement de trouver l'argent, répondit Anna avec un haussement d'épaules. Et tout de suite.

— Peut-être craint-il l'issue de la procédure. Il a peur d'être obligé de tout restituer, quand l'appel aura été entendu.

— Il n'a pas dit pourquoi, reprit Anna (qui n'était pas au courant de l'arrivée inopinée de la veuve Wells, le jeudi après-midi, et ignorait donc que la vente des biens de Crosbie Wells risquait d'être annulée en justice). Mais il ne se contentera pas d'une promesse ; là-dessus, il a été très clair.

— Vous ne pourriez pas… le calmer, d'une façon ou d'une autre ?

— Laissez tomber les façons, coupa Anna, montant sur ses grands chevaux. Je suis en deuil. Mon enfant est mort, et j'ai pris le deuil. Je ne ferai plus ce à quoi vous pensez.

— Vous pourriez trouver un autre travail.

— Il n'y en a pas. Tout ce que je sais faire, c'est la couture, et il n'y a pas de demande ici. Il n'y a pas assez de femmes.

— Il y a le raccommodage, dit Gascoigne. Les chaussettes et les boutons. Les cols râpés. Il y a toujours du ravaudage à faire dans un campement.

— Cela ne donne pas de quoi vivre.

Anna le fixa derechef… avec l'air d'attendre quelque chose, pensa Gascoigne, qui réagit à cette expectative par un coup de colère et se réfugia de nouveau derrière l'écran de sa cigarette. Il n'y était pour rien, lui, si elle n'avait pas d'argent. Elle n'avait plus fait le trottoir depuis la nuit qu'elle avait finie en prison, il y avait de cela quinze jours, et elle tirait tout son argent de la prostitution : qu'elle fût à court, c'était logique. Quant à cette histoire de deuil ! Personne ne l'avait forcée. Elle ne pouvait guère se dire ravagée par le chagrin… la mort de l'enfant remontait à trois mois, nom d'une pipe ! La robe non plus n'était pas un empêchement sérieux. Elle pourrait gagner un shilling aussi facilement en portant la robe noire d'Agathe que son habituelle toilette orange… elle avait des clients réguliers à Hokitika et aux alentours, et les putains n'étaient que trop rares tout le long de la côte. De toute manière, se dit Gascoigne, qu'est-ce que cela pouvait faire ? La nuit, tous les chats sont gris.

Ce moment de pique ne traduisait pas un manque de compassion. Gascoigne avait connu la misère, depuis ses jeunes années il avait été endetté plus souvent qu'à son tour. Il aurait aidé Anna, et volontiers, si elle avait choisi de solliciter ses secours autrement. Mais comme la plupart des gens très susceptibles, il ne supportait pas la susceptibilité chez autrui. Il exigeait de l'honnêteté et de la franchise chez ceux qui faisaient appel à sa générosité… exigence qui n'en devenait que plus inflexible quand il était contrarié. Il se rendait compte que la putain cherchait à le manœuvrer en vue d'obtenir quelque chose. L'artifice l'agaçait parce qu'il le perçait à jour… mais aussi parce qu'il savait précisément ce qu'Anna s'apprêtait à lui demander. Il souffla un jet de fumée.

— Edgar a toujours été très bon pour moi, poursuivit Anna, comprenant enfin que Gascoigne n'allait pas lui répondre. Mais ces derniers temps il est de mauvaise humeur. Je ne sais pas pourquoi. J'ai essayé de le fléchir, mais rien n'y fait.

Elle marqua une pause, reprit :

— Si seulement je pouvais…

— Non.

— Même un tout petit peu… je n'ai pas besoin de plus. Une des pépites. Je pourrais lui dire que je l'ai trouvée dans la rivière, ou quelque part sur la route. Ou je pourrais dire qu'on m'a payée comme ça… les diggers le font parfois. Je pourrais dire que je l'ai eue d'un des étrangers. Je sais bien mentir.

— Vous ne pouvez pas toucher à cet or, déclara Gascoigne avec un geste négatif de la tête.

— Mais jusqu'à quand ? implora Anna. Jusqu'à quand ?

— Jusqu'à ce que vous ayez découvert l'identité de la personne qui l'a caché dans votre corsage ! trancha Gascoigne. Pas avant !

— Mais comment faire pour payer les termes, en attendant ?

Gascoigne la dévisagea.

— Anna Wetherell, dit-il, vous n'êtes pas sous ma tutelle.

Cela lui cloua le bec, mais ses yeux lancèrent un éclair mécontent. Elle chercha autour d'elle quelque chose à faire, une tâche banale pour occuper ses mains. Finalement, elle se baissa et commença, d'un grand geste coléreux, à rassembler et à ramasser les objets éparpillés par Pritchard, qu'elle déversa ensuite pêle-mêle dans le tiroir vide.

— Vous avez raison, je ne suis pas votre pupille, acquiesça-t-elle au bout d'un moment. Je vous ferai remarquer en revanche que l'or non plus n'est pas le vôtre… à garder et à mettre sous embargo selon votre bon plaisir !

— L'or ne vous appartient pas davantage, mademoiselle Wetherell.

— Il était dans ma robe. Je le portais sur moi. Tout le risque était pour moi.

— Vous risqueriez bien autre chose en le dépensant.

— Mais que voulez-vous que je fasse ? s'écria Anna. Putain un jour, putain pour toujours ? Ce serait la seule possibilité qui me reste, alors !

Ils échangèrent un regard furieux.

— Vous avez jusqu'à quand ? demanda Gascoigne en pensant à part lui : Je te donnerais un souverain en or, si tu voulais bien faire la putain avec moi.

Anna se vengea férocement sur un bout de ruban qu'elle roula en boule avant de répondre :

— Il n'a pas dit. Il a dit qu'il fallait trouver l'argent ou partir.

— Voulez-vous que je lui parle ? demanda Gascoigne pour l'asticoter (il savait que ce n'était pas du tout cela qu'elle voulait).

— Pour dire quoi ? rétorqua-t-elle en jetant aussi la pelote de ruban dans le tiroir. Le supplier de m'accorder encore une semaine… encore un mois… encore un terme ? Qu'est-ce que cela peut faire ? Tôt ou tard, il faudra payer.

— Telle est, hélas, la nature d'une dette, déclara Gascoigne d'un ton glacial.

— Dommage que je n'aie pas connu vos idées sur les dettes il y a quinze jours, dit Anna, qui se laissait gagner par la hargne. Je n'aurais jamais accepté vos secours.

— Votre mémoire vous trompe sans doute. Je me permets de vous rappeler que je ne vous ai offert un secours que sur votre demande.

— *Ça ?* Cette robe miteuse ? Vous appelez ça un

« secours » ? J'aimerais mieux vous rendre la robe… et garder l'or !

— Je vous ai fait sortir de prison, Anna Wetherell, en courant moi-même un risque considérable… et la robe que vous portez appartenait à feu ma femme, au cas où vous ne le sauriez pas.

Sur ces mots, Gascoigne jeta sa cigarette à terre et l'écrasa sous le talon. Comme Anna ouvrait la bouche pour répliquer, il ajouta en élevant la voix :

— Je regrette, mais vous n'êtes pas en état de recevoir ma surprise.

— Je suis parfaitement en état, merci.

— Surprise, reprit Gascoigne en parlant plus haut encore, que je vous avais ménagée, par amitié et charité pure…

— Monsieur Gascoigne…

— … sentant que cela pourrait vous faire du bien de sortir et de vous divertir un peu, conclut Gascoigne, le visage blême. Je ferai savoir à la dame que vous avez l'esprit abattu et que vous ne souhaitez pas vous montrer.

— Je n'ai pas l'esprit abattu, protesta Anna.

Gascoigne vida son verre et le posa sur la table de chevet, près de l'oreiller au centre duquel béait un trou solitaire, aux bords noircis.

— Je pense que si, dit-il. Je vous laisse. Je regrette que votre arme n'ait pas fonctionné selon vos désirs, et que vous viviez au-dessus de vos moyens. Je vous remercie pour le cognac.

## *MEDIUM CŒLI / IMUM CŒLI*

*Où Gascoigne soulève la question de la dette d'Anna, et Edgar Clinch ne lui accorde pas sa confiance.*

Gascoigne traversait le hall de l'hôtel du *Gril*, lorsque la porte s'ouvrit sous une poussée brutale, et l'hôtelier, M. Edgar Clinch, entra d'un pas vif. Gascoigne ralentit sa marche pour ne pas le heurter au passage. Clinch, prenant à tort ce geste pour une autre sorte d'hésitation, s'arrêta brusquement à peine le seuil franchi, lui interdisant de ce fait la sortie. Derrière lui, la porte se rabattit avec un bruit sourd.

— Puis-je vous aider ? demanda-t-il.

— Non, merci.

Sur cette réponse courtoise, Gascoigne marqua un instant le pas, attendant que Clinch s'éloignât de la porte et lui permît de sortir sans le bousculer.

Cependant le garçon, alerté par le bruit, émergea de son réduit sous l'escalier et l'interpella :

— Hé ! dites donc ! Qu'est-ce que c'était que ces coups de feu ? Jo Pritchard est descendu de là-haut blanc comme la mort en personne. Comme s'il avait vu un revenant.

— C'était une erreur, répondit sèchement Gascoigne. Une simple erreur.

— Des coups de feu ? intervint Edgar Clinch, qui bloquait toujours la porte.

À quarante-trois ans, Clinch était un homme de haute taille, aux cheveux blond-roux, à l'air aimable et sans malice. Il arborait une moustache cirée et relevée à l'impériale, bel ornement qui ne s'était pas argenté aussi vite que ses cheveux… également pommadés, partagés par une raie au milieu et coupés jusqu'aux oreilles. Il avait des joues rondes comme des pommes, un nez plutôt rouge et un profil dépourvu de tout angle saillant. Ses yeux étaient si bien enfoncés dans les orbites qu'ils paraissaient se fermer complètement lorsqu'il souriait, ce qui lui arrivait souvent, comme l'attestaient les pattes d'oie au coin de ses paupières. Pour l'instant cependant, il fronçait le sourcil.

— J'étais ici, en bas, au comptoir, expliqua le garçon. Lui, il était là-haut… il a tout vu. Il y a couru, à cause des cris… le coup est parti tout de suite après. Puis il y en a eu encore un… un second coup de feu. J'allais monter voir, mais alors voilà Jo Pritchard qui descend, et il me dit de n'pas m'en faire. Il me dit que la putain était en train de nettoyer son pistolet et qu'il est parti tout seul… mais ça n'explique que le premier coup.

Edgar Clinch reporta les yeux sur Gascoigne.

— L'autre, c'est moi qui l'ai tiré, reconnut celui-ci de mauvaise grâce, contrarié d'être ainsi retenu malgré lui. Pour essayer l'arme, puisqu'elle avait raté la première fois.

— Et ces cris ? demanda l'hôtelier.

— Le problème a été résolu.

— C'est Jo Pritchard qui lui est rentré dans le chou ?

— C'est ben ce qu'il m'a semblé, opina le garçon.

— Aucune violence n'a été faite à la fille, déclara Gascoigne en lançant au valet un regard venimeux. Elle se porte comme un charme, et comme je viens de vous le dire, le problème a été résolu.

— C'est étrange, le nombre d'armes à feu dont les coups partent tout seuls, pendant qu'on les nettoie, fit remarquer Clinch en plissant les yeux. Étrange, le nombre de putains qui se mettent en tête de nettoyer leurs armes alors qu'il y a des messieurs dans les parages. Étrange, le nombre de fois que c'est arrivé dans mon hôtel !

— Vous m'excuserez, mais je ne peux pas vous éclairer là-dessus.

— Je crois que si, repartit Edgar Clinch en prenant une pose, les jambes écartées, les bras croisés sur la poitrine.

Gascoigne poussa un soupir. Il n'était pas d'humeur pour un combat de coqs.

— Qu'est-ce qui s'est passé ? reprit Clinch. Est-il arrivé malheur à Anna ?

— Je vous conseille de lui poser la question, dit Gascoigne. Nous y gagnerions du temps, l'un et l'autre. C'est très facile, vous savez : elle est juste là, à l'étage.

— Je n'aime pas qu'on se moque de moi dans mon propre établissement.

— Je ne croyais pas me moquer.

— Qu'avez-vous contre moi ? demanda Clinch, la moustache hérissée.

— Rien, que je sache. Et vous, contre moi ?

— Pritchard, éructa Clinch.

— Ne vous en prenez pas à *moi*, protesta Gascoigne. Je n'ai rien à voir avec Pritchard, voyons.

Il se sentait piégé. Il ne servait à rien de discuter avec un homme dont l'opinion était déjà faite, et Edgar Clinch avait tout l'air de chercher la bagarre. Le garçon vint à sa rescousse :

— C'est vrai, ça.

Lui aussi avait compris que son patron avait de l'humeur. L'hôtelier avait le visage enflammé, et l'une des jambes de son pantalon semblait agitée d'un tic, comme s'il se balançait lourdement sur le talon… ce qui était chez lui un signe infaillible de colère. Le garçon expliqua, d'un ton apaisant, que Gascoigne, arrivé au milieu de la dispute entre Pritchard et Anna, n'avait pas été témoin de ce qui l'avait provoquée.

Clinch n'offrait pas une figure particulièrement imposante, même monté sur ses ergots, comme en ce moment : il paraissait plutôt ronchon que redoutable. Sa colère, pourtant palpable, lui ôtait tous ses moyens. Il était requis *par* son émotion, non pas maître, mais esclave du sentiment qui l'habitait. En l'observant, Gascoigne pensait plutôt à un enfant sur le point de faire un caprice qu'à un bretteur se préparant à la bagarre… encore que l'un ne fût peut-être pas moins dangereux que l'autre, la provocation étant égale par ailleurs. Clinch bloquait toujours la porte. Il était clair qu'il ne se laisserait pas raisonner… mais peut-être pourrait-il être calmé ; s'il le faisait parler, peut-être sa colère s'épuiserait-elle en s'exhalant.

— Qu'avez-vous donc contre Pritchard, monsieur Clinch ? demanda Gascoigne. Que vous a-t-il fait ?

— Pas à moi, à *Anna* ! balbutia Clinch en s'étranglant. Il lui fait prendre cette drogue qui la tue… Marchand de poison !

Cela ne pouvait pas être toute l'explication. Il y avait forcément autre chose. Gascoigne prit un ton léger, pour l'amadouer :

— Sans doute… Mais est-ce la faute du cabaretier, si les hommes s'enivrent ?

— Joseph *Pritchard*…, reprit Clinch, sans relever l'apophtegme. Il le lui mettrait carrément dans la bouche, s'il pouvait, comme on fait téter un enfant ; il en serait capable. Vous, monsieur Gascoigne, vous êtes du même avis que moi.

— Ah !… vous me connaissez ! s'exclama Gascoigne, soulagé, puis : Du même avis ?

— Votre discours dans le *Times* d'hier. Vous y avez mis de b.....ment bonnes idées, à propos ; il était b.....ment bon, votre texte, dit Clinch (que ces louanges décernées semblaient apaiser, mais qui se rembrunit de nouveau l'instant d'après). C'est *lui* qui aurait été bien avisé de le lire. Savez-vous de qui il le tient ? Cette saloperie ? La confiture ? Le savez-vous ? Francis Carver, voilà son pourvoyeur !

Gascoigne haussa les épaules ; le nom ne lui disait rien.

— Ce jeanfesse de Francis Carver, le même qui l'a piétinée… Littéralement *piétinée*, rouée de coups… Et c'était son enfant ! Son enfant à lui qu'elle portait en son sein ! Il a exterminé sa propre semence !

Clinch hurlait presque... et Gascoigne le trouvait soudain très intéressant. Anna lui avait confié que son enfant à naître avait été tué par son propre père... et voilà qu'il apprenait que le même individu avait un rapport avec l'opium dont elle avait failli mourir elle-même !

— Que dites-vous ? demanda-t-il.

Il se rapprocha, mais Clinch s'en prenait à son domestique :

— *Toi !* Si Pritchard se présente encore une fois et que je n'y sois pas, c'est sur *toi* que je compte pour lui barrer le passage. Tu m'entends ?

Il était dans tous ses états.

— Qui est Francis Carver ? demanda Gascoigne.

— Une ordure, répondit Clinch en crachant par terre. Une ordure et un tueur. Jo Pritchard est un voyou, mais Carver, c'est le diable en personne. C'est lui, le coupable.

— Ils sont amis ?

— Amis, non. Ce n'est pas le mot, fit Clinch, revenant au garçon pour le menacer du doigt. Tu m'entends ? Si Jo Pritchard met encore le pied dans cet escalier... sur la première marche... tu perds ta place !

Manifestement, l'hôtelier ne regardait plus Gascoigne comme un danger. Il s'éloigna de la porte et enleva son chapeau d'un geste impatient. Le Français était désormais libre de partir à sa guise. Pourtant, il ne bougea pas. Il attendit plutôt, espérant que l'hôtelier en dirait plus long. Clinch n'y manqua pas, parlant tout en se lissant les cheveux du plat de la main et en accrochant son chapeau au portemanteau :

— Francis Carver est un trafiquant. L'*Adieu-vat*, voilà son navire ; vous l'avez peut-être vu dans la rade. Un trois-mâts… barque.

— Quel est son rapport avec Pritchard ?

— Que pensez-vous ? L'opium !

Clinch s'impatientait. À l'évidence, il supportait mal d'être interrogé. Il regarda Gascoigne en se rembrunissant derechef, comme rattrapé par une vague de soupçons frais.

— Que faisiez-vous dans la chambre d'Anna ? demanda-t-il.

— J'ignorais qu'Anna Wetherell était à votre service, monsieur Clinch, répondit Gascoigne d'un ton d'étonnement courtois.

— Elle est sous ma garde, déclara Clinch en passant de nouveau sa main sur ses cheveux. Elle loge ici… cela fait partie du contrat… et je suis en droit de me mêler de ses affaires, pour tout ce qui se passe dans ces murs et qui implique des armes à feu. Tu peux disposer : je te donne dix minutes…

Les dernières phrases étaient adressées au garçon, qui fila en direction de la salle du restaurant pour prendre son déjeuner. Gascoigne se rengorgea, les mains sur ses revers.

— Vous vous imaginez sans doute qu'elle a bien de la chance de loger là, sous votre protection.

— Vous faites erreur, dit Clinch. Je ne m'imagine rien de la sorte.

Déconcerté, Gascoigne se tut un instant, puis essaya avec plus de tact :

— Avez-vous beaucoup de filles de son espèce sous votre garde ?

— Seulement trois en ce moment. Dick… il a le

coup d'œil pour celles qui feront l'affaire. Rien que la grande classe… la qualité, il y tient, il ne transige pas. Vous voulez vous faire plomber par une pierreuse à quatre sous, vous allez faire un tour sur le port. Avec Dick, ce n'est jamais une histoire de quelques piécettes. C'est des livres sterling ou rien. C'est Dick qui vous a abouché avec Anna ?

Il parlait manifestement de Dick Mannering, l'employeur d'Anna Wetherell. Gascoigne s'en tint à un vague murmure en guise de réponse. Il préférait ne pas raconter les circonstances de leur rencontre.

— Eh bien, c'est lui que vous devriez aller voir si vous voulez tirer un coup avec une des autres, poursuivit Clinch. Il y a Kate, la grosse dondon ; Sal, la frisée ; et Lizzie, avec sa peau de rousse. Ce n'est pas la peine de m'en parler, à moi. Je ne m'occupe pas de ça… les réservations et ce qui va avec. Elles dorment chez moi, c'est tout.

Voyant que le choix du verbe laissait son interlocuteur incrédule, il ajouta :

— Elles y dorment tout de bon, vous savez. Ce n'est pas une façon de parler. Je ne peux pas tolérer de visites nocturnes ici. J'y perdrais ma licence. Si vous voulez une nuit entière, c'est à vos risques et périls… chez vous.

— Vous avez un bel établissement là, dit Gascoigne poliment avec un geste large de la main.

— Il n'est pas à moi, rétorqua Clinch en faisant la moue. Je suis locataire. Tout ce bout de la rue… entre Weld-street et Stafford… tout est en location. La baraque ici appartient à un gars du nom de Staines.

— Emery Staines ? fit Gascoigne, surpris.

— Ça fait tout drôle, reprit Clinch. Drôle comme

tout d'être le locataire d'un gars de moitié plus jeune que moi. Mais c'est l'époque qui veut ça : le monde à l'envers et chacun pour soi.

Gascoigne percevait quelque chose de forcé dans le discours de Clinch : ses propos semblaient empruntés, et il les débitait sans aucun naturel. Le ton était circonspect, et même inquiet, comme s'il voulait se défendre de la piètre opinion que Gascoigne aurait conçue de lui. Projet utopique, et Gascoigne, qui en concluait que cet homme-là se défiait de lui (et se disait qu'après tout il le payait bien de retour), s'enquit tout haut :

— Et si M. Staines ne reparaît pas ? Que deviendra alors l'hôtel ?

— J'y resterai. Je l'achèterai peut-être, répondit Clinch, ajoutant encore, après un bref silence meublé à fouiller dans un tiroir sous le comptoir : Écoutez, vous allez me trouver rasoir d'insister, mais que faisiez-vous dans la chambre d'Anna ?

Son regard était presque suppliant.

— Nous avons parlé argent, dit Gascoigne. Elle est démunie en ce moment. Rien en poche. Mais il me semble que je ne vous l'apprends pas.

— En *poche* ! s'insurgea Clinch. Vous en avez de bonnes ! Le problème d'Anna n'est pas du côté de la poche, croyez-moi.

Était-ce une allusion voilée à l'or cousu dans la robe ? Ou, plus directe et plus grossière, au métier qu'exerçait la pauvre fille ? L'accent railleur mit en éveil l'esprit de Gascoigne.

— Pourquoi devrais-je vous croire, vous, plutôt qu'Anna ? demanda-t-il. D'après ce qu'elle raconte, elle n'a pas un sou vaillant… et pourtant, vous jugez bon de lui présenter une note de six livres, à régler comptant, séance tenante !

Clinch ouvrit des yeux ronds. Anna s'était donc confiée à Gascoigne. Elle avait parlé de ses termes en retard. Elle s'était plainte de lui, Clinch… et amèrement, si le ton hostile du Français en était un indice. C'était blessant. Qu'Anna pût parler de lui à d'autres hommes, l'idée ne lui plaisait pas du tout. Il répondit sans hausser la voix :

— Cela ne vous regarde pas.

— Au contraire, repartit Gascoigne. Anna a recommandé le problème à mon attention. En quémandant.

— Pourquoi ? Mais pourquoi ?

— Parce qu'elle a confiance en moi, j'imagine, fit Gascoigne avec une pointe de cruauté.

— Mais pourquoi faire, s'adresser à *vous* ?

— Pour que je l'aide.

— Mais enfin, pourquoi *vous* ? insista Clinch.

— Que voulez-vous dire, pourquoi moi ?

— Qu'est-ce qui lui prend, à Anna, d'aller *vous* demander quoi que ce soit ?

— Si je comprends bien, dit Gascoigne en le foudroyant du regard, vous me demandez de définir la nature exacte de mes rapports avec elle.

— Pour *ça*, je n'ai pas besoin de poser la question. Je connais la réponse.

Clinch partit d'un rire éraillé, et Gascoigne s'emporta :

— Vous êtes impertinent, monsieur Clinch !

— Impertinent ! Qui est impertinent ici ? La putain est en deuil… voilà… vous ne pouvez pas le nier !

— Son deuil est précisément ce qui la met, pour l'instant, dans l'impossibilité de payer ses dettes. Et pourtant, vous persistez à la houspiller.

— *Houspiller !...*

— J'ai l'impression qu'Anna a une peur bleue de vous, reprit Gascoigne froidement.

C'était une fausseté patente, et l'hôtelier protesta d'un air choqué :

— Mais non, elle n'a pas peur de moi.

— Que vous importe la bagatelle de six livres ? Que vous importe qu'Anna vous règle demain ou dans un an ? Vous venez de mettre la main sur un retour gagnant. Vous avez à la banque des mille et des cents ! Et pourtant vous chipotez sur la pension d'une fille publique comme un marchand de sommeil de Limehouse !

— Une dette, c'est une dette, maintint Clinch, irrité.

— Balivernes ! Dites plutôt qu'un compte à régler, c'est un compte à régler.

— Que signifie ?

— Je ne sais pas encore, répondit Gascoigne. Mais je commence à me dire qu'il serait dans l'intérêt d'Anna que j'essaie de creuser la question.

— Vous n'avez pas le droit de me parler ainsi, s'indigna Clinch, de nouveau tout rouge. Pas sur ce ton... pas sous mon propre toit !

— À vous entendre, on vous croirait au moins son entreteneur ! Où étiez-vous cet après-midi, alors qu'elle était en danger ? demanda Gascoigne, jetant la prudence aux orties. Et où étiez-vous quand on l'a ramassée, à moitié morte, au milieu de la route de Christchurch ?

Clinch cependant ne courba pas le front sous l'accusation, comme tout à l'heure. Au contraire, il parut se durcir. Les yeux dans les yeux de Gascoigne, la mâchoire serrée, il se rebiffa :

— On ne me fera pas la leçon sur Anna. Vous ne savez pas ce qu'elle représente pour moi. On ne me fera pas la leçon.

Les deux hommes se regardèrent comme deux chiens de combat dans l'arène… pour finir par prendre acte l'un de l'autre et reconnaître, chacun à part soi, qu'ils avaient trouvé à qui parler. De fait, Gascoigne et Clinch se ressemblaient assez de caractère, unis par une sorte d'harmonie jusque dans ce qui les différenciait… Gascoigne incarnant l'octave aiguë, le timbre clair et vif, Clinch la note grave du bourdon.

Il y avait dans le caractère d'Edgar Clinch comme un cercle vicieux. Il était à la fois soucieux de plaire aux autres et plein de doute à son propre égard… qualités qui, allant à l'encontre l'une de l'autre, tendaient à le maintenir continuellement dans un état de fluctuation inquiète. Il prenait soin de ceux qu'il aimait, mais exigeait en retour une approbation sans réserve de ses efforts… tout en rougissant de sa propre exigence, car il était sensible aux nuances de son comportement et toujours prêt à en questionner la valeur ; il se rétractait donc, redoublait de sollicitude, recommençait sur nouveaux frais, pour découvrir que son besoin d'approbation s'était accru à proportion. Il se trouvait ainsi engagé dans un *perpetuum mobile*, de même que la femme, attelée aux rhythmes lunaires, est mue d'un mouvement sans fin.

Sa relation avec Anna Wetherell avait commencé précisément de la sorte. Lorsque Anna avait débarqué, venant de Dunedin, Clinch avait été littéralement bouleversé : elle était l'être le plus rare et le plus torturé qu'il eût jamais connu, et il jura de n'avoir de cesse qu'elle n'eût trouvé l'amour. Il lui réserva sa meilleure chambre, la dorlota de toutes les manières qui dépendaient de lui, mais il fut profondément blessé de constater que ses efforts passaient tout à fait inaperçus… et lorsqu'elle resta de même insensible à sa douleur, il se fâcha. Sa colère était aussi inconstante qu'inconsistante ; elle ne le nourrissait pas, comme certains se sustentent de leur propre rage. Lui était, au contraire, miné par son émotion, réceptacle d'un vide qui allait se creusant… et le rendait, partant, plus ouvert que jamais à l'amour.

Lorsque Anna avait débarqué à Hokitika, elle était grosse, quoique sa taille n'eût pas encore commencé à s'arrondir, sa silhouette ne trahissant point le secret de son état. Clinch était venu l'attendre sur Gibson's-quay, où elle avait été déposée par une allége, le trois-mâts *Adieu-vat* ayant jeté l'ancre à quelques centaines de mètres du rivage. La journée était claire, d'un froid limpide. L'embouchure de la rivière brillait d'un bel éclat ; l'air résonnait du chant des oiseaux. À présent encore, Clinch était persuadé de se rappeler jusqu'aux moindres détails. Il voyait la large auréole de sa capeline et les rubans des brides, claquant au vent ; il voyait ses bottines, ses gants boutonnés, son réticule. Il voyait le chatoiement pourpre de sa robe… fournie, comme il allait l'apprendre plus tard, par l'impresario Dick

Mannering, contre un loyer journalier dont Anna serait débitée en attendant que ses moyens lui permissent de s'acheter une toilette à elle. La couleur voyante n'était pas à son avantage : son teint en paraissait jauni, cireux, son regard comme vidé de toute vie. Edgar Clinch la trouvait radieuse. Tout sourire, il lui prit la main (si fine) entre ses deux grosses pattes et la secoua vigoureusement. Il lui souhaita la bienvenue à Hokitika, lui offrit son bras, proposa un tour de promenade qu'elle accepta. Après avoir donné ses instructions pour faire livrer la malle de la voyageuse à l'hôtel du *Gril*, Clinch se rengorgea et descendit Revell-street, Anna Wetherell à son bras, semblable au prince-consort qui escorte sa reine.

Il y avait alors moins d'un mois qu'Edgar Clinch lui-même se trouvait à Hokitika. Il ne connaissait pas encore Dick Mannering, sinon de nom ; il était venu attendre le navire d'Anna ce jour-là sans accord préalable ni avec le magnat ni avec la putain. (Mannering avait été retenu à Dunedin et n'arriverait à Hokitika que la semaine suivante ; en tout état de cause, il préférait la vapeur à la voile.) Par beau temps, Clinch descendait souvent jusqu'à la pointe pour accueillir les chercheurs d'or qui débarquaient sur la grève. Il distribuait les sourires et les poignées de main, invitait un chacun à loger à l'hôtel du *Gril*… faisant miroiter, comme en passant, l'appât d'une remise généreuse sur le prix de la chambre, accordée à ceux-là seuls qui acceptaient l'offre dans la demi-heure.

Pendant le court trajet depuis Gibson's-quay, Clinch devint vivement sensible à la pression délicate de la main d'Anna sur son coude ; en atteignant enfin la porte du *Gril*, il constata qu'il ne saurait plus s'en passer. Il pria la jeune femme de souffrir qu'il lui offrît à déjeuner au restaurant de l'établissement ; elle accepta, faisant naître en son sein un tel paroxysme de tendresse rédemptrice qu'il lui proposa sa plus grande et plus belle chambre.

Anna paya son gîte d'un billet à ordre de Dick Mannering, que Clinch, dans l'accès de générosité inopinée qui lui avait pris, escompta sans question. Avant de commencer à comprendre qu'elle était une professionnelle, il lui avait déjà accordé son affection, solide et irrévocable. Lorsque Mannering arriva à Hokitika, huit jours après, il se présenta à Clinch comme l'employeur d'Anna et négocia un accord aux termes duquel la putain recevrait, en contrepartie d'une somme payable tous les huit jours, protection et surveillance discrète, deux repas quotidiens et un bain hebdomadaire. Le bain était un luxe hors de prix, et un point qui serait résilié (comme Mannering lui expliqua en confidence) une fois que la fille aurait fait son trou en ville. Pendant ses premières semaines dans le métier, il fallait pourtant bien flatter son goût pour l'opulence et satisfaire ses caprices.

Clinch était ravi de remplir la baignoire de cuivre tous les dimanches, si laborieux que fût ce rituel. Il aimait épier ensuite Anna sur le palier, frais lavée et les cheveux mouillés ; il aimait la côtoyer dans la salle du restaurant le dimanche soir et fleurer le parfum laiteux de savon qui s'attachait à sa peau. Il aimait vider l'eau usée dans le caniveau devant l'hôtel, espérant, tandis que la mare d'un blanc trouble s'infiltrait lentement dans la terre, qu'Anna le regardait de sa fenêtre à l'étage.

Les efforts amoureux de Clinch étaient invariablement du genre maternel, car le fonds commun de la nature humaine veut qu'on offre cela même qu'on souhaite par-dessus tout recevoir, et Edgar Clinch ne désirait rien tant qu'une mère… ayant perdu la sienne en bas âge, pour ensuite la faire revivre dans son esprit en tant que déesse éclatante de vertu, divinité dont la figure n'était qu'une forme floue, vue à la fenêtre par une nuit de brouillard. Toutes ses peines d'amour étaient toutefois vouées à l'échec, car ses attentions exigeaient de leur objet une finesse intuitive que lui-même ne possédait pas. Edgar Clinch était un romantique incorrigible, mais un romantique, dans tous les sens usuels de ce mot, malheureux : malgré ses petits soins quotidiens, Anna Wetherell ne se doutait aucunement que l'hôtelier l'aimât avec la passion d'un cœur solitaire et désespéré. Elle tenait sa chambre dans un ordre passable et se montrait courtoise avec lui, mais ne recherchait jamais sa compagnie et cantonnait leurs occasionnels échanges de propos dans les limites les plus convenues. Inutile de dire que son indifférence ne faisait que souffler sur la braise du fol amour du pauvre homme… que la tasser plus haut, de façon à en entretenir le feu et à en augmenter l'éclat. Lorsque Mannering lui donna à entendre, au bout d'un mois, qu'il serait temps de mettre fin à l'extravagance du bain hebdomadaire, Clinch cessa simplement de faire figurer la prestation sur la note mensuelle. Il continuait, chaque dimanche, à sortir la baignoire de cuivre, à disposer les linges et à tirer l'eau comme auparavant.

Au cours des premiers mois, rien ne semblait pouvoir refroidir l'adoration que Clinch vouait à Anna. Il n'était pas dégoûté par le fait de son métier, malgré la peine qu'il éprouvait de la savoir si souvent en butte à de mauvais traitements. Lorsqu'il découvrit qu'elle était une mangeuse d'opium et se droguait presque tous les jours, il fut, de même, peiné et effrayé pour elle, mais sans répugnance. (Il se disait que la drogue était à la mode, qu'il prenait lui-même du laudanum, lorsqu'il lui arrivait de souffrir d'insomnie. Or, quelle différence y avait-il entre l'opium transformé en teinture et celui qui brûlait et s'en allait en fumée ?) Les aspects plus sordides de la vie d'Anna, loin de repousser Clinch, l'attristaient simplement et lui faisaient d'autant plus ardemment désirer de la rendre heureuse.

Lorsqu'il devint évident que la jeune femme attendait l'enfant d'un autre, la tristesse de l'hôtelier se teinta cependant d'une note d'urgence. Il commença à se demander s'il ne serait pas temps de se déclarer. Peut-être devrait-il lui proposer de l'épouser. Peut-être, quand le bébé viendrait, pourrait-il adopter ce petit être et s'en occuper comme il eût fait de son propre enfant ; peut-être pourraient-ils former une famille, tant bien que mal.

Un après-midi, au milieu de l'hiver, Clinch réfléchissait précisément à cette question, lorsqu'il entendit un bruit de chute, suivi d'un cri assourdi, sur la véranda de l'hôtel. Il leva le châssis de la fenêtre (il était en train de faire du feu dans les chambres à l'étage) et, regardant en bas, vit qu'Anna avait trébuché sur les quelques marches du perron. Sous son regard, elle leva le bras, lentement, et commença à tâtonner à la recherche de la rampe.

Clinch descendit et traversa le hall pour lui ouvrir... Pendant ce temps, Anna réussit à se remettre debout et à atteindre la porte. Lorsque Clinch sortit, elle s'apprêtait à mettre elle-même la main sur le loquet ; elle tomba donc contre lui et, pour freiner sa chute, leva les deux bras et se pendit lourdement à son cou. Elle se cacha le visage dans le col de l'homme, le nez et la bouche au contact de sa peau, et se laissa aller, sans force, collée à lui. Clinch émit un murmure de surprise... et se figea. Il sentait que s'il parlait ou bougeait trop vite, le charme serait rompu, et la putain pourrait prendre la fuite. Il regarda par-dessus l'épaule de sa charge. C'était un dimanche après-midi, et la rue, baignant dans un soleil blême, était déserte. Personne ne pouvait les voir. Personne ne regardait. Clinch prit la taille d'Anna entre ses deux mains et respira, respira encore... puis, d'un geste rapide, il la serra contre lui, la souleva et écrasa la bouche contre sa joue. Il resta ainsi un long moment, ses lèvres attachées à la mâchoire de la jeune femme. Enfin, il la hissa un peu plus haut encore, regagna à reculons le hall de l'hôtel, rabattit la porte d'un coup de pied, fit tourner la clef dans la serrure et l'emporta à l'étage.

Le bain était préparé dans la chambre en face du palier, et l'eau attendait, dans des pots de fer couverts, disposés sur le rebord de l'âtre. Clinch, tenant toujours Anna dans ses bras, se laissa tomber sur le canapé à côté de la baignoire. Son cœur battait la chamade. Il se recula pour mieux la contempler. Elle avait les yeux fermés, les bras et les jambes flasques et comme sans os.

Bien des mois s'étaient écoulés depuis qu'Anna

avait rendu à Dick Mannering la robe pourpre de location et acheté à la place plusieurs toilettes qui allaient mieux à sa taille. Ce jour-là cependant, elle n'avait pas mis la robe à tournure orange qui lui servait d'ordinaire à s'afficher dans l'exercice de son métier… les putains de Hokitika portaient, en effet, des couleurs voyantes en travaillant et des tons assourdis dans la vie de tous les jours. Elle avait choisi plutôt une toilette de mousseline blanc cassé. Le corsage, coupé à la manière d'une veste d'amazone, était boutonné jusqu'au cou, et elle portait sur ses épaules un fichu bleu. Ces indices, ajoutés au fait qu'elle était manifestement ivre morte d'opium, disaient à Edgar Clinch qu'elle s'était rendue à China-Town : quand elle allait là-bas, elle faisait le chemin incognito, portant une toilette passe-partout.

Délicatement, avec des doigts tremblants, Clinch lui ôta son fichu. Il défit ensuite le nœud dans le dos de la robe et se mit à la délacer, procédant lentement et par étapes. Ses doigts trouvaient, un à un, les boutons recouverts de tissu et les dégageaient des brides qui les attachaient. Elle était docile sous ses mains, et lorsqu'il tenta de faire glisser la robe de ses épaules, elle leva les bras comme une petite enfant. Il détacha ensuite sa crinoline et la souleva de façon à dégager ses hanches du premier cerceau, laissant retomber la cage d'osier, qui frappa le sol dans un cliquetis de boucles. Il la recoucha alors en douceur sur le canapé… nue sous sa chemise…, la recouvrit du fichu, se redressa et commença à remplir la baignoire. Anna reposait, la joue appuyée sur le dos de sa main, la poitrine houleuse sous le souffle d'un sommeil agité. Quand l'eau fut prête, Clinch revint vers elle en murmurant des mots apaisants ; il fit passer la chemise par-dessus sa tête, enlaça son corps nu, se mit à genoux et la laissa glisser dans la baignoire.

Anna émit, au contact de l'eau, un petit gazouillis, mais n'ouvrit pas les yeux. Clinch lui cala confortablement la nuque contre le rebord de la baignoire, pour l'empêcher de couler et se noyer. Il releva doucement les cheveux qui lui tombaient sur le visage, passa le pouce sous son menton. En déposant Anna dans son bain, il s'était mouillé les manches jusqu'aux épaules ; il se recula à présent, tenant ses poignets dégouttants loin du corps, et la regarda de haut. Il se sentait très seul, mais en même temps très satisfait.

Au bout d'un moment, il se baissa de nouveau et ramassa la robe de mousseline, pensant en secouer les plis et la draper sur le dossier du canapé. La robe était plus lourde qu'il n'aurait cru possible… il n'y avait là pourtant que de la mousseline et du fil, maintenant que la crinoline avait été détachée et les multiples jupons mis de côté ! Qu'est-ce qui pouvait la rendre aussi pesante ? L'hôtelier pinça l'étoffe entre ses doigts et sentit quelque chose d'étrange qui lui résistait. Il retourna le vêtement… Qu'était-ce là, tout le long de la couture, comme pour lester ? On aurait dit des cailloux. Il inséra l'index sous un fil, jusqu'à le casser, puis introduisit aussi le pouce et se mit en devoir d'explorer le tunnel de tissu. L'ourlet serait-il rembourré ? Il en retira, à son grand étonnement, une pincée d'or pur.

Anna dormait toujours, la joue posée sur le rebord de la baignoire. Clinch, le cœur battant, palpa toutes les coutures de la robe, depuis les volants jusqu'au corsage. Il y avait là des onces et des onces… peut-être des livres pesant… cachées entre les épaisseurs d'étoffe. De l'or natif pur ! Qu'avait-elle fait, Anna, chez les Chinois, pour en revenir ainsi, abrutie d'opium, sa robe doublée de minerai ? Il s'agissait manifestement d'un trafic… elle était mêlée à une entreprise de contrebande. Mais faire entrer de l'or *dans* China-Town ? C'était absurde. Le trafic se faisait forcément dans l'autre sens. Or contre opium, peut-être ! L'esprit de Clinch avançait par sauts et par bonds. Il avait entendu parler de la méthode qui consistait à dissimuler l'or dans la doublure des habits pour frauder la douane, mais c'était risqué… celui qui s'y faisait prendre pouvait s'attendre à une lourde amende, et même à une peine de prison. Pourtant, Anna n'était pas prospecteur… elle, une femme, sacrebleu !… et l'or ne pouvait être le sien. Apparemment, quelqu'un avait suffisamment confiance en elle pour cacher ce trésor sur sa personne. Et Anna aussi devait se fier assez à l'homme en question pour accepter de courir un tel risque pour lui.

Il comprit tout d'un coup : *Mannering*. Dick Mannering avait la haute main sur à peu près tous les Chinois de Kaniere ; ils travaillaient tous sur ses concessions, contre un maigre salaire. Mannering était aussi l'employeur d'Anna. Mais bien sûr ! Mannering était connu pour être peu scrupuleux en affaires… comme tous les maquereaux ! Et n'avait-il pas dit et redit qu'Anna Wetherell était sa meilleure gagneuse ?

Clinch se tourna de nouveau vers Anna et fut surpris de voir qu'elle avait les yeux ouverts et fixés sur lui.

— Ça va, la température de l'eau ? demanda-t-il bêtement en dépliant la robe pour cacher la pincée d'or entre ses doigts.

Elle ronronna de plaisir… mais déplaça un genou pour ménager sa pudeur et croisa les bras sur son sein. Son ventre distendu était une sphère parfaite, insubmersible, trouant l'eau trouble, telle la pomme qui flotte dans un seau.

— Vous êtes rentrée à pied… depuis Kaniere ? demanda encore Clinch.

Mais non, elle n'avait pas pu parcourir quatre milles à pied, comme si de rien n'était… alors qu'elle n'arrivait même pas à redresser la tête ! Elle ne tenait pas debout !

Elle répondit derechef d'un bruit de gorge, articulé en deux temps pour signifier la négative.

— Comment, alors ? voulut savoir Clinch.

— Dick passait par là, marmonna-t-elle, les mots comme de la mélasse dans sa bouche.

— Dick Mannering… Il passait par China-Town ? insista l'hôtelier en se rapprochant.

— Mmh, fit-elle, fermant à nouveau les yeux.

— Il vous a fait monter dans sa voiture, c'est ça ?

Anna cependant ne répondit pas. Elle s'était rendormie. Sa tête roulait sur le rebord de la baignoire et ses bras croisés étaient tombés de sa poitrine en frappant l'eau, s'enfonçant avant de revenir flotter en surface.

Clinch serrait toujours la pincée d'or entre le pouce et l'index. Il étendit soigneusement la robe sur le dossier du canapé, puis fit tomber l'or dans sa poche, frottant les doigts pour bien décoller les paillettes, du même geste qu'il aurait eu pour saler un ragoût.

— Je vous laisserai donc à vos ablutions, dit-il en quittant la pièce.

Au lieu de redescendre, il traversa cependant le couloir, à pas rapides, jusqu'à la porte d'Anna, et inséra son passe-partout dans la serrure. Une fois dans la chambre, il alla droit à l'armoire où elle gardait ses vêtements. Anna avait cinq robes, achetées d'occasion, qui provenaient toutes de l'épave d'un vapeur à fret naufragé sur la barre. Clinch se pencha d'abord sur sa tenue de putain. Palpant prestement, il promena ses doigts sur toutes les coutures et mit la main à l'intérieur de la tournure. Comme la robe de mousseline, celle-ci aussi était littéralement truffée d'or ! Il passa à la suivante… à la quatrième… à la dernière enfin ; toutes les robes étaient dans le même cas. Voyons, pensa Clinch en se livrant à un petit calcul mental. Entre les cinq robes, Anna Wetherell cachait chez elle une véritable fortune.

Il s'assit sur le lit.

Anna ne portait jamais sa toilette orange à China-Town… Clinch le savait en toute certitude… et pourtant la robe orange était doublée d'or exactement comme les autres. Il ne s'agissait donc pas d'un simple micmac avec les Jaunes, comme il l'avait cru d'abord ! C'était un coup dont les implications s'étendaient bien au delà du quartier chinois. Au delà de Hokitika même, qu'il n'en aurait pas été étonné. Quelqu'un, se dit Clinch, était en train de préparer une piraterie en grand.

Il réfléchit aux différentes possibilités. Mannering utilisait-il Anna comme passeur, pour sortir le minerai des placers *à son insu* ? Ce ne serait pas difficile, après tout : il suffirait de lui offrir une pipe d'opium et d'attendre que le sommeil la prît, après quoi l'or pourrait être déposé dans sa robe, pincée par pincée. Peut-être… mais non, comment imaginer que Mannering acceptât de courir un risque aussi énorme, sans pouvoir compter sur la discrétion de la putain elle-même ? C'était absurde. Elle portait sur sa personne la valeur de quelques centaines… de quelques milliers de livres, peut-être, nom de nom ! Elle *ne pouvait pas* l'ignorer. Mannering était loin d'être bête dans les affaires d'argent. Il ne mettrait jamais une fortune entre les mains d'une vulgaire fille publique sans aucune espèce de garantie. Anna lui avait certainement fourni une caution… un gage, pensa Clinch, un nantissement d'une espèce ou d'une autre. Mais que pouvait-elle avoir à offrir d'assez précieux pour servir de sûreté pour une fortune en or pur ?

Soudain furieux, Clinch frappa la courtepointe du talon des deux mains. *Mannering !* Quel toupet !… jouer à ce jeu-là, alors qu'Anna vivait sous son toit à lui et mangeait à sa table ! Et si les sergents de ville faisaient une perquisition dans sa chambre ? Qui porterait alors la responsabilité ? Voyons, pensa Clinch, il devrait recevoir lui aussi sa part du gâteau ou, à tout le moins… on aurait dû le mettre dans le secret ! Les Chinois, eux, étaient bien au courant. C'était vexant. Peut-être que tout Hokitika savait. Clinch lâcha un juron et donna Dick Mannering à tous les diables.

Entendant des bruits d'eau dans la pièce voisine (Anna, sans doute, qui s'était de nouveau réveillée), il eut un moment l'idée de faire main basse sur toutes les robes. Il pourrait peut-être s'en servir pour rançonner Mannering. Il pourrait attendre qu'Anna eût repris tout à fait ses esprits et la questionner là-dessus. Il pourrait l'obliger à se confesser… à lui demander pardon. Mais il n'en eut pas le courage. Il en allait toujours ainsi ; le ressentiment acculait Edgar Clinch à une impasse ; ses griefs, vivement ressentis, étaient rarement exprimés au delà de son for intérieur. Le cœur lourd, il quitta la chambre d'Anna, redescendit et déverrouilla la porte d'entrée.

— Veuillez accepter mes sincères excuses, dit Gascoigne.

— Pourquoi donc ? fit Clinch, démonté.

— Pour avoir donné à entendre que vous auriez à cœur autre chose que les meilleurs intérêts de Mlle Wetherell.

— Ah ! Oui. Eh bien, merci.

— Adieu, dit Gascoigne.

Clinch en ressentit une déception. Il avait espéré que Gascoigne resterait un moment encore pour parler de l'affaire… au moins jusqu'à ce que le garçon d'hôtel revînt de déjeuner… Il était toujours peiné d'interrompre une conversation sur une note discourtoise, et malgré l'hostilité de sa réaction aux premiers mots de Gascoigne sur la dette d'Anna, il désirait réellement discuter la question avec lui. Il n'avait pas eu l'intention de se mettre en colère contre Anna l'autre jour. Mais elle lui avait menti… disant qu'elle était sans le sou, alors qu'il y avait des mille et des cents cousus dans sa garde-robe ! Les robes étaient toujours là ; il les inspectait périodiquement pour s'assurer que l'or n'avait pas été retiré. Pourquoi serait-ce à *lui* de l'héberger à ses frais, alors qu'elle avait d'aussi fabuleuses richesses sous la main ? Pourquoi serait-ce à *lui* de calmer ses angoisses, alors qu'elle conspirait contre lui et n'avait aucun scrupule à lui mentir en face ? Des mois de silence l'avaient beaucoup aigri, et un instant avait suffi pour transformer sa simple aigreur en rancœur vindicative.

Il fit un pas en avant, avança même la main, pensant retarder le départ de Gascoigne. Il voulait le supplier de ne pas s'en aller ; tout à coup, il aurait donné n'importe quoi pour ne pas rester seul. Mais quelle raison pouvait-il alléguer pour le retenir ? Cherchant à gagner du temps, il demanda :

— Où allez-vous donc comme ça ?

Gascoigne en fut ulcéré. Comme la vie dans les colonies pouvait être fastidieuse ! Chacun était mis en demeure de traiter ses affaires privées sur la place publique. Ce n'était pas comme à Paris, ou à Londres, où on pouvait se payer le luxe de l'incognito à tous les coins de rue : être réellement seul.

— J'ai rendez-vous, répondit-il sèchement.

— Rendez-vous avec qui ? À quel sujet ?

Gascoigne soupira. C'était tellement ennuyeux d'être questionné ainsi. Clinch avait presque l'air de bouder… comme s'il était contrarié de le voir partir ! Pourtant, ils ne se connaissaient que depuis dix minutes.

— J'accompagne une dame chez sa modiste, dit-il.

## NŒUD VRAI EN VIERGE

*Où Quee Long se fait trois fois interrompre ; Charlie Frost ne démord pas ; et Sook Yong-cheng nomme un suspect à la surprise générale.*

Au même instant où Gascoigne prenait congé d'Edgar Clinch en claquant discourtoisement derrière lui la porte de l'hôtel, Dick Mannering et Charlie Frost débarquaient du canot sur les galets de la rive à Kaniere. Harald Nilssen, cheminant à pied, approchait lui aussi, rapidement, de la même destination ; il venait de dépasser le poteau indiquant qu'il se trouvait à un demi-mille du campement, encouragement qui l'avait poussé à hâter encore le pas, sans que cette allure l'empêchât de continuer à exhaler sa bile, à grands coups de canne, sur les herbes humides qui bordaient la route. Le magnat, le banquier et le courtier se rendaient tous les trois au China-Town de Kaniere dans le but de s'y entretenir avec le fondeur d'or chinois Quee Long, qui venait d'être surpris, comme il le serait de nouveau sous peu, par l'arrivée d'un visiteur des plus inopinés.

China-Town, « la ville chinoise », était un nom passablement trompeur pour la petite grappe de tentes et de huttes de pierre sise à quelques centaines de mètres en amont des concessions de Kaniere, car si tous ceux qui y vivaient étaient originaires de la province du Kouang-toung, et la plupart de sa capitale Kouang-tchéou, ils ne pouvaient prétendre former à eux tous même un village, sans parler d'une ville : China-Town n'abritait alors qu'une quinzaine de Chinois. Dans cette petite agglomération, la demeure de Quee Long se faisait remarquer par sa belle cheminée en terre cuite. Le four de briques dont partait cet appendice avait été construit au centre de l'unique pièce de l'habitation, à la manière d'une forge miniature, avec un foyer en fonte sous une plate-forme d'argile surélevée ; Quee Long dormait sur cette plate-forme, profitant du reste de chaleur du feu de la journée que retenaient les briques. Lorsqu'il faisait fondre sa production hebdomadaire d'or, il chargeait le foyer de charbon de bois, combustible coûteux, mais qui générait plus de chaleur que le coke ; ce samedi, mettant de côté creuset et soufflet, il y avait disposé avec art une pyramide de bûches à combustion lente.

Quee Long était un homme au torse puissant, dont les proportions attestaient une force pratique et des aptitudes certaines. Ses yeux, à l'angle interne arrondi, s'étiraient en pointe vers les pommettes ; la forme du visage était presque carrée. Il montrait en souriant une denture à claire-voie, ayant perdu deux incisives et les premières molaires de la mâchoire inférieure. Les brèches de son sourire faisaient penser à l'enfant dont les dents de lait commencent à tomber… Quee Long aussi aurait pu faire, du reste, cette comparaison, car il avait l'œil critique et l'esprit vif, porté à la causticité et au dénigrement, plus particulièrement à l'autodénigrement. En parlant de lui-même, il brossait toujours un tableau peu flatteur. L'intention, humoristique, cachait mal l'extrême fragilité inséparable de l'idée qu'il se faisait de sa propre personne. Quee Long mesurait en effet ses actes à l'aune d'un idéal intime de perfection ; mettant tous ses efforts à s'en rapprocher, il n'était jamais pleinement satisfait, ni des peines qu'il se donnait, ni des fruits recueillis, et il avait tendance à toujours croire au pire. Ces nuances de sa personnalité passaient inaperçues des sujets de la couronne britannique, avec qui Quee Long ne partageait que quatre-vingts mots, une centaine tout au plus, mais il était réputé parmi ses compatriotes pour son humour cynique, sa disposition mélancolique et sa persévérance obstinée au service d'idéaux inattingibles.

Il était venu en Nouvelle Zélande sous contrat. En échange du prix du passage depuis Kouang-tchéou et de son futur rapatriement, Quee Long avait accepté de céder à une compagnie le plus gros de ses gains sur les placers. Les termes de son engagement n'étaient ni flexibles ni généreux, et condamnaient Quee Long à une grande pauvreté ; il n'en demeurait pas moins un travailleur appliqué. Son rêve (bien invraisemblable, hélas) était de rentrer à Kouang-tchéou avec sept cent soixante-huit shillings en poche : pécule qui devait lui suffire jusqu'à la fin de ses jours. (Le montant précis avait été fixé comme étant de bon augure, le chiffre en cantonais se prononçant de même que les mots « fortune pérenne »... mais aussi en tenant compte des idiosyncrasies de Quee Long, qui travaillait mieux quand il pouvait se représenter un objectif à atteindre.)

Le père de Quee Long, Quee Tsouang, avait été veilleur public à Kouang-tchéou. Il avait passé toute sa vie active à arpenter le mur d'enceinte de la ville, présidant à l'ouverture et à la fermeture des portes ainsi qu'à la relève des gardiens : travail routinier, certes, mais important. Enfant, Quee Long avait été, à juste titre, fier de la situation de son père. Au cours des récentes guerres commerciales, cependant, la fonction de Quee Tsouang avait perdu de son prestige relatif. Lorsque Kouang-tchéou fut assiégé en 1841, la ville se fia à ses fortifications... en vain. Les soldats du corps expéditionnaire britannique, supérieurs en nombre aux forces des Tsing, escaladèrent les remparts et se rendirent maîtres de tous les ouvrages défensifs. La ville fut prise, Quee Tsouang retenu prisonnier avec des centaines de ses collègues... pour ne retrouver la liberté que contre la promesse de l'ouverture du port au commerce.

La honte naturelle inspirée à Quee Long par les redditions répétées de sa ville natale (Kouang-tchéou allait être occupé quatre fois par les forces britanniques pendant les vingt ans qui suivirent) était portée au centuple par la honte qu'il éprouvait pour son père. Quee Tsouang avait été pratiquement brisé par l'humiliation subie. Le vieillard était mort à l'époque des traités de Tien-tsin ; avant de mourir, il s'était trouvé à trois reprises sous la menace directe des carabines britanniques.

Quee Long n'aimait pas imaginer ce que son père

aurait pensé, s'il avait pu le voir maintenant. Quee Tsouang avait sacrifié sa vie et son honneur pour défendre la Chine contre les exigences déraisonnables de l'Angleterre… et à présent, moins de huit ans après sa mort, Quee Long était là, à la Nouvelle Zélande, profitant de la même conjoncture que son père… et sa patrie… avaient tenté, sans succès, de prévenir. Il dormait sur un sol étranger, cherchait de l'or (non de l'argent, mais de *l'or*) et cédait la part du lion de son gain quotidien à une compagnie britannique, au sein et parmi les décisionnaires de laquelle il n'aurait jamais droit de cité. Le malaise qu'il éprouvait en dressant le bilan de ces trahisons tenait moins à la honte filiale qu'à une aliénation affectant jusqu'à la moindre fibre de ses rapports aux autres. Repensant à la longue crise de sa propre vie (car c'était bien ainsi qu'il percevait son existence, comme si sa personnalité balançait en équilibre, à jamais sur le point de faire un choix… mais lequel ? il l'ignorait, car cette ambivalence était sans commencement concret ni fin visible), Quee Long se sentait simplement disjoint : sans lien avec son travail, avec les vœux de son père, avec les circonstances dans lesquelles son pays et les siens avaient été humiliés. Il se sentait incapable d'un sentiment réel.

Il y avait pourtant bien une chose dans laquelle Quee Long demeurait fidèle à l'ombre de son père. Il n'était pas consommateur d'opium et ne supportait pas que d'autres, plus particulièrement ses proches, en consommassent en sa présence. La drogue était, à ses yeux, un symbole des profondeurs impardonnables de la barbarie occidentale à l'égard de la civilisation qui était la sienne, du mépris auquel la vie chinoise en général était en butte, face aux idéaux occidentaux mortifères de la cupidité et du profit. L'opium devait servir d'avertissement à la Chine. C'était la face obscure de l'expansion occidentale… son complément nocturne, de même que le *yin* complète le *yang*. Quee Long disait souvent qu'un homme sans mémoire, c'est un homme sans vision de l'avenir… ajoutant chaque fois, avec humour, qu'il avait déjà cité cet adage plus d'une fois par le passé et qu'il avait bien l'intention de continuer, sans rien y changer. Le Chinois qui s'adonnait à la pipe était, à son avis, à la fois un traître et un fou. Chaque fois qu'il passait devant la fumerie de Kaniere, il se détournait et crachait par terre.

Cela étant, nous serons surpris de reconnaître en l'homme avec qui Quee Long s'entretenait en ce moment Sook Yong-cheng… celui-là même qui tenait la fumerie de Kaniere et qui avait vendu à Anna Wetherell l'opium qui avait failli la tuer, il y avait de cela quinze jours. (Les principes redoutables de Quee Long ne s'appliquaient pas à Anna Wetherell, qui venait souvent le voir après avoir fumé sa pipe à Kaniere, les membres flasques et sans ressort sous l'effet de la drogue, la voix étouffée comme par une sourdine plaintive. Pourtant, si Quee Long profitait largement des effets de l'intoxication de la jeune femme, il n'en voyait à aucun moment les instruments ; si jamais elle avait touché à la drogue en sa présence, il la lui aurait arrachée des mains… Ou du moins il se le disait, propos en l'air que soustendait une autre conviction encore, plus inarticulée : que la déplorable dépendance dont souffrait Anna servait en quelque sorte la justice cosmique.)

Sook Yong-cheng n'était pas un ami de Quee Long. Lorsqu'il était venu frapper à la porte du fondeur d'or plus tôt dans l'après-midi, en le priant de lui accorder aide et hospitalité, il n'avait pas été reçu sans une certaine appréhension. Quee Long n'avait, à sa connaissance, que trois choses en commun avec son visiteur : le lieu de naissance, la langue, et une tendresse pour une putain occidentale. Quee Long présumait que c'était ce dernier point qui amenait Sook Yong-cheng, car Anna Wetherell avait été récemment l'objet de bien des spéculations et de bien des conjectures ; il fut donc plus surpris encore lorsque son visiteur lui fit savoir que ce qu'il avait à lui communiquer concernait deux hommes. Leurs noms : Francis Carver et Crosbie Wells.

Sook Yong-cheng pouvait avoir dix ans de moins que Quee Long. Ses sourcils, à peine marqués, suivaient une pente qui lui donnait un air légèrement étonné. Il avait de grands yeux, un nez large et des lèvres finement sculptées, dessinant l'arc de Cupidon. Il parlait avec animation, mais avait tendance à montrer un visage de pierre en écoutant, attitude qui le faisait souvent prendre pour un sage. Comme son hôte, il était imberbe et portait la natte… bien qu'il n'eût aucun amour pour les Mandchous et ne se souciât guère de l'empire Tsing ; sa coiffure n'était pas une marque d'allégeance, mais une simple habitude, gardée en souvenir de ses jeunes années. Il était vêtu, là encore de même que Quee Long, d'un pantalon et d'une tunique de cotonnade grise, par-dessus laquelle il avait enfilé un manteau de laine noire, retenu par une ceinture.

Quee Long n'avait jamais entendu parler ni de

Francis Carver ni de Crosbie Wells, mais il hocha gravement la tête, s'effaça pour laisser passer le visiteur et lui offrit avec insistance la place d'honneur auprès du feu, puis disposa sur la table un choix de ce qu'il avait de meilleur dans son garde-manger, mit de l'eau à chauffer pour le thé et s'excusa de l'indigence de ses offrandes. Le marchand d'opium attendit en silence pendant que son hôte accomplissait ces tâches. Lorsque tout fut prêt, il lui adressa une profonde révérence, loua la générosité hors pair d'Ah Quee et goûta de tous les mets présentés en faisant l'éloge de chacun en particulier. Ayant ainsi sacrifié aux formes, Sook Yong-cheng se mit à exposer le véritable but de sa visite… dans un langage, selon son habitude, plein d'emphase et de lyrisme, à grand renfort de proverbes dont le sens, d'une réelle beauté, manquait pourtant notablement de clarté.

Il commença ainsi son discours en faisant remarquer qu'il y aura toujours dans un grand arbre quelques branches mortes ; que les meilleurs soldats ne sont jamais des foudres de guerre ; et qu'il arrive que même un bon bois de chauffage abîme un fourneau… opinions qui, se chassant l'une l'autre, hors contexte et sans liant, laissèrent Quee Long un tant soit peu perplexe. Poussé à se servir de son intelligence, il riposta, d'un ton mordant, qu'une balance romaine ne va pas sans les poids… autrement dit, par le truchement là encore d'un adage, que le discours de son visiteur paraissait manquer de cohérence.

Aussi interviendrons-nous pour rendre le récit de Sook Yong-cheng en suivant plutôt le fil des événements qu'il entendait divulguer que les entrelacs de son style narratif.

Φ

Ah Sook ne s'aventurait que rarement dans les rues de Hokitika. Il restait la plupart du temps dans la cabane de Kaniere qu'il avait aménagée en salon, avec des canapés-lits contre tous les murs, des coussins épars sur le sol et des étoffes tendues de façon à retenir et à adoucir la fumée lourde dont les volutes s'élevaient des pipes, des soucoupes, des lampes et du poêle. La fumerie donnait une impression de solidité inexpugnable, encore renforcée par l'odeur chaude qui stagnait dans l'atmosphère confinée, et Ah Sook y trouvait un réconfort dont il ne pouvait plus se passer. Depuis quinze jours, il avait fait cependant le trajet jusqu'à l'embouchure de la rivière, non pas une seule, mais cinq fois.

Le matin du 14 janvier (quelque douze heures avant l'accident dont Anna Wetherell penserait mourir), il avait reçu un message de Joseph Pritchard, lui faisant savoir qu'un chargement d'opium attendu depuis longtemps venait d'être livré à sa droguerie et qu'il le mettait d'ores et déjà en vente. Ah Sook avait grand besoin de renouveler sa provision. Il coiffa donc son chapeau et partit sur-le-champ pour Hokitika.

À l'officine de Pritchard, il acheta un bloc de résine d'une demi-livre, dont il régla le prix en or natif. Dans la rue, son emplette emballée dans du papier et bien en sécurité au fond de sa sacoche, il s'ouvrit à une bouffée de promesse estivale comme les matins de Hokitika n'en étaient que rarement porteurs. Le soleil brillait, et la brise soufflant de la mer Australienne prêtait à l'air un piquant salin. Les foules dans la rue semblaient très gaies. Lorsqu'il leva le pied pour enjamber le caniveau, un prospecteur le salua même d'un sourire et d'un coup de chapeau en passant. Enhardi par ce geste fortuit, Ah Sook décida de ne pas rentrer tout de suite à Kaniere. Il allait se faire un cadeau, passer une heure ou deux à fouiller chez les revendeurs de Tancred-street, dans les caisses de marchandises récupérées dans les épaves. Ensuite, peut-être prendrait-il même un morceau de viande chez le boucher pour se faire une soupe au retour.

Au coin de Tancred-street cependant, il s'arrêta pétrifié devant un spectacle qui chassa aussitôt sa belle humeur : se dressant à l'autre bout de la rue, la figure d'un homme qu'Ah Sook n'avait pas vu depuis plus de dix ans et que, jusqu'à cet instant, il avait cru ne jamais revoir.

Sa vieille connaissance avait beaucoup changé depuis leur dernière rencontre. Son visage orgueilleux était défiguré, et dix ans de bagne avaient étoffé la masse musculaire de son buste et de ses bras. Sa posture, en revanche, était familière : les épaules légèrement voûtées, les deux poignets sur les hanches, à sa manière d'autrefois. (Comme c'était étrange, penserait Ah Sook par la suite, que nos gestes demeurent identiques, alors même que le corps change, s'use, capitule devant la venue de l'âge… comme si les mouvements étaient le véritable contenant, le vase dont les membres ne seraient que le bouquet. En effet, c'était tout Francis Carver, que de se tenir ainsi, le bassin basculé en avant, les épaules arrondies… attitude qui, chez un autre, aurait paru débraillée. La prestance de Carver, grave, sombre et imposante, était pourtant telle, qu'il pouvait se permettre de négliger les règles du maintien que d'autres, du fait même de leur médiocrité, étaient obligés de respecter.) Carver esquissa un demi-tour pour regarder le long de la rue, et Ah Sook fit un bond de côté pour ne pas être vu. Il se colla contre le sapin brut du mur de l'épicerie et resta un moment sans bouger, attendant que le battement de son cœur se calmât.

Quee Long ne connaissait pas encore toute l'histoire des démêlés de Sook Yong-cheng avec Francis Carver, mais Ah Sook n'entra pas alors dans les détails. Il expliqua simplement à son hôte que Francis Carver était un assassin, dont lui, Sook Yong-cheng, avait juré la mort, pour se venger. Il offrit cette information presque négligemment, comme s'il n'y avait rien de plus banal que de jurer vengeance contre ses ennemis ; en vérité cependant, la source de cette nonchalance était la douleur, car il n'aimait pas s'appesantir sur les malheureux détails de son passé intime. Ah Quee, sentant que ce n'était pas le moment de l'interrompre, se borna à hocher la tête… tout en notant les faits saillants, bien déterminé à s'en souvenir.

Ah Sook poursuivit son récit.

Il était resté quelques secondes le front pressé contre les planches rugueuses du mur de l'épicerie. Puis, maîtrisant son émotion, il se glissa jusqu'à l'angle du bâtiment pour regarder de nouveau Carver… car contempler enfin le visage qu'on a évoqué dans ses rêves de vengeance les plus effrénés, c'est un plaisir passionnel excessivement rare, et Ah Sook avait fait revivre l'image de Carver dans son sommeil pendant douze ans et plus. Sa haine de cet homme n'avait aucunement besoin d'être rafraîchie, mais en l'apercevant à présent, il ressentit une subite poussée de fureur, déroutante et incontrôlée : jamais il n'avait haï Carver comme à cet instant. S'il avait eu un pistolet, il l'aurait abattu séance tenante, et d'une balle dans le dos.

Carver parlait à un jeune Maori. D'après leurs attitudes respectives, Ah Sook jugea cependant qu'ils ne se connaissaient guère : ils se tenaient à distance l'un de l'autre, comme des personnes faisant affaire ensemble, plutôt que comme un couple d'amis. Il n'était pas assez près pour distinguer leurs paroles, mais le staccato rapide de l'échange évoquait un marchandage ; le Maori gesticulait avec une grande fermeté et ne cessait de secouer négativement la tête. À la longue, ils eurent l'air de s'entendre sur un prix, et Carver, prenant sa bourse dans sa poche, déposa quelques pièces dans la main tendue du Maori. Il avait apparemment acheté des renseignements, car le Maori se lança alors dans un grand discours accompagné de gestes exagérés. Carver répéta après lui, pour mieux graver le tout dans son esprit. Le Maori approuva d'un hochement de tête et se remit à parler. Ils se quittèrent peu après, avec un serrement de mains, le Maori se dirigeant vers les montagnes à l'est, Carver vers l'embouchure de la rivière et les quais à l'ouest.

Ah Sook envisagea de suivre Carver à une distance respectueuse, mais décida finalement de s'en abstenir : il ne voulait pas imposer un face-à-face avec l'autre avant d'y être préparé. Pour l'heure, il n'était pas armé, et il soupçonnait Carver de porter sur lui au moins un couteau, peut-être même une arme à feu : ce serait folie que de l'aborder en position de faiblesse. Il se lança plutôt à la poursuite du Maori qui, ayant acheté, chez le mercier, quelques mètres d'un solide fil de pêche, ainsi que du biscuit à émietter en guise d'appât, retournait dans la vallée de l'Arahura où il voulait tendre des pièges à oiseaux.

Ah Sook le rattrapa une rue plus loin et le saisit par la manche. Brandissant une pièce, en signe qu'il était prêt à payer, si besoin était, il le pria de lui faire part de la teneur de sa conversation avec Carver. Te Rau Tauwhare le dévisagea un instant d'un air impénétrable, puis haussa les épaules, empocha l'argent et s'exécuta.

Bien des mois auparavant, expliqua Tauwhare, Francis Carver lui avait offert une récompense sonnante pour n'importe quelle information concernant un homme du nom de Crosbie Wells. Peu après avoir fait cette proposition, Carver avait regagné Dunedin, et Tauwhare était rentré à Greymouth ; leurs chemins ne s'étaient plus croisés. Le hasard voulut cependant que Tauwhare rencontrât alors celui-là même que Carver recherchait. Depuis lors, une étroite amitié le liait à Crosbie Wells. M. Wells, ajouta Tauwhare, vivait dans la vallée de l'Arahura ; c'était un ancien prospecteur qui, ces derniers temps, se consacrait corps et âme au projet de construire une scierie.

(Tauwhare parlait lentement, en gesticulant d'abondance ; il était clairement accoutumé à se faire comprendre par les mains et le langage mimique, et il marquait une pause à la fin de chaque proposition, pour être sûr d'y avoir bien réussi. Ah Sook constata qu'il saisissait sans problème le sens de ses propos, quoique l'anglais ne fût la langue maternelle ni de l'un ni de l'autre. Il répéta les noms tout bas : l'Arahura, Te Rau Tauwhare, Crosbie Wells.)

Tauwhare dit qu'il n'avait plus croisé Carver jusqu'à ce matin même… du 14 janvier. En l'apercevant tantôt (il y avait moins d'une demi-heure) sur le port de Hokitika, il s'était souvenu du marché que le capitaine lui avait proposé dans le temps, il y avait vu l'occasion de se procurer un peu d'argent facile. Il avait abordé Carver en annonçant qu'il était désormais en état de lui donner des nouvelles de Crosbie Wells, contre récompense, si Carver était toujours preneur… ce qui était bien le cas. Ils s'étaient entendus sur le prix (deux shillings) et, la somme ayant changé de main, Tauwhare avait fait connaître à Carver la demeure de Crosbie Wells.

Dans ce qu'il comprit du récit de Tauwhare, Ah Sook ne voyait rien qui pût lui être d'une utilité immédiate ; il remercia néanmoins très courtoisement son informateur avant de prendre congé. Il regagna alors Kaniere… et trouva Anna Wetherell qui l'attendait sous un rayon de soleil, sur le pas de sa porte. Dans un subit élan de tendresse (tout rappel des tribulations de sa vie passée poussait Ah Sook à vouloir se racheter vis-à-vis du présent), il lui fit cadeau d'une demi-once toute fraîche, découpée dans le morceau d'opium qu'il venait, le matin même, d'acheter à Pritchard. Elle enveloppa le cadeau dans un carré d'étamine et le glissa sous la bande de son chapeau. Ah Sook alluma alors sa lampe et ils se couchèrent côte à côte pour ne se réveiller qu'au moment où la fraîcheur qui précède la nuit commençait à se faire sentir. Là-dessus, Anna repartit et Ah Sook pensa à son souper.

Le fondeur d'or Ah Quee, à qui tout cela était conté à une cadence fort rapide, se surprenait à changer aussi rapidement d'avis au sujet de son visiteur. Il n'avait jamais eu beaucoup d'estime pour cet homme qui, partout suivi de l'ombre tutélaire de sa fumée malodorante, fuyait la société de ses semblables et dilapidait ses maigres gains au tripot, lançant les dés sans ouvrir la bouche, sinon pour cracher disgracieusement par terre. En observant à présent Ah Sook, il se dit pourtant qu'il avait mal jugé le caractère du digger solitaire. Celui qu'il avait en face de lui paraissait… comment dire ? Un homme de vertu ? À principes ? Ce n'étaient pas les mots justes. Ah Sook parlait avec ardeur, et il y avait, dans le feu de sa parole, une douceur, presque de la naïveté. Ah Quee s'étonna de constater qu'il n'éprouvait point d'antipathie à son égard. Il était flatté qu'Ah Sook eût recherché ce jour-là sa compagnie… qu'il l'eût mis dans sa confidence… il en éprouvait un plaisir qui le prédisposait à l'empathie ; de plus, n'ayant toujours pas deviné le but de la visite de son compatriote, il s'était laissé captiver par son récit. Il oubliait en cet instant sa réprobation du métier exercé par ce visiteur, l'odeur nauséeuse de la fumée qu'il avait apportée avec lui, sur ses habits, dans ses cheveux.

Ah Sook marqua une pause pour reprendre une bouchée de caillé de soja. Il fit derechef l'éloge du mets, puis reprit son récit.

Dans la nuit du 14 janvier, immédiatement après les retrouvailles de Francis Carver et de Crosbie Wells, l'*Adieu-vat* appareilla… fait dont Ah Sook n'aurait connaissance que quelques jours plus tard. Il passa l'intervalle à Kaniere, à méditer la logistique de son crime imminent. Il était fort attaché au cérémonial, et il savait précisément à quelle sorte de mort il destinait Carver ; pourtant, ni lui ni, à sa connaissance, aucun de ses compatriotes ne possédait de pistolet. Il faudrait en acheter un, sans attirer l'attention, et apprendre par lui-même à s'en servir. Il venait de donner tout son or pour l'opium acquis à l'officine de Pritchard, et il n'avait pas d'autre capital. Devrait-il solliciter un emprunt auprès d'un compatriote ? Il débattait ce problème en lui-même, lorsqu'il reçut de Hokitika encore une nouvelle inattendue : Anna Wetherell avait tenté, sans succès, de mettre fin à ses jours.

Ah Sook fut bouleversé de l'apprendre… quoique, à la réflexion, il ne pût y croire. Il jugea plus probable que l'opium livré dernièrement à Pritchard avait été empoisonné. Anna était d'une constitution aguerrie ; elle supportait bien la drogue ; qu'une petite fraction d'once l'eût plongée pendant des heures dans une syncope tellement profonde, qu'on n'avait pu l'en faire revenir, c'était impossible. Ah Sook retourna à Hokitika le lendemain matin et demanda à être reçu sur-le-champ par Thomas Balfour, l'agent maritime qui avait la clientèle de Pritchard.

Or, il se trouva que ce matin-là (du 16 janvier) était précisément celui où Balfour se rendit compte que la caisse contenant la malle et les effets personnels d'Alistair Lauderback avait disparu du port de Hokitika ; par conséquent, l'agent se montra laconique et passablement distrait. Oui, l'apothicaire était un client de l'agence Balfour, mais Balfour n'avait pas grand'chose à voir avec les marchandises dont il assurait le transport. Ah Sook ferait sans doute mieux d'aller voir le fournisseur de Pritchard, un gros balafré, à l'air brutal et au tempérament bourru. Il s'appelait Francis Carver. Ah Sook le connaissait-il ?

Ah Sook fit de son mieux pour contenir le saisissement que lui causa cette nouvelle. Il demanda depuis quand Carver et Pritchard étaient en relation d'affaires. Balfour l'ignorait, mais comme Carver avait commencé à faire escale à Hokitika au printemps de l'année précédente, il s'imaginait que les rapports des deux hommes remontaient à cette époque, sinon à plus loin encore. C'était étrange, dit encore Balfour, qu'Ah Sook n'eût jamais croisé Carver, alors qu'ils se connaissaient ! (Que le Chinois le connaissait bien, c'était peint sur son visage.) Ou peut-être pas si étrange, puisque Carver était dans l'arrière-pays un hôte aussi rare qu'Ah Sook en ville. Avait-il connu Carver au temps où il vivait à Canton ? Oui ? Eh bien, dans ce cas c'était décidément dommage qu'ils se fussent ratés ! Mais oui, ratés : M. Carver venait d'appareiller. Il y avait de cela deux jours tout juste. Quel dommage ! Car le capitaine faisait vraisemblablement route vers Canton et, cela étant, on ne le reverrait pas de sitôt à Hokitika.

Ah Sook en était là de son récit, lorsque la bouilloire se fit entendre. Ah Quee la prit sur le fourneau et versa de l'eau bouillante sur les feuilles de thé. Ah

Sook se tut en les regardant s'ouvrir et se dérouler au fond de son bol. Il laissa passer ainsi un long moment avant de reprendre.

Se fiant aveuglément à ce qui n'était qu'une supposition de la part de Balfour : que Carver eût quitté Hokitika pour Canton et ne dût pas y revenir avant plusieurs mois, Ah Sook regagna de nouveau Kaniere pour réfléchir à la marche à suivre. Il savait par le Maori, Tauwhare, que Francis Carver s'était informé d'un homme du nom de Crosbie Wells, quelques heures à peine avant de mettre à la voile. Peut-être pourrait-il lui aussi se mettre en rapport avec le dénommé Wells et l'interroger. Il se souvenait que Tauwhare, lors de leur bref échange, avait mentionné que Wells demeurait dans la vallée de l'Arahura, à quelques milles en amont. Il se mit en route, mais une déception plus cruelle encore l'y attendait : la maison était vide, son occupant, mort.

Pendant la semaine suivante, Ah Sook s'intéressa de près à l'histoire du trésor découvert chez Wells… croyant, non sans raison, à un rapport entre la mort de cet inconnu et le départ de Carver. Cette préoccupation l'avait tenu en haleine huit jours durant… jusqu'au matin même de ce 27 janvier, lorsqu'il avait fait deux découvertes dont il restait fort surpris.

Ah Sook était ainsi sur le point de révéler le motif de sa visite, lorsqu'un coup de pistolet déchira l'air… partagé entre ahurissement et horreur, il resta muet… tandis que des cris arrivaient du terrain défriché devant la porte :

— Sors de là, pourriture de Chinetoque ! Sors de là et conduis-toi en homme !

Les yeux d'Ah Sook rencontrèrent ceux d'Ah Quee :

— Qui est-ce ?

La question muette reçut en réponse une moue dégoûtée, quoique Ah Quee ne pût bannir la peur de son regard en articulant :

— Mannering.

L'instant d'après, la toile de jute fermant l'ouverture était arrachée, et la carrure de Mannering remplissait le cadre de la porte. L'homme brandissait un pistolet.

— Vous voilà réunis en conciliabule à la forge, hein ?... Un petit nid de conspirateurs, c'est ça ? Tous les deux, de mèche ? J'avais pourtant meilleure opinion de toi, Johnny Sook ! Venir te vautrer dans cette bauge ! Mordieu, on a raison de nous parler du péril jaune !

Il s'avança résolument... d'un air moins menaçant qu'il n'aurait voulu, le linteau étant si bas qu'il dut se baisser pour entrer... et, immobilisant Ah Quee d'un bras puissant autour de la taille, lui colla le canon de son Smith & Wesson contre la tempe. Sa victime resta coite.

— Bien, dit Mannering. J'écoute. Qu'est-ce que tu fricotais avec Crosbie Wells ?

Un instant, Ah Quee ne cilla pas. Enfin, il secoua négativement la tête... à peine, car il sentait toujours la pression du revolver contre son crâne. Il ne connaissait même pas Crosbie Wells, il n'en savait que ce qu'Ah Sook venait de lui conter, à savoir que l'homme avait vécu en reclus, dans la vallée de l'Arahura, et qu'il était mort depuis peu. Derrière Mannering, Charlie Frost montra un visage blême en se glissant dans la cabane… suivi, quelques instants plus tard, du colley bondissant. Le poil trempé, la langue pendante, la chienne Holly fit plusieurs fois en trottinant le tour de la pièce exiguë et lança quelques aboiements rauques, sans que personne fît mine de lui imposer silence.

— Eh ben, alors, reprit Mannering face au silence d'Ah Quee. Mettons que je retourne la question. Dis-moi, Johnny Quee : qu'est-ce qu'il faisait, Crosbie Wells, avec quatre mille livres d'or de l'*Aurore* ?

Ah Quee émit le petit cri de celui qui perd pied. De l'or de l'*Aurore* ? Il n'y en avait pas, voyons ! L'*Aurore* était un trou stérile. Si quelqu'un devait le savoir, c'était bien Mannering ! Mannering qui rageait :

— Fourré dans la boîte à farine. Planqué dans le soufflet. Dans la théière. Dans le garde-manger. Tu m'entends ? *Pour quatre mille livres d'or natif !*

Ah Quee fronçait le sourcil. Sa compréhension de la langue anglaise était très limitée, mais il connaissait le mot « or », et il connaissait « Aurore », et il connaissait « mille », et il voyait bien que Mannering avait perdu quelque chose et qu'il voulait le retrouver. Il parlait sans doute de l'or caché dans les robes d'Anna, pensa Ah Quee… cet or qu'il avait découvert par hasard, un après-midi, en soulevant un volant de sa jupe pour le trouver d'une pesanteur minérale, lesté de pierres ; cet or qu'il avait prélevé, semaine après semaine, ôtant chaque fois les fils d'une couture, pendant qu'elle dormait sur le lit de brique de son four, la demi-lune croissante de sa grossesse se soulevant et retombant à chaque souffle, ses lèvres ne lâchant un murmure qu'aux instants où la pointe de l'aiguille lui effleurait la peau. Il l'avait fait fondre, cet or-là, pendant des semaines et des mois après sa première découverte, et avant de le porter au quartier-général du campement de Kaniere, il avait estampillé chaque petite brique du nom de la concession à laquelle il était lié par son contrat d'engagement : l'*Aurore*…

— Quatre mille livres ! hurla Mannering, déclenchant de nouveaux aboiements de la part de Holly. Nom de nom, l'*Aurore* ne produit rien… c'est un fichu tas de déblais ! Je le sais, moi ! Staines le sait ! L'*Aurore*, c'est de la poudre aux yeux, depuis le début. Dis-moi la vérité. Tu as trouvé un pactole sur l'*Aurore* ? Hein ? Tu es tombé sur une veine payante et tu as amalgamé l'or et tu l'as planqué chez Crosbie Wells ? *Dis-le*, crénom ! *Silence*, Holly ! *Silence !*

En tant qu'engagé, Ah Quee était lié à l'*Aurore* ; son contrat ne lui permettait pas de prospecter en dehors de cette concession. Après avoir fait fondre l'or des robes d'Anna et gravé dans chaque petit lingot le mot *Aurore*, il avait porté le tout au quartier-général du campement pour le faire peser et déposer à la banque. Lorsque le bilan trimestriel de l'*Aurore* avait été publié, dans la première semaine de janvier, il avait pourtant été stupéfait de constater que l'or n'avait pas été porté à l'actif de la concession. Quelqu'un l'avait volé dans le coffre-fort du quartier-général.

Mannering pressa le pistolet contre la tempe d'Ah Quee et lui enjoignit derechef de parler, assaisonnant son discours de quelques jurons trop grossiers pour être reproduits ici.

Ah Quee s'humecta les lèvres. Il ne possédait pas

assez d'anglais pour faire des aveux circonstanciés. Tâtonnant à la recherche des quelques mots qu'il connaissait, il finit par en trouver un et dit :

— Pas chance. Moi beaucoup malheureux.

— Nom de nom, je ne te le fais pas dire, hurla Mannering. Et tu vas être plus malheureux encore, tu vas voir.

Il gifla Ah Quee avec la crosse de son revolver puis lui enfonça de nouveau le canon dans la tempe, en lui faisant douloureusement incliner la tête.

— Je te conseille de réfléchir sérieusement à la chance et à la malchance, Johnny Quee, dit-il. Je te conseille de trouver moyen que ta chance tourne. Je vais t'abattre. Je m'en vais te brûler la cervelle sous les yeux de deux témoins. Je te jure.

Pendant ce dialogue unilatéral, Charlie Frost avait montré une agitation croissante. Ce fut lui qui parla :

— Arrêtez !

— Tenez votre langue, Charlie.

— Je ne tiendrai pas ma langue. Posez ce pistolet.

— Pour rien au monde.

— Vous le troublez !

— Mon œil !

— Si !

— Je parle le seul langage qu'il est capable de comprendre !

— Vous avez votre calepin !

C'était vrai. Au bout d'un moment, comme par manière de compromis, Mannering éloigna le revolver de la tempe d'Ah Quee. Pourtant, il ne le rengaina pas. Il hésita un instant, soupesant l'arme dans sa main, puis la brandit de nouveau et la dirigea…

non plus contre Ah Quee, mais contre Ah Sook, celui des deux qui parlait mieux l'anglais. Pointant le canon droit sur le visage de l'homme, il dit :

— Je veux savoir s'il est tombé sur une veine payante en creusant l'*Aurore*, et je veux la vérité. Demande-lui.

Ah Sook traduisit la question de Mannering en cantonais pour Ah Quee, qui y répondit longuement. Le fondeur d'or conta toute l'histoire de la mine *Aurore*, salée par Mannering, puis achetée par Staines ; il expliqua la raison pour laquelle il avait choisi d'abord d'amalgamer ses gains hebdomadaires, puis d'estampiller les lingots du nom de la mine à laquelle il était lié par son contrat d'engagement ; il assura Ah Sook que l'*Aurore*, à sa connaissance, ne valait rien du tout… ayant en six mois à peine produit de quoi couvrir les frais d'exploitation. Pendant tout ce temps, Mannering se dandinait d'un pied sur l'autre, la physionomie renfrognée, tandis que Holly tournait en rond dans la pièce, remuant la queue, la gueule souriante. Charlie Frost lui tendit une main à lécher.

— Pas pépites, traduisit Ah Sook, lorsque Ah Quee en eut fini. Pas veine. Ah Quee dit *Aurore* ne valoir rien.

— Alors c'est qu'il est un f...u menteur, dit Mannering.

— Dick ! intervint Frost. Vous venez de reconnaître vous-même que l'*Aurore* est une fouille blanche !

— Ça va de soi ! hurla Mannering. Mais alors d'où diable sort tout cet or… le tout fondu par ce sale païen… ici même ? Est-ce qu'il est de mèche avec Crosbie Wells ? Pose-lui la question !

Il brandit son pistolet sous le nez d'Ah Sook, qui répondit, après avoir consulté Ah Quee :

— Lui pas connaître Crosbie Wells.

Ah Sook aurait facilement pu faire part à Mannering de ce qu'il savait lui-même… ce qui tout à l'heure avait conduit ses pas chez Ah Quee, afin de chercher conseil… mais n'approuvant pas la méthode de questionnement utilisée par le magnat, il estimait celui-ci indigne d'une réponse plus obligeante.

— Et Staines, alors ? demanda Mannering à Ah Sook, avec une colère qui se teintait de désespoir. Emery Staines, alors ? Ah ! tu connais bien ce nom-là, hein, Johnny Quee ? Bien sûr que tu le connais ! Allez, dis ! Où est-il ?

La question fut transmise par Ah Sook à Ah Quee, comme les précédentes.

— Lui pas savoir, répéta le premier, lorsque le second eut fini de parler.

— Lui pas savoir ? éclata Mannering, mécontent. Lui pas savoir ? Lui pas savoir un tas de choses, Johnny Sook, tu ne trouves pas ?

— Il ne répondra pas si vous l'interrogez de la sorte ! protesta Frost.

— Taisez-vous, Charlie.

— Je ne me tairai pas !

— Ce ne sont pas vos affaires, crénom de nom ! Vous faites obstruction.

— Ce sera mon affaire si le sang est versé, s'obstina Frost. Rangez votre arme !

Mannering cependant brandit de nouveau le revolver sous le nez d'Ah Sook et rugit, hargneux :

— Eh bien ? Et tu peux effacer cet air stupide

de ta trogne, ou c'est moi qui m'en chargerai. C'est *à toi* que je pose la question maintenant… pas à lui, pas à Johnny Quee. C'est *toi* que j'interroge, Sook. Que sais-tu de Staines ?

Les yeux d'Ah Quee allaient et venaient de l'un à l'autre.

— M. Staines très sympathique, répondit Ah Sook d'un ton aimable.

— Sympathique, hein ? Veux-tu bien nous dire où ce gars sympathique a pu disparaître ?

— Lui parti, déclara Ah Sook.

— Tu m'en diras tant. Il s'est tiré des flûtes, et voilà, hein ? Il a laissé toutes ses concessions en plan ? Plaqué tous ses amis ?

— Oui. Journal en parler.

— Dis-moi pourquoi. Pourquoi ferait-il une chose pareille ?

— Moi pas savoir, dit Ah Sook.

— Vous jouez un jeu idiot… tous les deux, fit Mannering. Allez, je te poserai la question une dernière fois, sans te bousculer, en mettant tous les points sur les i, que tu sois sûr de comprendre. Il s'agit d'une grosse fortune qui vient de se faire jour. Cachée dans la maison d'un mort. Le tout… jusqu'à la dernière paillette… fondu en lingots estampillés du mot *Aurore*. Ça, c'est la signature de mon vieux copain Quee, ici présent, et s'il le nie, qu'il aille se faire pendre. Alors, ce que je veux savoir, c'est si cet or-là sort vraiment de l'*Aurore*, oui ou non. Toi, pose-lui la question. Oui ou non.

Ah Sook posa la question à Ah Quee, qui décida, vu la gravité des circonstances, de répondre selon la vérité. Oui, il avait trouvé un pactole, et non, l'or ne venait pas de l'*Aurore*, quoiqu'il l'eût estampillé, en le fondant, du nom de la mine, pour être sûr de toucher au moins une fraction de sa valeur. Il expliqua que, si étrange que cela pût paraître, il avait trouvé l'or sur la personne d'Anna Wetherell, cousu dans la doublure de ses robes. Il y avait près de six mois déjà qu'il en avait fait la découverte, et après mûre réflexion, il avait conclu qu'Anna faisait la contrebande du métal pour le compte d'un autre. Il savait qu'Anna Wetherell était une fille de l'écurie de Mannering ; il savait aussi qu'il était déjà arrivé à Mannering de fausser ses comptes. Il était donc logique de penser que Mannering se servait d'Anna Wetherell pour sortir l'or des gorges en évitant de payer les droits au fisc.

— Qu'est-ce qu'il raconte ? demanda Mannering. C'est quoi, sa réponse ?

— En tout cas, c'est drôlement long, commenta Frost.

C'était, en effet, une longue histoire… et c'était au tour d'Ah Sook de se laisser captiver. Anna Wetherell avait donc caché un trésor ? Anna, à qui Mannering interdisait même de se munir d'un porte-monnaie en sortant, de peur des voleurs ? Il ne pouvait le croire !

Ah Quee parlait toujours.

Il n'oubliait pas ses vieux griefs contre Dick Mannering, l'engagiste qui l'obligeait à rester lié à une concession improductive. Sa découverte lui donnait l'occasion de racheter sa liberté tout en se vengeant. Ah Quee commença à inviter Anna Wetherell, ivre d'opium, à venir le voir chaque semaine. Toujours hébétée et à moitié endormie en sortant de chez Ah

Sook, elle cédait en général au sommeil quelques minutes après son arrivée, bercée par la chaleur du four. C'était tout ce que demandait Ah Quee. Il installait Anna à son aise sur la couchette de brique, puis s'armait de fil et d'une aiguille et décousait sa robe, remplaçant les pépites par de petites masses de plomb entre les deux plis de l'ourlet, pour lui éviter, au réveil, la surprise de trouver l'étoffe soudain plus légère. Lorsqu'elle remuait dans son sommeil, il portait à ses lèvres une tasse d'alcool fort et l'encourageait à boire.

Ah Quee tenta de décrire la manière dont l'or était dissimulé dans les volants, mais comme Mannering le tenait toujours à bras-le-corps, il lui était impossible d'illustrer son propos par des gestes. Il eut donc recours à une métaphore, pour mieux faire comprendre la répartition du métal dans le corsage et tout autour de la tournure… « comme une armure de chevalier », dit-il, et Ah Sook, toujours amateur d'images poëtiques, sourit. Anna possédait en tout quatre robes. Ah Quee estimait que chacune recelait de l'or natif pour une valeur d'un millier de livres sterling, à vue de nez. Il travailla jusqu'à ce qu'il les eût vidées toutes les quatre, faisant fondre poudre et paillettes au fur et à mesure pour fabriquer les petits lingots carrés sur lesquels il gravait le nom de la concession à laquelle il était lié… comme s'il avait trouvé l'or honnêtement, en toute légalité, dans les graviers de l'*Aurore*. Pendant un moment, conclut-il, il avait connu le bonheur : quand il aurait remboursé sa caution, il pourrait enfin rentrer à Kouang-tchéou en homme riche.

— Eh bien ? demanda Mannering à Ah Sook en

trépignant d'impatience. Qu'est-ce qu'il raconte ? Hein ? Qu'est-ce que tout ça veut dire ?

Mais Ah Sook ne pensait plus à son rôle d'interprète. Il regardait Ah Quee sans revenir de son étonnement. L'histoire était incroyable ! Des milliers de livres sterling… Anna avait caché sur elle des *milliers* de livres, des mois durant ! Une fortune qui aurait permis à une douzaine d'hommes, ou même plus, de vivre dans le luxe, sans travailler, jusqu'à la fin de leurs jours. Avec une somme pareille, Anna aurait pu acheter tout le front de mer… et encore, elle aurait eu de l'argent de reste ! Mais cette fortune, où était-elle passée ?

L'instant d'après, Ah Sook comprit.

— *Sei tsin*, murmura-t-il dans un souffle.

Ainsi, le trésor qu'Ah Quee avait extrait des robes d'Anna était tombé, par il ne savait quel caprice ou erreur d'acheminement, entre les mains de Crosbie Wells. Mais qui avait manigancé ce détournement… et dans quel but ?

— Parle anglais ! hurla Mannering. Parle *anglais*, mordieu !

S'enflammant soudain, Ah Sook demanda à Ah Quee comment l'or avait pu se retrouver caché dans la cabane de Wells. Ah Quee, amer, protesta de son ignorance. Il n'avait jamais entendu le nom de Crosbie Wells avant ce jour. À sa connaissance, la dernière personne à avoir eu entre les mains l'or amalgamé, c'était le propriétaire actuel de l'*Aurore*, Emery Staines… et Staines, bien sûr, avait disparu sans laisser de traces. Ah Quee expliqua que c'était Staines qui portait le produit de l'*Aurore* du quartier-général du campement à la Banque de réserve le dernier de chaque mois… devoir qui, manifestement, n'avait pas été rempli.

— Tout ce que j'entends, c'est du bruit et du charabia, gronda Mannering. Si tu ne me racontes pas de quoi il retourne, Johnny Sook… ma parole…

— Allez, ils ont fini, dit Frost. Un peu de patience.

Ah Sook fronçait le sourcil. Emery Staines avait-il réellement volé le contenu de son propre coffre-fort, pour planquer les lingots dans la cabane d'un vieux misanthrope, à une douzaine de milles de là ? À quoi cela rimait-il ? Pourquoi Staines déroberait-il sa propre fortune pour en faire cadeau à un tiers ?

— Je vais compter jusqu'à cinq, avertit Mannering, dont le teint virait au pourpre. Un !

Ah Sook se tourna enfin vers le magnat et poussa un soupir.

— Deux !

— Moi vous dire.

Ah Sook leva les mains, les paumes en avant. Mais que de choses il y avait à dire… et combien peu de mots il possédait, pour y loger toute l'explication ! Il réfléchit un instant, cherchant à se rappeler le mot anglais pour « armure », afin de respecter la métaphore poëtique d'Ah Quee. Enfin, il se racla la gorge et se lança :

— Trésor pas venir *Aurore*. Anna porter armature secrète, armature or. Quee Long trouver sur Anna armature or secrète. Quee Long mettre or secret sur compte *Aurore*. Après Staines voler Quee Long.

Naturellement, Dick Mannering s'y méprit.

— Bon, l'or n'a donc aucun rapport avec l'*Aurore*, récapitula-t-il. Emery est tombé sur un filon quelque part… mais il l'a tenu secret… jusqu'à ce que l'ami Quee évente la mèche. Alors Quee a voulu déposer l'or d'Emery sur le compte de l'*Aurore*, et M. Staines a repris son bien.

C'était à ne plus s'y retrouver ! Ah Sook se mit à parler à toute vitesse à Ah Quee en cantonais… ce que Mannering prit, évidemment, pour une marque d'assentiment.

— Où est M. Staines maintenant ? demanda-t-il. Arrête les autres questions. Pose-lui celle-là. Où M. Staines est-il allé ?

Ah Sook, docile, s'interrompit et transmit la question. Pour le coup, Ah Quee répondit avec une détresse qu'il ne chercha même pas à cacher. Il dit qu'il n'avait pas parlé à Emery Staines depuis le mois de décembre, mais qu'il désirait beaucoup le revoir, car c'était seulement début janvier, à la publication du bilan trimestriel de l'*Aurore*, qu'il s'était rendu compte qu'il était victime d'une escroquerie. La fortune qu'il avait découverte dans les robes d'Anna n'avait pas été portée à l'actif de la mine, suivant son intention, et Ah Quee était certain que M. Staines était responsable de cette erreur d'écritures. Il avait pourtant mis un moment à le comprendre, et dans l'intervalle M. Staines avait disparu. Quant à savoir où il se terrait, Ah Quee n'en avait pas la moindre idée.

Ah Sook revint vers Mannering et répéta, pour la seconde fois :

— Lui pas savoir.

— Vous l'avez entendu, Dick ? hasarda Charlie Frost dans son coin. Il ne sait pas.

Mannering fit la sourde oreille. Le revolver braqué toujours sur le visage d'Ah Sook, il attaqua :

— Dis-lui que, s'il ne joue pas cartes sur table, je t'abats, toi. Dis-lui cela : ou bien Johnny Quee parle ou bien Johnny Sook crève. Dis-lui. Maintenant !

Il donna une saccade au revolver pour souligner. Ah Sook transmit fidèlement la menace à Ah Quee, qui ne répondit pas. Il y eut un silence général, comme si chacun des présents s'attendait à ce que l'un des autres prît la parole… Puis, sans crier gare, Mannering allongea la main droite en un geste éclair, fit basculer Ah Quee en avant, lui empoigna la natte et, tirant violemment dessus, lui renversa la tête en arrière. Son arme visait toujours Ah Sook. Ah Quee n'avait pas pipé, mais ses yeux se remplirent aussitôt de larmes.

— Personne ne remarque la disparition d'un Chinois, dit Mannering à Ah Sook. Surtout pas à Hokitika. Comment ton petit copain que voici l'expliquerait-il au commissaire ? Je me le demande. « Pas chance, qu'il dirait. Sook mourir… vallée pas porter chance. » Et que dirait le commissaire ?

Mannering tira méchamment, de toutes ses forces, sur la natte d'Ah Quee et poursuivit :

— Il dirait : « Johnny Sook ? C'est le travailleur du chapeau, marchand de fumée, n'est-ce pas ? Celui qui passe ses après-midi sur le dos, sous la patte de sa noire idole ? Qui vend de la confiture empoisonnée aux Chinetoques et aux putains dont personne ne veut ? Il est *mort* ? Eh ben ! Au nom du ciel, que veux-tu que j'en aie à fiche ? »

Le venin était sans précédent. Jusque-là, Mannering et Ah Sook ne s'étaient jamais heurtés. Mais si Ah Sook était en colère ou se sentait insulté, il n'en laissa rien paraître. Il rendit son regard à Mannering, le dévisagea d'un air froid, sans ciller et sans se détourner. Ah Quee, dont la nuque était toujours renversée, posture qui faisait saillir les muscles de son cou comme des cordes sous la peau, garda lui aussi son calme et ne broncha pas.

— Pas poison, dit enfin Ah Sook. Moi pas empoisonner Anna.

— Et moi, rétorqua Mannering, je te dis que tu lui fais avaler du poison tous les jours, à Anna.

— Dick, intervint Frost, dont les nerfs semblaient sur le point de lâcher. C'est hors de propos…

— *Hors de propos ?*

Mannering braqua le canon de son arme à un pied environ de la tête d'Ah Sook et tira. Il y eut le bruit sec d'une détonation… le cri de peur d'Ah Sook, qui leva vivement le bras… enfin le crépitement plus discret des débris pulvérisés que dégorgeait le trou d'impact. Mannering hurla :

— Je vous en donnerai, de l'à-propos ! Anna Wetherell est étendue sur le carreau au rade sordide de ce drôle – (dit en brandissant le revolver contre Ah Sook) – six jours sur sept. Celui-ci – (dit en tirant rageusement sur la natte d'Ah Quee) – traite Staines de voleur. Apparemment, il a découvert un secret touchant à l'or et à un pactole. Je sais pertinemment, moi, qu'Anna Wetherell était *avec* Emery Staines le soir où Staines a disparu… soir qui, soit dit en passant, est aussi celui où un pactole (encore un) a fait son apparition dans un lieu vraiment très étrange et où Anna a perdu la boule ! Mordieu, Charlie, ne me parlez pas d'à-propos !

L'instant d'après, tous les quatre parlaient à la fois.

— *Nei goh si hai ng wui…*, dit Ah Quee.

— Si vous êtes tellement sûr, pour ce qui est de l'*Aurore*…, dit Frost.

— *Ngoh moh jo choh yè*…, dit Ah Sook.

— *Quelqu'un* a bien donné cet or à Crosbie Wells ! dit Mannering.

Sur ce, une nouvelle voix s'éleva dans le dos de Charlie Frost :

— Bon Dieu de bon Dieu ! qu'est-ce qui se passe ici ?

C'était Harald Nilssen, le commissionnaire. Il courba la tête pour passer sous le linteau bas et promena autour de lui un regard étonné. La chienne l'accueillit en bondissant pour renifler les basques de sa redingote et les revers des manches. Nilssen la gratouilla derrière les oreilles et répéta :

— Qu'est-ce qui se passe ? Au nom du ciel, Dick… on vous entend à cinquante pas ! Les Célestes sont tous dans la rue !

— Harald Nilssen ! s'exclama Mannering en rempoignant de plus belle la natte d'Ah Quee. Témoin à charge ! Voilà du renfort qui m'arrive ! Précisément l'homme qu'il me faut !

Nilssen posa les pattes de Holly par terre et lui caressa la tête pour la calmer en même temps que son maître :

— Tout doux ! Si vous continuez comme ça, c'est la police qui va arriver d'un instant à l'autre. Que faites-vous là ?

— Vous êtes allé chez Crosbie, vous, poursuivit Mannering sans baisser le ton. Vous avez bien vu, de vos yeux vu, que l'or avait été amalgamé… n'est-ce pas ? Ce diable jaune essaie de nous monter un bateau !

— Oui, acquiesça Nilssen, cherchant de façon un peu absurde à essuyer sa veste imbibée de pluie. J'ai vu en effet que l'or avait été amalgamé. C'est d'ailleurs justement cela qui m'amène. Mais ce n'est pas une raison pour crier. Vous avez un public, vous savez !

— Tu vois ? disait pendant ce temps Mannering à Ah Quee. Voilà encore un monsieur qui vient pour te faire parler ! Encore un monsieur qui va te coller son pistolet sur la tempe !

— Pardon, protesta Nilssen. Je ne vais coller de pistolet sur la tempe de personne. Je me permettrai cependant de vous demander encore une fois ce que vous faites là. En tout cas, cela m'a l'air d'être du vilain.

— Il ne veut rien entendre, intervint Frost qui, si vilain il devait y avoir, ne tenait pas à y être mêlé.

— Laissez-le répondre lui-même ! trancha Nilssen. Qu'est-ce qui se passe ici ?

Nous ne reproduirons pas la réponse de Mannering, à la fois inexacte et incendiaire. Nous omettrons également la discussion qui s'ensuivit, au cours de laquelle Mannering et Nilssen constatèrent qu'ils venaient à China-Town dans un seul et même but, tandis que Frost, se sentant soupçonné par le commissionnaire pour son rôle dans la vente des biens de feu Crosbie Wells, gardait un silence maussade. Les explications ne furent pas aisées, et près de dix minutes s'écoulèrent ainsi avant que la conversation ne revînt enfin au fondeur d'or, Ah Quee, tenu toujours par la peau du cou, dans une posture aussi incommode qu'indigne. Mannering proposa de lui couper carrément la natte pour mieux lui faire comprendre l'urgence de la chose ; il tirait sur la tête d'Ah Quee tout en parlant, du même geste qu'il aurait eu pour soupeser un butin, prenant un plaisir manifeste à ce manège. Mais le code éthique de Nilssen tolérait aussi peu l'humiliation que son code esthétique la laideur ; il exprima derechef sa désapprobation, Mannering s'en offusqua, et leur prise de bec retarda encore la libération d'Ah Quee, amenant la chienne à un paroxysme de joie et de jappements déchaînés.

Finalement, Charlie Frost, à qui personne jusque-là n'avait prêté attention, fit remarquer que les deux Chinois avaient peut-être simplement mal compris le questionnement de Mannering. Il proposa d'interroger une seconde fois Ah Sook, par écrit ; ils pourraient ainsi être certains que rien n'avait été perdu en traduction. Nilssen reconnut le bon sens de l'idée et signifia son accord. Mannering était déçu… mais, mis en minorité, force lui fut de consentir également. Il lâcha Ah Quee, rengaina son revolver et prit son calepin dans la poche de son gilet pour composer une question en écriture chinoise.

Le calepin de Mannering était un objet dont il tirait une juste fierté. Les pages étaient disposées un peu à la manière d'un abécédaire, avec les caractères chinois inscrits sous leur traduction anglaise ; Mannering avait inventé un index qui permettait de combiner les caractères simples pour former des vocables plus longs. Comme il n'y avait aucune transcription phonétique, il était déjà arrivé que le calepin ajoutât à la confusion qu'il était censé dissiper, mais dans l'ensemble il n'en représentait pas moins un outil de conversation ingénieux et utile. Avançant le bout de la langue jusqu'au coin de la bouche, comme chaque fois qu'il s'apprêtait à lire ou à écrire, Mannering se mit à y feuilleter.

Pourtant, Ah Sook répondit à sa question avant même qu'il ne l'eût trouvée. Le gratteur solitaire se leva de son siège à côté du four, se racla la gorge et annonça, dans cet espace qui, sa stature une fois déployée, paraissait plus exigu encore :

— Moi connaître secret Crosbie Wells…

C'était cela qu'il venait de découvrir, le matin même, à Kaniere ; cela dont il avait voulu débattre en se rendant chez Ah Quee.

— Comment ? fit Mannering. Plaît-il ?

— Lui à Dunstan, reprit Ah Sook. Otago.

— Et alors ? À quoi est-ce que cela nous avance ? gronda Mannering, atterré. Où vois-tu là un secret ? Crosbie Wells… à *Dunstan* ! C'était quand, Dunstan ? Il y a deux… non, trois ans ! Voyons… moi aussi, j'étais à Dunstan ! Tout Hokitika était à Dunstan !

— Vous n'y auriez pas croisé Wells, par hasard ? demanda Nilssen.

— Non, dit Mannering. Je ne l'ai pas connu. Mais j'ai connu sa femme. De mon temps à Dunedin.

— Vous avez connu sa femme ? La veuve ?

Nilssen paraissait étonné, mais Mannering ne se souciait pas de poursuivre le sujet. Il tourna une page avant de répondre :

— Oui. Mais pas Crosbie. Ils étaient séparés. Maintenant, que tout le monde se taise : sans un bout de silence, je ne pourrai pas m'entendre penser.

Φ

— Dunstan, répéta Walter Moody en se caressant le menton du pouce et de l'index.

— C'est un gisement d'Otago.

— Dans l'Otago central.

— Sur le déclin. À Dunstan, ces derniers temps, il n'y a plus que les dragues des compagnies. Mais le patelin a eu son heure de gloire.

— C'est la seconde fois déjà ce soir qu'il a été question de ce gisement, dit Moody. Si je ne me trompe.

— Non, vous avez parfaitement raison, monsieur Moody.

— Attendez ! En quoi a-t-il raison ?

— L'or utilisé pour faire chanter M. Lauderback provenait d'une concession de Dunstan. Lauderback l'a dit.

— Lauderback l'a dit. Justement, reprit Moody en hochant la tête. Je me demande si je me fierais aux intentions de M. Lauderback en laissant tomber ce nom, comme par hasard, dans sa conversation de ce matin avec M. Balfour.

— Que voulez-vous dire par là, monsieur Moody ?

— Vous ne lui faites pas confiance ?... À Lauderback ?

— Ce serait tout à fait déraisonnable de ma part que de me défier de M. Lauderback, répondit Moody, attendu que je ne l'ai jamais rencontré de ma vie. Je me rends bien compte que les faits pertinents de cette histoire me sont transmis de seconde, sinon, dans certains cas, de troisième main. Prenez, par exemple, la mention du gisement de Dunstan. Francis Carver aurait donné cette indication à M. Lauderback, qui a conté leur entretien à M. Balfour, qui à son tour m'a fait part ici, ce soir, de cette seconde conversation ! Vous conviendrez tous que je serais stupide de prendre les dires de M. Balfour pour l'expression de la vérité.

Mais Moody se méprenait sur le compte de son auditoire en mettant en question un sujet aussi épineux que la vérité. Ses propos suscitèrent une explosion d'indignation aux quatre coins de la salle.

— Comment ! Vous ne faites pas confiance à un homme pour raconter sa propre histoire ?

— Voyons, monsieur Moody, j'ai été aussi fidèle à la vérité qu'il est humainement possible !

— Qu'est-ce qu'il peut vous dire, sinon ce qu'on lui a dit ?

Moody, interloqué, répondit plus prudemment, en promenant ses regards de l'un à l'autre :

— Je ne crois pas que vous ayez altéré ou omis sciemment quoi que ce soit dans votre histoire. Mais je crois aussi qu'il faudrait se garder de faire sienne la vérité d'autrui. C'est tout ce que je voulais dire.

— Et pourquoi ?

La question fusa de plusieurs côtés à la fois. Moody se tut un instant, réfléchissant.

— Devant un tribunal, commença-t-il enfin, un témoin jure de dire la vérité : c'est-à-dire *sa* vérité, la vérité telle qu'il l'entend. Il souscrit à deux critères. Son témoignage devra être *toute* la vérité et *rien que* la vérité. Seul le second de ces critères est une véritable limite. Le premier est laissé à la discrétion de chacun. En parlant de *toute la vérité*, nous entendons plus précisément toutes les impressions et tous les faits pertinents à l'affaire en cause. Quant à ce qui n'est pas pertinent, ce n'est pas simplement sans importance ; c'est, dans bien des cas, délibérément fallacieux. Messieurs – (le titre rendait, certes, un son étrange, appliqué à la compagnie hétéroclite réunie dans la salle) –, j'affirme qu'il n'y a pas de vérité entière, il n'y a que des vérités pertinentes... Or, la pertinence, vous en conviendrez, est toujours une affaire de perspective. Je ne crois pas que l'un quelconque d'entre vous se soit parjuré ce soir, en quelque sens que ce soit. Je suis persuadé que vos paroles sont la vérité et rien que la vérité. Mais vos perspectives sont multiples, et vous me pardonnerez s'il m'est impossible de prendre votre histoire pour un *tout* achevé.

Ce discours fut suivi d'un silence. Moody comprit qu'il les avait offensés. Il ajouta, baissant le ton :

— Bien sûr, je parle hors de saison, car vous n'avez pas encore fini de la conter.

Il consulta de nouveau les visages avant de conclure :

— Je n'aurais pas dû interrompre. Je répète, je ne voulais offusquer personne. Je vous en prie, continuez.

Φ

Charlie Frost regardait Ah Sook avec curiosité.

— Pourquoi avez-vous dit cela, monsieur Sook ? demanda-t-il. Que vous connaissez un secret concernant Crosbie Wells ?

— Crosbie Wells trouver bon filon à Dunstan, dit Ah Sook après avoir jaugé Frost du regard. Beaucoup très grosse pépite. Homme très chanceux.

— Crosbie Wells a trouvé un *filon* ? demanda Nilssen en se retournant.

Mannering aussi leva la tête et fit écho :

— Comment ? Un filon ? Qui a donné combien ?

— Dunstan, répéta Sook Yong-cheng, dont les yeux restaient fixés sur Frost. Homme très chanceux. Bon filon. Très riche.

Nilssen s'avança… au grand dam de Frost, car c'était lui, après tout, qui avait réorienté l'interrogatoire. Mais Nilssen et Mannering semblaient tous deux avoir oublié sa présence.

— Il y a combien de temps ? demanda Nilssen. Quand ?

— Deux, fit Ah Sook, levant deux doigts.

— Deux ans ! s'exclama Mannering.

— Et pour quelle valeur ? Combien ? dit Nilssen.

— Beaucoup mille.

— Combien ? Quatre ? insista Nilssen en montrant quatre doigts. Quatre mille ?

Ah Sook haussa les épaules. Il ne savait pas.

— D'où tenez-vous tout cela, monsieur Sook ? demanda Frost. Comment savez-vous que M. Wells a trouvé un retour gagnant à Dunstan ?

— Moi demander escorteurs, répondit Ah Sook.

— Il n'avait pas confiance en la banque ! commenta Mannering. Que dites-vous de cela, Charlie ? Hein ? Pas confiance en la banque !

— Quels escorteurs ? voulut savoir Nilssen. Gilligan's ? Ou Gracewood & Spears ?

— Gracewood & Spears.

— Bref, Crosbie Wells a trouvé un filon à Dunstan, et il a fait affaire avec Gracewood & Spears pour le transport de son or ? résuma Frost.

— Oui, approuva Ah Sook. C'être ça.

— Wells était donc assis sur un trésor… depuis le début ! dit Nilssen en secouant la tête. L'argent était à lui ! Et personne ne l'a cru.

— Et celui-ci ? intervint Mannering en désignant Ah Quee du doigt. Il était au courant ?

— Non, répondit Ah Sook.

— Mais que diable alors, qu'est-ce qu'on en a à f..... ? éclata Mannering, furieux. C'est *son* ouvrage, ne l'oublions pas... *son* ouvrage qu'on a trouvé chez Crosbie Wells ! De l'or amalgamé par la propre main de Johnny Quee !

— Peut-être Crosbie Wells était-il de mèche avec lui, opina Frost.

— C'est ça ? Ils étaient de mèche, Crosbie Wells et lui ? demanda Nilssen en montrant lui aussi Ah Quee.

— Lui pas connaître Crosbie Wells, fit Ah Sook.

— Ah ! seigneur Jésus ! gémit Mannering.

Harald Nilssen promenait ses yeux d'un visage chinois à l'autre... d'un air inquisiteur, cherchant dans ces physionomies quelque indice révélateur de leur complicité. Il se méfiait de tous les Chinois, n'en ayant personnellement jamais connu aucun. Ses convictions n'étaient pas de celles qui ont besoin de l'appui des faits ; loin de là, la réalité avait beau lui opposer des démentis formels et multipliés, rien ne pouvait lui faire changer d'avis. Il avait décidé autrefois que les Chinois étaient fourbes, et fourbes ils seraient, envers et contre toutes les preuves du contraire. Contemplant à présent Ah Quee, Nilssen se rappela la théorie du complot que Joseph Pritchard lui avait exposée tantôt : « Si quelqu'un est en train de monter un coup contre *nous*, peut-être que lui aussi en est victime. » Tout haut, il déclara :

— Il y a quelqu'un d'autre derrière tout cela. Un autre qui tire les ficelles.

— Oui, approuva Ah Sook.

— Qui ? demanda Nilssen, impatient.

— Vous n'en obtiendrez rien, bougonna Mannering. Pas un grain de bon sens. Vous y perdez votre souffle, croyez-moi.

Mais le gratteur solitaire répondit, et sa réponse surprit tous ceux présents dans la cabane.

— Te Rau Tauwhare, dit-il.

## VÉNUS EN CAPRICORNE

*Où la veuve fait part de sa philosophie de la fortune ;*
*Gascoigne voit ses espoirs avorter ;*
*et nous apprenons du nouveau sur Crosbie Wells.*

En quittant le *Gril*, Aubert Gascoigne avait traversé la rue jusqu'à l'hôtel directement en face : le *Voyageur*, identifié comme tel grâce à une enseigne peinte, suspendue par deux courtes chaînes à une poutre en saillie. Il n'y avait aucun mot inscrit sur le panneau, qui arborait, en lieu et place, la silhouette d'un marcheur, le menton levé, les coudes au corps, portant sur l'épaule le baluchon proverbial du pauvre garçon qui s'en va chercher fortune. La coupe leste de la silhouette aurait pu faire croire qu'il s'agissait d'une maison réservée au sexe fort, d'autant que l'établissement affichait dans l'ensemble une absence frappante de toute touche féminine, depuis le crachoir de cuivre sur la véranda et les latrines sous appentis dans la ruelle jusqu'aux fenêtres vierges de rideaux. En réalité cependant, tout cela reflétait plutôt une rigoureuse économie que les rigueurs d'un quelconque règlement interne : l'hôtel du *Voyageur* traitait les deux sexes sur un pied de stricte égalité, ayant adopté une fois pour toutes le principe de ne poser aucune question à ceux qui frappaient à sa porte, de ne rien leur promettre et de ne prendre, pour le gîte, que le prix le plus modique. Cela étant, ceux qui y logeaient étaient naturellement enclins à tolérer bien des choses… tel était du moins le raisonnement de Mme Lydia Wells qui, possédant le génie de l'épargne au plus haut degré, en avait fait pour l'heure sa résidence.

Lydia Wells semblait prendre toujours des poses luxurieuses, exprès pour pouvoir accueillir en riant l'importun qui viendrait l'en déranger. Au salon du *Voyageur*, Gascoigne la découvrit étendue sur le canapé, une pantoufle balançant au bout d'un orteil, un bras grand ouvert, la tête renversée sur un coussin ; elle serrait dans l'autre main un roman en format de poche, comme si le livre venait d'être cause d'une syncope. Ses joues rougies et sa mine émoustillée avaient été fabriquées *ad hoc* dans les instants qui précédèrent l'entrée du visiteur qui, lui, était loin de s'en douter. Il en concluait plutôt, selon l'intention de la belle, que la lecture dans laquelle elle était plongée était des plus licencieuses.

Lorsque Gascoigne frappa un petit coup au cadre de la porte (par pure courtoisie, car le battant était ouvert), Lydia Wells se ranima, ouvrit de grands yeux et fit entendre un rire tintinnabulant. Elle referma vivement son livre… mais le jeta ensuite sur le sofa de telle façon que l'homme ne pouvait manquer d'en noter le titre.

Gascoigne s'inclina. En se redressant ensuite, il

laissa son regard s'attarder, gourmand, sur le spectacle qui s'offrait à lui… Lydia Wells était, en effet, d'une beauté plantureuse qui faisait plaisir à voir. On lui aurait donné sans doute quarante ans, mais son âge tenait plutôt de l'énigme, entre la trentaine mûre et une cinquantaine juvénile ; elle-même refusait de révéler le chiffre exact. Elle se trouvait au moment indéterminé de la maturité qui semble toujours mettre en avant sa propre indétermination. Les enfantillages de Lydia étaient ainsi rendus plus frappants par le fait de son âge, et lorsqu'elle choisissait d'être sage, sa sagesse était d'autant plus impressionnante pour avoir élu domicile chez une personne aussi jeune. Ses traits tenaient de la renarde, yeux légèrement obliques et nez retroussé, tel le museau d'une petite bête vive et curieuse. Elle avait des lèvres pleines, des dents, lorsqu'elle les montrait, délicates et bien plantées. Ses cheveux étaient cuivrés, de cette nuance qui, « rousse » pour les hommes, est qualifiée d'« auburn » par les femmes et fonce, à l'instar de la flamme, dans le mouvement. Pour le moment, ils étaient relevés sur le front, réunis en un chignon tressé à la forme recherchée, remontant de la nuque jusqu'au sommet de la tête. Elle portait une robe de soie grise à rayures… d'une teinte foncée, mais qui restait légèrement en deçà d'une nuance de deuil, de même que l'expression de sa physionomie n'était ni tout à fait celle d'une femme faite, ni entièrement celle d'une jeune fille. La robe comportait un collet montant, boutonné jusqu'en haut, une tournure garnie de ruches et des manches gigot bouffantes dont la rondeur servait à mettre en valeur la poitrine opulente de Lydia et à faire paraître sa taille plus fine. Au bout de ces manches immenses, ses mains… jointes à présent pour exprimer son ravissement à la vue de Gascoigne sur le seuil du salon… paraissaient très petites et très fragiles, comme des mains de poupée.

— *Monsieur** Gascoigne, dit-elle, faisant traîner le nom en longueur pour mieux le savourer. Mais vous êtes seul !

— Chargé de vous exprimer des regrets.

— Vous exprimez des regrets… et vous en excitez d'autres, bien profonds, enchaîna Lydia en le scrutant du regard. Laissez-moi deviner : une migraine ?

Gascoigne esquissa un geste négatif et conta aussi brièvement que possible l'histoire du pistolet qui avait raté dans la main d'Anna. Il dit la vérité. Lydia poussa des exclamations inquiètes et le harcela de questions auxquelles il répondit en détail, mais avec dans la gorge un tremblement qui trahissait une fatigue excessive. Elle finit par s'attendrir et lui offrit un siège et un petit alcool qu'il accepta, l'un et l'autre, avec soulagement.

— Malheureusement, je n'ai que du gin, dit-elle.

— Un gin à l'eau sera parfait, répondit Gascoigne en prenant possession du fauteuil le plus près du canapé.

— C'est pourtant immonde, gloussa Lydia. Enfin, faisons contre mauvaise fortune bon cœur. J'aurais dû apporter de Dunedin une caisse de quelque chose… c'est bête, quand j'y pense. Je n'ai pas encore trouvé une goutte d'alcool potable dans cette ville.

— Anna a une bouteille de cognac espagnol dans sa chambre.

— Espagnol ? fit Lydia d'un air intéressé.

— Andalous. De Jerez de la Frontera.

— J'adorerais le cognac espagnol, j'en suis sûre, dit Lydia Wells. Je me demande comment elle se l'est procuré.

— Je suis navré qu'elle n'ait pas pu venir vous le dire elle-même.

Gascoigne fit la réplique sans y penser… mais lorsque Lydia glissa de nouveau le pied dans sa pantoufle, relevant ses jupes pour révéler la rondeur appétissante d'un mollet gainé de soie, il se dit qu'il n'avait en fait rien à regretter.

— Oui, nous nous serions délicieusement amusées toutes les deux, reprit Lydia. Mais il n'y a qu'à remettre notre expédition à plus tard, j'aime tant à avoir une sortie en perspective. À moins que vous n'ayez envie de venir à la place d'Anna ? Peut-être nourrissez-vous une passion pour les créations de nos modistes !

— Je pourrais en feindre une, proposa Gascoigne, déclenchant un nouveau rire de la part de Lydia.

— La passion, susurra-t-elle, ne se feint pas.

Elle quitta le canapé et s'approcha du dressoir, où une bouteille sans étiquette attendait sur un plateau de bois, flanquée de trois verres renversés le fond en haut. Elle en retourna deux, parlant encore :

— Cela ne m'étonne pas, voyez-vous.

— Vous voulez dire… l'incident du pistolet ? Cela ne vous étonne pas qu'elle ait de nouveau tenté de mettre fin à ses jours ?

— Mon Dieu, non !… je ne parle pas de cela, se récria Lydia, la bouteille à la main, marquant une pause avant de conclure : Cela ne m'étonne pas que vous soyez venu seul.

— J'ai fait comme vous m'avez demandé, dit Gascoigne, rougissant. Je ne vous ai pas nommée ; je lui ai dit que c'était une surprise. Qu'elle allait accompagner une dame chez sa modiste. L'idée lui a plu. Elle serait venue. S'il n'y avait pas eu l'histoire du pistolet. Elle a été très secouée… et après, elle n'était vraiment pas en état.

Il avait l'impression de bafouiller. Quelle femme superbe que la veuve Wells ! Quelle ligne élégante, avec cette tournure ruchée !

— Vous avez été tellement aimable de vous plier à mon sot caprice, cajola Lydia Wells. Je vous avouerai qu'une femme, approchant de l'âge que j'ai, prend plaisir à jouer de temps à autre les bonnes fées. Elle aime à agiter sa baguette magique et à opérer des charmes, pour l'édification des jeunesses. Non, non… je sais bien que ce n'est pas vous qui auriez gâché ma surprise. Simplement quelque chose me disait qu'Anna ne viendrait pas. Une prémonition. J'ai des prémonitions, Aubert.

Elle le servit, apportant avec le verre un parfum âpre et trouble de citrons fraîchement coupés… car elle venait, le matin même, de se blanchir la peau et les ongles dans un bain de jus de citron.

— Je n'ai pas trahi votre secret, j'ai tenu parole, insista Gascoigne, qui tenait à son approbation sans lui-même comprendre pourquoi.

— Bien sûr, bien sûr ! Vous n'auriez jamais trahi !

— Mais je suis certain que, si elle avait su que c'était *vous*…

— Elle se serait ressaisie… en un battement de cœur !

— Elle se serait ressaisie.

(Cette conviction, dont il venait de renvoyer un

faible écho, était fondée sur les assurances répétées de Lydia, qui maintenait qu'Anna et elle avaient été autrefois les meilleures amies du monde. C'est sur la foi de ces dires que Gascoigne avait consenti à préparer la « surprise » de Lydia qui, en réunissant les deux femmes, devait leur faire sur-le-champ renouveler leur intimité... en lui assignant pour sa part, il est vrai, un rôle à contre-emploi. Il était rare qu'il offrît ses services à d'autres pour faire ce dont ils auraient aussi bien pu se charger eux-mêmes, et les manèges mondains de toute sorte le mettaient foncièrement mal à l'aise : il préférait se laisser faire plutôt que d'être celui qui tirait les ficelles. Mais, le lecteur l'aura compris, Gascoigne était quelque peu amoureux de Lydia Wells... folie assez puissante pour le pousser non seulement à contrarier ses propres inclinations, mais à les réformer.)

— Anna Wetherell ! La pauvre ! soupira Lydia Wells. Cette fille-là est la malchance incarnée.

— Le gouverneur de la prison pense qu'elle n'a plus toute sa raison.

— Shepard ! Il est vrai que, pour ce qui est de cela, il pourrait s'y connaître. Peut-être n'a-t-il pas tort.

Elle accompagna le jugement d'un rire joyeux. Gascoigne, lui, n'avait pas d'opinion sur le gouverneur Shepard, qu'il ne connaissait guère, ni sur sa femme lunatique, qu'il ne connaissait pas du tout. Ses pensées revinrent à Anna. Il regrettait déjà de l'avoir brusquée tout à l'heure, dans sa chambre au *Gril*. Gascoigne ne pouvait rester longtemps fâché : l'intervalle le plus bref était assez pour exciter en lui un remords.

— La pauvre Anna ! dit-il tout haut. Vous avez

raison : elle fait pitié à voir. Elle n'a pas de quoi payer sa pension, et son logeur la met à la porte. Mais elle ne veut pas rompre son deuil en retournant sur le trottoir. Elle croirait manquer de respect à la mémoire de son pauvre enfant décédé… comme vous voyez, elle est dans une mauvaise passe. Cela fait pitié.

Dans le ton de Gascoigne, la compassion se teintait d'admiration. Lydia se leva d'un bond et s'exclama, comme s'il s'agissait, non de quelque chose qui venait de lui passer par la tête, mais d'un parti auquel elle se serait évertuée depuis un bon moment à gagner son interlocuteur :

— Oh ! mais il faut qu'elle vienne habiter avec moi… il le *faut* ! Elle pourra partager mon lit, comme une sœur… peut-être a-t-elle une sœur, quelque part au loin ; peut-être souffre-t-elle d'en être séparée. Oh, Aubert, *il le faut*. Dites que vous la supplierez pour moi.

— Le voudrait-elle ? Qu'en pensez-vous ?

— La pauvre Anna *m'adore*, affirma Lydia, inébranlable. Il n'y a pas une paire d'amies plus proches que nous. Nous sommes comme des tourterelles… ou du moins nous l'étions, l'an passé, à Dunedin. Mais le temps et la distance ne peuvent rien contre une véritable affinité : nous nous retrouverons. *Il faut* arranger cela. *Il faut* que vous me l'ameniez.

— Votre générosité est digne de tous les éloges… mais aussi, peut-être, excessive, repartit Gascoigne avec un sourire indulgent. Vous n'ignorez pas le métier d'Anna. Elle amènerait son métier avec elle, vous savez, perdue de réputation comme elle l'est. D'ailleurs, elle est sans le sou.

— Allons donc ! il y a toujours de l'argent à gagner sur les placers, protesta Lydia Wells. Elle pourra travailler pour moi. Je meurs d'envie d'avoir une soubrette. Ou une *dame de compagnie*, comme on dit dans le beau monde. Dans trois semaines, les hommes auront oublié qu'elle a jamais été putain ! Vous ne me ferez pas changer d'avis, Aubert ! Non, non, et non ! Je peux être une vraie tête de mule quand je veux sérieusement quelque chose, et cela, je le veux.

— Eh bien, dois-je donc retraverser la rue et lui poser la question ?

Gascoigne baissa les yeux sur son verre. Il se sentait fatigué. Lydia ronronnait.

— Vous ne ferez rien, si tel n'est pas votre désir le plus sincère. J'irai moi-même. Je ferai cela ce soir.

— Mais alors il n'y aura plus de surprise, objecta Gascoigne. Vous vous faisiez une telle fête de la surprendre.

— Non, trancha Lydia en posant une main sur son bras. La pauvre petite a déjà eu assez de surprises. Il est grand temps qu'elle puisse jouir plutôt d'un peu de calme, grand temps qu'on s'occupe d'elle. Je la prendrai sous mon aile. Je serai pour elle une maman gâteau !

— Êtes-vous aussi bonne pour tous vos protégés ? demanda Gascoigne avec un sourire. J'ai une vision de vous : la dame à la lampe, allant de chevet en chevet, prodiguant bonté et tendresse…

— Vous avez bien fait de prononcer ce mot-là.

— Tendresse ?

— Non : vision. Ah ! Aubert, je *déborde* de nouvelles.

— Des nouvelles sur la succession ? Si vite !

Gascoigne ne comprenait pas bien les rapports de Lydia Wells avec feu son mari, Crosbie. Il trouvait étrange qu'ils aient vécu à des centaines de milles l'un de l'autre… Lydia à Dunedin et Crosbie au fin fond de la vallée de l'Arahura, dans un lieu où Lydia n'avait mis le pied que maintenant, près de quinze jours après le décès de son époux. Seules des considérations de bienséance superficielle avaient retenu Gascoigne de l'interroger ouvertement au sujet de son mariage… mais il était curieux, et Lydia ne donnait aucun signe de chagrin. Elle se réfugiait dans le vague ou le badinage, chaque fois qu'on parlait, en sa présence, de Crosbie.

Pour l'heure, elle secouait la tête.

— Non, non, fit-elle. Cela n'a rien à voir ! Il faut me demander ce que j'ai fait depuis la dernière fois que nous nous sommes vus… ce que j'ai fait ce matin même, voilà. Je brûlais de vous entendre me poser la question. Je n'arrive pas à croire que vous ne l'ayez toujours pas fait.

— Allez, racontez-moi.

Lydia se redressa sur son siège et ouvrit tout grand ses yeux gris, qui étincelèrent lorsqu'elle déclara :

— J'ai acheté un hôtel.

— Un hôtel ! s'exclama Gascoigne, étonné. Lequel ?

— Celui-ci.

— Celui-ci ?…

— Vous me trouvez capricieuse ! s'écria-t-elle en battant des mains.

— Je vous trouve entreprenante, et courageuse, et très belle, repartit Gascoigne. Et mille autres épithètes encore. Dites-moi pourquoi vous avez acheté tout cet hôtel.

— Je vais le transformer ! Vous savez que j'ai l'esprit pratique : j'ai géré ma propre affaire à Dunedin pendant près de dix ans, et encore avant à Sydney. Je suis une vraie femme d'affaires, Aubert ! Vous ne m'avez pas encore vue dans mon élément. C'est alors que vous me trouverez entreprenante.

— Quelles transformations envisagez-vous ? demanda Gascoigne en regardant autour de lui.

— Enfin, ma « vision » ! Nous y voilà, commença Lydia en se penchant en avant. Avez-vous remarqué, dans le journal de ce matin, l'annonce d'une *séance** spirite… la date et le lieu restant à préciser ?

— Allons donc… non !

— Allons donc, vous-même ! Pourquoi non ?

Lydia haussa les sourcils, mais Gascoigne souriait :

— Les esprits et les tables tournantes ? C'est une folie amusante… mais ce n'est pas une entreprise ! Ne me dites pas que vous voulez faire de l'argent avec un tour de passe-passe de bas étage ! Les honnêtes gens se fâchent quand ils ont l'impression de se faire escroquer leur salaire légitime. Et de toute manière, l'Église s'y oppose.

— Vous parlez comme si le grand art n'en était pas un ! Comme si toute l'affaire n'était rien de plus qu'un attrape-nigaud, repartit Lydia Wells, qui n'avait que faire de la condamnation de l'Église. Le royaume du paranormal n'est pas un *tour de passe-passe*, Aubert. L'éther n'est pas une *escroquerie*.

— Allons donc, nous sommes chez les saltimbanques, pas chez les prophètes : ne parlons pas de royaumes.

— Vous êtes donc un cynique ! Je n'aurais jamais cru *cela*..., se récria-t-elle, simulant le désappointement. Désillusionné, peut-être ; incrédule, peut-être ; mais tendre, au fond.

— Si je suis un cynique, je suis un cynique judicieux. J'ai assisté à plusieurs séances, madame Wells ; si je les rejette comme superstition et sottise, ce n'est pas sans fondement.

Il avait parlé avec hauteur. Elle hésita... puis avança une main potelée et lui toucha le bras. Il se ressaisit aussitôt :

— Mais je suis discourtois... Manifestement, le sujet n'est pas sans prestige à vos yeux.

— Il ne s'agit pas de cela, dit-elle, caressant un instant le drap du revers de sa manche avant de retirer la main aussi vite qu'elle l'avait avancée. Il ne faudra plus m'appeler madame Wells... plus pour longtemps.

— Vous désirez reprendre votre nom de jeune fille ?

Gascoigne baissa la tête, tout en pensant à part lui que ce serait parfaitement inconvenant.

— Non, non...

Lydia se mordit la lèvre, puis se pencha tout près et chuchota :

— Je vais me marier.

— Vous marier ?

— Oui... dès que je l'oserai. Mais c'est un secret.

— Un secret... pour moi ?

— Pour tout le monde.

— Je ne connaîtrai donc pas le nom de votre bien-aimé ?

— Non. Ni vous, ni personne. C'est mon grand amour clandestin, gloussa-t-elle. Regardez-moi… comme la fillette de treize ans qui s'apprête à se faire enlever ! Je n'ose même pas porter sa bague… une belle bague, pourtant : un rubis de Dunstan, serti dans un anneau d'or également de Dunstan.

— Je devrais sans doute vous féliciter.

Le ton, cordial, comportait une nuance de réserve absente jusque-là, car la nouvelle faisait avorter des espoirs. C'était comme l'extinction d'un rayon de possible : comme si une lumière se fût éteinte, une porte, fermée en claquant. Depuis que, pour la première fois, il avait aperçu cette femme, Gascoigne avait rêvé de faire un jour de Lydia Wells *son* amante. Il avait évoqué sa présence dans sa petite maison, l'avait vue secouer ses boucles brun-roux au chevet de son lit, l'avait regardée faire du feu le matin dans son fourneau, enveloppée dans un peignoir de flanelle ; il avait imaginé les jours grisants des débuts de leurs amours, la construction du foyer qu'ils allaient partager, les années qui passaient. Il rêvait tout cela sans honte et sans gêne, sans même se rendre compte que ses pensées vagabondaient ainsi. Cela avait paru tout simple, naturel : elle était veuve, lui veuf. Ils étaient tous deux étrangers dans une ville inconnue, et ils avaient noué ensemble une relation cordiale. Qu'ils pussent tomber amoureux l'un de l'autre, il n'y avait rien là de si improbable.

À présent qu'il savait Lydia Wells fiancée, Gascoigne était cependant contraint de renoncer à son fantasme… et, pour renoncer à son fantasme, il lui fallait le reconnaître pour ce qu'il était, dans toute sa folie. Tout d'abord, il s'apitoya sur lui-même, mais dès qu'il se mit à réfléchir, il jugea son chagrin superficiel jusqu'à en être risible.

— Je suis toute bonheur, dit la veuve.

— Quel nom dois-je donc vous donner, si je ne peux plus vous appeler madame Wells ? demanda Gascoigne avec le sourire.

— Allons, Aubert ! Nous sommes les meilleurs amis du monde. Vous n'avez pas besoin de demander. Il faut m'appeler Lydia, cela va de soi.

(Nous interviendrons brièvement pour rétablir les faits : Aubert Gascoigne et Lydia Wells n'étaient aucunement les meilleurs amis du monde. Ils ne se connaissaient que depuis trois jours. Leur première rencontre remontait au jeudi après-midi, lorsque la veuve s'était présentée au tribunal pour s'informer de la fortune de feu son mari… fortune déjà découverte, et déposée à la banque, par des tiers. Gascoigne enregistra pour Mme Wells une demande en révocation de la vente de la cabane, et tout en réglant les formalités, ils engagèrent la conversation. La veuve se présenta au tribunal le vendredi matin encore, et Gascoigne, enhardi par l'intérêt non dissimulé avec lequel elle semblait le regarder, prit la liberté de l'inviter à déjeuner. Elle accepta avec un étonnement teinté de coquetterie, et il la débarrassa donc de son parasol et lui donna le bras pour traverser la chaussée jusqu'à la maison du restaurateur Maxwell, où il commanda deux assiettées de soupe à l'orge, le pain le plus blanc du menu et une petite carafe d'un vin vieux de Xérès… pour enfin mener asseoir sa dame à la place d'honneur auprès de la fenêtre.

Il apparut alors très vite que Lydia Wells et

Aubert Gascoigne avaient une foule de choses à se dire, et une foule de choses en commun. Mme Wells était curieuse de connaître tous les événements qui avaient suivi le décès de feu son époux ; Gascoigne, en en faisant le récit, fut amené tout naturellement à parler d'Anna Wetherell et des circonstances étranges dans lesquelles elle avait failli mourir sur la route de Christchurch. Lydia Wells s'étonna de plus belle... car Anna Wetherell ne lui était pas inconnue. L'an passé, avant de prendre son envol et de partir gagner sa vie sur les placers de Hokitika, la jeune femme avait passé plusieurs semaines en pension chez elle à Dunedin, et logeuse et pensionnaire avaient noué alors des liens étroits. C'est en évoquant ces attaches que Lydia eut l'idée de sa « surprise ». Dès que la table du déjeuner fut débarrassée, elle dépêcha Gascoigne au *Gril*, où il fit savoir à Anna Wetherell qu'elle aurait le lendemain, après déjeuner, le plaisir de faire les magasins avec une bienfaitrice mystérieuse.)

— Puisque vous avez un fiancé... et une nouvelle entreprise, dit à présent Gascoigne, peut-être suis-je fondé à espérer que vous ne nous quitterez pas de sitôt ?

— On a toujours raison d'espérer, répondit Lydia Wells, qui possédait un assortiment de truismes du même acabit, et se plaisait à marquer une pause dramatique chaque fois qu'elle en plaçait un dans la conversation.

— Ai-je raison aussi de supposer que votre fiancé vous aura soutenue de ses capitaux dans l'acquisition que vous venez de faire ? Il est peut-être magnat !

Mais la veuve pouffa de rire :

— Nenni, Aubert, vous ne me tirerez pas les vers du nez !

— Pourtant… quelque chose me disait que vous vouliez bien que j'essaie.

— Oui, mais *seulement* que vous essayiez. Il n'est pas question de vous laisser réussir !

— Voilà qui est bien féminin, ou je me trompe, dit sèchement Gascoigne, suscitant encore un petit gloussement chez son interlocutrice.

— Peut-être. Mais nous sommes un sexe exigeant… et ou je me trompe, moi, ou vous ne voudriez pas qu'il en fût autrement.

Suivit un échange d'amabilités doucereuses, jeu auquel le veuf et la veuve se montrèrent de force égale, singulièrement bien assortis. Plutôt que de le transcrire tel quel, nous couvririons ce badinage sentimental de notre propre voix pour approfondir ce qui, sans cela, pourrait être pris, à tort, pour une grave faiblesse de caractère chez le Français.

Si Gascoigne était sous le charme de Lydia Wells, ébloui par l'affectation raffinée de ses manières et de ses propos… il ne lui avait pas pour autant donné toute sa confiance. Il n'avait pas trahi les confidences d'Anna Wetherell. En contant à Lydia les tribulations d'Anna, il n'avait rien dit de l'or découvert la semaine précédente dans la robe orange et caché à présent sous son propre lit, dans un sac à farine. Il avait d'ailleurs présenté les événements du 14 janvier comme s'il croyait qu'Anna avait réellement voulu attenter à ses jours… jugeant plus prudent de ne pas attirer l'attention sur les maints mystères de cette soirée, tant qu'ils n'auraient pas trouvé une explication plausible. Il savait qu'Anna n'avait aucune idée de ce qu'il avait pu advenir des (ou pendant les) heures autour de minuit dont elle ne gardait aucun souvenir… ou, pour tourner la question encore autrement, de l'identité de la personne qui les lui avait volées… et il ne voulait rien dire qui pût l'exposer ou la compromettre. Il maintint donc la version « officielle » de l'incident, présentant Anna comme une candidate au suicide, ramassée au bord de la route, inconsciente et mal en point. Ayant déjà adopté le même point de vue en discutant de l'événement avec d'autres hommes, il n'eut aucun effort particulier à faire pour rester dans ces bornes.

Que Gascoigne *fût* bien réellement sous le charme de Lydia Wells, que les multiples caprices de la dame n'eussent pas éveillé sa méfiance, voilà qui est plus difficilement défendable. Nous ferons remarquer néanmoins que le charme avait opéré avant que le clerc n'eût connaissance du motif qui amenait Lydia au tribunal ; à dire vrai, avant même qu'elle ne lui eût donné son nom. Il savait désormais que les rapports de la veuve avec feu son mari recelaient une grande part d'énigme ; il savait que l'enjeu de sa requête était la possession du trésor mystérieux découvert chez le défunt. Il savait qu'il aurait dû se défier… mais aussi que, dès qu'il se retrouvait en sa présence, il se liquéfiait dans l'adoration sans mélange qui inondait toutes les cavités de son cœur. La raison n'est pas de taille à lutter contre le désir ; éprouvé dans sa pureté et sa puissance, le désir devient une sorte de seconde raison. Le charme de Lydia était d'une espèce rare, propre au Vieux Monde… et Gascoigne le savait aussi pertinemment que s'il s'agissait d'un fait démontré en bonne logique. Il savait que les traits de son visage, d'une élégance féline, étaient le calque d'une époque meilleure, à jamais passée. Il savait que la forme de son poignet et de sa cheville était sans pareille, que sa voix…

Mais en voilà assez là-dessus ; revenons à nos moutons et à la scène en cours.

Gascoigne avait posé son verre et disait :

— Je crois que vous faites bien de vous marier. Vous êtes beaucoup trop charmante pour rester veuve.

— Alors, peut-être suis-je aussi trop charmante pour devenir la femme d'un autre ? lança Lydia Wells.

— Pas du tout. Vous avez précisément le charme qui convient à la femme d'autrui : c'est seulement grâce à vos semblables que les hommes se marient en général. Vous rendez l'idée du mariage tout à fait supportable.

— Aubert ! Flatteur que vous êtes !

— J'aimerais vous flatter encore en vous priant de parler de ce sujet dont vous possédez une connaissance approfondie et que j'ai eu l'étourderie de dénigrer tout à l'heure. Allons, Lydia : parlez-moi des esprits, et des forces de l'éther, et je ferai de mon mieux pour être naïf et confiant et pas sceptique pour un sou.

Comme elle était belle, de toute beauté, avec le soleil d'après-midi qui lui couvrait les épaules comme d'un voile moelleux ! Quelle merveille, cette ombre qui venait se loger dans le pli de sa lèvre !

— Premièrement, dit Lydia Wells en relevant la tête, vous avez tort de croire que les gens ne paieront pas pour se faire dire la bonne aventure. Les hommes deviennent très superstitieux là où ils jouent gros jeu, et la ruée vers l'or est une aventure où le risque n'a d'égal que l'enrichissement. Les diggers sont toujours prêts à mettre la main à la poche pour avoir un tuyau… la « bonne aventure », c'est leur pain quotidien ! Ils tenteront leur chance à n'importe quoi, s'ils y voient une possibilité de devancer la meute. Qu'est-ce qu'un spéculateur, après tout, sinon un romanichel sous un autre costume ?

— Je doute que la comparaison vous fasse des amis chez les spéculateurs, Lydia, plaisanta Gascoigne, mais je comprends : les hommes ne demandent qu'à payer les bons conseils, c'est vrai. Pourtant, auront-ils confiance en l'efficacité des vôtres ? Je pense là à l'efficacité pratique… Je crains que cela ne vous expose à des pressions terribles… car c'est à vous qu'incombera la charge de la preuve ! Comment pourrez-vous être sûre de n'égarer personne ?

— Quelle question ennuyeuse ! C'est bête enfin ! Vous doutez apparemment de mes compétences.

Gascoigne doutait bel et bien, mais il choisit de déguiser sa pensée par courtoisie.

— Non, fit-il, ce n'est pas que je doute, mais je suis un profane. Ignorant et intrigué.

— J'ai tenu pendant dix ans une maison de jeu, reprit la veuve. En dix ans, ma roue de la fortune ne s'est arrêtée qu'une seule fois sur le gros lot… parce que le mécanisme avait besoin d'être nettoyé et que le pivot est resté coincé. J'avais fait lester la roue de façon à faire toujours arrêter la flèche sur la case d'à côté. Par mesure de précaution supplémentaire, les chevilles de part et d'autre du bon numéro étaient suiffées. La flèche glissait dessus, à la dernière fraction de seconde… avec des airs d'hésiter, comme si cela n'avait tenu qu'à un cheveu, et les pontes, mis en appétit, ne pouvaient pas ne pas y revenir et renouveler leurs mises pour tenter encore un coup.

— Voyons, Lydia, c'est diablement déloyal !

— Pas du tout.

— Bien sûr que si ! Cela s'appelle tricher !

— Dites-moi une chose : quand un marchand de quatre-saisons cache ses plus belles pommes à l'arrière de son étal, pour que les clients prennent d'abord les fruits abîmés, l'accusez-vous de tricher ?

— Ce n'est pas comparable, objecta Gascoigne.

— Si, c'est tout à fait pareil. Le marchand de quatre-saisons cherche à garantir ses revenus : s'il mettait les plus belles pommes devant, personne n'achèterait les fruits abîmés, ils finiraient par pourrir et il faudrait les jeter en pure perte. Il fait en sorte de percevoir un revenu régulier en incitant chacun de ses clients à se contenter d'un fruit légèrement… si peu, à peine imparfait. Moi aussi, j'ai besoin d'assurer mes gains, pour faire marcher mon affaire, et je m'y prends exactement de la même façon. Quand un joueur rentre chez lui avec un gain modeste… disons cinq livres… en étant persuadé qu'il a failli empocher une fortune colossale, c'est comme s'il achetait une pomme meurtrie. Il a un petit gain, le souvenir agréable d'une belle soirée et le frisson d'avoir frôlé un bonheur fabuleux. Il est content… tout compte fait. Et moi aussi.

— Mais le jeu est un vice, protesta Gascoigne en riant de nouveau. Alors qu'il n'y a pas de mal dans une pomme talée. Je vous demande pardon : je ne veux pas vous chicaner là-dessus, mais il me semble que votre exemple, comme votre roue, penche lourdement en votre faveur.

— Bien sûr que le jeu est un vice, dit la veuve d'un ton méprisant. Cela va de soi. Il est un péché horrible et un véritable fléau, qui mène les gens à leur perte, et patati et patata. Que m'importe ? Dites voir au marchand de quatre-saisons que vous n'aimez pas les pommes ! Il vous répondra qu'à cela ne tienne… les amateurs ne manquent pas par ailleurs !

— Je ne doute pas de votre force de persuasion, fit Gascoigne en lui adressant un salut militaire. Vous êtes une puissance avec laquelle il faut compter, Lydia ! Je plains le pauvre hère qui a gagné le gros lot… lorsqu'il a fallu venir ensuite vous demander son dû.

— Eh oui… Mais je n'ai pas payé, dit Lydia Wells.

— Votre propre gros lot ! Vous avez manqué à vos engagements ?

Gascoigne n'en revenait pas. La veuve rejeta fièrement la tête en arrière et rétorqua :

— Manqué à mes engagements ? Moi ? Je lui ai donné un choix, c'est tout. Prendre les cent livres en or natif, ou me prendre, moi. Pas comme *putain*, voyons ! Comme épouse légitime, bêta que vous êtes. C'était Crosbie. Il a choisi. Je n'ai pas besoin de vous dire comment !

— Crosbie Wells, s'exclama Gascoigne, bouche bée.

— Mais oui, confirma la veuve. Nous avons été déclarés mari et femme le soir même. Et alors ? Je n'avais pas cent livres à lui donner, Aubert. Je n'avais jamais pensé, même en rêve, que la roue pourrait s'arrêter sur le gros lot… je l'avais lestée exprès pour que cela n'arrive pas ! Je n'aurais pas pu payer. J'aurais été ruinée. Acculée à la faillite. Ne dites pas que vous êtes *choqué* !

— Si, un peu, je le confesse, avoua Gascoigne, dont l'émotion recelait pourtant une part d'admiration sincère. Enfin… est-ce que vous vous connaissiez déjà ?

— Bien sûr que non. Vous avez des idées bien modernes.

— Ce n'est pas ce que je voulais dire, se défendit Gascoigne en rougissant puis, d'un ton précipité : Évidemment, s'il s'agissait, comme vous dites, d'éviter la faillite…

— Nous étions très mal assortis, bien sûr, et avant la fin du premier mois, nous ne pouvions plus nous voir en peinture. C'était à prévoir. Oui, et c'était encore le mieux que l'un ou l'autre pouvait attendre, les choses étant ce qu'elles étaient.

Gascoigne se demandait pourquoi le couple n'avait pas demandé la dissolution du mariage, mais il pouvait difficilement poser la question sans blesser la veuve dans son sens des convenances. Il se borna donc à hocher la tête.

— Voyez-vous, pour ce qui est de *cela*, c'est moi qui suis très moderne, poursuivit Lydia. Vous approuverez certainement la discrétion qui m'a fait insister sur une séparation plutôt que d'aller devant le tribunal pour obtenir la dissolution de nos liens ! Vous qui avez été marié, monsieur Gascoigne…

Notant le retour à son nom de famille (coquetterie, là encore), il lui sourit et répondit :

— Je l'ai été, en effet, mais ne remâchons pas le passé. Parlons du présent, et de l'avenir, et de tout ce qui nous attend. Parlez-moi des transformations que vous comptez réaliser dans cet hôtel.

Enchantée de cette occasion de pérorer, Lydia se leva d'un bond et fit le tour du canapé en joignant les mains comme une choriste sur une scène. Elle pirouetta sur un talon, promena ses regards sur la salle autour d'elle… sa croisée à meneaux, ses murs mal plâtrés, son Union Jack déteint, récupéré sans doute dans un naufrage et punaisé, à la verticale, au mur opposé à la fenêtre.

— Je changerai le nom, bien sûr, dit-elle. Ce ne sera plus le *Voyageur*, mais la *Fortune du Voyageur*.

— Il y a une musique dans ces mots-là.

La remarque lui plut. Elle s'éloigna du canapé et ouvrit les bras.

— Je mettrai des rideaux… je ne supporte pas une pièce sans rideaux… et des méridiennes, au goût du jour. Dans le boudoir, il y aura une alcôve avec une porte battante, ajourée, un peu comme un confessionnal… *tout à fait* comme un confessionnal. Le petit salon sur rue servira de salle d'attente. C'est ici, bien sûr, que je tiendrai les séances. Oh ! j'ai toutes les idées qu'on peut avoir. Je dirai la bonne aventure, et je dresserai des horoscopes, et je tirerai les arcanes du Tarot. À l'étage… mais que vois-je ? Vous êtes toujours sceptique, Aubert !

— Je ne suis plus sceptique ! Je me suis rétracté, rappela Gascoigne qui, pour ne pas succomber à la tentation de sourire (il était effectivement sceptique, jusqu'au bout des ongles, et il ne pouvait l'entendre rouler le *r* de Tarot sans avoir envie d'éclater de rire), fit mine de lui prendre la main et ajouta encore, en lui serrant les doigts : M'est avis d'ailleurs que ma rétractation mérite une récompense.

— Dans ces affaires, c'est moi qui suis l'experte, et vous le profane, dit Lydia Wells. Ne l'oubliez pas… quoi que vous puissiez penser des royaumes.

Son bras, mollement étendu entre eux, évoquait l'attitude de ces dames qui offrent leurs bagues à baiser. Résistant au désir de s'en emparer pour faire précisément cela, Gascoigne s'en tint encore à un serrement de main et un acquiescement :

— Vous avez raison. Parfaitement raison.

Il lâcha sa main, et elle s'éloigna pour prendre la pose devant le manteau de la cheminée.

— Pour vous récompenser, je vous offrirai un fait, mais à une condition, dit-elle. Il faudra me prendre tout à fait au sérieux… autant que si j'étais un homme, votre égal.

— Bien sûr, murmura Gascoigne en se carrant d'un air solennel contre le dossier de son siège.

— Voilà donc : le mois prochain sera un mois sans lune.

— Tiens ! tiens !

— Un mois, entendons-nous, dans le courant duquel l'astre n'atteindra jamais sa plénitude. Février est un mois court. Il y aura une pleine lune juste avant le premier, et une autre tout de suite après le 28… donc pas de pleine lune en février.

— Est-ce une circonstance qui se reproduit chaque année ? demanda Gascoigne, amusé.

Lydia, le visage détourné, répondit en passant distraitement le doigt sur une moulure :

— Pas du tout. Le phénomène est très rare.

— La rareté étant un signe de valeur, n'est-ce pas ? Ou plutôt de danger ?...

Elle rectifia l'alignement de la pendulette :

— Cela n'arrive qu'une fois tous les vingt ans.

— Et qu'est-ce que cela augure, ma chère ?... Un mois sans lune ?

Elle lui fit face, les mains sur les hanches :

— Donnez-moi un shilling, et je vous le dirai.

— Pas encore, se récria Gascoigne avec un rire. Je n'ai pas encore la preuve de votre expertise. Je tiens à vérifier avant de lâcher de l'argent ou autre chose d'aussi matériel. Cette nuit le temps sera couvert... mais j'achèterai les journaux lundi, je consulterai la table des marées.

— Je ne me trompe pas, déclara la veuve en le fixant d'un regard insondable. J'ai un almanach, et je sais parfaitement m'en servir. La lune est maintenant en train de croître, au-dessus des nuages. Elle sera pleine lundi soir, et mardi elle commencera à décroître. Le mois prochain sera un mois sans lune.

# CONJONCTIONS

*Où de mauvaises impressions sont corrigées ; les invitations se multiplient ; et le passé se porte à la rencontre de l'heure présente.*

Le pasteur Cowell Devlin était resté dans la salle du restaurant de l'hôtel du *Palais* jusqu'au milieu de l'après-midi, lorsqu'il commença à se sentir engourdi et l'esprit émoussé, incapable de profiter de sa lecture. Jugeant qu'il avait besoin de prendre l'air, il vida sa tasse de café, rangea ses brochures, régla l'addition, rentra sa tête dans ses épaules et partit sous la pluie, suivant la grève vers le nord. Le soleil d'après-midi brillait au-dessus des nuages, prêtant à la scène un éclat argenté qui lessivait la mer de toute couleur et semait le sable de points de lumière blanche. Les gouttes de pluie elles-mêmes semblaient miroiter dans l'air. Le vent du large apportait, avec le froid, une agréable odeur de rouille. Tout cela fit beaucoup pour tirer Devlin de sa torpeur, et il se retrouva en un rien de temps les joues vermeilles et le sourire aux lèvres, son feutre solidement arrimé à son crâne par la paume d'une main. Il décida de prolonger sa promenade et de regagner Hokitika en passant par les hauteurs de Seaview, site de la future prison de Hokitika, où un jour il aurait lui-même sa résidence.

Arrivé au sommet de la falaise, il se retourna, légèrement essoufflé, et fut surpris de constater qu'il était suivi. Un jeune homme, ne portant qu'une chemise et un pantalon de coutil, collés à sa peau par la pluie, montait à grands pas le sentier qui menait en haut. Comme il avançait tête baissée, il resta d'abord sans visage ; Devlin ne le reconnut que lorsque l'intervalle qui les séparait se fut réduit à une vingtaine de mètres. Tenez ! c'était l'homme de la vallée de l'Arahura : le Maori, ami de feu Crosbie Wells.

Cowell Devlin n'avait pas reçu une formation de missionnaire, et ce n'était pas en cette qualité qu'il s'était rendu en Nouvelle Zélande. Il avait été très étonné d'apprendre que le Nouveau Testament avait été traduit en maori quelque vingt ans avant son arrivée dans les îles ; plus encore de découvrir la traduction en vente chez le papetier de George-street à Dunedin, à un prix fort raisonnable. En feuilletant ce document, il s'était demandé quelles simplifications le message sacré avait eu à subir et ce qu'il avait perdu à la traduction. Les mots inconnus, dans leur alphabet tronqué, lui paraissaient infantiles, composés de syllabes répétées et d'un babil aussi incompréhensible que le gazouillis d'un enfant. Mais il s'était aussitôt repris. *Sa propre* Bible, qu'était-elle, en effet, sinon une traduction d'une autre sorte ? Il avait péché par précipitation, et par orgueil. Se repentant de ses doutes inexprimés, il sortit son calepin et nota soigneusement quelques versets essentiels en maori. *He aroha te Atua. E aroha ana tatou ki a ia, no te mea ko ia kua matua aroha ki a tatou. Ko ahau te huarahi, te pono, te ora. Hone, XIV, 6*, écrivit-il, stupéfait. C'était l'Évangile selon saint Jean. Le traducteur avait transposé même les noms.

Le Maori leva les yeux. Voyant Devlin planté sur la corniche au-dessus de lui, il fit halte, et ils se dévisagèrent à quelques mètres de distance, en silence.

Une subite rafale de vent coucha l'herbe aux pieds du pasteur et lui lissa les cheveux en arrière sur les tempes. Il lança un bonjour sonore.

— Bonjour, répondit son suiveur en plissant les paupières.

— Je vois que, ni l'un ni l'autre, nous ne nous laissons décourager par un brin de mauvais temps !

— Non.

— La vue est un peu gâchée. Dommage, mais cela mis à part, ce serait parfait, ajouta Devlin, tendant le bras comme pour englober l'horizon voilé qui s'ouvrait devant eux. Quand les nuages s'abaissent ainsi, on a l'impression qu'on pourrait se trouver n'importe où sur la terre… n'est-ce pas ? Mon imagination me dit que lorsqu'ils se dissiperont, nous serons transportés sous de tout autres cieux !

La terrasse de Seaview, bien nommée, offrait une perspective singulière sur l'océan qui, considéré ainsi de haut, était une étendue monotone, un gros ruban d'une couleur uniforme que le ciel aussi reproduisait en plus clair. Le rivage n'était pas visible de la terrasse, la falaise, trop abrupte, plongeant tout droit dans un éboulis de pierres branlantes et d'argile, et la vacuité de ce panorama, divisé en trois parts égales entre terre, eau et air, sans un seul arbre pour ponctuer l'horizontale, ni un contour pour adoucir la forme de la terre, cette vacuité effarouchait si bien les sens qu'on se sentait bientôt contraint de tourner le dos à l'océan, et de faire face plutôt aux montagnes à l'est… voilées, ce jour-là, par un rideau mouvant de nuages blancs. Au pied de la terrasse, les toits de Hokitika, blottis les uns contre les autres, s'effaçaient devant la vaste plaine brune de la rivière et la courbe grise de la pointe ; au delà de l'embouchure, la côte virait au sud, s'estompant dans la brume et la distance jusqu'à se laisser avaler tout à fait par les vapeurs d'eau.

— C'est un bon poste d'observation, dit le Maori.

— Absolument, quoique… Je dois dire que j'ai encore, dans ce pays, à tomber sur une vue qui ne m'ait pas plu, approuva Devlin, descendant de quelques pas et tendant la main. Tenez, je m'appelle Cowell Devlin. Je suis désolé, mais je n'ai pas retenu votre nom.

— Te Rau Tauwhare.

— Te Rau Tauwhare, répéta Devlin d'un ton solennel. Enchanté ! Comment allez-vous ?

Sans doute était-ce la première fois qu'on le saluait ainsi. Ne sachant pas au juste quel sens attribuer à l'idiotisme, il ne répondit pas aussitôt, et Devlin poursuivit :

— Vous étiez un très bon ami de Crosbie Wells. Cela, je m'en souviens.

— Son seul ami, rectifia Tauwhare.

— Ah ! mais on peut se tenir pour heureux d'avoir même un seul bon ami.

Tauwhare resta derechef silencieux. Enfin, il dit :

— Je lui enseignais à *korero maori.*

— Vous avez partagé votre langue, approuva Devlin. Vous avez partagé les légendes de votre peuple. C'est une belle amitié que celle qu'on bâtit avec cette sorte de pierre.

— Oui.

— Vous appeliez Crosbie Wells votre frère, poursuivit Devlin. Je m'en souviens : c'est le mot même que vous avez employé, ce soir-là, au camp de police… le soir d'avant l'inhumation.

— C'est une façon de parler.

— Oui, certes… mais le sentiment qui l'inspire est très beau. Pourquoi avez-vous dit cela, sinon pour donner à entendre, en toute simplicité, que cet homme vous était cher, que vous l'aimiez comme vous auriez aimé l'un des vôtres ? « Frère » est, je pense, un autre mot pour dire l'amour. L'amour que nous choisissons de donner… de tout cœur.

— Il y a des frères que nous ne choisissons pas, dit Tauwhare après un moment de réflexion.

— Ah ! oui, en effet. Nous ne choisissons pas notre propre sang, n'est-ce pas ? Nous ne choisissons pas notre famille. Vous faites là une excellente distinction. Oui, excellente.

— Et au sein d'une même famille, reprit Tauwhare, encouragé par cet éloge, deux frères peuvent être très différents l'un de l'autre.

— Vous avez raison là encore, acquiesça Devlin en riant. Il y a des frères qui ne se ressemblent vraiment pas. Moi, voyez-vous, je n'ai eu que des sœurs. Quatre sœurs… et toutes plus âgées. J'étais leur petit chouchou.

Il marqua une pause, pensant donner à Tauwhare l'occasion d'évoquer sa propre famille, mais le Maori se borna à répéter une nouvelle fois son observation sur les frères. Il paraissait ravi de sa propre perspicacité.

— Je pense à une chose, Te Rau, dit soudain Devlin. Pourrais-je vous poser une question, au sujet de Crosbie Wells ?

Il n'avait pas oublié l'histoire qu'il avait entendue sans le vouloir, le matin même, au restaurant du *Palais*. Le politicien Alistair Lauderback était persuadé, il ne savait pour quelle raison mystérieuse, que feu Crosbie Wells et le maître chanteur Francis Carver étaient frères, malgré la différence de nom. *Pourquoi*, il n'avait pas voulu le dire. Peut-être Tauwhare, qui avait été si proche de Wells, en savait-il quelque chose.

— Ne me parlez pas de l'or, avertit Tauwhare en fronçant les sourcils. Je ne sais rien de l'or. J'ai déjà répondu aux questions du juge de paix et de la police et du gardien de la prison. Je ne veux pas répéter encore une fois la même chose.

— Mais non… l'or ne m'intéresse pas, protesta Devlin. C'est sur le nommé Carver, Francis Carver, que je souhaiterais vous interroger.

— Pourquoi ? demanda Tauwhare en se roidissant.

— J'ai entendu dire qu'il serait une vieille connaissance de M. Wells. Apparemment, ils avaient des comptes à régler. Quelque chose à voir avec… un crime.

Tauwhare garda le silence. Il avait les yeux à demi fermés.

— En sauriez-vous quelque chose ? insista Devlin.

Le matin du 14 janvier, lorsqu'il avait avisé Francis Carver du retrait de Crosbie Wells, contre paiement de deux shillings, Te Rau Tauwhare n'avait pas cru mettre son ami en danger. La demande de renseignements n'avait en elle-même rien d'extraordinaire, pas plus que la contrepartie pécuniaire. On voyait souvent offrir des récompenses pour des nouvelles de personnes perdues de vue sur les placers : non seulement des frères, mais encore des pères, des oncles, des fils, des débiteurs, des associés ou de simples camarades. Il y avait bien la page du journal réservée aux avis de recherche, mais tous les laveurs d'or ne savaient pas lire, et ils étaient moins nombreux encore à avoir le temps ou l'envie de se tenir au courant, au jour le jour. Il était plus économique, et parfois aussi plus efficace, de promettre une récompense de bouche à oreille. Tauwhare avait été ravi d'empocher ses deux shillings. Quand, plus tard ce soir-là, il avait vu Carver approcher de la cabane de Wells, frapper à la porte et y être admis, il fut loin de concevoir des soupçons. Il décida de passer la nuit sur la crête, auprès de ses pièges, pour laisser Carver et Wells en tête-à-tête. Il prenait Carver, sans y réfléchir à deux fois, pour un vieil associé de Wells, du temps qu'il avait passé à Dunedin.

Le lendemain matin cependant, Wells fut trouvé mort ; le jour de son enterrement, on découvrit sous son lit un flacon de laudanum ; quelques jours plus tard encore, le public apprit que le navire de Carver, l'*Adieu-vat*, avait appareillé le 14 janvier, à l'improviste, à la faveur de la nuit. Tauwhare fut horrifié. Tout semblait indiquer que Francis Carver avait joué un rôle dans la mort du vieux solitaire… et si c'était bien le cas, c'était Te Rau Tauwhare qui lui en avait fourni les moyens en lui indiquant expressément où il pourrait trouver Wells ! Plus atroce encore : il avait reçu de l'argent pour prix de sa trahison.

La maîtrise de soi qui faisait partie intégrante de la personnalité consciente de Tauwhare récusait au principe toute action involontaire. Il avait profondément honte de savoir qu'il avait trahi son ami pour de l'argent, honte qui le remplissait de dégoût et d'indignation contre lui-même et contre tout. Il passa les jours qui suivirent les funérailles de Wells dans une humeur massacrante, à grincer des dents, à s'arracher les cheveux et à maudire Francis Carver à chaque pas qu'il faisait.

La question de Devlin réveilla cette mauvaise humeur. Les yeux de Tauwhare lancèrent un éclair, et il releva le menton tout en répondant avec colère :

— S'ils avaient des comptes à régler, ils sont clos maintenant.

— Bien sûr, dit Devlin avec un geste apaisant. Mais, tenez. J'ai entendu dire, je ne sais plus où, qu'ils étaient frères. Crosbie Wells et Carver. Peut-être n'était-ce qu'une façon de parler, pour reprendre votre mot, mais j'aimerais en être sûr.

Tauwhare était dérouté. Pour cacher sa perplexité, il se renfrogna et fixa sur l'aumônier un regard noir.

— En savez-vous quelque chose ?

— Non, fit le Maori, crachant le démenti.

— Wells n'a jamais mentionné, dans vos conversations, un homme du nom de Carver ?

— Non.

Percevant chez l'autre une aigreur croissante, Devlin décida de tenter une autre approche.

— Dites-moi donc. Crosbie Wells réussissait-il bien dans son apprentissage du maori ?

— Moins bien que moi en anglais, dit Tauwhare.

— Je n'en doute pas ! Votre anglais est excellent.

— J'ai voyagé avec des arpenteurs-géomètres. J'ai guidé plus d'une expédition dans la traversée des montagnes.

Il avait de nouveau levé le menton. Devlin sourit.

— Savez-vous, fit-il, je crois bien que j'ai trouvé en vous un peu une âme sœur, Te Rau. Je pense que nous ne sommes pas très différents, tous les deux… nous qui partageons nos légendes, qui partageons notre langue, qui voyons des frères dans les autres. Je dirais que nous nous ressemblons beaucoup.

En parlant ainsi, Devlin se montrait plutôt fantasque que perspicace. Ses années de pastorat lui avaient appris qu'il est toujours prudent de commencer par un point de rencontre, ou d'en inventer un, si la rencontre est encore à venir. Le procédé n'était pas à proprement parler malhonnête, mais il est vrai que, mis en demeure de détailler la ressemblance invoquée, Devlin eût été en peine d'en dire quoi que ce fût avant de se rabattre sur les lieux communs.

— Je ne suis pas un homme de Dieu, dit Tauwhare, toujours renfrogné.

— Pourtant, il y a en vous bien des choses qui viennent de Dieu, répondit Devlin. Vous avez l'instinct de la prière, Te Rau, j'en suis certain… un instinct qui vous a fait monter ici aujourd'hui. Pour honorer la tombe de votre cher ami et… appelons les choses par leur nom… prier pour lui.

— Je ne prie pas pour Crosbie, objecta Tauwhare avec un geste négatif de la tête. Je me souviens.

— C'est bien. Vous faites bien. Le souvenir est un excellent point de départ.

Esquissant un sourire, Devlin joignit les doigts et les tourna vers le bas… pose de prédicateur dans laquelle il poursuivit :

— Les prières commencent souvent comme souvenirs. Lorsque nous nous souvenons de ceux que nous avons aimés, lorsque nous regrettons leur absence, nous espérons naturellement qu'ils sont heureux et en sécurité, où qu'ils se trouvent. L'espoir devient un souhait, et tout souhait qui s'exprime, même silencieusement, sans paroles, se fait imploration. Peut-être ne savons-nous pas à qui nous nous adressons ; peut-être implorons-nous avant de savoir au juste qui est à l'écoute, avant même de croire qu'il y a bien une oreille qui écoute. Mais j'estime que c'est un très beau commencement que de prendre l'habitude de nous souvenir de ceux que nous avons aimés. Quand nous nous souvenons des autres avec tendresse, nous leur souhaitons santé et bonheur et toutes sortes de bonnes choses. Ce sont là les prières d'un chrétien. Le chrétien est ouvert au monde, Te Rau ; il aime d'abord les autres, avant de s'aimer soi-même. C'est pourquoi le chrétien a tant de frères. Semblables et dissemblables. Personne n'est si différent de son prochain, après tout… n'êtes-vous pas d'accord avec moi ?… d'un point de vue d'ensemble.

(De notre point de vue d'ensemble, nous voyons en effet que Te Rau Tauwhare et Cowell Devlin se ressemblent à plus d'un égard ; les affinités les plus importantes en l'occurrence passeront toutefois inaperçues, ne retenant l'attention d'aucun des deux. Aucun n'a assez de curiosité pour troubler l'équanimité sourcilleuse de l'autre ou le faire réellement sortir de lui-même : ils resteront à jamais proches sans se toucher, l'un l'acte de l'expression de sa propre individualité, l'autre la preuve.)

— Bien sûr, toute prière n'est pas forcément une imploration, dit encore Devlin. Il y a des prières qui expriment la joie, d'autres qui rendent grâce. Mais il y a de l'espoir dans tout bon sentiment, Te Rau, y compris dans ceux qui se souviennent du passé. L'homme de prière, l'homme bon, garde toujours espoir ; il est toujours optimiste. Nous puisons de l'espoir dans nos prières.

Tauwhare, qui avait accueilli ce sermon sans conviction, se borna à hocher la tête, ajoutant encore, par compassion pour son interlocuteur :

— Voilà des paroles de sagesse.

En général, la prière telle que Tauwhare l'entendait était limitée à la sorte oratoire la plus ritualisée. L'hommage réglé du *whaikorero* éveillait chez lui, comme tous les discours et cérémonies rituels, un sentiment d'essentialité et de sérénité qu'il ne pouvait, ni ne voulait, engendrer par ses propres moyens. C'était une sensation distincte de l'amour qu'il éprouvait pour sa famille, émotion intime qui faisait bondir son cœur dans sa poitrine, distincte aussi de l'amour-propre qu'il vivait comme une ivresse exaltée, la certitude jubilatoire que jamais aucun homme ne l'égalerait, que nul n'oserait même tenter de rivaliser. Une sensation plus profonde que la bonté naturelle dont il avait le sentiment lorsque, se laissant aller à un amour qu'il savait bon et d'une pureté parfaite, il regardait sa mère ouvrir des moules sur le rivage et en recueillir la chair visqueuse dans un large panier tressé ; plus profonde que l'épuisement vertueux qui s'emparait de lui après une journée passée à remplir la *rua kumara* ou à charrier du bois d'œuvre ou à tresser le *harakeke* jusqu'à en avoir la pulpe des doigts à vif. Te Rau Tauwhare était un homme pour qui l'acte d'amour était la vraie religion, et l'autel de cette religion en était un qu'aucune idole fabriquée ne saurait supplanter.

— Irons-nous ensemble sur la tombe ? demanda Devlin.

La stèle en bois qui marquait la tombe de Crosbie Wells avait déjà succombé au climat de la côte. Quinze jours après la mort du vieux reclus, le bois était gonflé, sa surface grêlée de taches d'une moisissure noire. Les traits de l'inscription gravée par le tonnelier s'étaient estompés, et la maigre couche de peinture appliquée pour les mettre en valeur n'était plus blanche, mais d'un jaune-gris terreux, donnant l'impression, non entièrement dissipée par l'année qui s'y lisait, que la mort remontait à une époque lointaine. La parcelle n'avait encore accueilli les graines ni du lichen ni de l'herbe et paraissait aride malgré la pluie… on eût dit de la terre, non pas récemment ouverte, mais tassée, et qui ne se laisserait plus retourner.

Les épitaphes du lieu puisaient de préférence dans les béatitudes de Matthieu et les versets les plus connus des Psaumes. Les injonctions de reposer en paix n'avaient pourtant rien de l'effet rassurant qui aurait pu être le leur dans une paroisse à haies vives et à allées pavées, à dix mille milles de là. C'est en compagnie des noyés et des disparus que Crosbie Wells dormait de son sommeil éternel, car il n'y avait encore qu'une poignée de tombes au cimetière de Seaview, et la plupart étaient des monuments érigés en souvenir de bâtiments naufragés ou perdus en mer : le *Glasgow*, la *Ville de Dunedin*, la *Nouvelle Zélande*… comme si des villes ou des nations entières se fussent mises en route pour la côte, pour s'échouer, sombrer ou disparaître. À la droite du vieux reclus se dressait un monument au brigantin le *Chêne*, le premier navire à aller au fond à l'embouchure de la rivière Hokitika, fait gravé, telle une menace prémonitoire, dans une pierre d'un vert glauque ; à sa gauche, une stèle de bois, à peine plus grande qu'une tablette, demeurait sans nom, ne portant qu'un unique verset, non identifié : *MES JOURS SONT DANS TES MAINS*. À proximité presque immédiate du cimetière se trouvait le site de la future prison de George Shepard, dont les fondations avaient d'ores et déjà été tracées en blanc sur le sol à la peinture de plomb.

C'était la première fois que Tauwhare retournait à Seaview depuis l'enterrement de Wells, cérémonie qui s'était déroulée en présence d'une poignée d'indifférents, sous une pluie battante… corvée fastidieuse dont on avait paru vouloir se débarrasser au plus vite, jusque dans les bénédictions de pure forme troussées sur la tombe. Il va sans dire que Te Rau Tauwhare n'avait pas été invité à y prendre part ; George Shepard l'avait même menacé de son doigt noueux en lui intimant d'avoir à se taire jusqu'à l'amen final… chœur auquel le naturel ne joignit pas sa voix, car les dernières paroles de Devlin se perdirent dans le bruit de l'averse. Il lui fut cependant permis d'aider à descendre le cercueil dans la boue de la fosse et à jeter par-dessus encore trente, quarante, cinquante pelletées de terre détrempée. Il aurait préféré être seul à s'acquitter de cette tâche, car la fosse fut comblée en deux temps, trois mouvements, et Tauwhare eut l'impression que tout était beaucoup trop tôt fini. Les autres fossoyeurs, relevant leur col jusqu'aux oreilles, se reboutonnèrent, ramassèrent leurs outils crottés et redescendirent en file indienne le sentier sinueux pour regagner la chaleur et les lumières de la ville, où ils se débarrassèrent de leurs paletots, s'essuyèrent le visage et troquèrent leurs bottes trempées contre des chaussures d'intérieur.

Tauwhare s'approcha en silence de la tombe de son ami, suivi de Devlin, qui marchait les mains jointes et le visage composé. Tauwhare s'arrêta à cinq ou six pieds de la stèle et regarda le rectangle de terre comme on regarderait un lit de mort depuis la porte de la chambre… comme s'il craignait d'en franchir le seuil en chair et en os.

Tauwhare n'avait jamais vu Crosbie Wells en dehors de la vallée de l'Arahura. Certainement pas ici, sur ces hauteurs désolées, livrées à la fureur des cieux. N'avait-il pas dit et redit cent fois, mille fois, qu'il souhaitait finir ses jours dans la solitude de l'Arahura ? Il était insensé de l'avoir porté en terre ici, parmi des hommes qui n'étaient pas ses frères, dans une terre qu'il n'avait pas labourée et pour laquelle il n'avait pas d'amour… alors que sa chère vieille cabane attendait, déserte et abandonnée, à une douzaine de milles de là ! C'était *cette terre-là* qui aurait dû le recevoir. *Cette terre-là* qui aurait tiré de sa mort la semence d'une nouvelle vie. La vallée de l'Arahura, pensa Tauwhare, voilà où il aurait dû être enseveli, à la fin. En bordure du terrain défriché, peut-être… ou près de son minuscule potager… ou au pied du mur nord de la maison, dans un coin ensoleillé.

Te Rau Tauwhare vint plus près… S'avançant dans la chambre fantôme, jusqu'au pied du lit fantôme, il pensa sombrer sous un flot de culpabilité. Devrait-il se confesser au pasteur, malgré tout… avouer que c'était lui, Tauwhare, qui avait conduit Crosbie à sa mort ? Oui, il allait se confesser ; et Devlin prierait pour lui, comme pour un chrétien. Tauwhare s'assit sur les talons, posa avec précaution une main à plat sur la terre humide qui recouvrait le cœur de Crosbie, et ne bougea plus.

— Le soir arrivent les pleurs, et le matin l'allégresse, dit Devlin.

— *Whatu ngarongaro he tangata, toitu he whenua.*

— Que le Seigneur le garde ; que le Seigneur nous garde, nous qui prions pour lui.

La paume de Tauwhare avait imprimé un petit creux dans le sol. En s'en apercevant, il souleva le poignet et, caressant la terre du bout des doigts, effaça l'empreinte.

Φ

Au bureau du *West Coast Times* dans Weld-street, la célébration du sabbat touchait à sa fin. Charlie Frost trouva Benjamin Löwenthal attablé dans sa cuisine, en train de terminer son repas du soir.

Löwenthal fut moins content de voir Frost qu'il ne l'avait été de recevoir Thomas Balfour quelques heures plus tôt, car il supposait, avec raison, que Frost venait l'entretenir de la succession de Crosbie Wells… sujet dont il n'avait que trop entendu parler. Il n'en fit pas moins bon accueil au jeune employé de banque, qu'il introduisit dans sa cuisine en lui avançant un siège.

Frost, pour sa part, ne s'excusa pas de troubler les dévotions de Löwenthal car, sans expérience du monde et de la vie, il ne s'en aperçut pas. Il prit place à la table tachée d'encre en se disant que Löwenthal était décidément un drôle d'oiseau, de dresser un couvert aussi cérémonieux pour manger seul. Prenant la chandelle aussi pour une simple excentricité, il y fit à peine attention.

— C'est à propos de la succession, dit-il.

— De mauvaises nouvelles, alors, soupira Löwenthal. Je m'en doutais.

Frost résuma brièvement les révélations faites à China-Town dans l'après-midi, entrant dans plus de détail pour conter l'histoire des démêlés de Mannering avec Ah Quee.

— Où est la mauvaise nouvelle ? demanda Löwenthal lorsqu'il en eut fini.

La réponse vint avec ménagement :

— Je suis désolé, mais votre nom a été prononcé.

— Dans quel contexte ?

— L'hypothèse a été émise – (dit avec un redoublement de précautions) – que Lauderback se serait servi de vous le soir du 14 janvier. En venant directement vous voir, la nuit de la mort de Wells, pour vous raconter toute l'histoire. Peut-être… ce n'est qu'une hypothèse, mais… peut-être avait-il une arrière-pensée en se présentant ainsi chez vous.

— C'est absurde. Comment Lauderback pouvait-il savoir que je transmettrais aussitôt la nouvelle à Edgar Clinch ? Je n'ai même pas mentionné le nom d'Edgar en sa présence… et lui non plus n'a rien dit que de très ordinaire.

— Eh bien, nous dressons une liste de suspects, voilà, reprit Frost avec un geste large. Et M. Lauderback est sur la liste.

— Qui d'autre ?

— Un certain Francis Carver.

— Ah ! Et encore ?

— La veuve Wells, bien sûr.

— Bien sûr. Et puis ?

— Mlle Wetherell, dit Frost. Et M. Staines.

— Une vaste gamme, commenta Löwenthal, le visage impénétrable. Continuez.

Frost expliqua qu'un petit groupe d'hommes projetait de se réunir à l'hôtel de la *Couronne*, à la nuit tombée, pour mettre en commun le savoir des uns et des autres et en débattre à l'aise. Le groupe comprendrait tous ceux qui s'étaient retrouvés chez Quee Long, ainsi qu'Edgar Clinch, l'acheteur de la succession Wells, et Joseph Pritchard, dont le laudanum avait été découvert dans la cabane du vieux reclus après sa mort. Harald Nilssen parrainait Pritchard ; lui-même, Frost, répondait de Clinch.

— Vous répondez de Clinch ? demanda Löwenthal en écho.

Frost acquiesça, proposant de faire de même pour Löwenthal, si ce dernier désirait assister à la réunion.

— Je serai des vôtres, confirma le journaliste, qui alors seulement repoussa sa chaise, se leva et ajouta, en allant prendre une boîte d'allumettes sur l'étagère près de la porte : Mais il y a encore quelqu'un, je pense, qui devrait être présent.

— Qui donc ? fit Frost d'un air alarmé.

— Thomas Balfour. Je crois qu'il détient des renseignements d'une portée considérable pour notre affaire... s'il veut bien nous en faire part.

Löwenthal choisit une allumette, la frotta contre le montant de la porte et l'inclina, regardant la petite flamme grimper le long du brin de bois avant de l'approcher enfin avec précaution du bec de gaz au-dessus de la table.

— Thomas Balfour, dit Frost en écho.

— Thomas Balfour, l'agent maritime.

Löwenthal ouvrit le robinet : on entendit un sifflement, et le globe de verre s'emplit soudain d'un vif éclat rouge orangé.

— Il est passé vous voir ce matin, n'est-ce pas ? reprit-il. À la banque ? Il y a fait allusion, si ma mémoire ne me trompe.

— En effet, approuva Frost en se renfrognant. Mais il m'a posé des questions extrêmement bizarres et, à parler franc, je ne voyais pas bien où il voulait en venir.

Löwenthal secoua l'allumette :

— Justement. L'affaire a une autre dimension, et Tom est au courant. D'après ce qu'il m'a dit cet après-midi, Alistair Lauderback a un secret... de taille. Bien sûr, nous ne pouvons être certains qu'il accepte de trahir la confidence de son ami (moi, je n'ai rien pu en tirer), mais si je lui en fais la propo sition dans le cadre de la réunion… eh bien, ce sera à lui de choisir. Selon son propre jugement. Une fois que tous auront partagé ce qu'ils savent, peut-être que ça lui déliera la langue.

— La langue, répéta Frost. Très bien. Mais pouvons-nous lui faire confiance pour ce qui est de l'oreille ?

Löwenthal garda un instant le silence, serrant l'allumette carbonisée entre le pouce et l'index.

— Veuillez me corriger si je fais erreur, dit-il enfin froidement, mais j'avais cru comprendre, d'après votre invitation, qu'il s'agissait d'une réunion d'hommes n'ayant rien à se reprocher… ni d'intrigants, ni de conspirateurs, ni de criminels d'aucune sorte.

— C'est exact. Pourtant…

— Pourtant, vous me demandez si nous pouvons laisser Tom entendre certaines choses. Allez, ne me dites pas que *vous*, vous êtes en possession d'un secret compromettant ! Que vous savez des choses que vous n'auriez pas envie de dire tout haut, librement, devant une assemblée d'honnêtes gens, unis pour une cause commune.

— Bien sûr que non, protesta Frost en rougissant. Tout de même, il faut être prudents…

Löwenthal laissa tomber l'allumette éteinte dans la pile de petit bois à côté de l'âtre et parla en se frottant les doigts :

— Prudents ? Je commence à me demander où se trouve votre intérêt, monsieur Frost. S'il ne s'agit pas malgré tout d'une sorte de complot…

Ils se dévisagèrent pendant un long moment, mais la volonté de Frost ne pouvait se mesurer à celle de

Löwenthal ; il s'empourpra, baissa la tête et esquissa un hochement affirmatif.

— Il faut inviter M. Balfour… certainement, oui, dit-il. Faites, j'y insiste.

Löwenthal fit entendre un claquement de langue désapprobateur. Il pouvait se montrer excessivement pédant quand son code moral était en jeu : ses réprimandes étaient toujours sévères, et toujours efficaces. Il regarda à présent son jeune interlocuteur d'un air affligé qui fit rougir Frost de plus belle, tel l'écolier surpris en train d'abîmer un livre.

Désireux de se racheter, Frost protesta, sur un ton dont il n'était pas maître :

— Et pourtant, *il y a* des aspects de la vente de la maison qui ne sont pas encore de notoriété publique… Je veux dire des choses que M. Clinch ne voudrait pas voir portées à la connaissance de tous.

— J'aimerais que ceci soit très clair, dit Löwenthal avec un regard de braise. Je compte sur votre discrétion, comme vous comptez sur la mienne et nous comptons tous deux sur la discrétion de M. Clinch. Mais de la discrétion au secret il y a loin, monsieur Frost. Je pense qu'il n'y a personne parmi nous dont le silence puisse être assimilé à un faux témoignage. Seriez-vous d'un avis contraire ?

— Eh bien, espérons que M. Clinch pensera comme vous.

Frost avait pris un ton nonchalant, pensant assez sottement se faire bien voir de Löwenthal en allant dans le sens de son raisonnement. Mais le journaliste répondit avec un geste négatif :

— C'est de l'indiscrétion, monsieur Frost. Je vous la déconseille.

Benjamin Löwenthal était originaire de Hanovre, ville qui, depuis qu'il avait quitté l'Europe, était tombée sous la férule prussienne. (Avec sa moustache militaire et sa calvitie prononcée, Löwenthal n'était pas sans une certaine ressemblance avec Otto von Bismarck, mais le rapport n'était pas imitatif : l'imitation n'était pas une forme de construction identitaire que Löwenthal avait jamais pensé adopter.) Il était le fils aîné d'un drapier dont toute l'ambition avait été d'offrir une éducation à ses enfants. Le vieillard eut la satisfaction inestimable de voir ce rêve se réaliser. Mais, peu après que les deux fils eurent terminé leurs études, les parents furent victimes d'une épidémie d'influenza. Ils moururent, comme Löwenthal l'apprit par la suite, le jour même où les juifs furent émancipés de droit dans le Hanovre.

Ce jour marqua un grand tournant pour le jeune homme. Bien qu'il ne fût pas superstitieux, qu'il n'attachât donc aucune importance réelle à la simultanéité des deux événements, ceux-ci n'en demeuraient pas moins liés dans son esprit : la coïncidence des dates eut pour effet de le placer en quelque sorte à distance des faits. Il venait alors de se voir proposer un apprentissage au journal *Die Henne* d'Ilmenau, chance dont ses deux parents l'eussent certainement encouragé à profiter… mais comme la Thuringe n'avait pas encore accordé l'émancipation à ses ressortissants de confession mosaïque, il se dit que ce serait manquer de respect envers leur mémoire que d'accepter. C'était un déchirement. Löwenthal nourrissait une peur démesurée de l'échec, et il avait tendance à subtiliser dans le regard qu'il portait sur lui-même ; son moindre acte était justifié après coup par des arguties à n'en pas finir, plus byzantines les unes que les autres. Nous passerons sur le raisonnement, nous bornant à noter que Löwenthal ne choisit ni d'aller à Ilmenau ni de rester à Hanovre. Au lendemain de la mort de ses parents, il quitta définitivement l'Europe. Son frère Heinrich reprit l'affaire familiale à Hanovre, et Benjamin Löwenthal, muni de son diplôme universitaire, traversa l'Atlantique pour se rendre en Amérique... où, pendant les mois et les années et les décennies qui suivirent, il se raconta sa propre histoire, précisément ainsi, sans varier d'un iota.

Rien ne fortifie comme la répétition. Avec le temps, le récit de son passé s'était figé dans l'idée de Löwenthal, jusqu'à en devenir inattaquable (car immuable). Il finit par ne plus pouvoir parler de sa vie, sinon selon les termes qu'il s'était lui-même prescrits : il était un homme moral ; un homme qui avait été placé en face d'un dilemme ; un homme qui avait fait le bon choix, qui faisait le bon choix, qui ferait toujours le bon choix. Dans son idée, tous ses choix étaient des choix moraux. Incapable de distinguer entre la préférence personnelle et l'impératif moral, il en venait à nier la possibilité même d'une telle distinction. C'était par suite de tout cela qu'il réprimandait à présent aussi hardiment Charlie Frost qui, pour sa part, baissait les yeux et bredouillait :

— Je sais être discret. Ne vous inquiétez pas pour moi.

— J'irai parler moi-même à Tom, trancha Löwenthal tout en traversant la pièce en deux enjambées pour ouvrir la porte et congédier son visiteur. Je vous remercie de votre invitation. Je vous verrai donc ce soir, à la *Couronne*.

Φ

Dick Mannering, de retour de Kaniere, n'eut rien de plus pressé que de se rendre à l'hôtel du *Gril*, où il trouva Edgar Clinch seul dans son cabinet privé, installé à son bureau. Le magnat prit un siège sans y être invité, parla assez longuement des événements de l'après-midi, puis évoqua en des termes plus expéditifs la conférence projetée pour le soir même. Les intéressés avaient décidé, pour des raisons de prudence, de se réunir sur un terrain neutre, et le fumoir de la *Couronne*, étant la salle la moins attrayante de l'établissement le moins fréquenté de tout Hokitika, s'était imposé à tous comme un choix judicieux. Mannering parla avec verve et effusion, car l'idée d'un conseil secret lui plaisait beaucoup ; il avait toujours eu envie de faire partie d'une guilde, de la sorte ésotérique, dotée de ses propres statuts et d'une hiérarchie féodale. Il ne tarda pas cependant à remarquer que l'hôtelier ne l'écoutait guère. Les deux mains posées à plat sur le bureau devant lui, comme pour s'arc-bouter contre la violence du vent, Clinch n'avait pas une seule fois modifié sa posture durant le discours de Mannering, malgré la mobilité de son regard, qui ne cessait d'errer anxieusement autour de la pièce. Son visage normalement rubicond avait perdu ses couleurs, et sa moustache était agitée d'un tic.

— Par exemple, vous avez l'air bien préoccupé, déclara finalement Mannering d'un ton un peu boudeur, persuadé que, quelle qu'en fût la cause, cela ne pouvait être aussi palpitant que l'après-midi qu'il venait pour sa part de passer à China-Town ou la perspective d'une conférence secrète pour discuter de la disparition énigmatique d'un homme richissime.

— La veuve est venue, annonça Edgar Clinch d'une voix blanche. Elle disait qu'elle avait à parler à Anna. Elle est montée… puis redescendue, moins d'une demi-heure après, entraînant Anna avec elle.

— Lydia Wells ?

— Lydia Wells, confirma Clinch, dans la bouche de qui le nom valait une imprécation.

— Quand ?

— Tout à l'heure. Elles sont parties ensemble, juste avant votre venue.

Il se tut. Mannering grogna d'impatience :

— Ne m'obligez pas à vous supplier !

— Elles se connaissent ! éclata Clinch. Elles se connaissent même *bien*… Lydia et Anna ! Les meilleures amies du monde !

La nouvelle n'en était pas une pour Mannering qui, habitué de la *Maison de maints désirs* à Dunedin, y avait déjà eu l'occasion de voir les deux femmes ensemble : à vrai dire, c'était à la *Maison de maints désirs* que Mannering avait recruté Anna Wetherell pour son sérail. Il haussa les épaules.

— Hé bien, où est le problème ?

— Elles s'entendent comme larrons en foire, se lamenta Clinch. Et larrons, c'est bien le mot, Dick. C'est précisément ce que je veux dire.

— Qui est un larron ici ?

— Toutes les deux, elles sont de mèche !

Vraiment, pensa Mannering, Clinch pouvait être agaçant en diable quand il était vexé ; il en devenait tout à fait incompréhensible. Il demanda tout haut :

— S'agit-il de la procédure en appel ?

— Allons donc ! Vous savez bien, *vous*, de quoi je parle.

— Quoi ? S'agit-il de l'or ? Alors ?

— Pas l'or de Wells. *L'autre.*

— Quel autre ?

— Vous savez bien.

— Au contraire. Je n'en ai pas la moindre idée.

— *Je parle des robes d'Anna !*

C'était la première fois que Clinch évoquait tout haut l'or qu'il avait trouvé dans la robe d'Anna l'hiver précédent… lorsqu'il avait porté la jeune femme dans l'escalier, dans ses bras, pour lui donner son bain, qu'il avait voulu ensuite ranger ses vêtements et que, surpris du poids, palpant quelque chose le long de l'ourlet, il en avait cassé le fil pour retirer, entre ses doigts, une pincée de métal jaune. La contrainte endurée pendant ces mois de dissimulation prêtait maintenant à sa colère des accents affolés ; en effet, il croyait toujours le magnat mêlé à quelque chose de louche, une intrigue dont il ne discernait pas bien les tenants et les aboutissants.

Pourtant, Mannering lui montrait un visage perplexe.

— Quoi ? Que me chantez-vous là ?

— Ne faites pas l'imbécile.

— Je vous demande pardon, mais je n'en fais rien. De quoi parlez-vous, Edgar ? Qu'est-ce que la garde-robe d'une putain vient faire là-dedans ? Et ma première chemise, tant que vous y êtes !

Edgar Clinch le scruta du regard, pris soudain d'un frisson de doute. L'ahurissement de Mannering paraissait tout à fait authentique. Il ne se comportait pas en délinquant démasqué. Serait-ce à dire qu'il *n'était pas* au courant de l'or caché dans les robes d'Anna ? Anna aurait-elle agi de connivence avec un autre… en cachette de *Mannering* ? Clinch aussi se sentait gagné par la perplexité. Mieux valait parler d'autre chose.

— Je pensais à sa tenue de deuil, dit-il maladroitement. La robe qu'elle porte tout le temps depuis quinze jours, avec ce col ridicule.

— C'est de l'hypocrisie, répliqua Mannering avec un geste de dédain. Elle se donne des airs. Cela passera.

— Je n'en suis pas si sûr. Voyez-vous, la semaine dernière je lui ai dit qu'il fallait régler ses dettes avant de se retirer du trottoir et… nous avons eu des mots, le fait est que je me suis emporté, bref, j'ai menacé de la mettre à la porte.

— Où est le rapport avec Lydia Wells ? demanda Mannering, impatient. Vous avez pris la mouche. Bon, et alors ?

— Lydia Wells vient de payer la dette d'Anna, répondit Clinch en décollant enfin ses mains du bureau pour révéler, dessous, un peu moite du contact de sa peau, un billet à ordre de six livres, fraîchement rédigé. Anna est partie au *Voyageur*. Définitivement. Elle prétend avoir changé de métier. Dit qu'elle ne se laissera plus traiter de putain.

Mannering regarda le billet un instant en silence.

— Elle a payé sa dette envers *vous*, dit-il enfin. Le prix de sa pension, c'est tout. *Moi*, c'est cent livres qu'elle me doit… au bas mot ! Elle est dans le rouge… jusqu'au cou… et c'est *moi* qui lui dis ce qu'elle a à faire, crénom ! Ni vous ni surtout cette b....esse de Lydia Wells ! Voyons, que signifie : elle ne se laissera plus traiter de putain ?

— Cela veut dire ce que cela dit. Elle en a fini avec le métier… ou elle veut le faire croire.

Le visage de Mannering était cramoisi.

— On ne laisse pas tomber un métier comme ça, comme si de rien n'était. Qu'on soit putain ou boucher ou boulanger de mes deux ! On ne met pas simplement la clef sous la porte… pas quand il y a une dette à régler !

— C'est bien le…

— Prendre le deuil, qu'elle m'a dit ! brailla Mannering en se hissant sur ses pieds. Un petit moment, qu'elle m'a dit ! On lui donne le doigt, la b....esse vous prend les deux bras ! Non, pas de ça avec moi ! Pas avec une ardoise de cent livres ! Non, non, et non !

Clinch regardait le magnat sans s'émouvoir.

— Elle vous fait dire qu'Aubert Gascoigne a l'argent qu'elle vous doit. Caché sous son lit. Je suis chargé de vous le faire savoir de sa part.

— Qui ça ? Obeur Gaskwonne ?

— Il est clerc au tribunal, dit Clinch. C'est lui qui a enregistré la requête de la veuve, réclamant la fortune de Crosbie Wells.

— Tiens ! fit Mannering. On en revient donc *là* ? Diable !

— Il y a autre chose encore. M. Gascoigne est monté chez Anna cet après-midi, et il y a eu des coups de feu. Deux coups tirés. Je lui ai demandé ensuite ce qui s'était passé… et il a biaisé en me parlant des termes en retard. Je suis donc allé voir. Il y a un trou dans l'oreiller. Bien propre. Au beau milieu, et de part en part.

— Deux trous, vous voulez dire ?

— Un seul.

— Et la veuve a tout vu, compléta Mannering.

— Non. Elle est venue après. Mais en effet, M. Gascoigne a dit en partant qu'il allait voir une dame… et alors, deux heures plus tard, la voilà qui tombe du ciel.

— Et l'autre or ? demanda soudain Mannering. Qu'est-ce que cela ? Un trésor sans rapport avec Wells…

— J'ai cru…, commença Clinch en baissant les yeux. Mais non. Ce n'est rien. Je me suis trompé. N'y pensez plus.

Mannering n'avait pas l'air content.

— Pourquoi Lydia Wells se sentirait-elle tenue de régler la dette d'Anna ? demanda-t-il. Qu'a-t-elle à y gagner ?

— Je ne sais pas, dit Clinch. Mais elles semblaient très intimes cet après-midi.

— Intimes, je veux bien… mais qu'est-ce que ça lui rapporte ?

— Je ne sais pas.

— Elles étaient bras dessus bras dessous ? Gaies comme des pinsons ? Hein ?

— Oui. Elles se donnaient le bras… et chaque fois que la veuve parlait, Anna penchait l'oreille.

Clinch se tut, ruminant le souvenir qu'il en gardait.

— Et vous l'avez laissée partir ! aboya soudain Mannering. Vous l'avez laissée partir… sans mon accord… sans m'avertir ? C'est ma meilleure gagneuse, Edgar ! Je n'ai pas besoin de vous le dire ! Les autres n'arrivent pas à la cheville d'Anna !

— Je pouvais difficilement la retenir, protesta Clinch d'un air revêche. Et comment ? En l'enfermant sous clef ? De toute façon, vous étiez à Kaniere.

— Alors, comme ça, notre Anne-Jaune, notre fille à Chinois, n'est plus une fille à tout le monde ! À la voir, on dirait qu'il n'y a rien de plus simple, hein ? Changer de métier ! Comme si n'importe qui pouvait se réveiller un beau matin, comme ça, et se mettre en tête de… !

Mannering se frappa la cuisse avec son chapeau, mais Edgar Clinch ne tenait pas à poursuivre le sujet. Il songeait tristement que le lendemain serait dimanche, le premier dimanche depuis des mois où il n'aurait pas le plaisir de préparer le bain d'Anna. Il dit tout haut :

— Vous devriez peut-être aller parler argent avec M. Gascoigne.

— Savez-vous ce qui me fait rager, Edgar ? D'apprendre les nouvelles par ouï-dire. Voilà. De ramasser les miettes de la table d'autrui, ça me fait rager. De savoir toute cette histoire par vous… je vois rouge. Qu'est-ce qu'elle veut, Anna ? Que j'aille frapper à la porte d'un homme que je connais à peine ? Et pour lui dire quoi ? « Excusez-moi, monsieur, mais si je ne me trompe, il y a une pile d'argent sous votre lit, et Anna Wetherell me doit cet argent-là ! » C'est manquer de respect. Se f..... du monde, voilà ce que c'est. Non : si j'ai mon mot à dire, cette fille-là travaille toujours pour moi. Elle est aussi putain que jamais et elle n'a pas commencé à me rembourser sa dette.

Clinch hocha la tête. Son élan était tari, il ne voulait plus qu'être seul. Il ramassa le billet à ordre, le plia et le serra dans son portefeuille, contre son cœur.

— Vous avez dit quelle heure, pour la réunion de ce soir ?

— Au coucher du soleil, répondit Mannering. Mais mieux vaudra venir peut-être un peu plus tôt ou un peu plus tard, qu'on ne se bouscule pas à l'entrée. Vous verrez, il y a pas mal de monde qui croit avoir un compte à régler dans cette affaire.

— Je ne peux pas dire que j'apprécie l'endroit, reprit Clinch, parlant à moitié pour lui-même. La *Couronne* a lésiné sur le verre, si vous voulez mon avis. Les vitrages de la devanture devraient être plus larges… et ça manque d'une marquise.

— Eh bien, on y sera tranquille, c'est tout ce qui compte.

— Oui.

— Si vous m'aviez demandé la semaine dernière qui était responsable de toute cette folie, j'aurais misé sur le juif, dit Mannering en mettant son chapeau. Si vous m'aviez demandé hier, j'aurais dit la veuve. Cet après-midi, j'aurais mis tout mon argent sur les Chinetoques. Et maintenant ? Eh, Edgar, je veux bien être pendu si je ne parie pas sur la putain. Vous verrez : Anna Wetherell sait parfaitement ce que cet or faisait chez Crosbie Wells, et elle sait parfaitement ce qu'est devenu Emery Staines… Dieu ait son âme ! même s'il est un peu tôt encore pour le dire. Tentative de suicide, mon œil ! Prendre le deuil, mon œil ! Elle est de mèche avec Lydia Wells, mouillée jusqu'au cou… et elles manigancent quelque chose, à elles deux.

Φ

Sook Yong-cheng et Quee Long cheminaient sur la route de Kaniere à Hokitika, vêtus à l'identique de larges chapeaux de feutre, de capes de laine et de chaussures de toile. Le soir tombait, faisant rapidement chuter la température et laquant d'un bleu brillant les flaques d'eau brunâtre qui croupissaient sur le bord du chemin. Il y avait peu de circulation, hormis les rares charrettes ou cavaliers isolés qui les dépassaient de loin en loin, se dirigeant vers la chaleur et les lumières de la ville en avant… à deux bons milles encore, quoiqu'on entendît déjà le mugissement de l'océan, monotone et sans timbre précis, coupé çà et là par l'appel d'un oiseau de mer dont le cri voletait, grêle, aérien, au-dessus du bruit de la pluie.

Les deux hommes s'entretenaient en langue cantonaise.

— Il n'y a pas d'or dans l'*Aurore*, disait justement Ah Quee.

— Pouvez-vous en être certain ?

— La concession est stérile. Comme si la terre avait déjà été lavée.

— La terre lavée peut réserver des surprises, objecta Ah Sook. Je connais pas mal de gens qui gagnent leur vie dans les déblais.

— Pas mal des nôtres qui gagnent leur vie dans les déblais, corrigea Ah Quee. Après quoi ils se font rouer de coups ou même tuer par ceux qui n'avaient pas de si bons yeux.

— L'argent est un fardeau.

La maxime était de celles qui revenaient souvent dans la bouche d'Ah Sook, mais elle lui valut un regard oblique de la part de son compagnon, qui enchaîna :

— Un fardeau sous lequel les pauvres sont les premiers à ployer. Votre commerce aussi languit ces temps-ci.

— C'est exact, acquiesça Ah Sook d'une voix égale.

— La putain n'a plus goût à la fumée.

— En effet. Je ne me l'explique pas.

— Elle aura trouvé peut-être un autre fournisseur.

— Peut-être.

— Vous n'y croyez pas.

— Je ne sais plus ce qu'il faut croire.

— Vous soupçonnez le pharmacien.

— Entre autres.

Ah Quee resta un instant songeur, puis reprit :

— Je ne crois pas que l'or que j'ai trouvé ait jamais été à Anna.

— C'est peu probable, en effet, approuva Ah Sook. Puisqu'elle ne s'est pas aperçue du vol.

— Estimez-vous que j'aie commis un vol ? demanda Ah Quee en lui lançant un regard rapide.

— Je ne veux pas attaquer votre honneur…

Ah Sook resta court et Ah Quee objecta :

— Votre sous-entendu va à l'encontre de votre volonté déclarée, Sook Yong-cheng.

— Je vous demande pardon, dit Ah Sook en baissant la tête. Je suis ignorant, et ma volonté ne peut rien contre mon ignorance.

— Même les ignorants peuvent avoir un avis. Dites : suis-je un voleur à vos yeux ?

— C'est l'intention de dissimulation qui définit le vol, répondit finalement le marchand d'opium, sans grande conviction.

— En tenant ce langage, ce n'est pas seulement *mon* honneur que vous attaquez !

— Je veux bien ravaler mes paroles, si je ne dis pas vrai.

— Vous ne dites pas vrai, coupa Ah Quee. Quand on trouve une pépite sur les diggings, on ne le crie pas sur les toits. On en fait un secret, qu'on cache à ses compagnons. Ici, sur les diggings, la volonté de secret est commune à tous. Seul un imbécile publie ce qu'il découvre. Il n'en irait pas autrement de vous, Sook Yong-cheng, si vous tombiez sur un bon filon.

— Mais l'or en question n'est pas de l'or découvert sur les diggings. Votre fortune, vous l'avez trouvée dans la poche d'une femme ; vous l'avez cueillie sur sa personne, et non dans la terre.

— La femme ne savait pas ce qu'elle portait sur elle ! Elle était semblable à l'homme qui dresse sa tente au bord d'une rivière riche en or et qui ne voit rien, qui ne se doute de rien.

— Pourtant, l'or que charrie la rivière n'appartient à aucun homme ; il n'appartient pas non plus à l'eau qui le charrie.

— Vous venez de reconnaître vous-même que l'or ne pouvait concevablement être à Anna !

— À Anna, non. Mais que dire des droits du couturier ? Que penser de l'intention du couturier qui cacha une telle somme dans les plis d'une robe de femme ?

— Le couturier m'était inconnu, se défendit Ah Quee. Si vous trouvez par terre un penny d'argent, demandez-vous quel est l'ouvrier qui l'a fabriqué ? Non, vous vous demandez qui a été le dernier à avoir ce penny entre les mains ! Je ne suis pas un voleur pour avoir ramassé un objet perdu.

— Perdu ?

— *Perdu*, insista Ah Quee. Personne n'a fait valoir ses droits sur cet or. Il a été volé avant de venir entre mes mains, et il a encore été volé après.

— Je vous demande pardon, dit Ah Sook. Je reconnais mon erreur.

— Une putain n'est pas une concubine, reprit Ah Quee, qui commençait à s'échauffer comme s'il y avait longtemps qu'il aspirait à présenter sa défense. Une putain ne peut pas redevenir respectable. Une putain ne peut pas s'enrichir. Tout le prestige et tous les profits vont au proxénète, jamais à la putain. Oui, le seul à même de profiter de son travail est l'homme qui la protège, la bourse dans une main, le pistolet dans l'autre. Je n'ai rien volé à Anna ! Qu'aurais-je pu lui prendre ? Elle ne possède rien. L'or n'a jamais été à elle.

Entendant un bruit de sabots derrière eux, ils se retournèrent : un couple de cavaliers, tous deux penchés très bas sur l'encolure de leur monture, se dirigeait vers Hokitika au petit galop ; les chevaux étaient couverts d'écume, et les cavaliers les cravachaient vigoureusement pour les forcer à accélérer encore l'allure. Les Chinois se rangèrent sur le bas-côté.

— Je vous demande pardon, répéta Ah Sook, lorsqu'ils se retrouvèrent seuls. J'ai fait erreur. Vous n'êtes pas un voleur, Quee Long.

— Le vrai voleur, c'est M. Staines, dit le fondeur d'or en se remettant en route. Il a volé avec préméditation et il a pris la fuite sans vergogne. J'étais bête de me fier à lui.

— Staines a partie liée avec Francis Carver. Le registre de l'*Aurore* le prouve bien. Cette association est une raison suffisante pour suspecter sa valeur.

— Je ne connais pas votre Francis Carver, dit Ah Quee en interrogeant son compagnon du regard. Je n'ai jamais entendu son nom avant ce jour.

— Il est capitaine marchand, répondit Ah Sook d'une voix neutre. Je l'ai connu dans mon enfance, à Kouang-tchéou. Il a trahi ma famille, et j'ai juré de le lui faire payer de la vie.

— Cela, je le sais déjà. J'aimerais en savoir plus.

— C'est une histoire pitoyable.

— Je l'écouterai donc avec compassion. Celui qui trahit l'un quelconque de mes compatriotes, c'est moi qu'il trahit.

— C'est à moi seul qu'appartient la vengeance, objecta Ah Sook en fronçant les sourcils.

— Je voulais dire simplement que nous devons nous prêter mutuellement aide et assistance, Sook Yong-cheng.

— Pourquoi parlez-vous d'un « devoir » ?

— La vie chinoise ne vaut pas cher dans ce pays…

— Toute vie est bon marché sur les diggings.

— Vous vous trompez, dit Ah Quee. Aujourd'hui vous avez vu un homme me frapper, me prendre aux cheveux, m'injurier et me menacer de mort… sans que cela tire à conséquence. Et cela restera sans suite. Tout le monde à Hokitika prendrait le parti de Mannering contre moi, et pourquoi ? Parce que je suis chinois, et lui ne l'est pas. Nous *devons* nous aider l'un l'autre, vous et moi, Ah Sook. C'est notre devoir. La loi est liguée contre nous ; il faut nous donner les moyens de nous liguer contre la loi.

C'était là un sentiment qu'Ah Sook n'avait jamais entendu exprimer ; il se tut quelque temps, cherchant à l'assimiler. Ah Quee ôta son chapeau et le frappa plusieurs fois du plat de la main avant de le remettre sur sa tête. Quelque part dans la brousse, à proximité, un *korimako* se mit à chanter à gorge déployée ; le cri fut repris par un autre et un autre encore et, pendant un moment, tous les arbres alentour tinrent leur rang dans ce vivant carillon.

Ce n'était pas par nécessité, mais par goût, que Sook Yong-cheng vivait et travaillait en solitaire. Il n'était pas de tempérament revêche, n'éprouvait aucune peine à se lier ou à cultiver les liens d'amitié une fois contractés ; simplement, il préférait n'avoir à faire qu'à lui-même. Il n'aimait pas le faix des responsabilités, plus particulièrement les charges prévisibles ou imposées… et l'amitié, d'après son expérience, se perdait presque toujours dans un maquis de comptabilité, de culpabilité et de revendications. Les personnes qu'il regardait néanmoins comme ses intimes, c'étaient celles qui ne demandaient rien, mais donnaient beaucoup ; il y avait ainsi, dans le passé d'Ah Sook, nombre de figures charitables, et bien peu à qui il se fût pour sa part dévoué. Il avait la sensibilité d'un homme à l'avant-garde de la société, sans attaches, fort de sa conviction et, à ses propres yeux du moins, à peu près universellement incompris. À la longue, la mésestime dans laquelle il se sentait tenu par tous et à tout propos l'amènerait à s'enfermer dans une sorte de démagogie intérieure ; ne doutant point de l'envergure de ses vues, il jugeait rarement utile de s'en expliquer avec les autres. Dans l'ensemble, ses convictions étaient des projections d'un monde meilleur, plus simple, où il se plaisait à se transporter en imagination… il préférait, en effet, la ferveur immaculée de sa propre solitude à toute obligation collective et, en société, avait tendance à rester sur son quant-à-soi. Il avait parfaitement conscience de cette propension, étant naturellement porté à la réflexion, et même à l'introspection sous ses espèces les plus rigoureuses et les plus contemplatives. Mais il analysait sa propre pensée comme le prophète analyse les visions insolites qui le visitent… avec vénération, se croyant toujours destiné à être l'annonciateur d'un grand dessein universel, d'une *raison d'être** cosmique.

— Mon histoire avec Francis Carver, dit-il enfin, est une histoire qui a plus d'un commencement ; j'espère cependant qu'elle n'aura qu'une seule fin.

— Racontez, fit Ah Quee.

Φ

Harald Nilssen referma la porte de son comptoir sur le quai, s'assit à son bureau et, avant même de se débarrasser de son chapeau et de son manteau, griffonna à la hâte un billet à l'adresse de Joseph Pritchard. Le style était affolé et plus que négligé, mais Nilssen n'avait aucune envie de fignoler. Sans se relire, il sécha et plia la feuille, scella sa lettre avec le cachet rond de Nilssen & C^ie^ et fit venir Albert, qu'il chargea de la porter à l'officine de Pritchard dans Collingwood-street, toutes affaires cessantes.

Albert une fois parti, Nilssen suspendit son chapeau, troqua sa redingote trempée contre une robe de chambre sèche et sortit sa pipe... mais même après avoir allumé le tabac, après s'être mis à l'aise, les pieds sur son bureau, les chevilles croisées, il ne se sentit toujours pas rassuré. Il frissonnait, la peau moite, et son cœur ne semblait pas vouloir s'apaiser. Il fit glisser la pipe au coin de sa bouche, selon son habitude, et appliqua sa pensée à la cause de son malaise : la promesse que, plus tôt dans la journée, il avait faite à George Shepard, gouverneur de la prison de Hokitika.

Nilssen se demandait s'il ne devrait pas violer son vœu de silence et révéler, à l'assemblée convoquée pour la soirée, les détails du marché que Shepard lui avait proposé. L'affaire avait sans conteste sa place dans les débats en perspective, avant tout parce que l'argent en question était un pourcentage de la fortune de Crosbie Wells, mais aussi par les questions que soulevait l'animosité de Shepard contre le politicien Lauderback, sentiment que Nilssen soupçonnait fort d'avoir un autre enjeu que l'exploitation de la main-d'œuvre détenue sur les chantiers des prisons ou des routes à construire. En ajoutant à cela le fait que le politicien avait été le premier à découvrir le cadavre de Crosbie Wells... eh bien, il était clair, pensa Nilssen, que le gouverneur Shepard trempait dans la conspiration, ni plus ni moins qu'eux tous ! Mais que savait-il au juste ? Et pour qui travaillait-il, en dehors de son intérêt personnel ? Savait-il, avant toute cette histoire, qu'il y avait un trésor caché chez Crosbie Wells ? *Lauderback* lui-même le savait-il, d'ailleurs ? Songeur, Nilssen recroisa ses chevilles et rajusta sa pipe, berçant le fourneau entre le pli de son index et la pulpe du pouce. De quelque façon qu'il choisît de regarder la chose, il ne pouvait nier que George Shepard en savait plus long qu'il ne voulait en avoir l'air.

Harald Nilssen avait l'habitude d'être le point de mire partout où il allait, de forcer l'attention par ses traits d'esprit, son habileté oratoire et la disposition comique qu'il se plaisait à afficher. Contraint, pour une raison ou une autre, de rester à la périphérie d'une salle pleine de monde, il s'ennuyait très vite. Sa vanité exigeait des stimulations constantes, prouvant encore et toujours que lui seul avait la haute main sur la constitution de sa personnalité, processus encore et toujours en cours. Il était marri de penser maintenant qu'il avait été mené en bateau, non qu'il crût ne pas mériter un tel traitement (Nilssen se savait facilement impressionnable, et il lui arrivait souvent d'en plaisanter), mais parce qu'il ne comprenait pas le motif qui faisait agir Shepard.

Tout en tirant des bouffées de sa pipe, il se peignait en esprit un tableau de la future prison, avec son hospice et sa potence dressée au bord de la falaise. Tout cela serait construit avec le montant de sa commission à lui, et avec son accord. Soudain décidé, il envoya Shepard au diable. Rien ne l'obligeait à garder le secret du geôlier… d'autant qu'il ne voyait même pas ce qui demandait à être caché ! Il parlerait à l'assemblée du marché que Shepard lui proposait, il parlerait aussi des soupçons que l'homme lui inspirait. Aucun contrat ne lui imposait le silence. Il n'avait encore rien signé. D'ailleurs, quelle importance ? Une prison, ce n'était pas une propriété privée. Elle appartiendrait à tout Hokitika. Une prison, c'était un établissement construit par les pouvoirs publics… pour tous les sujets de la loi.

Peu après, Nilssen entendit la porte de la pièce d'entrée s'ouvrir et se fermer. Il sauta sur ses pieds. C'était Albert, de retour de l'officine de Joseph Pritchard. Sa veste était trempée, et il apportait l'odeur terreuse de la pluie en pénétrant dans le cabinet de Nilssen.

— A-t-il brûlé mon billet ? demanda anxieusement le commissionnaire. L'as-tu vu faire ? Qu'est-ce que tu as là ?

— La réponse de Pritchard, dit Albert en brandissant un pli.

— J'ai dit que je n'attendais pas de réponse ! Je l'ai bien dit !

— Oui, et je le lui ai bien transmis… mais il en a écrit une quand même.

— A-t-il au moins brûlé mon billet ? répéta Nilssen, considérant d'un œil méfiant le papier dans la main d'Albert.

— Oui, répondit Albert, hésitant.

— Et encore ? Qu'est-ce qu'il y a ?

— Eh bien, quand je lui ai dit qu'il fallait le brûler… il a éclaté de rire.

Nilssen plissa les yeux :

— Il a ri ? Pourquoi ?

— Je ne sais pas. Mais je pensais qu'il fallait vous le dire. Peut-être que cela n'a pas d'importance.

— Il a ri en lisant la lettre ? En lisant ce que je lui écrivais ? insista Nilssen, affligé d'un tic de la paupière inférieure.

— Non. Seulement avant. Quand je lui ai dit que c'était à brûler.

— Il a donc trouvé cela risible ?

— Que vous lui disiez d'y mettre le feu, oui.

Albert hocha la tête tout en palpant les bords du pli dans sa main. Il avait très envie de demander à son employeur pourquoi il faisait tant d'histoires, mais il ne savait pas comment s'y prendre sans risquer une réprimande. Il demanda enfin :

— Voulez-vous lire la réponse ?

— Donne, dit Nilssen en tendant la main. Tu ne l'as pas lue, toi, n'est-ce pas ?

— Non, protesta Albert d'un air blessé. Elle est cachetée.

— Tiens, en effet.

Nilssen prit le pli dans la main d'Albert, le retourna, brisa le cachet avec les doigts et demanda encore, avant de déplier le feuillet :

— Qu'est-ce que tu attends ? Je ne te retiens pas.

— Je peux rentrer ? fit Albert, déçu.

— Eh oui, gros nigaud… Et tu pourras laisser la clef sur le bureau avant de partir.

Pourtant, le garçon ne s'en allait pas.

— En revenant, je suis passé devant le *Prince de Galles*, dit-il, et j'ai vu qu'il y aura ce soir la première d'un nouveau spectacle : un spectacle exotique. M. Mannering distribue des places gratuites… pour le lancement… et j'en ai pris une pour vous.

Il avait débité ce petit discours à toute vitesse. Arrivé à la fin, il fit la grimace et se détourna. Nilssen n'avait toujours pas déplié le billet de Pritchard.

— Qu'est-ce que c'est ? fit-il.

— *Sensations d'Orient*. Une place au balcon…

au premier rang, face. Ce qu'il y a de mieux. J'ai demandé exprès pour vous.

— Vas-y, toi. Profites-en. Je ne veux pas de place au théâtre. Allez, va-t'en.

— J'en ai pris une pour moi aussi, dit le garçon en traînant les pieds. J'ai pensé… puisque c'est samedi… et qu'il n'y aura pas de courses… à cause de la pluie…

— Je ne peux pas aller au théâtre ce soir, répondit Nilssen en secouant la tête.

— Oh ! Mais pourquoi ?

— Je ne me sens pas bien.

— Rien que le premier acte. Il paraît qu'il y aura du champagne. Le champagne vous remettra d'aplomb.

— Vas-y avec Henry Fuller.

— À côté de l'entrée des artistes, j'ai vu une dame avec un parasol.

— Vas-y avec Henry.

— Une Japonaise, dit mélancoliquement Albert. Ça n'avait pas l'air d'être du maquillage. On aurait dit une vraie Japonaise. Henry Fuller est monté au nord. Pourquoi ne voulez-vous pas venir ?

— Je suis très malade.

— Vous n'avez pas l'air malade. Vous fumez.

— Je suis sûr que tu pourras trouver quelqu'un pour t'y accompagner, dit Nilssen, qui maîtrisait de moins en moins son irritation. Va faire un peu de retape à l'*Étoile*. Qu'en dis-tu ?

Albert garda un instant le silence, les yeux rivés au sol, les lèvres crispées. Finalement, il soupira et lâcha :

— Bon, ben, alors, je vous verrai lundi, faut croire, monsieur Nilssen.

— Sans doute, oui, Albert.
— Au revoir.
— Au revoir. Il faudra me raconter le spectacle. Entendu ?
— Peut-être qu'on pourra y retourner. Évidemment, la place est pour ce soir. Mais on pourra peut-être y aller encore un autre jour.
— Oui. La semaine prochaine, peut-être. Quand je serai remis.

Nilssen attendit que son subordonné abattu eût quitté discrètement la pièce et fermé la porte derrière lui avant de déplier enfin le billet de Pritchard en s'approchant de la fenêtre, où la lumière était meilleure.

*H. – Serai au rendez-vous. Mais écoutez : il s'est passé quelque chose de bizarre cet après-midi chez Anna. Une histoire de pistolets. Expliquerai en détail face à face. A. G., clerc au tribunal, a tout vu. Vous devriez peut-être lui parler, tant qu'à jouer au détective. Je suis sûr qu'A. G. est au courant de tout ce à quoi Anna est mêlée. Lui faites-vous confiance ? Pas moi. Enfin, ça reste à voir. Faites disparaître ces lignes ! – J. S. P.*

Φ

Thomas Balfour était retourné au *Palais* en fin d'après-midi dans l'intention d'y chercher Cowell Devlin, l'ecclésiastique qui avait été, dans la matinée, le témoin involontaire de sa conversation avec Lauderback, et envers qui il s'était montré si impoli. Il voulait s'excuser, mais aussi (motif plus pressant) interroger le pasteur sur ses rapports avec le prospecteur disparu, Emery Staines. Il était persuadé que les questions posées par Devlin au bureau du *West Coast Times* étaient liées, il ne savait comment, à l'affaire Crosbie Wells.

Devlin cependant n'était plus au *Palais* ; Balfour apprit du personnel de cuisine qu'il avait quitté la salle du restaurant quelques heures plus tôt. Sa tente sur la plage était inoccupée, et il n'était à trouver ni à la maison d'arrêt du camp de police ni dans l'une quelconque des églises ; il n'était à trouver dans aucun des magasins ou salles de billard, et il n'était pas non plus sur le port. Balfour passa plus d'une heure à errer dans Hokitika, l'oreille basse, et il était sur le point de rentrer bredouille, lorsqu'il aperçut enfin Devlin. Le futur aumônier descendait Revell-street, son chapeau et son manteau complètement imbibés ; il était accompagné d'un autre homme, nettement plus grand et plus massif. Balfour traversa la chaussée. Il levait déjà le bras pour faire signe, lorsqu'il reconnut le compagnon de Devlin : c'était le Maori avec lequel il avait également échangé des propos plus tôt dans la journée, et envers qui il avait de même des incivilités à se faire pardonner.

— Ohé, vous autres ! lança-t-il. Pasteur Devlin ! Le croiriez-vous ! Vous êtes exactement l'homme que je cherchais ! Bonjour, Ted. Je suis ravi de te revoir, toi aussi.

Tauwhare ne réagit pas. Devlin, pour sa part, sourit et dit :

— Je vois que vous avez appris mon nom de famille. Je suis désolé, mais je ne connais toujours pas le vôtre.

— Tom Balfour, dit celui-ci, la face épanouie, avec une cordiale poignée de main. Eh oui, je suis passé voir Ben Löwenthal, au *Times*, et votre nom s'est présenté dans notre conversation. En fait, ça fait des heures que j'essaie de vous mettre la main dessus. J'aurais une question à vous poser.

— La chance est donc doublement à remercier.

— C'est au sujet d'Emery Staines, coupa Balfour. Voyez-vous, j'ai su que vous avez fait une petite enquête à son sujet. Vous vouliez savoir qui était à l'origine de l'annonce dans le journal, lui demandant de revenir. Ben m'a parlé de votre visite chez lui. Je voudrais savoir pourquoi il vous intéresse… Staines, je veux dire… quel est le lien entre vous deux…

Cowell Devlin hésita. La vérité était, bien sûr, qu'Emery Staines était l'un des trois noms figurant sur l'acte de donation qu'il avait extrait des cendres du fourneau chez Crosbie Wells, le lendemain de son décès. Pourtant, il n'avait montré le document à personne, et il était déterminé à continuer à observer la même discrétion en attendant d'en savoir davantage sur les personnes concernées. Fallait-il mentir à Balfour ? Il préférait éviter les contre-vérités absolues, mais peut-être pourrait-il se tirer d'affaire avec une demi-vérité. Il se mordit la lèvre.

Balfour, qui avait bien noté sa réticence, en y lisant toutefois, à tort, un reproche tacite, leva les deux bras en l'air et s'écria :

— Mais j'en ai de bonnes ! Poser des questions en pleine rue… par le temps qu'il fait… alors que pendant ce temps nous prenons la pluie ! Tenez ! Et si nous mangions un morceau ensemble ? Un bon repas chaud ! Il n'y a pas de raison pour se parler dehors… pas avec tous ces hôtels douillets, à droite et à gauche, où nous pourrons faire bonne chère.

Devlin consulta du regard Tauwhare qui, malgré son antipathie pour Balfour, semblait goûter fort la perspective d'un repas.

Balfour toussa, puis se frappa la poitrine du poing et dit avec une grimace contrite :

— Je n'étais pas dans mon état normal ce matin… Eh non, vraiment pas du tout dans mon assiette. J'en suis navré… et je voudrais faire amende honorable… à vous deux. Allez, je nous offre un bon petit plat et le verre de l'amitié. Ne me refusez pas. Puisque je vous dis que je suis navré.

Peu après, le trio était installé à une table d'angle chez Maxwell. Balfour, qui prenait toujours grand plaisir à tenir le rôle d'amphitryon, commanda trois bols de consommé avec du pain, un boudin noir bien gras, un fromage à pâte dure, des sardines à l'huile, des carottes à la maître-d'hôtel, un ragoût d'huîtres et un grand pichet de stout. Il eut la bonne idée de s'abstenir de toute mention de Crosbie Wells ou d'Emery Staines tant que ses deux invités n'auraient pas mangé et bu leur soûl. En attendant, il parla plutôt de la pêche à la baleine, sujet romantique à souhait, sur lequel ils avaient tous les trois force idées à échanger. Lorsque Benjamin Löwenthal les retrouva quelque trois quarts d'heure plus tard, la tablée était bien en train.

— Ben ! lança Balfour en voyant approcher le journaliste. Et votre sabbat, alors ?

Il était, pour la deuxième fois ce jour-là, plus qu'un peu gris.

— Fini avec la première étoile, répondit brièvement Löwenthal, avant de s'adresser à Tauwhare : Je ne crois pas vous avoir été présenté. Je m'appelle Benjamin Löwenthal ; c'est moi qui édite le *West Coast Times.*

— Te Rau Tauwhare, répondit le Maori en serrant avec force la main offerte.

— Dit aussi Ted, ajouta Balfour. Très ami avec Crosbie Wells.

— C'est vrai ? demanda Löwenthal à Tauwhare.

— Son meilleur ami, confirma Devlin.

— Ils étaient plus que des frères l'un pour l'autre, renchérit Balfour.

— Eh bien ! alors, j'ai à vous parler à tous les trois, conclut Löwenthal.

Benjamin Löwenthal n'était pas strictement en droit d'élargir à Devlin et Tauwhare l'invitation au conseil de la *Couronne.* Mais, comme nous l'avons déjà fait remarquer, le journaliste pouvait être redoutable, là où son sens moral était froissé, et Charlie Frost l'avait plus que froissé en prétendant restreindre la réunion à un petit nombre d'élus. Löwenthal sentait le besoin de réparer ce qu'il percevait comme une faute morale de la part de Frost. L'inclusion de Tauwhare et de Devlin dans l'invitation qu'il s'apprêtait à faire avait ainsi, en quelque façon, valeur de reproche.

— Formidable ! s'exclama Balfour. Prenez une chaise.

Löwenthal s'assit, joignit les deux mains paume contre paume et, parlant sans élever la voix, exposa le but de la réunion du soir, que Balfour approuva d'enthousiasme, Tauwhare avec solennité et Cowell

Devlin après un long silence judicieux. L'aumônier pensait à l'acte de donation qui reposait à présent dans sa Bible, entre le Nouveau Testament et l'Ancien. Il décida de se munir du livre en se rendant à l'assemblée et de porter l'acte à la connaissance de tous, si l'occasion se présentait et qu'il jugeât le moment opportun.

Φ

Il y avait de la fumée au-dessus de la cheminée de Gascoigne, et sa porte s'ouvrit promptement, lorsque Mannering vint y frapper. Le Français sortit la tête, tenant à la main une cigarette fraîchement allumée ; il avait troqué sa veste anglaise contre un gilet de laine porté à même la chemise.

— Oui ? dit-il.

— Je tiens de bonne source que vous recelez là de l'argent, déclara Dick Mannering. L'argent est à moi, et je viens le chercher.

Aubert Gascoigne le dévisagea, puis porta sa cigarette à ses lèvres, aspira la fumée et en souffla un jet par-dessus l'épaule du visiteur, dans la pluie qui tombait toujours. Il demanda enfin, avec douceur :

— Pourrais-je savoir l'identité de votre bonne source ?

— Mlle Anna Wetherell, par le truchement de M. Edgar Clinch.

— Et qu'imaginait-elle, Mlle Anna Wetherell, par le truchement de M. Edgar Clinch, que vous alliez faire des informations puisées à l'excellente source qu'elle est ? demanda Gascoigne en s'adossant au chambranle.

— N'essayez pas de jouer au plus fin avec moi.

Pas de ça ! Je ne vous le dirai qu'une fois : je n'aime pas les finasseries. Elle dit que l'argent est caché sous votre lit.

Gascoigne haussa les épaules :

— Eh bien, si je garde une somme importante pour Anna, c'est en confiance, et je ne vois aucune raison de violer sa confiance et de remettre la somme à un tiers… simplement parce qu'il prétend y avoir droit. Elle ne m'a certainement pas dit que j'allais recevoir une visite.

— C'est vrai que j'y ai droit.

— À quel titre ?

— En remboursement d'une dette, dit Mannering. Anna est ma débitrice.

— Une dette est une affaire privée.

— Elle peut facilement devenir publique. Voudriez-vous que je fisse courir le bruit que vous êtes assis sur une pile d'or natif d'une valeur de plus de cent livres ? Croyez-moi, avant minuit votre porte serait enfoncée, avant l'aube le voleur serait à cinquante milles, et avant cette heure demain vous seriez un homme mort. Ce serait un jeu d'enfant… vous n'avez pas d'attaches, et vous habitez seul.

— Je suis le gardien de cet or, et je ne le remettrai à personne sans l'accord préalable de Mlle Wetherell.

Gascoigne s'était rembruni, mais Mannering sourit.

— Je prendrai cela pour un aveu de culpabilité.

— Et moi, je prendrai *cela* pour une preuve d'illogisme, rétorqua Gascoigne. Je vous souhaite le bonsoir. Si Anna désire reprendre son argent, elle pourra venir le chercher elle-même.

Il fit mine de refermer la porte, mais Mannering s'avança et tendit la main pour l'arrêter.

— C'est bizarre, hein ? demanda-t-il.

— Qu'est-ce qui est bizarre ? repartit Gascoigne en fronçant les sourcils.

— Qu'une petite putain se trouve tout à coup en possession d'une somme d'or suffisante pour payer toutes ses dettes… et qu'elle n'ait rien de plus pressé que de cacher le tout sous le lit d'un homme débarqué à Hokitika de si fraîche date que c'est à peine s'il sait comment elle s'appelle.

— En effet, c'est excessivement étrange.

— Je devrais peut-être me présenter.

— Je sais qui vous êtes. Et je sais ce que vous faites.

— Et ces joujoux ? demanda Mannering en déboutonnant son manteau pour exhiber ses pistolets. Savez-vous ce qu'ils sont ? Et ce qu'ils font ?

— Oui, répondit Gascoigne sans s'émouvoir. Ce sont des revolvers à percussion, et chacun peut tirer six coups en six secondes juste.

— Sept coups, en fait, corrigea Mannering. Ce sont des Smith & Wesson, second type. Sept coups chacun. Mais les six secondes, c'est exact.

Gascoigne tira encore une bouffée de sa cigarette. Mannering posa les mains sur les deux étuis et dit, avec le sourire :

— Je vais devoir vous demander de m'inviter à entrer, monsieur Gascoigne.

Le Français ne répliqua pas. Au bout d'un moment cependant, il écrasa sa cigarette contre le chambranle, laissa tomber le mégot, se rangea et, d'un geste d'une courtoisie exagérée, convia le magnat à franchir le seuil. Mannering jeta un coup d'œil dans tous les coins de la pièce, arrêtant sur le lit un regard plus appuyé. Dès que Gascoigne eut refermé la porte derrière lui, il lui fit face et demanda :

— Vous êtes du côté de qui ?

— Je ne suis pas sûr de bien comprendre la question, répondit Gascoigne. Voulez-vous une liste de tous mes amis ?

— Voici la question, reprit Mannering d'un air mauvais. Anna, vous êtes avec ou contre elle ?

— Avec. Jusqu'à un certain point, bien sûr.

Gascoigne prit place dans sa bergère à raies, sans un geste pour offrir un siège à son visiteur. Mannering se noua les mains derrière le dos et poursuivit :

— Si vous la saviez mêlée à quelque chose, vous ne me le diriez donc pas.

— Cela dépendrait, dit Gascoigne. Quelle sorte de « chose » avez-vous en tête ?

— Mentez-vous pour la protéger ?

— J'ai accepté de cacher pour elle une importante somme d'argent. Je l'ai cachée sous mon lit. Mais cela, vous le savez déjà. Logiquement, la réponse est non.

— Pourquoi prenez-vous son parti ? Jusqu'à un certain point ?

Les poignets de Gascoigne reposaient mollement sur les accoudoirs du fauteuil ; il affectait une pose nonchalante, comme un roi sur son trône. Il expliqua qu'il s'était occupé d'Anna à sa sortie de la maison d'arrêt, quinze jours auparavant, et que, depuis lors, il recherchait son amitié. Il lui semblait que quelqu'un abusait d'elle, et elle lui faisait donc pitié, mais il ne pouvait dire que leurs rapports fussent particulièrement intimes, et il n'avait jamais payé pour avoir le plaisir de sa compagnie. La robe noire, ajouta-t-il, avait appartenu à feu son épouse. Il l'avait offerte à la putain par charité, car la toilette qu'elle portait pour se prostituer avait souffert de son séjour en prison. Il ne pensait pas que l'acquisition de la robe allait la décider à observer le deuil, et à dire vrai, il avait été bien marri de ce revirement, car il la trouvait un très beau spécimen de son sexe, et il aurait été ravi de prendre son plaisir avec elle selon la manière ordinaire.

— Tout cela n'explique pas l'or sous votre lit, objecta Mannering.

Gascoigne haussa les épaules. Il était trop fatigué pour mentir, et trop en colère.

— Le matin d'après la mort de Crosbie Wells, dit-il, Anna s'est réveillée en prison bardée d'or. Une quantité importante de minerai avait été cousue dans la doublure de sa robe, autour des baleines du corsage. Elle ne savait pas du tout comment elle se trouvait porteuse d'une telle somme et, naturellement, elle a pris peur. Elle a sollicité mon secours. J'ai cru indiqué de cacher l'or, puisque nous ne savions pas qui l'avait déposé sur sa personne, ni à quelle fin. Nous ne l'avons pas encore fait estimer, mais à vue de nez, je dirais qu'il y en a pour plus de cent livres… probablement beaucoup plus. Voilà, monsieur Mannering, toute la vérité… du moins, en ce qui *me* concerne.

Mannering garda le silence. L'explication ne rimait à rien.

— Je dois dire, reprit Gascoigne, que vous me

faites grand tort de me présumer coupable avant de me donner l'occasion de faire reconnaître mon innocence. Je n'apprécie pas du tout l'agressivité avec laquelle vous violez mon domicile et abusez de mon temps.

— Vous pouvez laisser tomber les grands mots, dit Mannering. De l'agressivité ! Vous ai-je mis un pistolet sous le nez ? Vous ai-je menacé de violence ?

— Non… et pourtant, je me sentirais mieux si vous vouliez bien ôter votre ceinturon.

— L'ôter ? railla Mannering. Et le poser sans doute au milieu de la table… à égale distance entre vous et moi… jusqu'à ce que vous mettiez la main dessus, comme le plus rapide de nous deux ! Le coup classique ! Vous ne m'aurez pas comme ça.

— Je présenterai donc une autre requête. Je vous demande de limiter au strict minimum la durée de votre présence sous mon toit. Si vous avez encore des questions, posez-les maintenant… mais je vous ai dit tout ce que je sais au sujet de l'or.

Le magnat, qui ne comprenait pas comment l'autre avait fait pour retourner si vite la situation, prit encore un ton ferme :

— Écoutez, je ne voulais pas partir du mauvais pied…

— Mais si, c'est exactement ce que vous vouliez. Peut-être le regrettez-vous maintenant, mais vous l'avez voulu.

— Je ne regrette rien ! hurla Mannering avec un juron. Rien du tout !

— Voilà qui explique votre calme olympien.

— Je m'en vais vous dire une chose…

Un coup frappé à la porte vint l'interrompre à miphrase. Gascoigne se releva aussitôt. Mannering, en revanche, parut s'alarmer. Il recula de quelques pas, sortit l'un des deux revolvers de l'étui et, en le serrant contre sa cuisse pour ne pas attirer l'attention du nouveau venu, fit signe à Gascoigne de soulever le loquet.

Sur le seuil, sa canne penchée à un angle désinvolte, le bord de son chapeau relevé sur le front, se tenait Harald Nilssen. Il s'inclina et s'apprêtait à se présenter à Gascoigne, lorsqu'il aperçut, derrière lui, Dick Mannering, l'air mal à l'aise, un bras roidi le long du corps. Il éclata de rire.

— Tiens ! tiens ! On dirait que vous avez deux pas d'avance sur moi, Dick. Partout où je vais aujourd'hui… je vous trouve déjà sur place, arrivé le premier ! Bonsoir, monsieur Gascoigne. Je m'appelle Harald Nilssen. Je suis enchanté de faire votre connaissance. J'espère que je ne vous dérange pas.

— Pas du tout. Entrez, je vous en prie, répondit Gascoigne, qui s'inclina courtoisement, tandis que son visage gardait une expression froide.

— En fait, je voulais vous parler d'Anna Wetherell, dit gaîment Nilssen en s'essuyant les pieds, mais je vois que je me suis fait coiffer au poteau.

— En quoi Anna vous intéresse-t-elle ?

Gascoigne ferma la porte. En même temps, Mannering intervint :

— Tout doux, monsieur Nilssen.

— Eh bien, fit Nilssen, répondant à Gascoigne, c'est un sujet un peu singulier. Pas vraiment destiné à toutes les oreilles. Enfin, je ne voudrais pas gêner. Je peux très bien repasser à un autre moment, quand vous serez plus disponible.

— Mais non, je vous en prie, protesta Gascoigne. M. Mannering est sur le départ. Il vient lui-même de m'en assurer.

— Qu'est-ce que c'est que cette histoire ? s'insurgea Mannering, vexé d'être ainsi exclu.

La question s'adressait à Nilssen, qui répondit en s'inclinant derechef :

— Je vous demande pardon. C'est une situation très délicate.

— Délicate, mon œil ! fit Mannering. Vous n'avez pas besoin de faire des cachotteries avec moi, crénom ! nous trempons dans le même bain tous les deux ! S'agit-il de la veuve ? Ou de l'or ?

— La fortune de Wells ? demanda Nilssen puis, se tournant vers Gascoigne, sans comprendre : Vous êtes donc mêlé à cela ?

— J'essuie les feux croisés, on dirait, constata Gascoigne d'un air soudain amusé. Portez-vous aussi des pistolets, monsieur Nilssen ? Vous devriez vraiment avouer, si c'est le cas.

— Je n'ai pas de pistolets, déclara Nilssen avant de remarquer enfin le revolver dans la main de Mannering. Qu'est-ce à dire ? Que faites-vous avec cela ?

Mannering cependant ne répondit pas. Il se trouvait momentanément pris comme dans un piège entre tout ce qu'il tenait à ne pas dire à Nilssen et tout ce qu'il tenait à ne pas dire à Gascoigne. Il hésita, se mordant les doigts d'avoir déjà mentionné et la veuve et l'or.

— M. Mannering me montrait justement son Smith & Wesson, second type, intervint Gascoigne sur le ton d'une conversation banale. Il paraît que le chargeur peut recevoir sept cartouches.

— Ah bon, fit Nilssen, méfiant. Mais pourquoi ?

Une fois de plus, l'explication resta dans la gorge de Mannering. Il ne voulait pas mettre Nilssen au courant de l'or caché sous le lit de Gascoigne… ni trahir à Gascoigne les complications de l'affaire Crosbie Wells, Ah Quee et Ah Sook et l'opium et tout ce qui devait être discuté le soir même à la *Couronne*.

— La situation est délicate, répondit Gascoigne à la place du magnat, se penchant à l'oreille de Nilssen pour ajouter : Tout ce que je peux vous dire, c'est que M. Mannering que voici a une excellente source de renseignements en la personne de Mlle Anna Wetherell, et que ses renseignements lui arrivent par le truchement de M. Edgar Clinch.

— Vous en avez assez dit, vous, fit Mannering, retrouvant enfin la parole. Nilssen, quelles nouvelles avez-vous d'Anna ? Qu'est-ce qui vous amène ?

Nilssen cependant se méprit sur la raison pour laquelle Mannering l'incitait à aborder ce sujet en présence de Gascoigne. Il se souvint qu'il était question dans le billet de Pritchard à la fois de pistolets, d'Anna et, indirectement, d'Edgar Clinch… c'est-à-dire de son hôtel, où un événement étrange aurait eu lieu tantôt dans la chambre d'Anna. Mais bien sûr ! pensa soudain Nilssen. Ils parlaient l'un et l'autre de la même « situation délicate ».

— Attendez, dit-il en levant la main. Je crois que nous parlons de la même chose, après tout. Si M. Gascoigne est au courant du secret, autant patienter et nous raconter nos histoires respectives au conseil, quand tout le monde sera réuni. Pas la peine de nous répéter. Vous retrouverai-je tous les deux à la *Couronne* ?

Mannering poussa un grand soupir.

— Je suis désolé, mais je ne connais pas votre secret, déclara enfin Gascoigne. Je n'ai été invité à aucun conseil, à la *Couronne* ou ailleurs.

Il y eut un silence. Gascoigne regarda Nilssen, puis reporta les yeux sur Mannering. Mannering regarda Gascoigne, puis reporta les yeux sur Nilssen qui, pour sa part, regardait Mannering d'un air fort contrit.

— Et voilà, vous avez mis les pieds dans le plat, dit le magnat, puis, lâchant un juron, rangeant son pistolet et menaçant Gascoigne du doigt : D'accord. Rien à faire… mais Dieu me damne si vous y êtes le bienvenu, et le diable aussi, si je ne vous tiens pas à l'œil jusqu'à la fin de la soirée, et encore après. Rhabillez-vous. Vous allez venir avec nous.

## MERCURE EN SAGITTAIRE
(suite et fin)

*Où Walter Moody médite sur le mystère en cause ; nous apprenons les vicissitudes de sa traversée depuis Dunedin ; et un messager apporte une nouvelle inattendue.*

Il se fit un silence dans le fumoir de la *Couronne*… silence qui, pendant un moment, parut suspendre la respiration de chaque homme présent et imposer sa sourdine jusqu'à la fumée qui s'élevait en volutes des pipes, des cigarettes, des cigares et des cigaritos.

Il était minuit passé. L'obscurité avait arrondi les angles de la salle, et les faisceaux de clarté projetés par les lampes à alcool, pâles et froids en début de soirée, paraissaient à présent robustes et chaleureux. Des échos du samedi soir filtraient de la rue… un accordéon, des vociférations dans le lointain, un sporadique cri de joie ululant, des bruits rhythmés de sabots de chevaux. Il ne pleuvait plus, mais le ciel demeurait bouché, le disque échancré de la lune visible seulement comme une tache plus claire, presque carrée, dans la nue menaçante.

— Et voilà, dit Thomas Balfour. C'est tout. Voilà où nous en étions.

Moody battit des paupières et regarda autour de lui. Décousu et chaotique, le récit de Balfour avait pourtant rendu compte de la présence de tous ceux qui se trouvaient là. Là-bas, près de la grande fenêtre, il voyait le Maori, Te Rau Tauwhare, fidèle ami de Crosbie Wells vivant, quoiqu'il eût fini par le trahir malgré lui. Là, dans l'angle au fond de la salle, c'était Charlie Frost, l'employé de banque qui avait réalisé la vente de la maison et du terrain de Wells, et vis-à-vis, le journaliste Benjamin Löwenthal, qui avait eu la nouvelle de sa mort quelques heures à peine après l'événement. Edgar Clinch, l'acquéreur de la succession, était assis sur le canapé à côté du billard, à se lisser la moustache entre le pouce et l'index. Là, près de la cheminée, c'était Dick Mannering, proxénète, propriétaire de théâtre et associé intime d'Emery Staines, avec, derrière lui, sa bête noire, Ah Quee. L'homme debout, une queue de billard à la main, était le commissionnaire Harald Nilssen, qui avait découvert chez Crosbie Wells non seulement une immense fortune, mais encore un flacon de laudanum déjà entamé, provenant de l'officine de Joseph Pritchard. Celui-ci était, bien sûr, le voisin immédiat de Moody, ou plutôt l'un des deux, l'autre étant Thomas Balfour, acolyte du politicien Alistair Lauderback, dont une caisse s'était récemment égarée. La bergère à oreilles à côté de Balfour était occupée par Aubert Gascoigne, qui avait payé la caution d'Anna Wetherell et découvert encore une fortune, plus modeste, dans la robe orange qu'elle portait pour faire la putain. Derrière lui se tenait Ah Sook, vendeur d'opium et tenancier de la fumerie de Kaniere, qui avait eu à faire avec Francis Carver par le passé, et qui venait, l'après-midi même, de découvrir que Crosbie Wells avait fait fortune sur les gisements. Enfin, là, adossé au billard, les bras croisés sur la poitrine, il reconnaissait le futur aumônier Cowell Devlin, qui avait porté le corps du vieux reclus à sa dernière demeure, sur les hauteurs de Seaview.

C'était, se dit Moody, une assemblée diantrement hétéroclite. Les douze hommes présents là n'étaient unis que par leur implication, peu ou prou, dans les événements du 14 janvier, jour au soir duquel Anna Wetherell avait failli mourir, Crosbie Wells était mort pour de bon, Emery Staines avait disparu, Francis Carver avait mis à la voile, et Alistair Lauderback était arrivé à Hokitika. Moody s'étonna soudain de ne voir dans la salle *aucun* de ces quatre-là. Le geôlier, George Shepard, était de même absent, comme aussi la veuve rusée, Lydia Wells.

Une autre idée vint alors frapper son esprit : le 14 janvier, c'était le soir même où lui, Walter Moody, avait pour la première fois foulé le sol de la Nouvelle Zélande. Levant le regard au ciel en débarquant du paquebot vapeur qui l'avait amené de Liverpool à Dunedin, il avait eu une première occasion de se pénétrer de l'étrangeté de ces contrées. Le ciel était à l'envers, les figures qu'il y déchiffrait, inconnues et déroutantes, la Polaire, sous ses pieds, avalée par l'horizon. Tout d'abord, il s'obstina bêtement à la chercher, voulant mesurer sa latitude à l'angle de son bras tendu, comme autrefois, dans son enfance, sur la face opposée du globe. Il retrouva le chasseur Orion… la tête en bas, son carquois sous les pieds, l'épée à sa ceinture se dressant vers le haut ; puis aussi le Grand Chien… pendant comme une charogne à un croc de boucher. Il y avait dans ce spectacle, pensa Moody, quelque chose d'infiniment triste. Comme si les formes anciennes avaient perdu tout sens en ces lieux. À la longue, il repéra la Croix du Sud et essaya de se rappeler la règle permettant de déterminer le pôle, car il n'y avait pas d'étoile similaire à la boréale pour le marquer ici, dans la nuit noire des antipodes, où tout était renversé sens dessus dessous et rendu au chaos originel. Fallait-il utiliser la traverse ? Ou plutôt le mât ? Il ne s'en souvenait pas. Il y avait une formule, une équation, où il était question de la longueur d'une phalange. De quelques pouces. Il avait été très troublé par l'absence d'une étoile polaire.

Moody plongea le regard dans l'âtre où, depuis un bon moment déjà, les braises n'étaient plus que cendres. Thomas Balfour n'avait pas conté son histoire dans l'ordre, et le récit avait été rendu plus alambiqué encore par des interruptions, des éclaircissements, des échos sans nombre… les uns chassant les autres, s'enchâssant les uns dans les autres, dans des cercles sans fin. Que de circonvolutions !… comme le tableau était contourné, difficile à rassembler et à embrasser du regard ! Moody appliqua son esprit à faire de l'ordre dans ce qu'il venait d'entendre. Il s'agissait d'abord de rétablir la chronologie des événements, tels qu'ils étaient réellement survenus.

Environ neuf mois auparavant, l'ancien forçat Francis Carver avait réussi à escroquer à son légitime propriétaire, Alistair Lauderback, le trois-mâts barque *Adieu-vat*. À un moment ou un autre, par une péripétie dont Moody ignorait tout, il avait ensuite égaré la caisse qui lui avait servi à forcer la main au politicien. La caisse renfermait une malle contenant à son tour du minerai d'or pour une valeur de quatre mille livres environ, trésor qui avait été méticuleusement dissimulé dans les doublures de cinq robes. La couturière était une femme du nom de Lydia Wells qui, en ce temps-là, se faisait passer pour l'épouse de Francis Carver.

Quatre mille livres, c'était une somme plus que considérable, et Carver avait bien évidemment voulu récupérer la caisse, dès qu'il en avait appris la perte. Il avait fait voile pour Hokitika, supposant apparemment qu'elle y avait été livrée par erreur, et il avait fait insérer une annonce dans le *West Coast Times* en promettant une récompense généreuse à quiconque la lui rendrait intacte. Il avait réglé le prix de l'insertion en se présentant comme Crosbie Francis Wells… produisant à l'appui un extrait de baptême… quoiqu'il eût toujours été connu, jusqu'à cette date et ultérieurement, sous le nom de Francis Carver. Quant à savoir pourquoi le chantage exercé contre Lauderback avait mis Carver dans la nécessité (ou lui avait inspiré l'idée) de prendre un faux nom, cela demeurait un mystère. On ignorait, de même, pourquoi l'extrait baptistaire de Crosbie Wells, si ce document était bien authentique, se trouvait alors entre les mains du capitaine.

Le vrai (ou à tout le moins, pensa Moody, un

*autre*) Crosbie Wells vivait seul dans la vallée de l'Arahura, à quelques milles au nord de Hokitika. Enclin, de son vivant, à se tenir à l'écart de la ville et de ses habitants, il ne jouissait d'aucune espèce de célébrité, ne passait pas pour riche, ni autrement remarquable, auprès des rares personnes à qui il avait affaire. Avant Ah Sook, qui le découvrit en enquêtant sur les circonstances de sa mort, personne n'avait su que Wells était tombé naguère, à Dunstan, sur une veine payante dont il aurait tiré une fortune de quelques milliers de livres. Manifestement, il avait eu ses raisons pour vouloir garder le secret là-dessus.

Francis Carver avait fait insérer son annonce dans le *Times* dans les premiers jours de juin (date confirmée par Benjamin Löwenthal). Pendant son séjour à Hokitika, il avait proposé confidentiellement de payer à Te Rau Tauwhare tout renseignement concernant le dénommé Crosbie Wells. Sur le moment cependant, Tauwhare n'avait encore rencontré personne répondant ou à ce nom ou à la description fournie. La caisse perdue n'avait pas été retrouvée, et Carver était rentré bredouille à Dunedin.

Anna Wetherell était elle aussi arrivée à Hokitika à bord de l'*Adieu-vat*, vêtue d'une robe pourpre, tenue de travail qui lui avait été fournie en location par son nouvel employeur, Dick Mannering. Lorsqu'elle apprit, quelques semaines plus tard, qu'une malle contenant cinq toilettes de femme avait été repêchée dans les débris d'un naufrage, elle acheta tout le lot.

Il n'était pas déraisonnable de présumer Anna

ignorante du trésor dissimulé dans ces vêtements, ainsi que de leur provenance. Elle n'avait jamais parlé à personne de l'or caché et, autant qu'on pouvait en juger à l'œil, ne semblait avoir rien entrepris pour le retirer de sa cachette. Moody s'arrêta pour réfléchir. Se pouvait-il réellement qu'elle ne se fût doutée de rien ? En tant que mangeuse d'opium, peut-être bien qu'elle n'avait pas remarqué le poids excessif de ses habits, comme l'aurait fait sans doute une femme en possession de toutes ses facultés. D'un autre côté, s'il en croyait le témoignage de Gascoigne, elle avait connu naguère Lydia Wells ; elle aurait donc pu reconnaître ses toilettes comme ayant appartenu à Lydia. De toute façon, pensa Moody, et quoi qu'il en soit, Anna avait, depuis lors, porté tout le trésor sur sa personne… tantôt une partie, tantôt une autre… à l'exception d'un mois environ, à cheval entre septembre et octobre, lorsque sa grossesse avancée l'avait contrainte à favoriser une toilette conçue plus spécialement pour les femmes dans son état.

Quand son logeur, Edgar Clinch, découvrit le magot caché dans sa garde-robe, il en conclut que le proxénète Dick Mannering utilisait Anna pour faire passer hors des gisements, en fraude, de l'or sur lequel il n'entendait pas payer les droits dus au Trésor. Clinch déplorait l'idée même de pareille entente criminelle, mais n'ayant pas eu l'occasion d'approfondir la question, avec l'une ou l'autre des deux parties, il n'en avait rien dit.

Or, Clinch ne fut pas le seul à qui le hasard révéla la richesse occulte des toilettes d'Anna, ni le seul à se méprendre sur les probables implications de sa découverte. Le laveur d'or Quee Long aussi avait appris ce que cachaient les coutures... presque en même temps que l'hôtelier... et il avait fait un raisonnement identique. Victime lui-même de la malhonnêteté de Mannering, bien placé pour savoir que le magnat ne reculait devant aucune fraude, Ah Quee avait donc résolu de le battre sur son propre terrain. Il commença à extraire en cachette le minerai des robes, puis à amalgamer la poudre en petites briques qu'il poinçonnait du nom de la mine *Aurore*... afin de s'assurer que la banque en porterait la valeur au crédit de la concession qu'il travaillait, rachetée entre-temps par un jeune prospecteur du nom d'Emery Staines.

Il mit plusieurs mois à retirer tout l'or des robes d'Anna. Comme elle était toujours ivre d'opium, et même ivre morte, lorsqu'elle lui rendait visite dans le quartier chinois de Kaniere, il profitait de son sommeil pour manier le ciseau et l'aiguille sans qu'elle se doutât de rien. En se rendant à China-Town, Anna ne mettait jamais la robe orange qu'elle portait pour faire le trottoir. Celle-là avait donc conservé sa doublure d'or longtemps après qu'Ah Quee eut vidé les quatre autres de leurs trésors.

Personne ne savait comment, ni pourquoi, l'or amalgamé par Ah Quee avait été volé dans le coffre-fort du quartier-général du campement. Le voleur le plus probable, au vu des données jusque-là réunies, c'était le prospecteur disparu, Staines... qui, fait notoire, n'avait aucun mobile. Déjà à la tête d'une fortune colossale, il était, de l'avis général, le plus heureux des hommes, dans tous les sens du terme. Pourquoi aurait-il voulu gruger son propre ouvrier engagé ? Et cela en choisissant de cacher l'or dans la demeure d'un tiers, si loin de ses propres concessions ? Eh bien, pensa Moody, quelles qu'aient pu être les motivations du jeune homme, une chose du moins était certaine : Staines n'avait jamais déposé le produit du travail d'Ah Quee à la banque, sur le compte de l'*Aurore*, comme il y était tenu par la loi. C'était tout à fait déroutant, car l'or amalgamé, une fois enregistré, aurait transformé du jour au lendemain l'*Aurore* d'un paillasson en un retour gagnant.

Emery Staines jouait aussi un rôle étrange dans l'acte de donation découvert par Cowell Devlin dans le fourneau de Crosbie Wells… document qui portait son nom, sinon sa signature. L'acte semblait impliquer que Staines et Wells avaient été associés, on ne savait comment, et que le trésor caché devait former le montant d'un don consenti, on ne savait pourquoi, par celui-là à Anna Wetherell. Mais c'était plus déroutant encore que tout le reste, car on avait beau tourner et retourner la chose dans tous les sens, le fait demeurait que Staines pouvait difficilement donner de l'or qui ne lui appartenait pas !

Anna avait été grosse d'un enfant… l'enfant de Carver… avant même de débarquer à Hokitika, et au printemps son état avait commencé à devenir visible. Toutefois, sa grossesse n'était pas destinée à être menée à terme ; à la mi-octobre, Carver reparut à Hokitika et, dans un face-à-face avec lui, Anna fut sauvagement battue. L'enfant qu'elle portait ne survécut pas à la rencontre. Par la suite, Anna allait donner à entendre, en décrivant la scène à Edgar Clinch, que Carver l'avait tué de sang-froid.

Moody marqua une pause dans sa chronologie

pour réfléchir à ce malheur. Dans le cours de la soirée, on avait évoqué plusieurs fois, en passant, la mort de l'enfant, mais aucun des présents ne semblait avoir une idée claire des causes qui avaient amené l'altercation fatale. Pour des raisons de tact naturel, Moody n'avait pas insisté, mais il se demandait maintenant quel rôle les rapports d'Anna avec Carver jouaient dans l'histoire et le schéma d'ensemble. Il se demandait si la mort de l'enfant était en vérité intentionnelle et, à supposer que oui, ce qui avait pu pousser Francis Carver à commettre un forfait aussi odieux. Aucun des douze hommes présents dans la salle ne pouvait, bien sûr, répondre à cette question avec une apparence de certitude fondée sur des faits ; ils ne pouvaient que répéter ce qu'on leur avait dit être vrai.

(Qu'il était opaque, l'esprit des absents, hommes et femmes ! Insaisissables, leurs motivations ! En effet, Francis Carver avait pu causer froidement la mort de son enfant pour mieux le répudier, comme il avait pu le tuer par haine, en manière de prophylaxie radicale, ou encore par pur accident : à moins de lui poser carrément la question, il n'y avait pas moyen de savoir. Même Anna Wetherell, qui avait désigné Carver comme le meurtrier, pouvait avoir plus d'une raison de mentir.)

Ayant ainsi médité ce point, Moody reprit le fil des événements.

Te Rau Tauwhare, rencontrant Carver par hasard le matin du 14 janvier, et se souvenant de la proposition que l'autre lui avait faite l'année précédente, offrit, contre une somme de deux shillings, de révéler la demeure de Crosbie Wells. Ils topèrent là-dessus,

Tauwhare indiqua le chemin, et Carver partit pour la vallée de l'Arahura le jour même… dont le soir devait être le dernier de la vie de Wells. Peut-être Carver avait-il assisté à la mort du reclus, peut-être l'avait-il quitté quelques instants avant sa fin ; toujours est-il qu'il était arrivé porteur d'un flacon de laudanum, dont des traces furent ensuite découvertes, lors de l'autopsie, dans l'estomac de Wells. Après leur tête-à-tête, Carver regagna Hokitika, rassembla l'équipage de l'*Adieu-vat* et appareilla, quittant la rade bien avant le jour. Il fit route alors, non vers Canton (comme Balfour l'avait supposé), mais vers Dunedin, fait que Moody lui-même pouvait confirmer, car il allait embarquer sur le même bâtiment à Port-Chalmers, douze jours plus tard.

Alistair Lauderback, arrivé à la maison de Wells peu après le départ de Carver, trouva l'occupant mort à sa table de cuisine, la tête reposant sur ses bras croisés. Il poursuivit son chemin et eut à Hokitika un entretien avec Benjamin Löwenthal, qui comptait sortir le lundi une édition spéciale du *Times* consacrée à la politique locale. Löwenthal, en apprenant de Lauderback la mort de Crosbie Wells, conclut que ses biens, meubles et immeubles, seraient bientôt mis en vente. Le lendemain matin, il en avertit l'hôtelier Edgar Clinch, le sachant à la recherche d'un placement foncier. Clinch porta aussitôt un acompte à la banque, où l'employé Charlie Frost lui facilita l'achat de la succession.

Clinch chargea alors Harald Nilssen de vider la maison du défunt et de liquider ses effets. Nilssen s'exécuta… et découvrit, à son grand étonnement, un véritable trésor, partagé entre toutes les cachettes possibles de l'unique pièce d'habitation. Une fois affiné par la banque, l'or vierge fut évalué à quatre mille livres et des poussières. Nilssen toucha sa commission de dix pour cent. Sur les trois mille six cents livres restantes, Clinch s'acquitta encore de divers taxes, droits de succession et autres menus frais, dont une gratification de trente livres qui passa dans la poche du banquier, Charlie Frost. Le reliquat, toujours un beau trésor, était actuellement placé sur un compte bloqué à la Banque de réserve… mais il semblait peu probable que Clinch en vît jamais un penny : Lydia Wells, arrivée mystérieusement de Dunedin quelques jours après l'enterrement, présentait une requête en rescision de la vente, affirmant que les biens en question lui appartenaient de droit.

L'or trouvé dans la maison de Crosbie Wells n'était, bien sûr, qu'une partie de la somme en jeu, Ah Quee n'ayant dégarni que quatre des cinq robes que possédait Anna. La dernière part, cousue dans les replis orange de sa tenue de putain, avait été découverte par Anna Wetherell elle-même, quinze jours auparavant, lorsqu'elle s'était réveillée à la maison d'arrêt, après avoir failli succomber à une dose excessive de sa drogue. Elle avait alors supposé que l'or venait d'être caché sur sa personne… idée somme toute raisonnable, car elle ne gardait aucun souvenir de ce qui lui était arrivé pendant les douze heures qui avaient précédé son arrestation, et elle était dans un état de grande confusion mentale. Elle avait supplié Gascoigne de l'aider, et ensemble ils avaient tiré au jour et entreposé, dans un sac à farine, sous le lit du Français, le métal enfoui dans la robe orange.

Lorsque Anna regagna ensuite l'hôtel du *Gril*, portant une tenue noire héritée de la défunte épouse de Gascoigne, les soupçons déjà conçus par Edgar Clinch reprirent de plus belle. L'hôtelier était persuadé, et cette fois à juste titre, que ce changement de toilette avait quelque chose à voir avec l'or caché, et il nota avec amertume la disparition de la robe orange dont Anna avait fait sa tenue de travail. Il ne pouvait admettre qu'elle se prétendît incapable de payer ses dettes, alors qu'il la savait en possession d'une fortune en or natif ; n'écoutant que son ressentiment, il lui parla durement et finit par lui donner congé.

Pourtant, la menace de Clinch n'eut pas l'effet prévu. Anna Wetherell lui avait, depuis, payé intégralement ses loyers arriérés, avec de l'argent qui ne provenait ni de sa garde-robe ni de son métier de putain. La dette avait été réglée l'après-midi même, grâce à un emprunt de six livres accordé par Lydia Wells, veuve de Crosbie ; la bonne centaine de livres qu'Anna devait à Mannering, d'après le compte du magnat, serait largement couverte par la somme que Gascoigne et elle avaient trouvée dans la robe orange. Anna avait ensuite quitté le *Gril* pour toujours. Elle avait été invitée à loger avec Lydia Wells à la *Fortune du Voyageur*, où elle entendait ne plus se laisser traiter de putain.

Lydia Wells savait-elle que la caisse perdue par Carver avait abouti à Hokitika, et que les robes avaient été achetées par Anna, que le trésor découvert chez Crosbie Wells était le même dont Carver s'était servi pour faire chanter le politicien Lauderback quelque neuf mois auparavant ? La réponse dépendait entièrement d'Anna. Que savait-elle, Anna, de sa propre implication dans les tours et détours de cette affaire circulaire ? Qu'était-elle disposée à confier à Lydia Wells ? Peut-être Anna ne savait-elle *pas* que les robes eussent appartenu autrefois à Lydia. C'était fort possible, et dans ce cas, Mme Wells aussi resterait dans l'ignorance, car Anna portait toujours la robe noire de feu Mme Gascoigne, et elle avait juré de garder le deuil pendant un bon moment encore. Bien sûr, pensa Moody, Anna n'aurait eu qu'à ouvrir la porte de son armoire, la veuve aurait aussitôt reconnu les robes… mais comme ces robes étaient désormais lestées de plombs, plantés dans la doublure par le fondeur d'or Quee pour tromper son monde, Mme Wells ne s'était peut-être pas rendu compte de prime abord, ou même au toucher, que le trésor déposé là avait été remplacé par une réplique sans valeur. Clinch déjà s'y était laissé prendre. Moody se demandait si c'était en comptant, à tort, sur cette somme que la veuve avait réglé la dette d'Anna.

Si, en revanche, Anna savait que les cinq robes avaient appartenu à Lydia Wells, elle était certainement au courant aussi de l'or qu'elles recelaient et, partant, du chantage exercé contre Lauderback et de la vente forcée de l'*Adieu-vat* à la fin de l'automne précédent. Considérées sous ce jour, pensa Moody, les circonstances dans lesquelles le bébé d'Anna avait perdu la vie semblaient soudain *très* importantes pour les questions qui les préoccupaient, car aucun des hommes présents n'était dans le secret des rapports d'Anna avec Francis Carver et Lydia Wells.

Moody fit distraitement courir un doigt sur le bord de son verre. Tout cela avait forcément une meilleure explication qu'un simple concours de contingences. Qu'avait-il dit, Balfour, tout à l'heure ? « Une suite de coïncidences n'a rien d'une coïncidence » ? Mais qu'était-ce qu'une coïncidence, pensa Moody, sinon un instant figé dans un enchaînement non encore élucidé ?

— Voilà donc pour notre rôle dans l'affaire, ajouta Balfour sur un ton presque d'excuse. Ça ne vous donne pas vraiment une réponse, monsieur Moody… mais cela explique toujours ce qui nous a réunis ce soir. L'objet, comme je disais tout à l'heure, de notre assemblée.

— Sans doute un peu plus qu'il n'attendait, opina Dick Mannering.

— Comme toujours… quand on dit la vérité, rétorqua Balfour.

Moody promena ses regards d'un visage à l'autre. Aucun de ces hommes ne pouvait être réellement déclaré coupable, de même qu'aucun ne pouvait être innocenté. Ils étaient… comment dire ? Impliqués ? Compromis ? Entortillés ? Moody fronça le sourcil. Il ne trouvait pas le mot juste pour définir le fil qui courait entre eux. Pritchard avait parlé d'un « complot »… mais le terme ne saurait s'appliquer, là où chacun jouait un rôle à ce point adventice, où les circonstances qui les rattachaient aux faits en cause étaient si patemment différentes pour chacun. Non, les vrais acteurs, les vrais comploteurs étaient, à n'en pas douter, les *absents*, hommes et femmes… dont chacun avait un secret qu'il, ou elle, tenait à garder !

Moody passa à la considération des absents.

Francis Carver tirait certainement quelques ficelles dans les coulisses, l'accusation avait été portée plus d'une fois au cours de la soirée. À en croire Lauderback du moins, Carver était un intrigant invétéré avec un goût prononcé pour le chantage ; de plus, il avait rendu visite à Crosbie Wells le jour de sa mort, l'avait peut-être même vu expirer. Sa réputation était un fait à garder présent à l'esprit, sans pour autant s'y fier sans réserve. Carver ne pouvait pas tirer toutes les ficelles à la fois, et il n'avait assurément pas pu tramer un complot d'une envergure et d'une complexité suffisantes pour mettre d'un coup une douzaine d'hommes en délicatesse avec la justice.

Puis il y avait Lydia Wells, prétendue femme *et* de Wells *et* de Carver, ancienne maîtresse d'Alistair Lauderback, désormais (comme elle venait de le confier à Gascoigne) secrètement fiancée à un homme dont elle ne disait pas le nom. Comme Carver, Mme Wells s'était montrée capable du chantage le plus noir et des mensonges les plus prémédités. Il lui était déjà arrivé de s'associer aux entreprises de Carver. La question de la validité de ses droits à la fortune de Crosbie Wells serait tranchée en temps voulu par les tribunaux… mais, pensa Moody, même en admettant que ces droits fussent bel et bien fondés, la manière dont elle les revendiquait était, à tout le moins, cavalière, sinon d'un égoïsme sans cœur. De fait, il se méfiait plus encore de Lydia Wells que de Francis Carver… prévention certes déraisonnable, car il n'avait jamais rencontré ni même aperçu cette femme ; il ne la connaissait que par ouï-dire, et cela par des dires des plus disparates et décousus.

Moody tourna alors son attention vers le couple que formaient Anna Wetherell et Emery Staines… les deux jeunes gens qui avaient passé ensemble la soirée du 14 janvier, avant la syncope prolongée de l'une et la disparition de l'autre. Que s'était-il réellement passé ce soir-là ? Quel rôle Anna et Emery avaient-ils joué, sciemment ou non, dans l'affaire Crosbie Wells ? À première vue, à s'en tenir aux apparences, Emery Staines semblait béni du sort, Anna, maudite… et pourtant, si Anna avait frôlé la mort, elle s'en était tirée, alors que tout faisait craindre que Staines n'eût succombé. Moody eut alors une autre idée : les hommes assemblés là n'étaient-ils pas unis dans l'envie terrible que chacun à sa façon portait à Staines, comme dans leur jalousie non moindre vis-à-vis d'Anna ? Nul ne partageait la bonne fortune de Staines en tant que trouveur d'or, tandis qu'Anna, en sa qualité de fille publique, était un bien commun, partagé par tous.

Restaient le politicien et le geôlier. Moody les accoupla dans ses réflexions. Alistair Lauderback était, de même que son antagoniste George Shepard, un homme qui savait déléguer et ne s'en privait pas, qui était donc à couvert des pleines conséquences de ses actes, puisque ses caprices étaient le plus souvent consommés et exécutés par d'autres. Et ce n'était pas là le seul parallèle entre les deux. Lauderback allait bientôt se présenter aux élections parlementaires dans le Westland ; Shepard allait bientôt commencer la construction de sa nouvelle prison avec hospice sur la terrasse de Seaview. Lauderback avait été proche de Lydia Wells, qui l'avait enchaîné à son char au tripot de Dunedin, de même que Shepard avait connu de près Francis Carver, dont il avait été le gardien au bagne de Sydney.

Moody avait en esprit assorti ces figures périphériques deux par deux : la veuve avec le trafiquant ; le politicien avec le geôlier ; le prospecteur avec la putain. La symétrie était faite pour lui plaire… il avait, en effet, un esprit ordonné et trouvait dans les schémas de toute sorte quelque chose de rassurant. Presque malicieusement, il se demanda quel rôle il jouait lui-même dans cet étrange imbroglio de complicités encore à démêler. Peut-être lui aussi avait-il un opposé. Serait-ce Crosbie Wells ? Aurait-il pour pendant un mort ? La pensée le fit ressouvenir de l'apparition à bord de l'*Adieu-vat*, et il tressaillit sans le vouloir.

— Peut-on savoir à quoi vous pensez ? demanda Harald Nilssen.

Moody se rendit compte alors que les hommes réunis là attendaient sa parole depuis un moment déjà. Tous le regardaient du même air d'expectative ou presque… émotion trahie, retenue ou affichée, selon le tempérament de chacun. À moi donc d'être celui qui débrouille le mystère, pensa Moody. Le détective : voilà le rôle qu'il aurait à jouer.

— Ne le bousculez pas, ajouta Harald Nilssen à la cantonade (quoique ayant lui-même encouragé Moody à rompre son silence). Laissons-le parler à sa convenance.

Moody cependant ne parvenait pas à parler. Il les regarda l'un après l'autre, ne trouvant rien à dire.

Comme le silence se prolongeait, Pritchard se pencha, posa un long doigt sur l'accoudoir du fauteuil de Moody et commença :

— Voyons. Vous disiez que vous aviez découvert quelque chose dans la cargaison de l'*Adieu-vat*... quelque chose qui vous faisait douter que la mission du navire pût être qualifiée d'honnête. Qu'était-ce ?

— La caisse égarée, peut-être ? demanda Balfour.

— De l'opium ? proposa Mannering. Quelque chose en rapport avec l'opium.

— Ne le bousculez pas, répéta Nilssen. Laissez-le répondre à sa guise.

En entrant tantôt dans le fumoir, Walter Moody n'avait eu aucunement l'intention de divulguer l'aventure qui s'était passée pendant sa traversée depuis Dunedin. À peine capable d'accepter lui-même le fait de ce qu'il avait vu, il l'était moins encore d'en tirer un sens et un récit que d'autres auraient pu entendre et comprendre. Dans le contexte de l'histoire qu'on venait de lui conter, il voyait toutefois que son expérience récente pouvait offrir, à sa manière, un début d'explication.

— Messieurs, dit-il enfin, je me sens honoré d'avoir été admis ce soir dans votre confidence, et je vous remercie de votre histoire. J'ai un récit à vous offrir en retour. Un récit qui, me semble-t-il, pourra vous intéresser à plus d'un égard, même si, et croyez que je le regrette, je ne fais guère que vous proposer de nouvelles questions en lieu et place de celles que vous vous posez maintenant.

— Oui, oui, allez-y, fit Balfour. À vous de jouer, monsieur Moody. La scène est à vous.

Docile, Moody se leva et prit place, le dos à la cheminée. Se sentant aussitôt parfaitement ridicule, regrettant de ne pas être resté plutôt assis, il joignit les mains derrière le dos et se balança plusieurs fois sur les talons avant de reprendre :

— Pour commencer, je vous dirai à tous que je crois avoir des nouvelles d'Emery Staines.

— Bonnes ou mauvaises ? demanda Mannering. Il est encore en vie ? Vous l'avez vu ?

Aubert Gascoigne prenait un air de plus en plus bourru chaque fois que Mannering ouvrait la bouche : il n'avait pas digéré la grossièreté avec laquelle le magnat l'avait traité avant la réunion, et n'était pas près de la lui pardonner. Sa fierté supportait mal l'humiliation, et il avait la rancune tenace. Il témoigna maintenant sa désapprobation de l'interruption en sifflant audiblement entre ses dents.

— Je ne peux pas l'affirmer, répondit Moody. Je dois vous avertir, monsieur Mannering, je dois vous avertir tous que mon récit comporte plusieurs points qui ne... Comment dire ?... Des points qui ne se prêtent pas, de prime abord, à une explication rationnelle. J'espère que vous ne m'en voudrez pas de ne pas avoir porté plus tôt à votre connaissance toutes les péripéties de mon voyage ; j'avoue que je ne savais moi-même qu'en penser.

Un grand silence régnait dans la salle.

— Vous vous souviendrez, poursuivit Moody, que ma traversée depuis Dunedin jusqu'à la côte Ouest fut très agitée ; aussi, j'espère, qu'étant pressé par les circonstances en prenant mon passage, je n'avais pas obtenu une couchette, mais seulement une petite place dans l'entre-pont. L'endroit était infect, sans air ni lumière, parfaitement inapte à accueillir des créatures humaines. Lorsque la tempête nous assaillit, je me trouvais, messieurs, sur le pont, où j'avais choisi de rester pendant presque toute la traversée.

« Tout d'abord, on n'aurait pas dit une tempête, simplement un petit grain, une lichée de pluie et de vent. Comme le vent forcissait, je commençais cependant à m'alarmer, de plus en plus. On m'avait averti que la mer était mauvaise de ce côté-ci de l'île, que chaque traversée à destination des gisements était une partie de dés entre la Camarde et le sieur Cauchemar. Mes premières alarmes firent place très vite à une vraie peur.

« J'avais gardé ma mallette avec moi. J'eus l'idée de la descendre dans la cale, afin, si je tombais à la mer, que mes papiers pussent me survivre et me permettre d'avoir de vraies funérailles, sous mon propre nom. Vous vous souviendrez que je m'étais présenté aux matelots sur le quai sous un nom d'emprunt, avec les papiers d'un autre. L'idée de ce faux nom, prononcé à mon enterrement…

— Horrible, intervint Clinch.

— Vous me comprenez, approuva Moody en s'inclinant. Eh bien, serrant donc ma mallette contre mon corps, je luttai d'abord pour me frayer un chemin vers l'écoutille avant puis pour l'ouvrir, n'y parvenant qu'à grand'peine, car le vent soufflait en rafales et le navire plongeait à la lame et tanguait terriblement. Je réussis enfin à soulever le panneau, à la force des bras, et je lançai ma mallette en bas… mais j'avais mal visé. Le fermoir frappa le bord du pont inférieur, et la mallette s'ouvrit, lâchant tout ce qu'elle contenait. Mes effets allèrent s'éparpiller d'un bout à l'autre de la soute, et je fus obligé de dégringoler l'échelle pour tenter de les récupérer.

« Je mis un moment à arriver jusqu'en bas. Il faisait très sombre dans la cale, mais à chaque embardée, à chaque virement de bord, le rai de lumière qui tombait par l'écoutille ouverte roulait d'un bout à l'autre de l'espace comme un regard à l'affût. La puanteur était diabolique, et les chaînes et courroies assujettissant la cargaison faisaient entendre des gémissements en vérité dignes de l'enfer. Il y avait là, dans la soute, plusieurs cageots d'oies et de nombreuses chèvres. Ces pauvres bêtes bêlaient et cacardaient et criaient leur détresse par tous les moyens dont elles pouvaient disposer. Je m'appliquai à rassembler mes effets aussi expéditivement que possible, ne souhaitant pas m'attarder en ce lieu plus longtemps qu'il n'était nécessaire. Mais, au milieu de ce concert cacophonique, je pris conscience aussi, petit à petit, d'une autre sorte de bruit.

« C'était comme des coups frappés à l'intérieur de la caisse la plus près de moi… des coups furieux, assez forts pour se rendre audibles par-dessus le vacarme ambiant.

Balfour ouvrit l'œil.

— C'était, poursuivit Moody, comme si quelqu'un était prisonnier à l'intérieur, quelqu'un qui ruait des quatre fers. J'ai lancé un ohé ! Je me suis approché, d'un pas chancelant… le navire tanguait terriblement… et j'ai entendu à l'intérieur un même nom crié, encore et encore : « Magdalena, Magdalena, Magdalena ». Je savais dès lors qu'il y avait bien un homme dans la caisse, que ce n'était pas seulement un rat ou une autre bête. Je me suis mis à arracher les clous, du mieux et le plus vite que je pouvais, et j'ai réussi à la longue, en faisant levier, à soulever le couvercle. Je crois qu'il pouvait être alors deux heures de l'après-midi. En tout cas, quatre ou cinq heures avant notre arrivée à Hokitika.

Moody avait insisté presque imperceptiblement sur l'heure. Mannering intervint, suscitant l'ire de Gascoigne :

— Magdalena, c'est Anna.

— Je vous demande pardon, dit Moody en regardant son interrupteur. Je ne vous suis pas. Magdalena, serait-ce le second prénom de Mlle Wetherell ?

— C'est un nom qu'on donne aux putains, expliqua Mannering.

Moody secoua la tête en signe d'incompréhension.

— Comme tous les chiens s'appellent Médor et toutes les vaches Pâquerette.

— Ah !... oui, je vois, fit Moody, pensant à part lui qu'un homme qui tirait lui-même des revenus de la prostitution aurait pu citer des exemples plus reluisants.

— Peut-être, hasarda lentement Benjamin Löwenthal, peut-être serions-nous fondés à supposer... en faisant, bien sûr, la part du doute, que l'homme dans la caisse était Emery Staines.

— Il s'était toqué d'Anna, voilà qui est sûr, approuva Mannering.

— Staines disparaît le jour même où Carver appareille ! s'exclama Balfour en s'avançant au bord de son siège. Et ce même jour toujours, ma caisse s'égare ! Évidemment : tout colle ! Staines entre dans la caisse... Carver fait main basse dessus... Carver met à la voile !

— Mais pourquoi ? demanda Pritchard.

— Vous n'auriez pas jeté un œil à l'étiquette, des fois ? Au bon de chargement ?

— Non, je ne l'ai pas remarqué, répondit sèchement Moody.

Il n'avait pas encore terminé son histoire, et il n'aimait pas être interrompu ainsi à mi-course. Mais l'auditoire suspendu à ses lèvres s'était dissous, pour la combientième fois ce soir-là, en une cohue parcourue de murmures, chacun s'empressant d'exprimer sa surprise ou de formuler une hypothèse.

— Emery Staines… à bord du navire de Carver ! commentait Mannering. Enfin, reste à savoir s'il s'est embarqué clandestinement… ce serait une possibilité. Ou, autre possibilité, il s'est retrouvé là par hasard… Ou bien, troisième possibilité, Carver l'a enlevé et enfermé délibérément dans une caisse de transport.

— Voyons, qu'est-ce qu'on nous a dit ? objecta Nilssen avec un geste négatif. Le couvercle était cloué ! C'est impossible de l'intérieur !

— Ou bien cela s'appelle un cercueil. Comment était-il censé respirer ?

— Il y a des jours entre les lattes… des trous…

— Sûrement pas de quoi renouveler l'air !

— Dites donc, Tom ! Est-ce qu'il y avait assez de place dans votre caisse pour un homme adulte ?

— À quoi ressemble d'ailleurs une caisse d'expédition ? C'est grand ?

— N'oubliez pas que Carver et Staines sont associés.

— Cela a à peu près les dimensions d'un haquet. Vous en avez vu forcément, empilées sur le quai. Un homme pourrait s'y coucher confortablement.

— Associés pour exploiter une fouille blanche !

— C'est bizarre tout de même, qu'il soit resté dans la caisse sur le trajet de retour de Dunedin. Vous ne trouvez pas ? Cela indiquerait presque que Carver ne savait pas qu'il était là.

— Nous ferions mieux de laisser M. Moody terminer son histoire.

— En voilà des façons de traiter un associé… le coffrer et le laisser pour mort !

Les seuls à ne pas se joindre à ce méli-mélo de suppositions furent les deux Chinois, Quee Long et Sook Yong-cheng, assis très droit, les yeux fixés solennellement sur Moody… qu'ils n'avaient pas quitté un instant tout au long de la soirée. Moody rencontra le regard d'Ah Sook… et sans qu'un muscle de la physionomie de l'Oriental bougeât, il eut l'impression que l'homme lui exprimait une sorte de sympathie, une compréhension sincère de l'impatience qui le rongeait.

Le manque d'une langue commune avait mis Ah Sook dans l'impossibilité de présenter à l'assemblée l'histoire complète de ses rapports avec Francis Carver. Les anglophones demeuraient donc ignorants des détails de ce passé partagé, hormis le fait que Carver avait commis un meurtre et qu'Ah Sook avait juré d'en tirer vengeance. Moody regardait à présent le vengeur juré, ses yeux pâles dans les yeux noirs du Chinois, songeant à ce qu'il pouvait y avoir eu entre les deux hommes. Ah Sook avait dit seulement qu'il avait connu Carver tout enfant ; rien de plus. Moody lui donnait dans les quarante-cinq ans. Cela placerait sa naissance peu après 1820 ; peut-être sa connaissance avec Carver remontait-elle aux guerres de Chine.

— Et si nous vous soumettions la question, monsieur Moody ! dit alors Cowell Devlin. Croyez-vous que l'homme dans la caisse pût être Emery Staines ?

Aussitôt, le silence se rétablit dans la salle.

— Je n'ai jamais rencontré M. Staines et ne le reconnaîtrais donc pas, répondit Moody d'un ton roide. Mais oui, je le crois probable.

— Si Staines se trouvait enfermé dans la caisse depuis que Carver avait appareillé pour Dunedin, enchaîna Pritchard en calculant de tête, cela ferait un total de treize jours sans eau ni air.

— Le nombre porte malheur, murmura une voix (rappelant à Moody qu'ils étaient aussi treize réunis là, au fumoir… et qu'il était lui-même le treizième).

— Est-ce possible ? fit Gascoigne. Treize jours ?

— Sans eau ? À l'extrême limite, répondit l'apothicaire en se caressant le menton. Mais sans air, non… impossible.

— Peut-être qu'il ne s'y trouvait pas depuis Hokitika, intervint Balfour. Il a pu être enfermé dans la caisse à Dunedin… de gré ou de force…

— Je n'ai pas encore terminé mon histoire, dit Moody.

— En effet, approuva Mannering. Parfaitement ! Il n'a pas terminé. Taisez-vous, tout le monde !

La pluie de suppositions tarit. Moody se remit à se balancer d'avant en arrière et attendit un instant avant de parler encore :

— Une fois assuré que la chose dans la caisse était bien un homme, je l'aidai à s'en extraire… péniblement, car il était très affaibli et respirait mal. Il semblait avoir usé toutes ses forces à frapper les coups qui avaient attiré mon attention. Je défis son col… il portait une cravate-foulard… mais au même instant il commença à saigner de la poitrine.

— Vous l'avez donc blessé par mégarde ? demanda Nilssen.

Moody laissa passer la question, ferma les yeux et poursuivit, comme dans un état de transe :

— Le sang sourdait… à gros bouillons, comme l'eau sort d'une pompe ; l'homme pressait les deux mains sur sa poitrine, s'efforçant de l'étancher, tout en continuant à sangloter le même nom. « Magdalena, Magdalena »… Je le regardais, horrifié, messieurs. J'avais perdu la parole. La quantité…

— Il s'était égratigné contre le bois de la caisse ? persista Nilssen.

— Son sang coulait littéralement à flots, déclara Moody en rouvrant les yeux. Ce n'était décidément pas une simple égratignure, monsieur. Pour ma part, je n'avais guère pu le blesser, sinon peut-être en le frôlant d'un ongle, mais je porte les ongles très courts, comme vous pouvez le voir. Et je le répète, le sang commença à jaillir bien *après* que je l'eus sorti de la caisse et fait asseoir, le dos droit. J'ai pensé un instant à une épingle à cravate… mais il n'en portait pas. Sa cravate était nouée.

— Alors, c'est qu'il était déjà blessé avant l'ouverture de la caisse, raisonna Pritchard en fronçant le sourcil. Peut-être s'est-il blessé lui-même… avant votre arrivée sur les lieux.

— Peut-être, concéda Moody sans conviction. Je dois dire que ma propre manière de voir est un peu moins…

— Quoi ? Achevez donc !

— Eh bien, disons que la blessure ne paraissait pas… naturelle.

— Pas naturelle ? fit Mannering.

Moody, qui avait pris sur lui pour prononcer ces deux mots, parut se troubler. Il avait confiance en les facultés analytiques de la raison : il croyait à la logique avec la même certitude sereine qu'à sa propre capacité de la démêler. À ses yeux, la vérité était perfectible, et une vérité parfaite ne pouvait pas ne pas être absolument belle et entièrement claire. Nous avons déjà mentionné que Moody était sans religion… c'est dire qu'il ne cherchait pas la vérité dans le mystère, l'inexplicable et l'inexpliqué, dans les brouillards qui obscurcissent la perception scientifique de même que les nuages matériels obscurcissaient alors le ciel de Hokitika.

— Je sais que ce que je m'apprête à dire paraîtra très étrange, reprit-il, mais je ne jurerais pas que l'homme enfermé dans la caisse d'expédition fût bien vivant. À le voir à la lumière de la cale… au milieu des ombres…

Il laissa la phrase en suspens, acheva enfin d'une voix plus tranchante :

— Disons autrement : je ne jurerais pas que ce fût bien un être humain.

— Mais alors ? fit Balfour. Quoi d'autre, sinon un homme ?

— Une apparition, répondit Moody. Une espèce de vision. Un revenant. Dit ainsi, cela paraît très bête ; j'en ai conscience. Sans doute Lydia Wells saurait-elle mieux le décrire.

Il y eut un bref silence, rompu enfin par Frost :

— Que s'est-il passé ensuite, monsieur Moody ?

— Je me suis comporté, hélas, en lâche, dit l'interpellé en se tournant vers le banquier. J'ai tourné les talons, j'ai attrapé ma mallette, j'ai grimpé rondement à l'échelle. Je l'ai laissé là… toujours en train de perdre son sang.

— Vous êtes bien certain que vous n'avez pas remarqué le bon de chargement… l'étiquette, sur la caisse ? répéta Balfour, sans recevoir de réponse.

— Était-ce là la dernière fois que vous avez vu cet homme ? demanda Löwenthal.

— Oui, reconnut Moody de mauvaise grâce. Je ne me suis pas hasardé à redescendre dans la cale… et quand nous avons atteint Hokitika, une allége est venue chercher les passagers qui souhaitaient débarquer. Si l'homme que j'ai vu était bien un être *réel*… si *c'était* bel et bien Emery Staines… alors il est toujours à bord de l'*Adieu-vat* en ce moment même… en compagnie de Francis Carver. Ils se trouvent tous deux en mer, juste devant l'embouchure, à attendre la marée. Mais peut-être ai-je tout imaginé. L'homme, le sang, toute la scène. Jusque-là, je n'ai jamais souffert d'hallucinations, mais… Enfin, comme vous voyez, j'hésite. J'aurais pourtant juré alors que j'avais vu un revenant.

— Peut-être est-ce vrai, dit Devlin.

— Peut-être, oui, acquiesça Moody en baissant la tête. J'accepterai cette explication comme véridique si les faits matériels m'y obligent. Vous me pardonnerez cependant si j'avoue qu'elle me paraît fantaisiste.

— Revenant ou non, on dirait bien que nous approchons d'une réponse à nos questions, résuma Löwenthal, dont les traits trahissaient une grande fatigue. Demain matin, lorsque M. Moody ira chercher sa malle sur le quai…

Mais le journaliste ne termina pas. La porte du fumoir, ouverte en coup de vent, vint frapper le mur avec une telle violence, qu'aucun des présents ne put contenir un mouvement de surprise. Ils se retournèrent tous comme un seul homme… et découvrirent, dans l'embrasure de la porte, le gamin de Mannering, hors d'haleine, comprimant des deux mains un point de côté.

— Les lanternes, râla-t-il.

— Qu'est-ce qu'il y a ? demanda Mannering en se hissant sur ses pieds. Quelles lanternes ? Quelque chose ne va pas ?

— Les lanternes sur la pointe…, dit le gamin, les mains plaquées sur les côtes, la voix et le souffle entrecoupés.

— Parle, parle enfin !

— Je ne peux pas…, protesta le gamin, secoué par une quinte de toux.

— Nom de Dieu ! hurla Mannering. Qu'est-ce qui t'a pris de courir ? Tu étais censé rester sur place, là, à la porte ! Rester *tranquille*, le diable t'emporte ! Je ne te paie pas pour aller te promener, crénom !

— C'est l'*Adieu-vat*, réussit à articuler le gamin.

Le nom fut accueilli par un silence subit.

— L'*Adieu-vat* ? aboya Mannering, les yeux sortant des orbites. Et qu'est-ce qui lui arrive ? Parle, petit imbécile !

— Les fanaux sur la pointe… Ils se sont éteints… dans le vent et… la marée…

— Qu'est-ce qui s'est passé ?

— L'*Adieu-vat* s'est échoué. Sur la barre…

Couché sur le côté, il n'y a pas dix minutes, dit le gamin en avalant une grande goulée d'air. Le grand mât s'est brisé… le bateau a donné de la gîte… puis la mer est passée par-dessus, et il a commencé à sombrer. Il est perdu, monsieur. Perdu. Il ne naviguera plus.

# Deuxième partie
## Augures

18 février 1866
(Soleil en Verseau)

42° 43' 0" S / 170° 58' 0" E

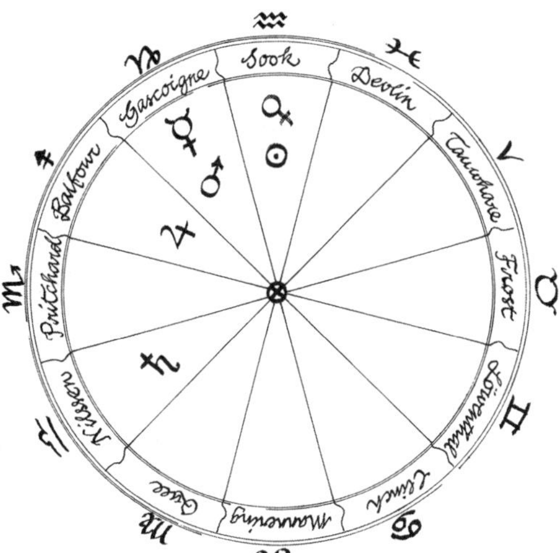

# L'ÉCLIPTIQUE

*Où les fidélités se déplacent, ainsi qu'il appert aux physionomies.*

Trois semaines se sont écoulées depuis que Walter Moody a mis pour la première fois le pied sur la grève, depuis le conseil furtivement réuni à la *Couronne*, depuis que le trois-mâts *Adieu-vat* se compte au nombre des épaves échouées sur la barre. Lorsque les douze se saluent désormais, c'est avec un air d'entente spéciale… comme lorsqu'un franc-maçon croise en plein jour un frère de loge et échange avec lui un regard à la fois éloquent et grave. C'est ainsi que Dick Mannering a salué Cowell Devlin d'un signe de tête sur la route de Kaniere ; que Harald Nilssen a, à deux reprises, honoré Thomas Balfour d'un coup de chapeau ; que Charlie Frost a échangé le bonjour avec Joseph Pritchard en faisant la queue pour le petit déjeuner dans une gargote à quatre sous le plat. Un secret a toujours pour effet de renforcer les amitiés naissantes, et il en va de même de la tendance commune à s'en prendre à une personne étrangère : les liens entre les anciens de la *Couronne* ont ainsi été forgés, nous semble-t-il, moins par des convictions que par des défiances partagées… défiances tournées surtout vers ceux qui ne sont pas des leurs. Dans leurs diverses analyses d'Alistair Lauderback, de George Shepard, de Lydia Wells, de Francis Carver, d'Anna Wetherell et d'Emery Staines, les hommes de la *Couronne* se permettent des insinuations de moins en moins voilées, quoique rien n'ait été prouvé, que personne n'ait passé en jugement et qu'aucun élément nouveau n'ait été découvert. Leurs idées deviennent plus fantaisistes, leurs hypothèses plus spéculatives, leurs délibérations moins pertinentes. Les suspicions que rien ne vient confirmer dérivent avec le temps vers l'arbitraire et le fallacieux… sujettes aux vicissitudes de l'humeur, elles acquièrent tous les caractères de la superstition ordinaire… et, pas plus que le commun des mortels, les hommes de la *Couronne*, dont les fidélités sont tissées du fil bigarré du temps et du mouvement, ne jouissent d'une immunité contre les influences.

Car les planètes ont changé de place sur la tournoyante toile de fond des astres. Le Soleil a parcouru un douzième de la roue inclinée de son chemin écliptique, mouvement qui apporte un nouvel ordre du monde, une perspective neuve sur le tout. Le Soleil en Capricorne, nous étions réservés, exigeants et hautains dans notre distance. En portant notre regard sur l'Homme, nous cherchions à le fixer : déplorant ses échecs et jaugeant ses dons. Nous ne pouvions imaginer ce qu'il eût pu être s'il avait été tenté de trahir sa nature profonde… ou, mieux encore, s'il s'était trahi sans tentation aucune. Mais il n'y a point de vérité sinon en relation, et la relation céleste se compose de roues mouvantes, d'axes basculants, de cadrans tournants ; c'est l'orchestration d'une mécanique d'horlogerie qui change de minute en minute, et qui ne connaît ni la répétition ni le répit. Nous ne sommes plus à l'abri, dans la claustration d'une réminiscence du passé. Nous regardons désormais vers le dehors, à travers le fantasme de nos propres convictions : le monde que nous voyons est un monde que nous aspirons à perfectionner et que nous nous imaginons habiter.

## BÉLIER EN MAISON III

*Où Te Rau Tauwhare se met en quête d'un travail, et Löwenthal voit ses suggestions repoussées.*

Au bureau du journal dans Weld-street, Te Rau Tauwhare trouva la porte ouverte, calée à l'aide d'un portemanteau ; une mélodie sifflée se faisait entendre à l'intérieur. Il entra sans frapper, traversa la boutique et poussa jusqu'à l'atelier sur cour, où le directeur du journal, Benjamin Löwenthal, était installé devant sa table-établi, occupé à composer l'édition du lundi du *West Coast Times*.

Löwenthal tenait de la main gauche un composteur d'acier, à peu près de la taille d'une règle d'écolier ; avec la droite, il piochait et alignait adroitement dans la cornière de minuscules blocs de caractères, le cran en dessous… tâche qui le contraignait à lire non seulement de droite à gauche, mais encore à l'envers, le texte destiné à la galée étant composé en miroir inversé. Une fois la ligne achevée, il la glissait dans la forme, un plateau en acier un peu plus large qu'une feuille de journal, insérant sous chaque ligne une mince interligne de plomb avec, çà et là, une réglette de cuivre surélevée pour souligner. Lorsqu'il eut transféré la dernière ligne dans la galée, il posa des biseaux et des coins de bois qu'il frappa avec un maillet pour bien serrer chaque bloc de texte, puis passa un taquoir, pièce de bois plate, pour égaliser la hauteur de tous les caractères. Enfin, il appuya son rouleau sur la plaque à encrer et enduisit sa page d'une mince pellicule de noir luisant… travaillant rapidement de façon à abattre par-dessus une feuille de papier frémissante sans laisser à l'encre le temps de sécher. Löwenthal tirait toujours une première épreuve à la main, pour relire et corriger avant de porter la forme sous presse… mais il était perfectionniste de nature, et les fautes qui lui échappaient étaient rares.

Il accueillit chaleureusement Tauwhare :

— Je ne crois pas me tromper en disant ne pas vous avoir revu depuis le soir où l'*Adieu-vat* s'est échoué, monsieur Tauwhare. C'est bien cela ?

— Oui, répondit Tauwhare sans émotion. J'étais dans le Nord.

Il promena ses regards sur l'établi du journaliste : la casse typographique, les pots d'encre et de lessive, les brosses, les pinces, les maillets, l'assortiment de blocs de plomb et de cuivre, une coupe de pommes talées, un couteau à éplucher.

— Vous venez d'arriver, hein ?

— Ce matin.

— Eh bien, dans ce cas, je crois savoir ce qui vous amène.

— Comment pouvez-vous savoir ? se rebiffa Tauwhare.

— Vous venez pour la séance de la veuve, voyons ! J'ai mis dans le mille, non ?

Tauwhare garda un instant le silence, fronçant toujours les sourcils. Enfin, il demanda d'un ton défiant :

— Qu'est-ce que c'est, une séance ?

Löwenthal gloussa. Posant son composteur, il alla prendre le *Times* du samedi, plié à côté du lavabo, à l'autre bout de la pièce.

— Voilà, dit-il en ouvrant à la page deux pour pointer son index maculé d'encre sur une publicité avant de passer le journal à Tauwhare. Vous devriez venir. Pas à la séance même… pour cela, il faut montrer patte blanche… mais à la soirée avant.

La publicité s'étalait sur deux colonnes. Elle était imprimée en gras, dans le corps 18 que Löwenthal réservait d'ordinaire aux gros titres et aux unes historiques, et mise en valeur encore par une large bordure noire. L'établissement *À la Fortune du Voyageur*, propriétaire-gérante Lydia Wells, veuve de Crosbie, ci-devant de la ville de Dunedin, ouvrirait ses portes au public le soir même. En l'honneur de cette occasion, Mme Wells, médium célèbre, ferait à Hokitika la grâce d'accueillir la première séance spirite jamais tenue sur son sol. Cette évocation inaugurale serait réservée à un petit nombre, les places attribuées selon le principe du « premier venu, premier servi » ; l'événement serait toutefois précédé par une soirée de « spéculation arrosée », offerte à l'ensemble du public averti… lequel public était collectivement encouragé à y apporter un esprit ouvert.

Cette dernière recommandation était sans doute

plus facile à formuler qu'à mettre en pratique, car à en croire le texte publié dans le journal, le but de la séance était de saisir, par le moyen de l'instrument archisensible qu'était Mme Wells elle-même, certains frémissements spiritiques dont l'investigation ouvrirait une communication entre l'ici-bas et l'au-delà, mettant donc les participants en rapport avec les défunts. Dans la catégorie très large des défunts, Mme Wells avait fait un choix aussi singulier que hardi : elle se proposait de faire apparaître l'ombre de M. Emery Staines, qui n'était toujours pas revenu à Hokitika, et dont le corps, cinq semaines après sa disparition, n'avait pas non plus été retrouvé.

La veuve n'indiquait pas quelles questions elle comptait poser à l'ombre de M. Staines, mais il était à présumer qu'elle s'informerait, à tout le moins, des circonstances de son décès. Tout médium digne de ce nom (et il est sans doute inutile de préciser au lecteur que Lydia Wells en était plus que digne) vous dira que l'esprit victime de mort violente est bien plus loquace que celui qui a quitté ce monde en paix.

— Qu'est-ce qu'une séance ? répéta Tauwhare.

— Une belle bêtise, répondit allégrement Löwenthal. Lydia Wells a annoncé à tout Hokitika qu'elle allait communier avec l'esprit d'Emery Staines, et plus de la moitié de Hokitika l'a prise au mot. La séance proprement dite est une comédie. Elle se mettra en transe… comme si elle avait une attaque, ou une crise du haut mal… puis elle se mettra à parler d'une voix d'homme, ou elle fera remuer les rideaux lorsqu'on s'y attend le moins, ou elle donnera un penny à un gamin pour qu'il grimpe dans la cheminée et crie par le conduit. C'est du cabotinage pur.

Évidemment, tous ceux qui y assisteront rentreront chez eux en croyant avoir parlé à un revenant. Vous étiez parti où encore ?

— À Mawhera, dit Tauwhare qui regardait toujours le journal d'un air mauvais. Greymouth.

— Je présume qu'on n'a pas eu de nouvelles de M. Staines par là-bas.

— Non.

— Ici non plus. C'est bien malheureux, mais nous commençons à perdre espoir. Enfin, peut-être se passera-t-il quelque chose ce soir pour nous mettre sur la voie. Ce que les gens trouvent suspect, voyez-vous, c'est que Mme Wells soit à ce point certaine de la mort de M. Staines. Si elle sait cela, que sait-elle encore et d'où le sait-elle ? Oh ! on a beaucoup jasé, monsieur Tauwhare, depuis quinze jours. Je ne manquerais la soirée pour rien au monde. Si seulement je pouvais mettre la main sur une place pour la suite !

La veuve avait choisi de n'admettre que sept âmes à assister à sa séance… le nombre sept étant un chiffre magique, voilé d'une sombre auréole de mystère… et Löwenthal, en arrivant ce matin-là, à neuf heures moins le quart, à la *Fortune du Voyageur*, avait découvert, à son immense dépit, que les sept places étaient déjà prises. (Parmi les hommes de la *Couronne*, seuls Charlie Frost et Harald Nilssen avaient réussi à en obtenir une.) Löwenthal, avec des dizaines d'autres déçus, allait devoir se contenter des « spéculations arrosées » proposées en hors-d'œuvre et repartir avant le début officiel de la séance. Il avait tenté de racheter une place à l'un des sept chanceux en en offrant deux fois le prix… en vain. Frost et Nilssen avaient tous deux refusé net, même si Nilssen avait promis de lui faire ensuite un compte rendu exhaustif et détaillé, et Frost ne s'était pas gêné pour solliciter son aide dans l'élaboration préalable d'une stratégie de reconnaissance.

— La soirée, c'est trois shillings, payables à l'entrée, ajouta Löwenthal, pensant que Tauwhare ne savait peut-être pas lire mais tenait à dissimuler cette infirmité.

— Trois shillings ? Pour quoi ?

Tauwhare leva les yeux. La somme était exorbitante, pour une soirée de divertissement. Löwenthal répondit avec un haussement d'épaules :

— Elle sait qu'elle peut demander ce qu'elle veut, et elle en profite. Si vous avez une bonne descente, vous pourrez peut-être vous rattraper sur l'eau-de-vie : l'alcool est à volonté, voyez-vous, pas au verre. Mais vous avez raison… c'est du vol. Évidemment, un homme sur deux ne pense qu'à coincer Anna entre quatre yeux. C'est elle qui les attire… le vrai clou de la soirée ! Le fait est qu'on ne l'a quasiment pas vue en dehors de la *Fortune du Voyageur* depuis trois semaines. Dieu seul sait ce qui se fabrique là-dedans.

— Je voudrais mettre une annonce.

Ce disant, Tauwhare rejeta brusquement le journal que l'autre lui avait mis entre les mains. Les feuilles allèrent s'étaler sur la forme encrée.

— Bon, maugréa Löwenthal tout en prenant un stylo. Avez-vous préparé le texte ?

— « Guide maori, très expérimenté, parlant couramment l'anglais, connaissant la région, propose ses services aux arpenteurs, prospecteurs, explorateurs et autres. Succès et sécurité garantis. »

— Arpenteurs, prospecteurs, explorateurs, répéta

Löwenthal en écrivant. Succès et sécurité. Bien, bien. Puis j'y mettrai votre nom, n'est-ce pas ?

— Oui.

— J'aurai également besoin d'une adresse. Avez-vous pris un logement en ville ?

Tauwhare hésita. Il avait eu l'intention de remonter le soir venu dans la vallée de l'Arahura pour passer la nuit dans la cabane abandonnée de Crosbie Wells ; il ne voulait pourtant pas s'en ouvrir à Löwenthal, vu les liens de celui-ci avec Edgar Clinch, désormais propriétaire légal des lieux.

Edgar Clinch hantait sa pensée depuis l'assemblée à la *Couronne* trois semaines auparavant, car malgré toutes les transactions conclues entre Maoris et Pakehas depuis une dizaine d'années, Te Rau Tauwhare regardait toujours l'Arahura comme étant à lui, et il ne pouvait voir sans colère la moindre parcelle du sol du Te Tai Poutini achetée dans un esprit de spéculation pure. À sa connaissance, Clinch n'avait jamais séjourné dans l'Arahura avant son acquisition ; depuis, il n'avait même pas pris la peine de faire à pied le tour des hectares dont la loi lui reconnaissait la propriété. À quoi rimait cet achat ? Clinch pensait-il s'installer sur ces terres ? Voulait-il les cultiver ? Abattre les arbres indigènes ? Construire un barrage sur la rivière ? Creuser peut-être un trou et chercher de l'or ? En tout cas, il n'avait pas touché à la maison de Crosbie, sinon pour enlever tout ce qui pouvait être vendu… et même cela, il l'avait fait par procuration. C'était un vain profit que celui qui ne requérait ni art, ni amour, ni temps, industrie et patience : un tel profit était voué à se perdre sans utilité ; né d'un gâchis, en gâchis il retournerait. Tauwhare ne pouvait pas respecter un homme qui traitait la terre comme une valeur d'échange. La terre n'était pas à monnayer ! La terre était faite pour y vivre, et pour être aimée.

Il n'y avait là aucune hypocrisie de la part de Te Rau Tauwhare. Il avait parcouru chaque pouce de la côte Ouest, à pied, en chariot, à cheval et dans sa pirogue. Il pouvait la voir en esprit dans toute son étendue, telle une carte richement enluminée : au nord, Mohikinui et Karamea, où les mousses étaient grasses et humides, les feuilles cireuses et la brousse un fouillis aux effluves terreux, où les frondes tombées du palmier *nikau* jonchaient le sol, aussi immenses et pesantes que des queues de baleine ; puis, en descendant vers le sud, la laque bronzée de la rivière Taramakau, les tours crénelées de Punakaiki, les marécages au nord de Hokitika, où rampaient toujours les fumées et vapeurs d'une presque-pluie ; puis les lacs encaissés ; les vallées silencieuses, au vert touffu ; les flancs sinueux des glaciers à la marbrure bleu-gris ; la crête des hautes Alpes ; et enfin Okahu et Mahitahi au sud… de larges plages de galets jonchés des ossements d'arbres puissants, où le ressac était un battement et le vent un hurlement incessants. Après Okahu, la côte devenait une ligne de falaises infranchissables. Au delà, Tauwhare le savait, se creusaient les profondes entailles des fjords du sud, où le soleil se couchait de bonne heure derrière les pics abrupts, prêtant à la face de l'eau une teinte d'argent terni, tandis que les ombres faisaient flaque, comme de l'huile. Tauwhare n'avait jamais vu Piopiotahi, mais il le connaissait par les contes, et il l'aimait, car cette terre aussi, c'était Te Tai Poutini.

Le ruban de la côte donc… et là, au cœur de tout, la rivière Arahura, *toanga, wahi tapu, he matahiapo i te iwi* ! Si l'Arahura figurait pour Tauwhare l'équateur, coupant par le milieu les terres du Te Tai Poutini, la maison de Crosbie, placée dans la vallée à mi-chemin entre mer et montagne, était son méridien. Pourtant, il ne pouvait la réclamer ; son *hapu* ne pouvait la réclamer ; son *iwi* ne pouvait la réclamer. Avant même que le corps de Crosbie Wells n'eût été confié à sa dernière demeure, ces cent arpents dans la vallée de l'Arahura avaient été achetés par un Pakeha avide de profit, qui avait juré sur l'honneur les avoir acquis honnêtement ; il n'y avait rien eu d'irrégulier, disait-il, et il n'avait certainement enfreint aucune loi.

— Un hôtel ? demanda Löwenthal. Même borgne… Tout ce qu'il me faut, c'est le nom.

— Je n'ai pas d'adresse, dit Tauwhare.

— Eh bien, je mettrai donc « s'adresser à la rédaction, Weld-street », proposa Löwenthal pour l'aider. Ça vous va ? Vous pourrez passer dans la semaine, je transmettrai.

— C'est bien.

Löwenthal s'attendait à quelques mots encore de remercîment. Comme rien ne venait, il conclut d'un ton froid :

— Bon. Cela vous fera six pence la semaine, dix pence les quinze jours ou un shilling et six pence le mois. Payable d'avance, bien sûr.

— Une semaine.

Ce disant, Tauwhare vida soigneusement le contenu de sa bourse dans sa main. La petite pile de pennies et autre menue monnaie attestait éloquemment le besoin où il était de trouver du travail. Il n'avait eu d'autres revenus, depuis le soir de la *Couronne*, qu'un shilling d'argent, gagné à un jeu de force, il y avait déjà quinze jours. Quand il aurait payé l'annonce, il lui resterait à peine de quoi manger ce jour-là et le suivant. Löwenthal le regarda un instant compter sa mitraille, puis reprit, d'une voix adoucie :

— Dites donc, monsieur Tauwhare. Si vous êtes à court d'espèces, vous aurez peut-être envie de descendre à la pointe. On embauche sur Gibson's-quay. Je ne sais pas si vous avez entendu… on a sonné la cloche il y a une heure. Voyez-vous, l'*Adieu-vat* est enfin à sec, et on a besoin de bras pour le décharger.

Pendant les trois semaines écoulées, deux gros remorqueurs avaient conduit le trois-mâts vers des eaux moins profondes ; là, sa coque avait été soulevée et engagée sur des rouleaux de halage au ras du rivage ; enfin, le matin même, à marée basse, le bâtiment avait été hissé au delà de la ligne de haute mer par les efforts conjugués d'un attelage de clydesdales et d'un treuil. Il était à présent à sec, sur la pointe… semblable, dans sa grandeur brisée, moins à une créature aquatique échouée là qu'à un oiseau tombé des airs. Telle avait été l'impression de Löwenthal, lorsqu'il avait fait dans la matinée un crochet jusqu'à la pointe : comme si le navire avait plongé d'une grande hauteur pour expirer sur place. Ses mâts étaient tous les trois brisés à la base ; sans voiles ni gréement, il semblait presque avoir été passé à la tondeuse. Le journaliste l'avait contemplé un bon moment avant de poursuivre son chemin. Quand la cargaison aurait été dédouanée et le moindre morceau de métal récupéré, l'épave serait démantelée et vendue par morceaux pour les réparations et le remploi.

— Maintenant que j'y pense, poursuivit-il, nous aurions sans doute intérêt à avoir quelqu'un des nôtres sur place pendant la visite de la douane. À cause de la caisse de Tom, s'entend… et de cette chose que M. Moody a cru voir dans la cale. Vous pourrez être nos yeux et nos oreilles, monsieur Tauwhare. Vous avez une excuse parfaite, si vous êtes à court d'espèces et à la recherche d'un travail honnête. Personne n'ira vous poser de questions sur le pourquoi et le comment.

Tauwhare cependant eut un geste de refus. Il s'était juré, quoi qu'il advînt, de ne plus jamais faire affaire avec Francis Carver.

— Je ne suis pas un homme de peine, dit-il en déposant six pennies sur le comptoir.

— Allez-y tout de même, pour l'*Adieu-vat*, insista Löwenthal. Personne ne vous posera de questions. Vous n'aurez pas à vous justifier.

— J'attendrai les arpenteurs, répondit Tauwhare, qui n'aimait pas suivre les conseils, même les mieux intentionnés.

— Vous aurez peut-être longtemps à attendre.

— Cela se peut.

Tauwhare haussa les épaules. Löwenthal sentait monter sa bile :

— Vous n'avez pas le sens commun, voyons ! C'est l'occasion de nous rendre service à tous, et à vous-même par-dessus le marché. Vous n'assisterez pas à la soirée de la veuve sans billet, et vous n'achèterez pas un billet la bourse vide. Allez ! Faites un petit tour du côté de Gibson's-quay, donnez une journée de votre travail, faites cela pour nous tous.

— Je ne veux pas assister à la soirée.

— Pour l'amour du ciel, pourquoi ? se récria Löwenthal, incrédule.

— Vous venez de dire que ce sera une bêtise. Du cabotinage.

Ils se turent de concert. Enfin, Löwenthal reprit :

— Savez-vous qu'on a fait venir un homme de loi ? Un M. John Fellowes, de la police de Greymouth. Il a été chargé de démêler l'affaire Crosbie Wells.

Tauwhare haussa les épaules.

— Il est en train de fouiner en ce moment même, poursuivit Löwenthal, pour déterminer s'il y a lieu d'ouvrir une information. Il fera son rapport à un magistrat de la haute cour. Si la haute cour s'en mêle, c'est qu'il s'agit de meurtre, monsieur Tauwhare. Quelqu'un sera inculpé de meurtre.

— S'il y a eu meurtre, je n'y suis pour rien, dit Tauwhare.

— Je veux bien… Mais nous savons l'un et l'autre que vous êtes impliqué dans l'affaire, comme nous tous. Allez ! M. Moody a vu quelque chose dans la cale de l'*Adieu-vat*, et vous avez là l'occasion rêvée de découvrir ce que c'était.

— J'attendrai un travail honnête, répéta Tauwhare, qui ne se souciait nullement de ce que M. Moody avait ou n'avait pas vu.

— Ayez donc un peu de loyauté !

— Je n'ai pas violé mon serment, s'emporta Tauwhare.

Löwenthal avança la main pour balayer la monnaie dans la poche de son tablier :

— Pas envers ceux de la *Couronne*. Je pensais à votre vieil ami Wells. Nous parlons bien de sa veuve, après tout. C'est sa veuve, et sa succession, et sa mémoire. À vous de voir, bien sûr. Mais à votre place je me ferais un devoir d'assister à la soirée.

— Pourquoi ?

Tauwhare cracha le mot avec mépris.

— Pourquoi ? répéta Löwenthal en reprenant son composteur. Pourquoi vous montrer loyal envers votre bon ami Wells ? J'aurais cru que vous lui deviez bien cela, après l'avoir vendu à Francis Carver.

## JUPITER EN SAGITTAIRE

*Où Thomas Balfour manque à la discrétion ;*
*de vieilles questions reviennent sur le tapis ;*
*et Alistair Lauderback prend la plume pour rédiger*
*une lettre dénonciatrice.*

Alistair Lauderback n'avait pas remis les pieds à Hokitika depuis le mercredi matin, notamment parce que les fenêtres de la suite qu'il occupait à l'étage du *Palais* offraient une vue complète de l'épave de l'*Adieu-vat*, spectacle qui lui causait une amertume infinie. Lorsqu'on lui proposa de faire un discours de campagne à l'hôtel de ville de Greymouth et de présider à l'inauguration d'un puits de mine dans la vallée de la Taramakau, il accepta les deux invitations de tout cœur, sans barguigner. Au moment où nous le retrouvons… le moment même où Tauwhare prenait congé de Löwenthal… Lauderback arpentait à grands pas les prés humides en bordure de la rivière, une carabine Sharps à l'épaule, un sac de plombs à la main. Il était flanqué de son ami Thomas Balfour, pareillement armé, et le teint pareillement avivé par l'effet d'une saine fatigue. Les deux hommes avaient passé la matinée à canarder le gibier et regagnaient à présent leurs chevaux, qu'ils avaient laissés attachés sur le bord de la vallée : deux petites taches, l'une blanche, l'autre noire, visibles au loin, contre le ciel.

— Quelle journée du tonnerre ! s'exclama Lauderback, s'adressant à lui-même autant qu'à Balfour. Du tonnerre de Dieu ! Splendide ! Allez, on en pardonnerait presque à la pluie, n'est-ce pas ?... quand le soleil se montre comme ça, à la fin.

— Pardonner, oui, peut-être, fit Balfour en riant. Mais sans oublier pour autant. Pas moi, en tout cas.

— C'est un pays magnifique, dit Lauderback. Voyez ces couleurs ! Ce sont les couleurs de la Nouvelle Zélande, rincées par les pluies de la Nouvelle Zélande.

— Et nous sommes les patriotes de la Nouvelle Zélande, conclut Balfour. La vue est toute à nous, monsieur Lauderback. On n'a qu'à ouvrir les yeux et la main.

— En effet, approuva Lauderback. Patriotes de Dame Nature !

— Pas besoin de drapeau.

— Quelle chance nous avons ! Pensez-y ! Combien peu d'hommes ont contemplé ce spectacle ! Combien peu ont foulé ce sol de leurs pieds !

— Plus qu'on ne croit, sans doute... pour avoir appris aux oiseaux à fuir à notre approche.

— Vous leur faites trop d'honneur, Tom. Les oiseaux sont bêtes.

— Je m'en souviendrai, la prochaine fois que vous rapporterez une paire de canards avec une histoire à dormir debout sur la façon dont vous les avez pris.

— Faites, vous aurez tout de même droit à l'histoire.

Cet échange cordial fut un soulagement pour Thomas Balfour. Depuis trois semaines, Lauderback était un compagnon insupportable, et Balfour avait eu largement le temps de se lasser des sautes d'humeur qui le montraient tour à tour crispé, méchant et aigri. Le politicien avait tendance à retomber dans des comportements puérils chaque fois que ses espérances étaient trompées, et il n'avait pas digéré le naufrage de l'*Adieu-vat*. Il était devenu avide de la compagnie des foules, exigeait d'être toujours entouré de gens aux petits soins pour sa personne, ne supportait pas de rester longtemps seul et maugréait contre le monde entier quand les circonstances l'y obligeaient. En public, son attitude demeurait inchangée : il était exubérant et convaincant à la tribune… mais d'une maussaderie cruelle dans le privé. Il s'emportait à la plus légère contrariété et ne cachait pas son mépris pour ses deux assistants dévoués, qui mettaient ces avanies sur le compte des fatigues de la vie politique et ne lui en tenaient pas rigueur. Ce dimanche-là, ils s'étaient vu accorder un répit, faute d'un nombre suffisant de fusils ou grâce au peu d'inclination de leur patron à partager ; plutôt que de l'accompagner à la chasse, ils devaient passer ce temps au temple de Greymouth, à méditer, selon la consigne de Lauderback, sur leurs péchés.

Homme profondément superstitieux, Alistair Lauderback était persuadé que son brusque revirement de fortune datait du soir de son arrivée à Hokitika, lorsqu'il avait découvert le corps de Crosbie Wells. Quand il réfléchissait à tous les malheurs qui l'avaient frappé depuis ce jour… au naufrage de l'*Adieu-vat*, en particulier… il en concevait une rancune à l'endroit du Westland en général, à croire que tout ce diable vert de district s'était conjuré pour rendre vains ses succès et frustrer ses désirs. La ruine de l'*Adieu-vat* était, à son sens, la preuve que ces lieux mêmes étaient maudits et ligués contre lui. (La conviction n'était pas aussi irrationnelle qu'elle le paraît sans doute, car le déplacement sournois de la barre de Hokitika était dû en grande partie aux alluvions et aux graviers qui, charriés par la rivière depuis les concessions en amont, obstruaient à présent l'embouchure, invisibles, dessinant au gré des marées des formes sans cesse changeantes ; au fond, l'*Adieu-vat* avait péri sur les déblais d'un millier de fouilles, si bien que chaque habitant mâle de Hokitika pouvait être rendu partiellement responsable du naufrage.)

Quelques jours après la perte de l'*Adieu-vat*, Thomas Balfour avait avoué à Lauderback que la caisse contenant ses documents et effets personnels avait disparu de Gibson's-quay par suite d'une erreur de chargement qui semblait ne pouvoir être imputée à personne en particulier. Lauderback avait reçu la nouvelle d'un air abattu, mais sans véritable intérêt. Maintenant que l'*Adieu-vat* n'était plus qu'une épave, il n'avait aucune raison de faire chanter Francis Carver, le seul but de ce projet ayant été de rentrer en possession de son précieux navire : l'acte de vente du trois-mâts, déposé dans sa malle avec ses effets, ne pouvait plus lui donner prise sur son tourmenteur.

Lauderback s'était mis à passer ses soirées à jouer aux dés. Le jeu était une faiblesse à laquelle il se laissait aller périodiquement, par dépit ou lorsqu'il se sentait en déveine, et il va de soi qu'il fit adopter ce vice aussi à Jock et Augustus Smith, car il ne supportait pas de se rendre seul au tripot. Ses acolytes se soumirent docilement, mais ils jouaient petit jeu et se retiraient tôt. Lauderback misait avec la sombre détermination d'un homme pour qui le gain primerait tout, et il était aussi avare de ses jetons que de son whisky, qu'il sirotait à petites gorgées, de façon à faire durer la soirée jusqu'à l'aube.

— Vous n'alliez pas rentrer en ville cet après-midi, n'est-ce pas ? demanda-t-il ensuite à Balfour avec un accent qui laissait entendre l'espoir contraire.

— Si, j'en avais, ou plutôt j'en ai bien l'intention, répondit l'interrogé. Je compte être à Hokitika à l'heure du thé.

— Remettez cela à demain, supplia Lauderback. Venez ce soir au *Guernsey* faire une partie de krabs. Ça n'a pas de sens de rentrer seul. J'ai encore un ruban à couper demain matin… mais je serai de retour à Hokitika avant midi. Midi au plus tard.

Balfour cependant fit un geste négatif :

— Impossible. J'ai un chargement qui arrive demain aux aurores. Lundi pile.

— Ne dites pas que vous avez besoin d'être là… pour recevoir un *chargement* !

— Oh !… mais il me faudra du temps pour mettre de l'ordre dans mes comptes, objecta Balfour en souriant. Je suis dans le rouge, de douze livres de plus que je ne l'étais mercredi… douze livres qui sont allées dans *votre* poche, je n'ai pas besoin de vous le rappeler. Vingt shillings pour chaque face des dés.

(Balfour dissimulait la véritable cause de sa hâte, à savoir son désir d'assister aux « spéculations arrosées » proposées ce soir-là par la veuve dans la salle de devant de la *Fortune du Voyageur*. Il n'avait pas parlé à Lauderback de Mme Wells depuis que le politicien s'était confessé au restaurant du *Palais*, estimant plus prudent de le laisser aborder lui-même le sujet, quand et comme il voudrait. Lauderback cependant avait évité toute mention de son ancienne dulcinée, gardant un silence que Balfour sentait tendu et comme aux abois : comme si l'homme risquait d'éclater d'un instant à l'autre et de se mettre à crier le nom tabou.)

— Cela me rappelle mes années d'école, disait-il pour l'instant. Nous avions droit à un coup de verges pour chaque point des dés… si on nous y prenait. Un dé compte vingt et un points. Fait oiseux, mais je ne l'oublie pas.

— Je ne resterai pas pour me faire nettoyer de vingt et une livres, si c'est cela que vous avez en tête.

— Vous devriez. Rien qu'une nuit encore. Vraiment.

— Voyez-moi donc cette fougère ! Magnifique ! s'exclama Balfour.

La jeune pousse était, de fait, une merveille : enroulée sur elle-même avec la perfection d'une volute de violon. Balfour l'effleura du bout de son fusil.

Le changement survenu dans le caractère de Lauderback avait eu un effet des plus fâcheux sur son amitié avec Thomas Balfour. Balfour restait persuadé que le politicien ne lui avait pas tout dit sur ses relations avec Francis Carver et Crosbie Wells ; se sentant ainsi exclu de sa confiance, il n'avait aucune envie de faire le complaisant. Lorsque Lauderback se lamentait au sujet du Westland et des barres de sa côte et de ses assiettes anglaises, des faux cols en carton et des ersatz en général et de la moutarde allemande et du Premier ministre et des arêtes de poisson et de l'ostentation, des chaussures mal faites et de la pluie, Balfour réagissait moins vivement, sans toute l'admiration qu'il aurait eue un petit mois auparavant. Le fait était que Lauderback avait perdu son prestige, et tous deux s'en rendaient compte. Le politicien cependant répugnait à admettre que leur amitié se fût refroidie ; il persistait à parler à Balfour exactement comme avant… c'est-à-dire sur un ton parfois hautain, toujours déclamatoire et, à de très rares occasions, humble… et Balfour, qui lui aussi savait faire le fier, quand il s'en donnait la peine, persistait de son côté à lui en vouloir.

Peu après cet échange, ils retrouvèrent leurs chevaux, les sellèrent et partirent au petit trot du côté du campement. Après avoir chevauché un moment, Lauderback revint à ses moutons :

— Nous avions parlé de nous arrêter ensemble à Seaview… sur le chemin du retour. Pour voir où en sont les fondations de la prison.

— Eh oui, approuva Balfour. Il faudra tout me raconter.

— Vous me laissez donc y aller seul.

— Seul… avec Jock et Augustus ! Seul à trois !

Lauderback changea de posture sur sa selle d'un air dépité. Au bout d'un moment, il demanda :

— Comment s'appelle-t-il encore, le geôlier en chef ? Sheffield ?

— Shepard, répondit Balfour avec un regard perçant. George Shepard.

— Shepard, c'est ça. Je me demande s'il ne guigne pas le fauteuil de juge. Il a été fameusement bien traité dans le budget du commissaire… pour aller aussi vite en besogne. Fameusement, on peut le dire.

— Sans doute, oui. Hé ! regardez-moi celle-là ! s'écria Balfour en désignant du bout de sa cravache encore une fronde de fougère, plus orangée et plus duveteuse que la première. La belle ligne ! Le mouvement qu'il y a là-dedans… n'est-ce pas ? C'est comme un mouvement figé. En voilà une idée, par exemple !

— Évidemment, il est comme cul et chemise avec le commissaire, dit Lauderback, parlant toujours de George Shepard sans se laisser distraire par la belle ligne des fougères. Et je me suis laissé dire qu'il serait un vieil ami du magistrat actuel.

— Sans doute qu'ils veulent garder ça dans la famille.

— Ça pue l'ambition. Vous ne trouvez pas ? Sa prison, je veux dire. Comme il tient à ce projet. À toute l'affaire, d'ailleurs. Il l'a rondement menée.

Lauderback, ambitieux lui-même, était porté à se défier des ambitions des autres. Balfour cependant ne répondit que par un grognement.

— Comment ? fit Lauderback.

— Rien, dit Balfour.

(Ce n'était pourtant pas rien ! Il détestait de voir accorder à un autre, même indirectement, un crédit moral immérité.)

— Comment ? répéta Lauderback. Vous vouliez dire quelque chose.

— Eh bien, faites le compte. Le bois pour la potence. Le fer pour les grilles d'enceinte. La pierre pour les fondations. Une vingtaine de terrassiers à payer tous les jours.

— Et alors ?

— Ne me parlez pas du budget du commissaire ! s'exclama Balfour. Cet argent-là vient forcément d'ailleurs ! Vous vous rendez compte du coût ?

— Ce seraient donc des capitaux privés ? demanda Lauderback en le dévisageant. C'est ça ?

Balfour haussa les épaules. Il savait pertinemment que George Shepard finançait la construction de la prison avec la commission de Harald Nilssen sur la vente des biens de Crosbie Wells… mais il avait juré au conseil de la *Couronne* de ne pas en parler, et une promesse était une promesse.

— Des capitaux privés, dites-vous ? insista Lauderback.

— Allez, je ne veux pas être indiscret. Je ne veux marcher sur les pieds de personne. Mais je vous dirai une chose : si vous vous arrêtez à Seaview, vous auriez intérêt à fouiner un peu. Voilà. C'est tout. Ouvrez l'œil, et qui sait ce que vous trouverez.

— C'est pour cela que vous rentrez de bonne heure ? Pour éviter Shepard ? Il y a quelque chose entre vous deux ?

— Non ! Rien. On m'a donné un tuyau, c'est tout.

— Un tuyau ? Qui donc ?

— Je ne peux pas le nommer.

— Allez, Tom ! Ne faites pas de façons avec moi. Où voulez-vous en venir ?

Balfour réfléchit un instant, fermant à demi les yeux pour contempler le fond de la vallée et les pentes plissées à l'est. Son cheval était un peu plus petit que la jument noire de Lauderback, et comme il n'avait pas non plus la stature de l'autre, ses épaules étaient d'un bon pied plus basses que celles de son compagnon, même quand il les redressait, comme en cet instant.

— Ça va de soi, non ? demanda-t-il. Une vingtaine de journaliers pour poser les fondations ? Tous les matériaux payés rubis sur l'ongle ? Ce n'est pas ainsi que les choses se passent quand il faut compter sur les deniers publics. Vous le savez mieux que moi. Shepard a forcément du liquide.

— Mais comment le savez-vous ? Parce que ça va de soi… ou parce que vous avez un informateur ?

— Ça va de soi.

— On ne vous a donc rien dit ?

— Si, répliqua Balfour avec virulence. Mais j'aurais aussi bien pu deviner tout seul. C'est justement ce que je suis en train de vous expliquer : j'aurais pu tout comprendre sans secours étranger.

— Alors, ça rimait à quoi ?

— Quoi donc ?

— Pour quoi faire, vous en informer !

— Je ne vous comprends pas, protesta Balfour en fronçant les sourcils. C'est absurde.

Mais les propos de Lauderback n'étaient rien moins qu'absurdes, et Balfour le savait.

— Ce qui est absurde, dit le politicien, c'est que ce soit *vous* qu'on informe, s'agissant d'une prison ! En quoi les deniers publics intéressent-ils l'Agence maritime Balfour ? Ou la façon dont on les dépense ? En quoi le placement de capitaux privés vous regarde-t-il, *vous*… à moins que cela ne cache autre chose ?

— Nous ne nous comprenons pas.

Balfour secoua la tête.

— Quelque chose à voir avec un des détenus, peut-être, hasarda Lauderback. Des capitaux… en échange de…

— Non, non. Rien de ce genre.

— Quoi, alors ?

Comme Balfour ne répondit pas aussitôt, Lauderback reprit :

— Écoutez ! S'il y a des fonds privés en jeu, cela a à voir avec la campagne, et j'ai besoin d'être informé. Si on force la main du commissaire juste avant les élections, cela mérite examen… et le bonhomme Shepard est clairement en train de jouer contre la montre. Il m'a l'air d'avoir des visées politiques, et je veux savoir de quoi il s'agit. Vous dites que toute l'affaire est claire comme le jour. Pourquoi ne me racontez-vous donc pas simplement ce que vous savez ?… Si on me pose des questions, je dirai que j'ai compris tout seul.

Balfour trouva la proposition raisonnable. Le mois écoulé n'avait pas totalement refroidi l'affection qu'il portait à Lauderback, et il ne voulait pas déchoir dans la bonne opinion du politicien, nonobstant ses propres palinodies. Cela ne pourrait pas faire de mal de lui dire d'où Shepard tenait son argent… pas si Lauderback pouvait prétendre l'avoir deviné lui-même !

Balfour se réjouissait aussi de la vivacité subite qui se reflétait sur la physionomie de son compagnon, et de l'ardeur qu'il mettait à le relancer dans ses derniers retranchements. Il n'aimait pas à le voir en proie à l'humeur, et cet entrain nouveau faisait pour ainsi dire revivre l'homme qu'il avait connu autrefois à Dunedin, celui qui parlait comme un général d'armée et marchait comme un roi ; l'homme qui avait fait fortune, puis doublé ses gains ; qui était à tu et à toi avec le Premier ministre ; qui n'irait jamais supplier un autre de passer une nuit de plus dans la brousse pour ne pas rester seul avec son chagrin, le soir au tripot. Balfour était bien disposé envers ce Lauderback-là, pour qui il conservait un grand fonds de tendresse, et il se sentait flatté d'être ainsi sollicité par lui.

Après un silence qui se prolongea, il fit donc part à son vieil ami de ce qu'il savait de la prison : que le chantier était financé par une part du trésor découvert chez Crosbie Wells. Il ne révéla ni pourquoi ni comment cet arrangement avait été pris, et persista à taire le nom de son informateur. Il dit en revanche que le placement répondait à une demande expresse de George Shepard, remontant à quinze jours après la mort de Crosbie Wells, et que le geôlier en chef tenait beaucoup à le garder sous le boisseau.

Mais ce n'était pas pour rien que Lauderback s'était préparé à la profession d'avocat : il était un habile questionneur, jamais plus redoutable que là où il savait qu'on lui cachait quelque chose. Il voulut connaître l'importance exacte de la somme placée. Balfour indiqua le chiffre de quatre cents et quelques livres. Lauderback alors demanda comment il expliquait que ce montant correspondît à dix pour cent du total découvert chez le défunt. Comme Balfour ne répondait pas, il fut plus prompt encore à deviner que, la commission usuelle de courtage étant précisément de dix pour cent, les capitaux placés provenaient sans doute des honoraires du commissionnaire.

Consterné de voir le politicien démêler aussi vite tous les tenants et aboutissants, Balfour protesta que Harald Nilssen n'était pas fautif.

— Il était consentant ! répliqua Lauderback en riant. Il a donné ses honoraires.

— Shepard l'avait mis au pied du mur. Ce n'est pas sa faute. C'était un chantage, ou tout comme… vraiment. Il ne faut pas en faire une affaire. Il ne faut pas, par égard pour M. Nilssen.

— Des capitaux privés, à la onzième heure ! s'exclama Lauderback en se dressant sur ses étriers. (Il ne se souciait guère de Harald Nilssen, qu'il n'avait rencontré qu'une fois, à l'hôtel de l'*Étoile* à Hokitika, plus d'un mois auparavant. L'homme lui avait paru le type même du provincial, un peu trop habitué à pérorer devant un petit cercle de trois ou quatre fidèles, et trop loquace sous l'influence de l'alcool. Lauderback l'avait classé comme un raseur imbu de lui-même, dont il n'y avait rien à tirer, ni à craindre.) C'est de la politique, Tom… Eh oui, bel et bien ! Savez-vous le tour que Shepard veut nous jouer ? Il essaie de mettre en train la construction de sa prison sans attendre que le Westland ait son représentant, et il fait appel à des capitaux privés pour accélérer l'ouvrage. Ho ! J'aurai mon mot à dire là-dessus dans le *Times*… vous pouvez compter sur moi !

Compter, c'était précisément ce que Balfour aurait voulu éviter. Il protesta et, au terme d'une brève négociation, Lauderback consentit à ne pas citer le nom de Nilssen, ajoutant toutefois dans un nouvel éclat de rire :

— Je n'aurai évidemment pas la même obligeance pour George Shepard.

— Vous n'aimeriez pas le voir devenir juge, si je comprends bien, dit Balfour… se demandant *in petto* si Lauderback ne guignait pas lui-même cette position éminente.

— La charge de magistrat ne me fait ni chaud ni froid ! rétorqua Lauderback. C'est une question de principe, et c'est le principe que j'entends défendre.

— Quel principe ?

Balfour ne s'y retrouvait plus : la magistrature était loin d'être une question indifférente pour Lauderback. C'était lui-même qui en avait parlé le premier, et sur un ton assez grognon.

— Cet individu est un voleur ! cria Lauderback. L'argent appartient à Crosbie Wells… mort ou vif. George Shepard n'a pas le droit de dépenser à son gré l'argent d'un autre, peu importe dans quel but !

Balfour resta coi. Jusque-là, Lauderback n'avait pas dit mot du trésor découvert chez Wells ; jamais il n'avait exprimé le moindre intérêt pour l'usage qui en serait fait. Il n'avait rien dit non plus de l'imbroglio juridique créé par la veuve et ses prétentions à la succession de feu son époux. Balfour avait supposé ce silence dû à l'implication de Lydia Wells, Lauderback étant encore trop honteux de ses déconvenues passées pour prononcer même son nom. Voilà pourtant qu'il s'empressait de prendre la défense de Crosbie Wells. Comme si la fortune de

Wells était une question sur laquelle il nourrissait une opinion bien tranchée. Balfour lui jeta à la dérobée un regard rapide. Lauderback avait-il deviné que l'or découvert chez Wells était le même dont on s'était servi l'année précédente pour le faire chanter ? Sa curiosité était piquée. Décidé à provoquer une explication, il lança d'un ton léger :

— Qu'importe, au fond ? De toute manière, il est plus que probable que l'or était le produit d'un vol ; il n'était certainement pas à Crosbie Wells. Où un homme de son espèce aurait-il pris quatre mille livres ? C'était un bon à rien, ce n'est pas un secret, et du bon à rien au voleur il n'y a qu'un pas.

— Ce n'est pas prouvé…, commença Lauderback, aussitôt coupé.

— Alors, quelle importance si un troisième larron se met de la partie, maintenant qu'il est mort, et bien mort ? Voilà la question que je pose. En toute probabilité, c'était de l'argent suspect dès le début.

— Quelle importance, dites-vous ? éclata Lauderback. C'est une question de principe… comme je viens de vous le dire : une question de principe ! On ne répare pas un crime en en commettant un autre. Voler un voleur… c'est toujours un délit, qu'on essaie de le travestir comme on veut ! Ne soyez pas ridicule.

Tiens ! tiens ! Lauderback se faisait donc l'avocat de Crosbie Wells… et un avocat prêt à se battre tout de bon.

— Mais vous aurez l'hospice que vous vouliez, objecta Balfour, conservant un ton léger, comme si le sujet de leur discussion était une simple bagatelle.

L'argent ne sera pas gaspillé. Il servira à la construction d'un établissement public.

— Que le gouverneur Shepard se remplisse les poches ou qu'il érige un autel, cela m'est parfaitement égal, trancha Lauderback. Ce n'est qu'un prétexte… la fin censée justifier les moyens. Très peu pour moi, cette logique-là.

— Et pas n'importe quel établissement, poursuivit Balfour, comme si l'autre n'avait rien dit. Vous aurez votre asile, voyons ! Ne vous souvenez-vous pas de notre discussion au *Palais* ? « Où une femme peut-elle aller ? » « La possibilité d'essayer sérieusement de changer de vie »… et ainsi de suite ? Eh bien, nous pourrons bientôt offrir cette possibilité-là ! George Shepard est en passe d'en faire une réalité !

Lauderback avait l'air furieux. Il se souvenait parfaitement de ce qu'il avait dit trois semaines auparavant des mérites des établissements de refuge, mais il n'aimait pas qu'on lui rappelât ses propos dans un but autre que celui d'en chanter les louanges.

— C'est manquer de respect aux morts, rétorqua-t-il, laconique. Je n'en dirai pas plus.

Balfour cependant ne se laissa pas rebuter si aisément, s'exclamant, comme si l'idée lui était venue à l'instant :

— Dites donc ! L'or que Francis Carver a joué contre votre *Adieu-vat*… l'or cousu dans la doublure de…

— Oui ?

— Eh bien… vous ne l'avez jamais revu, n'est-ce pas ? Plus de nouvelles. Puis voilà que la même somme… à peu près… refait surface dans la masure de Crosbie Wells, à peine un an plus tard. Quatre mille livres et des poussières. Un vrai pactole… Ça ne serait pas le même ?

— C'est fort possible.

— On se demande comment il est arrivé là, dit Balfour.

— En effet, opina Lauderback.

Ils se séparèrent au *Lion d'or*… Lauderback ayant manifestement renoncé à persuader Balfour de passer un jour de plus sur place, car il lui dit adieu très sèchement et sans regret.

Balfour se mit en route pour Hokitika dans un état de malaise notable. Il avait promis de garder secrètes les confidences de Nilssen, au même titre que celles des autres hommes présents à la *Couronne*, et il n'avait pas tenu parole. Et cela en échange de quoi ? Qu'avait-il gagné à manquer à sa promesse, à devenir parjure ? Pris d'un dégoût de lui-même, il éperonna sa jument, qui se mit au petit galop ; il maintint l'allure jusqu'à la rivière Arahura, où il dut mettre pied à terre et mener sa monture par la bride sur la plage, puis, précautionneusement, à travers les hauts-fonds, où l'afflux d'eau douce se déployait en éventail à fleur du sable.

Lauderback n'était pas resté devant le perron pour voir partir son ami. Les lèvres pincées, le front creusé par la concentration, il composait déjà en esprit sa lettre au *Times*. Il conduisit son cheval à l'écurie, glissa une pièce de six pence dans la main du palefrenier et se retira aussitôt dans sa chambre à l'étage. Une fois seul, il ferma la porte à clef, tira la table dans le losange de lumière qui se dessinait au pied de la fenêtre, alla chercher une chaise, s'assit et posa devant lui une feuille vierge. Après quelques instants de contemplation encore, son porte-plume pressé contre ses lèvres, il secoua sa main, se pencha en avant et écrivit :

UN PLACEMENT POSTHUME ?
À la rédaction du *West Coast Times.*

*le 18 février 1866*

*Monsieur,*

*Il serait souhaitable que* M. GEORGE SHEPHERD *publiât dans ces pages une liste nominative des personnes engagées dans la construction de la prison de Hokitika sur les hauteurs de Seaview ; qu'il transmît de même un état des prestations ayant fait l'objet d'un appel d'offres, ainsi que des contrats signés ; qu'il révélât le montant exact des crédits votés pour couvrir le coût desdits travaux, la part des subsides dans les sommes déboursées à ce jour et les fonds supplémentaires requis (éventuellement) pour les compléter ou pour optimiser l'emploi de ces moyens.*

*Une telle publication servirait peut-être à atténuer les effets de ce que le soussigné tient, sauf erreur, pour une grosse irrégularité commise par M. Shepherd : le fait que les travaux préliminaires de construction de la prison de Hokitika ont été financés par une donation privée, accordée sans l'aval du Conseil provincial, de la commission des travaux publics du Westland, des édiles municipaux, voire du donateur lui-même… le placement ayant été réalisé quelque quinze jours après le décès de l'intéressé ! Je fais allusion ici à* M. CROSBIE WELLS, *dont la succession a fait l'objet de bien des spéculations dans ces pages. À ce que j'ai cru comprendre, la dotation (*sit venia verbo*) aurait été* *soustraite de la demeure de M. Wells après sa mort et assignée subséquemment, à l'insu du public, à la construction de la future prison. Si je me trompe, je suis prêt à reconnaître mon erreur ; pour l'heure, je demande à M. Shepherd de nous fournir des éclaircissements, personnellement et sans délai.*

*Il est, je pense, à désirer que toute lumière soit faite sur la conduite de M. Shepherd dans cette affaire, vu notamment la nature de l'institution qu'il se propose de fonder, ainsi que sur la provenance des fonds en question ; attendu aussi que la clarté sur la gestion des deniers publics est d'une importance capitale dans cette région encore sauvage de notre province, si riche en or et, partant, si regrettablement en proie aux tentations grossières de la corruption.*

*Je professe une haute estime pour le grand dessein &c. investi par M. Shepherd dans ce projet dont il est l'instigateur : il agit, je n'en doute point, dans l'intérêt du commun des colons et avec tout le respect dû aux lois de la colonie. Qu'il me soit néanmoins permis d'affirmer une nouvelle fois ma conviction que, pour le bien commun, tout patronage privé d'établissements publics doit être porté impérativement à la pleine connaissance de tous, et par cette même occasion, de vous assurer, vous, Monsieur le rédacteur, et toute la province du Westland, de la sincérité &c. avec laquelle je demeure*

*Votre dévoué*

*ALISTAIR LAUDERBACK,*
*CONSEILLER PROVINCIAL,*
*DÉPUTÉ À LA CHAMBRE*

Il se carra sur son siège et relut tout le document à haute voix, avec des accents vibrants, comme en se préparant à haranguer la foule. Enfin satisfait, il plia la feuille, la glissa dans une enveloppe et mit l'adresse de la rédaction du *West Coast Times*, avec la double indication « à lire dès réception » et « urgent ». Le pli une fois cacheté, il porta la main à son gousset et consulta sa montre : presque deux heures. Si Augustus Smith partait aussitôt pour Hokitika, il pourrait joindre Löwenthal avant que l'édition du lundi matin n'en fût au stade des épreuves. Le plus tôt serait le mieux, pensa Lauderback en allant à la recherche de son assistant.

## MERCURE EN CAPRICORNE

*Où Gascoigne répète ses théories, et Moody parle de la mort.*

Walter Moody terminait son déjeuner chez Maxwell, lorsqu'il reçut un message l'informant que la cargaison de l'*Adieu-vat* avait enfin été dédouanée et que sa malle l'attendait dans sa chambre à la *Couronne*.

— Eh bien ! fit-il en mettant une pièce de deux pence dans la main du petit messager, qui décampa séance tenante. Voilà qui règle enfin le compte de ma présumée apparition… n'est-ce pas ? Si Emery Staines était effectivement à bord, on n'aurait pas manqué de trouver son corps dans la soute.

— Je ne sais pas si c'est aussi simple, répondit Gascoigne.

— Vous voulez dire qu'on a pu découvrir le corps sans en parler ?

— Je veux dire qu'on ne l'aura pas forcément découvert. Même blessé, il a pu atteindre une écoutille… et le navire n'était pas entièrement sous l'eau. Je crois plus probable qu'il aura été emporté au large.

Pendant les dernières trois semaines, Moody avait noué une relation très cordiale avec Aubert Gascoigne, dont le caractère se montrait sous un jour plus favorable à chaque nouvelle rencontre… Gascoigne était, en effet, habile à s'adapter à n'importe quelle situation mondaine et, partant, à se concilier les bonnes grâces de qui il voulait, à condition de s'y appliquer. Or, il avait résolu de se faire un ami de Moody, et il y travaillait avec une ambition dont la pertinacité aurait peut-être donné à réfléchir à celui qui en était l'objet, s'il s'en était rendu compte ; les choses étant ce qu'elles étaient, Moody appréciait le raffinement de Gascoigne, en qui il était heureux de reconnaître un pair intellectuel et un homme à qui parler. Ils déjeunaient ensemble presque tous les jours et se retrouvaient encore le soir à l'*Étoile et la Jarretière* pour fumer un cigare et faire une partie de whist.

— Vous maintenez donc votre première théorie, résuma Moody. Un dessein derrière l'homme à la mer.

— Ou bien cela, ou bien le corps a été éliminé, dit Gascoigne. Il a peut-être été tué en appelant au secours, puis attaché à un objet pesant et jeté à l'eau. Carver s'est rendu plus d'une fois à bord de l'épave, comme vous le savez… et à supposer une noyade, les occasions n'ont pas manqué.

— C'est possible, reconnut Moody, pliant le message reçu d'abord en deux puis en quatre pour marquer ensuite les plis de l'ongle du pouce. Quoi qu'il en soit, le problème demeure : nous ne pouvons être sûrs de rien. Si vous avez raison et que Staines soit mort noyé, par accident ou par dessein, nous ne le saurons jamais. Quel crime insatisfaisant… sans cadavre ni coupable !

— C'est bien un crime médiocre, acquiesça Gascoigne.

— Et nous sommes de bien médiocres détectives.

Moody pensait clore ainsi la discussion, mais Gascoigne tendait la main vers la saucière et ne semblait pas près de mettre un point final.

— Nous en serons sans doute quittes pour le ridicule, lorsqu'on finira par retrouver Staines au fond d'un ravin, le cou rompu, sans aucun signe de violence, opina-t-il en arrosant de sauce tout ce qui restait dans son assiette.

— J'ai bien peur que nous n'ayons tous *envie* d'apprendre que M. Staines a été assassiné, repartit Moody en alignant fourchette et couteau. Même vous et moi, qui ne l'avons jamais rencontré de notre vie. Un cou cassé ne serait pas pour nous satisfaire.

La veste de Moody était drapée sur le dossier de sa chaise. Il savait que ce serait discourtois de faire mine même de la rendosser, alors que son ami n'avait pas fini de manger… mais maintenant qu'il savait sa malle en sûreté, il était fort impatient d'y aller voir. Non seulement il ignorait encore si ses effets avaient survécu au naufrage, mais il n'avait pas changé d'habit depuis trois semaines.

Gascoigne réagit à sa dernière remarque par un ricanement.

— Ce pauvre M. Staines ! Avec Mme Wells aussi qui le prend pour tête de Turc ! Si on convoquait mon fantôme à une séance à un shilling l'entrée…

je crois bien que j'en serais le premier épouvanté. Je ne saurais qu'en penser.

— Pour moi, ce serait un soulagement ; je sauterais sur l'invitation, dit Moody. J'imagine l'au-delà comme un endroit terriblement morne.

— Comment cela ?

— Nous passons toute notre vie à penser à la mort. Sans cette perspective pour nous distraire, nous mourrions tous, passez-moi le mot, d'ennui. Nous n'aurions rien à fuir, à chercher à prévenir, rien qui nous donne à réfléchir. Le temps ne porterait pas à conséquence.

— Ce serait pourtant amusant d'épier les vivants.

— Au contraire, je trouverais désolant d'en être réduit là. Regarder le monde de loin, sans pouvoir y toucher, sans rien pouvoir y changer, en sachant tout le passé et tout le présent.

— Je me suis laissé dire que, dans la tradition des naturels de la Nouvelle Zélande, l'âme après la mort devient une étoile, annonça Gascoigne en attrapant la salière.

— C'est la meilleure raison qu'on m'ait encore donnée pour faire comme les indigènes.

— Vous allez donc vous tatouer le visage… et porter un pagne d'herbe ?

— Peut-être bien.

Gascoigne reprit sa fourchette :

— J'aimerais voir cela. Plutôt encore que de vous voir en chapeau de prospecteur, botté jusqu'aux genoux, partir sur les gisements ! Cela non plus, voyez-vous, je n'y crois toujours pas.

Moody avait fait l'acquisition d'un sac de troupier, d'un berceau et d'une livrée de digger, pantalon de moleskine et chemise de serge, mais exception faite de quelques petites pointes poussées, sans fruit, du côté de Kaniere, il n'avait pas encore sérieusement appliqué son esprit à la quête de l'or. Ne se sentant pas prêt à commencer cette vie nouvelle, il avait décidé de l'ajourner jusqu'à la solution définitive de l'affaire Emery Staines et Crosbie Wells... décision prise sous couleur de nécessité, quoiqu'il n'eût en réalité rien à faire, sinon à attendre les nouvelles en continuant à spéculer, à l'instar de Gascoigne, sur les informations dont on disposait pour l'heure.

Il avait deux fois déjà prolongé la location de sa chambre à la *Couronne*, et dans l'après-midi du 18 février il s'apprêtait à payer derechef une semaine d'avance. Edgar Clinch l'avait invité à venir loger plutôt au *Gril*, suggérant qu'il voudrait peut-être reprendre l'appartement, désormais libre, naguère occupé par Anna Wetherell. Dans cette ville de chercheurs d'or, le premier venu n'avait que faire de la vue sublime des Alpes enneigées, dominant à l'est la marqueterie des toits, mais un gentleman comme Moody saurait tirer des harmonies de la nature des plaisirs qui n'étaient pas à la portée de chacun. Moody avait refusé en remerciant : il avait fini par s'attacher à la *Couronne*, malgré le peu d'apparence de la maison, et en tout état de cause, il préférait ne pas trop se lier avec Edgar Clinch, car il semblait toujours probable que l'affaire du trésor caché chez Crosbie Wells arriverait devant le tribunal, auquel cas Clinch... avec Nilssen, Frost et quelques autres... serait certainement appelé à la barre comme témoin. Les treize avaient tous juré sur l'honneur de ne rien divulguer de ce qui s'était dit au conseil réuni à la *Couronne*, mais Moody, qui au fond ne croyait guère à l'honnêteté des hommes, lui-même excepté, n'aimait pas avoir à se fier à l'honneur d'autrui ; il pensait que, tôt ou tard, l'un ou l'autre trahirait, et il avait choisi, en prévision de l'événement, de garder plutôt ses distances.

Il s'était présenté à Alistair Lauderback, ayant découvert qu'ils avaient quelques amis communs, ou plutôt de simples connaissances, liées au monde juridique où ils s'étaient formés l'un et l'autre : des avocats et magistrats londoniens que Lauderback ou bien portait aux nues, ou bien décriait, ou encore écartait d'un mot comme sans intérêt, dans une récitation d'opinions péremptoires qui ne souffraient pas d'interruption et ne demandaient pas de réponse. Moody l'avait écouté poliment, mais le politicien ne lui avait pas fait bonne impression, et il l'avait quitté bien déterminé à ne pas renouveler la rencontre. Lauderback était clairement de ces hommes qui ne cherchent à bien se faire voir que de ceux dont l'influence promet de leur être utile.

C'était tout au contraire de son attente ; au fait, Moody avait été très surpris de voir sa sympathie aller spontanément plutôt vers le gouverneur de la prison, George Shepard, que vers le politicien Lauderback. Il n'avait croisé Shepard qu'une fois, brièvement, à une réunion publique dans Revell-street, mais il admirait le geôlier pour sa maîtrise de soi et sa courtoisie à toute épreuve, quelque roide et glacée qu'en fût l'expression. Or, le portrait moral de Shepard tracé par le conseil réuni à l'hôtel de la *Couronne* avait été aussi critique que celui de Lauderback avait été bienveillant… ce qui prouvait bien, pensait Moody, qu'il ne fallait s'en remettre à personne pour juger le caractère d'un autre. Le tempérament humain est, en effet, un composé volatil de perception et de circonstance. Moody voyait à présent qu'il lui eût été aussi impossible de tirer le vrai Shepard des dires de Nilssen à son sujet qu'insensé de s'imaginer connaître le vrai Nilssen d'après sa manière de le portraiturer.

— Savez-vous, reprit-il en tapotant du doigt la feuille pliée, que jusqu'à cet après-midi, je croyais à moitié que Staines était encore en vie ? Je suis peut-être naïf… mais je pensais qu'il était réellement à bord de l'épave, j'étais persuadé qu'on allait le retrouver.

— Eh oui, approuva Gascoigne.

— Alors qu'on dirait maintenant qu'il est forcément mort, fit Moody, songeur, en poursuivant son tapotement. Et disparu à jamais, sans doute. Au diable l'incertitude ! Je mettrais n'importe quel prix pour une place à la séance de la veuve ce soir.

— Pas seulement de la veuve. N'oubliez pas qu'elle aura une assistante.

Moody répondit avec un geste négatif de la tête :

— Cela m'étonnerait que Mlle Wetherell soit pour quelque chose dans cette affaire.

— Son nom figure en toutes lettres dans le journal, rappela Gascoigne. Et ce n'est pas tout, l'annonce indique aussi le rôle précis qui lui sera assigné : elle assistera la veuve.

— Eh bien, son apprentissage a été exceptionnellement vite fait. Il y aurait de quoi douter de la qualité de la formation… ou de celle du sujet.

— Le métier de putain n'est-il pas le premier arcane ? lança Gascoigne, répondant à la causticité de l'autre par un sourire. Qu'en savons-nous ? Toute sa vie n'a été peut-être qu'une longue formation.

— Son ancien métier est, certes, arcane au sens propre du terme, repartit Moody en se roidissant (ce genre de propos le mettait toujours mal à l'aise). Pourtant, les sortilèges féminins sont dans la nature et ne sauraient être comparés à l'évocation des morts.

— Oh ! les ficelles des deux métiers seront à peu près les mêmes, m'est avis. Une putain est passée maîtresse dans l'art de la persuasion, de même qu'une sibylle doit savoir convaincre, si elle veut être crue… Et il ne faudrait pas oublier que la beauté et la conviction sincère entraînent toujours l'adhésion, peu importe le contexte. Au fond, la destinée d'Anna n'a pas vraiment changé de face. Autant continuer à l'appeler Magdalena.

— La Madeleine n'était pas une voyante, objecta Moody.

— En effet, concéda Gascoigne, souriant toujours de cette sévérité. Mais c'est elle qui, la première, a trouvé le tombeau ouvert. Elle qui a juré que la pierre en avait été ôtée. Que la nouvelle de l'ascension nous soit parvenue d'abord sous la forme d'un serment de femme… serment accueilli d'ailleurs avec incrédulité… le fait mérite d'être noté.

— Eh bien, ce soir Anna Wetherell jurera sur la tombe d'un autre. Et nous ne serons pas là pour ne pas la croire.

Impatient d'être débarrassé de son assiette, Moody rectifia encore, d'une pichenette, l'alignement du couvert.

— Nous aurons le plaisir de la réception en début de soirée, dit Gascoigne.

Sa voix avait perdu l'accent amusé de tout à l'heure. Lui aussi avait été extrêmement déçu de se voir exclu de la communion imminente de la veuve avec les morts. La mise à l'écart lui laissait même une rancœur plus âpre qu'à Moody, car il estimait que, ayant été le premier à Hokitika à offrir son amitié à Lydia Wells, il aurait dû avoir droit à une place réservée. Pourtant, Lydia ne lui avait pas une seule fois rendu visite depuis l'après-midi du 27 janvier, ni accepté de le recevoir, même pour prendre le thé.

Moody n'avait encore rencontré aucune des deux femmes en société. Il les avait entrevues en train de suspendre des rideaux aux fenêtres de l'ancien hôtel, leurs silhouettes se découpant en noir contre les vitres, semblables à des poupées de papier. En les apercevant, il avait éprouvé un frisson de désir insolite… inhabituel chez lui, car il n'avait pas pour coutume de jalouser les rapports des femmes entre elles, ni d'y réfléchir avec un véritable intérêt. En passant devant la façade de la *Fortune du Voyageur*, en voyant dans l'ombre leurs corps se déplacer derrière le verre déformant, il regretta pourtant vivement de ne pouvoir entendre leurs propos. Il aurait voulu savoir ce qui faisait rougir Anna, quels mots la poussaient à se mordre la lèvre, à s'effleurer la pommette du talon de la main comme pour prendre sa température ; savoir pourquoi Lydia souriait, secouait la poussière de ses mains et se détournait… laissant Anna avec une pleine brassée d'étoffe, le devant de son corsage tout hérissé d'épingles.

— Je crois que vous avez raison de douter du rôle d'Anna dans tout cela… ou, du moins, de vous poser des questions, reprit Gascoigne. Elle m'a donné l'impression, la première fois que je lui ai parlé de Staines, d'avoir beaucoup d'estime pour ce jeune homme… peut-être même de la tendresse, si j'ai bien compris. Alors que maintenant, si nous pouvons nous fier aux apparences, elle cherche à tirer profit de sa mort !

— Nous ne pouvons être certains du degré de complicité de Mlle Wetherell, dit Moody. Tout dépend de ce qu'elle savait de l'or dissimulé dans sa garde-robe… et, par conséquent, du chantage exercé contre M. Lauderback.

— Il n'a pas été question de la robe orange… Personne n'en a parlé. On pourrait supposer que Mme Wells aurait fait quelque chose pour la récupérer, si Anna lui avait dit qu'elle se trouvait sous mon lit.

— Sans doute Mlle Wetherell croit-elle que l'or a servi à régler la créance de M. Mannering, selon ses instructions.

— Oui… sans doute, concéda Gascoigne. Mais ne vous semble-t-il pas probable aussi, cela étant, que Mme Wells se rendrait chez Mannering pour tenter de remettre la main dessus ? Il n'y a pas de haine entre ces deux-là : ils sont de vieux amis, Mannering et elle, du temps où elle tenait un tripot. Non, je crois plus probable que Mme Wells ne sait rien de la robe orange… *ni* des autres.

— Hum…

— Mannering ne veut pas y toucher, de peur de déclencher des réactions en chaîne, dit Gascoigne.

Et il n'est pas question que je le porte à la banque. Alors, il reste où il est. Sous mon lit.

— En avez-vous fait estimer la valeur ?

— Pas officiellement, mais M. Frost est passé jeter un coup d'œil. Il l'a estimé à quelque chose comme cent vingt livres.

— Eh bien, j'espère pour Mlle Wetherell qu'elle ne s'est pas confiée à Mme Wells, conclut Moody. Je n'ose imaginer comment Mme Wells réagirait à une telle révélation, sans témoin. Elle rendrait Anna responsable de la perte du magot, sans chercher plus loin… j'en suis sûr.

Soudain, Gascoigne posa sa fourchette :

— Tenez, j'y pense ! Le trésor caché dans les robes est *devenu* le trésor caché dans la cabane. Si la veuve obtient gain de cause devant le tribunal et qu'elle encaisse le tout comme son légitime héritage, elle ne fera donc que rentrer en possession de son bien… moins l'or retiré de la robe orange, bien sûr. Elle se retrouvera à son point de départ, et voilà.

— D'après mon expérience, les gens sont rarement contents d'en revenir là, opina Moody. Si mon impression de Lydia Wells est fondée, je crois qu'elle en voudra beaucoup à Anna d'avoir eu ces robes-là entre les mains, quelles qu'aient pu être ses intentions, et quelle que soit l'issue de toute l'affaire.

— Pourtant, nous sommes à peu près certains qu'Anna ne savait rien de l'or qu'elle portait sur elle… Du moins, jusqu'à tout récemment.

— Monsieur Gascoigne, intervint Moody en levant la main, malgré mon jeune âge, je ne suis pas sans connaître le beau sexe, et je peux l'affirmer catégoriquement : les femmes n'apprécient pas du tout que d'autres portent leurs atours sans en solliciter la permission.

Gascoigne éclata de rire. Réjoui par la boutade, il s'appliqua avec un nouvel entrain à vider son assiette.

Malgré la justesse de l'observation en l'occurrence, le fait est que les connaissances dont Moody se vantait n'avaient d'autre fondement dans l'expérience que ce qu'il avait pu glaner auprès de feu sa mère, de sa belle-mère et de ses deux tantes maternelles. Soit dit sans ambages, il n'avait jamais eu de maîtresse et ne savait pas grand'chose des femmes, hormis les convenances à observer en leur adressant la parole et les attentions à la portée d'un fils ou neveu dévoué. Ce n'était pas faute d'éprouver les penchants naturels à la jeunesse que son champ d'expérience mondaine était aussi exigu... à peine plus grand qu'un trou de serrure, à travers lequel il n'avait fait, métaphoriquement, qu'entr'apercevoir, noyée dans l'ombre, la salle de la maturité qui s'ouvrait au delà. En fait, il avait eu plus d'une fois l'occasion d'élargir la brèche, et même de déverrouiller la porte pour passer de l'autre côté, dans cet espace le plus intime, le plus solitaire qui soit... mais il avait invariablement décliné la possibilité qui s'offrait, avec le même embarras, le même et inflexible respect des bienséances qui dictait à présent ses réponses au badinage taquin de Gascoigne.

À vingt et un ans, une longue nuit de beuverie à Londres l'avait conduit, par les voies et méthodes usuelles, à une cour éclairée par un réverbère, non loin du marché de Smithfield. Le lieu, à ce qu'assuraient ses camarades d'université, était fréquenté par les cocottes les plus en vogue… reconnaissables à leurs blouses rouges aux boutons de cuivre, à la Garibaldi, du dernier cri à Paris et qui, par cela même, effarouchaient les dames de la bonne société anglaise. La coupe militaire de leur toilette donnait aux filles des airs volontaires et effrontés. Pourtant, elles jouaient la timidité, se détournaient pour lorgner les hommes par-dessus la courbe moelleuse d'une épaule, tout en minaudant et en gloussant bêtement et en cambrant le pied. À cette vue, Moody se sentit pris d'une tristesse subite. Il ne pouvait s'empêcher de penser à son père. Enfant et tout jeune homme, combien de fois n'avait-il pas surpris l'auteur de ses jours dans un coin obscur de la maison avec, sur ses genoux, une parfaite inconnue ? Une femme qui haletait d'une façon peu naturelle, ou bien piaillait comme un petit cochon, ou encore parlait d'une voix haut perchée qui sonnait faux, mais qui laissait toujours derrière elle les mêmes traces, grasses et musquées : l'odeur des coulisses. Les camarades d'université de Moody avaient fait bourse commune et s'apprêtaient à tirer à la courte paille à qui choisirait le premier ; pour sa part, il quitta discrètement la cour, héla un fiacre et rentra se coucher. À compter de ce jour, il se fit un point d'honneur de ne pas suivre l'exemple de son père ; de ne pas succomber aux vices de son père ; d'être meilleur que celui à qui il devait la vie. Et pourtant, comme cela aurait pu être facile… mettre la main à la poche, choisir d'abord un brin de paille puis une de ces dames à blouse rouge, qu'il aurait suivie dans la ruelle pavée du côté de l'église où il n'y avait point de réverbère ! Ses camarades crurent qu'il se destinait à l'Église. Ils furent bien étonnés lorsque, quelques années après, Moody fut reçu comme étudiant au Temple intérieur et commença à se préparer au barreau.

C'était donc avec une ignorance bien dissimulée que Moody donnait la réplique à Gascoigne, et à Clinch, et à Mannering, et à Pritchard, et à tous les autres, lorsqu'ils parlaient de la putain Anna Wetherell et du grand cas qu'ils faisaient de ses talents. Les « naturellement », les « précisément », les « bien sûr », murmurés à propos et joints à la posture roide qu'il affectait chaque fois que la conversation amenait le nom d'Anna, étaient compris de tous comme la simple expression d'une pudeur touchant les vérités crues de la condition humaine : comme la plupart des hommes de sa classe, pensaient-ils, il préférait tirer le rideau sur les choses de la chair. Nous ferons remarquer qu'une des grandes qualités de la discrétion est sa capacité à escamoter l'ignorance sous toutes ses formes les plus basses et les plus communes ; or, s'il y avait bien une qualité que personne ne pouvait contester à Moody, c'était sa discrétion extrême. En vérité, il n'avait jamais adressé deux mots de suite à une femme exerçant le métier ou possédant l'expérience d'Anna Wetherell, et s'il en avait eu l'occasion, il n'aurait guère su comment s'y prendre… ni de quoi parler.

— Et bien sûr, disait-il à présent, le fait que la malle de Mlle Wetherell ne l'a pas suivie à la *Fortune du Voyageur* est encourageant.

— Ne l'a pas suivie ? répéta Gascoigne, étonné.

— Non. Les robes doublées de plomb se trouvent toujours au *Gril*, avec sa pipe, sa lampe à opium et ses autres hardes ; elle ne les a jamais fait prendre.

— Et M. Clinch n'a rien dit ?

— Non, répondit Moody. Je trouve que c'est plutôt bon signe : quel qu'ait pu être le rôle de Mlle Wetherell dans la disparition de M. Staines, et quel que soit celui qu'on lui destine dans la séance ridicule de ce soir, nous pouvons au moins être à peu près certains qu'elle n'a pas tout dit à Mme Wells. Cela me rassure.

Il chercha du regard le serveur, car son commensal avait terminé son repas, et il désirait régler la note au plus vite pour regagner la *Couronne* et défaire enfin sa malle.

— Vous êtes impatient de partir, constata Gascoigne en s'essuyant les lèvres avec sa serviette.

— Je suis discourtois, je vous en demande pardon, dit Moody. Ce n'est pas que je sois las de votre compagnie… mais j'ai effectivement hâte de retrouver mes biens. Je n'ai pas changé de vêtements depuis des semaines, et si ma malle a survécu à la tempête, je ne sais pas dans quel état. Il se peut que tous mes habits et tous mes papiers soient bons à jeter.

— Qu'attendons-nous ? Partons, partons, tout de suite !

L'explication, clairement légitime, fut un soulagement pour Gascoigne qui, craignant toujours d'être jugé importun, s'inquiétait beaucoup chaque fois qu'une personne pour qui il avait de l'estime montrait des signes d'ennui en sa compagnie. Il insista pour régler lui-même l'addition, repoussant Moody à la façon d'une gouvernante indulgente. La chose faite, les deux amis sortirent dans le bruit et l'affairement de Revell-street, momentanément engorgée par le passage d'une bande joyeuse de prospecteurs. Derrière eux, un arpenteur-géomètre à cheval poussait un cri en serrant la bride à sa monture ; en haut, la cloche solitaire de la chapelle Wesleyenne sonnait l'heure, un premier coup, suivi d'un second. Élevant la voix pour se faire entendre par-dessus le vacarme… grincement des roues d'un cabriolet, claquements de toile, rires, coups de marteau, voix suraiguë d'une femme hélant un homme… les deux amis se dirent au revoir et allèrent chacun son chemin sur une très chaleureuse poignée de main.

## LA PETITE MALÉFIQUE

*Où certains faits essentiels sont contestés ;*
*Francis Carver pèche contre la politesse ;*
*et Löwenthal s'emporte à lui dire ses quatre vérités.*

Löwenthal se faisait une règle, lorsqu'une lettre d'accusation incendiaire parvenait au bureau du *West Coast Times*, de la communiquer à toutes les parties concernées avant de mettre sous presse. Il croyait bon d'avertir honnêtement tout homme sur le point de se faire pourfendre, car le tribunal de l'opinion publique à Hokitika était sévère dans ses jugements, et une réputation pouvait se perdre en vingt-quatre heures ; la cible se voyait donc toujours offrir un droit de réponse.

La dénonciation prolixe et passablement décousue des manquements professionnels qu'Alistair Lauderback imputait à George Shepard ne fit pas exception à cette règle. Après avoir lu jusqu'au bout, Löwenthal entreprit aussitôt de faire une copie du document. La copie lui servirait à composer le texte ; quant à l'original, il comptait le porter au camp de police pour le montrer au geôlier lui-même… Shepard désirerait certainement présenter sa défense sur plusieurs points, et il était encore assez tôt dans la journée pour envisager de publier sa réponse à la suite de la lettre de Lauderback, dans le *Times* du lundi.

Löwenthal fronçait les sourcils en disposant son attirail d'écriture. Il se rendait compte que l'information au sujet des capitaux privés dont Shepard avait bénéficié ne pouvait avoir été divulguée que par l'un des douze hommes réunis à la *Couronne*, que quelqu'un avait donc, hélas ! rompu son vœu de silence. Or, le seul, à la connaissance de Löwenthal, à entretenir, de près ou de loin, des relations avec Alistair Lauderback, c'était son ami Thomas Balfour. Le journaliste déploya une feuille vierge, dévissa son encrier et y trempa une plume, le cœur lourd.

— Tom, murmura-t-il sur un ton de remontrance, secouant encore la tête avant de répéter le nom avec un soupir.

Tom.

Löwenthal copiait les dernières lignes de Lauderback, lorsque le tintement de la sonnette vint l'arracher à cette tâche. Il se releva aussitôt, posa la plume sur son buvard et passa dans la boutique en se composant un sourire détendu et accueillant… qu'il sentit malgré lui se glacer sur ses lèvres à la vue de la personne qui occupait l'embrasure de la porte.

Le nouveau venu portait une longue redingote grise avec revers et manchettes de velours ; le vêtement comme tel était taillé dans un drap serré, dont l'aspect luisant faisait penser à la peau de phoque, prenant une teinte huileuse lorsque l'homme bougeait. La cravate était nouée très haut sous son menton, et les revers du gilet à châle aussi étaient relevés sur les côtés, accentuant la masse des épaules et l'épaisseur du cou. Tous ses traits étaient empreints d'une certaine lourdeur, comme taillés dans la pierre ; ils avaient un aspect brut, à gros grains, impolissable, mais dont le poids s'imposait au premier regard. La bouche était large, le nez aplati, le front saillant et carré. Sur la joue gauche courait une fine cicatrice, de couleur argentée, dont la courbe allait du coin extérieur de l'œil jusqu'à la mâchoire.

Löwenthal n'hésita qu'une fraction de seconde. L'instant d'après, il s'avançait d'un air empressé, un large sourire aux lèvres, en s'essuyant les mains sur son tablier. Une fois propres, il les tendit toutes deux, grandes ouvertes, au visiteur et s'exclama :

— Monsieur Wells ! Ravi de vous revoir. Quel bon vent vous ramène à Hokitika ?

Francis Carver plissa les yeux, mais ne mordit pas à l'appât. Il parla sans s'approcher, restant devant la porte, hors de portée, à huit pieds de distance :

— Je voudrais faire insérer une annonce.

— Bien sûr, bien sûr, dit Löwenthal. Et si je puis me permettre : je me sens honoré, je dirais même flatté de vous voir recourir derechef aux services de mon journal. J'aurais été navré d'avoir perdu un client par une faute de ma part.

Là encore, Carver ne réagit pas. Il ne s'était pas découvert en entrant, et ne semblait pas en avoir l'intention. Le journaliste cependant, loin de se laisser intimider par cette insolence, reprit avec le même sourire jovial :

— Allons, ne parlons pas du passé. Parlons d'aujourd'hui ! Dites-moi donc ce que je peux faire pour vous, monsieur Wells.

Alors, enfin, un éclair de colère assombrit les traits de Carver, qui rectifia :

— Carver. Je ne m'appelle pas Wells.

Satisfait, Löwenthal joignit les mains. L'index et le majeur de la droite étaient, comme toujours, tachés d'encre, de sorte que ses doigts entrelacés offraient un aspect bizarrement zébré… comme si ses mains appartenaient à deux êtres distincts, l'un noir, l'autre bistre.

— Peut-être ma mémoire me trompe-t-elle, reprit-il. Il me semble pourtant avoir gardé un souvenir très net de vous. Vous êtes venu il y a près d'un an, n'est-ce pas ? Vous vous étiez muni d'un extrait de baptême. Vous avez fait insérer une annonce au sujet d'une caisse de transport égarée… avec une promesse de récompense. Je me rappelle qu'il y a eu un petit quiproquo sur votre nom. Une faute typographique, entièrement de mon fait… j'avais omis votre second prénom… et vous êtes revenu le lendemain matin signaler l'omission. Si je me souviens bien, votre extrait de baptême portait le nom de Crosbie Francis Wells. Mais dites-moi, s'il vous plaît… est-ce que je vous prends pour un autre ?

Carver ne réagit pas.

— On m'a toujours dit que j'avais une mémoire remarquable, ajouta Löwenthal au bout d'un moment.

C'était de l'impertinence, et c'était risqué… mais peut-être Carver pourrait-il être amené à parler. Löwenthal, gardant pour sa part une physionomie placide et aimable, se tut dans l'attente d'une réponse.

Il savait que Carver logeait au *Palais*, d'où il dirigeait les opérations de remorquage et de sauvetage de l'épave, et toute la regrettable affaire de l'*Adieu-vat*. Or, lesdites opérations auraient certainement été recouvertes d'un voile, dérobées avec soin à l'œil public, si l'intéressé avait voulu cacher le corps d'un homme assassiné à bord du bâtiment échoué. D'après tout ce que Löwenthal avait entendu, entre autres, de la bouche de l'agent maritime Thomas Balfour, Carver n'avait pourtant manifesté aucune velléité de dissimulation. Au contraire, il avait présenté au capitaine du port un inventaire complet de sa cargaison ; il avait reçu le représentant à Hokitika de chacun des affréteurs, afin de régler les comptes ; et il s'était plusieurs fois rendu personnellement à bord de l'épave, accompagné de charpentiers, de revendeurs et d'autres marchands intéressés par les débris du naufrage.

— Je ne m'appelle pas Wells, répéta enfin Carver. Je n'agissais pas pour mon compte. Il ne s'agit plus de cela.

— Je vous demande pardon, s'excusa Löwenthal sans se démonter. Ainsi, M. Crosbie Wells avait perdu une caisse de transport… et vous lui avez apporté votre concours pour la retrouver.

— C'est cela, acquiesça l'autre après un silence.

— Eh bien, j'espère que vous y avez réussi ! Il a donc fini par rentrer en possession de son bien ?

— Cela n'a plus d'importance, grogna Carver avec un mouvement agacé de la tête. Je viens de vous le dire.

— Mais j'oublie… Permettez-moi de vous présenter mes condoléances, monsieur Carver, enchaîna Löwenthal, poursuivant sous le regard interrogateur de l'autre : J'ai été sincèrement désolé de la mort de M. Wells. Je n'ai jamais eu le plaisir de le rencontrer, mais au dire de tous, c'était un brave homme. Oh !… j'espère que je ne vous apprends pas la nouvelle… s'agissant du décès d'une personne de votre connaissance.

— Non.

— Tant mieux. Vous l'avez bien connu ?

— Nous étions de vieux amis, répondit Carver avec le même accent irrité que tout à l'heure.

— De Dunedin, sans doute ? Ou bien cela remontait peut-être plus loin encore ?

Comme Carver ne paraissait pas enclin à répondre, Löwenthal continua :

— Quoi qu'il en soit, c'est sans doute une grande consolation pour vous de savoir qu'il est mort paisiblement.

Il vit la bouche de Carver se tordre. Il y eut un nouveau silence, mais à la fin, l'homme ne se contint plus :

— *Paisiblement !* Qu'est-ce que cela veut dire ?

— Mourir dans son sommeil… chez soi… Je dirais que c'est ce que nous pouvons tous espérer de mieux, répondit Löwenthal, qui avait l'impression de gagner du terrain. Dommage seulement que son épouse n'ait pas assisté à ses derniers moments.

Carver haussa les épaules. Quelle qu'ait pu être la cause de sa dernière flambée de colère, il n'en restait plus trace dans sa réplique :

— Le mariage, c'est l'affaire privée de chacun.

— Je suis on ne peut plus de votre avis, approuva Löwenthal en souriant. Connaissez-vous également Mme Wells ?

Carver émit un bruit inintelligible, mais le journaliste ne se laissa pas rebuter :

— J'ai eu le plaisir de la rencontrer, trop brièvement, hélas. Je voulais passer ce soir à la *Fortune du Voyageur*… en tant que sceptique, bien sûr, sans idées préconçues. Puis-je espérer vous y retrouver ?

— Non. Je ne vous le conseille pas.

— Vous seriez donc d'un scepticisme plus intransigeant encore que le mien à l'égard des séances spirites !

— Les séances m'indiffèrent, dit Carver. Peut-être que j'y serai, et peut-être aussi que non.

— En tout cas, j'imagine que Mme Wells a été *très* contente de vous savoir de retour à Hokitika, reprit Löwenthal, se hasardant de plus en plus loin sur ce terrain miné. Oui, je n'en doute pas. Elle a dû être *ravie* de votre retour !

— Et pourquoi ? demanda Carver sans cacher son agacement.

— Pourquoi ? Mais parce qu'on fait tant d'histoires autour de la succession, voyons ! La procédure a été suspendue précisément à cause de l'extrait de baptême de Wells ! Personne ne savait où il était passé !

Löwenthal s'était laissé entraîner, prenant malgré lui une grosse voix. Un instant, il craignit d'être allé trop loin. Ce qu'il venait de dire était la pure vérité ; de notoriété publique, qui plus était : la demande en rescision de vente formée par Mme Wells n'avait toujours pas été entendue, car le défunt semblait n'avoir laissé aucun document susceptible de certifier son identité. Lydia Wells, qui avait débarqué à Hokitika quelques jours après l'enterrement de feu son mari, n'avait pas pu identifier le corps. À moins de procéder à une exhumation (hypothèse dont le magistrat s'était aussitôt excusé auprès de la veuve), il ne semblait pas y avoir moyen de prouver que le reclus mort dans la vallée de l'Arahura et le M. Crosbie Wells qui avait apposé sa signature à l'acte de mariage de Mme Wells fussent une seule et même personne. Vu l'importance de la somme en jeu, le magistrat estimait prudent d'ajourner la procédure en attendant de pouvoir parvenir à une conclusion plus probante… décision dont Mme Wells l'avait remercié fort civilement. Elle jura qu'elle avait une vraie patience de femme, inusable, et qu'elle attendrait tout le temps qu'il faudrait pour toucher l'intégralité de son dû (elle regardait en effet la succession comme une dette contractée envers elle par le défunt).

Carver cependant ne se laissa pas provoquer. Il se contenta de toiser le journaliste des pieds à la tête, puis répéta avec une indifférence maussade :

— Je voudrais faire insérer une annonce dans le *Times*.

— Oui, bien sûr. Dites-moi, je vous prie, ce que vous souhaitez vendre.

Löwenthal prit une feuille de papier tout en parlant. Son cœur battait très vite.

Carver expliqua que la coque de l'*Adieu-vat* serait bientôt démontée et qu'en prévision de cette opération, il projetait d'en vendre les éléments aux enchères, le vendredi suivant, par l'intermédiaire de la compagnie de sauvetage Glasson & Rowley. Il donna sèchement ses instructions. Aucune transaction ne serait conclue avant les enchères. Aucun passe-droit ne serait accordé, et il n'y aurait aucun échange de correspondance. Toute demande de renseignements était à adresser, par écrit, à M. Francis Carver, à l'hôtel du *Palais*.

— Comme vous voyez, j'en prends note avec le plus grand soin, dit alors Löwenthal. Je ne commettrai plus l'erreur de tronquer votre nom… pas une seconde fois ! Tenez !… vous n'étiez pas parents, par hasard, Crosbie et vous ?

— Non, répondit Carver avec la même torsion de la bouche que tout à l'heure.

— Il est vrai que Francis est un nom très commun, fit remarquer Löwenthal avec un hochement de tête.

Il n'avait pas encore fini de noter l'adresse, ne leva donc pas aussitôt les yeux de dessus son papier. Lorsqu'il les reporta enfin sur son interlocuteur, il lui trouva le visage plus revêche encore d'un cran.

— Et *vous* ? Comment vous appelez-vous ? demanda Carver.

Poser la question, c'était insister sur le fait qu'il n'avait pas encore daigné s'y intéresser. Lorsque Löwenthal répondit, il reçut l'information en hochant posément la tête, comme pour la graver dans sa mémoire, puis dit :

— Et maintenant, j...-f....., tu vas taire ta gueule.

Löwenthal fut choqué. Il encaissa le prix de l'annonce et rédigea le reçu en silence… traçant les mots d'une main lente et appliquée, mais très ferme. C'était la première fois qu'il lui arrivait d'être insulté dans son propre bureau, et il était trop bouleversé pour être aussitôt en mesure de réagir. Il sentait monter en lui comme une ivresse ; une marée ; un grondement éperdu. Löwenthal était de ces hommes qui, leur amour-propre piqué, recherchent la confrontation. Il éprouvait dans la poitrine un frémissement guerrier qui avait quelque chose de triomphant, et même de joyeux, comme si un appel aux armes, longuement attendu, avait retenti à proximité, un appel qu'il eût été seul à entendre résonner au fond de lui, tel un battement de tambour entre ses côtes, dans toutes ses veines.

Carver avait pris le reçu. Il se retourna pour quitter la boutique sans remercier Löwenthal ni même prendre congé… grossièreté qui excita dans le cœur du journaliste une recrudescence d'indignation et amena l'éclat :

— Vous aurez pas mal de comptes à rendre, puisque vous avez encore le front de vous faire voir par ici !

Carver s'arrêta, sa main sur la poignée de la porte.

— Après ce que vous avez fait à Anna, dit Löwenthal. C'est moi qui l'ai trouvée, vous savez. Toute en sang. Ce ne sont pas des façons de traiter une femme. N'importe laquelle. Ce ne sont pas des façons… surtout quand elle est dans une position intéressante et si près de son terme !

Carver ne répondit pas.

— C'était à deux doigts d'un double homicide. Le saviez-vous ? demanda Löwenthal, sentant son courroux grossir jusqu'à la rage. Savez-vous l'état où vous l'avez mise ? L'avez-vous vue, toute meurtrie et enflée des coups qu'elle avait reçus ? Savez-vous qu'elle a dû marcher avec une canne pendant quinze jours ? Même pour faire deux pas ! Le savez-vous ?

— Elle n'avait pas les mains nettes, dit enfin Carver.

— Comment ? fit Löwenthal en riant presque. Elle *vous* aurait donc déjà laissé baignant dans votre sang ? Elle *vous* aurait assommé ? Comment dit-on ?… Œil pour œil ?

— Je n'ai pas dit cela.

— Elle aurait donc tué votre enfant ? Allez, c'est elle qui a tué votre enfant… ou vous qui avez tué le sien ? Répondez ! Allez, dites !

Il hurlait presque, mais Carver resta indifférent.

— Je voulais dire qu'elle n'est pas une rosière.

— Une rosière ! Vous allez prétendre maintenant qu'elle a eu ce qu'elle demandait… ce qu'elle méritait !

— Oui, déclara Francis Carver. Elle a payé sa dette.

— Vous n'avez pas beaucoup d'amis à Hokitika, monsieur Carver, dit Löwenthal en brandissant son doigt maculé d'encre. Anna Wetherell est peut-être une vulgaire putain, mais elle est chérie dans cette ville par plus d'hommes que vous ne pourrez tenir à distance, même armé, et vous ne devriez pas l'oublier. S'il lui arrive malheur… permettez-moi de vous avertir… le moindre malheur…

— Ce ne sera pas de mon fait, dit Carver. Je n'ai plus rien de commun avec elle. Elle m'a payé ce qu'elle me devait.

— *Ce qu'elle vous devait !* s'écria Löwenthal en crachant par terre. Vous voulez dire le bébé ? Votre propre enfant… mort, avant de commencer à respirer ! C'est cela, votre *dû* !

Mais Carver le regardait d'un air soudain amusé.

— Mon propre enfant ? répéta-t-il.

— Je vous le dirai, même si vous ne posez pas la question, tonna Löwenthal. Votre enfant est mort. Vous m'entendez ? Votre propre enfant... mort, avant son premier souffle ! Et de votre propre main !

Et Carver éclata de rire... un rire rauque, comme s'il se raclait la gorge pour en expulser une matière immonde.

— Cette putain ne portait pas d'enfant à *moi*, dit-il. De qui tenez-vous cela ?

— D'Anna elle-même, répondit Löwenthal avec un premier frisson d'appréhension. Le niez-vous ?

— Je ne toucherais pas cette fille-là avec des pincettes, lança-t-il en riant derechef.

Avant que Löwenthal ne pût répondre, il avait disparu.

# SOLEIL EN VERSEAU

*Où Sook Yong-cheng fait encore une visite inattendue ;*
*Lydia Wells croit avoir trouvé un prophète ;*
*et Anna reste seule.*

Anna Wetherell n'avait pas remis le pied dans la fumerie d'opium de Kaniere depuis l'après-midi du 14 janvier. La demi-once de résine fraîche dont Sook Yong-cheng lui avait alors fait cadeau n'aurait pas dû durer plus de quinze jours, au rhythme de consommation habituel de la jeune femme. Or, il s'était écoulé déjà plus d'un mois, sans qu'Anna fût une seule fois retournée à Kaniere pour renouveler ses provisions ou partager une pipe avec son vieux compagnon… absence à laquelle Ah Sook était bien embarrassé de trouver une explication raisonnable.

Le « travailleur du chapeau » regrettait beaucoup les visites de la putain. Chaque après-midi, il s'attendait à la voir apparaître, nu-tête, son bonnet pendant dans le dos, à la limite du terrain défriché qui entourait la ville chinoise de Kaniere, et chaque après-midi il était déçu. Il en venait à se dire qu'elle avait sans doute renoncé à l'opium ; ou, sinon, qu'elle avait choisi de s'approvisionner directement chez l'apothicaire. Cette dernière possibilité aurait dû être la plus douloureuse des deux pour Ah Sook, qui soupçonnait toujours Joseph Pritchard d'être responsable de l'empoisonnement auquel Anna avait échappé de justesse dans la nuit du 14. Malgré toutes les assurances du contraire, il persistait à prêter à l'apothicaire d'énigmatiques intentions homicides, mais en réalité, c'était la première hypothèse qu'il trouvait plus difficile à admettre. Il ne pouvait tout simplement pas croire… il ne *voulait* pas croire qu'Anna eût pu réussir à secouer une fois pour toutes sa dépendance.

Ah Sook avait une grande tendresse pour Anna, et il croyait le sentiment partagé. Il savait pourtant que l'intimité dont ils jouissaient ensemble était moins l'expression d'une union à deux que d'un isolement partagé… car il n'y a point de lien plus exclusif que celui qui lie le toxicomane à sa drogue, et tous deux étaient vivement sensibles à cette solitude. Ah Sook avait horreur de l'esclavage où l'opium l'avait réduit, mais plus il le haïssait et plus son appétit de la drogue se faisait tyrannique, appétit qui, pour son cœur comme pour son esprit, était synonyme de dégoût. Anna aussi avait détesté en elle-même cette habitude. Elle avait vécu dans une détestation qui n'en était devenue que plus parfaite lorsqu'elle s'était sentie grosse d'un enfant, et que son commerce à Hokitika avait tari en conséquence, la laissant seule avec des journées et des semaines de fumée crépusculaire, toute une vaste aire de temps qui était allée s'amollissant sur les bords, de plus en plus floutée, jusqu'à ce que la mort de l'enfant vînt doter sa dépendance d'un désespoir que même Ah Sook ne tenta pas de comprendre. Il ignorait comment le bébé avait péri, et il n'avait pas posé de questions.

Ils ne se parlaient jamais dans la fumerie de Kaniere… ni en allumant la lampe, ni en se renversant sur les coussins, ni en attendant que le chandoo mollisse et se mette à grésiller sur le bord du fourneau. Parfois, Anna préparait d'abord la pipe d'Ah Sook et la lui tenait, tandis qu'il absorbait la fumée, tirait sur le tuyau et se laissait emporter… pour la retrouver à son réveil, couchée auprès de lui, souple et moite, ses cheveux humides collés à sa joue. Il était essentiel d'éviter tout échange de paroles pendant l'allumage de la pipe, et Ah Sook était content qu'ils eussent adopté cet usage sans marchandage ni demande explicite. De même que l'acte conjugal ne peut se discuter tout haut, pour des raisons à la fois sacrées et profanes, de même le rituel de la pipe était pour tous deux un rite sacré, tout ensemble extatique et innommable, divin et infâme : sa sacralité tenait à sa profanité même, sa profanité à sa forme sacrée. Quelle joie solennelle que d'attendre en silence la fonte de la résine ; que de la désirer à en avoir mal, scandaleusement, avec émerveillement, alors que l'odeur doucereuse venait titiller les narines ; que de percer la boulette avec la pointe d'une aiguille, puis baisser la flamme, se laisser aller et absorber la fumée, en sentir le miracle courir jusqu'aux extrémités du corps, au bout des doigts et des orteils, au sommet du crâne ! Et comme il la regardait tendrement, quand ils se réveillaient !

L'après-midi de la séance chez la veuve (c'était un dimanche… choix provocateur, que Mme Wells avait fait en connaissance de cause), Ah Sook était assis dans le carré de soleil qui entrait par la porte de sa cahute, occupé à racler le fourneau de sa pipe à opium en fredonnant entre ses dents et en pensant à Anna. Il y avait travaillé près d'une heure déjà, et la pipe était nettoyée depuis longtemps. Son couteau ne soulevait plus la poudre rougeâtre déposée par la résine brûlée ; le foyer allongé était bien dégagé. Mais le geste redondant, assorti à la redondance de ses pensées qui tournaient en rond, avait quelque chose de rassurant.

— *Ah Quee faat saang mè si a ?*

Tong Wei, un compatriote à l'aspect juvénile et au visage imberbe, l'observait de l'autre côté de la bande de terre défrichée. Ah Sook ne réagit pas. Il avait juré de ne rien dire à personne du conseil réuni à la *Couronne*, ni des événements qui y avaient préludé. Le jeune homme s'obstina :

— *Kui hai mei bei yan da gip a ?*

Ah Sook garda toujours le silence, et Tong Wei finit par renoncer et fila du côté de la rivière avec un grognement mécontent.

L'importun parti, Ah Sook resta un bon moment encore immobile puis, tout à coup, redressa le dos, proféra un juron et referma son couteau. C'était infernal de passer ses journées à l'attendre, à penser à elle, à se demander ce qu'elle devenait. Il n'en pouvait plus. Il allait se rendre à Hokitika, l'après-midi même, et demander à être reçu. Il allait se mettre en route sur-le-champ. Il remballa sa pipe et ses outils, se releva et alla chercher son manteau.

Ah Sook n'avait pas compris l'ensemble de la discussion qui s'était déroulée au fumoir de la *Couronne* trois semaines auparavant. Là où il restait perplexe, il n'avait obtenu aucun secours de son compatriote (l'anglais d'Ah Quee était, en effet, plus rudimentaire encore que le sien), ni des autres messieurs présents, dont la patience collective se lassait très vite face à toute demande d'explications de la part d'un Oriental. Balfour avait parlé avec un débit trop rapide et des accents trop poëtiques pour que le sens de son récit fût aisément assimilé par une oreille étrangère, et Ah Sook et Ah Quee avaient tous deux quitté la réunion en ne sachant que très partiellement ce qui s'y était dit.

Leurs lacunes touchaient notamment deux points. Ainsi Ah Sook ne savait pas qu'Anna Wetherell avait quitté sa chambre au *Gril* pour s'installer chez Lydia Wells. Il ignorait également que Francis Carver fût le capitaine de l'*Adieu-vat*, le navire qui s'était échoué ce soir-là sur la barre de Hokitika. Lorsque l'assemblée s'était dispersée, à minuit passé, Ah Sook n'avait pas suivi les autres jusqu'à la pointe pour contempler le naufrage : les malheurs des armateurs ne l'intéressaient pas, et il préférait ne pas se montrer la nuit dans les rues de Hokitika. Il était donc rentré directement à Kaniere et n'en avait pas bougé depuis. Par conséquent, il demeurait persuadé que Francis Carver avait fait voile pour le Kouang-toung, près d'un mois auparavant, et ne serait pas de sitôt de retour à Hokitika. Thomas Balfour, qui ne se souvenait même plus de lui avoir donné cette fausse information, n'avait bien sûr pas eu l'idée de le détromper.

Lorsque les cloches sonnèrent la demie de trois heures, Ah Sook montait les marches du perron du *Gril*. Au comptoir, il demanda à être reçu par Anna Wetherell, prononçant le nom d'un ton à la fois solennel et suffisant, comme s'il s'agissait d'un rendez-vous convenu plusieurs mois à l'avance. Il sortit un shilling de sa poche, pour montrer qu'il était prêt à payer le privilège d'un entretien avec la putain, puis s'inclina profondément en signe de respect. Il se souvenait d'avoir vu Edgar Clinch au conseil secret et de l'avoir jugé alors un homme correct et raisonnable.

Clinch cependant ne fit que secouer négativement la tête. Désignant d'un geste plusieurs fois répété la *Fortune du Voyageur*, badigeonnée de frais, de l'autre côté de Revell-street, il lâcha une rafale de mots. Comme Ah Sook ne comprenait pas, Clinch lui prit le coude et le fit sortir pour expliquer plus lentement, en montrant du doigt l'hôtel en face, que c'était désormais là-bas qu'Anna avait pris pension. Finalement, Ah Sook discerna un mouvement derrière la vitrine de l'hôtel et se rendit compte que la personne de l'autre côté du carreau était Anna. Satisfait, il s'inclina derechef, reprit son shilling dans la main de Clinch et le rempocha. Il traversa alors la chaussée, monta les marches du perron du *Voyageur* et frappa vivement à la porte.

Anna se trouvait sans doute dans le hall d'entrée, car il ne lui fallut que quelques secondes pour venir ouvrir. Elle affichait, selon sa nouvelle habitude, la manière d'une soubrette affairée, d'avance excédée et admonitrice, gardant une main sur le battant de la porte pour être prête à la refermer aussitôt.

(Depuis trois semaines, elle avait été relancée par quantité de visiteurs : des laveurs d'or nostalgiques, pour la plupart, tristes de ne plus la retrouver le soir à l'enseigne de la *Poudre et la Pépite*. Ils la suppliaient d'accepter une coupe de champagne, un verre d'eau-de-vie ou une chope de petite bière, et de venir « tailler une causette » sous les lustres rutilants d'un des établissements de Revell-street… mais leurs prières ne servaient à rien : Anna faisait non de la tête et leur claquait la porte au nez.) À la vue de la personne qui se tenait à présent sur le seuil, elle ouvrit au contraire tout grand, en poussant une exclamation de surprise.

Ah Sook était, lui aussi, surpris ; un instant, il la dévisagea, n'en revenant pas. Après toutes ces semaines passées à évoquer son image… la voilà, en chair et en os ! Était-elle réellement changée à ce point ? Ou était-ce plutôt sa mémoire infidèle qui la faisait paraître, debout là dans le cadre de la porte, tout autre que la femme avec qui il avait passé tant d'après-midi voluptueux, entre la froide lumière d'hiver, arrivant en biais par la fenêtre carrée, et la fumée qui leur enveloppait le corps dans ses volutes mobiles ? Elle portait une robe qu'il ne lui connaissait pas : noire, et d'une coupe très austère. Mais ce n'était pas une simple question de toilette, se dit Ah Sook. C'était elle… elle n'était plus la même.

Elle était à jeun. Ses joues avaient un éclat nouveau, et ses yeux étaient plus brillants, plus ouverts, plus vifs. Finie la langueur poisseuse de ses mouvements… disparue la gaze vaguement rêveuse qui brouillait à toute heure ses traits, tel un voile de linon. Disparus aussi le vague demi-sourire, le tremblement au coin de la bouche, l'embarras intimidé… à croire qu'elle aurait eu part, toujours et partout, à une petite perplexité invisible à tous, excepté à elle seule. L'instant d'après, l'étonnement d'Ah Sook faisait place à l'amertume. C'était donc vrai. Anna s'était délivrée du dragon de l'opium. Elle s'était sevrée… alors que lui, qui s'escrimait depuis dix ans à en faire autant, croupissait toujours sous l'esclavage de ce monstre informe.

Anna eut un geste pour s'accrocher au cadre de la porte, comme si le sol lui manquait. Elle murmura :

— Mais vous ne pouvez pas entrer… vous n'entrerez pas, Ah Sook.

Ah Sook attendit un instant avant de s'incliner, car il se fiait à ses premières impressions, et celle-ci en était une qu'il désirait prolonger. Anna était bien plus maigre que dans son souvenir ; il distinguait nettement les os de son poignet, et elle avait les joues creuses.

— Bonjour, dit-il.

— Que voulez-vous ? chuchota Anna. Oui… bonjour. Vous savez, je ne prends plus d'opium. Le saviez-vous ?

Son regard se fit interrogateur.

— Trois semaines, ajouta-t-elle comme pour le convaincre. Je n'ai pas fumé une pipe en trois semaines.

— Comment ? demanda Ah Sook.

Elle secoua la tête.

— Il faut comprendre. Je ne suis plus la même.

— Pourquoi vous plus venir Kaniere ?

Ah Sook ne savait comment dire qu'elle lui manquait ; qu'il avait eu l'habitude autrefois, chaque après-midi, avant sa venue, de disposer les coussins sur la banquette tout exprès pour elle, et de mettre de l'ordre dans ses affaires, et de s'assurer que sa tenue était impeccable et sa tresse bien nouée ; que souvent, en la regardant dormir, il avait pensé suffoquer de bonheur ; qu'il lui arrivait parfois de tendre la main et de la laisser planer à un pouce à peine de son sein, comme s'il pouvait sentir la douceur de sa peau dans cet intervalle enfumé entre leurs deux chairs ; que parfois, quand elle avait fumé sa pipe, il tardait ensuite à allumer la sienne, pour se donner le temps de la contempler, de graver cette image dans son esprit, pour se souvenir.

— Je ne pourrai plus venir vous voir, dit Anna. Vous ne devriez pas être là. Je ne pourrai pas venir.

— Pas fumer ? demanda Ah Sook en l'observant tristement.

— Non, plus maintenant. Plus de fumée et plus de Kaniere.

— Pourquoi ?

— Je ne peux pas expliquer… pas ici. J'ai arrêté, Ah Sook. Complètement arrêté.

— Vous pas argent ?

Ah Sook essayait de comprendre. Il savait qu'Anna était lourdement endettée. Elle devait une somme énorme à Dick Mannering, et sa dette s'augmentait de jour en jour. Peut-être n'avait-elle plus les moyens de payer sa drogue. Ou peut-être ne pouvait-elle plus prendre le temps de faire le trajet jusqu'à la fumerie.

— Ce n'est pas une question d'argent, dit Anna.

Au même instant, une voix de femme résonna dans l'intérieur de la maison, comme au fond d'un puits… une voix impatiente, condescendante, appelant Anna, s'informant du nom du visiteur et du but de sa visite.

Anna tourna le menton, sans quitter des yeux le visage d'Ah Sook, et répondit :

— C'est un Chinetoque que j'ai connu dans le temps, c'est tout. Ce n'est rien.

— Eh bien, qu'est-ce qu'il veut ?

— Rien, répéta Anna. Il essaie de me vendre quelque chose. Voilà.

Il y eut un silence.

— Moi vous apporter… ici ? demanda Ah Sook, tendant vers elle ses deux mains réunies en coupe, en signe qu'il voulait bien livrer lui-même le chandoo.

— Non, murmura Anna. Non, vous ne pouvez pas faire cela. Ce n'est pas la peine. Je ne… enfin, c'est simplement que… je ne le sens plus.

Ah Sook ne comprenait pas.

— Dernier morceau porter malchance ? demanda-t-il, pensant à la demi-once dont il lui avait fait cadeau l'après-midi du jour où elle avait failli mourir.

— Non…

Mais avant qu'Anna ne pût dire un mot de plus, un bruit de pas pressés se fit entendre dans le couloir et une autre femme surgit à ses côtés, une autre qui prit aussitôt la parole :

— Bonjour. Que vends-tu donc ? Ça suffit, Anna…

Sur ces paroles, Anna s'effaça. Ah Sook lui aussi fit un pas en arrière… geste moins de soumission que de saisissement, à retrouver là Lydia Greenway, qu'il n'avait pas vue depuis près de treize ans. La dernière fois, c'était… quand donc ?… dans la salle d'audience du palais de Justice de Sydney, elle en haut dans la tribune, lui au banc des accusés ; la face rouge, elle s'éventait avec un éventail brodé, monté sur un manche en bois de santal dont le parfum arrivait jusqu'à ses narines en bas, lui rappelant, dans une bouffée d'émotion, l'entrepôt de sa famille sur le port de Kouang-tchéou et les longues caisses en bois de santal des marchands de soie, avant les guerres. Elle portait une robe vert d'eau... il s'en souvenait parfaitement... et un bonnet garni de dentelles. Son visage était resté d'une gravité parfaite pendant tout le procès. Son témoignage, lorsqu'elle avait été appelée à la barre, avait été concis et sans ambages. Ah Sook n'y avait pas compris un mot, si ce n'est lorsqu'elle l'avait désigné du doigt, manifestement pour confirmer son identité. Quand il avait enfin été acquitté du meurtre, elle n'avait pas sourcillé : elle s'était levée en silence et avait quitté la salle sans un regard en arrière. Il s'était écoulé plus de douze ans depuis ce jour ! Plus de douze ans... et pourtant il la retrouvait, monstrueusement présente, monstrueusement inchangée ! Ses cheveux cuivrés étaient aussi éclatants que jamais, son teint presque aussi frais, avec à peine quelques petites rides. Elle était aussi grassouillette et florissante qu'Anna était émaciée.

L'instant d'après, elle aussi montrait un visage défait... chose rare, car la physionomie de Lydia Wells était d'ordinaire composée avec art, et elle n'aimait pas laisser paraître de l'étonnement. Ses yeux s'agrandirent. Elle leva une main à sa gorge et dit d'un ton stupéfait :

— Je connais cet homme. Je le connais.

Anna promena ses regards d'Ah Sook à Mme Wells et vice versâ.

— Comment ? s'exclama-t-elle. Tout de même pas de Kaniere !

La sueur perlait au-dessus de la lèvre supérieure d'Ah Sook. Il garda pourtant le silence, se contentant de s'incliner une fois de plus ; peut-être penseraient-elles qu'il ne les comprenait pas. Il ramena ses yeux sur Anna, sentant que s'il regardait une seconde de plus Lydia Greenway, elle ne pourrait manquer de se souvenir des circonstances de leur première rencontre. Il restait conscient de sa présence, au coin de l'œil. Elle l'observait.

— Vous pensez sans doute à un autre, reprit Anna en manifestant à son tour des signes de trouble. Tous les Chinois se ressemblent.

— Oui… peut-être bien, concéda Mme Wells.

Pourtant, elle ne détourna pas son regard d'Ah Sook. Il ne pouvait savoir si elle l'avait remis ou non. Il chercha quelque chose à dire à Anna, mais il avait la tête vide.

— Que voulez-vous, Ah Sook ? demanda Anna.

Le ton n'était pas sans aménité. On y entendait plutôt une attente désireuse, et le regard de la jeune femme était implorant, presque craintif.

— Comment l'appelez-vous ? intervint aussitôt l'autre.

— Ah Sook, répondit Anna. Cela veut dire monsieur Sook, je crois. C'est lui qui tient la fumerie à Kaniere.

— Ah ! L'opium !

Aussitôt, son regard devint plus perçant. Elle y était. Elle s'était souvenue de lui.

Changeant de tactique, Ah Sook se tourna alors vers Anna et déclara :

— Moi vous acheter. Meilleur prix.

La veuve éclata de rire.

— Oh ! se récria Anna, rouge comme une écrevisse. Non. Vous ne pouvez pas faire cela. Sans doute que personne ne vous a donné la nouvelle. Je ne fais plus de commerce. Je ne suis plus une putain. Finie la vente. Pas à vendre.

— Vous faire quoi maintenant ? demanda Ah Sook.

— Mlle Wetherell est mon assistante, répondit Mme Wells (mais Ah Sook ne connaissait pas le mot). Elle loge ici maintenant.

— Je loge ici maintenant, répéta Anna. Je ne prends plus d'opium. Comprenez-vous ? Plus de fumée. Je… j'y ai renoncé.

Ah Sook ne savait que penser.

— Allez, au revoir, reprit Anna. Merci de votre visite.

Mais alors Mme Wells avança brusquement la main. Attrapant l'avant-bras d'Ah Sook dans ses phalanges au teint de lait, elle le serra vigoureusement et dit :

— Il faut venir à la séance ce soir.

— Il n'a pas de billet, objecta Anna.

— Une présence orientale, poursuivit Mme Wells comme si elle n'avait pas entendu. C'est juste ce qu'il faut ! Comment l'appelez-vous encore ?

— Ah Sook, répondit Anna.

— Mais *oui* ! Pensez-y : une présence orientale, à la séance de ce soir !

— La séance est-elle une pratique orientale ? demanda Anna d'un ton dubitatif.

Ah Sook ne comprenait pas les substantifs… mais « oriental » ne lui était pas inconnu, il devina donc qu'il était l'objet de leur échange et, vraisemblablement, le motif de la cupidité qui venait de se peindre sur les traits de Lydia. Il était étonnant qu'elle eût si peu changé pendant ces dix ans et plus, alors qu'un mois avait suffi à transformer Anna. Baissant les yeux sur la main qui emprisonnait son bras, il fut surpris d'y apercevoir un anneau d'or.

— Madame Carver, dit-il en désignant l'alliance.

— Je crois bien qu'il est un peu prophète, dit l'intéressée à Anna avec un grand sourire. Qu'en pensez-vous ?

— Mme Carver ? Que voulez-vous dire ? demanda Anna à Ah Sook en fronçant le front.

— Femme à Carver, répondit Ah Sook sans s'expliquer.

— Il vous prend pour l'épouse de Carver, constata Anna.

— Il raconte n'importe quoi, repartit Mme Wells avant de s'adresser à Ah Sook : Pas Mme Carver. Mon mari est mort. Je suis veuve maintenant.

— Pas madame Carver ?

— Mme Wells.

— Mme *Wells*, répéta Ah Sook, ouvrant des yeux ronds.

— Cela tombe bien, qu'il maîtrise si mal l'anglais, dit la veuve à Anna comme si elles étaient seules toutes les deux. Comme ça, il ne se laissera pas distraire. Il ne perdra pas contenance. N'est-ce pas qu'il est beau ! Il sera du meilleur effet, je pense.

— Il connaît Carver.

— Je n'en doute pas, convint Mme Wells d'un

ton dégagé. Le capitaine Carver entretient de nombreuses relations avec les Orientaux. Sans doute qu'ils auront fait affaire ensemble, ici même, à Hokitika. Entre donc au salon, Ah Sook. Allez, viens. Une minute, c'est tout. Ne fais pas l'enfant, je ne te ferai pas de mal ! Entre donc !

Ce disant, elle resserra son emprise sur le bras du Chinois, qui dit :

— Francis Carver… dans Kouang-toung ?

— À Canton ? Mais oui, c'est fort possible, approuva Mme Wells, prenant la question pour une affirmation. Canton a été le port d'attache du capitaine Carver. Pendant de nombreuses années, il y retournait régulièrement. Allez, entre donc au salon !

Elle escorta Ah Sook jusqu'au salon et dit en montrant du doigt l'angle opposé de la pièce :

— Tu seras assis sur un coussin… là-bas. Tu observeras les visages autour de toi, apportant ainsi un air de jugement impassible à notre séance mystique. Nous t'appellerons l'Oracle de l'Est… ou bien la Statue Vivante de l'Orient… ou l'Esprit Dynastique… que sais-je, moi ? Que préférez-vous, Anna ? La Statue ? Ou plutôt l'Oracle ?

Anna n'avait aucune préférence. Il lui était clair que Lydia Wells et Ah Sook se connaissaient, et que Francis Carver était mêlé à leur passé commun, dont la veuve ne souhaitait pas parler tout haut. Estimant plus prudent de ne pas insister, elle demanda :

— Quelle sera sa fonction ?

— De nous observer, tout simplement !

— Oui, mais pourquoi ?

— N'avez-vous pas vu le spectacle au *Prince de Galles* ? demanda la veuve en agitant la main.

Rien n'attire les chalands comme une petite touche d'Orient.

— Il n'est pas un étranger à Hokitika, vous savez, protesta Anna. Il sera reconnu.

— Tout comme vous ! Cela n'a aucune espèce d'importance.

— Je ne sais pas. Je n'en suis pas si sûre.

— Anna Wetherell ! se récria Mme Wells en feignant de se fâcher. Vous souvenez-vous de jeudi dernier, quand j'ai proposé d'accrocher l'image du Bateleur en haut de l'escalier et que vous avez protesté, prétendant que la gravure serait à l'ombre du palier du grenier, et alors je l'ai accroché quand même, et la lumière était aussi parfaite que je l'avais prédit ?

— Oui, fit Anna.

— Eh bien, *voilà*, conclut Mme Wells en riant.

Ah Sook n'avait pas compris un mot. Il se tourna vers Anna en fronçant légèrement le sourcil pour lui signifier son besoin d'explication.

— Une séance, dit Anna sans aller plus loin.

Ah Sook secoua la tête. Le mot ne lui disait rien.

— Essayons, proposa Mme Wells. Viens… viens dans le coin… Anna, trouvez-lui un coussin pour s'asseoir. Ou bien un tabouret ferait-il plus ascétique ? Non, un coussin : comme ça, il pourra se mettre en tailleur, à la façon des Orientaux. Oui, viens là… plus loin… encore. Voilà.

Elle fit asseoir Ah Sook sur le coussin et recula rapidement de quelques pas pour juger de l'effet depuis l'autre bout de la pièce. Elle hocha la tête, ravie.

— Oui, dit-elle. Voyez-vous, Anna ? Ne le trouvez-vous pas magnifique ? Comme il est solennel ! Je me demande si on pourrait lui faire fumer une pipe… les volutes de fumée autour de sa tête seraient bien belles. Mais la fumée dans la maison me rend malade.

— Il n'a pas encore accepté, fit remarquer Anna.

Mme Wells prit un air vaguement agacé. Elle ne contesta pourtant pas la justesse de la remarque, mais marcha sur Ah Sook, sourit et le regarda de haut en bas, les mains sur les hanches.

— Connais-tu Emery Staines ? demanda-t-elle en détachant bien les syllabes du nom. Emery Staines ? Le connais-tu ?

Ah Sook fit oui de la tête. Il connaissait Emery Staines.

— Eh bien, poursuivit-elle, nous allons le faire venir ici. Ce soir. Et nous allons lui parler. Emery Staines… ici même.

Elle désigna le plancher d'une main parfumée au citron. Un éclair de compréhension illumina le visage d'Ah Sook. Parfait ! Apparemment, on avait fini par retrouver le prospecteur… en vie ! C'était une bonne nouvelle.

— Bien, dit-il.

— Ce soir, répéta Mme Wells. Ici, à la *Fortune du Voyageur*. Dans cette salle. La réception commencera à sept heures, la séance à dix.

— Ce soir, fit Ah Sook sans la quitter des yeux.

— Précisément. Tu seras là. Tu viendras. Tu seras assis là, comme tu es maintenant. Oui ? Oh ! Anna… est-ce qu'il comprend ? Je ne sais vraiment pas ; son visage est si parfaitement de pierre. Vous voyez ce qui m'a donné l'idée… la Statue Vivante !

Lentement, Anna expliqua à Ah Sook que Lydia

lui demandait d'être présent, ce soir-là, à une rencontre avec Emery Staines. Elle prononça plusieurs fois le mot « séance » ; Ah Sook, qui n'avait jamais eu l'occasion d'en apprendre le sens, conclut, d'après le contexte, que c'était une sorte d'assemblée ou de réunion, au scénario réglé à l'avance, à laquelle Emery Staines avait été convié. Il hocha la tête pour indiquer qu'il comprenait. Anna expliqua alors qu'Ah Sook était invité à revenir en soirée et à reprendre sa place sur le coussin dans l'angle, là où il se trouvait à présent. Il y aurait aussi d'autres invités. Ils s'assiéraient en cercle, et Emery Staines se tiendrait au centre de la pièce.

— Est-ce qu'il comprend bien ? demanda Mme Wells. Est-ce qu'il comprend ?

— Oui, dit Ah Sook puis, pour la convaincre : Séance avec Emery Staines, ce soir.

— *Excellent !*

Mme Wells lui sourit de haut, comme on pourrait faire pour féliciter un enfant précoce d'avoir bien récité un sonnet… avec une admiration un peu défiante et surfaite.

— Une putain en deuil et un mystique oriental, poursuivit-elle. C'est vraiment parfait. Je frissonne rien que d'y penser ! Bien sûr, une séance n'est effectivement pas une *tradition* orientale – (cela dit en réponse à la question posée tantôt par Anna) – mais n'ai-je pas répété tous les jours depuis deux semaines que, dans cette affaire, l'ambiance est la véritable clef du succès ? Ah Sook sera *très* bien.

— Bien sûr, il faudra le rémunérer, dit Anna d'un ton dégagé en détournant les yeux.

La veuve lui jeta un coup d'œil glacial, mais Anna,

qui regardait ailleurs, ne pouvait en être affectée, et l'instant d'après Lydia affichait un visage rasséréné et, elle aussi, un ton insouciant.

— Bien sûr ! approuva-t-elle. Mais il faudrait lui demander à combien lui-même estime un travail aussi facile. Posez-lui donc la question, Anna, puisque vous êtes sa *bonne amie*.

Anna s'exécuta, expliquant à Ah Sook que la veuve était disposée à l'indemniser pour sa contribution à la séance projetée. Ah Sook, qui n'avait toujours pas compris qu'Emery Staines ne serait présent qu'en esprit, jugea la proposition extraordinaire. Il en conçut des soupçons légitimes, qu'il ne dissimula pas. Il s'ensuivit un marchandage absurde, et finalement, plutôt pour faire plaisir à Anna que pour lui-même, Ah Sook consentit à recevoir une rémunération d'un shilling.

Il n'était pas bête. Il se rendait parfaitement compte qu'il n'avait pas vraiment compris ce qui allait se passer dans la soirée. Il trouvait très étrange l'insistance d'Anna sur le fait qu'Emery Staines se tiendrait juste au centre de la pièce, tous les autres faisant cercle autour de lui. Plus étrange encore, que la veuve lui proposât de l'argent pour ne rien faire. Il conclut qu'on lui avait assigné un rôle dans une sorte de représentation théâtrale (en quoi il n'était pas loin de la vérité), et qu'il valait bien la peine de s'exposer à quelques petites avanies pour avoir la possibilité de parler à M. Staines. Il accepta l'invitation de la veuve, ainsi que sa promesse de rémunération, certain que, avec le temps, ses incertitudes finiraient par se résoudre d'elles-mêmes.

La discussion se conclut là-dessus. Ah Sook se tourna vers Anna, qui soutint son regard. Un instant, ils se dévisagèrent, lui avec fermeté, elle (à ce qu'il semblait) avec un flegme froid qui ne lui ressemblait guère. Mais était-ce bien de la froideur ? N'était-ce pas simplement la netteté de ses traits qu'Ah Sook trouvait déconcertante, lui qui avait coutume de voir le visage de la jeune femme sous le voile épais de l'opium ? Elle était tellement changée. S'il ne l'avait pas si bien connue, il lui aurait trouvé un air hautain… comme si elle avait trop bonne idée d'elle-même pour se mêler à des Chinois, maintenant qu'elle ne faisait plus commerce de ses charmes.

Ah Sook décida de prendre ce froid apparent pour le signal du départ. Il se leva donc de son coussin. D'après son calcul, il avait le temps de regagner Kaniere à pied et d'être de retour avant le coucher du soleil, et il voulait faire savoir à son compatriote Quee Long qu'Emery Staines serait présent, le soir même, à la *Fortune du Voyageur* dans Revell-street. Il savait qu'Ah Quee souhaitait depuis longtemps poser quelques questions au jeune prospecteur, notamment au sujet de l'or de l'*Aurore* ; il serait très content d'apprendre que Staines était en vie.

Ah Sook s'inclina d'abord devant la veuve, puis devant Anna. Anna lui rendit une courte révérence, de la sorte qui n'exprime ni envie ni regret, et se détourna aussitôt pour rajuster le napperon de dentelle sur l'accotoir du canapé.

— Tu reviendras ce soir… pour la séance. Ce soir, répéta Lydia. Disons à six heures.

— Six heures, fit Ah Sook, montrant du doigt le

coussin qu'il venait de quitter en signe qu'il avait bien compris.

Il lança un dernier regard rapide du côté d'Anna, puis Lydia Wells s'empara de son bras et le reconduisit jusqu'à l'entrée. Lorsqu'elle le lâcha pour ouvrir la porte, la lumière du jour se déversa avec la soudaineté d'une inondation.

— Au revoir, dit Ah Sook en franchissant le seuil.

La veuve cependant ne referma pas derrière lui, comme il s'y attendait. Non, elle attrapa un châle, le drapa sur ses épaules et suivit Ah Sook sur le perron tout en lançant à Anna :

— Je sors un moment. Je serai de retour dans une petite heure.

Anna, restée au salon, leva un regard étonné, mais l'instant d'après, son visage se fermait de nouveau. Elle hocha la tête d'un air atone, traversa la pièce et vint mettre le verrou après la sortie de sa maîtresse.

— Au revoir, madame, dit-elle, une main sur le chambranle. Au revoir, Ah Sook.

Les deux partants se séparèrent au bas des marches, Ah Sook se dirigeant au sud, du côté de la rivière, tandis que Mme Wells prenait au nord et, après quelques pas, jetait un regard en arrière comme pour juger de l'aspect du bâtiment vu depuis la chaussée. Anna, qui n'avait pas bougé, s'empressa de refermer.

Elle maintint pourtant la poignée abaissée et, au bout d'un moment, attentive à ne pas faire de bruit, entr'ouvrit et colla son œil à l'entrebâillement. Lydia avançait à présent d'un bon pas ; elle n'avait pas fait demi-tour, comme Anna s'y attendait, pour courir après Ah Sook et lui parler tête à tête. Anna ouvrit la porte un peu plus grand. Allait-elle revenir sur ses pas ? Voyons, elle ne pouvait avoir eu d'autre motif, en sortant ainsi à l'improviste, que le désir de parler sans témoin à l'homme qu'elle avait si clairement reconnu ! L'instant d'après, Ah Sook tourna cependant au coin de Gibson's-quay et Anna le perdit de vue, en même temps que Lydia Wells enjambait le caniveau et montait les marches de… Anna plissa les yeux… de quelle maison, au juste ? C'était un bâtiment à étage… à côté de la quincaillerie de Tiegreen. L'un des bars, peut-être ? Il y avait apparemment quelqu'un sur le perron, car Lydia s'attarda un moment à bavarder avant d'ouvrir la porte de l'établissement et de disparaître à l'intérieur. Lorsque le battant retomba, Anna perçut un éclair couleur d'azur et reconnut le local. Lydia Wells allait donc faire une visite *mondaine*. Mais à qui ? Anna, tout étonnée, hocha la tête. En tout cas, elle pouvait être certaine qu'il ne s'agissait pas d'un laveur d'or ordinaire. Ce devait être, au contraire, un homme de quelque importance, car il logeait au *Palais*.

# SATURNE EN BALANCE

*Où Harald Nilssen manque à un engagement ; on ouvre les Saintes Écritures ; Cowell Devlin est réduit à quia ; et George Shepard conçoit un plan.*

Harald Nilssen venait de faire infuser le thé qu'il avait l'habitude de prendre à quatre heures, et il s'installait avec un livre devant une assiette de biscuits sucrés, lorsque le facteur lui apporta une sommation. Le pli était de George Shepard, qui y avait inscrit le mot « urgent », sans toutefois en indiquer la raison. Il s'agissait sans doute d'une infime vétille, d'un rien, pensa Nilssen, agacé : un grain de sable dans les fondations de la nouvelle prison, une goutte de café tombée sur le plan de l'édifice. Poussant un soupir, il coiffa la théière d'un bonnet matelassé, remplaça son chandail par une redingote et attrapa sa canne. Cela ne se faisait pas de relancer les gens chez eux le dimanche après-midi. Ces derniers temps, il travaillait bien six jours sur sept. Il méritait une journée de repos, sans être harcelé par George Shepard et ses sempiternelles demandes de factures ou de feuilles de paie ou de devis de fournisseurs de matériaux de récupération. L'envoi par la poste rendait le procédé doublement insultant… il était donc hors de question que Shepard se donnât la peine de venir du camp de police jusqu'à Gibson's-quay, à cinq rues de distance ; non, c'était à *lui*, Nilssen, de se déplacer, tel un vassal convoqué par son seigneur ! Le commissionnaire était de très mauvaise humeur en fermant à clef la porte de son bureau pour s'engager dans Revell-street, le chapeau sur l'oreille, les basques au vent.

Au camp de police, Mme George vint ouvrir. Faisant bien piteuse mine, elle introduisit Nilssen dans la salle à manger et prit la fuite, sans lui laisser le temps de prononcer un seul mot de politesse, rabattant si résolument la porte derrière elle qu'une vague déferla de haut en bas de la cloison de calicot et Nilssen eut fugitivement l'impression d'être retourné en mer.

Le geôlier était installé au haut bout de la table, occupé à enfourner une collation composée de viandes en gelée, de tranches de diverses sortes de bouillie froide de consistance homogène, et d'un pain dense, brunâtre, qui faisait de grosses miettes. Il se tenait très droit en chargeant sa fourchette et n'invita pas Nilssen à s'asseoir.

— Alors, commença-t-il, lorsque la porte fut refermée et qu'il eut avalé sa bouchée. Vous avez parlé à quelqu'un de notre accord ; vous avez manqué à votre parole. À qui avez-vous parlé ?

— Comment ? se récria Nilssen.

Shepard réitéra la question. Nilssen resta d'abord pantois, puis redit sa perplexité, d'une voix qui dérapait vers l'aigu.

— Ne mentez pas, monsieur Nilssen, avertit froidement Shepard. Alistair Lauderback aura demain matin une lettre dans le *Times*, où il tire sur moi à boulets rouges. Il affirme qu'un pourcentage du magot trouvé chez feu Crosbie Wells a été utilisé pour financer la construction de la prison de Hokitika. J'ignore comment il a obtenu cette information, et je veux le savoir. Tout de suite.

Nilssen hésita. Comment *Alistair Lauderback* pouvait-il être au courant du sort de sa commission ? L'un des conjurés de la *Couronne* avait donc violé son serment ! Balfour, peut-être ? Balfour et Lauderback se connaissaient bien, alors que Nilssen n'avait jamais vu aucun des autres en compagnie du politicien. Mais pourquoi Balfour l'aurait-il trahi ? Il n'y avait jamais eu d'animosité entre eux. Ou bien serait-ce Löwenthal ? Peut-être… puisqu'il allait publier la lettre dans son journal. Pourtant, Nilssen ne pouvait croire Löwenthal capable de manquer à sa parole, pas plus que Balfour. Il regarda Shepard assembler encore une brochette de viande, de cornichons et de bouillie ; inexplicablement (Nilssen n'avait absolument pas faim), l'eau lui venait à la bouche.

— À qui avez-vous parlé ? insista Shepard. Je vous prie de noter que ma patience est à bout ; je ne répéterai plus la question.

Il avança les lèvres, fit glisser la pleine fourchetée au fond de son gosier et mastiqua.

Nilssen ne savait que répondre. La vérité, bien sûr, c'était qu'il en avait parlé à une bonne douzaine d'hommes : Walter Moody et les onze autres, invités à se réunir au fumoir de la *Couronne*. Il pouvait difficilement reconnaître avoir mis *douze* hommes dans le secret de Shepard ! Maintenir plutôt qu'il n'avait rien dit à personne ? Mais il était évident qu'il s'était confié à quelqu'un… puisque Lauderback était au courant ! Les pensées se bousculaient dans sa tête.

— Je ne vois pas du tout comment cela a pu se savoir, déclara-t-il enfin en désespoir de cause. Je ne vois pas.

— Est-ce vous qui êtes allé voir Lauderback ? demanda Shepard, les yeux rivés sur le dos de sa fourchette, qu'il chargeait d'une nouvelle bouchée. Ou avez-vous parlé à un tiers… qui aura fait passer le message ?

— Je n'ai pas échangé cinq mots avec Lauderback de toute ma vie, protesta Harald Nilssen en affectant l'indignation.

— Qui était-ce, alors ?

Shepard leva les yeux sans poser son couvert. Nilssen ne répondit pas. Il avait commencé à transpirer.

— Vous respectez le code d'honneur des placers, à ce que je vois, dit Shepard en marquant sa désapprobation. Enfin, au moins quelqu'un aura droit à votre loyauté, monsieur Nilssen.

Il reporta son attention sur son assiette et ne prononça plus une parole pendant un temps que Nilssen trouva très long. Shepard était endimanché, vêtu d'un habit noir dont il avait rejeté les basques de part et d'autre de sa chaise pour ne pas les froisser sous lui en mangeant. Son pantalon remontant jusqu'à mi-poitrine et son gilet sans col avaient un air sévère et lugubre, et sa large cravate (un peu vieillotte, pensa Nilssen avec une pointe de compassion ; sa propre cravate était étroite et lâchement nouée, selon la dernière mode) semblait accentuer davantage encore son allure rigoriste. Même son repas froid était d'une frugalité austère. Pour sa part, Nilssen avait dîné à midi d'un demi-poulet bouilli, servi avec une purée de navets au beurre et une abondante béchamel, le tout arrosé d'un demi-pichet d'un petit vin fort respectable.

Quelque part dans la maison, une pendule sonna le quart d'heure. Mme George vaquait à ses occupations derrière les cloisons précaires, passant à pas feutrés de pièce en pièce. Shepard ne se laissa pas distraire de sa collation. Nilssen attendit qu'il eût nettoyé son assiette de la dernière miette, espérant que, le repas terminé, il reprendrait peut-être la parole. Lorsqu'il devint évident que c'était là un faux espoir, il demanda, sans grande conviction :

— Eh bien… qu'allez-vous faire ?

— La première chose, répondit Shepard en se tamponnant les lèvres avec une serviette, ce sera de vous relever de tous vos devoirs liés à la construction de la prison. Je n'entends pas être servi par un parjure.

— L'argent me sera restitué ? demanda Nilssen.

— Nullement. Je considère d'ailleurs cela comme une demande des plus déraisonnables de votre part, vu l'état d'avancement des travaux.

Shepard laissa tomber la serviette dans son assiette. Les lèvres de Nilssen se crispèrent, et il lui fallut un bon moment pour articuler :

— Je vois.

— Vous n'enfreindrez pas votre code ?

— Non.

— Incroyable.

— Je suis désolé.

Shepard repoussa l'assiette et reprit, d'un ton plus alerte :

— La lettre de M. Lauderback paraîtra demain dans le *Times*. J'en ai là une copie qui m'a été communiquée à l'avance.

— Vous permettez… ?

Remarquant un pli ouvert sur la table, à côté de l'assiette désormais vide, Nilssen s'avança en tendant la main, mais Shepard n'en tint pas compte.

— Cette missive, dit-il en haussant légèrement la voix, ne vous nomme pas. Sachez que j'écrirai moi-même à la rédaction, ce soir, afin de réparer cette omission. Mon courrier sera imprimé à la suite de celui de M. Lauderback, comme droit de réponse.

— Pourrais-je en prendre connaissance ? demanda Nilssen, tentant sa chance encore une fois.

— Vous pourrez en prendre connaissance demain matin dans le journal, en même temps que tous les autres citoyens du Westland, répondit Shepard d'un accent de menace.

— Très bien. J'ai compris.

Nilssen retira sa main. Shepard marqua une pause avant d'ajouter :

— À moins qu'il n'y ait quelque chose dont vous désirez me faire part.

— Oui, fit Nilssen, laissant parler l'abattement abject dans lequel il sombrait.

— Oui ?

— Oui… il y a quelque chose.

Le pauvre Harald Nilssen ! S'imaginer qu'il pourrait regagner la confiance du gouverneur de la prison moyennant une nouvelle transgression, comme si une seconde trahison pouvait effacer la première ! Il avait cédé dans un moment de panique… car rien n'était pour lui plus démoralisant que la mésestime d'autrui. Il ne supportait pas de se savoir mal aimé ; que d'autres pussent le juger antipathique, c'était à ses yeux une raison suffisante pour se rallier lui-même à leur sentiment ; chaque coup qui le frappait le blessait dans son moi le plus intime. C'était donc pour se protéger que Nilssen suivait toujours la dernière mode et parlait avec affectation, pour cette raison qu'il se donnait la vedette dans toutes les histoires qu'il racontait : il se confectionnait un personnage pour cuirasser sa personne, dont il ne connaissait que trop la vulnérabilité.

— Parlez, je vous en prie, dit Shepard.

— Il s'agit de… – (Nilssen chercha désespérément dans son esprit) – … de Mme Wells.

— Ah ! Et encore ?

— Elle a été la maîtresse de Lauderback.

— Alistair Lauderback cocufiait donc Crosbie Wells ? fit Shepard en haussant les sourcils.

— Apparemment, oui, concéda Nilssen après un instant de réflexion. Bien sûr, tout dépend de la date du mariage des époux Wells.

— Continuez.

— Eh bien, c'est… c'est que… on le faisait chanter… Lauderback, je veux dire… et Crosbie Wells a empoché le prix de son silence. C'est ça, le magot, voyez-vous… l'or qu'on a trouvé chez lui.

— Du chantage, donc… mais comment ? Et comment se fait-il que vous soyez au courant ?

Nilssen hésita. L'avidité passionnée qui se lisait

soudain sur les traits du geôlier ne lui inspirait pas confiance.

— D'où le savez-vous ? demanda encore Shepard.

— On me l'a dit.

— Qui donc ?

— M. Staines, répondit Nilssen, choisissant l'homme à qui l'accusation risquait le moins de nuire, du moins dans l'immédiat.

— C'était donc lui, le maître chanteur ? Staines ?

— Je ne sais pas, bredouilla Nilssen, perdant pied. Enfin, oui. Peut-être.

— Et vous ? Dans quel camp êtes-vous ?

— Je… je ne sais pas.

— Que savez-vous de compromettant sur lui ? insista Shepard d'un air contrarié. Il doit bien y avoir quelque chose, pour vous faire hésiter ainsi.

— Il y avait un acte de donation, reconnut Nilssen d'une voix misérable. Dans le fourneau de Crosbie Wells… à moitié brûlé, comme si quelqu'un avait voulu le supprimer. L'aumônier l'a trouvé. Quand il est allé là-bas chercher le corps, le lendemain du décès. Il ne vous en a pas parlé ; il l'a gardé pour lui. Sans rien dire au Dr Gillies non plus.

— Un acte de donation ? De quelle sorte ? demanda Shepard sans trahir la moindre émotion.

Nilssen décrivit brièvement le document et sa teneur. En parlant, il fixait du regard un point dans l'espace, à trois pieds à gauche du visage du geôlier, en plissant bizarrement les paupières… car il y avait une bulle de désespoir qui s'enflait dans sa poitrine et venait s'écraser contre son sternum. En trahissant ce secret, il avait voulu donner au geôlier une preuve de bonne foi ; il voyait à présent qu'il n'avait fait que confirmer sa mauvaise foi et son absolu démérite. Et pourtant, au milieu de cette misère, il éprouvait aussi un immense soulagement de parler tout haut de la conjuration de la *Couronne*. Comme d'un grand poids, ôté de ses épaules, et qui faisait place à une redoutable légèreté. Il jeta un coup d'œil rapide au geôlier, puis aussitôt se détourna.

— Serait-ce Devlin ? demanda Shepard. À Devlin que vous avez parlé de ces fonds ? Devlin qui a alors informé Lauderback ?

— Oui, fit Nilssen. C'est ça. – (Il était au-dessous de tout, d'accuser ainsi un *homme d'Église* ! D'un autre côté, ce n'était qu'un demi-mensonge… et mieux valait accuser un seul homme plutôt que douze.) – C'est-à-dire que je suppose que c'est lui qui en a parlé à Lauderback. Je ne sais rien de sûr. Puisque, pour ma part, je n'ai jamais échangé un mot avec Lauderback… comme je viens de vous le dire.

— Devlin est donc une créature de Lauderback, conclut Shepard.

— Je ne sais pas. Je ne suis pas au courant.

— Eh bien, monsieur Nilssen, je pense que nous n'avons plus rien à traiter ensemble.

Sur ce, Shepard se leva de table en hochant la tête. Nilssen, paniquant plus que jamais de se voir ainsi congédié, protesta :

— Pour l'acte… en fait… si vous comptez en parler au pasteur…

— Je pense que c'est ce que je vais faire, oui.

— Eh bien, pourriez-vous ne pas citer mon nom ? fit Nilssen, son visage un vrai portrait de misère. Voyez-vous, je peux vous dire où il le garde… le papier… vous pourrez le trouver là comme par hasard, sans me brouiller avec lui. Le ferez-vous ?

— Où le garde-t-il ? demanda Shepard, dont le regard était sans pitié.

— Je ne vous le dirai que si vous me donnez d'abord votre parole.

— D'accord, fit Shepard en haussant les épaules.

— Vous me donnez votre parole ?

— Sur mon honneur, je ne citerai pas votre nom en parlant à l'aumônier de la prison, coupa Shepard brusquement. Où garde-t-il le document ?

— Dans sa Bible, dit piteusement Nilssen. Entre l'Ancien Testament et le Nouveau.

Φ

Depuis que les travaux de construction de la nouvelle prison avaient commencé tout de bon, Cowell Devlin et George Shepard ne se voyaient guère, sinon le soir, quand Shepard rentrait du chantier de Seaview pour s'occuper de sa correspondance et mettre sa comptabilité à jour. Devlin, qui trouvait l'atmosphère du camp de police bien meilleure en l'absence du geôlier en chef, n'avait pas cherché à se rapprocher de celui-ci. Si l'on avait insisté pour connaître son opinion sur le caractère de son supérieur, peut-être aurait-il avoué, après un long silence, qu'il plaignait l'homme pour sa rigidité et déplorait le déplaisir manifeste avec lequel il semblait regarder le monde ; ajoutant éventuellement, après une nouvelle pause, que sans vouloir aucun mal à Shepard, il estimait improbable que leurs relations s'approfondissent jamais au delà du plan, strictement professionnel et guère chaleureux, où elles se plaçaient pour l'heure.

Mais c'était dimanche, et le travail sur le chantier s'était arrêté pour la journée. Shepard avait passé la matinée au temple et l'après-midi dans son bureau au camp de police, que Harald Nilssen venait de quitter en pressant le pas. Devlin, revenu peu auparavant du campement de Kaniere, se trouvait dans la maison d'arrêt provisoire, en train de faire aux détenus un sermon sur la prière des lèvres. Il avait apporté sa vieille Bible usée, comme toujours lorsqu'il quittait sa tente, quoique le sujet de son homélie fût tel qu'il n'avait pas eu à la consulter. Lorsque Shepard entra dans le local, le livre reposait, fermé, sur une chaise à côté du pasteur.

Shepard attendit une pause dans la discussion, silence qui ne tarda pas à se faire sous l'effet de sa présence imposante. Devlin le regarda d'un air interrogateur, et Shepard dit :

— Bonjour, mon révérend. Voulez-vous bien me prêter votre Bible ?

— Ma Bible ? fit Devlin en fronçant les sourcils.

— Si cela ne vous ennuie pas.

L'aumônier posa une main sur le volume.

— Peut-être pourriez-vous me dire simplement ce que vous cherchez, proposa-t-il. Je me targue de connaître assez bien les Écritures.

— Je n'en doute pas ; pourtant, j'aurais plaisir à feuilleter, répondit Shepard.

— Vous possédez certainement vous-même une Bible…

— Bien sûr. Mais c'est l'heure où mon épouse fait ses dévotions, et je ne voudrais pas la déranger.

Un instant, Devlin pensa soustraire lui-même l'acte dérobé… Et puis, non… l'aspect du document échappé aux flammes ne manquerait pas d'attirer l'attention du geôlier et, de toute manière, il était entouré de détenus ; où le cacher ?

— Que cherchez-vous au juste ? demanda-t-il. Un verset ?... ou plutôt une allusion... ?

— Vous êtes bien avare de votre Bible, pour un homme de Dieu, coupa Shepard, près de se fâcher. Voyons, au nom du ciel ! Je veux seulement feuilleter ! Me refuserez-vous cette fantaisie ?

Devlin se vit donc obligé de lui remettre le volume. Shepard le remercia, rapporta le livre dans l'intimité de sa demeure et ferma la porte.

Le sermon de Devlin sur la prière machinale aurait pu s'appliquer, paradoxalement, à la demi-heure qui suivit, car il y avait bien une sorte de cercle rituel dans la façon dont son attention s'égarait toujours et encore du côté du cabinet du gouverneur, où l'homme serait assis à son bureau, en train de tourner les pages fines du livre avec ses grosses mains blanches. Devlin ne se doutait pas que Shepard pût avoir connaissance de l'acte qu'il avait déposé entre les deux Testaments, car il n'était pas naturellement porté au soupçon, ne se complaisait pas, comme certains, à s'imaginer victime de trahisons. Il espérait, tandis que les minutes lentement s'égrenaient, que Shepard bornerait sa lecture aux parties plus anciennes du livre, et que celui-ci lui serait rendu avec la feuille roussie toujours à sa place, insoupçonnée, intacte. Devlin savait que la religion de Shepard était de la variété résolument lévitique ; il n'était pas déraisonnable d'espérer qu'il se cantonnerait, en feuilletant, aux pages du Pentateuque, ou bien aux Chroniques et aux Rois.

Il était peu probable qu'il fût amateur des petits prophètes… mais les Évangiles étaient au menu de tous les lecteurs, plus particulièrement le dimanche. Il allait sans doute consulter ces pages, n'importe sa nuance dogmatique, et, cela étant, il était presque inévitable qu'il trouverait le document.

Finalement, la discussion de l'après-midi arriva à son terme, et Devlin, non sans une certaine appréhension, prit congé des détenus dont il avait la charge spirituelle. Le brigadier de service ravala un bâillement en lui adressant un signe de tête au passage ; Devlin ouvrit lui-même la porte ; dans la maison d'arrêt, tout se taisait. Il traversa la cour, monta les marches de la résidence du gouverneur et frappa.

À l'intérieur, la voix grave de Shepard le pria d'entrer. Devlin obtempéra et, traversant l'entrée aux murs de calicot, prit le chemin du cabinet. La porte était ouverte ; le pasteur vit de prime abord que sa Bible reposait sur la table du gouverneur, ouverte elle aussi et surmontée de la feuille sauvée des flammes, bien en évidence.

*Ce onzième jour du mois d'octobre, l'an mil huit cent soixante-cinq, une somme de deux mille livres sera remise en donation à* MLLE ANNA WETHERELL, *ci-devant de la Nouvelle Galles du Sud, par* M. EMERY STAINES, *ci-devant de la Nouvelle Galles du Sud, acte attesté par* M. CROSBIE WELLS, *lequel a présidé à sa rédaction.*

Shepard joignit les mains et attendit ce que l'autre dirait.

— C'est une petite chose que j'ai trouvée, déclara Devlin. Qui ne peut être d'aucune utilité à personne.

— D'aucune utilité ? À personne ? répéta Shepard, goguenard. Ma foi ! Pourquoi dites-vous cela ?

— L'acte est nul. La partie principale n'a pas signé. Le document est donc sans valeur aux yeux de la loi.

Cowell Devlin, comme tous ceux qui répugnent à s'avouer leurs propres fautes, n'aimait pas non plus en faire l'aveu à d'autres. Il montait sur ses grands chevaux chaque fois qu'il se voyait accusé de mal faire.

— En effet, approuva Shepard. C'est illégal.

— Je veux dire que cela *n'engage pas*, reprit Devlin en se rembrunissant. Cela n'engage pas légalement.

— C'est bien dommage. N'êtes-vous pas de cet avis ? fit Shepard sans ciller.

— Pourquoi donc ?

— Si seulement Emery Staines avait signé… voyons, la moitié du trésor trouvé dans la cabane de Crosbie Wells appartiendrait à Anna Wetherell ! Ce serait un beau coup de théâtre, n'est-ce pas ?

— Mais le trésor trouvé chez le vieux reclus n'a jamais appartenu à Emery Staines.

— Non ? Je vous demande pardon, mais vous semblez avoir là-dessus une certitude que j'avoue ne pas partager.

Cowell Devlin savait pertinemment que l'or découvert dans la cabane de Crosbie Wells provenait de quatre robes, passées entre les mains et sous l'aiguille de Lydia Wells, puis achetées par Anna Wetherell ; il savait que l'or avait été prélevé, puis amalgamé par le fondeur Ah Quee, enfin volé par Staines et déposé, à un moment ultérieur et indéterminé, dans la demeure de Wells. Pourtant, il ne pouvait rien confier de tout cela à Shepard. Il se borna donc à répondre :

— Nous n'avons aucune raison de croire que le trésor ait appartenu à M. Staines.

— Si ce n'est le fait que M. Staines a disparu le jour même de la mort de M. Wells, et que celui-ci, de l'avis général, n'avait pas une grosse fortune. Ceci, mon révérend, dit Shepard en frappant le papier de son index, paraît certainement pertinent au cas qui nous intéresse. Ce document semble indiquer que Staines était à l'origine du trésor… et qu'il entendait en donner la moitié… *exactement* la moitié… à une vulgaire prostituée. J'oserais conjecturer que Crosbie Wells, en sa qualité de témoin, était dépositaire et gardien du trésor au moment de sa mort.

Le raisonnement était logique. Peut-être Shepard n'avait-il pas tort sur ce point, pensa Devlin, même s'il partait, bien sûr, de prémisses erronées. Il dit tout haut :

— Vous avez raison, cela paraît bien avoir rapport à la question. Pourtant, comme je vous l'ai déjà dit, l'acte est nul. M. Staines ne l'a pas signé.

— Je présume que vous avez trouvé ce document dans la demeure de Crosbie Wells, le jour où vous êtes allé chercher sa dépouille.

— C'est exact, dit Devlin.

— Si vous avez eu si grand soin de le conserver, reprit Shepard, c'est que vous aviez sans doute une idée de la valeur qui pourrait s'y attacher. Pour certaines personnes. Anna Wetherell, par exemple. Ce papier pourrait faire d'elle la femme la plus riche de ce côté-ci des Alpes du Sud.

— Pas du tout, protesta Devlin. L'acte n'est pas signé.

— S'il était signé, corrigea Shepard.

— Emery Staines est mort, affirma Devlin.

— Vraiment ? fit Shepard. Mon Dieu ! Encore une certitude que je ne puis partager.

— La promesse de richesses considérables est insidieuse, repartit Cowell Devlin en se croisant les mains sur le ventre à la manière des ecclésiastiques, sans se laisser intimider. C'est une tentation à nulle autre pareille, qui fait miroiter devant nos yeux de grandes possibilités et un grand pouvoir, choses que nous désirons tous. Informer Mlle Wetherell de l'existence de ce document, ce serait lui inspirer un espoir chimérique. Elle commencerait à rêver de possibilités et d'un pouvoir au-dessus de son état ; elle ne se contenterait plus de la vie qu'elle a menée jusque-là. Je craignais cette éventualité. C'est pourquoi j'ai résolu de garder l'information pour moi, du moins jusqu'au jour où Emery Staines reviendrait ou serait trouvé mort. Si, de fait, on découvre son cadavre, je détruirai ce papier. S'il est toujours en vie, j'irai le voir pour le lui montrer en lui demandant si, oui ou non, il désire y apposer sa signature. À lui de choisir.

— Et si Staines n'est jamais retrouvé ? intervint le geôlier. Que se passera-t-il alors ?

— Ma décision est dictée par la compassion, monsieur Shepard, répondit fermement Devlin. J'aurais de graves appréhensions pour l'avenir de la pauvre Mlle Wetherell, si l'acte de donation était rendu public ou qu'il vînt à tomber entre de mauvaises mains. Si M. Staines n'est jamais retrouvé, il n'y aura pas d'espoirs brisés, pas de sang versé, pas de foi perdue. J'estime que ce sera une grande miséricorde. N'êtes-vous pas de cet avis ?

Les yeux pâles de Shepard brillaient d'une lueur humide... signe chez lui d'une réflexion intense.

— Attesté par M. Crosbie Wells, murmura-t-il. Lequel a présidé à la rédaction.

— En tout état de cause, reprit Devlin, il n'est guère probable qu'un homme fasse cadeau d'une telle somme d'argent à une prostituée. Il y a à parier que ce document est une sorte de plaisanterie. Une mystification.

— Vous mettez en doute les talents de la dame ? demanda Shepard d'un air soudain amusé.

— Je me fais mal comprendre, fit Devlin sans se départir de son calme. Je voulais dire simplement que ce n'est pas une situation qui se rencontre dans la vie : qu'un homme donne deux mille livres à une fille publique. En cadeau, s'entend... et en une seule fois.

Là-dessus, Shepard referma brusquement la Bible, de façon à serrer de nouveau le document volé entre les pages. Il rendit le livre à l'aumônier et dit, avançant déjà l'autre main pour reprendre sa plume, comme s'il se désintéressait du sujet :

— Je vous remercie de m'avoir prêté votre Bible.

Un signe de tête encore, pour indiquer au pasteur qu'il pouvait disposer, et il se pencha sur ses comptes et se remit à additionner les colonnes.

Devlin resta un moment entre le zist et le zest, hésitant, la Bible à la main. Une marge de la feuille roussie débordait de la tranche du volume, le divisant en deux moitiés inégales.

— Mais qu'en pensez-vous ? demanda-t-il enfin. Quel est votre avis ?

— Mon avis sur quoi ? fit Shepard sans se laisser distraire.

— Ce document !

— Vous avez sans doute raison : ce sera une plaisanterie, d'une sorte ou d'une autre. Une mystification.

Posant un doigt sur la page pour ne pas y perdre sa place, Shepard se pencha pour tremper sa plume dans l'encrier.

— Ah ! oui, dit Devlin.

— L'acte est nul, comme vous me l'avez fait remarquer, ajouta le geôlier d'un ton mondain en tapotant le bec de son instrument contre le bord de l'encrier.

— Oui.

— Le témoin est mort sans l'ombre d'un doute, et la partie principale, probablement, aussi.

— Oui.

— Mais si vous voulez une réponse de première main, vous devriez peut-être passer ce soir à la *Fortune du Voyageur*, avec tous les autres mécréants.

— Pour parler à M. Staines ?

— Pour parler à Anna, riposta le geôlier d'un ton improbateur. Et maintenant, mon révérend, si cela ne vous ennuie pas, j'ai du travail qui m'attend.

Lorsque Devlin eut refermé la porte derrière lui, Shepard posa sa plume et alla prendre dans sa bibliothèque un dossier dont il détacha une seule et mince feuille de papier : l'unique exemplaire du contrat signé trois semaines auparavant avec Harald Nilssen, aux termes duquel le courtier s'était engagé à garder le silence sur sa contribution de quatre cents livres. Shepard frotta une allumette contre le montant de l'étagère et l'approcha du papier, maintenu par un coin entre deux doigts de l'autre main. Il inclina la feuille jusqu'à ce que le feu eût effacé les signatures puis, lorsqu'il lui devint impossible de la tenir plus longtemps, la laissa choir à terre et la regarda se réduire à rien, petit tas gris qu'il écarta du bout de sa chaussure.

Cela fait, il se rassit à son bureau, tira une feuille vierge de dessous le livre de comptes, trempa sa plume et écrivit d'une main lente et mesurée :

UN DON DE CONSCIENCE.

À la rédaction du *West Coast Times.*

*le 18 février 1866*

*Monsieur,*

*Cette lettre est une réponse à* M. ALISTAIR LAUDERBACK, *conseiller provincial et député à la Chambre, qui répand des calomnies préjudiciables à moi soussigné et, partant, à tous mes associés et commanditaires, dont la commission des travaux publics du Westland, le Conseil municipal, les services du commissaire de la Couronne, les édiles de Hokitika, &c. Il est de mon devoir de rectifier les erreurs de M. Lauderback, et ainsi de rétablir le respect des bienséances, des personnes et des faits.*

*Il est de fait que la construction de la future Maison pénitentiaire de Hokitika a été largement facilitée grâce à une donation faite par un particulier du*

*Westland. M. Harald Nilssen, de la société Nilssen & Cie, a fait don au Conseil d'une somme de quatre cents livres environ, ce montant devant servir, suivant la volonté expresse du donateur, à promouvoir le bien public. La somme provenait de la commission touchée en rémunération d'un travail honnête. C'était (en cela M. Lauderback dit vrai) une part du trésor trouvé chez feu M. Crosbie Wells, courtage auquel M. Nilssen avait légalement droit, en rémunération de services rendus à la satisfaction de son client. M. Lauderback voudra bien se rappeler que, aux yeux de la loi, une « donation » se distingue d'un « placement », en ceci qu'elle n'instaure pas une relation de débiteur à créancier ; soit, en termes plus clairs, une donation n'a pas vocation à être remboursée. En comprenant que la donation de M. Nilssen était un acte de charité, d'un ordre éminemment vertueux et altruiste, M. Lauderback reconnaîtra de surcroît qu'il n'a été porté atteinte à aucun article du code ni à aucun règlement.*

*Je considère que rien ne rend un témoignage plus profond et plus pérenne des progrès de la civilisation que les travaux publics, et je suis convaincu que la Maison pénitentiaire de Hokitika offrira sous tous les rapports précisément un tel témoignage. Si d'aventure M. Lauderback trouve la présente explication insuffisamment limpide à son gré, je l'invite cordialement à révéler au corps électoral ce qu'il a jusqu'à présent dissimulé, à savoir la liaison de cœur qu'il a entretenue avec Mme Lydia Wells, veuve de Crosbie. Dans l'attente des déclarations complètes de M. Lauderback à ce sujet, je demeure*

*Votre dévoué, &c.*

*GEORGE M. SHEPARD*

Lorsqu'il en eut fini, Shepard sécha la page, prit encore une feuille vierge et recopia la lettre intégralement… avec une précision telle, qu'il eût fallu collationner longuement les deux exemplaires pour relever la moindre différence. Il plia alors les deux feuilles, inscrivit deux adresses de son écriture laborieuse et cacheta les plis. La cire une fois durcie, il sonna Mme George et lui demanda de faire venir le petit facteur, pour la seconde fois déjà ce jour-là. L'ordre fut exécuté aussitôt.

Le facteur était un gamin taché de son, la tête couronnée d'une tignasse jaune bouclée.

— Celle-ci est à remettre à Löwenthal, au bureau du *Times*, dit Shepard. Tu t'en occuperas en premier lieu. L'autre ira ensuite à Harald Nilssen, à la Salle des ventes de Gibson's-quay. Compris ?

— Y a-t-il un message ? demanda le gamin en empochant les plis.

— Seulement pour M. Nilssen. Tu lui diras que je l'attends sur le chantier demain matin. Tu t'en souviendras ? Dis-lui : sans reproches, sans rancune et sans questions.

## MARS EN CAPRICORNE

*Où Gascoigne trouve un terrain d'entente avec Francis Carver ; Sook Yong-cheng agit sous l'empire d'une fausse impression ; et Quee Long offre des conseils au vengeur.*

Aubert Gascoigne aimait les navires comme seul peut le faire un marin d'eau douce. Depuis trois semaines, il s'était aventuré plus d'une fois jusqu'à la pointe de Hokitika pour méditer sur la coque brisée de l'*Adieu-vat* et dresser la carte de ses progrès, à mesure que la manœuvre l'amenait petit à petit de plus en plus près du rivage. À présent que l'épave avait enfin été hissée sur la grève, il avait une bien meilleure occasion de l'inspecter et de jauger, de son œil inexpert, l'étendue des dégâts. C'est là qu'il se rendit en prenant congé de Moody… n'ayant aucune autre occupation en ce dimanche après-midi, car il avait déjà lu les journaux, il n'avait pas soif, et le temps était au beau, trop riant et ensoleillé pour rester enfermé.

Il se trouvait assis là, au pied d'un fanal, depuis

quelques heures, à suivre les travaux de sauvetage du vaisseau en roulant entre ses mains une pierre mouchetée de vert ; il avait bâti sur la plage un petit château, ceint de remparts formés de piles de galets aplatis insérés dans des monticules de sable. Quand, un peu après cinq heures, le vent changea soudain, plaquant son col contre sa nuque et faisant courir un frisson humide dans son dos, Gascoigne décida de rentrer. Il se releva, se secoua pour faire tomber le sable de ses vêtements, et il se demandait justement s'il allait piétiner son château ou plutôt le laisser debout, lorsqu'il aperçut un homme qui s'était posté à une cinquantaine de mètres de là. Il se tenait les jambes bien écartées, les bras croisés sur la poitrine, comme pour marquer sa désapprobation de ce qu'il voyait ; son habit, de couleur sombre, et toute sa posture exprimaient une implacabilité de la sorte la plus désolamment dénuée d'humour. Il tourna un peu la tête, et Gascoigne aperçut fugitivement l'éclat terne d'une cicatrice.

Si Gascoigne n'avait jamais rencontré Francis Carver dans le monde, il n'était pourtant pas sans le connaître de réputation, notamment par ce qu'Anna Wetherell avait donné à entendre, plus d'un mois auparavant, sur la mort violente de l'enfant qu'elle portait. Un tel récit était bien fait pour le pousser à fuir le capitaine comme la peste, mais l'animosité de Gascoigne était de celles qui réclament moins une manifestation publique qu'une confirmation intime : aimant à regarder le cas qu'il faisait des autres comme une fontaine ou un puits privé, dont il lui était loisible ou bien de troubler les eaux, ou bien de boire à sa guise, quand et comme il voulait, il prenait un réel plaisir à se lier avec ceux qu'il avait, à part lui, des motifs de mépriser.

Il aborda Carver en soulevant son chapeau.

— Excusez-moi, monsieur… Êtes-vous le capitaine de ce vaisseau ?

Francis Carver le dévisagea un moment avant de répondre en hochant la tête :

— Je l'étais.

La balafre blanche qui marquait sa joue était légèrement plissée à un bout, comme l'étoffe où une couseuse plante son aiguille en laissant là son ouvrage en fin de journée ; ici, l'aiguille fantôme se trouvait juste au coin de la bouche, qu'elle semblait tirer vers le haut, comme dans une tentative pour en infléchir l'expression sévère et lui faire ébaucher… sans succès… un sourire.

— Si je peux me permettre de me présenter : Aubert Gascoigne, dit Gascoigne en tendant la main. Je suis clerc au tribunal.

— Clerc ? fit Carver en le regardant derechef. Quelle sorte de clerc ?

Il serra la main tendue, mollement, succinctement, sans dissimuler sa réticence.

— Tout au bas de l'échelle, répondit Gascoigne sans fausse modestie. Je m'occupe surtout des petits litiges entre particuliers… rien d'important… mais il nous arrive aussi de statuer sur l'attribution de certaines indemnités d'assurances.

Montrant l'épave d'un vapeur couché sur le flanc juste au delà de l'embouchure de la rivière, à une cinquantaine de mètres de l'endroit où ils se trouvaient, il poursuivit :

— Concernant ce bâtiment-là, par exemple. Nous

avons abouti à une opération blanche. De justesse, mais le patron ne demandait pas mieux ; il avait cru en être pour cinq cents livres de sa poche.

— Les assurances, dit Carver.

— Oui, entre autres. J'ai d'ailleurs une certaine expérience personnelle en la matière, ajouta Gascoigne en prenant dans sa poche son étui à cigarettes. Le père de feu mon épouse était assureur maritime.

— Pour quelle compagnie ?

Gascoigne ouvrit l'étui d'argent avec un claquement sec tout en répondant :

— La Lloyd's… de Londres. J'ai observé les progrès de l'*Adieu-vat* ces dernières semaines. Cela fait plaisir de le voir enfin à sec. Quelle entreprise ! Un effort monumental, si je peux me permettre de louer le travail de l'équipage… et le *vôtre*, monsieur, aux leviers de commande.

Carver le fixa de nouveau, puis reporta son regard sur le pont de l'*Adieu-vat*. Contemplant son navire naufragé, il demanda :

— Que voulez-vous ?

— Surtout pas vous offusquer, protesta Gascoigne, qui marqua une pause, les paumes ouvertes, une cigarette entre les doigts. Je vous l'assure : loin de moi de vouloir m'immiscer dans vos affaires privées. Simplement, j'ai suivi les travaux de sauvetage du navire. C'est un privilège rare, de voir un bâtiment comme celui-là sur la terre ferme. On mesure mieux ce qu'il représente.

— Je voulais dire : avez-vous quelque chose à vendre ?

Carver ne détourna pas les yeux du spectacle du

navire. Gascoigne, occupé à allumer sa cigarette, mit un moment à répondre.

— Pas du tout, déclara-t-il finalement en soufflant une bouffée de fumée blanche par-dessus son épaule. Je ne suis lié à aucune compagnie d'assurances. Cela m'intéresse, c'est tout, à titre privé. Je suis curieux, si vous voulez.

Carver garda le silence.

— J'aime à venir m'asseoir sur la plage le dimanche, reprit Gascoigne. Par beau temps. Mais si vous me trouvez importun, dites-le, je vous en prie.

— Je ne voulais pas être impoli, se défendit Carver avec un brusque mouvement de tête.

Gascoigne balaya les excuses d'un revers de main :

— C'est horrible de voir échouer un si beau navire.

— Il est beau, c'est vrai.

— Une merveille. Une frégate, n'est-ce pas ?

— Un trois-mâts barque.

— Construit en Angleterre ?

— C'est un doublage en cuivre que vous voyez là.

— Oui, un beau bateau..., fit Gascoigne avec un hochement de tête distrait en réponse à l'affirmatif appuyé de Carver. J'espère bien qu'il était assuré.

— On ne peut pas jeter l'ancre dans un port sans être assuré. Ça vaut pour tous les vaisseaux. Sans cela, on n'a pas le droit de décharger. Vous devriez le savoir, vous qui prétendez vous y connaître en assurances.

Carver avait parlé d'une voix sans timbre, pleine de mépris, comme s'il ne se souciait pas du sens qu'on pourrait donner à ses propos, du souvenir qu'on en pourrait garder ou de l'usage qui en pourrait être fait.

— Bien sûr, bien sûr, acquiesça Gascoigne, passant là-dessus. Je voulais dire que je suis content pour vous, que vous n'en soyez pas de votre poche.

— J'y laisserai mille livres, tout compte fait, grogna Carver. Tout ce que vous voyez là coûte de l'argent… et c'est moi qui paie.

Gascoigne se tut un moment, puis demanda :

— Et la P & I ?

— Connais pas.

— Protection et indemnité. Pour les accidents extraordinaires.

— Connais pas, répéta Carver.

— Vous n'êtes pas membre d'un club d'armateurs ?

— Non.

— Ah ! fit Gascoigne en inclinant la tête avec gravité. Tout sera donc pour votre compte. Tout cela…

D'un grand geste, il embrassa l'épave échouée, les vérins, les chevaux, les remorqueurs, les rouleaux et le treuil.

— Oui, confirma Carver, toujours sans émotion. Tout ce que vous voyez là. Et je suis obligé de payer chaque homme une guinée de plus qu'il ne vaut pour faire le badaud et nouer… ou dénouer… ses souliers et donner son avis sur l'avis du voisin, jusqu'à ce que tout le monde y perde sa salive et que moi, je me trouve soulagé de mille livres.

— Je suis désolé, dit Gascoigne. Voulez-vous une cigarette ?

Carver observa un instant l'étui d'argent avant de refuser :

— Merci. Je n'ai pas de goût pour ces choses-là.

Gascoigne aspira profondément la fumée de la sienne et, plongé dans ses pensées, se tut jusqu'à ce que Carver le relançât :

— Vous avez tout de même l'air de vouloir me vendre quelque chose.

— Une cigarette ? s'étonna le clerc en riant. Je vous l'offrais gratuitement.

— Je pense que je gagne toujours en refusant, opina Carver.

Gascoigne rit derechef, puis :

— Dites-moi : y a-t-il longtemps que vous avez acheté ce navire ?

— Vous posez beaucoup de questions. En quoi cela vous regarde-t-il ?

— Enfin, cela ne porte pas vraiment à conséquence. À moins que l'achat ne remonte à moins d'un an. Mettons que je n'aie rien dit.

Mais il avait piqué la curiosité de Carver, qui le fixa de nouveau, puis déclara :

— Le navire m'appartient depuis mai dernier. Dix mois.

— Ah ! Voilà qui est très intéressant ! Cela pourrait peser en votre faveur, voyez-vous.

— Comment cela ?

Gascoigne cependant ne répondit pas aussitôt. Il plissa les yeux et fit semblant de ruminer avant de reprendre enfin :

— Celui qui vous l'a vendu… Vous a-t-il transmis une garantie conventionnelle ? Je m'explique : avez-vous hérité d'un contrat existant ou avez-vous souscrit vous-même une assurance ?

— Je n'ai rien souscrit, dit Carver.

— Le vendeur était-il armateur de métier, peu

ou prou ? Possédait-il d'autres navires, outre l'*Adieu-vat* ?

— Quelques-uns, oui. Des clippers. Loués à des affréteurs.

— Pas de vapeur ?

— Des voiliers. Pourquoi ?

— Et rappelez-moi : d'où veniez-vous quand vous vous êtes échoué ?

— De Dunedin. Allez-vous me dire où mènent toutes ces questions ?

— Seulement de Dunedin, répéta Gascoigne en hochant la tête. Bien. Maintenant, si vous voulez bien me passer une dernière impertinence, pourrais-je vous demander les circonstances concrètes du naufrage ? Je présume qu'il n'y a pas eu impéritie, rien de ce genre qui vous aurait fait sombrer ?

Carver répondit d'abord à la dernière question, par un signe négatif, et se prêta au jeu :

— La marée était basse, mais nous étions loin du rivage. J'ai filé soixante-cinq pieds de chaîne, et quand elle a touché le fond, j'ai jeté deux ancres et dans les vingt pieds encore. J'ai donné ordre de ne pas laisser filer et d'attendre le matin. Mais alors, sans crier gare, nous avons donné sur la barre par le travers. Il pleuvait, et la lune était derrière les nuages. Le vent avait éteint les feux des balises. Il n'y avait rien à faire. Rien qui pourrait être qualifié d'impéritie. Pas sous mon commandement.

Pour Francis Carver, c'était là un très long discours. L'histoire contée, ses bras se croisèrent de nouveau sur sa poitrine, sa physionomie se ferma, et il parla encore, avec un froncement de sourcils :

— Écoutez ! Qu'est-ce qui me vaut votre intérêt ?

Je vous conseille de ne pas tourner autour du pot. J'aime les gens carrés en affaires, moi.

Gascoigne se rappela que l'homme avait tué son propre enfant. L'idée était étrangement excitante. Prenant un ton léger, il dit :

— J'ai pensé à quelque chose qui pourrait vous aider.

— Qui vous dit que j'ai besoin d'aide ? se rebiffa Carver, la mine plus sombre encore.

— Vous avez raison. Je suis impertinent.

— Dites, quand même.

— Eh bien, voilà. J'ai déjà mentionné le père de feu mon épouse. Il travaillait dans les assurances maritimes. Sa spécialité, c'était la P & I, l'assurance dite « protection et indemnité ».

— Je vous ai dit que je ne l'ai pas.

— Oui, mais il y a de grandes chances pour que celui qui vous a vendu le navire… Pourrais-je savoir son nom ?

— Lauderback.

— Pas le politicien ! se récria Gascoigne, feignant la surprise.

— Si.

— Alistair Lauderback ? Mais il est à Hokitika en ce moment même… en lice pour représenter le Westland à la Chambre !

— Finissez ce que vous étiez en train de dire. La P & I.

— Oui, acquiesça Gascoigne en hochant la tête. Je disais donc qu'il y a de grandes chances pour que M. Lauderback soit membre d'une association d'armateurs, s'il possédait plusieurs vaisseaux. Il y a de grandes chances pour qu'il ait versé une cotisation annuelle à un fonds de garantie mutuelle P & I, une sorte d'assurance complémentaire, qui ne ressemble pas tout à fait à ce que vous ou moi, nous concevons comme une police conventionnelle.

— Il s'agit de garantir le chargement ?

— Non. La P & I fonctionne plutôt comme une caisse de secours où tous les armateurs versent une redevance annuelle et dont ils peuvent retirer des fonds s'ils se trouvent responsables de dommages que les assureurs ordinaires refusent d'indemniser. Dans les cas comme celui auquel vous faites face en ce moment. Pour l'enlèvement des épaves, par exemple. Il se peut que l'*Adieu-vat* soit toujours couvert, malgré le changement de propriétaire.

— Comment ? demanda Carver sans montrer de curiosité.

— Eh bien, si la P & I a été souscrite il y a un certain temps déjà et qu'il s'agisse du premier sinistre important ayant frappé ce navire, alors le compte de M. Lauderback pourrait être créditeur pour l'*Adieu-vat*. Voyez-vous, la P & I ne fonctionne pas comme les assurances ordinaires… il n'y a pas d'actionnaires, pas même de compagnie à proprement parler : personne ne cherche à faire de profit sur le dos des autres. Au contraire, c'est une société coopérative, un club formé par les armateurs eux-mêmes. Chacun paie chaque année sa redevance, jusqu'à ce qu'il y ait dans la cagnotte une somme suffisante pour couvrir tout le monde. Ensuite, les navires restent garantis… du moins, jusqu'au premier gros ennui qui oblige l'un ou l'autre à puiser dans la caisse commune. L'idée de compte créditeur rend assez bien le principe.

— Comme un compte particulier. Pour l'*Adieu-vat*.

— Tout juste.

— Comment savoir ce qu'il en est ? demanda Carver après un moment de réflexion.

— Vous pourriez vous renseigner autour de vous, répondit Gascoigne en haussant les épaules. Il s'agirait d'une association ayant déposé ses statuts, avec une liste nominale de tous les membres cotisants. Quant à l'affiliation de Lauderback, c'est bien sûr une simple supposition de ma part… mais une supposition, j'ose le croire, assez probable.

En fait, c'était plus que probable : c'était certain. Alistair Lauderback *était* effectivement membre d'un club de protection et indemnité, dont la garantie couvrait tous ses navires, le compte de chacun *était* créditeur à hauteur de près de mille livres, et Carver *était* en droit de toucher ces fonds pour faire face aux frais d'enlèvement de l'épave de la pointe de Hokitika, à la seule condition d'en faire la demande avant la mi-mai, date anniversaire de la vente du navire, qui marquerait la fin de toute obligation légale de Lauderback à l'égard de l'*Adieu-vat*. Gascoigne savait tout cela positivement, car il s'était renseigné pour son propre compte, d'abord au bureau de l'Agence maritime Balfour, puis dans les archives du *Times*, à la capitainerie du port et enfin à la Banque de réserve. Il savait que Lauderback était affilié à un petit club d'armateurs, le groupe Garrity, ainsi nommé d'après son membre le plus éminent, John Hincher Garrity, fervent champion de la voile dans son combat d'arrière-garde contre la vapeur, qui était aussi (selon les informations recueillies) député sortant de la circonscription de Heathcote, dans l'est de l'île, et un bon ami de Lauderback.

Il serait juste de préciser que Gascoigne avait réalisé cette enquête dans un tout autre but… sans rapport ni avec les assurances maritimes, ni avec John Hincher Garrity. Depuis le soir du 27 janvier, il avait passé de longues heures dans les bureaux de la capitainerie, à fouiller dans les registres et états des entrées et sorties du port ; il avait fait appel au concours de Löwenthal pour compulser les bulletins politiques des vieux numéros du *Leader*, de l'*Otago Witness*, du *Daily Southern Cross* et du *Lyttelton Times* ; aux archives du tribunal, il avait parcouru tout ce qui touchait de près ou de loin à la nomination de George Shepard, au camp de police provisoire et à la future prison. Il cherchait quelque chose de très particulier : un fil ténu, un quelconque fait concret permettant d'établir un lien entre Shepard et Lauderback, ou entre Lauderback et Crosbie Wells, ou entre Crosbie Wells et Shepard… ou même, allez savoir, entre tous les trois à la fois. Gascoigne était certain qu'au moins l'une de ces connexions possibles jouait un rôle dans le mystère qu'ils essayaient de percer. Jusque-là cependant, son enquête n'avait rien dévoilé d'utile.

La découverte d'une assurance couvrant l'*Adieu-vat* contre les risques extraordinaires n'était pas à cet égard une exception, car les garanties souscrites par Lauderback étaient sans rapport avec le sort de Crosbie Wells, comme avec George Shepard et la nouvelle prison qu'il faisait construire. Néanmoins, il était vrai que Gascoigne avait, comme il l'avait déclaré à Francis Carver, une certaine expérience dans le domaine des assurances maritimes ; il n'avait pas menti non plus en se disant intrigué par le sujet, qui avait nourri autrefois bien des conversations de salon avec son beau-père, dont c'était la profession. Il avait noté avec intérêt l'affiliation de Lauderback au groupe Garrity, classant le fait dans sa mémoire comme un détail qui mériterait plus ample considération à une date ultérieure.

Aubert Gascoigne savait que Francis Carver était une brute épaisse, un homme dont il ne tenait pas à rechercher l'amitié ; il pressentait toutefois qu'il pourrait avoir avantage à se concilier ses bonnes grâces, et c'était dans ce but qu'il l'avait abordé sur la pointe.

Carver, lui, pensait toujours à la police « protection et indemnité ».

— Je suppose qu'il me faudrait l'accord de Lauderback, dit-il. Pour réclamer l'indemnisation. Il faudrait obtenir sa signature.

— C'est possible, concéda Gascoigne, mais le fait que la cession de l'*Adieu-vat* ne remonte qu'à dix mois n'est peut-être pas sans importance. Il pourrait y avoir là une faille. – (C'était bien le cas.) – Et le fait que vous avez hérité de la garantie ordinaire souscrite par Lauderback pourrait aussi vous servir. Si vous héritez du tout, vous héritez aussi des parties, n'est-ce pas ? – (C'était incontestable.) – Vous naviguiez dans les eaux de la Nouvelle Zélande, et si, comme vous dites, il n'y a pas eu impéritie de votre part, il se peut que vous soyez parfaitement en droit de réclamer.

Il avait bien étudié la question. Carver, qui parut impressionné, approuva d'un hochement de tête, et Gascoigne, sentant qu'il en avait assez dit pour aiguillonner sa curiosité, conclut :

— Quoi qu'il en soit, je vous conseillerais de vous renseigner. Vous pourriez vous épargner une dépense considérable.

Sur ce, il reporta son attention sur sa cigarette, la retournant dans sa main pour en examiner la braise et offrir à son interlocuteur l'occasion de le dévisager à son aise.

— Et vous..., fit Carver au bout d'un moment. Qu'est-ce que cela vous rapporte ?

— Rien du tout. Comme je vous l'ai dit, je suis employé au tribunal.

— Vous avez peut-être un ami dans la P & I.

— Non, personne. Ça ne marche pas comme ça... je vous l'ai expliqué du reste, se défendit Gascoigne en lançant son mégot sur les pierres au pied du fanal.

— Vous êtes simplement un amateur de failles.

— Oui, sans doute.

— Quelqu'un qui les signale à l'attention du prochain et passe son chemin.

— Je m'en vais le faire, dit Gascoigne en soulevant son chapeau. Au revoir, capitaine... ?

— Carver, compléta le capitaine sans navire en lui serrant encore la main, bien fermement. Je m'appelle Frank Carver.

— Et moi, Aubert Gascoigne, rappela celui-ci avec un sourire aimable. Je suis à trouver au palais de Justice, si jamais vous avez besoin de me joindre. Allez... Bonne chance avec l'*Adieu-vat* !

— Ça ira.

— C'est vraiment un vaisseau superbe.

En s'éloignant d'un pas nonchalant, Gascoigne commença à s'étonner de lui-même. Il ne se retourna pas, ne regarda pas en arrière… sachant que les yeux sombres de Carver le suivaient le long de la pointe, au delà de l'extrémité du quai, jusqu'au début de Revell-street, où il tourna le coin et leur échappa.

Φ

Au même instant, Sook Yong-cheng, rentrant à Kaniere pour s'entretenir avec son compatriote Quee Long, marchait plongé dans ses pensées, les mains jointes derrière le dos, les yeux rivés au sol devant ses pieds, sans voir. Il remarquait à peine ceux qu'il croisait au bord du chemin, les fardiers chargés qui passaient dans un grincement d'essieux, les rares cavaliers se dirigeant vers les gisements… chacun tête nue et en bras de chemise, profitant du pâle soleil d'été qui semblait diffuser une lumière débonnaire, providentielle du fait même de sa rareté. L'ambiance était à la joie le long de la route de Kaniere ; on entendait çà et là, à travers les arbres, quelques versets d'un hymne, chanté en chœur sans accompagnement, dans l'une des chapelles de fortune des campements de l'arrière-pays. Ah Sook n'y fit pas attention. Ses retrouvailles avec Lydia Greenway… désormais veuve Wells… l'avaient profondément troublé, et pour apaiser cette inquiétude, il revivait sa propre histoire en esprit… se contait exactement le même récit qu'il avait fait à Ah Quee trois semaines auparavant.

Lorsque Francis Carver s'était présenté d'abord à la famille Sook, il avait vingt et un ans, et Yong-cheng, enfant de douze ans, avait conçu tout naturellement de l'admiration pour cet aîné. Carver était un jeune homme renfermé et taciturne, né à Heunggong, dans la famille d'un négociant britannique, et avait grandi en mer. Parlant couramment le dialecte cantonais, il ne nourrissait pourtant aucun amour pour la Chine et projetait de quitter le pays dès qu'il aurait un navire à lui… ambition qui revenait très souvent dans sa conversation. Il travaillait à Kouang-tchéou pour la filiale locale de la maison de commerce Dent & Cie, où son père occupait une position éminente ; pour sa part, il était chargé de surveiller le transfert des marchandises chinoises à l'entrée et à la sortie des entrepôts d'exportation bordant la rivière de la Perle. L'un de ces entrepôts appartenait au père de Sook Yong-cheng, Sook Tch'ouen-yuen.

Sook Yong-cheng ne comprenait pas grand'chose au côté financier des affaires de son père. Il savait que l'entrepôt Sook servait de comptoir aux acheteurs, dont la plupart étaient des sociétés marchandes britanniques. Il savait que Dent & Cie était de loin la plus illustre de ces maisons, celle qui pouvait se targuer des relations les plus influentes et les plus étendues, et que son père était très fier d'y être associé. Il savait que tous les clients de son père payaient les marchandises en argent de bon aloi, et que cela aussi était un titre d'orgueil pour Sook Tch'ouen-yuen ; il savait encore que son père haïssait l'opium et vouait une haute estime au commissaire impérial, Lin Tse-su. Ah Sook ignorait la signification de tous ces faits. En fils loyal, il acceptait toutefois les convictions de son père sans critique, ne doutant pas qu'elles ne fussent à la fois sages et vertueuses.

En février 1839, l'entrepôt Sook fut désigné comme cible d'une enquête impériale… procédure assez courante, mais non sans danger, car aux termes du décret du commissaire Lin, tout marchand chinois trouvé en possession d'opium était passible de la peine capitale. Sook Tch'ouen-yuen avait reçu à bras ouverts les fonctionnaires impériaux… qui avaient découvert dans son entrepôt, cachées au milieu du thé, trente ou quarante caisses de résine d'opium, de cinquante livres pesant chacune. Sook Tch'ouen-yuen eut beau protester, rien n'y fit. Il fut exécuté sur-le-champ, sans jugement.

Ah Sook ne savait que penser. Sa confiance naturelle en l'honnêteté de son père le lui faisait croire victime d'une machination, en même temps qu'une confiance non moindre en la perspicacité paternelle l'obligeait à douter de la possibilité même de pareille tromperie. Il hésitait… mais il n'eut guère le temps d'approfondir la question car, moins de huit jours après l'exécution, la guerre éclata à Kouang-tchéou. Craignant pour sa propre sécurité et celle de sa mère, presque folle de chagrin, Ah Sook s'adressa au seul homme à qui il savait pouvoir se fier : le jeune émissaire de Dent & Cie, Francis Carver.

Il se trouva que M. Carver ne demandait pas mieux que de prendre à ferme l'entreprise de la famille Sook en se chargeant personnellement du fardeau des démarches administratives et de la gestion des affaires… en attendant du moins, dit-il, qu'Ah Sook eût surmonté la perte qu'il venait de subir et que les guerres civiles se fussent apaisées ou soldées par un accord. Feignant de vouloir rendre service au jeune adolescent, Carver avait suggéré qu'il aimerait peut-être continuer à travailler dans le commerce d'exportation, pour honorer la mémoire de son père défunt, malgré la flétrissure qui la frappait. Si tel était le désir d'Ah Sook, Carver s'arrangerait pour l'embaucher comme ouvrier emballeur… lui procurant ainsi un métier correct et parfaitement honorable, quoique subalterne, qui le mettrait à l'abri du besoin jusqu'à la fin de la guerre. Ah Sook s'était empressé d'accueillir la proposition, dont il était fort aise. Quelques heures après cet entretien, il était devenu l'employé de Francis Carver.

Il passa alors quinze ans à emballer des porcelaines dans de la paille et des rouleaux de soie imprimée dans du papier, à empaqueter des boîtes à thé, à charger et décharger des colis, à clouer les couvercles de caisses d'expédition, à coller des étiquettes sur des cartons et à détailler les objets finement ouvragés et sans utilité aucune qui, dans les inventaires, étaient classés sous la rubrique *Chinoiseries**. Il ne vit Carver que rarement pendant cette période, car son employeur était souvent en mer, mais lorsqu'ils se retrouvaient, leurs rapports étaient toujours cordiaux : ils avaient coutume de s'asseoir côte à côte au bord du quai et de partager une bouteille d'alcool en contemplant le spectacle de l'estuaire, dont les eaux brunes viraient d'abord au bleu, puis à l'argenté et finalement au noir, moment où Carver se relevait, assenait à Ah Sook une tape sur l'épaule, lançait le flacon vide dans le fleuve et allait à ses affaires.

Un jour de l'été de 1854, Carver regagna Kouangtchéou après plusieurs mois d'absence et informa Ah Sook, âgé alors de près de trente ans, que leur association touchait à son terme. Sa vieille ambition de commander un navire marchand allait enfin se réaliser : Dent & C^ie^ projetait d'ouvrir une ligne commerciale à destination de Sydney et des champs aurifères du Victoria, et son père avait affrété un beau clipper, le *Palmerston*, pour son compte. C'était un fameux avancement, que Carver n'entendait évidemment pas refuser. Il était venu, disait-il, prendre congé de la famille Sook et clore ce chapitre de sa vie.

Ah Sook reçut les adieux de Carver avec tristesse. Il avait alors perdu sa mère, et la première guerre de l'opium avait été suivie d'une nouvelle révolte à Kouang-tchéou... un conflit âpre et sanglant, qui annonçait une reprise de la guerre, et peut-être même la fin de l'empire. De grands changements se préparaient. Une fois Carver parti, l'entrepôt vendu et le lien avec Dent & C^ie^ rompu, il n'y aurait plus rien pour rattacher Ah Sook à sa vie passée. Sur un coup de tête, il pria Carver de l'emmener. Il pourrait tenter sa chance sur les placers du Victoria, qui avaient déjà attiré bon nombre de ses compatriotes ; peut-être saurait-il, comme ces autres, se faire une nouvelle vie là-bas. Il n'avait plus rien à chercher en Chine.

Carver avait consenti, sans enthousiasme. Oui, pourquoi pas ? Ah Sook pourrait embarquer, mais il devrait payer le prix de son passage, et lui, Carver, ne voulait pas l'avoir dans les jambes pendant le trajet. Le *Palmerston* allait faire escale à Sydney, passant quinze jours en rade de Port-Jackson, pour charger et décharger, avant de pousser jusqu'à Melbourne, dans le Sud ; pendant ces quinze jours, Ah Sook ne devait pas bouger de son coin ; Carver, qui avait pris désormais le titre de « capitaine », ne voulait pas entendre parler de lui. Lorsque le

*Palmerston* mouillerait à Port-Phillip, ils se sépareraient pour aller chacun de son côté et ne plus se revoir, comme deux étrangers, n'ayant pas de comptes à régler. Ah Sook souscrivit à toutes ces conditions. Pris tout à coup d'une fièvre d'activité, il se défit du peu de choses qu'il possédait, changea sa maigre épargne en livres sterling et réserva son passage en troisième classe (Carver ne lui permettait pas de viser plus haut). Il était, comme il allait bientôt s'en rendre compte, le seul passager à bord.

La traversée jusqu'à Sydney se passa sans incident ; en s'y reportant en esprit, Ah Sook trouvait dans sa mémoire une brume stagnante et nauséeuse, petit à petit éclaircie par la sorte d'aura qui annonce une migraine. Lorsque le navire commença la longue approche du goulet du port, Ah Sook, faible et mal nourri après des semaines en mer, réussit enfin à s'extraire de sa couchette et s'aventura sur le pont. Il fut d'emblée frappé de la qualité étrange de la lumière ; il lui semblait qu'en Chine elle était plus fine, plus blanche, plus nette. La lumière d'Australie était très jaune, et sa clarté avait une épaisseur insolite, comme si le soleil y était toujours sur le point de se coucher, même le matin ou à midi.

Une fois au mouillage dans Darling Harbour, le capitaine prit à peine le temps d'échanger son pied marin contre une démarche plus sûre : il descendit l'échelle de coupée, enfila le quai et entra dans le premier bordel rencontré, sans regarder en arrière. L'équipage se hâta de prendre le même chemin ; en un rien de temps, Ah Sook se retrouva ainsi seul à bord. Il quitta le navire et, gravant l'emplacement dans sa mémoire, entreprit de se rendre en ville… se proposant, un peu naïvement, de se faire une idée du pays où désormais il allait vivre.

Ah Sook savait très mal l'anglais, pour la bonne raison qu'avec Carver il avait toujours parlé cantonais, et qu'il n'avait point d'autres connaissances de langue britannique. Il rechercha des visages chinois sur les quais, en vain ; s'aventurant plus loin, il parcourut les rues pendant des heures, guettant une enseigne, ne fût-ce qu'un seul caractère, qu'il saurait comprendre. Il ne trouva rien. Finalement, il entra dans le poste de douane, prit sous le ruban de son chapeau un des billets de banque qu'il y avait cachés et le brandit, déplié : peut-être l'argent parlerait-il pour lui. Le douanier haussa les sourcils… mais avant qu'il ne pût prononcer une parole, le chapeau fut arraché de la main d'Ah Sook. Celui-ci pivota et vit un gamin, nu-pieds, qui se sauvait à toute vitesse. Outré, Ah Sook poussa un cri et se lança à sa poursuite, mais le gamin était rapide et s'orientait parfaitement dans le dédale des docks ; en quelques minutes, Ah Sook le perdit de vue.

Il chercha le voleur jusque bien après la tombée de la nuit. Lorsque enfin il renonça et retourna au poste de douane, les fonctionnaires se bornèrent à secouer la tête avec des gestes d'impuissance. Ils braquaient l'index du côté de la ville et lâchaient des torrents de paroles. Ah Sook ne comprenait ni ce qu'ils essayaient de lui montrer, ni ce qu'ils disaient. Il sentait un sanglot lui monter à la gorge. Son chapeau contenait toute sa fortune, à l'exception du seul billet qu'il en avait extrait : il se trouvait réduit presque à la mendicité. Affolé, il ôta l'une de ses bottes, inséra ce dernier viatique dans le creux du talon, se rechaussa et prit le chemin du *Palmerston*. Il y avait au moins un homme à Sydney qui parlait cantonais.

Ah Sook aborda le bordel avec précaution. Des notes de piano lui parvenaient de derrière les murs… des sonorités inconnues, mais qu'il trouvait bien carrées, rassurantes. Il hésitait sur le pas de la porte, incertain s'il devait frapper, lorsque le battant s'ouvrit brusquement, et un homme se montra.

Ah Sook s'inclina. Il tenta d'expliquer, aussi courtoisement que possible, qu'il souhaitait parler à un monsieur du nom de Carver, capitaine du *Palmerston*. L'homme à la porte répondit par une cascade de sons inintelligibles. Ah Sook persista, répétant le nom de Carver en articulant lentement et avec grand soin. Il reçut la même réponse. Il tenta alors, d'un geste du plat de la main, d'indiquer son désir de contourner l'homme pour entrer chercher Carver lui-même. Mal lui en prit. L'homme avança une pogne énorme, saisit Ah Sook au collet, l'enleva de terre et le jeta littéralement en bas des marches du perron. Il tomba douloureusement, en se cognant le poignet et la hanche. L'homme retroussa ses manches et descendit dans la rue. Il aspira une dernière bouffée de fumée et, d'une chiquenaude, balança son cigare dans l'eau du bassin. Cela fait, il arbora un grand sourire et leva les poings. Ah Sook eut grand'peur. Portant lui aussi les mains en avant, pour bien montrer qu'il ne voulait pas se battre, il demanda grâce. L'homme lança un appel… ou peut-être un ordre… par-dessus son épaule et, l'instant d'après, un autre, au visage plus maigre et au nez plus crochu, apparut à la porte du bordel. Le nouveau venu courut se poster derrière Ah Sook, le mit debout et emprisonna ses mains derrière son dos… posture qui lui laissait le visage et le torse à découvert. Les deux hommes échangèrent quelques mots. Ah Sook se débattit, mais fut impuissant à dégager ses poignets. Le premier homme, levant les avant-bras devant son visage, se mit à danser lestement d'un pied sur l'autre. Il approcha puis recula plusieurs fois de suite, enfin s'élança vivement et fit tomber une grêle de coups de poing sur la figure et le ventre de sa proie. L'homme derrière Ah Sook fit entendre un petit bruit de gorge louangeur. Le premier grogna en réponse et se recula, pour avancer une seconde fois, toujours en dansottant, et asséner une nouvelle volée de coups. Bientôt, l'incident attira l'attention des fêtards à l'intérieur de l'établissement. Ils se déversèrent dans la rue, apportant avec eux les bruits de leurs réjouissances.

Francis Carver apparut à la porte. Il avait ôté sa veste et portait une chemise froissée avec une cravate bleue, nouée négligemment d'un nœud simple. Il planta les mains sur ses hanches et observa la bagarre d'un air agacé. Ah Sook rencontra son regard.

— *M goi bong ngoh !* cria-t-il à travers le sang qui lui noyait la bouche. *M goi bong ngoh !*

Francis Carver ne semblait même pas le voir. Il ne donna aucun signe de comprendre le langage d'Ah Sook. Un autre fêtard fit une remarque, et Carver répondit en anglais en se détournant.

— *Pang yau ! Ho pang yau !*

Mais Carver ne le regarda plus. Une femme aux cheveux cuivrés vint le rejoindre à la porte, se coulant sous son bras avec une souplesse de serpent ; il lui prit la taille et l'attira contre lui en murmurant dans ses cheveux des paroles insaisissables. Elle rit, et ils rentrèrent ensemble.

Bientôt l'homme derrière Ah Sook ne put plus soutenir le poids mort de son corps ; il le laissa choir en pestant contre le sang qui avait rejailli sur son veston et taché ses manchettes. Le premier continua alors à le frapper à terre, mais c'était là apparemment un spectacle moins apprécié, et la foule, se lassant, ne tarda pas à se disperser. L'homme décocha, de la pointe de sa chaussure, un dernier coup dans les côtes de sa victime, puis rentra à son tour. Son retour dans le bordel fut salué d'une houle de rires, et le piano entama un nouvel air.

Rampant sur les coudes et les genoux, Ah Sook traîna son corps moulu dans la ruelle sur le côté du bâtiment, à l'abri des regards. Il resta là gisant, dans l'ombre, déchiré de douleur à chaque respiration. Il voyait les mâts des navires se balancer. La lune se leva. Au bout d'un moment, il entendit le pas de l'allumeur de réverbères sur le quai et, plus près, le sifflement du gaz et le bruit de la perche heurtant le quinquet. Le noir de la nuit se teinta de gris. Ah Sook craignait d'avoir toutes les côtes cassées. Il sentait une moiteur poisseuse, comme d'une éponge, au-dessus de la naissance de ses cheveux. Son œil gauche s'était fermé. Il ne savait s'il avait encore la force de se lever.

Au bout d'un certain temps, la porte de derrière du bordel s'ouvrit, déversant un flot de lumière jaune sur les pavés. Des pas rapides, furtifs, se glissèrent dans la ruelle. Ah Sook entendit le cliquetis d'une gamelle en fer-blanc qu'on posait sur le sol, puis perçut la fraîcheur d'une main sur son front. Il ouvrit son œil droit et vit, agenouillée devant lui, une jeune femme aux dents de lapin dans un visage effilé et pointu. Murmurant des bouts de phrases qu'il ne comprenait pas, elle trempa un carré de tissu dans l'eau tiède et se mit à essuyer à petites touches le sang de son visage. Il se laissa bercer par sa voix. Elle portait un tablier amidonné, comme une serveuse de bar : sans doute travaillait-elle dans l'établissement. Cette supposition fut confirmée peu après, quand, à un appel lancé à l'intérieur, elle posa le linge en maugréant et repartit d'un trait.

Plusieurs heures s'écoulèrent. Le pianiste ne jouait plus, et le bruit derrière les murs allait en diminuant. Ah Sook dormit un peu. Lorsqu'il se réveilla, il régnait un silence profond, et la serveuse était revenue. Cette fois, elle apportait une boîte à thé sous le bras, une lampe à esprit-de-vin et plusieurs ustensiles roulés dans un morceau d'étoffe. Elle s'agenouilla auprès de lui, posa la lampe avec précaution sur les pavés et régla la molette jusqu'à remplir le verre d'un vif éclat blanc. Ah Sook tourna la tête, aussi doucement que possible, et fut étonné de voir que la boîte à thé était estampillée en chinois, de son nom de famille. Il tressaillit, mouvement que la femme interpréta d'étrange façon ; elle sourit en esquissant un hochement de tête affirmatif, puis posa un doigt sur ses lèvres en signe de secret. Elle ouvrit alors la boîte, fouilla parmi les feuilles de thé et en retira un petit paquet carré, enveloppé dans du papier. Elle lui sourit derechef. Ah Sook ne savait que penser. Il tourna la tête à droite, douloureusement, pour voir les objets que la femme avait extraits de son petit ballot… et découvrit une pipe courte, disgracieuse, posée à côté d'une aiguille, d'un couteau, et d'un petit bol en fer-blanc. Il se retourna pour interroger son visage, mais elle était toute à la tâche de régler la mèche de la lampe, d'assembler la pipe et de préparer la résine. Lorsque enfin l'opium se mit à grésiller et une vrille de fumée blanche à s'échapper de l'ouverture étroite du fourneau, elle inséra le bec de la pipe entre les lèvres d'Ah Sook. Il était trop épuisé pour refuser. Il prit la fumée dans sa bouche et l'y retint.

Il y eut alors une clarté liquide, comme une aube qu'il sentit poindre dans sa poitrine. Un calme parfait inonda tout son corps. La douleur de sa tête et de ses côtes reflua, le quitta aussi simplement et subitement que l'eau, filtrant à travers un carré de soie. L'opium, pensa-t-il, hébété. L'opium. C'était extraordinaire. La drogue était tout à fait extraordinaire. Un miracle, une panacée. La femme lui tendit de nouveau la pipe, et il but avidement à l'embout, à petits coups, tel le mendiant qui aspire le contenu d'une cuiller. Il n'eut aucun souvenir d'avoir perdu conscience, mais lorsqu'il rouvrit ensuite les yeux, il faisait plein jour et la femme n'était plus là. Il gisait derrière le bâtiment, calé entre deux caisses à ordures, une couverture étendue sur son corps et une autre pliée sous sa tête. Quelqu'un… la femme, sans doute ?… avait dû le traîner jusque-là. Ou bien y était-il venu de son propre mouvement ? Ah Sook ne se souvenait pas. Il avait terriblement mal à la tête, et la douleur avait repris possession aussi de sa cage thoracique. De l'intérieur de la maison lui parvenaient des clapotements d'eau et des crissements de couteaux.

Il se souvint alors du paquet d'opium, enfoui dans la boîte de thé. Dent & Cie avait payé ses marchandises en *opium*… car la Grande-Bretagne n'avait plus d'argent, et la Chine n'avait pas besoin d'or. Comment avait-il pu être si sot ? Francis Carver faisait entrer illégalement la drogue en Chine, utilisant l'entrepôt de la famille Sook comme centre d'opérations. Francis Carver avait trahi son père. Francis Carver, qui lui avait tourné le dos en faisant semblant de ne pas comprendre ses cris. Couché sur le côté dans la ruelle, Ah Sook ne bougea pas. Une conviction implacable croissait en lui.

Pendant la semaine qui suivit, la jeune femme aux dents de lapin continua à le nourrir, à l'abreuver et à endormir sa douleur. Elle venait le voir plusieurs fois par jour, sous prétexte ou de donner à manger au cochon, ou de vider les eaux grasses, ou de mettre le linge à sécher ; à la nuit tombée, elle apportait la pipe et lui faisait avaler la fumée jusqu'au reflux de la douleur et à la venue du sommeil. Elle dispensait tous ces soins en silence, et Ah Sook, en la contemplant, restait lui aussi sans rien dire. Il pensait à elle, se posait des questions. Un soir, elle parut, elle aussi, avec un œil poché. Il leva la main pour toucher la meurtrissure, mais elle fronça le sourcil et se détourna.

Au bout de quelques jours, Ah Sook réussit à se mettre debout malgré la douleur, et avant la fin de la semaine, il put marcher en clopinant dans la cour. Il savait que la relâche du *Palmerston* à Sydney ne serait que de quinze jours ; le clipper n'allait pas tarder à repartir vers les gisements aurifères du Victoria, dans le Sud. Ah Sook ne tenait plus à poursuivre son voyage jusqu'à Melbourne. Il voulait seulement s'expliquer avec Carver avant que celui-ci ne remît à la voile.

Depuis que le *Palmerston* avait jeté l'ancre, Carver n'avait pas passé une seule nuit à bord. Il dormait au bordel du port, aux côtés de la femme aux cheveux cuivrés. Ah Sook le voyait venir tous les soirs, avançant à grands pas le long du quai, les bras ballant, les basques au vent. Il ne quittait le bordel qu'en début d'après-midi, et très souvent la femme l'accompagnait jusqu'à la porte de la ruelle pour prolonger discrètement les adieux. Deux fois, Ah Sook avait aperçu le couple qui se promenait dans les docks après la tombée de la nuit. Ils se parlaient comme des intimes, têtes rapprochées, buvant les mots sur la bouche l'un de l'autre, la femme toujours pendue au bras de Carver.

La huitième nuit après la rossée infligée à Ah Sook fut un dimanche, et les noceurs au bordel mirent le holà à leurs bombances bien avant minuit, pour respecter le couvre-feu. Ah Sook se coula jusqu'au quai et vit la silhouette de Carver qui se découpait à la fenêtre du milieu, à l'étage, l'avant-bras levé, appuyé contre le linteau, l'air de scruter les ténèbres en bas. Pendant qu'Ah Sook l'observait, la rousse approcha par derrière, l'attrapa par la manche et l'attira vers le fond de la pièce, loin des regards curieux. Restant dans l'ombre, Ah Sook rebroussa chemin jusqu'à la croisée à guillotine qui s'ouvrait au-dessus du billot de la cuisine. Le châssis glissa sans bruit dans sa coulisse. Il enjamba le rebord. La pièce était déserte. Il regarda autour de lui, à la recherche d'une arme, choisit enfin un hachoir à manche d'os dans le râtelier fixé au mur. Il n'avait jamais brandi d'arme d'aucune sorte contre un autre homme, mais le poids de l'objet dans sa main le rassurait. Tâtonnant dans l'obscurité, il se mit à la recherche de l'escalier.

Il y avait trois portes sur le palier en haut, toutes fermées. Il écouta à la première (silence), à la deuxième (de vagues bruits de corps à corps), enfin à la troisième, derrière laquelle il perçut les tons graves d'une voix d'homme, le grincement d'une chaise, puis encore la réponse murmurée d'une femme. Ah Sook tenta d'estimer la distance entre l'angle de la maison et la fenêtre où il venait d'apercevoir Carver. La troisième porte pouvait-elle donner dans la chambre du milieu ? Cela cadrait-il avec les faits ? Mais oui : il se trouvait à dix pieds du bout du palier, et dans le souvenir visuel qu'il gardait de la façade, la fenêtre était bien à une douzaine de pieds de l'angle. À moins, évidemment, que la deuxième porte ne fût celle d'une pièce plus grande, et celle-ci, d'une petite. Ah Sook colla l'oreille au battant. Il entendit l'homme hausser la voix et lâcher quelques mots anglais… le ton était brusque, l'accent incisif annonçait une colère mal contenue. C'était forcément Carver. Cela ne pouvait être que lui. Dans un subit transport de fureur, Ah Sook força la porte… mais ce n'était pas Carver. C'était l'homme qui l'avait rossé la semaine d'avant. Il tenait la femme aux dents de lapin sur ses genoux, lui serrant le cou d'une main, tandis que l'autre lui écrasait la poitrine. Ah Sook recula, déconcerté… et l'homme, hurlant sa rage, rejeta la femme et bondit sur ses pieds.

Éructant une suite de syllabes à laquelle Ah Sook ne comprit rien, il saisit le revolver posé sur l'une des deux tables de chevet, en même temps que la femme aux dents de lapin plongeait la main dans son corsage et en tirait un petit pistolet de manchon. L'homme visa et arma le chien… Ah Sook tressaillit… mais le mécanisme s'enraya ; il y avait une cartouche brûlée dans la culasse. Avant que l'homme ne pût faire basculer l'arme pour l'expulser, la femme se précipita sur lui et lui enfonça le canon de son pistolet dans la tempe. Troublé, il tenta de la repousser… il y eut un claquement sec… l'homme s'effondra. Ah Sook n'avait pas bougé. La femme aux dents de lapin revint à la charge, prit le revolver dans la main du mort et mit son petit pistolet à la place. Elle tendit alors l'autre arme à Ah Sook, lui referma les doigts autour du canon et, d'un geste, lui fit comprendre qu'il fallait fuir, dare, dare. Ahuri, il fit demi-tour, le revolver dans une main, le hachoir dans l'autre. La femme le saisit aux épaules, le tira en arrière et l'envoya plutôt vers l'issue de service, à l'autre bout du couloir… en y plongeant, il entendit des pas et des clameurs dans le grand escalier.

Une fois dehors, Ah Sook jeta les deux armes à l'eau. Tandis qu'il les regardait s'enfoncer et disparaître, des hurlements s'élevèrent à l'intérieur du bordel, et encore des cris assourdis. Il tourna les talons et se mit à courir. Avant d'arriver au bout du quai, il perçut un bruit de pas derrière lui. Puis quelque chose le frappa dans le dos, et il tomba en avant, face contre terre. Il geignit… ses côtes étaient toujours très douloureuses… et sentit qu'on lui menottait les mains derrière le dos, sans ménagement. Il ne protesta pas lorsqu'on le hissa sur ses pieds pour le coller au piquet qui servait à attacher les chevaux ; celui qui l'avait capturé l'enchaîna à l'anneau de fer du piquet avec une seconde paire de menottes, et il resta ainsi jusqu'à l'arrivée du fourgon de police, qui l'emmena en prison.

Ah Sook ne comprenait goutte aux questions qui lui furent posées en anglais, et ses interrogateurs, de guerre lasse, finirent par l'abandonner à son sort. On n'eut pas l'obligeance de lui proposer les services d'un interprète, et lorsqu'il disait « Carver », les policiers se bornaient à secouer la tête. Il fut enfermé avec cinq autres hommes dans une cellule exiguë. La procédure suivit alors son cours. À la première audience, sa détention fut prolongée et l'affaire renvoyée à six semaines. Le *Palmerston* aurait certainement déjà levé l'ancre, et depuis longtemps ; le sort semblait avoir décidé que Carver lui échapperait pour toujours. Ah Sook passa les six semaines d'attente dans un état d'abattement et d'anxiété extrême, et se réveilla le matin de son procès comme si ce jour devait être celui de son exécution. Comment pouvait-il espérer se défendre ? Il serait condamné, c'était inévitable, et pendu avant la fin du mois.

La cause fut entendue en anglais, et Ah Sook, au banc des accusés, n'en saisit pratiquement pas un mot. Il fut étonné lorsque, après plusieurs heures de discours et de prestations de serments, Francis Carver fut amené à la barre, menotté. Ah Sook se demanda pourquoi ce seul témoin n'était pas libre de ses mouvements. Il se leva, lorsque Carver approcha de la barre, et l'interpella en cantonais. Leurs yeux se rencontrèrent… soudain, un silence se fit, et Ah Sook, parlant calmement et distinctement, jura de venger la mort de son père. Ce fut Carver qui perdit la face et se détourna le premier.

Ah Sook n'apprit que bien plus tard ce qui s'était passé au juste devant la cour. L'homme qu'il était accusé d'avoir tué de sang-froid s'appelait, comme il le découvrit alors, Jeremy Shepard, et la femme aux dents de lapin, dont les soins l'avaient rappelé à la vie, était son épouse, Margaret. L'autre, aux cheveux cuivrés, s'appelait Lydia Greenway ; elle était tenancière du bordel de Darling Harbour, à l'enseigne du *Cheval blanc*. Lors de son procès, Ah Sook ne connaissait le nom de personne ; ce ne fut qu'au lendemain de sa mise en liberté qu'il dénicha un exemplaire du *Sydney Herald* et put payer un négociant cantonais pour lui traduire le compte rendu de la rubrique du Palais… article qui, comme l'affaire avait fait sensation, occupait trois colonnes, presque une page entière.

Les arguments de l'accusation s'articulaient, selon le *Herald*, autour de trois points : premièrement, Ah Sook avait un excellent motif d'en vouloir à Jeremy Shepard, attendu que celui-ci l'avait roué de coups et laissé sur le carreau une semaine auparavant ; secondement, Ah Sook avait été arrêté en fuyant le *Cheval blanc* dans les instants qui suivirent le coup de feu mortel, fait qui le mettait naturellement au premier rang des suspects ; et enfin, troisièmement, les Chinois en général seraient indignes de foi, animés même, dès la naissance, d'une malice particulière contre tous les Blancs.

La défense, face à tout cela, avait plaidé à la va

comme je te pousse. L'avocat jugeait peu probable qu'Ah Sook, étant nettement plus petit de stature que Shepard, et plus mince de corps, eût pu s'approcher assez près de sa présumée victime pour lui appliquer le canon d'un pistolet contre la tempe ; cela étant, la cour ne devrait pas exclure la possibilité d'un suicide. Lorsque le procureur objecta que l'autodestruction était, selon le témoignage de tous ses amis, un acte incompatible avec le caractère de Jeremy Shepard, la défense osa se dire d'avis qu'il n'y aurait point d'homme au monde qui fût tout à fait à l'abri de la tentation du suicide… conjecture qui valut à l'avocat un véhément rappel à l'ordre de la part du magistrat. Il présenta ses excuses et conclut en suggérant, comme pour résumer les éléments à décharge, qu'une peur innocente avait pu pousser Sook Yong-cheng à fuir la maison du *Cheval blanc* : après tout, il y avait eu un coup de feu de tiré. Lorsqu'il se rassit, le procureur afficha un petit sourire suffisant, et le juge poussa un soupir audible dans toute la salle.

Finalement, le procureur demanda à la cour d'entendre le témoignage de Margaret, veuve de Jeremy Shepard… et ce fut alors qu'à la surprise générale, le procès changea de face. À la barre, Margaret Shepard refusa net de confirmer les hypothèses de l'accusation. Elle soutint que Sook Yong-cheng n'avait pas tué son mari. Elle savait que ce qu'elle disait était vrai pour une raison très simple : elle avait été elle-même témoin du suicide du défunt.

Cet aveu inattendu provoqua un tel tumulte dans la salle, que le magistrat dut réclamer le silence. Ah Sook, à qui tout cela ne serait communiqué, par le truchement d'un interprète, que bien après les faits, ne se serait jamais imaginé que la femme se risquât elle-même pour le sauver, lui, du gibet. Lorsque l'audition de Margaret Shepard put se poursuivre, le procureur demanda pourquoi elle avait jusque-là tu des faits d'une importance aussi capitale ; à quoi elle répondit qu'elle avait vécu dans la terreur de son mari, qui la maltraitait quotidiennement, comme plus d'un témoin pourrait l'attester. Son esprit avait failli s'y briser ; elle venait seulement de trouver le courage de dire tout haut ce qui s'était passé. Après ce témoignage émouvant, le procès tourna en eau de boudin. Le magistrat n'avait plus le choix : bon gré mal gré, il fut contraint d'acquitter Ah Sook du crime de meurtre et de lui rendre la liberté. Le tribunal conclut au suicide de Jeremy Shepard, que Dieu ait son âme… encore que cette dernière perspective fût, théologiquement, plutôt aléatoire.

En sortant de prison, Ah Sook n'eut rien de plus pressé que de s'informer du sort de Francis Carver. Il apprit, à son grand étonnement, que le *Palmerston* avait été saisi dans la rade de Sydney quelques semaines auparavant, à l'issue d'une inspection de routine. Francis Carver avait été pris en flagrant délit de contrebande, de fraude et d'infraction aux lois sur les douanes : selon le rapport remis à la police maritime, il y avait seize jeunes femmes de Kouang-tchéou, toutes faméliques et terrorisées, dans la cale du navire. Le clipper avait été confisqué, les jeunes femmes renvoyées en Chine, Carver mis en détention et son contrat avec Dent & Cie formellement résilié. Il avait été condamné à dix ans de travaux forcés au bagne de Cockatoo-Island, et le jugement déclaré immédiatement exécutoire.

Force fut à Ah Sook d'attendre l'expiration de cette peine. Il reprit la mer à destination du Victoria et s'établit chercheur d'or, apprit un peu d'anglais et les rudiments de plusieurs métiers tout en rêvant, de plus en plus clairement, à la vengeance qu'il avait juré de tirer du meurtre de son père : un jour, Carver mourrait de sa main. En juillet 1864, il écrivit à Cockatoo-Island, s'enquérant du lieu où le condamné s'était rendu en retrouvant la liberté. La réponse, qui fut trois mois en chemin, l'informa que l'homme auquel il s'intéressait était parti pour Dunedin, en Nouvelle Zélande, à bord du vapeur *Sparte*. Ah Sook prit donc lui aussi son passage pour Dunedin… mais là, il perdit la trace de sa proie. Il chercha, chercha encore et toujours… mais ne trouva rien. Finalement, s'avouant vaincu, il acheta une licence de mineur et un aller simple pour la côte Ouest… où, huit mois plus tard, le hasard le remit en présence de son homme. Là, au milieu de la rue, épaissi et marqué d'une balafre qu'Ah Sook ne lui connaissait pas, il mettait des pièces de monnaie dans la main de Te Rau Tauwhare.

Φ

Ah Sook trouva Ah Quee assis en tailleur sur une plage de gravier à un mètre environ du piquet qui marquait le coin sud-est du terrain de la mine d'or *Aurore*. Le fondeur tenait des deux mains une batée à laquelle il imprimait des secousses rhythmiques, autant de petits coups de poignet donnés avec l'assurance d'un homme longtemps entraîné à une même tâche. Une cigarette allumée, collée au coin de sa bouche, semblait se consumer toute seule, semant sur sa tunique de fines averses de cendre au gré de ses mouvements. Devant lui se trouvait une auge de bois remplie d'eau ; à côté, un creuset en fer au bec aplati.

Son rhythme était giratoire. Il faisait d'abord tomber de son plat les plus gros cailloux et mottes de terre, en maintenant une cadence constante, si bien que le gravier plus fin se déposait progressivement au fond du récipient ; il se penchait alors, plongeait l'autre bord du plat dans l'eau trouble et de nouveau l'inclinait vivement vers lui en faisant tourner le liquide dans le sens des aiguilles d'une montre, de façon à créer un tourbillon centrifuge. L'or, plus lourd que les alluvions, tombait au fond : lorsqu'il aurait enlevé le gravier humide en surface, resterait le métal pur, luisant comme de minuscules points de lumière dans le noir. Ah Quee cueillait ces paillettes de couleur avec les doigts et les déposait soigneusement dans son creuset ; il remplissait alors de nouveau son plat de terre et de cailloux et répétait l'opération, à l'identique, toujours à l'identique, tant que le soleil ne sombrait pas derrière les cimes des arbres à l'ouest.

L'*Aurore* était assez loin tant de la rivière que de la mer, inconvénient qui contribuait à rendre la concession indésirable. Ah Quee devait porter lui-même, tous les matins, de l'eau de la rivière jusqu'à son terrain, car sa tâche, sans cela, eût été quasi impossible ; mais, l'eau une fois troublée par les alluvions, il devenait très difficile d'y distinguer l'or, et il était contraint de reprendre le chemin de la rive pour de nouveau remplir ses seaux. On aurait pu amener un bief depuis la rivière Hokitika ou creuser un puits, mais le propriétaire de la mine avait fait comprendre d'emblée qu'il n'avait pas d'argent à mettre là-dedans. Cela n'aurait pas eu de sens. Le rendement des deux arpents de l'*Aurore* couvrait à peine les frais d'exploitation : ce n'était qu'une parcelle de pierraille, morne, sans arbres. Le tas de déblais derrière le dos d'Ah Quee, témoignage de ses longues heures de besogne solitaire, s'étendait plutôt en longueur qu'en hauteur, tumulus d'une tombe sans corps.

Ah Quee leva les yeux en entendant venir Ah Sook.

— *Nei ho.*

— *Nei ho, nei ho.*

Les deux hommes échangèrent un regard sans hostilité comme sans tendresse, dans une longue communion muette. Finalement, Ah Quee cueillit le mégot sur sa lèvre et le jeta au milieu des pierres.

— Le rendement est pauvre aujourd'hui, dit-il en cantonais.

— Mille sympathies, répondit Ah Sook également dans leur langue maternelle.

— Le rendement est pauvre tous les jours.

— Vous méritez mieux.

— Vous croyez ? demanda Ah Quee, qui avait de l'humeur.

— Oui. La diligence mérite récompense.

— Selon quelle proportion ? Et dans quelle monnaie ? Vous prononcez des paroles vides de sens.

— Je suis porteur d'une bonne nouvelle, reprit Ah Sook en joignant les paumes.

— D'une bonne nouvelle et de flatteries, constata Ah Quee.

— Emery Staines est revenu, annonça l'autre sans relever le mot.

— Ah ! fit Ah Quee en se roidissant. Vous l'avez vu ?

— Pas encore. On me dit qu'il sera présent à Hokitika ce soir, dans un hôtel de Revell-street, où l'on prépare une fête pour célébrer son retour. Je suis invité et, en signe de bonne foi, je vous propose de partager mon invitation.

— Qui est-ce qui vous invite ?

— Anna Wetherell… et la veuve du mort, Crosbie Wells.

— Deux femmes, résuma Ah Quee d'un ton sceptique.

— Oui.

Ah Sook hésita, puis avoua ce qu'il venait de découvrir : que la veuve Wells était la tenancière de la maison du *Cheval blanc* à Darling Harbour, la même femme qui avait témoigné contre lui à son procès et qu'il savait avoir été la maîtresse de son ennemi, Francis Carver. Autrefois Lydia Greenway, elle se nommait désormais Lydia Wells.

Ah Quee mit un moment à digérer ces nouvelles.

— C'est un piège, dit-il finalement.

— Non, repartit Ah Sook. Je suis venu de mon propre chef, personne ne m'a envoyé.

— C'est à *vous* qu'on tend le piège. J'en suis certain. Pour quelle autre raison vous aurait-on convié expressément à assister aux festivités de ce soir ? Vous n'avez aucun lien avec M. Staines. Quelle peut être l'utilité de votre présence à une réception pour fêter son retour ?

— J'aurai un rôle à jouer dans une mise en scène.

Je serai assis sur un coussin, où je ferai semblant d'être une statue, dit Ah Sook qui, trouvant lui-même ses propos passablement ridicules, se hâta d'ajouter : C'est comme du théâtre. Je serai rémunéré pour ma participation.

— Rémunéré ?

— Oui, en tant qu'acteur.

— Mais si la femme Greenway est toujours de connivence avec Francis Carver ? Ils étaient amants autrefois. Peut-être lui a-t-elle déjà fait savoir que vous serez présent aux festivités ce soir.

— Carver est en mer.

— N'importe. Elle l'avertira dès qu'elle le pourra.

— Le jour où cela arrivera, je serai préparé.

— Comment vous préparerez-vous ?

— Je serai préparé, répéta Ah Sook, têtu. Il ne s'agit pas de cela pour l'instant. Carver est en mer.

— Cette femme est sa créature… et vous avez juré de vous venger de lui, elle ne peut pas l'avoir oublié. Il est impossible qu'elle vous veuille du bien.

— Je me tiendrai sur mes gardes.

Ah Quee poussa un soupir. Il se releva, s'épousseta et marqua une pause, aspirant bruyamment par les deux narines, avant de reprendre la parole. Il fit alors quelques pas vers Ah Sook et le prit par les épaules.

— Vous empestez ce poison ! Vous chancelez sur vos jambes, Sook Yong-cheng. Je sens l'odeur à vingt pas !

En vérité, c'était l'heure de sa pipe de fin d'après-midi, et Ah Sook avait fait un détour par sa fumerie de Kaniere ; les effets étaient fort visibles, mais il n'aimait pas que d'autres lui fissent la leçon. Il se dégagea et répliqua d'un ton acerbe :

— J'ai une faiblesse.

— Une faiblesse ! se récria Ah Quee en crachant par terre. Ce n'est pas une faiblesse, c'est de l'hypocrisie. Vous devriez avoir honte.

— Ne me parlez pas comme à un petit enfant.

— Un homme dans la dépendance est un homme puéril.

— Je suis donc puéril. C'est sans importance pour vous.

— Ce sera d'une grande importance pour moi, si je vous accompagne ce soir.

— Je n'ai pas besoin de votre protection.

— Si vous croyez cela, vous vous abusez.

— Je m'abuse… hypocrite que je suis ! éclata Ah Sook, simulant l'étonnement. Deux insultes, alors que je suis parfaitement courtois avec vous !

— Vous méritez les insultes. Vous êtes l'esclave complaisant de la même drogue qui a tué votre père… et vous avez l'audace de vous nommer son défenseur ! Vous soutenez qu'il a été trahi… et pourtant vous le trahissez *vous-même*, chaque fois que vous allumez votre lampe !

— C'est Francis Carver qui a tué mon père, déclara Ah Sook en reculant.

— C'est l'opium qui a tué votre père, insista Ah Quee, tandis qu'Ah Sook trébuchait contre une racine et manquait tomber à la renverse. Regardez-vous donc ! Vous faites un joli vengeur, Sook Yong-cheng. Un vengeur qui ne tient même pas debout !

Furieux, Ah Sook avança une main en guise d'appui, se souleva avec effort et fit face à Ah Quee, ses pupilles très ouvertes et très sombres.

— Vous connaissez mon passé, dit-il. La drogue m'a été administrée d'abord comme médicament. Je ne l'ai pas prise de mon plein gré. Je suis impuissant contre l'ascendant qu'elle a conquis sur moi.

— Vous avez eu amplement le temps de surmonter votre dépendance. N'avez-vous pas passé des semaines en prison avant d'être jugé ?

— L'intervalle était insuffisant pour me délivrer de l'appétit.

— *L'appétit !* s'exclama Ah Quee avec mépris. Quel mot pathétique ! Je ne m'étonne pas qu'il n'ait eu aucune place dans votre histoire. Que vous préfériez les vocables plus ronflants, *honneur* et *devoir*, *trahison* et *vengeance*.

— Mon histoire…

— Votre histoire, telle que vous la contez, met les injustices que vous avez vous-même subies avant le déshonneur de votre famille. Dites-moi, Sook Yongcheng. Vous vengez-vous de l'homme qui a tué votre père ou de celui qui a refusé de vous tendre la main devant la maison du *Cheval blanc* ?

— Vous mettez en doute les motifs de ma conduite, fit Ah Sook, choqué.

— Vous n'êtes pas maître de vos motifs, rétorqua Ah Quee. C'est impossible ! Regardez-vous ! Vous ne tenez pas debout.

Un instant, tous deux se turent. De la vallée voisine leur parvint la détonation assourdie d'un coup de feu, suivie d'un cri lointain. Finalement, Ah Sook parla en hochant la tête :

— Adieu.

— Adieu ? Et pourquoi ?

— Vous vous êtes bien fait comprendre, dit Ah Sook. Vous ne me voyez pas d'un bon œil ; je vous dégoûte. Néanmoins, j'irai ce soir aux festivités de la veuve.

Si Ah Quee était prompt à s'échauffer, il ne supportait pas d'endosser le rôle du méchant dans les disputes auxquelles l'entraînait son caractère irascible. Il répéta l'exercice respiratoire de tout à l'heure et déclara avec un geste négatif :

— J'irai avec vous. Je désire vivement m'entretenir avec M. Staines.

— Je sais. Je suis venu en toute bonne foi, Quee Long.

— Chacun connaît son propre cœur, répondit enfin Ah Quee d'un ton apaisé. J'ai eu tort de questionner vos motifs.

Ah Sook ferma brièvement les yeux et dit en relevant les paupières :

— Quand nous serons rendus à Hokitika, je serai dégrisé.

— Vous aurez besoin de toute votre tête, approuva Ah Quee en hochant la sienne.

# TERRE CARDINALE

*Où Walter Moody fait une découverte surprenante ;*
*plusieurs quiproquos sont dissipés ;*
*et une symétrie se dessine.*

Walter Moody, en prenant congé de Gascoigne, avait regagné directement l'hôtel de la *Couronne*, où l'on avait fait porter sa malle. Il poussa la porte de l'établissement avec une violence fébrile, traversa le hall à grands pas et monta les marches quatre à quatre ; arrivé sur le palier, il ne réussit pas du premier coup à engager sa clef dans la serrure et pesta tout haut. Il était soudain absurdement impatient de revoir ses effets. Il sentait que sa réunion avec les objets familiers de sa vie passée allait en quelque façon rétablir un lien qui, depuis le naufrage de l'*Adieu-vat*, finissait par paraître irréel.

Ces derniers temps, Moody était ramené en pensée, de plus en plus souvent, à ses retrouvailles avec son père à Dunedin. Il en venait à regretter la précipitation qu'il avait mise à quitter ces lieux funestes. Son père l'avait trahi, certes. Son frère aussi.

Nonobstant, il aurait pu être indulgent ; il aurait pu prolonger son séjour, entendre ce que Frederick avait à dire. Il n'avait pas vu son frère lors de son passage à Dunedin, ayant fui la scène de la rencontre avant que son père eût pu lui en mander la nouvelle ; il ignorait donc si Frederick était bien portant ou malade, marié ou célibataire, heureux ou malheureux, comme il ignorait ce que son frère avait pensé de l'Otago, et s'il projetait de passer le restant de ses jours à la Nouvelle Zélande ; il ne savait même pas si son père et son frère avaient prospecté ensemble, si chacun avait trouvé un partenaire de son côté ou si, l'un et l'autre, ils avaient connu le sort du gratteur solitaire. Chaque fois que Moody ruminait ces incertitudes, la tristesse le gagnait. Il aurait dû chercher à voir son frère. Mais Frederick l'aurait-il souhaité ? Même à cela, Walter Moody n'avait pas la réponse. Depuis son arrivée à Hokitika, il avait à trois reprises entrepris d'écrire à son frère, pour chaque fois rester court après avoir inscrit sur la feuille la date et une formule de salutation.

Finalement, la clef tourna. Moody poussa la porte, enjamba le seuil… et s'arrêta net. Il y avait bien une malle au milieu de sa chambre, mais une malle qu'il n'avait jamais vue de sa vie. La sienne était de forme rectangulaire, peinte en rouge. Celle-ci était noire, garnie de ferrures, avec un grand moraillon carré, dans l'anneau duquel on avait fait passer une barre horizontale ; le couvercle à lattes, en arrondi, faisait penser à un tonneau couché sur le côté. Il y avait plusieurs étiquettes collées sur cette surface bombée, l'une marquée « Southampton », une autre « Lyttelton », toutes avec l'indication « Bagages de cale ».

Moody vit au premier regard que le propriétaire avait toujours voyagé en première classe.

Au lieu de sonner pour informer la femme de chambre de l'erreur, Moody rabattit la porte derrière lui, ferma à clef et s'avança pour s'agenouiller devant la malle inconnue. Il fit glisser la barre et souleva le couvercle… découvrant à l'intérieur un carré de papier sur lequel il lut :

PROPRIÉTÉ DE M. ALISTAIR LAUDERBACK
CONSEILLER PROVINCIAL,
DÉPUTÉ À LA CHAMBRE

Moody s'assit sur ses talons en laissant échapper un soupir de surprise. En *voilà* une méprise ! Ainsi, la malle de Lauderback se trouvait bel et bien à bord de l'*Adieu-vat*, comme Balfour l'avait soupçonné : la caisse la contenant avait apparemment été embarquée par erreur sur le quai de Hokitika. La malle de Moody lui ressemblait dans la mesure où elle non plus n'était pas gravée du nom de son propriétaire et ne portait aucun signe d'identification, sinon à l'intérieur, où ses nom et adresse avaient été estampillés sur un carré de cuir, cousu à la doublure du couvercle. Il semblait y avoir eu confusion entre les deux malles : celle de Moody avait sans doute été portée à l'appartement occupé par Lauderback au *Palais*, tandis que celle de Lauderback prenait le chemin de la *Couronne*.

Moody réfléchit. Lauderback n'était pas momentanément présent à Hokitika : selon le *West Coast Times*, il faisait campagne au nord de la ville et ne serait de retour que le lundi après-midi. Soudain résolu, Moody ôta sa veste, se pencha sur la malle ouverte et se mit à fouiller dans les effets du politicien.

Walter Moody n'avait aucun scrupule à s'immiscer dans l'intimité des autres et ne voyait aucune raison de s'en confesser aux personnes concernées. D'une tournure d'esprit éminemment flegmatique, cuirassé contre l'émotion, il gardait en toute circonstance un regard impartial, pénétrant et rationnel ; avec cela, il avait tendance, défaut fréquent chez les personnes d'une grande intelligence, à prendre ses dons intellectuels pour une sorte de licence, dont la rare autorité l'eût garanti contre la possibilité même de mal faire. Les obligations morales qu'il se reconnaissait n'étant pas celles du commun des mortels, il restait insensible à la honte et au remords, sinon dans l'abstrait.

Il visita la malle de Lauderback rapidement et avec méthode, prenant chaque objet en main pour ensuite le remettre à la place exacte où il l'avait trouvé. Elle contenait surtout des articles de papeterie… des feuilles à en-tête imprimé avec enveloppes assorties, des cachets, des registres, des volumes du Code, toutes les fournitures qui pouvaient être utiles sur la table de travail d'un membre du Parlement. Apparemment, le politicien avait eu d'autres bagages pour sa garde-robe et ses effets personnels, car le seul vêtement dans ce coffre en bois de cèdre était une écharpe de laine, qui avait servi à envelopper un presse-papiers en cuivre jaune, assez disgracieux, en forme de cochon. Le bois répandait une odeur de mer… relent saumâtre, plutôt âcre que salé… mais le contenu était à peine humide ; heureusement pour Lauderback, la malle n'avait pas eu à subir une immersion totale.

Tout au fond se trouvait une serviette de cuir. Moody l'ouvrit et en tira une liasse de papiers : contrats, factures, actes de vente. Après quelques minutes de recherches, il y découvrit le document concernant la vente de l'*Adieu-vat* et le mit à part des autres, le maniant avec précaution, de peur de briser le sceau du notaire ou de le faire tomber du papier.

L'acte avait été signé, comme Lauderback l'avait dit à Balfour trois semaines auparavant, par un M. Francis Wells. La date aussi confirmait le récit du politicien : neuf mois s'étaient écoulés depuis que le navire avait changé de propriétaire, en mai 1865.

Moody se pencha plus près pour examiner la signature de l'acheteur. « Francis Wells » avait signé son faux nom hardiment, avec un paraphe bouclé avant le « F », tellement grand, qu'on aurait presque dit une lettre indépendante. Moody le regarda de côté en plissant les yeux. Tiens ! Le trait de plume aurait très bien pu être un C, lié à la lettre suivante. Il regarda de nouveau. Il y avait même un petit point entre le C et le F, une tache qui pouvait passer de prime abord pour l'accident d'une plume baveuse… mais ce fait même semblait indiquer que l'ambiguïté était délibérée, que Carver avait voulu laisser la possibilité de lire sa signature ou simplement comme « Francis Wells » ou *aussi* comme « C. Francis Wells ». Les traits étaient un peu tremblés, comme lorsqu'on écrit très lentement, en visant un effet précis.

Moody fronça le sourcil. En mai de l'année précédente, Francis Carver était en possession de l'extrait de baptême de Crosbie Wells, document qui prouvait (comme Benjamin Löwenthal l'avait témoigné) que le second prénom de Crosbie Wells était Francis. Mais oui, pensa Moody, l'affaire était parfaitement claire : Francis Carver avait dérobé l'extrait de baptême de Crosbie Wells dans le dessein de se faire passer pour celui-ci. Les ambiguïtés de l'acte de vente ne pouvaient pas ne pas être voulues. Si Carver était poursuivi pour usurpation d'identité, il pourrait nier en être le signataire.

Le nom partagé, Francis, était-il une simple coïncidence heureuse ? Ou se pourrait-il que l'extrait de baptême de Wells eût été altéré *ex post facto* ? Il serait facile d'ajouter un second prénom à n'importe quel document, pensa Moody, on n'aurait qu'à utiliser une encre plus claire, ou à décolorer d'une façon ou d'une autre le mot, qui ainsi ne paraîtrait pas avoir été ajouté postérieurement. Mais pourquoi Carver aurait-il *voulu* fausser sa propre identité… surtout sur un acte de vente ? Quel avantage pouvait-il avoir à emprunter le nom d'un autre ?

Moody récapitula ce qu'il savait de l'affaire. Francis Carver s'était présenté comme Crosbie Wells en parlant à Benjamin Löwenthal, au bureau du *West Coast Times*, au mois de juin… mais *non* en affrontant Alistair Lauderback, un mois plus tôt. À Lauderback, il avait dit s'appeler Francis Wells… et il avait apposé ensuite à l'acte une signature délibérément ambiguë. Compte tenu de l'idée étrange de Lauderback, qui semblait croire Crosbie Wells le frère de Carver, Moody ne pouvait que supposer que Carver s'était fait passer pour tel dans ses tractations avec le politicien. Mais quant à savoir pourquoi il aurait agi ainsi, c'était à donner sa langue au chat.

Il scruta longtemps l'acte de vente, de façon à en graver les détails dans sa mémoire, puis le remit dans la serviette, replaça celle-ci au fond de la malle, et reprit sa fouille méthodique.

Convaincu à la fin qu'il n'y trouverait point d'autres indices utiles, il promena ses doigts autour du bord du couvercle, sans véritable but, dans un simple geste oiseux… et, soudain, laissa échapper un murmure de surprise. Un mince paquet, de forme vaguement carrée, avait été glissé sous la doublure de calicot et restait caché là, entre le bois et le tissu. Il se pencha plus près. Ses doigts découvrirent une fente proprement pratiquée dans l'étoffe, à peu près de la largeur de la main, aux bords soigneusement ourlés pour ne pas s'effiler. Le calicot de la doublure était un imprimé écossais, et l'ouverture était ingénieusement camouflée pour se confondre avec les rayures verticales, courant parallèlement au bord de la malle. Moody y introduisit la main et retira l'objet carré qu'il avait tâté à travers le tissu. C'était un paquet de lettres, noué d'une ficelle.

Il y en avait une quinzaine, toutes adressées à Lauderback dans une grosse écriture sans prétention. Moody s'attarda un moment à consigner dans sa mémoire l'aspect du nœud et la longueur exacte des deux bouts de ficelle qui pendaient. Une fois sûr de s'en souvenir, il le défit, mit la ficelle de côté et déplia les lettres en les lissant sur son genou. D'après les cachets de la poste, elles semblaient avoir été mises en liasse dans l'ordre inverse de leur envoi, la plus récente en haut ; Moody chercha plutôt, tout en bas, la première lettre que Lauderback avait reçue. C'est là qu'il commença sa lecture… L'instant d'après, son cœur bondit dans sa poitrine.

*Dunedin, mars 1852*

*Monsieur vous êtes mon frère même si vous ne me connaissez pas. Votre père a engendré un bâtard & je suis le bâtard. J'ai reçu le nom de* CROSBIE *& le patronyme de* WELLS *d'après le curé de la paroisse & j'ai grandi sans connaître mon père mais en me sachant fils de putain. J'ai passé mon enfance à Newington dans le bordel* LE BIJOU. *J'ai mené une vie modeste à la mesure de mes moyens qui ne sont pas grands. Je n'ai pas souffert. Pourtant j'ai toujours désiré de voir mon père simplement pour connaître son allure & sa voix. Ces vœux furent enfin exaucés par une lettre de l'intéressé. Il avait toujours eu connaissance de mon existence m'écrivait-il. Il pensait prendre bientôt congé de ce monde & avouait qu'il ne me coucherait pas dans son testament de peur de ternir son nom mais il joignait pour moi 20 L. st. & ses bénédictions. La lettre n'était pas signée mais je me suis enquis du domestique qui avait apporté le pli il avait pris une voiture de location mais j'ai su qu'il venait de* GLEN-HOUSE *la demeure de votre père & la vôtre. Je me suis acheté un habit neuf je me suis fait faire la barbe j'ai pris un cab jusqu'à la demeure de votre père mais mon cher Monsieur je n'ai pas pu me résoudre à sonner. Je suis rentré tout éperdu & intimidé & alors j'ai fait une sottise ayant lu sur le journal qu'*ALISTAIR LAUDERBACK *avocat partait pour les colonies avec la marée. J'ai cru que c'était* *mon père je ne savais pas qu'il avait un fils je n'ai pas pensé que père & fils pouvaient porter le même nom. Le navire est parti mais j'ai fait diligence & pris passage à bord du suivant. J'ai débarqué à Dunedin où j'ai cherché à me renseigner dans la mesure de mes moyens. J'ai assisté à votre discours public celui que vous avez prononcé sur le quai sous la pluie où le capitaine du port vous a fait cadeau d'une montre de poche & vous en aviez l'air bien content. Quand je vous ai vu j'ai tout de suite compris que je m'étais trompé & que vous n'étiez pas mon père mais mon frère. J'étais trop chagrin pour me faire alors connaître de vous & vous êtes à présent à Lyttelton & je ne peux pas prendre la mer pour m'y rendre faute de ressources. Monsieur je vous adresse une requête une prière. J'ai dépensé les 20 L. st. de mon père pour ce voyage & d'autres nécessités pressantes & je n'ai pas les moyens de rentrer au pays. J'ai vendu mon habit neuf mais à peine s'il a rapporté la moitié du prix que j'avais payé le fripier ne voulait pas croire que c'était du drap fin. Je n'ai plus que quelques deniers en poche. Vous êtes un dignitaire Monsieur politique philosophe & homme de loi je ne demande pas à vous rencontrer mais j'implore votre charité vous croyant homme de bien & bon chrétien & parce que je veux toujours demeurer*

*Votre frère*

*CROSBIE WELLS*

Il avait indiqué sous sa signature une adresse poste restante, à Dunedin.

Moody posa la lettre sans encore avoir calmé les battements de son cœur. Ainsi, *Lauderback* et Crosbie Wells étaient frères. Quel renversement de situation ! Mais Lauderback n'avait rien dit de cette parenté dans sa déposition devant le magistrat, en reconnaissant être arrivé une demi-heure trop tard auprès du lit de mort de Crosbie Wells ; il ne s'en était pas non plus ouvert à son ami, l'agent maritime Thomas Balfour. Pourquoi cachait-il ce frère naturel ? Par honte ? Ou y aurait-il une autre raison ?

Moody reprit la liasse et alla chercher la lumière devant la fenêtre. Il déplia la lettre suivante et lut en l'inclinant vers le carreau.

*Dunedin, septembre 1852*

*Monsieur six mois se sont écoulés depuis que je vous ai écrit & votre silence me fait craindre que je ne vous aie offensé. Je ne me rappelle pas le choix exact de mes termes mais j'ai bien souvenir que dans ma dernière missive je me suis donné le titre de frère & peut-être en avez-vous été offusqué. J'imagine que vous aurez été peiné de savoir que votre père n'était pas un homme parfait. Vous eussiez j'imagine voulu qu'il en fût autrement. Si telle est la vérité je vous prie de me pardonner. Monsieur au cours des mois écoulés ma fortune a encore décliné. Je vous assure qu'en ma qualité d'enfant de putain je suis rompu à la mendicité mais c'est en vérité une honte que d'importuner deux fois pour un même sujet. Je m'adresse néanmoins à vous car je suis au désespoir. Vous êtes à votre aise je demande seulement de quoi payer mon passage en troisième classe & à partir de cet instant jamais plus vous n'entendrez parler de moi. Ici à Dunedin je fais mon possible pour mettre quelques sous de côté. J'ai tenté ma chance comme ouvrier terrassier mais je suis peu fait pour ce métier.*

*J'ai dû garder le lit avec des « gelures » & la fièvre & autres maux causés par le froid. Je n'ai pas travaillé aussi régulièrement que je l'aurais souhaité. Mon désir de rencontrer notre père Alistair Lauderback aîné n'a point diminué & j'ai douloureusement conscience des jours qui passent car comme je vous l'ai dit il m'a confié par écrit qu'il croyait aborder au terme de cette vie. J'eusse aimé le rencontrer ne fût-ce qu'une fois avant cette triste échéance afin de voir son visage & que nous pussions parler d'homme à homme. S'il vous plaît Monsieur je vous supplie à deux genoux de payer mon passage. Vous n'entendrez plus jamais parler de moi je vous le jure. Je ne suis rien de plus que*

*Votre ami reconnaissant*

*CROSBIE WELLS*

Sans s'arrêter à réfléchir, Moody prit dans la liasse la lettre suivante, chercha à tâtons une chaise et s'y laissa choir tout en continuant sa lecture.

*Dunedin, janvier 1853*

*Monsieur comment dois-je interpréter votre silence voilà la question qui m'obsède. Je crois que vous avez bien reçu ma correspondance mais pour je ne sais quelle raison de principe vous ne daignez pas répondre ni faire l'aumône la plus légère à l'enfant naturel de votre père. Mes lettres ne sont pas écrites sous la dictée. La main est la mienne Monsieur & je sais également lire & fût-ce en me flattant je vous dirai que le père Wells le curé de ma paroisse a dit plus d'une fois que j'avais l'esprit très-vif. Je dis tout cela pour donner clairement à entendre que je ne suis pas un gredin, quoique de condition modeste. Peut-être souhaitez-vous des preuves de ma bâtardise. Peut-être voyez-vous dans mes lettres une tentative d'escroquerie. Je vous déclare sur mon honneur qu'il n'en est rien. Depuis ma dernière missive mes besoins & désirs sont inchangés. Je ne veux pas rester dans ce pays Monsieur je n'ai jamais recherché cette vie. Pour 20 L. st. je rentrerais en Angleterre & jamais plus votre nom ne passerait mes lèvres.*

*Votre dévoué*

*CROSBIE WELLS*

*Dunedin, mai 1853*

*Monsieur je sais par les journaux locaux que vous avez accédé au poste de Surintendant de la fière province de Cantorbéry. Vous avez assumé la fonction & fait don de vos indemnités à la charité noble geste Monsieur mais geste que je n'ai pas vu sans tristesse. Je me suis demandé si vous pensiez à moi en faisant don de ces 100 L. st. Je n'ai pas les moyens de faire la traversée jusqu'à Lyttelton, où vous vous trouvez, moins encore de rentrer au pays. Je ne me suis jamais senti aussi seul que dans ces contrées désolées vous me comprendrez j'en suis sûr étant vous-même un citoyen britannique. Nous avons de l'humidité insidieuse & des gelées blanches dans la maison je me réveille le plus souvent les jambes couvertes de givre. Je ne suis pas fait pour la frontière & ses rigueurs & à chaque jour qui passe je déplore la triste situation où je me vois réduit. Monsieur pendant toute l'année écoulée je n'ai réussi à épar-*

*gner que 2 l. 10 s. & 4 d. & maintenant j'ai dépensé les 4 pence pour ces feuilles & les frais de poste. Je vous supplie de secourir*
*un homme dans le besoin*

*CROSBIE WELLS*

*Dunedin, octobre 1853*

*Je vous écris Monsieur dans un grand abattement d'esprit. Je suis désormais certain que vous ne répondrez jamais à mes lettres & tout enfant de putain que je suis je suis trop fier pour vous supplier encore. Je suis un pécheur comme notre père car le proverbe est très-vrai qui dit que le fruit ne tombe pas loin de l'arbre. Mais on m'a appris tout jeune que la charité est une vertu cardinale à pratiquer spécialement là où elle n'est pas un dû. Vous Monsieur ne vous comportez pas en bon chrétien. M'est avis que si d'aventure je me trouvais dans votre situation & vous dans la mienne je ne garderais pas le silence cruel que vous observez à mon égard. Soyez assuré je ne solliciterai plus votre charité mais je tiens à vous faire savoir mon grand abattement moral. J'ai suivi votre carrière dans les pages de l'*Otago Witness *& je vous sais un homme de grande considération non moins que de biens et de moyens. Je ne jouis d'aucune des faveurs susdites mais nonobstant mon rang abject je suis fier de me donner le titre de chrétien & si vous vous trouviez dans le besoin Monsieur je me dépouillerais de tout ce que je possède pour vous aider fraternellement. Je ne m'attens pas à une réponse de votre part & peut-être mourrai-je bientôt & jamais plus vous n'entendrez parler de moi. Même dans l'éven-*

*tualité de pareille issue je n'en suis pas moins fier de demeurer*

*Votre très-dévoué*

*CROSBIE WELLS*

*Dunedin, janvier 1854*

*Je vous dois des excuses Monsieur pour ma dernière missive écrite avec amertume & à dessein de vous faire affront. Ma mère me mettait en garde et me disait de ne jamais prendre la plume sous l'empire de la colère & je comprens à présent la sagesse de ses paroles. Vous n'avez pas connu ma mère bien sûr mais de son temps elle était une vraie beauté. SUE BUTCHER tel était son nom ici-bas que Dieu ait son âme même si elle en prenait d'autres mieux faits pour le métier qu'elle exerçait & s'en inventait à plaisir toujours de nouveaux. Elle était la préférée de notre père l'objet d'une affection particulière inspirée disait-elle par la belle couleur de ses yeux. Je ne lui ressemble pas en grand'chose. Elle disait toujours que j'étais le portrait de mon père, même si mon père n'est plus retourné au bordel après ma naissance & comme vous savez je ne l'ai jamais rencontré. Je me suis laissé dire que la prostitution est un mal de la société dû à la licence des hommes d'une part & à la dépravation des femmes de l'autre & j'ai beau savoir que telle est l'opinion d'hommes plus sages que moi toujours est-il que cela n'a aucun sens quand je repense à ma mère. Elle avait un « bel organe » & adorait chanter le matin toutes sortes d'hymnes ce dont j'étais grand amateur moi aussi. Je crois qu'elle avait bon cœur & travaillait dur & si elle était coquette, c'était une coquette qui savait plaire. Comme c'est étrange que*

*nous ayons des mères différentes avec un père commun. Sans doute faut-il en conclure qu'il n'y a entre nous qu'une demi-ressemblance. Mais pardonnez de grâce ces méditations oiseuses & agréez mes humbles excuses ainsi que l'assurance que je demeure*
*Vôtre*

CROSBIE WELLS

*Dunedin, juin 1854*

*Peut-être faites-vous bien Monsieur de ne pas répondre. Vous agissez comme seul un homme de votre rang peut le faire & vous avez votre réputation à ménager. Je crois bien que j'ai appris à me contenter de votre silence si étrange que cela soit à dire. Je me suis procuré un travail modestement rémunéré & un logement décent & je suis en train de « m'acclimater » comme on dit ici. Je trouve Dunedin fort changé pendant les mois d'été. Le soleil resplendit sur les collines & sur l'eau & je tolère très-bien la fraîcheur. Qu'il est étrange que je me trouve là sur l'autre face du monde. M'est avis que je suis aussi loin qu'on peut l'être de l'Angleterre. Vous serez surpris d'apprendre que je ne compte pas, en définitive, rentrer au pays. Je veux être enterré sur le sol de la Nouvelle Zélande. Vous vous demandez peut-être ce qui m'a fait ainsi changer de résolution & je m'en vais donc vous le dire. À la Nouvelle Zélande, voyez-vous, les hommes ont tourné le dos à leur vie passée & tous sont égaux chacun à sa manière. Bien sûr les grands éleveurs de l'Otago sont des barons ici comme ils l'étaient dans les Highlands d'Écosse, mais les hommes de mon espèce ont la possibilité de s'élever. C'est pour moi très-réconfortant.*

*Il n'est pas rare de voir les hommes échanger un coup de chapeau dans la rue quel que soit leur rang social. Vous n'y voyez peut-être rien d'insolite mais pour moi c'est un émerveillement continuel. La frontière je pense fait de tous les hommes des frères & là-dessus je demeure*

*Votre bien dévoué*

CROSBIE WELLS

*Dunedin, août 1854*

*J'espère Monsieur que vous me pardonnerez ces lettres je n'ai pas d'autres correspondans & mes journées se passent en conjectures à votre sujet. Je verse dans la philosophie en réfléchissant à ce qui aurait pu être si vous m'aviez connu ou que pour ma part j'eusse fait votre connaissance plus tôt. Ne sachant pas votre âge j'ignore lequel de vous ou de moi est l'aîné. La distinction a de l'importance à mes yeux & comme je suis l'enfant naturel je m'imagine aussi votre cadet mais bien sûr rien ne dit que ce soit vrai. Il y avait d'autres enfans au bordel plusieurs filles élevées dans le putanat & un garçon mort de la petite vérole quand j'étais encore très-jeune mais j'étais toujours l'aîné & j'aurais aimé à avoir un grand frère à admirer. Il est pour moi fort triste de penser que je ne sais pas si vous avez des frères & sœurs ou s'il y a d'autres bâtards ou si votre père vous a jamais parlé de moi. Si j'étais à Londres je saisirais toutes les occasions de passer devant la maison de Glenhouse & de couler un regard entre les barreaux de la grille & de guetter mon père que comme vous vous en souviendrez je n'ai jamais vu en chair & en os.*

*Je garde précieusement sa lettre où il dit avoir eu connaissance de mon existence & que son regard m'a suivi & je me demande ce qu'il pensait de moi & ce qu'il pourrait penser de la vie que je mène ici. Mais peut-être n'est-il plus de ce monde. Vous ne voulez pas être un frère pour moi vous me l'avez bien fait comprendre mais peut-être êtes-vous comme un prêtre & notre correspondance une sorte de confession. Cette idée me redonne courage, car je suis fier de dire que j'ai reçu le sacrement de Confirmation. Mais vous êtes sans doute anglican.*

*Vôtre*

*CROSBIE WELLS*

*Dunedin, novembre 1854*

*Avez-vous Monsieur l'impression de me connaître ou de pouvoir me distinguer dans une foule ? L'idée m'a frappé l'autre jour que je connais votre visage mais que le mien vous est inconnu. Nous ne sommes pas si dissemblables au physique quoique je sois plus petit je pense & que j'aie les cheveux plus foncés que vous & qu'il y ait des chances qu'on vous trouve la physionomie plus aimable car j'ai trop souvent l'air maussade. Je me demande si vous pensez à moi en vous promenant & si vous cherchez quelque chose de mes traits dans le visage ou le corps de ceux qu'il vous arrive de croiser. Telle était mon occupation tous les jours de ma jeunesse & aussi de rêver sans cesse à mon père & d'essayer de composer son image à partir de tous les visages que j'avais connus. Qu'il est réconfortant de penser à tout ce qui nous unit en tant que frères demeurant l'un et l'autre au bout du monde. Vous êtes l'objet de pensées qui ne me quittent pas aujourd'hui.*

*Votre dévoué*

*CROSBIE WELLS*

Venait ensuite une lettre au papier plus craquant, dont l'encre aussi paraissait plus fraîche. Moody consulta la date et nota que la missive renouait la correspondance après un hiatus de près de dix ans.

*Dunedin, juin 1862*

*Je renouvelle notre correspondance Monsieur pour vous annoncer fièrement que j'écris ceci en tant qu'homme marié. Ma cour fut très-brève tout en respectant je crois toutes les règles du genre. Il faut savoir que je suis parti voici quelques mois laver l'or dans les ravins du côté de Lawrence & si j'y ai déjà ramassé du quibus comme on dit j'ai encore à trouver le bon filon. Mme Wells comme il faudra l'appeler désormais est un bel échantillon de son sexe une femme que je serai très-fier de conduire à mon bras. Au fait elle est maintenant votre sœur. J'aimerais savoir si vous aviez déjà une sœur ou si Mme Wells est la toute première. En tout cas vous n'aurez plus de mes nouvelles pendant un moment car je dois retourner à Dunstan afin de pourvoir à la subsistance de mon épouse. Je me demande ce que vous pensez de la ruée vers l'or. J'ai entendu l'autre jour un politicien traiter l'or de fléau moral. Il est vrai que j'ai été témoin sur les diggings d'un grand avilissement mais de l'avilissement il y en avait aussi avant la découverte de l'or. Sans doute est-ce l'idée d'hommes comme moi en passe de s'enrichir qui fait peur à la plupart des politicards. Je suis cordialement*

*vôtre*

*CROSBIE WELLS*

*Kawarau, novembre 1862*

*Le journal m'apprend que vous êtes nouvellement marié Monsieur je vous prie d'agréer mes félicitations les plus cordiales à cette occasion. Je n'ai pas vu de portrait de votre épouse CAROLINE* née* *GOUGH, mais le bruit public la donne pour un excellent parti. Je suis heureux de penser que nous fêterons tous deux la Noël dans les liens du mariage. Je quitterai Lawrence pour passer la saison avec mon épouse qui garde son logement à Dunedin & ne vient pas sur les diggings car elle ne supporterait pas de vivre dans la boue. Je n'ai jamais pu me faire à cette Noël qui tombe en été & j'estime la tradition en général mieux appropriée aux mois plus frais. Peut-être est-ce blasphémer que de tenir de tels propos mais je suis d'avis que bien des choses perdent leur sens ici à la Nouvelle Zélande & se survivent à elles-mêmes en pâles vestiges du temps jadis. Je vous vois en esprit recevant cette lettre & vous installant peut-être au coin du feu ou rapprochant la feuille de la lampe pour mieux me déchiffrer. Passez-moi la fantaisie de ces détails j'ai toujours un vif plaisir à penser à vous croyez bien que je demeure de loin*

*Votre tout dévoué*

*CROSBIE WELLS*

*Dunstan, avril 1863*

*J'ai passé cette semaine Monsieur dans des idées noires à me demander si Alistair Lauderback notre père est déjà descendu au tombeau comme je le crois probable. Londres m'apparaît désormais comme un rêve sans consistance. Je repense à la fumée & au brouillard & je ne peux plus me fier à ma propre mémoire. La semaine dernière j'ai essayé pour voir si je pouvais dessiner la carte de Southwark dans la poussière. À peine si j'ai pu me rappeler le tracé de la Tamise & je n'ai retrouvé aucun nom de rue. En va-t-il de même pour vous ? Je me le demande. Je lis dans l'*Otago Witness *non sans étonnement que vous vous dites désormais un fils du Cantorbéry et fier de l'être. Pour ma part je me sens anglais jusqu'au bout des ongles.*

*Vôtre*

*CROSBIE WELLS*

*Kawarau, novembre 1863*

*J'aime à m'imaginer Monsieur que vous recevez mes paroles avec plaisir même s'il est plus probable et je me suis fait à cette idée que vous ne me lisez même pas. Quoi qu'il en soit l'écriture me réconforte & confère une forme à mes journées. Je lis avec intérêt que vous avez donné votre démission de Surintendant. Le bruit court ici sur les diggings que le Cantorbéry aura bientôt sa propre ruée vers l'or maintenant qu'Otago est sur le déclin & je me demande donc si pareille découverte vous ferait regretter votre décision de renoncer à cette position éminente. La prime offerte pour la découverte d'un filon payant en a tenté plus d'un sur les diggings ici à Kawarau. Le relief y est abrupt & le ciel très-aveuglant. J'ai attrapé si souvent des coups de soleil que la forme de mon col est marquée sur mon cou comme au fer rouge & j'ai beau en souffrir je n'attens pas avec impatience les mois d'hiver qui seront bien rudes dans ces hautes terres. Si on découvre de l'or dans le Cantorbéry serez-vous de nouveau candidat à la Surintendance ? Mais ne prenez pas cela pour une question qui demande une réponse c'est une simple expression de l'intérêt que m'inspire le cours de vos destinées & c'est dans cet esprit que je me dis*

*Votre dévoué*

*CROSBIE WELLS*

*Kawarau, mars 1864*

*Je vous écris Monsieur pour vous faire part d'une nouvelle très-importante je dirai même stupéfiante. J'ai été à Dunstan où par chance extraordinaire je suis tombé sur une concession où je roulais & je le dis au propre sur l'or ! Je suis maintenant un homme riche quoique je n'aie encore rien dépensé ayant trop vu de gars gaspiller leur poudre en beaux atours pardessus & chapeaux pour ensuite tout porter chez ma tante le jour où de nouveau leur chance venait à tourner. Je ne citerai pas de chiffre de crainte que ce message ne tombe en mauvaises mains mais je vous dirai que même mesurée à l'aune de vos si riches émolumens la somme est énorme & j'imagine mon frère que c'est moi qui suis désormais le plus riche de nous deux du moins pour ce qui est des espèces sonnantes. La bonne blague. Avec ce magot je pourrais retourner à Londres & ouvrir un magasin mais je continuerai à prospecter car je ne crois pas ma chance épuisée. Je n'ai pas encore déclaré mon or & j'ai choisi de le faire transporter par une escorte privée c'est me dit-on la voie la plus sûre. Nonobstant mon changement de fortune je demeure comme toujours*

*Vôtre*

*CROSBIE WELLS*

*Ouest-Cantorbéry, juin 1865*

*Vous verrez au cachet de la poste Monsieur que je ne séjourne plus dans la province d'Otago au contraire j'ai « mis les cannes » comme on dit. Comme sans doute vous n'aurez guère eu l'occasion de pousser une pointe à l'ouest des montagnes je vous dirai que l'ouest du Cantorbéry est un tout autre monde que les herbages du Sud. Le lever du soleil au-dessus du littoral est une merveille écarlate & les pics enneigés retiennent la couleur du ciel. La brousse est humide & inextricable & les eaux très-blanches. C'est un lieu solitaire mais aucunement silencieux car le chant des oiseaux est incessant & fort agréable par cela même. Vous l'aurez peut-être déjà deviné j'ai rompu avec mon passé. Je suis séparé de mon épouse. Je dois vous dire que j'ai beaucoup dissimulé dans ma correspondance avec vous craignant de vous donner mauvaise opinion de moi si l'amère vérité de mon mariage vous était connue. Je vous ferai grâce des détails de la fuite qui m'a fait échouer ici car c'est une histoire déplorable que je ne peux me rappeler en mémoire sans tristesse. Chat échaudé craint l'eau froide & à plus forte raison quand ce n'est pas la première fois ce qui n'est certes pas très-flatteur pour moi mais qu'il me suffise de dire que j'ai appris ma leçon. En voilà assez là-dessus parlons plutôt du présent & de l'avenir. Je ne suis pas venu ici chercher de l'or bien que la région abonde en gisemens & qu'il y ait tous les jours quelqu'un qui y fasse fortune. Non je ne vais plus prospecter & me faire plumer. Je vais m'essayer plutôt au commerce du bois. J'ai fait connaissance avec un homme épatant un Mahouri Terou Tow-Faray. Dans sa langue natale son nom signifie « La-Maison-Centenaire-des-Années ». Quels noms piteux nous avons en comparaison nous autres Britanniques ! Ça me fait l'effet d'un vers tiré d'un poëme. Tow-Faray est un noble sauvage au sens le plus propre & nous sommes en train de devenir vite une paire d'amis. Je dois dire que cela me réchauffe le cœur de retrouver le compagnonnage des hommes.*

*Votre &c*

*CROSBIE WELLS*

*Ouest-Cantorbéry, août 1865*

*Je lis sur le journal que le Westland sera désormais représenté à la Chambre & que vous Monsieur allez vous porter candidat pour ce nouveau siège. Je suis fier de vous annoncer que je suis à présent électeur car ma petite maison dans la vallée de l'Arahura n'est pas louée à bail elle m'appartient en propre & comme vous le savez tout propriétaire foncier peut exercer le droit de suffrage. Je vous accorderai mon vote & je boirai à votre succès. En attendant je passe mes journées à abattre des « totara » de mille coups de mon humble cognée. Vous êtes vous-même propriétaire Monsieur vous avez votre demeure de Glen-house à Londres & aussi je présume un établissement dans la belle ville d'Akaroa votre premier fief électoral. Pour ma part cependant je n'avais rien possédé jusque-là. J'ai été uni à Mme Wells de nom sinon de fait pendant près de trois ans mais pendant tout ce temps j'étais sur les diggings & sans véritable domicile tandis qu'elle demeurait en ville. Bien que la solitude où je me trouve aujourd'hui soit tout-à-fait à ma convenance je n'ai plus l'habitude de la vie sédentaire. Peut-être nous rencontrerons-nous ou nous entr'apercevrons-nous du moins pendant le temps que vous passerez à Hokitika pour y faire campagne. Ne craignez pas que je vous nuise ou que je révèle le secret des torts de notre père. Je ne l'ai confié à personne hormis à mon épouse dont je suis séparé & elle est d'un tempérament à se désintéresser de toute information dont elle ne croit pas pouvoir tirer pied ou aile. Je ne suis pas à craindre. Vous n'avez qu'à envoyer à mon adresse ici indiquée une feuille marquée d'un X si vous me faites signe ainsi je comprendrai que vous ne souhaitez pas me rencontrer & que je ne dois pas chercher à vous approcher & que je dois cesser de vous écrire & de penser à vous. Je le ferais volontiers comme je me soumettrai à tout ce qu'il vous plaira de demander de moi car je suis*

*Votre tout dévoué*

*CROSBIE WELLS*

*Ouest-Cantorbéry, octobre 1865*

*Monsieur je n'ai point reçu de votre part la feuille marquée d'un X & je vous en remercie. Aujourd'hui je trouve du réconfort dans le même silence de votre part qui autrefois m'a tant fait de chagrin. Je demeure comme toujours*

*Vôtre*

*CROSBIE WELLS*

*Ouest-Cantorbéry, décembre 1865*

*Je note Monsieur à la lecture du* West Coast Times *que vous projetez de vous rendre à Hokitika par voie de terre & que vous passerez donc par la vallée de l'Arahura à moins de faire délibérément de grands détours. Je suis électeur & en cette qualité je me tiendrais honoré de recevoir un homme public sous mon toit si humble qu'il soit. Je vais vous décrire ma demeure afin que vous puissiez y aborder ou vous en détourner à votre gré. La maison a un toit de tôle & s'élève à 30 m de l'Arahura sur la rive sud dudit cours d'eau. Le terrain est défriché dans un rayon de 30 m de part & d'autre de la maison & la scierie se trouve à une 20aine de mètres plus loin au sud-est. La demeure est petite avec une fenêtre & une cheminée en briques cuites. Le revêtement est ordinaire. Peut-être vous verrai-je passer même si vous ne vous arrêtez pas. Je ne ferai pas de votre visite un objet d'attente ni d'espérance mais je vous souhaite un bon voyage vers l'Ouest & une campagne triomphante & soyez assuré que je demeure avec l'admiration la plus sincère*

*Votre dévoué*

*CROSBIE WELLS*

Cette lettre était la dernière. La date la faisait remonter à un peu plus de deux mois… moins d'un mois avant la mort de Wells lui-même.

Moody laissa tomber la feuille et resta un moment sans bouger. N'étant pas un fumeur solitaire, il ne gardait pas en général de tabac sous la main. En cet instant, il éprouvait cependant le besoin de l'occupation que donne un geste compulsif et répété, et il fut sur le point de sonner pour se faire apporter au moins une cigarette, sinon un cigare, mais sa répugnance à adresser la parole à un tiers, fût-ce pour donner un ordre, était telle, qu'il se contenta finalement de la tâche de reclasser les lettres, la plus récente en haut.

Les références au silence de Lauderback qui revenaient sous la plume de Crosbie Wells attestaient clairement que le politicien n'avait pas répondu à une seule des lettres envoyées par son demi-frère naturel, l'enfant que son père avait fait à une prostituée. Alistair Lauderback avait gardé le silence pendant *treize ans* ! Moody secoua la tête. Treize ans ! Alors que les lettres de Crosbie exprimaient un désir si ardent, et tellement sincère ; qu'il était clair que le bâtard ne pensait qu'à rencontrer son frère et à pouvoir une fois au moins le regarder en face. Quel mal y aurait-il eu pour Lauderback… l'honorable Lauderback… à prendre la plume pour écrire quelques mots de réponse ? À envoyer une petite coupure, à offrir au pauvre homme le prix de son passage de retour ? Cette absence de réponse était d'une dureté, d'un cynisme outrancier ! Et pourtant (Moody l'accordait) Lauderback avait conservé les lettres de Wells… il les avait non seulement gardées, il les avait lues et relues, car les premières étaient usées et avaient été maintes fois pliées et repliées. Et il s'était effectivement rendu chez Crosbie Wells dans la vallée de l'Arahura… n'arrivant, au bout du compte, qu'une demi-heure trop tard.

Moody en était là de ses pensées, lorsqu'il se souvint d'autre chose. Lauderback avait fait de Lydia Wells sa maîtresse ! *L'épouse de son frère !*

— Inadmissible ! s'exclama-t-il tout haut.

Il se leva d'un bond et se mit à marcher de long en large. C'était d'un cynisme inouï ! Inhumain ! Il calcula de tête. Crosbie Wells avait trimé sur les placers, à Dunstan et à Kawarau… et pendant tout ce temps le frère qu'il aspirait tant à rencontrer était à Dunedin, en train de le cocufier ! Lauderback avait-il réellement pu ignorer cette parenté ? Guère, puisque Lydia Wells avait pris le nom de son époux !

Moody s'arrêta net. Non, Lauderback avait bien dit à Balfour que jamais, pendant toute la durée de sa liaison avec Lydia Wells, il ne s'était douté qu'elle était en puissance de mari. Vis-à-vis de lui, elle avait toujours utilisé son nom de jeune fille, Greenway. Ce n'était qu'après, quand Francis Carver, sorti du bagne, s'était fait passer pour Francis *Wells*, que Lauderback avait découvert que Lydia était mariée… qu'elle s'appelait en réalité Wells, et que lui, Lauderback, avait planté des cornes à son mari. Moody feuilleta la pile de lettres, cherchant celle datée du mois d'août 1865. Oui : Crosbie Wells y disait clairement s'être ouvert à sa femme des détails de sa naissance illégitime. Lydia Wells avait donc su, dès le début de sa liaison avec Lauderback, que celui-ci avait un frère naturel… comme elle avait su qu'il était manifestement d'une susceptibilité extrême à ce sujet, car il n'avait pas répondu à une seule des lettres de Crosbie. Peut-être même avait-elle recherché délibérément le politicien, pensa Moody, dans l'idée de tirer avantage de cette relation.

Elle n'était qu'un vulgaire profiteur, enfin ! Avoir exploité les *deux* frères… les avoir ruinés l'un et l'autre ! En effet, c'était là encore un point désormais élucidé : l'or qui avait servi à faire chanter Lauderback ne provenait pas d'une concession exploitée par Carver. Toute la somme avait été volée à Crosbie Wells ; c'était *lui* qui, à Dunstan, avait gagné le gros lot au jeu du lavoir, sa correspondance en fournissait la preuve ! Lydia Wells avait donc trahi le secret de son mari à Francis Carver, avec qui elle avait alors ourdi un plan pour dérober l'or de Wells et, *par la même occasion*, extorquer à Lauderback la propriété du trois-mâts *Adieu-vat*. Lauderback, c'était clair, avait honte de la présence d'un bâtard dans sa famille ; Mme Wells, sa maîtresse, était bien placée pour le savoir, et c'était elle qui avait eu l'idée d'utiliser ce sentiment pour avoir prise sur lui.

De nouveau, Moody sentit bondir son cœur. Voilà le « clignot »… l'information secrète au moyen de laquelle Francis Carver avait fait chanter Lauderback en s'assurant de son silence quant à la vente de l'*Adieu-vat*. En effet, Carver s'était présenté comme Francis Wells, faisant croire à Lauderback que lui et Crosbie seraient frères : fils de putain l'un et l'autre, grandis dans le même lupanar… nés, peut-être, de la même *mère* ! Le patronyme de Wells ayant été assigné à Crosbie indépendamment de sa filiation réelle, on pouvait fort bien penser qu'il avait d'autres frères ou sœurs du côté de sa mère, d'autant qu'elle était une prostituée. Quelle habileté diabolique à jouer sur les sentiments de Lauderback pour lui forcer la main !

Crosbie Lauderback, pensa soudain Moody dans un brusque élan de sympathie pour le défunt. Il voyait Wells mort dans sa cabane sur la rive de l'Arahura, une main enroulée autour du cul d'une bouteille vide, la joue reposant sur la table, les yeux fermés. Froidement broyé sous les roues de la fortune. Comme le cœur de Lauderback était implacable, pour avoir pu persister dans le silence face à ces appels passionnés ! Comment ne pas avoir pitié de celui qui, pendant dix ans et plus, avait suivi de loin l'ascension de son frère, depuis les derniers bancs du Conseil provincial jusqu'au Parlement de l'Empire… tandis que lui, l'enfant naturel, se débattait seul contre le froid et l'humidité.

Pourtant, Moody ne pouvait condamner Lauderback sans appel. Au bout du compte, le politicien s'était bien rendu chez son frère… mais dans quel dessein ? Moody ne prétendait pas le savoir. Peut-être voulait-il racheter ses treize ans de silence. Peut-être se proposait-il de présenter des excuses à son demi-frère, peut-être simplement de le regarder en face, de prononcer son nom, de lui serrer la main.

Moody avait les larmes aux yeux. Il lâcha un juron, sans conviction, et passa avec rudesse le dos de la main sur son visage… il se sentait cruellement proche du vieux misanthrope, de cet homme qu'il n'avait jamais vu et qu'il ne connaîtrait jamais. Il y avait, en effet, une ressemblance terrible entre sa propre situation et celle de Crosbie Wells. Crosbie Wells avait été abandonné par son père, comme Moody. Crosbie Wells avait été trahi par son frère, comme Moody. Crosbie Wells avait suivi son frère à l'autre bout du monde, comme Moody… pour, là-bas, se voir rejeté, ruiné, condamné à finir ses jours dans la solitude.

Moody égalisa les bords de la liasse entre ses mains. Il y avait une bonne heure déjà qu'il aurait dû sonner la femme de chambre et faire emporter la malle ; il éveillerait les soupçons en tardant davantage. Il ne savait que faire. Il n'avait pas le temps de copier toute la correspondance. Remettre les lettres dans leur cachette sous la doublure du couvercle ? Ou plutôt les garder ? Pour éventuellement les confier à qui de droit ? Leur rapport avec l'affaire en cours était indéniable, et si on faisait venir à Hokitika un magistrat de la haute cour, elles seraient sans prix.

Il alla s'asseoir sur le bord de son lit, réfléchissant toujours. Il pourrait faire tenir les lettres à Löwenthal avec la consigne de tout publier, dans l'ordre et intégralement, dans les colonnes du *West Coast Times*. Il pourrait les envoyer à George Shepard, le gouverneur de la prison, en lui demandant avis et conseil. Il pourrait les montrer à son ami Gascoigne, entre quatre yeux. Il pourrait convoquer les douze de la *Couronne* et sonder l'opinion de chacun. Il pourrait tout remettre au commissaire des mines… ou, mieux encore, au magistrat. Mais dans quel but ? Qu'en sortirait-il ? Qui profiterait de l'aubaine ? Moody poussa un soupir en joignant le bout des doigts.

Finalement, il rassembla les lettres, noua la liasse exactement comme il l'avait trouvée et la remit à sa place sous la doublure. Il referma la malle, poussa la barre du verrou, essuya le couvercle et recula pour s'assurer que tout ressemblait exactement à ce qu'il avait trouvé en entrant dans sa chambre. Cela fait, il rendossa sa veste, se coiffa de son chapeau… comme s'il venait juste de rentrer de déjeuner… et sonna. Un moment s'écoula avant que la femme de chambre fît entendre ses pas lourds dans l'escalier. Moody, affectant une profonde exaspération, lui déclara que la malle qu'on avait déposée chez lui n'était pas la sienne. Il avait pris la liberté de l'ouvrir, afin de consulter le nom inscrit à l'intérieur : la malle appartenait à Alistair Lauderback, un monsieur qu'il n'avait jamais rencontré, qui ne logeait certainement pas à la *Couronne*, et dont le patronyme ne ressemblait aucunement au sien. Il était à supposer que *sa* malle avait été portée à l'hôtel de M. Lauderback… il ne savait lequel. Il allait passer l'après-midi à la salle de billard de Stafford-street, et il espérait fermement que cette bévue serait réparée pendant son absence, car il tenait à rentrer en possession de ses effets dans le plus bref délai : il comptait assister aux « spéculations arrosées » offertes ce soir-là par la veuve à la *Fortune du Voyageur*, et il souhaitait y paraître en tenue de circonstance. Il ajouta, avant de repartir, qu'il était très sérieusement mécontent.

# UN MOIS SANS LUNE

*Où la* Fortune du Voyageur *ouvre enfin ses portes au public.*

L'enseigne suspendue devant la *Fortune du Voyageur* avait été repeinte de sorte que la silhouette lestement découpée avec son baluchon de pauvre garçon qui s'en va chercher fortune cheminait à présent sous un ciel étoilé. Si les étoiles formaient une constellation au-dessus de la tête du personnage, Mannering ne la reconnut pas. Il ne jeta au panneau qu'un bref coup d'œil en montant les marches du perron, remarquant chemin faisant que le marteau de la porte avait été astiqué, les carreaux lavés, le paillasson remplacé et un bristol frais inséré dans le cadre à côté de l'entrée :

MME LYDIA WELLS, MÉDIUM, SPIRITE
DÉVOILE LES SECRETS
DIT LA BONNE AVENTURE

Il frappa et entendit des voix féminines, puis des pas rapides dans l'escalier, des pas qui se réfugiaient à l'étage. Il attendit, espérant que ce serait Anna qui le recevrait.

Vint le bruit métallique de la chaîne qu'on ôtait. Mannering leva les doigts à son nœud de cravate et redressa le dos, interrogeant son reflet indistinct dans la vitre.

La porte s'ouvrit.

— Dick Mannering !

— Madame Wells ! s'exclama Mannering, prenant sur lui pour ne pas trahir sa déception. Bonsoir, bonsoir ! Je vous le souhaite excellent.

— J'espère qu'il le sera en effet, mais nous n'y sommes pas encore, répondit-elle avec un sourire. J'aurais cru que vous surtout sauriez qu'on n'arrive pas en avance à une soirée. Ce n'est vraiment pas de bon ton. Qu'en aurait dit ma mère ? Un béotisme !

— Suis-je donc en avance ?

Simulant la surprise, Mannering plongea la main dans son gousset. Il savait parfaitement qu'il était en avance : il avait fait exprès de devancer les autres pour avoir une chance de parler seul à seul avec Anna. Il plissa les yeux pour lire l'heure à sa montre, puis haussa les épaules et la remit dans sa poche en avouant :

— En effet, voyez-vous ça ! Il faut croire que j'ai oublié de la remonter ce matin. Eh bien, maintenant je suis là… et vous aussi. Habillée pour l'occasion. Très élégante. Ma foi, oui. Très.

Elle portait le deuil, mais sa toilette était « rehaussée », comme elle aurait pu dire, de divers affiquets qui donnaient le démenti à sa teinte sombre. Le corsage noir avait été brodé de pampres et de roses, réalisés dans un fil lustré qui faisait miroiter et étinceler les motifs sur son sein ; elle arborait une autre rose noire sur un brassard de même couleur, ajusté à la manière d'une manchette autour de la blancheur potelée de son poignet, et une troisième, épinglée dans le creux derrière son oreille, ornait ses cheveux.

— Que faire maintenant ? demanda-t-elle sans perdre le sourire. Vous me placez dans un dilemme terrible, monsieur Mannering. Je ne peux pas vous faire entrer. Ce serait vous encourager à vous faire une habitude d'arriver avant l'heure ; un peu plus, et vous mettriez dans l'embarras tous les hommes et les femmes du monde que compte notre bonne ville. Mais je ne peux pas non plus vous chasser… nous serions alors béotiens l'un et l'autre. Vous par votre impudence, moi par mon mauvais accueil.

— Il y aurait aussi une troisième option, dit Mannering. Me faire poser toute la nuit sur votre perron pendant que vous épluchez la question… et quand vous aurez fini par vous décider, je serai juste à l'heure.

— Encore un béotisme. Votre mauvais caractère.

— Je ne vous ai jamais fait voir mon caractère, madame Wells.

— Non ?

— Jamais. Avec vous, je suis un homme civilisé.

— À se demander avec qui vous ne l'êtes pas.

— La question n'est pas de savoir avec qui. Plutôt jusqu'où.

Il y eut un bref silence.

— Formidable !

— Pardon ?

— À l'instant. J'imagine l'effet que cela a dû vous faire de prononcer ces mots. Formidable.

— Vous avez un genre, madame Wells. Je l'avais oublié.

— Vous trouvez ?

— Oui… un genre certain, répéta Mannering en mettant la main à la poche. Tenez, je vous règle. C'est du brigandage éhonté, soit dit en passant. Vous ne pouvez pas faire payer trois shillings le spectacle d'une soirée, pas à Hokitika… quand bien même vous évoqueriez l'esprit d'Hélène de Troie. Les gars ne marcheront pas. Mais ce n'est pas à moi de vous donner des conseils. À partir de maintenant, vous êtes pour moi la concurrence. Ne croyez pas que je ne m'en rende pas compte : le samedi soir, ce sera ou au *Prince de Galles* ou à la *Fortune du Voyageur* que les gars laisseront leur dernier liard. Je ne suis pas homme à négliger la concurrence… c'est pour ça que je suis venu ce soir, pour vous tenir à l'œil.

— Une femme aime à être le point de mire des regards, dit Mme Wells, empochant les pièces avant d'ouvrir enfin la porte toute grande et d'ajouter, en laissant passer Mannering : Mais vous êtes un piètre menteur. Si vous aviez oublié de remonter votre montre, vous ne seriez pas en avance, mais en retard.

Elle referma le battant derrière lui et rattacha la chaîne.

— Vous êtes en noir, constata Mannering.

— Mais oui. Je viens de perdre mon mari, je porte son deuil.

— Je vous dirai quelque chose. La couleur noire est invisible aux esprits. Je parie que vous ne le saviez pas… Hein, dites ? Voilà pourquoi on porte le noir aux enterrements : si on mettait des vêtements de couleur, on attirerait l'attention des morts. En noir, ils ne nous remarquent pas.

— Quelle idée ! Mais c'est charmant !

— Comprenez-vous bien ce que cela signifie ? M. Staines ne vous verra pas. Pas dans cette robe-là. Pour lui, vous serez invisible comme l'air.

— Mon Dieu ! Eh bien ! je suppose qu'il n'y a rien à faire. Plus maintenant, à la onzième heure. Je vais devoir annuler ma soirée, badina Mme Wells.

— Et Anna…, reprit Mannering. Quelle couleur portera-t-elle ce soir ?

— Le noir, puisque vous voulez le savoir. Elle aussi est en deuil.

— Vous êtes cuites, alors. Ça flanque par terre tout votre spectacle. Pour une question de costumes. Comme bâton dans les roues, ça se pose là. Vos propres nippes conspirent contre vous !

Mme Wells ne souriait plus :

— Et vous, vous êtes irrévérencieux de vous moquer ainsi de la livrée du deuil.

— Vous et moi, madame Wells. Au même titre.

Ils se dévisagèrent un instant, chacun cherchant à déchiffrer la physionomie de l'autre.

— Les escrocs ont toute mon estime, lança enfin Mannering. C'est bien le moins… puisque j'en suis. N'empêche ! En fait d'escroquerie, la bonne aventure ne vaut pas tripette, madame Wells. Je vous demande pardon, mais je le dis comme je le pense.

— Comment cela ? demanda-t-elle, toujours sur ses gardes malgré la légèreté du ton.

— Ce n'est qu'un vulgaire mensonge, persista

Mannering. Dites-moi qui sera le premier à parier contre moi. Prédisez la donne de ma prochaine partie de bouillotte. Indiquez-moi les gagnants des courses de la semaine prochaine. Vous ne le ferez pas, hein ? Eh non !… puisque vous ne le pouvez pas.

— Je vois que vous vous plaisez à douter, monsieur Mannering.

— Je connais la musique, c'est tout.

— Oui, approuva la veuve sans le quitter des yeux. Le doute est pour vous une délectation.

— Indiquez-moi les gagnants des courses de la semaine prochaine, et je ne douterai plus.

— Je ne peux pas.

— Et voilà, fit Mannering avec un geste d'impuissance.

— Je ne peux pas, parce qu'en me demandant cela, vous ne me demandez pas de lire dans votre avenir. Ce que vous voulez, c'est une preuve irrécusable de mes capacités. C'est ce que je ne peux pas vous fournir. Je suis une voyante, pas une logicienne.

— Piètre voyante, si vous ne voyez pas jusqu'à dimanche en huit.

— Une des premières leçons qu'on apprend dans ce métier, c'est que l'avenir n'a rien d'irrécusable. Tout simplement parce que votre avenir sera changé du fait même que je vous l'aurai prédit.

— Vous faites votre beurre de cet argument-là.

— Si vous étiez un jockey…, dit Mme Wells en avançant légèrement le menton, si vous deviez courir dimanche prochain et que vous veniez me voir en demandant si la chance allait vous sourire… ce serait une autre histoire. Si je vous annonçais des jours sombres, il est probable que vous feriez une mauvaise course, car vous auriez l'esprit abattu ; si je prédisais de bonnes choses, vous puiseriez là de la confiance, et votre course s'en ressentirait.

— D'accord, je ne suis pas un jockey, concéda Mannering. Mais je suis bel et bien un parieur avec cinq livres sur une jument qui s'appelle l'Irlandaise… c'est la pure vérité… et je vous demande quelle sera ma fortune. Bonne ou mauvaise ? Allez, dites !

Elle sourit :

— Je doute que la perte ou le gain de cinq livres pèse bien lourd dans la balance de votre fortune, monsieur Mannering. De toute façon, vous cherchez toujours une preuve. Entrez plutôt dans mon salon.

L'intérieur de la *Fortune du Voyageur* n'avait, pour ainsi dire, plus rien de commun avec le garni sordide où Mme Wells avait reçu Aubert Gascoigne trois semaines auparavant. La veuve avait commandé des doubles rideaux, un mobilier neuf et une douzaine de rouleaux de papier peint au motif floral étonnant, entrelacs de roses et d'épines ; elle avait fait encadrer sous verre quantité de gravures exotiques, peindre l'escalier, laver les carreaux et tapisser les deux pièces sur rue. Elle avait déniché un lutrin, où poser son almanach, et plusieurs lampes voilées, qu'elle avait disposées çà et là dans les deux pièces de réception de l'ancien hôtel, de manière à créer une atmosphère plus mystique. Mannering ouvrit la bouche pour commenter la transformation, mais resta court…

— Tiens ! c'est M. Sook, s'écria-t-il stupéfait. Et aussi M. Quee !

Les deux Chinois, assis en tailleur de part et d'autre de la cheminée, le visage plâtré de fard gras, lui rendirent son regard.

— Connaissez-vous ces hommes ? demanda Lydia Wells.

— Seulement de vue, répondit Mannering en se ressaisissant. Je fais pas mal d'affaires avec les Célestes, vous savez… et à Kaniere on ne voit que ces deux-là. Comment va, les gars ?

— Bonsoir, dit Ah Sook.

Ah Quee resta muet. Leur expression à tous deux était quasi indéchiffrable sous le grimage qui poussait à l'extrême leurs traits orientaux, allongeant les yeux en faisant ressortir la rondeur des joues. Mannering se tourna de nouveau vers Mme Wells :

— Alors ? Ils auront un rôle à jouer dans votre séance ? Vous avez loué leurs services ?

— Celui-ci est passé dans l'après-midi, expliqua-t-elle en désignant Ah Sook. J'ai eu l'idée que sa présence pourrait apporter une touche de couleur locale. Il a accepté de revenir, et il a fait encore mieux : il m'a amené son camarade. Vous conviendrez certainement que deux, ça fait mieux qu'un seul. J'aime à avoir un axe de symétrie dans une pièce.

— Et Anna, où est-elle ?

— Anna ? En haut. Mais au fait, c'est vous qui m'en avez donné l'idée, monsieur Mannering. Vos *Sensations d'Orient*. Il n'y a rien de plus vendeur qu'une note orientale ! J'ai vu le spectacle deux fois… d'abord au balcon, puis encore à l'orchestre.

— Quand va-t-elle descendre ? demanda Mannering d'un air sombre.

— Pas avant la séance.

— Comment ? fit-il en sursautant. Et à la réception, alors ? En ouverture de soirée ? Elle ne sera pas des nôtres ?

Mme Wells se détourna pour rectifier l'alignement des verres sur le dressoir avant de répondre :

— Non.

— Pourquoi non ? Vous savez pourtant qu'il y a une bonne dizaine d'hommes en train de ronger leur frein en ce moment même, qui n'attendent que de pouvoir lui dire un mot à l'oreille. Ils vous laisseront leurs gages de la semaine rien que pour passer la porte… à cause d'Anna et d'elle seule. Vous seriez folle de la garder en haut.

— Il faut qu'elle se prépare pour la séance. Je ne veux pas qu'on trouble son équilibre.

— Fichaises ! trancha Mannering.

— Pardon ? fit Mme Wells en se retournant.

— Je dis que vous me contez de belles fichaises. Vous la cachez… et vous avez vos raisons.

— Où voulez-vous en venir ?

— Avec Anna Wetherell j'ai perdu ma meilleure gagneuse, répondit Mannering. Je l'ai laissée tranquille, par respect Dieu sait de quoi, pendant trois grandes semaines, mais maintenant je veux lui parler. Elle n'a pas d'équilibre à troubler, c'est des sornettes, tout ça, vous le savez aussi bien que moi.

— Je dois vous rappeler que vous manquez de compétence en la matière.

— Compétence, mon œil ! rétorqua Mannering avec mépris. Il y a trois semaines, Anna mettait son équilibre où je pense. Vous me faites encore marcher, madame Wells. Allez, je veux la voir !

— Je vous rappellerai aussi, monsieur Mannering, que vous êtes un hôte à mon foyer, protesta l'interpellée en reculant.

— Ce n'est pas un foyer ici, c'est un commerce. Je vous ai payé trois shillings sur la foi de votre promesse qu'Anna serait là.

— Je n'ai jamais promis cela.

— De mieux en mieux ! fit Mannering, en passe de se fâcher pour de bon. Je vous donnerai encore un conseil, madame Wells, et je vous le donnerai gratis : dans le monde du spectacle, il faut servir au public exactement ce qu'il a payé pour voir, sinon il y aura du grabuge et vous en subirez les conséquences. Dans le journal, vous avez annoncé qu'Anna serait là.

— J'ai annoncé dans le journal qu'elle serait présente pour m'assister lors de la séance.

— Comment la tenez-vous ?

— Je ne sais pas ce que vous voulez dire.

— Pourquoi a-t-elle accepté de rester en haut ? Toute seule, dans le noir ?

— Mlle Wetherell, dit Mme Wells sans répondre à la question, apprend à tirer les tarots, exercice pour lequel elle montre un talent réel. Lorsque je l'estimerai maîtresse dans cet art, elle insérera une annonce dans le *West Coast Times* en proposant ses services, et vous serez alors libre, comme tous les citoyens de Hokitika, de prendre rendez-vous avec elle à votre convenance.

— Et ce beau privilège me coûtera les yeux de la tête. C'est bien ça ?

— Naturellement. Ne me dites pas que cela vous étonne.

Ah Sook regardait Mme Wells ; Ah Quee, Mannering.

— Vous m'insultez, madame, lança Mannering.

— Peut-être ne désirez-vous plus assister à la soirée, repartit Mme Wells. Dans ce cas, vous n'avez qu'un mot à dire ; le prix de l'entrée vous sera intégralement remboursé.

— Pourquoi l'enfermer là-haut ?

— Voyons, monsieur Mannering ! s'exclama la veuve en riant. Nous faisons le même métier, comme vous l'avez rappelé tout à l'heure ; vous n'avez pas besoin que je vous mette les points sur les i.

— Si. Mettez les points, dit Mannering. Allez-y. Tous les points sur tous les i.

Mme Wells n'en fit rien. Elle l'observa un moment avant de demander enfin :

— Pourquoi êtes-vous venu à ma fête ce soir ?

— Pour parler à Anna. Et pour voir ce que vaut la concurrence. Vous, en l'occurrence…

— Votre premier but ne sera pas atteint, comme je viens de vous l'expliquer, et quant au second, vous avez certainement assez vu pour savoir déjà à quoi vous en tenir. Cela étant, vous n'avez aucune raison de rester, il me semble.

— Je reste, déclara Mannering.

— Pourquoi ?

— Pour vous tenir à l'œil, voilà pourquoi…

— Je vois, prononça Mme Wells en le dévisageant de nouveau. Je crois qu'il y a encore autre chose qui vous a poussé à venir ici ce soir… quelque chose dont vous ne m'avez pas fait part.

— Ah bon ? Quoi donc ? demanda Mannering.

— Je regrette, mais je ne peux que deviner.

— Eh bien, allez-y… faites votre prédiction. C'est bien ça, votre jeu, n'est-ce pas ? Dites-moi la bonne aventure.

Elle pencha la tête de côté, comme en le mesurant du regard, mais opta pour la négative :

— Non, je crois bien que je garderai ma prédiction pour moi cette fois.

Mannering resta court. Finalement, Mme Wells fit entendre son rire gazouillant et se redressa en joignant les mains sur sa poitrine. Priant Mannering de l'excuser, elle expliqua qu'elle avait engagé deux serveuses de l'*Étoile et la Jarretière* pour s'occuper de ses hôtes de la soirée, et que les filles n'avaient pas encore reçu leurs instructions : elles attendaient à la cuisine, avec une grande patience, et elle s'en voudrait de les faire patienter un instant de plus. Elle invita Mannering à se servir à boire et à faire comme chez lui, les carafes alignées sur le dressoir étaient toutes à sa disposition… Là-dessus, elle opéra une sortie majestueuse, laissant le magnat, rouge de confusion, à regarder la porte où elle venait de disparaître. Les deux battants une fois refermés, il s'en prit à Ah Sook :

— Et toi, alors ? C'est quoi, ton excuse ?

— Moi voir Emery Staines, répondit Ah Sook.

— Tu as des questions à lui poser, j'imagine.

— Oui.

— Mort ou vif, dit Mannering. C'est l'un ou l'autre, n'est-ce pas, mon ami ? Au point où nous en sommes, il n'y a pas de milieu.

Il s'approcha à pas lourds du dressoir et se versa une bonne mesure d'eau-de-vie.

Φ

Mme Wells avait loué aussi les services d'un orchestre composé d'un violoneux et d'un flûtiste qui jouaient d'ordinaire pour l'Amicale catholique de Collingwood-street. Les musiciens arrivèrent peu avant sept heures, leurs instruments enveloppés dans du velours, et elle leur indiqua le bout du couloir d'entrée où deux chaises avaient été disposées face à la porte. Les seuls airs qu'ils connaissaient étaient des gigues et des matelotes, mais Mme Wells avait eu l'idée qu'ils pourraient exécuter leur répertoire quatre fois moins vite, ou à un rhythme aussi étiré que le permettaient les poumons de l'un et l'archet de l'autre, pour être plus en harmonie avec le thème de la soirée. Ralenties, les gigues se révélèrent sinistres et les matelotes d'une grande mélancolie ; Mannering lui-même, dont la colère n'avait été apaisée ni par deux doigts d'alcool ni par les soins enjoués des serveuses de l'*Étoile et la Jarretière*, dut admettre que l'effet était saisissant. Lorsque les premiers arrivants frappèrent à la porte, la gigue *Sixpenny Money* résonnait avec une langueur endolorie… faisant penser, non à la danse et à la fête, mais à des funérailles, des lits de maladie et de très mauvaises nouvelles.

À huit heures, l'ancien hôtel était plein à craquer, l'air épaissi par la fumée.

— Avez-vous jamais observé un magicien de foire ? Avez-vous vu opérer un joueur de gobelets ? Eh bien, monsieur Frost, tout le secret de leur art, c'est de détourner l'attention. Ils vous font regarder de l'autre côté, en racontant une blague ou en faisant du bruit ou autre chose à quoi vous ne vous attendez pas, et pendant que vous êtes distrait, les gobelets sont échangés, ou remplis, ou vidés, ou que sais-je. Je n'ai pas besoin de vous dire que, pour faire diversion, rien ne vaut une femme, et ce soir vous serez aux prises avec deux.

Mal à l'aise, Frost coula un coup d'œil du côté de Pritchard et se détourna aussitôt : l'apothicaire lui faisait un peu peur, et il n'aimait pas à se sentir dominé par la haute stature de cet autre… serré de si près qu'il percevait la chaleur de son haleine, lorsqu'il parlait.

— Que me conseillez-vous pour ne pas m'y laisser prendre ? demanda-t-il.

— Ouvrez les deux yeux, répondit Pritchard. Nilssen surveillera Anna. Vous, vous vous attacherez à la veuve. À deux, vous pourrez faire en sorte que rien ne vous échappe, comprenez-vous ? Surveillez Lydia Wells, quoi qu'il arrive. Si elle vous demande de fermer les yeux ou de regarder ailleurs… ils font cela souvent, vous savez… eh bien, ne vous laissez pas faire.

Frost eut un mouvement d'agacement. De quel droit Joseph Pritchard prétendait-il assigner des tâches de surveillance à une réunion à laquelle il n'était même pas invité ? Et pourquoi l'appariait-il, lui, avec la veuve, en réservant Anna à Nilssen ? Il n'exprima pas ces plaintes tout haut, car une serveuse approchait avec une carafe sur un plateau. Les deux hommes remplirent leurs verres, remercièrent la jeune femme et la regardèrent replonger au milieu de la foule.

Dès qu'elle les eut quittés, Pritchard revint à la charge avec la même véhémence :

— Staines doit bien se trouver *quelque part*. Un homme ne disparaît pas comme ça, sans laisser de trace. De quoi pouvons-nous être sûrs ? Dressons le catalogue des faits. Nous savons qu'Anna est la dernière personne à l'avoir vu vivant. Nous savons qu'elle a menti sur l'opium… en affirmant avoir mangé elle-même tout ce qui lui restait, alors que je voyais bien que c'était faux et archifaux. Et nous savons qu'elle a maintenant l'intention de le rappeler de chez les morts.

Frost se dit soudain que la veste de Pritchard était mal coupée, que sa cravate aurait eu besoin d'un coup de fer à repasser et que sa chemise était bien élimée. Allons, même son rasoir devait être émoussé, pour donner un résultat aussi hérissé et inégal. Cette critique, formulée dans son for intérieur, lui redonna confiance. Il dit :

— Vous ne vous fiez guère à Anna, n'est-ce pas, monsieur Pritchard ?

— Nous avons au contraire tout lieu de nous en méfier, répondit froidement Pritchard, qui semblait interloqué par la remarque. Comme je viens de vous l'expliquer.

— Mais personnellement, insista Frost. En tant que femme. Il me semble que vous ne faites pas grand cas de son intégrité.

— L'intégrité d'une putain ! éclata Pritchard sans aller plus loin.

— Je me demande ce que vous pensez d'elle, c'est tout, reprit Frost au bout d'un moment.

Pritchard le dévisagea d'un air absent.

— Non, déclara-t-il finalement. Anna ne m'inspire pas confiance. Pas pour deux sous. Elle ne m'inspire même pas d'amour. Et pourtant je voudrais en être amoureux. Voilà qui est bizarre, n'est-ce pas ? Je regrette de ne pas l'aimer.

Frost, mal à son aise, ramena la conversation sur la soirée :

— Ça ne vaut vraiment pas les trois shillings, n'est-ce pas ? Je dois dire que je m'attendais à autre chose.

— N'oubliez pas surtout, rappela Pritchard, qui semblait partager son embarras. Pendant la séance, ouvrez les deux yeux et surveillez Mme Wells.

Ils se détournèrent, faisant semblant, chacun de son côté, de parcourir les visages de la foule. Un instant, les deux hommes arborèrent exactement la même expression : l'aspect distant, légèrement désappointé, de celui qui compare, défavorablement, la scène qui l'entoure à d'autres scènes, réelles ou imaginaires, qui se sont déroulées, ou sont en train de se dérouler, ailleurs.

Φ

— Monsieur Balfour ! Puis-je vous parler un moment, sans témoin ?

Balfour leva les yeux : c'était Harald Nilssen, fringant comme toujours dans un habit bleu impérial. Voyant sur ses traits le masque durci de celui qui s'est résolu à poser une question difficile, il se sentit le cœur lourd.

— Bien sûr… Naturellement, naturellement, répondit-il. Vous pouvez me parler… Bien sûr que vous pouvez me parler… Allez, c'est tout naturel.

Comme on devient bête, pensa-t-il, quand on sait qu'on va se faire remonter les bretelles. Il se laissa emmener à travers la presse.

Dès qu'ils furent hors de portée de voix des fêtards au salon, Nilssen fit halte, tourna sur le talon et annonça :

— J'irai droit au fait.

— Oui, approuva Balfour. Droit au fait. Ça vaut toujours mieux. Que dites-vous de la soirée ?

Du salon leur parvint une explosion de rires, suivie du petit cri indigné d'une femme.

— Je trouve la soirée très agréable, dit Nilssen.

— Pourtant, Anna ne s'est pas montrée.

— Non.

— Et trois shillings, reprit Balfour. Ce n'est pas donné ! Nous allons boire pour notre argent, n'est-ce pas ?

Il plongea les yeux au fond de son verre.

— J'irai droit au fait, répéta Nilssen.

— Oui. Je vous en prie.

— Je ne sais comment, mais M. Lauderback est au courant pour ma commission. Il a écrit une lettre qui sera imprimée demain dans le journal. Dénigrant le caractère de Shepard et ainsi de suite. Je ne l'ai pas encore vue.

— Ah ! mon Dieu !... Mon Dieu, oui... je vois. Je vois, dit Balfour.

Il hocha vigoureusement la tête, mais sans regarder Nilssen. Ils se tenaient presque côte à côte, Nilssen adressant ses paroles à une gravure encadrée au mur, Balfour ses réponses à la plinthe.

— Le gouverneur Shepard y a répondu, poursuivit Nilssen sans se détourner de sa contemplation.

Sa lettre paraîtra à la suite de celle de Lauderback dans le journal de demain. Je l'ai vue : Shepard m'en a fait porter une copie cet après-midi.

Il résuma la réponse de Shepard, qui eut le don de dissiper instantanément les appréhensions de Balfour en les transmuant en pur étonnement.

— Par exemple ! s'exclama-t-il en regardant enfin Nilssen bien en face. Il montre les dents, dites donc. Qui aurait cru le vieux Shepard capable de cela ? Dire que tout s'est fait à *votre* instigation… transformer un prêt forcé en don. Par exemple ! Il vous a bien eu, hein ? Le bonhomme ne doute de rien. C'est un démon. Une vipère !

— Est-ce vous qui avez parlé à M. Lauderback de ma commission ? demanda Nilssen.

— Non !

— Vous ne l'avez pas mentionnée… même en passant ?

— Non ! répéta Balfour. Absolument pas.

— Bon, conclut Nilssen d'une voix accablée. Merci. Je m'excuse de vous avoir importuné. Ce sera donc l'un des autres.

— L'un des autres ? fit Balfour en tressaillant. Vous voulez dire… ceux de la *Couronne* ?

— Oui. Il y a forcément quelqu'un qui a violé son serment. *Moi*, en tout cas, je n'ai rien dit à M. Lauderback… et je suis certain que personne n'est au courant pour l'argent, sauf les douze qui ont juré le silence.

— Et votre petit commis ? demanda Balfour d'un air affolé.

— Il ne sait rien.

— Quelqu'un à la banque, peut-être.

— Non, c'était un accord privé… signé en un seul exemplaire, qui est resté entre les mains de Shepard, soupira Nilssen. Allez, je m'excuse de vous avoir brusqué… avec ma question… et d'avoir douté de vous. Mais comme je sais que vous êtes un proche de Lauderback… eh bien, j'avais besoin de m'assurer.

— C'est tout naturel, allez ! Ça va de soi !

Nilssen branla lugubrement le chef. Il jeta un regard à travers la baie de la porte, sur la foule réunie dans la salle… Pritchard, qui dominait l'assemblée, plus grand d'une tête que tous les autres… Devlin, en conversation avec Clinch… Löwenthal, qui s'entretenait avec Frost… Mannering, qui remplissait son verre au buffet et riait à ventre déboutonné de la plaisanterie d'un tiers.

— Attendez, intervint soudain Balfour. Vous dites que Shepard associe dans sa lettre le nom de Lauderback à celui de Lydia Wells.

— Oui, avoua Nilssen, gêné. Il porte pratiquement leur liaison sur la place publique, sommant Lauderback de battre sa coulpe. C'est le…

— Mais comment diantre Shepard a-t-il fait pour avoir lui-même connaissance de l'affaire ? demanda Balfour en lui coupant la parole. Cela m'étonnerait que Lauderback ait…

Nilssen ne se retint plus :

— C'est moi qui le lui ai dit. J'ai violé mon serment. Ah ! monsieur Balfour… il m'avait mis au pied du mur… il savait que je cachais quelque chose… et j'ai cédé. Je n'ai pas pensé assez vite. Je ne pouvais pas. Vous avez le droit d'être furieux. Parfaitement. Je ne vous le reprocherai pas.

— Mais non, pas du tout, protesta Balfour, à qui cette confession apportait un singulier soulagement.

— Maintenant Lauderback saura que vous avez trahi sa confidence, poursuivit Nilssen, profondément abattu. Et demain matin, c'est tout le Westland qui saura qu'il a eu une maîtresse en la personne de Mme Wells, et ça lui coûtera peut-être la perte du siège à la Chambre, et tout sera ma faute. Je suis navré… Vraiment, navré.

— Qu'avez-vous raconté encore ? demanda Balfour. Avez-vous parlé d'Anna… et du chantage… et des robes ?

— Non ! s'indigna Nilssen. Et pas un mot de Carver non plus. Tout ce que j'ai dit, c'est que Mme Wells a été la maîtresse de Lauderback. Rien de plus. Mais maintenant le gouverneur Shepard s'en est fait l'écho… et dans le journal, carrément.

— Mais ça ne fait rien, dit Balfour en lui donnant une tape amicale sur l'épaule. Ça ne fait rien du tout. Shepard aura pu en avoir vent n'importe où. Si Lauderback me pose la question, je dirai que de toute ma vie jamais je n'ai échangé deux mots avec lui, ce qui est d'ailleurs la stricte vérité.

— Je suis vraiment navré, répéta Nilssen.

— Allez, il n'y a pas de quoi.

— Vous êtes bien aimable de le prendre ainsi.

— Je suis ravi d'avoir pu vous être utile.

— Je ne sais toujours pas qui m'a dénoncé à Lauderback, reprit Nilssen au bout d'un moment. Bon, ne reste qu'à poursuivre mon enquête.

Et, soupirant, il se détourna de nouveau pour scruter la foule.

— Dites donc, monsieur Nilssen, fit Balfour. Je

viens d'avoir une idée. À propos de… de… de rien, en fait. Tenez. La prochaine fois que j'aurai besoin des services d'un commissionnaire… pour la prochaine affaire qui se présente… je ne m'adresserai peut-être pas à M. Cochran, tout compte fait. Il a ma clientèle depuis un bon moment, voyez-vous… eh mais ! je me demande s'il ne serait pas temps d'aller voir ailleurs. Je parie que nous sortirons tous de cette affaire en cherchant quelqu'un sur qui nous pouvons compter. Un homme de confiance. Ce que je veux dire… c'est que pour moi ce sera vous désormais… à tous les coups.

Sans regarder Nilssen, il se mit à fouiller dans la poche de sa veste à la recherche d'un cigare.

— C'est bien aimable de votre part, répéta Nilssen.

Il garda un instant encore les yeux fixés sur Balfour, avant de se détourner en hochant posément la tête. Balfour trouva un cigare, ôta la bague, trancha le petit bout d'un coup de dents et le plaça entre ses lèvres ; il frotta alors une allumette, attendit, en cherchant l'angle idéal, que la flamme eût bien pris, l'approcha du pied, aspira enfin trois petites bouffées en gonflant les joues, jeta l'allumette éteinte, puis retira le cigare de sa bouche et le retourna pour vérifier la combustion du tabac.

Φ

— Monsieur Clinch.

— Oui. Qu'est-ce qu'il y a ? fit Clinch.

— J'ai une question, déclara Tauwhare.

— Eh bien, posez-la.

— Pourquoi avez-vous acheté la maison de Crosbie Wells ?

— Pas cela, protesta Clinch avec un gémissement. Ne parlons pas de cela. Pas ce soir.

— Pourquoi ?

— Laissez tomber, hein ! Je suis de mauvais poil. Je ne vais pas parler de ce jean-fesse de Crosbie Wells.

Le ton était plus que sec, et il ne regardait pas son interlocuteur, mais la veuve, qui circulait parmi ses hôtes. Sa crinoline était tellement large, qu'elle faisait refluer la foule, créant un vide sur son passage.

— Elle a un visage cruel, fit remarquer Tauwhare.

— Oui, approuva Clinch. Je le pense aussi.

— Pas amie des Maoris.

— Non, sans doute pas. Ni des Chinois… comme nous pouvons le voir. Ni, en toute probabilité, d'aucun homme dans cette salle. Je suis de mauvais poil, monsieur Tauwhare, répéta-t-il en vidant son verre. Et savez-vous ce que j'aime faire, quand je suis de mauvais poil ? J'aime boire.

— C'est bien, dit Tauwhare.

— Je vous ressers ? demanda Clinch en s'emparant d'une carafe.

— Oui.

Il remplit les deux verres et poursuivit en remettant la carafe à sa place sur le dressoir :

— De toute façon, la demande en rescision sera accordée, la vente sera annulée, mon acompte me sera restitué, et voilà. La maison ne sera plus à moi, c'est Mme Wells qui en sera propriétaire.

— Pourquoi l'avez-vous achetée ? insista Tauwhare.

Clinch poussa un grand soupir :

— Ce n'était même pas mon idée. C'est Charlie

Frost. Achetez de la terre, qu'il m'a dit : comme ça, personne ne posera de questions.

Tauwhare garda le silence, dans l'attente. Au bout d'un moment, Clinch poursuivit en effet :

— Voilà le raisonnement. Vous n'avez pas besoin d'une licence de mineur si la terre est à vous, n'est-ce pas ? Et si vous trouvez une pépite sur vos propres terres, n'est-ce pas ? elle est à vous. C'était ça, l'idée… son idée, s'entend, pas la mienne. Je ne pouvais pas apporter les robes à la banque… pas sans une licence. On me demanderait où j'avais trouvé l'or, et je ne pourrais pas répondre. Mais si j'avais un bout de terre à moi, personne ne poserait de questions. Je ne savais pas pour Johnny Quee, voyez-vous. Je pensais que l'or était toujours là, dans les robes… le minerai pur. Alors j'ai épargné pour avoir de quoi verser un acompte. Charlie me disait d'attendre une succession ou un partage, au choix : l'un ou l'autre, disait-il, pour me tenir du bon côté de la loi. Alors, quand le terrain de Wells a été mis en vente, je l'ai raflé vite fait, pensant… enfin, je ne sais pas. Une bêtise. Aller vivre là-bas, avec… je ne sais pas. Évidemment, le lendemain voilà Anna qui sort de prison avec une nouvelle robe… et ensuite, après son déménagement, je découvre que les autres ont été mises à sac. Pendant tout ce temps, c'étaient les poids de plomb que je sentais sous mes doigts. Tout le projet est tombé à l'eau. J'ai un terrain dont je n'ai que faire, les poches vides, et Anna… enfin. Je n'ai pas besoin de vous dire.

— La vallée de l'Arahura est un lieu très sacré, déclara Tauwhare, le sourcil froncé.

— Ouais, mais…

Clinch, d'un geste, demanda silence et reprit :

— La loi, c'est la loi. Si vous voulez racheter la maison, je ne demande pas mieux, mais ce n'est pas à moi qu'il faudrait en parler. C'est à elle.

Ils regardèrent tous deux Mme Wells à l'autre bout de la salle.

— Le problème avec les belles femmes, dit finalement Clinch, c'est qu'elles savent toujours qu'elles sont belles et ça leur monte à la tête. Moi, j'aime une femme qui ne sait rien de sa beauté.

— Une femme stupide, fit Tauwhare.

— Pas stupide. Pudique. Sans prétention.

— Je ne connais pas ces mots.

— Celle qui ne parle pas trop. Qui ne parle pas d'elle-même. Qui sait quand il faut parler et quand il faut se taire.

— Maligne ? résuma Tauwhare.

Clinch eut un hochement négatif :

— Non, pas maligne. Pas stupide non plus. Simplement… attentive, et douce. Et innocente.

— Qui est cette femme ? demanda Tauwhare d'un air narquois.

— Non, ce n'est pas une femme réelle, rétorqua Clinch avec une grimace de mauvaise humeur. Laissez tomber.

— Edgar ! Auriez-vous un moment ?

C'était Löwenthal qui approchait par derrière.

— Je vous en prie, dit Clinch. Vous m'excuserez, monsieur Tauwhare.

— Tiens, vous êtes tout de même allé faire un tour du côté de l'épave, lança Löwenthal, qui n'avait pas d'abord remarqué le Maori. Alors ? Vous avez trouvé quelque chose ?

Tauwhare n'aimait pas être traité avec condescendance, comme un inférieur ; il n'avait pas non plus pardonné à Löwenthal de lui avoir fait honte, tantôt.

— Non, répondit-il d'un ton arrogant. Rien.

— Dommage, fit Löwenthal en se détournant.

— Qu'est-ce qui vous tracasse, Ben ? demanda Clinch, lorsqu'ils se retrouvèrent sans témoin.

— C'est une question un peu scabreuse, hélas. À propos de l'enfant d'Anna… le bébé qu'elle n'a pas pu porter à terme.

— Allez-y, dit Clinch, prudent.

— Vous vous souvenez du soir où je l'ai trouvée… après son accrochage avec Carver.

— Bien sûr.

— C'est ce soir-là qu'elle a reconnu que Carver était le père de l'enfant.

— Oui, je m'en souviens.

— J'aimerais savoir si vous étiez déjà au courant ou si c'était une nouvelle, pour vous comme pour moi. Je suis indiscret, je le sais… de parler ainsi de cette affaire indécente… je vous prie de m'en excuser.

— Je n'étais pas au courant, répondit Clinch après un long silence. Ce soir-là, c'était bien la première fois qu'elle en parlait. Jusque-là, elle n'avait jamais voulu le dire.

— Mais aviez-vous votre petite idée ? insista Löwenthal. Pensiez-vous que Carver aurait pu être le… comment dire… le géniteur ?

— Je savais que c'était un homme qu'elle avait connu à Dunedin, concéda Clinch d'un air gêné. Mais c'est bien tout. Ce n'était pas un gars de Hokitika : le compte n'y était pas.

— Et Carver a connu Anna à Dunedin.

— Elle a fait la traversée à bord de l'*Adieu-vat*, confirma Clinch laconiquement. Cela mis à part, je ne peux pas vous renseigner. Pourquoi toutes ces questions ?

Löwenthal conta la scène qui s'était déroulée dans l'après-midi au bureau du *West Coast Times* et conclut :

— Voyez-vous, ce qu'Anna a dit n'est pas forcément vrai. Elle nous a peut-être raconté des histoires. Évidemment, nous n'avons jamais eu lieu de mettre sa parole en doute… jusqu'à présent.

— Mais qui d'autre ? demanda Clinch en se renfrognant. Qui serait-ce, sinon Carver ?

— Je ne sais pas. Les candidats sont sans doute assez nombreux, opina Löwenthal du bout des lèvres. Peut-être ne le connaissons-nous même pas.

— C'est le mot de Carver contre celui d'Anna, protesta Clinch avec feu. Vous n'allez pas prendre le parti de Carver… sur la foi d'une seule déclaration ! N'importe qui peut nier les faits, vous savez ; ça ne coûte rien !

— Je ne prends le parti de personne… pour l'instant. Mais je pense que le moment qu'Anna a choisi pour parler n'est peut-être pas indifférent. On ne sait jamais.

Clinch fronça les sourcils et se passa la main sur le visage. Löwenthal huma dans l'air déplacé une odeur épicée d'eau de Cologne et se rendit compte que l'hôtelier s'était offert le grand jeu chez le barbier du coin, plutôt que le coup de rasoir à un penny dont se contentait presque toute la population masculine de Hokitika… supposition confirmée lorsque sa main retomba, révélant un semis de petits boutons rouges sur ses joues flasques. Discrètement, Löwenthal l'examina de pied en cap. La redingote de Clinch avait été brossée et son col amidonné ; sa chemise était particulièrement blanche et la pointe de ses chaussures fraîchement noircie. Ah ! pensa Löwenthal avec compassion. Il s'est fait beau, pour Anna.

— Elle n'a nommé le père qu'après la mort de l'enfant, et alors ? lança enfin l'hôtelier d'une voix très dure. C'est le code d'honneur des putains… c'est tout.

— Vous avez peut-être raison, dit Löwenthal. Parlons d'autre chose.

Φ

Gascoigne se chargea des présentations :

— Monsieur Walter Moody, madame Lydia Wells. M. Moody a quitté l'Écosse, madame Wells, pour chercher fortune dans les gorges de Hokitika. Mme Wells, comme vous n'êtes sans doute pas sans le savoir, monsieur Moody, est la patronne de cet établissement et une fervente des royaumes spirituels.

Lydia exécuta une révérence charmante. Moody y répondit par un salut, bref mais respectueux, puis adressa à son hôtesse les compliments d'usage, loua sa rénovation de la vieille hostellerie et la remercia poliment de la soirée agréable qu'elle lui faisait passer. Malgré ses efforts, les paroles sonnaient creux ; en regardant cette femme, il ne pensait qu'à Lauderback, et à Crosbie Wells.

— Êtes-vous un amateur de l'occulte, monsieur Moody ? demanda-t-elle, lorsqu'il se tut.

Il ne pouvait répondre en toute bonne foi sans risquer d'offenser celle qui lui posait la question. Pourtant, il n'hésita qu'une fraction de seconde avant de parler :

— Il y a bien des choses qui sont encore un mystère pour moi, madame Wells, et je me flatte d'avoir l'esprit curieux ; si je m'intéresse aux vérités qui nous demeurent inconnues, c'est dans l'espoir qu'elles puissent un jour être connues… ou plutôt, à dire vrai, en espérant, un jour, pouvoir moi-même les connaître.

— Voilà un verbe dont vous êtes bien prodigue, me semble-t-il, repartit la veuve. Comment l'entendez-vous ? Vous faites grand cas de la « connaissance », si j'en juge par vos propos. Que signifie donc pour vous, monsieur Moody, « connaître » quelque chose ?

— Eh bien, lança Moody en souriant, je dirais que connaître une chose, c'est la voir sous toutes ses faces.

— La voir sous toutes ses faces, répéta la veuve.

— Mais j'avoue que vous me prenez au dépourvu. Je n'ai pas eu le temps de travailler ma définition, et je n'aimerais pas être cité… du moins pas avant d'avoir pu chercher à loisir des arguments à l'appui.

— Votre définition laisse, en effet, beaucoup à désirer. Il y a tant d'exceptions ! Par exemple, comment pourrait-on voir un *esprit* sous toutes ses faces ? L'idée même est inconcevable.

— Vous avez parfaitement raison de parler, en l'occurrence, d'une « exception », madame Wells, riposta Moody en s'inclinant derechef. Mais, en fait, je doute fort qu'un esprit soit connaissable par qui que ce soit, de quelque façon que ce soit… et je ne crois décidément pas qu'il puisse être vu. Non que je veuille contester vos talents… mais c'est ainsi : je ne crois pas aux esprits, un point, c'est tout.

— Pourtant, vous vouliez assister à la séance de ce soir, objecta la veuve.

— Ma curiosité était piquée.

— Par l'esprit particulier que nous attendons ?

Moody haussa les épaules :

— M. Staines ? Je ne l'ai jamais rencontré. Je suis arrivé à Hokitika une quinzaine de jours après sa disparition. Depuis lors, bien sûr, c'est un nom que j'ai souvent entendu prononcer.

— M. Gascoigne dit que vous êtes venu à Hokitika pour faire fortune.

— Oui, je l'espère.

— Et comment comptez-vous vous y prendre ?

— À force de travail, je pense, et en bien gérant mes affaires.

— Il y a aussi des hommes riches, beaucoup même, qui travaillent peu et laissent simplement voguer la galère.

— Ils ont de la chance.

— Ne voulez-vous pas en avoir, vous aussi ?

— Je veux pouvoir dire que j'ai ce que je mérite, répondit prudemment Moody. La chance est par définition imméritée.

— Quelle réponse honorable ! s'exclama Lydia Wells.

— Et véridique, j'espère.

— Ah ! la « vérité »… Voilà qui nous ramène à notre point de départ.

Gascoigne, qui pendant tout ce temps avait observé la veuve, avertit son ami :

— Vous voyez comment son esprit fonctionne. Dans un instant, elle va fondre sur votre raisonnement et le réduire en charpie. Préparez-vous.

— À être écharpé ? Comment se prépare-t-on à cela ? demanda Moody.

Gascoigne ne se trompait pas. La veuve leva le menton et demanda :

— Êtes-vous un homme de religion, monsieur Moody ?

— Je suis philosophe. Les aspects de la religion qui peuvent être considérés comme relevant de la philosophie m'intéressent au plus haut point. Les autres, non.

— Je vois. Je suis désolée, mais je dirais, tout au contraire, que seules m'intéressent les philosophies qui peuvent être considérées comme autant de religions.

— Excellent, applaudit Gascoigne en éclatant de rire. Ma foi, oui ! Excellent !

Moody aussi sourit malgré lui de la saillie, mais il était résolu à ne pas laisser la veuve prendre le dessus.

— Il semble, madame, dit-il, que nous ayons peu de chose en commun. J'espère que cette absence de terrain d'entente ne nous empêchera pas d'être amis.

— Nous sommes en désaccord sur la créance qu'il convient d'accorder aux esprits, répondit Lydia Wells. Mais permettez-moi de retourner la question. Que dites-vous des âmes… des âmes vivantes ? Croyez-vous pouvoir « connaître » les vivants, si vous tenez la « connaissance » des morts pour impossible ?

Moody accueillit la réflexion avec le sourire. Au bout d'un moment, la veuve reprit :

— Vous semble-t-il, par exemple, que vous pourrez jamais vraiment « connaître » votre ami M. Gascoigne que voici ? Pouvez-vous le voir, lui, sous toutes ses faces ?

Gascoigne, manifestement vexé de servir d'exemple pour les besoins de la discussion, ne cacha pas son humeur. La veuve le fit taire d'un « chut ! » et reposa sa question à Moody.

Celui-ci regarda Gascoigne. En fait, il avait anatomisé le caractère de son nouvel ami dans le détail depuis les quelques semaines qu'ils se connaissaient. Il croyait comprendre l'ampleur et les limites de son intelligence, la qualité de son cœur, le fond de ses diverses habitudes et idiosyncrasies. Tout compte fait, il se sentait en mesure de tracer un portrait très exact de sa personnalité. Sachant pourtant que Lydia Wells voulait lui tendre un piège, il fit une réponse neutre, répétant qu'il ne se trouvait à Hokitika que depuis trois semaines et ne pouvait espérer, en un laps de temps aussi bref, être à même d'apprécier pleinement et exactement l'âme d'un autre. Pareille ambition requerrait plus d'une vingtaine de jours d'observation.

— M. Moody a fait la traversée avec M. Carver, intervint Gascoigne. Il est arrivé à bord de l'*Adieu-vat*, le soir même où le navire s'est échoué.

Ce ne fut pas sans un vague malaise que Moody entendit conter le fait. Il avait pris son passage sur l'*Adieu-vat* sous un faux nom, et il préférait ne pas crier sur les toits qu'il était arrivé à Hokitika à bord de ce bâtiment, vu la nature de la scène dont il avait été témoin… ou dont il avait cru être témoin… quelques heures seulement avant le naufrage. Il regarda la veuve, cherchant sur ses traits une lueur de doute ou, au contraire, de récognition, le signe qu'elle savait peut-être quelque chose du fantôme sanglant dans la cale de l'*Adieu-vat*.

Lydia Wells cependant souriait.

— Vous m'en direz tant, lança-t-elle en le toisant. Je regrette, mais dans ce cas M. Moody n'est en vérité qu'un homme à la douzaine.

— Comment cela ? demanda Moody avec roideur.

— Vous êtes un chanceux qui affecte de mépriser l'idée même de la chance, répondit-elle, rieuse. Je suis désolée, monsieur, mais j'ai rencontré une foule d'hommes qui vous ressemblent.

Avant que Moody ne pût trouver de réplique, elle prit sur le dressoir une clochette d'argent, l'agita vivement et annonça, d'une voix qui n'était en rien moins perçante pour se cantonner dans un murmure voilé, que tous hormis les détenteurs de billets d'entrée étaient priés de quitter les lieux sans plus tarder, car la séance d'évocation allait commencer.

## VÉNUS EN VERSEAU

*Où Sook Yong-cheng oublie son shilling ;*
*Lydia Wells devient hystérique ;*
*et nous recevons une réponse du royaume des morts.*

Quelle différence entre cette assemblée et le conseil clandestin réuni trois semaines auparavant à l'hôtel de la *Couronne* ! La *Couronne* avait accueilli un groupe de douze qui, avec l'arrivée de Moody, était devenu un cercle de treize ; ici, au petit salon de la *Fortune du Voyageur*, ils étaient un cercle de onze, réunis dans l'espoir de faire apparaître un douzième.

Charlie Frost, suivant la consigne de Joseph Pritchard, ne quitta pas des yeux Lydia Wells, lorsque celle-ci introduisit les sept détenteurs de billets dans la salle où Ah Sook et Ah Quee, luisants de fard gras, étaient assis en tailleur de part et d'autre de la cheminée. Les rideaux étaient tirés devant les fenêtres, et toutes les lampes avaient été éteintes, à l'exception d'une seule, qui répandait une lueur rosée diffuse. Au-dessus de cet ultime lumignon on avait placé, sur un trépied métallique, un bol d'attar de roses, dont le suave parfum, libéré par la chaleur de la flamme, se propageait dans toute la pièce.

Mme Wells invita les hommes à prendre place sur les sièges qui, pendant que les autres hôtes quittaient la *Fortune du Voyageur* et se dispersaient dans la nuit, avaient été disposés en cercle au milieu de la salle. Il s'ensuivit beaucoup d'embarras et de nervosité chez les sept privilégiés. L'un ne cessait de glousser d'une voix suraiguë ; d'autres arboraient des rictus imbéciles et décochaient des coups de coude dans les côtes de leurs voisins. La veuve, toute à la tâche de planter cinq cierges sur une assiette de façon à dessiner les branches d'une étoile, ne se laissa pas distraire par ces désordres. Les mèches allumées, l'une après l'autre, et le tortillon de papier, dont elle s'était servie pour ce faire, soufflé, elle s'assit enfin à son tour et, imposant à son organe un *sotto voce* dramatique, annonça d'un ton complice qu'Anna Wetherell venait de passer plusieurs heures à préparer son esprit à la communion, maintenant imminente, avec les morts. Tous étaient priés de ne pas lui adresser la parole lorsqu'elle ferait son entrée dans le petit salon, car le moindre dérangement pourrait troubler la paix de son âme et, par conséquent, brouiller aussi les messages dont elle-même, la veuve, allait être le médium. La présente assemblée consentait-elle à ne pas se préoccuper d'Anna ?

L'assemblée y consentit.

La présente assemblée consentait-elle, par ailleurs, à aider la veuve à établir et à maintenir la communication en se mettant, pour toute la durée de la séance, dans un état de réceptivité spirituelle ? Chacun voulait-il bien garder l'esprit ouvert et impartial, les membres relâchés, la respiration profonde et rhythmée, et l'attention absolument concentrée, à l'exemple du moine qui prie ?

On le lui promit solennellement.

— Je ne saurais vous dire ce qui va se passer ce soir dans cette salle, poursuivit la veuve du même ton de mystère. Peut-être les meubles se mettront-ils à bouger. Peut-être percevrons-nous des brises… le souffle du monde d'en bas, diraient certains… à mesure que les esprits qui nous entourent seront remués. Peut-être les morts parleront-ils par la bouche des vivants. Ou peut-être se feront-ils connaître en présentant un gage.

— Quelle sorte de gage ? Que voulez-vous dire ? demanda l'un des diggers.

— Parfois, répondit Lydia Wells en le fixant calmement, pour des raisons à nous inconnues, il arrive que les morts ne puissent pas parler. Ils ont alors recours à d'autres manières de se faire comprendre. J'ai assisté à une séance à Sydney, où cela s'est produit.

— Que s'est-il passé ?

L'œil de la veuve devint vitreux, tandis qu'elle racontait :

— Une femme avait été tuée à son propre domicile, dans des circonstances plutôt mystérieuses. Quelques mois après sa mort, un groupe de spirites triés sur le volet s'est réuni sur les lieux, afin de communiquer avec elle.

— Comment avait-elle été tuée ?

— Le chien de la famille était devenu comme enragé. Cela ne lui ressemblait pas du tout. Il s'était jeté sur la femme… et il l'avait égorgée.

— Horreur !

— Effroyable !

— Les circonstances de la mort étaient suspectes, poursuivit la veuve, notamment parce que le chien avait été abattu avant que la justice ne pût faire son enquête. L'affaire avait néanmoins été classée, et le mari, fou de chagrin, avait abandonné le domicile conjugal et pris la mer. Quelques mois plus tard, une domestique au service du ménage porta le fait divers à l'attention d'un médium. Nous obtînmes de pouvoir nous réunir pour une séance dans la pièce même où la femme avait trouvé la mort.

« L'un des nôtres… non pas le médium, mais un autre monsieur fort en réputation parmi les spirites… portait ce soir-là une montre dans son gousset, avec la chaîne en évidence sur sa poitrine. Il l'avait remontée, comme il nous l'assura depuis, avant de venir, et c'était une pièce de qualité, en parfait état. Eh bien, ce soir-là… pendant la séance… nous perçûmes comme un petit bourdonnement étrange, émanant de la poche du gilet de ce monsieur. Tous l'entendirent, sans en deviner la cause. Notre ami tira alors sa montre et fut étonné de constater que le cadran montrait une heure trois minutes. Il soutenait mordicus qu'il avait remonté le mécanisme à six heures, et neuf heures n'avaient pas encore sonné. Il était impossible que les aiguilles se fussent déplacées ainsi d'elles-mêmes et, pour sa part, il ne pouvait guère avoir heurté par mégarde le bouton de réglage ! D'ailleurs, lorsqu'il essaya ensuite de le faire tourner, il le trouva coincé. Le mécanisme était cassé. À compter de ce jour, la montre n'a plus jamais marché.

— Mais qu'est-ce que cela voulait dire ? Une heure et trois minutes ? demanda l'un des présents.

— Nous ne pouvions que supposer, répondit la veuve en mettant encore une sourdine à sa voix, que c'était l'esprit de la morte qui essayait de nous communiquer quelque chose, d'urgence. L'heure de son trépas, sans doute ? Ou peut-être voulait-elle nous mettre en garde ? Nous annoncer une autre mort, encore à venir ?

Charlie Frost se rendit compte soudain qu'il retenait son souffle.

— Et après ? demanda Nilssen.

— Nous décidâmes de rester sur les lieux jusqu'à une heure trois du matin, dit Lydia Wells. Peut-être l'esprit nous invitait-il à agir ainsi... à attendre cet instant, où il allait se passer quelque chose. Nous attendîmes donc jusqu'au coup d'une heure ; en silence, nous laissâmes passer encore une minute... deux minutes... trois... et alors, à cet instant précis, il y eut un fracas terrible : un tableau venait de se décrocher et de tomber du mur. Nous nous tournâmes tous de ce côté et vîmes, au milieu du pan de mur ainsi découvert, un trou dans le plâtre. Le tableau avait été accroché là, voyez-vous, pour cacher le trou.

« Eh bien, les femmes de notre groupe piaillaient à qui mieux mieux ; c'était un véritable tohu-bohu ; vous pouvez vous imaginer la scène. L'un de nous trouva un couteau et creusa le plâtre... et que croyez-vous que nous y découvrîmes ? Une balle de pistolet.

Frost et Nilssen échangèrent un regard rapide. Le récit de la veuve les avait fait penser l'un et l'autre à la balle qui avait disparu dans la chambre d'Anna Wetherell, à l'étage de l'hôtel du *Gril*.

— Le mystère a-t-il fini par être éclairci ? demanda quelqu'un.

— Oui. Je n'entrerai pas dans les détails, raconta la veuve. Il y aurait trop à dire… Mais vous trouverez tout dans les journaux, si cela vous intéresse. Voyez-vous, la maîtresse de maison n'avait pas du tout été attaquée par son chien. Elle avait été tuée par son propre mari… qui avait ensuite abattu le chien et déchiqueté lui-même la gorge de la morte pour maquiller son crime.

Des murmures horrifiés s'élevèrent dans toute la salle.

— Oui, reprit Lydia Wells. C'était une histoire bien tragique. La femme s'appelait Elizabeth… Elizabeth comment donc ? J'ai oublié son nom de famille. Eh bien, heureusement, quand l'affaire a été rejugée, l'accusation a pu s'appuyer sur deux indices concrets et tangibles en affirmant, premièrement, que la balle fatale avait été tirée par un revolver Colt, du modèle adopté dans l'armée… et, deuxièmement, que la victime était morte exactement à une heure trois.

La veuve garda un instant le silence, puis lâcha un petit rire et se leva de son siège en lançant :

— Mais vous n'êtes pas venus ici ce soir pour m'entendre raconter des histoires !

Quelques-uns de ces messieurs firent mine de se lever aussi, par courtoisie. Elle les arrêta d'un geste et reprit son discours :

— Je regrette de dire que les sceptiques sont légion ici-bas et que, pour chaque homme de cœur, on compte bien dix malveillants. Il se peut qu'il y en ait parmi vous qui tentent de nier les événements de ce soir ou de jeter sur moi le discrédit. Je vous invite tous à regarder autour de vous, maintenant, afin de contrôler et de constater par vous-mêmes que cette salle ne renferme ni artifices ni tromperies ni machines d'aucune espèce. Je sais aussi bien que vous qu'il y a de nombreux imposteurs dans l'art de la bonne aventure, mais je ne suis pas de ceux-là, je vous en assure. Vous pouvez voir que je ne cache rien sur ma personne. Ouvrez les yeux, ne vous gênez pas… je vous montre tout.

Ce disant, elle écarta les bras. Les mots et le geste furent accueillis par de petits rires épars et des bruits de semelles raclant le sol, tandis que les hommes promenaient leurs regards alentour, examinant le plafond, les chaises, la lampe à pétrole sur la table, les cierges, le tapis par terre. Charlie Frost garda les yeux sur Lydia Wells. Elle ne semblait pas inquiète. Elle pirouetta, révélant qu'elle ne cachait rien dans les plis de ses jupes, puis se rassit nonchalamment avec un sourire à l'adresse de toute l'assemblée. Tiraillant un bout de fil sur sa manche, elle attendit que le calme fût rétabli.

— Parfait, dit-elle enfin en se sentant de nouveau le point de mire de l'attention collective. Maintenant que nous sommes tous satisfaits, et prêts, je vais souffler la lampe et attendre l'arrivée d'Anna.

Elle porta le buste en avant et éteignit, livrant la salle à la faible lueur des cierges. Après quelques secondes de silence, il y eut trois coups frappés à la porte derrière eux et Lydia Wells, toujours penchée sur la lampe, cria :

— Venez !

La porte s'ouvrit et les sept hommes se retournèrent. Frost, oubliant momentanément la consigne de Pritchard, suivit le mouvement.

Anna se tenait sur le seuil, les traits figés dans une expression d'absence fantomatique. Elle portait toujours la robe de deuil qu'elle avait reçue d'Aubert Gascoigne, robe qui n'avait jamais été à sa mesure, mais qui lui donnait à présent un air d'épouvantail, flottant sans forme sur ses épaules pointues, reprise à la taille, mais toujours trop ample, le col en frivolité masquant une poitrine presque concave. Sa face était très pâle, sa physionomie morne. Elle ne regarda pas les visages de l'assemblée. Les yeux dans le vague, fixés sur un point qui n'était ni près ni loin, elle avança lentement et se laissa tomber dans le fauteuil libre vis-à-vis de Lydia Wells.

Elle est en train de mourir de faim, voyons ! pensa Frost, tandis qu'elle s'asseyait. Il coula un coup d'œil du côté de Nilssen, dans l'idée de rencontrer son regard, mais le commissionnaire contemplait Anna en fronçant les sourcils, une sombre perplexité peinte sur ses traits. Trop tard, Frost se souvint de sa propre consigne et revint à la veuve qui, profitant du bref instant où toutes les têtes s'étaient tournées vers la porte, avait *fait* quelque chose. Oui, il n'y avait pas de doute, elle avait fait quelque chose, car elle était en train de lisser sa robe d'un air satisfait, délibéré, et il lui semblait lire sur ses traits un aplomb nouveau. Qu'avait-elle fait ? Qu'avait-elle changé ? Dans la pénombre, il ne distinguait rien. Frost se maudit d'avoir détourné le regard. C'était précisément le genre de subterfuge contre lequel

Pritchard l'avait mis en garde. Il jura de ne pas se laisser distraire une seconde fois.

Les angles de la pièce avaient disparu, noyés dans l'ombre. L'unique éclairage provenait de la flamme tremblotante des chandelles qui, au milieu du groupe, donnaient aux onze visages un air grisé, spectral. Sans ôter ses yeux de dessus la face de la veuve, Frost remarqua que leur cercle était en réalité moins un cercle qu'une ellipse, s'étirant dans l'axe de la porte, à laquelle Lydia faisait face. Ayant disposé ainsi les sièges, elle pouvait être certaine que toutes les têtes se tourneraient vers la porte… loin d'elle… à l'arrivée d'Anna. Eh bien, pensa Frost, les Chinois au moins avaient bien dû voir le tour de passe-passe qu'elle avait exécuté à la faveur de cette fraction de seconde où Anna était apparue sur le seuil. Il se promit encore de les interroger après la fin de la séance.

Obéissant aux instructions de la veuve, tous les présents se donnèrent la main. Alors, à la lueur papillotante des cierges, Lydia Wells poussa un grand soupir, sourit et ferma les yeux.

Les esprits furent très longs à venir. Le groupe resta immobile, sans piper, pendant près de vingt minutes, chacun prenant sur lui pour se tenir coi et commander à son souffle en attendant un signe. Charlie Frost gardait les yeux rivés sur Mme Wells, qui commença avec le temps à émettre, au fond de la gorge, un bourdonnement grave et sourd. De plus en plus matériel, le bruit se dotait d'un timbre ; bientôt on put distinguer des mots, les uns absurdes, d'autres reconnaissables seulement à leurs contours, à leurs syllabes, et qui, se suivant eux aussi à un rhythme de plus en plus serré, se firent phrases, supplications, injonctions. Finalement, Mme Wells, le corps cambré en arc de cercle, fit sa demande au monde des morts : qu'il laissât aller l'ombre d'Emery Staines.

Par la suite, Frost allait décrire la scène qui suivit, en cherchant ses mots, comme une « crise », une « attaque de haut mal », une « convulsion prolongée ». Il savait qu'aucun de ces vocables n'était vraiment exact, car aucun ne traduisait au juste la minutieuse mise en scène et l'art de comédienne de Lydia Wells, ni le malaise aigu qu'il éprouva lui-même en y assistant. Mme Wells cria le nom de Staines, encore et encore, psalmodiant les mots avec l'intonation mourante d'une amoureuse... et, ne recevant pas de réponse, elle devint agitée. Elle eut des paroxysmes. Elle répétait des syllabes, tel le petit enfant qui babille. Sa tête pendait sur sa poitrine, se redressait, la nuque cassée, retombait derechef. Au bout d'un moment, les convulsions parurent s'acheminer vers un point culminant. Sa respiration, d'abord de plus en plus rapide, se suspendit tout à coup. Ses paupières se relevèrent.

Charlie Frost sentit un frisson de gêne lui courir dans le dos. Les yeux de Lydia Wells étaient fixés droit sur lui, et l'expression de son visage ne ressemblait à rien dont il eût été témoin chez elle jusque-là : expression rigide, frigide, féroce. Mais alors les flammes des cierges baissèrent, pour rejaillir aussitôt, et il s'aperçut que ce n'était pas lui que fixait Lydia Wells, que le regard du médium passait par-dessus son épaule, vers le coin où Ah Sook tenait sa pose orientale. Frost ne cilla pas ; il ne détourna pas les yeux. Lydia Wells émit alors un bruit étrange.

Ses prunelles se révulsèrent. Les muscles de sa gorge se mirent à palpiter. Sa bouche bougeait bizarrement, comme en mâchant l'air. Enfin, d'une voix qui n'était pas la sienne, elle dit :

— *Ngoh yiu nei wai mut haak ngoh dei ga juk ge ming sing tung wai waai ngoh ge sing yue fu zaak. Mou lun nei hai bin, dang ngoh tsoh yuen gaam chut lai, ngoh yat ding wui wan do nei. Ngoh yiu wan nei bo sau…*

Là-dessus, tout son corps tressaillit et tomba sur le côté, glissant à terre. Au même instant (événement inexplicable dont Frost allait discuter ensuite avec Nilssen pendant des semaines), la lampe sur la table fit elle aussi une brusque embardée et tomba dans l'assiette où brûlaient les cierges. Petit malheur dont le remède aurait dû être facile, car le verre de la lampe ne s'était pas brisé, elle n'avait pas perdu une goutte de pétrole… mais il y eut comme un souffle immense, un jaillissement de flamme vint illuminer le cercle d'hommes : toute la surface de la table brûlait.

L'instant d'après, cercle et silence volèrent en éclats. Tel s'égosillait, demandant de quoi étouffer les flammes. Tel autre tirait la veuve hors de danger, tandis qu'on se mettait à deux pour dégager le canapé et y déposer son corps inanimé. Le feu fut éteint sous les châles et les couvertures ; la lampe fut emportée ; tous parlaient en même temps. Charlie Frost, se retournant vivement dans l'obscurité tout à coup survenue, vit qu'Anna Wetherell n'avait pas bougé. Ses traits portaient toujours la même expression. Le départ de feu ne semblait pas l'avoir inquiétée le moins du monde.

On refit de la lumière.

— C'est ça qu'on attendait ? C'est tout ?

— Qu'est-ce qu'elle a raconté ?

— Faites un peu de place, voulez-vous ?

— Ça alors !... Nous voir tous illuminés comme ça !

— Une espèce de jargon barbare...

— Qu'elle puisse respirer surtout !

— Ça me la coupe, je dois dire...

— Ça voulait dire quelque chose, ce qu'elle a dégoisé ? Croyez-vous ? Ou bien...

— Ce n'était pas Emery Staines, j'en mettrais ma main...

— Un autre esprit ? Qui s'est manifesté à travers...

— Et la lampe qui a bougé toute seule !

— On devrait demander aux macaques. Hé ! C'était du chinois ?

— Est-ce qu'il comprend ?

— C'était du chinois, la langue qu'elle parlait ?

Ah Quee cependant ne semblait pas avoir saisi la question. L'un des diggers s'approcha et lui donna une petite tape sur l'épaule :

— C'était quoi, hein ? Ce qu'elle a raconté ? C'était du chinois ? Ou une autre langue ?

Ah Quee le regarda droit dans les yeux, sans comprendre ni, partant, répondre. Ce fut Ah Sook qui parla :

— Lydia Wells parler cantonais.

— Ah bon ? Et qu'est-ce qu'elle a dit ?

Nilssen se retourna avidement pour poser la question, et Ah Sook le fixa d'un regard scrutateur en récitant :

— « Un jour moi revenir te tuer. Toi tuer homme.

Lui mort… toi aussi mourir. Moi revenir te tuer, un jour. »

Nilssen écarquilla les yeux ; l'autre question qu'il voulait poser expira sur ses lèvres. Il se tourna vers Anna qui, elle, regardait Ah Sook d'un air vaguement intrigué. Charlie Frost fronçait les sourcils.

— Et Staines, qu'est-ce qu'il a à voir là-dedans ? demanda quelqu'un.

— Pas Staines, dit calmement Ah Sook avec un geste négatif.

Il se leva soudain de son coussin et alla à la fenêtre en se croisant les bras sur la poitrine.

— Pas Staines ? reprit l'autre. Mais qui, alors ?

— Francis Carver, déclara Ah Sook.

Des exclamations indignées éclatèrent aux quatre coins de la pièce.

— Francis Carver ? Et vous appelez ça une séance spirite… alors qu'il n'est pas plus mort que vous et moi ? Voyons… moi aussi, je pourrais lui parler, à Carver. Je n'aurais qu'à aller frapper à sa porte !

— Mais il est au *Palais*, objecta un autre. C'est bien à cinquante mètres d'ici.

— La belle affaire !

— Je veux dire que ce n'est tout de même pas naturel, vous ne pouvez pas le nier…

— Je pourrais parler à Carver, moi aussi, s'obstina le premier. Je n'ai pas besoin d'un médium pour ça.

— Et la lampe, alors ? Comment expliquez-vous la lampe ?

— Elle a sauté dans les airs !

— Elle a *lévité*.

Ah Sook s'était roidi. S'adressant à Harald Nilssen, il demanda :

— Francis Carver ? Au *Palais* ? Hôtel ?

Nilssen se rembrunit… Ah Sook ne pouvait pourtant pas ignorer cela !

— Mais oui, répondit-il, Carver loge à l'hôtel du *Palais*. Dans Revell-street. La maison au décor bleu. Vous voyez laquelle ? À côté de la quincaillerie.

— Combien longtemps ? demanda encore Ah Sook.

— Cela va faire trois semaines, voyons, fit Nilssen, de plus en plus déconcerté, baissant la voix pour ajouter : Depuis le soir de… enfin, depuis le naufrage de l'*Adieu-vat*.

Les autres continuaient à se disputer :

— Ce n'est pas une séance si on ne parle pas avec les morts.

— Non… mais si vous insistez à parler à Carver, c'est vous qui risquez de descendre chez les morts !

Ils rirent de bon cœur et le second reprit :

— Vous soupçonnez quelque chose de louche, hein ? C'est ça, l'idée ? Un coup monté ?

L'obstiné semblait bien de cet avis, mais avant de parler, il regarda du côté de Lydia Wells. La veuve était toujours sans connaissance, sa face blafarde. Sa bouche mi-ouverte laissait entrevoir une langue sèche et l'émail d'une molaire ; ses globes oculaires roulaient faiblement sous les paupières. Si elle jouait la comédie, elle était une sacrée bonne comédienne, pensa le digger. Mais il avait payé pour assister à une entrevue avec l'esprit d'Emery Staines. Pas pour entendre baragouiner du chinois et voir une femme tourner de l'œil. Au fait, pouvait-il même savoir pour sûr que les mots prononcés étaient bien du chinois ? C'était peut-être un galimatias sans queue ni tête ! Le Jaune était peut-être de mèche avec elle, payé pour confirmer ses mensonges.

Étant un cœur lâche, le digger n'exprima rien de tout cela, mais se borna à marmonner d'un air revêche :

— C'est pas moi qui pourrais le dire.

— Alors, on lui posera la question, à elle, quand elle se réveillera.

— Allez chercher de l'eau…

— Il parle *chinois*, Frank Carver ? demanda un autre encore, incrédule.

— Il fait des affaires avec Canton, n'est-ce pas ?

— Il est né à Hong Kong.

— Bon, mais de là à parler la langue !… Comme eux !

— Ouais, qui l'aurait cru ? De la part de celui-là !

L'homme qu'on avait expédié à la cuisine revint alors, porteur d'un verre d'eau qu'il jeta à la figure de Lydia. Elle reprit ses esprits en suffoquant. Tous l'entourèrent et la pressèrent de questions, s'inquiétant à l'unisson de sa santé et du danger auquel elle venait d'échapper, de sorte qu'il s'écoula un bon moment avant qu'elle ne pût placer un mot de réponse. Elle promena d'abord ses regards de l'un à l'autre, d'un air confus, réussit enfin à faire entendre un rire grêle. Le rire manquait pourtant d'assurance, et lorsqu'on lui mit dans la main un verre de cognac andalous, elle ne put maîtriser son tremblement.

Elle but, et le feu roulant de questions recommença… Qu'avait-elle vu ? S'en souvenait-elle ?

Quel était l'esprit qui s'était exprimé à travers elle ? Avait-elle réussi à communiquer avec Emery Staines ?

Ses réponses furent décevantes. Elle ne se souvenait de rien depuis l'instant où elle était entrée en transe... ce qui n'était pas normal, affirma-t-elle, car d'ordinaire elle conservait un souvenir clair de ses « visions ». Les questionneurs tentèrent de stimuler sa mémoire, en vain ; vraiment, elle avait tout oublié. Lorsqu'on lui dit qu'elle avait parlé une langue étrangère, couramment et pendant un bon moment, elle parut sincèrement étonnée et protesta :

— Mais je ne connais pas un mot de chinois. Êtes-vous bien sûrs ? Et les Jaunes l'ont confirmé ? Du chinois pour tout de bon ? Vous ne vous trompez pas ?

Le fait fut confirmé, au milieu de la perplexité et de l'émotion générales.

— Et qu'est-ce que ce gâchis ? demanda-t-elle en désignant d'un geste mourant la table roussie et les autres traces de l'incendie.

— La lampe est tombée, répondit l'un des diggers. Comme ça, toute seule.

— Elle n'est pas simplement tombée, elle a *lévité* !

Lydia contempla un instant la lampe à pétrole. Enfin, paraissant se ressaisir, elle se redressa sur son séant et s'exclama :

— Voyez-vous cela ! J'ai donc servi d'organe à l'esprit d'un Chinois !

— Je n'ai pas payé pour écouter je ne sais quel hurluberlu, maugréa l'obstiné.

— En effet, approuva la veuve d'un ton apaisant. Bien sûr que non. Nous allons devoir vous rembourser le prix de l'entrée, à vous tous… Mais dites-moi : pouvez-vous me répéter les mots exacts que j'ai prononcés ?

— Quelque chose à propos d'un meurtre, répondit Frost qui ne relâchait pas sa surveillance. À propos d'une vengeance.

— Par exemple ! fit Mme Wells, apparemment impressionnée.

— Ah Sook dit que cela avait à voir avec Francis Carver.

La veuve pâlit, avança brusquement le buste et insista :

— Dites-moi les mots !… Les mots précis !

Les diggers se retournèrent, mais ne virent plus qu'Ah Quee, qui leur rendit un regard impassible, sans sortir de son mutisme.

— Il ne parle pas anglais.

— Où est l'autre ?

— Où est-il passé ?

Ah Sook avait faussé compagnie au groupe depuis quelques minutes déjà, passant si discrètement du salon dans le hall d'entrée, que personne n'avait remarqué son absence. La révélation du retour de Francis Carver à Hokitika… du fait qu'il se trouvait là depuis *trois semaines*… avait ouvert les vannes de son cœur à un tel débordement d'émotion, tellement intime, qu'il avait été pris d'un besoin subit de solitude.

Il s'appuya à la balustrade de la véranda et laissa errer son regard le long de Revell-street, du côté du quai. La longue rangée de réverbères suspendus dessinait un double filon lumineux dont les parallèles se rencontraient dans une brume dorée à quelque deux cents mètres au sud ; la clarté était tellement intense, qu'au milieu de la chaussée on pouvait se croire en plein midi, et l'ombre des ruelles en paraissait plus noire. Une paire d'ivrognes passa en titubant, enlacés pour ne pas tomber. Une putain approcha de l'autre côté, ses jupes troussées bien au-dessus du genou. Elle lui lança un regard intrigué, et Ah Sook, d'abord interdit, se souvint enfin qu'il était toujours grimé à outrance, le coin des yeux prolongé par un trait de khôl, les joues plâtrées de blanc. La femme lui lança un appel, mais il secoua la tête dans un geste de refus et elle poursuivit son chemin. Non loin de là, des applaudissements éclatèrent soudain, et il y eut une explosion de rires.

Ah Sook rentra les lèvres. Ainsi, Francis Carver était de retour à Hokitika. Il ignorait certainement que son ancien associé vivait dans une cabane de Kaniere, à moins de cinq milles de là ! Carver n'était pas homme à s'exposer à un danger, s'il pouvait l'arrêter à sa source. Cela étant, pensa Ah Sook, peut-être était-ce lui, Ah Sook, qui se trouvait en position de force. Il se reprit à se sucer les dents puis, après un moment de réflexion, rejeta l'idée. Non, Lydia Wells l'avait bien reconnu lors de sa première visite. Elle n'aurait pas manqué de donner aussitôt l'alerte à Carver.

Dans le salon, la conversation était revenue sur le mystère de la lampe à pétrole… tour qu'Ah Sook avait tout de suite percé à jour. Lydia Wells avait simplement passé une boucle de fil autour du bouton de la lampe en l'éteignant. Le fil était de la même couleur que sa robe, et l'autre bout était collé à la face interne de son poignet. Elle n'avait qu'à donner un petit coup de la main droite, et la lampe tomberait au milieu des bougies. Le guéridon sur lequel celles-ci étaient placées avait été enduit d'huile de paraffine, qui avait l'avantage d'être à la fois inodore et incolore ; au non-initié, la surface paraissait nette, mais, mise en contact avec une flamme nue, elle ne manquerait pas de prendre feu. Tout était une comédie, une imposture. Mme Wells n'était aucunement entrée en communion avec le royaume des morts, et les paroles qu'elle avait prononcées n'étaient pas celles d'un défunt. Ah Sook le savait, car ces paroles étaient les siennes.

La putain traînait toujours au milieu de la chaussée. Voilà maintenant qu'elle interpellait les hommes sur la véranda en face, troussant un peu plus haut encore les volants de sa robe. Les hommes lui donnèrent la réplique, et l'un d'eux se leva pour esquisser un entrechat. Ah Sook les observait d'un air absent. Il s'étonnait de l'étrange puissance de l'hystérie féminine… du fait que Lydia Wells eût pu garder en mémoire ce qu'il avait dit, mot pour mot, sans faute, pendant toutes ces années. Elle ne parlait pas le cantonais. Comment donc avait-elle pu se rappeler son discours, jusqu'à sa moindre intonation, avec une telle précision ? *Voilà* qui était étrange, inquiétant même, pensa Ah Sook. Pendant sa « visitation », il aurait pu la prendre pour une véritable enfant du Kouang-toung.

Dans la rue, les hommes comptaient leurs sous, tandis que la pierreuse attendait. Suivit un coup de sifflet du côté des quais, mise en garde lancée par l'agent patrouilleur, puis un bruit de course. Les pas venaient de ce côté. Ceux d'en face se dispersèrent, et Ah Sook prit sa décision.

Il allait rentrer à Kaniere le soir même, vider sa cabane de tout ce qu'il possédait et partir dans les collines. Là-bas, il s'appliquerait corps et âme à la seule tâche de laver la terre. Il mettrait de côté chaque paillette qu'il trouverait, en vivant aussi sobrement que possible, jusqu'au jour où il aurait amassé cinq onces d'or. Il ne toucherait pas à l'opium tant qu'il n'aurait pas cinq onces pesant en main ; il ne boirait pas ; il ne jouerait pas ; il se nourrirait des mets les plus simples et les moins chers. Mais il regagnerait Hokitika dès l'instant où il aurait atteint son objectif. Il vendrait le métal à la banque Grey & Buller. Il traverserait la chaussée jusqu'à la quincaillerie de Tiegreen. Il poserait son papier-monnaie sur le comptoir. Il achèterait une provision de balles, une boîte de poudre noire et une arme. Il se rendrait alors à l'hôtel du *Palais*, il monterait les marches, ouvrirait la porte de Carver et lui ôterait la vie. Et après ? Ah Sook vida ses poumons. Après, il n'y aurait plus rien. Après, la boucle de sa vie serait bouclée, et il pourrait trouver enfin le repos.

# Troisième partie
# La maison de la perte de soi

20 mars 1866
(Soleil en Poissons)

42° 43' 0" S / 170° 58' 0" E

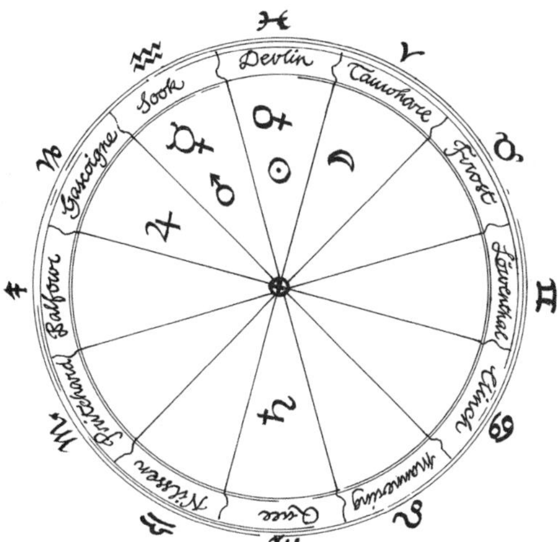

# MERCURE EN VERSEAU

*Où Moody fournit des renseignements capitaux,*
*et Ah Sook lui offre un cadeau.*

Le matin du 20 mars, Walter Moody se leva avant le jour, sonna pour avoir de l'eau chaude et fit ses ablutions debout devant la fenêtre en contemplant la vue des toits, tandis qu'en haut l'indigo du petit matin virait au gris, puis à un bleu clair, enfin à un jaune resplendissant d'œuf frais... mais il était alors lui-même tout habillé, en train de descendre en élevant la voix pour faire savoir à la cuisine qu'il voulait ce matin ses rôties beurrées et ses œufs cuits à point. Avant de gagner la salle à manger, il s'attarda, l'oreille aux aguets, devant une porte fermée au pied de l'escalier. Au bout d'un moment, il perçut un bruit rhythmique, glavioteux, et reprit alors son chemin, sa curiosité satisfaite : la chambre était encore occupée, et l'occupant profondément endormi.

Si l'on excepte la présence intermittente du cuisinier, qui ravala un bâillement en servant le thé, et encore un en apportant l'édition du matin du *West Coast Times*, la salle à manger de la *Couronne* était déserte. Moody parcourut tout en mangeant les pages du journal, encore humides de la fraîcheur de la nuit. La première était composée surtout d'annonces qui ne changeaient guère d'un jour à l'autre. Les banques rivalisaient de taux d'intérêt et promettaient toutes le meilleur prix pour l'or. Les hôteliers vantaient les supériorités de leurs divers établissements. Les épiciers et magasiniers dressaient des listes exhaustives de leurs denrées, et la rubrique des nouvelles du port apportait les noms de tous les nouveaux arrivés et partants. La deuxième page était prise par un long compte rendu éreintant le dernier spectacle du *Prince de Galles* (« mauvais au point de défier toute critique… ce serait lui faire trop d'honneur ») et quelques correspondances pleines de commérages signées de spéculateurs partis pour les gisements du Nord. En terminant son deuxième œuf, Moody passa au carnet mondain, où son œil fut attiré par un couple de noms qu'il connaissait bien. La cérémonie serait modeste. La date restait à fixer. Il n'y aurait pas de voyage de noces. Les cartes pouvaient être déposées et les congratulations adressées aux bons soins du futur marié, qui logeait à l'hôtel du *Palais*.

Moody replia le journal, s'essuya la bouche et se leva de table d'un air préoccupé… mais ce qui lui faisait froncer le sourcil en remontant chercher son chapeau et son manteau, ce n'était ni le fait des fiançailles ni la publicité donnée à l'événement. C'était l'adresse indiquée.

En effet, Moody savait pertinemment que Francis

Carver ne logeait plus au *Palais*. Son appartement y était resté en l'état, avec son pardessus dans l'armoire, sa malle ouverte au pied du lit et la literie en désordre, comme s'il venait de se lever. Il continuait à prendre le petit déjeuner tous les matins au restaurant du *Palais* et à y boire son whisky au bar tous les soirs. Il continuait à régler sa pension hebdomadaire au propriétaire du *Palais* qui, d'après les renseignements que Moody avait pu glaner, était loin de se douter que le plus (tristement) célèbre de ses hôtes payait deux livres par semaine un logement qu'il n'occupait pas. Le fait du déménagement opéré chaque soir par Carver n'était pas de notoriété publique et, sans le hasard de la conjonction qui les avait réunis, Moody aussi aurait pu ignorer le fait que, depuis la séance de la veuve, le capitaine avait passé toutes ses nuits à la *Couronne*, dans une petite chambre jouxtant la cuisine, qui offrait une vue royale sur la route défoncée de Kaniere.

À sept heures et demie, Moody marchait à grands pas vers l'est le long de Gibson's-quay, portant un grand chapeau mou de couleur grise, un pantalon de moleskine jaune, des bottes de cuir jusqu'aux genoux et un paletot de drap foncé sur une chemise de serge grise. Il revêtait désormais ce costume six jours sur sept, pour la plus grande joie de Gascoigne, qui lui avait demandé plus d'une fois pourquoi il avait choisi d'omettre la large ceinture rouge de pirate qui aurait avantageusement complété l'ensemble.

Moody avait marqué un claim assez près de Hokitika pour lui permettre de conserver son logement à la *Couronne*. Le prix de la pension absorbait une part substantielle de ses gains hebdomadaires, mais il préférait faire ce sacrifice plutôt que de dormir à la belle étoile, sous une tente, expérience qu'il n'avait tentée qu'une fois et dont les désagréments avaient suffi à le décourager. Il mettait une heure et vingt minutes à faire à pied le chemin depuis Hokitika ; avant le coup de neuf heures, il était donc installé devant son berceau au bord du ruisseau, à hisser des seaux d'eau, à siffler et à remuer les alluvions.

À vrai dire, Moody n'était guère habile dans son rôle de chercheur d'or : il préférait l'espoir de la pépite providentielle à la corvée de recueillir la poudre en lavant la terre à la batée. Trop souvent, les graviers aurifères passaient à travers le tamis au fond du berceau et étaient emportés par le courant ; il lui arrivait de vider l'instrument deux fois de suite sans trouver la moindre paillette. Sa concession était de celles que les diggers qualifiaient de « paillassons », donnant un produit hebdomadaire tout juste suffisant à couvrir les frais d'exploitation, mais il ne pourrait pas continuer indéfiniment ainsi. Il savait qu'il ferait mieux de suivre le conseil que tous lui donnaient de prendre un associé ou de se joindre à un groupe. Les chances de tomber sur une veine payante étaient multipliées par deux pour qui avait un partenaire, et meilleures encore dans une équipe de cinq, de sept, ou de neuf. Mais son orgueil ne le lui permettait pas. Il persévérait donc seul, s'imaginant d'heure en heure la pépite qui le mettrait à même de s'acheter un avenir. Ses rêves la nuit commençaient à scintiller, et il voyait dans les endroits les plus invraisemblables jaillir des éclairs dorés qui l'obligeaient à y regarder une seconde fois, à cligner ou même à fermer les yeux.

En enjambant le ru qui limitait sa concession au nord, Moody fut surpris de distinguer à travers les broussailles la pâle silhouette d'une tente, flanquée des vestiges d'un feu. Il s'arrêta net. En règle générale, les chercheurs d'or de Hokitika passaient le week-end en ville et ne reprenaient le travail le lundi qu'en milieu de matinée au plus tôt. Pourquoi le propriétaire de la tente n'avait-il pas suivi ses camarades ? Et que faisait-il sur une concession qui ne lui appartenait pas ?

— Hé ! l'ami, lança Moody dans l'idée de réveiller l'intrus.

Il y eut aussitôt un grognement et des signes de mouvement sous la toile. Une voix disait :

— Moi bien fâché… Demander pardon…

Un visage chinois, bouffi de sommeil, s'encadra dans l'ouverture de la tente, marmonnant toujours :

— Pas souci… Moi bien fâché.

— Monsieur Sook ? fit Moody.

Ah Sook leva la tête et le regarda en plissant les yeux.

— Je suis Walter Moody, dit Moody en mettant la main sur le cœur. Ne… eh… ne vous souvenez-vous pas de moi ?

— Si, si, répondit Ah Sook en se frottant les yeux du poing.

— Voilà qui me fait plaisir, reprit Moody. Voyez-vous, c'est ma concession ici : depuis le ru jusqu'aux piquets jaunes là-bas, au sud.

— Moi demander pardon. Pas mal !

— Mais bien sûr qu'il n'y a pas de mal. En tout cas, Ah Sook, je suis content de vous revoir. Votre absence de Kaniere n'est pas passée inaperçue. Nous avons été plusieurs à nous demander ce que vous étiez devenu. Dont moi. Je suis très content de vous voir… très content, pas fâché du tout. Nous avions peur qu'il ne vous soit arrivé malheur.

— Pas ennuis. Moi seulement camper. Pas ennuis, répéta le Chinois en s'éclipsant à nouveau.

— Je vois bien que vous ne voulez me causer aucun ennui. Ne vous inquiétez pas, monsieur Sook ! Votre campement ne me gêne pas. Vraiment pas du tout.

Ah Sook s'extirpa de la petite tente en rabattant sa tunique sur ses jambes. Levant les cinq doigts d'une main, il dit :

— Cinq minutes. Moi m'en aller.

— Ne vous inquiétez pas. Vous pouvez dormir là, si vous voulez. Cela n'a pas d'importance.

— Seulement nuit dernière.

— Certes, mais si vous voulez camper encore ce soir, cela ne me gêne pas du tout, répéta Moody, dont le ton passait de la bonhomie débonnaire à une condescendance maladroite et vice versâ, comme lorsqu'on parle à l'enfant d'un autre.

— Pas soir jourd'hui.

Ce disant, Ah Sook se mit à démonter sa tente. Tirant la bâche, encore humide de rosée, à bas de la corde tendue qui l'avait soutenue, il révéla le carré de terre battue où il avait passé la nuit : la couverture de laine, tordue et aplatie, qui gardait encore l'empreinte brouillée de son corps ; un pot rempli de sable ; la pochette en peau de chamois qui lui servait de bourse ; une batée ; un filet à provisions contenant du thé, de la farine et quelques pommes de terre ridées ; un sac de troupier. Moody, en promenant les yeux sur ce maigre inventaire, se sentit étrangement ému.

— Dites donc, monsieur Sook, reprit-il, où étiez-vous passé pendant tout ce temps ? La séance, c'était il y a un bon mois… et personne n'a eu de vos nouvelles depuis !

— Moi chercher or, répondit Ah Sook en lissant la toile contre sa poitrine.

— Vous avez filé si vite après la séance, qu'on finissait par croire qu'on ne vous reverrait pas plus que le pauvre M. Staines ! Disparaître comme ça ! Personne n'y a rien compris.

— M. Staines revenir ?

La bâche était maintenant pliée en quatre, mais Ah Sook suspendit le travail pour poser sa question.

— Non, hélas, répondit Moody. Il est toujours porté disparu.

— Et Francis Carver ?

— Carver est toujours à Hokitika.

— À *Palais*, ajouta Ah Sook avec un hochement de tête.

— Eh bien, en fait, non, dit Moody, ravi de l'occasion de comploter. Il a commencé à passer ses nuits à la *Couronne*. En secret. Personne ne sait qu'il y loge : il fait toujours comme s'il était au *Palais*, il continue à y payer sa pension… et il a tout laissé dans son appartement, comme avant. Mais il vient régulièrement dormir à la *Couronne*. Il arrive à la nuit noire et repart aux petites heures. Si je suis au courant, c'est uniquement parce que j'occupe la chambre au-dessus.

— Où ? demanda Ah Sook en le fixant d'un regard perçant.

— Quoi donc ? La chambre de Carver ? Ou la mienne ?

— Carver.

— Il dort dans le réduit à côté de la cuisine, au rez-de-chaussée. Avec une fenêtre à l'est. Pas loin du fumoir… où nous avons fait connaissance, vous et moi.

— Chambre modeste, opina Ah Sook.

— Très modeste, en effet, mais avec vue sur le débouché de la route de Kaniere. Il monte la garde, vous comprenez. Il vous guette.

Walter Moody ne savait à peu près rien des démêlés d'Ah Sook avec Francis Carver, car Ah Sook n'avait pas eu l'occasion, à la *Couronne*, d'entrer dans les détails, et depuis ce soir-là, il n'avait été vu de personne, sinon dans son rôle de figurant muet à la *Fortune du Voyageur*, le mois précédent. Moody souhaitait vivement connaître toute l'histoire, mais il avait eu beau s'appliquer (à force d'enquêter et d'ouvrir l'œil, il était devenu expert dans l'art de détourner discrètement les conversations oiseuses vers des sujets plus brûlants), il n'avait rien appris qui pût étoffer les quelques indices glanés dans le fumoir de la *Couronne*, à savoir que l'histoire tournait autour de l'opium, d'un meurtre et d'un serment de vengeance. Ah Quee était le seul à qui Ah Sook eût tout dit et, malheureusement, il ne savait pas assez d'anglais pour en faire part à son tour.

— Soir toujours *Couronne* ? demanda Ah Sook. Jourd'hui ?

— Oui, il sera là ce soir, confirma Moody. Mais, comme je viens de vous le dire, pas avant la nuit noire.

— Pas *Palais*.

— Non, il n'est plus au *Palais*. Il a changé d'hôtel.

— Oui, moi comprendre, dit gravement Ah Sook en allant dénouer la corde qu'il avait attachée à la fourche d'un arbre.

— Qui était-ce ? demanda Moody. L'homme tué ?

— Mon père.

— Votre *père* !

Moody marqua un bref silence avant de poursuivre :

— Et comment a-t-il été tué ? Ou plutôt… Je vous demande pardon, mais… Que s'est-il passé au juste ?

— Y avoir longtemps, commença Ah Sook. Avant guerre.

— Les guerres de l'opium, compléta Moody, cherchant à l'aider.

— Oui.

Sans un mot de plus, le Chinois se mit à ramener sa corde et à l'enrouler autour de son avant-bras. Moody revint à la charge :

— Que s'est-il passé ?

— Profit, proféra Ah Sook sans émotion, comme si ce seul mot expliquait tout.

— Quelle sorte de profit ?

Ah Sook semblait juger la question fort sotte. Moody s'en rendit compte et s'empressa d'en poser une autre :

— Je veux dire… Votre père… Il était marchand d'opium, comme vous ?

Ah Sook ne répondit pas. Il fit glisser de son bras le rouleau de corde, le tordit en forme de huit et l'assujettit à son sac. Cela fait, il s'assit sur ses talons, fixa un instant Moody d'un air impassible, puis avança la tête et cracha très délibérément par terre. Moody s'écarta en murmurant :

— Pardonnez-moi. Je suis indiscret.

Walter Moody n'avait confié à personne que Crosbie Wells était le demi-frère naturel du politicien Lauderback. Il avait décidé, dans les heures qui avaient suivi sa découverte de ce fait, que, n'étant pas lui-même directement concerné, il n'était pas en droit de le révéler. Les motifs qui le poussaient à garder le secret étaient plutôt ressentis que raisonnés. Nul ne devait être appelé à répondre de sa famille. C'était mal de porter une correspondance privée sur la place publique sans l'accord des intéressés. Et pour sa part, il ne tenait pas au rôle de dénonciateur. Pourtant, même la somme de toutes ces raisons ne rendait compte que d'une partie de la vérité, qui était que Moody, depuis un mois, s'était maintes fois comparé aux deux frères, et qu'il se sentait, à différents égards, très proche et de l'un et de l'autre : de l'enfant naturel par sa désespérance, du politicien par son orgueil. Ce double parallèle était devenu l'axe de ses méditations quotidiennes, ce qui lui passait et repassait par l'esprit, tandis que, pataugeant dans l'eau froide, il triturait entre ses doigts les mottes de terre et les particules de métal.

Ah Sook acheva de fourrer toutes ses affaires dans son sac et s'assit dessus pour lacer ses brodequins. Moody, n'y tenant plus, éclata :

— Vous serez pendu, vous savez. Si vous tuez Carver, vous serez pendu. On vous ôtera la vie, monsieur Sook, si vous prenez la sienne, même en réponse à une provocation.

— Oui, moi comprendre, dit Ah Sook.

— Vous n'aurez pas un procès équitable… Pas vous.

— Non, reconnut Ah Sook.

La perspective ne paraissait pas l'inquiéter. À genoux près des vestiges de son feu de la veille, il ramassa une petite branche et remua la terre humide qu'il avait alors entassée sur les braises. Là-dessous, les charbons étaient encore chauds, et noirs comme du sang caillé.

— Qu'allez-vous faire ? demanda Moody en observant le Chinois. L'abattre ?

— Oui, approuva Ah Sook.

— Quand ?

— Ce soir. À *Couronne*.

Il avait l'air de creuser sous les charbons, comme à la recherche de quelque chose. Bientôt, sa branche heurta un objet résistant. Faisant levier, le digger solitaire fit rouler l'objet sur l'herbe à côté. C'était une petite boîte à thé en fer-blanc, noire de suie. Le métal gardait apparemment la chaleur des braises, car Ah Sook rentra sa main dans la manche de sa tunique avant d'y toucher.

— Faites voir vos armes, dit Moody.

Ah Sook leva les yeux.

— Allez, faites voir, insista Moody en devenant tout rouge. Il y a pistolets et pistolets, monsieur Sook. La poudre aussi, il faut connaître, comme disait mon propre père.

Son père était un homme qu'il ne lui arrivait pour ainsi dire jamais de citer en public, les tours de phrase qu'affectionnait Adrian Moody se prêtant peu à la conversation de bonne compagnie, et

Walter Moody étant pour sa part peu enclin à se réclamer de lui.

— Moi acheter pistolet, déclara Ah Sook.

— Parfait. Où est-il ?

— Pas encore.

— Vous ne l'avez pas encore acheté ?

— Jourd'hui.

Ah Sook ouvrit la boîte à thé et fit couler dans sa main ouverte une pleine poignée de grosses paillettes d'or. Moody comprit : il l'avait enterrée sous les braises de peur d'être attaqué par des voleurs pendant la nuit.

— Quelle sorte de pistolet allez-vous acheter ?

— Chez Tiegreen, répondit Ah Sook en cherchant sa bourse de sa main libre.

— Oui, mais de quel fabricant ? Quel modèle ?

— Tiegreen, répéta Ah Sook, ouvrant d'une main la pochette en peau de chamois pour y transférer l'or.

— C'est le nom du quincaillier, oui. Mais quel *modèle* de pistolet voulez-vous acheter ? Vous connaissez-vous en armes ?

— Pistolet tuer Francis Carver, dit Ah Sook.

— Mais non, la quincaillerie de Tiegreen n'est pas ce qu'il vous faut, déclara Moody en secouant la tête. Vous pourriez sans doute y trouver un fusil de chasse léger… une carabine, peut-être… mais ils n'ont pas de pistolets à vous vendre. Ce qu'il vous faut, c'est une arme de guerre. Voyez-vous, ce ne sont pas toutes les balles qui peuvent tuer un homme, et vous ne voulez pas faire les choses à moitié. Mon Dieu, monsieur Sook ! Un pistolet, ce n'est pas simplement un article de quincaillerie. Comme un cheval n'est pas un simple… moyen de transport.

La comparaison était plutôt boiteuse, et Ah Sook ne réagit pas. Il avait jeté son dévolu sur la quincaillerie de Tiegreen pour deux raisons : premièrement, parce que le magasin jouxtait l'hôtel du *Palais*, et deuxièmement, parce que le commerçant était bien disposé envers les Chinois. Si le premier point était désormais sans importance, le second demeurait crucial : Ah Sook, pour pouvoir faire le jour même ce qu'il avait à faire, voulait demander à M. Tiegreen de lui charger l'arme au magasin. Il n'avait jamais tiré un coup de feu. Il connaissait pourtant les grands principes du fonctionnement d'une arme et il se disait que le maniement ne pouvait pas être bien difficile à maîtriser.

— Allez chez le fournisseur de Camp-street, dit encore Moody. Juste à côté du *Deutsches Gasthaus*. La maison dont on voit le faîtage par-dessus la fausse façade. On n'a pas encore posé l'enseigne, mais les propriétaires sont Brunton, Solomon & Barnes, et la porte devrait être ouverte. Demandez un Kerr Patent. N'acceptez pas autre chose : c'est une arme anglaise, utilisée dans l'armée, très solide et qui fera votre affaire. Un Kerr Patent coûte cinq livres tout rond. Si on vous demande plus de cinq livres, c'est du vol.

— Cinq livres ?

Ah Sook répéta les mots en contemplant l'or dans sa bourse. Il ne s'était pas douté qu'on pouvait se procurer un pistolet à un prix aussi raisonnable ! On lui avait parlé d'une somme deux fois plus élevée. Cherchant à graver les mots dans sa mémoire, il redit encore :

— Kerr Patent. Camp-street. Merci, monsieur Moody.

— Qu'allez-vous faire ensuite ? Votre acte une fois accompli et Carver mort ? reprit Moody, qui s'excitait en parlant. Allez-vous vous rendre ? Ou plutôt tenter de fuir ?

Ah Sook cependant se borna à secouer la tête. Il referma sa bourse et l'enveloppa étroitement dans un carré de tissu. Finalement il se releva, hissant dans le même mouvement le sac sur son dos et serrant soigneusement le paquet dans sa poche.

— Terre ici, dit-il en montrant la concession. Paillasson. Très peu or.

Moody agita la main :

— Je sais, je sais.

— Pas retours ici.

— En effet, pas de retours gagnants. Vous n'avez pas besoin d'insister, monsieur Sook. Je sais à quoi m'en tenir.

— Vous aller nord, conseilla Ah Sook en le fixant d'un regard perçant. Sables noirs. Beaucoup chance dans nord. Ici pas pépites. Trop près ville.

— Charles-Town, oui, acquiesça Moody. Il y a des fortunes à faire là-haut, du côté de Charles-Town.

— Sables noirs, répéta Ah Sook.

Il hocha la tête et s'avança, tenant la boîte à thé noire de suie dans ses deux mains. Il la présenta à Moody qui, pris de court, tendit ses propres mains pour recevoir l'offrande. Ah Sook ne lâcha pas prise aussitôt, mais s'inclina au-dessus de son cadeau. Moody, faisant comme lui, pencha aussi le buste.

— *Juk nei ho wan*, dit Ah Sook.

Il ne traduisit pas, et Moody ne s'enquit pas du sens de cet adieu. Il se redressa, la boîte en fer-blanc entre les mains, et regarda le gratteur solitaire s'éloigner.

# SOLEIL EN POISSONS

*Où Anna Wetherell est doublement surprise ;*
*Cowell Devlin conçoit des soupçons ;*
*et l'acte de donation acquiert une portée nouvelle.*

Ce qui était entrevu sous le signe du Verseau… tout ce qui y était simple objet de foi, anticipé, prophétisé, présagé, redouté et auguré… tout cela devient manifeste dans les Poissons. Les visions solitaires qui, il n'y a qu'un mois, appartenaient au seul rêveur, prennent désormais sur elles la forme et la consistance d'un réel. Nous sommes notre propre œuvre, et nous serons à nous-mêmes notre propre fin.

Et après les Poissons ? L'expulsion hors de la matrice, la naissance sanglante. Nous ne suivons pas : nous ne pouvons faire le saut du dernier au premier. Le Bélier n'admet pas un point de vue collectif, et le Taureau ne renoncera pas au subjectif. Le code des Gémeaux est exclusif. Le Cancer cherche une source, le Lion un but, la Vierge un dessein ; mais ce sont là des projets entrepris chacun pour soi. Ce n'est qu'au second acte du Zodiaque que nous commençons à nous montrer : sous le signe de la Balance en tant que notion, dans celui du Scorpion en tant que qualité, et celui du Sagittaire en tant que voix. Dans le Capricorne, nous serons dotés de mémoire, dans le Verseau, de vue ; c'est seulement dans les Poissons, le dernier et le plus ancien des signes du Zodiaque, que nous acquerrons ce qui peut s'appeler une égoïté, quelque chose d'entier et de complet. Mais le poisson dédoublé qui en est le symbole, cette matrice en miroir, du soi et de la conscience de soi, est un Ouroboros spirituel… volonté de la fatalité et, tout ensemble, volonté fatale… et la maison de la perte de soi est une prison bâtie par des prisonniers, sans air, sans porte, scellée du dedans.

Ces altérations nous surviennent irrévocablement, de même que l'heure surprend les aiguilles d'une horloge.

Φ

Lydia Wells n'avait pas proposé de renouveler la séance spirite. Elle connaissait la devise des charlatans, qui ne joueront pas deux fois le même tour devant le même public… mais lorsqu'on l'accusait pour autant d'être elle-même charlatan, elle ne faisait qu'en rire. Elle avait reconnu, dans une lettre ouverte au *West Coast Times*, que sa tentative pour communiquer avec l'ombre de M. Staines s'était soldée par un échec. Échec, disait-elle, sans précédent dans son expérience professionnelle, anomalie donc, qui la portait à croire que l'au-delà n'avait point refusé de produire l'esprit évoqué, mais avait été dans l'impossibilité de ce faire. Force était de conclure que M. Staines n'était, malgré tout, pas mort, et elle terminait en exprimant l'espoir confiant, tôt ou tard, de voir revenir le jeune homme.

Les conjurés de la *Couronne* furent sérieusement déconcertés par cette déclaration, qui eut cependant pour effet (comme tous les subterfuges de la veuve) de rehausser le prestige de son entreprise. À compter de sa communication au journal, la *Fortune du Voyageur* vit ses affaires prospérer. Les portes étaient ouvertes tous les soirs de sept à dix, pour les amateurs d'eau-de-vie à prix cassé et de spéculation ésotérique. Les après-midi étaient réservés à la bonne aventure, qui se disait sur rendez-vous, et Anna Wetherell, conformément à la politique établie, demeurait invisible.

Anna ne quittait la *Fortune du Voyageur* que pour prendre tous les jours un brin d'exercice, accompagnée invariablement par Mme Wells qui, nullement insensible aux maints avantages d'une promenade quotidienne, disait souvent que rien ne lui plaisait autant qu'une bonne petite flânerie. Ensemble, bras dessus bras dessous, les deux femmes déambulaient chaque matin le long de Revell-street, se dirigeant d'abord vers le nord pour revenir sur l'autre trottoir. Elles passaient en revue le contenu de toutes les vitrines, achetaient du lait et du sucre, quand il y en avait, et échangeaient, d'un visage inexpressif, des salutations banales avec les habitués du lieu.

Ce matin-là, elles avaient fait leur promenade quotidienne plus tôt que de coutume, car Lydia Wells devait se présenter à neuf heures au palais de Justice. Elle avait été convoquée pour être entendue par le magistrat au sujet d'une question se rapportant à la liquidation de la succession de feu son mari, Crosbie Wells, et les termes de la convocation donnaient à entendre que les nouvelles seraient sans doute bonnes. À neuf heures moins dix, la porte de la *Fortune du Voyageur* s'ouvrit, et Lydia Wells sortit au grand soleil, l'éclat de ses cheveux cuivrés mis encore en valeur par une toilette bleu nuit.

Cowell Devlin regarda Mme Wells quitter l'hôtel et descendre dans la rue, drapant son châle étroitement autour de ses épaules tout en distribuant des sourires aux hommes qui oubliaient un instant leurs affaires pour la suivre des yeux. Il attendit, pour plus de sûreté, cinq minutes après qu'elle eut disparu dans la foule. Enfin il traversa la chaussée, monta les marches du perron de la *Fortune du Voyageur* et, après un dernier coup d'œil par-dessus son épaule, vers la façade aveugle du palais de Justice, frappa à la porte. Il serrait sa vieille Bible contre sa poitrine.

Le battant s'ouvrit presque aussitôt.

— Mademoiselle Wetherell, dit Devlin en se découvrant de sa main libre. Permettez-moi de me présenter. Je m'appelle Cowell Devlin ; je suis l'aumônier en titre de la prison de Hokitika. Je détiens un document que je crois d'un grand intérêt pour vous, et j'espère être admis à vous voir en particulier, afin de traiter de cette matière.

— Je me souviens de vous, répondit Anna. Vous étiez là quand je me suis réveillée en prison, après ma syncope.

— En effet, confirma Devlin.

— Vous priiez pour moi.

— Et j'ai prié pour vous bien des fois depuis ce jour-là.

— C'est vrai ? demanda-t-elle d'un air surpris.

— Avec ferveur, assura l'aumônier.

— Que disiez-vous que vous vouliez ?

Devlin lui réitéra les motifs qui l'amenaient.

— Quel document ? De quoi s'agit-il ?

— Je préférerais ne pas l'exhiber dans un lieu aussi public. Puis-je entrer ?

— Mme Wells est sortie, objecta-t-elle, hésitante.

— Oui, je sais. En fait, je l'ai vue tout à l'heure entrer au tribunal, et je me suis hâté de venir frapper à votre porte, dans l'espoir précisément de pouvoir vous parler en tête-à-tête. Je l'avoue, il y a un certain temps déjà que j'en guettais l'occasion. Puis-je entrer ?

— En principe, il ne m'est pas permis de recevoir des visites en son absence.

— Je n'ai qu'un point à traiter avec vous, dit calmement Devlin. Je suis un homme d'Église, et l'heure n'est pas indue. Votre maîtresse vous refuserait-elle si peu de chose ?

La maîtresse d'Anna lui aurait certainement refusé ce peu, et bien autre chose encore… la veuve ayant pour principe de ne jamais admettre d'exception aux règles qu'elle dictait par pur caprice. Anna cependant ne réfléchit qu'un instant et choisit de passer outre.

— Venez dans la cuisine, dit-elle. Je nous ferai du thé.

— Vous êtes bien aimable.

Devlin la suivit le long du couloir jusqu'à la cuisine, à l'arrière de la maison, où il attendit, avant de s'asseoir, qu'elle eût mis de l'eau sur le feu. Elle avait énormément maigri, c'était indéniable. Ses joues s'étaient creusées, et elle avait le teint cireux ;

sa taille émaciée accusait une alimentation insuffisante, et lorsqu'elle bougeait, c'était avec l'épuisement flageolant d'une femme qui n'aurait pas mangé à sa faim depuis des semaines. Devlin promena un regard rapide sur la cuisine. La vaisselle du petit déjeuner, qui séchait encore sur la planche, était bien celle d'un repas pris à deux, il compta même deux coquetiers en porcelaine avec un décor de mûres en relief. À moins, ce qui était peu probable, que Lydia Wells n'eût eu un invité à table ce matin aux aurores, Anna avait forcément pris au moins le petit déjeuner. Il remarqua une demi-miche de pain, enveloppée dans un linge, et le beurrier aussi se trouvait encore sur la table.

— Prendrez-vous un petit gâteau avec votre thé ?

— Vous êtes bien aimable, répondit encore Devlin avant d'ajouter sur un ton précipité, gêné d'avoir répété une telle platitude : J'ai appris avec grand plaisir, mademoiselle, que vous aviez dompté votre appétit du narcotique chinois.

— Mme Wells ne veut pas en entendre parler sous son toit, dit Anna en écartant une mèche rebelle avant d'aller chercher la boîte à biscuits dans l'office.

— Elle a raison d'être sévère, mais c'est vous qui méritez nos félicitations. Vous avez fait preuve d'une grande force d'âme en vous affranchissant de votre sujétion. J'ai connu des hommes faits incapables de pareil exploit.

Quand Devlin ne se sentait pas à l'aise, son langage avait tendance à devenir excessivement correct et cérémonieux.

— J'ai arrêté tout simplement, fit Anna.

— Oui, approuva l'aumônier, l'arrêt brusque est

le seul moyen. Bien entendu. Mais vous avez certainement été aux prises avec toutes les tentations possibles pendant les jours et les semaines qui ont suivi.

— Non. Je n'en ai plus ressenti le besoin, c'est tout.

— Vous êtes trop modeste.

— Mais c'est la pure vérité. J'ai continué pendant un moment… tant que j'en avais. J'ai tout mangé. Mais cela ne me faisait plus ni chaud ni froid.

— Votre état physique s'est-il amélioré sensiblement depuis cet arrêt ? demanda Devlin avec un regard entendu.

— Sans doute, oui, répondit Anna en disposant les biscuits en éventail sur une assiette. Je n'ai pas à me plaindre de ma santé.

— Je ne voudrais pas vous contredire, mademoiselle Wetherell, mais vous ne ressemblez pas à une personne en bonne santé.

— Vous voulez dire que je suis trop maigre.

— Vous l'êtes à l'extrême, ma chère enfant.

— J'ai froid, reprit Anna. J'ai toujours froid ces temps-ci.

— Ce sera sans doute un effet de votre maigreur.

— Oui, il faut croire.

— J'ai remarqué, dit Devlin au bout d'un moment, que la perte de l'appétit est un symptôme fréquent chez les personnes très abattues… notamment celles qui ont nourri des idées de suicide.

— Mais *j'ai* de l'appétit. Je *mange*. Seulement la nourriture ne me profite pas.

— Mangez-vous tous les jours ?

— Trois fois par jour, et deux repas chauds. C'est moi qui fais la cuisine pour nous deux.

— Mme Wells doit vous être bien reconnaissante, opina Devlin, dont le ton indiquait assez clairement qu'il ne croyait qu'à moitié ce qu'elle venait de lui dire.

Elle acquiesça d'un ton distrait et se détourna pour prendre des tasses et des soucoupes sur le râtelier au-dessus de l'égouttoir.

— Votre situation restera-t-elle la même, quand Mme Wells sera remariée ? s'enquit encore l'aumônier.

— Sans doute.

— Je suppose que M. Carver viendra habiter ici.

— Oui. Je crois qu'il en a l'intention.

— Leurs fiançailles ont été annoncées aujourd'hui dans le *West Coast Times*. L'annonce est très modeste. Discrète. Je dirais même austère. Pourtant, un mariage est toujours un événement joyeux.

— J'adore les mariages, approuva Anna.

— Oui, c'est l'occasion de se réjouir… quelles que soient les circonstances.

Depuis le scandale causé par la lettre que George Shepard avait adressée au *West Coast Times*, une bonne partie de l'opinion tenait le remariage pour le seul moyen de rétablir l'honneur de la veuve. Le bien-fondé du droit de Lydia à la succession de Crosbie Wells avait été considérablement ébranlé par la révélation des cornes qu'elle lui faisait porter de son vivant, et elle s'était trouvée dans une position plus délicate encore, lorsque Alistair Lauderback avait fait une confession complète et d'une grande franchise. Dans une réponse publique à Shepard, Lauderback avait reconnu avoir caché sa liaison aux électeurs, à qui il présentait des excuses sincères. Il disait n'avoir jamais autant rougi de ses propres actes, prenait sur lui la pleine et entière responsabilité de toutes les conséquences qui pourraient en découler, affirmait qu'il regretterait jusqu'à sa dernière heure d'être arrivé chez M. Wells une demi-heure trop tard pour lui demander pardon. La confession eut l'effet voulu ; certains estimaient même que la réputation de Lauderback avait gagné aux effusions de sympathie et d'admiration qui en avaient suivi la publication.

— Passons au salon, dit Anna, lorsqu'elle eut fini de disposer tasses et soucoupes. J'entendrai siffler la bouilloire.

Laissant le plateau sur place, elle enfila le couloir dans l'autre sens et introduisit le visiteur dans le salon, où tout était prêt pour les rendez-vous de l'après-midi, les deux plus gros fauteuils rapprochés l'un de l'autre, les rideaux tirés. Devlin attendit qu'Anna se fût assise avant de prendre place lui aussi et d'ouvrir sa Bible pour tirer d'entre les pages l'acte de donation aux bords roussis. Il le tendit à la jeune femme sans mot dire.

*Ce onzième jour du mois d'octobre, l'an mil huit cent soixante-cinq, une somme de deux mille livres sera remise en donation à* MLLE ANNA WETHERELL, *ci-devant de la Nouvelle Galles du Sud, par* M. EMERY STAINES, *ci-devant de la Nouvelle Galles du Sud, acte attesté par* M. CROSBIE WELLS, *lequel a présidé à sa rédaction.*

Anna reçut la feuille d'un air absent : elle était presque illettrée et ne s'attendait pas à comprendre les mots de prime abord. Elle avait appris l'alphabet et en s'appliquant, sous un très bon éclairage, elle arrivait à déchiffrer lentement à haute voix une ligne de texte imprimé ; c'était toutefois un exercice pénible, et elle se trompait souvent. Mais à présent elle poussa un cri de surprise en portant vivement le papier à ses yeux.

— Je peux le lire, dit-elle tout bas, chuchotant presque.

Devlin, qui ignorait qu'Anna n'eût jamais appris la lecture, ne vit là rien d'étrange.

— J'ai trouvé ce document dans le fourneau de Crosbie Wells, sous la cendre, au lendemain de sa mort, expliqua-t-il. Comme vous voyez, c'est une somme immense… d'autant plus étonnante qu'il s'agit d'une donation… et j'avoue que je ne sais qu'en penser. Je dois vous avertir d'emblée que le document n'a aucune valeur juridique. M. Staines ne l'a pas signé et, cela étant, la signature de M. Wells aussi est invalidée. Le témoin ne peut pas signer avant la partie principale.

Anna se tut, les yeux toujours rivés sur le papier.

— Avez-vous déjà vu ce document ?

— Non.

— En connaissiez-vous l'existence ?

— Non !

C'était presque un cri. Devlin prit peur :

— Qu'est-ce qu'il y a ?

— Rien, seulement je…, commença-t-elle en levant une main à sa gorge. Puis-je vous poser une question ?

— Bien sûr.

— Avez-vous jamais… ou plutôt pas vous, mais dans votre expérience…

Elle retomba dans le silence, se mordit la lèvre et recommença :

— Savez-vous pourquoi je peux lire ce papier ?

— Je regrette, mais je ne comprends pas, répondit Devlin en la regardant d'un air inquisiteur droit dans les yeux.

— Je n'ai jamais appris à lire, expliqua Anna. Pas vraiment. Enfin, je peux ânonner les lettres… et je reconnais les étiquettes et les enseignes, mais je ne lis pas… ce sont plutôt des choses que je connais par cœur, puisque je les vois tous les jours. Je ne pourrais jamais lire le journal. Pas de bout en bout. J'y mettrais des heures. Mais ceci… je le lis. Sans effort. Ça va aussi vite que la pensée.

— Lisez-le tout haut.

Elle s'exécuta, avec aisance. Devlin fronçait les sourcils.

— Êtes-vous tout à fait certaine que vous n'avez jamais vu ce document avant aujourd'hui ? demanda-t-il.

— Tout à fait, répondit Anna.

— Saviez-vous que M. Staines avait l'intention de vous faire don de deux mille livres ?

— Non.

— Et M. Wells ? En a-t-il été question entre vous et M. Wells ?

— Non, répéta-t-elle. Je vous assure : c'est la première fois que je vois cette feuille.

— On vous en aura peut-être touché mot… mais vous l'aurez oublié…

— C'est toute une grosse fortune, voyons, ça ne s'oublie pas, protesta Anna.

Devlin se tut un instant, scrutant son visage. Enfin il reprit :

— Il y a, semble-t-il, des enfants, élevés par des

nounous dont l'anglais n'est pas la langue maternelle, qui un beau jour, tout à coup, se mettent à parler couramment le hollandais, le français, l'allemand, que sais-je…

— Je n'ai jamais eu de nounou.

— … mais c'est bien la première fois que je rencontre quelqu'un qui aurait acquis l'art de lire sans apprentissage. C'est tout à fait étrange…

— Je n'ai jamais eu de nounou, moi, insista Anna.

Devlin, qui avait parlé avec un petit accent sceptique, s'avança sur son siège :

— Mademoiselle Wetherell, votre nom se trouve mêlé à toute une série de crimes sur lesquels plane encore le mystère. Peut-être même à un meurtre. Vous n'avez certainement pas besoin de mon secours pour mesurer la gravité d'un procès devant la haute cour de justice. Parlons en toute franchise… et en toute confiance. Cette donation a été rédigée trois mois avant la disparition de M. Staines. La somme en question représente exactement la moitié de la succession Wells. M. Wells est mort le jour même où M. Staines a disparu, et c'est le matin suivant que j'ai trouvé ce papier dans son fourneau. Il y a clairement un rapport entre tous ces événements, un homme de loi saura faire le lien, même si, pour ma part, il m'échappe. Si vous vous trouvez dans une passe difficile, je serais peut-être en mesure de vous aider ; mais je ne pourrai rien pour vous, si vous ne me donnez pas votre confiance. Je vous demande de vous ouvrir à moi sur tout ce que vous savez.

— Ce papier n'a rien à voir avec la succession,

protesta Anna. C'est de l'argent d'Emery qu'il s'agit, pas de celui de Crosbie.

— Vous n'avez pas tort, mais il est peu probable que l'or découvert dans le logis de M. Wells ait jamais été à lui. Voyez-vous, ce n'était pas du minerai brut. L'or qu'on a découvert avait déjà été affiné et coulé en lingots par un fondeur. Les lingots portent une signature, qui a permis à la banque de retracer le métal jusqu'à une mine qui appartient à M. Staines. L'*Aurore*.

— Comment ? fit Anna.

— L'*Aurore*, répéta Devlin. C'est le nom de la concession.

— Ah !

Elle avait clairement du mal à suivre. Pris de pitié, Devlin recommença son explication, plus lentement. Cette fois elle comprit.

— Alors, l'or était bien à Emery dès le début ?

— Peut-être, répondit prudemment l'aumônier.

— Et il voulait m'en donner la moitié !

— Ce document semble en effet indiquer que M. Staines nourrissait le dessein de vous remettre deux mille livres sterling… intention dont M. Wells aurait été au fait depuis le 11 octobre au soir, et qu'il semble même avoir approuvée. Toutefois, comme je viens de vous le dire, l'acte est sans valeur : M. Staines ne l'a pas signé.

— Et s'il le signe ?

— Tant que nous n'aurons pas retrouvé M. Staines, il n'y a malheureusement rien à faire.

Devlin observa un instant la jeune femme avant de poursuivre :

— J'ai tardé à porter ce document à votre attention, mademoiselle, et je vous en demande pardon. La raison est simplement que j'attendais de pouvoir m'entretenir avec vous en particulier ; or, les occasions sont rares, vous n'êtes pas sans le savoir.

— Qui en a eu connaissance ? demanda-t-elle soudain. À part vous et moi.

— Le gouverneur Shepard, répondit Devlin, hésitant un instant avant de se résoudre à dire, sinon toute la vérité, du moins une partie. Je lui en ai parlé il y a un mois environ.

— Et qu'est-ce qu'il en dit ?

— À son avis, il s'agit d'une plaisanterie.

— Une plaisanterie ? répéta-t-elle d'un air penaud. Comment cela, une plaisanterie ?

— Ne vous en faites pas, chère amie, dit Devlin, apitoyé, en lui broyant les doigts dans son effusion. Ce sont les pauvres en esprit qui sont bénis, et chacun de nous sera un jour destinataire d'un legs plus précieux que tout l'or du monde.

Il s'éleva dans la cuisine un sifflement aigu, suivi d'un chuintement d'eau transformée en vapeur au contact de la plaque du fourneau. Devlin l'accueillit avec le sourire :

— J'entends le chant de notre bouilloire.

— S'il vous plaît, mon révérend, fit Anna en lui retirant sa main. Est-ce que cela vous ennuierait beaucoup si je vous demandais de servir le thé ? Je ne suis pas tout à fait dans mon assiette, et j'aimerais rester seule un moment.

— Mais bien sûr, acquiesça galamment Cowell Devlin en quittant la pièce.

Dès qu'il eut tourné le dos, Anna se leva et traversa le salon en deux enjambées, l'acte de donation sauvé du feu toujours à la main. Son cœur battait avec violence. Elle s'immobilisa un instant, rassemblant son courage, puis, sans plus hésiter, avec une aisance parfaite, s'approcha du secrétaire de la veuve, y posa l'acte, ouvrit un pot d'encre, se saisit de la plume de Mme Wells, la mouilla, se pencha en avant et écrivit :

*Emery Staines*

Anna n'avait jamais vu la signature d'Emery Staines, mais elle savait sans l'ombre d'un doute qu'elle en avait reproduit la forme exacte. Les caractères du nom de famille allaient se rapetissant à la va comme je te pousse, tandis que ceux du prénom étaient allégrement illisibles ; l'impression d'ensemble était d'un laisser-aller confiant, le trait de plume qui soulignait le tout donnant à lire l'entrain nonchalant de celui qui avait déjà tracé cette griffe si souvent, qu'une petite variation çà ou là ne portait pas à conséquence. Le grand E était précédé de la touche personnelle d'une double fioriture, et le S paraissait légèrement aplati.

— Qu'avez-vous fait ?

Devlin se tenait dans l'embrasure de la porte, le plateau du thé sur les bras, les traits empreints d'un air de blâme terrifiant. Il posa le plateau sur le dressoir dans un bruit de vaisselle entrechoquée et s'avança vers Anna en tendant la main. Elle lui offrit l'acte sans un mot, et il s'en empara. Un instant, il resta muet d'indignation. Redevenu enfin maître de lui-même, il dit, sans élever la voix :

— Cela s'appelle une contrefaçon.

— Peut-être, fit Anna.

— *Comment ?* hurla Devlin, faisant mine de se jeter sur elle dans un subit accès de rage. Que dites-vous ?

Il croyait l'intimider, mais il n'en fut rien. Elle répondit sans s'émouvoir :

— C'est sa signature. L'acte est bon.

— Ce n'est pas sa signature.

— Mais si.

— C'est un faux, répéta l'aumônier à bout de patience. Vous venez de commettre un faux.

— Je ne sais pas de quoi vous parlez.

— L'insolence vous sied mal. Un seul crime ne vous suffit donc pas ? Vous tenez à être non seulement faussaire, mais encore parjure ?

— Je ne sais rien d'un faux, moi.

— La vérité se fera jour. Il y a des experts, mademoiselle, qui reconnaissent une contrefaçon au simple aspect.

— Pas ici, affirma Anna.

— Ne vous faites pas illusion. Vous devriez avoir honte.

Anna cependant ne croyait pas s'illusionner et n'avait absolument pas honte. En fait, il y avait des mois qu'elle ne s'était senti l'esprit si vif et si clair. Maintenant que l'acte de donation portait la signature d'Emery Staines, il ne pourrait plus être déclaré nul. En vertu de ce document, M. Emery Staines était *tenu* de faire don à Mlle Anna Wetherell d'une somme de deux mille livres ; l'acte avait été signé, et la signature attestée. C'était réellement la signature du donateur. Qui pourrait le contester, alors que l'un des deux signataires avait disparu et que l'autre était mort ?

— Pourrais-je le revoir ? demanda-t-elle.

Devlin, rouge de colère, lui rendit l'acte. Le document une fois en main, Anna s'éloigna vivement, desserra le corsage de la robe d'Agathe Gascoigne et glissa le papier entre les boutons, à même sa peau. Posant les deux mains sur sa poitrine, elle resta un instant pantelante, les yeux dans ceux de Devlin, qui pour sa part n'avait pas bougé. Ils étaient à dix pas l'un de l'autre.

— Fi donc ! dit Devlin sans élever la voix. Expliquez-vous.

— Je veux un autre avis, c'est tout.

— Vous venez de fausser l'acte, mademoiselle.

— On ne peut pas le prouver.

— Si, par mon témoignage sous serment.

— Qu'est-ce qui m'empêche de vous contredire, moi aussi sous la foi du serment ?

— Ce serait un faux serment. Et un acte très grave, si vous faisiez cela devant un juge, comme vous seriez certainement amenée à le faire. Ne soyez pas sotte.

— Je vais obtenir un autre avis, insista-t-elle. J'irai au tribunal.

— Calmez-vous, mademoiselle Wetherell. Réfléchissez. Ce serait la parole d'un homme d'Église contre celle d'une putain.

— J'ai fini de faire la putain.

— Je vous demande pardon : d'une *ci-devant*.

Ce disant, Devlin s'avança vers elle. Anna recula, la main toujours sur son sein.

— Si vous faites un pas de plus, je crierai, je déchirerai mon corsage et je dirai que c'est vous qui avez fait cela. Les gens dans la rue m'entendront. Ils accourront.

— Je n'approcherai pas, promit Devlin, cherchant à conserver sa dignité (il n'avait jamais encore été menacé de la sorte). Au contraire, vous voyez que je me retire.

Il revint au siège qu'il avait occupé tout à l'heure, s'assit et reprit, d'une voix adoucie :

— Je n'ai aucune envie d'en venir aux mains avec vous. J'aimerais en revanche vous poser quelques questions.

— Allez-y, acquiesça Anna, dont le souffle ne s'était toujours pas calmé. Posez-les.

Devlin décida de ne pas tourner autour du pot.

— Saviez-vous que les robes sauvées des eaux que vous avez achetées l'hiver dernier appartenaient à Lydia Wells ? demanda-t-il.

Anna le regarda en ouvrant des yeux ronds.

— Veuillez répondre à ma question, insista Devlin. Je parle des cinq robes dont Mme Wells s'est servie pour faire chanter M. Alistair Lauderback, avec l'aide de Francis Carver.

— Comment ?

— Robes dont chacune contenait une petite fortune en minerai d'or pur, cousue dans la doublure, autour des baleines du corsage et dans l'ourlet. L'une de ces robes était en soie orange. Les quatre autres, en mousseline, de couleur crème, grise, bleu clair et rose à rayures. Celles-ci se trouvent actuellement dans une boîte entreposée sous l'escalier de l'hôtel du *Gril* ; la robe orange est entre les mains de M. Aubert Gascoigne, à son domicile personnel.

— Comment savez-vous tout cela ? murmura Anna, devenue tout oreilles.

— J'ai eu à cœur de me renseigner à votre sujet. Répondez à ma question.

— Il n'y avait de l'or que dans la robe orange, protesta-t-elle en pâlissant. Les autres étaient lestées de poids de plomb.

— Saviez-vous qu'elles appartenaient à Lydia Wells ?

— Non. Je n'avais pas de certitude.

— Mais vous vous en doutiez.

— Je… j'avais entendu des bruits. Il y a des mois.

— Quand avez-vous découvert ce qui se cachait dans les robes ?

— La nuit d'après la disparition d'Emery.

— Après votre propre emprisonnement pour tentative de suicide ?

— C'est ça.

— Et M. Gascoigne a payé votre caution, à crédit, et vous avez, de concert avec lui, défait la robe orange à son domicile de Revell-street, en en cachant ensuite les débris sous son lit.

— Comment… ? chuchota-t-elle d'un air terrifié.

— Je présume, poursuivit Devlin sans marquer de pause, qu'en rentrant ce soir-là au *Gril*, vous n'avez rien eu de plus pressé que d'ouvrir votre armoire pour voir ce qu'il en était des quatre autres.

— Oui, mais je ne les ai pas décousues. Je n'ai fait que tâter les coutures. Je ne savais pas que ce que je palpais était du plomb : je pensais que c'était encore de l'or.

— Dans ce cas, vous avez dû vous croire immensément riche.

— Oui.

— Pourtant, vous n'avez pas défait l'ourlet de ces robes pour en extraire l'or et régler votre dette à Edgar Clinch.

— Si, plus tard. La semaine d'après. C'est alors que j'ai trouvé le plomb.

— En attendant, vous n'avez rien dit à M. Gascoigne de vos conjectures. Au contraire, vous avez joué l'ignorance et l'indigence, en le suppliant de vous venir en aide !

— Comment savez-vous tout cela ? demanda encore Anna.

— C'est moi qui vous interroge, si vous le voulez bien. Que comptiez-vous faire de cet or ?

— Je voulais le garder pour moi. Comme un pécule. Mais je n'avais pas où le cacher. J'ai pensé à en parler à Emery. Il n'y avait personne d'autre à qui je faisais confiance. Mais il était déjà parti.

— Et Lydia Wells ? Elle est pourtant venue au *Gril* l'après-midi même du jour où M. Clinch vous a donné congé… elle a réglé votre dette… elle n'a cessé, depuis lors, de vous prodiguer son hospitalité. Vous n'avez pas confiance en elle ?

— Non, dit Anna d'une toute petite voix.

— Vous ne lui avez jamais rien dit de ces robes ?

— Non.

— Parce que vous vous doutiez qu'elles lui avaient appartenu.

— Je vous l'ai déjà dit, des bruits couraient. Je savais qu'il y avait anguille sous roche… et qu'elle tenait à les récupérer.

Devlin se croisa les bras. Anna, ignorant à quel point il était au courant de sa situation, et d'où il tenait ses renseignements, avait manifestement peur.

Il en était peiné, mais à la réflexion, il jugeait préférable d'entretenir ses alarmes, plutôt que de risquer de nouvelles impudences en la rassurant. Mieux valait ne pas l'encourager à exhiber la signature faussée à tout venant.

— Où est M. Staines ? demanda-t-il alors.

— Je ne sais pas.

— Je pense que si.

— Non, insista-t-elle.

— Je vous ferai souvenir que vous avez commis un délit grave en faussant la signature d'un mort.

— Il n'est pas mort.

Devlin hocha la tête ; c'était précisément une réponse catégorique de ce genre qu'il avait voulu provoquer. Il prit la balle au bond :

— Comment le savez-vous ?

Anna ne répondit pas. Il répéta la question d'un ton plus sévère :

— Comment savez-vous cela, mademoiselle Wetherell ?

— Je reçois des messages, dit enfin Anna.

— De la part de M. Staines ?

— Oui.

— Quelle sorte de messages ?

— Des messages privés.

— Comment vous les fait-il parvenir ?

— Pas avec des mots.

— Comment, alors ?

— Je sens simplement qu'il est là.

— Vous le sentez ?

— Dans ma tête.

Devlin poussa un soupir.

— Vous ne me croyez pas, je suppose.

— Non. Ne dites pas que cela vous étonne : puisque je vous connais pour une faussaire ?

— Et vous-même, c'est peut-être par amour du vrai que vous avez gardé ceci si longtemps sous le boisseau, rétorqua Anna en frappant le papier caché sur son sein.

Devlin lui lança un regard furieux. Il ouvrit la bouche pour répliquer, mais avant qu'il ne pût trouver des mots, un écho de pas rapides lui parvint du perron, suivi encore d'autres bruits : le bouton de la porte qu'on tournait, le brouhaha de la rue qui envahissait soudain le hall, tandis que le battant s'ouvrait en dedans et qu'une personne entrait. Il vit de l'effroi dans le regard qu'Anna fixait sur lui. La veuve était de retour du palais de Justice, et elle appelait sa compagne.

# SATURNE EN VIERGE

*Où George Shepard ne nomme pas un adjoint ;*
*Quee Long est victime d'un quiproquo ;*
*et Dick Mannering ne laisse faire que jusqu'à*
*un certain point.*

George Shepard avait passé la matinée du 20 mars à surveiller des livraisons de matériaux et d'outillage sur le site de la future prison de Seaview… chantier qui, deux mois après le début des travaux, prenait de jour en jour un aspect plus imposant. La grosse maçonnerie et la charpente étaient en place, ainsi que le revêtement des cheminées, et dans le bâtiment principal, les portes renforcées avaient toutes été ajustées et suspendues dans leurs cadres d'acier. Bien sûr, il restait encore de nombreux détails à régler : les quinquets n'avaient toujours pas été livrés, la cuisine de la prison demeurait sans fourneau, il n'y avait pas de carreaux aux croisées de la résidence du gouverneur lui-même, et la fosse sous l'échafaud était encore à creuser… dans l'ensemble cependant, tout était allé merveilleusement vite, grâce au « don » de quatre cents livres « consenti » par Harald Nilssen et complété par l'argent public qui avait fini par arriver de la part de la Commission des travaux publics du Westland, du Conseil municipal et des édiles de Hokitika. Shepard prévoyait que les détenus pourraient être transférés du camp de police avant la fin avril, et plusieurs dormaient déjà sur place, à Seaview, surveillés par le gouverneur en personne qui, maintenant que la prison était si près d'être achevée, préférait lui aussi y passer la nuit en se contentant de manger froid.

Lorsque la cloche de la chapelle Wesleyenne carillonna midi, Shepard se trouvait dans le futur hospice, occupé à creuser avec les détenus une seconde fosse pour les latrines. Les douze coups, montant de la ville au gré d'une brise capricieuse, donnèrent le signal au contremaître, qui annonça la pause. Shepard posa sa bêche, s'essuya le front du revers de sa manche et se hissa hors de l'excavation. Ce faisant, il remarqua, de l'autre côté du portail de fer, un jeune homme roux qui regardait entre les barreaux, attendant manifestement d'être admis à lui parler.

— Monsieur Everard, dit Shepard en s'avançant d'un pas vigoureux.

— Monsieur le gouverneur.

— Qu'est-ce qui vous amène ce matin sur nos hauteurs ? Vous ne venez pas par simple curiosité, j'imagine.

— J'espérais pouvoir m'entretenir avec vous, monsieur.

— Vous n'avez pas attendu longtemps, j'espère ?

— Pas du tout.

— Voulez-vous entrer ? Je peux faire ouvrir…

Shepard, qui transpirait toujours sous l'effet de l'exercice, s'épongea derechef le front.

— Mais non, ça va, protesta le visiteur. J'ai seulement un message à vous transmettre.

— Allez, dites.

Il prit la pose, les mains sur les hanches, et le messager poursuivit :

— Je viens de la part de M. Barnes. De la maison Brunton, Solomon & Barnes.

— Je ne connais aucun de ces messieurs.

— C'est une maison de fournitures générales. Ils ont un nouveau magasin dans Camp-street. Seulement il n'y a pas encore d'enseigne… monsieur.

La pause avant le dernier mot trahissait un oubli rattrapé de justesse.

— Continuez, fit Shepard sans ciller.

— Il y a quelques mois, vous avez fait savoir que vous apprécieriez qu'on tienne un certain Chinois à l'œil.

— Vous avez bonne mémoire, approuva le geôlier, son intérêt éveillé.

— Je suis donc venu vous signaler qu'un Chinois a acheté un pistolet ce matin.

— Au magasin de M. Barnes, si j'ai bien suivi.

— C'est ça, monsieur.

— Où le Chinois se trouve-t-il maintenant ?

— Je ne saurais pas vous le dire. J'ai croisé Barnes tout à l'heure, et quand il m'a dit qu'il avait vendu ce matin un Kerr Patent à un Chinois, je suis venu tout droit vous trouver. Je ne sais pas si le Chinois en question est votre homme ou non… Mais, oui ou non, j'ai cru bien faire en vous mettant au courant.

— Quand la vente a-t-elle eu lieu ? demanda Shepard sans un mot de remercîment ni de félicitation.

— Il y a bien deux heures. Peut-être plus. Barnes dit qu'on a sûrement fait la leçon au bonhomme : il ne voulait pas aligner plus de cinq livres pour le Kerr. Cinq livres tout rond. Il répétait ça comme un perroquet, comme s'il récitait son catéchisme. Il en savait assez pour ne pas se faire rouler.

— Comment a-t-il réglé ?

— Avec un billet de banque.

— Y a-t-il autre chose ?

— Oui, dit Everard. Il a chargé l'arme au magasin.

— Qui ça, il ?

— Barnes. Pour le Chinois.

— Bon, fit Shepard en hochant la tête. Maintenant, écoutez-moi bien. Vous allez retourner en ville, monsieur Everard, et vous direz à tout le monde sur votre chemin que George Shepard a envie de mettre la main sur un Chinois du nom de Sook. Si quelqu'un voit aujourd'hui Johnny Sook à Hokitika, n'importe où, n'importe les circonstances, il faut m'envoyer chercher de suite. Que cela se sache.

— Offrirez-vous une prime pour sa capture ?

— Ne parlez pas de prime, mais ne niez pas non plus, si quelqu'un vous pose la question.

— Serai-je votre adjoint ? demanda le jeune homme en se redressant de toute sa taille.

La réponse se fit attendre.

— Si vous tombez sur Johnny Sook, dit enfin Shepard, si vous trouvez moyen de l'appréhender sans trop de bruit, je fermerai les yeux sur votre méthode, quelle qu'elle soit. C'est tout ce que je peux vous promettre.

— Je comprends, monsieur.

— Il y a autre chose encore que vous pourrez faire pour moi. Connaissez-vous de vue un homme du nom de Francis Carver ?

— Le balafré.

— Oui. Vous lui porterez un message de ma part. À l'hôtel du *Palais*.

— Quel message, monsieur ?

— Répétez-lui les mêmes paroles que vous venez de me tenir. Et dites-lui encore de fourbir ses armes.

— C'est donc lui, votre adjoint ? demanda Everard, son enthousiasme douché.

— Je n'ai pas d'adjoint, répondit Shepard. Allez. Nous en reparlerons tout à l'heure.

— D'accord.

Le geôlier leva les deux bras et appuya les mains sur les barreaux de la grille, les yeux dans le dos du jeune homme qui s'éloignait. Finalement, il lança :

— Hé, monsieur Everard !

— Oui, monsieur, dit l'interpellé, s'arrêtant aussitôt pour se retourner.

— Voulez-vous entrer dans la police ?

— Un jour, j'espère, répondit le rouquin, encouragé.

— Les meilleurs défenseurs de la loi parviennent à la faire respecter sans uniforme ni insignes, prononça Shepard d'un air impassible, en le regardant à travers les barreaux. Ne l'oubliez pas.

Φ

Il y avait maintenant plus de huit semaines qu'Emery Staines n'avait donné signe de vie, laps de temps que le tribunal estimait suffisant pour entraîner la révocation de son droit de propriété sur tout terrain aurifère. Sur décision du juge de paix, intervenue le vendredi de la semaine précédente, l'ensemble des mines et autres concessions enregistrées au nom de M. Staines avait été restitué au domaine de la couronne. L'*Aurore* étant, bien sûr, l'un des nombreux claims concernés, la restitution eut pour effet de libérer enfin Quee Long de l'engagement sans avenir qui l'enchaînait à ce lopin stérile. Il prit le chemin de Hokitika le lundi dès potron-minet, afin de savoir où il serait désormais assigné et qui serait son nouveau patron.

Ah Quee n'aimait pas se rendre dans les bureaux de la Compagnie, car il n'y était jamais traité avec courtoisie et on le faisait toujours attendre. Il supporta pourtant avec sérénité les moqueries des fonctionnaires et fit semblant de ne remarquer ni les boulettes de papier dont le bombardaient les petits commis ni l'ostentation avec laquelle ils se pinçaient toujours le nez en passant devant le siège qu'il occupait. Finalement, il fut invité à exposer le but de sa visite à un bureaucrate assis derrière un comptoir. Après une seconde attente prolongée, dont on ne jugea pas bon de lui expliquer le sens, il fut assigné à une autre concession, également à Kaniere, reçut un récépissé du transfert de son engagement, et fut renvoyé dans ses foyers… en même temps que le jeune rouquin Everard regagnait le centre de Hokitika en prêchant, partout où il passait, la bonne parole de George Shepard.

Lorsque Ah Quee quitta les bureaux de la Compagnie dans Weld-street en serrant précieusement son contrat de servitude, il entendit pousser un cri. Il leva les yeux, déconcerté, et fut effrayé de voir des hommes se jeter sur lui de deux côtés à la fois. Il cria à son tour, leva le bras pour préserver le document. L'instant d'après, il était terrassé.

— Où est le pistolet, Johnny Sook ?

— Le pistolet ! Où est-il ?

— À sa ceinture, peut-être.

Des mains le touchaient, le palpaient, le frappaient. Quelqu'un lui allongea un coup de pied dans les côtes qui le laissa pantelant.

— Il l'a planqué, faut croire.

— C'est quoi que tu as là ? Tes papiers de coolie ?

Le contrat d'engagement lui fut arraché, parcouru sommairement et rejeté.

— Alors ?

— Alors, explique-toi, Johnny Sook !

— Quee, pipa Ah Quee, réussissant enfin à sortir un mot.

— Il n'a donc pas avalé sa langue ?

— Tant qu'à causer, tu vas nous causer en bon anglais !

Vint encore un coup de pied. Ah Quee gémit et se tordit de douleur.

— Ce n'est pas le bon, dit l'un de ses deux assaillants.

— Qu'est-ce que ça change ? répliqua l'autre. C'est toujours un Chinois. Un qui pue.

— Il n'a pas de pistolet.

— Il nous mènera au Sook. Ils sont tous de mèche.

Ah Quee encaissa encore un coup. Au derrière, cette fois, mais la pointe de la botte lui chatouilla le coccyx, faisant courir une douleur poignante tout le long de son échine, jusqu'à la mâchoire.

— Tu connais Johnny Sook ?

— Johnny Sook ! Tu le connais ?

— Tu l'as vu dans le coin ?

— Nous autres, on a deux mots à dire à Johnny Sook.

Ah Quee geignit. Il tenta de se relever en s'appuyant sur les mains, mais retomba.

— Il ne va pas parler, dit le premier.

— Tenez, écartez-vous…

L'autre s'éloigna d'un pied léger, pour mieux prendre son élan, et s'élança sur Ah Quee comme le botteur qui veut transformer un essai. Ah Quee le sentit venir au dernier moment et, roulant sur lui-même, se porta au-devant du coup dans l'espoir d'en amortir le choc. La douleur aux côtes était insoutenable. Il ne pouvait plus respirer que par le sommet des poumons. Les deux hommes riaient. Leurs voix se perdaient au loin, dans une brume sonore qui palpitait au rhythme de la douleur.

Soudain, une autre voix déferla comme un coup de tonnerre, d'un bout à l'autre de la rue :

— Vous vous trompez de cible, les amis.

Ses agresseurs se retournèrent. À la porte ouverte du café de Weld-street, les bras croisés sur la poitrine, se dressait le magnat Dick Mannering. Sa masse occupait tout le cadre de la porte : même sans arme, il en imposait du simple fait de sa carrure. À sa vue, les deux hommes esquissèrent aussitôt un mouvement de recul, laissant Quee Long sur le carreau.

— On nous a chargés d'arrêter un Chinois du nom de Johnny Sook, déclara le premier en fourrant les mains dans ses poches comme un gamin.

— Celui-ci s'appelle Johnny Quee, repartit Mannering.

— Nous autres, on ne peut pas le savoir, n'est-ce pas ? fit le second, dont les grosses pattes semblaient vouloir prendre le même chemin.

— Chargés par le geôlier en chef, reprit le premier.

— Le macaque Johnny Sook est en cavale, dit le second.

— Il a un pistolet.

— Armé et dangereux.

— Eh bien, vous vous trompez de cible, répéta Mannering en descendant les marches du perron. Vous le savez parce que je vous le dis, et je vous le dis pour la dernière fois. Celui-ci s'appelle Johnny Quee.

Plus Mannering s'approchait, et plus il paraissait redoutable. Il n'eut finalement qu'à poser le pied sur la chaussée. Les deux hommes déguerpirent sans demander leur reste.

— On ne voulait pas faire de mal, marmonna le premier. On voulait juste être sûrs.

— Ami des Jaunes, maugréa l'autre, tout bas, pour ne pas être entendu du magnat.

Celui-ci attendit qu'ils se fussent éloignés, puis baissa les yeux sur Ah Quee, qui roula sur le flanc, se tâta les côtes pour s'assurer qu'il n'avait rien de cassé et se hissa péniblement sur ses pieds, ramassant aussi son contrat d'engagement et époussetant la feuille froissée. Il avait la gorge serrée comme dans un étau.

— Merci, dit-il, lorsqu'il put à nouveau respirer.

Mannering, comme contrarié de cette expression de gratitude, fronça les sourcils, toisa Ah Quee de pied en cap et demanda :

— Qu'est-ce que cette histoire de Johnny Sook et d'un pistolet ?

— Moi pas savoir, dit Ah Quee.

— Où est-il ?

— Pas savoir.

— Tu l'as vu ? Quelque part, n'importe où ?

Ah Quee n'avait pas revu Ah Sook depuis le soir de la séance chez la veuve, un mois auparavant : il était alors rentré tard de la *Fortune du Voyageur* pour trouver Ah Sook en train d'emballer ses maigres biens avant de se fondre avec une sombre efficacité dans la nuit et ses bruits. Il répondit par la négative.

Mannering soupira, laissa passer un moment, puis reprit :

— Allez, je suppose que tu as été réaffecté, maintenant que la banque a repris l'*Aurore*. Aboule ton papier. Voyons à qui on t'a donné. Montre-moi ça.

Il avança la main pour prendre le contrat. Le document était bref et avait été rédigé sans la participation d'Ah Quee, indiquant son âge, non pas réel, mais « apparent », le port d'origine du navire à bord duquel il était arrivé, plutôt que son véritable lieu de naissance dans la province de Kouang-toung, et une liste sommaire des travaux auxquels il pouvait être employé. Il portait le cachet de la Compagnie et, en tête, le chiffre 5, signifiant que l'engagement était pour une durée de cinq ans. Le regard de Mannering alla directement à la dernière case, réservée au « lieu d'engagement actuel ». Le mot *Aurore* avait été fraîchement barré et remplacé par *Rêve d'Angleterre*.

— Tu n'as vraiment pas de chance, hein ? Cette concession-là est à moi ! Elle est des miennes.

À moi ! s'exclama Mannering en se frappant la poitrine. Tu vas encore travailler pour moi, Johnny Quee. Comme au bon vieux temps où tu faisais les poches à Anna Magdalena et me roulais dans la farine avec ton crénom de creuset.

— Vous ! proféra Ah Quee en se massant les côtes.

— De nouveau ensemble, confirma Mannering d'un ton sinistre. *Rêve d'Angleterre*, mon œil. Cauchemar, plutôt.

— Pas chance.

— Pas de chance pour toi ou pour moi ?

Ah Quee, qui n'avait pas compris, laissa la question sans réponse, et Mannering éclata soudain de rire en hochant la tête.

— Rien à faire. C'est le principe même de l'engagement. En signant le contrat, tu renonces à ta chance. À toute chance de voir un jour la chance te sourire. Tous les contrats, c'est pareil. Un contrat, vois-tu, c'est fait pour être rempli. Ça se mord la queue : tôt ou tard, forcément, ça te ramène à ton point de départ, alors qu'un chanceux, d'après moi, c'est un gars qui a eu une fois de la chance et puis qui a appris à faire fructifier son capital. La chance n'arrive qu'une fois, et c'est toujours un pur hasard. Ce sont les contrats qui reviennent. Les placements et les obligations. La paperasserie. Le train-train des affaires. Je te dirai une chose encore. Une autre maxime de ma façon. Si tu es parti pour faire fortune, si tu veux vraiment tenter ta chance, tu ne signeras jamais rien dont tu n'as pas toi-même dicté les termes. C'est comme ça que j'ai fait, moi, Johnny Quee. Je n'ai jamais signé de contrat que je n'avais pas rédigé moi-même.

— Bon bon, dit Ah Quee.

— Je présume, poursuivit Mannering avec un regard fulminant, que tu ne seras pas assez bête pour me jouer encore un mauvais tour. Voilà deux fois déjà que tu as essayé de miser contre moi : d'abord sur l'*Aurore*, puis encore sur Anna. Je sais compter, moi.

— Bon bon, répéta Ah Quee.

— Eh bien, conclut Mannering en lui rendant son papier, tu seras sans doute content de laisser tomber l'*Aurore*… et quant au *Rêve d'Angleterre*, n'aie pas de souci. C'est une concession qui vaut son pesant d'or.

— Pas stérile ? demanda Ah Quee d'un ton narquois.

— Pas celle-là. Parole d'honneur. Tu vivras bien sur mon *Rêve d'Angleterre*. On y a déjà ramassé toutes les pépites, ça va de soi, mais il reste pas mal de poudre dans les déblais. C'est juste ce qu'il faut à un gars comme toi. Un gars qui sait se servir de ses yeux. Tu ne feras pas fortune, Johnny Quee, mais que veux-tu ? La fortune n'est pas faite pour vous autres.

Ah Quee acquiesça de la tête.

— Allez, rentre à Kaniere, que je ne te voie plus, dit enfin Mannering en rentrant dans le café.

## VÉNUS EN POISSONS

*Où l'aumônier s'emporte, et la veuve est perdante.*

— Mais qui vois-je là ? s'exclama Lydia Wells. Un homme d'Église ?

Elle se tenait à la porte, souriant à demi, occupée à ôter ses gants en tirant doucement chaque doigt l'un après l'autre. Anna et Devlin la regardaient, figés dans une horreur muette, comme pris en flagrant délit de fornication… malgré la distance qui les séparait, Anna près de la fenêtre, sa main toujours plaquée sur son sein, Devlin assis sur le canapé, qu'il quitta d'un bond en rougissant terriblement.

— Bonté divine ! poursuivit la veuve. Vous êtes comme de pauvres brebis effarouchées.

Elle libéra une main laiteuse et serra le gant sous son coude pour s'attaquer à l'autre. Pendant ce temps, Devlin retrouva sa langue :

— Bonjour, madame Wells. Je m'appelle Cowell Devlin. Je suis l'aumônier de la future prison de Seaview.

— La présentation est charmante. Que faites-vous dans mon salon ?

— Nous étions en train de… discuter théologie, répondit Devlin. En prenant le thé.

— On dirait que vous avez oublié le thé.

— Il infuse, intervint Anna.

— En effet, constata Lydia Wells sans regarder le plateau. Eh bien, cela étant, j'arrive à point nommé ! Anna, va chercher encore une tasse. Je me joindrai à vous. Je suis très amateur de débats théologiques.

Lançant à Devlin un coup d'œil désespéré, Anna acquiesça, courba le front et s'éclipsa.

— Madame Wells, murmura rapidement Devlin, tandis que les pas de la jeune femme s'éloignaient dans le couloir, puis-je vous poser une question très étrange ? Pendant que nous sommes seuls…

— Je gagne ma vie en répondant à des questions étranges, répondit la veuve avec un sourire. Et vous êtes, je pense, mieux placé que quiconque pour savoir que nous ne sommes jamais seuls.

— Oui, sans doute, concéda Devlin, qui se sentait en porte à faux. Mais voilà la question : Mlle Wetherell a-t-elle appris à lire ?

— La question est en effet insolite, fit la veuve en haussant les sourcils. Non que la réponse en elle-même le soit. Je me demande plutôt ce qui vous pousse à me la poser.

Anna revint, apportant une tasse et une soucoupe qu'elle posa avec les autres sur le plateau.

— Mais la réponse ? Quelle est-elle ?

Devlin avait parlé dans un murmure. La voix de Lydia Wells, en revanche, était comme un clairon :

— Jouez donc la maman, Anna. Et vous, mon

révérend, asseyez-vous, je vous en prie. Voilà. Comme c'est agréable de prendre le thé avec un ecclésiastique ! On a l'impression de faire vraiment partie du monde civilisé. Je crois que je vais m'offrir un biscuit. Oui, et du sucre dans mon thé.

Devlin se rassit, et elle poursuivit en prenant place à son tour :

— La réponse, autant que je sache, est non. Et maintenant, j'aurais moi aussi une question étrange. Le mensonge est-il à regarder d'un autre œil, quand celui qui le profère est un ministre de Dieu ?

— Je ne vois pas l'à-propos de cette remarque, répondit l'aumônier, pris de court.

— Allez, mon révérend, vous ne jouez pas le jeu. J'ai répondu à votre question sans insister pour en connaître les tenants et aboutissants. Ne voulez-vous pas faire de même pour moi ?

— Quelle question a-t-il posée ? demanda Anna en promenant son regard de l'un à l'autre (sans qu'aucun des deux daignât y prêter attention).

— Le mensonge est-il à regarder d'un autre œil, quand celui qui le profère est un ministre de Dieu ? répéta la veuve. Je vous le demande.

— Le mensonge, répondit Devlin avec un soupir, ne serait à regarder d'un autre œil que si l'ecclésiastique abusait de l'autorité que lui confère son ministère. Tant que le mensonge ne concerne pas son ministère, il n'y a pas lieu de faire de distinction. Nous sommes tous égaux aux yeux de Dieu.

— Ah ! merci. Voyons. Vous disiez tout à l'heure, mon révérend, que vous étiez en train de parler théologie tous les deux. Me permettrez-vous de prendre part à votre discussion ?

Devlin rougit. Il ouvrit la bouche… mais resta court : il n'avait pas pensé à préparer un alibi. Anna vint à son secours.

— Lorsque je me suis réveillée en prison, dit-elle, le pasteur Devlin était là. Il priait pour moi, et il n'a pas cessé de prier depuis ce jour.

— Votre discussion portait donc sur la prière ? demanda la veuve, s'adressant toujours à Devlin, qui entre-temps avait repris contenance.

— Entre autres, répondit-il. Il était question également d'actes de providence spéciale et de dons inattendus.

— Sujets fascinants, je n'en doute pas. Et cela vous arrive-t-il souvent, mon révérend, de rendre visite à de jeunes personnes, lorsque ceux qui ont autorité sur elles sont retenus ailleurs, pour discuter théologie en tête-à-tête galant ?

— En quelle qualité auriez-vous autorité sur Mlle Wetherell ? riposta Devlin, piqué par l'accusation. Elle a vécu seule pendant des mois avant votre arrivée à Hokitika. Quel besoin aurait-elle soudain de votre tutelle ?

— Grand besoin, me semble-t-il, vu les abus auxquels elle était jusque-là en butte dans cette commune.

— Votre adverbe m'étonne, madame ! D'après vous, les abus auraient donc cessé ?

— Peut-être…, déclara froidement Lydia Wells qui parut se roidir, peut-être êtes-vous d'avis que nous n'avons pas à nous réjouir de ce que cette jeune personne ne prostitue plus son corps nuit après nuit, en s'exposant à toute sorte de violences et en ébranlant sa constitution par la consommation quotidienne d'une drogue infâme. Peut-être souhaiteriez-vous la voir reprendre sa vie ancienne.

— Gardez vos peut-être pour d'autres ! éclata Devlin. Et toute votre rhétorique à deux sous ! En bon anglais, vos façons s'appellent des brimades, et je ne les tolérerai pas. Non !

— Votre accusation m'étonne. En quoi me livré-je à des brimades ?

— Juste ciel ! Cette jeune femme n'a aucune liberté ! Elle a été amenée ici contre son gré, et vous la tenez en laisse d'une façon inimaginable !

— Dites, Anna, fit Lydia Wells en adressant toujours son discours à Devlin. Êtes-vous venue à la *Fortune du Voyageur* contre votre gré ?

— Non, madame, répondit Anna.

— Pourquoi avez-vous choisi de loger ici ?

— Vous m'avez proposé un marché, et je l'ai accepté.

— Quel marché ?

— Vous avez proposé d'avancer l'argent pour régler ma dette à M. Clinch, et vous avez dit que je pourrais venir habiter chez vous en qualité de dame de compagnie, à condition de vous seconder dans vos affaires.

— Ai-je tenu mes engagements ?

— Oui, reconnut Anna d'un air malheureux.

— Merci, conclut la veuve, qui pendant tout cet échange avait continué à regarder Devlin, les yeux dans les yeux, sans toucher à sa tasse de thé. Quant à la « tenue en laisse », je comprends mal que vous trouviez à redire à une vie de vertu et d'austérité, en vous faisant l'avocat de… Comment disiez-vous donc ?… Ah ! oui, des « libertés ». Mais la liberté de faire quoi, au juste ? La liberté de fraterniser avec ceux-là mêmes qui naguère la déshonoraient et abusaient d'elle ? La liberté de rouler sous la table dans la fumerie d'un Chinois ?

— Mais *pourquoi* avez-vous proposé ce marché ? demanda Devlin, n'y tenant plus. *Pourquoi* avez-vous proposé de régler les dettes de Mlle Wetherell ?

— Parce que je me faisais du souci pour elle, cela va de soi.

— Sornettes ! dit Devlin.

— Je vous demande pardon. Je me soucie beaucoup du bien-être d'Anna.

— Mais regardez-la ! La pauvre fille n'est plus que l'ombre d'elle-même. C'est un fait, vous ne pouvez pas le nier. Elle est en train de mourir de faim. Vous la privez de nourriture.

— Anna – (Lydia Wells cracha littéralement le nom) – est-ce que je vous prive de nourriture ?

— Non, répondit Anna.

— Et vous-même, diriez-vous que vous mourez de faim ?

— Non, vint encore la réponse.

— Épargnez-moi la comédie, coupa Devlin, cédant à la colère. Vous ne vous souciez pas le moins du monde de cette jeune personne. Vous n'avez pas plus de sollicitude pour elle que pour quiconque… et si j'en juge par ce qui se dit de vous, c'est bien peu de chose.

— Encore une accusation infâme ! Et de la part d'un aumônier de prison, qui plus est ! Hé ! tentons de laver mon nom. Anna, dites au révérend ce que vous avez fait à Dunedin.

Suivit un silence. Devlin, sa confiance de plus en plus ébranlée, lança un coup d'œil à Anna.

— Dites-lui ce que vous avez fait, répéta Lydia Wells.

— J'ai joué à votre foyer le rôle du serpent, répondit Anna.

— Mais encore ? Soyez plus précise ! Dites-lui exactement ce que vous avez fait.

— J'ai partagé la couche de votre mari.

— Oui. Vous avez séduit mon mari, M. Wells. Et qu'ai-je fait, moi, pour me venger ? Dites encore cela au révérend.

— Vous m'avez renvoyée, dit Anna. À Hokitika.

— Dans quel état ?

— Grosse.

— Grosse de l'enfant de qui ? Allez, dites !

— L'enfant de votre mari, murmura Anna. L'enfant de Crosbie.

Devlin n'en revenait pas. Lydia Wells répéta en hochant la tête :

— Je vous ai donc renvoyée. Et aujourd'hui ? Est-ce que je maintiens toujours que j'avais raison d'agir ainsi ?

— Non, répondit Anna. Vous m'avez suppliée de vous pardonner. Plus d'une fois.

— En êtes-vous bien certaine ? demanda la veuve avec un feint étonnement. D'après notre ami le révérend que voici, je ne me soucie aucunement du bien-être des autres en général, pour ne rien dire de celles qui ont introduit la tentation sous mon toit ! Se peut-il que j'aie bel et bien sollicité votre pardon ? Êtes-vous certaine de ce que vous avancez ?

— Assez, fit Devlin en levant les deux mains. Cela suffit.

— C'est vrai, dit Anna. Elle m'a vraiment demandé pardon.

— *Assez !*

— Et maintenant que vous avez insulté à ma probité à peu près de toutes les façons possibles, reprit la veuve en soulevant enfin sa tasse de thé, puis-je vous prier de me dire, sans mentir, ce que vous faites dans mon salon ?

— Je suis venu transmettre un message privé à Mlle Wetherell.

— Quel message ? demanda la veuve en se tournant vers Anna.

— Vous n'êtes pas obligée de répondre, intervint Devlin. Si vous ne le désirez pas, rien ne vous oblige à lui dire un seul mot.

— Quel message, Anna ? reprit Lydia Wells, menaçante. De quoi s'agit-il ?

— Le révérend m'a montré un document en vertu duquel la moitié de la fortune trouvée chez Crosbie Wells m'appartient.

— Tiens, tiens… Et l'autre moitié ?

La veuve parlait calmement, mais Devlin crut apercevoir un éclair de panique dans son regard.

— L'autre moitié appartient à Emery Staines, dit Anna.

— Où se trouve le document ?

— Je l'ai caché.

— Allez donc le chercher, ordonna Lydia, impatiente.

— N'y allez pas, intervint aussitôt Devlin.

— Je n'irai pas, répondit Anna, qui se garda de porter la main à son corsage.

— Vous pourriez avoir au moins la courtoisie de

me dire toute la vérité, protesta Lydia Wells. L'un et l'autre.

— Je regrette, mais nous ne sommes pas en mesure de vous satisfaire, répondit Devlin, prenant Anna de vitesse. Voyez-vous, l'information est liée à une affaire criminelle sur laquelle la justice ne s'est pas encore prononcée. Concernant notamment le chantage dont a été victime un certain M. Alistair Lauderback…

— Pardon ? fit Lydia Wells.

— Comment ? s'exclama Anna.

— Je regrette, mais je ne peux pas en dire plus, conclut Devlin, qui nota avec satisfaction la pâleur subite de la veuve. Si vous désirez vous rendre séance tenante au tribunal, Anna, je vous y accompagnerai.

— C'est vrai ? demanda Anna en le considérant d'un air méfiant.

— Oui.

— Mais, pour l'amour du ciel, que voulez-vous faire au tribunal ? demanda Lydia Wells.

— Consulter un homme de loi, répondit Anna. C'est mon droit de citoyenne.

La veuve la fixa d'un regard impénétrable. Lorsque enfin elle parla, ce fut d'une voix très douce :

— Je pense que c'est là une bien méchante façon de me remercier de ma gentillesse.

— Ce n'est pas de votre gentillesse que j'entends vous remercier, madame Wells, déclara Anna en allant prendre le bras de Devlin.

## JUPITER EN CAPRICORNE

*Où Aubert Gascoigne rit bien ; Cowell Devlin récuse toute responsabilité ; et Anna Wetherell fait une bévue.*

Le palais de Justice de Hokitika, où un magistrat en résidence exerçait les fonctions de juge de paix et présidait le tribunal, était le théâtre d'un cérémonial bien établi, quoique souvent approximatif. La salle d'audience y était délimitée par des cordes, un peu à la façon d'un parc de tonte. Les fonctionnaires siégeaient derrière une rangée de pupitres qui les protégeaient du grouillement de la foule ; pendant les audiences du tribunal, ces meubles servaient de barrière entre les personnes appartenant à la cour et le public, qui devait rester debout. Le siège du magistrat, momentanément inoccupé, était un simple fauteuil colonial en bois, hissé sur une estrade, auquel on avait cherché à donner un aspect plus digne en le drapant de peaux de mouton. Il était flanqué d'un immense Union Jack, dont le mât n'avait pas vraiment la hauteur requise pour un drapeau de cette taille. Les couleurs de l'Empire auraient traîné par terre, dans la poussière, si quelque âme entreprenante n'avait eu l'idée de caser au pied de la hampe une barrique à vin, vide… détail qui avait pour effet, non de rehausser, mais plutôt de rabattre la prestance de l'étendard.

Pendant la matinée, la cour avait jugé une foule de petites affaires. La requête en rescision de la vente de la succession de Crosbie Wells, présentée par la veuve, avait enfin été accordée, et les fonds, retenus jusque-là en compte bloqué à la Banque de réserve, avaient donc été mis à la disposition du magistrat. La commission de quatre cents livres versée à Harald Nilssen était exceptée de cet arrêt, attendu, premièrement, que la somme représentait le salaire légitime d'un service rendu, auquel il n'y avait point à redire, et, deuxièmement, que le montant de ladite commission avait entre-temps été donné intégralement à titre de contribution à la construction de la nouvelle maison d'arrêt de Seaview. Il eût été inconvenant, déclara le juge, d'annuler une donation charitable, à plus forte raison s'agissant d'un don aussi généreux et désintéressé ; Nilssen fut loué *in absentia* pour sa bienfaisance.

Il y avait divers autres débours à porter en ligne de compte, occasionnés notamment par la vaine recherche de l'extrait de baptême de feu M. Wells, qui avait longtemps mobilisé les employés du greffe. Ces sommes également seraient déduites du total dû à Mme Wells… total qui, net des frais et des droits de succession, et compte tenu des circonstances exceptionnelles susdites, montait désormais à un peu plus de 3 500 livres sterling, payables à Mme Wells, sous la forme et dans la monnaie de son choix, dès l'accomplissement des dernières formalités auprès de la Banque de réserve. Mme Wells avait-elle quelque chose à dire ? Non, rien… mais elle adressa un grand sourire à Aubert Gascoigne en opérant sa sortie du palais de Justice, et il nota bien le rayonnement de son regard.

— Hé ! Gascoigne !

— Oui ?

L'interpellé, qui était resté les yeux dans le vague, cligna des paupières. Son collègue Burke se tenait à la porte, un gros pli à la main :

— Jimmy Shaw me dit que vous vous y connaissez en assurances maritimes.

— Il ne se trompe pas, acquiesça Gascoigne.

— Cela vous ennuierait-il de vous charger d'un dossier de plus ? Ça vient d'arriver.

— Qu'est-ce que c'est ? demanda Gascoigne en considérant le pli d'un air peu amène.

— Un courrier d'un certain John Hincher Garrity. Au sujet d'une des épaves. Le bâtiment naufragé se nomme l'*Adieu-vat*.

Gascoigne avança la main :

— Je veux bien y jeter un œil.

— Merci, l'ami.

L'enveloppe, qui portait le cachet de la poste de Wellington, avait déjà été ouverte. Gascoigne la défit et en sortit le contenu. Le premier document du paquet était une brève missive de John Hincher Garrity, député à la Chambre pour la circonscription de Heathcote, dans le Cantorbéry. Le député donnait pleins pouvoirs à un fonctionnaire du tribunal de Hokitika pour agir en son nom et retirer des fonds du compte particulier du groupe Garrity à la

Banque de la Nouvelle Zélande. Il espérait que les pièces jointes fourniraient tous les éclaircissements nécessaires au tribunal, et remerciait par avance, de sa peine, celui qui serait désigné pour le représenter. Gascoigne mit la feuille de côté et passa au document suivant. C'était encore une lettre, adressée au groupe, et que M. Garrity faisait suivre.

*Hokitika, le 25 févr. 66*

*Messieurs,*

*J'écris afin de porter à votre connaissance le regrettable naufrage du trois-mâts barque* Adieu-vat, *dont j'étais jusqu'à récemment le capitaine exploitant, et lequel s'est échoué sur la barre traîtresse de Hokitika. Le propriétaire du bâtiment, M. Crosbie F. Wells, étant récemment décédé, c'est moi qui ai charge de régler cette affaire en ses lieu et place. Je crois comprendre qu'en se portant acquéreur de l'*Adieu-vat, *M. Crosbie F. Wells a hérité de tous les contrats souscrits par l'ancien propriétaire, A. Lauderback, adhérent du groupe Garrity, et, par conséquent, que l'*Adieu-vat *est couvert et garanti par ladite société. Je sollicite présentement la mise à disposition de tous les fonds versés par M. Lauderback à compte dudit contrat, afin de faciliter l'enlèvement de l'épave. Je joins le registre complet des dépenses, reventes, factures, devis, inventaires, &c., et demeure*

*Votre dévoué*

*Francis W. R. Carver*

Gascoigne fronça les sourcils. Qu'est-ce que cela voulait dire ? Crosbie Wells ne s'était jamais porté acquéreur de l'*Adieu-vat* ; l'acheteur du navire était Carver lui-même, sous la fausse identité de Wells. Gascoigne feuilleta rapidement les autres papiers, fournis apparemment par Carver à M. Garrity, à l'appui du bien-fondé de sa réclamation. Son regard passa rapidement sur l'estimation, par le capitaine du port, de la valeur de l'épave, suivie d'un état des dettes contractées et de divers reçus et attestations, pour s'arrêter enfin, tout au fond de la liasse, à un exemplaire de l'acte de vente de l'*Adieu-vat*… vraisemblablement, celui de Carver lui-même. Gascoigne souleva le document pour voir la signature de plus près. L'acte était signé Francis Wells ! À quoi Carver jouait-il ? Poursuivant toutefois son examen, Gascoigne se rendit compte que la grande boucle accolée au montant du F pourrait aisément être lue comme un C… Mais oui ! Un hasard propice avait même fait tomber une tache d'encre, comme un petit point, entre le C et le F. Plus Gascoigne regardait le papier, et plus l'ambiguïté ressortait : non, le hasard n'y était pour rien, c'était là un effet voulu. Il secoua la tête puis, au bout d'un moment, rit tout haut.

— Qu'est-ce qui vous amuse ? demanda Burke en levant les yeux.

— Oh ! rien, répondit Gascoigne. Ce n'est pas important.

— Pourtant, vous riez. C'est quoi, la plaisanterie ?

— Il n'y a pas de plaisanterie. J'admire, simplement.

— Vous admirez ? Et quoi donc ?

— Un travail bien fait.

Gascoigne remit les papiers dans l'enveloppe et

se leva, dans l'intention de porter séance tenante le mandat de John Hincher Garrity à la banque… mais au même instant la porte du vestibule s'ouvrit et Alistair Lauderback fit son entrée, suivi de près par Jock et Augustus Smith.

— Ah ! s'exclama le politicien en apercevant le pli dans la main du clerc. Je vois que j'arrive à point nommé. Oui, j'ai reçu moi-même une lettre de Garrity ce matin. Il y a eu quiproquo, et je viens pour tirer les choses au clair.

Gascoigne l'accueillit d'un ton sec :

— Monsieur Lauderback, je présume.

— Je désire parler au magistrat en particulier. C'est urgent.

— Le magistrat est en train de déjeuner.

— Où cela ?

— Je regrette, mais je l'ignore. La séance de l'après-midi commence à deux heures ; je vous invite à patienter, si vous le voulez bien. Pour l'instant, vous m'excuserez, messieurs.

— Attendez un peu ! protesta Lauderback, tandis que Gascoigne s'inclinait et faisait mine de partir. Où allez-vous comme ça, avec cette lettre ?

Gascoigne cependant, indisposé par une pareille brusquerie sans façon, ne suspendit son pas que pour répondre laconiquement :

— À la banque. M. Garrity m'a donné mandat pour effectuer une transaction en son nom. Je vous prie de m'excuser.

— Attendez, répéta Lauderback. Minute ! C'est précisément dans cette affaire que je demande à être entendu ; j'ai mon mot à dire là-dessus, et vous ne partirez pas, tant que je ne l'aurai pas dit !

Gascoigne le fixa d'un air impassible. Lauderback, comprenant qu'il faisait fausse route, changea de ton :

— Écoutez-moi jusqu'au bout, voulez-vous, monsieur… ? Comment vous appelez-vous ?

— Gascoigne.

— Gascoigne, hein ? Oui, vous m'avez bien l'air d'un Français.

Lauderback tendit la main, et Gascoigne la lui serra.

— Je vous parlerai donc, à vous, dit Lauderback. Puisque le magistrat ne peut pas me recevoir.

— Vous préféreriez, j'imagine, que l'entretien ait lieu sans témoin, dit Gascoigne d'un ton toujours aussi froid.

— Oui, d'accord, approuva Lauderback, s'adressant ensuite à ses assistants : Vous deux, restez là ! Je n'en ai que pour dix minutes.

Gascoigne le fit entrer dans le bureau du magistrat. Lorsqu'il eut refermé la porte, ils prirent place tous deux sur les sièges réservés aux visiteurs, et Lauderback se lança sans tourner autour du pot :

— En un mot comme en mille, monsieur Gascoigne, toute cette affaire est une escroquerie. Je n'ai jamais vendu l'*Adieu-vat* à Crosbie Wells. Je l'ai vendu à un individu qui s'est présenté comme Francis Wells. Mais ce n'était pas son vrai nom. Enfin, à ce moment-là, je ne le savais pas. Cet individu, c'était lui. Francis Carver. C'est *lui* qui a pris le nom de Francis Wells et à qui j'ai vendu le navire sous ce nom. Il a gardé le même nom de baptême, voyez-vous. Il n'y a que le patronyme de changé, mais tout de même… Il a signé l'acte de vente d'un faux nom, et c'est en violation de la loi !

— Voyons si je vous ai bien suivi, dit Gascoigne en simulant la perplexité. Francis Carver déclare qu'un homme du nom de Crosbie Wells s'est porté acquéreur de l'*Adieu-vat*… et vous soutenez que c'est faux.

— *C'est* faux ! insista Lauderback. Inventé de toutes pièces ! Il s'appelait Francis Wells, celui à qui j'ai vendu le navire.

— Et il n'y a personne de ce nom.

— C'était une fausse identité. Son vrai nom est Carver. Mais il m'a déclaré s'appeler Wells.

— *Francis* Wells, rappela Gascoigne. Or, le second prénom de Crosbie Wells était Francis, et Crosbie Wells, lui, est bien une personne réelle… ou du moins il l'était, il n'y a pas si longtemps. Peut-être est-ce vous qui vous êtes trompé sur l'identité de l'acheteur. Je vous accorde que la différence entre Francis Wells et C. Francis Wells est minime.

— C ? Comment ça ? Que me chantez-vous là ?

— On nous a transmis un exemplaire de l'acte de vente, et je l'ai examiné de près. Il est signé d'un C. Francis Wells.

— Non, absolument pas !

— Je regrette, mais si, maintint Gascoigne.

— Il a été maquillé, alors, assena Lauderback. Falsifié après coup.

Gascoigne ouvrit l'enveloppe, en tira l'acte et expliqua :

— À première vue, j'ai cru lire « Francis Wells », comme vous. C'est seulement en regardant plus attentivement que j'ai remarqué l'autre initiale, tracée du même trait de plume que le F.

Lauderback regarda, fronça les sourcils, examina de nouveau… Une rougeur intense envahit son cou et son visage.

— C ou pas C, prononça-t-il enfin, d'un trait ou pas, l'acte a été signé par cette fripouille de Francis Carver. Je l'ai vu moi-même, de mes yeux vu !

— Y avait-il un témoin de la vente ?

Lauderback ne répondit pas.

— À défaut de témoin, ce sera votre parole contre la sienne, monsieur Lauderback.

— Ce sera le vrai contre le faux !

Sans poursuivre l'échange, Gascoigne remit le contrat dans l'enveloppe et lissa le paquet sur son genou.

— C'est une escroquerie, persista Lauderback. Je le ferai traîner devant les tribunaux. Je le ferai fouetter.

— Pour quel crime ?

— Fraude, bien sûr. Usurpation d'identité. Faux en écritures.

— Je crains fort que les preuves ne soient contre vous.

— Ah bon ?… vous craignez pour moi ?

— La justice n'a aucune raison de douter de l'authenticité de la signature, dit Gascoigne en passant encore la main sur l'enveloppe. Attendu que M. Crosbie Wells n'a laissé aucun autre document, ni officiel ni privé, qui offre un échantillon de son écriture.

Lauderback ouvrit la bouche, comme sur le point de dire quelque chose, puis se ravisa, secoua la tête et reprit sa rengaine :

— C'était une escroquerie. Depuis le début.

— Pourquoi croyez-vous que M. Carver aurait eu besoin de prendre vis-à-vis de vous une fausse identité ?

La réponse fut inattendue.

— J'ai fait une petite enquête sur Carver, expliqua le politicien. Son père était un personnage important dans une grande maison de commerce britannique, Dent & Cie. Peut-être en avez-vous entendu parler : William Rochfort Carver. Non ? Peu importe. Voilà l'histoire. Au début des années cinquante, il offre à son fils un voilier… le clipper *Palmerston*, et le fils se met à faire le commerce des denrées de Chine, avec Canton comme port d'attache, sous l'enseigne de Dent & Cie. En ce temps-là, Carver est encore jeune. Un fils à papa, d'un âge auquel il est rare de se retrouver maître d'un navire. Enfin, voilà ce que mon enquête a révélé. Au printemps de 1854, le *Palmerston* est fouillé en quittant la rade de Sydney… simple inspection de routine… et Carver est trouvé en infraction à plus d'un titre. Des fraudes à la douane, un peu de contrebande, une foule de délits de toute sorte. Chacun en soi assez mineur pour qu'un juge eût pu fermer les yeux, mais quand le tout arrive en même temps et s'additionne, la loi ne peut pas ne pas sévir. Il est condamné à dix ans à Cockatoo : dix ans de bagne, rien de moins. Une vraie tache sur son nom. Le père est furieux. Il lui retire le navire, il le déshérite et, pour couronner le tout, il fait en sorte de bien le noircir dans tous les ports et tous les chantiers du Pacifique Sud. Quand Francis Carver finit par sortir de prison, il traîne une réputation qui ne le cède pas à celle d'un pirate comme le capitaine Kidd… chez les hommes de mer, à tout le moins. Aucun armateur ne lui confiera de navire, et aucun équipage ne voudra s'engager à son bord.

— Il a donc pris un faux nom.

— Tout juste, confirma Lauderback en se carrant sur sa chaise.

— Je serais curieux de savoir pourquoi il n'a agi ainsi que vis-à-vis de *vous*, commenta Gascoigne d'un ton léger. Il ne semble pas avoir utilisé le nom de Wells à d'autres occasions que pour l'achat de ce navire. Il s'est présenté à *moi*, par exemple, comme M. Francis Carver.

— Vous lisez les journaux, répondit Lauderback avec un regard peu amène. Ne m'obligez pas à mettre les points sur les i. J'ai battu ma coulpe en public, je n'entends pas recommencer ici.

— Ah ! fit Gascoigne en penchant la tête. Carver s'est donc présenté sous la fausse identité de Francis Wells afin de tirer parti de votre ancienne liaison avec Mme Wells.

— C'est ça. Il m'a dit qu'il était le frère de Crosbie. Qu'il avait un compte à régler avec moi pour Crosbie… pour avoir fait de son épouse une femme de mauvaise vie. Il voulait me faire peur, et il y a réussi.

— Je vois, dit Gascoigne en se demandant pourquoi Lauderback n'avait pas fourni cette même explication logique à Thomas Balfour, deux mois auparavant.

— Écoutez, poursuivit le politicien, je joue franc jeu avec vous, monsieur Gascoigne, et je vous dis que la loi est de mon côté. La rupture entre Carver et son père n'est pas un secret. Il avait mille motifs pour changer de nom. Je pourrais même faire citer le père comme témoin, si besoin était. Que dirait-il de *cela*, notre ami Carver ?

— Ce ne serait sans doute pas pour lui plaire.

— Eh non ! clama Lauderback. Du tout.

— Eh bien, dit Gascoigne, agacé par les façons de l'autre, si votre idée est de faire traduire Carver en justice, je vous souhaite bonne chance.

— Allez, faites-moi grâce des boniments. Parlez sans détour.

Lauderback aussi perdait patience. Gascoigne haussa les épaules en répondant :

— Comme vous voudrez. Vous savez, sans que j'aie besoin de vous le dire, qu'un motif n'est pas une preuve. On ne peut pas condamner un homme simplement parce qu'il aurait eu de bonnes raisons de commettre un crime.

— Doutez-vous de ma parole ?

— En aucune façon.

— Vous croyez donc que je serai débouté. Que je ne peux rien prouver.

— En effet. Je pense que vous seriez très malavisé de porter l'affaire devant les tribunaux. Ne m'en voulez pas de vous le dire ainsi, sans ménagement. Il va de soi que je compatis à vos ennuis.

Gascoigne n'éprouvait pas la moindre compassion pour Alistair Lauderback. La pitié était, en général, un sentiment qu'il réservait aux moins privilégiés que lui, et s'il pouvait admettre que la situation actuelle de Lauderback fût peu enviable, il tenait les richesses et le rang éminent du politicien pour amplement suffisants à contrebalancer tous les désagréments momentanés qu'il pouvait rencontrer.

Voire, un brin d'injustice lui ferait sans doute du bien ! Il en exercerait mieux son métier d'homme politique, pensa Gascoigne, qui avait tendance à être despotique dans ses jugements privés.

— J'attendrai le magistrat, déclara Lauderback. Lui au moins entendra raison.

— Si j'ai bien compris, repartit Gascoigne en serrant l'enveloppe dans sa poche intérieure, à côté de ses cigarettes, Carver prétend maintenant bénéficier de votre police de protection et d'indemnité pour se rembourser des frais d'enlèvement de l'épave.

— C'est exact.

— Et vous voulez lui refuser cet argent.

— Également exact.

— À quel titre ?

— À quel titre ? hurla Lauderback, rouge de colère. Mais il m'a plumé comme un poulet, monsieur Gascoigne ! C'est un coup monté, il a tout prémédité depuis le début ! Vous êtes fou, si vous croyez que je me laisserai faire ! C'est bien cela que vous me conseillez ? D'avaler la pilule ?

— Je ne me permettrais pas de vous donner des conseils, monsieur Lauderback… quels qu'ils soient. Je fais remarquer simplement qu'il ne semble y avoir eu violation d'aucune loi. Dans sa lettre à M. Garrity, M. Carver dit clairement agir pour le compte de M. Wells… car M. Wells, comme vous savez, est décédé. En apparence, c'est par pure charité que Carver a pris sur lui de régler l'affaire pour le compte du propriétaire du navire, celui-ci étant dans l'impossibilité de s'en occuper lui-même. Ou je me trompe fort, ou vous n'êtes pas en mesure de prouver le contraire.

— Mais ce n'est pas *vrai* ! éclata Lauderback. Crosbie Wells n'a jamais acheté ce navire ! C'est Francis Carver qui a signé le crénom de contrat, du nom d'un autre ! Il a commis un faux, l'affaire est simple comme bonjour !

— Je crains que vous n'ayez bien du mal à convaincre un juge.

— Pourquoi ?

— Parce que, comme je viens de vous le dire, vous ne pouvez pas produire la signature authentique de Crosbie Wells. Il n'y avait pas de papiers chez lui, rien du tout, et on n'a toujours pas retrouvé son extrait de baptême, ni sa patente de mineur.

Lauderback ouvrit la bouche pour répliquer, mais parut derechef se raviser.

— Tenez ! fit soudain Gascoigne. Je viens d'avoir une idée.

— Quoi donc ?

— Son acte de mariage. Il y aurait bien là sa signature, n'est-ce pas ?

— Oui. En effet.

— Mais non, cela ne suffirait pas : pour prouver que la signature d'un mort a été contrefaite, il faudrait produire plus d'un spécimen.

— Combien donc ? demanda Lauderback.

— Je ne connais pas bien la loi, répondit Gascoigne avec un haussement d'épaules, mais je présume qu'il faudrait plusieurs documents portant sa signature authentique pour faire reconnaître la contrefaçon.

— Plusieurs documents…

— Eh bien, conclut Gascoigne en se levant, j'espère pour vous, monsieur, que vous en trouverez. En attendant, je regrette, mais la loi m'oblige à faire ce que demande M. Garrity, à porter donc ces papiers à la banque.

Φ

En quittant la *Fortune du Voyageur*, le pasteur ne conduisit pas Anna Wetherell directement au palais de Justice. Il la mena plutôt au restaurant de l'hôtel *À la tête de Garrick*, où il commanda une part de tourte de poisson… le sempiternel plat du jour à midi… et un verre de liqueur de citron. Il fit asseoir Anna, mit la nourriture devant elle et la pressa de manger. Elle obtempéra en silence. L'assiette une fois vidée, il lui tendit le breuvage sucré et demanda :

— Où est M. Staines ?

Anna ne parut pas étonnée de la question. Elle prit le verre, but une petite gorgée, fit la grimace, puis resta un moment les yeux fixés sur son questionneur, avant de répondre enfin :

— Dans l'arrière-pays. Quelque part là-haut. Je ne sais pas exactement où.

— Au nord ou au sud ?

— Je ne sais pas.

— Y est-il retenu contre son gré ?

— Je ne sais pas.

— Mais si, vous le savez, affirma Devlin.

— Non, répéta Anna. Je ne l'ai pas vu depuis janvier, et je ne sais pas du tout pourquoi il a disparu comme ça. Tout ce que je sais, c'est qu'il est encore en vie, et qu'il se trouve quelque part dans l'arrière-pays.

— Parce que vous recevez des messages. Dans votre tête.

— « Messages » n'est pas le mot juste pour le

décrire. Ce n'est pas ça. C'est plutôt… comme une sensation. Comme quand on essaie de se souvenir d'un rêve, et qu'on en retrouve les contours et le sens, mais aucun détail, rien de précis. Et plus on s'ingénie à recouvrer la mémoire, plus tout se perd dans la brume.

— Vous avez donc une « sensation », reprit Devlin en fronçant le sourcil.

— Oui.

— Une sensation qui vous dit que M. Staines se trouve dans l'arrière-pays, et qu'il est en vie.

— Oui. Je ne peux pas vous donner de détails. Je sais que c'est quelque part où il y a de la boue. Ou de la verdure. Quelque part près de l'eau, mais ce n'est pas la plage. L'eau est rapide, elle court. Sur un lit de pierres… Vous voyez bien : dès que j'essaie de le traduire en paroles, tout m'échappe.

— Cela me paraît bien vague, mon amie.

— Non, ce n'est pas vague. C'est sûr et certain. Comme quand vous faites un rêve et que vous en êtes certain… vous *savez* que vous avez rêvé… simplement vous ne vous souvenez plus des détails.

— Depuis quand avez-vous de ces « sensations » ? Ou de ces rêves ?

— Seulement depuis que j'ai cessé de faire la putain. Depuis ma syncope.

— Autrement dit, depuis que Staines a disparu.

— Le 14 janvier, confirma Anna. Depuis ce jour-là.

— Est-ce que c'est toujours la même chose… l'eau, la boue ? Le même rêve ?

— Non.

— Eh bien ? quoi encore ? demanda Devlin, espérant la pousser à développer.

— Oh ! fit-elle d'un air gêné. Rien que des sensations, vraiment. Ça vient par bribes. Des impressions.

— Des impressions de quoi ?

— De moi, répondit-elle en se détournant.

— Pardon, mais je ne comprends pas.

Elle retourna la main avant de parler :

— C'est ce que lui, il pense de moi. Lui, M. Staines. À quoi il rêve, quand il pense à moi.

— Vous vous voyez vous-même… mais par ses yeux à lui.

— C'est ça. Tout à fait.

— Dois-je en conclure que M. Staines fait grand cas de vous ?

— Il m'aime, affirma-t-elle une première fois, puis une seconde. Il m'aime d'amour.

Devlin la fixa d'un œil critique :

— Je vois. Vous a-t-il déclaré son amour ?

— Non. Ce n'est pas la peine. Je le sais sans cela.

— Avez-vous souvent de ces sensations-là ?

— Très souvent. Il pense à moi tout le temps.

Devlin hocha la tête. Il commençait enfin à y voir clair, et plus la lumière se faisait dans son esprit, plus son cœur se serrait.

— Êtes-vous amoureuse de M. Staines, mademoiselle Wetherell ? demanda-t-il.

— Nous en avons parlé, reconnut-elle. La nuit de sa disparition. Nous battions la campagne tous les deux, et j'ai dit une bêtise sur l'amour sans retour, et il est devenu très grave, il m'a fait taire, et il a dit qu'il ne pouvait pas y avoir d'amour sans retour, que ce ne serait pas de l'amour. Il a dit que l'amour doit être librement donné, et reçu librement, si bien que les amants, en s'unissant, forment les deux moitiés égales d'un même tout.

— Voilà un sentiment passionné.

— Oui, acquiesça-t-elle, réjouie par la remarque.

— Mais, avec tout cela, il ne vous a pas fait de déclaration.

— Il n'a pas prononcé de serment. Je l'ai dit.

— Et vous non plus.

— Je n'en ai plus eu l'occasion. C'est ce soir-là qu'il a disparu.

Cowell Devlin poussa un soupir. Oui, il avait fini par comprendre Anna Wetherell, mais il n'en tirait aucune joie. Il avait connu bien des femmes, sans perspectives ni ressources, qui ne pouvaient fuir la cage sordide de leur infortune que sur les ailes de l'imagination. Leurs fantaisies étaient invariablement magiques… elles se voyaient protégées par les anges, conviées à entrer au paradis… et l'histoire d'Anna, pour touchante qu'elle fût, relevait de la même veine impossible. Voyons, c'était cruellement clair ! De tous les hommes qu'elle avait connus, le plus enviable, le plus beau parti lui vouait un amour pur et profond au point d'effacer toutes les différences qui les séparaient ? Il n'était pas mort, seulement disparu ? Il lui envoyait des « messages » qui prouvaient l'ardeur de son amour… messages qu'elle seule pouvait entendre ? C'était une fantasmagorie, pensait Devlin. Une chimère inventée de toutes pièces par la jeune femme. L'homme était mort, il ne pouvait pas en être autrement.

— Vous désirez beaucoup être aimée de M. Staines, n'est-ce pas, mademoiselle ?

— Il m'aime. C'est un fait, répondit Anna, qui parut offusquée du sous-entendu.

— Vous n'avez pas répondu à ma question.

— Tout le monde veut être aimé, dit-elle en louchant de son côté.

— C'est très vrai, reconnut tristement Devlin. Nous voulons tous être aimés… et je pense que nous en avons tous besoin. Sans amour, nous ne pouvons pas être nous-mêmes.

— Vous êtes du même avis que M. Staines.

— Ah bon ?

— Oui. C'est tout à fait la sorte de chose qu'il pourrait dire.

— Votre M. Staines est un vrai philosophe, mademoiselle.

— Allez, mon révérend, s'exclama Anna, souriant soudain. Je crois bien que vous venez de vous complimenter vous-même.

Ils se turent un moment. Anna but encore une petite gorgée de sa liqueur sucrée, et Devlin promena un regard songeur sur la salle du restaurant. Finalement, la main d'Anna chercha son sein, où l'acte de donation falsifié reposait toujours contre sa peau. Devlin lui lança un regard aigu.

— Vous avez amplement le temps de vous raviser, dit-il.

— Je veux seulement l'opinion d'un homme de loi.

— Vous avez mon opinion d'homme d'Église.

— Oui : « Bienheureux les humbles. »

Elle parut regretter aussitôt cette impertinence ; une vive rougeur envahit son cou et son visage, et elle se détourna. Soudain, Devlin en eut assez. Il ne voulait plus rien avoir à faire avec elle. Il repoussa sa chaise, mit ses mains sur ses genoux et annonça :

— Je vous accompagnerai jusqu'à la porte du

palais de Justice, mais je n'irai pas plus loin. Ce que vous ferez du document qui est en votre possession ne me regarde plus. Sachez que je ne mentirai pas pour vous protéger. Je ne mentirai certainement pas devant le juge. Si on me questionne, je n'hésiterai pas à dire la vérité, à savoir que c'est vous qui avez faussé cette signature de votre propre main.

— Très bien, acquiesça Anna en se levant. Merci beaucoup pour la tourte. Et la liqueur. Et merci pour tout ce que vous avez dit à Mme Wells.

— Vous ne devriez pas me remercier pour cela, objecta Devlin, quittant lui aussi sa chaise. Je me suis laissé emporter par ma colère, hélas. Je n'ai pas fait très bonne figure.

— Vous avez été merveilleux.

Elle s'avança, posa les deux mains sur ses épaules et lui appliqua un baiser cordial sur la joue.

Φ

Lorsque Anna arriva au tribunal de Hokitika, Aubert Gascoigne en était déjà parti pour se rendre à la Banque de réserve, le pli de John Hincher Garrity à l'abri dans sa poche intérieure ; Alistair Lauderback aussi s'était retiré depuis un bon moment. Anna fut reçue par un avocat au teint rubicond, du nom de Fellowes, qu'elle ne connaissait pas. Il la conduisit dans un bureau exigu à l'autre bout de la salle, où ils s'assirent de part et d'autre d'une simple table en bois blanc. Anna lui tendit sans mot dire le document sauvé des flammes. L'avocat le posa sur la table devant lui, le bord du papier contre le bord du plateau, et mit les mains en visière pour lire.

— D'où tenez-vous cela ? demanda-t-il enfin en levant les yeux.

— On me l'a donné, répondit Anna. Anonymement.

— Quand ?

— Ce matin.

— Et comment ?

— On l'a glissé sous la porte. Pendant que Mme Wells se trouvait ici, au palais de Justice.

— Ici, au palais de Justice, pour apprendre que son appel avait enfin été accordé, dit Fellowes d'un ton sceptique en reprenant son examen du document. Crosbie Wells… et Staines, l'homme mystérieux dont personne ne sait ce qu'il est devenu… et Mlle Wetherell, c'est vous. Bizarre. Vous avez une idée de qui a pu le déposer ?

— Non.

— Ou pourquoi ?

— Non. Je suppose que c'est quelqu'un qui me veut du bien.

— Vous pensez à quelqu'un en particulier ? Vous n'avez pas envie d'essayer de deviner ?

— Non. Je veux seulement savoir si c'est en règle.

— Cela en a l'air, opina Fellowes en plissant les yeux. Mais ce n'est pas précisément un chèque payable à vue, n'est-ce pas ? Les choses étant ce qu'elles sont… avec M. Staines qui manque à l'appel depuis huit semaines.

— Je ne comprends pas.

— Eh bien, même si l'acte de donation est en règle, notre ami M. Staines n'a plus deux mille livres à donner. Tous ses biens ont été saisis, par suite de sa disparition prolongée. À compter de vendredi dernier. Avec ce qui lui reste, il pourra s'estimer heureux de réunir quelques billets de cent en raclant les fonds de tiroir.

— Pourtant, l'acte l'engage, objecta Anna. Quand même.

— Ce que je vous dis, ma bonne demoiselle, expliqua l'avocat avec un geste négatif de la tête, c'est que notre M. Staines *ne peut pas* vous faire cadeau de deux mille livres… à moins que, par miracle, on le retrouve vivant avec une fortune en espèces dans ses poches. Ses concessions ont été restituées au Trésor. Rachetées par d'autres.

— Et pourtant, l'acte l'engage, insista Anna. Il faut bien.

— Je regrette, dit M. Fellowes en souriant, mais la loi ne fonctionne pas comme cela. Tenez, réfléchissez. Je pourrais vous faire maintenant un chèque pour un million de livres. Cela ne voudra pas dire pour autant que vous avez un million à votre crédit, n'est-ce pas, si je n'ai pas un sou vaillant, ni personne pour me cautionner ? L'argent sort toujours de la poche de quelqu'un, et si tout le monde a les poches vides… eh bien, la messe est dite, quelles que soient les prétentions des uns ou des autres.

— M. Staines a les deux mille livres, affirma Anna.

— Oui… enfin, s'il les avait, ce serait une autre paire de manches.

— Non. Je vous dis que c'est vrai. M. Staines a bien deux mille livres.

— Comment cela ?

— L'or caché chez Crosbie Wells était à lui.

Fellowes marqua une pause. Il dévisagea un

instant la jeune femme, puis demanda d'une voix altérée :

— Y a-t-il une preuve ?

Anna répéta ce que Devlin lui avait dit le matin même : que l'or avait été trouvé en lingots, portant une marque qui en indiquait l'origine.

— C'était quelle mine ?

— Je ne me souviens pas du nom, déclara Anna.

— D'où tenez-vous ces informations ?

— Je préfère ne pas le dire.

Elle avait hésité à répondre. Fellowes semblait intéressé.

— Nous pourrions vérifier. L'or faisait partie de la succession Wells, après tout, il a bien dû être enregistré, on en aura gardé trace à la banque. Je me demande d'ailleurs pourquoi la question n'a pas été soulevée. Peut-être quelqu'un à la banque retient-il l'information.

— Si c'est vrai, cela veut dire que l'or est à moi, n'est-ce pas ? demanda Anna. À hauteur de deux mille livres. En vertu de ce papier.

— Mademoiselle Wetherell, une somme pareille ne change pas de mains si facilement. Je regrette, mais ce n'est jamais aussi simple que de toucher un chèque. Cela dit, vous ne pouviez mieux choisir votre moment pour venir nous voir. Mme Wells a eu gain de cause, et le paiement de la part devant lui revenir est en cours, mais je pourrai faire suspendre la procédure, il en est encore temps, en attendant qu'on ait décidé de ce qu'il convient de faire de votre document.

— Oui, approuva Anna. Voulez-vous bien vous en charger ?

— Si vous retenez mes services comme avocat, je ferai tout mon possible pour vous aider. Mes honoraires sont de deux livres par semaine, plus les frais. Payables d'avance, bien entendu, dit Fellowes en se carrant avantageusement sur son siège.

— Je ne peux pas payer d'avance. Je n'ai pas d'argent.

L'avocat se détourna pour suggérer en termes voilés :

— Peut-être pourriez-vous contracter un emprunt. Je regrette, mais je suis inflexible dans les questions d'argent ; je ne fais jamais d'exception, et je ne travaille pas à crédit. Ce n'est pas une affaire de personnes. J'ai été formé ainsi, tout simplement.

— Je ne peux pas payer d'avance, répéta Anna, mais si vous faites pour moi ce que vous venez de dire, je vous paierai le triple, le jour où je toucherai l'argent.

— Le triple ? proféra Fellowes avec un sourire condescendant. Les procédures juridiques sont souvent très longues, mademoiselle, et toutes ne sont pas couronnées de succès : il n'y a aucune garantie que vous obteniez quoi que ce soit. L'action en appel de Mme Wells a demandé deux mois d'instruction, et l'affaire n'est toujours pas close, vous en êtes la preuve vivante !

— Je triplerai vos honoraires jusqu'à concurrence de cent livres, mais si vous réussissez à me mettre en possession de la somme avant quinze jours, je vous donnerai le double. Deux cents livres, comptant.

Fellowes haussa les sourcils :

— Ciel, comme vous y allez !

— J'ai été formée ainsi.

Mais Anna Wetherell venait de faire un faux pas. L'avocat eut un mouvement de recul et écarquilla les yeux. Allons, pensa-t-il, cette jeune femme était une *putain*… Du coup, tout lui revint en mémoire. Cette putain-là, c'était celle qui avait tenté de mettre fin à ses jours sur la route de Christchurch, le jour même où Staines avait disparu et Wells était mort ! Fellowes était un nouveau venu à Hokitika : il ne connaissait pas Anna Wetherell de vue et n'avait pas d'abord reconnu son nom. Seul son langage effronté l'avait dénoncée.

— Acceptez-vous ces conditions, monsieur ? demanda Anna, prenant l'embarras subit de l'homme pour une simple hésitation.

— Je me renseignerai à la Banque de réserve, au sujet de ces prétendus lingots, répondit-il froidement en la toisant. Si la rumeur venue à vos oreilles se révèle fondée, nous rédigerons un contrat. Sinon, je regrette, mais je ne pourrai rien faire pour vous.

— Vous êtes bien aimable.

— Pas du tout, coupa-t-il. Où pourrai-je vous trouver, mettons dans trois heures ?

Anna balança. Elle ne pouvait plus retourner à la *Fortune du Voyageur*. Elle n'avait pas un sou sur elle, mais peut-être pourrait-elle demander à une ancienne connaissance de lui payer un verre dans un des bars de Revell-street.

— Je reviendrai au tribunal, décida-t-elle. Je reviendrai simplement vous retrouver ici.

— Comme vous voudrez. Disons à cinq heures. Excès de prudence ne saurait nuire.

— À cinq heures donc, approuva Anna.

Elle avança la main pour reprendre le document sauvé des flammes, mais Fellowes ouvrait déjà son portefeuille pour y insérer le papier.

— Je pense que je ferai bien de garder ceci, dit-il. Provisoirement.

# LUNE CROISSANTE EN BÉLIER

*Où Te Rau Tauwhare fait une découverte surprenante.*

Descendant le cours de la rivière Arahura en sautant de pierre en pierre dans les eaux peu profondes, Te Rau Tauwhare était fort content de lui-même. Il venait de passer un mois avec une expédition d'arpenteurs-géomètres dans la « vallée de la déception », et il avait la bourse bien garnie. Qui plus est, il avait trouvé le matin même un merveilleux morceau de *kahurangi pounamu*, dont le poids se rappelait à lui dans le sac qu'il sentait à chaque pas cogner contre son dos.

À la maison, à Mawhera, il serait temps de creuser la terre pour rentrer la récolte de *kumara* : Tauwhare le savait par l'apparition de *Whanui* près de l'horizon boréal, où l'étoile se levait bien après minuit et se couchait bien avant l'aube. Son peuple nommait ce mois-là *Pou-tu-te-rangi*… le poteau soutenant le ciel… car, la nuit, *Te Ikaroa* faisait courir son arche laiteuse du nord au sud à travers la voûte noire du firmament. L'arche planait entre *Whanui* au septentrion et *Autahi* au midi, coupant à travers le joyau rouge de *Rehua*, au zénith : chaque nuit, l'espace d'un instant, le ciel devenait une boussole parfaite, son aiguille une bande faite d'une poussière d'étoiles. Lorsque *Whanui* commençait à luire, la récolte serait arrachée à la terre ; ensuite venait *Paenga-wha-wha*, lorsque les tubercules étaient empilés au bord des champs pour être triés et comptés, puis transportés dans les granges et les magasins souterrains et entreposés en prévision des mois d'hiver à venir. Après *Paenga-wha-wha*, l'année touchait à sa fin… ou, comme disait le *tohunga*, « à son trépas ».

Au sortir d'un coude de la rivière, il quitta les hauts-fonds et monta sur la berge. La cabane de Crosbie Wells présentait de jour en jour un aspect plus désolé. Les tôles du toit étaient mangées d'une rouille d'un orange flamboyant, et le mortier était passé du blanc au vert vif ; le petit potager aménagé par Wells n'était plus qu'une friche. Tauwhare s'attrista à la vue de ces signes de déclin en approchant de la maison… mais soudain il s'arrêta net.

Il y avait quelqu'un là.

Lentement, Tauwhare reprit sa marche, plissant les yeux pour mieux voir à travers la porte ouverte, dans l'obscurité qui régnait à l'intérieur. L'intrus gisait sur le sol, pelotonné sur lui-même… ou mort ou endormi. Il était couché sur le flanc, les genoux ramenés sous le menton, le visage tourné de l'autre côté. Tauwhare vint plus près encore. Il vit que l'homme ne portait pas la livrée des mineurs, mais plutôt un habit de ville, et que l'étoffe qui lui recouvrait les côtes était soulevée par un léger mouvement de respiration. Endormi, donc.

Tauwhare franchit le seuil, attentif à ne pas réveiller le dormeur en le frôlant de son ombre. Se déplaçant sur la pointe des pieds, il se glissa derrière lui, le long du mur, de manière à apercevoir ses traits. L'homme était très jeune. Ses cheveux emmêlés n'avaient pas été lavés depuis si longtemps, qu'ils en paraissaient foncés ; par contraste, la peau du visage était presque blanche. Visage qui aurait été beau, s'il n'avait été si clairement ravagé par les privations… Les paupières étaient marbrées de pourpre, les yeux creux et cernés de noir. Le souffle se faisait entendre, agité et irrégulier. Tauwhare promena ses regards sur le corps du jeune homme. Apparemment, il n'avait pas changé de vêtements depuis des semaines ; ceux qu'il portait étaient en loques, couverts de boue et de poussière de diverses provenances. Pourtant, la redingote était taillée dans un beau drap… cela se voyait encore… et la cravate aussi, roide de crasse, accusait une coupe élégante.

— Monsieur Staines ? murmura Tauwhare.

Les yeux du jeune homme s'ouvrirent.

— Tiens, dit-il. Bonjour.

— Monsieur Staines ?

— Oui, c'est moi, confirma l'autre en levant la tête (sa voix était haut perchée, le ton très débonnaire). Excusez-moi. Pardon. Sommes-nous en territoire maori ?

— Non, répondit Tauwhare. Depuis combien de temps vous trouvez-vous là ?

— Nous ne sommes pas en territoire maori ?

— Non.

— Il faut que j'arrive en pays maori.

Le jeune homme réussit péniblement à se dresser sur son séant. Il tenait son bras gauche dans une position peu naturelle, en travers de sa poitrine.

— Pourquoi ? demanda Tauwhare.

— J'ai enterré quelque chose. Au pied d'un arbre. Mais, pour moi, tous les arbres se ressemblent, et j'ai bien l'impression que je perds un peu le nord. Enfin, voilà que vous passez par là, Dieu merci… je vous suis infiniment reconnaissant.

— Vous aviez disparu, intervint Tauwhare.

— Trois jours, peut-être, dit Staines en laissant de nouveau son corps s'affaisser. Je crois que c'était il y a trois jours. Les jours se confondent. Je ne sais pas comment ça se fait, je n'arrive pas à y mettre de l'ordre. On oublie de marquer les heures, quand on est tout seul. À propos, pourrais-je vous demander de regarder quelque chose ? S'il vous plaît…

Il écarta son col, fit glisser sa chemise, et Tauwhare vit que ce qu'il avait pris pour de la saleté sur sa cravate était en réalité du vieux sang, noir et poisseux. Il y avait une blessure juste au-dessus de la clavicule, une blessure dont Tauwhare mesurait la gravité même à quelques pas de distance. La chair avait commencé à se nécroser, avec un faisceau hérissé de tentacules rouges rayonnant autour du fond noir de la plaie. Au pourtour, un semis de petits points sombres se découpait sur la peau blanche, empreinte de la brûlure de la poudre. C'était donc une blessure par balle : quelqu'un avait tiré sur Emery Staines à bout portant, il y avait déjà un certain temps.

— Vous avez besoin d'une médecine, dit Tauwhare.

— C'est cela même, approuva Staines. Tout à fait juste. Voulez-vous aller la chercher pour moi ? Je ne saurais vous exprimer ma reconnaissance. Pourtant, je vous demande pardon, je ne connais pas votre nom.

— Je m'appelle Te Rau Tauwhare.

Staines cligna des yeux, comme s'il le voyait pour la première fois, louchant un instant avant de maîtriser de nouveau son regard et de s'exclamer :

— Tu es donc maori ! Sommes-nous en terre maorie ?

— Là-haut, ce sont les terres maories.

Tauwhare montra du doigt les hauteurs à l'est, et Staines répéta en regardant dans la direction indiquée :

— Là-haut ? Mais toi, que fais-tu ici, si ton lopin est là-haut ?

— C'est ici la maison de mon ami, Crosbie Wells.

— Crosbie, marmonna Staines en fermant les yeux, Crosbie… Il s'est fait mettre dedans, hein ? Et il s'en est mis, jusque-là ! Dieu de Dieu, quel soiffeur ! Où est-il, alors ? Parti glaner des pépites dans les déblais ?

— Il est mort, dit Tauwhare.

— Je le regrette infiniment, marmonna Staines. Quel terrible coup du sort ! Et vous étiez son ami… son ami proche ! Et Anna… Recevez mes condoléances, je vous en prie… Mais j'ai encore oublié votre nom.

— Te Rau.

— En effet, c'est ça, approuva le blessé, qui se tut un moment, excédé de fatigue, avant de reprendre : Ça vous ennuierait de m'y mener, hein, mon vieux ? Vous voulez bien ?

— Mener où ?

— En terre maorie. Voyez-vous, j'ai enterré une pile d'or en terre maorie, et si vous m'aidez, je veux bien vous en donner un peu. Je vous paierai tout ce que vous voulez. Ce que vous voulez. Je me souviens exactement de l'endroit : il y a un arbre. L'or est au pied de l'arbre.

Il avait de nouveau fermé les yeux en parlant. Il les rouvrit à présent, mais le regard suppliant qu'il semblait vouloir fixer sur Tauwhare resta dans le vague. Tauwhare reprit son interrogatoire :

— Où avez-vous été, monsieur Staines ?

— Je cherchais mon trésor. Je sais qu'il se trouve en terre maorie… mais il n'y a rien pour indiquer les terres maories, n'est-ce pas ? Pas de bornes ou de clôtures. On m'a toujours dit qu'il est impossible de s'égarer sur la côte Ouest, avec les montagnes d'un côté et la mer de l'autre… mais j'ai tout de même perdu le nord, on dirait. Te Rau. Vous vous appelez bien Te Rau, n'est-ce pas ? Oui. Eh oui. Je me suis égaré.

Tauwhare s'avança et se mit à genoux. De près, la blessure avait plus mauvaise mine encore. Au cœur du noir, des escarres épaisses laissaient deviner du jaune en dessous. Il tendit la main, effleura la joue de Staines pour juger de sa température.

— Vous avez la fièvre, dit-il. Votre blessure est très mauvaise.

— Je ne l'ai même pas vu venir, repartit l'autre en le regardant fixement. Je débarquais juste, le bec enfariné. Rien ne saute aux yeux comme ça. Je ne l'ai pas vu venir. Ciel, ça réjouit le cœur de vous voir là ! Je suis vraiment navré d'être tellement confus.

Navré pour votre ami Crosbie. Croyez-moi. Vous disiez que vous aviez une médecine sur vous ?

— J'irai la chercher, promit Tauwhare. Attendez là.

Il n'avait pas grand espoir. Le jeune homme délirait, et il était trop mal en point pour regagner Hokitika sur ses propres jambes ; il faudrait le transporter sur un brancard ou dans une charrette, et Tauwhare connaissait assez l'hôpital de la ville pour savoir qu'on y comptait plus de morts que de guérisons. L'établissement avait une bâche de toile en guise de toit et des murs de bardeaux ; l'âpre bise de mer soufflait à travers les fentes entre les planches, chaque rafale accueillie par de nouvelles cacophonies de toux et de râles. Cela puait la saleté et la maladie. Il y avait une seule grande salle, sans eau fraîche ni linge propre. Les malades étaient obligés de dormir dans la promiscuité, parfois à plusieurs dans le même lit.

— Cinquante-cinquante, disait le blessé. Cela me semblait juste. Moitié pour vous, moitié pour moi. Alors, qu'il me dit, on fait équipe tous les deux ?

Tauwhare calculait la distance en esprit. Il pourrait regagner Hokitika en courant, avertir le Dr Gillies, louer une charrette ou un cabriolet et être de retour, au mieux, dans trois heures… Mais serait-ce assez tôt ? Le jeune homme survivrait-il ? La sœur de Tauwhare était morte de la fièvre, et elle avait vécu ses derniers jours dans un état proche de ce qu'il voyait à présent chez Staines… les yeux brillants, l'esprit à la fois vif et sans ressort, plein de divagations et de mots qui culbutaient les uns sur les autres. S'il s'en allait, il risquait d'abandonner le jeune homme à la mort. Mais que pourrait-il faire, en restant ? Soudain décidé, il inclina la tête et récita une *karakia* pour la guérison du malade :

— *Tutakina i te iwi. Tutakina i te toto. Tutakina i te iko. Tutakina i te uaua. Tutakina kia u. Tutakina kia mau. Tenei te rangi ka tutaki. Tenei te rangi ka ruruku. Tenei te papa ka wheuka. E rangi e, awhitia. E papa e, awhitia. Nau ka awhi, ka awhi.*

Il releva la tête.

— C'était un poème ? demanda Staines, les yeux fixes. Qu'est-ce que ça veut dire ?

— J'ai demandé la guérison de votre blessure. Maintenant je vais chercher la médecine, répondit Tauwhare.

Il posa son sac à terre, y prit sa gourde et la mit entre les mains du jeune homme, qui le questionna encore, en frissonnant :

— C'est la fumée ? Je n'y ai jamais touché, personnellement, mais ça vous ronge… comme une épine dans chacun de vos doigts et une ficelle qui vous serre le cœur… et on n'y échappe pas. Ça vous harcèle. Ça vous harcèle. Vous me paieriez bien une bouchée de fumée. Je crois que oui. Vous êtes une bonne pâte.

Tauwhare fit tomber le manteau de laine de ses épaules et l'étendit sur les jambes du malade.

— En attendant seulement que j'aie retrouvé l'arbre en terre maorie, poursuivit celui-ci. Vous pourrez avoir autant d'onces que vous voudrez. Mais il me faut de la bonne. Vous allez chez l'apothicaire ? J'ai un compte chez Pritchard. Il est franc du collier, Pritchard. Demandez-lui. Ce sera la première fois que je toucherai une pipe.

— C'est de l'eau, dit Tauwhare en désignant la gourde. Buvez-en.

Le jeune homme laissa de nouveau ses paupières s'abaisser :

— Vous êtes vraiment bien aimable.

— Restez là, commanda Tauwhare d'un ton ferme en se levant. Je vais à Hokitika, faire savoir aux autres où vous vous trouvez. Je serai de retour très vite.

— Juste un peu de la bonne, poursuivit Staines, sans rouvrir les yeux, tandis que Tauwhare quittait la cabane. Et quand vous serez de retour, nous irons battre les buissons, essayer de retrouver cet or. Ou bien nous commencerons par la fumée… Oui. Bien faire les choses. Quel amour sans retour que cette soif ! Mais est-ce bien de l'amour, quand c'est sans retour ? Mon Dieu ! Une médecine, qu'il dit. Lui, un Maori !

# MARS EN VERSEAU

*Où Sook Yong-cheng rend visite*
*à une très vieille connaissance, et Francis Carver*
*donne des conseils.*

Sook Yong-cheng, après avoir payé ce matin-là cinq livres l'article que l'on sait chez Brunton, Solomon & Barnes, avait aussitôt cherché une cachette. Le commerçant qui avait chargé l'arme se méfiait clairement de ses intentions, tout en acceptant son billet de banque sans se plaindre : il l'avait suivi jusqu'à la porte du magasin sous prétexte de le raccompagner, et Ah Sook, regardant à deux reprises en arrière, l'avait vu toujours là, les bras croisés, le front rembruni, le regard rivé dans son dos. Un Chinois qui s'achetait un revolver en payant comptant, alignant sans barguigner son argent sur le comptoir, refusant de lâcher un liard en sus du juste prix, et qui demandait encore à faire charger l'arme au magasin ? Il y avait là de quoi donner des soupçons que l'homme n'allait pas garder pour lui. Ah Sook savait parfaitement qu'il ne serait pas au carrefour de Weld-street et de Tancred-street que les langues et les rumeurs iraient déjà bon train. Il lui fallait trouver à se cacher jusqu'au soir, s'il voulait ensuite, sous le couvert de la nuit, se risquer jusqu'à la dernière chambre d'arrière du rez-de-chaussée de la *Couronne*.

Il n'y avait personne à Hokitika en qui Ah Sook eût suffisamment confiance pour solliciter son secours. Certainement pas Anna, plus maintenant. Mannering non plus. Ni Pritchard. Il n'avait jamais échangé plus de deux mots avec les autres conspirateurs de la *Couronne*, hormis avec Ah Quee, qui serait bien sûr à Kaniere, en train de laver les alluvions. Un instant, il pensa louer une chambre dans un des hôtels borgnes des quartiers est de la ville, quitte à régler la semaine d'avance, pour mieux cacher son jeu… Mais même là, il ne pourrait être sûr de passer inaperçu ; rien ne lui garantissait le silence du tenancier. Déjà sans la rumeur, sa présence à Hokitika un lundi matin ne risquait que trop d'attirer les regards. Mieux valait ne pas se fier à la discrétion d'autrui. Il décida de se cacher plutôt avec son pistolet dans la ruelle parallèle à Revell-street et à Tancred-street. C'était à vrai dire un simple sentier défoncé, se faufilant entre les arrières des hôtels et des grands magasins dont la façade sur Revell-street regardait vers l'ouest et les cours des bicoques de Tancred-street orientées à l'est. Il y avait là plus d'un recoin où se terrer, et la venelle était assez centrale pour offrir une abondance d'issues des deux côtés. Surtout, elle était peu fréquentée, empruntée seulement par les artisans, les petits facteurs et les gens de service des hôtels.

Ah Sook trouva une cachette sur le terrain derrière un comptoir de vins et spiritueux. Une tôle ondulée, posée contre la paroi d'un cabinet d'aisances, y formait une sorte d'appentis, ouvert aux deux bouts, mais caché des passants dans la ruelle par un gros buisson de lin indigène et, des arrières du magasin, par la pompe des cabinets. Ah Sook s'introduisit à quatre pattes dans cet espace triangulaire et s'y assit à son aise, les jambes croisées. Il y était toujours trois heures plus tard, lorsque M. Everard déboula dans Revell-street en annonçant à tue-tête à tous les crieurs publics que George Shepard avait un mandat pour arrêter un Chinois.

À ces paroles de M. Everard, Ah Sook tressaillit de tout son corps. Il pouvait désormais être certain que Francis Carver serait sur ses gardes. Mais il avait toujours un avantage dont l'autre était loin de se douter : grâce à Walter Moody, Ah Sook savait exactement où il le trouverait, et quand. Mandat ou non, George Shepard ne lui avait pas encore mis la main au collet ! Il prêta l'oreille aux cris qui se répercutaient tout le long de Revell-street ; lorsque le bruit alla enfin se perdre au loin, il ferma les yeux, un léger sourire aux lèvres.

— Qu'est-ce que tu fais là ?

Ah Sook sursauta. Un jeune de vingt-cinq ans environ, mal lavé, portant une veste de grosse toile et une chemise sans col, se dressait au-dessus de lui, une main sur la porte des cabinets.

— Tu n'as pas le droit, tu sais, reprit-il en fronçant le sourcil. C'est une propriété privée. La cour est à M. Chesney. Tu ne peux pas te mettre n'importe où, comme ça te chante.

— À qui tu parles, Ed ? vint une autre voix, du côté du magasin.

— Il y a un Jaune là… assis tranquillement. À côté des cabinets.

— Comment ? Un quoi ?

— Un Chinois.

— Il se sert de nos lieux ?

— Non, il est à côté. Assis par terre.

— Eh ben, dis-lui de décaniller.

— Allez, va-t'en, dit le jeune en poussant doucement Ah Sook du bout de son brodequin. Allez, va ! Tu ne peux pas rester là.

— Qu'est-ce qu'il fabrique, Ed ? Qu'est-ce que tu disais ? demanda encore la voix.

— Mais rien, répondit l'interpellé. Il est assis par terre, c'est tout. Il a un pistolet.

— Comment ?

— Je dis qu'il a un pistolet.

— Qu'est-ce qu'il fait avec ?

— Mais rien. Il ne fait rien de mal, il n'en a pas l'air.

Il y eut un silence, puis la même voix se fit entendre :

— Il est parti ?

— Va-t'en, répéta Ed à Ah Sook avec un geste à l'appui. Allez !

Secouant enfin sa torpeur, Ah Sook sortit de dessous la tôle et s'éloigna à la hâte… conscient à chaque pas des yeux perplexes du commis de magasin, attachés sur lui. Il baissa la tête, serra le pistolet contre sa poitrine et s'esquiva derrière un écran de linge mis à sécher, puis dans les odeurs d'avoine de l'écurie de l'*Hôtel Impérial.* À travers les hennissements et le piétinement des bêtes, il entendait les deux hommes poursuivre leur échange à distance, parlant de lui. Il savait qu'on ne tarderait pas à lui donner la chasse ; il fallait se cacher, et vite, avant l'hallali. Ah Sook courut le long des stalles, jusqu'à la porte au bout, et coula un coup d'œil pardessus le volet bas. Les arrière-cours se suivaient à la file, chacune avec sa cuisine en appentis, sa porte d'office ou entrée de service, ses latrines, sa fosse à ordures. Où serait-il le plus en sûreté ? Lorsque son regard vint se poser sur le petit groupe de bâtiments du camp de police et, en leur milieu, sur la cabane de bois occupée par George Shepard, son cœur sauta soudain dans sa poitrine. Eh ! pourquoi pas ? pensa-t-il dans un accès d'audace. Ce serait bien le dernier endroit à Hokitika où on penserait à le chercher.

Il traversa la piste étroite entre l'écurie et la palissade du camp de police, alla droit à la maison du geôlier en chef et frappa un coup sec à la porte de la cuisine. En attendant la réponse, il promena autour de lui un coup d'œil rapide. Il n'y avait pas un chat dans la ruelle, ni dans les cours de part et d'autre. Sauf le hasard d'un observateur indiscret dans l'un ou l'autre des hôtels… et ce n'était pas impossible, à l'abri du verre cathédrale… personne ne pouvait le voir, son pistolet à la main, dans l'ombre de l'appentis de George Shepard.

— Qui est là ? demanda une voix de femme de l'autre côté de la porte.

— Pour Margaret, articula Sook Yong-cheng en approchant les lèvres des planches.

— Qui parle ?

— Pour Margaret Shepard.

— Mais qui est-ce ? Qui veut la voir ?

Elle aussi, lui semblait-il, avait mis sa bouche tout contre le bois du battant ; peut-être se penchait-elle vers lui, de l'autre côté.

— Sook Yong-cheng, dit-il, se nommant, puis, comme rien ne venait : Si plaît.

La porte s'ouvrit. C'était elle.

— Margaret, prononça Ah Sook, ému, en s'inclinant.

Il ne se permit de mieux l'examiner que dans un second temps, en relevant la tête. Comme Lydia Wells, elle aussi paraissait presque inchangée depuis leur dernière rencontre, au tribunal de Sydney, où elle avait apporté le témoignage… le faux témoignage !… qui lui avait sauvé la vie. Certes, il voyait sur sa tête des fils d'argent, de part et d'autre de la raie, et ses cheveux semblaient devenus plus secs, cassants, avec quelques maigres mèches, échappées à la résille, qui lui ceignaient le front comme d'une auréole de brume. Hormis ce petit signe d'âge, ses traits demeuraient cependant en gros les mêmes : les mêmes yeux délavés, hantés par l'effroi ; les mêmes dents de lapin ; le même nez cassé, à l'arête déviée ; les mêmes lèvres aux contours brouillés ; le même air à la fois ahuri et intimidé, toujours sur le qui-vive. Comme l'aspect d'un visage connu remue la mémoire ! Dans un éclair, Ah Sook la revit prendre place à la barre en joignant proprement ses mains gantées dans son giron, se tourner vers le procureur avec un battement des paupières, tousser deux fois dans un minuscule carré de batiste qu'elle fourra ensuite dans le revers de sa manche pour de nouveau entrelacer les doigts. Il l'entendit mentir pour le sauver, lui, de la mort.

Elle le regardait fixement. Enfin, elle murmura entre ses dents des mots entrecoupés d'un rire semblable à un hoquet :

— Seigneur Dieu, mais qu'est-ce… ? Monsieur Sook… qu'est-ce que… ? Mais Seigneur Dieu ! Vous êtes l'objet d'un mandat d'arrêt… le savez-vous ? George a fait lancer un mandat !

— Moi pouvoir entrer ?

Il tenait le pistolet collé contre sa cuisse, le corps à demi tourné pour le dissimuler. Elle ne l'avait pas encore remarqué, mais une rafale de vent s'engouffra par la porte ouverte pendant qu'il parlait, comme une vague qu'on voyait déferler, faisant frémir et vibrer toutes les cloisons de calicot, et elle le tira à l'intérieur (« vite ! allez, vite ! »), refermant la porte avant d'ajouter dans un chuchotement :

— Pourquoi êtes-vous venu ?

— Vous femme très bonne, Margaret.

— Non, protesta-t-elle, le visage soudain décomposé. Non.

— Vous très bonne, insista Ah Sook en hochant la tête.

— Vous me mettez dans une position terrible, murmura-t-elle. Qu'est-ce qui vous dit que je ne vais pas envoyer chercher George ? Je *devrais* ! Il y a un mandat d'arrêt… et je ne savais même pas, monsieur Sook. Je n'avais pas la moindre idée que vous vous trouviez dans ce pays-ci, jusqu'à ce matin. Pourquoi êtes-vous venu ?

Avec des gestes très lents, Ah Sook sortit le pistolet de derrière son dos.

La femme plaqua une main sur sa bouche.

— Vous cacher moi, dit-il.

— Je ne peux pas, se récria Mme Shepard derrière l'écran de sa main, sans ôter les yeux de dessus le pistolet. Vous ne savez pas ce que vous me demandez, monsieur Sook.

— Vous cacher moi, jusqu'à nuit, répéta Ah Sook. Si plaît.

Elle remua les lèvres, comme en se mordillant la paume, baissa enfin vivement la main et demanda :

— Où irez-vous quand il fera nuit ?

— Moi tuer Carver, déclara Ah Sook.

— *Carver…*

Elle poussa un gémissement et s'éloigna à petits pas rapides en agitant la main dans une supplication muette : qu'il cache l'arme à ses regards.

— Si plaît, Margaret, reprit Ah Sook sans bouger.

— Je n'aurais jamais imaginé que j'allais vous revoir, fit-elle. Jamais, même en rêve…

Elle ne termina pas la phrase. On frappait à la porte… la porte de la rue, cette fois, à l'autre bout de la maison.

Margaret Shepard en perdit le souffle. Un instant, Ah Sook crut qu'elle allait vomir. Mais non, elle se jetait sur lui et le poussait, les deux mains sur sa poitrine, tout en parlant dans un murmure affolé :

— Allez. Dans la chambre. Mettez-vous sous le lit. Qu'on ne vous voie pas. Allez. Allez. *Allez !*

Elle le propulsa dans la chambre à coucher qu'elle partageait avec le geôlier en chef. C'était une pièce bien tenue, avec deux commodes et un lit de fer à la tête surmontée d'une unique pièce de broderie religieuse, agrafée à la charpente. Ah Sook n'eut pas le temps de regarder autour de lui. Il tomba à genoux et se glissa sous le lit, le pistolet toujours à la main. La porte fut refermée, la chambre plongée dans l'obscurité. Ah Sook entendit des pas dans le couloir, puis le bruit du loquet soulevé. Il roula sur le côté. À travers la cloison de calicot, un carré clair s'élargit et une tache noire s'y avança, comme un nuage au beau milieu. Ah Sook perçut soudain la fraîcheur du vent.

— Bonjour, madame Shepard. Je cherche votre mari. Est-il à la maison ?

Ah Sook se roidit. Il connaissait cette voix-là.

Margaret Shepard avait apparemment répondu par un signe négatif, car Francis Carver reprit :

— Voulez-vous bien me dire où je pourrais le trouver ?

— Là-haut, monsieur, sur le chantier, murmura-t-elle, à peine audible.

— Il est donc à Seaview. C'est ça ?

— Oui, monsieur.

Ah Sook berça le Kerr Patent dans ses deux mains. Il n'y aurait rien de plus facile que de s'extraire de sa cachette, se relever et plaquer le canon contre la cloison. La balle traverserait le calicot comme de l'air. Mais comment pourrait-il être certain de ne pas blesser Mme Shepard ? Il scruta la noirceur, cherchant à distinguer où s'arrêtait l'ombre de Carver et où commençait celle de la femme.

— On a donné l'alerte, disait Carver. Shepard a fait délivrer un mandat d'arrêt. Notre vieil ami Sook est en ville. Armé et en liberté.

L'épouse du geôlier ne dit rien. Dans la chambre, Ah Sook commença à se glisser vers la ruelle du lit.

— C'est moi qu'il cherche, poursuivit Carver.

Pas de réponse : peut-être avait-elle hoché la tête.

— Bref, votre mari m'a rendu un fier service en sonnant l'alarme. Faites-lui savoir que j'apprécie.

— Je n'y manquerai pas.

— Je me suis laissé dire, reprit Carver, qui ne semblait pas avoir envie de partir, que notre ami se trouverait à Hokitika depuis la fin de l'année passée. Vous avez bien dû le croiser.

— Non, murmura-t-elle.

— Vous ne l'avez jamais vu ? Ou jamais su ?

— Je n'ai jamais su. Pas avant… ce matin.

Dans la chambre, Ah Sook se dressait sur ses genoux, puis se mettait debout, son pistolet toujours braqué sur le pan de calicot et l'ombre qui s'y dessinait. Il se mit à approcher de la cloison. S'il inclinait le canon… s'il tirait de biais plutôt qu'en droite ligne…

— Eh bien, George savait, disait Carver. Depuis assez longtemps. Il le gardait à l'œil. Il ne vous en a pas parlé ?

— Non, chuchota Mme George.

Il y eut encore un silence.

— Eh oui, ça se conçoit, prononça Carver.

Ah Sook était parvenu à l'encadrement de la porte de la chambre. Il se trouvait à six pieds environ de l'entrée principale qui s'ouvrait au delà du carré clair ; une double épaisseur de calicot était tout ce qui le séparait de Francis Carver. Carver était-il armé ? Il n'y avait pas moyen de le savoir, à moins d'ouvrir la porte et de l'affronter en face… ce qui lui ferait gaspiller des secondes précieuses et perdre l'avantage de la surprise. Pourtant, il n'osait toujours pas tirer, de peur de blesser Mme Shepard. Il plissait les yeux, interrogeant les formes qui se découpaient sur le tissu, essayant de comprendre où se tenait la femme. La porte s'ouvrait-elle à gauche ou à droite ?

La noirceur de l'ombre parut s'épaissir.

— Vous l'avez payé toute votre vie, n'est-ce pas ? demanda Carver.

Silence.

— Et le compte n'y est toujours pas.

Silence.

— Il n'a que faire de votre repentir, dit Carver. Croyez-moi, madame Shepard. Votre mortification n'est pas ce qu'il recherche. Il veut quelque chose qu'il peut faire sien, quelque chose qui n'appartiendrait qu'à lui. George Shepard veut sa vengeance.

— George a horreur de l'idée même de la vengeance, riposta Mme Shepard, s'enhardissant enfin. Il dit qu'elle est brutale. Que la vengeance est un acte de jalousie, et non de justice.

— Il a raison. Mais chacun est jaloux de quelque chose.

La tache sombre occupant le milieu de l'ouverture s'estompa alors, s'évanouit, et Ah Sook entendit les pas de Carver s'éloigner. La porte de la maison se referma. Un bruit de ferraille annonça que Mme Shepard la verrouillait et remettait la chaîne. Il y eut alors des pas encore, plus légers, s'approchant, et la porte de la chambre s'ouvrit. Interloquée, Mme Shepard regarda d'abord Ah Sook, puis l'arme dans sa main.

— Espèce de fou ! s'exclama-t-elle. En plein jour ! Et avec l'agent à cinq pas !

Ah Sook garda le silence. Mme George sembla de nouveau prise du hoquet. Sa voix se hissa à un registre entre chuchotement et cri :

— Avez-vous bien toute votre tête ? Songez-vous à ce qui serait advenu de moi... de *moi*... si vous aviez abattu cet homme sur le pas de ma porte ? Comment avez-vous pu ?... à quoi pensiez-vous ?... avec l'agent juste là, à cinq pas... sans même... et George !... Seigneur Dieu vivant !

— Désolé, fit Ah Sook, honteux, en baissant les bras.

— Je serais pendue, affirma Margaret Shepard. Pendue haut et court. George y veillerait.

— Pas mal, dit Ah Sook.

— Non, il n'y aurait pas de mal, on peut le dire, répliqua la femme, son hystérie tournant à l'amertume.

— Beaucoup désolé, Margaret.

Il regrettait réellement. Peut-être avait-il laissé passer sa chance. Peut-être le jetterait-elle maintenant à la rue, ou bien elle enverrait chercher son mari, ou elle appellerait l'agent... et il serait arrêté, et Carver resterait en liberté, impuni.

Elle s'avança et lui ôta doucement le revolver de la main. Elle ne garda l'arme entre les siennes qu'une fraction de seconde, avant de la ranger sur l'étagère, en prenant soin de détourner le canon. Cela fait, elle demeura un moment indécise, évitant de regarder l'homme. Il l'entendit prendre son souffle plusieurs fois, profondément. Il attendit.

— Vous resterez ici jusqu'à la nuit tombée, lâcha-t-elle enfin, à voix basse, toujours sans le regarder. Vous resterez sous le lit jusqu'à la nuit, jusqu'à ce que vous puissiez repartir sans danger.

— Margaret, dit Ah Sook.

— Comment ? chuchota-t-elle en reculant, dardant un coup d'œil rapide à la lampe, puis à la tête du lit. Qu'est-ce qu'il y a ?

— Merci, dit Ah Sook.

Elle le dévisagea fugitivement, baissa presque aussitôt le regard et murmura en fixant son buste et son ventre :

— Cette tunique vous fait trop remarquer. Vous ne pourriez pas être plus chinois. Attendez là.

Elle revint dix minutes après, une veste et un pantalon sur le bras, un chapeau mou à la main :

— Essayez voir. Je reprendrai le pantalon à votre mesure, et vous pourrez emprunter une chemise à la lingerie de la prison. Vous allez partir d'ici en Anglais, monsieur Sook, ou vous ne partirez pas.

## *NGA POTIKI A REHUA* / LES ENFANTS D'ANTARÈS

*Où M. Staines prend sa médecine, et Mlle Wetherell fait une chute.*

Te Rau Tauwhare arriva à la droguerie de Pritchard à trois heures et demie ; avant quatre heures, il reprenait la route du nord avec l'apothicaire, à bride abattue, dans un cabriolet loué à l'instant et attelé de deux chevaux. Pritchard conduisait debout, les genoux fléchis, nu-tête, sourd au danger, fouaillant les bêtes, dont le poitrail déjà écumait. Un objet déformait la poche de sa redingote : un flacon de laudanum, agité par la course folle, le liquide couleur de rouille laissant sur la paroi de verre comme un lavis gras, tantôt épaissi, tantôt délayé, chaque fois que les roues du cabriolet passaient sur un gros caillou. Tauwhare s'accrochait des deux mains au dossier du siège, luttant contre les haut-le-cœur.

— Et c'est moi qu'il veut voir, se disait Pritchard, exalté. Pas le docteur… *Moi !*

Φ

Charlie Frost, interrogé par M. Fellowes, dit la vérité. Oui, l'or déposé chez le défunt Crosbie Wells avait été trouvé déjà amalgamé, en briques. Le travail avait été exécuté par le fondeur chinois Quee Long, qui jusqu'à ce matin même avait été le seul ouvrier employé sur la concession de M. Staines, l'*Aurore*. L'avocat prit note de tout et remercia courtoisement le jeune banquier de son assistance. Il produisit alors l'acte de donation sauvé du feu qu'il avait reçu d'Anna Wetherell et le tendit à son informateur sans un mot de commentaire.

— Mais il l'a signé ! s'exclama Frost, étonné, au premier regard.

— Pardon ?

— Emery Staines a signé ce document, je ne sais quand au juste, dans le courant de ces derniers mois, répéta Frost d'un ton ferme. À moins que la signature ne soit un faux, évidemment… mais je connais son écriture : c'est bien sa griffe. La dernière fois que j'ai vu ce papier, il y avait un blanc à côté de son nom. Pas de signature.

— Il serait donc vivant ? conclut l'homme de loi.

Φ

Benjamin Löwenthal, s'engageant dans Collingwood-street, fut surpris de trouver porte close à la droguerie de Pritchard et une carte en vitrine annonçant que l'officine était fermée. Il fit le tour du bâtiment et découvrit l'assistant de Pritchard, un garçon du nom de Giles, assis sur les marches de la porte de derrière, occupé à lire un journal.

— Où est passé M. Pritchard ? demanda Löwenthal.

— Il est sorti, répondit le garçon. Que lui vouliez-vous ?

— Des pilules hépatiques.

— C'est un renouvellement ?

— Oui.

— Je peux vous servir. Entrez donc par ici.

Le garçon posa son journal, et Löwenthal se laissa conduire au magasin en traversant le laboratoire de Pritchard.

— Ce n'est pourtant pas son genre, à Jo, d'abandonner son poste un lundi après-midi, dit le journaliste, tandis que l'autre préparait l'ordonnance.

— Il est parti avec un naturel.

— Tauwhare ?

— Je ne sais pas son nom. Il est arrivé dans tous ses états. Il n'y a pas deux heures. Il a dit un mot à M. Pritchard, et M. Pritchard m'a envoyé louer un cabriolet pour eux deux, et ils sont partis pour l'Arahura à fond de train comme une paire de vengeurs masqués.

— Tiens ! tiens ! fit Löwenthal, curieux. Vous n'avez pas réussi à savoir pourquoi ?

— Non, mais M. Pritchard a emporté tout un flacon de laudanum, et encore des poudres plein la poche. Le naturel disait : « Il a besoin de médecine »... je l'ai entendu. Mais il n'a pas dit qui. Et M. Pritchard n'arrêtait pas de répéter des mots auxquels je n'ai rien compris du tout.

— À savoir ?
— « La balle de la putain », dit le garçon.

Φ

— Tiens !... Anna Wetherell !
Le ton de Clinch n'exprimait pas tant la surprise qu'un véritable coup au cœur.
— Bonjour, Edgar.
— Mais que faites-vous là ? Bien sûr, vous y êtes la très bienvenue. Mais que voulez-vous ? balbutia-t-il en sortant de derrière son comptoir.
— J'ai besoin d'un endroit où me mettre. Jusqu'à cinq heures. Puis-je abuser de votre hospitalité pendant ce petit moment ?
— Abuser... mais vous n'abusez pas du tout, s'écria l'hôtelier en s'avançant encore pour lui prendre les deux mains. Bien sûr que vous pouvez... ça va de soi, voyons ! Venez donc dans mon bureau ! Et si nous prenions le thé ? Avec des biscuits ? Quel plaisir de vous revoir ! Je suis tellement content ! Et votre maîtresse, où est-elle ? Et où irez-vous à cinq heures ?
— J'ai rendez-vous au tribunal, dit Anna Wetherell en lui retirant avec ménagement ses mains pour esquisser un pas en arrière.
— Vous avez été citée à comparaître ? demanda anxieusement Clinch, dont le sourire s'effaça aussitôt. Vous allez être jugée ?
— Mais non. J'ai pris un avocat, c'est tout. De mon plein gré.
— Un avocat !
— Oui. Je vais contester les droits de la veuve.
— Par exemple ! s'exclama Clinch, ébahi, retrou-

vant le sourire pour maquiller sa perplexité. Il faudra me raconter toute l'histoire, Anna… en prenant le thé, j'y insiste. Je suis tellement content de vous revoir là.

— Et moi, je suis contente de l'entendre. J'avais peur que vous ne m'ayez gardé rancune.

— Contre vous, jamais ! Au grand jamais… Pourquoi donc ?

L'instant d'après, il comprit :

— Vous allez contester les droits de la veuve sur… l'or.

— Il y a un document qui me nomme héritière, expliqua Anna en soulignant ses mots d'un hochement de tête que Clinch accueillit avec une grimace de douleur.

— Ah bon ? fit-il. Signé et en règle ?

— Retrouvé chez Crosbie Wells. Dans le fourneau. Quelqu'un avait essayé de le brûler.

— Mais la signature ?

— Deux mille livres. Oh ! s'exclama Anna. Vous avez toujours été comme un père pour moi, Edgar… Je peux bien vous le dire. Il voulait me faire un cadeau ! Un cadeau de deux mille livres, comme ça, d'un coup. Il m'aime. Il m'a toujours aimée !

— Qui donc ? demanda Edgar Clinch d'un ton aigre, mais il savait déjà la réponse.

Φ

Regagnant ses bureaux dans Weld-street, Löwenthal s'entendit appeler par son nom. Il se retourna et vit Dick Mannering qui s'approchait à grands pas, un journal sous le bras.

— J'ai une nouvelle bien croustillante pour vous,

Ben, clama le magnat. Mais vous êtes peut-être déjà au courant. Voulez-vous l'entendre ? Un morceau de choix !

— Quoi donc ? demanda distraitement Löwenthal d'un air maussade.

— Le bruit court que George Shepard a demandé un mandat d'arrêt contre M. Sook. Apparemment, on a vu M. Sook ce matin à Hokitika, et il s'est acheté comptant un revolver militaire ! Qu'en dites-vous ?

— Il a l'intention de s'en servir ?

— Pourquoi achète-t-on une arme, sinon pour s'en servir ? repartit Mannering, jovial. Nous allons sans doute avoir un règlement de comptes en pleine rue. L'arme au poing… à l'américaine !

— Moi aussi, j'ai une nouvelle, dit Löwenthal en arrivant au carrefour de Revell-street, où tous deux prirent au sud. Encore un bruit qui court… et croustillant à souhait.

— Au sujet de notre ami Sook ?

— Au sujet de notre ami Staines.

Φ

Quee Long était chez lui à China-Town, en train de couper des légumes pour la soupe, quand il entendit un bruit de chevaux approchant, puis une voix qui le hélait. Il alla à l'entrée de la cabane et, d'une main, écarta la toile de jute qui masquait l'ouverture.

— Hé, toi ! dit le propriétaire de la voix en mettant pied à terre. Tu as été cité à comparaître. Je suis là pour te mener au tribunal de Hokitika.

— Pas Ah Sook, protesta Quee Long en levant haut les mains. Moi Ah Quee.

— Je sais qui tu es, nom de nom, répondit l'homme, et c'est bien toi que je cherche. Allez, viens, c'est pressé. Il y a un tape-cul qui t'attend. Viens !

— Ah Quee, répéta celui-ci.

— Je sais. C'est rapport au magot que tu as tiré de l'*Aurore*.

— Arahura ? demanda Ah Quee, qui avait mal entendu.

— C'est ça, confirma l'autre. Maintenant dépêche-toi. Tu as été cité à comparaître par M. John Fellowes, avocat près la cour.

Φ

En quittant la Banque de réserve, Fellowes se rendit chez Harald Nilssen, dans les locaux de Nilssen & Cie. Il trouva le commissionnaire dans son bureau, en train de dresser un bilan pour le compte de George Shepard. C'était une tâche fastidieuse, et Nilssen se réjouit de l'interruption… jusqu'à ce que l'avocat lui mît entre les mains l'acte sauvé du feu, portant les signatures d'Emery Staines et de Crosbie Wells. Aussitôt, son visage changea de couleur.

— Avez-vous déjà vu ce document ? demanda Fellowes.

Nilssen cependant avait tiré la leçon de ses erreurs passées.

— Avant de vous répondre, commença-t-il prudemment, j'aimerais savoir de la part de qui vous venez, et dans quel but.

— Question légitime, approuva l'avocat. La fille Wetherell a reçu ce document dans la matinée, d'une source anonyme. On l'a glissé sous la porte à un moment où sa maîtresse était absente. C'est une jolie somme, et je vois difficilement comment elle pourrait lui échapper. Mais ça sent l'embrouille, à plein nez. Nous ne savons pas qui lui a transmis ce papier… ni pourquoi.

Nilssen avait une fois déjà trahi Cowell Devlin ; il n'avait pas l'intention de recommencer. Prenant sur lui pour ne rien laisser paraître, il répondit :

— Je vois. Vous travaillez donc pour Mlle Wetherell.

— Nenni ! Je ne veux pas que mon nom soit associé à celui d'une putain ! Je fais une petite enquête pour mon compte, c'est tout. Pour prendre le vent.

— Bien sûr, murmura Nilssen. Je vous demande pardon.

— C'est vous qui avez liquidé la succession de Crosbie Wells. Tout ce que je veux savoir, c'est si ce papier se trouvait parmi ses effets au moment où vous avez été commissionné pour vider le logis.

— Non, il n'y était pas, répondit Nilssen (ce n'était pas faux). Et nous avons bien tout débarrassé, vous pouvez m'en croire.

— Bien, dit Fellowes. Je vous remercie.

Il se releva. Lorsque Nilssen fit de même, la cloche de la chapelle Wesleyenne sonna l'heure : cinq heures moins le quart.

— À propos, vous avez fait vous-même une belle donation, ajouta l'avocat en s'apprêtant à prendre congé. Votre contribution à la construction de la nouvelle prison à Seaview. Voilà un acte bien louable.

— Merci, dit Nilssen à son tour, d'un ton acerbe.

— Il est rare de nos jours de rencontrer un

homme véritablement charitable. Vous avez toute mon estime, monsieur.

Φ

— Monsieur Staines ?

Les paupières du jeune homme se relevèrent en tremblotant sur des yeux brouillés, qui mirent un moment à venir se fixer sur Joseph Pritchard, penché au-dessus de lui.

— Tiens, c'est Pritchard, s'exclama-t-il. L'apothicaire.

Pritchard avança la main et dégagea doucement le col, puis la chemise de Staines, pour mettre à nu la blessure nécrosée. Le blessé ne protesta pas. Son regard, insistant, ne quitta pas les traits du pharmacien, tandis que celui-ci examinait la plaie.

— Vous avez réussi à mettre la main sur un petit morceau ? murmura-t-il.

— Un morceau de quoi ? demanda Pritchard d'un air sombre.

— De chandoo. Vous aviez dit que vous m'en offririez un morceau.

— J'ai apporté quelque chose pour calmer la soif, répondit sèchement Pritchard. La fumée bleue vous fait envie maintenant, si je comprends bien ? Vous avez une méchante plaie là.

— La soif, oui. Je l'ai comparée à une épine. Je n'ai même pas entendu le coup partir, voyez-vous. Sur le moment, j'étais dans le cercueil.

— Depuis combien de temps vous trouvez-vous ici ? Quand avez-vous mangé pour la dernière fois ?

— Trois jours, dit le jeune homme. Est-ce bien trois jours ? C'est très gentil à vous. On ne peut plus aimable. Il pouvait être minuit, je pense. L'envie m'est venue de faire une petite promenade.

— Il délire, déclara Pritchard.

— Oui. Mourra-t-il ? demanda Tauwhare.

— Il n'a pas l'air trop amaigri, opina le pharmacien en tâtant du dos de la main le front et les joues du malade. Quelqu'un a dû le nourrir… ou bien il a réussi à glaner lui-même de quoi manger, par où il est passé. Sapristi ! Huit semaines. Il n'a pas survécu rien qu'en priant le bon Dieu.

Le regard de Staines, de nouveau distrait, tomba sur Tauwhare, qui se tenait debout derrière Pritchard. Sa bouche esquissa un sourire, tandis qu'il le félicitait :

— Les Maoris sont les meilleurs de tous les guides. Tu feras parfaitement l'affaire.

— Écoutez-moi, lui dit Pritchard en rajustant le col de sa chemise par-dessus la blessure. Il faut vous sortir de là, monter dans notre cabriolet. Nous allons vous ramener à Hokitika, où le Dr Gillies pourra extraire la balle de votre épaule. Une fois en voiture, je vous donnerai quelque chose pour calmer la soif. D'accord ?

— Hokitika, bredouilla le jeune homme, dont la tête était retombée sur la poitrine. Anna Magdalena.

— Anna est à Hokitika, elle vous attend. Allez, on y va. Le plus tôt sera le mieux. Vous serez en ville avant le soir.

— Il a composé un air pour elle. En gage. Je n'ai jamais fait de vœu, moi.

Pritchard souleva le bras sain de Staines, le drapa autour de son épaule et se remit debout. Tauwhare prit le blessé à bras-le-corps et, ensemble, les deux hommes le sortirent de la cabane et le hissèrent dans le cabriolet, tandis qu'il continuait à divaguer. Sa peau était moite de sueur, et très chaude. Ils l'installèrent sur le siège de façon à pouvoir se placer de part et d'autre et le retenir ainsi de tomber en avant. Tauwhare lui recouvrit de nouveau les jambes de son manteau. Enfin, Pritchard tira le flacon de laudanum de sa poche et le déboucha.

— C'est très amer, je suis désolé, mais ça calmera la soif, annonça-t-il en soutenant d'une main la nuque de Staines pour, de l'autre, porter le récipient à sa bouche. Voilà. Oui, parfait. Ça descend tout seul, hein ? Encore une gorgée. Voilà. Et encore une. Et maintenant mettez-vous à votre aise, jeune homme, et fermez les yeux. Vous allez dormir.

Φ

Alistair Lauderback, en quittant le palais de Justice de Hokitika, se rendit directement au bureau de l'agent maritime Thomas Balfour. Il jeta son exemplaire de l'acte de vente de l'*Adieu-vat* sur le comptoir, prit une chaise sans y être invité et poussa un cri du cœur :

— Il recommence, Tom ! Ça y est, Francis Carver recommence ! Crénom ! Il va me saigner à mort ! Jusqu'à ma dernière heure !

Balfour mit un temps considérable à démêler le sens de cette lamentation dramatique, à comprendre les subtilités du système de protection et indemnité aux termes duquel l'*Adieu-vat* était assuré et, enfin, à exprimer l'opinion que Lauderback aurait peut-être intérêt à s'avouer vaincu, du moins pour cette fois. Francis Carver semblait réellement avoir gagné la partie. La signature à double entente était un tour de force contre lequel il n'y avait guère de recours, et quant à l'assurance de l'*Adieu-vat*, Carver était légalement en droit de réclamer le montant de la garantie, d'ailleurs M. Garrity lui-même avait approuvé le paiement. Le politicien cependant, peu d'humeur à entendre raison, persista à soupirer, à s'arracher les cheveux et à agonir Francis Carver. À cinq heures, la patience de Balfour était largement épuisée.

— Je ne suis pas votre homme, dit-il finalement. Je ne connais rien aux subtilités de la loi. Vous devriez en parler à quelqu'un d'autre.

— À qui donc ?

— Allez voir le commissaire.

— Il est en déplacement.

— Le juge, alors ?

— À la veille des élections ! Vous n'y pensez pas !

— Eh bien, il y a toujours Shepard. Montrez ceci à George Shepard et demandez-lui ce qu'il en pense.

— Je suis mal avec M. Shepard.

— D'accord, concéda Balfour, à bout. Mais Shepard, lui, est mal avec Carver, ne l'oubliez pas ! Il pourra peut-être vous donner barre sur lui.

— Shepard ? Qu'a-t-il contre Carver ? demanda Lauderback.

— Ils se sont connus au bagne, répondit Balfour en lui lançant un regard noir. À Port-Jackson. Cockatoo-Island. Carver a fait son temps avec Shepard comme garde-chiourme.

— Ah !

— Vous ne le saviez pas ?

— Non. Pourquoi devrais-je le savoir ?

— Il n'y a pas de raison. Je pensais simplement que vous seriez peut-être au courant.

Lauderback ne se laissa pas ébranler.

— George Shepard, dit-il, je ne le connais pas de ma première chemise.

Φ

Aubert Gascoigne conclut en milieu d'après-midi l'affaire qui l'avait appelé à la Banque de réserve ; au coup de cinq heures, il était de retour au palais de Justice, en train de rédiger pour le *West Coast Times* sa chronique judiciaire du jour. Il fut surpris, lorsque la porte du vestibule s'ouvrit, de voir entrer Anna Wetherell.

Elle se borna cependant à le saluer au passage en allant serrer la main de Fellowes, avec qui elle échangea quelques mots que Gascoigne ne saisit pas. L'avocat l'introduisit alors dans un cabinet séparé et ferma la porte.

— Qu'a-t-elle à faire avec Fellowes, Anna ? demanda Gascoigne à son collègue Burke.

— Je n'en ai pas la moindre idée, répondit l'autre. Elle est passée tantôt, alors que vous étiez à la banque. Elle voulait consulter un avocat pour une affaire privée.

— Pourquoi ne me l'avez-vous pas dit ?

— Parce qu'il n'y avait rien à dire. Tiens, voilà le gouverneur Shepard.

George Shepard venait droit à eux :

— Monsieur Gascoigne, monsieur Burke. Je vous souhaite le bonjour.

— À vous de même.

— J'ai demandé un mandat d'arrêt contre un Chinois.

— Il est prêt, monsieur.

Burke alla chercher le document. Shepard attendit, maîtrisant mal son impatience, les mains sur les hanches, tapotant des doigts. Gascoigne ne quitta pas des yeux la porte du cabinet de Fellowes. Il entendit soudain, de l'autre côté, un grand bruit sourd… comme d'un corps tombant dans un escalier… et l'instant d'après Fellowes criait à l'aide :

— Quelqu'un, venez me donner un coup de main !

Gascoigne traversa la salle et ouvrit la porte du cabinet. Anna Wetherell gisait à terre, les yeux fermés, la bouche entr'ouverte ; l'avocat était à genoux à son côté, en train de lui secouer le bras.

— Elle a son compte, dit Fellowes. Elle s'est effondrée, tout d'un coup, en travers de la table ! Je n'ai rien fait ! Je ne l'ai pas touchée !

Le ton était suppliant. Le geôlier en chef s'approcha derrière eux.

— Que se passe-t-il ? demanda-t-il.

— Elle respire, constata Gascoigne en se penchant lui aussi sur la belle évanouie. Relevons-la !

Il la souleva et l'assit, étonné de la maigreur décharnée de ses membres. Sa tête retombait en arrière ; il la reçut dans le creux de son coude.

— A-t-elle pris un coup sur le crâne ?

— Pas du tout, protesta Fellowes d'un air effaré. Elle est simplement tombée de côté. Comme une ivrognesse. Mais elle n'avait pas l'air ivre en arrivant. Je jure que je ne l'ai pas touchée.

— Une syncope donc ?

— Réfléchissez un peu, tous les deux, intervint Shepard. Je sens le laudanum d'ici.

Gascoigne aussi le sentait : une odeur amère, qui prenait à la gorge. Il inséra un doigt dans la bouche d'Anna et lui desserra les mâchoires.

— Il n'y a pas de décoloration, déclara-t-il. Si c'était du laudanum, elle aurait la langue marron, n'est-ce pas ? Et les dents aussi, noircies.

— Faites-la porter à la prison, commanda Shepard.

— À l'hôpital plutôt..., commença Gascoigne.

— À la prison. J'en ai assez de cette gouge et de ses coups de théâtre. Faites-la porter au camp de police et enchaîner à la barre. Assise bien droite, qu'elle ne suffoque pas.

— Je ne sais pas ce qui lui a pris, dit encore Fellowes avec un geste de perplexité. Un instant elle avait toute sa tête, comme vous et moi, et l'instant d'après elle était à moitié endormie, et puis...

La porte du vestibule s'ouvrit de nouveau et on entendit annoncer :

— Un M. Quee pour M. Fellowes.

— Excusez-moi, monsieur Shepard, intervint Burke en s'approchant dans le dos du groupe. Voici le mandat d'arrêt contre M. Sook.

Gascoigne se retourna :

— M. Quee ? Qu'est-ce qu'il vient faire là ?

— Emmenez la putain, trancha le geôlier en chef.

Φ

Sook Yong-cheng, couché sous le lit de George Shepard, à même le plancher nu, écoutait la cloche de la chapelle Wesleyenne sonner cinq heures et demie, lorsqu'un nouveau coup frappé à la porte de la maison vint se mêler au carillon. Il tourna la tête de côté, guettant les pas discrets de Margaret Shepard. Voilà qu'elle passait dans le couloir, qu'elle soulevait le loquet, tirait le verrou… Un carré plus clair se dessina de nouveau sur le calicot de la cloison, une tache de plus en plus large, qui apportait le souffle frais de l'air du dehors. La clarté était à présent plus bleutée, moins intense, l'ombre qui se profilait dans le cadre de la porte, moins noire que grise, d'un gris sourd.

— Madame Shepard, je présume ?

— Oui.

— Pourrais-je parler à votre mari ? Aurait-il un moment à m'accorder ?

— Non, répondit Margaret Shepard pour la seconde fois ce jour-là. Il est allé au tribunal pour affaire.

— Quel dommage ! Et si je l'attendais là ?

— Mieux vaut prendre rendez-vous.

— Il est donc peu probable qu'il rentre à la maison ?

— Il passe souvent la nuit à Seaview. Et parfois il fait d'abord une partie de billard en ville.

— Je vois.

Sook Yong-cheng ne connaissait pas la voix d'Alistair Lauderback, mais le ton et le volume mêmes lui indiquaient que celui qui parlait était un homme d'autorité.

— Excusez-moi de vous avoir dérangée, reprit Lauderback. Peut-être auriez-vous l'amabilité de dire à votre mari que je suis passé ?

— Oui, bien entendu.

— Vous savez mon nom, n'est-ce pas ?

— Vous êtes M. Lauderback, murmura la femme.

— C'est ça. Dites-lui que je souhaite m'entretenir avec lui au sujet d'une connaissance commune. Un homme du nom de Francis Carver.

Homme, pensait Sook Yong-cheng, qui serait mort avant le matin.

— Je le lui dirai, promit Margaret Shepard.

La porte fut refermée ; la chambre se retrouva plongée dans l'obscurité.

Φ

Ménageant à Anna Wetherell une place dans un coin de la maison d'arrêt du camp de police, Cowell Devlin se disait qu'elle faisait peine à voir, et bien plus qu'après sa tentative de suicide, deux mois auparavant. Elle n'était pas fébrile, comme alors, elle ne marmottait pas dans son sommeil, ne se débattait pas… mais, doucement endormie sous sa sobre toilette de deuil, elle n'en paraissait que plus pitoyable. Elle était si maigre. Devlin la menotta à regret, en laissant à la chaîne tout le jeu possible. Il pria Mme Shepard d'apporter une couverture à mettre sous la tête de la prisonnière. L'épouse du geôlier obtempéra sans un mot.

— Qu'est-ce que cela veut dire ? demanda-t-il ensuite à Gascoigne, en pliant le plaid sur son genou. J'ai vu Anna ce matin. Je l'ai moi-même accompagnée au palais de Justice ! Dois-je croire qu'elle est allée droit chez Pritchard s'acheter une fiole de ce poison ?

— L'officine est fermée, répondit le clerc. Elle a été fermée tout l'après-midi.

L'aumônier glissa une main sous la nuque d'Anna pour ajuster l'oreiller improvisé.

— Mais alors, s'exclama-t-il, où diable a-t-elle mis la main sur du laudanum ?

— Peut-être en avait-elle sur elle.

— Non, protesta Devlin. En quittant la *Fortune du Voyageur* ce matin, elle n'a emporté ni réticule ni sac d'aucune sorte. Elle n'avait même pas d'argent, autant que je sache. Quelqu'un a dû le lui donner. Mais pourquoi ?

Gascoigne, pour sa part, aurait bien voulu savoir pourquoi Cowell Devlin s'était rendu ce matin-là à la *Fortune du Voyageur* et ce qui s'y était passé. Alors qu'il cherchait une manière de poser la question sans paraître indiscret, il entendit cependant un clip-clop annonçant l'approche d'une voiture. Vint ensuite la voix de Pritchard :

— Hé, vous autres là-dedans ! C'est Jo Pritchard qui ramène Emery Staines !

La surprise qui se peignit sur les traits de Devlin fut presque comique. Il peinait encore pour se relever que Gascoigne s'était déjà précipité dehors. Lorsque, à son tour, il gagna la cour, il vit Joseph Pritchard qui descendait du siège d'un cabriolet et s'apprêtait à attacher les chevaux au piquet de la maison d'arrêt. Te Rau Tauwhare, resté sur le siège, soutenait des deux bras un garçon au teint blême et aux yeux enfoncés. Devlin n'en revenait pas. *Voilà* donc Emery Staines… cette petite chiffe molle ? Il était beaucoup plus jeune que l'aumônier ne l'avait cru. Vingt et un ans au plus… peut-être même pas. À peine sorti de l'enfance.

— Tauwhare l'a trouvé terré dans la cabane de

Crosbie, expliqua brièvement Pritchard. Il est très mal, comme vous voyez. Aidez-nous à le descendre.

— Vous n'allez pas le mettre en prison ! se récria Devlin.

— Mais non, il n'en est pas question, répondit le pharmacien. Il va à l'hôpital. Il a besoin de voir le Dr Gillies, tout de suite.

— Ne faites pas cela, protesta Gascoigne.

— Quoi donc ?

— Il ne survivra pas une heure à l'hôpital.

— Eh bien, nous ne pouvons guère le ramener chez lui, dit Pritchard.

— Mettez-le donc à l'hôtel. Louez une chambre en ville. Peu importe, cela vaudra toujours mieux que l'hôpital.

— Allez, donnez-nous un coup de main, reprit Pritchard. Et que quelqu'un envoie chercher le Dr Gillies, pendant que nous y sommes. C'est lui qui aura le dernier mot.

Ils aidèrent Emery Staines à descendre de la voiture.

— Monsieur Staines, demanda alors Pritchard, savez-vous où vous vous trouvez ?

— Anna Magdalena, marmonna-t-il. Où est Anna ?

— Anna est juste là, répondit Cowell Devlin. Là-dedans.

— Je veux la voir, dit le blessé en ouvrant les yeux.

— Il délire, intervint Pritchard. Il ne sait pas ce qu'il raconte.

— Je veux voir Anna, insista le jeune homme, soudain parfaitement lucide. Où est-elle ? Je veux la voir.

— Il a pourtant de la suite dans les idées, opina Gascoigne.

— Faites-le entrer, conclut Devlin. En attendant l'arrivée du médecin. Allez, venez. C'est ce qu'il demande. Faites-le entrer dans la prison.

## LA GRANDE MALÉFIQUE

*Où Sook Yong-cheng surprend le début d'une conversation.*

Ah Sook était tapi dans l'arrière-cour de la *Couronne*, assis sur les talons, les genoux fléchis, le dos collé aux planches du mur, le revolver Kerr reposant mollement entre ses mains. En apparence, il était un tout autre homme que celui qui, le matin, avait acheté l'arme. Margaret Shepard lui avait coupé la natte, noirci le menton et la gorge, et épaissi les sourcils avec du cirage ; elle lui avait déniché une vieille veste élimée, une chemise de coutil comme en portaient les prisonniers et un foulard rouge à se nouer autour du cou. En rabattant le bord de son chapeau et en relevant le col de sa veste, il n'avait plus du tout l'air chinois. Il avait fait à pied les trois cents mètres qui séparaient le camp de police de la *Couronne*, sans attirer l'attention de personne ; à présent, tapi derrière l'hôtel, il était presque invisible dans l'obscurité.

À l'intérieur, deux personnes causaient : un

homme et une femme. Leurs voix lui parvenaient tout à fait clairement à travers la fente entre le volet et le châssis de la fenêtre.

— On dirait que ça va marcher, disait l'homme. Protégé et indemnisé par-dessus le marché.

— Je te sens tout de même inquiet, répondit la femme.

— En effet.

— Qu'est-ce qui te tracasse ? L'argent est dans ta poche, ou c'est tout comme !

— Tu sais bien que je me méfie des hommes sans relations. Je n'ai rien pu déterrer sur le bonhomme Gascoigne. Il a débarqué à Hokitika un peu avant Noël. Il a obtenu une petite place au tribunal sans se mettre personne à dos. Il vit seul. Pas de vrais amis. *Toi*, tu dis que ce n'est qu'un dandy. *Moi*, je voudrais être sûr qu'il n'est pas un stipendié de Lauderback.

— Il n'est pas totalement sans relations. Il a amené un ami à la soirée d'ouverture de la *Fortune du Voyageur*, je m'en souviens. Un homme aux airs d'aristocrate.

— Et son nom ? À cet ami…

— Il s'appelait Walter Moody.

— Ce ne serait pas le fils d'Adrian Moody ?

— J'y ai tout de suite pensé, moi aussi. Il avait bien une petite musique écossaise dans la voix.

— Et voilà ! Il est forcément de la famille.

Suivit un bruit de verres entrechoqués.

— Je l'ai croisé, Adrian, peu avant d'appareiller de Dunedin. Plein comme un boudin, reprit l'homme.

— Et prêt à éclater à la figure du premier venu, j'imagine, compléta la femme.

— Je n'aime pas ça, les hommes qui ne se contiennent pas.

— Eh oui, approuva la femme. Et Moody est de la pire espèce… de ceux qui adorent être offensés, pour avoir sur qui ou sur quoi passer leur colère… parce qu'ils ne savent pas s'en libérer autrement. Ce n'est pas un mauvais b....., sinon, quand il n'a pas bu.

— De toute façon, si le bonhomme Gascoigne est à tu et à toi avec un Moody, ce sera quelqu'un avec qui on peut s'entendre. Un homme de bon conseil, pour nous autres.

— L'air de famille est vraiment des plus ténus. Il doit tenir beaucoup de sa mère.

— Toujours ton mot à dire, Greenway, fit l'homme en éclatant de rire. Pour ça, on peut compter sur toi.

Il y eut encore un silence, puis la femme reprit :

— À propos, il a fait la traversée sur l'*Adieu-vat*.

— Moody ?

— Oui.

— Non. C'est impossible.

— Francis ! Ne me contredis pas. Je le sais de lui-même, il en a parlé à ma soirée.

— Non, insista l'homme. Il n'y avait personne du nom de Moody. Ils n'étaient que huit, j'ai eu la liste entre les mains. Je me serais souvenu de ce nom-là.

— Il t'aura échappé. Tu sais comme je déteste qu'on me contrarie. Entendons-nous plutôt.

— Comment le nom Moody pourrait-il m'échapper ? Allez, ce serait comme de ne pas remarquer Hanovre ou… ou Plantagenet.

— Je ne mettrais pas Adrian Moody sur le même plan que les princes du sang !

La femme éclata de rire. Ah Sook entendit le grincement d'une chaise, puis les lattes du plancher qui criaient sous un poids.

— Je veux dire simplement que je l'aurais reconnu. Et toi, ne relèverais-tu pas le nom Carver ?

La femme réagit à la question par un bruit de gorge et s'obstina :

— Il a dit qu'il avait fait la traversée sur l'*Adieu-vat*, j'en suis tout à fait certaine. Je m'en souviens parfaitement. Nous avons eu un petit échange là-dessus.

— Il y a là quelque chose de louche, trancha l'homme.

— Eh bien, as-tu gardé la liste des passagers ? Tu as sûrement un exemplaire du *Times*… du jour où tu es arrivé. Pourquoi ne pas vérifier ?

— Oui. Tu as raison. Attends, minute, je vais faire un tour au fumoir. Il y a toujours une pile de vieux journaux sur le secrétaire.

La porte s'ouvrit et se referma.

Φ

Une lampe s'alluma dans la pièce voisine, projetant dans un coin de la cour une sourde lueur jaune. Carver était au fumoir de la *Couronne*… loin enfin de Lydia Wells. Ah Sook se souleva légèrement. La fenêtre lui montrait son homme le dos à la porte, en train de feuilleter les journaux sur le secrétaire. Autant qu'il pût voir, il n'y avait personne d'autre dans la salle. Lydia Wells, restée dans la chambre, se mit à fredonner tout bas un refrain.

Ah Sook se redressa. Se déplaçant aussi silencieusement que le permettaient ses bottes de prospecteur, le Kerr Patent plaqué contre sa cuisse, il longea l'arrière du bâtiment, s'engagea dans la ruelle où s'ouvrait l'entrée de service… et resta pétrifié.

— Jette ton arme.

Debout à l'autre extrémité de la ruelle, son visage dans l'ombre, sa main armée d'un pistolet à longue crosse, se tenait le gouverneur de la prison, George Shepard. Ah Sook ne bougea pas. Son regard alla du pistolet à la figure de l'homme.

— Jette-la, répéta Shepard. Ou je tire. Allez, vite !

Ah Sook ne dit rien, ne bougea toujours pas.

— Tu vas te mettre à genoux et poser ton revolver par terre, commanda Shepard. Tout de suite, ou tu es un homme mort. À genoux !

Ah Sook se laissa tomber sur ses genoux, mais ne lâcha pas le Kerr Patent et posa même le doigt sur le chien.

— Je te descendrai avant que tu aies le temps d'armer et de viser, avertit Shepard. Ne t'y trompe pas. Jette ton arme.

— Margaret, souffla Ah Sook.

— Oui, elle m'a fait passer un message.

Ah Sook fit non de la tête : il ne pouvait le croire.

— Elle est mon épouse, reprit Shepard d'un ton cassant. Et elle a été l'épouse de mon frère avant de devenir la mienne. Tu te souviens de mon frère, j'espère. Tu devrais.

— Non, dit Ah Sook, appuyant avec le doigt sur le chien.

— Tu ne te souviens pas de lui ? Ou tu ne penses pas que tu le devrais ?

— Non, répéta Ah Sook, têtu.

— Permets que je te rafraîchisse la mémoire,

rétorqua Shepard. Il est mort au cabaret du *Cheval blanc*, à Darling Harbour, d'une balle dans la tête, tirée à bout portant. Tu te souviens maintenant ? Il s'appelait Jeremy Shepard.

— Moi souvenir.

— Bien. Moi aussi.

— Moi pas tuer lui.

— Toujours la même chanson, à ce que je vois.

— Margaret, répéta Sook Yong-cheng, toujours à genoux.

Φ

— *Francis !*

— Chut ! Tais-toi une minute.

— Pourquoi ? Que guettes-tu ?

— Chut !

— Je n'entends rien, moi.

— Moi non plus. Tant mieux.

— C'était si près.

— Pauvre petite ! Tu as eu peur ?

— Juste un peu. J'ai cru que…

— Peu importe. C'était sans doute un accident. Quelqu'un qui nettoyait son fusil.

— Je n'ai pas pu m'empêcher de penser à cet horrible Chinois.

— Il n'y a rien à craindre de lui. Il ira droit au *Palais*, et il se fera cueillir avant le matin.

— La peur dans laquelle il t'a fait vivre, Francis…

— Viens là !

— Ça va. Ça va. Je suis tout à fait remise. Voyons plutôt ce que tu as trouvé.

— Voilà.

Un bruissement de papier froissé, puis :

— Regarde : McKitchen, Morely, Parrish. Tu vois ? Ils étaient bien huit… et aucune mention d'un Walter Moody, nulle part.

Un silence se fit, pendant lequel la femme parcourut le journal et en vérifia la date. Enfin, l'homme reprit :

— Drôle d'idée, de mentir là-dessus. Avec son copain qui tombe du ciel, quelques semaines après, et me fait l'article pour cette histoire d'assurances. Un simple amateur de failles, qu'il a dit. Un bienfaiteur qui les signale à l'attention du prochain.

— Un de ces noms est forcément faux. Si tu n'avais, de fait, que huit passagers, et si Walter Moody était bien du nombre.

— Ils étaient bien huit… et tous les huit à bord de l'allége qui a gagné le port dans l'après-midi, six ou sept heures avant l'échouage.

— Il aura pris un faux nom, alors.

— Mais pourquoi ?

— Ou, sinon, c'est après qu'il a menti. En racontant qu'il avait fait le trajet sur l'*Adieu-vat*.

— Mais, encore une fois, *pourquoi* ?

Là encore, Lydia Wells fut apparemment incapable de trouver une réponse. Au bout d'un moment, elle demanda :

— À quoi penses-tu, Francis ?

— Je pense écrire à mon vieil ami Adrian.

— Oui, vas-y. Et je ferai aussi une petite enquête de mon côté.

— Pourtant, les assurances ont payé. Gascoigne a tenu parole.

— Mettons-nous au lit, dit la veuve après un nouveau silence.

— Tu as eu une journée éprouvante.

— Une journée très éprouvante.

— Tout finira bien.

— Elle aura ce qu'elle mérite, déclara Mme Wells. Moi aussi, j'aimerais recevoir ce que je mérite, Francis.

— C'est ennuyeux pour toi d'attendre.

— Atrocement.

— Hum.

— N'en es-tu pas las, toi aussi ?

— Eh bien… je ne peux pas te faire admirer dans la rue comme je voudrais.

— Comment aurais-tu envie de me faire admirer ?

Carver laissa d'abord la question sans réponse, pour murmurer enfin :

— Tu seras bientôt Mme Carver.

— Je ne me contenterai pas de moins, dit Lydia Wells.

Après quoi, pendant un bon moment, aucun des deux ne parla.

## L'ÉQUINOXE

*Où beaucoup de bruit ne réveille pas*
*les amants endormis.*

George Shepard donna ordre de ramener le corps de Sook Yong-cheng au camp de police et de l'étendre par terre dans son cabinet privé. La mort rendait plus sinistre encore le cirage qui lui ombrait le menton et la gorge. Mme George, en voyant apporter le cadavre, happa une grande goulée d'air, comme pour résister à la puissance d'un vent intérieur. Cowell Devlin, arrivant de la maison d'arrêt provisoire, le contempla avec horreur. Le gratteur solitaire ressemblait tout à fait au reclus dont la dépouille avait été exposée de même, deux mois auparavant… sur ce même drap, ses lèvres entr'ouvertes, un œil montrant une lueur de blanc, sous une paupière mal fermée. Devlin ne le reconnut pas tout d'abord.

— C'est moi qui l'ai abattu, annonça calmement Shepard. Il braquait son pistolet sur Carver. Il allait lui tirer une balle dans le dos, à travers la fenêtre. Je suis arrivé juste à temps.

— N'auriez-vous pas pu le… désarmer ? demanda Devlin, retrouvant enfin sa voix.

— Non. Pas sur le moment. C'était sa vie ou celle de Carver.

Margaret Shepard laissa échapper un sanglot.

— Mais je ne comprends pas, persista Devlin en promenant son regard d'elle à son mari. Qu'est-ce qui lui a pris de braquer une arme sur Carver ?

— Tu pourrais peut-être éclairer la lanterne de notre ami l'aumônier, Margaret, dit George Shepard à sa femme (qui répondit par un nouveau sanglot), puis : Je vais devoir vous prier, mon révérend, de creuser encore une tombe.

— Son corps devrait pourtant être rendu aux siens, protesta Devlin en fronçant les sourcils.

— Celui-là n'avait personne, répondit Shepard.

— Comment le savez-vous ?

— Là encore, vous feriez mieux de poser la question à mon épouse.

— Madame Shepard ? enchaîna Devlin, hésitant.

Margaret Shepard émit un râle et se cacha le visage dans les mains. Son mari coupa, en se tournant vers elle :

— Ressaisis-toi donc. Ne fais pas l'enfant.

— Excusez-moi, mon révérend, murmura la femme, qui laissa aussitôt retomber ses mains (elle avait le visage blême), mais ne le regarda pas pour autant.

— Il n'y a pas de quoi, repartit Devlin. Vous êtes en état de choc nerveux. Sans doute feriez-vous bien de vous mettre au lit.

— George, souffla-t-elle.

— Je suis d'avis que tu as agi aujourd'hui conformément à la morale, déclara le geôlier en chef en la dévisageant. Je t'en fais mon compliment.

À ces mots, les traits de Mme Shepard se décomposèrent. Elle plaqua les deux paumes sur sa bouche et quitta la pièce en courant.

— Je vous demande pardon, dit le geôlier à Devlin, lorsqu'elle se fut éloignée. Mon épouse est d'un tempérament versatile, comme vous voyez.

— Je ne lui en fais pas reproche, assura Devlin (qui éprouvait un profond malaise vis-à-vis des époux Shepard, mais demeurait trop prudent pour exprimer tout haut les appréhensions que lui inspiraient les rapports du mari et de la femme). Il n'y a rien que de très naturel à éprouver un saisissement en présence des morts. À plus forte raison, lorsqu'on a connu personnellement le défunt.

Shepard regardait fixement le corps de Sook Yong-cheng à ses pieds. Au bout d'un moment, il leva les yeux et demanda :

— Voulez-vous prendre un verre avec moi, Devlin ?

— Je serais très honoré, répondit l'aumônier, toujours circonspect, bien que pris au dépourvu (c'était la première fois que le geôlier en chef lui faisait une telle proposition). Nous pourrions peut-être passer au salon… ou sur la véranda, pour ne pas troubler le repos de Mme Shepard.

— Oui, acquiesça Shepard en allant à l'armoire où il gardait ses alcools. Aimez-vous le cognac, ou plutôt le whisky ? J'ai l'un et l'autre.

Devlin allait de surprise en surprise.

— Eh bien, avoua-t-il, il y a terriblement longtemps que je n'ai bu une goutte de whisky. Un petit whisky serait parfait.

— J'ai du Kirkliston, dit Shepard en attrapant la bouteille. Il se laisse boire.

Il prit encore deux verres dans le bahut et, d'un geste, pria Devlin d'ouvrir la porte.

La cour du camp de police était déserte, et après le soleil couché, il y faisait frais. Derrière les volets clos des bâtiments en face, les habitants étaient déjà au lit. Le vent était tombé à la venue de la nuit, et le calme était presque parfait, le silence aussi uni que la surface d'un lac. Il n'y avait d'autre bruit que celui des phalènes qui venaient se heurter au verre de la lampe suspendue à côté de la porte. La lumière pétillait chaque fois qu'un insecte tombait en vrille dans la flamme, et les corps exhalaient ensuite en se consumant une âcre odeur de poussière.

Shepard posa les verres sur la balustrade de la véranda et leur versa à tous deux une bonne rasade.

— Margaret était la femme de mon frère, dit-il en tendant l'un des verres à Devlin pour lui-même en vider l'autre d'un trait. Mon frère aîné. Jeremy. Je l'ai épousée après la mort de Jeremy.

— Merci, murmura Devlin.

Il prit le verre et le huma. Son hôte était trop modeste : le whisky faisait mieux que de se laisser boire. À Hokitika, une bouteille de Kirkliston se payait dix-huit shillings, le double en temps de disette d'alcool.

— Le cabaret du *Cheval blanc*, disait le geôlier. Voilà le nom du local. Une taverne de matelots à Darling Harbour. Il a reçu une balle dans la tempe.

Devlin aspira une petite gorgée. Le whisky avait

un goût de fumée avec un léger souvenir de tourbe ; une saveur qui faisait penser à de la charcuterie, à des livres neufs, à des cours de ferme et au clou de girofle.

— J'ai donc épousé sa femme, poursuivit Shepard en se resservant. C'était ce que commandait la morale. Sachez, mon révérend, que je ne ressemble pas à mon frère, ni par mon caractère ni par mes goûts. Il était un débauché. Je ne le dis pas pour faire mon propre éloge, mais la différence entre nous avait souvent été remarquée, et cela dès notre enfance. Je ne savais à peu près rien de son mariage avec Margaret. Elle était serveuse de bar. Elle n'était pas une beauté, vous le savez du reste. Mais je l'ai épousée. J'ai fait ce que me commandait mon devoir. Je l'ai épousée, et j'ai fait en sorte qu'elle ne manquât de rien, dans le deuil qui la frappait, et ensemble nous avons attendu le procès.

Devlin hocha la tête en silence, les yeux sur le liquide ambré au fond du verre qu'il faisait tourner entre ses doigts. Il pensait à Sook Yong-cheng, étendu mort sur le plancher de la maison… sa gorge et son menton barbouillés de noir, ses sourcils épaissis comme ceux d'un clown.

— Cette pauvre brute de Jeremy, reprit Shepard. Je ne l'ai jamais apprécié, et autant que je sache, lui non plus n'avait aucune admiration pour moi. C'était un terrible bretteur. Je pensais bien qu'une de ses rixes aurait, tôt ou tard, une issue fatale ; Dieu sait qu'elles étaient assez fréquentes. Quand j'ai appris qu'il avait été tué, je n'ai pas d'abord été très surpris.

Il vida derechef son verre et se resservit. Devlin attendit la suite du récit.

— Son meurtrier, c'était un Céleste. Un Jaune. Jeremy l'avait malmené dans la rue, sans doute qu'il lui a fait perdre la face. Le Chinetoque est venu chercher réparation. Il a trouvé mon frère endormi, en train de cuver son vin dans une des chambres d'hôte au-dessus de la taverne. Il a pris le pistolet de Margaret sur la table de chevet, il a appliqué le canon sur la tempe du dormeur, et voilà. Ensuite, il a tenté de fuir, bien sûr, mais il s'y est pris comme un imbécile. Il n'est pas allé plus loin que le bout du quai. Un agent lui a fait un croc-en-jambe et il a été jeté en prison la nuit même de son forfait. Le procès devait s'ouvrir six semaines plus tard.

Shepard but encore d'un trait. Devlin s'étonnait ; jusque-là, il n'avait jamais vu le geôlier prendre de l'alcool en dehors des repas, si ce n'était à des fins médicinales. Peut-être la mort d'Ah Sook l'avait-elle tout de même bouleversé.

— Le procès n'aurait pas dû faire un pli, poursuivit-il en se servant une quatrième rasade (le whisky commençait à lui faire monter le rouge au visage). Premièrement, l'accusé était un Jaune. Deuxièmement, il avait un motif plus que suffisant pour en vouloir à mon frère. Troisièmement, il ne connaissait pas un mot d'anglais pour se défendre. Il n'y avait pas le moindre doute, chez personne : le Jaune était bien coupable. Tout le monde avait entendu le coup de feu. Tout le monde l'avait vu détaler. Mais alors voilà le témoin Margaret Shepard qui vient à la barre. Ma nouvelle épousée, ne l'oubliez pas. Cela se passe moins d'un mois après nos noces. Elle est donc appelée à la barre, et voilà ce qu'elle raconte. Mon mari n'a pas été tué par ce Chinois… c'est elle qui parle. Mon mari s'est tué de sa propre main, et je le sais, car j'ai été moi-même témoin de son suicide.

Devlin se demandait si Margaret Shepard les écoutait de sa chambre.

— Il n'y avait pas un mot de vrai là-dedans, affirma Shepard. C'était inventé de toutes pièces. Elle a menti. Sous serment. Elle a profané la mémoire de feu son mari… la mémoire de mon frère… en qualifiant sa mort de suicide… Et le tout pour sauver ce sale macaque du châtiment mérité. On l'aurait envoyé au gibet, c'est sûr. On aurait dû l'envoyer au gibet. C'est lui qui a commis le crime, et le crime est resté impuni.

— Comment pouvez-vous être certain que votre femme n'a pas dit la vérité ? demanda Devlin.

— Comment je peux en être certain ? répéta Shepard en tendant la main pour prendre la bouteille. Mon frère n'était pas homme à se suicider. Voilà comment. Je vous ressers ?

— S'il vous plaît.

Devlin présenta son verre : le whisky était une aubaine trop rare.

— Je vois que vous avez des doutes, mon révérend, mais il n'y a pas deux façons de le dire. Jeremy n'était pas homme à se suicider. Pas plus que moi.

— Pourtant, qu'est-ce qui a pu amener Mme Shepard à… altérer la vérité, sous serment ?

— Elle avait un béguin pour lui, répondit laconiquement Shepard.

— Pour le Chinois, compléta Devlin.

— Oui. Feu M. Sook. Ils avaient eu une liaison. Je ne m'attendais pas à *cela*, vous pouvez m'en croire. Mais quand je l'ai su, elle était déjà mon épouse.

Devlin aspira encore une gorgée de whisky, et tous deux restèrent un bon moment silencieux, contemplant la masse obscure des bâtiments de l'autre côté de la rue. Finalement, l'aumônier reprit :

— Vous n'avez rien dit de Francis Carver.

— Ah ! Carver… oui, lâcha Shepard en faisant tourner son verre entre ses doigts.

— Quel est son rapport avec M. Sook ? demanda Devlin.

— Ils se sont connus dans le temps. Le torchon a brûlé. Un différend commercial.

Devlin en savait déjà autant. Il l'incita à poursuivre :

— Et… ?

— Je tenais Sook à l'œil. Depuis Darling Harbour, je ne l'ai pas perdu de vue. Ce matin, quand on m'a fait savoir qu'il avait acheté un pistolet chez le fournisseur de Camp-street, j'ai aussitôt demandé un mandat d'arrêt.

— Vous feriez arrêter un homme simplement pour avoir acheté une arme ?

— Oui, du moment que je sais ce qu'il compte en faire. Sook avait juré la mort de Carver. Il en avait fait le serment. Je savais que quand il finirait par lui mettre la main dessus, il y aurait mort d'homme. Alors, dès que j'ai su l'achat du pistolet, j'ai donné l'alarme. J'ai mis le *Palais* sous surveillance. J'ai envoyé un mot à Carver, pour l'avertir. J'ai fait passer le message aux crieurs publics, à diffuser partout. J'avais toujours une longueur de retard… jusqu'à la fin.

— Et à la fin ? relança Devlin au bout d'un moment.

— Je vous ai dit ce qui s'est passé, répondit Shepard en le regardant froidement.

— C'était sa vie ou celle de Carver.

— Je n'ai pas outrepassé la loi, fit le geôlier.

— Je vous crois.

— J'avais un mandat d'arrêt.

— Je n'en doute pas.

— La vengeance, déclara Shepard d'une voix ferme, n'est pas un acte de justice, mais de jalousie. Une perversion égoïste de la loi.

— La vengeance est égoïste, certes, concéda Devlin. Mais je ne suis pas certain qu'elle ait grand'chose à voir avec la loi.

Il acheva de vider son verre. Après un temps assez long, Shepard fit de même.

— Je suis désolé pour votre frère, monsieur Shepard, dit encore Devlin.

Il posa le gobelet sur la balustrade, et Shepard reboucha la bouteille tout en répondant :

— Oui… allez, les années ont passé. Aujourd'hui c'est fini, et bien fini.

— Certaines choses ne sont jamais finies, opina l'aumônier. Nous n'oublions pas ceux que nous avons aimés. Nous ne pouvons pas oublier.

— Vous parlez d'expérience, on dirait, repartit le geôlier en lui lançant un coup d'œil.

Devlin laissa passer un moment, puis :

— S'il y a bien une chose que l'expérience m'a apprise, c'est à ne jamais sous-estimer la difficulté extrême qu'il y a à comprendre une situation du point de vue d'autrui.

Le geôlier en chef ne réagit que par un grognement. Il regarda Devlin descendre les marches et plonger dans les ténèbres de la cour. Arrivé au piquet, l'aumônier se retourna et parla encore :

— Je serai à Seaview demain matin au saut du lit, pour commencer à creuser la fosse.

— Bonne nuit, Cowell, dit Shepard, qui n'avait pas bougé.

— Bonne nuit, monsieur Shepard.

Le geôlier le suivit des yeux jusqu'à ce qu'il eût disparu à l'angle de la prison. Il attrapa alors les deux verres vides entre le pouce et l'index, ramassa la bouteille et rentra dans sa maison.

Φ

La porte de la maison d'arrêt était entrebâillée ; le brigadier de service, assis juste en deçà, tenait son fusil sur ses genoux. Il leva les sourcils pour demander à l'aumônier s'il avait l'intention d'entrer, ajoutant sans élever la voix :

— Ils seront tous couchés, malheureusement.

— Ça ne fait rien, repartit Devlin, lui aussi dans un murmure. Je n'en ai que pour un instant.

La balle avait été extraite de l'épaule de Staines et la plaie refermée à l'aide de quelques points de suture. Son visage et ses cheveux avaient été lavés de la poussière qui les souillait, ses habits crasseux ôtés à coups de ciseaux et remplacés par un pantalon de moleskine et une large chemise de coutil pris chez Tiegreen contre promesse de payer dans les vingt-quatre heures. Pendant ces soins, le garçon, dans un état de torpeur au seuil de l'inconscience, n'avait parlé que pour bredouiller le nom d'Anna ; lorsqu'il comprit cependant que le médecin avait l'intention de le faire porter dans une chambre de l'hôtel *Critérium*, en face du camp de police, il ouvrit vivement les yeux. Il ne quitterait pas Anna. Il ne bougerait pas sans elle. Il se regimba tant et si fort, que le docteur finit par céder, pour le calmer. On lui fit un lit à la prison, à côté de la place où gisait Anna, et on décida, dans l'intérêt de l'harmonie, qu'il serait enchaîné comme les autres. Le garçon se laissa menotter sans protester, s'allongea et tendit une main pour toucher la joue d'Anna. Au bout d'un moment, ses paupières s'abaissèrent et il dormit.

Il ne s'était plus réveillé depuis cet instant. Anna et lui reposaient face à face, Staines couché sur le flanc gauche, Anna sur le flanc droit, tous deux les genoux ramenés contre la poitrine, Staines, une main sous son épaule bandée, Anna, une main sous sa joue. Elle avait dû se tourner vers lui à un moment ou à un autre pendant la nuit, car son bras gauche restait allongé vers l'extérieur, les doigts tendus, la paume contre le sol.

Devlin s'approcha. Il se sentait bouleversé… par quelle émotion au juste, il n'aurait pas su le dire. Le whisky de George Shepard lui avait réchauffé la poitrine et le ventre… il éprouvait une vague oppression entre les tempes, une chaleur trouble derrière les yeux… mais l'histoire du gouverneur de la prison l'avait laissé triste et transi. Peut-être allait-il pleurer. Les larmes lui feraient du bien. Quelle journée il venait de passer ! Son cœur était lourd, ses membres recrus. Il baissa les yeux sur Anna et Emery, leurs corps en miroir, tournés l'un vers l'autre. Ils respiraient de concert.

Ils sont donc amants, pensa-t-il en les contemplant. Ils sont donc amants, malgré tout.

Il le savait, à la façon dont ils dormaient.

# Quatrième partie
# Paenga-wha-wha

27 avril 1865
(Soleil en Bélier)

42° 52' 0" S / 170° 30' 0" E Dunedin

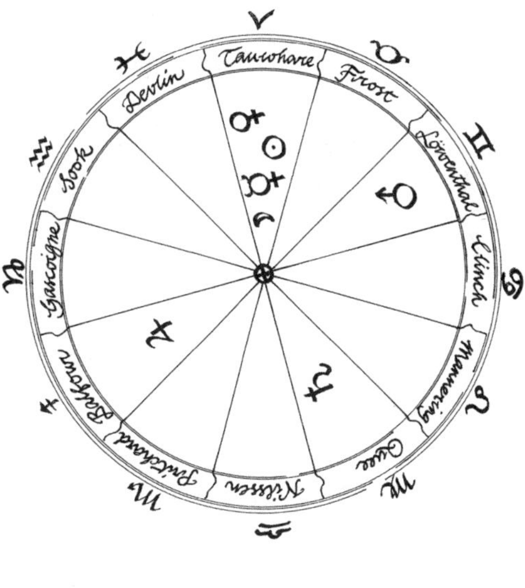

27 avril 1866
(Soleil en Bélier)

42° 43' 0" S / 170° 58' 0" E Hokitika

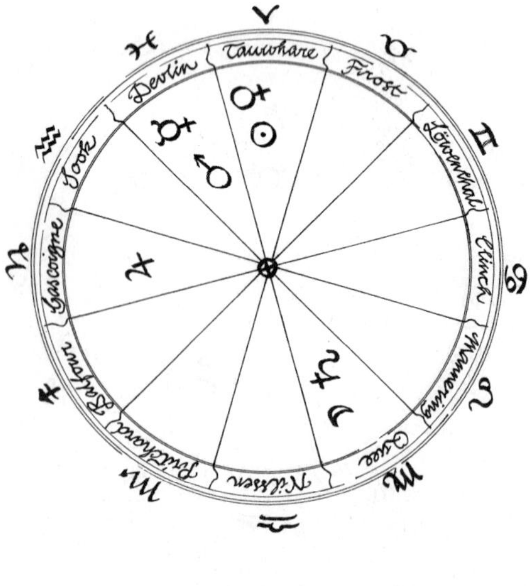

# LE PREMIER POINT DU BÉLIER

*Où un vapeur arrive à Port-Chalmers en provenance de Sydney, et deux passagers sont debout avant les autres.*

La Nouvelle Zélande se présenta d'abord au regard d'Anna Wetherell sous la forme de l'extrémité rocheuse de la péninsule d'Otago : des falaises marbrées, tombant à pic dans l'eau blanche d'écume avec, en haut, un manteau froissé d'herbes balayées par le vent. Le jour venait de poindre. Une brume blême s'exhalait de l'océan, voilant le fond du havre, où les collines se teintaient de bleu, puis de pourpre, tandis que le bras de mer allait se rétrécissant toujours et se resserrant en un point. Le soleil, bas encore au levant, étalait sur l'eau une nappe de clarté jaune grasse, qui teintait d'orangé les falaises à l'ouest. La ville de Dunedin demeurait invisible, cachée derrière le coude de l'anse, et il n'y avait ni habitations ni bétail sur cette partie de la côte ; la première impression d'Anna fut ainsi d'une manche d'eau désertique, d'un ciel dégagé et d'un sol déchiqueté, vierge de tout signe de vie ou d'industrie humaine.

On avait aperçu terre aux heures grises du petit matin, et Anna n'avait pas été là pour voir grossir et s'épaissir la tache à l'horizon, au fur et à mesure que le vapeur approchait de la côte, jusqu'à tracer enfin le contour de la péninsule. Elle avait été réveillée quelques heures plus tard par une étrange cacophonie de cris d'oiseaux inconnus, d'où elle conclut à juste titre que la traversée touchait à son terme. Elle se glissa à bas de sa couchette, prenant garde de ne pas réveiller les autres femmes, rajusta ses cheveux et enfila ses bas dans le noir. Lorsqu'elle grimpa l'échelle de fer et déboucha sur le pont en s'enveloppant dans son châle, le *Vent fortuné* doublait les premiers promontoires à l'entrée du havre, et la péninsule l'entourait de toutes parts… relief inopiné et impossible, venant à la suite de ces longues semaines en mer.

— Ils sont magnifiques, n'est-ce pas ?

Anna se retourna. Un garçon blond, coiffé d'une casquette de feutre, s'accoudait au bastingage de bâbord. Il fit un geste vers les falaises, et Anna vit les oiseaux dont les cris hargneux l'avaient tirée de son sommeil : ils étaient une nuée planant devant la paroi de roche, tournoyant, virant et accrochant la lumière. Elle s'avança jusqu'au garde-corps. Ils ressemblaient fort à de gros goélands, les ailes noires par-dessus et blanches en dessous, la tête parfaitement blanche, le bec robuste et pâle. Pendant qu'elle regardait, l'un d'eux descendit et plana devant le navire en rasant l'eau de la pointe de son aile.

— Très beaux, acquiesça-t-elle. Sont-ils des pétrels… ou peut-être des fous ?

— Ce sont des albatros, répondit le garçon rayonnant. De vrais albatros ! Attendez seulement que celui-là revienne. Il ne saurait tarder ; il tourne autour du bateau depuis un moment déjà. Mon Dieu, quelle sensation cela doit être… de *voler* ainsi ! Pouvez-vous vous l'imaginer ?

Anna sourit. Elle regarda l'albatros s'éloigner en planant, virer et reprendre de la hauteur en se laissant porter par le vent.

— Ils portent chance, les albatros, disait le garçon. Furieusement. Et leur vol est incroyable. On raconte des histoires d'albatros qui suivent des navires pendant des mois et des mois, par tous les temps… à travers la moitié du globe, parfois. Dieu sait où ceux-ci sont allés… et ce qu'ils ont vu, d'ailleurs.

Lorsque l'oiseau virait de bord, il devenait presque invisible. Une aiguille blanche, se découpant en creux contre le ciel.

— Il y a si peu d'oiseaux qui soient vraiment *mythiques*, poursuivit le garçon en contemplant toujours l'albatros. Enfin, il y a les corbeaux, si l'on veut, et les colombes, sans doute qu'on y attache aussi un sens spécial… mais pas plus qu'aux hiboux ou aux aigles. L'albatros, c'est autre chose. Il a un tel poids. Une telle charge symbolique. Il est presque angélique ; on a le frisson rien que de prononcer son nom. Je suis tellement content d'en avoir vu. Presque ému aux larmes. Et comme c'est merveilleux, la façon dont ils gardent l'entrée du port ! Quel plus heureux présage… pour une ville de chercheurs d'or ! J'ai entendu leurs cris… c'est ce qui m'a réveillé… et je suis monté sur le pont parce que je n'arrivais pas à identifier le son. J'ai cru d'abord que c'étaient des cochons.

Anna lui coula un regard oblique. Le garçon lui faisait-il des avances amicales ? Il discourait comme s'ils étaient des intimes, alors qu'ils ne s'étaient même pas parlé pendant la traversée depuis Sydney, sinon pour échanger un simple bonjour de politesse… Anna n'ayant guère quitté la partie du navire réservée aux femmes, et le garçon, le quartier des hommes. Elle ne connaissait pas son nom. Elle l'avait aperçu de loin, bien sûr, mais il n'avait fait sur elle aucune impression, ni bonne ni mauvaise. Elle voyait à présent que c'était un original à sa manière.

— Moi aussi, j'ai été réveillée par leurs cris, dit-elle, puis : Je suppose que je devrais aller chercher les autres. C'est un spectacle trop parfait pour le rater.

— Mais non, voyons ! repartit le garçon. N'y allez pas. Voulez-vous bien ? Je ne supporterais pas une foule de gens en train de jouer des coudes. Pas à cette heure. Quelqu'un se mettrait forcément à citer : « À la place de la croix, l'Albatros » ou « il en arrêta un parmi trois », et tout le reste du voyage se passerait en disputes… chacun essayant de reconstituer le poème[1] en entier et se disputant sur l'ordre des morceaux, ce qui vient où, avant ou après quoi, chacun ne pensant qu'à vanter

1. *Le Dit du vieux marin* de Samuel Taylor Coleridge, récit versifié (658 vers) publié en 1798, cité ici (avant-dernier vers de la deuxième partie et deuxième vers de la première) dans la traduction de Bertrand Bellet. *(N.d.T.)*

sa mémoire et à damer le pion à son voisin. Jouissons-en simplement entre nous. L'aube est une heure si intime, ne trouvez-vous pas ? Si solitaire. C'est ce qu'on dit toujours de minuit, mais dans mon idée, le cœur de la nuit est une heure éminemment sociable… tout le monde ensemble, en train de dormir dans le noir.

— Je trouble donc votre solitude, j'en ai bien peur, fit Anna.

— Mais non. Pas du tout. La solitude est un état qui ne se goûte jamais mieux qu'à deux, répliqua-t-il avec un sourire rapide qu'elle lui rendit, et il reprit en se tournant de nouveau vers la mer : Surtout à deux âmes. C'est atroce de se sentir seul et de l'*être* pour de bon. Mais j'adore me repaître du sentiment d'être seul quand je ne le suis pas. Oyez, oyez… cette merveille ! Il va décrire un cercle, il sera de retour dans un instant.

— Les oiseaux me font toujours penser aux navires, dit Anna.

Il ouvrit grand les yeux :

— C'est vrai ?

Anna rougit sous son regard appuyé. Les prunelles du garçon étaient marron foncé. Il avait les sourcils épais et les lèvres très pleines. Ses cheveux, qui dépassaient sous sa casquette à visière plate, étaient couleur vieil or, plutôt indisciplinés là où ils bouclaient autour de ses tempes et par-dessus ses oreilles. Manifestement, ils avaient été coupés court plusieurs mois auparavant, et il n'était plus retourné chez le barbier depuis.

— Ce n'est qu'une idée fantasque, s'excusa-t-elle, soudain timide.

— Mais il faut développer, insista le garçon. Il le faut ! Allez, continuez.

— Les navires lourds sont tellement gracieux dans l'eau, expliqua enfin Anna en se détournant. En comparaison des embarcations plus légères, je veux dire. Si un bateau est trop léger… le jouet des vagues… il n'y a pas de grâce dans son mouvement. Je crois qu'il en va de même des oiseaux. Les grands oiseaux ne sont pas ballottés par le vent. Ils paraissent toujours si majestueux dans les airs. Ainsi, celui-ci. Quand je le regarde voler, c'est comme de voir un vaisseau lourd couper la houle.

L'albatros revint répéter son plongeon. Anna regarda à la dérobée les chaussures du garçon : en cuir marron, étroitement lacées, ni trop polies ni trop usées… ne révélant rien de son état. Vraisemblablement, il venait là pour faire fortune sur les gisements d'Otago, comme tous les autres hommes à bord.

— Vous avez tout à fait raison, s'écria-t-il. En effet ! Ce n'est pas du tout comme d'observer un moineau, n'est-ce pas ? Il est lesté… exactement comme un navire, c'est tout à fait ça !

— J'aimerais le voir dans la tempête, dit Anna.

— Quelle étrange envie ! s'exclama le garçon, ravi. Mais oui, maintenant que vous le dites, je crois bien que je partage votre sentiment. Moi aussi, j'aimerais le voir dans la tempête.

Ils se turent. Anna attendait que le garçon se présentât, mais il garda le silence, et leur solitude fut bientôt troublée par l'arrivée de nouveaux passagers sur le pont. Le garçon la salua d'un coup de casquette, et Anna tira une révérence ; l'instant d'après, il s'en fut. Anna se tourna de nouveau vers la mer. Ils avaient laissé derrière eux la colonie d'albatros, dont les grognements et les cris se perdaient au loin, avalés par le bruit monotone et cadencé des machines et le grand souffle rugissant de la mer.

## MERCURE EN POISSONS ;
## SATURNE EN CONJONCTION
## AVEC LA LUNE

*Où Cowell Devlin formule une requête ;*
*Walter Moody donne sa mesure ;*
*et George Shepard est désagréablement surpris.*

Depuis la nuit de l'équinoxe d'automne, Anna Wetherell et Emery Staines étaient restés tous deux incarcérés à la maison d'arrêt du camp de police. La caution d'Anna avait été fixée à huit livres, somme exorbitante qu'elle ne pouvait espérer fournir sans un secours étranger. Or, elle n'avait plus désormais de trésor dans la doublure de sa robe à offrir en gage, ni d'employeur qui consentît à prendre la dette sur son compte. Emery Staines lui aurait sans doute avancé l'argent, s'il n'avait été lui-même inculpé et écroué dans une autre affaire : on lui avait notifié son arrestation dès le lendemain matin de sa réapparition, pour fraude, détournement de fonds et inexécution de ses obligations contractuelles. On lui avait demandé une caution d'une livre un shilling (le montant usuel), mais il avait choisi de ne pas la payer, préférant rester avec Anna en attendant de comparaître.

À la suite de leurs retrouvailles, la santé d'Anna avait commencé presque aussitôt à se rétablir. Ses bras reprenaient de l'embonpoint, ses traits n'étaient plus tirés et comme tenaillés par la faim, et les roses refleurissaient sur ses joues. Le Dr Gillies, qui passa à la maison d'arrêt du camp de police presque quotidiennement durant les semaines qui suivirent l'équinoxe, observait ces progrès avec satisfaction. Il avait sermonné Anna sur le chapitre de l'opium, exprimant l'ardent espoir que sa dernière syncope lui servirait d'avertissement et qu'elle ne toucherait plus jamais à une pipe : deux fois déjà, elle avait eu de la chance, mais elle aurait tort de compter là-dessus une troisième fois. « La chance vient toujours à manquer, mon amie », lui avait-il dit. Il avait prescrit du laudanum, à doses décroissantes, pour la guérir par degrés de son appétence.

Le Dr Gillies ordonna le même traitement pour Emery Staines : cinq gros de laudanum par jour, à diminuer d'un gros tous les quinze jours, jusqu'à parfaite cicatrisation de son épaule. Suturée et pansée, la plaie ne paraissait plus aussi méchante, et bien que l'articulation fût toujours très roide et le blessé incapable de lever le bras au-dessus de sa tête, lui aussi voyait sa santé s'améliorer rapidement. Lorsque Cowell Devlin apportait chaque soir le flacon de laudanum à la maison d'arrêt et versait le liquide couleur de rouille dans deux gobelets de fer-blanc, Staines ne cachait pas son impatience. Il ne s'expliquait pas la soif inapaisable dont il brûlait soudain pour la drogue ; Anna, en revanche, ne semblait guère goûter sa potion quotidienne, dont l'odeur lui faisait froncer le nez. Devlin mettait du sucre dans le laudanum, ou parfois du vin doux de Xérès, pour atténuer l'amertume de la teinture… puis, suivant à la lettre les instructions de l'homme de l'art, il surveillait les deux malfaiteurs pendant qu'ils avalaient leurs doses jumelles. En général, les effets de l'opiacé ne tardaient pas à se faire sentir : quelques minutes après, les patients se mettaient à soupirer puis à dodeliner de la tête, passant enfin dans le paysage aquatique et lunaire d'un sommeil étrange, teinté d'écarlate.

Sommeil qui ne fut pas troublé par les très nombreux changements qui intervinrent à Hokitika au cours de ces semaines. Le premier jour d'avril, Alistair Lauderback fut élu au Parlement, remportant le scrutin par une majorité triomphale de trois cents voix pour devenir le premier député à représenter la nouvelle circonscription du Westland. Dans son discours d'acceptation, il fit l'éloge de Hokitika, qualifiant la ville de « pépite de la Nouvelle Zélande », dit encore toute sa tristesse de devoir quitter si tôt ces contrées et assura ses électeurs qu'en se rendant le mois prochain dans la nouvelle capitale, il aurait toujours à cœur les meilleurs intérêts du commun des diggers et exercerait son mandat en fils fidèle du Westland. Après cette allocution, le juge de paix serra chaleureusement la main du nouveau député, et le commissaire de la couronne mena la foule dans un triple hip ! hip ! hourra !

Le 12 avril, on mit enfin la dernière main aux murs de clôture de la prison-hospice de George Shepard. Les détenus, dont Anna et Emery, furent transférés des locaux provisoires du camp de police dans le nouveau bâtiment sur les hauteurs de Seaview, où

Mme George était déjà installée en qualité d'intendante. Depuis la mort d'Ah Sook, elle travaillait jour et nuit à piquer les ourlets des couvertures, à coudre des uniformes, à cuisiner, à tenir les comptes des vivres et à préparer les rations hebdomadaires de tabac et de sel ; les autres habitants de la ville la voyaient, si possible, moins encore qu'avant. Elle passait ses soirées au cimetière de Seaview et ses nuits, solitaires, dans la résidence du gouverneur.

Le 15 du mois, Francis Carver et Lydia Wells furent enfin unis lors d'une cérémonie que le chroniqueur mondain du *West Coast Times* décrivit comme « seyante, par le nombre, la mise et la bonne tenue des assistants, aux noces d'une mariée en deuil d'un premier époux ». Au lendemain de l'heureux événement, le marié reçut du groupe Garrity une forte somme d'argent, versée comptant, qui lui permit de rembourser intégralement ses créanciers ; les dernières plaques de cuivre furent arrachées à la coque de l'*Adieu-vat*, et la charpente débitée et vendue à l'encan. Carver avait donné congé de son appartement au *Palais* et vivait désormais avec son épouse à la *Fortune du Voyageur*.

Nombreux furent ceux qui, pendant ce temps, grimpèrent le sentier en lacets conduisant aux hauteurs de Seaview pour solliciter un entretien avec Emery Staines. Cowell Devlin, se conformant rigoureusement aux instructions du gouverneur, les renvoyait tous… avec l'assurance que oui, Staines était bien vivant, et que oui, il se remettait d'une très grave maladie, et que oui, il serait remis en liberté en temps utile, dans l'attente du verdict du tribunal. L'aumônier ne faisait exception à cette règle qu'en faveur de Te Rau Tauwhare, pour qui Staines avait conçu au cours du mois écoulé une affection toute particulière. Tauwhare ne restait jamais longtemps à la prison, mais ses visites agissaient si favorablement sur l'état de Staines, au physique comme au moral, que Devlin aussi en était venu à les attendre avec impatience.

Staines, tel que Devlin avait appris à le connaître, était un garçon d'un naturel doux et candide, toujours prêt à sourire et plein d'une tendresse naïve pour les petites manies du monde qui l'entourait. Il parlait très peu des longues semaines de son absence, répétant seulement qu'il avait été très souffrant et qu'il était très heureux d'être de retour. Lorsque Devlin demanda prudemment s'il se souvenait d'avoir vu Walter Moody à bord de l'*Adieu-vat*, il se borna à froncer les sourcils avec un hochement négatif. Ses souvenirs de cette période étaient excessivement lacunaires, composés, autant que l'aumônier pût en juger, d'impressions et de sensations oniriques, entrecoupées çà et là de quelques éclairs de lucidité. Il ne se souvenait pas d'être monté à bord d'un navire, ni d'avoir fait naufrage… mais il avait bien dans la mémoire une vision de lui-même rejeté sur la grève, crachant de l'eau de mer, étreignant de ses deux bras un baril de bœuf salé. Il se souvenait du chemin qui l'avait conduit à la cabane de Crosbie Wells, d'être passé près d'un groupe de laveurs d'or assis autour d'un feu ; il se souvenait de feuillages et d'eau courante, du fond pourri d'une pirogue abandonnée, d'une gorge aux parois rapides et de l'œil rouge d'une *weka* ; il se souvenait d'avoir rêvé la nuit des figures du tarot et de corsages doublés d'or et d'un trésor caché sous un lit dans un sac à farine.

— Tout est terriblement confus, dit-il. Apparemment, je suis sorti me promener au milieu de la nuit et je me suis égaré dans la brousse, je ne sais pas comment… Et puis je n'ai plus retrouvé mon chemin. C'est bien heureux que l'ami Te Rau m'ait retrouvé quand il l'a fait !

— Pourtant, il aurait mieux valu pour vous qu'il vous eût retrouvé plus vite, intervint Devlin, toujours circonspect. Si vous étiez revenu seulement trois jours plus tôt, vos concessions n'auraient pas été saisies. Vous avez perdu tous vos biens, monsieur Staines.

— Il y aura toujours de l'or à ramasser, repartit Staines, qui ne semblait guère touché par ce revers. L'argent, ce n'est que de l'argent, et cela fait parfois du bien d'avoir aussi les poches vides. De toute façon, j'ai un pécule en lieu sûr, dans la vallée de l'Arahura. Des milliers de livres. Des mille et des cents. Dès que je serai rétabli, j'irai le déterrer.

Il fallut, bien sûr, un temps assez long pour y mettre de l'ordre.

À la fin de la troisième semaine d'avril, le *West Coast Times* publia le programme du tribunal pour la huitaine suivante :

*Les chefs d'accusation retenus contre M. Emery Staines sont les suivants : 1° falsification de son bilan trimestriel de janvier 1866 ; 2° appropriation illicite d'or natif régulièrement déposé par M. John Long Quee sur le compte de la mine* Aurore *et retrouvé depuis parmi les effets de feu M. Crosbie Wells, de la vallée de l'Arahura ; 3º inexécution des obligations afférentes à ses concessions, mines et contrats divers, la durée de son absence ayant excédé huit semaines. Audience fixée au vendredi 27 avril devant le tribunal du juge de paix, à une heure après midi, sous la présidence de l'honorable juge Kemp.*

Devlin, qui en prit connaissance en buvant son café le samedi matin, se rendit aussitôt à la *Couronne*.

— Oui, je l'ai vu, dit Moody, qui s'offrait un petit déjeuner de harengs et de rôties.

— Vous comprenez certainement la portée de l'accusation.

— Bien sûr. Je vais espérer qu'on n'entrera pas dans les détails… et je ne serai sans doute pas le seul.

Moody offrit à son visiteur une tasse de café, se carra sur son siège et attendit courtoisement que Devlin voulût bien annoncer le motif qui l'amenait. L'aumônier posa une main sur la table, la paume en haut, et commença :

— Vous avez fait votre droit, monsieur Moody, et si j'en juge d'après ce que je sais de votre caractère, vous avez un esprit équitable. Vous n'êtes pas partial, pour ou contre les uns ou les autres. Vous connaissez les faits comme un avocat devrait les connaître… sous toutes leurs facettes.

— En effet, acquiesça Moody en fronçant les sourcils. Je sais donc pertinemment que l'or découvert chez M. Wells ne provenait pas de l'*Aurore*. Il n'appartient pas à M. Staines, quelle que soit la façon dont on choisit de regarder l'affaire. Vous ne pouvez pas me demander de plaider devant le tribunal, mon révérend.

— C'est précisément ce que je vous demande, insista Devlin. On manque d'avocats à Hokitika, et vous raisonnez mieux que la plupart.

— C'est pourtant un tribunal civil, objecta Moody, réticent. Me voyez-vous tirer toute l'histoire au grand jour et en faire une révélation publique… en vous y impliquant tous tant que vous êtes… et Lauderback aussi, à tant faire, et Shepard, et Carver, et Lydia Wells ?

— Dites plutôt Lydia Carver. Elle a changé de nom.

— Pardon. Lydia Carver donc. Allez, mon révérend, je ne vois vraiment pas à quoi je pourrais être bon devant le tribunal du juge de paix. Je ne vois pas non plus qui aurait à profiter du dévoilement impitoyable de tous les détails… le trésor caché dans les robes, le chantage, l'histoire personnelle de Lauderback, tout.

Il pensait au frère naturel, Crosbie Wells.

— Je ne vous parle pas de dévoilement impitoyable, reprit l'aumônier. Je vous demande d'être l'avocat d'Anna Wetherell. Réfléchissez-y.

— Je croyais que Mlle Wetherell avait déjà pris un avocat, protesta Moody, étonné.

— M. Fellowes, oui. Son nom était, certes, d'un bon augure… démenti, hélas, par ses actes. Il a refusé de représenter Anna après sa mésaventure au palais de Justice le mois dernier.

— Sous quel prétexte ?

— Il craint apparemment d'être mis à l'amende pour concussion. Elle avait proposé de régler ses honoraires sur le montant qu'elle cherchait à récupérer. Tout compte fait, ce n'était pas très avisé.

— N'aurait-elle pas droit à un avocat d'office ? demanda Moody, la mine rembrunie.

— Sans doute… C'est M. Harrington qui serait désigné… mais il passe pour être une créature du magistrat. Ce n'est pas l'homme qu'il nous faut, si nous voulons sauver Anna d'un procès devant la haute cour.

— Un procès devant la haute cour ? Mais vous plaisantez ! Tout sera réglé en première instance… et sans traîner, ou je me trompe fort. Laissez-moi vous dire, mon révérend, avec tout le respect dû, qu'il y a une très grande différence entre le droit civil et le pénal.

— Avez-vous lu le programme du tribunal dans le journal ce matin ? demanda Devlin en le regardant d'un air étrange.

— Oui, parfaitement.

— De bout en bout ?

— Je crois bien.

— Peut-être devriez-vous y jeter encore un coup d'œil.

Moody fronça les sourcils et rouvrit son journal à la page trois. Lissant la feuille, il parcourut une seconde fois la colonne concernée. Et voilà, tout en bas :

*Les chefs d'accusation retenus contre Mlle Anna Wetherell sont les suivants : 1° faux en écriture ; 2° ivresse publique ayant occasionné un trouble à l'ordre public ; 3° coups et blessures graves. Audience fixée au vendredi 27 avril devant le tribunal du juge de paix, à neuf heures du matin, sous la présidence de l'honorable juge Kemp.*

— Coups et blessures graves ? demanda Moody, étonné.

— Le Dr Gillies a indiqué que la balle logée dans l'épaule de Staines avait été tirée par un pistolet de dame, expliqua Devlin. Malheureusement, le garçon d'hôtel du *Gril* était présent lorsque le docteur a fait cette révélation. Il s'est souvenu des coups tirés en janvier, dans la chambre d'Anna, et il a aussitôt raconté toute l'histoire. La police a envoyé un agent au *Gril*, et M. Clinch a été contraint de lui remettre le pistolet en tant que pièce à conviction. Depuis, les experts ont confirmé que c'est bien l'arme avec laquelle le coup a été porté.

— Ne me dites pas que M. Staines a déposé une plainte…

— Non, en effet.

— Alors, qui est-ce qui a engagé les poursuites ?

— Par malchance, répondit Devlin en toussant, M. Fellowes détient toujours ce document regrettable… aux termes duquel Staines gratifie Anna de deux mille livres, avec Crosbie Wells comme témoin. Il a mis le gouverneur Shepard au secret. Or, comme vous vous en souvenez certainement, Shepard avait déjà vu le document… *sans* la signature du donateur. Il m'a demandé la vérité… et j'ai été bien obligé de reconnaître que la signature de Staines était, de fait, un faux… commis par Anna elle-même.

— Dame !

— Elle est dans une situation impossible, conclut Devlin. Si elle plaide coupable sur le chef des coups et blessures, on présentera cela comme une tentative de meurtre : il y a l'acte de donation, voyez-vous, qui pourra être invoqué comme preuve qu'elle avait un motif suffisant pour souhaiter sa mort.

— Et si elle plaide non coupable ?

— Elle sera toujours condamnée pour faux ; et si elle nie là encore, elle sera reconnue irresponsable et internée d'office dans un établissement d'aliénés. Nous savons tous que Shepard garde cette carte-là dans sa manche. Fellowes et lui sont unis pour la perdre.

— M. Staines viendra témoigner à sa décharge, bien sûr.

— Oui, acquiesça l'aumônier avec une grimace. Mais il n'a pas l'air de saisir toute la gravité de la situation. C'est une tête à l'évent... le meilleur homme du monde, du reste, cela mis à part. Quand j'ai évoqué la question de la démence de Mlle Wetherell, par exemple, il en a été absolument enchanté. Il a dit qu'il ne la voudrait pas autrement.

— Qu'en pensez-vous ? A-t-elle toute sa tête ?

— La santé mentale n'est pas une question d'opinion, répondit Devlin, non sans malice.

— Mais si, au contraire, déclara Moody. La santé mentale ne peut être prouvée que par des témoignages. Avez-vous demandé une expertise au médecin ?

— J'espérais que vous voudriez bien vous en charger.

— Hum, fit Moody en reportant son regard sur le journal. Si je dois assurer la défense de Mlle Wetherell, j'aurai besoin de parler aussi à M. Staines.

— Ce sera facile à arranger. Ils sont inséparables.

— En particulier... et longuement.

— Vous aurez tout ce que vous voudrez.

Moody tambourina des doigts sur la table. Au bout d'un moment, il dit :

— Avant tout, il faudra nous assurer que les deux parties présentent les faits sous le même jour.

Φ

Le matin du 27 avril se leva, clair et rayonnant, à Hokitika. Walter Moody s'éveilla avec l'aube et consacra un temps considérable à sa toilette. Il se rasa, se peigna, se pommada et s'appliqua quelques gouttes d'eau de senteur derrière les oreilles. La femme de charge de la *Couronne* avait déposé ses chaussures, fraîchement cirées, devant la porte de sa chambre ; sur la petite étagère d'angle à son chevet, elle avait préparé un gilet bordeaux, une cravate grise et un col cassé. Elle avait brossé et repassé sa redingote, qui avait passé la nuit accrochée à la fenêtre pour ne pas prendre de mauvais plis. Moody s'habilla avec soin et s'attarda si bien que la cloche de la chapelle sonna huit heures avant qu'il ne descendît prendre le petit déjeuner en tapotant encore son gousset pour vérifier l'attache de sa chaîne de montre. Une demi-heure après, il se trouvait dans Revell-street, remontant la chaussée à grandes enjambées, le front surmonté d'un chapeau haut de forme, une serviette de cuir à la main.

En approchant du palais de Justice, il eut l'impression que l'audience du matin avait mis tout Hokitika sur pied : la file d'attente pour entrer s'étirait jusqu'à la moitié de la rue, et la foule sous le porche avait un air haletant d'avidité. Il prit la queue, marqua le pas avec les autres et, à la longue, fut introduit dans le bâtiment par une paire d'agents de police à la mine sévère, qui lui enjoignirent de garder les mains près du corps, de ne parler que si on lui adressait la parole et de se découvrir à l'entrée du juge. Serrant sa serviette contre sa poitrine, Moody se fraya un chemin à coups d'épaule à travers l'espace réservé au public et enjamba le cordon pour prendre place sur le banc des avocats à côté des représentants du ministère public.

En sa qualité de défenseur, il avait reçu trois jours avant l'audience la liste des témoins convoqués par l'accusation. Les noms y figuraient dans l'ordre prévu de leur audition : M. Joseph Pritchard, M. Aubert Gascoigne, le révérend Cowell Devlin, et enfin le gouverneur George Shepard… succession qui donnait à Moody une assez bonne idée de la ligne d'argumentation du parquet. La liste des témoins cités pour l'audience de l'après-midi était nettement plus longue : dans l'affaire du district du Westland contre M. Emery Staines, l'accusation appellerait à la barre M. Richard Mannering, M. John Long Quee, M. Benjamin Löwenthal, M. Edgar Clinch, M. Harald Nilssen, M. Charles Frost, Mme Lydia Carver et le capitaine Francis Carver. Moody, en recevant ces documents préliminaires, s'était aussitôt mis au travail pour affiner les deux volets de sa stratégie… car il comprenait bien que l'impression produite dans la matinée serait pour beaucoup dans le verdict de l'après-midi.

Finalement, l'horloge sonna neuf heures, et les personnes assises furent priées de se lever. La foule fit silence pour l'entrée de l'honorable juge Kemp, qui monta les marches de l'estrade, s'assit pesamment et s'acquitta des formalités de rigueur sans plus de cérémonie. C'était un homme au teint rubicond et aux doigts épais, sans barbe ni moustache, avec une crinière de cheveux rêches qu'une coupe étrange faisait bouffer au-dessus des oreilles et aplatissait sur le sommet du crâne.

— M. Walter Moody pour la défense, dit-il, lisant les noms inscrits sur le registre sous ses yeux, et M. Lawrence Broham pour le plaignant, assisté de MM. Roger Harrington et John Fellowes, attachés au tribunal.

Il leva les yeux pour fixer par-dessus ses lunettes le banc des avocats et poursuivit :

— Monsieur Moody, monsieur Broham, j'aurais deux mots à vous dire avant d'ouvrir les débats. Tout d'abord, je ne suis pas sans me rendre compte que la foule qui remplit cette salle ne s'est pas réunie aujourd'hui par amour de la justice ; or, nous sommes ici pour satisfaire la loi, et non point une curiosité obscène, quelle que soit l'identité de la personne assise sur le banc des accusés ou la nature des faits qui lui sont reprochés. Je vous prierai donc tous deux de respecter les convenances dans votre interrogatoire de Mlle Wetherell et consorts. En évoquant le ci-devant métier de Mlle Wetherell, vous pourrez choisir parmi les termes de « péripatéticienne », « belle-de-nuit » ou « praticienne du vieux métier ». Me fais-je bien comprendre ?

Les avocats acquiescèrent dans un murmure.

— Très bien, reprit le juge Kemp. Le second point sur lequel je désire insister est un sujet que j'ai déjà abordé avec chacun de vous en particulier ; je me répète à l'intention du public. Les six chefs d'accusation à l'ordre du jour aujourd'hui… faux en écriture, ivresse, et coups et blessures en ce qui concerne Mlle Wetherell ce matin, et fraude, détournement et inexécution contractuelle dans le procès contre M. Staines cet après-midi… sont solidaires à bien des égards, comme, je n'en doute pas, chaque citoyen du Westland sachant lire s'en sera aperçu. Vu cet enchevêtrement, j'estime prudent d'ajourner le prononcé du verdict dans l'affaire de Mlle Wetherell en attendant que celle de M. Staines ait été entendue, et ce, afin d'assurer que chacune des deux affaires soit considérée à la lumière, si je puis dire, de l'autre. En êtes-vous d'accord ? Très bien.

Il conclut avec un signe de tête à l'adresse de l'huissier :

— Faites entrer la prévenue.

De nombreux chuchotements coururent dans la salle, tandis qu'Anna était extraite de sa cellule. Moody, qui se retourna pour l'observer, fut content de l'impression produite par sa cliente. Sa maigreur n'avait plus rien d'une émaciation morbide, mais paraissait un simple attribut de son sexe : un signe de délicatesse plutôt que d'inanition. Elle portait toujours la robe noire qui avait appartenu à la défunte épouse d'Aubert Gascoigne, et elle était coiffée très simplement, les cheveux ramassés en chignon à la nuque. L'huissier la conduisit à la tribune improvisée des témoins, et elle s'avança pour toucher la Bible et prêter serment. Elle prononça la formule à voix basse, sans manifester d'émotion, puis se croisa les mains et tourna vers le juge un visage inexpressif.

— Mademoiselle Anna Wetherell, commença le magistrat. Vous comparaissez devant ce tribunal pour répondre à trois chefs d'accusation. Premièrement, la contrefaçon d'une signature sur un acte de donation. Plaidez-vous coupable ou non coupable ?

— Non coupable, monsieur.

— Deuxièmement, ivresse publique ayant occasionné un trouble à l'ordre public dans l'après-midi du 20 mars de cette année. Plaidez-vous coupable ou non coupable ?

— Non coupable, monsieur.

— Et troisièmement, coups et blessures graves contre M. Emery Staines. Plaidez-vous coupable ou non coupable ?

— Non coupable, monsieur.

Le juge nota les réponses et poursuivit :

— Vous savez sans doute, mademoiselle Wetherell, que cette cour n'a pas autorité pour prononcer dans une affaire criminelle.

— Oui, monsieur.

— Concernant le troisième chef d'accusation, il se peut que les circonstances justifient votre renvoi devant une juridiction supérieure. Dans ce cas, vous seriez maintenue en détention en attendant la convocation d'un magistrat et d'un jury d'assises. Me comprenez-vous ?

— Oui, monsieur. Je comprends.

— Bien. Asseyez-vous.

Elle s'assit.

— Monsieur Broham, dit le juge Kemp, la cour entendra maintenant l'exposé de l'accusation.

— Merci, monsieur le président.

Broham était un homme frêle à la moustache rousse, dont les yeux humides ne laissaient rien échapper. Il se leva en redressant la pile de papiers devant lui, de façon à en aligner les bords sur ceux du pupitre.

— Monsieur le président, messieurs de la cour, mesdames et messieurs, commença-t-il. Que la fumée du pavot est une drogue dont les tentations s'adressent aux instincts les plus primitifs, un stupéfiant dont les effets sont dévastateurs et les associations répréhensibles, au sein de la société comme au tribunal de l'histoire, cela devrait aller de soi pour tout citoyen qui se respecte. Aujourd'hui, nous aurons à examiner un déplorable exemple topique de ces vérités : une jeune femme dont la faiblesse pour la drogue a terni l'image non seulement de la ville de Hokitika, mais de notre district du Westland dans son ensemble, encore frais émoulu des fonts baptismaux…

L'exposé fut très long. Broham rappela à ces messieurs de la cour qu'Anna avait déjà attenté à ses jours, établissant un rapport entre ce suicide raté et son malaise dans l'après-midi du 20 mars : événements, ajouta-t-il avec un accent cynique, qui avaient tous deux « alerté à juste titre l'œil et l'attention du public ». Il traita abondamment de sa contrefaçon de la signature de Staines sur l'acte de donation, mettant en doute la validité de ce document tel qu'il était rédigé et insistant sur tout ce qu'Anna avait à gagner en le falsifiant. S'adressant ensuite à l'accusation de coups et blessures, il parla d'une manière générale du caractère dangereux et imprévisible de ceux qui font un usage excessif de l'opium, puis décrivit la blessure de Staines avec un tel luxe de détails les plus crus qu'une spectatrice dut être emportée hors de la salle. En conclusion, il invita toutes les personnes présentes à penser combien d'opium on pourrait acheter avec une somme de deux mille livres, puis posa une question qui ne demandait pas de réponse : le public tolérerait-il qu'une telle quantité tombât entre les mains d'une personne aussi compromise et aux relations aussi peu recommandables que Mlle Anna Wetherell, ci-devant belle-de-nuit ?

— Monsieur Moody, vous avez la parole pour la défense, dit le juge, lorsque Broham eut repris sa place.

— Merci, monsieur le président, répondit Moody en se levant promptement. Je serai bref.

Ses mains tremblaient. Il les appuya sur le pupitre devant lui, les doigts écartés, pour se remettre d'aplomb, et parla d'une voix dont l'assurance démentait son sentiment :

— Je commencerai par rappeler à M. Broham que Mlle Wetherell a, de fait, secoué le joug de sa dépendance, acte qui lui vaut mon estime et mon admiration les plus sincères. Certes, le tempérament de Mlle Wetherell, tel que M. Broham s'est fait un plaisir de nous le dépeindre, ne l'expose que trop aux tentations de la multitude de substances qui paralysent notre libre arbitre. Pour ma part, je n'ai jamais goûté à la fumée du pavot, et M. Broham vient de nous assurer qu'il est dans le même cas. Or, j'ose hasarder l'hypothèse que l'une des raisons de notre commune abstinence est la peur : peur du pouvoir que la drogue prendrait vraisemblablement sur nous ; peur de l'esclavage auquel elle réduit son adepte ; peur de ce que nous pourrions voir, ou faire, sous son empire. Je le précise pour souligner que la faiblesse de Mlle Wetherell à cet égard n'est aucunement particulière à elle seule. Elle a, je le répète, mes éloges pour l'ardeur avec laquelle elle s'est engagée dans la voie de la réforme.

« Pourtant, malgré ce que le discours de M. Broham pourrait faire croire, nous ne sommes pas ici pour nous prononcer sur la psychologie de Mlle Wetherell, ni pour rendre un verdict sur son caractère. Nous y sommes pour servir au mieux la justice en délibérant sur une triple accusation : une accusation de faux en écriture, une accusation de trouble à l'ordre public et une accusation de coups et blessures. Je ne conteste pas ce que M. Broham vient de nous dire de la gravité du délit qui consiste à contrefaire la signature d'un tiers, je n'ai non plus rien à objecter à sa présentation des coups et blessures graves comme antichambre de l'homicide ; ce nonobstant, comme je compte le prouver tantôt, Mlle Wetherell est innocente de tous ces méfaits. Elle n'a pas commis de faux ; elle n'a tenté en aucune façon de se livrer à des voies de fait sur M. Emery Staines ; et sa syncope, survenue le 20 mars après midi, n'avait rien d'un trouble à l'ordre public, pas plus que le malaise de la dame qui s'est vu obligée de quitter cette salle il y a une dizaine de minutes. Je n'ai aucun doute que la déposition des témoins prouvera l'innocence de ma cliente, et cela sans tarder. Dans l'attente de cette heureuse issue, monsieur le président, messieurs de la cour, mesdames et messieurs, je n'ai aucun scrupule à remettre l'affaire entre les bonnes mains de la justice.

Moody se rassit. Son cœur battait la chamade. Il leva les yeux sur le magistrat, guettant un signe d'approbation, mais le juge Kemp était penché sur son registre, en train de prendre des notes. Broham, à l'autre bout du banc, regardait Moody d'un air franchement mauvais. Fellowes, assis à son côté, s'inclina pour lui parler à l'oreille. L'instant d'après, Broham souriait en répondant lui aussi dans un murmure.

— Merci, monsieur Moody, dit enfin le juge avant de poser sa plume en soulignant ce qu'il venait d'écrire d'un grand parafe. Je demanderai maintenant à la prévenue de se lever. Monsieur Broham, vous avez la parole.

Broham aussi se leva et remercia derechef le magistrat.

— Mademoiselle Wetherell, commença-t-il en s'adressant à la jeune femme, comment gagniez-vous votre vie jusqu'à la nuit du 14 janvier ?

— Monsieur Broham ! intervint aussitôt le juge d'un ton sec. Qu'est-ce que je viens de dire ? Mlle Wetherell est une praticienne du vieux métier. Que cela nous suffise.

— Très bien, monsieur le président, acquiesça Broham, qui reprit : Mademoiselle Wetherell, dans la nuit du 14 janvier, vous avez pris une décision concernant le métier que vous exerciez jusque-là. Est-ce exact ?

— Oui.

— Quelle était cette décision ?

— J'ai arrêté.

— Que voulez-vous dire par « arrêté » ?

— J'ai arrêté de faire la putain.

Le juge poussa un soupir et dit d'un ton résigné :

— Continuez.

— Avez-vous trouvé aussitôt une autre situation ? demanda Broham sans insister.

— Pas tout de suite, répondit Anna. Mais quand Mme Wells est arrivée, elle m'a recueillie à la *Fortune du Voyageur*. J'ai commencé à apprendre à tirer le tarot et à dresser les cartes astrales, pour pouvoir l'aider à dire la bonne aventure. Je pensais gagner ma vie en tant que son assistante.

— En abandonnant la pratique de votre précédent métier, aviez-vous d'ores et déjà cet objectif en vue ?

— Non, reconnut Anna. Je ne savais pas que Mme Wells allait venir, tant qu'elle n'est pas arrivée.

— Avant l'arrivée de Mme Wells à Hokitika, comment comptiez-vous donc pourvoir à votre subsistance ?

— Je n'avais pas de projet.

— Vraiment, aucun ?

— Non, monsieur.

— Vous n'aviez pas mis de l'argent de côté ? Vous n'aviez pas un petit pécule ? Un capital sur lequel vous pouviez compter ?

— Non, monsieur.

— Dame ! C'était donc un saut dans l'inconnu, plaisanta Broham.

— Monsieur Broham ! vint la voix du juge, le rappelant à l'ordre.

— Monsieur le président ?

— Dites ce que vous avez à dire.

— J'y arrive. Cet acte de donation, reprit Broham en brandissant le document, fait de vous, mademoiselle Wetherell, l'heureuse destinataire de *deux mille* livres. Il est daté du 11 octobre de l'an passé. Le donateur, M. Emery Staines, a disparu sans laisser de trace le 14 janvier… le jour même où vous, donataire de cette somme extraordinaire, avez décidé, favorisée de la fortune comme vous l'étiez, de cesser de faire le trottoir et de vous amender, décision prise *sans* motif et *sans* aucun projet d'avenir. Eh bien…

— Je proteste ! dit Moody en se levant. M. Broham n'a pas prouvé que Mlle Wetherell n'avait pas de motif pour changer de situation.

Le juge donna raison à la défense, et Broham, visiblement dépité, dut poser la question à Anna :

— Aviez-vous donc un motif, mademoiselle Wetherell ? Une raison de vouloir cesser de vous prostituer ?

— Oui.

Anna consulta Moody du regard. Il lui adressa un discret hochement de tête, l'encourageant à parler. Elle respira profondément et se lança :

— Je venais de tomber amoureuse. De M. Staines. La nuit du 14 janvier était la première que nous avons passée ensemble, et après cela… enfin, je ne voulais pas rester putain.

— C'est cette même nuit, enchaîna Broham en fronçant le sourcil, que vous avez été arrêtée pour avoir voulu attenter à vos jours, n'est-ce pas ?

— Oui, approuva Anna. J'ai cru qu'il ne m'aimait pas… qu'il ne pourrait pas m'aimer… c'était insupportable… et j'ai commis un acte terrible.

— Avouez-vous donc que vous avez, cette nuit-là, tenté de mettre fin à vos jours ?

— Je voulais le kief, expliqua Anna, mais je n'avais pas l'intention de me faire vraiment du mal.

— Quand vous avez été jugée pour tentative de suicide… dans cette même salle… vous avez refusé de plaider. Pourquoi avez-vous changé de discours ?

C'était là une question que Moody n'avait pas préparée avec Anna. Un instant, il eut peur qu'elle ne restât court. Mais non, elle répondit calmement, selon la vérité :

— À ce moment-là, M. Staines était encore porté disparu. Je pensais qu'il était peut-être parti en amont, ou bien dans les gorges, et alors il lirait le journal de Hokitika pour avoir les nouvelles. Je ne voulais rien dire qu'il pourrait lire et qui lui donnerait lieu de mal penser de moi.

Broham émit une petite toux sèche, leva ostensiblement sa main fermée devant sa bouche et poursuivit :

— Veuillez nous exposer les événements de la soirée du 14 janvier. Dans vos propres termes et en suivant l'ordre chronologique.

— J'ai retrouvé M. Staines à la *Poudre et la Pépite*, vers sept heures, commença-t-elle en acquiesçant de la tête. Nous avons pris un verre ensemble, puis il m'a emmenée chez lui, dans son logement de Revell-street. Vers dix heures, je suis rentrée dans ma chambre au *Gril*, et j'ai allumé ma pipe. Je me sentais toute chose, comme je l'ai déjà dit, et j'ai donc augmenté un peu ma dose habituelle. Je suppose que j'ai dû quitter le *Gril* sous l'influence de la drogue, car je ne me souviens plus de rien jusqu'au moment où je me suis réveillée en prison.

— Que voulez-vous dire par « toute chose » ?

— Oh ! simplement que j'étais mélancolique… et

très heureuse… et inconsolable, tout ensemble. Je ne peux pas vraiment le décrire.

— À un moment de cette même nuit, M. Staines a disparu. Savez-vous où il est allé ?

— Non. La dernière fois que je l'ai vu, c'était dans sa maison de Revell-street. Il dormait. Il a dû disparaître après que je l'ai quitté.

— Après dix heures donc.

— Oui. Je croyais qu'il allait revenir… mais il n'est pas revenu… et les jours passaient, et il ne donnait toujours pas signe de vie. Quand Mme Wells a proposé de me prendre en pension à la *Fortune du Voyageur*, j'ai pensé avoir intérêt à accepter. Simplement en attendant. Tout le monde disait qu'il était sûrement mort.

— Avez-vous vu M. Staines, à un moment quelconque, entre le 14 janvier et le 20 mars ?

— Non, monsieur.

— Avez-vous correspondu avec lui ?

— Non, monsieur.

— Où croyez-vous qu'il soit allé, pendant tout ce temps ?

Anna ouvrit la bouche pour répondre, et Moody, se levant vivement, intervint :

— Monsieur le président ! On ne peut pas obliger la prévenue à se livrer à des spéculations.

Une fois de plus, le juge lui donna raison, et Broham fut invité à poursuivre son interrogatoire.

— Quand M. Staines a été retrouvé, dans l'après-midi du 20 mars, il y avait une balle logée dans son épaule, dit-il. Lors de votre rendez-vous du 14 janvier, M. Staines était-il blessé ?

— Non, déclara Anna.

— Est-ce ce soir-là qu'il a reçu la blessure ?

— Non pas que je sache. La dernière fois que je l'ai vu, il se portait bien. Il dormait.

Broham souleva un pistolet de manchon posé sur le pupitre devant le banc des avocats.

— Reconnaissez-vous cette arme, mademoiselle Wetherell ? demanda-t-il.

— Oui, répondit Anna en plissant les yeux. C'est la mienne.

— Est-ce une arme que vous avez l'habitude de porter sur vous ?

— Autrefois, oui, en travaillant. Je la portais dans mon corsage.

— Étiez-vous armée, le soir du 14 janvier ?

— Non, j'avais laissé le pistolet au *Gril.* Sous mon oreiller.

— Pourtant, vous travailliez.

— J'étais avec M. Staines, dit Anna.

— Vous ne répondez pas à ma question. Travailliez-vous, le soir du 14 janvier ?

— Oui.

— Et pourtant… à vous en croire… vous avez laissé votre pistolet dans votre chambre.

— Oui.

— Pourquoi ?

— Je ne pensais pas en avoir besoin.

— Mais c'était exceptionnel. Normalement, vous auriez été armée.

— Oui.

— Quelqu'un peut-il confirmer vos dires quant au lieu où le pistolet se trouvait ce soir-là ?

— Non. À moins d'avoir regardé sous mon oreiller.

— La balle extraite de l'épaule de M. Staines provenait d'un pistolet de ce type, constata Broham. Avez-vous tiré sur lui ?

— Non.

— Savez-vous qui a tiré ?

— Non, monsieur.

L'avocat de l'accusation étouffa encore une petite toux et reprit :

— Le soir du 14 janvier, aviez-vous une idée de la valeur nette des concessions de M. Staines ?

— Je savais qu'il était riche. Tout le monde le sait.

— Avez-vous parlé à M. Staines, ce soir-là ou un autre, du trésor découvert par la suite chez Crosbie Wells ?

— Non. Nous n'avons jamais parlé argent.

— Jamais ? fit Broham en haussant un sourcil.

— Monsieur Broham, intervint le juge d'un ton las.

Broham inclina la tête et poursuivit :

— À quel moment avez-vous appris l'intention exprimée par M. Staines dans l'acte de donation ?

— Dans la matinée du 20 mars, répondit Anna en se relâchant de sa vigilance (c'était là une réplique qu'elle avait apprise par cœur). L'aumônier de la prison a apporté le document à la *Fortune du Voyageur*. Quand il me l'a montré, je suis venue directement au tribunal pour savoir à quoi m'en tenir. J'ai consulté M. Fellowes, qui a confirmé que l'acte de donation était légal et valable. Il a dit qu'il y avait peut-être quelque chose à en tirer… c'est-à-dire que je pourrais peut-être réclamer une part de l'or. Il a accepté alors de porter l'acte à la banque pour moi.

— Et ensuite ?

— Il m'a dit de revenir le trouver ici, au tribunal, à cinq heures. Je me suis donc présentée à cinq heures, et nous nous sommes installés autour d'une table, comme avant. Mais je me suis évanouie.

— Qu'est-ce qui a provoqué votre évanouissement ?

— Je ne sais pas.

— Étiez-vous sous l'influence d'une drogue ou de l'alcool ?

— Non. Je n'avais rien pris.

— Avez-vous un témoin qui peut le confirmer ?

— Le révérend Devlin a passé la matinée avec moi, déclara Anna, et l'après-midi je suis allée au *Gril*, chez M. Clinch.

— Dans le procès-verbal de l'incident qu'il a dressé à l'intention du magistrat, le gouverneur Shepard mentionne une forte odeur de laudanum, perceptible au moment où vous avez perdu connaissance, dit Broham.

— Peut-être était-ce une fausse impression, repartit Anna.

— Vous souffrez bien d'une dépendance à l'opium et à ses dérivés, n'est-ce pas ?

— Je n'ai pas fumé une pipe depuis que j'habite chez Mme Wells, et même avant, insista Anna. J'ai arrêté en prenant le deuil : le jour de ma sortie de prison.

— Soyons plus clairs, si vous le voulez bien. Affirmez-vous que vous n'avez plus touché à l'opium, sous aucune forme, depuis votre empoisonnement du 14 janvier ?

— C'est ça.

— Mme Carver peut-elle en témoigner ?

— Oui.

— Veuillez raconter à la cour ce qui s'est passé dans l'après-midi du 27 janvier, pendant les heures qui ont précédé l'arrivée de Mme Carver à l'hôtel du *Gril*.

— J'étais dans ma chambre, je discutais avec M. Pritchard, dit Anna, récitant sa leçon. Je portais mon pistolet sur moi, dans mon corsage, comme à l'ordinaire. M. Gascoigne est entré très brusquement, j'ai pris peur, j'ai donc sorti le pistolet et le coup est parti tout seul. Personne n'a vraiment compris ce qui s'est passé. M. Gascoigne pensait que l'arme était peut-être déréglée, il me l'a donc fait recharger et il a tiré lui-même un second coup en visant mon oreiller, pour s'assurer que le mécanisme fonctionnait correctement. Puis il m'a rendu le pistolet et je l'ai mis dans un tiroir, et je n'y ai plus touché.

— C'est-à-dire que deux coups ont été tirés cet après-midi-là.

— Oui.

— La seconde balle a été retrouvée dans votre oreiller. Qu'est-il advenu de la première ?

— Elle a disparu, dit Anna.

— Disparu ? fit Broham en haussant les sourcils.

— Oui. On ne l'a retrouvée nulle part.

— Y avait-il une fenêtre ouverte ?

— Non, il pleuvait. Je ne sais pas où la balle est allée frapper. Personne n'y a rien compris.

— Elle a simplement… disparu ? répéta Broham.

— C'est ça, confirma Anna.

Broham n'avait plus de questions à faire à l'accusée. Il se rassit avec un petit sourire suffisant, et le juge invita Moody à procéder au contre-interrogatoire. Moody remercia et prit la parole :

— Mademoiselle Wetherell, c'est une plainte déposée par M. George Shepard, gouverneur de la prison de Hokitika, qui est à l'origine des trois accusations auxquelles vous avez à répondre aujourd'hui. Connaissez-vous personnellement ce monsieur ?

La question introduisait un échange qu'ils avaient répété plus d'une fois. Anna répondit sans hésiter :

— Pas du tout.

— Et pourtant, si je ne me trompe, le gouverneur Shepard, outre les accusations formulées dans sa plainte, a très souvent mis publiquement en doute votre santé mentale…

— Oui. Il prétend que je suis folle.

— Avez-vous jamais parlé longuement avec le gouverneur Shepard ?

— Non.

— Étiez-vous en relation d'affaires avec lui ? De quelque façon que ce soit ?

— Non.

— À votre connaissance, le gouverneur Shepard a-t-il une raison de vous vouloir du mal ?

— Non, répéta-t-elle. Je ne lui ai jamais rien fait.

— Je crois savoir, en revanche, que vous avez tous deux une connaissance commune, poursuivit Moody. Est-ce exact ?

— Oui, répondit Anna. Ah Sook. Un Chinois. Il tenait la fumerie de Kaniere, et c'était un ami très cher. Il est mort le 20 mars… abattu par le gouverneur Shepard.

Broham bondit et en appela au président :

— Le gouverneur Shepard avait un mandat d'arrêt contre l'individu en question. Il a agi en sa qualité de représentant de la force publique. La question de M. Moody est calomnieuse.

— Je n'ignore pas l'existence du mandat, monsieur Broham, répondit Moody. J'estime néanmoins que la question est pertinente, vu le lien matériel que cette connaissance commune établit entre le plaignant et la prévenue.

— Continuez, monsieur Moody, dit le juge rembruni.

Broham se rassit.

— Qu'avait-il donc de commun avec M. Sook, le gouverneur Shepard ? demanda Moody en s'adressant de nouveau à Anna.

— Ah Sook avait été accusé du meurtre de son frère, déclara Anna en articulant clairement. C'était à Sydney. Il y a une douzaine d'années.

Il se fit soudain un grand silence dans la salle.

— Quelle fut l'issue du procès ? demanda Moody.

— Ah Sook a été innocenté par un témoignage de dernière minute, dit Anna. Il a été acquitté.

— M. Sook vous a-t-il jamais parlé de cette affaire ?

— Son anglais n'était pas très bon, mais « vengeance » et « meurtre » étaient des mots qui revenaient souvent dans sa bouche. Parfois il parlait dans son sommeil. Je ne l'ai pas compris sur le moment.

— Lorsque cela lui arrivait, quelle était la contenance de M. Sook ? Quelle impression vous faisait-il ?

— Il semblait fâché, répondit Anna. Effrayé, peut-être. Je n'y ai pensé que plus tard. Je ne savais rien du frère du gouverneur Shepard, jusqu'à la mort d'Ah Sook.

Moody se tourna vers le juge en brandissant une feuille de papier :

— La défense renvoie la cour aux minutes intégrales du procès, publiées dans le *Sydney Herald* du 9 juillet 1854. L'original peut être consulté aux Archives antipodiennes de Wharf-street ; pour l'instant, je verse au dossier une copie certifiée.

Il fit passer le document le long du banc pour être transmis au juge, puis revint à Anna :

— Le gouverneur Shepard avait-il connaissance de vos liens d'amitié avec M. Sook ?

— Je n'en faisais pas un secret. Je passais presque tous les jours à la fumerie, c'est la seule à Kaniere. Je dirais qu'à peu près tout le monde était au courant.

— Vos visites vous ont valu un surnom, n'est-ce pas ?

— Oui, dit Anna. On me traitait de fille à Chinois, « Anne-Jaune ».

— Merci, mademoiselle Wetherell. Ce sera tout.

Et, s'inclinant devant le juge, qui parcourait la chronique du *Sydney Herald*, Moody se rassit.

Broham, que les insinuations de la défense avaient pris au dépourvu, demanda à interroger encore le témoin sur le point qui venait d'être soulevé. Le juge Kemp cependant rejeta la requête.

— La cour est réunie ce matin pour prononcer sur trois points, dit-il en mettant soigneusement de côté le compte rendu de l'acquittement d'Ah Sook pour joindre les mains. La prévenue est accusée des délits de faux en écriture, d'ivresse avec trouble à l'ordre public et de coups et blessures. J'ai bien noté que l'intimité de Mlle Wetherell avec M. Sook a pu intéresser le plaignant à titre personnel, mais je n'estime pas que ces faits nouveaux justifient une reprise de l'interrogatoire. Après tout, nous n'avons pas à juger des motifs du plaignant, mais de ceux de Mlle Wetherell.

Broham fit une grimace dépitée. Moody, rencontrant le regard d'Anna, lui adressa un sourire discret, qu'elle lui rendit de même. Ils venaient de remporter une victoire.

Le premier témoin appelé à déposer fut Joseph Pritchard. Interrogé par Broham, il confirma le récit d'Anna concernant les événements survenus le 27 janvier à l'hôtel du *Gril* : la première balle avait disparu lorsque le coup était parti tout seul, et la seconde avait été tirée dans l'oreiller d'Anna, par Aubert Gascoigne, à titre d'expérience.

— Dans quel but vous êtes-vous rendu chez Mlle Wetherell dans l'après-midi du 27 janvier, monsieur Pritchard ? demanda Moody en commençant son contre-interrogatoire.

— Je ne croyais pas à sa prétendue tentative de suicide, il me semblait qu'il y avait là anguille sous roche, répondit l'apothicaire. Sa provision d'opium avait peut-être été empoisonnée, ou bien coupée avec une autre substance, et je voulais en avoir le cœur net.

— Avez-vous vu ce que vous souhaitiez voir ?

— Oui.

— Qu'avez-vous constaté ?

— L'aspect de sa pipe indiquait que quelqu'un s'en était servi peu auparavant. Je ne sais qui, déclara Pritchard, mais ce n'était pas elle. Elle n'était pas plus ivre que vous et moi cet après-midi-là. Je l'ai vu à ses yeux : elle n'avait pas touché à la drogue depuis plusieurs jours. Peut-être même depuis son empoisonnement.

— Et l'opium même ? L'avez-vous analysé ?

— Je ne l'ai pas retrouvé. J'ai fouillé tout son tiroir… mais le morceau n'y était plus.

— Il n'y était plus ? répéta Moody en haussant les sourcils.

— Non, confirma Pritchard.

— Je vous remercie, monsieur Pritchard. Je n'ai pas d'autres questions.

Harrington, le nez dans son registre, écrivait comme un forcené. Il arracha enfin la page et fit lire à ses voisins de banc ce qu'il venait de griffonner. Moody remarqua que Broham avait perdu le sourire.

— Appelez le témoin suivant, enchaîna le juge, qui lui aussi avait pris la plume.

Le témoin suivant était Aubert Gascoigne, dont la déposition corrobora les précédentes concernant le raté du premier coup et la disparition de la balle, ainsi que le fait qu'une seconde balle avait été tirée, sans accident, dans le traversin du lit. Interrogé par Broham, il reconnut qu'il ne s'était pas douté qu'Emery Staines pût se trouver à l'hôtel du *Gril* le 27 janvier dans l'après-midi ; interrogé par Moody, il reconnut que la supposition n'avait rien que de très vraisemblable. Il regagna sa place au pied de l'estrade, et lorsqu'il se fut rassis, le juge appela à la barre l'aumônier de la prison, Cowell Devlin, qui prêta serment comme les autres.

— Dites-nous, monsieur le pasteur, commença Broham en brandissant l'acte de donation. Comment ce document est-il venu en votre possession ?

— Je l'ai trouvé chez Crosbie Wells, le lendemain

de sa mort, répondit Devlin. Lorsque M. Lauderback a apporté la nouvelle à Hokitika, le gouverneur Shepard m'a chargé de me rendre au logis du défunt pour aider à ramener sa dépouille.

— Où exactement avez-vous trouvé ce document ?

— Il était dans le cendrier du fourneau. La maison était lugubre, et le temps bien humide ce jour-là. Je voulais faire du feu. J'ai ouvert le tiroir et découvert le papier, tombé à travers la grille.

— Qu'avez-vous fait alors ?

— Je l'ai confisqué, dit Devlin.

— Pourquoi ?

— Il s'agissait d'une somme très importante, expliqua calmement l'aumônier. J'ai estimé plus prudent de garder la chose secrète, tant que la santé de Mlle Wetherell ne serait pas rétablie : elle avait été amenée au camp de police la veille, tard dans la soirée, soupçonnée d'avoir voulu être homicide d'elle-même, et il était clair qu'elle avait besoin d'être ménagée.

— Était-ce là le seul motif qui vous a poussé à retenir ce document ?

— Non. Comme je l'ai dit plus tard au gouverneur Shepard, je ne voyais pas l'utilité de le communiquer à la police : lorsque je l'ai trouvé, il était sans valeur.

— Sans valeur ? Et pourquoi ?

— M. Staines n'y avait pas apposé sa signature.

— Pourtant, le document que je tiens entre les mains porte la signature de M. Staines, constata Broham. Veuillez rappeler à la cour dans quelles circonstances cet écrit a été signé.

— Je regrette, mais je ne peux pas, se récusa Devlin. Je n'en ai pas été directement témoin.

Broham faillit rester court ; puis, se ressaisissant :

— Quand vous êtes-vous aperçu qu'il avait été signé ?

— Le matin du 20 mars, lorsque je l'ai porté chez Mlle Wetherell, à la *Fortune du Voyageur*. Nous avons parlé d'autre chose, et au cours de la conversation, j'ai remarqué que le document portait désormais la signature du donateur.

— Avez-vous vu Mlle Wetherell signer l'acte de donation que voici ?

— Non, aucunement.

Broham n'en revenait pas ; pour se donner une contenance, il demanda :

— Quel était le sujet de votre conversation ?

— Elle était de nature confidentielle, répondit Devlin. En tant qu'homme d'Église, je ne peux être tenu de répéter nos propos, ni de témoigner contre Mlle Wetherell.

Broham ne tenta même plus de cacher son étonnement. Étonnement qui, lorsqu'il laissa enfin le témoin à la défense, non sans avoir beaucoup protesté et beaucoup ergoté (Devlin était pourtant dans son droit), avait fait place à une vive inquiétude. Moody prit un moment pour mettre de l'ordre dans ses papiers avant de parler.

— Monsieur le pasteur, demanda-t-il enfin, est-ce immédiatement après l'avoir découvert que vous avez fait part de cet acte de donation au gouverneur Shepard ?

— Je ne lui en ai pas fait part, déclara Devlin.

— Comment alors le gouverneur Shepard en a-t-il su l'existence ?

— Tout à fait par hasard. J'avais mis le document

dans ma Bible, pour le garder à plat, et M. Shepard est tombé dessus en feuilletant le volume. C'était un mois environ après le décès de M. Wells.

— M. Shepard était-il seul au moment où le hasard lui a mis ainsi le document entre les mains ? demanda Moody en hochant la tête.

— Oui.

— Qu'a-t-il fait ?

— Il m'a conseillé de communiquer l'acte à Mlle Wetherell, ce que j'ai fait.

— Tout de suite ?

— Non. J'ai laissé passer quelques semaines. Je voulais lui parler seul à seul, à l'insu de Mme Carver, et les occasions étaient rares, car les deux femmes logeaient ensemble et ne se quittaient guère.

— Pourquoi désiriez-vous cacher à Mme Carver votre entretien avec Mlle Wetherell ?

— Je croyais alors Mme Carver la légitime héritière du trésor découvert dans la demeure de M. Wells, expliqua Devlin. Je ne voulais pas semer la zizanie entre Mlle Wetherell et elle à cause d'un document qui, pour ce que j'en savais, était peut-être le fait d'un mauvais plaisant. Le matin du 20 mars, comme vous vous en souvenez peut-être, Mme Carver a été invitée à se rendre au tribunal. Je l'ai su par le journal, et je me suis aussitôt rendu à la *Fortune du Voyageur*.

— L'acte était-il resté entre-temps dans votre Bible ? demanda Moody en indiquant qu'il avait bien compris.

— Oui.

— Après la découverte initiale du document par le gouverneur Shepard, y a-t-il eu d'autres moments où celui-ci est resté seul avec votre Bible ?

— Oui, beaucoup. J'emporte ma Bible tous les matins en me rendant à mon travail, et il m'arrive souvent de la laisser au bureau de la prison, lorsque je suis requis par d'autres tâches.

Moody marqua une pause, pour permettre à chacun de mieux tirer la conclusion implicite. Enfin, passant à autre chose, il demanda :

— Depuis combien de temps connaissez-vous Mlle Wetherell, mon révérend ?

— Je ne l'avais pas rencontrée personnellement avant le matin du 20 mars, lorsque je lui ai rendu visite à la *Fortune du Voyageur*. Depuis ce jour, elle se trouve cependant sous ma garde à la prison, et je l'ai vue tous les jours.

— Vous a-t-il été possible, pendant ce temps, de l'observer et de discuter avec elle ?

— Oui, régulièrement.

— Voulez-vous nous faire part de l'idée que vous avez pu vous faire du caractère de cette jeune femme ?

— Mon impression est favorable, déclara Devlin. Bien sûr, on a abusé d'elle, et son passé n'est pas sans tache, mais il faut un grand courage pour s'amender, et ses efforts en ce sens sont édifiants. Elle s'est défaite, d'ores et déjà, de sa mauvaise habitude ; et elle est déterminée à ne plus vendre son corps. Pour tout cela, elle a droit à l'estime.

— Que pensez-vous de sa santé mentale ?

Devlin parut s'étonner de la question :

— Oh ! elle a toute sa raison. Sans l'ombre d'un doute.

— Merci, mon révérend, dit Moody. Merci, monsieur le président.

Vinrent ensuite les dépositions des experts : le Dr Gillies, un Dr Sanders, qu'on était allé chercher dans la vallée de la Taramakau pour obtenir un second avis médical sur l'état mental d'Anna, et un M. Walsham, inspecteur de police à Greymouth.

Le plaignant, George Shepard, fut le dernier témoin appelé à la barre.

Comme Moody s'y attendait, Shepard insista longuement sur la mauvaise réputation d'Anna Wetherell, mettant en avant son opiomanie, sa profession infâme et sa première tentative de suicide comme preuves de son indignité. Il détailla tout ce qui, dans sa conduite, offensait les bonnes mœurs, choquait les bienséances publiques et contribuait au gaspillage des ressources de la police, qui auraient été plus utilement employées ailleurs, pour conclure en recommandant vivement à la cour de prononcer son internement au nouvel hospice de Seaview. Pourtant, Moody avait bien préparé sa défense : venant à la suite de la divulgation de ses rapports avec Ah Sook et du témoignage de Devlin, le réquisitoire de Shepard prenait des accents rancuniers et même mesquins. Moody se félicita, à part lui, d'avoir soulevé la question de la prétendue aliénation d'Anna sans attendre la déposition du plaignant.

Lorsque enfin Broham se rassit, le juge le suivit d'un regard inquisiteur en disant :

— Le témoin est à vous, monsieur Moody.

Moody remercia et s'adressa aussitôt au geôlier en chef :

— À votre avis, monsieur le gouverneur, la signature d'Emery Staines sur l'acte de donation est-elle une contrefaçon flagrante ?

— Je dirais que c'est une copie passable, répondit Shepard en levant le menton.

— Je vous demande pardon, monsieur... Pourquoi « passable » ?

— C'est une bonne copie, rectifia Shepard d'un air contrarié.

— Pourrait-on la qualifier de copie *exacte* de la signature de M. Staines ?

— Là-dessus je m'en remets à l'avis des experts, répliqua Shepard avec un haussement d'épaules. Je ne suis pas moi-même spécialiste en la matière.

— Monsieur le gouverneur, demanda Moody, avez-vous pu discerner la moindre différence entre cette signature et celle d'autres documents paraphés par M. Staines, documents dont nous pouvons consulter de nombreux échantillons à la Banque de réserve ?

— Non, reconnut Shepard.

— Sur quoi vous fondez-vous donc en affirmant que la signature est, en vérité, contrefaite ?

— J'ai vu l'acte en question au mois de février, sans signature. Mlle Wetherell a apporté le même document au tribunal dans l'après-midi du 20 mars, et il était signé. Il n'y a que deux explications possibles. Ou bien elle a elle-même contrefait la signature, ce que je crois être le cas, *ou bien* elle était de connivence avec M. Staines pendant son absence... et, dans ce cas, elle s'est parjurée devant cette cour.

— Ou il y aurait aussi une troisième explication, poursuivit Moody. Si la signature est en effet une contrefaçon, comme vous l'affirmez avec tant de véhémence, il se peut également qu'elle soit l'œuvre d'un tiers. L'œuvre d'une personne qui savait le document en la possession de l'aumônier et qui souhaitait vivement… pour une raison ou une autre… voir Mlle Wetherell traduite en justice.

— Je n'apprécie pas le sous-entendu, monsieur Moody, dit Shepard.

Son regard était froid. Moody prit un bout de papier dans son portefeuille et dit :

— J'ai là un billet à ordre versé au dossier par Richard Mannering. Il est daté du mois de juin de l'an passé et porte la marque de Mlle Wetherell elle-même. Y a-t-il quelque chose qui vous frappe dans la signature de Mlle Wetherell, monsieur ?

— Elle a signé d'une croix, répondit Shepard après avoir examiné le billet.

— Précisément. Elle a signé d'une croix, répéta Moody. Si Mlle Wetherell ne sait même pas signer son propre nom, comment diable pouvez-vous la croire capable de produire une copie parfaite de la signature d'un tiers ?

Tous les yeux étaient fixés sur Shepard qui, pour sa part, contemplait toujours le billet.

— Merci, monsieur le président, dit Moody au juge. Je n'ai plus de questions.

— Très bien, monsieur Moody, répondit le juge. Vous pouvez vous retirer.

Les derniers mots s'adressaient au témoin. Le ton était tout à la fois improbateur et amusé.

# VÉNUS EST UNE ÉTOILE DU MATIN

*Où une tentation se présente masquée.*

Lorsque le *Vent fortuné* eut atteint son mouillage à Port-Chalmers et que les échelles de débarquement eurent été mises en place, Anna dut rejoindre la file des femmes attendant de passer l'inspection médicale. Elle procéda ensuite de l'enclos de la quarantaine au poste de douane pour faire viser ses papiers. Ces formalités accomplies, on lui indiqua le chemin de l'entrepôt où elle pourrait récupérer sa malle (un modèle réduit, à peine plus grand qu'un carton à chapeau ; elle aurait presque pu le porter sous le bras) et où elle fut de nouveau retardée, son bagage ayant été chargé par erreur sur la voiture d'une autre passagère. Lorsque l'erreur fut enfin rectifiée et la malle retrouvée, il était midi passé. En émergeant alors de l'entrepôt, Anna promena ses regards alentour, espérant apercevoir le garçon aux cheveux dorés qui l'avait enchantée sur le pont à l'aube, mais elle ne vit aucun visage familier : il y avait belle lurette que les autres passagers s'étaient dispersés dans la cohue de la ville. Elle posa sa malle sur le quai et mit un moment à ajuster ses gants.

— Pardon, mademoiselle, vint une voix qui la fit se retourner.

Celle qui l'interpellait était une femme aux cheveux cuivrés, aux formes amples et au teint lisse, portant une robe élégante de brocart vert.

— Pardon, répéta-t-elle en approchant, mais ne seriez-vous pas fraîchement débarquée ?

— En effet, madame, répondit Anna. Je viens d'arriver… ce matin même.

— À bord de quel navire, si je peux me permettre ?

— Le *Vent fortuné*, madame.

— C'est ça, approuva la femme. Oui. Eh bien, dans ce cas, peut-être pourrez-vous m'aider. J'attends une jeune femme du nom d'Elizabeth Mackay. Elle a votre âge, une jeune femme modeste, mince, vêtue comme une gouvernante, voyageant seule…

— Je regrette, mais je ne l'ai pas vue, dit Anna.

— Elle aura dix-neuf ans au mois d'août, poursuivit l'autre. C'est la cousine d'une cousine ; je ne l'ai jamais rencontrée, mais on la dit fort soignée de sa personne, et assez jolie. Elle s'appelle Elizabeth Mackay. Vous ne l'avez donc pas vue ?

— Non, je regrette, madame.

— Et votre navire… Quel nom avez-vous dit ?… Le *Vent fortuné* ?

— C'est ça.

— Et vous avez embarqué à… ?

— À Port-Jackson.

— Oui, conclut la femme. C'est bien cela. Le *Vent fortuné*, en provenance de Sydney.

— Je suis désolée, mais il n'y avait pas de jeunes femmes à bord du *Vent fortuné*, madame, dit Anna en plissant les yeux. Il y avait une Mme Paterson, voyageant avec son mari, et une Mme Mader, et une Mme Yewers, et une Mme Cooke… mais elles ont toutes passé le cap de la quarantaine, de quelques années je dirais. Il n'y avait personne à qui j'aurais donné dix-neuf ans.

— Oh ! là là ! s'exclama la femme en se mordant la lèvre. Mon Dieu ! mon Dieu ! mon Dieu !

— Quelque chose ne va pas, madame ?

— Ah ! reprit la femme en avançant la main pour serrer celle d'Anna. Vous êtes un ange de vous en inquiéter. Voyez-vous, je tiens une pension de jeunes filles ici à Dunedin. J'ai reçu il y a quelques semaines une lettre dans laquelle Mlle Mackay se présentait et annonçait son arrivée pour aujourd'hui, en payant d'avance le prix de sa pension ! Tenez ! Vous voyez vous-même : il n'y a pas d'erreur sur la date.

La femme lui mit sous les yeux une lettre froissée, mais Anna répondit avec un signe négatif :

— Je suis désolée. Vous dites qu'il n'y a pas erreur, je vous crois.

— Oh ! je vous demande pardon. Vous ne savez pas lire.

— Pas très bien, avoua Anna en rougissant.

— Ça ne fait rien, ne vous en faites pas, s'empressa la femme en remettant le papier dans sa manche. Mais, oh ! je suis terriblement inquiète du sort de ma pauvre demoiselle. En vérité, excessivement ! Que dois-je penser ?… alors qu'elle avait promis d'arriver aujourd'hui même… à bord de ce vaisseau… et pourtant… vous en êtes témoin… elle n'a même pas embarqué ! En êtes-vous tout à fait certaine ? Tout à fait certaine qu'il n'y avait pas de demoiselles à bord ?

— Il y a sûrement une explication très simple, dit Anna. Peut-être sera-t-elle tombée malade à la dernière minute. Ou elle vous aura écrit pour s'excuser, mais sa lettre se sera égarée.

— Vous êtes bien gentille de me réconforter, reprit la femme en lui serrant encore la main. Et vous avez raison : je devrais avoir un peu plus de plomb dans la tête, et ne pas me laisser emporter par mon imagination. Cela ne servira qu'à me faire faire du mauvais sang, de penser qu'il lui est peut-être arrivé malheur.

— Je suis sûre que tout finira bien, répéta Anna.

— Vous êtes adorable, renchérit l'autre en lui tapotant la main. Je suis bien contente de faire la connaissance d'une jeune fille aussi gentille et aussi mignonne. Je me présente : Mme Wells, Lydia Wells.

Anna se nomma à son tour en tirant une révérence.

— Mais… ta, ta, ta ! se récria Mme Wells en retrouvant le sourire. Voilà que je m'inquiète d'une jeune demoiselle voyageant seule, alors que j'en ai une autre sous les yeux. Et vous-même, comment se fait-il que vous ayez entrepris ce voyage sans personne qui vous accompagne, mademoiselle Wetherell ? Vous êtes sans doute fiancée à l'un de nos intrépides chercheurs d'or !

— Je ne suis pas fiancée, répondit Anna.

— Ou vous répondez alors à un autre appel ! L'appel d'un père… ou d'un parent quelconque…

qui, se trouvant déjà ici, aura tenu à vous faire venir…

— Non, protesta Anna. Je suis venue pour commencer une nouvelle vie, c'est tout.

— Dans ce cas, vous n'auriez pu mieux choisir l'endroit. Tout le monde recommence sa vie dans ce pays-ci. On ne peut pas faire autrement ! Vous êtes donc tout à fait seule ?

— Toute seule, oui.

— Vous êtes bien courageuse, mademoiselle Wetherell… ma foi, très courageuse ! Je me réjouis de savoir que vous n'avez pas manqué de société féminine pendant la traversée, mais dites-moi donc : avez-vous retenu un logement à Dunedin ? Il faut que je le sache, sur-le-champ. Il n'y a dans cette ville que trop d'établissements mal famés. Une jeune personne aussi charmante que vous l'êtes a grand besoin de bons conseils donnés à bon escient.

— Je vous remercie, madame, de votre aimable intérêt, dit Anna. Je comptais loger chez Mme Penniston ; c'est là que mes pas me porteront tout à l'heure.

— Chez Mme *Penniston* ? se récria l'autre avec horreur.

Anna fronça les sourcils :

— Sa maison m'a été recommandée. Et vous, n'approuvez-vous pas ce choix ?

— Hélas, non ! Si vous m'aviez parlé de n'importe quelle autre pension en ville, mais la maison de *Mme Penniston* ! C'est une femme ignoble, mademoiselle Wetherell. Du plus bas étage. Gardez-vous de ses pareilles !

— Oh ! s'exclama Anna, interloquée.

— Redites-moi ce qui vous amène à Dunedin, enchaîna Mme Wells d'un ton redevenu chaleureux.

— Je pensais suivre la ruée. On dit qu'il y a plus d'or à ramasser dans les campements des mineurs que dans la terre. J'ai cru qu'il y aurait bien quelque chose pour moi aussi.

— Vous voulez donc travailler ?... Comme serveuse de bar, peut-être ?

— Je saurais tenir une buvette, oui. J'ai déjà travaillé dans un hôtel. J'ai la main sûre, et je suis honnête.

— Avez-vous des références ?

— Oui, madame, et de très bonnes. De l'*Hôtel Impérial* dans Union-street, à Sydney.

— *Parfait !* s'exclama Mme Wells, le sourire aux lèvres, en mesurant Anna du regard.

— Si vous ne pouvez pas me recommander la maison de Mme Penniston..., commença Anna.

Mme Wells lui coupa la parole :

— Oh ! Mais j'ai la solution idéale... pour résoudre nos *deux* dilemmes... le mien et le vôtre en même temps ! Je viens d'y penser, à l'instant ! Mlle Mackay, qui devait loger chez moi, a payé une semaine de pension à l'avance, et elle n'est pas là pour occuper sa chambre. Il faut que *vous* la preniez. Il faut venir chez moi, à la place de Mlle Mackay, en attendant que nous vous ayons trouvé du travail et que vous puissiez voler de vos propres ailes.

— Je vous remercie infiniment, madame Wells, et pourtant je ne saurais accepter une aussi généreuse... Non, je m'en voudrais d'abuser de votre charité.

Anna esquissa un pas en arrière, mais Mme Wells lui prit le bras :

— Chut, chut ! Je ne veux rien entendre. Un jour, mademoiselle Wetherell, quand nous serons les meilleures amies du monde, nous nous rappellerons cet après-midi et nous remercierons le hasard de nous avoir été aussi propice… le hasard, oui, et la destinée aussi, du caprice qui si opportunément nous réunit. Je crois énormément aux caprices du hasard ! Et à bien autre chose. Mais qu'est-ce qui me prend, de bavarder ainsi ? Vous êtes certainement affamée… Vous brûlez, je parie, de vous plonger dans un bon bain chaud. Venez donc, je vais vous bichonner, et quand vous serez bien reposée, je vous trouverai du travail.

— Je ne veux pas quémander, protesta Anna. Je ne quémande pas.

— Mais non, vous n'êtes pas une quémandeuse. Vous ne m'avez rien demandé du tout, approuva Lydia Wells. Quelle enfant adorable vous faites ! Tenez… crocheteur !

Un garçon au nez retroussé accourut.

— Porte-moi la malle de Mlle Wetherell au 35 Cumberland-street, commanda Mme Wells.

Le garçon au nez en l'air accueillit ces mots d'un sourire fendu jusqu'aux oreilles. Il se tourna vers Anna, la toisa à loisir et enfin la salua avec une politesse exagérée. Sans relever l'insolence, Lydia Wells adressa au garçon un regard des plus sévères en lui tendant une pièce de six pence. Cela fait, elle passa le bras autour des épaules d'Anna et, souriant toujours, l'emmena.

# EXALTÉ EN BÉLIER

*Où le prévenu devient philosophe ; M. Moody prend l'avantage ; Lauderback fait une lecture publique ; et les époux Carver sont pris en flagrant délit de mensonge.*

L'audience de l'après-midi commença à une heure précise.

— Monsieur Staines, dit le juge, lorsque le garçon eut prêté serment. Vous êtes inculpé, premièrement, d'avoir falsifié votre bilan trimestriel de janvier 1866. Plaidez-vous coupable ou non coupable ?

— Coupable, monsieur.

— Deuxièmement, d'avoir détourné le minerai d'or déposé en bonne et due forme, par l'engagé John Long Quee, sur le compte de la mine *Aurore*, et retrouvé depuis dans le logis appartenant à feu M. Crosbie Wells, de la vallée de l'Arahura. Plaidez-vous coupable ou non coupable ?

— Coupable, monsieur.

— Et enfin, troisièmement, d'avoir manqué aux obligations afférentes à votre licence sur de nombreuses mines et concessions nécessitant un suivi quotidien, la durée de votre absence ayant dépassé les huit semaines. Plaidez-vous coupable ou non coupable ?

— Coupable, monsieur.

— Coupable donc sur les trois chefs d'accusation, résuma le juge en se carrant sur son siège. Très bien. Vous pouvez vous rasseoir pour l'instant, monsieur Staines. La cour accueille de nouveau M. Moody pour la défense et M. Broham pour le plaignant, assisté de MM. Fellowes et Harrington, représentant le parquet. Monsieur Broham, veuillez procéder à votre exposé.

Comme dans la matinée, l'exposé de Broham s'attachait à dénigrer le prévenu et, comme dans la matinée, il était interminable. Il détailla tous les désordres causés par la disparition de Staines, dépeignant notamment la veuve Wells comme une figure tragique, dupe et victime du faux espoir d'une aubaine qu'elle avait prise à tort (mais tout naturellement) pour partie intégrante de la succession de feu son époux. Il parla de la corruption inhérente à la richesse, qualifiant et la fraude et le détournement de « ces crimes que l'on commet de sang-froid, en toute lucidité ». Moody, pour sa part, se borna, lorsque la parole fut accordée à la défense, à assurer la cour que M. Staines avait pleinement conscience des dommages imputables à son absence prolongée et consentait d'avance au remboursement intégral des torts, pertes et préjudices de toute espèce, éprouvés par son fait.

— Le témoin est à vous, monsieur Broham, enchaîna le juge Kemp, lorsqu'il eut terminé.

Broham se leva, brandissant une feuille de papier comme il eût fait d'un mandat d'arrêt, et dit :

— J'ai là, monsieur Staines, un document soumis à la cour par l'entreprise de courtage Nilssen & C^ie^, qui dresse l'inventaire de la succession de feu M. Crosbie Wells. La succession, telle qu'inventoriée par M. Nilssen, comprend une quantité importante d'or natif, d'une valeur que la banque a depuis estimée à quatre mille quatre-vingt-seize livres exactement. Que pouvez-vous nous dire de ce trésor ?

— Le métal, répondit Staines sans hésiter, provenait de la concession connue sous le nom d'*Aurore* qui, jusqu'à récemment, m'appartenait. Il avait été extrait par M. Quee, engagé travaillant pour mon compte, au milieu de l'année passée. M. Quee s'est chargé, comme il en avait coutume, d'affiner lui-même le minerai et de le couler en briques qu'il m'a remises en tant que produit de la mine. Lorsque j'ai eu ce trésor entre les mains, je ne l'ai pas déposé à la banque, sur le compte de l'*Aurore*, comme j'y étais tenu légalement. Au contraire, je l'ai mis dans un sac que je suis allé enterrer dans la vallée de l'Arahura.

Il parlait calmement, sans hauteur.

— Pourquoi l'Arahura ? demanda Broham.

— Parce qu'il est interdit de prospecter sur les terres maories. Or, la majeure partie de l'Arahura appartient aux Maoris. Je pensais que le trésor y serait plus en sécurité qu'ailleurs… du moins provisoirement, en attendant que je revienne le récupérer.

— Que comptiez-vous faire de cet or ?

— J'avais l'intention de le partager en deux et d'en garder la moitié pour moi. L'autre moitié était destinée à Mlle Wetherell. Je voulais lui en faire cadeau.

— Pourquoi auriez-vous voulu faire une chose pareille ?

— Excusez-moi, monsieur, répondit Staines d'un air perplexe. Je ne comprends pas la question.

— Quel était votre but, monsieur Staines, en offrant une telle somme d'argent à Mlle Wetherell ?

— Aucun, déclara le jeune homme.

— Vous ne poursuiviez aucun but ?

— Mais non. Sans cela, mon cadeau n'en aurait pas été un, n'est-ce pas ?

Le visage du prévenu commençait à s'épanouir. La réplique fut accueillie par des éclats de rire dans la salle, et Broham fut contraint de hausser la voix pour se faire entendre.

— Ce même trésor, constata-t-il, a été découvert plus tard dans la cabane appartenant au défunt Crosbie Wells. Comment est-il arrivé là ?

— Je ne sais pas bien. Je suppose que Crosbie l'aura déterré et pris pour lui.

— Admettons… Pourquoi alors M. Wells n'aurait-il pas déposé l'or à la banque ?

— Cela va de soi, non ?

— Non, dit Broham. Pas pour tout le monde.

— L'or était en briques, voyons, expliqua Staines. Et chaque brique portait le mot *Aurore*, gravé dans le métal par mon brave M. Quee ! Crosbie pouvait difficilement prétendre qu'il l'avait trouvé dans la terre sous cette forme.

— Et vous, pourquoi n'avez-vous pas déposé l'or à la banque, sur le compte de l'*Aurore*, comme la loi vous en faisait un devoir ?

— Parce que M. Francis Carver détient une participation de cinquante pour cent dans les bénéfices de la mine. C'est un homme dont je n'ai pas bonne opinion, et je ne voulais pas qu'il en profite.

— Vous avez donc éloigné l'or de la concession, parce que vous ne vouliez pas verser le dividende de cinquante pour cent dû à M. Carver, résuma Broham en fronçant le front. Et pourtant, vous aviez l'intention de faire cadeau de cinquante pour cent de ce même or à Mlle Anna Wetherell. Vous ai-je bien compris ?

— Parfaitement.

— Je vous demande pardon, monsieur Staines, mais les motifs que vous alléguez me semblent manquer de logique.

— Qu'y a-t-il là d'illogique ? Je voulais qu'Anna ait la part de Carver.

— Pourquoi ?

— Parce qu'elle méritait de l'avoir, comme Carver méritait de la perdre, déclara Emery Staines.

Il y eut de nouveau des rires dans la salle, une hilarité assez générale pour inspirer quelques inquiétudes à Moody. Il avait pourtant bien mis Staines en garde contre les propos irréfléchis, qui pourraient paraître impertinents ou trop fantasques.

Le juge attendit le silence, puis s'adressa au prévenu :

— Je ne crois pas, monsieur Staines, qu'il vous appartienne de départager les mérites ou démérites respectifs des uns et des autres. Veuillez à l'avenir vous en tenir aux faits.

— Je comprends, monsieur.

Staines reprit aussitôt son sérieux. Le juge

approuva ces bonnes dispositions d'un hochement de tête tout en se tournant vers l'avocat de l'accusation :

— Continuez, monsieur Broham.

Broham cependant ne poursuivit pas le sujet.

— Vous avez été absent de Hokitika pendant plus de deux mois, constata-t-il. Quelle était la cause de cette absence ?

— J'ai honte de dire que je me trouvais sous l'influence de l'opium, avoua Staines. À mon retour, j'ai été tout étonné d'apprendre qu'il s'était écoulé plus de deux mois.

— Où êtes-vous allé ?

— Je ne pourrais pas vous le dire au juste, mais je crois que j'ai passé une bonne partie du temps au China-Town de Kaniere, à la fumerie d'opium.

— À la fumerie d'opium, répéta Broham après un silence éloquent.

— Oui, monsieur, confirma Staines. Le propriétaire était un homme du nom de Sook. Ah Sook.

— Vous avez été découvert le 20 mars, reprit Broham, préférant ne pas s'étendre au sujet d'Ah Sook. Dans la cabane qui appartenait naguère à Crosbie Wells. Que faisiez-vous là ?

— Je crois que je cherchais mon trésor, répondit Staines. Mais je n'avais pas les idées claires… j'étais souffrant… et je n'arrivais pas à me souvenir de l'endroit où je l'avais enterré.

— Quand êtes-vous devenu opiomane, monsieur Staines ?

— J'ai touché à la drogue pour la première fois le soir du 14 janvier.

— Le soir de la mort de Crosbie Wells…

— On me l'a dit.

— La coïncidence est étrange, ne trouvez-vous pas ?

La demande appela une protestation de la part de Moody :

— M. Wells est décédé de mort naturelle. Je ne vois pas en quoi la coïncidence peut nous intéresser ici.

— Le fait est, répliqua Broham, que l'autopsie a révélé une petite quantité de laudanum dans l'estomac de M. Wells.

— Une *petite* quantité, insista Moody.

— Reprenez votre questionnement, monsieur Broham, trancha le juge.

Moody fut prié de se rasseoir, et Broham remercia le président, puis revint à Staines :

— Allez, monsieur, pouvez-vous nous dire ce qui eût pu pousser M. Wells à ingérer du laudanum, même en quantité minime, en même temps qu'une quantité très considérable de whisky ?

— Peut-être souffrait-il.

— Quelle sorte de souffrance avez-vous en tête ?

— Je spécule, reconnut Staines. Malheureusement, c'est tout ce que je peux faire : je ne connais pas ses habitudes, nous n'étions pas intimes, et je n'ai pas passé la soirée en question avec lui. Je voulais dire simplement que le laudanum est souvent utilisé pour soulager la douleur… ou pour endormir.

— Chez un patient ayant déjà descendu toute une bouteille de whisky ?… Non, je ne crois pas.

— Certes, en ce qui me concerne, je n'aurais pas envie de tenter un tel mélange. Mais je ne peux pas parler pour M. Wells.

— Prenez-vous du laudanum, monsieur Staines ?

— Seulement sur ordonnance. Ce n'est pas une habitude.

— Avez-vous une ordonnance en ce moment ?

— En ce moment, oui, reconnut Staines. Mais c'est très récent.

— Pourriez-vous préciser ?

— On m'a fait prendre du laudanum pour la première fois le 20 mars. Pour calmer ma douleur et aussi comme moyen de me sevrer de l'habitude de l'opium.

— Avant le 20 mars, avez-vous jamais acheté ou obtenu autrement un flacon de laudanum dans l'officine de M. Pritchard à Collingwood-street ?

— Non.

— Un flacon de laudanum a été trouvé chez Crosbie Wells quelques jours après sa mort, rappela Broham. Savez-vous comment il est arrivé là ?

— Non.

— M. Wells était-il, à votre connaissance, opiomane ?

— C'était un ivrogne. C'est tout ce que je sais, répondit Staines sous le regard scrutateur de l'homme de loi, qui reprit :

— Veuillez raconter à la cour la manière dont vous avez passé la soirée et la nuit du 14 janvier, dans vos propres termes et selon l'ordre des événements.

— J'ai retrouvé Anna Wetherell à la *Poudre et la Pépite* vers sept heures, commença Staines. Nous avons pris un verre ensemble, puis nous avons regagné mon appartement dans Revell-street. Je me suis endormi, et quand je me suis réveillé… vers dix heures et demie, je crois… elle n'était plus là. N'imaginant pas pourquoi elle m'aurait quitté aussi brusquement, je suis sorti la chercher. Je suis allé au *Gril*. Il n'y avait personne au comptoir, personne sur le palier, et la porte de sa chambre à l'étage n'était pas fermée à clef. J'y suis entré, et je l'ai vue étendue à terre, avec sa pipe et la résine et la lampe disposées autour d'elle. Je n'ai pas pu la réveiller, et en attendant qu'elle retrouve ses esprits, eh bien, je me suis baissé pour inspecter son attirail. Jusque-là je n'avais jamais goûté à l'opium, mais j'avais toujours eu envie d'essayer. Il y a un tel prestige de mystère qui entoure toute la cérémonie, voyez-vous, dans cette fumée si épaisse et tellement séduisante. La pipe d'Anna était encore tiède, la lampe brûlait toujours, comme si tout était… voulu, le caprice d'un hasard heureux. Je me suis dit que je pourrais prendre une bouffée, pour goûter. Anna semblait plongée dans une si merveilleuse béatitude ; elle souriait.

— Et alors ? demanda Broham, comme Staines se taisait.

— J'ai sombré, bien sûr, dit Staines. C'était divin.

— Et après ? reprit Broham d'un air contrarié.

— Eh bien, j'ai fumé un bon coup, puis je me suis couché sur le lit et j'ai dormi un peu… ou rêvé ; ce n'était pas un sommeil ordinaire. Quand j'ai refait surface, la lampe était froide, et le fourneau de la pipe était vide, et Anna n'était plus là. J'ai honte de dire que je n'ai pas eu une seule pensée pour elle. Tout ce que je voulais, c'était de goûter encore à la fumée. C'était une soif, voyez-vous, une de ces soifs qui ne pardonnent pas : dès la première petite gorgée, je suis tombé sous le charme. Je savais que je n'aurais de cesse que je n'aie retâté de la drogue.

— Tout cela dès la première bouffée, dit Broham, sceptique.

— Oui, affirma Staines.

— Qu'avez-vous fait ?

— J'ai pris aussitôt le chemin de la fumerie de China-Town. L'heure était matinale… l'aube venait de poindre. Je n'ai croisé personne sur la route.

— Pendant combien de temps êtes-vous resté à Kaniere, dans la ville chinoise ?

— Une quinzaine, je crois… mais je ne me rappelle pas au juste ; chaque jour qui passait se fondait dans le suivant. Ah Sook était gentil comme tout. Il m'a logé et nourri, en faisant attention que je ne mange pas trop. Il notait ma dette sur une petite ardoise.

— Avez-vous vu quelqu'un d'autre pendant ce temps ?

— Non, répondit Staines. Mais je ne me souviens vraiment pas de grand'chose.

— Que retrouvez-vous ensuite dans votre mémoire ?

— Je me suis réveillé un jour, et Ah Sook avait disparu. Je me suis mis dans tous mes états. Il avait emporté son opium… il le prenait toujours en quittant la fumerie… j'ai eu beau fouiller partout, plus je cherchais et plus ma soif était dévorante. Enfin, je me suis rappelé que Mlle Wetherell gardait une provision chez elle.

« Je suis reparti pour Hokitika, sur-le-champ… je ne me maîtrisais plus. Il pleuvait à verse ce matin-là, il n'y avait pas grand monde sur les chemins, et je suis arrivé jusqu'en ville sans croiser personne de ma connaissance. Je suis entré au *Gril* par la porte de derrière. Je suis monté par l'escalier de service. J'ai attendu jusqu'à l'heure du déjeuner, qu'Anna descende au restaurant, puis je me suis introduit dans sa chambre, j'ai trouvé la résine et tout son attirail dans un tiroir. Mais alors je suis resté bloqué… il y avait du monde sur le palier, j'entendais une conversation, juste devant la porte… la fuite m'était coupée. Là-dessus, Anna est revenue de déjeuner, j'entendais ses pas, j'ai encore pris peur, et je me suis tapi derrière les rideaux.

— Derrière les rideaux ?

— Oui, déclara Staines. C'est là que j'étais caché quand j'ai reçu la charge du pistolet.

— Pendant combien de temps êtes-vous resté dans les rideaux ? demanda Broham, dont le visage se colorait de rouge.

— Des heures. À vue de nez, je dirais de midi à trois heures environ. Mais ce n'est qu'une estimation.

— Mlle Wetherell savait-elle que vous vous trouviez dans sa chambre ce jour-là ?

— Non.

— Et M. Gascoigne ?… Ou M. Pritchard ?

— Non, répéta Staines. Je n'ai pas bougé, je n'ai pas pipé. Je suis certain que personne ne soupçonnait ma présence.

Fellowes murmurait d'un air absorbé à l'oreille de Harrington.

— Et quand vous avez été blessé ? demanda Broham. Que s'est-il passé ?

— Je n'ai pas pipé, dit Staines.

— Vous n'avez pas pipé ?

— Non.

— Allons donc, monsieur Staines ! objecta Broham, affectant un ton grondeur. Voulez-vous sérieusement affirmer à la cour que, blessé par balle, à l'improviste et presque à bout portant, vous n'avez pas crié, vous n'avez pas bougé, vous n'avez émis aucun bruit susceptible de signaler votre présence à l'un des *trois témoins* présents dans la chambre ?

— C'est ça, confirma Staines.

— Sapristi ! comment avez-vous fait pour ne pas crier ?

— Je ne voulais pas rendre la résine, expliqua Staines.

Broham le dévisagea. Dans la pause qui suivit, Harrington lui passa un papier. Il le parcourut rapidement puis, levant le regard, demanda :

— Croyez-vous possible, monsieur Staines, que Mlle Wetherell ait pu *savoir* que vous vous trouviez chez elle, dans l'après-midi du 27 janvier ? Qu'elle ait pu tirer *délibérément* sur les rideaux, dans le *but exprès* de vous blesser ?

— Non, je ne le crois pas possible, répondit Staines.

Il s'était fait dans la salle un silence profond.

— Pourquoi ?

— Parce que j'ai confiance en elle, déclara Staines.

— Je vous demande, non pas si vous l'estimez probable, précisa Broham, mais si vous le croyez possible.

— Je comprends la question. Ma réponse est inchangée.

— Qu'est-ce qui vous a incité à placer votre confiance en Mlle Wetherell ?

— Il n'est pas question d'*incitation*, éclata l'interrogé. La confiance ne peut être que donnée… et donnée librement ! Comment voulez-vous que je réponde à une telle question ?

— Je la simplifierai donc, concéda l'avocat. Pourquoi avez-vous confiance en Mlle Wetherell ?

— J'ai confiance en elle parce que je l'aime, dit Staines.

— Et comment en êtes-vous venu à l'aimer ?

— En lui faisant confiance, bien sûr !

— Vous tournez en rond.

— Oui, s'écria le garçon, je ne peux pas faire autrement ! Le vrai sentiment est toujours un cercle… ou bien un cercle ou bien un paradoxe… pour la simple raison que sa cause et son expression sont les deux moitiés d'une même chose ! L'amour ne se réduit pas à une collection de motifs, et aucune collection de motifs ne se combinera pour donner naissance à l'amour. Celui qui n'est pas d'accord avec moi n'a jamais aimé… pas pour de vrai.

On aurait entendu voler une mouche. Dans le coin au fond de la salle, quelqu'un se permit un sifflement qui provoqua en réponse des rires étouffés. Broham ne cachait pas son irritation.

— Vous ne m'en voudrez pas de faire remarquer, monsieur Staines, dit-il, qu'il est assez étrange de voler des opiats à la personne dont on se déclare amoureux.

— C'est très mal, je sais, reconnut Staines. J'ai profondément honte de mes actes.

— Quelqu'un peut-il confirmer votre récit de vos mouvements pendant ces deux mois ?

— Ah Sook peut répondre de moi.

— M. Sook n'est plus de ce monde. Quelqu'un d'autre ?

Staines réfléchit un moment, puis secoua la tête :

— Je ne vois personne.

— Je n'ai plus de questions, conclut Broham d'un ton cassant. Je vous remercie, monsieur le président.

— À vous, monsieur Moody, dit le juge.

Moody remercia à son tour mais, avant de parler, prit un certain temps pour mettre de l'ordre dans ses notes, attendant que se fussent éteints les chuchotements qui couraient dans la salle :

— Vous dites avoir mauvaise opinion de M. Carver, monsieur Staines. Quels sont les motifs qui vous ont fait concevoir cette opinion ?

— Il s'est livré à des violences sur Anna, répondit Staines. Il l'a battue… de sang-froid… alors qu'elle était grosse d'un enfant. L'enfant a été tué.

Le silence dans la salle fut instantané.

— Quand s'est-il livré à ces violences ? demanda Moody.

— Dans l'après-midi du 11 octobre de l'an passé.

— Le 11 octobre, répéta Moody. Étiez-vous témoin des faits ?

— Non.

— Comment les avez-vous appris ?

— Par M. Löwenthal, quelques heures plus tard. C'est lui qui a trouvé Anna gisant sur la chaussée… toute meurtrie et ensanglantée. Il peut témoigner de l'état dans lequel il l'a trouvée.

— Quelle affaire vous a conduit chez M. Löwenthal ce jour-là ?

— Tout autre chose, dit Staines. J'étais passé au bureau du journal parce que je désirais faire insérer une petite annonce.

— Concernant… ?

— L'achat d'un lot de bassins-laveurs.

— Quand vous avez su que Mlle Wetherell avait été victime de violences, la nouvelle vous a-t-elle surpris ? demanda Moody.

— Non, répondit Staines. Je connaissais déjà Carver pour une brute… je m'étais mordu les doigts plutôt dix fois qu'une de m'être associé avec lui. Il avait proposé de me parrainer tout au début, quand je suis arrivé à Dunedin… au fait, c'est ainsi que je l'ai connu, le jour même où j'ai débarqué. Je ne soupçonnais rien de louche. J'étais très naïf. J'ai topé, en tout bien tout honneur, et l'affaire était faite, mais je me suis vite rendu compte qu'il courait des bruits à son sujet… comme au sujet de Mme Carver : ils font leurs coups ensemble, bien sûr. Quand j'ai su le tour qu'ils avaient joué à M. Wells, j'ai été horrifié. Je m'étais associé à un parfait escroc.

Le jeune homme allait plus vite que les violons. Toussant pour le ramener au récit qu'ils avaient élaboré ensemble, Moody intervint :

— Revenons au soir du 11 octobre. Qu'avez-vous fait, quand M. Löwenthal vous a informé des violences dont Mlle Wetherell avait été victime ?

— Je suis parti séance tenante pour la vallée de l'Arahura, porter la nouvelle à M. Wells.

— Pourquoi estimiez-vous ces faits de nature à intéresser M. Wells ?

— Parce qu'il était le père de l'enfant qu'attendait Mlle Wetherell, répondit Staines. J'ai pensé qu'il voudrait peut-être savoir que son enfant avait été tué.

Le silence dans la salle était tel que Moody entendit le bruit lointain de la rue en poursuivant son interrogatoire :

— Comment M. Wells a-t-il réagi en recevant la nouvelle du décès de son enfant à naître ?

— Il a été très calme, raconta Staines. Il n'a pas beaucoup parlé. Nous avons bu un verre et passé un moment ensemble. Je suis resté là-bas jusqu'à une heure tardive.

— Avez-vous parlé d'autre chose avec M. Wells ce soir-là ?

— Je l'ai mis au courant du trésor que j'avais enterré non loin de chez lui. J'ai dit que si Anna survivait… elle avait été sauvagement battue… je lui donnerais la part de Carver.

— Avez-vous mis votre intention par écrit ce soir-là ?

— Wells a rédigé un document, mais je ne l'ai pas signé.

— Pourquoi ?

— Je ne me souviens pas bien. J'avais bu, et il était très tard. Peut-être la conversation a-t-elle dévié… ou bien j'avais l'intention de signer, mais cela m'est sorti de la tête. De toute façon, j'ai fait un petit somme, et je suis rentré à Hokitika le matin tôt pour m'enquérir si Mlle Wetherell était en voie de rétablissement. Je n'ai plus jamais revu M. Wells.

— Avez-vous dit à M. Wells où l'or était enterré ?

— Oui, reconnut Staines. J'ai décrit en gros l'endroit.

La cour entendit ensuite les dépositions de Mannering, Quee, Löwenthal, Clinch, Nilssen et Frost… qui tous parlèrent de la fortune découverte chez Crosbie Wells comme si l'or amalgamé provenait effectivement de la mine *Aurore*. Mannering témoigna des circonstances de la vente de l'*Aurore*, Quee de son rôle dans l'affinement du minerai. Löwenthal rendit compte par le menu de son entretien avec Alistair Lauderback dans la nuit du 14 janvier, occasion à laquelle il avait appris la mort de Crosbie Wells. Clinch déclara qu'il avait acheté cabane et terrain le lendemain matin. Nilssen décrivit la manière dont l'or avait été caché chez le défunt, et Frost en confirma la valeur. Personne ne dit mot ni des robes d'Anna, ni du trois-mâts échoué *Adieu-vat*, ni d'aucune des craintes et des révélations qui les avaient déterminés à tenir en toute hâte, trois mois auparavant, leur conseil secret à l'hôtel de la *Couronne*. L'interrogatoire de tous se passa sans incident et ainsi, très peu de temps (sembla-t-il) après que Staines eut quitté la tribune, le juge y appelait Mme Lydia Carver.

Elle portait sa robe à rayures gris fer avec, par-dessus, une élégante veste d'amazone noire à manches gigot. Ses cheveux cuivrés, d'un lustre éblouissant, étaient relevés en un haut chignon au sommet de la tête, et retenus au moyen d'un bandeau de velours noir. Lorsqu'elle passa majestueusement devant le banc des avocats, Moody huma un parfum de camphre, de citron et d'anis mélangés… senteur entêtante qui le fit aussitôt se reporter en esprit à la réception organisée à la *Fortune du Voyageur* en prélude à la séance spirite.

Mme Carver monta d'un pas presque alerte les marches de la tribune des témoins, mais parut chanceler un instant en apercevant Emery Staines assis derrière la barre. Son hésitation fut de courte durée. Elle se ressaisit aussitôt, tourna le dos au prévenu, sourit à l'huissier et leva une main laiteuse pour prêter serment.

— Madame Carver, commença Broham, lorsque l'huissier se fut retiré, connaissez-vous le prévenu, Emery Staines ?

— Je regrette, mais je n'ai jamais eu le plaisir d'être présentée à un M. Emery Staines, fut la réponse.

Moody, lançant un regard à l'intéressé, fut surpris de le voir rougir.

— Si j'ai bien compris, vous avez pourtant tenu une séance spirite, le soir du 18 février, afin d'entrer en contact avec lui, reprit Broham.

— C'est exact.

— Pourquoi avez-vous choisi précisément M. Staines comme sujet de votre séance ?

— La vérité est, hélas, un peu intéressée, reconnut Mme Carver avec un petit sourire. Comme on ne parlait alors en ville que de sa disparition, j'ai pensé que son nom pourrait attirer du monde. C'est aussi simple que cela.

— Saviez-vous, lorsque vous avez annoncé la tenue de cette séance, que l'or trouvé chez feu votre époux provenait de la mine *Aurore* ?

— Non, je ne le savais pas, déclara Mme Carver.

— Aviez-vous une raison quelconque d'associer le nom de M. Staines à celui de votre époux ?

— Aucune. Pour moi, il n'était rien de plus qu'un

nom : je n'en savais rien, sinon qu'il avait disparu, qu'on ne le voyait plus sur les gisements et qu'il avait laissé derrière lui des biens considérables.

— Ne saviez-vous pas que M. Carver, votre époux actuel, était associé aux bénéfices de la mine d'or de M. Staines ?

— Mais non ! protesta-t-elle. Francis ne me parle pas de ses placements.

— Quand avez-vous appris la véritable origine de ce trésor ?

— Quand la Banque de réserve a publié un avis dans le journal, fin mars, faisant savoir que l'or avait été trouvé déjà amalgamé et pouvait donc être tracé.

— La cour notera, enchaîna Broham en s'adressant au juge, que cet avis a paru dans le *West Coast Times* le 23 mars de l'année en cours.

— J'en prends note, monsieur Broham.

L'avocat se tourna de nouveau vers le témoin :

— Vous êtes arrivée à Hokitika le jeudi 25 janvier 1866, à bord du vapeur *Waikato*. Dès votre débarquement, vous avez pris rendez-vous au tribunal pour demander la rescision de la vente des biens immeubles relevant de la succession de feu votre époux. Est-ce exact ?

— C'est exact.

— Comment aviez-vous appris la mort de M. Wells ?

— M. Carver m'avait transmis personnellement la nouvelle, répondit Mme Carver. Bien sûr, j'ai pris le premier bateau en partance pour Hokitika. J'aurais voulu assister à l'enterrement ; malheureusement, je suis arrivée trop tard.

— Lorsque vous avez quitté Dunedin, saviez-vous que la succession de M. Wells comprenait une fortune en or d'origine inconnue ?

— Non. Je ne l'ai appris qu'en arrivant à Hokitika, par la lecture du *West Coast Times*.

— Si je suis bien informé, vous avez pourtant vendu votre maison et votre commerce à Dunedin avant de partir.

— En effet. Mais ce n'était pas un geste aussi radical qu'il pourrait le sembler. Mon commerce, comme vous dites, était une maison de divertissement, faite pour attirer la foule, et les foules de Dunedin ne sont plus ce qu'elles étaient. J'envisageais depuis des mois déjà de venir m'installer sur la côte Ouest, je lisais attentivement le *West Coast Times* dans cette perspective. La mort de Crosbie était donc pour moi l'occasion rêvée. Je pourrais recommencer dans un lieu où je serais certaine de faire de bonnes affaires... tout en étant proche de sa tombe, ce que je désirais ardemment. Nous n'avions pas pu résoudre nos différends avant sa mort, mais j'avais été touchée au vif par notre séparation.

— M. Wells et vous ne viviez pas ensemble au moment de sa mort, n'est-ce pas ?

— C'est exact.

— Depuis combien de temps étiez-vous séparés ?

— Environ neuf mois, si ma mémoire ne me trompe.

— Quelle était la cause de votre désunion ?

— M. Wells avait abusé de ma confiance, dit Mme Carver.

Elle s'en tint là. Broham jeta un regard anxieux du côté du juge avant de la relancer :

— Pourrais-je vous demander de préciser ce point ?

— J'avais recueilli une jeune femme, répondit Mme Carver avec un geste impatient, que M. Wells avait traitée d'une façon abominable. J'ai fait une scène terrible à Crosbie à ce sujet et, peu après, il a quitté Dunedin. J'ignorais sa destination, et je n'ai plus eu de ses nouvelles. C'est seulement lorsque M. Carver a apporté la nouvelle de sa mort que j'ai appris où il était allé.

— La jeune femme en question…

— … était Mlle Anna Wetherell, compléta sèchement Mme Carver. Je l'avais recueillie sous mon toit par pure charité, et elle s'en disait très reconnaissante. M. Wells a déshonoré cette charité ; Mlle Wetherell en a abusé.

— Mlle Wetherell et M. Wells ont-ils continué à entretenir une liaison après que tous deux sont venus s'installer à Hokitika ?

— Je ne saurais pas vous le dire.

— Merci, madame Carver. Je n'ai plus de questions.

— C'est moi qui vous remercie, monsieur Broham, repartit sereinement le témoin.

Moody reculait déjà sa chaise pour se lever, anticipant l'invitation du juge. Le mot dit, il alla droit au fait :

— Madame Carver, est-il exact qu'au mois de mars 1864, votre défunt mari Crosbie Wells a eu la bonne chance de trouver une veine aux environs de Dunstan ?

— Oui, c'est exact, répondit Mme Carver, manifestement surprise, mais dont l'hésitation fut presque imperceptible.

— Pourtant, M. Wells n’a pas déposé son or à la banque. Est-ce également exact ?

— Oui, aussi.

— Il a préféré faire appel à des escorteurs privés pour convoyer le minerai de Dunstan à Dunedin… où vous, son épouse, en avez pris livraison.

— En effet, reconnut Mme Carver d’un ton plus circonspect, qui laissa percer un mouvement d’inquiétude.

— Pouvez-vous décrire la manière dont le minerai a été empaqueté et transporté ?

La déposante marqua une pause. L’orientation donnée par Moody à son interrogatoire l’avait prise au dépourvu. Elle n’avait pas le temps d’inventer un alibi.

— Il a été transporté dans un coffre-fort de bureau, répondit-elle finalement. Le coffre-fort a été chargé dans une voiture, et la voiture escortée jusqu’à Dunedin par une escouade d’hommes… armés, bien sûr. À Dunedin, j’ai récupéré le coffre-fort, payé l’escorte, et écrit aussitôt à M. Wells, pour lui faire savoir que son envoi était arrivé à bon port. C’est alors qu’il m’a envoyé la clef.

— Les escorteurs avaient-ils été engagés par vous ou par M. Wells ?

— C’est M. Wells qui s’en est chargé. L’escorte était excellente. Nous n’avons eu aucunement à nous en plaindre. C’était une agence privée. Gracewood & associés, quelque chose comme ça.

— Gracewood & Spears, rectifia Moody. L’agence a maintenant ses bureaux à Kaniere.

— Vous me l’apprenez, dit Mme Carver.

— Qu’avez-vous fait de l’or après en avoir pris livraison ?

— L'or est resté dans le coffre-fort, que j'ai fait placer dans notre maison de Cumberland-street. Il n'en a plus bougé.

— Pourquoi n'avez-vous pas porté le métal à la banque ?

— Le cours de l'or variait d'un jour à l'autre, et le marché était très incertain. Nous avons préféré attendre un moment plus propice pour le vendre avantageusement.

— Vos précautions semblent indiquer qu'il s'agissait d'une grosse somme.

— Oui. Nous l'estimions à plusieurs milliers de livres. Nous n'avons pas demandé d'évaluation officielle.

— Après avoir découvert ce gisement, M. Wells est-il resté sur le terrain ?

— Oui, il a continué à prospecter une bonne année encore, jusqu'au printemps. Son succès l'avait encouragé, il sentait que la chance pourrait lui sourire une seconde fois, mais il n'en a rien été.

— Où l'or se trouve-t-il maintenant ? demanda Moody.

Elle hésita derechef avant de répondre enfin :

— Il a été volé.

— Mes condoléances ! Cette perte a dû vous porter un coup terrible.

— Nous avons été atterrés, en effet, approuva Mme Carver.

— Dois-je comprendre que vous parlez pour vous-même et M. Wells ?

— Bien sûr.

— Je présume, reprit Moody après un bref silence, que le voleur a réussi à mettre la main sur la clef.

— Peut-être, concéda Mme Carver. Ou peut-être la serrure n'était-elle pas vraiment sûre. Le coffre-fort était de fabrication moderne, et nous savons tous à quel point la technologie actuelle est faillible. Il se peut aussi qu'il y ait eu un double de la clef dont nous ignorions l'existence.

— Avez-vous une idée de l'identité du voleur ?

— Aucune.

— Conviendrez-vous qu'il s'agit vraisemblablement de quelqu'un de votre entourage ?

— La conclusion ne s'impose pas, objecta Mme Carver avec le même geste d'impatience que tantôt. Les escorteurs aussi ont pu nous trahir. Ils savaient tous pertinemment qu'il y avait une fortune en or natif au 35 Cumberland-street ; ils savaient même où trouver le coffre-fort. N'importe qui a pu faire le coup.

— Ouvriez-vous régulièrement le coffre pour en vérifier le contenu ?

— D'une façon régulière, non.

— Quand avez-vous constaté que l'or avait disparu ?

— Quand Crosbie est rentré, l'année d'après.

— Veuillez décrire ce qui s'est passé, lorsque vous avez fait cette découverte.

— Quand M. Wells est rentré du terrain, nous voulions faire nos comptes. Il a ouvert le coffre et l'a trouvé vide. Je vous assure, il a pensé devenir fou de rage… et moi aussi.

— En quel mois était-ce ?

— Oh ! je ne sais plus, répondit Mme Carver soudain énervée. En avril, peut-être. Avril ou mai.

— Avril ou mai… 1865. L'an passé.

— Oui.

— Je vous remercie, madame Carver.

Moody remercia encore le juge. Il sentit en se rasseyant une tension nouvelle dans l'atmosphère de l'audience. Harrington et Fellowes avaient cessé leurs chuchotements, et le juge aussi venait de poser sa plume. Lorsqu'elle descendit les degrés de la tribune et alla prendre place dans la salle, Lydia Carver était le point de mire de tous les regards.

— La cour appelle M. Francis Carver.

Carver avait fière allure en veste vert bouteille, avec une épingle à sa cravate. Il prêta serment du ton brusque qui lui était habituel et tourna un visage grave vers le banc des avocats.

— Monsieur Carver, commença Broham en levant les yeux de ses notes, veuillez dire à la cour dans quelles circonstances vous avez connu Emery Staines.

— J'ai fait sa connaissance à Dunedin, répondit Carver, l'an passé, en cette saison. Il venait d'arriver de Sydney, dans l'idée de tenter sa chance comme chercheur d'or. J'ai proposé de le parrainer, et il a accepté.

— Quelles étaient les conditions de ce parrainage, pour les deux parties ?

— Je devais lui prêter de quoi s'équiper, et en contrepartie il serait tenu de me verser cinquante pour cent du bénéfice de sa première opération à titre de dividende perpétuel.

— À combien montait votre contribution ? Pouvez-vous nous indiquer un chiffre ?

— Je lui ai acheté un sac de troupier et de quoi le remplir. J'ai payé son passage sur la côte. Il avait à faire face à une dette de jeu à Dunedin ; là aussi, c'est moi qui ai payé.

— C'est-à-dire, au total… ?

— Je dirais que j'ai déboursé dans les huit livres. À peu près. Un coup de pouce immédiat pour lui contre un profit différé pour moi. C'était ça l'idée.

— Quelle a été la première opération de M. Staines ?

— Il a acheté un terrain de deux arpents à moins d'un mille de Kaniere. Une concession connue sous le nom d'*Aurore*. Il m'a écrit de Hokitika dès qu'il a conclu le marché, en faisant suivre tous les papiers de la banque.

— Comment les dividendes de l'*Aurore* vous étaient-ils versés ?

— Je recevais des mandats-poste de la Banque de réserve.

— Quelle était la fréquence de ces paiements ?

— Trimestrielle.

— Et le montant exact du dividende que vous avez touché en octobre 1865 ?

— Huit livres et des poussières.

— Celui de janvier 1866 ?

— Six livres tout rond.

— Pour les deux derniers trimestres de l'an passé, vous avez donc touché des dividendes d'un montant total de quatorze livres environ.

— En effet.

— On peut en conclure que le bénéfice net de l'*Aurore* pour le dernier semestre de l'année s'élevait approximativement à vingt-huit livres.

— Oui.

— Dans sa correspondance avec vous, M. Staines a-t-il mentionné le pactole découvert sur la concession par le Chinois John Quee ?

— Non.

— Saviez-vous, sur le moment, que M. Staines avait faussé son bilan trimestriel ?

— Non.

— Quand avez-vous compris que le trésor trouvé dans la cabane de feu M. Wells provenait de l'*Aurore* ?

— En même temps que tout le monde. Lorsque la Banque a fait publier dans le journal un extrait de ses livres, indiquant que l'or avait été trouvé, non à l'état brut, mais affiné et coulé en briques qui portaient une signature.

Broham hocha la tête et, avec une petite toux discrète, passa à un autre sujet :

— M. Staines a déclaré à cette tribune avoir une piètre opinion de vous, monsieur Carver.

— Ça se peut, concéda Carver. Si c'est le cas, il ne m'en a jamais rien dit.

— Vous êtes-vous, comme M. Staines l'affirme, livré à des violences contre Mlle Wetherell dans la journée du 11 octobre dernier ?

— Je l'ai giflée, répondit Carver. C'est tout.

Moody nota, dans la tribune du public, un grondement assourdi, réprobateur.

— Qu'est-ce qui vous a poussé à la gifler ? demanda Broham.

— Ses insolences.

— Veuillez être plus précis.

— Je lui avais demandé mon chemin, elle m'a ri au nez, je lui ai donné une gifle. Une seule. Je n'avais jamais levé la main sur elle jusque-là, et cela ne s'est pas reproduit.

— Pourriez-vous décrire la rencontre, d'après vos souvenirs ?

— Je me trouvais à Hokitika pour affaires, expliqua Carver, et j'ai eu l'idée de faire un tour à Kaniere, voir à quoi ressemblait l'*Aurore* : je venais de recevoir le rapport trimestriel, il m'était clair que le rendement laissait à désirer, et je voulais savoir pourquoi. J'ai croisé Mlle Wetherell au bord de la route, complètement ivre d'opium. Elle battait la campagne. Je n'ai rien pu en tirer. Je suis remonté à cheval et je l'ai laissée là.

— D'après la déposition de M. Staines, c'est ce même jour que Mlle Wetherell a perdu l'enfant dont elle était grosse.

— Je ne peux rien dire là-dessus. Quand je l'ai quittée, elle tenait encore debout, tant bien que mal, et elle rigolait. Si elle a eu un accident, je n'étais plus là pour le voir.

— Vous souvenez-vous de la question que vous lui avez posée ?

— Oui. J'ai demandé après Wells, dit Carver.

— Pourquoi cherchiez-vous des nouvelles de M. Wells ?

— J'avais à lui parler. Pour une affaire privée. Je ne l'avais pas vu depuis le mois de mai, et je ne savais ni de quel côté le chercher, ni auprès de qui me renseigner. Comme Lydia vient de témoigner, il avait disparu de Dunedin sans crier gare. Sans dire à personne où il allait.

— Mlle Wetherell vous a-t-elle révélé alors le lieu de séjour de M. Wells ?

— Non, elle m'a ri au nez, répéta Carver. C'est pourquoi je l'ai giflée.

— À votre avis, Mlle Wetherell avait-elle connaissance de la demeure de M. Wells ? A-t-elle agi délibérément en vous la cachant ?

Carver réfléchit, puis répondit en secouant la tête :

— Je ne sais pas. Je ne pourrais pas vous le dire.

— Quelle était la nature de l'affaire que vous désiriez traiter avec M. Wells ?

— Une question d'assurances.

— À quel sujet ?

L'interrogé haussa les épaules, comme pour minimiser l'importance de ses propos :

— L'*Adieu-vat* lui appartenait, et j'étais commandant à bord. Cela ne pressait pas, mais il y avait des questions à tirer au clair. Diverses choses.

— Vous entendiez-vous bien avec M. Wells ?

— Passablement, fut la réponse. Passablement bien, oui. J'avais le béguin pour sa femme, ce n'est pas un secret, et j'étais toujours là pour jouer ma carte quand il passait son tour, mais je n'ai jamais rien fait pour les brouiller. J'étais correct avec Wells, et il était correct avec moi.

— Merci, monsieur Carver. Merci, monsieur le président, conclut Broham en se tournant vers le juge.

— À vous, monsieur Moody.

— Monsieur Carver, demanda Moody en se levant prestement, depuis quand connaissez-vous celle qui est aujourd'hui votre épouse ?

— Depuis près de vingt ans, répondit Carver.

— Vous l'avez donc connue pendant tout le temps de son mariage avec feu M. Wells.

— Oui.

— Pourriez-vous nous dire un mot des circonstances de vos fiançailles ?

— J'étais encore tout jeune quand j'ai rencontré Lydia, commença Carver. Nous pensions nous marier un jour, mais alors j'en ai pris pour dix ans à Cockatoo, et pendant ce temps elle s'est liée avec Wells. Quand j'ai eu mon billet de sortie, ils étaient mari et femme. Je ne pouvais pas leur en vouloir, ni à elle ni à lui. Dix ans, c'est long à attendre, et je sais ce qu'elle vaut comme femme. Mais je me suis dit que si jamais elle se retrouvait libre, je ne laisserais plus filer l'occasion.

— Vous vous êtes mariés peu après le décès de M. Wells, n'est-ce pas ?

— Nous n'avons manqué de respect à personne, déclara Carver en fixant Moody d'un regard qui lui fit baisser le front.

— Non, je n'en doute pas. Je vous demande pardon si j'ai paru suggérer le contraire. Mais permettez-moi de revenir un peu en arrière. Quand donc avez-vous été libéré de prison ?

— En juin 1864. Il y a bientôt deux ans.

— Et qu'avez-vous fait en quittant Cockatoo-Island ?

— Je suis venu à Dunedin, dit Carver. J'ai trouvé à m'engager à bord d'un voilier faisant un service régulier sur la mer Australienne. C'était l'*Adieu-vat*.

— Vous y avez été engagé comme capitaine ?

— Non, comme simple matelot. Je suis passé capitaine l'année d'après.

— Et pendant ce temps M. Wells lavait la terre sur les placers de Dunstan. C'est bien ça ?

— Oui, répondit Carver après une brève hésitation.

— Et Mme Carver… qui était alors l'épouse de M. Wells… résidait à Dunedin.

— Oui.

— Voyiez-vous souvent Mme Wells ?

— Je prenais parfois un verre chez elle. Elle tenait une taverne dans Cumberland-street. Mais la plupart du temps j'étais en mer.

— En mai 1865, Crosbie Wells est rentré à Dunedin, reprit Moody. Si j'ai bien compris, il a fait alors une acquisition.

Carver voyait venir le piège, mais il était impuissant à l'éviter.

— Oui, répondit-il sèchement. Il a acheté l'*Adieu-vat*.

— Une acquisition remarquable, souligna Moody en hochant la tête. Que rien ne laissait prévoir. Le fait qu'il ait choisi de placer ses fonds précisément dans un navire est d'ailleurs curieux. M. Wells avait-il déjà manifesté de l'intérêt pour les choses maritimes ? Pourriez-vous nous le dire ?

— Je ne sais pas, fit Carver. Mais sans doute que oui, puisqu'il a en effet acheté le navire.

Moody marqua une pause avant de poursuivre :

— Si je ne me trompe, l'acte de vente est actuellement entre vos mains.

— Oui.

— Comment y est-il arrivé ?

— M. Wells me l'a confié, répondit Carver.

— Quand vous a-t-il confié ce document ?

— Au moment de l'achat.

— C'est-à-dire… ?

— Au mois de mai. De l'an passé.

— En d'autres termes, juste avant de quitter Dunedin pour venir s'installer dans la vallée de l'Arahura.

Carver ne pouvait le nier.

— Oui, dit-il.

— Quel était le motif de M. Wells en vous transmettant l'acte de vente ? demanda Moody.

— C'était comme une procuration. Pour que je puisse agir en son nom.

— En cas de maladie, je présume, compléta Moody. Ou de décès.

— Oui.

— Ah ! Voyons maintenant si j'ai tout bien compris, monsieur Carver. Au commencement de l'an passé, M. Wells possédait légalement du minerai d'or, extrait d'une concession des environs de Dunstan, dont la valeur était estimée à plusieurs milliers de livres. L'or était déposé dans un coffre-fort chez lui à Dunedin, dans la maison occupée par son épouse… votre très chère et très ancienne amie. Au mois de mai, M. Wells quitte un beau jour les placers de Dunstan, regagne Dunedin et vide le coffre-fort, sans rien dire à son épouse. Il place aussitôt toute sa fortune dans l'achat du trois-mâts *Adieu-vat*, vous confie le navire et son exploitation, et s'enfuit à Hokitika sans demander son reste, sans informer personne de sa destination ou de ses desseins.

« Bien sûr, ajouta Moody, ce que je dis de la disparition de l'or… que le coffre-fort a été vidé par M. Wells, et non par un tiers… est une pure supposition. Mais, sans cet or, comment aurait-il acheté l'*Adieu-vat* ? Il ne possédait aucune rente, ni actions ni obligations… nous en sommes tout à fait certains… et la notification de la vente publiée dans l'*Otago Witness* du 14 mai 1865 est tout à fait explicite là-dessus : le paiement a été effectué en or brut.

— Vous oubliez la putain, objecta Carver avec un regard mauvais. C'est à cause d'elle qu'il a quitté Dunedin. À cause d'elle qu'il s'est brouillé avec Lydia.

— C'est possible… mais je me permettrai de vous rappeler que Mlle Wetherell n'était pas, à l'époque qui nous intéresse, praticienne du vieux métier, repartit Moody. Le billet à ordre que j'ai produit ce matin, rédigé par M. Richard Mannering, dit expressément que Mlle Wetherell doit être équipée d'une robe convenable à l'exercice de son état, d'un pistolet de manchon, de parfums, de jupons et de tous les autres articles « qui lui font actuellement défaut ». Ce document est daté de juin 1865.

Carver se tut.

— Vous ne m'en voudrez pas, reprit Moody au bout d'un moment, de faire remarquer que M. Wells ne semble guère avoir profité des événements qui se sont déroulés à Dunedin en mai dernier. Vous, en revanche, vous en avez tiré un beau bénéfice.

Le juge Kemp attendit que Carver eût pris place à côté de son épouse avant de rappeler vigoureusement à l'ordre la salle en émoi. Cela fait, il joignit les mains et s'adressa à l'avocat de la défense :

— Allez, monsieur Moody. Vous savez manifestement où vous nous menez, et je vous autorise à poursuivre cette ligne d'argumentation, encore que… je dois le dire… elle nous ait fait considérablement dévier de la route que nous nous étions tracée ce matin. Voyons, vous nous demandez d'entendre maintenant deux témoins pour la défense.

— Oui, monsieur le président, confirma Moody en s'inclinant.

— Lors de l'examen des témoins pour la défense, les questions seront posées d'abord par M. Moody et ensuite seulement par M. Broham, rappela encore le juge avant de consulter son registre et d'appeler en regardant par-dessus la monture de ses lunettes : Monsieur Thomas Balfour.

On alla extraire Thomas Balfour de la loge où il attendait. Lorsqu'il eut prêté serment, Moody demanda :

— Vous vous occupez de transports maritimes, n'est-ce pas, monsieur Balfour ?

— Depuis près de douze ans, monsieur Moody. C'est mon métier.

— Si je suis bien renseigné, vous comptez M. Lauderback parmi vos clients.

— En effet, confirma Balfour sans cacher sa satisfaction. M. Lauderback fait appel à mes services depuis l'hiver de 1861.

— Pourriez-vous nous parler de la dernière affaire traitée par l'agence Balfour pour le compte de M. Lauderback ?

— Certainement. Quand M. Lauderback est arrivé à Hokitika, au mois de janvier, il a voyagé par terre, en traversant les Alpes, comme vous vous en souvenez peut-être. Pour le transport de sa malle et d'autres effets personnels, il a toutefois préféré la voie maritime. Il a envoyé une caisse de Lyttelton à Port-Chalmers, où je l'ai fait charger par un de mes bâtiments, la *Vertu*, qui devait l'acheminer sur la côte. Eh bien, elle est arrivée à bon port… la *Vertu*, s'entend… avec la caisse d'expédition à bord. Elle a jeté l'ancre le 12 janvier, deux jours avant l'arrivée de M. Lauderback lui-même. Le lendemain, la caisse a été débarquée et laissée d'abord sur le quai avec le reste du chargement, en attendant ma signature pour être entreposée dans le magasin de l'agence, où M. Lauderback pourrait ensuite venir la chercher. Mais il y a eu un contretemps : la caisse a été dérobée. Elle n'est jamais entrée à l'entrepôt.

— La caisse portait-elle un signe apparent permettant de l'identifier comme appartenant à M. Lauderback ?

— Bien sûr, répondit Balfour. Vous avez certainement vu les caisses d'expédition empilées tout le long du quai… il serait impossible de les distinguer l'une de l'autre s'il n'y avait les bons de chargement. Ce sont des documents qui indiquent le nom du propriétaire des marchandises, celui du transporteur, et cætera.

— Qu'avez-vous fait lorsque vous vous êtes rendu compte que la caisse avait disparu ?

— Je l'ai cherchée partout, vous pouvez m'en croire, en m'arrachant les cheveux : je n'avais pas la première idée de ce qu'elle pouvait être devenue. Enfin, l'*Adieu-vat* a échoué sur la barre quinze jours après, et quand son chargement est passé à la douane, voilà-t'y pas que je vois reparaître la caisse de M. Lauderback ! Apparemment, elle avait été chargée à bord, la dernière fois que l'*Adieu-vat* avait appareillé de Hokitika.

— C'est-à-dire le 15 janvier au petit matin.

— Précisément.

— Et qu'avez-vous fait, lorsque vous avez enfin récupéré la malle de notre député ?

— J'ai fureté un peu à droite et à gauche, pour mon compte, dit Balfour. J'ai posé quelques questions à l'équipage, et les gars m'ont expliqué le quiproquo. Bref, je vous raconte ce que j'ai appris. L'un d'eux avait remarqué le bon de chargement et, marqué dessus, « Alistair Lauderback, expéditeur »… et le nom l'avait fait souvenir que, l'an passé, le patron… l'ami Carver… leur avait dit d'ouvrir l'œil pour une caisse portant justement cette étiquette-là. Les matelots ont donc repéré la caisse sur le quai, dans la nuit du 14, et ils voulaient saisir l'occasion de se faire bien voir du patron.

« Ils l'ont donc ouverte… par simple curiosité. Ils ont trouvé dedans une malle, quelques sacs de voyage, et c'est bien tout. Aucun objet de valeur, de prime abord, mais allez savoir. Ils voulaient mettre le capitaine Carver au courant, mais ils n'ont pas pu le trouver. Il n'était pas à l'hôtel, pas dans les bars, nulle part. Ils ont fini par aller se coucher en se disant que demain il ferait jour. Mais alors voilà Carver lui-même qui arrive tout courant, hors de lui, les fait tomber de leurs hamacs et annonce que l'*Adieu-vat* va appareiller à la pointe du jour… à quelques heures de là. Il ne veut pas dire pourquoi. Peu importe, les gars se décident vite fait. Ils reclouent la caisse, la hissent à bord, ni vu, ni connu, et quand l'*Adieu-vat* lève l'ancre au potron-minet, la caisse est dans sa cale.

— Le capitaine Carver a-t-il été avisé de ce complément de cargaison ?

— Bien sûr, répondit Balfour en souriant. Ses

matelots étaient tout contents… ils s'attendaient à toucher une gratification, voyez-vous, pour la trouvaille. Une fois le navire à la voile, ils font descendre le patron dans la cale. Carver regarde le bon de chargement et voit tout de suite qu'ils se sont mis le doigt dans l'œil. « L'agence Balfour ? qu'il dit. C'est *Danforth* qui a perdu la caisse que je cherchais. Morbleu ! Vous avez fait main basse sur le mauvais article… ça s'appelle du recel. »

— Pouvons-nous en conclure, demanda Moody, que le capitaine Carver avait perdu une caisse d'expédition, propriété présumée d'Alistair Lauderback, dont le transport avait été confié à l'agence Danforth, et qui contenait des objets d'une valeur considérable ?

— Cela en a tout l'air, confirma Balfour.

— Je vous remercie du temps que vous avez bien voulu nous accorder, monsieur Balfour.

— Je vous en prie, monsieur Moody.

Broham, qui ne voyait absolument pas où Moody voulait en venir, renonça à son contre-interrogatoire. Le juge en prit note et appela le second témoin.

— L'honorable Alistair Lauderback.

Alistair Lauderback traversa toute la largeur de la salle en cinq enjambées.

— Monsieur Lauderback, commença Moody lorsqu'il eut prêté serment, vous êtes l'ancien propriétaire du trois-mâts barque *Adieu-vat*, n'est-ce pas ?

— Oui, répondit Lauderback. C'est exact.

— Selon l'acte notarié, vous auriez vendu le navire le 12 mai 1865.

— En effet.

— L'homme à qui vous l'avez vendu se trouve-t-il aujourd'hui dans cette salle ?

— Oui, il est présent, dit Lauderback.

— Voulez-vous bien nous le désigner ? demanda Moody.

Lauderback tendit le bras et, sans hésiter, montra Carver du doigt.

— Celui-là, déclara-t-il. Voilà l'homme, celui que vous voyez là.

— Ne vous trompez-vous pas ? insista Moody. Je ferai remarquer que l'acte de vente, présenté à cette cour par M. Carver lui-même, porte la signature d'un « C. Francis Wells ».

— C'est un faux pur et simple, clama Lauderback en brandissant toujours un doigt accusateur. Cet homme-là m'a dit s'appeler Crosbie Wells, c'est lui qui a signé l'acte du nom de Crosbie Wells, je lui ai vendu mon navire en étant et en demeurant persuadé que je l'avais vendu à un homme du nom de Crosbie Wells. C'est seulement huit ou neuf mois plus tard que j'ai compris que je m'étais fait rouler dans la farine.

Moody n'osa pas rencontrer le regard de Carver, qui s'était roidi… à peine… sous la gifle du mensonge proféré par Lauderback. Il vit, du coin de l'œil, Mme Carver faire un geste pour le retenir, ses doigts blancs se resserrant autour du poignet de son mari.

— Pourriez-vous raconter à la cour exactement ce qui s'est passé ?

— Il a joué les cocus, dit Lauderback. Il savait que je m'étais affiché avec Lydia… tout le monde dans cette salle le sait : j'ai fait une confession publique dans les colonnes du *Times*… et il a cru pouvoir en tirer avantage. Il m'a dit qu'il s'appelait Crosbie Wells et que celle au bras de qui j'avais paradé était sa femme. Je n'ai pas pensé un instant que cela pût être un mensonge éhonté. Je croyais avoir des torts envers lui, je me reprochais d'avoir corrompu sa femme.

Les époux Carver n'avaient pas bougé. Moody poursuivit, toujours sans regarder de leur côté :

— Que voulait-il ?

— Il voulait le navire, répondit Lauderback. Il voulait le navire, et il l'a eu. Mais c'était du chantage. J'ai agi sous la contrainte… ce n'était pas une vente librement consentie.

— Pourriez-vous préciser la nature du chantage dont vous avez été victime ?

— Je m'étais beaucoup occupé de la garde-robe de Lydia pendant notre liaison. Je la voulais toujours élégante, et tous les mois j'envoyais donc ses vieilles toilettes à une couturière de Melbourne, qui me les retournait remises au goût du jour, agrémentées de nouvelles ruches et fanfreluches et que sais-je encore. C'était un envoi régulier, une malle qui allait et revenait sous mon nom, entre l'Australie et la Nouvelle Zélande, et bien entendu, je l'avais confiée à l'*Adieu-vat*. Eh bien, cet homme-là l'a interceptée. Il l'a ouverte, et il a casé sous les robes une petite fortune en or. La malle portait mon nom, je le répète, et c'était moi qui avais fait affaire avec la couturière de Melbourne. Si l'or quittait les eaux de la Nouvelle Zélande, j'étais cuit : sur le papier, j'aurais été coupable de vol, de fraude aux douanes, tout le code y serait passé. Quand j'ai vu le piège, j'ai tout de suite compris qu'il n'y avait rien à faire. Il fallait lui donner le navire. Nous avons topé, j'ai encore présenté mes excuses… et lui, imposteur jusqu'au bout, a signé l'acte du nom de « Wells ».

— Avez-vous eu des nouvelles de M. Carver, dit Wells, depuis cette rencontre ?

— Rien.

— Avez-vous revu votre malle ?

— Jamais.

— Au fait, ajouta Moody, quel était le nom du transporteur qui assurait l'expédition des toilettes de Mme Carver que vous faisiez transformer à Melbourne ?

— C'était l'agence Danforth, dit Lauderback. J'ai fait affaire avec Jem Danforth.

Moody marqua une pause pour permettre à la foule des spectateurs de bien se pénétrer de toutes les implications de cette réponse. Enfin, il demanda :

— Quand vous êtes-vous rendu compte de la véritable identité de M. Carver ?

— En décembre, vint la réponse. M. Wells… je devrais dire le vrai M. Wells… m'a écrit peu avant sa mort. Sa missive était la simple lettre d'un électeur qui se présente à un homme politique. Lettre dont l'auteur manifestement ne savait rien de ma liaison avec Lydia… C'est alors que j'ai rapproché les faits, et j'ai compris que j'étais le dindon de la farce.

— Avez-vous apporté la lettre de M. Wells ?

— Oui.

Lauderback prit un papier plié dans sa poche intérieure.

— La cour notera que le document détenu par M. Lauderback porte le cachet de la poste du 17 décembre 1865, dit Moody.

— J'en prends acte, répondit le juge, tandis que Moody se tournait de nouveau vers le témoin.

— Auriez-vous l'obligeance de donner lecture de cette lettre ? demanda-t-il.

— Bien sûr.

Lauderback tendit le papier, se racla la gorge et lut :

*Ouest-Cantorbéry, décembre 1865*

*Je note Monsieur à la lecture du* West Coast Times *que vous projetez de vous rendre à Hokitika par voie de terre & que vous passerez donc par la vallée de l'Arahura à moins de faire délibérément de grands détours. Je suis électeur & en cette qualité je me tiendrais honoré de recevoir un homme public sous mon toit si humble qu'il soit. Je vais vous décrire ma demeure afin que vous puissiez y aborder ou vous en détourner à votre gré. La maison a un toit de tôle & s'élève à 30 m de l'Arahura sur la rive sud dudit cours d'eau. Le terrain est défriché dans un rayon de 30 m de part & d'autre de la maison & la scierie se trouve à une 20aine de mètres plus loin au sud-est. La demeure est petite avec une fenêtre & une cheminée en briques cuites. Le revêtement est ordinaire. Peut-être vous verrai-je passer même si vous ne vous arrêtez pas. Je ne ferai pas de votre visite un objet d'attente ni d'espérance mais je vous souhaite un bon voyage vers l'Ouest & une campagne triomphante & soyez assuré que je demeure avec l'admiration la plus sincère*

*Votre dévoué*

*CROSBIE WELLS*

Moody le remercia et poursuivit à l'adresse du magistrat :

— La cour notera que la signature de cette lettre privée, écrite de la main de M. Crosbie Wells, ressemble exactement à celle apposée à l'acte de donation rédigé et attesté par le même Crosbie Wells, le 11 octobre 1865, aux termes duquel une somme de deux mille livres devait être remise à Mlle Anna Wetherell par M. Emery Staines ; elle ressemble de même, exactement, à la signature qui figure sur l'acte de mariage soumis au magistrat il y a deux mois par Mme Lydia Carver, ci-devant veuve Wells. La cour notera par ailleurs que ces deux signatures ne présentent aucune ressemblance avec celle de l'acte de vente du trois-mâts *Adieu-vat*, présenté par M. Francis Carver. Preuve suffisante que la signature figurant sur l'acte de vente est, de fait, un faux.

Broham en resta bouche bée.

— Où au juste voulez-vous en venir, monsieur Moody ? demanda le juge.

— C'est très simple. J'accuse M. Carver d'avoir acquis le trois-mâts *Adieu-vat* par extorsion, imposture et fraude, dit Moody, et d'avoir, par des méthodes semblablement criminelles, dérobé à M. Wells, en mai dernier, une fortune de plusieurs milliers de livres. Il y a, je pense, tout lieu de présumer que ce dernier vol a été commis avec la complicité de Mme Carver… attendu que, depuis, elle est devenue la femme de son mari.

Broham, qui perdait pied sous cette pluie de révélations inattendues, demanda une suspension d'audience, requête à peine audible dans le tumulte de la salle. Le juge Kemp, élevant la voix jusqu'à crier, somma MM. Broham et Moody de le rejoindre l'un et l'autre, séance tenante, dans son cabinet, donna ordre de placer tous les témoins en garde à vue, et accorda la suspension demandée.

# LA *MAISON DE MAINTS DÉSIRS*

*Où Lydia Wells tient parole ; Anna Wetherell reçoit une visite inattendue ; et nous apprenons la vérité sur Elizabeth Mackay.*

Le numéro 35 de Cumberland-street présentait à la rue une face étrangement inexpressive : un revêtement de bardeaux clairs ; une vitrine à meneaux, recouverte d'un épais papier d'emballage blanc ; et, à l'étage, deux fenêtres à guillotine cachées par des rideaux. Les deux maisons mitoyennes (le numéro 37 abritait l'atelier d'un bottier, le 33, les bureaux d'un entrepreneur de transports maritimes) le jouxtaient de si près que le passant ne pouvait se faire une idée, fût-ce approximative, de la disposition intérieure. On aurait même pu le croire inoccupé, car il n'y avait pas d'enseigne au-dessus de l'entrée, rien sur le perron, aucune carte de visite dans le cadre surmontant le heurtoir.

Mme Wells ouvrit elle-même la porte avec sa clef. Elle conduisit Anna, le long d'un couloir silencieux, à l'arrière de la maison où un escalier étroit montait à l'étage. Sur le palier du premier, aussi net et anonyme que son pendant en bas, elle tira de son réticule une seconde clef, la fit tourner dans la serrure d'une seconde porte et, d'un geste et d'un sourire, invita sa protégée à entrer.

Une âme plus expérimentée eût peut-être su, dès le premier regard, à quoi s'en tenir sur le cadre qui l'accueillait : les lourds rideaux de dentelle, les tentures redondantes, les effluves capiteux d'alcools et de parfums, la portière en perles de verre, retenue à cette heure par une embrasse de façon à attirer le regard vers la pénombre de la chambre au delà. Anna cependant n'avait aucun usage du monde, et si elle était surprise de trouver un tel luxe, une telle mollesse embaumée dans une pension pour jeunes filles, elle n'en laissa rien paraître. Sur le trajet depuis le port jusqu'à Cumberland-street, Mme Wells s'était montrée nantie de tant de goûts raffinés et d'opinions tranchées qu'en arrivant à destination, Anna ne demandait pas mieux que de s'y plier… ses propres idées semblaient soudain bien pâles et falotes en comparaison.

— Voyez-vous, je prends *très* bien soin de mes pensionnaires, dit son hôtesse.

Anna opina du bonnet : la chambre était de toute beauté. Ainsi encouragée, Mme Wells proposa de lui faire faire le tour du propriétaire, attirant son attention, au fur et à mesure de leur progression, sur diverses astuces du décor et de l'aménagement, pour lui permettre de formuler ses compliments à meilleur escient.

Sa malle avait été livrée comme promis et était déjà installée au pied du lit… indiquant, selon toute apparence, que ce lit allait être le sien. Les bois étaient sculptés, la tête du meuble presque masquée par une collection d'oreillers immaculés, empilés trois par trois, et la couche était bien plus large et plus haute que le petit lit dans lequel elle dormait chez ses parents. Elle se demandait si elle aurait à partager celui-ci avec d'autres personnes : il semblait nettement trop grand pour elle seule. À l'autre bout de la pièce se dressait une haute baignoire de cuivre, drapée de serviettes, avec à côté un impressionnant cordon de sonnette à gland. Mme Wells tira ce cordon, et on entendit un tintement assourdi à l'étage au-dessous. Lorsque la femme de chambre se présenta, Mme Wells lui commanda de faire monter de l'eau chaude de la cuisine, puis de servir à déjeuner. La domestique eut à peine un regard pour Anna, qui était ravie de passer inaperçue, et qui respira plus librement lorsque l'autre quitta la pièce pour aller chauffer l'eau sur le fourneau.

Dès qu'elles se retrouvèrent seules, Lydia Wells se tourna vers Anna, lui fit encore un sourire et la pria de l'excuser :

— J'ai des rendez-vous en ville que je ne peux pas manquer. Mais je serai de retour à temps pour le souper que je compte bien prendre avec vous. Vous pouvez demander à Lucy tout ce qui vous passera par la tête. Vos désirs seront satisfaits, si la chose est le moins du monde possible. Restez dans votre bain aussi longtemps qu'il vous plaira, et servez-vous de tout ce qui vous fera envie sur la table de toilette. Je veux absolument que vous fassiez *tout à fait* comme chez vous.

Anna Wetherell fit exactement cela. Elle se lava

la tête avec une lotion capillaire à la lavande, frotta chaque pouce de son corps avec du vrai savon du commerce, et se prélassa près d'une heure dans l'eau. Après s'être rhabillée… en retournant ses bas pour montrer le côté plus propre… elle passa un bon moment à se coiffer devant la glace. Il y avait plusieurs flacons de parfum sur la table de toilette. Elle les renifla tous, pour revenir finalement au premier et en appliquer quelques gouttes sur ses poignets et derrière ses oreilles.

La femme de chambre avait laissé un déjeuner froid sur le guéridon sous la fenêtre : une assiette recouverte d'un linge. Anna souleva ce voile et découvrit une chiffonnade de jambon, une tranche épaisse de purée de pois cassés, dorée à la poêle, un scone jaune tartiné de beurre et de confiture, et deux œufs au vinaigre. Elle s'assit, s'empara de la fourchette et du couteau disposés à son intention et se jeta sur la nourriture… savourant les goûts, après tant de repas insipides en mer.

L'assiette vidée, elle resta un instant à table, à se demander si elle devait ou non sonner pour faire débarrasser : serait-ce plus condescendant de sonner ou de ne pas sonner ? Elle décida finalement de n'en rien faire. Elle se leva alors, se mit à la fenêtre, ouvrit les rideaux et, parfaitement contente, contempla un instant la circulation dans la rue. La pendule sonna trois heures avant qu'elle n'entendît du bruit au rez-de-chaussée : de soudains éclats de voix dans le couloir, suivis de pas dans l'escalier et enfin d'un petit coup vif, de deux doigts, à sa porte.

Elle eut à peine le temps de se ressaisir, que déjà

la porte s'ouvrait et livrait passage à un homme de haute taille, très sale, vêtu d'un pantalon de moleskine jaune et d'une veste décolorée. En apercevant Anna, il s'arrêta net et s'exclama :

— Oh ! pardon.

— Bonjour, dit Anna.

— Vous êtes une des filles à Lydia ?

— Oui.

— Une nouvelle ?

— J'arrive d'aujourd'hui.

— Et moi de même, fit l'homme, qui avait des cheveux blond-roux sous un air légèrement grisonnant. Je vous souhaite le bonjour.

— Puis-je faire quelque chose pour vous ?

— On verra, répondit-il avec un grand sourire. Je cherche la patronne. Elle est là, quelque part ?

— Elle a des rendez-vous en ville.

— Et elle rentre à quelle heure ?

— Elle a dit qu'elle serait là pour souper.

— Allons bon. Et vous, avez-vous des rendez-vous d'ici là ?

— Non.

— Bien, approuva l'homme. Voulez-vous m'accorder la prochaine danse ?

— Je ne sais pas si je devrais recevoir des visiteurs en l'absence de Mme Wells, objecta Anna embarrassée.

— *Madame Wells*, répéta l'inconnu en riant. Dit comme ça, ça vous a un air presque respectable.

Il ferma la porte derrière lui sans se retourner et reprit :

— Je m'appelle Crosbie. Et vous ?

De plus en plus effarée, Anna se présenta :

— Mlle Anna Wetherell.

— Un petit verre, ça vous dirait, mademoiselle Anna Wetherell ?

— Non, merci.

— Non, parce que vous n'avez aucun goût pour l'alcool ? demanda-t-il, prenant une bouteille sur le dressoir et faisant mine de lui en offrir. Ou parce que vous voulez être polie ?

— Je viens d'arriver.

— Vous me l'avez déjà dit, ma petite, et de toute façon ce n'est pas une réponse à ma question.

— Je ne voudrais pas abuser de l'hospitalité de Mme Wells, dit Anna avec un petit accent réprobateur… comme pour lui faire comprendre qu'il ferait bien de suivre son exemple.

— Allons donc ! qui vous parle d'hospitalité !

Il déboucha la bouteille, renifla, puis se ravisa, remit le flacon à sa place et en choisit un autre tout en s'expliquant :

— On vous fera payer tout ce que vous toucherez dans cette piaule, et sans traîner. Comme des lardons en poêle, croyez-moi.

— Non, répliqua Anna. Tout a été payé d'avance. Et Mme Wells a été merveilleusement accueillante. C'est elle en personne qui a insisté pour que je loge chez elle.

— Tiens ! tiens ! fit-il amusé. Vous êtes donc les meilleures amies du monde, hein ? Et de longue date ?

— Nous avons fait connaissance cet après-midi au débarcadère, dit Anna en fronçant le sourcil.

— Par le plus grand des hasards, n'est-ce pas ?

— Oui. Il y avait une jeune femme… une demoiselle Mackay, qui a raté le bateau. La cousine d'une cousine. Comme Mlle Mackay n'est pas venue, Mme Wells m'a invitée à prendre sa place. La chambre et la pension, tout est payé d'avance.

— Ho, ho ! fit l'homme en se versant à boire.

— Vous rentrez des mines ? demanda Anna, cherchant à temporiser.

— En effet. J'étais là-haut dans les collines. Je suis arrivé ce matin, raconta-t-il en buvant, soupirant d'aise avant de se reprendre : Et puis non. Ce serait malhonnête de ne pas vous le dire. Vous vous êtes fait roustir.

— Comment ?

— Roustir.

— Je ne sais pas ce que cela veut dire, monsieur Crosbie.

La méprise le fit sourire, mais il poursuivit sans la corriger :

— Il y a toujours une Mlle Mackay. C'est un boniment. Une histoire qu'elle raconte, pour que vous lui fassiez confiance et rentriez avec elle, mais ensuite… le temps de dire Ouf ! et vous êtes dans les dettes jusqu'au cou. Vous lui devez déjà, mine de rien. Elle vous a offert un bon repas et un bain chaud, le pur lait de la tendresse humaine. Et que lui avez-vous donné en retour ? Oh ! *il y aura* une contrepartie, mademoiselle Anna Wetherell. Il y a bien *quelque chose* que vous pouvez donner.

Il brandit le doigt puis, sensible à l'inquiétude qu'Anna ne parvenait pas à cacher, poursuivit d'un ton radouci :

— Allez, je vais vous dire une chose que vous devriez savoir. Dans une ville de chercheurs d'or, la charité n'existe pas. Si vous voyez quelque chose qui y ressemble, regardez-y à deux fois.

— Oh ! fit Anna.

— Voulez-vous un petit verre, oui ou non ? demanda l'homme en vidant le sien.

— Non, merci. Pas aujourd'hui.

Il mit la main à sa poche et en tira un objet qu'il garda dans son poing fermé :

— Pouvez-vous deviner ce que j'ai là ?

— Non.

— Allez, dites quelque chose…

— Une pièce de monnaie ?

— Mieux que ça. Essayez encore.

— Vraiment, je ne peux pas m'imaginer, protesta-t-elle affolée.

Il ouvrit le poing, révélant une pépite d'or de la forme et de la grosseur d'un marron, rit encore à voir la tête d'Anna, puis la lui lança. Elle l'attrapa entre les talons des deux mains.

— C'est assez d'or pour acheter toutes les bouteilles sur ce plateau, et avoir encore une jolie somme de reste, clama-t-il. C'est à vous, si vous me tenez compagnie jusqu'au retour de la patronne. Alors ? Quand les dettes commenceront à s'accumuler, vous saurez quoi faire.

— Je n'ai jamais touché de l'or, dit Anna.

Elle retourna le métal dans sa main. Il était plus lourd qu'elle n'aurait cru, et plus terreux. Il semblait se ternir au contact de sa peau.

Crosbie emporta la bouteille d'eau-de-vie jusqu'au petit canapé et s'assit en tapotant le coussin à son côté :

— Viens là ! Bois un coup avec un pauvre gars,

ma petite. J'ai quinze jours de marche dans les jambes et une soif de tous les diables, et j'ai envie de contempler quelque chose de joli. Viens là ! Je te dirai tout ce que tu as besoin de savoir sur Mme Lydia Wells.

## LA CROIX AU CŒUR

*Où deux arrêts sont rendus, et le châtiment est à la mesure du crime.*

Te Rau Tauwhare n'avait été cité en témoin à aucun des deux procès. Depuis le matin, il avait assisté à l'audience du fond de la salle, le visage sombre, le dos au mur. Lorsque le juge Kemp finit par suspendre les débats en faisant placer tous les témoins en garde à vue, il quitta le tribunal avec la foule. Au dehors, une voiture cellulaire attendait les coupables à ramener en prison. En l'apercevant, Tauwhare alla échanger le bonjour avec le brigadier de service, qui l'accueillit cordialement et demanda tout de go :

— Quelles nouvelles de votre ami M. Staines ? Il est à la fête là-dedans, je parie ?

— Oui, fit Tauwhare.

— J'y ai jeté un œil. Je n'ai pas entendu grand'chose. Le spectacle vaut son prix ?

— Mais oui.

— Le gouverneur Shepard s'est fait taper sur les doigts ce matin, hein ?

— Oui.

— Par exemple, j'aurais aimé voir cela, dit le brigadier.

Sur ces entrefaites, une porte s'ouvrit dans la façade arrière du palais de Justice, et l'huissier apparut sur le seuil.

— Drake ! appela-t-il.

— Présent ! répondit le brigadier en se redressant.

— Le juge veut faire incarcérer Francis Carver, annonça l'huissier. C'est un ordre spécial. Emmenez-le là-haut à Seaview et revenez de suite.

— Carver tout seul ? demanda Drake en se précipitant pour ouvrir le hayon.

— Tout seul, confirma l'huissier. Attention ! il faudra être de retour pour le prononcé du verdict. Vous montez droit à Seaview et vous en revenez sur-le-champ.

— Ça ira.

— Allez, vite… il arrive.

Francis Carver fut escorté hors du bâtiment et poussé sans ménagement dans la voiture. Il avait les mains menottées dans le dos. Drake produisit une seconde paire de menottes dont il se servit pour attacher les poignets entravés du prisonnier à un œillet rivé à la paroi antérieure, derrière le siège.

— Voilà qui ne bougera pas, dit-il d'un ton jovial en secouant les chaînes pour illustrer. Il y a une bonne épaisseur de fer entre vous et le monde, monsieur Carver. Mais dites donc ! Qu'avez-vous fait, pour qu'on ne vous laisse pas avec les autres ? Parbleu ! Aux dernières nouvelles, vous étiez témoin, et vous voilà dans les fers, sans crier gare !

Carver ne réagit pas.

— Vous avez une heure, lança l'huissier en rentrant dans la salle.

Drake sauta à bas de la voiture et rabattit le hayon.

— Tenez, monsieur Tauwhare, proposa-t-il en faisant tomber le loquet. Ça vous dirait de monter et descendre vite fait ? Je vous ramène à temps pour entendre le verdict.

Tauwhare hésita.

— Alors ? insista l'agent. Le temps est parfait pour une petite promenade… et je lâcherai les chevaux dans la descente.

Tauwhare ne se décidait toujours pas. Il ne quittait pas des yeux le loquet du hayon.

— Allez… c'est oui ?

— Non, répondit enfin Tauwhare.

— Comme vous voudrez, conclut Drake avec un haussement d'épaules.

Il se hissa sur le siège, prit les rênes et pressa les chevaux ; la voiture s'ébranla en cahotant.

Φ

— Monsieur Emery Staines, vous vous reconnaissez coupable d'avoir faussé le bilan de la mine *Aurore* à dessein d'éviter de régler la part due à M. Francis Carver, à hauteur de cinquante pour cent des bénéfices annuels net, et de vous soustraire de même au versement de la prime, d'un montant non précisé, qui aurait dû revenir à John Long Quee. Vous vous reconnaissez coupable d'avoir détourné une quantité considérable d'or brut, extrait par John Long Quee de l'*Aurore* et estimé depuis à 4 096 livres sterling. Vous avouez avoir dérobé cet or et l'avoir enterré dans la vallée de l'Arahura à des fins de recel. Vous vous reconnaissez coupable encore de manquement à vos obligations, déclarant avoir été depuis deux mois dans un état d'incapacité causée par l'abus excessif et prolongé des opiacés.

Le juge posa ses papiers, joignit les mains et reprit :

— Votre avocat, monsieur Staines, a été aujourd'hui très habile en présentant M. Carver sous un jour défavorable. Nonobstant la qualité de sa plaidoirie, le fait demeure cependant qu'aucune provocation ne peut être un motif pour violer la loi : votre piètre opinion de M. Carver ne vous donne pas le droit de vous ériger en juge de ce qu'il mérite ou ne mérite pas.

« Ni vous, ni, semble-t-il, personne, n'avez été témoin des violences exercées contre Mlle Wetherell ; vous ne pouvez donc savoir d'une manière certaine que M. Carver était de fait l'auteur desdites violences, ni même s'il y a réellement eu des violences commises. Bien sûr, la perte d'un enfant, quel qu'il soit, est toujours une tragédie, et une tragédie ne saurait connaître de circonstances atténuantes ; en nous prononçant sur *votre* crime, monsieur Staines, nous devons toutefois faire abstraction de la nature tragique de l'événement et le considérer simplement en tant que motif… et, la précision est de mise, motif *indirect*… ayant pu vous inciter à commettre par vengeance les crimes froidement réfléchis de fraude et de détournement. Oui, vous aviez des raisons pour ne pas aimer M. Carver, des raisons pour lui en vouloir, pour le mépriser même ; mais je dis une simple vérité d'évidence en constatant que vous auriez évité bien des embarras à tout le monde en portant plutôt vos griefs à l'attention de la police.

« Que vous vous reconnaissiez coupable, c'est tout à votre honneur. Je prends acte aussi de la bonne volonté et de l'humilité dont vous avez fait preuve aujourd'hui dans vos réponses devant cette cour. Nous voulons bien voir là des signes de contrition et de soumission à toute la rigueur de la loi. Les chefs d'accusation dénoncent cependant chez vous un mépris égoïste de vos obligations contractuelles, un caractère capricieux et décadent, des manquements non seulement aux devoirs que vous imposaient vos concessions, mais à vos devoirs envers votre prochain. Votre mauvaise opinion de M. Carver, si justifiée soit-elle, vous a amené à vous faire justice vous-même à plus d'une occasion et à plus d'un égard. À la lumière de tous ces faits, j'estime qu'il vous sera très utile de remiser pour un temps votre haute philosophie au placard et d'apprendre à vous mettre à la place d'autrui.

« M. Carver a été associé pendant neuf mois à la mine *Aurore*. Il a rempli ses obligations contractuelles à votre égard, et il en a été mal récompensé. Emery Staines, je vous condamne, par le présent jugement, à neuf mois de réclusion avec travaux forcés.

— Oui, monsieur, dit Staines, le visage impassible.

— Mademoiselle Anna Wetherell, reprit le juge en se tournant vers elle, vous avez plaidé non coupable sur tous les chefs d'accusation retenus contre vous, et le droit d'un pays civilisé considère toute personne comme innocente, tant que sa culpabilité n'a pas été prouvée. La cour se rend compte que les allégations de M. Moody sur le compte du gouverneur Shepard ne sont rien de plus que cela ; nous en avons toutefois pris bonne note, et nous ne préjugeons pas de la suite qui pourrait y être donnée, dans l'hypothèse où une information serait ouverte contre le gouverneur Shepard et d'autres. En attendant, j'estime que votre culpabilité n'a pas été prouvée. Vous êtes acquittée de toutes les accusations portées contre vous. Vous serez remise en liberté, et ce jugement prendra effet immédiatement. Je compte que vous persévérerez dans le droit chemin de l'abstinence, de la chasteté et des autres vertus civilisées. Il va sans dire que je ne veux plus vous voir revenir devant cette cour pour quelque raison que ce soit, plus particulièrement pour répondre à une accusation d'ivresse et de trouble à l'ordre public. Me fais-je bien comprendre ?

— Oui, monsieur.

— Bien. Et maintenant…

Le dernier mot était prononcé avec un accent d'insistance, à l'adresse du banc des avocats, mais avant que le juge ne pût poursuivre, des cris éclatèrent dans la rue, suivis d'un fracas effrayant, d'un hennissement perçant de chevaux affolés… et enfin d'un coup terrible à la porte du tribunal, comme si quelqu'un s'était jeté de tout son poids contre le battant.

— Que se passe-t-il ? demanda le juge en se renfrognant.

Moody s'était levé d'un bond. Il entendait des vociférations sur le perron et un chaos de bruits confus.

— Ouvrez, quelqu'un ! Qu'on aille voir ce qui se passe, reprit le juge.

Là-dessus, la porte fut repoussée avec violence, et le magistrat s'exclama :

— Brigadier Drake ! Qu'y a-t-il ?

— C'est Carver ! hurla l'interpellé, une lueur farouche dans les yeux.

— Que lui arrive-t-il ?

— Il est *mort* !

— *Comment ?*

— Quelque part entre ici et Seaview… quelqu'un a dû ouvrir le hayon… et je ne m'en suis pas rendu compte. Je conduisais. J'ai ouvert pour le faire descendre… et voilà, je l'ai trouvé… *mort* !

Moody se retourna vivement, s'attendant presque à voir Mme Carver tomber évanouie. Mais non, elle regardait Drake, pâle comme un linge. Vite, Moody promena ses regards sur les visages qui l'entouraient. Tous les témoins avaient été gardés à vue pendant la suspension d'audience, même ceux qui avaient comparu dans la matinée : aucun n'avait quitté les lieux. Shepard était bien présent… et Lauderback… et Frost… et Löwenthal, Clinch, Mannering, Quee, Nilssen, Pritchard, Balfour, Gascoigne, Devlin. Qui manquait ?

— Il est juste là, dehors ! criait Drake avec un grand geste du bras. Le corps… J'ai fait demi-tour, je suis revenu… je ne pouvais pas… ça n'aurait pas été…

— Il s'est donné la mort ? demanda le juge en élevant la voix pour se faire entendre au milieu du tumulte.

— Non, protesta Drake, un sanglot dans la gorge. Non, c'est impossible !

Les spectateurs se mirent à le bousculer en se déversant sur le perron.

— Brigadier Drake ! cria le juge. Dites-nous, au nom de Dieu, comment Francis Carver a trouvé la mort ?

On ne voyait plus le brigadier, entraîné par la foule. Sa voix s'éleva, ténue :

— On lui a cassé la tête !

— *Qui ?* tonna le juge, la face cramoisie. *Qui a fait cela ?*

— *Je vous dis que je ne sais pas !*

Un cri d'horreur retentit dans la rue, aussitôt couvert par un concert de clameurs. Le tribunal acheva de se vider. Mme Carver, regardant les derniers spectateurs se frayer de vive force un chemin vers la porte, leva les deux mains à sa bouche.

# COMBUSTE

*Où Mme Wells est induite en erreur,*
*et Francis Carver apporte une nouvelle importante.*

Tandis qu'Anna Wetherell aidait « M. Crosbie » à passer le temps à la *Maison de maints désirs* dans Cumberland-street, Lydia Wells recevait aussi de son côté. Elle avait accoutumé de porter chaque après-midi ses almanachs et cartes célestes à l'hôtel de l'*Aubépine* dans George-street, où elle s'installait dans un coin de la salle à manger en proposant de dire la bonne aventure aux chercheurs d'or et autres nouveaux débarqués. Son seul client ce jour-là fut un garçon aux cheveux d'or, coiffé d'une casquette de feutre, arrivé lui aussi, à ce qu'il dit, à bord du vapeur le *Vent fortuné*. C'était un sujet loquace, réjoui et fasciné par ses accointances avec le monde des esprits, et dont l'enthousiasme, flatteur, la porta à se montrer particulièrement généreuse de ses pronostics. Lorsqu'elle eut établi le thème natal du jeune homme, épluché son passé et son présent, et prédit encore son avenir, il était près de quatre heures.

Elle leva alors la tête pour apercevoir Francis Carver qui venait vers elle, traversant la salle à grandes enjambées.

— Edward, dit-elle au garçon aux cheveux d'or, soyez un ange et demandez au serveur de me préparer un pâté en croûte, à emporter. Ce sera à mettre sur mon compte.

Le jeune homme ne se le fit pas dire deux fois.

— Je viens de recevoir une bonne nouvelle, annonça Carver lorsqu'il se fut éloigné.

— À savoir ?

— Lauderback est en route pour venir.

— Ah ! fit Lydia Wells.

— Il a dû recevoir enfin le relevé de compte de chez Danforth. Billy Bruce me fait savoir qu'il a pris passage sur l'*Actif*, en partance d'Akaroa. Il arrive le 12 mai et, en attendant, il a envoyé déjà une dépêche interdisant à l'*Adieu-vat* d'appareiller avant cette date.

— Dans trois semaines.

— On le tient, Greenway ma vieille. Pris comme un poisson dans une nasse. Il ne nous échappera pas.

— Le pauvre M. Lauderback, dit Mme Wells sans préciser sa pensée.

— Tu pourrais peut-être faire passer le mot dès cette semaine au Club des marins, offrir aux gars une soirée de krabs gratuite, avec le double du gros lot habituel ou une fille à chaque tour de la roue de la fortune. Quelque chose pour attirer Raxworthy le soir du 12, que je puisse arranger un tête-à-tête avec Lauderback à bord.

— Je m'en occuperai demain matin, promit Mme Wells (promesse qui ne l'empêcha pas de soupirer derechef en rangeant ses livres et ses cartes). Le pauvre M. Lauderback !

— Il l'a voulu. Comme on fait son lit, on se couche, fit Carver en la dévisageant.

— Oui, mais toi et moi, nous lui avons chauffé les draps.

— Allez, ne t'apitoie pas sur un pleutre. Surtout un pleutre qui a de l'argent de trop.

— Mais il me fait pitié.

— Pourquoi ? À cause du bâtard ? J'aurais plutôt pitié du bâtard. Lauderback a joué sur le velours depuis le début. Sa carrière est faite.

— Oui, et pourtant il est pitoyable. Il a tellement honte, Francis. De Crosbie, de son père, de lui-même. Je ne peux pas m'empêcher de plaindre un homme honteux.

— Il n'y a aucune chance qu'on se fasse surprendre par Wells, n'est-ce pas ?

— Tu parles comme s'il était de mes intimes, répliqua la femme. Je ne peux pas répondre de lui ; je ne contrôle pas ses faits et gestes.

— Depuis quand est-ce qu'il n'est pas venu faire un tour en ville ?

— Des mois.

— Écrit-il avant de rentrer ?

— Mon Dieu, non ! s'exclama Mme Wells. Nous ne correspondons pas.

— Y aurait-il moyen d'être sûr qu'il ne s'amènera pas ? Ça n'irait pas du tout, qu'il se retrouve nez à nez avec Lauderback… pas maintenant, à la dernière heure.

— Il se laissera toujours tenter par un petit verre… à n'importe quelle heure.

— Il faudrait donc lui envoyer une caisse assortie ? lança Carver avec un large sourire. Lui ouvrir un compte à la taverne locale ?

— Au fait, ce ne serait pas une mauvaise idée.

Apercevant le blondinet qui rapportait des cuisines le pâté emballé dans du papier, elle se leva et mit fin à la conversation :

— Il est temps que je rentre. Je passerai te voir demain.

— Je t'attendrai, conclut Carver.

— Merci, Edward, dit Mme Wells au jeune homme en le débarrassant de son paquet. Et au revoir. J'aimerais vous souhaiter bonne chance, mais ce serait porter de l'eau à la rivière, n'est-ce pas ?

Le garçon éclata de rire.

— Tu lui as donc dit la bonne aventure ? demanda Carver, souriant lui aussi.

— Mais oui, répondit Mme Wells. Il va devenir extraordinairement riche.

— Comme tous les autres ? Tu m'en diras tant.

— Justement, pas comme les autres. *Exceptionnellement* riche, insista Mme Wells. Au revoir, Francis.

— À tantôt, dit Carver.

— Au revoir, madame Wells, dit le garçon.

Elle sortit de sa démarche la plus majestueuse, et les deux hommes restèrent un instant à la suivre des yeux. Lorsqu'elle eut disparu, Carver se tourna vers le garçon avec un geste interrogateur :

— Vous vous appelez Edward ?

— En fait… non, répondit l'interpellé d'un air un peu honteux. J'ai choisi de voyager incognito, on pourrait dire. Mon père m'a toujours conseillé de ne jamais donner mon vrai nom à des putains ou à des diseuses de bonne aventure.

— C'est judicieux, approuva Carver.

— Pour les putains, je ne sais pas, reprit le garçon. Cela me désole de penser que mon père a pu faire appel à leurs services… je me sens une sorte de répugnance pour toute l'affaire, par loyauté envers ma mère sans doute. Mais la bonne aventure, c'est autre chose. J'aime bien. C'était excitant, de me donner le nom d'un autre. J'avais l'impression d'être comme invisible. Ou dédoublé… comme si je m'étais coupé en deux.

Carver lui lança un regard rapide, puis, au bout d'un moment, tendit la main en se présentant :

— Je m'appelle Francis Carver.

— Emery Staines, dit le garçon.

# MERCURE SE COUCHE

*Où un étranger débarque sur la grève de Hokitika ; le trésor est partagé ; et Walter Moody quitte enfin l'hôtel de la* Couronne.

Même mis sur son trente et un, ses cheveux peignés et pommadés, ses chaussures cirées et son mouchoir parfumé, M. Adrian Moody était loin d'avoir aussi bonne mine que son fils cadet. Sa physionomie portait les marques de toute une vie d'esclavage alcoolique… avec des poches sous les yeux, le nez tuméfié et le teint définitivement enluminé… et ses mouvements n'avaient ni grâce ni souplesse. Sa démarche était lourde, ses hanches d'une roideur ankylosée ; son regard, défiant, ne connaissait pas le repos, tandis que ses mains, jaunies par la fumée du tabac, cherchaient à tout moment l'abri de ses poches ou tripotaient anxieusement les revers de son habit.

S'étant hissé péniblement hors du canot qui l'avait amené du vapeur jusqu'à la grève, le vieux Moody mit un moment à étirer son dos, secouer ses extrémités percluses de crampes et se rajuster.

Il commanda de faire porter ses bagages dans un hôtel de Camp-street, échangea une poignée de main avec le douanier, qui baguenaudait sur le quai, remercia les rameurs d'un ton bourru et enfin s'engagea dans Revell-street, les mains jointes derrière le dos. Il arpenta la rue dans toute sa longueur en changeant de trottoir entre la montée et la descente, jetant un regard maussade dans toutes les vitrines, scrutant de près chaque visage qu'il croisait, ne souriant à personne. À cette heure, la foule amassée devant le palais de Justice s'était dissipée, et la voiture cellulaire avait reconduit le corps de Francis Carver à Seaview ; les deux battants de la grande porte étaient fermés et verrouillés. Le vieux Moody accorda à peine un coup d'œil au bâtiment en passant.

À la fin, il monta les marches de la Poste centrale de Hokitika, entra et rejoignit la queue devant le guichet. Pendant qu'il attendait, il prit un papier dans son portefeuille et le coinça contre sa poitrine pour le déplier d'une main.

— Je voudrais faire remettre ceci à un M. Walter Moody, dit-il en arrivant face au receveur.

— Bien sûr, répondit le préposé. Connaissez-vous son adresse ?

Pendant qu'il parlait, la cloche de la chapelle Wesleyenne sonna cinq heures.

— Tout ce que je sais, c'est qu'il séjourne depuis quelques mois déjà à Hokitika, reprit le vieux Moody.

— En ville ? Ou dans les gorges ?

— En ville.

— À l'hôtel ? Ou sous la tente ?

— Probablement à l'hôtel, mais je ne peux vraiment pas vous le dire. Le nom est Walter Moody.

— Un ami à vous ?

— Mon fils.

— Je demanderai au facteur de voir ce qu'il peut faire, en port dû… vous paierez une fois que nous aurons trouvé, déclara le receveur en prenant note du nom. Je vous demanderai un shilling à titre de caution, mais si nous trouvons votre homme dès demain, nous vous restituerons six pence.

— Très bien.

— Préférez-vous l'envoyer sous enveloppe ou sous cachet ?

— Sous enveloppe. Mais attendez un peu : je voudrais d'abord me relire.

— Mettez-vous donc de côté et présentez-vous quand vous serez prêt. Je fermerai le guichet dans une demi-heure.

Adrian Moody obtempéra. Il étala sa lettre sur le comptoir et la poussa plus près de la lumière.

*Hokitika, 27 avr. 66*

*Walter, je vous supplie de lire cette épître jusqu'au bout et de réserver votre jugement sur moi en attendant d'en avoir pris connaissance. Le cachet de la poste vous aura appris que je me trouve à Hokitika, comme vous. Je vais loger à l'*HÔTEL DE LA TEMPÉRANCE*, dans Camp-street, adresse qui ne sera sans doute pas sans vous étonner. Vous me connaissez épicurien par tempérament, et cela de longue date. Or, je suis aussi de trempe stoïque. J'ai juré que jamais plus une goutte d'alcool ne passerait mes lèvres dans ce bas monde, et* *depuis que j'ai fait ce serment, je l'ai aussi tenu. C'est dans un esprit de repentir que je mets par écrit une relation succincte des véritables intentions que mon asservissement à la boisson a occultées, et je dirais même perverties, pendant ces dernières années.*

*J'ai quitté les îles Britanniques pour cause de dettes uniquement, sans autre motif. Une personne de la connaissance de votre frère Frederick se trouvait sur les gisements à Lawrence dans l'Otago et, à l'en croire, les perspectives y semblaient très bonnes ; Frederick avait résolu de rejoindre son ami. Vous étiez alors à Rome, avec le projet de passer l'hiver sur le Continent. J'ai décidé de faire le voyage en secret, dans l'espoir de rentrer en homme riche avant la fin de l'année. Le motif de cette décision était, je le reconnais, inavouable, car il y avait plusieurs hommes à Londres, ainsi qu'à Liverpool, que je tenais absolument à fuir. Avant de m'embarquer, j'ai envoyé un secours de 20 L. st. à mon épouse… le dernier reste de mon avoir. Ce n'est que bien plus tard que j'ai appris que cette somme n'était jamais parvenue à destination : l'argent a été dérobé par la personne même qui était censée le transmettre (le scélérat PIERS HOWLAND, puisse-t-il vivre dans l'opprobre et mourir dans la misère). Lorsque j'ai su cela, je me trouvais déjà à Otago, j'avais mis la moitié du monde entre nous ; par ailleurs, je ne pouvais entrer en correspondance sans m'exposer à des poursuites, et même à une condamnation, pour crimes restés impunis et dettes non réglées. Je n'ai rien fait. J'ai tenu mon épouse pour abandonnée, j'ai prié Dieu de me pardonner, et j'ai poursuivi mon chemin avec Frederick sur les gisements.*

*Nous n'avons fait que couvrir nos frais durant notre première année à Otago. On dit que les hommes issus des classes aisées sont les plus malchanceux sur les diggings, car ils ne supportent pas les privations comme les gens de peu. Cela fut certainement vrai de nous. Nous avons lutté vigoureusement et souvent désespéré. Mais nous avons persévéré, et il y a sept mois, votre frère trouva une pépite de la grosseur d'une tabatière, prise entre deux rochers dans le coude d'un ruisseau. C'est sur cette pépite que nous avons pu enfin commencer à bâtir nos fortunes.*

*Vous demanderez peut-être pourquoi nous n'avons pas envoyé la pépite à la maison avec nos excuses et nos bénédictions ; ce serait une bonne question. Votre frère Frederick voulait vous écrire depuis longtemps. Il m'avait poussé à me mettre en rapport avec mon épouse abandonnée, à l'inviter même à nous rejoindre ici, mais j'étais resté inflexible. Je répondais de même, par des refus, lorsqu'il me sommait de renier le démon Alcool et de m'amender. Nous eûmes de nombreuses disputes à ce sujet et finîmes par nous quitter en termes peu amicaux. Je regrette de dire que j'ignore où Frederick se trouve maintenant.*

*Vous avez toujours été le savant de la famille, Walter. J'ai honte de bien des aspects de ma vie ; mais je n'ai jamais eu honte de vous. En prêtant le serment de la tempérance, j'ai contemplé face à face mon âme véritable. Je me suis vu en vérité comme un pauvre hère, faible et lâche, la proie facile du vice et du péché sous toutes ses formes. Mais si je suis fier d'une chose, c'est que mes fils n'ont pas dégénéré comme moi. C'est une joie douloureuse pour un père que de dire de son fils : « Celui-là est un meilleur homme que moi. » Je vous assure que j'ai eu doublement l'occasion d'éprouver cette joie et cette peine.*

*Je ne peux rien faire, sinon vous supplier de me pardonner, comme je dois implorer de même le pardon de Frederick, en donnant ma parole que, si vous acceptez de me revoir, notre réunion future se fera dans la plus stricte abstinence. Bonne chance, Walter. Sachez que j'ai contemplé face à face mon âme véritable et que j'écris ceci en homme qui a renoncé à l'ivresse. Sachez aussi que la réponse même la plus laconique réjouirait grandement le cœur de*

*Votre père*

*ADRIAN MOODY*

Il relut la lettre deux fois, puis inséra la feuille dans l'enveloppe et y inscrivit en grosses lettres le nom de son fils. Sa main trembla lorsqu'il posa la plume.

Φ

— Un M. Frost pour M. Staines.

— Faites entrer, dit Devlin.

Charlie Frost tenait une feuille de papier à la main.

— Les comptes, annonça-t-il d'un air contrit.

— Asseyez-vous, invita Devlin.

— À combien monte la note, monsieur Frost ? demanda Staines, qui paraissait très fatigué.

— Je suis désolé, mais elle est salée, répondit Frost en prenant une chaise. Le juge Kemp a décidé que le dividende de deux mille quarante-huit livres dû à Francis Carver est une créance à honorer. Il y a une condition… là-dessus, le groupe Garrity devra être intégralement remboursé de l'indemnité versée pour l'*Adieu-vat*… mais le reliquat ira à Mme Carver, en sa qualité de veuve du défunt.

— Comment va-t-elle ? demanda Devlin.

— Elle est sous sédation. Aux dernières nouvelles, le Dr Gillies et M. Pritchard étaient auprès d'elle ; ils l'ont aidée à regagner la *Fortune du Voyageur*, mais je n'en sais pas plus, dit Frost avant de se retourner vers Staines en lissant son papier sur le bureau. Puis-je détailler brièvement ce qu'on vous réclame ?

— Allez-y.

— Votre condamnation vous rend responsable de tous les frais de procédure, dont les honoraires accumulés de M. Fellowes et la commission de M. Nilssen, investie depuis dans la construction de la prison de Seaview… comme vous vous en souviendrez, le juge a décidé de considérer ce placement comme un don charitable, ne pouvant donc être révoqué. Au total, cela monte à un peu plus de cinq cents livres.

— Divisé par deux, puis par deux encore, résuma Staines.

— Oui ; malheureusement c'est ce qui arrive quand la justice s'en mêle. Et ce n'est pas tout. Il y a plus d'un prospecteur, à Kaniere et dans les gorges, qui croit avoir droit à des dommages-intérêts. Je n'ai pas encore de chiffre exact, mais il est probable qu'ils vous prendront encore quelques dizaines, peut-être des centaines de livres.

— C'est tout ?

— Officiellement, oui. Mais il y a aussi des points à régler officieusement, entre nous. En avons-nous le temps ?

Staines déféra la question à Devlin :

— Alors ? Avons-nous le temps ?

— Jusqu'à l'arrivée de la voiture, répondit l'aumônier. Tout dépend de cela.

— Je serai rapide, promit Frost. Comme vous le savez peut-être, l'or extrait de la robe orange d'Anna se trouve toujours sous le lit de M. Gascoigne. Anna doit environ cent vingt livres à M. Mannering, et elle avait l'intention de puiser dans le métal brut tiré de sa robe pour régler cette somme. Or, j'ai pensé que vous préféreriez peut-être prendre sa dette sur vous, la faire figurer dans votre passif et rembourser M. Mannering sur votre part de l'or trouvé chez M. Wells. Comme ça, voyez-vous, Anna sera assurée d'avoir de quoi vivre pendant tout le temps de votre emprisonnement.

— Bien, approuva Staines. Oui… Faites cela. Exactement comme vous venez de le dire.

Frost en prit note et poursuivit :

— Le deuxième point, c'est la prime due à M. Quee. Il faut continuer à faire comme si l'or caché chez M. Wells provenait réellement de l'*Aurore*, et tout mineur qui trouve un pactole en travaillant pour le compte d'un tiers mérite une récompense.

— En effet, acquiesça Staines. Sa prime.

— J'ai cru comprendre que M. Quee désirait être rapatrié en Chine au terme de son engagement avec la Compagnie ; de surcroît, il aspire à rapporter dans sa patrie la somme précise de sept cent soixante-huit shillings. Selon M. Mannering, c'est un chiffre qu'il s'est mis en tête depuis belle lurette, et il n'en démord pas. Il y attache apparemment un sens, personnel ou spirituel.

En temps normal, pareille bizarrerie aurait piqué la curiosité d'Emery Staines, mais il ne sourit même pas. Ce fut Devlin qui s'exclama :

— Sept cent soixante-huit shillings ?

— Oui, confirma Frost.

— Je le trouve bien fastidieux, fit l'aumônier. Ne savez-vous pas ce que cela signifie ?

— Je regrette, mais la réponse est non. Cela dit, si je peux émettre un avis, reprit Frost en s'adressant de nouveau à Staines, il serait sans doute souhaitable que la prime que vous allez lui verser fût d'un montant suffisant pour permettre à M. Quee de réaliser cette ambition.

— Ça fait combien, en livres ?

— Trente-huit livres et huit shillings. Soit *grosso modo* un pour cent de quatre mille, ce qui est un taux correct sur les diggings, attendu surtout que M. Quee est chinois. Comme geste de bonne volonté, vous pourriez envisager aussi de racheter son engagement et de lui payer son passage de retour.

— Tiens ! Et moi qui ne pensais pas... dit Staines en hochant la tête.

— Comment ? Je ne vous suis pas.

— Je n'ai pas pensé à M. Quee, voyons. Jamais une seule fois.

— Eh bien, il nous a rendu, à nous tous, un fier service cet après-midi, en gardant notre secret, et nous aurions là l'occasion de l'en remercier. J'en ai déjà dit un mot à M. Mannering. Il veut bien libérer M. Quee de son engagement avant l'échéance. À ma demande, il en a calculé le coût. Si vous accordez à M. Quee une prime de soixante-quatre livres, cela devrait faire l'affaire.

Staines leva l'épaule, s'y frotta la joue et poussa un soupir avant d'approuver :

— Oui, d'accord.

— Maintenant, troisième question d'argent…, poursuivit Frost en toussotant. Au mois de janvier, lorsque nous… euh… lorsque nous sommes tombés sur le trésor, M. Clinch m'a donné trente livres, à titre de gratification. Je regrette, mais le fait est que j'ai dépensé cet argent. Je n'ai pas le premier sou pour rembourser. Je me demande si je ne pourrais pas abuser de votre générosité et mettre encore ces trente livres sur votre compte, comme frais bancaires.

Cela dit en mangeant ses mots, il compléta d'un ton plus posé :

— Ce serait un prêt, bien sûr. Je rembourserais avant votre sortie de prison.

— La voiture arrive, annonça Devlin en se levant.

— Ça va, dit Staines à Frost. Payez-vous là-dessus… tout ce que vous voulez. Cela n'a pas d'importance.

Frost poussa un grand soupir de soulagement :

— Merci beaucoup, monsieur Staines.

Il regarda Devlin extraire le prisonnier de la cellule, éleva la voix et lança encore, lorsqu'ils eurent atteint la porte :

— Je vous enverrai une quittance détaillée demain, à la première heure.

Φ

La cloche de la chapelle sonnait sept heures, lorsque Walter Moody acheva de ranger ses habits de ville dans sa malle, abaissa le couvercle et ferma le cadenas. Se relevant, il vérifia la braguette de son pantalon de moleskine jaune, resserra sa ceinture, leva une main au foulard rouge qu'il s'était noué autour du cou et, enfin, prit son chapeau et son manteau... l'un un vêtement sans forme, en gros drap de laine, qui ne lui arrivait pas tout à fait aux genoux, l'autre un grand feutre à fond mou et à large bord ciré. Il enfila le manteau, coiffa le chapeau, hissa son sac sur son dos et quitta la chambre en retirant la clef de la serrure.

Pendant son absence, sa malle serait déposée à l'entrepôt du sieur Clark sur Gibson's-quay, adresse à laquelle on ferait suivre également toutes lettres privées qui pourraient arriver à son nom. Pour couvrir les frais de ce déménagement, il laissa trois shillings d'argent au comptoir de la *Couronne* en y déposant sa clef. Il posa un quatrième shilling sur la paume de la femme de chambre, serra sa petite main jaune dans les siennes et la remercia très chaleureusement des services et de l'hospitalité qu'elle lui avait fournis depuis trois mois. En quittant la *Couronne*, il s'engagea dans la ruelle étroite qui conduisait jusqu'à la plage et se dirigea vers le nord, son sac cliquetant dans son dos, son rouleau de toile à tente lui battant les cuisses à chaque pas.

Il n'était encore qu'à deux milles de Hokitika lorsqu'il se rendit compte qu'il était suivi, à dix pas de distance, par un autre homme, vêtu lui aussi de la livrée des diggers. Moody se retourna et ils échangèrent un signe de tête.

— Salut, camarade, dit l'autre. Vous allez au nord ?

— C'est ça.

— Vous avez mis le cap sur les sables, hein ? Du côté de Charles-Town ?

— J'espère y arriver, en effet. Allons-nous du même côté ?

— On dirait. Et si je vous rejoignais ? Vous n'avez rien contre ?

— Au contraire, répondit Moody. Votre compagnie sera la bienvenue. Je m'appelle Walter Moody. Walter.

L'autre aussi se présenta :

— Paddy Ryan. Je vous trouve un petit accent écossais, Walter Moody.

— Vous trouvez juste. Je ne peux pas le nier.

— Je n'ai jamais eu à me plaindre d'un Écossais.

— Et moi je n'ai jamais eu maille à partir avec un Irlandais.

— Vous êtes bien le seul, fit Paddy Ryan avec un grand sourire. Mais c'est vrai, je me suis toujours bien entendu avec les Écossais.

— Tant mieux.

Ils marchèrent un instant en silence.

— Et voilà, on est tous deux loin de nos foyers, dit enfin Paddy Ryan.

— Loin du pays natal, oui, opina Moody en plissant les yeux pour promener son regard par delà les lames déferlantes, sur la haute mer.

— Eh oui. Si on n'a plus de foyer là d'où on vient, ne reste qu'à en fonder un là où on va.

— C'est une bonne devise, approuva Moody.

Paddy Ryan hocha la tête d'un air content et demanda :

— Vous comptez donc rester dans ce pays-ci, Walter ? Une fois que vous aurez trouvé un filon et ramassé un beau pactole ?

— Ma chance en décidera pour moi.

— Mais vous, qu'en dites-vous ? Ce serait une chance de rester ou plutôt de repartir ?

— La chance, c'est de pouvoir choisir.

Moody fut lui-même le premier surpris de sa réponse, qui n'était pas ce qu'il aurait dit trois mois auparavant. Paddy Ryan le regarda en coin et proposa :

— Et si on partageait nos histoires ? Ça fera toujours passer le chemin.

— Nos histoires ? Vous voulez dire l'histoire de notre vie ?

— Oui… Ou celles qu'on vous a racontées. N'importe. Comme vous voulez.

— Bien, acquiesça Moody avec roideur. À qui l'honneur ?

— Allez-y, vous, lança Paddy Ryan. Faites-nous un conte et faites-le durer, qu'on ne pense plus à nos pieds, qu'on ne se rende même plus compte qu'on est en train de marcher.

Moody resta un moment silencieux, ne sachant par quel bout commencer.

— J'essaie, dit-il enfin, de me décider entre toute la vérité et rien que la vérité. Mon histoire étant ce qu'elle est, je ne pourrai malheureusement pas concilier les deux.

— Allons bon, on n'a rien à faire de la vérité, nous autres, se récria Paddy Ryan. Qui vous parle de vérité ? Dans ce pays-ci, Walter Moody, vous êtes un homme libre. Racontez-moi n'importe quoi, toutes les sottises qui vous passeront pas la tête, et si vous faites durer le plaisir jusqu'à l'embranchement du chemin du col, ce sera une bien belle histoire à mon goût.

# SOLEIL & LUNE EN CONJONCTION (NOUVELLE LUNE)

*Où Mme Wells fait deux découvertes intéressantes.*

Lorsque Lydia Wells rentra à sa *Maison de maints désirs* à sept heures passées, la femme de chambre lui fit savoir qu'Anna Wetherell avait reçu un visiteur pendant qu'elle était sortie : M. Crosbie Wells, rentré à l'improviste des collines d'Otago après de longs mois d'absence. M. Wells avait un rendez-vous ce soir-là dans George-street, la femme de chambre ne savait pour quoi faire, mais il était parti en l'assurant qu'il serait de retour le lendemain matin dans l'espoir d'être admis à s'entretenir avec son épouse. Mme Wells reçut cette nouvelle d'un air songeur.

— Combien de temps est-il resté ? Que disiez-vous, Lucy ?

— Deux heures, madame.

— De quelle heure à quelle heure ?

— De trois à cinq.

— Et Mlle Wetherell… ?

— Je ne l'ai pas dérangée, répondit Lucy. Elle

n'a pas sonné depuis qu'il est reparti, et je les ai laissés tranquilles tous les deux pendant qu'il était là.

— Vous avez bien fait, approuva Mme Wells. Allez, si Crosbie revient effectivement demain et si, pour une raison ou une autre, je ne suis pas là, introduisez-le chez Mlle Wetherell, comme aujourd'hui.

— Oui, madame.

— Et il faudrait passer une commande chez le marchand de vin, tout de suite demain matin. Une caisse assortie devrait faire l'affaire.

— Oui, madame.

— J'apporte un pâté en croûte pour notre souper. Faites-le bien réchauffer avant de le monter. Nous nous mettrons à table à huit heures, je pense.

— Bien, madame.

Lydia Wells mit de l'ordre dans sa brassée d'almanachs et de cartes célestes, considéra d'un œil critique son reflet dans la glace du vestibule, puis monta à la chambre d'Anna, frappa vivement à la porte et ouvrit sans attendre la réponse.

— Vous voilà donc, bien au sec, bien débarbouillée, le ventre plein… ça va mieux, n'est-ce pas ? demanda-t-elle en guise de salutation.

Anna, assise dans l'embrasure de la fenêtre, se leva d'un bond à son entrée et répondit en rougissant jusqu'aux oreilles :

— Nettement mieux, madame. Vous êtes beaucoup trop bonne.

— On n'est jamais trop bon, ce n'est pas possible.

Sur ce, Mme Wells posa ses livres sur le guéridon à côté du canapé. Elle lança un regard rapide au buffet, jaugeant le niveau des bouteilles, puis revint à Anna et dit avec un sourire :

— Comme nous allons nous amuser ce soir ! Je vais calculer votre thème astral.

Anna acquiesça de la tête. Son visage était toujours très rouge.

— Je calcule le thème de tous mes nouveaux amis, poursuivit Mme Wells. Nous allons nous amuser comme des reines, vous verrez, à dévoiler ce que l'avenir vous réserve. Et j'ai rapporté un pâté en croûte pour notre souper : il n'y en a pas de meilleur dans tout Dunedin. Ça vous va, n'est-ce pas ?

— Très bien, répondit Anna en baissant les yeux.

Sans faire aucunement attention au malaise de sa pensionnaire, Mme Wells s'installa sur le canapé et s'apprêta à ouvrir le plus gros des volumes :

— Allez, dites-moi. Quel jour êtes-vous née, ma chérie ?

Anna le lui dit. Mme Wells se rejeta en arrière, porta sa main sur son cœur et se récria :

— Non !

— Pardon ?

— Comme c'est bizarre !

— Qu'est-ce qui est bizarre ? demanda Anna d'un air effrayé.

— Vous avez la même date de naissance qu'un jeune homme que je viens de..., commença Lydia Wells, laissant la phrase en suspens pour demander plutôt : Quel âge avez-vous, mademoiselle Wetherell ?

— Vingt et un ans.

— Vingt et un ans ! Et vous êtes née à Sydney ?

— Oui, madame.

— Dans la ville même ?

— Oui.

— Vous ne sauriez pas par hasard l'heure précise de votre naissance ? demanda encore Lydia Wells, dont la physionomie exprimait l'émerveillement.

— Je crois que je suis née pendant la nuit, déclara Anna en rougissant derechef. C'est ce que raconte ma mère. Mais je ne sais pas l'heure précise.

— C'est stupéfiant ! s'exclama Mme Wells. Vous me voyez stupéfaite ! Exactement la même date de naissance ! Et, peut-être, sous exactement le même ciel !

— Je ne comprends pas, dit Anna.

À voix étouffée et avec des mines de conspiratrice, Lydia Wells s'expliqua. Elle passait ses après-midi dans un hôtel de George-street, où elle tirait des horoscopes contre une somme modique. Ses clients étaient pour la plupart de jeunes gens qui venaient chercher fortune sur les placers. Cet après-midi-là… pendant qu'Anna se prélassait dans son bain… elle avait lu l'avenir justement pour un tel jeune homme. Le demandeur (elle ne le désignait pas autrement) avait *lui aussi* vingt et un ans, et il était *lui aussi* né à Sydney, le même jour qu'Anna !

Anna, qui ne comprenait toujours pas l'enthousiasme de son hôtesse, demanda :

— Mais qu'est-ce que cela signifie ?

— Qu'est-ce que cela signifie ? répéta l'autre dans un murmure. Cela signifie qu'il se peut, mademoiselle Wetherell, que vous partagiez le destin d'une autre âme !

— Oh, fit Anna.

— Il se peut que vous ayez une âme sœur astrale, dont le chemin à travers la vie sera le reflet exact du vôtre !

— Oh, dit encore Anna, loin d'être aussi impressionnée que Mme Wells l'aurait espéré.

— C'est un phénomène très rare.

— Mais j'avais un cousin né le même jour que moi. Et nous ne pouvons pas avoir partagé le même destin, puisque mon cousin est mort.

— Il ne suffit pas d'avoir le même jour de naissance. Il faut que les deux personnes soient nées à la même heure et à la même minute… et sous la même latitude et longitude, soit exactement sous le même ciel. Ce n'est que dans ce cas qu'elles auront un horoscope identique. Voyez-vous, même les jumeaux naissent à quelques minutes d'intervalle, et pendant ce temps le firmament ne reste pas immobile, la physionomie du ciel bouge.

— Je ne connais pas au juste la minute de ma naissance, répliqua Anna en fronçant le sourcil.

— Lui non plus, mais je parierais que vos thèmes seront identiques… car nous savons déjà qu'il y a un point commun entre vous deux.

— Quoi donc ?

— *Moi*, clama Mme Wells d'un ton triomphal. Le 27 avril 1865, vous êtes arrivés tous les deux à Dunedin, et vous avez tous les deux fait calculer votre thème astral de naissance par Mme Crosbie Wells !

— Comment ? murmura Anna en portant précipitamment sa main à sa gorge. Madame… comment ?

Lydia Wells poursuivit avec flamme :

— Et il y a d'autres concordances. Il voyageait seul, comme vous, et il a débarqué ce matin, comme vous. Peut-être des circonstances fortuites ont-elles voulu qu'il se fît un ami… tout à fait comme vous, en me rencontrant !

Anna semblait sur le point de se trouver mal.

— Il s'appelle Edward. Edward Sullivan. Oh ! que ne l'ai-je ramené avec moi !… Si j'avais su ! Ne *mourez-vous* pas littéralement d'envie de faire sa connaissance ?

— Si, madame, murmura Anna.

— Comme c'est extraordinaire ! s'exclama Lydia Wells en la dévisageant. Vraiment, tout à fait extraordinaire ! Je me demande ce qui se passerait si jamais vous vous rencontriez.

# Cinquième partie

# Le poids et le lucre

12 mai 1865
(Soleil en Taureau)

45° 52′ 0″ S / 170° 30′ 0″ E

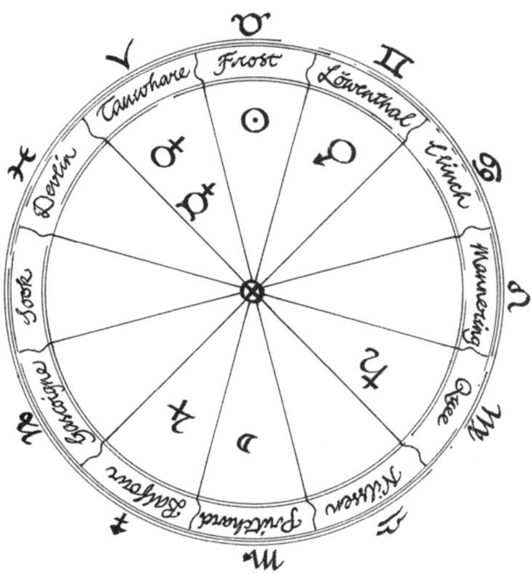

# ARGENT

*Où Crosbie Wells fait une demande ;*
*Lydia Wells est imprudente ; et Anna Wetherell assiste*
*à une scène pénible.*

La mortification essuyée par Anna Wetherell en apprenant que l'homme qu'elle avait reçu l'après-midi du jour de son arrivée à Dunedin était en réalité le maître de maison ne devint que plus cuisante pendant les semaines qui suivirent. Crosbie Wells était désormais installé au 35 Cumberland-street, dans la chambre de derrière, et ils se voyaient tous les jours.

Anna avait à tout moment douloureusement conscience de l'impression qu'elle inspirait aux autres, et l'embarras qu'elle en éprouvait vis-à-vis de chacun la rendait critique jusqu'à l'extravagance dans le regard qu'elle tournait sur elle-même. Elle avait beau faire, son cœur lui disait que tous voyaient chez elle quelque chose qui n'eût été caché qu'à elle seule. C'était une anxiété que persuasion, preuves et compliments étaient pareillement inaptes à apaiser.

En parlant à d'autres, elle demeurait convaincue que chacun portait sur elle un jugement silencieux, aussi juste qu'implacable, et comme la honte qu'elle ressentait du fait de ces réquisitoires imaginaires était, elle, bien réelle, elle n'en tâchait que davantage à se faire bien voir de ceux qu'elle rencontrait… tout en sentant que, là aussi, on ne pouvait manquer de percer à jour son petit manège.

Se croyant unanimement critiquée, Anna eût été fort étonnée d'apprendre que les autres étaient loin d'être unanimes dans leur opinion sur elle. La simplicité ingénue avec laquelle elle avait accoutumé de parler faisait croire ainsi à certains qu'elle possédait un fonds alarmant d'opinions personnelles, plus inquiétantes encore par la franchise peu féminine de leur expression ; d'autres, en revanche, percevaient ses propos comme entièrement dénués d'artifice, et rafraîchissants à ce titre. De même, sa tendance à regarder le monde en dessous était interprétée par les uns comme une marque de timidité, par les autres comme une attitude calculatrice. Pour Crosbie Wells, elle était tout simplement, et en toute simplicité, charmante. Il s'amusait de ses fréquents accès de confusion, et il le lui dit plus d'une fois :

— Vous auriez du succès dans les campements, ma petite. Une bouffée d'air frais, voilà ce que vous êtes. Naturelle. Il n'y a rien de pire qu'une femme qui a réponse à tout. Rien de pire que celle qui ne sait plus rougir.

Lydia Wells, femme qui avait réponse à bien des choses et que peu de gens avaient vue rougir, ne se montrait guère au 35 Cumberland-street depuis le retour imprévu de son mari. Elle quittait la maison en fin de matinée pour ne rentrer souvent que le soir, à l'ouverture du tripot. En son absence, Wells se tenait de préférence dans le boudoir à l'étage, où les carafes étaient remplies quotidiennement. La boisson l'adoucissait. Anna constata qu'elle l'appréciait surtout en fin d'après-midi, lorsque trois ou quatre verres de whisky l'avaient rendu pensif, sans encore le laisser en proie aux idées noires.

Wells n'avait, semblait-il, aucune envie de retourner sur les gisements de Dunstan. Anna apprit qu'il était tombé l'année précédente sur une grosse veine payante, et qu'il désirait à présent faire fructifier son argent : il envisageait différents placements, à Dunedin et au delà, et passait une bonne partie de son temps à compulser les journaux locaux, comparant les cours de l'or et suivant les tendances des actions à la hausse ou à la baisse.

— Que pourrais-je faire pour vous plaire, mademoiselle Wetherell ? Me verriez-vous plutôt en maître de troupeaux ou en marchand de bois ? demandait-il en riant sans se gêner de la rougeur que la question faisait monter au visage de la jeune femme.

Anna ne savait pas si Mme Wells comprenait bien la cause de ses embarras. Elle la trouvait toujours aussi chaleureuse, ses propos entourés de la même aura confidentielle que lors de leur première rencontre, mais en même temps ses façons avaient pris comme un vernis d'éloignement… comme si elle s'armait de courage devant l'imminence d'une rupture. Avec son mari aussi, elle se montrait distante. Lorsque Wells parlait, elle se contentait de le regarder en silence, sans sourire, puis détournait la conversation, comme s'il n'avait rien dit. Anna, atterrée par ces marques subtiles de ressentiment, cherchait plus que jamais à inspirer une bonne opinion à sa maîtresse. Elle comprenait bien maintenant qu'elle s'était fait « roustir », selon le mot de Crosbie Wells, mais toute l'énergie qu'elle aurait pu mettre à affronter Lydia au sujet de la fictive Elizabeth Mackay (dont le nom n'avait plus été mentionné) allait plutôt à nourrir sa condamnation et son dégoût d'elle-même, à renforcer, au fond de son cœur, la conviction qu'elle seule pourrait expier le mal que Crosbie et elle avaient fait.

Elle avait été initiée en douceur, par étapes, au fonctionnement de la *Maison de maints désirs*. Le lendemain de son arrivée à Dunedin, dès le matin, Mme Wells lui avait montré le salon du rez-de-chaussée, et Anna était aussitôt tombée sous le charme : les box tapissés de velours, la rangée de bouteilles vertes derrière le bar, les tables de jeu, la roue de la fortune, le petit confessionnal muni d'une porte battante à mi-hauteur où, certains soirs, Mme Wells disait contre argent la bonne aventure. De jour, la salle paraissait hors du temps : il y avait une puissance, une patience invincible dans ses poussières, piégées dans les rais de clarté qui tombaient des hautes fenêtres. Anna était dans l'admiration. À l'invitation de la patronne, elle monta sur l'estrade et fit tourner la roue de la fortune… regardant l'aiguille de caoutchouc durci avancer, clac, clac, clac, vers le gros lot, pour finalement, dans un ultime petit clic, le dépasser de peu.

Mme Wells ne lui proposa pas d'abord d'assister aux soirées. De la fenêtre de sa chambre, Anna voyait les hommes descendre de voiture, ôter leurs gants, monter à grands pas l'allée et venir frapper à la porte ; peu après, la fumée des cigares commençait à envahir sa chambre en filtrant à travers le plancher, prêtant à l'air une nuance âcre, épicée, tandis que la lumière de sa lampe passait du jaune au gris. Avant neuf heures, le brouhaha des conversations enflait dans un véritable tohu-bohu, scandé par des bribes de rires et d'applaudissements. Anna n'entendait que ce qui montait à travers le plancher, mais chaque fois qu'on ouvrait la porte du couloir en bas, le son s'amplifiait, et elle distinguait des voix. Au désespoir de ne pouvoir satisfaire sa curiosité, elle n'y tint que quelques jours avant de demander à Mme Wells, fort timidement et en se confondant en excuses, si on ne pourrait pas lui permettre de servir au bar. Elle y travaillait maintenant tous les soirs, mais la patronne avait imposé deux conditions : aucun des clients ne devait lui adresser directement la parole, et il lui était interdit de danser.

— Elle fait grimper votre prix, expliqua Wells. Plus ils auront attendu, et plus vous rapporterez, le jour où elle vous mettra enfin sur le marché.

— Allons, Crosbie, coupa sèchement Mme Wells. Personne ici ne sera mis sur le marché. Ne dites pas de bêtises.

— Cultivateur, voilà un métier. Je pourrais être fermier, et vous seriez ma fermière, reprit Wells, ajoutant à l'adresse d'Anna : Ne vous en faites pas. Ma vieille maman, Dieu ait son âme, était aussi une putain.

— Il veut seulement vous faire peur. Ne l'écoutez pas, fit Mme Wells.

— Je n'ai pas peur, déclara Anna.

— Elle n'a pas peur, répéta Wells.

— Il n'y a pas de quoi avoir peur, conclut Mme Wells.

En fait, Anna était fascinée par les entraîneuses. Elles ne s'intéressaient aucunement à elle, l'appelaient « Sydney » ou « Port-Jackson » les rares fois où il leur arrivait de lui adresser la parole, mais elle n'avait pas assez d'amour-propre pour s'en offusquer ; en tout cas, leur air de flegme blasé était un raffinement qu'elle leur enviait en secret. Elles apportaient les commandes des messieurs qui jouaient aux cartes, puis attendaient tandis qu'Anna remplissait les verres. « Une larme noyée » voulait dire un whisky à l'eau, « une larme sans », un whisky sec. La commande remplie, elles se coinçaient le plateau sur la hanche ou bien le hissaient à bout de bras, au-dessus de leur tête, et repartaient, se faufilant d'un pas léger à travers la foule, laissant derrière elles des effluves doucereux de fard gras, de poudre de riz et de patchouli.

Le 12 mai, les habitants du 35 Cumberland-street se levèrent de bonne heure. La *Maison de maints désirs* allait accueillir ce jour-là une soirée en l'honneur des officiers de marine et autres messieurs « faisant profession du métier de la mer », et il restait encore beaucoup à faire pour préparer le grand événement. Mme Wells avait loué les services d'un violoneux et commandé chez l'épicier une provision de citrons, de spruce-beer et de rhum, ainsi que quelques centaines de mètres de corde, qu'elle comptait découper et tresser en couronnes pour orner le milieu des tables en lieu et place d'une garniture florale.

— Je confectionnerai la première couronne, comme modèle, dit-elle à Anna, et vous pourrez faire les autres cet après-midi : je vous conduirai la main, je vous montrerai tous les gestes, et aussi comment cacher les bouts pendants.

— C'est gaspiller une bonne corde de Manille, opina Wells.

— Les couronnes, poursuivit sa femme comme s'il n'avait rien dit, sont d'un effet tout à fait saisissant, je trouve ; on ne peut jamais trop décorer à l'occasion d'un événement à thème. S'il reste de la corde, nous pourrons en faire des festons derrière le bar.

Ils prenaient le petit déjeuner à trois… chose qui n'arrivait guère, car Wells ne quittait que rarement son lit avant midi, et Mme Wells sortait le plus souvent avant le réveil d'Anna. Mme Wells ne paraissait pas tranquille ; peut-être craignait-elle pour le succès de sa soirée.

— Elles seront magnifiques, dit Anna.

— Et la prochaine fois, ce sera quoi ? demanda Wells, de mauvaise humeur. Une soirée pour les chercheurs d'or… avec des boîtes à riffles sur toutes les tables et un flume pour amener l'alcool depuis le bar ? « En l'honneur de l'homme de peu », comme qui dirait. « Une soirée pour le tout-venant. Les messieurs sans profession ni métier. » Voilà un thème.

— Prendrez-vous encore des rôties, Anna ?

— Non, merci, madame, répondit Anna.

— L'un de nos convives ce soir sera un homme décoré, reprit Mme Wells, parlant d'autre chose. Pensez donc ! Je crois bien que ce sera la première fois que je reçois dans mon établissement un héros de la marine. Il faudra le prier de tout nous raconter, n'est-ce pas, Anna ?

— Oui, dit Anna.

— C'est le capitaine Raxworthy. Il a obtenu la croix de Victoria. J'espère bien qu'il la mettra ce soir. Oserais-je vous prier de me passer le beurre ?

Wells passa le beurre. Au bout d'un moment, il demanda :

— Avez-vous vu le *Witness* aujourd'hui ?

— Oui, je l'ai déjà lu. Il n'y avait rien d'intéressant, répondit sa femme. Le journal du vendredi est toujours pauvre en nouvelles.

— Et où est-il, le journal ? demanda Wells.

— Oh ! je l'ai brûlé, répondit Mme Wells.

— Il n'est même pas midi, voyons, protesta Wells en écarquillant les yeux.

— Figurez-vous que je le sais, Crosbie ! gloussa-t-elle. Je m'en suis servie pour allumer le feu dans ma chambre, et voilà.

— Il est neuf heures, insista Wells. On ne brûle pas le journal du jour à neuf heures du matin. Pas quand je ne l'ai pas encore vu. Je vais devoir sortir exprès pour me l'acheter.

— Gardez plutôt vos six pence. Il n'y avait que des potins. Rien de neuf… je viens de vous le dire.

Tout en parlant, Mme Wells jeta un coup d'œil à la pendulette… pour la deuxième fois en autant de minutes, à ce que remarqua Anna.

— J'aime bien les potins, moi, déclara Wells. De toute façon, vous savez que je pense à faire un placement. Comment voulez-vous que je suive les cours de la Bourse sans mon journal ?

— Eh ! c'est fait. Vous ne perdrez rien à attendre à demain. Prendrez-vous encore des rôties, Anna ?

Anna fronça le sourcil. Mme Wells lui avait déjà posé la question.

— Non, merci, madame, répéta-t-elle.

— Bien, conclut la patronne en tapant du pied. Nous allons nous amuser comme des reines, ce soir ! J'adore me faire une fête de la fête à venir. Et ces messieurs de la marine sont de si joyeux drilles. Et des conteurs qui n'ont pas leurs pareils. Avec eux on ne s'embête pas.

— Vous savez pourtant que je passe mes matinées à lire le journal. Tous les jours, grogna Wells.

— Vous pourrez vous rattraper sur le *Leader*, proposa sa femme. Ou le *Lyttelton Times* de la semaine dernière, vous le trouverez sur mon secrétaire.

— Pourquoi n'avez-vous pas brûlé plutôt celui-là ?

— Allons bon, Crosbie, je ne sais pas ! éclata Mme Wells. Ce que je sais, en revanche, c'est que vous ne perdrez rien à trouver une autre façon de meubler votre temps. Lisez donc le *Guide du colon*. J'en garde toujours une pile sur la commode en bas.

Wells finit son café, posa la tasse dans un cliquetis de porcelaine et annonça :

— J'ai besoin de la clef du coffre-fort.

Anna crut percevoir un roidissement subit chez Mme Wells, qui ne regarda pourtant pas son mari, mais continua à beurrer son pain et laissa passer un moment avant de demander :

— Pour quoi faire ?

— Comment ça, pourquoi ? Je veux voir ma poudre.

— Nous étions convenus d'être prudents et

d'attendre une meilleure occasion pour vendre, objecta Mme Wells.

— Je ne vends rien. Je veux simplement faire le point. Mettre de l'ordre dans mes papiers.

— « Papiers », c'est un bien grand mot, gloussa Mme Wells.

— Vous en avez un autre à proposer ?

— Oh !... mais c'est que vous en faites toute une histoire.

— Ma patente de mineur, c'est bien un papier officiel.

— Mais qu'avez-vous besoin de votre patente de mineur ?

— C'est une inquisition royale ? demanda-t-il, le regard mauvais.

— Mais non, voyons !

— Mes papiers sont mes papiers, insista Wells. Et il y a dans le tas une lettre que j'ai envie de relire.

— Mais vous l'avez bien lue mille fois déjà, Crosbie. Même moi, je peux la réciter par cœur ! « Mon cher garçon, vous ne me connaissez pas... »

Wells tapa du poing sur la table, un coup qui fit sursauter toutes les tasses :

— Tais ta gueule !

— Crosbie ! se récria sa femme, choquée.

— Il y a moquerie et moquerie. Là, vous allez trop loin.

Un instant, Mme Wells parut sur le point de répliquer. Elle se ravisa cependant et dit plutôt, en se tamponnant les lèvres avec sa serviette pour se donner une contenance :

— Je vous demande pardon.

— Le pardon ne fait pas mon affaire. Je veux la clef.

— Pas aujourd'hui, Crosbie, vraiment, reprit-elle, essayant de nouveau d'en rire. Avec ces messieurs de la marine que nous voulons fêter ce soir… et tous les détails à régler d'ici là. Renvoyons cela à demain. Nous pourrons mettre nos têtes ensemble, vous et moi…

— Je ne renvoie pas à demain, déclara Wells. Donnez-moi la clef.

Elle se leva de table :

— Je suis désolée, mais j'ai dit mon dernier mot. Excusez-moi.

— Excusez-*moi*, mais je n'ai pas encore dit le *mien*. La clef ! Où est-elle ? À votre cou ?

Wells repoussa lui aussi sa chaise. Sa femme glissa autour de la table, cherchant à se dérober et à gagner du temps :

— Le fait est que je l'ai mise dans un coffre à la banque. Je ne garde pas de double à la maison. Si vous vouliez bien attendre simplement…

— Sornettes ! Vous la portez à votre cou, à votre collier.

Elle recula encore, donnant alors seulement des signes de crainte :

— S'il vous plaît, Crosbie. N'allez pas me faire une scène !

— Donnez-la-moi.

— Crosbie, soyez raisonnable. Nous avons…

Elle essaya de sourire, trahie pourtant par ses lèvres tremblantes.

— Donnez-la-moi.

— Ça y est, vous faites une scène.

— Je m'en vais vous en faire une, autrement plus tragique. Donnez !

Elle voulut gagner la porte. Plus rapide, il la saisit au passage, à bras le corps. Elle se tordit comme une anguille… ils luttèrent… enfin Wells, enfonçant une main dans son corsage, trouva ce qu'il cherchait : une fine chaîne d'argent à laquelle était suspendue une grosse clef argentée. Il serra la clef dans son poing et, dégageant la chaînette, essaya de la briser. Les mailles mordirent dans la gorge de la femme, mais ne cédèrent pas. Elle poussa un cri. Il tira encore une fois, plus fort. Elle se mit à lui marteler la poitrine de coups de poing. Il poussa un grognement et, la chaînette enroulée autour des doigts, chercha d'abord à emprisonner les mains qui le frappaient, puis s'en prit de nouveau au cou de son assaillante.

— Crosbie…, râla-t-elle. Crosbie !

La chaînette finit par se casser net. La clef resta dans la main de Wells. Sa femme laissa échapper un sanglot, mais il lui tourna le dos et, soufflant comme un bœuf, alla droit au coffre-fort. Il inséra la clef dans la serrure, secoua plusieurs fois la poignée avant d'entendre le déclic du mécanisme, annonçant l'ouverture de la porte.

Le coffre était vide.

— Où est mon or ? demanda Crosbie Wells.

Son épouse vacillait sur ses jambes, les deux mains à son cou. Elle avait les yeux noyés de larmes.

— Si vous vous calmez un instant, je peux expliquer, dit-elle.

— Qui ici a besoin de se calmer ? fit Wells. J'ai posé une question toute simple. Où est mon magot ?

— Allons, Crosbie, écoutez-moi. L'or, je peux le

récupérer. Je l'ai mis ailleurs, provisoirement. À l'abri. Je peux le ravoir, mais pas avant demain. D'accord ? Ce soir j'aurai la visite d'une foule de messieurs distingués, je n'ai pas le temps de... d'aller chez... là où je l'ai caché. Je n'ai tout simplement pas une minute.

— Où sont mes papiers ? demanda Wells. Ma patente de mineur. Mon extrait de baptême. La lettre de mon père.

— Tout est avec l'or.

— Tiens ! Où ça ?

— Je ne peux pas vous le dire.

— Pourquoi pas, madame mon épouse ?

— C'est compliqué, dit-elle.

— Je m'imagine.

— Je peux tout ravoir.

— Ah bon ?

— Demain. Après la fête.

— Pourquoi pas aujourd'hui ? Pourquoi pas ce matin ?

— Cessez donc de me harceler ! s'écria-t-elle en s'emportant soudain. Je n'y arriverai pas aujourd'hui, et voilà. Il faut attendre à demain.

— Vous voulez gagner du temps, constata Wells. Je me demande pourquoi.

— À cause de la fête de ce soir, Crosbie.

Wells fixa sur elle un long regard. Finalement, il traversa la pièce et tira avec force le cordon de la sonnette. La femme de chambre monta sur-le-champ.

— Lucy, dit Wells, faites donc un saut à George-street et achetez-moi un exemplaire de l'*Otago Witness* d'aujourd'hui. Mme Wells a, semble-t-il, brûlé le nôtre par mégarde.

# OR

*Où Francis Carver reçoit un message,*
*et Staines se retrouve seul.*

La bonne humeur fantasque qui, l'après-midi de son arrivée à Dunedin, avait poussé Emery Staines à faire calculer son thème astral de naissance par Mme Lydia Wells, médium spirite, avait été encore rehaussée par l'horoscope proprement dit qui, idéalement optimiste, l'avait tellement réjoui qu'il eut envie de fêter. Il se réveilla le lendemain matin avec un effroyable mal de tête et la sensation coupable d'avoir fait des dettes ; il s'enquit auprès de l'hôtelier et fut alarmé d'apprendre qu'il avait déjà une ardoise de huit livres, ayant parié sur une partie de bouillotte et perdu tout l'argent qui aurait dû lui suffire pour vivre pendant quinze jours… et cinq livres encore par-dessus le marché. Les circonstances de ce naufrage étaient assez floues dans sa mémoire. Désireux de réfléchir à loisir sur la meilleure marche à suivre, il pria l'hôtelier de lui accorder une tasse de café à crédit. Son hôte accéda à cette prière. Il se trouvait toujours au bar trois quarts d'heure plus tard, lorsque Francis Carver fit son apparition, apportant un accord de parrainage.

Carver formula sa proposition tout de go, sans tourner autour du pot. Il fournirait un capital suffisant pour payer à Staines une patente de mineur, un équipement complet et un passage à destination des gîtes aurifères les plus proches qui promettaient d'être rentables ; il ajouta, comme en passant, qu'il serait disposé à régler de même toute dette que Staines aurait pu contracter à Dunedin depuis son arrivée, la veille. En retour, Staines acceptait de lui céder cinquante pour cent du produit de sa première concession ; les dividendes, consentis à perpétuité, constitueraient une rente qui serait versée, sous pli confidentiel, au banquier de Carver à Dunedin.

Emery Staines comprit aussitôt qu'il avait été joué. Il se souvenait assez des premières heures de la soirée pour savoir que Carver s'était montré très assidu auprès de lui, faisant en sorte qu'il fût toujours bien entouré, ses paris tenus et son verre rempli. Quelque chose lui disait aussi qu'il y avait de l'imposture dans la dette de jeu qu'on lui imputait, car s'il avait, par pure sociabilité, un certain penchant pour les cartes, il n'y apportait pas une passion déréglée et il n'avait jamais encore perdu une somme aussi énorme en une seule séance. Pourtant, il trouvait amusant d'avoir été ainsi escroqué, dès le début de ses aventures, et son amusement lui inspirait une sorte de tendresse pour Carver, comme on peut éprouver de l'affection pour un adversaire rusé aux échecs. Il décida de passer outre, en mettant l'incident sur le compte de l'expérience, et accepta, avec la bonhomie qui faisait le fond de son caractère, le parrainage proposé par Carver. Il résolut toutefois, à part lui, de se tenir sur ses gardes à l'avenir. Avoir joué les dupes une fois, c'était cocasse, mais il jura qu'on ne l'y reprendrait pas.

Staines n'était pas très bon juge des caractères. Adorant se laisser charmer, il était souvent attiré vers les individus à qui il pouvait prêter des allures tragiques, romanesques ou légendaires. Ainsi, s'il se doutait bien qu'il y avait chez Carver un fond de scélératesse insigne, il concevait cette qualité dans un esprit entièrement fantaisiste, comme il se serait imaginé un pirate. Carver avait plus que le double de son âge. Il était aussi brun et râblé que Staines était blond et frêle. Son abord était celui d'un homme toujours prêt au mal, son discours bourru, son sourire des plus rares. Staines le trouvait magnifique.

Le contrat une fois signé, Carver s'embarrassa moins encore de façons. Les champs aurifères d'Otago, décréta-t-il, étaient sur le déclin. Staines aurait plutôt intérêt à partir pour la ville nouvelle de Hokitika dans l'Ouest où, d'après la rumeur, on pouvait faire fortune en un jour. Comme cependant le port de Hokitika était notoirement dangereux (deux vapeurs avaient déjà chaviré sur la barre), il insista pour lui faire prendre passage à bord d'un voilier. Si Staines voulait bien l'accompagner d'abord au poste de douane, puis chez le fournisseur de Princes-street, et enfin à la Banque de réserve, leur accord pourrait être scellé avant midi. Staines consentit. Trois heures plus tard, il était en possession d'une patente de mineur, d'un équipement complet et d'un passage pour Hokitika à bord de la goélette *Blanche*, qui ne devait quitter Port-Chalmers que le matin du 13 mai.

Pendant la quinzaine qui suivit, Staines et Carver eurent souvent l'occasion de se revoir. Carver avait un mois de congé à terre, pendant que le trois-mâts où il était engagé était radoubé et remis en état. Il logeait, comme Staines, à l'hôtel de l'*Aubépine* dans George-street. Ils se retrouvaient souvent au petit déjeuner, et il arrivait à Staines d'accompagner Carver dans ses courses en ville, en bavardant tout le long du chemin. Carver ne décourageait pas sa loquacité ; quoique, pour sa part, il ne fût guère communicatif, sinon de l'anxiété réprimée qui ne le quittait point, Staines se flattait de trouver dans sa compagnie une distraction agréable, dont il avait grand besoin.

Emery Staines avait conscience de produire sur tous ceux qu'il approchait une impression singulière. Avec le temps, il en était venu à escompter cette réaction, et à accentuer en conséquence la singularité chez lui qui en était cause. Son attitude était un mélange curieux de nostalgie et d'enthousiasme, ses engouements étant toujours teintés de mélancolie et sa nostalgie toujours enthousiaste. Il prenait plaisir à toutes choses improbables et irréalistes, courait après les chimères avec la joie pure de l'enfant qui joue. Lorsqu'il parlait, c'était de façon originale et avec un amour idéaliste de la controverse qui savait amener le sourire aux lèvres même de ses critiques les plus rigides ; gardait-il le silence, on avait l'impression, en le regardant, que son imagination n'en travaillait pas moins, car il lui arrivait souvent de pousser un soupir ou de hocher la tête, comme pour donner raison à un interlocuteur invisible à tous, sauf à lui.

Sa disposition à une bonne humeur radieuse, ensoleillée, semblait inébranlable. Pourtant, c'était une attitude adoptée indépendamment de tout code moral. En général, il faisait, dans ses convictions, la part plus belle à l'intuition qu'aux principes, et il n'était pas difficile dans le choix de sa société… sentant, à sa manière intuitive, qu'il était du devoir de tout homme pensant de s'exposer à une variété de caractères, de situations et de points de vue. Il avait beaucoup lu et prisait les romantiques par-dessus tous les autres, ne se lassant jamais de débattre du propre du sublime, sans être pourtant un disciple rigoureux de cette école, ni d'aucune autre. Une enfance solitaire, passée pour la plupart dans la bibliothèque de son père, où il était laissé à sa propre gouverne, avait préparé Emery Staines à une multitude de vies possibles, sans lui imposer de préférence. On pouvait le rencontrer aussi bien en jaquette, pérorant sur Cicéron et Sénèque, qu'en gros brodequins et pantalon de flanelle, en train de gravir une montagne en quête d'une vue ; quoi qu'il fît, il ne manquait jamais d'en tirer du plaisir.

Le jour de ses vingt et un ans, on lui demanda ce qu'il souhaitait voir du monde, et il répondit sans hésiter : « l'Otago »… sachant que la fièvre de l'or était retombée au Victoria et s'étant depuis belle lurette entiché de l'idée de la vie de prospecteur, où il y avait, à ses yeux, à la fois du don Quichotte et de l'alchimie. Il voyait le métal scintiller, occulte, ignoré, sur une plage solitaire, dans des contrées absentes de toutes les cartes ; il voyait la pleine lune se lever, jaune, au-dessus de la haute mer ; il se voyait lui-même chevaucher à travers les hauts-fonds d'une rivière et coucher à même le sol, laver la terre dans un rocker et rouler de la pâte azyme autour d'un bâton pour cuire son pain sur les braises d'un feu de camp. Comme ce serait beau, pensait-il, de pouvoir dire que sa fortune remontait plus loin que les époques les plus reculées de l'humanité et de l'histoire ; qu'il y avait été conduit par le hasard, pour la cueillir de ses propres mains et la ramasser sous ses pieds.

Son vœu fut exaucé et son passage payé à bord du vapeur le *Vent fortuné*, en partance pour Port-Chalmers. Le jour de son embarquement, son père l'exhorta à garder toujours la tête sur les épaules, à rendre service à son prochain, et à rentrer à la maison quand il aurait assez vu le monde pour y connaître sa place : rien ne pouvait mieux former la jeunesse que les voyages à l'étranger, et c'était le devoir d'un gentleman de voir le monde et de le comprendre. Là-dessus, ils se serrèrent la main, puis le père remit au fils une enveloppe contenant quelques billets de banque, lui conseilla de ne pas tout dépenser d'un coup et le salua comme si le garçon sortait simplement faire une petite promenade et dût être de retour pour le dîner.

— Que fait-il dans la vie ? demanda Carver.

— Il est juge, répondit Staines.

— Un bon juge ?

— Oh ! soupira le garçon en rejetant légèrement la tête en arrière. Oui…, sans doute, assez bon. Comment vous ferais-je le portrait de mon père ? C'est un grand lecteur, et un homme estimé dans sa profession, mais il a ses idées à lui. Par exemple, il m'a toujours dit que je n'aurais, pour tout héritage, que son violon et son rasoir… que tout ce qu'il faut pour faire son chemin dans le monde, c'est être bien rasé et pouvoir jouer d'un instrument. Je crois qu'il l'a écrit tel quel dans son testament, et qu'à part ces deux objets, il a tout légué à ma mère. Il est un peu original.

— Hum, fit Carver.

Ils étaient réunis pour la dernière fois autour de la table du petit déjeuner à l'hôtel de l'*Aubépine*. La goélette *Blanche* allait appareiller pour Hokitika le lendemain matin, suivie de près par le trois-mâts *Adieu-vat*, radoubé et remis à neuf, qui mettrait le cap sur Melbourne quelques heures plus tard.

— Savez-vous, ajouta Staines en cassant d'un coup de cuiller la coque de son œuf, que c'est la première fois depuis que je suis à Dunedin que quelqu'un s'intéresse à ce que fait mon père. En revanche, on m'a demandé une bonne douzaine de fois où je compte faire fortune, toutes sortes de gens ont proposé de me parrainer, et je ne sais même pas combien ont voulu savoir ce que j'allais faire une fois que ça y serait et que j'aurais du quibus ! Drôle de mot, « du quibus ». De quoi… Et de quoi quoi ?

— En effet, dit Carver, le nez dans son journal.

— Vous attendez quelqu'un ? demanda Staines.

— Comment ? fit l'autre sans lever la tête.

— Si je pose la question, c'est que vous lisez les nouvelles du port depuis dix minutes et que vous avez à peine touché à votre assiette.

Carver s'empressa de nier, tournant la page pour passer aux correspondances en provenance des gisements :

— Je n'attends personne.

Ils se turent pendant un moment, Carver toujours les yeux sur la page imprimée, tandis que Staines mangeait son œuf. Staines s'apprêtait enfin à s'excuser et à sortir de table, lorsque la porte de l'hôtel s'ouvrit, livrant passage à un petit facteur.

— Monsieur Francis Carver ! cria le gamin.

— Ici, lança Carver en levant la main.

Il déchira l'enveloppe et parcourut rapidement la feuille qu'elle contenait. Le papier était très fin. Staines voyait en transparence que la missive ne comportait qu'une seule ligne.

— J'espère que ce n'est pas une mauvaise nouvelle, dit-il.

Carver resta longtemps immobile. Finalement, il froissa le papier dans son poing et le jeta de côté, dans l'âtre, chercha un penny dans sa poche pour le facteur puis, lorsque celui-ci se fut sauvé à toutes jambes, se tourna vers Staines et demanda :

— Si je vous présentais un souverain, que diriez-vous ?

— À la pièce d'or ou au monarque ? Ce serait en tout cas la première fois, répondit Staines.

Carver le fixa d'un air stupide.

— Puis-je vous aider en quelque chose ? fit Staines.

— Oui. Venez.

Staines se laissa conduire à l'étage. Il attendit, tandis que Carver introduisait la clef dans la serrure de son logis, puis y pénétra à sa suite. Il n'avait jamais encore mis le pied chez son parrain. La chambre était nettement plus grande que la sienne, mais meublée pareillement. Il y flottait une odeur fauve, de sommeil et de renfermé. Le lit n'avait pas été fait, les draps traînaient en désordre sur le matelas. Au milieu de la pièce trônait une malle garnie de plusieurs bandes de fer. Collé au couvercle, un bon de chargement jaune portait l'indication :

PROPRIÉTAIRE ALISTAIR LAUDERBACK
CHARGEUR DANFORTH FRET
TRANSPORTEUR *ADIEU-VAT*

— J'ai besoin que vous me gardiez ceci, dit Carver.

— Qu'est-ce qu'il y a là-dedans ?

— Peu importe. Ce n'est pas votre affaire. Je veux simplement le faire garder jusqu'à mon retour. Deux heures, disons. Peut-être trois. J'ai encore à faire en ville. Ça vous rapportera un souverain.

— Toute une livre, s'étonna Staines, rien que pour garder une malle pendant trois heures ? Mais pourquoi ?

— Vous me rendrez service. Je sais rémunérer les services.

— Le contenu doit valoir une fortune.

— Pour moi, oui, acquiesça Carver. Alors ?

— Allons… d'accord, se décida Staines en souriant. Pour vous être agréable. Avec plaisir.

— Il vous faut un pistolet, dit Carver, allant à la commode.

— Un pistolet ?

Staines fut tellement surpris, qu'il ne put que rire.

Carver trouva un revolver à un coup, ouvrit le barillet et l'examina en plissant les yeux. Satisfait, il ferma l'arme et la tendit au jeune homme.

— Aurai-je à m'en servir ? demanda celui-ci en la retournant dans sa main.

— Non. Il suffira de menacer, si quelqu'un entre là.

— Menacer ?

— Oui.

— Et qui va entrer ?

— Personne, dit Carver. Personne ne va entrer.

— Qu'est-ce qu'il y a dans la malle ? Je pense vraiment que je devrais le savoir, insista Staines. Je sais garder un secret.

— Moins vous saurez, et mieux cela vaudra, répondit Carver avec un geste de refus.

— Il ne s'agit pas d'en savoir moins. Je ne sais rien du tout ! Suis-je votre complice ? S'agit-il d'effets volés ? Vraiment, monsieur Carver, je sais me taire.

— Autre chose, reprit Carver sans répondre. Simplement pour aujourd'hui, je ne m'appelle pas Carver. Mon nom est Wells. Francis Wells. Si quelqu'un vient poser des questions, je suis Francis Wells. Ne me demandez pas pourquoi.

— Juste ciel ! s'exclama le garçon.

— Qu'est-ce qu'il y a ?

— Mais c'est terrible, comme vous faites des mystères.

Carver réagit en passant aux menaces :

— Si vous déguerpissez, ce sera une rupture de contrat. Je serai justifié à exiger réparation par tous les moyens que je jugerai bons.

— Je ne vais pas déguerpir.

— Ne perdez pas cette malle de vue, jusqu'à mon retour, et vous aurez un jaunet pour votre peine. Comment est-ce que je m'appelle ?

— M. Wells, dit le garçon.

— Ne l'oubliez pas. J'en ai pour trois heures.

Carver parti, Staines posa le pistolet sur le haut de la commode, le canon vers le mur, puis se baissa pour examiner la malle. Elle était fermée avec un cadenas. Il souleva le boîtier, regarda de plus près l'orifice destiné à recevoir la clef… et découvrit que la serrure était de l'espèce la plus simple. Satisfait, il sourit tout à coup, prit son canif dans sa poche, déplia la lame et en introduisit la pointe dans le trou. Il lui fallut un peu moins d'une minute pour forcer le mécanisme.

# CUIVRE

*Où les soupçons de Wells redoublent ; Anna prend peur ;*
*et on apporte à la* Maison de maints désirs
*un colis adressé à Mme Wells.*

Crosbie Wells lut l'*Otago Witness* au milieu d'un silence profond, du premier au dernier mot. Lorsqu'il en eut fini, il secoua les pages, les replia proprement et se leva de son siège. De l'autre côté de la table, son épouse gardait un visage de pierre. Il s'avança d'un air martial, jeta le journal sur ses genoux... la faisant tressaillir légèrement... puis planta les mains sur les hanches, sans la quitter du regard.

— Les arrivées m'ont donné dans l'œil, dit-il.

Elle ne réagit pas.

— Un nom en particulier. Le vapeur s'appelle l'*Actif*. Il arrive avec la marée. Ce qui veut dire quoi ? Au coucher du soleil.

Elle resta muette.

— Étrange que vous ne me l'ayez pas dit, reprit Wells. Il n'y a jamais que... combien donc ?... treize ans que j'attends ? Treize ans, et pas de réponse. Pendant toutes ces années, j'étais là-haut dans les collines, à laver la terre. Et voilà que l'homme en personne arrive en ville, et vous êtes au courant, et vous ne pipez pas. Mais non, c'est pire que de ne rien dire. Vous vouliez me tromper. Vous avez brûlé le journal dans votre crénom de poêle. C'est une tromperie noire, madame mon épouse. Une perfidie froide.

— Vous avez parfaitement raison, concéda-t-elle sans se démonter. Je n'aurais pas dû tenter de vous induire en erreur.

— Pourquoi l'avez-vous brûlé ?

— Je ne voulais pas que la nouvelle vînt gâcher ma fête. Si vous aviez découvert qu'il arrivait ce soir, vous auriez pu descendre au port… et il aurait pu vous éconduire… et vous auriez pu le prendre mal.

— Mais justement, c'est ce qui n'a pas le sens commun, madame mon épouse.

— Quoi donc ?

— Votre fête.

— Ce n'est qu'une fête.

— Ah bon ?

— Ne soyez pas ridicule, Crosbie. Si vous cherchez à tout prix un complot, vous en trouverez un. Mais c'est une fête, et rien au delà.

— Des « messieurs faisant profession du métier de la mer », cita Wells. Des gars de la marine. En quoi les gars de la marine vous intéressent-ils ?

— Je m'intéresse aux hommes haut placés, aux hommes d'influence, parce que je m'intéresse à mes affaires, et la fête est dans l'intérêt de mes affaires. Les gens adorent les thèmes. Tout le monde. Ça donne du piquant à la soirée.

— M. Alistair Lauderback aura-t-il une invitation ? Hein ? Je me le demande.

— Bien sûr que non. Pourquoi irais-je inviter *cet homme-là* ? rétorqua Mme Wells. Je ne l'ai jamais vu de ma vie. Et de toute façon, comme je viens de vous le dire, c'est précisément parce que je ne voulais pas que vous vous mîtes dans tous vos états que j'ai brûlé le journal ce matin. Vous avez parfaitement raison : je ne l'aurais pas dû, je suis désolée de vous avoir menti. Mais pour ce qui est de la fête, je vous assure, elle n'est que cela.

— Et mon or, alors ? Et mes papiers ? Quel rôle jouent-ils là-dedans ?

— Aucun.

— J'aurais presque envie de faire une promenade du côté de Port-Chalmers, enchaîna Wells. Vers le coucher du soleil. Ce sera une belle soirée pour une promenade. Un peu frisquette, peut-être.

— Mais je vous en prie ! allez-y !

— Il est vrai que cela me ferait rater la fête.

— Ce serait dommage.

— Vous croyez ?

— Allons donc, Crosbie, soupira-t-elle. Vous faites la bête.

— Où est mon argent, madame mon épouse ? demanda-t-il en se penchant vers elle.

— Dans un coffre à la banque.

— Menteuse. Où est-il ?

— Dans un coffre à la banque.

— Où est-il ?

— Dans un coffre à la banque.

— *Menteuse !*

— Ce n'est pas en m'insultant que…

Il lui allongea une maîtresse gifle et répéta :

— Vous êtes une sale menteuse, une infâme voleuse, et je dirai pis encore avant d'en avoir fini avec vous.

Suivit un silence de mort. Mme Wells ne leva pas la main à la joue qu'il avait frappée. Elle se tint dans une immobilité parfaite… et Wells, soudain marri, lui tourna le dos et traversa la pièce, jusqu'au dressoir où bouteilles et carafes étaient disposées sur leur plateau d'argent. Il se versa une bonne rasade, l'avala d'un trait et se resservit. Anna gardait les yeux sur sa couronne de corde, en passe de perdre toute forme entre ses doigts tremblants. Elle n'osait pas regarder Mme Wells.

Sur ces entrefaites, tous entendirent frapper un coup bref à la porte de la rue. L'instant d'après, une voix lançait à travers la fente à lettres :

— J'ai un colis pour Mme Lydia Wells.

Mme Wells fit mine de se lever, mais son mari, la face empourprée, hurla :

— *Non !* Vous restez là.

Puis, désignant Anna de la main qui tenait son verre :

— Vous, allez-y. Voyez ce que c'est.

Elle y alla. C'était un flacon d'une pinte, enveloppé dans du papier d'emballage portant le cachet de l'apothicairerie de George-street.

— Alors ? cria Wells à l'étage.

— C'est un paquet de chez l'apothicaire, répondit Anna.

Il y eut une pause, puis Mme Wells déclara, en articulant clairement :

— Ah ! je sais ! C'est ma lotion capillaire. J'en ai passé commande la semaine dernière.

Anna remonta, apportant le paquet.

— De la lotion pour les cheveux..., dit Wells.

— Allons donc, Crosbie, vous avez le délire de la persécution ! s'exclama son épouse en se tournant vers Anna : Vous pouvez mettre cela dans ma chambre. Sur la table de nuit, s'il vous plaît.

Wells la fixait toujours d'un air furieux :

— Quant à vous, vous n'irez nulle part. Pas tant que vous ne m'aurez pas dit la vérité. Vous resterez là... où je peux vous tenir à l'œil.

— Voilà donc une journée bien fastidieuse en perspective, soupira-t-elle.

La pique suscita une réplique coléreuse, et la dispute reprit de plus belle. Anna, contente d'avoir un prétexte pour s'éloigner, emporta le flacon tout empaqueté de l'autre côté du palier, dans la pénombre feutrée de la chambre de Mme Wells. Elle allait le poser sur la table de chevet, lorsqu'un objet lui tira l'œil : un flacon de lotion capillaire, de moitié plus petit que celui qu'elle tenait à la main, et de forme très différente. Elle regarda le paquet qu'elle portait, se rembrunit... et enfin, obéissant à une impulsion subite, glissa un doigt sous le papier et le fit tomber. Le flacon était sans étiquette ; le goulot était fermé par un bouchon, le bouchon scellé avec de la cire jaune. Anna le souleva et l'approcha de la lumière. Il était rempli d'un liquide couleur de rouille, épais comme de la mélasse.

— Du laudanum, murmura-t-elle.

## *WOU-HING*

*Où Emery Staines suit les ordres de Carver,*
*et Ah Sook s'y laisse tromper.*

Perplexe, Staines approcha la robe de la lumière. Il y en avait cinq en tout… l'une de soie orange, les autres de mousseline… la malle ne contenait rien de plus. Qu'est-ce que cela voulait dire ? Peut-être ces robes avaient-elles pour Carver une valeur sentimentale… Mais alors pourquoi avait-il armé Staines d'un pistolet pour les garder ? Peut-être étaient-elles volées… Pourtant, elles ne payaient pas de mine. Ou bien, pensa Staines, peut-être Carver était-il en train de devenir fou. L'idée lui rendit sa belle humeur ; il rit tout haut et remit les robes dans la malle en hochant la tête.

Là-dessus, on frappa à la porte. Un coup sec.

— Qui est là ? demanda Staines.

Il n'y eut pas de réponse, mais au bout d'un moment l'inconnu frappa derechef.

— Qui est là ? répéta Staines.

L'inconnu frappa une troisième fois, avec insistance. Staines sentait battre son cœur. Il alla prendre le pistolet sur le haut de la commode. Plaquant l'arme contre sa cuisse, il s'approcha de la porte, souleva le loquet et entr'ouvrit.

— Oui ? fit-il.

Dans le couloir se tenait un Chinois d'une quarantaine d'années, vêtu d'une tunique et d'une cape de laine.

— Francis Carver, dit le Chinois.

— Je suis désolé, répondit Staines, fidèle aux instructions qu'il avait reçues. Il n'y a personne de ce nom ici. Vous ne cherchez pas M. Wells ?... Francis Wells ?

— Carver, répéta l'autre avec un geste négatif.

Il prit dans son sein une feuille de papier et la tendit à Staines, qui, curieux, s'en saisit. C'était une lettre du pénitencier de Cockatoo-Island, remerciant M. Yong-cheng de sa demande et l'informant que M. Francis Carver, après sa remise en liberté, s'était embarqué sur le vapeur *Sparte,* à destination de Dunedin, en Nouvelle Zélande. Au bas de la feuille, une autre main avait ajouté, d'une encre plus foncée, les mots « *Hôtel de l'Aubépine* ». Staines contempla la note un long moment. Il ignorait que Carver fût un ancien forçat ; frappé d'abord par la révélation, il finit par reconnaître, à la réflexion, qu'elle n'était pas vraiment inattendue. Enfin, à contrecœur, il fit non de la tête.

— Je regrette, dit-il en rendant le papier au Chinois avec un sourire contrit. Il n'y a personne ici du nom de Francis Carver.

# FER

*Où Crosbie Wells rapproche les faits et tire ses conclusions.*

Au 35 Cumberland-street, l'après-midi fut interminable. Ensemble, Anna et Mme Wells avaient tressé une quinzaine de couronnes qu'elles avaient disposées ensuite dans la pièce de réception au rez-de-chaussée, sous la surveillance de Wells, qui n'avait pas cessé de boire, sans prononcer une parole. Elles avaient accroché derrière le bar un feston de pavillons de marine et improvisé au fond de l'estrade une grand'voile faite d'un aviron et d'un drap blanc, à laquelle elles avaient fait prendre des ris moyennant des longueurs de corde. Les couronnes une fois posées sur les tables, elles sortirent les citrons et la bière de sapinette, taillèrent les mèches, polirent les verres et remplirent les réservoirs des lampes, puis se mirent à chasser la poussière… faisant durer chaque tâche le plus longtemps possible, saisissant tous les prétextes pour aller chercher ceci ou cela à l'étage ou à la cuisine, afin d'échapper au silence redoutable de leur compagnon aigri.

Elles furent interrompues un peu après quatre heures par un coup vif, frappé à la porte de la rue.

— Qui est-ce que cela peut être ? demanda Mme Wells en fronçant les sourcils. Je n'attends les filles qu'à sept heures. Je ne reçois jamais de visites à cette heure-ci.

— J'y vais, décida Wells.

Sur le seuil se tenait un Chinois vêtu d'une tunique et d'une cape de laine.

— Tiens ! tiens ! fit Wells. *Toi*, tu n'es pas un gars de la marine.

— Bonjour, dit l'autre. Moi chercher Francis Carver.

— Pardon ? demanda Crosbie Wells.

— Chercher Francis Carver.

— Carver, tu dis ?

— Oui.

— Inconnu au bataillon.

— Lui habiter ici, insista le Chinois.

— Désolé, l'ami, mais non. C'est ici la maison de Mme Lydia Wells. C'est moi qui ai le bonheur d'être son mari, et je m'appelle Crosbie.

— Pas Carver ?

— Je ne connais personne du nom de Carver, confirma Wells.

— Francis Carver, répéta l'autre, suppliant.

— Désolé, mais je ne peux pas t'aider.

Le Chinois se renfrogna. Il prit dans sa poche la même lettre qu'il avait présentée à Emery Staines deux heures auparavant, et la tendit à Wells. Les mots « *Hôtel de l'Aubépine* » avaient été raturés ; au-dessous, une autre main avait écrit « *Maison de maints désirs*, Cumb'd-st. ».

— On t'a donné cette adresse ? demanda Wells.

— Oui, approuva le Chinois.

— Qui donc ?

— Capitaine port, dit le Chinois.

— Je regrette, l'ami, mais le capitaine du port t'a fait faire fausse route, déclara Wells en lui rendant la lettre. Il n'y a personne de ce nom à cette adresse. Que lui veux-tu ?

— Faire justice, clama le Chinois.

— Justice, répéta Wells avec un grand sourire. Rien de moins. Eh bien, j'espère qu'il le mérite. Bonne chance.

Il ferma la porte… puis se figea soudain, sa main sur le chambranle. Il tourna sur son talon et, enjambant les marches deux à deux, remonta au boudoir, où l'*Otago Witness* était resté, plié, sur la commode. Il s'en empara. Après avoir passé quelques minutes à parcourir les colonnes, il vit, parmi les navires annoncés comme en partance le lendemain :

*Embarcadère n° 4 :* Adieu-vat*, à dest. de Port-Phillip. À bord J. RAXWORTHY (capitaine), P. LOGAN (second), H. PETERSEN (lieutenant), J. DRAFFIN (commis aux vivres), M. DEWEY (maître-coq), W. COLLINS (maître d'équipage), E. COLE, M. JERISON, C. SOLBERG, F. CARVER (matelots).*

— Qui était-ce, à la porte ?

Anna était montée derrière lui. Elle tenait un chandelier de cuivre dans chaque main.

— Était-ce Lucy, de retour du magasin ? reprit-elle. Mme Wells la demande.

— C'était un Chinois, répondit Wells.

— Que voulait-il ?
— Il cherchait quelqu'un.
— Qui donc ?
— Connaissez-vous quelqu'un qui a purgé une peine à Cockatoo-Island ? demanda Wells en scrutant ses traits.
— Non.
— Moi non plus.
— C'est un bagne, dit Anna. Cockatoo, c'est le bagne.
— Pas pour les cœurs délicats, en effet.
— Qui cherchait-il ?
— Avez-vous jamais entendu parler d'un Francis Carver ? demanda Wells après un instant d'hésitation.
— Non.
— Avez-vous jamais vu un ancien forçat ?
— À quoi l'aurais-je reconnu ?
— À rien. Vous avez raison.

Suivit une pause. Finalement, elle demanda encore :

— Dois-je en parler à Mme Wells ?
— Non, fit Wells. Restez là un moment.
— En fait, j'étais venue chercher ceci, dit Anna en brandissant les chandeliers. Je devrais vraiment redescendre.

Wells roula l'*Otago Witness* en cylindre serré :

— C'est une femme sans cœur, Anna. Il n'y a pas une ombre de sentiment chez Mme Lydia Wells : c'est rapporte ou crève. Elle a raflé mon argent, elle raflera aussi le vôtre, et nous serons ruinés… tous les deux. Ruinés.
— Oui, approuva tristement Anna. Je sais.

— Savez-vous ce qui est écrit là-dedans ? demanda-t-il en brandissant le journal. Il y a un homme du nom de Carver qui fait partie de l'équipage d'un bâtiment marchand. En partance demain avec la marée. Un monsieur faisant profession du métier de la mer.

— Sans doute qu'il viendra donc à la fête, opina Anna.

— Et ce n'est pas tout : le capitaine s'appelle Raxworthy.

— Mme Wells a parlé de lui ce matin, se rappela Anna.

— Eh oui, confirma Wells en se frappant la cuisse avec le journal. Tout commence à se mettre en place. Mais je n'y suis toujours pas. Pas tout à fait.

— Qu'est-ce qui se met en place ?

— Depuis ce matin, expliqua-t-il, je me torture la cervelle pour savoir ce qu'elle pourra bien faire de mes papiers. Ma patente de mineur. Mon extrait de baptême. Elle les a fauchés, comme elle a fauché mon or, il n'y a pas de doute là-dessus ; mais elle n'aurait pas pris cette peine, s'il n'y avait pas un bénéfice à en tirer, et qu'a-t-elle besoin des papiers d'un vieux croûton de mon espèce ? Pour rien, c'est clair. C'est donc qu'elle a joué les pourvoyeuses. Elle les a transmis à un tiers. Mais à qui ? C'est là que l'idée m'est venue. Un homme qui fuit son passé, que je me suis dit. Un homme dont le nom a été déshonoré, qui veut faire table rase. Recommencer. Tourner la page.

Anna attendait, le sourcil froncé.

— Il y a au moins une chose qui est sûre, et b..... ment, dit Wells en levant le journal roulé comme il aurait fait d'un sceptre. Je ne sais pas comment, ni pourquoi, ni ce qu'il en sortira, mais je vous le dis ici et maintenant, ma petite Anna : ce soir, je vais m'arranger pour faire la connaissance de M. Francis Carver.

# ÉTAIN

*Où Carver prend un faux nom, et Lauderback donne sa signature.*

— Wells, fit Lauderback en s'arrêtant net.
— Bonsoir.
Francis Carver était là, face à la passerelle, installé sur une chaise, un pistolet à la main.
— Que signifie ? demanda Lauderback.
— Entrez donc.
— Que signifie ?
— Nous allons avoir une discussion, dit Carver.
— À quel sujet ?
— Je vous conseille d'entrer dans la cabine, monsieur Lauderback.
— Pourquoi ?
Carver ne répondit pas, mais imprima au canon du pistolet un petit mouvement saccadé.
— Je ne l'ai pas revue, protesta Lauderback. Parole d'honneur, pas une seule fois depuis que nous nous sommes parlé. Quand vous m'avez dit de laisser tomber, monsieur Wells, j'ai laissé tomber.

J'ai passé neuf mois à Akaroa. Ici, je viens d'arriver… vraiment, je débarque à l'instant. J'ai fait exactement comme vous m'avez demandé… je ne l'ai plus approchée.

— Que vous dites, rétorqua Carver.

— Eh oui, je le dis ! Mettez-vous ma parole en doute ?

— Non.

— Alors, où voulez-vous en venir avec votre « que vous dites » ?

— C'est que les faits tiennent un langage bien différent. Il y a des documents, noir sur blanc.

Lauderback resta un instant interdit, puis balbutia :

— J'ignore de quels faits vous parlez, mais si j'ose hasarder une conjecture… S'agirait-il de mon présumé compte chez Danforth ?

— De cela même, confirma Carver.

Lauderback darda un regard par-dessus son épaule, pénétra dans la cabine et referma l'écoutille derrière lui. Une fois entré, il dit :

— Bon, d'accord. Vous mijotez encore un mauvais coup. Si ce n'est pas déjà cuit…

— Eh oui, approuva Carver.

— Crosbie ? demanda Lauderback. Cela a à voir avec Crosbie ?

— Vous dirai-je ? je me fais du souci pour ce cher Crosbie.

Carver ne poursuivit pas. Au bout d'un moment, Lauderback le relança, d'une voix craintive :

— Du souci ?

— Mais oui. Un de ces jours, le pauvre homme va se crever à force de boire.

Lauderback avait commencé à suer à grosses gouttes.

— Où est Raxworthy ? demanda-t-il.

— En train de prendre une cuite dans certaine maison de Cumberland-street, ou je me trompe fort.

— Et Danforth ?

— Pareil.

— Vous les avez dans votre manche, c'est ça ?

— Mais non, dit Carver. Dans ma manche, c'est vous que j'y tiens.

# GOUDRON

*Où Carver vient achever son ouvrage ;*
*Crosbie Wells contre-attaque ; et le laudanum produit son effet.*

Lorsque Francis Carver frappa à la porte du 35 Cumberland-street quelque deux heures plus tard, la fête de ces messieurs de la marine battait son plein : il les entendait taper du pied et claquer des mains en cadence, au milieu de rires braillards. Il frappa derechef, plus fort. Il dut s'y reprendre quatre fois, avant que Lucy, la femme de chambre, ne se montrât ; lorsqu'elle vit que l'importun n'était autre que Carver, elle le fit entrer et courut chercher Mme Wells.

— Oh ! Francis, exhala celle-ci en l'apercevant. Dieu merci !

Carver se tapota la poitrine, où l'acte de vente reposait, soigneusement plié, dans sa poche intérieure, et annonça :

— Ça y est. Signé en règle. Ça prend effet sans délai. J'ai un petit gars qui va le surveiller… Lauderback, s'entend… jusqu'au matin. Mais je serais bien étonné s'il parlait.

— Vous ne lui avez pas fait de mal, n'est-ce pas ?

— Non, il en est quitte pour pleurnicher sur lui-même. Et ici ? Ça se présente bien ?

Elle baissa la voix et répondit dans un murmure :

— Le fait est qu'après le grabuge de ce matin… et une journée déplorable… nous avons eu la chance la plus fabuleuse. Crosbie file le parfait amour avec la nouvelle. Peut-être qu'il a voulu me vexer en couchant avec elle… mais du coup, me voilà débarrassée de ces deux-là pour la soirée, et c'est tout ce que je voulais. Dès qu'ils se sont enfermés ensemble, je leur ai envoyé Lucy avec une nouvelle carafe.

— Coupée ?

— Bien sûr.

— De quoi assommer… ?

— Un bœuf. La moitié du flacon y est passée.

— Et depuis ?

— Ils n'ont pas pipé. Silence, dit-elle.

— Bien. Je monte. J'aurai besoin d'un quart d'heure.

— Il est furieux. Il sait, pour l'or… je te l'ai déjà dit… et il a appris aussi que Lauderback arrivait. Fais attention.

— Ce ne sera pas la peine, s'il est soûl.

— Tu ne vas pas le tuer… n'est-ce pas, Francis ? Il n'y aura pas de coups de feu ?

— Ne te mets pas martel en tête.

— Je veux savoir.

— Je l'assommerai, c'est tout, promit Carver.

— Pas ici !

— Non, pas ici. Je l'emmènerai ailleurs.

— La fille est toujours là-haut, tu sais. Elle a peut-être bu elle aussi. Je ne sais pas.

— Je m'en charge. Je la renverrai avant. Sois tranquille.

— Et moi ? Qu'est-ce que je fais ?

— Retourne à ta fête. Occupe-toi de remplir le verre de Raxworthy.

Φ

Carver colla l'oreille à la porte et, n'entendant rien, tourna doucement la poignée. Le battant s'ouvrit sans bruit. La pièce était plongée dans l'obscurité, mais une petite lampe brûlait dans la chambre qui y faisait suite. Quelqu'un était couché dans le lit : il distinguait la forme d'un corps sous les couvertures et la tache sombre d'une chevelure sur l'oreiller. La main à la ceinture, il franchit le seuil et s'avança lentement.

Il entendit le sifflement d'un objet lourd coupant l'air, fit un mouvement pour se retourner… mais, avant d'y parvenir, trébucha et s'affaissa sur ses genoux, fauché par un grand coup sur l'occiput. Il pivota, refermant la main sur la crosse de son pistolet… mais Crosbie Wells abattit de nouveau le tisonnier, le frappant d'abord sur les doigts, puis sur la mâchoire. La douleur le fit reculer. Il leva instinctivement les mains pour protéger son visage. Un quatrième coup l'atteignit au coude, un cinquième sur le haut de la tempe. Il mollit soudain et s'affala sur le flanc.

Wells se porta vivement en avant et tenta, avec sa main libre, de tirer le pistolet de la ceinture de l'homme à terre. Carver lui saisit le bras, et ils luttèrent un instant, jusqu'à ce que Wells lui assenât encore un coup de son tisonnier sur le côté de la tête. Ses doigts alors se desserrèrent, et il retomba. Wells réussit enfin à trouver prise sur l'arme et à la lui arracher. Une fois maître du pistolet, il releva le chien, braqua le canon sur le visage de Carver et se figea, haletant. Carver grogna et leva les bras devant sa face. Il était étourdi : toutes les lumières dans la pièce s'étaient mises à palpiter.

— Qui êtes-vous ?

Carver le regarda, les yeux entre-clos. Il avait la bouche en sang.

Wells tenait le pistolet dans sa main gauche, le tisonnier dans la droite. Il leva un peu le tisonnier, menaçant de frapper de nouveau.

— Êtes-vous Francis Carver ? Parlez, sinon vous êtes un homme mort. Vous appelez-vous Carver ?

— C'était mon nom, dans le temps, dit Carver.

— Et maintenant… ?

— Crosbie Wells, répondit Carver, montrant ses dents sanglantes dans un grand sourire.

— Je vais te tuer, déclara Wells en s'approchant.

— Vas-y.

Carver ferma les yeux. Wells brandit de nouveau le tisonnier :

— Où est mon or ?

— Parti.

— Je t'ai demandé où !

— Expédié hors de la colonie.

— Qui l'a expédié ? Toi ?

— Non, fit Carver en rouvrant les yeux. C'est toi.

Wells abattit la barre de fer. Le coup, porté légèrement à faux, glissa sur la tempe de Carver… qui perdit connaissance. Wells attendit un moment pour voir s'il simulait, mais l'évanouissement était manifestement réel : il avait les yeux révulsés, et l'une de ses mains était agitée d'un tic.

Wells posa le tisonnier, hors d'atteinte, transféra le pistolet dans sa main droite, appliqua le canon contre la joue de Carver et poussa légèrement. La tête roula.

— Il est mort ?

C'était Anna, apparue, le visage blême, dans l'embrasure de la porte.

— Non. Il respire, répondit Wells.

De la main gauche, il tira un couteau-bowie de sa botte et dégaina.

— Vous allez le tuer ? murmura Anna.

— Non.

— Qu'allez-vous faire ?

Wells ne répondit pas. Utilisant le pistolet pour caler la tête de Carver, il inséra la pointe du couteau sous le coin externe de l'œil gauche. Le sang se mit à sourdre aussitôt, coulant en un gros filet le long de la joue. D'un tour de poignet, Wells imprima une torsion à la lame et la tira de haut en bas, jusqu'à la mâchoire. Il fit un bond en arrière… mais Carver ne se réveilla pas ; sa seule réaction fut un gargouillis au fond de la gorge. Sa joue était à présent noyée de sang ; le filet rouge se déversait par-dessus l'angle de la mâchoire, imprégnant son col.

— C pour Carver, dit Wells tout bas en le dévisageant. Tu es maintenant un homme qu'on n'oubliera pas, Francis Carver. Tu es le balafré.

Il leva les yeux et rencontra le regard d'Anna. Les deux mains sur sa bouche, elle présentait l'image de l'horreur. Wells désigna d'un coup de menton le dressoir.

— Buvez, dit-il. Cela vous endormira en un clin d'œil. Mais faites vite.

Anna regarda la carafe. Le laudanum avait légèrement foncé la couleur du whisky, prêtant au liquide un éclat cuivré.

— Combien ? demanda-t-elle.

— Autant que vous pourrez avaler. Puis couchez-vous sur le côté… pas sur le dos. Sans cela, vous risquez la noyade.

— Combien de temps faudra-t-il ?

— Ça y sera en moins de rien, dit Crosbie Wells.

Il essuya son couteau sur le tapis, le remit au fourreau et se releva, prêt à partir. Anna le prévint :

— Attendez !

Elle courut dans la chambre pour en ressortir l'instant d'après, porteuse de la pépite d'or dont il lui avait fait cadeau l'après-midi de leur première rencontre.

— Tenez ! dit-elle en la lui mettant dans la main. Prenez. Cela pourra vous servir, pour fuir.

# TARES

*Où Crosbie Wells demande du secours ;
un douanier se fâche ; et un connaissement est
mis en cause.*

— Pst !... Bill !

Le fonctionnaire leva le nez de son journal :

— Qui est-ce ?

— Wells. Crosbie Wells.

— Approchez, que je vous voie !

— Me voici, dit l'interpellé en émergeant de l'obscurité, les deux mains bien en évidence.

— Que faites-vous là, à rôder dans le noir ?

Wells s'avança encore et dit :

— J'aurais besoin d'un petit service.

— Ah bon ?

— J'aurais besoin d'embarquer avant le jour.

— Pour aller où ? demanda le fonctionnaire en plissant les yeux.

— Cela m'est égal. N'importe. J'ai besoin de me planquer, c'est tout.

— Qu'est-ce que cela me rapporterait ?

Wells ouvrit sa main gauche sur la pépite qu'Anna lui avait rendue. Le fonctionnaire la contempla, essayant d'en estimer la valeur, et demanda enfin :

— Et la loi ?

— Je suis du côté de la loi, déclara Wells.

— Qui est à vos trousses, alors ?

— Un certain Carver.

— Qu'a-t-il contre vous ?

— Mes papiers. Et une petite fortune en or. Il a volé une fortune dans mon coffre-fort.

— Depuis quand donc avez-vous fait fortune ?

— Il y a un an peut-être. Quinze mois. À Dunstan.

— Vous avez été b.....ment discret.

— Ça va de soi. Je n'ai rien dit à personne, sauf à Lydia.

— C'était donc là votre première erreur, opina l'autre en riant.

— Non, corrigea Wells. Dites plutôt la dernière.

Ils se dévisagèrent. Au bout d'un moment, Bill lança :

— Pas sûr que ça vaille le coup. Pour moi.

— J'embarque ce soir, je me cache, demain dès potron-minet le vent m'emporte. La pépite vous reste, et moi je reste en vie. C'est aussi simple que cela. Je ne vous demande pas de m'introduire à bord... simplement de me dire quel bâtiment est en partance et de regarder de l'autre côté quand je passerai.

Le fonctionnaire hésita. Il posa son journal et se pencha pour consulter le calendrier épinglé au-dessus de son bureau.

— Il y a une goélette qui appareille pour Hokitika à l'aube, lâcha-t-il enfin. La *Blanche*.

Wells saisit l'ouverture :

— Dites-moi où elle est amarrée. Regardez ailleurs, donnez-moi une chance. C'est tout ce que je demande, Bill.

Le fonctionnaire fit la moue, réfléchissant. Il se tourna de nouveau vers son registre, comme s'il espérait y trouver la solution de son dilemme, couchée noir sur blanc. Soudain son regard s'aiguisa :

— Attendez… Wells !

— Qu'est-ce qu'il y a ?

— Votre signature, voilà ce qu'il y a. Au bas de ce connaissement.

— Faites voir ! dit Wells en s'avançant d'un air sombre.

Bill cependant tira le registre à lui, hors de portée de Wells, et relut l'entrée qui avait frappé son regard.

— Il y a une caisse qui part pour Melbourne. Chargée sur l'*Adieu-vat*… avec votre aval. Qu'est-ce que ça veut dire ? demanda-t-il en se fâchant tout à coup.

— Je ne sais pas, fit Wells. Je peux voir ?

— Vous voulez me mettre dedans.

— Mais non. Je n'ai jamais signé ce fichu papier.

— Votre magot est dans la caisse. Vous expédiez votre or hors de la colonie en faisant en même temps un saut à Hokitika pour brouiller les pistes. Et quand le champ sera libre, vous passerez en Australie, ni vu ni connu, vous refaire une vie franco de droits.

— Non, ce n'est pas moi qui ai signé.

— À d'autres. Gardez votre pépite, trancha le fonctionnaire en la repoussant d'un geste dégoûté. Je ne veux pas tremper dans vos embrouilles.

Wells se tut un moment, regardant fixement les silhouettes noires des navires à quai, les languettes de lumière brisée qui léchaient les flots, les lanternes suspendues qui grinçaient dans le vent. Enfin, articulant soigneusement, il répéta :

— Ce n'est pas moi qui ai signé.

— Non, fit Bill en se renfrognant. Ne recommencez pas. Ne me prenez pas pour un imbécile.

— Mes papiers, expliqua Wells. Ma patente de mineur… mon extrait de baptême… tout était déposé dans le coffre à Cumberland-street. Je vous le jure. Ce Carver, c'est un ancien forçat. Il a purgé une peine à Cockatoo. Il m'a tout pris. Je ne possède plus que la chemise que j'ai sur le dos, Bill. Francis Carver m'a pris mon nom.

— Non – (Bill secoua la tête) – cette caisse-là ne sortira pas du port. Je la fais décharger dès demain matin pour repasser la visite.

— Faites-le tout de suite, proposa Wells. Je l'emporterai avec moi… à Hokitika. Comme ça, rien ne passera la frontière, hein ? Tout sera légal.

Le fonctionnaire regarda d'abord son registre, puis l'homme qui le suppliait.

— Je ne veux pas être mêlé à un trafic, dit-il.

— Vous n'aurez rien fait de mal, insista Wells. Rien du tout. Il n'y a fraude que si l'or quitte l'île. Je signerai même. Je signerai tout ce que vous voudrez.

Bill garda un long silence. Wells savait qu'il y réfléchissait sérieusement.

— Je ne pourrai pas la faire charger sur la *Blanche*, annonça-t-il enfin. Elle appareille à l'aube, et Parrish a déjà donné sa signature pour la cargaison. Il n'y a pas le temps.

— Alors faites-la suivre. Je signerai tout de suite pour le transfert. Je vous en supplie.

— Pas la peine de supplier, dit Bill d'un air sombre.

Wells s'avança et posa la pépite sur le bureau. Un instant, l'objet parut osciller, comme l'aiguille d'une boussole.

Bill regarda longuement la pépite, avant de conclure, en levant les yeux :

— Non. Gardez votre or, Crosbie Wells. Je ne veux pas tremper dans vos embrouilles.

# Sixième partie

# La veuve et sa défroque

*18 juin 1865*
*(Soleil en Gémeaux)*

*42° 43' 0" S / 170° 58' 0" E*

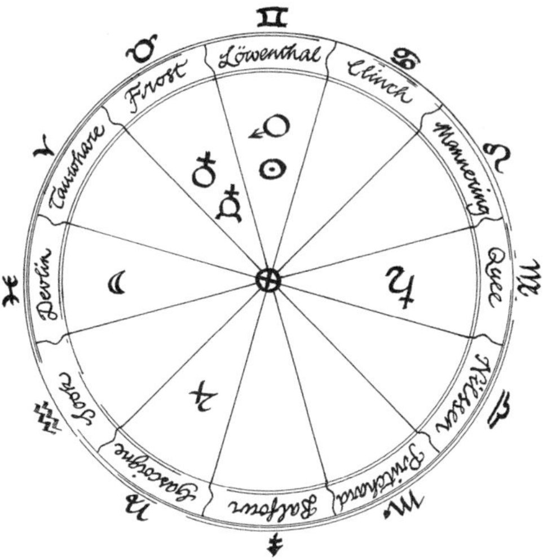

## TERRE FIXE

*Où Emery Staines porte son or à la banque ;
Crosbie Wells propose une tricherie ; et Staines
commence, bien trop tard, à douter
de sa première impression.*

Emery Staines avait encore à tomber sur une veine payante à Hokitika. Il n'avait toujours pas trouvé de terrain qui lui plût assez pour qu'il eût envie d'y planter ses piquets, ni de compagnie suffisamment à son goût pour vouloir s'y associer. Il avait certes ramassé un peu de « quibus », à droite et à gauche, sur des plages aussi bien au sud qu'au nord de la rivière et dans de petites ravines au delà des gorges : mais ses gains étaient irréguliers, et le plus gros lui avait déjà filé entre les doigts. Staines avait tendance à être fort prodigue, de son temps comme de son argent, là où il était seul en cause : il préférait de loin manger et dormir en compagnie, plutôt que seul sous sa tente, à la belle étoile, expérience dont le romantisme n'avait pas résisté à la première épreuve des faits. Mal prémuni contre l'âpreté de l'hiver sur la côte Ouest, il se voyait très souvent contraint de se réfugier sous un toit pour échapper à la pluie ; il prenait prétexte du mauvais temps pour boire du vin en mangeant du bœuf salé et en jouant aux cartes tous les soirs, puis, le matin venu, s'aventurait de nouveau dehors pour se refaire en poudre. Sans l'accord qui le liait à Francis Carver, il aurait peut-être continué à se laisser ballotter ainsi indéfiniment, au gré du hasard, entre la dissipation et la discipline ; mais il n'avait pas oublié les conditions du parrainage, qui le contraindraient sous peu à « jeter l'ancre », comme disaient les laveurs d'or, et à prendre une concession.

Le matin du 18 juin, Staines se réveilla de bonne heure. Il avait dormi dans un asile de nuit de Kaniere, une baraque de planches, basse et toute en longueur, avec plusieurs étages de hamacs suspendus les uns au-dessus des autres et une cuisine en appentis. Le fond de l'air était froid et humide ; en s'habillant, il voyait son haleine fumer. Dehors il donna un demi-pence pour une assiettée de porridge, puisé à la louche dans une grosse marmite fumante, et mangea debout, en regardant vers l'est, où la crête des hautes Alpes se découpait en silhouette sur le ciel hivernal. Après avoir nettoyé l'assiette, il la rendit au guichet, salua ses compagnons d'un coup de chapeau et se mit en route pour Hokitika, où il comptait prendre rendez-vous avec un négociant en or avant d'acheter une concession.

En débouchant sur la pointe, au sortir d'un dernier coude, il aperçut un navire qui s'avançait majestueusement vers le goulet de la rade et y faisait son entrée comme en planant sur les eaux profondes au delà de la barre, présentant le flanc à la rivière. Staines admira le bâtiment tout en suivant la longue courbe du quai. C'était un beau trois-mâts, à la coque effilée, dont la proue soutenait la figure d'un aigle trompetant, le bec grand ouvert et les ailes déployées. Une femme se tenait debout au bastingage bâbord : à la distance où il se trouvait, Staines ne discernait pas ses traits, moins encore son expression, mais il la supposait perdue dans une rêverie, car elle restait parfaitement immobile, les deux mains accrochées à la lisse du garde-corps, tandis que le vent faisait virevolter ses jupes autour de ses jambes, et que les brides de son bonnet lui frappaient la poitrine. Il se demanda quel pouvait être le sujet de sa préoccupation : était-elle abîmée dans un souvenir, une scène remémorée, ou plutôt, redoutée ou désirée, dans une vision d'avenir ?

À la Banque de réserve, il sortit son petit sac de poudre d'or et, à la demande du banquier, en livra le contenu à l'examen et à la pesée des experts. L'estimation prit un bon moment, mais le prix proposé au bout du compte était avantageux, et Staines quitta les lieux avec, serré dans sa poche de gilet, contre son cœur, un billet du Trésor de vingt livres.

— Halte là, mon gars !

Staines se retourna. Un homme d'une cinquantaine d'années, aux cheveux blond-roux, se levait des marches du perron sur lesquelles il était assis… Le teint très boucané, le nez très rouge, il avait le menton orné d'une maigre barbe de huit jours, tout à fait blanche.

— Que puis-je faire pour vous ? demanda Staines.

— J'ai quelques questions auxquelles vous pourriez répondre, dit l'inconnu. Tout d'abord : travaillez-vous pour la Compagnie ?

— Je ne travaille pas pour la Compagnie.

— Bien. Deuxième question : honnête ou loyal ?

— Pardon ?

— Honnêteté ou loyauté : laquelle de ces deux qualités prisez-vous davantage ?

— Vous me tendez un piège ?

— Je me renseigne. Si cela ne vous ennuie pas.

— Eh bien, commença Staines en fronçant légèrement le front, c'est difficile à dire... laquelle, de l'honnêteté ou de la loyauté, serait à priser davantage. D'un côté, on pourrait dire que l'honnêteté est, à sa manière, une loyauté... une fidélité à la vérité... même si on ne définirait guère la loyauté comme une forme d'honnêteté ! Je suppose qu'au fond... s'il me fallait choisir entre être malhonnête, mais loyal, ou déloyal, mais honnête... je préférerais être solidaire des miens, de ma patrie, de ma famille, plutôt que de servir la vérité. Je vous répondrais donc la loyauté... en ce qui me concerne, personnellement. Mais chez les autres... En ce qui concerne les autres, je n'ai pas le même sentiment. Je préférerais, et de loin, un ami honnête à un ami dont la conduite serait dictée par sa seule loyauté envers moi ; et je préférerais de beaucoup être moi-même loyal envers un ami honnête, plutôt qu'envers un flagorneur. Disons donc que c'est selon : chez moi, j'apprécie davantage la loyauté ; chez les autres, l'honnêteté.

— C'est bien, approuva l'inconnu. Très bien.

Staines sourit :

— Ah bon ? C'était une épreuve ? Je m'en suis convenablement tiré ?

— Il y a de ça. En fait, j'aurais besoin d'un petit service. En tout bien tout honneur… à vous de fixer votre prix. Tenez…

Ce disant, l'homme tira de sa poche une pépite de la forme d'un cigare court. Il la souleva de manière à accrocher la lumière et poursuivit :

— Jolie, pas vrai ?

— Très jolie, acquiesça Staines, qui ne souriait plus.

— J'ai ramassé cette petite chose dans la vallée de la Clutha. Du côté d'Otago. Je la trimballe avec moi depuis un mois ou deux… mais à l'heure qu'il est, j'ai envie de la changer en terres… j'ai déjà une parcelle en vue… et l'agent immobilier ne prend que du papier-monnaie. Le hic, c'est qu'on m'a volé. Impossible de prouver mon identité. Mes papiers, ma patente de mineur, j'ai tout perdu. Alors, je ne peux pas, moi, monnayer ma pépite.

— Ah ! fit Staines.

— Je vous demande un petit service. Vous portez cette pépite à la banque. Dites qu'elle est à vous… que c'est vous qui l'avez trouvée, sur les terres de la couronne. Changez-la en papier-monnaie pour moi. Ça ne vous prendra pas une demi-heure, tout compris. Je paierai le prix que vous voudrez.

— Je vois, répondit Staines d'un ton indécis. Pourtant, vous pourriez y aller tranquillement vous-même en expliquant votre situation. En racontant comment on vous a volé… en répétant là-dedans tout ce que vous venez de me dire.

— Non, c'est impossible.

— Il reste toujours des traces, voyons. Même si vous n'avez plus de papiers, il y a d'autres moyens de vérifier vos dires. Les nouvelles du port, et ainsi de suite.

L'homme secoua la tête :

— Non, j'étais enregistré dans l'Otago, et je ne suis pas passé à la douane en débarquant ici. Officiellement, je n'existe pas.

— Oh !

Staines était de plus en plus mal à l'aise. L'homme le serrait de près, insistait :

— Je joue franc jeu avec vous, mon gars. La pépite est à moi. Je l'ai ramassée dans la vallée de la Clutha. Je vous dessinerai l'endroit. Je vous dresserai une carte. Nom de nom ! Je joue franc jeu.

— Y a-t-il quelqu'un qui peut s'en porter garant ? demanda Staines en regardant de nouveau la pépite.

— Je n'ai pas été crier ma trouvaille sur les toits, rétorqua l'autre en levant le poing. Pour quoi faire ? On m'a déjà volé une fois. On ne m'y reprendra pas. Il n'y a qu'une âme sur la terre qui a touché ce caillou, à part moi. Une jeune femme du nom d'Anna Wetherell. Elle répondrait, *elle*, de la vérité de ce que je vous raconte. Mais elle est à Dunedin, comme un fait exprès, et je n'ai pas de temps à perdre à écrire et à attendre une réponse.

Le nom d'Anna Wetherell était inconnu à Staines. Il y fit à peine attention, réfléchissant plutôt au meilleur moyen d'échapper à l'importun, dont les paroles le laissaient sceptique, et dont l'aspect non plus n'était pas pour le rassurer. Staines estimait que la pépite était clairement le fruit d'un vol, et que le voleur (son importun), craignant de se faire prendre, tentait à présent de brouiller les pistes en se servant d'un tiers, innocent, pour transformer cette preuve à charge en billets de banque anonymes. L'homme avait l'air esquinté et les yeux injectés d'un malheureux depuis longtemps miné par l'alcool ; même à quelques pas, Staines sentait sur ses vêtements et son haleine l'odeur de l'ivresse de la veille. Essayant de temporiser, il demanda :

— L'agent immobilier, dites-vous ?

— Oui, approuva l'autre. Je guigne quelques arpents du côté de l'Arahura. Le bois, voilà ce qui m'intéresse. J'en ai assez de courir après l'or. J'avais trouvé un pactole, mais maintenant qu'on me l'a raflé, je ne joue plus. Le bois... voilà un métier honnête.

— Comment vous appelez-vous ?

— Crosbie Wells, dit l'inconnu.

— Wells ? répéta Staines après un silence.

— C'est ça. Et alors ? demanda l'autre en se renfrognant.

Staines repensait à la consigne insolite que Francis Carver lui avait donnée à l'hôtel de l'*Aubépine* dans George-street, un mois auparavant : « Simplement pour aujourd'hui. Mon nom est Wells. Francis Wells. »

— *Crosbie* Wells ? insista-t-il.

— Eh oui, confirma Wells, l'air toujours aussi sombre. Pas de deuxième prénom, pas de sobriquet, pas de pseudonyme. Crosbie Wells, tout bêtement, depuis le jour de ma naissance. Je ne peux pas le prouver, évidemment. Je ne peux rien prouver, sans mes papiers. Bernique.

Staines hésita encore. Au bout d'un moment, il avança la main et se présenta :

— Emery Staines.

Transférant la pépite dans l'autre main, Wells serra celle qu'on lui tendait et reprit :

— Voulez-vous fixer votre prix, monsieur Staines ? Je vous serais très reconnaissant.

— Écoutez, fit soudain Staines, sautant le pas. Vous ne connaîtriez pas par hasard… enfin, ne m'en voulez pas, mais… vous ne connaîtriez pas un homme du nom de Francis Carver ?

Il posait la question, car il ne savait toujours pas le fin mot de l'histoire à laquelle il avait été mêlé la veille de son départ de Dunedin… où Carver était allé cet après-midi-là, pourquoi il avait choisi de prendre un faux nom, pourquoi il tenait tellement à une petite malle ne contenant que cinq robes tout à fait quelconques.

Wells s'était roidi. Il demanda à son tour, avec une dureté nouvelle :

— Pourquoi ?

— Excusez-moi. Peut-être que cela n'a pas d'importance. Je vous le demande parce que… eh bien, parce qu'il y a un mois environ, un homme du nom de Carver a emprunté votre patronyme… pour un après-midi… et il ne m'a jamais expliqué pourquoi, ni dans quel but.

— Qu'avez-vous de commun avec Carver ?

Wells serra les poings. Staines fit un pas en arrière et protesta :

— Je le connais à peine. Il m'a prêté de l'argent, c'est tout.

— Quel argent ? Combien ?

— Huit livres.

— Comment ?

— Huit, répéta Staines. Huit livres.

— C'est un bon copain, hein ?

Wells marcha sur Staines, qui recula derechef :

— Pas du tout ! C'est un ancien forçat… il a passé dix ans au bagne… mais je l'ai su trop tard. J'avais signé.

— Signé quoi ?

— Un accord de parrainage.

— Et lui l'a signé de *mon* nom ?

— Non, se récria Staines en levant les bras. Votre nom, il n'a fait que l'emprunter… je ne sais pas pour quoi faire. Écoutez, je suis vraiment désolé de vous causer de la peine…

— C'est lui, coupa Crosbie Wells. Lui qui a pris mes papiers. Qui m'a raflé une petite fortune en or pur. Qui a fait de ma propre femme une ennemie. Il a pris mon nom, il a pris mon argent, et il a essayé de prendre ma vie… Mais pour le coup, c'est raté. Je me suis tiré des pieds. Je suis toujours de ce monde. Je trime pour deux fois rien, je vivote au jour le jour, bouche cousue et tête baissée, regardant à chaque pas par-dessus mon épaule, à en devenir fou. *Ceci* est tout ce qui me reste.

— Pourquoi ne le dénoncez-vous pas à la police ? On dirait que ce ne sont pas les preuves qui vous manquent.

Wells ne répondit pas aussitôt. Lorsqu'il parla enfin, ce fut pour poser une question :

— Où est-il ?

— Toujours à Dunedin, je crois.

— En êtes-vous sûr ?

— Autant que je puisse l'être. J'ai son adresse. Je dois lui écrire dès que j'aurai acheté ma première concession.

— Vous êtes son *associé*, dit Wells, crachant le mot.

— Non. Je suis son débiteur, c'est tout. Il m'a prêté huit livres, et en retour je me suis engagé à lui verser des dividendes.

— Vous êtes son associé. Sa créature.

— Écoutez, protesta Staines, de nouveau effrayé. Quoi que M. Carver ait pu vous faire... et quels qu'aient pu être ses motifs... je ne suis pas au courant. Vraiment. Voyons, si j'avais su, je n'aurais jamais mentionné son nom, n'est-ce pas ?... comme je l'ai fait tout à l'heure en vous parlant. Je n'aurais rien dit.

Wells garda le silence. Ils se dévisagèrent, chacun scrutant l'expression de l'autre. Enfin, Staines accepta :

— D'accord. Je porterai votre pépite à la banque.

# MARS EN CANCER

*Où Carver se met à la recherche de Crosbie Wells ;*
*Edgar Clinch offre ses services ;*
*et Anna Wetherell affermit sa résolution.*

L'*Adieu-vat* passa la barre de Hokitika au plus fort de la marée. Le capitaine Carver mit ensuite près d'une heure à manœuvrer son vaisseau à travers le mouvement qui encombrait l'embouchure de la rivière, car il y avait plusieurs vaisseaux en partance, et il dut attendre un signal de Gibson's-quay avant d'aborder le débarcadère. Anna Wetherell, seule sur le pont, eut amplement le temps d'apprécier la vue. Hokitika était plus petit qu'elle ne s'y attendait, et bien plus exposé. En comparaison de la ville de Dunedin, tapie au fond du long bras de mer qui formait le port d'Otago, et enserrée de partout par des collines, l'ouverture de Hokitika sur l'océan avait presque quelque chose d'effrayant. Anna trouva aux maisons un air sinistre, abandonné, dont la débauche de banderoles jaunes et rouges s'entrecroisant entre les toitures et les marquises des hôtels en front de mer ne faisait qu'accentuer la tristesse.

Un bruit métallique attira soudain son attention vers le quai, où un homme aux cheveux et à la moustache carotte se tenait sur l'appontement, agitant une cloche de cuivre jaune tout en lançant des cris dans le vent. C'était manifestement un crieur public, mais sa litanie d'annonces était parfaitement inaudible, noyée sous les flots sonores de la cloche, dont la gueule était assez large pour avaler une miche de pain, et le battant aussi gros et aussi pesant qu'un lingot d'or. Elle émettait un son endeuillé, inexorable, assourdi par la distance et le vent.

La traversée depuis Dunedin était le premier voyage de l'*Adieu-vat* sous le commandement de Francis Carver, qui avait été tellement empêché par les multiples blessures subies dans la nuit du 12 mai, qu'il n'avait pu se présenter au départ du trois-mâts pour Melbourne l'après-midi suivant ; par conséquent, il n'avait pas eu l'occasion d'informer le capitaine Raxworthy du changement de propriétaire. Raxworthy, ponctuel par nature, n'avait pas voulu souffrir que l'appareillage fût retardé par la faute d'un simple matelot, manquant à l'appel : il était parti à l'heure en dépit d'un mal aux cheveux carabiné, et une fois que l'*Adieu-vat* avait levé l'ancre et quitté la rade de Port-Chalmers, force fut à Carver d'attendre son retour. Il passa les quatre semaines qui suivirent sous la garde anxieuse de Mme Wells, qui ne pouvait contempler sans désespoir son défigurement. La blessure avait été suturée et les fils retirés : il restait une vilaine balafre rose, épaisse comme une corde de chanvre et plissée aux deux bouts. Carver tâtait très souvent la cicatrice du bout des doigts, et il avait pris l'habitude de la cacher d'une main en parlant.

Lorsque l'*Adieu-vat* rentra au port, le 14 juin, Carver alla trouver James Raxworthy pour l'informer que son mandat de capitaine ne serait plus renouvelé. Le trois-mâts avait été vendu de dessous ses pieds, et sur ordre du nouveau propriétaire, un M. Wells, Carver lui-même avait été promu capitaine, honneur qui lui donnait toute liberté de licencier l'équipage de son prédécesseur pour en constituer un nouveau à sa convenance. L'entrevue entre Carver et son ci-devant capitaine fut longue et peu cordiale ; les rapports entre les deux hommes se tendirent davantage encore, lorsque Carver découvrit qu'un article avait été soustrait à la cargaison de l'*Adieu-vat* le mois précédent. Il s'en prit à Raxworthy, qui se borna à hausser les épaules : à sa connaissance, l'enlèvement de la malle s'était fait dans les règles et en respectant toutes les formes légales. La rage de Carver vira alors au supplice. Il s'enquit au poste de douane, auprès de tous les transporteurs ayant pignon sur le quai, dans tous les bouges du quartier des matelots. Sans succès. Compulsant plus tard dans la soirée la rubrique des nouvelles du port dans l'*Otago Witness*, il apprit que, outre l'*Adieu-vat*, un seul bâtiment avait quitté la rade de Port-Chalmers le 13 du mois de mai : la goélette *Blanche*, à destination de Hokitika.

— Ce n'est pas ce qui peut s'appeler une piste, dit-il à Mme Wells, mais je ne supporterai pas de rester les bras croisés. Si je n'entreprends pas quelque chose, je deviendrai fou. J'ai toujours son extrait de baptême, après tout… et aussi sa patente de mineur. Je dirai que je m'appelle Crosbie Wells et que j'ai perdu une caisse. J'offrirai une récompense à celui qui me la rapportera.

— Mais le vrai Crosbie, alors ? Qu'en fais-tu ? objecta Mme Wells. Il y a une chance que…

— Si je le vois, je le tue, déclara Carver.

— Francis…

— Je le tuerai.

— Il t'attendra au tournant. Il ne se laissera pas surprendre… pas une seconde fois.

— Moi non plus.

La veille du départ de l'*Adieu-vat*, Anna Wetherell fut convoquée au salon en bas. Elle y retrouva Mme Wells, qui lui annonça :

— Maintenant que M. Carver est rétabli, j'ai l'esprit assez libre pour penser à des affaires moins urgentes, dont celle de votre avenir. Vous ne pouvez passer un jour de plus sous mon toit, mademoiselle Wetherell, vous comprenez vous-même pourquoi.

— Oui, madame, murmura Anna.

— J'aurais été capable de fermer les yeux sur votre trahison et de souffrir en silence, car tel est le lot commun des femmes. Je ne puis cependant ne pas tenir compte des voies de fait exercées contre M. Carver. Votre alliance avec mon mari n'est plus du ressort de la simple malice, mais du Mal, ni plus ni moins. M. Carver a été défiguré pour le restant de ses jours. Il peut s'estimer heureux d'avoir eu la vie sauve, vu la gravité des blessures qui lui ont été infligées. Il portera cette cicatrice jusqu'à sa dernière heure.

— Je dormais, protesta Anna. Je n'ai rien vu.

— Où est M. Wells ?
— Je ne sais pas.
— Est-ce la vérité, mademoiselle Wetherell ?
— Oui, je vous le jure.

Mme Wells n'insista pas, mais reprit en se redressant de toute sa taille :

— M. Carver met à la voile pour la côte Ouest demain, comme vous n'êtes pas sans le savoir. Or, il se trouve que je suis en relations, à Hokitika, avec un monsieur qui s'appelle Dick Mannering. Il vous établira là-bas comme il jugera bon. Vous serez au service de l'armée des prospecteurs, selon votre intention initiale, et nos chemins ne se croiseront plus. J'ai pris la liberté de faire le compte de vos consommations pendant ces deux mois et de mettre la créance au nom de M. Mannering. Je vois que vous paraissez surprise. Vous croyez peut-être que l'alcool tombe du ciel. Croyez-vous que l'alcool tombe du ciel ?

— Non, madame, murmura Anna.

— Dans ce cas, vous ne serez pas étonnée d'apprendre que vos beuveries solitaires m'ont coûté plus que quelques sous.

— Non, madame.

— Apparemment, vous êtes donc moins stupide que méchante, poursuivit Mme Wells. Ce qui n'est pas beaucoup dire, vu l'étendue et la profondeur de votre méchanceté. M. Mannering, je crois bien faire de vous en avertir, est célibataire. Vous ne risquez donc pas de porter le déshonneur sous son toit comme vous l'avez fait chez moi.

Anna suffoquait. Elle fut incapable de parler. Lorsque Mme Wells la renvoya, elle se réfugia dans le boudoir, courut chercher dans sa commode la carafe de whisky coupé de laudanum, et but directement au goulot, deux gorgées dans lesquelles elle mit toute sa misère et tout son désespoir. Elle se jeta alors sur le lit et sanglota jusqu'à ce que l'opium fît son effet.

Anna savait parfaitement ce qui l'attendait à Hokitika, mais elle était elle-même la première à s'accuser, et le sentiment de sa faute était tel, qu'elle s'était cuirassée contre toutes les cruautés de son sort imminent, comme le corps se roidit contre le vent. Elle aurait pu protester contre l'une ou l'autre des décisions prises pour elle par Mme Wells, ou même contre toutes ; elle aurait pu profiter de la nuit pour fuir ; elle aurait pu faire elle-même des projets. Mais elle ne pouvait plus douter de sa situation, et elle savait que son aspect la dénoncerait bientôt à tous. Il fallait quitter le foyer de Mme Wells le plus rapidement possible, avant que son hôtesse ne pût deviner son secret, et elle saisirait la première occasion qui se présenterait pour partir.

Une mouette descendit en planant tout le long de Gibson's-quay puis, arrivée à la pointe, fit demi-tour et commença la remontée, se laissant porter par un courant d'air ascendant pour revenir à son point de départ et retracer toute la figure. Anna s'enveloppa plus étroitement dans son châle. L'*Adieu-vat* avait reçu l'autorisation de mouiller. Une corde avait été lancée à terre, et Carver faisait amener et carguer les voiles ; lentement, le trois-mâts s'approchait en tanguant du quai. Une petite foule de débardeurs s'était rassemblée pour assister au spectacle, et Anna, clignant soudain des paupières, vit que plusieurs de ces hommes la montraient du doigt et murmuraient entre eux en mettant la main devant leur bouche. Lorsque, de leur côté, ils s'aperçurent qu'elle les regardait, ils se mirent à lui adresser des saluts et des coups de chapeau, à rire et à remonter leur pantalon en tirant sur la boucle de ceinture. Anna rougit. Prise de honte, elle traversa le pont jusqu'à la lisse de tribord, s'y accrocha des deux mains et, respirant profondément, laissa errer ses regards sur la saillie de la pointe, jusque là où la mer se brisait au milieu d'une fine brume blanche, qui floutait la ligne d'horizon. Elle resta là jusqu'à ce que Carver l'appelât d'un ton cassant et l'invitât à quitter son bord ; un M. Edgar Clinch, patron de l'hôtel du *Gril*, lui proposait un logement, que le capitaine avait pris la liberté d'accepter en son nom.

## *TE-RA-O-TAINUI*

*Où Crosbie Wells prend le chemin de l'Arahura,*
*et le vapeur* Titania *s'échoue sur la barre.*

La pépite de Wells, présentée à la banque par Staines, rapporta plus de cent livres comptant. Lorsque l'acheteur eut fini son évaluation et le banquier enregistré la transaction, Staines dut faire face à une foule de questions sur l'origine du morceau. Il donna des réponses vagues, agitant la main du côté de l'est en évoquant des repères génériques... « une ravine », « une colline »... mais il eut beau faire, il ne réussit pas à minimiser l'importance de la trouvaille. Lorsque le prix de la pépite fut inscrit sur l'ardoise au-dessus de la table de l'acheteur, le banquier le fit ovationner, et tous les diggers présents scandèrent son nom.

— Si vous voulez, on peut en prendre un moulage, avant de l'envoyer à la fonte, proposa le petit banquier Frost, lorsque Staines fut pour partir. Vous pourrez le peindre couleur d'or et le garder... ou bien le renvoyer au pays, à votre amoureuse, en souvenir. C'est un beau morceau.

— Je n'ai pas besoin d'une copie, dit Staines. Merci quand même.

— Vous aurez peut-être envie de vous en souvenir, insista Frost. Le jour le plus chanceux de votre vie.

— J'espère que mon jour le plus chanceux est encore à venir…

La réplique de Staines provoqua une nouvelle salve de vivats et de bruits admiratifs, et une bonne demi-douzaine d'hommes s'avancèrent pour lui offrir leur bourse et une part dans leurs affaires. Lorsqu'il parvint enfin à échapper à la foule et à sortir, il ne cacha pas son dépit.

— J'ai été déclaré l'homme le plus chanceux de Hokitika, annonça-t-il en remettant à Crosbie Wells l'enveloppe qui lui revenait. On m'a conseillé de garder la main sur ma chance, de laisser aussi un peu de chance aux autres, de donner le secret de ma chance, et cætera, et je ne sais quoi encore. M'est avis, monsieur Wells, qu'il n'y avait pas un mot de vrai dans l'histoire que vous m'avez contée tout à l'heure. Vous saviez simplement ce qui arriverait au fils d'Adam assez fou pour porter une aussi grosse pépite à la Banque de réserve à cette heure de la journée.

— L'homme le plus chanceux de Hokitika, répéta Wells avec un large sourire. C'est tout un programme. Vous serez à la hauteur, j'espère.

— Je ferai de mon mieux.

— En tout cas, je vous remercie infiniment, reprit Wells en feuilletant rapidement la liasse de billets avant de glisser l'enveloppe entre sa chemise et son gilet. La vallée de l'Arahura, voilà où je veux acheter. À une dizaine de milles au nord d'ici. La rivière coupe la plage… vous ne pouvez pas la rater. Vous y serez toujours le bienvenu, quelle que soit la raison qui vous amène.

— Je garderai cela en mémoire, dit Staines.

— Vous ne me croyez toujours pas, hein, monsieur Staines ? lança Wells après un bref silence.

— Non. Je regrette.

— Vous allez peut-être vendre la mèche à votre copain Carver.

— Carver n'est pas mon copain.

— Mais vous mentionnerez peut-être mon nom. Comme ça, en passant. Pour voir.

— Non.

— Ce serait un homicide, monsieur Staines. Il a une dent contre moi. Il veut ma mort.

— Je sais garder un secret, fit Staines. Je n'en parlerai à personne.

Wells lui tendit la main :

— Je vous crois. Bonne chance.

— Oui… bonne chance.

— À un de ces jours, peut-être.

— Peut-être bien.

Staines resta un long moment encore sur le perron de la Banque de réserve, après que Crosbie Wells fut descendu dans la rue. Il le regarda se frayer un chemin à travers la foule, se dirigeant vers l'agence immobilière, où il monta les marches, se découvrit et entra sans se retourner. Un quart d'heure s'écoula. Staines, accoudé à la balustrade, surveillait toujours la rue.

— Naufrage !… naufrage !… naufrage sur la barre !

C'était un crieur public. Staines le laissa approcher, puis éleva la voix :

— Quel bâtiment ?

— La *Titania*, répondit l'autre. Un paquebot. Elle s'est échouée.

— D'où venait-elle ? demanda encore Staines, qui entendait ce nom pour la première fois.

— De Dunedin, *via* Auckland.

Staines hocha la tête. Ainsi congédié, le crieur poursuivit sa tournée :

— Naufrage !... naufrage !... naufrage sur la barre !

Enfin, la porte de l'agence immobilière s'ouvrit, livrant passage à deux personnes : Crosbie Wells et un autre monsieur, vraisemblablement l'agent, qui enfilait son manteau. Ils restèrent en conversation sur le perron pendant quelques minutes. Enfin, un bruit de trot annonça un petit cabriolet à deux chevaux, qui arriva de derrière le bâtiment et s'arrêta pour les accueillir. Les deux hommes une fois montés et les portières refermées, le cocher dit un mot à l'oreille de ses chevaux, et la voiture prit, dare, dare, la route du Nord.

# DIGNITÉ ACCIDENTELLE

*Où deux personnes, déjà une première fois réunies*
*par le hasard, se retrouvent de même,*
*au grand dépit d'Edgar Clinch.*

M. Edgar Clinch se révéla un guide aussi méticuleux que prévenant. Pendant le bref trajet depuis Gibson's-quay, il ne cessa pas un instant de discourir, offrant un commentaire détaillé sur tout ce qui se présentait le long du chemin : chaque devanture, chaque entrepôt, chaque vendeur ambulant, chaque cheval, chaque charrette, chaque affiche placardée. Anna répondait à peine, et d'une voix à peine audible. En approchant de la Banque de réserve, elle poussa cependant une exclamation de surprise qui interrompit le bavardage de son compagnon.

— Qu'est-ce qu'il y a ? demanda Clinch, alarmé.

Là, accoudé à la balustrade du perron, c'était le garçon aux cheveux d'or du *Vent fortuné*... le garçon qui, lui aussi, semblait ne pas en croire ses yeux.

— C'est vous ! s'écria-t-il.

— Oui, dit Anna. Oui.

— Les albatros !

— Je m'en souviens.

Ils se regardèrent timidement.

— Que je suis contente de vous retrouver, reprit Anna au bout d'un moment.

— Quel hasard plus qu'heureux ! renchérit le garçon en descendant les marches. Nous voilà réunis !... Voyez-vous ça ! Bien sûr, je le désirais énormément... j'en formais le vœu, mais un vœu oiseux, tout vague, comme on en fait dans les états seconds. Je me rappelle exactement ce que vous avez dit, alors que nous doublions les promontoires... à la lueur de l'aube. « J'aimerais le voir dans la tempête », avez-vous dit. J'y ai pensé bien des fois, depuis lors ; c'était le discours le plus délicieusement original.

Ces mots firent rougir Anna : non seulement elle ne s'était jamais entendu qualifier d'originale, mais elle était loin de supposer que ses propos pussent mériter le nom de « discours ».

— Ce n'était qu'une idée qui m'est passée par la tête, protesta-t-elle.

Clinch attendait d'être présenté ; il se racla la gorge.

— Y a-t-il longtemps que vous vous trouvez à Hokitika ? demanda le garçon.

— Je suis arrivée ce matin. À l'instant, en fait... il n'y a pas une heure que le navire a jeté l'ancre.

— De si fraîche date !

Le garçon paraissait s'étonner de plus belle, comme si les retrouvailles que leur ménageait le hasard n'en étaient que plus remarquables.

— Et vous ? demanda Anna. Êtes-vous là depuis longtemps ?

— Plus d'un mois, répondit le garçon en montrant un visage soudain épanoui. Comme ça fait plaisir de vous voir !... comme c'est merveilleux ! Il y a une éternité que je n'ai eu en face de moi un visage de connaissance.

— Êtes-vous... prospecteur ? demanda Anna, rougissant derechef.

— Oui. Je suis venu ici pour faire, ou du moins pour chercher fortune. J'avoue ne pas bien comprendre la nuance. Oh ! s'exclama-t-il en se découvrant. Mais je passe les bornes. Je ne me suis pas présenté. Je m'appelle Staines. Emery Staines.

— Et comment vous plaisez-vous à Hokitika, monsieur Staines ? demanda Clinch en profitant de l'occasion pour intervenir.

— Très bien, ma foi, répondit le garçon. La ville est un parfait nid de contradictions ! Il y a un journal, mais pas de café où le lire ; il y a un apothicaire pour remplir les ordonnances, mais on ne peut jamais mettre la main sur un médecin, et l'hôpital ne mérite vraiment pas son nom. Au magasin, quand on trouve des chaussures, il n'y a pas de chaussettes, et vice versâ, et le seul repas que servent tous les hôtels de Revell-street, c'est le petit déjeuner, mais on peut le commander à toute heure de la journée !

Anna souriait. Elle allait répondre, mais Clinch lui coupa la parole.

— Le *Gril* propose un dîner chaud, déclara-t-il. Nous avons un menu à trois pence et un autre à six... celui de six pence est servi avec une chope de bière.

— Lequel est le *Gril* ? demanda Staines.

— Dans Revell-street, répondit Clinch, comme si l'indication était suffisante.

— Qu'est-ce qui vous amène sur la côte ? demanda Staines en s'adressant de nouveau à Anna. Venez-vous rejoindre quelqu'un ? Allez-vous travailler là ? Comptez-vous y rester ?

— Je compte bien y rester, répondit prudemment Anna, qui ne voulait pas citer le nom de Mannering. Je dois loger à l'hôtel du *Gril*... M. Clinch a eu la gentillesse de proposer de me recevoir.

— C'est moi, s'empressa l'hôtelier. Clinch. Edgar de mon prénom.

Il tendit une main que Staines serra brièvement.

— Enchanté, dit-il, revenant aussitôt à Anna : Et vous, je ne connais toujours pas votre nom... Mais je ne vais pas vous le demander. Non, je crois bien que non, pas encore. Le tiendrez-vous secret... pour m'obliger à faire ma petite enquête et à vous débusquer ?

— Elle s'appelle Anna Wetherell, déclara Clinch.

— Oh ! s'exclama le garçon, l'air de tomber des nues.

Il regardait Anna avec curiosité, comme s'il trouvait à son nom un sens que, pour une raison ou une autre, il eût été incapable de traduire en paroles.

— Nous ne devrions pas tarder, dit Clinch.

— Ah ! mais bien sûr, fit Staines en s'écartant d'un bond. Vous ne devriez pas tarder. Je vous souhaite bien le bonjour à tous les deux.

— J'ai eu grand plaisir à vous revoir, repartit Anna.

— Me permettrez-vous de vous rendre visite ? demanda Staines. Quand vous serez installée ?

Étonnée, Anna le remercia ; elle en aurait peut-être dit davantage, mais déjà Clinch l'emmenait, agrippant la main qu'elle avait glissée sous son coude pour la serrer plus fermement encore contre sa poitrine.

# BÉLIER, DOMINÉ PAR MARS

*Où Francis Carver s'informe*
*auprès de Te Rau Tauwhare, mais Tauwhare,*
*n'ayant pas encore fait la connaissance*
*d'un M. Crosbie Wells, ne peut pas l'aider.*

Le Maori portait à la hanche une massue en jade vert, passée dans sa ceinture à la manière d'une cravache ou d'un pistolet. La pierre, taillée en forme de spatule et d'un poli brillant, offrait une couleur vert olive marbrée d'éclats de jaune, pareils à de minuscules festons de fleurs de *kowhai* qu'on aurait pressés dans du verre fondu.

Carver, ayant dit ce qu'il avait à dire, était sur le point de prendre congé, quand la pierre accrocha la lumière et parut tout à coup rayonner. Curieux, il la désigna du doigt et demanda :

— Qu'est-ce que c'est ?... Une pagaie ?

— *Patu pounamu*, répondit Tauwhare.

— Fais voir, dit Carver en tendant la main. Que je le soupèse.

Tauwhare décrocha la massue de sa ceinture,

mais ne la lâcha pas. Il se figea, les yeux sur Carver, l'arme reposant librement entre ses doigts, fit soudain un bond en avant et mima l'acte de la planter d'abord dans la gorge, puis dans la poitrine de son vis-à-vis ; enfin, il brandit le casse-tête par-dessus son épaule et l'abattit tout doucement, arrêtant le mouvement juste avant que la pierre ne frôlât la tempe de Carver.

— Plus dur que l'acier, déclara-t-il.

— C'est vrai ? fit Carver, qui n'avait pas bronché. Plus dur que l'acier ?

Tauwhare haussa les épaules. Il recula et replaça la massue à sa ceinture. Cela fait, il toisa Carver un bon moment, le menton levé, la mâchoire serrée, puis sourit froidement et s'en fut.

# SOLEIL EN GÉMEAUX

*Où Benjamin Löwenthal découvre une faute,*
*et Staines suit son caprice.*

— Zut ! dit Löwenthal en regardant d'un air mauvais la galée où il relisait son texte de droite à gauche et à l'envers, la composition étant en miroir inversé. J'ai une veuve.

— Comment ? fit Staines qui venait d'entrer.

— Cela s'appelle une veuve. C'est un terme de typographie. J'ai un mot de trop, qui ne rentre pas dans la colonne ; quand il y a comme ça un mot qui dépasse, ça donne une veuve. Zut, alors ! J'étais tellement pressé ce matin… j'ai pris une annonce de deux pouces sans en faire le calibrage, et le texte ne rentre pas dans un carré de deux pouces de côté. Ah ! laissons reposer, j'y reviendrai plus tard, avec un regard frais. C'est la seule solution, quand on tourne en rond. Que puis-je faire pour votre service, monsieur Staines ?

Löwenthal repoussa la galée et, le sourire aux lèvres, chercha un chiffon pour essuyer ses doigts tachés d'encre. Staines expliqua qu'il avait le matin même vendu son or à la banque.

— Je pensais d'abord employer mon capital à l'achat d'une concession, expliqua-t-il, mais en fait ce n'est pas ce que je veux… pas encore. Je reste… hésitant, oui, je me tâte, à plus d'un égard. J'aimerais savoir plutôt ce qu'il y aurait sur le marché en ville. Les hôtels, avec ou sans restaurant et table d'hôte, les garnis, les entrepôts, les boutiques, peu importe… tout ce qui serait à vendre.

— Bien sûr.

Löwenthal s'approcha d'un meuble à tiroirs, ouvrit celui du haut, feuilleta les dossiers et, au bout d'un moment, en tira un papier qu'il tendit à Staines avec un « voici ». Staines le parcourut du regard. Arrivé au bas de la liste, il leva les yeux et laissa échapper un petit mouvement de surprise.

— Le *Gril*, dit-il.

— C'est une affaire qui en vaut une autre, commenta Löwenthal avec un geste large des deux mains. Le propriétaire actuel est M. Maxwell, et c'est M. Clinch qui gère l'établissement. D'honnêtes hommes, l'un et l'autre.

— Je prends, déclara Staines.

— Ah ! Dois-je faire savoir à M. Maxwell que vous désirez visiter l'hôtel ?

— Je ne veux pas le visiter, répliqua Staines. Je veux l'acheter, comptant… et de suite.

## SCORPION, DOMINÉ PAR MARS

*Où Francis Carver fait une nouvelle connaissance à l'*Hôtel Impérial.

Carver n'avait que peu d'espoir en le succès de l'annonce qu'il avait fait insérer le matin dans le *West Coast Times*. Personne ne serait assez fou pour restituer, sans l'ouvrir, une malle faisant l'objet d'un avis de recherche, à plus forte raison une malle pour laquelle on offrait une récompense de cinquante livres. Dans le meilleur des cas, elle serait ouverte et fouillée, mais les robes qu'elle contenait jugées sans valeur autre que sentimentale, auquel cas la personne qui l'aurait trouvée pourrait éventuellement la rapporter... en supposant que, lectrice du *Times*, elle ait eu connaissance des cinquante livres à gagner. Pourtant, cette éventualité, peu probable en elle-même, dépendait d'une autre hypothèse, plus invraisemblable encore, à savoir que la malle ait été expédiée précisément sur la côte Ouest, plutôt que vers n'importe quelle autre destination au monde !

Non, son retrait de la cale de l'*Adieu-vat* dans la nuit du 12 au 13 mai ne pouvait avoir qu'un sens : quelqu'un était au courant de la fortune colossale qu'elle recelait. La malle n'aurait pas été rappelée à la dernière minute simplement par hasard, pour être redirigée n'importe où. Si c'était Crosbie Wells qui l'avait fait rappeler... ce qui semblait de loin le plus probable... il aurait certainement quitté le pays à la première occasion, en se servant de l'or pour graisser la patte aux douaniers et, peut-être, acheter le nom et les papiers d'un tiers. Le trésor était bien perdu. Carver lâcha un juron et, pour mieux exhaler son dépit, frappa encore de son verre sur le comptoir.

— Amen.

C'était son voisin le plus proche qui venait de prendre ainsi la parole. Carver se retourna pour le foudroyer du regard, mais l'homme hélait le serveur :

— Remplissez donc le verre de ce monsieur. Et le mien aussi, tant qu'à faire. C'est moi qui paie.

Le serveur déboucha la bouteille d'eau-de-vie et servit Carver. L'inconnu, qui ne le quittait pas des yeux, se présenta :

— Je m'appelle Pritchard.

— Carver, fit celui-ci en le regardant en coin.

— Vous êtes marin ? On voit le sel, sur votre veste.

— Capitaine, rectifia Carver.

— Capitaine, répéta Pritchard. Eh bien, tant mieux pour vous. Moi, la mer ne m'a jamais tenté. Je la vomis, entre nous soit dit. Sans ça, je serais peut-être rentré au pays. Mais je ne peux pas digérer l'idée de la traversée. Je mourrai ici, plutôt que de repasser par là. C'est vraiment le cul du monde, hein ?

Carver émit un grognement approbateur, et tous deux burent là-dessus.

— Quand même, reprit finalement Pritchard. C'est pas mal, capitaine.

— Et vous ? demanda Carver.

— Apothicaire.

— Apothicaire ? répéta Carver d'un ton surpris.

— Le seul en ville. Un vrai original, voilà ce que je suis.

Ils se turent un moment. Lorsqu'ils eurent vidé leurs verres, Pritchard refit signe à l'homme derrière le comptoir, qui servit une nouvelle tournée. Carver alors lui demanda tout de go :

— Qu'avez-vous en fait d'opium ? Vous êtes bien approvisionné ?

Pritchard secoua la tête :

— Désolé, mais je ne peux pas vous aider. Une teinture, c'est tout ce que j'ai, et elle ne vaut pas le détour. Plus faible que le whisky pour deux fois la gueule de bois. Vous ne trouverez rien au sud de la Grey. Pas si vous êtes un vrai amateur. Allez voir au nord.

— Je ne suis pas acheteur, dit Carver.

# Septième partie

## Domiciles

28 juillet 1865
(Soleil en Cancer)

42° 43' 0" S / 170° 58' 0" E

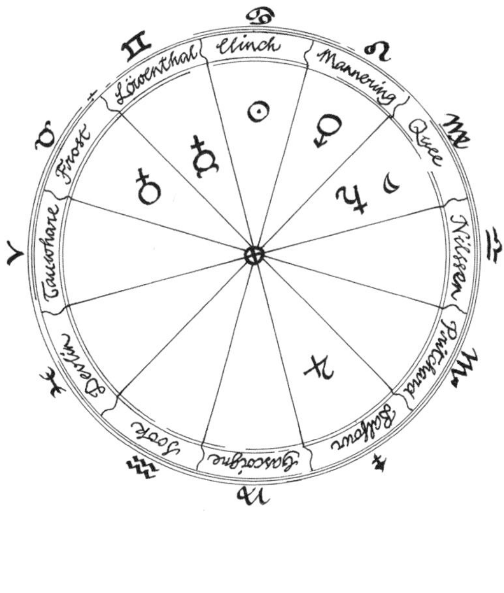

# CANCER & LA LUNE

*Où Edgar Clinch tente de faire acte d'autorité,*
*ayant cru discerner la cause de la santé déclinante*
*d'Anna dans une nouvelle dépendance à la fois*
*encouragée et entretenue par son employeur,*
*Mannering ; et Anna Wetherell, dont l'obstination*
*ne le cède pas à celle de Clinch lui-même,*
*ne lui cède justement pas.*

— Je n'ai rien contre les Chinois, déclara Clinch. Simplement ça ne me dit rien qui vaille, c'est tout.

— Et alors ? Justement, il n'y a rien à dire.

— Si je dis que ça ne me dit rien, c'est toute la situation. Voilà ce que je voulais dire.

Anna lissa ses jupes. Elle portait une robe de mousseline couleur crème avec un corsage garni de dentelle au crochet… l'une des cinq qu'elle avait achetées à une vente d'objets récupérés dans l'épave de la *Titania*. Deux étaient piquées de ces moisissures noires dont les taches résistent à toutes les lessives. Toutes étaient très lourdes, avec des corsets renforcés qui les lui faisaient regarder comme des vestiges de la roideur d'un autre âge. Le fripier, en emballant ses achats, avait conté à Anna les détails du naufrage, survenu quelques semaines auparavant : circonstance étrange, il n'y avait pas une seule personne du sexe dans la liste des passagers de la *Titania* le jour où elle avait échoué ; plus étonnant encore, personne ne s'était présenté pour réclamer la malle après le sauvetage de la cargaison. Aucun des transporteurs ne semblait rien savoir de cet article. L'eau et le sel avaient rendu le bon de chargement illisible, et il n'y avait aucune mention de la malle dans le journal de bord du bâtiment. C'était un vrai mystère, avait conclu alors le vendeur, en exprimant l'espoir que ces toilettes ne lui porteraient pas malchance.

— Comment voulez-vous garder votre présence d'esprit en état d'ivresse ? Comment pourrez-vous vous défendre, si... si... voyons, s'il vous arrive quelque chose de... fâcheux ?

— Cela ne vous regarde pas, répondit Anna en soupirant.

— Si, cela me regarde, alors qu'il vous a sous sa coupe et qu'il vous exploite. Ça saute aux yeux.

— Il m'aura toujours sous sa coupe, monsieur Clinch.

— D'où vous vient cette habitude ? demanda l'hôtelier, qui commençait à se troubler. Répondez-moi à cela, au moins. Vous avez succombé dès la première pipe, dès la première bouffée ? Mais pourquoi y avoir goûté, si M. Mannering ne vous y a pas forcée ? Il sait comment il vous veut : pieds et poings liés, voilà. Croyez-vous que je ne l'aie pas déjà vue, sa méthode ? Les autres filles ne toucheront pas à ce poison. Il le sait. Mais il a tenté le coup avec vous. C'est lui qui vous a piégée. À cause de lui que vous en êtes réduite là où vous êtes.

— Edgar…

— Quoi ? fit Clinch. Qu'est-ce qu'il y a ?

— Laissez-moi, s'il vous plaît, dit Anna. C'est insoutenable.

# LE SOLEIL DU LION

*Où Emery Staines prend un long déjeuner avec le magnat Mannering qui, pendant le mois passé, a cultivé assidûment son amitié, se comportant, à son accoutumée, en maire de la ville, comme s'il était seul arbitre de la fortune sur le terrain.*

— Vous êtes, monsieur Staines, un homme dont la mine proclame le succès, dit Mannering. C'est une livrée qui me plaît.

— Je regrette, répondit Staines, mais ma chance a été terriblement exagérée.

— Vous êtes trop modeste. C'était quand même une sacrée trouvaille que cette pépite. J'ai vu le rapport du banquier. Combien a-t-elle rapporté ? Une centaine de livres ?

— À peu près, acquiesça Staines, mal à l'aise.

— Et vous dites que vous l'avez ramassée dans les gorges !

— Par là. Je ne me souviens pas exactement.

— Eh bien, c'était un sacré coup de chance, peu importe où vous êtes tombé dessus, conclut Mannering. Voulez-vous terminer ces moules, ou est-ce le moment de passer au fromage ?

— Passons, passons.

— Cent livres ! reprit Mannering en faisant signe au garçon de venir changer leurs assiettes. Ça fait bigrement plus que le prix du *Gril*, ou ce qu'on vous l'aura fait payer. Au fait, c'était combien ?

— Le prix de l'hôtel ? demanda Staines en tressaillant.

— Vingt livres, c'est ça ?

— Vingt-cinq.

Il pouvait difficilement dissimuler. Mannering réagit au chiffre en frappant la table du plat de la main :

— Qu'est-ce que je disais ? Vous voilà assis sur une pile de numéraire, et vous n'avez pas dépensé un liard depuis quatre semaines. Pourquoi ? Comment expliquez-vous cela ?

— J'ai toujours été d'avis, répondit Staines après un silence assez long, qu'il y a une grande différence entre le secret qui n'appartient qu'à nous et celui que nous gardons pour un autre ; je le pense si bien, que je voudrais avoir deux mots, l'un pour mon propre secret, l'autre pour celui dont je ne serais pas l'auteur, auquel je n'aurais peut-être jamais souhaité avoir part, mais que j'ai choisi de respecter, ce nonobstant. En amour, c'est pareil : il y a tout un monde entre l'amour qu'on donne… ou qu'on veut donner… et celui qu'on désire ou qu'on reçoit.

Suivit encore un silence, avant que Mannering ne réagît, d'un ton bourru :

— C'est-à-dire que ce n'est pas toute l'histoire.

— La chance n'est jamais tout, dit Staines.

## VERSEAU & SATURNE

*Où Sook Yong-cheng, établi depuis peu au China-Town de Kaniere, se rend à Hokitika pour se procurer divers articles de quincaillerie et y attire le regard du geôlier en chef George Shepard, qu'il sait être le frère de l'homme que lui-même a été accusé d'avoir assassiné et le mari du véritable assassin : Margaret.*

Margaret Shepard se tenait à la porte de la quincaillerie, attendant que son mari eût terminé ses achats et réglé le prix. Sook Yong-cheng, à moins de trois mètres, était caché à ses yeux par l'armoire aux nouveautés. Shepard, en faisant le tour du meuble, fut le premier à l'apercevoir. Il s'arrêta net, ses traits se durcirent, mais sa voix conserva un ton parfaitement banal :

— Margaret…

— Monsieur, murmura-t-elle.

— Rentrez au camp, dit Shepard, sans quitter Sook Yong-cheng des yeux. Tout de suite.

La femme ne demanda pas pourquoi ; muette,

elle tourna le dos et s'enfuit. Lorsque la porte du magasin se referma en claquant derrière elle, la main droite de Shepard vint très lentement se poser sur la crosse de son revolver. Il avait à la main gauche un sachet contenant un rouleau de papier, deux gonds de porte, une pelote de ficelle et une boîte de vis à tête fraisée. Sook Yong-cheng était accroupi près des bidons de pétrole lampant, en train de faire des calculs sur ses doigts. Il avait posé ses paquets à côté, par terre.

Shepard percevait vaguement le grand silence qui avait envahi le magasin. Quelque part, derrière lui, une voix s'éleva :

— Y a-t-il un problème, monsieur ?

Il laissa passer un moment avant de répondre :

— Je prendrai ceci.

Il souleva son sachet et attendit. Un moment encore s'écoula avant qu'il entendît d'abord des chuchotements, puis des pas timides qui approchaient. Enfin, on le débarrassa du sachet. Près d'une minute passa. Sook Yong-cheng, plongé dans ses calculs, ne leva pas les yeux. La même voix que tantôt se fit alors entendre, dans un murmure discret :

— Cela fera un shilling six pence, monsieur.

— Mettez-le sur le compte de la prison, dit Shepard.

## LE LONG RÈGNE DE JUPITER

*Où Alistair Lauderback, croyant son demi-frère Crosbie Wells également le demi-frère utérin du scélérat Francis Carver, convaincu, par conséquent, que Crosbie Wells a été peu ou prou complice du chantage qui a coûté cher à son cœur en l'obligeant à céder le trois-mâts* Adieu-vat, *se trouble en recevant de Hokitika une missive dont la teneur lui révèle clairement la fausseté de ces soupçons, révélation qui le pousse, à la suite de longues et solennelles réflexions, à écrire lui aussi une lettre.*

Il serait exagéré d'affirmer que la nouvelle missive reçue de Crosbie Wells fut le seul motif ayant déterminé Alistair Lauderback à se porter candidat au siège parlementaire du Westland ; il n'en est pas moins vrai que la reprise de cette correspondance servit à faire pencher la balance en faveur de la nouvelle circonscription. Lauderback lut et relut six fois la lettre, de bout en bout, puis la laissa tomber sur son bureau et alluma sa pipe en poussant un soupir.

*Ouest-Cantorbéry, juin 1865*

*Vous verrez au cachet de la poste Monsieur que je ne séjourne plus dans la province d'Otago au contraire j'ai « mis les cannes » comme on dit. Comme sans doute vous n'aurez guère eu l'occasion de pousser une pointe à l'ouest des montagnes je vous dirai que l'ouest du Cantorbéry est un tout autre monde que les herbages du Sud. Le lever du soleil au-dessus du littoral est une merveille écarlate & les pics enneigés retiennent la couleur du ciel. La brousse est humide & inextricable & les eaux très-blanches. C'est un lieu solitaire mais aucunement silencieux car le chant des oiseaux est incessant & fort agréable par cela même. Vous l'aurez peut-être déjà deviné j'ai rompu avec mon passé. Je suis séparé de mon épouse. Je dois vous dire que j'ai beaucoup dissimulé dans ma correspondance avec vous craignant de vous donner mauvaise opinion de moi si l'amère vérité de mon mariage vous était connue. Je vous ferai grâce des détails de la fuite qui m'a fait échouer ici car c'est une histoire déplorable que je ne peux me rappeler en mémoire sans tristesse. Chat échaudé craint l'eau froide & à plus forte raison quand ce n'est pas la première fois ce qui n'est certes pas très-flatteur pour moi mais qu'il me suffise de dire que j'ai appris ma leçon. En voilà assez là-dessus parlons plutôt du présent & de l'avenir. Je ne suis pas venu ici chercher de l'or bien que la région abonde en gisemens & qu'il y ait tous les jours quelqu'un qui y fasse fortune. Non je ne vais plus prospecter & me faire plumer. Je vais m'essayer plutôt au commerce du bois. J'ai fait connaissance avec un homme épatant un Mahouri Terou Tow-Faray. Dans sa langue natale son nom signifie « La-Maison-Centenaire-des-Années ». Quels noms piteux nous avons en comparaison nous autres Britanniques ! Ça me fait l'effet d'un vers tiré d'un poëme. Tow-Faray est un noble sauvage au sens le plus propre & nous sommes en train de devenir vite une paire d'amis. Je dois dire que cela me réchauffe le cœur de retrouver le compagnonnage des hommes.*

*Votre &c*

*CROSBIE WELLS*

## DIGNITÉ PRIMAIRE

*Où Emery Staines rend visite à Anna Wetherell à l'hôtel du* Gril *et, après quelques préliminaires, la supplie de lui donner sa version de la fuite de Crosbie Wells ; et Anna, sa curiosité piquée par l'insistance et la franchise de cette prière, ne voit aucune raison de ne pas lui conter toute l'histoire.*

Emery Staines ne reconnut pas, dans la robe que portait Anna, l'une des cinq qu'il avait été chargé de garder, pistolet au poing, à l'hôtel de l'*Aubépine*, pendant l'après-midi du 12 mai. Il remarqua bien, de prime abord, que le vêtement n'allait pas à sa taille... ayant manifestement été coupé pour une beauté plus plantureuse... mais il n'y repensa pas. Ils échangèrent des salutations chaleureuses, non sans une certaine hésitation de part et d'autre, et après un silence embarrassé, Anna invita le visiteur à passer au salon, où ils prirent place sur les chaises à dossier droit disposées devant la cheminée.

— Il y a une question que je voudrais vous poser,

mademoiselle Wetherell, dit alors Staines tout à trac. Une question terriblement impertinente… il faudra me remettre à ma place tout de suite si… si vous n'avez pas envie de répondre… d'avoir pour moi cette bonté, devrais-je dire plutôt… peu importe pourquoi…

— Oh !

Anna aspira l'air jusqu'au fond de ses poumons, comme pour s'armer de courage, et détourna le visage.

— Que vous arrive-t-il ? s'exclama Staines en reculant.

Elle quitta brusquement sa chaise et traversa la pièce, puis resta immobile, respirant profondément, face au mur.

— C'est bête, dit-elle d'une voix altérée. C'est bête. Ne faites pas attention à moi. Je me remettrai, dans un petit moment.

Staines aussi s'était levé, étonné.

— Vous ai-je offensée ? demanda-t-il. Dans ce cas je vous en demande pardon, mais… qu'avez-vous ? Qu'est-ce qui ne va pas ?

— Ce n'est rien, répéta Anna en s'essuyant le visage de la main sans se retourner. C'est la surprise, c'est tout… Mais j'étais stupide de m'attendre à autre chose. Ce n'est pas votre faute.

— Quelle surprise ? À quoi vous attendiez-vous donc ?

— Simplement que vous…

— Oui ? Allons, dites-moi, je vous en prie… que je puisse me corriger. Je vous en prie.

Elle se calma enfin et tourna la tête, parvenant même à sourire :

— Allez-y, posez votre question.

— Êtes-vous tout à fait certaine que vous allez bien ?

— Parfaitement. Parlez.

— Eh bien, bon. Il s'agit d'un homme du nom de Crosbie Wells.

— *Crosbie Wells ?* fit Anna, dont les traits n'exprimaient plus simplement la tristesse, mais l'horreur.

— Un ami commun, si j'ai bien compris. Un ami ou… du moins, disons… un homme envers qui je me sens tenu d'être loyal. Il me semble, si je ne me trompe, qu'il peut compter aussi sur vous.

Elle ne répondit pas, demanda plutôt, après l'avoir un instant considéré fixement :

— Comment l'avez-vous connu ?

— Je ne peux pas vous donner de détails, répondit Staines. Il m'a prié de garder le secret… sur l'endroit où il se trouve, entendons-nous ; et, aussi, sur les circonstances de notre rencontre. Mais il a prononcé votre nom en parlant d'une pépite d'or et d'un certain Francis Carver et de ce qui semble bien avoir été un vol ; et si vous ne me jugez pas trop impertinent… je le suis, je le sais bien… alors j'aurais grand'envie de connaître toute l'histoire. Je ne peux pas dire que ce soit une question de vie ou de mort, ce serait faux, et je ne peux pas prétendre qu'il y ait grand'chose en jeu, car en vérité il n'y a pas d'enjeu ; simplement, je me suis associé avec M. Carver dans mes affaires… c'était folie de ma part, je le sais maintenant… et j'ai l'impression terrible que je me suis trompé sur son compte, que c'est un méchant homme, après tout.

— Il est ici ? demanda-t-elle. Crosbie ? Ici, à Hokitika ?

— Je regrette, mais je ne peux pas vous le dire.

Les mains d'Anna se posèrent sur son ventre :

— Vous n'avez pas besoin de me dire où il se trouve. Mais il faudrait lui transmettre un message. Un message important… de ma part.

## L'ASCENDANT

*Où Te Rau Tauwhare omet de mentionner*
*à Crosbie Wells le nom de Francis Carver et,*
a fortiori, *de décrire les circonstances*
*de sa rencontre fugitive avec lui le mois précédent,*
*silence imputable à son caractère*
*naturellement réservé et tout ensemble*
*à une certaine roublardise intéressée : la prochaine fois*
*qu'il verra Francis Carver, pense Tauwhare,*
*il pourra gagner un shilling, ou plus, à peu de frais.*

Crosbie Wells s'était procuré quatre vitres pour une fenêtre à autant de carreaux, mais il n'avait pas encore pratiqué l'ouverture ni posé le rebord de la croisée ; pour l'instant, le verre restait appuyé au mur, réfléchissant faiblement la lueur vacillante de la lampe et la grille carrée du fourneau.

— J'ai connu un homme qui avait perdu un bras dans les inondations à Dunstan, disait Wells.

Il était couché, son traversin sous les reins, serrant sur son sein une bouteille d'eau-de-vie ; Tauwhare, assis en vis-à-vis, tétait lui aussi une bouteille.

— Il est resté coincé dans les rapides, voyez-vous, le bras écrasé, et on n'a pas pu le sauver. Il avait un nom tout bête. Smith ou Stone, quelque chose comme ça. Enfin, peu importe… Ce que je voulais dire, c'est qu'il en a parlé ensuite… de l'accident… et ce qui le chagrinait surtout, à ce qu'il disait, c'était que le bras qu'il avait perdu était tatoué. Il s'y était fait dessiner un navire toutes voiles dehors… en manière de cadeau, après avoir doublé le cap Horn… et il était diablement fâché de l'avoir perdu. Je ne sais pas pourquoi, mais l'histoire m'est restée en mémoire… La perte d'un tatouage. Je lui ai demandé s'il ne pourrait pas simplement faire tatouer l'autre bras, mais la question le rendait tout chose. Jamais, qu'il disait. Jamais je ne ferai cela.

— C'est douloureux, opina Tauwhare. *Ta moko.*

— Est-ce que votre figure vous surprend parfois ? demanda Wells en levant les yeux sur lui. Quand vous vous revoyez, je veux dire, après avoir passé un moment loin des miroirs. L'oubliez-vous ?

— Non, jamais.

Le visage de Tauwhare était dans l'ombre. La lumière de la lampe accentuait les lignes autour de la bouche, donnant à son expression un air solennel, d'oiseau de proie.

— Je crois que j'oublierais, moi.

— Nous avons un proverbe, dit Tauwhare. *Taia a moko hei hoa matenga mou.*

— Il y a un homme dont j'ai tailladé le visage avec un couteau, déclara Wells sans le quitter du regard. Je l'ai balafré. Là. De l'œil jusqu'à la bouche.

Il a saigné comme un porc. Vous aussi, vous avez saigné ?

— Oui.

— Avez-vous jamais tué un homme, Tauwhare ?

— Non.

— Non plus, conclut Wells en revenant à sa bouteille. Moi non plus.

# Huitième partie
## La vérité sur l'Aurore

22 août 1865
(Soleil en Lion)

42° 43' 0" S / 170° 58' 0" E

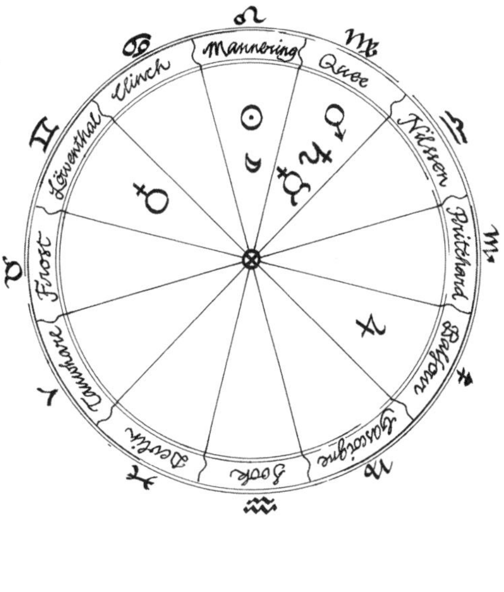

# SATURNE EN VIERGE

*Où Quee Long porte plainte par-devant la loi,*
*et George Shepard, dont la haine personnelle*
*contre Sook Yong-cheng s'est accrue avec le temps*
*pour s'étendre à tous les Chinois mâles en général,*
*refuse d'y donner suite, injustice qui ne lui inspire*
*aucun scrupule, ni sur le moment, ni plus tard.*

— Je ne comprends pas ce que tu racontes.

Ah Quee soupira. Pour la troisième fois, il montra du doigt son contrat de service, posé entre eux sur le bureau de Shepard. Dans la case marquée « lieu d'engagement actuel » était inscrit le mot *Aurore*.

— Stérile, expliqua-t-il. *Aurore* trou stérile.

— L'*Aurore* est un trou stérile, une fouille blanche, oui, et c'est la concession sur laquelle vous travaillez. Cela, je l'ai compris.

— Mannering, poursuivit Ah Quee. Faire stérile *pas* stérile.

— Mannering faire stérile pas stérile, répéta Shepard.

— Bon bon, approuva Ah Quee en hochant la tête. Mauvais mauvais.

— Ce qu'il fait est donc bon ou mauvais ? Décidez-vous.

Ah Quee se renfrogna et dit :

— Lui mauvais.

— Comment fait-il en sorte qu'un trou stérile cesse de l'être ? Comment ? *Comment ?*

Ah Quee prit sa bourse et la brandit en l'air. Avec des gestes très clairs, afin que Shepard n'eût aucune peine à suivre, il prit un penny d'argent dans la bourse et le transféra dans sa poche gauche. Il attendit un instant, puis sortit le penny de sa poche et le remit dans la bourse, comme avant.

— Monsieur Quee, soupira Shepard, je vois que votre contrat a encore quelques années à courir ; ma patience, en revanche, est à bout depuis un moment déjà. Je n'ai ni les moyens ni l'intention de procéder, sur la foi d'une dénonciation quasi inintelligible, à une enquête concernant les affaires financières de M. Mannering. Je vous conseille de regagner l'*Aurore*, et de vous estimer heureux d'avoir du travail, quel qu'il soit.

# JUPITER EN SAGITTAIRE

*Où Alistair Lauderback, ayant posé officiellement sa candidature à la représentation de la province du Westland au sein du quatrième Parlement de la Nouvelle Zélande (projet qui, tout en contribuant à l'avancement d'une carrière politique déjà illustre, l'amènera à traverser les Alpes pour séjourner dans l'Ouest au cours des mois à venir et, ainsi, à accorder à son frère naturel l'entrevue à laquelle celui-ci aspire de si longue date), porte son attention sur les questions pratiques ou, plus précisément, demande à un vieil associé de ce faire pour lui.*

*Akaroa, le 22 août*

*Mon cher Tom,*

*Vous savez sans doute déjà mon projet de briguer le mandat de député du district du Westland ; dans l'éventualité toutefois où cette nouvelle serait pour vous une surprise, je joins à la présente une coupure du* Lyttelton Times *qui explique, en entrant dans des détails que je ne puis me permettre d'élaborer ici, ma déclaration de candidature, ainsi que les motifs qui m'y ont poussé. Soyez assuré que je suis impatient de voir de mes propres yeux les paysages magnifiques de l'Ouest-Cantorbéry. Je compte arriver à Hokitika vers le 15 janvier. La date exacte dépendra du temps qu'il fera, car mon intention est de voyager par voie de terre, plutôt que par mer, afin de suivre et d'inspecter le tracé de la future route de Christchurch. Comme vous le savez, je n'aime pas m'encombrer de bagages dans mes déplacements ; j'ai donc pris des dispositions pour qu'une malle d'effets personnels parte de Lyttelton dans les derniers jours de décembre. Serait-il possible que la* Vertu *fît charger cette malle à Dunedin avant d'appareiller, le 10 janvier, pour la côte ? En tant qu'étranger dans vos parages, je m'en remets à votre expérience pour tout ce qui concerne les questions du gîte et du couvert, la location de chevaux et de voitures, les clubs où il serait opportun de me faire inscrire &c. Plaçant ainsi toute ma confiance dans votre bon goût et dans vos capacités, j'ai l'honneur de demeurer*

*votre &c.*

*A. LAUDERBACK*

## NOUVELLE LUNE EN LION

*Où Mannering, conduisant Anna Wetherell à Kaniere, remarque chez elle une manière de réserve, une dureté qu'il ne lui connaissait pas, et qui le pousse d'abord à la plaindre à part lui, quoique ses propos, lorsqu'il s'exprime enfin, trois milles plus avant, n'aient rien de consolant, le chemin parcouru l'ayant lui aussi endurci.*

— Il n'est pas question de faire triste mine. La tristesse est mauvaise pour les affaires, quelles qu'elles soient. Personne ne placera son argent sur une triste figure, et personne non plus ne misera contre… or, dans notre métier, il faut ou l'un ou l'autre. Me comprenez-vous ?

— Oui, dit Anna. Je comprends.

Il la conduisait au China-Town, où Ah Sook attendait avec son chandoo et sa pipe.

— Jamais aucune de mes filles ne s'est fait tuer, ni rosser, ajouta-t-il.

— Je sais.

— Vous pouvez donc me faire confiance.

## SOLEIL EN LION

*Où Staines se confie à Mannering, dans la mesure du moins où il avoue regretter de s'être fait parrainer par M. Francis Carver, expliquant qu'il s'est lourdement trompé sur le caractère et le passé de celui-ci, et qu'il le tient désormais pour un scélérat consommé, qui ne mérite aucunement que la fortune lui sourie, d'où un dilemme auquel Mannering, riant dans sa barbe, propose une solution piquante, car, elle aussi, criminelle.*

— Il n'y a qu'un seul vrai crime sur les diggings, dit Mannering à Staines, tandis que tous deux se frayaient un chemin à travers les broussailles, approchant de la limite sud de la concession *Aurore*. Si vous commettez un meurtre ou un vol ou une trahison, vous n'avez pas de souci à vous faire. Non, le crime par excellence, c'est l'escroquerie. Se moquer des espoirs du prospecteur, voyez-vous, alors que ses espoirs sont tout ce qu'il possède. Sur les gisements, il y a deux sortes d'escroquerie. L'une, c'est de saler une concession. L'autre, de faire l'article pour une fouille blanche.

— Laquelle des deux passe pour la plus grave ?

— Cela dépend de ce que vous entendez par grave, répondit Mannering en écartant une liane. Celui qui sale une mine et s'y fait prendre a des chances d'être assassiné dans son lit ; celui qui se ferait prendre à refourguer une fouille blanche sera plutôt lynché. Il y passe de toute façon. À chaud ou à froid, voilà le choix.

— Vais-je avoir affaire à un homme à sang froid ? demanda Staines en souriant.

— À vous de juger, répondit Mannering en lançant le bras en avant. Tenez, nous y voilà : je vous présente l'*Aurore*.

— Ah ! fit Staines en faisant halte à son tour (tous deux étaient légèrement essoufflés par la marche). Eh bien… parfait.

Ils contemplèrent ensemble la parcelle. Staines remarqua un Chinois, accroupi à une trentaine de mètres de là, sa batée à la main.

— C'est quoi, le contraire d'un retour gagnant ? demanda finalement Mannering. Un perdant-à-perpète ? Un fourguez-moi-ça-à-M.-Carver ?

— Qui est-ce, là-bas ? repartit Staines.

— C'est Quee. Il reste.

— Est-il au courant ? murmura Staines.

— « Est-il au courant ? » répéta Mannering en riant. Qu'est-ce que je viens de vous dire ? Me faire assassiner dans mon lit… non, merci ! Très peu pour moi.

— Il doit penser que c'est une bien mauvaise affaire.

— Je n'ai aucune idée de ce que pense cet homme-là, déclara Mannering avec mépris.

## UNE AUTRE AURORE

*Où Ah Quee, plaçant ses mains sur la cambrure blindée du corsage d'Anna, fait une découverte surprenante, dont il ne pourra apprécier toute la portée que la semaine suivante, lorsque la rotation des quatre robes de mousseline lui aura donné une idée de l'importance des richesses cachées dans les doublures, hors l'or cousu dans la robe de soie orange, qu'Anna ne porte jamais en se rendant à Kaniere.*

Anna se tint parfaitement coite, les yeux fermés, tandis qu'Ah Quee passait les mains sur sa robe. Il tapota toute la surface du corsage, traça les contours de chaque volant, souleva l'ourlet empesé et fit glisser le tissu entre ses doigts. Elle sentait les attouchements méthodiques de l'homme comme un ancrage dans le temps et l'espace ; comme s'il était impératif qu'il palpât chaque partie de son vêtement avant de la toucher, elle ; c'était une certitude qui instillait dans tout son être une sérénité puissante et lucide. Lorsqu'il glissa un bras sous ses épaules pour la retourner, elle se laissa faire sans piper, portant ses mains molles à sa bouche, comme un enfant au maillot, et tournant le visage vers sa poitrine, à lui.

# *Neuvième partie*

## *Terre mutable*

*20 septembre 1865*
*(Soleil en Vierge)*

*42° 43' 0" S / 170° 58' 0" E*

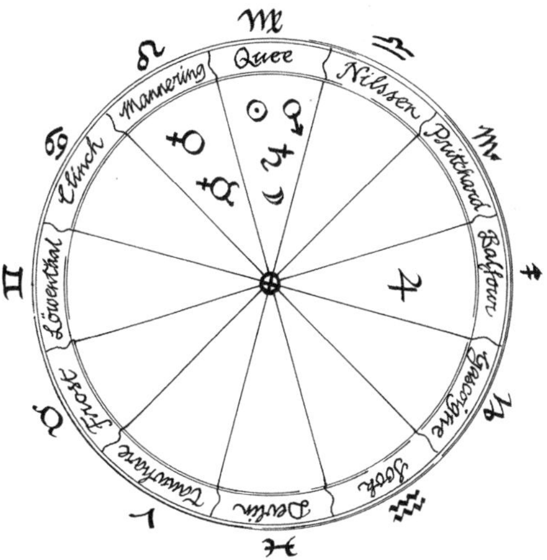

## LUNE CROISSANTE EN VIERGE

*Où Ah Quee charge son fourneau*
*de charbon de bois pour achever de fondre*
*le minerai extrait de la robe d'Anna*
*et marquer les lingots au nom de la mine* Aurore*,*
*à laquelle il est lié par son contrat d'engagement ;*
*et Anna, bredouillant dans son sommeil*
*des syllabes de détresse, porte la main à sa joue*
*comme pour étancher le sang d'une blessure.*

Lorsque Anna se réveilla, le jour était venu. Ah Quee l'avait installée dans un coin de la cabane, où il avait glissé une couverture pliée sous sa joue et couvert son corps de sa propre cape de laine. Elle savait en se réveillant qu'elle avait parlé dans son sommeil, car elle se sentait rouge et troublée, et elle avait bien trop chaud ; ses cheveux étaient moites. Ah Quee ne s'était pas encore aperçu qu'elle ne dormait plus. Elle resta sans bouger, à le regarder qui s'affairait autour de son petit déjeuner et inspectait ses ongles, hochait la tête, fredonnait un air et se baissait pour ratisser les braises.

## SOLEIL EN VIERGE

*Où Emery Staines, à qui, entre-temps,*
*Crosbie Wells a conté l'histoire de la trahison*
*dont il a été victime de la part de Francis Carver*
*(les deux hommes ayant gagné la confiance*
*et la loyauté l'un de l'autre), décide au pied levé*
*de fausser son bilan trimestriel en faisant disparaître*
*toute trace officielle du trésor qu'il vient de découvrir,*
*oubliant la fourmi laborieuse Quee, à qui,*
*nonobstant les clauses de son engagement,*
*l'usage reconnaît le droit à une prime.*

En arrivant au quartier-général du campement, Emery Staines fut étonné de voir le casier de l'*Aurore* signalé par le petit drapeau indiquant la présence d'un dépôt. Il pria l'agent d'escorte de l'ouvrir. Le casier était plein de lingots d'or, proprement empilés en couches perpendiculaires. Staines en prit un dans sa main.

— Si je vous demandais de tourner le dos, le temps de vider ce casier, quel serait votre prix ? demanda-t-il au bout d'un moment.

L'agent réfléchit, faisant courir les doigts sur le canon de son fusil, de haut en bas et vice versâ.

— Vingt livres, dit-il enfin, et je suis votre homme. En papier. Pas de métal.

— Je vous en donnerai cinquante, promit Staines.

## ÉCLIPSE PARTIELLE DU SOLEIL

*Où Emery Staines se rend dans la vallée de l'Arahura, chargé d'un sac, à dessein de mettre son trésor en sûreté, pour un temps, en l'enfouissant dans les terres réservées pour les Maoris, et ce sans s'imaginer un instant que Francis Carver puisse repasser bientôt par Hokitika pour enquêter sur ce qui a pu transformer une affaire aussi prometteuse que la mine d'or* Aurore *en canard boiteux.*

Dans le lin indigène à l'épaule de Staines, un *toui* baissa la tête et fit entendre son cri saccadé… semblable, pensa le jeune homme, au bruit d'un bâton frottant au passage les pieux d'une clôture, accompagné d'un air joué sur un sifflet aigu. Quelle merveille d'étrangeté que ce son ! Il tendit la main et toucha les feuilles, comme cirées, notant avec plaisir les couleurs vives : du pourpre au bord, s'atténuant jusqu'à un blanc-vert au cœur de chaque brin.

Le *toui* s'en fut à tire-d'aile ; plus rien ne troublait le silence. Staines se pencha, prit les lingots et les disposa soigneusement au fond du trou qu'il venait de creuser. L'excavation une fois comblée, il la couronna de plusieurs pierres plates, formant une suite qu'il serait sûr de reconnaître, puis effaça ses traces.

## *PAPA-TU-A-NUKU*

*Où, à un demi-mille en aval du trésor*
*fraîchement enterré, Crosbie Wells*
*et Tauwhare s'apprêtent à manger le* hangi,
*repas cuit à l'étouffée dans une fosse souterraine qui,*
*les mets une fois dégagés de la terre et des feuilles*
*qui les enveloppent, livre un festin succulent,*
*où les riches arômes de fumée et de tanin le disputent*
*aux saveurs grasses du sol.*

— Ce que j'essaie de dire, c'est que ça ne rime à rien. Vous autres avec votre pierre verte, et nous avec notre or. On pourrait aussi bien inverser. Ça donnerait des ruées vers la pierre. Ou vers le vert.

Tauwhare réfléchit un instant sans cesser de mastiquer. Enfin, il déglutit et parla avec un geste négatif :

— Non.

— Il n'y a aucune différence, insista Wells en reprenant de la viande. Ça n'est peut-être pas pour vous plaire… mais il faut bien le reconnaître… c'est blanc bonnet et bonnet blanc. Toujours un minéral. Pierre pour pierre.

— Non, répéta Tauwhare d'un air irrité. Ce n'est pas pareil.

# Dixième partie
## Affaires de succession

11 octobre 1865
(Soleil en Balance)

42° 43′ 0″ S / 170° 58′ 0″ E

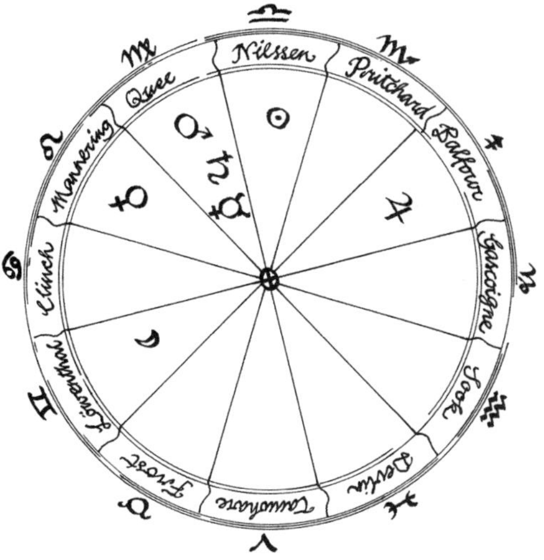

# EXIL

*Où Anna Wetherell, qui garde, des violences perpétrées dans le boudoir de la* Maison de maints désirs *à Dunedin pendant la nuit du 12 mai, un souvenir d'une clarté accablante et nauséeuse, devenu pour elle un sujet quotidien de détresse, en rien atténuée de savoir que sa complicité, toute passive, a aidé un innocent à s'échapper la vie sauve, se laisse surprendre par l'apparition de l'homme défiguré lui-même et, dans un instant de faiblesse, s'oublie.*

Francis Carver chevauchait sur la route de Kaniere, remontant vers l'arrière-pays, lorsqu'il aperçut au bord de la chaussée une figure familière. Il arrêta sa monture, mit pied à terre et s'approcha, remarquant alors qu'elle avait la démarche incertaine et la face très rouge. Elle souriait.

— Il s'est sauvé, bredouilla-t-elle. Je l'ai aidé.

Carver vint plus près, lui prit le menton, l'obligea à lever la tête et demanda :

— Qui ?

— Crosbie.

— Wells ? Où est-il ?

Il s'était roidi à l'énoncé du nom. Elle hoqueta et parut soudain prendre peur.

— Où ? répéta-t-il en lui appliquant une maîtresse gifle. Réponds-moi ! Il est ici ?

— Non !

— À Otago ? Dans le Cantorbéry ? Où ?

Désespérée, elle se retourna pour fuir. Carver la saisit par l'épaule, la tira en arrière… lorsqu'un coup de feu claqua à proximité…

— Ho ! hurla Carver en s'écartant vivement…

Le cheval, effarouché, était sur eux…

## CHUTE

*Où Anna Wetherell commet un mensonge*
*pour protéger Crosbie Wells, tentant,*
*par cet acte tardif de loyauté, de racheter*
*une première trahison dont le souvenir*
*fragmentaire achoppe et se dérobe, insaisissable,*
*car son esprit a été triplement obnubilé,*
*d'abord par la fumée, ensuite par les violences subies*
*et enfin par l'opiat que le Dr Gillies lui a administré*
*avant de procéder à une intervention*
*des plus regrettables, pendant laquelle*
*Anna a sangloté et gémi en se labourant les chairs*
*avec les ongles, se mettant tellement hors d'elle-même,*
*que le docteur a dû demander de l'aide*
*pour la contenir, et Löwenthal,*
*homme non sans courage dans les situations*
*de crise et de blessure, a pleuré à chaudes larmes*
*en lui immobilisant les mains.*

Lorsque Anna rouvrit les yeux, Löwenthal était penché sur elle, un linge blanc dans une main, un flacon de laudanum dans l'autre ; à côté de lui, Edgar Clinch montrait un visage blême.

— Elle s'est réveillée, annonça Clinch.

— Anna, dit Löwenthal. Anna, mon cœur.

— Mmh, bredouilla-t-elle.

— Dites-nous ce qui s'est passé. Dites-nous qui a fait cela.

— Carver, répondit-elle d'une voix pâteuse.

— Oui ? fit Löwenthal en se penchant plus près encore.

Il ne fallait pas trahir Crosbie Wells. Elle avait juré de ne pas le trahir. Il ne fallait pas mentionner son nom.

— Carver…, répéta-t-elle, son esprit ballotté entre clarté et brouillard.

— Oui ?

— … était le père, dit Anna.

# LE DESCENDANT

*Où Emery Staines, ayant appris de Benjamin Löwenthal les violences dont Anna a été victime, selle aussitôt un cheval et part pour la vallée de l'Arahura, la mâchoire serrée, les yeux piqués de larmes, signes externes d'un trouble intime dont, au cours de son chemin vers le nord, il n'avoue pas la cause véritable, et qu'il cherche moins encore à traduire en paroles, pour autant qu'une émotion puissante puisse être exprimée ou comprise par celui qui en souffre, souffrant qui, en l'occurrence, a été tellement bouleversé par la franchise de Löwenthal au sujet des blessures infligées, ainsi que par le sang dont le tablier de l'imprimeur était trempé depuis la poitrine jusqu'aux hanches, qu'il a oublié et son portefeuille et son chapeau à l'écurie, et qu'en se mettant en route, il a failli écraser Harald Nilssen, alors que celui-ci sortait de la quincaillerie de Tiegreen, un sac en papier sous le bras.*

Wells ouvrit sa porte. Sur le seuil, plié en deux, il découvrit Emery Staines.

— Le bébé est perdu, sanglota celui-ci. Votre bébé est perdu.

Wells lui donna le bras pour entrer et écouta son histoire. Il alla alors chercher une bouteille d'eau-de-vie, leur versa à boire à tous les deux, vida son verre d'un trait, resservit, but encore et resservit une nouvelle fois.

La bouteille vidée, Staines dit :

— Je lui donnerai la moitié. Je partagerai avec elle. J'ai un trésor… un trésor secret… enterré. Je le déterrerai.

Wells le dévisagea en silence. Au bout d'un moment, il demanda :

— Ça fait combien, la moitié ?

— Voyons, marmonna Staines. Dans les deux mille, je pense.

Il laissa tomber sa tête sur la table et ferma les yeux.

Wells alla chercher une boîte en fer-blanc sur son étagère, l'ouvrit et en tira une feuille de papier vierge et un stylo-plume. Il écrivit :

*Ce onzième jour du mois d'octobre, l'an mil huit cent soixante-cinq, une somme de deux mille livres sera remise en donation à* MLLE ANNA WETHERELL, *ci-devant de la Nouvelle Galles du Sud, par* M. EMERY STAINES, *ci-devant de la Nouvelle Galles du Sud, acte attesté par* M. CROSBIE WELLS, *lequel a présidé à sa rédaction.*

— Voilà, dit Wells, signant son nom et poussant la feuille vers Staines. Signez.

Mais le garçon s'était endormi.

# Onzième partie

## Orion se couche au lever du Scorpion

3 décembre 1865

(Soleil en Scorpion)

42° 43' 0" S / 170° 58' 0" E

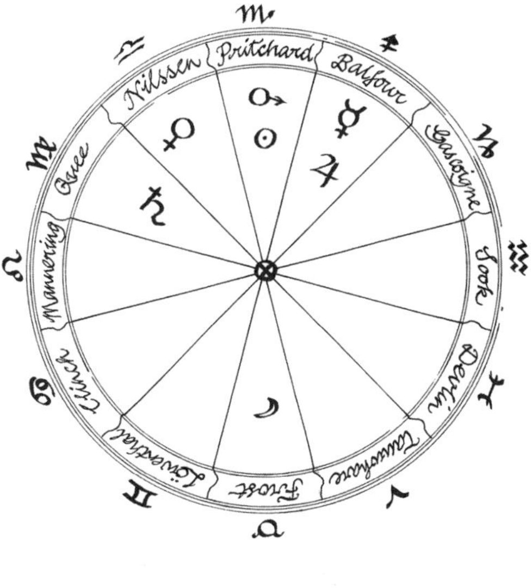

# LUNE EN TAUREAU (DANS LE BRAS D'ORION)

*Où Anna Wetherell, abîmée dans ses pensées, fait le compte de ses dettes, entreprise qui la laisse tellement anéantie, que l'œil de son esprit se détourne, pour ainsi dire, en quête d'un autre objet, plus léger, et se pose invariablement sur la figure souriante et les yeux clairs d'Emery Staines, dont elle en est venue à convoiter l'estime plus que celle d'aucune autre personne de sa connaissance, désir réprimé sitôt qu'il se présente, car elle sait qu'il y a tout un monde entre la situation de cet homme et la sienne, que ses perspectives à lui sont aussi brillantes et multiples que celles qui s'offrent à elle sont sombres et réduites, et elle suppose donc que le regard qu'il porte sur elle est, de même, l'opposé diamétral du sien pour lui, conviction qui n'a pas été ébranlée par le fait qu'il soit revenu lui rendre visite à trois reprises depuis son rétablissement, en lui offrant même, il y a peu, une bouteille de cognac andalous, la dernière de la sorte dans tout Hokitika, et encore, il a perdu*

*contenance à l'instant où elle recevait*
*cette offrande de ses mains, il l'a suppliée*
*de lui rendre la bouteille et de souffrir*
*qu'il revînt porteur d'un cadeau plus convenable,*
*à quoi elle a répondu en toute franchise*
*qu'elle se sentait très flattée de recevoir un hommage*
*qui n'avait aucune prétention de convenance*
*et que c'était, en tout état de cause,*
*la dernière bouteille de la sorte dans tout Hokitika,*
*plus rare, partant, et plus unique qu'aucun ruban*
*ou colifichet qu'on lui eût offert jusque-là.*

La dette d'Anna envers Mannering avait doublé depuis un mois. Cent livres ! Il lui faudrait dix ans pour rembourser une telle somme, peut-être plus longtemps encore, compte tenu des taux d'usure et du prix de l'opium et de sa propre valeur marchande, qui irait forcément en déclinant. Son haleine avait embué un coin du carreau ; elle tendit la main pour le toucher. Une petite phrase lui tournait dans la tête, comme un adage. *La femme tombée est sans avenir, l'homme qui s'est élevé, sans passé.* Avait-elle entendu cela quelque part ? L'avait-elle inventé elle-même ?

# SOLEIL EN SCORPION

*Où Emery Staines, abîmé dans ses pensées,
doute de ses propres intentions, sa franchise naturelle
ayant accepté sans peine le fait de son désir
et le fait de ses délices, et jusqu'à la facilité
avec laquelle il pourrait obtenir la jouissance
de celle qui le charme, idée dont il ne rougit pas,
mais qui lui donne néanmoins à réfléchir, car,
malgré la différence de leurs situations,
il se croit lié à Anna Wetherell par un rapport
qui lui donne le sentiment d'être, non pas plus,
mais moins complet, en ce sens que la nature
de cette femme, à la fois contraire de la sienne
et concordante, semble éclairer celles des faces
intimes de son caractère que sa conduite publique
ne révèle pas ou ne peut pas révéler, lui laissant
ainsi le sentiment d'être et deux fois moins
et deux fois plus, multiplié lorsqu'il se trouve
près d'elle et divisé dès lors qu'il en reste loin,
tout cela l'amenant soudain à se défier de lui-même,
de la spontanéité et de la curiosité bon enfant
avec lesquelles il aurait pu normalement agir
sans barguigner ; le cours de ces pensées*

*étant souvent troublé par un mot de Joseph Pritchard*
*(« sans ses dettes et son habitude de la drogue,*
*il y aurait déjà eu une bonne douzaine d'hommes*
*pour lui demander autant de fois sa main ») qui,*
*embarrassant et importun, revient le hanter.*

Peut-être pourrait-il l'acheter pour la nuit. Le matin venu, il l'emmènerait dans l'Arahura et lui montrerait le trésor qu'il y avait enterré. Il expliquerait qu'il voulait lui en donner exactement la moitié. Le sens du don serait-il dénaturé par le fait qu'il eût déjà payé pour avoir le plaisir de sa compagnie ? Peut-être. Mais pouvait-il supporter que d'autres la connussent d'une manière que lui, Staines, ignorait ? Allez savoir. Il écrasa une feuille dans sa main, puis leva la paume à son nez pour humer les sucs.

# Douzième partie

## La vieille Lune dans les bras de la nouvelle

14 janvier 1866
(Soleil en Sagittaire)

42° 43' 0" S / 170° 58' 0" E

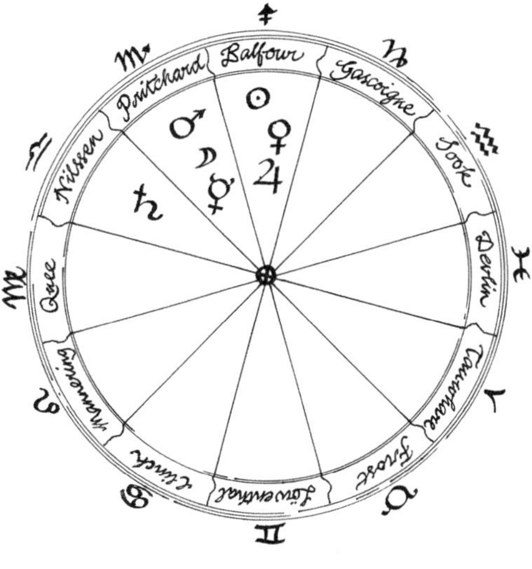

# LES LUMINAIRES

*Où Anna Wetherell est achetée pour la nuit ; Alistair Lauderback chevauche à la rencontre de son frère naturel ; Francis Carver part pour la vallée de l'Arahura sur la foi d'une information reçue ; Walter Moody débarque sur le sol néo-zélandais ; Lydia Wells fait tourner sa roue de la fortune ; George Shepard trône dans sa prison, sa carabine sur ses genoux ; une caisse est ouverte sur Gibson's-quay ; les amants partagent leur couche ; Carver débouche une fiole de laudanum ; Moody lève le visage vers des cieux inconnus ; les amants s'endorment ; Lauderback prépare ses excuses ; Carver tombe sur le trésor déterré ; Lydia fait de nouveau tourner sa roue ; Emery Staines se réveille dans un lit désert ; Anna Wetherell, éprouvant un besoin de réconfort, allume sa pipe ; Staines fait une chute et se cogne la tête ; Anna est commotionnée ; étourdi par la drogue, Staines sort errer dans la nuit ; étourdie par la commotion, Anna sort errer dans la nuit ; Lauderback, du haut de l'escarpement, aperçoit la maison de son frère ;*

*Crosbie Wells avale la moitié de la fiole ; Moody prend une chambre à l'hôtel ; Staines trébuche sur Gibson's-quay et tombe en syncope ; Anna trébuche sur la route de Christchurch et tombe en syncope ; on cloue le couvercle de la caisse ; Carver livre un papier au feu ; Lydia Wells rit longuement et de bon cœur ; Shepard éteint sa lampe ; et l'esprit du reclus se détache tout doucement et amorce, solitaire, le chemin ascendant qui lui fera trouver sa dernière demeure parmi les astres.*

— Ce soir sera le tout début.

— Il l'a été ?

— Il le sera. Pour moi.

— Mon début, c'étaient les albatros.

— C'est un bon début ; je suis content qu'il soit le tien. Ce soir sera le mien.

— Devrions-nous avoir chacun le sien ?

— Chacun son commencement ? Il le faut, je pense.

— Y en aura-t-il d'autres encore ?

— Beaucoup d'autres. As-tu les yeux fermés ?

— Oui. Et toi ?

— Oui. Même si cela ne change pas grand'chose dans le noir.

— Je me sens… plus que moi-même.

— Je me sens… comme si une nouvelle chambre de mon cœur venait de s'ouvrir.

— Écoute.

— Qu'y a-t-il ?

— La pluie.

# GLOSSAIRE

## Cantonais

*Ah Quee faat saang mè si a ?* – Qu'est-il arrivé à Ah Quee ?
*Juk nei ho wan* – Je vous souhaite bonne chance.
*Kui hai mei bei yan da gip a ?* – Il s'est fait voler par quelqu'un ?
*M goi bong ngoh !* – Au secours !
*Nei goh si hai ng wui* – Il y a malentendu.
*Nei ho* – bonjour
*Ngoh moh jo choh yè* – Je n'ai rien fait de mal.
*Ngoh yiu nei wai mut haak ngoh dei ga juk ge ming sing tung wai waai ngoh ge sing yue fu zaak. Mou lun nei hai bin, dang ngoh tsoh yuen gaam chut lai, ngoh yat ding wui wan do nei. Ngoh yiu wan nei bo sau* – Je vous tiens pour responsable de la souillure du nom de ma famille et de la flétrissure à mon honneur. Où que vous soyez quand je sortirai de prison, je vous retrouverai et je me vengerai.
*Pang yau ! Ho pang yau !* – Ami ! Mon bon ami !
*Sei tsin* – quatre mille

**Mandarin**

*Wou-hing* – les Cinq Éléments [bois, feu, terre, métal et eau]

**Maori**

*Autahi* – l'étoile Canopus
*E aroha ana tatou ki a ia, no te mea ko ia kua matua aroha ki a tatou* – Aimons donc Dieu, puisque c'est lui qui nous a aimés le premier [I Jean IV, 19].
*hangi* – four creusé dans le sol et, par extension, ce qu'on y fait cuire
*hapu* – village, subdivision d'une tribu
*harakeke* – lin
*He aroha te Atua* – Dieu est amour [I Jean IV, 16].
*He pounamu kakano rua* – Une pierre verte [*par extension :* un trésor] a deux grains.
*Hei maumaharatanga* – paix à sa mémoire
*Hokitika* – lieu de retour
*Hone* – Jean
*iwi* – tribu
*kahikatea* – pin blanc qui pousse dans les lieux marécageux
*kahurangi* – bleu
*karakia* – prière
*kereru* – pigeon ramier de Nouvelle-Zélande
*Ki te tuohu koe, me maunga teitei* – Si tu baisses la tête, que ce soit devant une haute montagne.
*Ko ahau te huarahi, te pono, te ora* – Je suis la voie, la vérité et la vie.
*Ko Te Rau Tauwhare toku ingoa* – Je me nomme Te Rau Tauwhare.

*korero mai* – parle-moi
*korero maori* – parler [*ou :* parle, parlez] maori
*korimako* – méliphage carillonneur, passereau vert que d'Urville nomme « le moqueur »
*kowhai* – sophora de Nouvelle-Zélande
*kumara* – patate douce
*mana* – pouvoir magique
*mauri* – principe de vie, force vitale
*Mawhera* – Greymouth
*Nga potiki a Rehua* – les derniers-nés d'Antarès
*Paenga-wha-wha* – avril
*Pakeha* – Européen, non-Maori
*Papa-tu-a-nuku* – la Terre mère
*patu pounamu* – massue de guerre en jade
*Piopiotahi* – le détroit de Milford
*pounamu* – pierre verte, néphrite, jade de Nouvelle-Zélande
*Pou-tu-te-rangi* – mars
*puha* – laiteron sauvage
*Rehua* – l'étoile Antarès
*rewena paraoa* – pain maori fait avec de la farine de pomme de terre
*rua kumara* – magasin souterrain de patates douces
*Taia a moko hei hoa matenga mou* – Fais de ton tatouage un ami pour la vie.
*Tamati* – Thomas
*ta moko* – tatouage maori
*tangi* – rites funéraires
*Te Ikaroa* – la Voie lactée
*Te-ra-o-Tainui* – constellation en forme de catamaran, dont la quille est la ceinture d'Orion
*Te Tai Poutini* – la côte Ouest
*toanga, wahi tapu, he matahiapo i te iwi* – trésor, lieu sacré, prisé du peuple

*tohunga* – prêtre
*totara* – grand conifère indigène à la Nouvelle-Zélande, au bois pratiquement imputrescible
*toui* – philédon à cravate, oiseau chanteur endémique de la Nouvelle-Zélande
*Tutakina i te iwi. Tutakina i te toto. Tutakina i te iko. Tutakina i te uaua. Tutakina kia u. Tutakina kia mau. Tenei te rangi ka tutaki. Tenei te rangi ka ruruku. Tenei te papa ka wheuka. E rangi e, awhitia. E papa e, awhitia. Nau ka awhi, ka awhi* – Rassemble les os. Rassemble le sang. Rassemble la chair. Rassemble les nerfs. Rassemble-les afin qu'ils soient solides. Rassemble-les afin qu'ils tiennent. C'est le ciel qui rassemble. C'est le ciel qui relie. C'est la terre qui renforce et soutient. Ciel, embrasse-nous. Terre, embrasse-nous. Ce que vous chérissez est en vérité chéri. Ce que vous étendez et unissez demeure étendu et uni.
*Waikato* – région et rivière dans l'île du Nord
*weka* – poule des bois
*whaikorero* – discours formel
*Whanui* – l'étoile Véga
*Whatu ngarongaro he tangata, toitu he whenua* – L'homme disparaît, mais la terre est éternelle.

## REMERCIEMENTS

Je tiens à exprimer ici toute ma reconnaissance pour le soutien et l'encouragement reçus des institutions et des personnes suivantes : la New Zealand Arts Foundation, la succession Louis Johnson, l'agence nationale pour les arts Creative New Zealand, la New Zealand Society of Authors, la famille Taylor-Chehak, la famille Schultz, l'Iowa Arts Foundation, le département d'anglais de l'université du Canterbury, le Michael King Writers' Centre, le département d'anglais de l'université d'Auckland, la faculté des arts créatifs auprès de l'Institut de technologie de Manukau, et enfin mes collègues et professeurs à l'Iowa Writers' Workshop. Je suis très heureuse d'avoir été accueillie chez Granta au Royaume-Uni, chez Little, Brown aux États-Unis et au sein de la Victoria University Press en Nouvelle-Zélande.

Cet ouvrage est très loin d'être un récit factuel. Ce nonobstant, je me reconnais une dette d'inspiration envers Colin Townsend pour son portrait de la prison de Seaview, *Misery Hill*, ainsi qu'envers Stevan Eldred-Grigg pour son histoire des ruées vers l'or en Nouvelle-Zélande, *Diggers, Hatters and Whores*. J'ai puisé également dans les archives de la presse de la Bibliothèque nationale de la Nouvelle-Zélande (paperspast.natlib.govt.nz) ; dans les vastes et parfois hilarantes ressources astrologiques du site astro.com ; et dans le travail des astrologues Stella Starsky et Quinn Cox. Pour dresser le tableau des positions stellaires et planétaires, j'ai utilisé la carte céleste interactive disponible sur le site starandtelescope.com ainsi que le logiciel Stellarium pour Mac.

Mon amour et mes remerciements vont à Max Porter, Sara Holloway et Fergus Barrowman ; à Philip Gwyn Jones et Reagan Arthur ; à Caroline Dawnay, Olivia Hunt, Jessica Craig, Linda Shaughnessy, Sarah Thickett, Zoe Ross et Sophie Scard ; sans oublier Emma Borges-Scott, Justin Torres, Evan James, Katie Parry et Thomas Fox Parry, dont l'amitié et la conversation ont inspiré ce livre d'innombrables façons. Un grand merci aussi à XuChong Judy Guan, qui a traduit des passages de ce livre en cantonais phonétique[1] ; à Christine Lo, Sarah Bance, Ilona Jasiewicz et Ann Meadows, qui ont participé à la mise au point du manuscrit ; à Barbara Hilliam, qui a si bien dessiné les thèmes ; à Philip Catton, qui m'a expliqué les étoiles, les planètes et le nombre d'or ; et à Joan Oakley, qui, par-delà les mers, m'a fait suivre les nouvelles des ports.

Enfin et surtout : à Steven Toussaint, présent

1. Revu et francisé par Choi Harkin (Ce Kejian), que la traductrice tient, à son tour, à remercier. Elle profite, par ailleurs, de l'occasion fournie par cette petite note pour remercier aussi tous ceux qui, au service de fabrication des éditions Buchet-Chastel, ont bien voulu jouer le jeu d'une restitution du XIXe siècle portée, comme dans l'original anglais, jusqu'aux détails d'une orthographe et d'une ponctuation propres pourtant aujourd'hui à faire tiquer plus d'un. *(N.d.T.)*

à chaque conjonction, à chaque opposition et à chaque naissance ; qui a été l'extrême Dehors et l'extrême Dedans ; qui a cru aux rapports et m'a fait partager sa foi ; dont l'influence ne saurait se mesurer. Merci – de Moi à Toi.

Avis au lecteur 11
Carte des personnages 13

I. Une sphère dans une sphère 15
II. Augures 559
III. La maison de la perte de soi 793
IV. *Paenga-wha-wha* 941
V. Le poids et le lucre 1081
VI. La veuve et sa défroque 1135
VII. Domiciles 1171
VIII. La vérité sur l'*Aurore* 1191
IX. Terre mutable 1203
X. Affaires de succession 1213
XI. Orion se couche au lever du Scorpion 1221
XII. La vieille Lune dans les bras de la nouvelle 1227

Glossaire 1231
Remerciements 1235

## DU MÊME AUTEUR

*Aux Éditions Denoël*

LA RÉPÉTITION, 2011 (Folio n° 5534).

*Aux Éditions Buchet-Chastel*

LES LUMINAIRES, 2015 (Folio n° 6186). Man Booker Prize 2013.

# COLLECTION FOLIO

*Dernières parutions*

| | |
|---|---|
| 6920. Collectif | *La Commune des écrivains. Paris, 1871 : vivre et écrire l'insurrection* |
| 6921. Jonathan Coe | *Le cœur de l'Angleterre* |
| 6922. Yoann Barbereau | *Dans les geôles de Sibérie* |
| 6923. Raphaël Confiant | *Grand café Martinique* |
| 6924. Jérôme Garcin | *Le dernier hiver du Cid* |
| 6925. Arnaud de La Grange | *Le huitième soir* |
| 6926. Javier Marías | *Berta Isla* |
| 6927. Fiona Mozley | *Elmet* |
| 6928. Philip Pullman | *La Belle Sauvage. La trilogie de la Poussière, I* |
| 6929. Jean-Christophe Rufin | *Les trois femmes du Consul. Les énigmes d'Aurel le Consul* |
| 6930. Collectif | *Haikus de printemps et d'été* |
| 6931. Épicure | *Lettre à Ménécée* et autres textes |
| 6932. Marcel Proust | *Le Mystérieux Correspondant* et autres nouvelles retrouvées |
| 6933. Nelly Alard | *La vie que tu t'étais imaginée* |
| 6934. Sophie Chauveau | *La fabrique des pervers* |
| 6935. Cecil Scott Forester | *L'heureux retour* |
| 6936. Cecil Scott Forester | *Un vaisseau de ligne* |
| 6937. Cecil Scott Forester | *Pavillon haut* |
| 6938. Pam Jenoff | *La parade des enfants perdus* |
| 6939. Maylis de Kerangal | *Ni fleurs ni couronnes* suivi de *Sous la cendre* |
| 6940. Michèle Lesbre | *Rendez-vous à Parme* |
| 6941. Akira Mizubayashi | *Âme brisée* |
| 6942. Arto Paasilinna | *Adam & Eve* |
| 6943. Leïla Slimani | *Le pays des autres* |

6944. Zadie Smith *Indices*
6945. Cesare Pavese *La plage*
6946. Rabindranath Tagore *À quatre voix*
6947. Jean de La Fontaine *Les Amours de Psyché et de Cupidon* précédé d'*Adonis* et du *Songe de Vaux*
6948. Bartabas *D'un cheval l'autre*
6949. Tonino Benacquista *Toutes les histoires d'amour ont été racontées, sauf une*
6950. François Cavanna *Crève, Ducon !*
6951. René Frégni *Dernier arrêt avant l'automne*
6952. Violaine Huisman *Rose désert*
6953. Alexandre Labruffe *Chroniques d'une station-service*
6954. Franck Maubert *Avec Bacon*
6955. Claire Messud *Avant le bouleversement du monde*
6956. Olivier Rolin *Extérieur monde*
6957. Karina Sainz Borgo *La fille de l'Espagnole*
6958. Julie Wolkenstein *Et toujours en été*
6959. James Fenimore Cooper *Le Corsaire Rouge*
6960. Jean-Baptiste Andrea *Cent millions d'années et un jour*
6961. Nino Haratischwili *La huitième vie*
6962. Fabrice Humbert *Le monde n'existe pas*
6963. Karl Ove Knausgaard *Fin de combat. Mon combat - Livre VI*
6964. Rebecca Lighieri *Il est des hommes qui se perdront toujours*
6965. Ian McEwan *Une machine comme moi*
6966. Alexandre Postel *Un automne de Flaubert*
6967. Anne Serre *Au cœur d'un été tout en or*
6968. Sylvain Tesson *La panthère des neiges*
6969. Maurice Leblanc *Arsène Lupin, gentleman-cambrioleur*
6970. Nathacha Appanah *Le ciel par-dessus le toit*
6971. Pierre Assouline *Tu seras un homme, mon fils*
6972. Maylis Besserie *Le tiers temps*
6973. Marie Darrieussecq *La mer à l'envers*

| | | |
|---|---|---|
| 6974. | Marie Gauthier | *Court vêtue* |
| 6975. | Iegor Gran | *Les services compétents* |
| 6976. | Patrick Modiano | *Encre sympathique* |
| 6977. | Christophe Ono-dit-Biot et Adel Abdessemed | *Nuit espagnole* |
| 6978. | Regina Porter | *Ce que l'on sème* |
| 6979. | Yasmina Reza | *Anne-Marie la beauté* |
| 6980. | Anne Sinclair | *La rafle des notables* |
| 6981. | Maurice Leblanc | *Arsène Lupin contre Herlock Sholmès* |
| 6982. | George Orwell | *La Ferme des animaux* |
| 6983. | Jean-Pierre Siméon | *Petit éloge de la poésie* |
| 6984. | Amos Oz | *Ne dis pas la nuit* |
| 6985. | Belinda Cannone | *Petit éloge de l'embrassement* |
| 6986. | Christian Bobin | *Pierre,* |
| 6987. | Claire Castillon | *Marche blanche* |
| 6988. | Christelle Dabos | *La Passe-miroir, Livre IV. La tempête des échos* |
| 6989. | Hans Fallada | *Le cauchemar* |
| 6990. | Pauline Guéna | *18.3. Une année à la PJ* |
| 6991. | Anna Hope | *Nos espérances* |
| 6992. | Elizabeth Jane Howard | *Étés anglais. La saga des Cazalet I* |
| 6993. | J.M.G. Le Clézio | *Alma* |
| 6994. | Irène Némirovsky | *L'ennemie* |
| 6995. | Marc Pautrel | *L'éternel printemps* |
| 6996. | Lucie Rico | *Le chant du poulet sous vide* |
| 6997. | Abdourahman A. Waberi | *Pourquoi tu danses quand tu marches ?* |
| 6998. | Sei Shônagon | *Choses qui rendent heureux* et autres notes de chevet |
| 6999. | Paul Valéry | *L'homme et la coquille* et autres textes |
| 7000. | Tracy Chevalier | *La brodeuse de Winchester* |
| 7001. | Collectif | *Contes du Chat noir* |
| 7002. | Edmond et Jules de Goncourt | *Journal* |
| 7003. | Collectif | *À nous la Terre !* |

| | |
|---|---|
| 7004. Dave Eggers | *Le moine de Moka* |
| 7005. Alain Finkielkraut | *À la première personne* |
| 7007. C. E. Morgan | *Tous les vivants* |
| 7008. Jean d'Ormesson | *Un hosanna sans fin* |
| 7009. Amos Oz | *Connaître une femme* |
| 7010. Olivia Rosenthal | *Éloge des bâtards* |
| 7011. Collectif | *Écrire Marseille.* 15 grands auteurs célèbrent la cité phocéenne |
| 7012. Fédor Dostoïevski | *Les Nuits blanches* |
| 7013. Marguerite Abouet et Clément Oubrerie | *Aya de Yopougon 5* |
| 7014. Marguerite Abouet et Clément Oubrerie | *Aya de Yopougon 6* |
| 7015. Élisa Shua Dusapin | *Vladivostok Circus* |
| 7016. David Foenkinos | *La famille Martin* |
| 7017. Pierre Jourde | *Pays perdu* |
| 7018. Patrick Lapeyre | *Paula ou personne* |
| 7019. Albane Linÿer | *J'ai des idées pour détruire ton ego* |
| 7020. Marie Nimier | *Le Palais des Orties* |
| 7021. Daniel Pennac | *La loi du rêveur* |
| 7022. Philip Pullman | *La Communauté des esprits. La trilogie de la Poussière II* |
| 7023. Robert Seethaler | *Le Champ* |
| 7024. Jón Kalman Stefánsson | *Lumière d'été, puis vient la nuit* |
| 7025. Gabrielle Filteau-Chiba | *Encabanée* |
| 7026. George Orwell | *Pourquoi j'écris* et autres textes politiques |
| 7027. Ivan Tourguéniev | *Le Journal d'un homme de trop* |
| 7028. Henry Céard | *Une belle journée* |
| 7029. Mohammed Aïssaoui | *Les funambules* |
| 7030. Julian Barnes | *L'homme en rouge* |
| 7031. Gaëlle Bélem | *Un monstre est là, derrière la porte* |
| 7032. Olivier Chantraine | *De beaux restes* |

7033. Elena Ferrante — *La vie mensongère des adultes*
7034. Marie-Hélène Lafon — *Histoire du fils*
7035. Marie-Hélène Lafon — *Mo*
7036. Carole Martinez — *Les roses fauves*
7037. Laurine Roux — *Le Sanctuaire*
7038. Dai Sijie — *Les caves du Potala*
7039. Adèle Van Reeth — *La vie ordinaire*
7040. Antoine Wauters — *Nos mères*
7041. Alain — *Connais-toi* et autres fragments
7042. Françoise de Graffigny — *Lettres d'une Péruvienne*
7043. Antoine de Saint-Exupéry — *Lettres à l'inconnue* suivi de *Choix de lettres dessinées*
7044. Pauline Baer de Perignon — *La collection disparue*
7045. Collectif — *Le Cantique des cantiques. L'Ecclésiaste*
7046. Jessie Burton — *Les secrets de ma mère*
7047. Stéphanie Coste — *Le passeur*
7048. Carole Fives — *Térébenthine*
7049. Luc-Michel Fouassier — *Les pantoufles*
7050. Franz-Olivier Giesbert — *Dernier été*
7051. Julia Kerninon — *Liv Maria*
7052. Bruno Le Maire — *L'ange et la bête. Mémoires provisoires*
7053. Philippe Sollers — *Légende*
7054. Mamen Sánchez — *La gitane aux yeux bleus*
7055. Jean-Marie Rouart — *La construction d'un coupable.* À paraître
7056. Laurence Sterne — *Voyage sentimental en Franc[e] et en Italie*
7057. Nicolas de Condorcet — *Conseils à sa fille* et autres textes
7058. Jack Kerouac — *La grande traversée de l'C[...] en bus* et autres textes b[...]
7059. Albert Camus — *« Cher Monsieur Germain,* Lettres et extraits
7060. Philippe Sollers — *Agent secret*

*Tous les papiers utilisés pour les ouvrages des collections Folio sont certifiés et proviennent de forêts gérées durablement.*

*Composition Nord Compo.*
*Impression Grafica Veneta*
*à Trebaseleghe, le 15 juin 2022*
*Dépôt légal : juin 2022*
*1er dépôt légal dans la même collection : septembre 2016*

*ISBN : 978-2-07-046436-4./Imprimé en Italie*

**545944**